国家社会科学基金一般项目
华东师范大学人文社会科学精品力作项目

文贵良 著

文学汉语实践与中国现代文学的发生

图书在版编目（CIP）数据

文学汉语实践与中国现代文学的发生/文贵良著.—北京：北京大学出版社，2022.9
（博雅文学论丛）
ISBN 978-7-301-33316-7

Ⅰ.①文… Ⅱ.①文… Ⅲ.①中国文学—现代文学—文学研究 Ⅳ.①I206.6

中国版本图书馆 CIP 数据核字（2022）第 156933 号

书　　　名	文学汉语实践与中国现代文学的发生 WENXUE HANYU SHIJIAN YU ZHONGGUO XIANDAI WENXUE DE FASHENG
著作责任者	文贵良　著
责 任 编 辑	艾　英
标 准 书 号	ISBN 978-7-301-33316-7
出 版 发 行	北京大学出版社
地　　　址	北京市海淀区成府路 205 号　100871
网　　　址	http://www.pup.cn　新浪微博：@北京大学出版社
电 子 信 箱	pkuwsz@126.com
电　　　话	邮购部 010-62752015　发行部 010-62750672 编辑部 010-62756467
印 刷 者	北京中科印刷有限公司
经 销 者	新华书店
	965 毫米×1300 毫米　16 开本　41.25 印张　775 千字 2022 年 9 月第 1 版　2022 年 9 月第 1 次印刷
定　　　价	128.00 元

未经许可，不得以任何方式复制或抄袭本书之部分或全部内容。
版权所有，侵权必究
举报电话：010-62752024　电子信箱：fd@pup.pku.edu.cn
图书如有印装质量问题，请与出版部联系，电话：010-62756370

目 录

导 论 ··· 1

第一章　黄遵宪 ·· 19
第一节　"新世界诗"的汉语造型及其意义表达 ··············· 19
第二节　汉语认知的世界视域与现代开端 ·························· 38

第二章　严复 ·· 51
第一节　汉语的实用理性与"国语"的现代性发生 ··········· 51
第二节　"六书乃治群学之秘笈":汉语的现代转型与
　　　　知识范型的建构 ··· 67
第三节　古文书写与语言伦理 ··· 90

第三章　梁启超 ·· 106
第一节　《国文语原解》与语言政治学 ···························· 106
第二节　晚清"词语—注释":汉语欧化与知识建构 ······ 119
第三节　对八股文的解构:从"二分对比"的改装
　　　　到"三段论法"的引入 ····································· 140

第四章　林纾 ·· 160
第一节　文学汉语遭遇的现代冲突 ···································· 160
第二节　古文笔法与西语叙事 ··· 176
第三节　古文与"五四"新文学 ······································· 188

第五章　章太炎 ·· 204
第一节　语言文字与"文学" ·· 204
第二节　民族志书写与主体想象 ······································· 223
第三节　汉语的世界性遭遇与国家想象的亚细亚视野 ······ 238

第六章　王国维 ·· 254
第一节　作为"无时代的人":"我"与"人间"的较量 ··· 254

第二节　"新学语"与述学文体 …… 277
　　第三节　无法诞生的新时代前驱者 …… 290
第七章　吴稚晖 …… 306
　　第一节　"替他娶一注音的老婆":汉字与国音 …… 306
　　第二节　"自由的胡说"与游戏文 …… 327
　　第三节　"自成为一种白话"与"五四"新文学 …… 350
第八章　胡适 …… 368
　　第一节　文学革命:文学与国语 …… 368
　　第二节　文学汉语的多重实践 …… 382
　　第三节　《尝试集》:白话新诗的实地实验 …… 406
　　第四节　西式标点符号:无声的语言 …… 426
第九章　鲁迅 …… 446
　　第一节　"结核"式汉文观与中国人的存亡 …… 446
　　第二节　汉语实践的"四重奏" …… 463
　　第三节　语言否定性与《狂人日记》的诞生 …… 485
　　第四节　《狂人日记》的文学汉语及其意义 …… 497
第十章　周作人 …… 512
　　第一节　国语改造与理想的国语 …… 512
　　第二节　文言实践:汉语造型与文体感知 …… 530
　　第三节　白话实践(一):白话翻译与汉语造型 …… 545
　　第四节　白话实践(二):知言与美文 …… 561
结　语　语言实践与文学发生 …… 580

参考文献 …… 623
后　记 …… 655

导　论

　　1917年胡适、陈独秀等人在《新青年》上提倡白话和白话文,反对文言和文言文。这一事件被看作中国文学从古代向现代转型的标志性事件。1920年,"教育部令行各省,自本年秋季起国民学(按,疑漏一"校"字)一二年级,先改国文为语体文"①。规定语体文进入小学语文课本,白话文被教育体制认可,标志着白话和白话文获得国家权威的合法性肯定,这常常被认为是现代白话文学的胜利,尽管算不上彻底胜利,但确实可视为决定性胜利。中国现代文学的产生和发展与文言、古代白话向现代白话的转变有着极为密切的关系。中国现代文学的现代性离不开文学汉语的现代性,而文学汉语的现代性是以现代白话这一形式呈现的。中国现代文学与文学汉语之间这种相互缠绕的关系,常常成为研究的焦点。这种缠绕关系可以表述为如下问题:文学汉语的现代转换如何呈现出中国现代文学的发生?本书以晚清至"五四"时期轴心作家群的文学汉语实践为中心,回归语言本位,植根于文学汉语实践,通过描述文学汉语实践与中国现代文学发生之间的通道,试图对上述问题进行回答。

一

　　从1920年代开始,就有学者探讨中国现代文学的发生。胡适的《五十年来中国之文学》(1922)因必须切合申报馆五十周年的纪念要求,只能从1872年讲起。这一年在文学史上并无特别事件,但胡适找到曾国藩在这一年去世一事,于是从曾国藩所代表的古文开始叙述。虽然把曾国藩的古文放大到清代最有势力的桐城派古文的演变,但1872年无论如何不能成为

---

①　《国民学校一二年级改授国语令》,朱麟公编辑:《国语问题讨论集》第七编"附录",上海:中国书局,1921年,第3页。

"文学革命"的起点。在"文"的方面,桐城派古文经曾国藩倡导而有短暂的中兴,可曾派的文人如郭嵩焘、黎庶昌、吴汝纶等人没有继续发扬这个事业,于是古文进入衰微时期,之后又经过了四个小阶段:严复、林纾的翻译的文章,谭嗣同、梁启超一派的议论的文章,章炳麟的述学的文章,章士钊一派的政论的文章。① 但都没有产生出新的文学。在诗歌方面,太平天国时期的诗人金和、创造新意境的黄遵宪,开启了诗歌的改变之路。在小说方面,这五十年中"势力最大、流行最广的文学"不是梁启超的文章,不是林纾的翻译小说,而是白话小说,如《七侠五义》《小五义》《老残游记》《官场现形记》《文明小史》《二十年目睹之怪现状》《九命奇冤》等。② 但这段白话文学发达史与中国一千年来的白话文学史有同样的缺点:白话的采用,仍是无意的、随便的,并不是有意的。而民国六年(1917)以来的文学革命便是一种有意的主张。③ 这是《五十年来中国之文学》对这五十年文学新旧变化的大致勾勒。尽管胡适非常重视语言的变化,可能因距离新文学太近之故,并没有深入开掘语言变化与新文学发生之间的关系。

从研究方法看,胡适《五十年来中国之文学》更像归纳法,而周作人《中国新文学的源流》(1932)则类似演绎法。周作人先总结中国文学变迁的模式是"言志派"和"载道派"两种潮流的彼此消长。其中晚周、魏晋六朝、五代、元、明末和民国属于言志派占主要地位的时代,而两汉、唐、两宋、明和清属于载道派占主要地位的时期。落实在新文学的源流上,周作人总结道:"明末的文学,是现在这次文学运动的来源,而清朝的文学,则是这次文学运动的原因。"④具体说来,明末公安派的"独抒性灵"观念通向新文学的"人的解放",而清朝的八股文与桐城派古文则激起新文学的反动。周作人的探究把新文学放在中国文学变迁的整体历史中考察,但忽略了新文学发生最为切近而且独特的诸多因素。简单地归之于明末言志派的重新兴起,不能解释新文学发生的真正原因。

《新文学运动史讲义提纲》⑤是周扬在1939—1940年间在延安鲁迅文学院授课的讲稿。周扬在中国新民主主义的立场上理解新文学运动,认为

---

① 胡适:《五十年来中国之文学》,申报馆编:《最近之五十年》,上海:申报馆,1923年,第2页。
② 同上书,第4页。
③ 同上。
④ 周作人讲校,邓恭三记录:《中国新文学的源流》,北平:人文书店,1932年,第55页。
⑤ 周扬的《新文学运动史讲义提纲》迟至1986年才发表,见《文学评论》1986年第1、2期。

新文学运动正式形成于"五四"以后,第一时期为1919—1921,即五四运动到中国共产党成立,是新文学运动形成的时期。① 他把新文学完全纳入民族解放事业的旗帜下,基本消除了文学自身的主体性。他在第一章"新文学运动之历史的准备(1894—1919)"中虽然首先介绍中国经济和政治的变化,但用很大的篇幅介绍了这个时期文学的特征与变化,其面貌与胡适《五十年来中国之文学》有些类似。周扬从曾国藩开始讲桐城派古文作为封建文学的没落;严复、林纾的翻译文章是保守派,必然失败,梁启超开创新文体,是革新派;章太炎和章士钊的文章因复古最终失败。诗歌方面,以陈三立、郑孝胥为主的宋诗派走上"涩硬"一途;而王闿运、樊增祥、易顺鼎等人沉潜于古文的模仿,也都是失败的。黄遵宪的新派诗是革新,是过渡;晚清白话小说成为"五四"白话小说的近亲。与胡适不同的是,周扬对王国维很推崇。②

王瑶的《中国新文学史稿》上册于1950年脱稿,下册于1952年脱稿。他于1980年回忆当时写作史稿的心态:"一个普通的文艺学徒""浸沉于当时的欢乐气氛中"。③ 这种"欢乐气氛"在政治上是指中华人民共和国的建立,在学科上指中国新文学史被确立为大学中国语文系的主要课程之一。1950年5月教育部召集的高等教育会议通过"高等学校文法两学院各系课程草案",规定中国新文学史的主要内容是:

> 运用新观点,新方法,讲述自五四时代到现在的中国新文学的发展史,着重在各阶段的文艺思想斗争和其发展状况,以及散文,诗歌,戏剧,小说等著名作家和作品的评述。④

所谓"新观点"即毛泽东的新民主主义论的观点,"新方法"即阶级社会的分析方法。王瑶在绪论的"开始"这样开篇:"中国新文学的历史,是从'五四'的文学革命开始的。"⑤接着指出五四运动发源于反帝,继而以毛泽东的《新民主主义论》为纲讲述中国新民主主义革命的历史。因此,中国新文学的起点在1919年,新文学史只是中国革命史的一种表征。

---

① 周扬:《新文学运动史讲义提纲》,《文学评论》1986年第1期。
② 同上。
③ 王瑶:《重版后记》,《中国新文学史稿》(下),上海:上海文艺出版社,1982年,第782—783页。
④ 王瑶:《中国新文学史稿》(上),"初版自序"第29页。
⑤ 王瑶:《中国新文学史稿》(上),第1页。

唐弢主编的《中国现代文学史》基本沿袭王瑶文学史的思路，强调中国现代文学是新民主主义革命的产物，即"现代文学是新民主主义革命时期现实土壤上的新的产物"；但也没有彻底忽略文学自身的发展，认为中国现代文学"同时又是旧民主主义革命时期文学的一个发展"。① 一方面，把新民主主义革命的起点定在1919年的五四运动，那么现代文学是新民主主义的产物，则现代文学史的起点也应在1919年；另一方面，又把五四运动爆发之前《新青年》上的白话文学的提倡以及实绩作为现代文学大加描述，这种矛盾性的处理显示出文学史家从政治意识形态解读中国现代文学发生的尴尬。

1980年代中期，北京大学的黄子平、陈平原、钱理群提出"二十世纪中国文学"的概念，着眼于"二十世纪中国文学"的"整体性"，从文学自身的角度打破以1919年为起点的中国现代文学史的叙事框架以及以1949年为界的中国现代文学与中国当代文学的政治区分。② 这个整体性也并非从1900年开始，因为"二十世纪中国文学"的概念侧重打破以1949年为界的意识形态的划分，而不着意于中国现代文学发生起点的确定。

近年来在探讨中国现代文学的发生方面，影响比较大的是王德威、严家炎和袁进三位学者的观点。王德威的《被压抑的现代性——晚清小说新论》③的导论以"没有晚清，何来五四"为题，这个题目几乎被当作一种口号，产生了很大的影响。但单纯从字面的意思看，这一口号有些空洞，因为它显示的只是时间的推移，远不如周作人提出的从明末公安派到新文学的一脉相承那么有冲击力。不过，王著对晚清小说"多重现代性"的思考与展示，却极具启发性。第一，如何理解"五四"新文学的现代性？无论是"五四"新文学的开创者还是后来的研究者是否比较狭窄地理解了新文学的现代性？这个问题也可以转化成如何理解中国现代文学的生成。第二，晚清小说那些"被压抑的"而驳杂丰富的现代性如何转化为"五四"新文学比较统一的现代性的表达？其内在是否有一条可以描述的通道？王著以晚清小说中狭邪小说、侠义公案小说、丑怪谴责小说、科幻奇谭四个类别来呈现其丰富形态，以启蒙与颓废、革命与回转、理性与滥情、模仿与谑仿来铺展被压抑的现

---

① 唐弢主编：《中国现代文学史》，北京：人民文学出版社，1979年，第1页。
② 黄子平、陈平原、钱理群：《论"二十世纪中国文学"》，《文学评论》1985年第5期。
③ ［美］王德威：《被压抑的现代性——晚清小说新论》，宋伟杰译，北京：北京大学出版社，2005年。

代性的维度,以此突出"五四"新文学以启蒙、革命、理性、民主为现代性标志的狭窄。王著的分析以主题学的方式展开,形式层面的内容被吸纳进他强大而丰富的主题学分析中。主题学的分析本身有个缺陷,即太容易联系两个不同时代的点,而往往忽略其中必要的逻辑演变过程。中国文学的现代性表征最显著的莫过于语言的转型与文体的转化。相对说来,王著对语言观念的变化、文学语言实践的纠结以及由此带来的文体变化关注很少。其所涉及的晚清时代仍然是文言传统强大的时代,与其说晚清的现代性被后来的"五四"新文学的叙事压抑着,还不如说晚清的现代性被那个时代强大的文言传统压抑着。

严家炎认为中国现代文学的起点在19世纪80年代末90年代初。有三座界碑:一是黄遵宪1887年在《日本国志》中提出言文合一的主张,二是陈季同提出小说戏剧也是中国文学正宗的见解,三是出现了两部有现代意义的小说——陈季同的法文著作《黄衫客传奇》(1890)和韩邦庆的《海上花列传》(1892)。① 与严家炎观点类似的有范伯群,他从通俗文学的角度切入,大致把新文学的起点也定位在19世纪末。严家炎的发生学体系中,虽然语言观念和白话占有重要位置,但是因为观念与白话实践的分离,又缺乏后续发展,确定为起点还是有些乏力。

袁进以传教士的《圣经》中译本为中心探讨"五四"白话文运动的源头,其观点集中体现在他主编的《新文学的先驱——欧化白话文在近代的发生、演变和影响》②一书中。该书提出欧化白话文的"前世"问题,系统地梳理了明末到晚清传教士带来的欧化白话文的线索,从而提出文学史上的重大问题,即"五四"时期新文学的欧化白话文到底是怎么来的。其结论为晚清传教士的欧化白话文是"五四"新文学欧化白话文的先驱和前奏,并揭示出"五四"欧化白话文一代作家有意隐瞒传教士欧化白话文影响的集体无意识(周作人除外)。这是一本很有文学史意识的著作,运用了很多稀有的资料。但是有一个问题值得思考:要立论晚清传教士的欧化白话文与"五四"欧化白话文之间的内在关系,确定后者是前者延续发展下来的,就必须

---

① 严家炎:《"五四"新体白话的起源、特征及其评价》,《中国现代文学研究丛刊》2006年第1期;《中国现代文学起点在何时?》,《社会科学辑刊》2010年第4期;《中国现代文学的"起点"问题》,《文学评论》2014年第2期。

② 袁进主编:《新文学的先驱——欧化白话文在近代的发生、演变和影响》,上海:复旦大学出版社,2014年。

论证"五四"新文学作家是如何接受这种影响的。这些作家包括陈独秀、胡适、鲁迅、周作人、刘半农,也包括稍后一点的郭沫若、郁达夫、冰心、朱自清、叶圣陶等人,其中核心人物是陈独秀、胡适、鲁迅、周作人,尤其是胡适。书中对梁启超、郭沫若、周作人与传教士欧化白话文之间的关系作了详细的梳理,独缺胡适。胡适在美国留学期间(1910—1917)曾经加入基督教,后退教,可以断定他读过《圣经》,可是不知他读的是英文版的,还是深文理的、浅文理的,或是其他版本的。他的《留学日记》中没有具体记载,后来他的《逼上梁山》等文讲述他建构新文学观的时候,并没有提及《圣经》的中译本对他白话文学观的影响。因此,要在传教士的《圣经》中译本与"五四"欧化白话文之间建立桥梁,还有值得探讨的空间。

其他的方案还有,比如清末民初翻译文学如何改变中国传统文学,比如作为现代传媒的报纸杂志的发达如何影响文学的写作,比如西方现代大学体制的引入如何引导文学群体的诞生与文学的传播生产,比如晚清通俗文学如何让文学现代性在本土语境中诞生,凡此种种,都不失为合理的门径。① 但是所有这些变化都要经过一道阀门:个体的汉语实践。

二

从文学汉语实践的角度探讨中国现代文学的发生,即回到文学的根本基础(语言)上探讨中国现代文学的发生,把文学的发生置于语言的实践过程中思考,能最为合理且有效地揭示出中国现代文学发生的内部方式。如果说以文学汉语实践的方式来探讨中国现代文学的发生有其合理性,那么哪一种探讨又不牵涉文学汉语的实践?因此宽泛地把所有文学写作都理解为文学汉语的实践,无助于问题的解决。理解文学汉语实践才是本质性的区分。比如,如何理解鲁迅和周作人用文言翻译《域外小说集》的挫败?一

---

① 如陈方竞《多重对话:中国新文学的发生》(北京:人民文学出版社,2003年),着眼于《新青年》一刊、北京大学一校、S会馆一馆同一中的异质性考察,挖掘新文学提倡者(主要是《新青年》阵营)在与反对者搏击当中内面的差异与裂缝,具体落实到道德主义、世界主义、科学主义和语体革命四个层面来描述同人之间的异质所在,辨析精微,视野开阔。其中又隐似以鲁迅为主线展开论述,在语体变革层面上,论及北京大学"六朝文"与"唐宋文"之争实为攻击桐城派文的思维体制。如果从语言的角度看,该书因结构要求不能给予语体革命更大的空间,在语体革命一节中多在观念层面上阐释,而没有落实到实践层面。

般情形下,会认为他们的译文使用古奥的文言反而造成阅读的障碍;或许还会认为他们的翻译作品多是短篇,不适合时代阅读长篇的审美趣味。这样的理解都有一定合理性,但是如果从文学汉语实践的角度看,就不能如此简单地处理。至少要解决如下问题:首先须描述周氏兄弟用古奥文言去捕捉异域故事与体验的形态以及达到的高度;其次要合理解释周氏兄弟后来对这次翻译失败的追忆性否定的边界;最后需要深入挖掘周氏兄弟这次翻译失败中存留的肯定性因素,而这种肯定性的内涵常常被他们的追忆性否定所压制。这些"追忆性否定"和"肯定性因素"都须落实在文学汉语的土壤中。

那么何谓"文学汉语"?文学汉语不同于现代汉语。现代汉语一般指普通话,又叫现代汉民族共同语,1956年2月6日发布的《国务院关于推广普通话的指示》规定:"现代汉民族共同语,是指以北京语音为标准音、以北方话为基础方言、以典范的现代白话文著作为语法规范的普通话。"① 这样看来好像文学汉语与现代汉语没有多大区别,但实际上不一样。比如,韩邦庆《海上花列传》中的苏白、周立波《山乡巨变》中的湘方言、曹乃谦《到黑夜想你没办法》中的山西方言、金宇澄《繁花》中的上海方言,都属于文学汉语,但不属于普通话/现代汉语。简言之,普通话/现代汉语无法处理文学汉语中的方言问题。

对"文学汉语"一词,暂且作一个很粗略的规定:指晚清以来中国文学作品所运用的汉语。这并没有规定文学汉语的本质特征。要回答文学汉语是什么的问题,必须回到语言是什么的问题上。语言是人类交际和自我表达的符号系统。这套符号系统的功能非常丰富,交流信息、表达情感、确立自我、确证存在的方式,无所不能。人类语言中,不同谱系、不同语言类型的语言之间差别很大。汉语是世界上非常独特的语言。汉字单音节与汉语词形无变化往往被认为是汉语最重要的特质。笔者所说的文学汉语指的是晚清以来文学作品中的汉语,是"有理""有情""有文"三者统一的"三位一体"的文学汉语。"有理"指向汉语的知识体系,包括汉语从古代汉语向现代汉语转化的知识转型;"有情"指向汉语主体的情感维度,包括个人情感和国家意识;"有文"指向汉语的文学维度,包括文言文向白话文的转变以及文学形式的变化。

---

① 《国务院关于推广普通话的指示》,《人民日报》1956年2月12日。

马克思曾经说过:"社会生活在本质上是**实践的**。"①"实践"有三种属性。第一种属性是现实性。他指出:"人应该在实践中证明自己思维的真理性,即自己思维的现实性和力量,亦即自己思维的此岸性。关于离开实践的思维是否具有现实性的争论,是一个纯粹**经院哲学的**问题。"②思维的现实性源自实践的现实性,也即历史性。第二种属性是能动性。他指出:"环境的改变和人的活动的一致,只能被看作是并合理地理解为**革命的实践**。"③"革命的实践"即可理解为"能动的实践",人的实践活动是对世界的改造。第三种属性是自由性。他指出:"语言是一种实践的、既为别人存在并仅仅因此也为我自己存在的、现实的意识。语言也和意识一样,只是由于需要,由于和他人交往的迫切需要才产生的。"④语言产生于人们的迫切交往,是一种实践的、现实的意识。

由此观之,文学汉语实践的现实性表现为晚清到"五四"新文学时期的历史客观状态,只有这样才能贴近人物,表同情之理解。文学汉语实践的能动性表现为中国士人/现代知识分子们主动吸纳或抵制西方语言价值观、西方词语语法叙事方式的意志。文学汉语实践的自由性表现为从晚清到"五四"新文学时期的中国士人/现代知识分子能充分自主地写作。实践只能是人的实践,主体的实践。文学汉语的实践只能是作家的实践,作家主体的实践。以色列学者博纳德·斯波斯基从社会学的角度对语言实践给出了一个简明的界说:"语言实践就是每位个体说话者对语音、词汇和语法所做出的选择之总和……"⑤但对于从晚清到"五四"时期的作家来说,这个界说有点狭隘。作家的语言实践,至少包括三个方面。第一,作家在写作时对语音、词汇和语法所做出的选择。这点与博纳德·斯波斯基所说相同。第二,作家写作时对"语"(文言/白话)和"文"的试用、锻炼、改造和确立。第三,作家通过语言实践而催生对汉语、汉字与西语、西字、世界语的价值区分。这三个方面统一的语言实践,才是完整的语言实践。

---

① [德]马克思:《关于费尔巴哈的提纲》,《马克思恩格斯选集》第1卷,北京:人民出版社,1972年,第18页。
② 同上书,第16页。
③ 同上书,第17页。
④ [德]马克思、[德]恩格斯:《德意志意识形态》,中共中央马克思恩格斯列宁斯大林著作编译局译,北京:人民出版社,1961年,第24页。
⑤ [以]博纳德·斯波斯基:《语言政策——社会语言学中的重要论题》,张治国译,北京:商务印书馆,2011年,第11页。

"文学汉语的实践"如何通向"中国现代文学的发生"呢?

"中国现代文学"这一概念本身就很耐人寻味。"中国现代文学"如果一定要有一个时间标示,1917年仍然不失为一个最有说服力的标示,从这个意义上讲,"现代"是一个时间概念。"中国现代文学"的另一种说法是"中国新文学",比如周作人的《中国新文学的源流》和王瑶的《中国新文学史稿》两个书名中的"中国新文学",它表示的是"新"/"旧"、"传统"/"现代"的区分,因此"现代"还是一个价值概念。"中国现代文学"常常还有第三种指向,即"中国现代白话文学",指代的是1917年胡适、陈独秀提倡白话文学后的新文学,它在文本形态上有个明显的标志是运用现代白话,引领者为胡适、鲁迅、周作人、刘半农、康白情、郭沫若、郁达夫、冰心、叶圣陶、俞平伯、朱自清等人,也包括梁启超、吴稚晖等人。第三种指向的"现代"暗含一种语体意义,特指现代白话语体,排斥了文言语体。中国现代白话文学因其自身的独特性(可以名之曰"现代性")而成为值得探究的问题。本书的"中国现代文学"如果没有特别说明,仍然指"中国现代白话文学",在行文中有时也用"中国新文学"或者"'五四'新文学"替代。"发生"的英文单词是genesis。《圣经》的开篇《创世记》名为"genesis"。可见"发生"指某物的起始。如果用人的诞生作比喻,则发生既指新生的个体,也指这个个体从受孕开始生长直到诞生的过程。德里达曾把"发生"理解为辩证的发生,即发生包含矛盾的意义——"起源意义"和"生成意义"。一方面,"发生其实是出生,是瞬间的绝对涌现……是创造、根基性、相关于它者的自主",其标志是发生品的出现。另一方面,发生总是在某种环境中的时间性延续,即形成发生品的原初物与其所生长的环境相随,被环境所笼罩,所包含,因而它仿佛把环境吸纳进自身,不断改变着自身。① 因而,"发生"是一种否定性生长过程,同时也是通过这种否定不断形成肯定性内涵的过程。"中国现代文学的发生"既指中国现代文学这一发生品的诞生,同时也指这一发生品得以形成并诞生的过程。此处"发生"的含义要比法国学者皮埃尔-马克·德比亚齐在《文本发生学》中所说的"发生"的含义要宽泛一些。文本发生学研究作家手稿的起源,以探求文学的审美特质。② "中国现代文学的发生"

---

① [法]雅克·德里达:《胡塞尔哲学中的发生问题》,于奇智译,北京:商务印书馆,2009年,第10页。
② [法]皮埃尔-马克·德比亚齐:《文本发生学》,汪秀华译,天津:天津人民出版社,2005年,第156页。

既包括作家个人的汉语实践,也包括这些实践的结果在历史中的变化。正如严绍璗在《"文化语境"与"变异体"以及文学的发生学》中所提出的看法:文学的发生学的核心问题是探讨文学变异的内在运行机制。①

发生源于实践,发生必在实践中发生。新的文学必须得在语言实践中发生。文学的发生源于文学语言的实践,中国现代文学的发生源于晚清民初文学汉语的实践。文学汉语实践沿着文学汉语的汉语造型、实践主体和文学形式这三个维度展开。汉语造型指向文学汉语的"理",实践主体指向文学汉语的"情",文学形式指向文学汉语的"文"。晚清民初的文学汉语实践,一方面向外扩张,向现代西方抓取合理因素;一方面回望古典,坚守中国传统根基;一方面转向民间,汲取有生力量。三方面有时冲突,有时交融。因此,汉语造型在文言与白话、汉语与欧化、标准语与方言之间改变着"理"的结构;实践主体在中国传统价值与西方现代价值以及国家、国民与个体的关系中激荡着"情"的发展;文学形式在西方文类与中国传统文类、旧体诗与新白话诗、文言文与白话文、文言小说与白话小说、晚清白话小说与新白话小说等关系中推动着"文"的演变。当"理"为现代之"理","情"为现代之"情","文"为现代之"文",并且三者统一于文学汉语时,则实现了某种文类的新生。当不同类型的文类在同一时代均获得新生时,则可说新的文学在这个时代发生了。

三

"文学汉语实践"能通向"中国现代文学的发生"基于一个古老的基本原则:文学是语言的艺术。到底如何理解文学与语言之间的关系,在此有必要稍作阐释。意大利哲学家克罗齐关于语言学与美学的统一性论述能给人某些启迪。克罗齐用一个很形象的比喻表达语言学与美学的统一:"凡是有哲学头脑的语言学家们在彻底深入语言问题时,常发见自己很象掘地道的工人们(用一个陈腐而却有力的譬喻),到了某个地点,他们必能听到他们的伙伴美学家们从地道的另一头在挖掘的声音。"②语言学家们和美学家

---

① 严绍璗:《"文化语境"与"变异体"以及文学的发生学》,《中国比较文学》2000年第3期。
② [意]克罗齐:《美学原理》,朱光潜译,《朱光潜全集》第11卷,合肥:安徽教育出版社,1996年,第291页。

们挖掘的是同一地道,不过有人从这头开始,有人从那头开始。克罗齐《美学原理》一书的副标题是"普通语言学",在克罗齐看来,普通语言学就是美学,语言的哲学就是艺术的哲学。① 克罗齐为什么这么说呢? 先来看看克罗齐是怎么理解语言的。克罗齐认为"语言是一种创造性的精神活动"②。所以语言不是思维和逻辑的工具。他说:"语言活动并不是思维和逻辑的表现,而是幻想、亦即体现为形象的高度激情的表现,因此,它同诗的活动融为一体,彼此互为同义语。这里所指的就是真正、纯朴的语言,就是语言的本性,而且即使在把语言作为思维和逻辑的工具,准备用它作某种观点的符号(首先,如果语言不是其本身的话,这种作用它是无法发挥的)时,语言也是要保持它的本性。"③所谓语言的"本性",我认为就是克罗齐主张的语言是"形象的高度激情的表现"④。克罗齐说:"发声音如果不表现什么,那就不是语言。语言是声音为着表现才联贯,限定,和组织起来的。"⑤其次,克罗齐从美学的角度这样来理解语言:"直觉—表现科学把语言融汇到整个自身的范围之内(其中也包括语音和音节构成的语言),融汇到自身完整的现实当中,而这现实正是已完成的感觉的生动体现。"⑥在克罗齐看来,语言哲学、诗歌、直觉—表现科学三者是同一个东西。而他所谓的直觉—表现科学其实就是美学,因此在美学把语言融汇到整个自身这一点上,美学与语言学走向了同一。最后,克罗齐的结论是:美学的研究对象是审美的事实,表现在本质上就是审美的事实。语言学研究的对象是语言,语言的本质也是表现。⑦ 美学和语言学在研究对象和本质上都是同一的。

克罗齐所谓的美学,其实就是艺术哲学,其中核心部分是文学。按照克罗齐的逻辑,文学和语言在本质上说都是"表现",所以语言学和文学是同一的,于是语言史和文学史走向了同一。即使在这两步的跨越中,还存在某些鸿沟,但是一个基本的事实是:文学或者文学史如果不处理语言这一"形

---

① [意]克罗齐:《美学原理》,朱光潜译,《朱光潜全集》第11卷,合肥:安徽教育出版社,1996年,第282页。
② [意]贝内代托·克罗齐:《美学或艺术和语言哲学》,黄文捷译,北京:中国社会科学出版社,1992年,第41页。
③ 同上。
④ 同上。
⑤ [意]克罗齐:《美学原理》,朱光潜译,《朱光潜全集》第11卷,第282页。
⑥ [意]贝内代托·克罗齐:《美学或艺术和语言哲学》,第25页。
⑦ [意]克罗齐:《美学原理》,朱光潜译,《朱光潜全集》第11卷,第282页。

象的高度激情的表现",恐怕就不成其为文学或者文学史了。从这个意义上说,克罗齐关于语言学和美学同一性的观点,给从语言的角度写作文学史提供了坚实的理论基础,同时也给从语言实践角度理解文学的发生提供了坚实的理论基础。

在国内学界,郭绍虞是从语言的角度来理解文学和构想文学史的代表。1941年,开明书店出版郭绍虞的《语文通论》,比较系统地展示了他的文学史观。朱自清认为《语文通论》论述"中国语文的特性和演变,对于现阶段的白话诗文的发展关系很大",并把关于语文的讨论概括为三个方面:语词、文体和音节。① 朱自清沿用《语文通论》标题中的"语文"一词并置了郭绍虞论述中的语言文字和文学体式。朱自清抓住的三点中,语词和音节侧重语言,而文体侧重文学类型,郭绍虞的重点则是如何从汉语的语词特点和音节特点来理解三种文学类型,再"根据文体的典型的演变划分中国文学史的时代"②。郭绍虞的文学史观可以概括为"语言学的文学史观"。他完全从汉语自身的特点分析文学,他的语言学的文学史观包括三个方面的内涵。

首先,从语言与文学的关系看,语言与文学具有内在同一性。他有一个独特的观点:"文学的基础总是建筑在语言文字的特性上的。"③这构成了他语言学的文学史观的基石,他关于新文学的认识和他对中国文学史的构建都是从汉语与汉语文学的内在同一性出发的。"我们若要说明中国语言文字之特性与文学之关系,则应着眼在两点。其一,是语言或文字所专有的特性;其二,是语言与文字所共有的特性。由前者言,造成了语体的文学与文言的文学,造成了文字型的文学与语言型的文学。由后者言,又造成了中国文学所特有的保守性与音乐性。"④中国文字是方块字,可以自由组合,成为对偶与匀整的形式,与口头语言绝不相同,造成文字型的文学;中国语言能够自由组合,如果说什么话能写什么文,又成为语言型的文学。另外,在中国古代,言语异声,文字相同,容易保存雅言与书面语,造成言文分离。于

---

① 朱自清:《中国文的三种型——评郭绍虞编著的〈语文通论〉与〈学文示例〉》,朱乔森编:《朱自清全集》第3卷,南京:江苏教育出版社,1988年,第294页。
② 同上书,第296页。
③ 郭绍虞:《中国文字型与语言型的文学之演变》,《语文通论》,上海:开明书店,1941年,第75页。
④ 郭绍虞:《新文艺运动应走的新途径》,《语文通论》,第101页。

是,郭绍虞分为文字型、语言型、文字化的语言型(求合于古人的语气语法)三种文学形式。而文字化的语言型其实是一种过渡阶段的形式,所以他在文学史的分期中并没有给它位置(见下文的分析)。

其次,他从汉语自身的特点对新文学的特质和发展提出了语言学的看法。郭绍虞的《语文通论》中关于新文学的文章写于1940年前后,这时新文学已经取得了绝对的胜利。但是文白之争并没有彻底消失,1930年代提倡文言和复古读经、提倡文言小品的思潮此起彼伏。对于文白问题,郭绍虞坚持白话——语言为新文学的基本形式,但是不妨学习文言来弥补白话的贫弱。郭绍虞在《新文艺运动应走的新途径》一文中提出的新途径是:从文艺的路到应用的路。他所说的应用,其实指的是现实生活中应用文的存在,当时应用文主要有两类:报纸文字和机关应用文字。① "白话文是文艺文,同时也是应用文,那才是白话文的成功。"②

最后,郭绍虞坚持认为欧化促成了新文学的创格,但是反对"过度欧化"。郭绍虞认为新文学远胜旧文艺的地方,在于新文学是一种"创格",即无定格。③ 而新文学的创格不是从中国汉语自身传统和中国古代文学中产生的,而是从语言的欧化形式中产生的。他说:"欧化所给与新文艺的帮助有二:一是写文的方式,又一是造句的方式。写文的方式利用了标点符号,利用了分段写法,这是一个崭新的姿态,所以成为创格。造句的方式,变更了向来的语法,这也是一种新姿态,所以也足以为创格的帮助。"④郭绍虞特别强调标点符号和分行写法对新文学语言样式的重构功能。他指出,"复杂包孕"的子句在佛经翻译中也有了,但却不能影响到其他文体,而且佛经翻译必须用四字句,关键因素"全在于标点符号"。⑤ 古文不用标点符号、不分行的坏处在于:"不曾悟到标点符号的方法,于是只有平铺直叙的写,只有依照顺序的写;不曾悟到分行写的方法,于是只有讲究起伏照应诸法,只有创为起承转合诸名。"造成两种后果:平易者流为浅俗,奇险者成为艰涩。⑥ 在他看来,文言作文,不用标点、不分段、不分行,在阅读的视觉上没有提示,

---

① 郭绍虞:《新文艺运动应走的新途径》,《语文通论》,上海:开明书店,1941年,第84页。
② 同上书,第88页。
③ 同上书,第93页。
④ 同上。
⑤ 郭绍虞:《中国语词之弹性作用》,《语文通论》,第38页。
⑥ 郭绍虞:《新文艺运动应走的新途径》,《语文通论》,第96—97页。

所以在句法上寻求句子的匀整和对偶,在文辞上重在音句而不重义句,这样仍然无法表达复杂的意识。运用标点符号,吸收新的造句方式,句子结构多种多样,灵活多变,使得文艺出现了新的体式,也就是郭绍虞说的"创格"①。所谓"创格",无非就是新文艺,也就是鲁迅的现代小说、周氏兄弟的现代小品文、郭沫若的诗歌等等。

在语法层面,郭绍虞认为欧化句式是新文艺能成为创格的一个原因。新文体形式的建立,是建筑在一种新的句子形式上面。② 郭绍虞举了欧化句式好的例子:"站在树旁的我"比"我站在树旁"好;"大礼堂吐出了许多人"比"许多人从大礼堂出来"好;"从两眼滢滢的泪光中,射出感谢我的笑意"比"泪光滢滢,似表谢意"好。郭绍虞总结说:"利用标点符号,可以使白话显精神;利用句式的欧化,可以使白话增变化。"③其实,标点符号和欧化句式,都能使白话更加灵活多变,从而改变中国文学汉语的样式,这也是当年鲁迅坚持硬译的目的之一。不过,郭绍虞反对"过度欧化"的句子,因为这不适合汉语文字的特性。④ 可惜的是,他对过度欧化的边界并没有详细地阐述。

郭绍虞根据他的语言学的文学史观,以汉语的特点划分中国的文学史段落。他把中国文学史分为五个时期:诗乐时代、辞赋时代、骈文时代、古文时代、语体时代。这种划分侧重以形式为依据进行分期,打破了以朝代为标界的文学史分期。而郭绍虞所谓的"形式",最重要的是语言。因为文学的基础是语言文字的特性,所以文学史的划分,实际依据的是语言/文字的变化。他把文学中的文体分为三种类型——语言型、文字型和文字化的语言型,然后根据这三种文体形式划分文学史的分期:

  春秋以前 诗乐时代 语言型的进行为伏流
  战国至汉 辞赋时代 文字型的主潮时期
  魏晋时代 骈文时代 文字型的主潮时期
  隋唐至北宋 古文时代 文字型的进行为余波

---

① 郭绍虞:《新文艺运动应走的新途径》,《语文通论》,上海:开明书店,1941年,第92—93页。
② 同上书,第99页。
③ 同上书,第99—100页。
④ 同上书,第100页。

南宋至现代　语体时代　语言型的主潮时期①

综上所述,克罗齐和郭绍虞两人对语言与文学的关系持有同样的观点,即语言与文学具有同构性。

四

要描述晚清至"五四"时期文学汉语与中国文学的同步变化,打通文学汉语实践与中国现代文学发生之间的通道,就必须回归作家个体的汉语实践。郜元宝曾主张"在汉语中理解汉语"②,受这一精辟概括的启发,不妨再向前走一小步:"在汉语实践中理解汉语"或者"在汉语实践中理解文学"。如果再向前一点就是:"在个体的汉语实践中理解文学汉语"或者"在个体的文学汉语实践中理解中国现代文学的发生"。

晚清民初开展汉语实践的"个体"那么多,事实上不可能全部论及,那么哪些"个体"才是必须论及的?本书选择晚清至"五四"时期十位著名作家的文学汉语实践来探讨中国现代文学的发生。借用雅斯贝尔斯的"轴心"概念,姑且把这十位著名作家称为"轴心作家群"。他们是黄遵宪、严复、梁启超、林纾、章太炎、王国维、吴稚晖、胡适、鲁迅、周作人。为什么是这十个个体而不是其他个体?比如王韬、康有为、章士钊、郭沫若、苏曼殊、郁达夫、徐枕亚等为什么不能入选?后面列举的这些作家确也各自卓然成家,但从语言观、汉语实践带来的文体变化角度衡量,这些作家还不具备带动的力量。在上述十位"轴心作家"中,把严复、梁启超、林纾、章太炎、胡适、鲁迅、周作人这七位作为个案探讨中国现代文学的发生,当无疑问。要说明的问题有两个:第一,为什么要选择黄遵宪作为开始?第二,为什么要加入王国维和吴稚晖?

第一,为什么要选择黄遵宪作为开始?与黄遵宪最有比照意义的人物是王韬。王韬(1828—1897)1849年入墨海书馆,协助传教士麦都思翻译《圣经》,1862年避居香港,1867年受传教士理雅各邀请漫游欧洲三年,其间帮助传教士英译中国经典,1874年创办《循环日报》。王韬年轻时就与西

---

① 郭绍虞:《中国文字型与语言型的文学之演变》,《语文通论》,上海:开明书店,1941年,第75页。

② 郜元宝:《汉语别史——现代中国的语言体验》,济南:山东教育出版社,2010年,第85页。

方传教士打交道,曾漫游欧洲,是中国传统读书人中较早走出国门,感受西方现代之风气的人物;并且创刊报纸,撰写报章文体,又是中国读书人中较早利用现代媒体著书立说的人物。从这两个方面衡量,王韬极有可能成为中国传统文学的掘墓人。但实际上,王韬并未成为这样的人物,主要有两个方面的原因。第一,王韬的语言观带有僵硬的文化民族主义,其"中国语言中心观"太过紧闭和牢固,因而不可能看到其他国家语言的可借鉴之处。他曾写道:

> 中国,天下之宗邦也,不独为文字之始祖,即礼乐制度、天算器艺,无不由中国而流传及外。①

> 即以文学言之,仓颉造字,前于唐、虞,其时欧洲草昧犹未开也。即其所称声名文物之邦,如犹太,如希腊,如埃及,如巴比伦,如罗马,所造之字至今尚存,文学之士必以此为阶梯,所谓腊丁文、希利尼文也。然中国之字,六书之义咸备,西国之字仅得其一偏,谐声之外,惟象形而已。埃及字体散漫,其殆古所称云书而云名者欤?②

> 余观地球中各国文字。无有备于中国者。余国皆仅备音而不能备字。其在六书中。不过谐声一种而已。③

王韬之所以持有这样的"汉语中心观",主要原因之一是他与当时所有中国人一样固守着中国中心观;主要原因之二是王韬虽然与传教士共事多年,却不通晓任何外语④,严重限制了他对西语的理解。第二,王韬的译著与创作虽然非常丰富,却并没有在语言造型以及文学形式上提供现代形式。他一生与多位传教士合作翻译中外著作,协助麦都思等人中译《圣经》,协助理雅各等人英译儒家经典,与傅兰雅等人合作中译西学著作。他自己的创作就更为丰富,重要的有游记《漫游随录》《扶桑游记》,小说《遁窟谰言》《淞滨琐话》《淞隐漫录》《海陬冶游录》《花国剧谈》,诗歌《蘅华馆诗录》,报章文文集《弢园文录外编》等,采用新名词,叙写域外民情风俗,记录中国人的当下生活,带有某些新的因素。但是这些著作都用文言书写,新的因素并没

---

① 王韬:《原学》,《弢园文录外编》,上海:上海书店出版社,2002年,第2页。
② 同上书,第3页。
③ 王韬:《瓮牖余谈》(下),上海:文明书局,出版年不详,第6页。
④ 关于王韬不通晓任何外语的考证,可参考段怀清《王韬与近现代文学转型》第1章第1节"王韬通晓西语考",其结论是王韬可能略懂西语,但谈不上通晓。段怀清:《王韬与近现代文学转型》,上海:复旦大学出版社,2015年,第63页。

有凝聚成"有意味的形式",即某种生成性的形式。他的《纪日本女子阿传事》《海外美人》《桥北十七名花谱》《东瀛才女》《花蹊女史小传》等短篇小说都写外国女性,却没有提供多少新意。与王韬相比,黄遵宪至少在三个方面提供了他那个时代先锋性的东西。第一,黄遵宪既大胆地提出了"我手写我口"的诗学主张,又敏锐地看到了日本俗语文体的实用价值。第二,黄遵宪既保持着对汉语的自信,又有意识地采纳日译新名词,丰富着汉语的表达。《日本杂事诗》以"本文—注释"的方式形成独特的汉语造型,开启了新名词在汉语家族中打开意义空间的尝试。第三,黄遵宪的"新世界诗"在空间和时间上表达了中国人前所未有的现代性体验。他的《日本杂事诗》出版于1879年,与同时期描写海外景观的诗歌比较,则超前许多。比如张斯桂的《使东诗录》(1877)只有诗歌本文,没有注释。也有描写新事物的诗,如写女子师范学校、幼稚园、轮船,却缺乏判断,少见识。多写日本民情风俗,对明治维新的新气象很少关注。又如何如璋的《使东杂咏》(1877)收诗67首,采用"本文—注释"的形式。其中多写诗人旅途见闻,注释中也偶用一些新词语,如"火车""经理""邮便"等。最能表现新事物的是写"电气报"的一首①,但这样的诗非常少见。《使东杂咏》虽然写中国士大夫的域外景观,但在词语的运用和意思的开拓上,都不能与《日本杂事诗》相比。

  为什么要选择王国维和吴稚晖?周扬论新文学运动的准备时非常推崇王国维,他认为"论新文学运动,王国维的名字却总是被忽略,实则王氏在文学修养的深湛与见地的精辟上不但五四新文学运动以前无与比肩的,就是以后也很少有人能及他"②。王国维重视戏剧和小说,深刻认识到文学的本质,懂得艺术创造中抽象与具体、一般与特殊之辩证关系。"在对文学语言的态度上,他虽还设(按,疑为'没'之误)有提出主张白话,但他对于元剧的采用俗语,创造新词,是极为赞赏的。这个人物有权被称为新文学运动的先驱,中国所有文艺评论家中之最伟大的一个,因为不管他在政治上是保皇党,在哲学上是观念论者,他的文学见解,基本上是现实主义的,充满了不少

---

  ① 何如璋写"电气报"的诗如下:"柔能绕指硬盘空,路引金绳万里通。一掣飞声逾电疾,争夸奇巧夺神工。"注释如下:"电气报以铜为线,约径分许,用西人所炼电气。或架木上,或置水中,引而伸之,两头以机器系之。所传之音,傅线以行,虽千万里顷刻可达。"何如璋:《使东杂咏》,见钟叔河编:《走向世界丛书》(Ⅲ),长沙:岳麓书社,2008年,第125页。

  ② 周扬:《新文学运动史讲义提纲》,《文学评论》1986年第1期。

深刻的辩证的要素。"①周扬的评论似乎过高,但从王国维与"五四"新文学的关系看,至少有三点理由令王国维有资格被作为中国现代文学发生的个案来探讨。首先,王国维对元剧采用俗语、自铸新词极为赞赏,与"五四"新文学的语言观相通。其次,王国维翻译著作中因采用日译汉词所构造的"叠床架屋的汉语造型",在语言内部突破汉语原有的构造,从而推动了述学文体的演变。这方面的成就要超过晚清两大著名的翻译家——严复和林纾。最后,他与鲁迅年龄相差不多,经历也有许多相似之处,但一个与新文学擦肩而过,另一个成为新文学的开创者,这为探讨中国新文学的发生提供了更宽广的视野。吴稚晖晚清时期提倡万国新语、主张废弃汉字,民国成立后组织读音统一会、制定注音字母、编辑《国音字典》,成为国语运动的重要一员。他在1917年新文学被提出之前,已经在巴黎《新世纪》上发表了大量的白话文,还有用白话写作的短篇小说《风水先生》和长篇小说《上下古今谈》。他的白话文塑造了一种独特的白话形态,可以名之为"万花筒式的白话形态"。新文学运动提出之后,他坚决站在白话文学的立场。如果没有吴稚晖的白话文,中国新文学的白话文园地里就缺少了一枝带刺的黑玫瑰。

既然以"轴心作家"个体的汉语实践为基础探讨中国现代文学的发生,那么如何展开他们的汉语实践以呈现中国现代文学发生的内部风景?本书从如下几个层面展开对"轴心作家"个体的汉语实践的描述。第一层面,考察"轴心作家"关于汉字、汉语和汉文的观念变化。对于这种观念性变化过程的描述本可以放在对汉语实践的探索之后,但考虑到习见的阅读方式,有时并非如此安排。第二层面,描述"轴心作家"个体的汉语实践带来的汉语造型的变化,旨归在文学汉语的"理"。第三层面,探讨由汉语造型而催生的文学形式的演变,旨归在文学汉语的"文"。第四层面,思考"轴心作家"个体的主体性的现代生长,旨归在文学汉语的"情"。这是整体的设想,具体到对每位"轴心作家"的研究时,这四个层面各有侧重。

---

① 周扬:《新文学运动史讲义提纲》,《文学评论》1986年第1期。

第一章 黄遵宪

第一节 "新世界诗"的汉语造型及其意义表达

"五四"新文学的转型,以白话和白话文的觉醒为基础,以口语和个人的表达为根本,这样,不论是"五四"新文学的建设者,还是中国近现代文学的研究者,都会自觉地把这条线索或多或少与黄遵宪的语言主张和诗学主张勾连起来。黄遵宪具有亲历域外世界的现代体验,又擅用诗歌来表达这种体验。对黄遵宪来说,重要的问题是:面对亲历的域外之景物、域外之社会风情、域外之文化政治,该使用怎样的汉语造型来表达呢?实际上,当黄遵宪采用中国传统诗歌的形式表达域外体验的时候,汉语造型多少受到了压抑。不过,与黄遵宪照面的域外景观,自身要求黄遵宪采用非中国传统的汉语造型,因此黄遵宪的汉语造型与传统的汉语造型相比就带有了新的姿态。

一、"新世界诗":"本文—注释"的汉语造型

丘逢甲称《人境庐诗草》卷四前为旧世界诗,卷四开始为"新世界诗"[1],其实在我看来,黄遵宪自1877年赴日本任参赞后的诗歌都是"新世界诗",其"所历之境"挪移了中国传统士大夫足迹的边界,改变了诗人的空间观念。当然,并不是说黄遵宪出使日本之前的诗歌就完全是"旧世界"的,其中某些诗歌已经开始指向新世界,如《香港感怀十首》其五"民气多膻行,夷言学鸟音"[2]已经注意到了异国语言"鸟音"(英语)的存在,《和周朗

---

[1] 黄遵宪著,钱仲联笺注:《人境庐诗草笺注》(下),上海:上海古籍出版社,1981年,第1088页。

[2] 黄遵宪:《香港感怀十首》,陈铮编:《黄遵宪全集》(上),北京:中华书局,2005年,第78页。

山琨见赠之作》"万户侯耳岂足道,乌知今日裨瀛大海还有大九州"①已经关注到了中国神州以外的世界。"新""旧"的区分如果有一个截然的标志,以黄遵宪走出国门为界最合理。恩斯特·荣格说:"在天空与地球之间移动的事物只能被天空和地球解释。"②天空与地球规约了事物的移动方式,对于黄遵宪而言,中国—日本—美国—欧洲—南洋的线路规约了黄遵宪"新世界诗"的表达与意义。陈三立评价黄遵宪的诗歌"驰域外之观,写心上之语"③。这句话倒过来也许更合适:用心上之语,写域外之观。这符合"新世界诗"实录记述的创作初衷。黄遵宪的"心上之语"演化为诗歌汉语造型的时候,以诗歌文言为本,熔铸了俗语、散语与新语。

如果仅仅是擅长运用俗语和散语,黄遵宪的诗歌就不会有"新世界诗"之称,因为俗语与散语的汉语造型还不足以建构新世界。"新世界诗"汉语造型的最大特色在于吸收运用了新词语。这是中国古体诗歌语言在19世纪后半期能作出的最大的让步与开放。新词语以怎样的方式进入汉语诗歌的语句?最简单的方式是直接进入。在黄遵宪的"新世界诗"中,直接进入的新词语以名词居多,粗略统计《人境庐诗草》中的新词语,从名词的角度排列如下:

专名中的人名:耶稣、和华、可伦坡、华盛顿、格兰特、嘉富洱、玛志尼、路易十四……

专名中的国名:美利坚、法兰西、佛兰西、波兰、希腊、埃及、俄罗斯、鄂罗斯……

其他名词:淡巴菰、六十四质、动物、植物、殖民地、人权、民权……

一个新名词就圈定着一片新的空间,大量的新名词构建着新世界。然而直接进入汉语的新词尽管带来了新空间,但这些空间还是完整而封闭的。这些新词语如何在汉语的句序中展现自身呢?展现的方式在我看来就是黄遵宪"新世界诗"汉语造型的方式。其汉语造型最具时代意义的不是简单地让新词语直接进入古体诗歌中,而是采用了"本文—注释"的形式。"本

---

① 黄遵宪:《和周朗山琨见赠之作》,陈铮编:《黄遵宪全集》(上),北京:中华书局,2005年,第79页。

② 转引自[法]保罗·维利里奥:《解放的速度》,陆元昶译,南京:江苏人民出版社,2004年,第86页。

③ 黄遵宪著,钱仲联笺注:《人境庐诗草笺注》(下),上海:上海古籍出版社,1981年,第1083页。

文—注释"的形式指的是,一首诗由诗歌本文与注释组成。《日本杂事诗》和《己亥杂诗》等是典型代表。以往论者强调的是这个形式中"注释"对"本文"的"补充说明"的附属功能。比如陈衍在《石遗室诗话》中写道:"公度诗多纪时事,惜自注不详,阅者未能尽悉。"①陈衍从诗歌文本与历史事实相互印证的角度感叹其"自注不详",尽管也强调了"注释"的重要,不过仍然是"补充说明"。我更愿意把"本文—注释"的表达形式看作一种文学上的汉语造型,目的是想考察晚清以来文学文本的汉语吸收新词的方式与对策。我认为"本文—注释"的表达方式是晚清以来汉语欧化的最初形式,是晚清以来文学汉语现代发展的起点。

"本文—注释"的汉语造型有两种基本模式。第一种是本文或者注释中出现某个新词,本文与注释对新词并没有构成一种"共谋"的阐释观照,新词直接进入汉语句子后处于自在状态;但是本文与注释并非弃之不管,总会透出与新词相关的"蛛丝马迹"。第二种模式是本文与注释共同形成对某个新词的阐释。其实两者没有绝对的区别,只是解释多少的不同而已。这里仅举两例,第一,《日本杂事诗》定稿本第十七首纪述日本的"物语":

> 翠华驰道草萧萧,深苑无人锁寂寥。多少荣花留物语,白头宫女说先朝。②

诗歌本文中提出"物语",注释间接作了阐释:"《荣花物语》,出才嫄赤染卫门手,皆纪藤原道长骄奢之事。道长三女为后,故多叙宫壸。"③注释提出了《荣花物语》这个范本,暗示了"物语"作为日本文体形式的意思。而诗歌本文中"多少荣花留物语"是对注释中《荣花物语》这个书名的拆解,也许是黄遵宪的文字游戏,可以理解为:留下多少《荣花物语》的意思。如果搁置注释,纯从诗歌本文的诗句来看"荣花留物语",则有两种读法,分别是"荣花—留—物语"和"荣花—留—物—语"。在后一种读法中,荣花更加活跃,"物"开始说话,一切活动起来。在当代的汉语中,"物语"一词的运用也突破了其文体的限度,如"人与自然的神奇物语""极限物语""时代物语"等说法;而在"青春物语"中,"物"仿佛不是被选择,而是在发出召唤。

---

① 陈衍:《石遗室诗话》,转引自黄遵宪著,钱仲联笺注:《人境庐诗草笺注》(下),上海:上海古籍出版社,1981年,第1279页。
② 黄遵宪:《日本杂事诗》卷一,北京:同文馆集珍版,光绪五年(1879)孟冬,第10页。
③ 同上书,第10—11页。

第二，《日本杂事诗》定稿本第五十三首纪述"新闻"与"新闻纸"。《辞源》中"新闻"有两个义项：第一，新近听说的事，又称"新文"。第二，新知识。如苏东坡云："新闻妙无多，旧学闲可束。"（《次韵高要令刘湜峡山寺见寄》）徐继畬1849年在《瀛寰志略》自序中写道："每得一书，或有新闻，辄窜改增补，稿凡数十易。"①这里的"新闻"解释为新知识也比较恰当。不过，至黄遵宪1877年出使日本前后，"新闻"一词出现在中国出版的报纸杂志上，如《香港新闻》《中外新闻七日录》《教会新闻》等报纸就以"新闻"来命名。如果追溯得更远一点，则有1828年在马六甲出版的中文报纸《天下新闻》。② 在《东西洋考每月统记传》上还有论述"新闻纸"的论文《新闻纸略论》："在西方各国有最奇之事，乃系新闻纸篇也。此样书纸乃先三百年初出于义打里亚国，因每张的价是小铜钱一文，小钱一文西方语说加西打，故以新闻纸名为加西打，即因此意也。"③但即使是这样，大多数的国人可能对"新闻纸"和"新闻"并没有深入的思考和理解。黄遵宪出使日本的时候，由于明治维新以来日本向西方的学习，《东京日日新闻》《报知新闻》等已经刊行。黄遵宪用诗歌的形式对"新闻"和"新闻纸"进行了介绍。《日本杂事诗》初刻本第五十首：

> 一纸新闻出帝城，传来今甲更文明。曝檐父老私相语，未敢雌黄信口评。

> 新闻纸，山陬海澨，无所不至，以识时务，以公是非，善矣。然西人一切事皆藉此以达，故又设诽谤朝政、诋毁人过之律，以防其纵。轻议罚锾，重则监禁，皆仿行之。新闻纸中述时政者，不曰文明，则曰开化。④

诗歌本文抓住了"新闻"文明的开化功能，然而用"今甲"这样的古语限制了"新闻"特质的外射。三、四句叙述新闻纸的反面功能，其实与"更文明"处于矛盾状态。诗歌注释对新闻纸的认识有扩展：覆盖面广，识时务的社会认识，公是非的判断，文明开化的工具和方式。不过如本文一样，注释在肯定

---

① 徐继畬：《瀛寰志略》，上海：上海书店出版社，2001年，"自序"第6页。
② 张静庐辑注：《中国近现代出版史料·近代初编》，上海：上海书店出版社，2003年，第66—70页。
③ 《新闻纸略论》，《东西洋考每月统记传》，道光癸巳年（1833）十二月。
④ 黄遵宪：《日本杂事诗》卷一，北京：同文馆集珍版，光绪五年（1879）孟冬，第24页。

新闻纸"西人一切事皆藉此以达"的巨大功能之后,立即来一个"故"后的转折。这种矛盾心态正是黄遵宪出使日本时期对日本明治维新保守态度的表露。到了出使英国时期,黄遵宪看到欧洲的情形与日本差不多,就改写如下:

  欲知古事读旧史,欲知今事看新闻。九流百家无不有,六合之内同此文。

  新闻纸,以讲求时务,以周知四国,无不登载。五洲万国,如有新事,朝甫飞电,夕既上板,可谓不出户庭而能知天下事矣。其源出于邸报,其体类乎丛书,而体大,而用博,则远过之也。①

这首诗和注释出自《日本杂事诗》的定稿本,与上述初刻本相比,定稿本删去了新闻纸负面功能的表述,删去了"公是非"的价值判断。这样,初刻本语句之间的矛盾没有了,定稿本的诗歌本文内部与注释内部获得了统一。诗歌本文第一、二句用对照的手法突出新闻传达"今事"的功能,第三、四句突出新闻的内容丰富和传播面广。注释从报纸的发展过程,追溯到新闻纸在中国源于邸报的历史,还不忘指出新闻纸"体大"而"用博"的现代特征。诗歌和注释重点突出了新闻纸的如下特征:讲求时务的当下性,遍及五洲万国新事的普及性和"朝甫飞电,夕既上板"的及时性。"本文—注释"的汉语造型是对新闻以及新闻纸很完整而又简洁的叙述。黄遵宪在《日本国志》中对新闻纸有所记述,其记述仍然分正文和注释两个部分,正文很简短:"新闻纸,论列内外事情,以启人智慧。由是西学有蒸蒸日上之势。"②而注释相对较长,与正文呼应以突出"知古知今,益人智慧,莫如新闻"的巨大社会功能。这简直是一部日本新闻纸的简要发展史。之所以如此不同,是出自不同文体的要求,《日本国志》主要以日本为主体,而定稿本的诗歌则是以新闻纸为主体。

  在汉语欧化的意义上,"本文—注释"的汉语造型构成了对新词的阐释,可谓新词的元语言。元语言是西方的语言学者提出的概念,卡尔纳普说:"为了表达任何对象语言(object language),我们需要一种元语言(meta-language)。"元语言是阐释对象语言的语言。雅各布森(又译雅柯布森)说:

---

① 黄遵宪:《日本杂事诗》卷一,长沙:富文堂重刊,光绪二十四年(1898),第22页。
② 黄遵宪:《日本国志》卷十二,广州:羊城富文斋刊版,光绪十六年(1890),第20页。

"一个语言符号通过这种语言中其他某些同性质的符号进行的阐释,是一种元语言行为。"雅各布森在不同的文章中反复强调了元语言的重要作用,这种作用首先表现在个体身上,他认为元语言运作在儿童语言学习中起着重要的作用,儿童经常会问某个词是什么意思,大人就开始用其他词语和语句解释,这就是元语言运作。元语言运作遵循语言相似性原则,实践选择和替代功能,如果这种功能发展障碍就会发生失语症。① 在具体语言的发展上,雅各布森认为"元语言是任何语言发展至关重要的因素"②。这里包含两层意思,首先,语言内部的元语言行为是该语言发展的重要因素;其次,"在语言社团里谈论别的语言"③的元语言运作,也就是说某种语言面对其他语言的元语言行为也是该语言发展至关重要的因素。

黄遵宪"新世界诗""本文—注释"的汉语造型,不折不扣地实践着元语言功能:它是对"新词"这种对象语言的阐释,新词得到阐释之后,就得到汉语的认同和传播,从而推动了汉语自身的发展。新词进入汉语,这是晚清汉语面临的挑战,也是中国士大夫选择言说方式的挑战。"本文—注释"的汉语造型是晚清汉语发展的第一步。黄遵宪"新世界诗"通过"本文—注释"的汉语造型引入的新词除了上述提到的物语、落语、议员、新闻、新闻纸、佛兰西之外,还有:和华、耶稣、虾夷、共和、议院、警视、知识、课程、妻屋、杨花、让叶、玉打、淡巴菰、阿芙蓉、贷座敷、地狱女、赤信女、料理屋、扬弓店、幼儿园、消防local、江户香、镜写真、博览会、法学、理学、化学、气学、重学、数学、矿学、画学、天文地理学、动物学、植物学、机器学、文学等等。这是一个很不完整的统计。④ 这些新词大部分被汉语认同了,至今还在使用。

需要指出的是,黄遵宪"新世界诗""本文—注释"的汉语造型引进的新词,大多数是专名,也许有些论者会提出这样的问题:这些专名其实对汉语的影响不大,尤其是对文学文本中的汉语影响不大。其实不同语言之间影响最大的就是词语,语音和语法相对来说要少一些。无论是中国

---

① 见 Roman Jakobson, *Two Aspects of Language and Two Types of Aphasic Disturbances*, *Fundamentals of Language*, The Hague: Mouton and Co. Printers, 1956, p.67。

② [美]罗曼·雅柯布森:《语言学的元语言问题》,《雅柯布森文集》,钱军、王力译注,长沙:湖南教育出版社,2001年,第64页。

③ [美]罗曼·雅柯布森:《类型学研究及其对历史比较语言学的贡献》,《雅柯布森文集》,第66页。

④ 参见刘冰冰:《试论黄遵宪诗歌中"新名词"的运用》,《齐鲁学刊》2006年第5期。该文统计出黄遵宪诗歌运用的新名词共201个。这是就诗歌正文统计的,并不包括诗歌的注释。

古代汉语由于佛经的翻译而对梵语的接受,还是中世纪的欧洲英语对诺曼语的接受,语言最大的受惠处都是词语的大量借用。① 新词进入汉语诗歌,本身就标志着文学文本汉语的变化,陈嘉映在《语言哲学》中指出:"通过实指学习语词都不只是建立一个词和一个对象的关系,而且同时也是建立语词之间的联系。"② 同理,新词进入汉语,引发的波动是新词与汉语词汇之间撞击融会,从而改变汉语词汇的语义、搭配等习惯。黄遵宪"新世界诗""本文—注释"的汉语造型是现代汉语吸收异域语言的第一步,如果要等汉语在语法层面发生某些变化,那需要一个漫长的过程,仅仅凭借一个人的诗歌创作甚至一代人的文学创作都是远远不够的。另外,作为专名进入汉语的新词,同时也会改变人的观念,专名是有可能改变一个文化传统的。

所以,从某种意义上说,在黄遵宪的"新世界诗"中,语言先于诗歌。

二、"新世界诗"的世界:空间与时间(上)

黄遵宪"新世界诗"的汉语造型所表达的现代体验呈现为具体的"世界"图景。不过,黄遵宪对"世界"一词的运用有一个嬗变过程,在"新世界诗"之前运用"世界"一词的语句如下:

> 吁嗟乎!丈夫不能留芳千百世,尚能贻臭亿万载。生非柱国死非阎罗王,犹欲醋血书经化作魔王扰世界。③
> 茫茫世界尘,点点国土墨。④
> 星星世界遍诸天,不计三千与大千。⑤
> 江流仍此水,世界竟何年。⑥
> 世界随转轮,成坏各有劫。⑦

黄遵宪早期运用的"世界"一词带有宗教色彩。"世界"本是佛教用语,在黄

---

① [美]布龙菲尔德:《语言论》,袁家骅、赵世开、甘世福译,北京:商务印书馆,1980年,第572页。
② 陈嘉映:《语言哲学》,北京:北京大学出版社,2003年,第196页。
③ 黄遵宪:《西乡星歌》,陈铮编:《黄遵宪全集》(上),北京:中华书局,2005年,第92页。
④ 黄遵宪:《锡兰岛卧佛》,陈铮编:《黄遵宪全集》(上),第117页。
⑤ 黄遵宪:《海行杂感·七》,陈铮编:《黄遵宪全集》(上),第106页。
⑥ 黄遵宪:《五月十三夜江行望月》,陈铮编:《黄遵宪全集》(上),第141页。
⑦ 黄遵宪:《三哀诗·吴季清明府》,陈铮编:《黄遵宪全集》(上),第177页。

遵宪的诗句中与"世界"同时出现的词语常常有"阎罗王""魔王""劫""转轮""尘""三千""大千"等等,仿佛成了佛教词语家族。"世界"一词在黄遵宪的汉语中更多的意义是"人世",而黄遵宪最喜欢用来指称现代意义的"世界"的词语是"万国",这是 19 世纪后半期中国表达的通行语。直到 1900 年前后,黄遵宪对"世界"一词的运用逐渐脱离了佛教家族词语的束缚,如"人不顾同群,世界人非人"①,"勉勉汝小生,汝当发愿造世界"②。在非诗歌文本中,黄遵宪很娴熟地运用现代意义的"世界",比如 1902 年 11 月 30 日致梁启超函论曾国藩时有两处用"世界"一词:"(曾国藩)于现在民族之强弱,将来世界之治乱,未一措意也。"③"今后世界文明大国,政党之争,愈争愈烈,愈益进步。"④在此,黄遵宪正是从现代民族国家的角度来理解和运用"世界"一词的。

如果从黄遵宪"新世界诗"的角度来理解黄遵宪的"新世界",则主要包括三个方面的内涵:在空间上,"新世界"是空间的一种绵延;在时间上,"新世界"是时间的一种运动;在价值观念上,"新世界"是对中国传统"天下"观念的解构。

1899 年,黄遵宪五十岁,因戊戌变法一事蛰居家乡,所写《己亥杂诗》的第一首说:"我是东西南北人,平生自号风波民。百年过半洲游四,留得家园五十春。"⑤黄遵宪把自己放置在"新世界"的空间境域中来认识,并描述成"洲游四"的"东西南北人",这是一种空间人。黄遵宪走出国门,熔铸欧亚,其现代体验开始把中国传统观念中的"天下"一词的地平线向远处推移。黄遵宪十岁时,曾经以"天下犹为小,何论眼底山"⑥来破解杜甫的名句"一览众山小"。"天下"是中国文化中最常见又最模糊的概念之一。大致说来,天下是以皇权为中心建构的区域概念,指皇权的力量所能辐射到的区域,"率土之滨,莫非王土,率土之臣,莫非王臣"。黄遵宪出使日本后很自觉地推移了"天下"的地平线,他使日时期在《〈皇朝金鉴〉序》中写道:"余

---

① 黄遵宪:《小学校学生相和歌·三》,陈铮编:《黄遵宪全集》(上),北京:中华书局,2005 年,第 225 页。
② 黄遵宪:《小学校学生相和歌·七》,陈铮编:《黄遵宪全集》(上),第 227 页。
③ 黄遵宪:《致梁启超函》(1902 年 11 月 30 日),陈铮编:《黄遵宪全集》(上),第 436 页。
④ 同上书,第 437 页。
⑤ 黄遵宪:《己亥杂诗·一》,陈铮编:《黄遵宪全集》(上),第 153 页。
⑥ 黄遵宪:《己亥杂诗·四二》注释,陈铮编:《黄遵宪全集》(上),第 158 页。

窃以为天下者,万国之所积而成者也。"①天下由万国所积而成,改变了中国传统以单个皇权为中心的观念,复数的国家开始成为天下的对象。黄遵宪出使欧洲后在《登巴黎铁塔》中写道:"一览小天下,五洲如在掌。"②"小天下"中"天下"是以"巴黎铁塔"为中心建构的天下,但是又与下句中的"五洲"并举,可见黄遵宪的"天下"观念在逐渐发生改变。

黄遵宪对"天下"一词的使用频率并不很高。他更喜欢用另外两组词语来表述现代意义的"世界":一组是五洲、五大洲、五部洲、五大部洲、五洲万国;另一组是地球、地球图、地球圆。先来看第一组词语的运用:

环顾五部洲,沧海不可隔。③
吁嗟五大洲,种族纷各各。④
年来足迹遍五洲,浮槎曾到天尽头。⑤
吾闻地球绕日日绕球,今之英属遍五洲。⑥
芒砀五洲几大陆,红苗蜷伏黑蛮辱。⑦
一览小天下,五洲如在掌。⑧
忽想尻轮到五洲,海泓烟点小齐州。⑨
居今日五洲万国尚力竞强、攘夺搏噬之世,苟有一国焉,偏重乎文,国必弱,故论文至今日,几疑为无足轻重之物。⑩
文章家之史之大者,为古所绝无,其惟今日五大部洲之史乎!⑪

黄遵宪在诗歌中运用这组词语,字数稍有不同,可能是因古体诗歌的语言对于字数的要求而改变的。中国人称呼"世界"从林则徐的《四洲志》到徐继

---

① 黄遵宪:《〈皇朝金鉴〉序》,陈铮编:《黄遵宪全集》(上),北京:中华书局,2005年,第265页。
② 黄遵宪:《登巴黎铁塔》,陈铮编:《黄遵宪全集》(上),第128页。
③ 黄遵宪:《陆军官学校开校礼成赋呈有栖川炽仁亲王》,陈铮编:《黄遵宪全集》(上),第95页。
④ 黄遵宪:《逐客篇》,陈铮编:《黄遵宪全集》(上),第108页。
⑤ 黄遵宪:《下水船歌》,陈铮编:《黄遵宪全集》(上),第114页。
⑥ 黄遵宪:《伦敦大雾行》,陈铮编:《黄遵宪全集》(上),第121页。
⑦ 黄遵宪:《小学校学生相和歌·一》,陈铮编:《黄遵宪全集》(上),第225页。
⑧ 黄遵宪:《登巴黎铁塔》,陈铮编:《黄遵宪全集》(上),第128页。
⑨ 黄遵宪:《己亥杂诗·四三》,陈铮编:《黄遵宪全集》(上),第158页。
⑩ 黄遵宪:《〈明治名家诗选〉序》,陈铮编:《黄遵宪全集》(上),第249页。
⑪ 黄遵宪:《〈藏名山房集〉序》,陈铮编:《黄遵宪全集》(上),第250页。

畲的《瀛寰志略》,经历了一个从"四洲"到"五洲"的过程。① 其实早在明末,利玛窦的《坤舆万国全图》就介绍了五大洲,"五大洲"和"万国"的概念开始进入汉语世界,不过利玛窦的这种称呼在很长一段时期内没有得到中国士大夫的认可。黄遵宪"新世界诗"吸收"四洲""五洲""万国"等词语,显示了中国人认识世界时,以中国为中心出发点的传统价值观有了新的转机。

中国人接受"五洲"的世界概念,与认识地球同步。中国古代张衡与张载等人的"地圆"猜想在中国文化中并不重要,中国文化看重的是"天圆地方"。清朝的刘献廷、郭子章、王韬等人都认为地球之说是明朝的利玛窦带到中国的。1848年《瀛寰志略》初刻本问世,卷一是《地球》篇,有"地球平圆全图",地球篇的第一句就是"地形如球"。魏源《海国图志》更清晰地介绍了哥白尼的"日心说"。1876年李圭参加美国在费城举办的纪念美国建国百年的世界博览会,环游地球一周,成《环游地球新录》一书,书中有一幅《环游地球图》。这也许是中国人亲历"地球圆"的第一次。

黄遵宪的"新世界诗"对地球多有描绘与想象:

地球浑浑周八极,大块郁积多名山。②
倘遂乘桴更东去,地球早辟二千年。③
倘亦乘槎中有客,回头望我地球圆。④
世人已识地球圆,更探增冰南北极。⑤
人种如何不尽黄? 地球如何不成方?⑥
欲展地球图指看,夜灯风幔落伊威。⑦

---

① 林则徐根据英国人慕瑞斯的《世界地理大全》翻译编撰而成的《四洲志》中,四洲指的是阿细亚洲(或者阿悉亚洲)即亚洲、阿未利加洲(非洲)、欧罗巴洲(欧洲)和阿墨利加洲(美洲),未包括澳大利亚洲。徐继畲的《瀛寰志略》叙述了四洲,只是名字稍有不同:亚细亚(亚洲)、欧罗巴(欧洲)、阿非利加(非洲)、亚墨利加(美洲),同时也提到了世界第五大洲——阿塞亚尼亚洲。徐继畲:《瀛寰志略》,上海:上海书店出版社,2001年,第4页。
② 黄遵宪:《宫本鸭北索题晁山图即用卷中小野湖山诗韵》,陈铮编:《黄遵宪全集》(上),北京:中华书局,2005年,第98页。
③ 黄遵宪:《海行杂感·二》,陈铮编:《黄遵宪全集》(上),第106页。
④ 黄遵宪:《海行杂感·七》,陈铮编:《黄遵宪全集》(上),第106页。
⑤ 黄遵宪:《感事·三》,陈铮编:《黄遵宪全集》(上),第123页。
⑥ 黄遵宪:《幼稚园上学歌·三》,陈铮编:《黄遵宪全集》(上),第224页。
⑦ 黄遵宪:《小女》,陈铮编:《黄遵宪全集》(上),第114页。

"地球圆"的思想,改变着人们认识空间的方向。被胡适极力称赞的晚清诗人金和(1818—1885,江苏上元人,有《秋蟪吟馆诗钞》)的《题李小池环游地球图》说:"是知地体圆,环转只一枢。视人所向背,东西无定区。"①题目中的"李小池"即写《环游地球新录》的李圭。"地球圆"得到肯定后,中国传统认定的东西相隔、南北对峙都变得不可确定。到了1903年,马君武曾经介绍黑格尔的地球决定论:"理想之发表也,必有一剧场焉,地球是也。地球者,产生理想之方所也。登此剧场之人物,常随时代而变异。地球者,历史之基址也。地球大约可以分为三类:一山地,二平原,三河岸海口。人群之初发达也,必在平原旷寞之野,及稍进,则必在河岸萦回之区。地势开通,人群之灵性乃日浚,商务远及,人群之发达至不可限量焉。"②黑格尔从地球环境与文明的关系角度来认识地球,黄遵宪没有这样的高度,只是相当感性地认识地球。"地球圆"和"五洲""万国"两组词语的表达,显示出黄遵宪乃至中国人逐渐改变"天下"观念的过程,从而对所谓"天朝""中国"等核心观念形成了冲击。

三、"新世界诗"的世界:空间与时间(下)

黄遵宪的思维方式中有个基点:今。他在《感怀·二》中说"识时贵知今"③,"知今"不仅是他认识历史、观察世界的方式,而且他把"今"作为"我"之存在的基础与方式,建筑了"今我"这个处于新世界境域中的自我形象。黄遵宪在戊戌变法之后写道:"今日今时有今我,茶烟禅榻病维摩。"④"今时何时我非我,中夜起坐心旁皇。"⑤"有今我"的肯定与"我非我"的怀疑都放置在"今时"的时间性境域中。"知今"中的"知"不仅包括黄遵宪对时间的感受方式,同时也包括上文所分析的黄遵宪对空间的挪移方式。"知今"中的"今"面向的是"过去"和"未来"两种向度。其实,过去、现在、未来是任何宗教都要考虑的问题,不过宗教往往把重点放在表示未来的来

---

① 金和:《题李小池环游地球图》,见钱仲联主编:《中国近代文学大系·诗词集一》,上海:上海书店出版社,1991年,第274页。
② 君武:《唯心派巨子黑智儿之学说》,《新民丛报》第2号,光绪二十九年(1903)二月十四日。
③ 黄遵宪:《感怀·二》,陈铮编:《黄遵宪全集》(上),北京:中华书局,2005年,第71页。
④ 黄遵宪:《遣闷》,陈铮编:《黄遵宪全集》(上),第116页。
⑤ 黄遵宪:《寒夜独卧虹榭》,陈铮编:《黄遵宪全集》(上),第153页。

世,过去、现在是朝向来世的。而黄遵宪体验时间的方式,是过去和未来朝向现在,所以"今"是核心。正如李大钊所说:"一掣现在的铃,无限的过去、未来皆遥相呼应。"①柏拉图提出时间是上帝创造的形象,即时间是"永恒的运动形象"(a moving image of eternity)。② 罗素认为时间之"是"不是 was 和 will be,而是 is,用一般现在时的持续表示时间的永恒性和短暂性。③ 柏拉图对时间的说法很有意思,把时间的永恒性与短暂性同时展现出来了。时间的短暂性的一面也许正是人们心里感知的时间观念。

黄遵宪对"今"的认识体验有两种方式:第一种是他作为清朝政府官员身份所认识的"今",撰写《日本国志》、与人一起创办《时务报》与举办时务学堂都是他"知今"的方式;第二种是他作为"余事"的诗歌创作中对时间的种种体验,也是他"知今"的方式。在此关注的是第二种。

黄遵宪对时间的体验之一是时间的加速,他的《今别离》四章是代表作。陈伯严称赞《今别离》是"千年绝作",梁启超认为这是公论。④ 但是胡适在《五十年来中国之文学》中却认为它"平常的很,浅薄的很"⑤。胡适1922 年作出这样的评价,是在他留学美国来往亚洲、美洲,对轮船、火车的定时启程以及速度习惯之后,因此不免苛刻。《今别离》四章的意义在于表达了现代时间的加速带来的情感变化。别离相思为古今共有的感情,但是黄遵宪/现代人对此的体验不同,表达方式也有变化。体验不同,在于现代车舟"并力生离愁",刻不容缓,没有自由,因此更加使得别离无奈与无情。而离去的迅速,远远没了古人执手相看泪眼,挥手慢慢告别,凝望车舟一寸一寸离去的从容与韵味,车舟速度的增加,仿佛离别的时间突然加速,离别之情遭受猛烈的轧挤。"钟声一及时,顷刻不稍留",钟声标志着钟表通过现代技术对时间的具体测量。有人这样描述钟表的时间:"在欧洲,人为的钟点,即机械的钟点,取代了历法世界的计时,冲破了占星学的半阴影,进入明朗的日常生活。当蒸汽力、电力及人工照明使工厂昼夜不停进行工作

---

① 李大钊:《今》,《新青年》第 4 卷第 4 号,1918 年 4 月 15 日。
② Bertrand Russell, *The History of Western Philosophy*, New York: Simon and Schuster Inc., 1972, p.144.
③ Ibid.
④ 梁启超:《饮冰室诗话》,北京:人民文学出版社,1959 年,第 22 页。
⑤ 胡适:《五十年来中国之文学》,申报馆编:《最近之五十年》,上海:申报馆,1923 年,第 10 页。

的时候,当黑夜可以转化为白昼的时候,人为的钟点,亦即时钟上标明的钟点,对每个人都成为不变的生活规则。这样,时钟在西方兴起的历史就是新的生活方式和扩展公众生活舞台的历史。"① 钟声表征的现代生活方式,对于黄遵宪这代刚刚走出国门的中国人来说,还是非常陌生的生活形式。它带来的首先是对中国传统中那种自由闲散的时间的鞭打所造成的加速。时间的加速,造成了许多反常的现象,其中第一个就是:"远的"事物的接近相应地使"近的"事物如朋友、亲人、邻居变得遥远,使得所有在近处的人、家庭、工作关系或邻居关系成为陌生人甚至是敌人。② 时间规定了所有现代人的生活方式,时间的暴政成为现代性的特征之一。

黄遵宪对时间的体验之二是时间的重复。《海行杂感·五》:

> 中年岁月苦风飘,强半光阴客里抛。今日破愁编日记,一年却得两花朝。

> 船迎日东行,见日递速,于半途中必加一日,方能合历。此次重日,仍作为二月初二,故云。③

轮船从西往东行走,经过本初子午线,必须拨慢一天,也就是说"有两天过的是同一天"。这个说法很别扭,而这样的时间停驻,甚至可以是时间的逆向流动,对于黄遵宪来说很现代,充满了陌生和惊奇;恰好这天还是中国农历的二月初二花朝节,黄遵宪一连过了两个花朝节,这在中国原有的"天下"中不可能,但是在"地球圆"中却很轻易地获得了这种停驻。日记中该如何记载这两个日子呢?时间的重复冲破了中国原有的循环时间观和西方的线性时间观。

黄遵宪对时间的体验之三是时间的压缩。钱锺书批评黄遵宪的《以莲菊桃杂供一瓶作歌》等诗"有新事物,而无新理致"④,其理由是黄白黑种共一家的理致并不新鲜。钱锺书的批评有些苛刻。黄遵宪从中国传统的"三危同一家",扩展到黄白黑种共一家,完全可以看作新理致空间的扩展。而

---

① [美]丹尼尔·J.布尔斯廷:《发现者——人类探索世界和自我的历史》,严撷芸、吕佩英、李成仪、吴亦南译,上海:上海译文出版社,1995年,第106页。
② [法]保罗·维利里奥:《解放的速度》,陆元昶译,南京:江苏人民出版社,2004年,第27页。
③ 黄遵宪:《海行杂感·五》,陈铮编:《黄遵宪全集》(上),北京:中华书局,2005年,第106页。
④ 钱锺书:《谈艺录》,北京:中华书局,1984年,第24页。

且,诗歌后半部分从动物、植物由于"控抟众质"所产生的物种之间的转化,想到花与人之间的转化,也颇有新意。而三种不同季节的花共处一瓶所透露的时间体验则很有现代意味。"莲花衣白菊衣黄,夭桃侧侍添红妆"①显示桃花的春天、莲花的夏天和菊花的秋天三个季节被压缩在一时之中,于是季节消失了。

  黄遵宪"新世界"的时间,不是胡塞尔意义上的现象学时间,不是柏格森意义上的绵延性时间,而是空间化的时间。但是这里所说的空间化的时间,并非西方近代科学中纯粹的物理性时间,而是由于空间的变化所产生的时间体验的形态,更像海德格尔所说的在世界之中的时间,"在……中"恰好是空间的表达。现代舟车的行驶所产生的时间的加速度,是以钟表的定时和空间的位移协同产生的;二月初二花朝节的重复和逆向流动,是以经过本初子午线的空间移动实现的;莲花桃花菊花共处一瓶所造成的季节消退和时间压缩,是以南洋这个特殊的地理空间为背景的。可以说,黄遵宪对现代时间的体验,以他对"五洲"和"地球圆"的世界空间的体验为基础。胡塞尔说过很精彩的话:"时间性界定了体验的绵延。"②他的"时间性"是所谓现象学上的时间,即排除了空间的纯粹的时间,然而在黄遵宪的"新世界诗"中,更为准确的表达也许是:空间性和时间性共同界定了黄遵宪体验的绵延。

  黄遵宪以"五洲"和"地球圆"的空间以及"知今"的时间体验所建构的"新世界",逐步改变着中国传统文化中以皇权为中心的"天下"观念以及以中国居中央的"中国"观念。但是,黄遵宪所建构的这个新世界,不是一个平均的世界,而是借助黄遵宪笔下的"中国形象"来完成的。可以这么说,黄遵宪这个"东西南北人"在新世界中慢慢地完成一个诗人自我形象,不过,这个自我形象不完整,有着强烈的离散性。我在此无意去淡化甚至否定黄遵宪"新世界诗"中所塑造的自我形象,然而他以不同地点所建构的众多自我形象是复眼式的,而作为完整的自我应该是单眼的,应该有一个稳定的内核。在黄遵宪的"新世界诗"中,这众多的自我形象因为中国形象而具有了内核,有了内在的统一性。

---

  ① 黄遵宪:《以莲菊桃杂供一瓶作歌》,陈铮编:《黄遵宪全集》(上),北京:中华书局,2005年,第132页。
  ② [德]胡塞尔:《纯粹现象学通论》,李幼蒸译,北京:商务印书馆,1992年,第205页。

黄遵宪《日本杂事诗》对"他者形象"加以描绘时,中国形象在他的思维世界中也许有了某些轮廓,因为只有与"他者"对比才能凸现自身。直到撰写《日本国志》,要叙述中国的"他者形象",该如何来称呼"中国"成了黄遵宪首先要解决的问题。他在《日本国志·邻交志一》中详论"华夏"的名称,就暴露了晚清中国人不知如何称呼"中国"的尴尬。地球上的英吉利、法兰西等有自己的国名,唯独中国没有。"中国"作为国名并没有得到国际认同。面对地球各国都有自己的名称而中国没有的语言境况,黄遵宪甚感言说的困难,虽然他在不自觉中已经使用了"中国"这个称呼。汉、唐的朝代称呼不足以概括历代;印度人称"震旦",或日本称"支那",英吉利人称"差那",法兰西人称"差能",各国的重译非中国原有的称呼;而"中华"的名称被外国人讥笑,并被涂抹上尊己卑人的言语霸权色彩,因而不适宜。在黄遵宪看来,"中国"一词完全可以使用,但是他更愿意用"华夏"来称呼中国,理由是用"华夏"称呼中国最古老,并且印度、日本、英国和法国对中国的称呼的声音与"华夏"相近。其实,黄遵宪在诗歌和其他表述中,最常使用的还是"中国"一词。就在这段"华夏"考之后的"外史氏曰"中,黄遵宪写道:"余因思中国,瓜分豆剖,干戈云扰,莫甚于战国七雄。"①在此他使用的仍然是"中国"一词。黄遵宪主张与使用的不一致强烈突出了命名"中国"的焦虑和"中国形象"的模糊。

《八月十五夜太平洋舟中望月作歌》回叙1885年8月中秋,黄遵宪从美国圣弗兰西斯科回国省亲船过太平洋的情景。② 诗中,诗人由隐而显,从潜在的叙述者分裂为叙述者与"一客"相对,由此对"此客"进行直接的叙说,再从"此客"与叙述者的分裂合为"吾""我"的整体,尤其是嗟叹身世与询问苍穹的"我",可以说显示的正是一个黄遵宪的自我形象。但是这一自我形象,借助"中秋月"这个中国意象而有了自我的特性,借助与"虬髯高歌碧眼醉"不同的黄种人这个中国形象而产生。

《锡兰岛卧佛》被梁启超推崇为"煌煌二千余言"的"空前之奇构"③。

---

① 黄遵宪:《日本国志》卷四,广州:羊城富文斋刊版,光绪十六年(1890),第1页。
② 黄遵宪的《八月十五夜太平洋舟中望月作歌》历来评价甚高,如王一川:《"望月"与回到全球性的地面——读黄遵宪诗〈八月十五夜太平洋舟中望月作歌〉》,《社会科学辑刊》2002年第1期;张永芳:《"新世界诗"第一篇——黄遵宪〈八月十五夜太平洋舟中望月作歌〉解析》,《黄遵宪新论》,北京:中国社会科学出版社,2004年,第136—143页。
③ 梁启超:《饮冰室诗话》,北京:人民文学出版社,1959年,第4页。

锡兰卧佛所在据传是佛祖涅槃之所,《锡兰岛卧佛》也是重点写佛教的传播和佛理,但是诗歌最后由佛教而印度,由印度沦为英国的殖民地而回到中国的处境。黄遵宪的心态非常矛盾,一方面追思昔日"人人仰震旦,谁侮黄种皇"的荣耀,但是"到今四夷侵,尽撤诸边防"的现实处境和"弱供万国役,治则天下强"的准进化论式的设想,使得诗人发出"明王久不作,四顾心茫茫"的慨叹。黄遵宪的"新世界诗"确实有一个诗学意义上的核心:中国形象。康有为曾经评论黄遵宪的诗歌:"上感国变,中伤种族,下哀生民,博以环球之游历,浩渺肆恣,感激豪宕,情深而意远,益动于自然,而华严随现矣。"① 简要说来,"博以环球之游历"的意义在于,当黄遵宪在游历层面上远离中国的时候,其实在诗学的意象上,环球的游历恰恰又不断地回归国变、种族和生民的当下处境,这种种处境其实构成了"中国形象",由此来凸现诗人的自我形象。王一川曾经指出黄遵宪用"感愤体验"书写一个"衰弱的中国形象"②,这对甲午中日战争之后的黄遵宪而言是非常准确的,整体来说黄遵宪是以游历的方式书写"他者"而回视中国形象,其情感有一个从平和到感愤的变化。

四、"新世界诗"的语言限度

黄遵宪的"新世界诗"以创意命辞的艰难努力,表达出"新世界"图景中的现代体验,其先锋性不可谓不大。但周作人说他尊重黄公度,佩服他的见识与思想,而文学尚在其次,尤其觉得旧诗没有新生命。③ 其实周作人的评价指出了认识黄遵宪"新世界诗"汉语造型的先在条件,即黄遵宪的"新世界诗"毕竟是旧诗,旧诗的语言属于文言的场域,所有的散语、俗语和新语都必须得到这个场域的认同和接受。如果从 1870 年代至 1900 年代来看,黄遵宪"新世界诗"的汉语造型已经开拓出一片新的语言空间;如果从"五四"新文学以后的文学来看,这片新的语言空间仍很有限度。

整体来讲,黄遵宪"新世界诗"的汉语造型是用旧诗文言的造型来叙述"新世界",这就天生地限制了黄遵宪"新世界诗"对新词的吸收与运用,这是黄遵宪"新世界诗"的第一种语言限度。《罢美国留学生感赋》中写中国

---

① 康有为:《人境庐诗草·序》,见陈铮编:《黄遵宪全集》(上),北京:中华书局,2005年,第68页。
② 王一川:《中国现代性体验的发生》,北京:北京师范大学出版社,2001年,第301—302页。
③ 周作人:《人境庐诗草》,《逸经》第25期,1937年3月5日。

留学生:"千花红氍毹,四窗碧琉璃。金络水晶柱,银盘夜光杯。"①黄遵宪当时没有去过美国,对留学生的描写可能来自听说或者想象。《冯将军歌》中写冯将军:"平生蓄养敢死士,不斩楼兰今不还。手执蛇矛长丈八,谈笑欲吸匈奴血。"②他也没有看见过冯将军的战斗,所用的词语还是中国古代的,这些词语并非不可用,但压抑了时代的气息。在甲午中日战争之前,尤其是他在日本作《日本杂事诗》的时期,对明治维新初期的改革表现出相当保留的意见,后来他在英国伦敦改写《日本杂事诗》,就是出自对这一时期思想的修正。《日本杂事诗》中写道:"削木能飞诩鹊灵,备梯坚守习羊坽。不知尽是东来法,欲废儒书读墨经。"③日本学校以西学教学生,黄遵宪认为只是将儒学改成了墨家学说,还是中国的文化传统。他用"儒书"和"墨经"这两种中国传统文化之间的区别来指代中国文化和西学之间的区别,并表达了西学即中国"墨经"的看法。该诗的注释是《日本杂事诗》中少有的几个长注之一,以"余考泰西之学,墨翟之学也"④作为总起,详细地"考证"了西学的中国传统:尚同、兼爱、明鬼、事天,即耶稣十诫;地球浑圆、天静地动学说,仓颉及《春秋》《河图》都有类似表达;化学之祖、算学之祖、重学之祖、光学之祖,都在中国传统文化中;相土宜、辨人体、穷物性,这些西儒的绝学,在中国的《大戴礼》《管子》《淮南子》《抱朴子》等书中的资料引不胜引。最后总结:"凡彼之精微,皆不能出吾书,第我引其端,彼竟其委,正可师其长技。今东方慕西学者,乃欲舍己从之,竟或言汉学无用,故详引之,以塞蚍蜉撼树之口。"⑤用"墨学"来指称西学,用"我引其端"的中国源泉论来考证西学的中国传统,旧词遮盖的不仅是新的信息与新的对象,而且是西方现代学科和技术的理性精神与专业意识。

黄遵宪"新世界诗"的第二种语言限度是意义相关的旧词和新词同时使用,新旧共存,新词还没有在黄遵宪个人的语言中获得一致。上文分析黄遵宪曾经用两组词语来言说他接触的新世界,但是同时他也在使用中国传统的"六合"和"大九州"两个词语:

---

① 黄遵宪:《罢美国留学生感赋》,陈铮编:《黄遵宪全集》(上),北京:中华书局,2005年,第103页。
② 黄遵宪:《冯将军歌》,陈铮编:《黄遵宪全集》(上),第109页。
③ 黄遵宪:《日本杂事诗》卷一,北京:同文馆集珍版,光绪五年(1879)孟冬,第24页。
④ 同上书,第25页。
⑤ 同上书,第27页。

六合外从何处说？十年来渐故人稀。①

　　茫茫六合内，何处足可托。②

　　嘻嘻乎儒生读书不识羞，动夸虎头燕颔径取万户侯。万户侯耳岂足道，乌知今日裨瀛大海还有大九州。③

　　芒芒九有古禹域，南北东西尽戎狄。岂知七万馀里大九洲，竟有二千年来诸大国。④

　　九州脚底大球背，天胡置我于此中？⑤

"六合"指"天地四方"，语出《庄子·齐物论》："六合之外，圣人存而不论。""九州"出自《尚书·禹贡》，指冀、豫、雍、扬、兖、徐、梁、青、荆九个州，泛指中国。中国人依照九州的概念把中国之外的空间也分为九州。中国古代称为神州，在中国之外有如神州者九个，称为大九州。⑥ 在黄遵宪的诗句中，"大九州"和"大九洲"同用，也许是偶然写错，可是否也可能受到晚清以来指称世界时——"四洲""五洲""五大洲"都用"洲"这个字的习惯的同化呢？"九州脚底大球背"出自黄遵宪著名的《八月十五夜太平洋舟中望月作歌》，"九州"似乎应该是"大九州"的省略。"六合"在中国文化中是一个比"天下"更文雅一些的词语，而"大九州"明显是以中国—九州—神州为中心结构的词语，与"四洲""五洲"等词语的无中心词语内涵上是有区别的。

钱锺书批评黄遵宪《日本杂事诗》"端赖自注，椟胜于珠"⑦，对此却可作另一番解读：在"本文—注释"的汉语造型中，本文与注释共同塑造着新词与新诗。在书写形式上，《日本杂事诗》诗歌是主，自注是次，但是在塑造

---

① 黄遵宪：《乡人以余远归争来问赋此志感》，陈铮编：《黄遵宪全集》（上），北京：中华书局，2005年，第112页。

② 黄遵宪：《逐客篇》，陈铮编：《黄遵宪全集》（上），第107页。

③ 黄遵宪：《和周朗山琨见赠之作》，陈铮编：《黄遵宪全集》（上），第79页。

④ 黄遵宪：《感怀·二》，陈铮编：《黄遵宪全集》（上），第123页。

⑤ 黄遵宪：《八月十五夜太平洋舟中望月作歌》，陈铮编：《黄遵宪全集》（上），第111页。

⑥ 《史记·孟子荀卿列传》云："中国外如赤县神州者九，乃所谓九州也。于是有裨海环之，人民禽兽莫能相通者，如一区中者，乃为一州。如此者九，乃有大瀛海环其外，天地之际焉。"《淮南子·地形训》载九州为：神州、次州、戎州、弇州、冀州、台州、济州、薄州、阳州。

⑦ 钱锺书：《谈艺录》，北京：中华书局，1984年，第348页。关于钱锺书对黄遵宪整体评价的思考，可参看郭延礼：《关于黄遵宪"新派诗"的评价问题——读〈谈艺录〉对公度诗的评论》，《文史哲》2007年第5期。

新词和信息量的提供上,自注反而成为比本文更重要的部分,原因在于作为本文的诗歌在形式上受到巨大限制,而自注的散体形式则有更广阔的表达空间。在对新理致的表达上,自注的散体形式也胜于诗歌。《日本杂事诗》写观赏樱花的情景:

> 朝曦看到夕阳斜,流水游龙斗宝车。宴罢红云歌绛雪,东皇第一爱樱花。
>
> 樱花,五大部洲所无。有深红,有浅绛,亦有白者,一重至八重,烂漫极矣。种类樱桃,花远胜之,疑接以他树,故色相亦变。三月花时,公卿百官,旧皆给假赏花,今亦香车宝马,士女征逐,举国若狂也。东人称为花王,墨江左右有数百树,如雪如霞,如锦如荼。余一夕月明,再游其地,真如置身蓬莱中矣。东京以名胜闻者,木下川之松,日暮里之桐,龟井户之藤,小西湖之柳,堀切之菖蒲,莆田之梅花,目黑之牡丹,泷川之丹枫,皆良辰美景游屐杂沓之所也。①

比较诗歌与自注,自注更富有表现力,诗歌只是写出日本人游赏樱花的盛况,而自注的内容却十分丰富。第一句总写日本樱花的独特地位,尽管有些不准确,因为不只日本有樱花,其他国家如中国也有樱花。第二、三句写樱花的绚丽花色,多姿多彩。第四句写三月花时日本赏花的盛况。第五句来一个特写镜头,凸显墨江樱花的绚烂。第六句写月夜游览墨江樱花地,仿佛置身蓬莱仙境,余韵袅袅。六句五层,其繁复如樱花的多重花瓣。黄遵宪自注的语言,其实不是古雅的文言,口语的声气很明显。即使与黄遵宪七古《樱花歌》比较,这则自注的艺术魅力也毫不逊色。

作为"新世界诗"来说,"楘胜于珠"恰恰是一种语言限度。不过如果从汉语表现新事物与新理致、表现域外世界的角度看,"楘胜于珠"同时也显示了一种新的可能性:打破文言的壁垒,采用散体的形式,也许更能获得艺术的效果。没有彻底打破文言的壁垒,黄遵宪的"新世界诗"在语言上还有种种限度,但这不是黄遵宪本人的问题,因为那个时代毕竟还是文言的时代。

---

① 黄遵宪:《日本杂事诗》卷二,北京:同文馆集珍版,光绪五年(1879)孟冬,第5页。

第二节　汉语认知的世界视域与现代开端

一、自信与开放：以世界为视域的汉语认知

综合考察黄遵宪的语言观,首先要关注他从他者语言的角度来认识汉语的开放性。佛教文献中曾记载三种文字的创造:"昔造书之主,凡有三人:长名曰梵,其书右行;次曰佉楼,其书左行;少者苍颉,其书下行。"①黄遵宪借用这一观点,把梵创造的右行之书梵语、佉卢创造的左行之书佉卢文②、仓颉创造的下行之书汉字三者并置起来,并在论述日本语言文字的时候引入日语与汉语的比较,这样的思维格局打破了中国传统佛经翻译时汉语与梵语、景教传播时汉语与英语的二元对照,而在多元的语言场域中认识汉语。从书写的方向来区分语言种类并不科学,但是对于汉语来说,被放置在一种多元的语言场域中检测,却是经历现代性"炼狱"的开始。黄遵宪以世界为视域的汉语认知,开启了中国学界对汉语的多向度讨论的入口:学习日本文字改革的拼音化道路,拷打汉语与中国现代文学的关系,这种学习和拷打折射着中国现代知识分子百余年中"母语心态"的纠结和发展。当然,黄遵宪不是语言学家,他对汉语以及其他语言的体认都不可能是语言的内部研究,而只是整体性的观照。需要指出的是,汉语其实包括语言和文字两个层面。现在的学界因为受索绪尔语言观的影响,一般情形下运用"语言"一词的所指不包含记录这种语言的文字,在索绪尔语言学的意义上,"汉语"是语言的汉语,不是文字的汉语。但是黄遵宪那代人使用"语言文字"的说法,他们是把文字放在语言内部的,汉字在汉语之中,假名在日语之中。因此,我在此也把文字放在语言之中。另外,由于黄遵宪出使日本、美国、英国、新加坡等地,他对非汉语语言的认识以日语和英语居多,把汉语放在英语、日语与汉语的三元场域中认识是黄遵宪的思想框架。

黄遵宪把英语称为"缺舌声"和"鸟语",把英文横写称为"蟹行书",如:

---

① 释僧祐:《胡汉译经文字音义同异记第四》,苏晋仁、萧鍊子点校:《出三藏记集》,北京:中华书局,1995年,第12页。
② 佉楼有时写作"佉卢",和梵一起居于天竺,乃佛教所传古代造佉卢文的人。佉卢文是古印度的一种文字,横书左行,属塞姆语系的阿拉米文系统,今已失传。见《辞源》第1册,北京:商务印书馆,1979年,第187页。

> 到今鴃舌声,遍地设音学。① (写日本学者华山、高野长英)
> 教儿兼习蟹行字,呼婢闲调鴃舌音。② (写杨星垣)
> 吒吒通鸟语,袞袞学虫书。③ (写中国留美学生)
> 蟹行草字画佉卢,蜡印红鹰两翼舒。④ (黄遵宪出使美国和新加坡时,有"认可状",用英文书写)

在汉语中,"鴃舌声""鸟语"等词含有贬义。《孟子·滕文公上》:"今也南蛮鴃舌之人,非先王之道。"赵岐注:"鴃,博劳也。""鸟音"和"鸟语"在中国传统文化中用来指难听的言语,或者指四夷外国的语言,并非如"鸟语花香"中的动人"鸟语"。黄遵宪出使日本之前,作《香港感怀》说:"民气多膻行,夷言学鸟音。""鸟音"指的就是英语。这种说法带有一定的贬义,但随着黄遵宪出使日本后对英语和日语了解的深入,贬义的色彩逐渐淡化。明治维新后的日本正处于脱亚入欧、摆脱汉字文化的激荡年代,对欧洲的语言采取宽容的态度。日本人称英语为蟹行书,称日语为蛇行书。《日本杂事诗·六十五》写三岁小孩牙牙学语学写字,其"春蚓秋蛇纷满纸"⑤一句中"蚓""蛇"指的就是日本文字的书写方式。《续怀人诗》写书法家岩谷修、日下部东:"曾观《菩萨处胎卷》,又访《那须国造碑》。直引蛇行横蟹足,而今安用此毛锥?"其注释:"日本谓西人为蟹行书,而伊吕波假名乃如画蛇。"⑥"蟹""蛇"相对,没有贬义,只是截取其横行与直行的特征而已。

不过,对其他语言贬义的消退,并没有减弱黄遵宪那代人的母语优越感,其母语优越感处于完足的状态,不需要贬低其他语言来获得自信心。这种信心也许在对日本文字的考察中得到了某种加强,因为黄遵宪很清楚,日本文字的源头在汉字。他在《日本杂事诗》中对日本语言有所描述:

> 国学空传卜部名,三轮寺额未分明。天然丨丨纵横画,万国翻同堕地声。⑦

---

① 黄遵宪:《近世爱国志士歌·六》,陈铮编:《黄遵宪全集》(上),北京:中华书局,2005年,第99页。
② 黄遵宪:《岁暮怀人诗·二八》,陈铮编:《黄遵宪全集》(上),第126页。
③ 黄遵宪:《新嘉坡杂诗·五》,陈铮编:《黄遵宪全集》(上),第131页。
④ 黄遵宪:《己亥杂诗·六四》,陈铮编:《黄遵宪全集》(上),第160页。
⑤ 黄遵宪:《日本杂事诗》卷一,长沙:富文堂重刊,光绪二十四年(1898),第29页。
⑥ 黄遵宪:《续怀人诗·一〇》,陈铮编:《黄遵宪全集》(上),第130页。
⑦ 黄遵宪:《日本杂事诗》卷一,长沙:富文堂重刊,光绪二十四年(1898),第27页。

  东方乐久忘夷鞨,上古文难辨隶蝌。欲藉舌人通寄象,只须五字熟摩多。①

  航海书来道遂东,虚辞助语惜难通。至今再变佉卢字,终恨王仁教未工。②

  《论语》初来文尚古,《华严》私记字无讹。老僧多事工饶舌,假字流传伊吕波。③

日本文字在原初的书写中,有与万国文字相同的地方:"天然丨丨纵横画,万国翻同堕地声。"黄遵宪更看重日本文字与梵语、汉语和辽语之间深厚长久的渊源。日本文字的"五十音图"中可以统摄众音的发端五音"阿衣乌噎温"就来自梵书的"摩多"(韵母),而"加沙"等作为声母相当于梵语的"体文",在唐朝由日本僧人空海等从我国带入日本。黄遵宪在阐释"檀那"这个源于梵语的词语后总结说:"日本语言本于梵音百之二三。"④黄遵宪看到日本的片假名源自汉字,《日本杂事诗》中《莫嫌蛮语笑呕喁》的注释完整列出了"伊吕波四十七字"的汉字渊源。⑤《日本杂事诗》中"释氏吴音儒汉语,后来更杂蟹行书。舌人口既经重译,学遍华言总不如"⑥一首的注释则指出了日本语言的三种读音方式——吴音、汉音和支那音都来自中国。黄遵宪还通过"奥姑"等词语的注释认识到日语对辽语有所吸收。日本文字也有自己的特色,黄遵宪概括为"音少"和"辞繁":

  而日本之语言,其音少,其辞繁,其语长而助辞多,其为语皆先物而

---

① 黄遵宪:《日本杂事诗》卷一,长沙:富文堂重刊,光绪二十四年(1898),第28页。
② 同上。
③ 黄遵宪:《日本杂事诗》卷一,北京:同文馆集珍版,光绪五年(1879)孟冬,第30页。
④ 黄遵宪:《日本杂事诗》卷二,长沙:富文堂重刊,光绪二十四年(1898),第9页。
⑤ 伊吕波歌传说是日本高僧空海(弘法大师)用47个不同的假名,翻译佛教《涅盘经》第十三"圣行品"之偈的歌谣。原文如下:"いろはにほへどちりぬるを/わがよたれぞつねならむ/うゐのおくやまけふてぇて/あさきゅめじぇひもせず(诸行无常,是生灭已,生寂灭已,寂灭为乐)。"从9世纪末期开始,这首伊吕波歌在日本家喻户晓,有时按这首歌内的文字次序来算数。黄遵宪辑录伊吕波的书写的汉字来源:伊为亻,吕为口,波为ハ,仁为二,保为ホ,边为へ,止为卜,知为チ,利为リ,奴为メ,留为ル,远为ヲ,和为ワ,加为カ,与为ョ,多为夕,礼为レ,曾为ソ,津为ッ,祢为ネ,奈为ナ,良为ラ,武为ム,宇为ヴ,乃为ノ,并为并,於为オ,久为ク,也为ャ,末为マ,计为ケ,不为フ,己为コ,江为エ,天为テ,阿为ァ,左为サ,幾为キ,由为ュ,女为メ,美为ミ,之为シ,惠为エ,比为ヒ,毛为モ,世为セ,寸为ス。假其偏旁名片假字,其假字则伊吕波草字也。黄遵宪:《日本杂事诗》卷一,北京:同文馆集珍版,光绪五年(1879)孟冬,第31页。
⑥ 同上书,第32页。

后事,先实而后虚。①

日语在语法层面,"语长而助辞多",依靠助辞来完成句子表情达意是日语的重要特征,因为助辞多,就有了"上等""下等"之分,即市井商贾之言和士大夫文言之分,前者助辞简省,后者语长而助辞多,简单说即有俗雅之别。在语序上,日语"先物而后事,先实而后虚"。日语是汉文和假名共生的语言。以汉文为书写体的叫汉文体,以假名为书写体的叫和文体,前者往往为士大夫所用,后者往往为普通人所用。黄遵宪重视日本的言文一致,正是看重"市井细民、闾巷妇女通用之文"②。

黄遵宪1877年出使日本,正是明治初期,日本在脱亚入欧的时代共鸣中,废除汉字采用罗马字母的近代国语运动如火如荼。南部义筹在《改换文字的建议》(1872)中说:"用最方便的洋字替代最不方便的汉字来写我国固有的语言,兴起易学的学问的话,人们可能如水之就下,向这一方面走。"③"如水之就下"的方便实用是近代日本国语运动的普适性基础。为了让洋字代替汉字成为可能,矢田部良吉《采用罗马字拼写日语》(1882)首先承认日本文字来自中国汉字这一"思想的记号(表意文字),并非表声音的文字"④,然而紧接着来了一个非常别扭的转折,认为汉语单音字词居多,而"我国语言和它大不相同,虽然不是没有单音词,但是连结两个音以上而成一词的居多,这毋宁接近欧洲各国的语言。因此,在我国不应使用像中国的极不方便的汉字,而应使用像欧洲的表声文字"⑤。矢田部良吉匆匆忙忙把日语文字从汉字系统剥离出来的矛盾生硬,显示了明治时期日本脱亚入欧的急切和急躁。黄遵宪对日本废除汉字没有提出过针对性的意见,他肯定日本言文一致的道路,依据的是假名体的通用之文,而非采用罗马字拼写的日语策略。

如果与后来许多批判汉字的中国学人相比,就可以看出黄遵宪对汉字几乎没有责难,尽管他在《日本国志·学术志二·文学》中也写道:"然汉字多有一字而兼数音者,则审音也难;有一音而具数字者,则择字也难;有一字

---

① 黄遵宪:《日本国志》卷三十三,广州:羊城富文斋刊版,光绪十六年(1890),第2页。
② 同上书,第3页。
③ [日]南部义筹:《改换文字的建议》,陈青今编译:《日本文字改革史料选辑》,北京:文字改革出版社,1957年,第3页。
④ [日]矢田部良吉:《采用罗马字拼写日语》,《日本文字改革史料选辑》,第9页。
⑤ 同上书,第10页。

而具数十撇画者,则识字也又难。"①审音难、择字难和识字难是在论及日本假名产生时提出的,也就是汉字三难针对的是日本人,而并非中国人。因此整体上说,黄遵宪对汉字汉语没有失去固有的自信。从日语与汉语的亲缘看,黄遵宪的汉语优越感以及自信心先行已有,不证自明。但这不排斥他在具体的境域中,对汉语的特殊存在状态持有某种担忧。他在《番客篇》中描写生活在南洋一带的番客(福建人和广东人):

> 仓颉鸟兽迹,竟似畏海若。一丁亦不识,况复操笔削。若论佉卢字,此方实庄岳。能通左行文,千人仅一鹗。此外回回经,等诸古浑噩,不如无目人,引手善扪摸。②

南洋番客对汉语畏惧而陌生,而对佉卢字(英语)十分熟悉,黄遵宪接着写道:"比闻欧澳美,日将黄种虐。""欧澳美"代表的是英语世界,"黄种"无疑指以中国人为主体的亚洲人。黄遵宪看到的是番客的悖论性生存:番客抛弃母语而会通英语,可是英语世界正以自己的强势肆虐黄种人。这种肆虐,在经济商务上是一种排斥,在语言上则是一种压迫。英国传教士艾约瑟在1891年写过一则短文《英语便通商》,认为由于"商务最大者首推英国,而藩属最广者亦推英国",所以在世界的商务事业中,不懂英语英文很难就业,甚至预言"英文将来必为全地各国公用之文实以便通商之故也"。③ 黄遵宪呼唤要对番客进行教育,其中不仅有对番客生存的担忧,也有对他们放弃母语学习的担忧。自然,南洋番客的语言生活并非只有英语与汉语的二元对立。就番客在南洋的生存来说,也许对南洋本土方言的习得比英文更加重要。福建人林衡南1883年出版《华夷通语》上下两卷,他写道:"泰西诸国语言本有唇齿喉舌轻重之别,第勿胜油话音韵腔口较易学习,于别国之话也,海国诸番甚多,而南洋群岛如新嘉坡、麻六甲、槟榔屿及和兰管辖地方计有百余国,俱以勿胜油话为通商之语,与中国官话无异。"④林衡南在书中对"勿胜油话"词语以漳州和潮州方音注释,以便初到南洋的番客学习。对海外华人汉语状况的描写、关注与担忧,在中国近现代上黄遵宪是否为第一人

---

① 黄遵宪:《日本国志》卷三十三,广州:羊城富文斋刊版,光绪十六年(1890),第4页。
② 黄遵宪:《番客篇》,陈铮编:《黄遵宪全集》(上),北京:中华书局,2005年,第135页。
③ 《英语便通商》,《格致汇编》光绪十七年(1891)秋季号。
④ 林衡南:《华夷通语读法》,《华夷通语》,光绪九年(1883),出版地不详,第7页。"勿胜油话"可能指当地通商用的马来语。

并不重要,重要的是,他提出了一个至今没有引起足够重视的问题,当人们孜孜矻矻描述一种汉语共同体的时候,汉语却以另外的形式处于流散的状态。

黄遵宪见过甲午中日战争中中国的惨败,经历过戊戌变法的改革挫折,听说过庚子事变两宫的仓皇出逃,这种种打击也可能影响他对汉语的自信。1902年他对翻译语言发表看法的时候,承认汉语尤其是古代汉语无法应对西方的科学(下文有分析),背后透露的正是对汉语自信心的动摇。

二、实用:言文一致的先锋策略

黄遵宪对日本语言的认识,一方面侧重对日本文字来源和演变的描述,另一方面侧重对日本言文一致实用道路的肯定。黄遵宪的语言观对后世影响最大的,是他在《日本国志·学术志二·文学》中提出的言文一致的主张。在对言文一致的肯定中,黄遵宪对于语言与文字的关系有三重思考:

第一重思考是语言与文字之间的源流关系,即先有语言还是先有文字。这是一个争论不休的问题。黄遵宪认为:"文字者,语言之所从出也。"①即文字是从语言派生的。黄遵宪得出这样的结论,依据是日本语的诞生过程,即"其国本无文字,强借言语不通之国之汉文而用之"②。其潜在逻辑是日本先有语言,然后借用汉文(汉字)才创造了自己的文字。

第二重思考是语言与文字分离的原因。他写道:"语言有随地而异者焉,有随时而异者焉,而文字不能因时而增益,画地而施行;言有万变,而文止一种,则语言与文字离矣。"③语言因为地域不同、时代迁移而变异,语言灵活流动,而文字凝固稳定,语言与文字的分离在语言自身发展的内部不可避免。

第三重思考是语言与文字相合的实用功能。他说:"语言与文字离,则通文者少;语言与文字合,则通文者多。其势然也。"④

难能可贵的是,黄遵宪对言文一致的认同有着语言的世界性视域,他在提出上述观点之前写道:"余闻罗马古时,仅用腊丁语,各国以语言殊异,病其难用。自法国易以法音,英国易以英音,而英法诸国文学始盛。耶稣教之

---

① 黄遵宪:《日本国志》卷三十三,广州:羊城富文斋刊版,光绪十六年(1890),第5页。
② 同上书,第6页。
③ 同上书,第5页。
④ 同上书,第6页。

盛,亦在举《旧约》《新约》就各国文辞普译其书,故行之弥广。"①研究中国现代文学的学人对这样的表达十分熟悉,不过一般不是从黄遵宪获知的,而是从胡适之获知的。胡适在《建设的文学革命论》等文章中反复提及英语、德语、意大利语等民族国家的语言是在摆脱拉丁语这个超国家的语言共同体的过程中诞生的。这种知识构成不仅是胡适白话文学理论谱系的世界性基础,也是"五四"新文学理论谱系的世界性基础。黄遵宪尽管对于"法国易以法音,英国易以英音"和《圣经》的翻译过程语焉不详,但是他看到了语言替代和语言翻译的结果:英、法等国家文学的兴盛和《圣经》得到广泛的传播,都得益于言文一致的馈赠。当然,英国、法国和意大利等国摆脱拉丁语的束缚采用各国的某种方言而走上言文一致的道路,日本通过削减汉字甚至排斥汉字而采用假名体走上言文一致的道路,中国通过废弃文言和文言文而采用口语体的白话文走上言文一致的道路,这三种言文一致的道路模式以及伴随着的各国现代民族共同语的产生方式之间的差别,无法以后设的立场去要求黄遵宪作出全面而严谨的甄别。重要的是,黄遵宪敏锐地认识到了言文一致对文学的解放。如果说法语、英语替代拉丁语和《圣经》用国文翻译的事实构成黄遵宪言文一致观念的遥远的理论背景,那么,黄遵宪身临其境的日本言文一致的实际效应则成了他切近的直接刺激。日本文字用假名特别适用:"专用假名以成文者,今市井细民、闾巷妇女通用之文是也。"②黄遵宪指出,日本文字用伊吕波四十七字,"点画又简,极易习识,而其用遂广",并且"人人习用,数岁小儿,学语之后,能读假字,即能看小说,作家书,甚便也"。③《日本杂事诗·六十五》:"不难三岁识之无,学语牙牙便学书。春蚓秋蛇纷满纸,问娘眠食近何如?"④日本言文一致这种实实在在的效果,肯定让他对中国语言的问题有所思考。

　　黄遵宪对言文一致的三重思考中,有一个重要环节:语言文字分离之后如何才能实现言文一致呢?他看到了日本言文一致是通过创制假名实现的。黄遵宪思考日本言文一致的问题最终回到汉语自身的问题,他对日本的思考总是会回到中国自身的问题上来,这是黄遵宪的思维方式。如何解决汉语言文分离的问题呢?黄遵宪从西方学者对中国文字的诘难开始,写

---

① 黄遵宪:《日本国志》卷三十三,广州:羊城富文斋刊版,光绪十六年(1890),第6页。
② 同上书,第3页。
③ 同上书,第4页。
④ 黄遵宪:《日本杂事诗》卷一,长沙:富文堂重刊,光绪二十四年(1898),第29页。

道:"泰西论者,谓五部洲中以中国文字为最古,学中国文字为最难,亦谓语言文字之不相合也。"①黄遵宪没有指明"泰西论者"是哪些人,他可能是从日本友人那里听来的。

在此,我对19世纪中期以前西方学者对汉语的认识作一补充:英国的培根和德国的莱布尼茨都对汉语有好感,培根曾经把汉语作为"真实文字"来创造一种普遍语言,而莱布尼茨则认为以汉语为样本可以创造一种图像语言。汉语很直观,富有艺术性,正是西方语言缺乏的。在莱布尼茨之后,18世纪末到19世纪前期西方对汉语汉字的评价则更多贬义。以德国为例,赫尔德用漫画式的笔调讽刺说:中华帝国是一具木乃伊,"它周身涂有防腐香料、描画有象形文字,并且以丝绸包裹起来;它体内血液循环已经停止,犹如冬眠的动物一般",而"汉语对中国人那种造作的思维方式的形成起了难以形容的巨大作用"。②语言学家阿德隆认为:"(汉语)僵直的单音节性把中国人通向未来一切精神文化的道路堵死了。""中国人有那么多的概念符号,仍远不足以表达欧洲人用少数字母就能表达的一切内容。""所有这些[东南亚]民族或多或少都具有令人生厌的蒙古人种扁平脸型,眼睛狭小歪斜,鼻梁塌陷。人们很容易会想到,这种脸型与这些民族的语言的单音节性是有联系的。"③著名的语言学家和教育家洪堡认为,"比之形态丰富的印欧语言,汉语句子的理解要求精神付出更大的劳动,因此不利于思维活动的展开",并且"拼音文字优于汉字"。④而黑格尔《哲学史讲演录》认为"中国的语言是那样的不确定,没有关联词,没有变格变位,只有一个一个并列着的字"。他的《哲学科学百科全书纲要》认为汉字源于对事物的感性印象,与理性的分析行为无关。拼音文字主要依赖听觉,是读得出来的;汉字则依赖视觉,读写汉字无非聋读哑写。为掌握阅读能力,西方人只需学会二十几个字母,中国人却必须记住上万个字符。⑤谢林在《神话哲学》中认为汉语没有语法,富有音乐性,用一个辅音加一个元音的简单方式构成音

---

① 黄遵宪:《日本国志》卷三十三,广州:羊城富文斋刊版,光绪十六年(1890),第6页。
② [德]赫尔德:《中国》,见[德]夏瑞春编:《德国思想家论中国》,陈爱政等译,南京:江苏人民出版社,1995年,第89页。
③ 转引自姚小平:《17—19世纪的德国语言学和中国语言学》,北京:外语教学与研究出版社,2001年,第32页。
④ 同上书,第61页。
⑤ 同上。

节——这些都是原始语言的特征。① 黄遵宪无法从德语世界直接获知这些看法,但是他有可能是从日本朋友那里知道类似情况的。黄遵宪抓住了西方学者对汉语的两个基本看法:汉字最难学;语言文字不相合。针对第一个问题,黄遵宪认为汉字字体多次变化,越来越简单,以后可能孳生出更为简单、方便学习的字体;针对第二个问题,黄遵宪认为中国文体也是屡次变化,总的趋向是明白晓畅。他预测"若小说家言,更有直用方言以笔之于书者,则语言文字几几乎复合矣",日后可能有一种"适用于今,通行于俗"的文体出现。② 黄遵宪以简要判断的高明识见,隐约看到了晚清白话文运动和"五四"白话文学运动的本质问题。

黄遵宪对文字文体演变的思考更多地来自外部批评,而不是内部需要,即中国自身的需要和汉语自身的需要。黄遵宪提出"欲令天下之农工商贾、妇女幼稚皆能通文字之用,其不得不于此求一简易之法哉"③的先锋性探询,敏锐地感觉到了言文一致要寻找的"简易之法",看到了小说家言中言文一致的趋向。但是他不可能找到这种简易之法的准确入口。当内部需要代替了外部批评,即甲午中日战争后中国士人提倡白话文出于开通民智的强烈的集体愿望,"五四"时期中国知识分子提倡白话文学出于启蒙大众的广场意识和表达自我的强烈的个人冲动之后,中国知识分子寻找言文一致的方式就向前推进了。黄遵宪到了晚年,继续思考汉语言文一致的出路,他也承认汉字难学:"吾部洲文字,以中国为最古。上下数千年,纵横数万里,语言或积世而变,或随地而变,而文字则亘古而今,一成而不易。父兄之教子弟,等于进象胥而设重译。盖语言文字扞格不相入,无怪乎通文字之难也。"④汉语言文分离、汉字难学几成为甲午中日战争后中国人的普遍认知(章太炎等极少数人除外)。

三、"遵用"与"乐观":翻译语言的现代追求

黄遵宪晚年对翻译语言极为关心。他的观点是通过挑战当时的译界权

---

① 转引自姚小平:《17—19世纪的德国语言学和中国语言学》,北京:外语教学与研究出版社,2001年,第62页。
② 黄遵宪:《日本国志》卷三十三,广州:羊城富文斋刊版,光绪十六年(1890),第7页。
③ 同上。
④ 黄遵宪:《〈梅水诗传〉序》,陈铮编:《黄遵宪全集》(上),北京:中华书局,2005年,第287页。

威严复来表达的。黄遵宪在1898年戊戌变法失败后困居家乡,正当"海内知己"没有一字问询的时候,严复送给黄遵宪《天演论》新作,黄遵宪心中自然十分温暖,作诗一首述怀:"一卷生花《天演论》,因缘巧作续弦胶。绛纱坐帐谈名理,胜似麻姑背痒搔。"①1898年至1902年,严复翻译的《天演论》《名学浅说》《原富》等书相继出版,对中国学术界产生了巨大冲击。黄遵宪蛰居梅州,仔细阅读严译名著,并在1902年秋天给严复的信中认为"《名学》一书,苟欲以通俗之文,阐正名之义,诚不足以发挥其蕴",所以用"艰深文之",是不得不这样;而对于《原富》一书提出了委婉的批评:"或者以流畅锐达之笔为之,能使人人同喻,亦未可定。"②接下来对严复翻译语言策略提出的批评却是整体性的。

在黄遵宪批评严复翻译语言策略之前,梁启超已经在《新民丛报》第1号上发表了自己的看法。梁启超在介绍严复译作《原富》时,先是肯定"严氏于西学中学,皆为我国第一流人物",然后写道:

> 但吾辈所犹有憾者,其文笔太务渊雅,刻意模仿先秦文体,非多读古书之人,一番殆难索解。夫文界之宜革命久矣。欧美日本诸国文体之变化,常与其文明程度成比例。况此等学理邃赜之书,非以流畅锐达之笔行之,安能使学童受其益乎?著译之业,将以播文明思想于国民也,非为藏山不朽之名誉也。文人结习,吾不能为尊者讳矣。③

梁启超对严复翻译语言"太务渊雅"的批评,建立在他"新民"和"群治"的思想基础上,即"学理邃赜之书"的翻译,目的是"播文明思想于国民"。从世界视域来看,文体变化与文明程度成比例,其潜在的表达是文体越通俗,文明程度越高。翻译语体用"流畅锐达之笔行之",不仅与世界文体变化的演变同步,同时也能使学童受益。这种翻译语言的主张在梁启超身上有一个变化的过程。1896年他在《变法通议》中批评当时的译书有二弊:"徇华文而失西义"和"徇西文而梗华读"④。梁启超提出的翻译典范是佛经《内典》,因为译者深通华文和梵语。由此提出译书应该关注意思的传达,而不

---

① 黄遵宪:《己亥续怀人诗·一二》,陈铮编:《黄遵宪全集》(上),北京:中华书局,2005年,第164页。
② 黄遵宪:《与严复书》,陈铮编:《黄遵宪全集》(上),第435页。
③ 梁启超:《绍介新著·原富》,《新民丛报》第1号,光绪二十八年(1902)正月初一日。
④ 梁启超:《论学校七·译书》(续第27册),《时务报》第33册,光绪二十三年(1897)六月廿一日。

是文体的选择,"苟其意靡失,虽取其文而删增之,颠倒之,未为害也"①。梁启超从肯定的意思上举的例子正是严复翻译的《天演论》。可见当时梁启超对于翻译语言的体式并未重点关注,同时,他对"义法奥赜、条理繁密之书"作出的要求是"分别标识"②,也没有提及翻译语言。其转化是在他主笔《时务报》和《清议报》的创作实践中以及接受德富苏峰等日本作家的报刊文体的刺激之后完成的。转化之后他再看严复的翻译语言,几乎不能忍受,因此对严复的批评就很尖锐,甚至上升到"文人结习"这一带有学术品性评价的高度,这使得严复很有点拉不下脸来。严复给梁启超的回信首先称赞《新民丛报》"为亚洲二十世纪文明运会之先声",然后对梁启超"第一流人物"的称誉婉辞拒绝,反而对梁启超说自己有"文人结习"的毛病全部接受:"不徒不以为忤。而转以之欣欣也。"不过,严复对梁启超在翻译语言上的批评一一反驳,坚守自己的翻译策略。③

正是在这种情况下,黄遵宪对严复的批评,既可以看作黄遵宪对梁启超的呼应与支持,同时也可以看作他自己之前"言文一致"主张的延伸与发展。黄遵宪的批评是这样的:

> 公谓正名定义,非亲治其学,通彻首尾,其甘苦末(按,疑为"未"之误)由共知,此真得失心知之言也。
>
> 公又谓每译一名,当求一深浅广狭之相副者,其陈义甚高。然弟窃谓悬此格以求,实恐求之不可得也。④

黄遵宪从汉语自身的角度提出严复翻译语言策略的不可行:第一,汉字没有"衍生之变,孳生之法",不能够满足泰西各科学的需要。黄遵宪对汉字的判断中已经点出屈折语与粘着语的区别。第二,汉语词汇中出于假借的有十之八九,造成了汉语词汇的重叠、词义的歧异。"华文之用,出于假借者,十之八九,无通行之文,亦无一定之义,即如郑风之忌,齐诗之止,楚词之些,此因方言而异者也。墨子之才,荀子之案,随述作人而异者也。乃至人人共读如《论语》之仁,《中庸》之诚,皆无对待字,无并行字,与他书之仁与义并,

---

① 梁启超:《论学校七·译书》(续第 27 册),《时务报》第 33 册,光绪二十三年(1897)六月廿一日。
② 同上。
③ 严复:《与新民丛报论所译原富书》,《新民丛报》第 7 号,光绪二十八年(1902)四月初一日。
④ 黄遵宪:《与严复书》,陈铮编:《黄遵宪全集》(上),北京:中华书局,2005 年,第 435 页。

诚与伪对者,其深浅广狭,已绝不相侔,况与之比较西文乎?"①从古文来寻找词语对应西文实在不可行,而"今日已为二十世纪之世界矣,东西文明,两相接合,而译书一事,以通彼我之怀,阐新旧之学,实为要务"②。

既然从古文寻找翻译语言的途径不行,就只有另辟蹊径。黄遵宪提出了两条道路:第一是造词语,第二是变文体。造词语的方式有:造新字,假借,附会,诨语,还音,两合。在诸法中,黄遵宪还是最主张造新字。变文体的内容有些杂,主要指行文的方式和格式:一曰跳行,一曰括弧,一曰最数,一曰夹注,一曰倒装语,一曰自问自答,一曰附表附图。黄遵宪的目的很简单:"文字一道,至于人人遵用之乐观之,足矣。"③

黄遵宪的翻译语言观同时也是时代的声音,"遵用"是最基础的目的,"乐观"是更高的要求。"遵用"是晚清开通民智的工具性规约,而"乐观"正是"遵用"的内在方式。

四、创意命辞:诗学语言的现代开拓

黄遵宪的语言观有着严密的内在一致性。从世界的语言角度来认识汉语,不仅显示黄遵宪一代传统士大夫"开眼看世界"的心态由自信走向自卑的最初的倾斜,而且也显示了黄遵宪由对汉语自足信任向汉字汉语难学的视野的逐渐认同。但是,黄遵宪语言观的世界性视域正是他的言文一致、创意命辞的诗学语言、遵用乐观的翻译语言的生长场域,这三者其实有一个潜在的一致:语言要能表述今日之事、今日之物、今日之人、今日之理。

黄遵宪语言观的核心是世界性视域的言文一致,这与他的诗学语言观之间是什么关系呢? 整体来说,他的言文一致的语言观与诗歌语言向俗语、今语、口语亲近的诗学语言观有相通的地方,在个人语言的运用上有内在沟通的可能。只是黄遵宪言文一致的自觉意识是他赴日本之后产生的,而他的诗学语言观却在他年轻时所作的《杂感》等诗歌中就有所表露,因此言文一致的语言观与诗学语言观之间不是源流关系,二者可以说是相互佐证、相互推动的。

黄遵宪的诗学语言观可以概括为锤炼"口语""俗语""新语"入诗的

---

① 黄遵宪:《与严复书》,陈铮编:《黄遵宪全集》(上),北京:中华书局,2005年,第435页。
② 同上。
③ 同上书,第435—436页。

"创意命辞"①。"创意命辞"是所有真正的诗人追求的语言高峰,只不过攀登这个高峰的方式多种多样,有些人喜欢从古典的文献中挖掘语言因子而锻造新的诗歌语言,有些人则喜欢从山歌民谣中挖掘语言因子而形成个性化的表达。黄遵宪运用的诗歌语言基本上是文言,但是对于"口语""俗语""新语"采取了非常积极的汲取姿态,这源于黄遵宪重"今"的历史观和语言观,即在古今变化中突出"今"的本体地位。他在《杂感·一》中写道:"少小诵《诗》《书》,开卷动龃龉。古文与今言,旷若设疆圉。竟如置重译,象胥通蛮语。"②在旷若疆圉的古文今言中,黄遵宪看到了历史过程中古今语言的沧桑之变:"即今流俗语,我若登简编。五千年后人,惊为古斓斑。"历史将淘汰语言中陈旧腐朽的因素。黄遵宪强烈反对那种"六经字所无,不敢入诗篇"的语言拟古主义,提出了"我手写我口,古岂能拘牵"的语言主张。③其实,"我手写我口"的意义指向并非只是口语,毋宁说指向"我"的言说。当黄遵宪把当下的世界转化为文本,"我口"就是这个文本的言说形式。"我口"的言说形式,无疑是要以"我"为历史的切点的言说形式,因此个人性和今日性是"我口"的应有之义。这样,"我口"的言说就站到了历史向前发展的现实的最新横截面上。"口语""俗语"和"新语"进入黄遵宪的诗歌语言就有了自然的内在逻辑。黄遵宪的诗学观用他自己的话说,就是"诗中有人,诗外有事"④,这"事"是今日世界之事,这"人"是今日世界之人,尤其是诗人自己。所以,从某种意义上说,在黄遵宪的"新世界诗"中,语言先于诗歌。

---

① 黄遵宪:《刘甑安〈盆瓿诗集〉序》,陈铮编:《黄遵宪全集》(上),北京:中华书局,2005年,第283页。
② 黄遵宪:《杂感·一》,陈铮编:《黄遵宪全集》(上),第75页。
③ 黄遵宪:《杂感·二》,陈铮编:《黄遵宪全集》(上),第75页。
④ 黄遵宪:《致梁启超书》,吴振清、徐勇、王家祥编校整理:《黄遵宪集》(下),天津:天津人民出版社,2003年,第490页。

第二章　严复

第一节　汉语的实用理性与"国语"的现代性发生

晚清民初的"国语"想象,以开通民智为鹄的,内面应和着民族国家的统一趋向,自身也成为现代汉语生长的起点。"五四"时期"国语"与"新文学"的亲密互动又使得现代汉语在国家教育体制之外借助文学的方式生长着。现代汉语凭借"国语"想象的两种方式而生长,成为现代汉语在晚清民国生长的重要特点。现代汉语虽然是新中国成立以后提出的概念,但是其生长起点应该追溯到晚清士人对"国语"的实践。"国语"在晚清的言说中并非统一的语词,晚清士人面对日语、欧语的时候更多采用的是"汉语"一词。在此不想纠缠于这些语词的概念,只是想从汉语的实用理性的现代转型来看"国语"的现代性的发生,而这个发生正是现代汉语的起点。

"国语"的现代性发生只可能在晚清士人的语言实践中完成,而晚清士人的语言实践丰富而庞杂,无法一一描述。严复语言观的复杂及其语言实践的深度为探索"国语"的现代性发生提供了较为广阔的空间。

一、本体:语言文字的"器""道"分层

1898年严复借用赫胥黎《化中人位论》中的意思说:"人与猕猴为同类,而人所以能为人者,在能言语。"①但是严复并非在德国哲学家卡西尔所说的"人是语言符号的动物"的意义上来理解人类的语言,他强调的是言语

---

① 严复:《西学门径功用》,1898年9月22、23日《国闻报》;收入王栻主编:《严复集》第1册,北京:中华书局,1986年,第92页。

的"积智"功用,即言语"积智"经历代相传,人类由初民而野蛮,由野蛮而开化。① 语言是人与动物的区别,这点也是晚清知识界的一个基本共识。西方学者区别种族,有的根据头发的横截面的形状,有的认为最靠得住的莫如言语,比如印度与欧人同种,因为其言语推至古代大致相同。严复则不这么认为:

> 顾不佞之意,则不甚谓然。盖若必用言语,则支那之语,求诸古音,其与西语同者,正复不少。如西云 mola, mill,吾则云磨。西云 ear, arare,吾则云犁。西云 father, mother, pa, ma,吾云父母爸妈。西云 khan, konig,吾云君。西云 Zeus, Dieu,吾云帝。西云 terre,吾云地。西云 judge, jus,吾云则,云准。西云 rex, rica,吾云理,云律。诸如此类,触处而遇。果使语言可凭,安见东黄西白不出同源?②

印欧语系经过许多学者的研究,在语言上的合理性自不必怀疑。而严复从不同语言之间语音的类似性反证黄白黑种同源,其语言学的根据并不充足。不过严复所关注的是语言并非种族的区别物。从这点出发,语言成为可以通约之物,由此可以通向中西文化的交流,严复的翻译也因此有了坚实的理论基础。

基于上述理由,严复形成了自己基本的语言文字观念:语言文字是"器",而不是"道"。严复以"器"为本的语言文字观表现在如下三个方面。

第一,在语言与学术的关系上,语言是"器",学术是"本"。

1902年《外交报》站在"文明排外"的立场,认为中国"推广学堂,宜用汉文以课西学,不宜更用西文,以自蔑其国语"。③ 严复面对如此保守的观点,忍不住抗言一辩,以"火屋漏舟"喻之,对于它扼杀新机,可能贻害数百年的后果十分担心。一定要采用"以汉语课西学"来成就中国学术,在严复看来大谬不然。在海滨通市的地方,"操西语能西文"的人很多,但是能作为"科学师资"的人不多,因为严复觉得,要通晓西方的学术,必须能翻译他们的书,翻译之后要能对其中的学理精华心领神会。要做到这一步,务必通

---

① 严复:《西学门径功用》,1898年9月22、23日《国闻报》;收入王栻主编:《严复集》第1册,北京:中华书局,1986年,第92页。
② 严复:《政治讲义》,上海:商务印书馆,光绪三十三年(1907),第7—8页。
③ 这是严复对《外交报》观点的概括,见《与〈外交报〉主人书》,王栻主编:《严复集》第3册,第558页。

西文。晚清的学堂重视洋文的学习,并不是"自蔑国语",因为教育的根本不在语言之习得,而在学理之获得。习得外国语言,爱国之情不会随之衰退,因为爱国之情根于种性,不根于语言。严复的意思很明显:重视西语西文的学习,不会自蔑国语,不会削减爱国之情,不过是获得西方文明的渠道。严复就"学术"与"语言"之间的关系作了解释:

> 彼列邦为学,必用国语,亦近世既文明而富于学术乃如是耳。方培根、奈端、斯比讷查诸公著书时,所用者皆拉体诺文字,其不用国语者,以为俚浅不足载道故也。然则观此可悟国之所患,在于无学,而不患国语之不尊,使其无学而愚,因愚而得贫弱,虽甚尊其国语,直虚悻耳,又何补乎?①

需要首先提及的是,在严复的语言世界中,"西语"不包括日语。日本明治维新开始西化,在当代学人的论述中有时为了方便,所谓"西方""西学"等"西"字头的词语常常包含东方的日本。但严复的"西语"和"西文"不包含日语日文,他对日语一般以"东文"相称。"国语"则是一个普遍性的概念,也是高于西语、汉语、梵文、东文的概念。严复提及培根、奈端(牛顿)、斯比讷查(斯宾诺莎)不用"国语",而用拉丁文,这就涉及西方欧洲国家现代民族语言的诞生,像意大利语、英语和德语等都是摆脱拉丁文的束缚而成长起来的现代民族国家的语言。相对于本民族国家来说,英语、德语、汉语、日语等都可以称为"国语"。严复"非自蔑国语"的说法中"国语"就是指汉语。因此在严复的言说中出现了一些裂缝,如果从《辽史》《金史》等"国语解"的意义上看,严复所谓的"国语"应该指当时清政府的语言——"满语"。如果严复的"国语"在民族国家的意义上指汉语,实际上中国当时不算现代民族国家。其实,严复正是从西方"国语"的意义上认同汉语。这里所说的语言的缝隙可以说是严复的超前意识,因为民国时期的国语运动,就是沿着这个意义来建设全民族的共同语言。这个问题必须另作专门论述。至于学问与国语的关系,在严复看来,重要的是"学",而不是"语"。严复论及培根、奈端、斯比讷查等人著书都用拉丁文,而不是他们的国语,真正的原因是拉丁文当时是知识阶层和权力阶层的共同语,不用它表达就得不

---

① 严复:《与〈外交报〉主人书》,王栻主编:《严复集》第3册,北京:中华书局,1986年,第562页。

到认同,甚至不能出版。但是在严复的观念中,他们的"国语"因浅俗而不被采用,这理由有些勉强。不过严复真正关心的不在何者浅俗的问题,影响一个国家强弱的重要因素是语言背后的"学术",而不是其国语。然而语言虽为"小道",但不可忽视:"今夫语言虽极其聱牙,一种之民安之若素;文字虽极其奥衍,一国之士,以为至常。然则语言文字者固不足以为学,然而非此欲求其所谓学者,则其势不能,此所以其道虽小,而必不可忽也。"①通习语言文字是桥梁,获取其"学"才是目的。

第二,在语言与民族精神的关系上,语言是"器",民族精神是"本"。严复写道:"国语者,精神之所寄也;智慧者,国民之所以为精神也。颇怪执事不务尊其精神,而徒尊其精神之所寄也。"②国语为容器,而民族精神为内容物。民族的生存,国家的建立延续,经历数千年而不衰,其间必定有聪明睿智之士深思不已,形成知识。而这些知识又以语言文字来传播延承。"聪明睿智之民,其思虑知识,所大异于凡民者,会其声而成辞,会其文以见意。而闻者或默以识,或笔于书,而一物之精理以明,一心之深情以达,历世既多,而所积弥富,此吾文字相传之所以称古也。"③种族和国家的"思虑知识"凝聚在"辞"与"意"的结合中,但是严复强调的是"见意",即外物"精理"与人心"深情"的传达,造就了语言文字的生生不息。所以他认为不同国家之间"彼此谣俗,古今典训",在别的语言中有一句,则在我国语言中也有相应的一句。"必识夫此者多,而后能用其文字语言,以通夫吾之意思,此为学之术也,亦即所以为文字语言者也。"④识习语谣俗日多而"通",目的在于意思的传达,这是"为学之术",而"术"在严复的思考中是与"鹄"不同地位的方式。这种"通"的方式就是文字语言得以作为文字语言成立的原因。

第三,在语言文字与国家的关系上,语言是"器",国家是"本"。晚清有种言论:国家振兴,必定尊重国语国文;如果不尊重国语国文,则国家不能振

---

① 严复:《〈习语辞典集录〉序》,王栻主编:《严复集》第 2 册,北京:中华书局,1986 年,第 358 页。
② 严复:《与〈外交报〉主人书》,王栻主编:《严复集》第 3 册,第 562 页。
③ 严复:《〈习语辞典集录〉序》,王栻主编:《严复集》第 2 册,第 358—359 页。
④ 同上书,第 359 页。

兴。严复认为前一半对,后一半则未必。① 严复以语言文字为"术"/"器"的本体观不同于章太炎的语言文字乃国性之根、学术之根底的本体观,这是不同的学术背景、不同的思路造成的,也可以看出晚清对语言文字的认识的多样形态。从以语言文字为"器"的本体观出发,严复必定强调语言文字的习得以获取知识与学术;从晚清被动挨打而寻求道路的民族立场出发,严复也必定强调学习异域语言以获取新的知识与学术。在中国学科的现代转型中,国外语言学科的设置占有相当重要的位置,因为它不仅是学习其他学科知识的通道,本身也成为中国现代知识系统的一个重要部分。

晚清政府和稍微进步的士人都强调对异域语言的习得。晚清政府曾开设京师同文馆(1862)、上海广方言馆(1863)和广州同文馆(1864)培养外语人才。梁启超曾经说,习得一门语言,就等于开辟一片殖民地;马相伯曾经说,习得一门语言,就等于新结交一良友;林纾为自己不懂任何外语而痛心疾首。严复非常赞同梁启超所说的"处今世不通西文者,谓之不及人格"②。如此强烈以至过度的表达,显示了晚清士人通过学习日语和西方语言以获得现代学术,从而寻找民族道路的急切心态。

严复获知梁启超跟随马建忠学习拉丁文,非常感动,并致信鼓励:"承示,从马兄眉叔学习拉丁诺文,甚感甚感!此文及希腊文,乃西洋文学根本,犹之中国雅学,学西文而不与此,犹导河未至星宿,难语登峰造极之事。"③这里显示了严复准确的西学眼光:拉丁文与希腊文是西洋文学的根本、欧洲学术的发源处。他为中国人汲取西学指明了途径,尽管这一思路要迟至周作人的翻译才部分实现,但他对中国人学习外语的那种肯定却让人感动。严复致好友熊季廉多封书信,不仅用梁启超的警世之言鼓励他学习外语,还为他讲解英文语法,结果写成了《英文汉诂》一书。严复在演讲撰述中,也经常告诫后生要努力学习西文:"是以不佞常戒后生,欲治物理稍深之科,为今之计,莫便于先治西文,于以通之,庶几名正理从,于所思言不至棼乱。必俟既通者众,还取吾国旧文,而厘订之,经数十年而后,或可用也。"④

---

① 严复(JuLin Khedau Yen-Fuh):《英文汉诂》(*English Grammar Explained in Chinese*),上海:商务印书馆,光绪三十年(1904),"卮言"第5页。
② 严复1902年9月9日致熊季廉信,引自孙应祥、皮后锋编:《〈严复集〉补编》,福州:福建人民出版社,2004年,第234页。
③ 王栻主编:《严复集》第3册,北京:中华书局,1986年,第515页。
④ [英]耶方斯:《名学浅说》,严复译,北京:生活·读书·新知三联书店,1959年,第36页。

严复在《论今日教育应以物理科学为当务之急》一文中集中阐发了学习西文的好处:

> 其所以必习西文者,因一切科学美术,与夫专门之业,彼族皆已极精,不通其文,吾学断难臻极,一也;中国号无进步,即以其文字与外国大殊,无由互换智识之故。惟通其文字,而后五洲文物事势,可使如在目前,资吾对勘,二也;通西文者,固不必皆人才,而中国后此人才,断无不通西文之理,此言殆不可易,三也;更有异者,中文必求进步,与欲读中国古书,知其微言大义者,往往待西文通达之后而后能之。此亦赫胥黎之言也,四也;且西文既通,无异入新世界,前此教育虽有缺憾,皆可得此为之补苴。大抵二十世纪之中国人,不如是者,不得谓之成学。①

严复从自己的留学经历和翻译体验出发,前瞻性地预见到中国人要借鉴西方的"科学美术",必须先通晓西方语言;要成为20世纪的中国人才,"通西文"是必备条件。今天我们回看20世纪在"科学美术"方面取得突出成就的中国人,他们绝大多数都懂一两门外语。严复认为要寻得中国古书中的"微言大义",只有"西方通达"后才能做到。这看似有些不合理,但对严复来说,他通过翻译西方学术著作而激活汉字意义的跨语际实践,足以支撑他的结论(对此下文有论述)。

二、实践:改造汉语与表达西方学理

严复曾经这样描述自己寻找汉文词语表达西方学理概念的情形:"鄙人于译书一道,虽自负于并世诸公未遑多让,然每逢义理精深、文句奥衍,辄徘徊踯躅,有急与之搏力不敢暇之概。"②严复所谓与语言"搏力",即在英语与汉语之间搏击,考求英语古义和汉语古义的融会,以获得英语与汉语在现代学理上的贯通。因此严复可谓翻译界无畏的勇士。在这一搏力过程中,严复发现用我国语言文字来呈现西方"精审致知"的学理,"非大加厘订改良,有万万不可用者"③。

---

① 严复:《论今日教育应以物理科学为当务之急》,王栻主编:《严复集》第2册,北京:中华书局,1986年,第285—286页。
② 王栻主编:《严复集》第3册,北京:中华书局,1986年,第537页。
③ [英]耶方斯:《名学浅说》,严复译,北京:生活·读书·新知三联书店,1959年,第35页。

严复在《政治讲义》中对听众反复强调的一点就是"正名"。他的"正名"与孔子的"正名"所指完全不同。孔子的"正名"给予社会个体合适的伦理身份名称，确立王者统制的合法化和秩序化。而严复的"正名"则是在寻求汉语与英文字义契合的基础上确立汉语的适当名称。前者是伦理性命名，后者是科学性命名。在严复的正名行为中，有一个知识前提：汉语要处理的是西方科学，尽管外国的月亮不总是圆的，但是不得不承认西方工业文明的科学发展为现代世界构建了世界上最为进步的知识系统，甚至构建了世界上最为合理的价值取向。刚刚"睁眼看世界"的中国晚清士人，将那声光化电、名数质力的西方科学，很惊奇也很自觉地视为白而圆的月亮，根本还来不及思考月亮的另一面。因此，在严复的翻译中，变化的只能是汉语，不可能是西方科学。这不是对汉语的歧视与压抑。任何翻译，都是对译语的压制性改造。严复这代晚清士人的压制性改造的愿望尤其激切。严复很沉重地说道：

> 应知科学入手第一层工夫，便是正名。凡此等处，皆当谨别牢记，方有进境可图，并非烦赘。所恨中国文字，经词章家遣用败坏，多含混闪烁之词。此乃学问发达之大沮(按，疑为"阻"之误)力。诸公久后将自知之。今者不佞与诸公谈说科学，而用本国文言。正似制钟表人，而用中国旧有之刀锯锤凿。制者之苦，惟个中人方能了然。然只能对付用之，一面修整改良，一面敬谨使用，无他术也。①

这段文字至少表达了三层意思：第一层，学习西方科学，正名是首要之事。第二层，"含混闪烁"的中国文字，成了学问发达的"大阻力"。严复并不把"含混闪烁"的根源归于汉语本身，而是归于古代词章家。"词章"又称"辞章"，《辞源》释为"诗文的总称"②。联系严复的经历，"词章"则可能指向八股文和试帖诗。如果这样，他把文字的败坏归于词章家就非常自然。第三层，用中国文言表达科学非常艰难，严复用了一个非常精当的比喻，好像用中国古代刀锯锤凿来制造西方现代精密的钟表，语言的烙手不顺局外人难以想象。所以他提出一条无可奈何的途径："一面修整改良，一面敬谨使用。"其实这又是非常实际而实用的，因为除此之外别无他法。

---

① 严复：《政治讲义》，上海：商务印书馆，光绪三十三年(1907)，第 9 页。
② 《辞源》第 4 册，北京：商务印书馆，1983 年，第 2883 页。

史华兹(又译史华慈)认为严复用"天"译西方的 nature,意义相去不远;把 the struggle for existence 译为"物竞",把 the survival of fittest 译为"优胜劣败",基本的意思也被传达出来。但史华兹认为严复的"意译有时容易严重歪曲原义。但总的说来,造成这种歪曲的原因,很少是由于严复所使用的语言,更多的是由于他的先入为主的充满曲解的成见"。① 史华兹把语言与意义分开已经不当,再把歪曲原义主要归于严复"先入为主的充满曲解的成见"就更不当了。严复的知识结构本身有一个西学与中学互动的过程,意译所产生的歪曲,毋宁说是他在翻译过程中寻找语义时所产生的偏差。

如史华兹提及的"天",在汉语中也是多义词。严复在《群学肄言》中对"一切皆本于天意"有一则按语:

> 中国所谓天字,乃名学所谓歧义之名,最病思理而起争端。以神理言之上帝,以形下言之苍昊。至于无所为作而有因果之形气,虽有因果而不可得言之,适偶西文各有异字,而中国常语皆谓之天。如此书天意,天字则第一义也;天演,天字则第三义也。皆绝不相谋,必不可混者也。②

西文的"nature",据威廉姆斯的考察,也许是最复杂的词语,有三种含义:(ⅰ)事物基本的本质和特性;(ⅱ)指导世界或者人类的内在力量;(ⅲ)物质世界本身,包括或者不包括人类。③ 严复所释"天"的三种意义与 nature 的三种意义并不重合。"天"的上帝含义在 nature 中不存在。中国人常讲"天人合一","天"一般理解为自然。其实中国人的"天"常常有意志,有人格,有主体性。祭祀时的祈"天",如"天赐良机";冤屈时的喊"天",如《窦娥冤》窦娥喊的"天也,你错勘贤愚枉作天"。威廉姆斯在解释"自然主义"(naturalism)时指出这个词语诞生的时候,自然主义者认为 nature 与 God 是对立的东西。"苍昊"之意,既不具有上帝的特性,也不具有人格意志。"天"的因果之意,如果不具备上帝之性或者人格意志,在汉文中很少见,严

---

① [美]本杰明·史华兹:《寻求富强——严复与西方》,叶凤美译,南京:江苏人民出版社,1990年,第64页。
② [英]斯宾塞:《群学肄言》,严复译,北京:商务印书馆,1981年,第298页。
③ Raymond Williams, *Keywords: A Vocabulary of Culture and Society*, New York: Oxford University Press, 1983, p.219.

复这样说可能本身已经受到西方 nature 意思的浸染。威廉姆斯指出 nature 后来带上"理性"(reason)和"法则"(law)的意思,显示了人与自然的对照。他认为自然选择(natural selection)给予了自然以历史的、活动的等含义基础。自然有法则,是生存和灭亡的法则,是物种的发芽、茂盛、衰落、死亡。① 两人的解释很切近。汉语的"天"与 nature 的第三种含义相差甚远:nature 的第三种含义对应的现代汉语词汇是"自然",但是,古代汉语的"自然"却不具备这层意思。通俗地说,古代汉语喜欢用"天地"来指称这个客观的物质世界,而"自然"从《道德经》"道法自然"来看,是一个很抽象的、所指游弋不定的词语。王弼注释:"道不违自然,乃得其性,[法自然也]。法自然者,在方而法方,在圆而法圆,于自然无所违也。自然者,无称之言,穷极之辞也。"②王安石对"道法自然"的解释为"本者,出之自然,故不假乎人之力而万物以生也"③,魏源注释:"自然者,性之谓也。"④这样一步步地把自然实质化了,但是并不指向客观的物质世界。这也是严复不用自然来翻译 nature 的原因吧。

"有机""无机""有机体""无机体"也是晚清引进的新词语。严复沿用斯宾塞的有机体说,认为国家也是一有机体。何谓有机体?严复解释如下:

> 按"有机"二字,乃东文取译西文。Organism 其字原于希腊,本义为器,又为机关。如桔槔乃汲水之器,便事之机关。而耳目手足,乃人身之器之机关。但与前物,生死异耳。近世科学,皆以此字,命有生者。其物有生,又有机关,以司各种生理之功用者,谓之有机体。不佞前译诸书,遇此等名词,则翻"官品"。譬如人为官品,以其在品物之中。而有目为视官,有耳为听官,手为司执,足为司行,胃为消化之官,肺为清血之官,皮肤为出液之官,齿牙为咀嚼之官……"官品""有机体"二名,原皆可用,然自不佞言,"官品"二字,似较"有机体"为优。盖各种木铁机器,可称"有机"之体,而断不可称"官品"。然则"官品"二字,诚 Organism 之的译矣。⑤

---

① Raymond Williams, *Keywords: A Vocabulary of Culture and Society*, New York: Oxford University Press, 1983, p.224.
② 王弼著,楼宇烈校释:《王弼集校释》,北京:中华书局,1980 年,第 65 页。
③ 王安石:《王文公文集》,上海:上海人民出版社,1974 年,第 310 页。
④ 魏源:《老子本义》,《魏源全集》第 12 册,长沙:岳麓书社,2011 年,第 42 页。
⑤ 严复:《政治讲义》,上海:商务印书馆,光绪三十三年(1907),第 22—23 页。

尽管严复说了很多理由,认为"官品"比"有机"更能切近Organism,但有意思的是,严复自己也使用"有机体"一词。"有机"一词也许是从日语借用汉字词语而引入的。梁启超翻译德国伯伦知理的《国家论》,介绍国家作为有机体的学说:"国家者盖谓有机体也。"有个夹注:"有机无机,指化学语。有机有生气也,人兽草木也。无机无生气也,土石是也。"①"有机"和"无机"的区分抓住了生命的有无,"机"从最初的树木名称引申为"生机",如"生机勃勃"。"机"已经内含生命的形态,并非严复所说的"机关"一词所能涵盖,"机关"并不含有生命的形态。"官品"在古代汉语中有官职品位的意思,而作为生命形态的含义似乎很少见。器官往往指各部分的名字,而不含生命的形态。因此"有机"和"无机"很切合organism的内涵。严复在寻找合适的汉语来翻译英文的时候,并非充满歪曲的前理解,而是在寻找词义契合的时候发生了偏差。这类词语在严译中很多,如"计学""名学""民直""小己",其译名推敲过程都可以作长篇的讨论。严复《天演论·译例言》说:"用汉以前字法句法,则为达易;用近世利俗文字,则求达难。"②用先秦词语翻译西方学理概念的语言策略是严复的方式,不过先秦词语毕竟离现代人生活很远,再加上自身可能存在的理解偏差,要想既准确表达西方学理概念,又让晚清的中国人接受,确实不太容易。

严复指出,古书中有些字,考求定义十分困难。如"气""心""天""道""仁"等字,"皆古书中极大极重要之立名,而意义歧混百出,廓清指实,皆有待于后贤也"。③与西方交流以来,名词"去实之远,有令人失笑者"。如"火药"和"枪炮",从造字方式来看,都不是中国创造的。于是他认为"火药"不是中国发明的,原因在于"其命名之不类主人"。还有"火轮船""自来水""自来火""留声机"等名词,"觉所命名,无一当者"。严复分析"留声机器"的命名:"又留声机器,彼名声书。盖机之所留者,非声也。果使声留,法当常鸣不已,而一周辄止者,盖始则声浪高下,留迹锡片,犹之鸿爪,印在雪泥,他日转针循迹,而声复作,所留者迹耳。谓之留声,亦非事实。"④严复对"留声"与"留迹"的区分并不具有科学性,他对语词命名的拷问,源于

---

① [德]伯伦知理:《国家论》,梁启超译,《清议报》第15册,光绪二十五年(1899)四月十一日;又见《国家学纲要》,上海:广智书局,光绪二十八年(1902),第7页。
② [英]赫胥黎:《天演论》,严复译,北京:科学出版社,1971年,"译例言"第10页。
③ [英]耶方斯:《名学浅说》,严复译,北京:生活·读书·新知三联书店,1959年,第16页。
④ 同上书,第16—17页。

翻译中艰苦的语言实践留下的惯性。

严复指出:"语言文字者,思辨之器也。求思审而辨明,则必自无所苟于其言始。言无所苟者,谨于用字已耳。""然而人类言语,其最易失误而事理因以不明者,莫若用字而不知其有多歧之义。"因此在严复看来,一字歧义,最容易导致事理不明。他列举中国文字中的"国"字,说明"名义不晰,易启争端",又列举"东""宫""仁""果""武""卤"等字说明"常用俗字,更多歧义"。严复对中国文字歧义的评价却走上另一个方向:"中国文字,中有歧义者十居七八,特相去远近异耳。然此却无妨,且以有益。其无妨者,盖义本相睽,音相假借。方其出语,闻者可知,既无紊思,自不害理。其有益者,以由此故,文字不至过多,致难尽识。有时滑稽之子,用声同之字,故意相乱,以作笑资,是谓诙谐,亦无甚害。"①汉语字词的歧义性不但"无妨"而且"有益",重视的是汉语的另一种功能,也可见严复语言观的丰富性。

三、人类学视野:《英文汉诂》中的英语与汉语

与马建忠《马氏文通》描述汉语语法不同,严复的《英文汉诂》阐释英语语法。严复在给友人讲解英文文法的基础上,借助英文著作,编撰了《英文汉诂》一书。这本书长期缺少关注,研究语法的学者和研究严复的学者都不把它当回事,进入21世纪才有学者(邹振环)对它作了详细介绍。从语言角度系统梳理严复的语言观,《英文汉诂》不能不提及,它虽然主要阐释英语语法,但也表达了严复对汉语语法的许多看法,其中的一些认识还非常独特。如果考虑在20世纪最初几年,中国人对汉语语法的认识刚刚起步,那么《英文汉诂》更不可忽视。另外,《英文汉诂》可能是我国第一部横行并采用西方标点符号的书,这种先锋性对汉语写作方式和表达方式的冲击要到"五四"新文学运动中才崭露出来。尽管《英文汉诂》是一部给初学者介绍英文语法的书,严复自己却非常看重,觉得"不独学英文者门径厘然,即中国之文字语言,亦当得其回照之益也"②。也就是说,它不仅为学习英文的人提供了合理的门径,而且为深入理解中国语言文字提供了思想资源。

---

① [英]耶方斯:《名学浅说》,严复译,北京:生活·读书·新知三联书店,1959年,第13—15页。
② 马勇、徐超编:《严复书信集》,福州:福建教育出版社,2022年,第95页。

马建忠的《马氏文通》引入"葛郎玛"一词,此书对各种词类的界说严谨简洁,可惜全书并没有对"葛郎玛"下一完整的定义。他认为"葛郎玛"是"学文之程式",太过简单。① "葛郎玛"即英文词语 grammar 的音译。严复在《英文汉解》中音译此词为"葛拉马",对它有相当完整的界说:"英文明辞法之学曰葛拉马 Grammar。葛拉马者,文辞之律令也。"②以"葛拉马"作为"文辞律令",基本抓住了语法的本质,即语言组织的规律性;他并且描述了"葛拉马"三个方面的内容③。严复在《英文汉诂》中译 grammar 为"文谱"。"文谱"所论包括三个方面,与《英文汉解》相同:

  1. 音也,字母也,论此者是谓正书 orthography。

  2. 字有分类 classification,有变形 inflexion,有制作 word-making,有源流 derivation,是谓字论 etymology。

  3. 字与字之相系,句与句之相属,著其法例,析其条理,是谓成文 syntax。④

Orthograhy 为正字法,Etymology 为词源学,Syntax 为句法学。这是把西方经典的语法概念引入中国。

  现代语法学侧重词法学和句法学。《英文汉诂》侧重词法学,《马氏文通》侧重词法学和句法学。词类的区分一直是现代汉语语法学争论不休的问题,1939 年前后关于语法的讨论即是一次对汉语词类划分的集中反思。自《马氏文通》以来,汉语词类的划分依据印欧语系,其中的学理纠葛非此处所能论述清楚。不过,通过比较马建忠《马氏文通》(1898)、严复《英文汉诂》(1904)和章士钊《中等国文典》(1907)对词类的划分(表 2-1),也能窥见晚清中国人对词类的理解:

---

① 马建忠:《马氏文通》(上),上海:商务印书馆,甲辰年(1904)十二月,"例言"第 1 页。
② 严复:《英文汉解》,王栻主编:《严复集》第 2 册,北京:中华书局,1986 年,第 287 页。
③ 严复说:"观前之说。而葛拉马之所论大可见矣。一曰:论字母音声拼切之理,是谓 Orthography 鄂拓古拉非。二曰:论字之门类与其转变之法。是谓 Etymology 叶谛摩洛支。三曰:论字与字所相为系属之伦脊,而为之著定例,当是谓 Syntax 沁忒格斯。鄂拓古拉非依其本义可译正书。叶谛摩洛支可译字论,沁忒格斯可译造句。"同上书,第 288 页。
④ 严复(JuLin Khedau Yen-Fuh):《英文汉诂》(*English Grammar Explained in Chinese*),上海:商务印书馆,光绪三十年(1904),第 2 页。

表 2-1　词类划分比较

	《马氏文通》	《英文汉诂》	《中等国文典》	现通用名
Nouns	名字	名物	名词	名词
Verbs	动字	云谓	动词	动词
Adjective	静字	区别	形容词	形容词
Adverbs	状字	疏状	副词	副词
Pronouns	代字	称代	代名词	代词
Preposition	介字	介系	介词	介词
Conjunction	连字	挈合	接续词	连词
Interjection	叹字	惊嘳	感叹词	叹词
其他	助字		助词	助词

从名称看,现有词类划分多取法《马氏文通》和《中等国文典》,而不取法《英文汉诂》。严复总是喜欢用先秦的词语来翻译西方学理名称,结果适得其反。《马氏文通》和《中等国文典》的名称更通俗,更具现代味道,更容易被人接受。《马氏文通》和《中等国文典》的目的不是介绍英语语法,而是结构汉语语法体系,因此单列了"助词"这个词类,因为汉语有助词,而英语没有。《英文汉诂》没有单列"助词"这个词类,因为该书介绍的是英语语法,但严复在书中提及汉语的"语助词",只是把它们归入"云谓疏状"两类中。①

《英文汉诂》表达了一个非常有意思的语言人类学观点,即从上古汉语与上古欧洲语言的某些相似性推断出亚洲和美洲人种同源。

第一,从语助词看,上古汉语的语助词与上古欧洲语言的云谓(动词)、疏状(副词)在功能和位置上趋同。泰西语言的词类有"八部",而汉语多"一部",即语助词,如"焉哉乎也"。但是严复"谛而审之,即以为未尝多亦可,盖语助之字,常函云谓疏状之义"。汉语的"也"字,与英语的"is"和法语的"est"相似,"仁者人也,义者宜也"可以翻译为"Charity is humane; righteousness is what ought to be"。汉语的"矣"字,含有英语 perfect tense(完

---

① 严复(JuLin Khedau Yen-Fuh);《英文汉诂》(*English Grammar Explained in Chinese*),上海:商务印书馆,光绪三十年(1904),第 12 页。

成式)的意思,相当于have。①

第二,从云谓字(动词)看,上古"东洲之语"与美洲茵陈人的语言相似。古代汉语的"云谓字"常常处在句末,如庄子"奚以之万里以南为"和"技经肯綮之未尝"。日本语言尤为显著。这点与美洲茵陈人语相同,"故治言语学者,谓此乃亚墨原人同种之证"。② 又如英文第三人称无主云谓句子,如It rains,与中文中的"其'雨'其'雨',杲杲出日"相似,"其"与it相当。③

第三,从"三身之代词"(人称代词)看,上古汉语的人身代词与上古欧洲语的位置和功能相似。"英文古似德文,故 I 字古作 Ic,又作 Ich,西文称谓,当隆古时,与中国同,如 I 则中国之台也,拉体诺文作 Ego,我也;thou 之与 you,与法文之 vous,tu 皆在中文汝若之间;而第三身之 he,it,they,与法之 il 等尤与吾人文之伊他同原。"④严复对中西古代人称代词的同源,并没有给出足够的解释。另外,比如古代汉语中"吾""我"作为第一人称代词的差别非常突出,在古欧洲语言中有没有对应的区分,也未作说明。

第四,"self""sui"与"自"的位置和功能相似。"self独用,则为名物,犹言其身,其一己;……故克己英语谓之selfdenial,自靖谓之selfdevotion(尽己),而自尽则云suicide;因sui乃拉丁之self,而cide之为言杀也。"⑤

在这些语言相似性基础上,严复的结论是"欧亚之民,古为同种,非传会也"⑥。

四、"国语"的现代性发生

语言的理解可以从语言构成和语言功能两个方面入手。语言构成一般包括语音、文字、词汇、语法等因素。语言功能一般包括实用理性和审美价值。语言构成决定着语言功能,但是有时语言功能的需求也推动着语言结构的改变。晚清中国士人理解语言,一开始就涂抹上了强烈的语言功能色彩,但是语言功能的实践却遭遇到语言构成的异质性区隔。广泛地看,从同

---

① 严复(JuLin Khedau Yen-Fuh):《英文汉诂》(English Grammar Explained in Chinese),上海:商务印书馆,光绪三十年(1904),第12页。
② 同上。
③ 同上书,第46页。
④ 同上书,第35页。
⑤ 同上书,第37页。
⑥ 同上书,第35页。

文馆的创立到各类洋务学堂中外语科的设置,既昭示着汉语截获异域信息的强烈愿望,又显示出汉语遭遇日语和欧洲语言多方格击的现实。于是,中国士人开始审视并试图改造汉语的构成和功能。

从语音的角度看,晚清一批士人都致力于制定汉字的拼音方法,卢戆章的《一目了然初阶》(1892)、吴稚晖的"豆芽字母"(1895)、沈学的《盛世元音》(1896)、力捷三的《闽腔快字》(1896)、王炳耀的《拼音字谱》(1897)、王照的《官话合声字母》(1900)、劳乃宣的《简字谱录》(1907)、章炳麟的《驳中国用万国新语说》(1907)中制定的"纽文"与"韵文",再到中华民国国语研究会公布《注音字母》、编辑《国音字典》,最后到新中国成立后于1958年颁布《汉语拼音方案》,这些个人和团体的努力都着眼于全国语音的统一。吴汝纶上书管学大臣极力推荐王照的《官话合声字母》:"此音尽是京城口声,尤可使天下语言一律。"黎锦熙认为这可以看作"国语统一"的最早口号。① 其实,晚清的"国语统一"指的就是普及官话。这一口号在一定程度上得到了晚清白话文运动的呼应。晚清的白话报刊多用官话的调子写成,报刊编辑们也有意识地宣扬官话的好处。《竞业旬报》于1906年创刊,梓方在《发刊辞》中称"同人创为是报,纯用官话",并且借用《圣经》译本的传播效果佐证"官话无文字之沉晦,无方言之庞杂,声入心通,无毫发扞格"。②署名"大武"的《论学官话的好处》更是大力张扬官话的好处:

> 要救中国,先要联合中国的人心。要联合中国的人心,先要统一中国的言语。这才是变弱为强的下手第一着。但现在中国的语音,也不知有多少种。如何叫他们合而为一呢?必定要有一个顶好的法子。除了通用官话,更别无法子了。但是官话的种类也狠不少,有南方官话,有北方官话,有北京话。现在中国全国通行官话,只须摹仿北京官话,自成一种普通国语呢。③

从"通行"的官话到"普通国语"的跨越,在作者的意识中也许就是语音的全国性统一,但是不妨看作汉语作为"国语"表现在语音上的现代性发生的标志之一。另外,《马氏文通》和《中等国文典》等书对汉语语法的描述,甚至还有严复的《英文汉诂》、梁启超的《和文汉读法》等阐释域外的语言的书,

---

① 黎锦熙:《国语运动史纲》,上海:商务印书馆,1934年,第25页。
② 梓方:《发刊辞》,《竞业旬报》第1期,丙午年(1906)九月十一日。
③ 大武:《论学官话的好处》,《竞业旬报》第1期,丙午年(1906)九月十一日。

都在展示汉语语法的自身面目。这可以看作汉语作为"国语"表现在语法上的现代性发生的标志之一。

不过,对于严复来说,他不太关心汉语作为"国语"在语音和语法上的现代性发生:尽管他劝儿子学官话,但那是为了适应官场;他的《英文汉诂》也关涉汉语的语法,但不是他特别重视的。相对于语言的构成,严复更关注语言的功能。他反复重申语言文字作为"器"的形象就是明证。语言的实用理性和审美功能,汉语在古代就一直承担着。严复的语言观和语言实践,聚焦汉语的实用理性,而较少涉及审美功能。如果说汉语在古代的实用理性主要表现为实践以儒家学说为中心的伦理教化,那么,严复通过自身的翻译活动,改变了汉语的实用理性传统,代之以新的实用理性,即西方学理。严复写道:

> 吾云西国语言文字之不必学者,非恶其物也,妨其学之流弊也。夫中才莫不牵于所习,彼习某国之语言文字者,莫不崇拜某国之文物而心仪之。海通以来,互市之场,所在多有,不独官求译人也,而彼族亦需之。使学堂而课外国之语言文字乎,彼于于而来者,其志非以求学也,变其口耳,冀为西人效奔走以要利耳。夫立学堂,将以植人才铸国民也。乃今以习其语言文字之故,驱吾国之少年,为异族之奴隶,如立学之本旨何。吾闻国之将兴,未尝不尊其国文,重其国语,未闻反是而以兴者。①

严复痛斥学习西国语言文字的流弊——"驱吾国之少年,为异族之奴隶",远离了立学的根本——"植人才铸国民"。"立学堂"之"学"应指西国语言文字背后的西学,如严复所命名的"科学""计学""群学""名学",即严复介绍的西方知识系统。于是就出现了如何对待本国国语国文与他国语言文字的两难选择,严复认为不尊其国文,重其国语,不能兴国;但是徒尊其国文,重其国语,也不能兴国:

> 至谓国之将兴,必重国语而尊国文,其不兴者反是,此亦近似得半之说耳。夫将兴之国,诚必取其国语文字而厘正修明之。于此之时,其于外国之语言,且有相资之益焉。吾闻国兴而其文字语言因而尊重者有之矣,未闻徒尊重其语与文,而其国遂以之兴也。二百余年以往,英

---

① 严复(JuLin Khedau Yen-Fuh):《英文汉诂》(*English Grammar Explained in Chinese*),上海:商务印书馆,光绪三十年(1904),"卮言"第3页。

荷法德之硕师,其著书大抵不用本国之文,而用拉体诺语,此如斯平讷查之外籀哲学,虎哥觉罗挟之战媾公法,奈端之格物宗论,培根之穷理新机,凡此皆彼中之不废江河万古流也。顾其为书,不用本语,而当时之所以为习者,又可知已。然则必如议者之言,以西文治西学者,西学将终于为西学,是必英至今无格物,德至今无哲学,法至今无公法而后可,否则所议去事实远矣。①

严复用四位硕师采用拉丁文而不采用本国国语的例子,其实并不能说明徒尊国语国文而不能兴国、不能传学的观点,因为拉丁文为当时欧洲通用的官方语言和书面语言,各国的国语在书面表达上并未获得统一。这样的关系并不能横移过来说明汉语与西国语言在输入学理方面的关系。但是,严复这样横截比较的背后关心的正是语言习得与学理输入的纽带关系。对于晚清来说,贬斥汉语,视为虚无,不但不能兴国,也不能输入新的学理;但执守汉语,排斥西国语言文字,同样不能兴国,也不能输入新的学理。严复所说的"取其国语文字而厘正修明之"也许是最合理的方式,但如何才能厘正修明呢? 从传统的汉语与传统的学理无法实现,因此,对汉语的厘正修明,只能通过汉语与西国语言相碰撞以获得新的学理来完成。汉语获得西方学理完成新的实用理性,不妨看作汉语作为"国语"的现代性发生的标志之一。

第二节 "六书乃治群学之秘笈":汉语的现代转型与知识范型的建构

一、"六书乃治群学之秘笈"作为方法

在《社会通诠》中,严复于夹注里提出了"六书乃治群学之秘笈"的观点:

> 且市肆有最重之义焉,则其中为局外之地也,殊乡异族之众,至于其中,皆平等无主客之异,故英语谓市曰马礟。其字原于马克。马克者,国土相际之地也。**按:此与吾国"市"字造意正同。《说文》"市"从门从之省从㇏,㇏,及也,邑之外为郊,郊之外为林,林之外为冂。"市"字从冂,其为局外之地,**

---

① 严复(JuLin Khedau Yen-Fuh):《英文汉诂》(*English Grammar Explained in Chinese*),上海:商务印书馆,光绪三十年(1904),"卮言"第5页。

与西字之原于马克者不谋而合如此。故复谓六书乃治群学之秘笈也。①

"群学"在晚清的言说中内涵非常丰富。严复所译《群学肄言》中"群学"指社会学。斯宾塞的《综合哲学体系》一书包括五个部分:"第一原理""生物学原理""心理学原理""社会学原理""伦理学原理"。最后两部分严复称为"群学"。严复认为治理国家,"群事"最难。"是故欲为群学,必先有事于诸学焉。""诸学"包括数学、名学、力学、质学、天学、地学、生学、心学等。因为"不为数学、名学,则吾心不足以察不遁之理,必然之数也;不为力学、质学,则不足以审因果之相生,功效之互待也"。四学虽备,还需广以天地二学:"名数虚,于天地征其实;力质分,于天地会其全,夫而后有以知成物之悠久,杂物之博大,与夫化物之蕃变也。"但是这些还没有回到人自身,于是还需生理学与心理学:"欲明生生之机,则必治生学;欲知感应之妙,则必治心学,夫而后乃可以及群学也。"②"群学"虽然没有包括数学、力学、名学、质学、天学、地学、生学和心学,但是这些学科是群学的基础,群学位于学科金字塔的顶端。严复慨叹:"故学问之事,以群学为要归。唯群学明而后知治乱盛衰之故,而能有修齐治平之功。呜呼!此真大人之学矣!"③而严复提出"六书乃治群学之秘笈"的《社会通诠》讲的却是政治学。因此"群学"就不仅仅包括现在"社会学"的内涵,严复所谓"群学"一词源于荀子"人之所以异于禽兽者,以其能群也"一说。④ 如此看来,"群学"实际上可以概括1894甲午之后晚清学术界对西学中人文科学和社会科学的描述,算得上晚清学术的重心。简言之,"群学"即"人学",正如严复借用赫胥黎的话所表达的,尽管"以群立者"不只是人类,但是"人之所以为人者,以其能群也"。⑤ 如果说"五四"时期以科学与民主为核心的"人学"以发现个人和张扬个性为旗帜,那么晚清以"群学"为旨归的"人学",侧重的是社会、国家之"群"的治理。

"六书"一词最早见于《周礼》:"保氏掌谏王恶,而养国子以道,乃教之六艺:一曰五礼;二曰六乐;三曰五射;四曰五驭;五曰六书;六曰九数。"然

---

① [英]甄克思:《社会通诠》,严复译,上海:商务印书馆,光绪三十年(1904),第72页。加黑小字在原文中为夹注,下同。严复引文有遗漏,详见后文。
② 严复:《原强修订稿》,王栻主编:《严复集》第1册,北京:中华书局,1986年,第17页。
③ 同上书,第18页。
④ 严复:《原强》,王栻主编:《严复集》第1册,第6页。
⑤ [英]赫胥黎:《天演论》,严复译,北京:科学出版社,1971年,第38页。

而《周礼》并没有指明"六书"的具体内容。许慎在《说文解字·叙》中把"六书"解释为指事、象形、形声、会意、转注、假借①六种构造汉字的方法。严复所说的"六书"与其说是指中国汉字的造字方式,不如说是以"六书"为基础的一种现代格义方式,即考训汉字的造字形义以会通西方群学的方式。"格义"是鸠摩罗什翻译出现之前解释佛典的方式,陈寅恪就把晋世清谈之士的"以内典与外书互相比附"②、"实取外书之义,以释内典之文"③的方法概括为"格义",陈寅恪认为"格义""曾盛行一时,影响于当日之思想者甚深"。④汤用彤所界定"格义"的三个内涵中,核心内涵无疑是第二个:格义"是用原本中国的观念解释〔外来〕佛教的观念,让弟子们以熟习的中国〔固有的〕概念去达到充分理解〔外来〕印度的学说〔的一种方法〕"。⑤

在本节开头提出的例子中,"market"源于 march,march 古义指国家之间毗邻的地方。这个地方充满和平(peace)、没有争斗,严复释为局外之地,能使得买卖平等进行。《说文解字》云:"市,买卖所之也。市有垣,从冂从乀,象物相及也。"⑥汉文"市"为物与物交易的地方,即买卖的场所。这种场所在什么位置呢?这要从市的部首"冂"来断定。《说文解字》云:"冂:邑外谓之郊,郊外谓之野,野外谓之林,林外谓之冂。象远界也。"⑦以邑为圆心,

---

① 许慎《说文解字叙上》说:"周礼八岁入小学,保氏教国子,先以六书。一曰指事。指事者,视而可识,察而见意,上下是也。二曰象形。象形者,画成其物,随体诘诎,日月是也。三曰形声。形声者,以事为名,取譬相成,江河是也。四曰会意。会意者,比类合谊,以见指㧑,武信是也。五曰转注。转注者,建类一首,同意相受,考老是也。六曰假借。假借者,本无其字,依声托事,令长是也。"

② 陈寅恪:《支愍度学说考》,《金明馆丛稿初编》,北京:生活·读书·新知三联书店,2001年,第166页。

③ 同上书,第172页。

④ 同上书,第166页。

⑤ 其余两个内涵是:格义"是一种用来对弟子们教学的方法";格义"是一种琐碎的比较,用不同地区的每一个观念或名词作分别的对比或等同"。汤用彤:《论"格义"——最早一种融合印度佛教和中国思想的方法》,石峻译,汤一介编选:《汤用彤选集》,天津:天津人民出版社,1995年,第410—411页。

⑥ 许慎撰,段玉裁注:《说文解字注》,上海:上海古籍出版社,2013年,第230页。

⑦ 同上。可参看马礼逊《华英字典》(1822)中对"冂:邑外谓之郊,郊外谓之野,野外谓之林,林外谓之冂。象远界也"的英文翻译:"The parts without side a city are called Keaou; beyond Keaou (or suberbs) the space is called Yay (or wild common); beyond the common, it is called Lin (woods); beyond the woods, it is called Keung; the character represents a remote limit." Robert Morrison, *A Dictionary of the Chinese Language* (I), Macao: Printed At The Honorable East India Company's Press, p.194.参见[英]马礼逊:《华英字典(影印版)》(1),郑州:大象出版社,2008年,第194页。

邑即国城,距离邑一百里为郊,郊外为野,野外为林,林外才是冂。"冂"是离"邑"很遥远的地方,从字形看,也有边界的意思,所以严复称之为"局外之地"。通过对"市——market"的格义,严复确定了两者最重要的含义:"其中为局外之地也,殊乡异族之众,至于其中,皆平等无主客之异"。严复通过英语词源考古与汉字造形考古的方式融合"market"与"市"的意义之流,确定"市肆——market"的基本意义。

"六书乃治群学之秘笈"的现代格义是严复从艰辛的翻译实践中获得的方法论启示。从上文"市——market"的格义中可以看出,"六书乃治群学之秘笈"的现代格义不是简单地以中国概念去比附西学的概念,而是就汉字的造字形义与西语词语的词根意义进行比较,以确定准确的汉字翻译词语。如果联系严复对"right——权利——民直""economy——经济学——计学"等词语的反复格义(下文有具体阐释)来看,"六书乃治群学之秘笈"的现代格义就不仅仅在汉语汉字与英语词语之间格义,往往在汉语汉字、英语词语与日译汉词(严复往往称为"东学名词")三者之间进行格义。严复提出"六书乃治群学之秘笈"的观点,是他多年从事翻译实践与语言"搏力"的结果。同时,他可能也受到了外国学者如 Max Müller 从语言变化探讨社会现象的方法论的启迪。《社会通诠》中有一段文字:"近世有声名甚盛之德儒按:此盖指马克穆勒以言语文字,证阿利安民种之源流,尝云阿利安种民,其旧语无通行'铁'字,以此知冶业之不始于欧,乃学而得诸他种者。"①但"按:此盖指马克穆勒"一句没有出现在甄克思的原文②中,是严复补充出来的。马克穆勒,即 Max Müller(1823—1900),德国哲学家和东方学者,1860年出版《语言科学讲演集》一书,该书是比较语言学的代表作之一。

二、现代格义与激活汉字

这里列举若干词条具体描述严复"六书乃治群学之秘笈"的面貌。每

---

① [英]甄克思:《社会通诠》,严复译,上海:商务印书馆,光绪三十年(1904),第68页。
② 甄克思的原文:"There is a good deal of ground for conjecturing, that this important art of smelting metals did not originate in Europe, but was imported from the East, possibly from Egypt, where iron was worked in very early times. A brilliant German writer, who has endeavoured to draw a picture of primitive Aryan society from the evidence of language, has pointed out, there is no general or widely-spread word for 'iron' among the Aryan-speaking races." M. A. Edward Jenks, *A History of Politics*, London: The Macmillan Company, 1900, p.63.

个词条按"严复译名—英语原词—通用译名"①的顺序排列。

1. 民直—Right—权利

> 惟独 Rights 一字,仆前三十年,始读政理诸书时,即苦此字无译,强译"权利"二字,是以霸译王,于理想为害不细。后因偶披《汉书》,遇"朱虚侯忿刘氏不得职"一语,恍然知此"职"字,即 Rights 的译。然苦其名义与 Duty 相混,难以通用,即亦置之。后又读高邮《经义述闻》,见其解《毛诗》"爰得我直"一语,谓"直"当读为"职"。如上章"爰得我所",其义正同。叠引《管子》"孤寡老弱,不失其职"、《汉书》"有冤失职,使者以闻",又《管子》"法天地以覆载万民,故莫不得其职"等语。乃信前译之不误,而以"直"字翻 Rights 为铁案不可动也。……譬如此 Rights 字,西文亦有"直"义,故"几何直线"谓之 Rights Cms,"直角"谓 Rights Angle,可知中西申义正同。此以"直"而通"职",彼以物象之正者,通民生之所应享,可谓天经地义,至正大中,岂若"权利"之近于力征经营,而本非其所固有者乎?且西文有 Born Right 及 God and my Right 诸名词,谓与生俱来应得之民直可,谓与生俱来应享之权利不可。②

严复这段话完整地体现了他翻译 right 一词的思考过程。他提及的"前三年",当指 1899 年,即严复翻译约翰·穆勒的《论自由》之时。③《论自由》失而复得,严复于 1903 年"改削"之后以《群己权界论》出版。这期间严复经历了 1902 年前后对"权利"一词的批判,可以想见《群己权界论》会对"权利"一词更加"压制",但还是有些蛛丝马迹能显示 1899 年严复使用"权利"的情形。如"且其事不止此,一民之所为,不必即损他人之权利也,顾其行事,不为无伤,或以图虑之不详,事立而于人有不利"④中,"权利"一词当是

---

① 所谓"通用译名"是个模糊的说法,指晚清使用后沿用至今得到公认的译名。
② 严复:《尊疑先生复简 壬寅四月》,见《饮冰室师友论学笺》,《新民丛报》第 12 号,光绪二十八年(1902)六月十五日。
③ 严复《群己权界论·译凡例》:"此译成于庚子前,既脱稿而未删润,嗣而乱作,与群籍俱散失矣。适为西人所得,至癸卯春,邮以见还,乃略加改削,以之出版行世。"[英]约翰·穆勒:《群己权界论》,严复译,北京:商务印书馆,1981 年,"译凡例"第 x 页。
④ 同上书,第 82 页。

"rights"的翻译。① 另外严复《拟上皇帝书》(1898)中"中国自主之权"②一语的"权"也当是"权利"之意。第二,从严复使用"自主之权"一词可以追溯汉语语境中用"权利"翻译 rights 的过程。"自主之权"和"权利"在1864年出版的《万国公法》中频频出现,如"邦国自治、自主之权""国使之权利""他国人民通行之权利""交战之权利""自主之权"诸语中"权"即"权利",是 rights 的对译语。③ 但这个现代意义上的"权利"在汉语中并没有得到应有的关注,相反在日语界却得到广泛使用。1870年前后的几年中,津田真道的《泰西国法论》有"人民の权利"等语,加藤弘之的《真政大意》和西周的《百学连环》中都把"权利"与"义务"相对使用。④《公法便览·凡例》中对"权利"的阐释有人认为是汉语界第一次对"权利"的西方意义作了阐释:

> 公法既别为一科,则应有专用之字样。故原文内偶有汉文所难达之意,因之用字往往似觉勉强。即如一"权"字,书内不独指有司所操之权,亦指凡人理所应得之分。有时增一"利"字,如谓庶人本有之权利,云云。此等字句,初见多不入目,屡见方知不得已而用之也。⑤

"权利"在这里第一次被强调了"凡人理所应得之分"的意义。这个意义慢慢得到了晚清士人的认同,如与人合作翻译过《富国策》的陈炽1896年《重译富国策·叙》云:"欧美各国,以富强为本,权利为归,其得力实在《富国策》一书,阐明其理,而以格致各学辅之,遂以纵横四海。"⑥这里"权利"即在 right 的意义上使用。

Right 的译词"权利"进入汉语后,激活了"民权""君权""主权""自由人权""自由权利"等词的能量,确实带来了西方近代权利观念。梁启超等

---

① John Mill 的原文:"The acts of an individual may be hurtful to others, or wanting in due consideration for their welfare, without going the length of violating any of their constituted rights." *On Liberty*, *The Harvard Classics* (Volume 25), edited by Charles W. Ellot, New York, 1957, p.270.
② 严复:《拟上皇帝书》,王栻主编:《严复集》第1册,北京:中华书局,1986年,第62页。
③ [美]惠顿:《万国公法》,丁韪良译,上海:上海书店出版社,2002年,第4页。
④ 转引自冯天瑜:《新语探源——中西日文化互动与近代汉字术语生成》,北京:中华书局,2004年,第363页。
⑤ [美]吴儿玺:《公法便览》,汪凤藻、凤仪、左秉隆、德明译,北京:京师同文馆,光绪三年(1877)。参见王健:《沟通两个世界的法律意义——晚清西方法的输入与法律新词初探》,北京:中国政法大学出版社,2001年,第166页。
⑥ 陈炽:《重译富国策》,刊于《时务报》第15册,光绪二十二年(1896)十一月二十一日;收入《陈炽集》,北京:中华书局,1997年,第274页。

人提倡的"民权"说震惊了守旧派士人,可见"权利"观念带给封建专制国家的巨大冲击力。守旧派士人痛诋"自主之权"和"民权"说:"樊锥谓人人有自主之权,将人人各以其心为心,是使我亿万人民散无统纪也。"①"今康、梁用以惑世者,民权耳,平等耳,试问权既下移,国谁与治?民可自主,君亦何为?是率天下而乱也。"②而严复强烈感受到"权利"一词在获得汉语认同之时"于理为害不细"的弊端。这是严复重新寻找 right 译词的出发点,但严复在此没有明说其"害"。"权利"在古汉语中为"权"和"利"的并列组合,基本意义指政治权力权势和物质利益。晚清人们在使用"权利"时,往往指向古汉语的"权利",而非 right 的"权利"。而上述守旧派士人批判的"自主之权""民权"更多指向政治上的权力。

于是严复向古汉语寻找 right 的对译词,他从《汉书》"朱虚侯忿刘氏不得职"开始思考用"职"对译 rights,其"恍然"者还是模模糊糊之意。继而从王引之《经义述闻》"直,当读为职。职,亦所也"③的解释中获得启示,由"职"而"直",最后确定用"直"对译 rights。问题在于:省略"权利",严复如何从"职—直—所"的同一性而抵达 rights 的内涵?《说文解字》云:"职,记微也。"段玉裁注:"纤微必识是曰职。"④《尔雅》对"职"有三种解释:"常也""主也""俾"。《说文解字》又云:"直,正见也。"段玉裁注:"正曲为直。"⑤"直"往往被训为"正"。从这些解释中看不出"职—直"的相通之处。两者的相通之道是由王引之开凿的。王引之先从《左传》《史记》《管子》等典籍的引文确定"职"与"所"同义,其次从《硕鼠》"爰得我所"与"爰得我直"的重叠中假设"直""所"同义,最后通过音训让"直"读为"职"。于是"直—职—所"三者得以贯通。那么这三个词的内涵是熔炼后才成为"直"的内涵呢,还是通过"直"读为"职","职"即是"所"这种直代方式后,"直"其实就是"所"?《说文解字》又云:"所,伐木声也。""处所"为"所"的引申义,而严复想要借用的"直"肯定不可能只是"处所"的意思。《管子·明法解》云:

---

① 《湖南邵阳士民驱逐乱民樊锥告白》,见苏舆编:《翼教丛编》,上海:上海书店出版社,2002年,第143页。
② 《宾凤阳等上王益吾院长书》,见苏舆编:《翼教丛编》,第144页。
③ 王引之:《经义述闻》,南京:江苏古籍出版社,1985年,第134页。
④ 段玉裁:《说文解字注》,北京:中华书局,2013年,第598页。
⑤ 同上书,第640页。

"孤寡老弱不失其所职。"①《管子·版法解》云:"圣人法之,以覆载万民,故莫不得其职姓。"②两处的"职"都可以训"所",包含"所应得"的应然内涵。郝懿行说:"职不必居官也。凡事也,业也,主者皆谓之职。"③可见"职"不一定仅指官制上的职位,还广泛地指一个人生活所应有的一切。我的推测是,严复从"直"的"正见"引申出"正当",从"所"的"处所"引申出"所得",从"职"获得"所应得"的应然意义,把这三个意义整合在"直"中,以此对译right。这样就通向严复所说的"彼以物象之正者,通民生之所应享,可谓天经地义,至正大中",从而与"力征经营"而来的并非固有的"权利"划清界限。另外,严复的佐证还有:right line 即"直线",right tangle 谓"直角",right可直接译为"直"。这种翻译至少从马礼逊1822年出版的《华英字典》就开始了,马礼逊把 right tangle 译成"直角",把 right lined tangle 译成"直线角",把 right lined solid bodies 译成"直线体"。④

于是,严复彻底相信 right 应当用"直"来对译,他常常译为"民直",如《主客平议》(1902):"彼中三尺童子皆知义务民直为何等物也。"⑤《述黑格尔惟心论》(1906):"天直者何?人人所受自由之封域。""法典认其人有主物之天直,复由主物之天直,而得通物交易之天直。"⑥"民直"和"天直"都是 right 之义。但严复也没有抛弃"权利"一词。在《群己权界论》中,严复把"the rights and interests of others"⑦译成"他人应得之权利"⑧。还有这样的句子:"然则自其最显者言,一己之行事,不可于人之权利,有侵损也。权利人而有之,或国律之所明指,或众情之所公推,所谓应享之民直是已。"⑨

---

① 黎翔凤撰,梁运华整理:《管子校注》(下),北京:中华书局,2004年,第1207页。
② 同上书,第1203页。
③ 郝懿行:《尔雅义疏》(上),上海:上海古籍出版社,2017年,第423页。
④ Robert Morrison, *A Dictionary of the Chinese Language*(Ⅵ), Macao: Printed at The Honorable East India Company's Press, p.367.参见[英]马礼逊:《华英字典(影印版)》(6),郑州:大象出版社,2008年,第368页。
⑤ 严复:《主客平议》,王栻主编:《严复集》第1册,北京:中华书局,1986年,第118页。
⑥ 严复:《述黑格尔惟心论》,王栻主编:《严复集》第1册,第211页。
⑦ John Stuart Mill, *On Liberty*, *The Harvard Classics*(Volume 25), Edited by Charles W. Ellot, New York, 1957, p.257.
⑧ [英]约翰·穆勒:《群己权界论》,严复译,北京:商务印书馆,1981年,第68页。
⑨ 同上书,第81页。

对照原文,"权利"对译 interests,"民直"对译 rights。① 《群己权界论》还留有"权利"与"民直"共译 right 的痕迹,这完全可以理解,因为该书的翻译自 1899 年至 1903 年达五年之久。但按照严复 1902 年给梁启超书信中的那种"铁案不可动"的信心,他应当把"民直"对译 rights 贯彻到他的语言实践中,可是并非如此。他把《社会通诠》中的"We define a right as being a power enforced by public sentiment"译成"所谓权利者,又何物耶?曰:权利,民直也,其有之者,为人情之所共许者也"②。"权利"与"民直"完全等同。严复自身的语言实践一边在确立自己译语的合法性,一边又在消解这种合法性,这也许是严复的许多译语最后被日译汉语取代的原因之一。

2. 小己—individual—个人

> 东学以一民而对于社会者称个人,社会有社会之天职,个人有个人之天职。或谓"个人名义不经见,可知中国言治之偏于国家,而不恤人人之私利。"此其言似矣。然仆观太史公言"《小雅》讥小己之得失,其流及上。"所谓小己,即个人也。大抵万物莫不有总有分,总曰拓都,译言全体;分曰么匿,译言单位。笔拓都也,毫么匿也;饭拓都也,粒么匿也;国拓都也,民么匿也。社会之变象无穷,而一一基于小己之品质。③

"东学"指日本而言,日本人把 individual 译成"个人",严复则译成"小己",在严复看来"小己"即"个人",并没有本质区别。那么,严复为什么要如此使用呢?"小己"与"个人"真的没有区别吗?

司马迁在《史记·司马相如列传》中写道:"《大雅》言王公大人而德逮黎庶,《小雅》讥小己之得失,其流及上。"④司马迁使用"小己"一词,是在与"大人""黎庶""上"的多重对照中使用的。第一重对照是"小己"与"上"的对照,第二重对照是"小己"与"大人"的对照。裴骃在《集解》中解释"《小雅》之人志狭小,先道己之忧苦,其流乃及上政之得失者"。裴骃把"小己"

---

① John Stuart Mill 的原文:"This conduct consists, first, in not injuring the interests of one another; or rather certain interests, which, either by express legal provision or by tacit understanding, ought to be considered as rights." *On Liberty*, *The Harvard Classics* (Volume 25), edited by Charles W. Ellot, New York, 1957, p.270.
② [英]甄克思:《社会通诠》,严复译,上海:商务印书馆,光绪三十年(1904),第 109 页。
③ [英]斯宾塞:《群学肄言》,严复译,北京:商务印书馆,1981 年,"译余赘语"第 xi 页。
④ 司马迁:《史记》,北京:中华书局,1975 年,第 3073 页。

理解为志向狭小的个体,并不准确。因为当"小己"与"大人"和"上"相对照的时候,"小己"还携带着社会等级低下的信息,实际上,司马迁的"小己"一词类似于《小雅·采薇》中"君子所依,小人所腓"和《小雅·大东》中"君子所履,小人所视"的"小人",与"君子"相对,既有社会等级的低下,也有志向的狭小。但是司马迁不用"小人"一词可能顾忌它带有道德质量卑劣的意思,而"小己"却没有这种意思。那么严复用"小己"来翻译"individual"时,"中西字义"就"冥合"吗?

雷蒙·威廉斯指出,individual 最接近的词源是拉丁词 *individualis*,而后者源自另一拉丁词 *individuus*。*Individuus* 是对希腊词语 *atomos* 的翻译,*atomos* 的意思是不可分割。博埃齐乌斯对 *individuus* 下的定义是:

> 称某个东西为 individual,其方式有很多种:(i) 被称为 individual 的东西即不可分割,譬如说,单一体(unity)或精神(spirit);(ii) 东西因硬度的关系而无法分割——譬如说,钢铁——称为 individual;(iii) 某个东西,其称呼——譬如说 Socrates(苏格拉底)——无法适应于同一类别的其它事物便可称为 individual。

另外,individual 在中世纪的神学概念中,常常指的就是三位一体的"实质上的不可分割性",还有,当"个别的、独特的"(in the individual)与"普遍的、一般的"(in the general)对照使用时,individual 具有特别性。但是"individual 作为重要的单数名词",其发展源自逻辑学和生物学,如钱伯斯(Chambers)所作的分类,"逻辑上,一般的分类是属(genera)……属再分为种(species),种再分为个体(individuals)",又如达尔文在《物种起源》中指出的,"没有人会认为,所有属于同一物种(species)的个体(individuals)皆是由同一种模型铸造出来的"。①

雷蒙·威廉斯指出,individual 在 18 世纪末期体现了重大观念的改变,举的例子就是亚当·斯密的《国富论》序言的句子:"在这些充满猎人与渔夫的野蛮国家里,每一个个体(every individual)……皆受雇用,发挥其有效的劳力"②。Individual 在 19 世纪的生物学和政治思想领域里特别突出。

王宪明认为,严复在《社会通诠》中把英语词 individual 翻译成"小己",

---

① [英]雷蒙·威廉斯:《关键词:文化与社会的词汇》,刘建基译,北京:生活·读书·新知三联书店,2005 年,第 231—234 页。
② 同上书,第 234 页。

目的在于突出"国家与构成国家的每个个人之间的对立与互动关系","把个人作为社会的本位"是社会发展的规则,严复对个人充满了企盼与向往。① 这其实并没有点出严复何以采用"小己"而放弃"个人"的学理。从上文的梳理可以看出,"小己"与 individual 的含义并不对等,后者在近代的核心意义是从"不可分割"的意义上诞生出"个体独立性",并不携带"小己"的社会地位低下的意义。在严复看来,"小己"即"个人",难道因为"个人"一词是日本人用来对译 individual 的而放弃之吗?即使认为"小己""个人"同具有个体独立性的意义,然而"个人"因其"中性"更切近 individual。严复采用"小己"可能出于他嗜古的雅趣,并且有意对抗日语的汉语词语。从严复对"小己""个人"的使用看,他在翻译《群己权界论》时喜欢用"小己",如"盖国,合众民而言之曰国人,举一民而言之曰小己。今问国人范围小己,小己受制国人,以正道大法言之,彼此权力界限,定于何所"②,但不久之后,严复使用"个人"的情况逐渐增多,《答于君书后书》(1905)中"个人之失短"与"小己之成见"③并列而立,《述黑格尔惟心论》(1906)中把"小己之利害"与"个人之利益"④同等运用,《续论教案及耶稣军天主教之历史》(1906)中"有全体,无个人;修个人者,所以为全体。个人之善,以有利于全体而后善也"⑤——文中虽然也有"小己"一词,但是与"全体"对立的词语为"个人","个人"出现的次数也在增多。

另外,严复用"小己"翻译 individual 时附带产生了一个困难:无法用与"小己"相关的词来翻译 individual 的派生词 individuality。严复将后者译成"特操",如"释行己自繇明特操为民德之本"⑥,"人道民德之最隆,在人人

---

① 王宪明:《语言、翻译与政治——严复译〈社会通诠〉研究》,北京:北京大学出版社,2005年,第131页。
② [英]约翰·穆勒:《群己权界论》,严复译,北京:商务印书馆,1981年,第3页。
③ 严复:《答于君书后书》(1905),孙应祥、皮后锋编:《〈严复集〉补编》,福州:福建人民出版社,2004年,第29页。
④ 严复:《述黑格尔惟心论》(1906),王栻主编:《严复集》第1册,北京:中华书局,1986年,第213页。
⑤ 严复:《续论教案及耶稣军天主教之历史》,刊于《外交报》;收入王栻主编:《严复集》第1册,第193页。
⑥ [英]约翰·穆勒:《群己权界论》,第60页。John Mill 的原文:"On Individuality, as one of the elements of wellbeing."*On Liberty*, *The Harvard Classics*(Volume 25), edited by Charles W. Ellot, New York, 1957, p.250.

各修其特操,在循异撰而各臻乎其极"①。

3. 计学—economics—经济学

> 计学,西名叶科诺密,本希腊语。叶科此言家,诺密为聂摩之转,此言治、言计,则其义始于治家。引而申之,为凡料量经纪撙节出纳之事;扩而充之,为邦国天下生食为用之经。盖其训之所苞至众,故日本译之以经济,中国译之以理财。顾必求吻合,则经济既嫌太廓,而理财又为过狭。自我作故,乃以计学当之。虽计之为义,不止于地官之所掌,平准之所书,然考往籍,会计、计相、计偕诸语,与常俗国计、家计之称,似与希腊之聂摩较为有合,故《原富》者,计学之书也。②

这是严复对采用"计学"翻译 economy 之学理的最充分的说明。根据威廉斯的考察,economy 中,eco-来自希腊文 *oikos*,即"家"的意思;-nomy 来自希腊文的 *nomia* 和 *nomos*,前者指管理,后者指法则。Economy 在 16 世纪时指"家庭管理",18 世纪才演变为近代意义上的经济学(economics)。③ 可以看出,严复对 economy 的词源以及整个词语的含义把握十分到位。问题是选择哪个汉语词语来对译它。日本人最先用"经济"来翻译,但是在严复看来,"经济"太宽泛。"经济"在古汉语中是"经国济世"的意思,可以涵盖军事、政治、社会、道德、经济等多方内涵。严复 1899 年农历八月给张元济的书信中说:"留心时务、讲求经济者所不可不读。"④这里的"经济"就是在"经国济世"的意义上使用。中国人有用"理财"来翻译 economics 的,陈焕章《孔门理财学之旨趣》说:"'理财学'三字,实当西文之 WONOMICS(按,疑为'ECONOMICS'之误),而日本人译为经济学,则兄弟期期以为不可也。'经济'二字,包含甚广,实括政界之全,以之代政治学尚可,以之代理财学或生计学则嫌太泛。吾国人向无以'经济'二字作如是解者,何必奴效日本

---

① [英]约翰·穆勒:《群己权界论》,严复译,北京:商务印书馆,1981 年,第 61 页。John Mill 的原文:"If it were felt that the free development of individuality is one of the leading essentials of wellbeing." *On Liberty*, *The Harvard Classics* (Volume 25), edited by Charles W. Ellot, New York, 1957, p.251.

② [英]亚当·斯密:《原富》(上),严复译,北京:商务印书馆,1981 年,"译事例言"第 1 页。

③ [英]雷蒙·威廉斯:《关键词:文化与社会的词汇》,刘建基译,北京:生活·读书·新知三联书店,2005 年,第 139 页。

④ 严复:《与张元济书》,王栻主编:《严复集》第 3 册,北京:中华书局,1986 年,第 533 页。

之名词,而不计其确当否乎?"①陈焕章提出了反对采用日译名词"经济学"的较为充分的理由,但没有说明采用"理财学"的正当依据。严复也常使用"理财"一词,他在《原强》中写道:"观其治生理财之多术,然后知其悉归功于亚丹斯密之一书……"②又在《拟上皇帝书》中指明"理财""要在使民无冻饥,而有以剂丰歉、供租税而已"。③ 但是严复后来认为"理财"一词内涵太狭窄,无法对译 economics。他在《原富》的按语中写道:

> 盖学与术异,学者考自然之理,立必然之例,术者据既知之理,求可成之功。学主知,术主行。计学,学也;理财,术也。术之名必不可以译学,一也。财之生、分、理、积,皆计学所讨论,非理之一言所能尽,二也。且理财已成陈言,人云理财,多主国用,意偏于国,不关在民,三也。吾闻古之司农称为计相,守令报晨亦曰上计。然而一群之财消息盈虚,皆为计事,此计学之名所由立也。④

严复提出了不能采用"理财学"译名的三个理由。他从"学"与"术"的区分出发,认为"理财"为"术",作为方式途径不足以当学科之名。"考自然之理,立必然之例"的"学"当以对象名词命名,严复语言实践中出现的学科名词如数学、力学、名学、质学、天学、地学、生学、心学、群学等都是如此命名。从范围看,"理财"不过为"财"的一个阶段、一个方面,而 economics 的范围要广得多。

严复也反对梁启超提出的"平准学"一词。1902 年严复给梁启超写信,认为以"平准"翻译 economics 不足当此学,因为平准是官职名。严复用"计学"来翻译的理由何在?《说文解字》云:"计,会也,筹也。""会"即合计、会计;"筹"本义为计算历法的仪器,常与"算"通用,即算数。严复所举的词语中,"会计"在古代也可称"计会",总计出入情况。"计相"是官职名,在宋代把掌管四方贡赋所入的部分划在"计相"之下。"计偕",指与"计吏"同行,"计吏"是掌管数簿的官员。而"家计""国计"之"计",既有谋略、计划之意,也有原则、方针、政策之意。因此在严复看来,"计"与"economy"在词

---

① 陈焕章:《孔门理财学之旨趣》(续),《时报》1912 年 7 月 26 日。
② 严复:《原强》,刊于天津《直报》光绪二十一年(1895)二月初八日至十三日;收入王栻主编:《严复集》第 1 册,北京:中华书局,1986 年,第 29 页。
③ 严复:《拟上皇帝书》,王栻主编:《严复集》第 1 册,第 66 页。
④ [英]亚当·斯密:《原富》(下),严复译,北京:商务印书馆,1981 年,第 348 页。

源上有相通之处,都可以从"家"的收支上升到"国"的收支,用"计学"翻译最为恰当。

4. 自繇—liberty—自由

> 或谓:"旧翻自繇之西文 liberty 里勃而特,当翻公道,犹云事事公道而已。"此其说误也,谨案:里勃而特原古文作 libertas 里勃而达,乃自繇之神号,其字与常用之 freedom 伏利当同义。伏利当者,无挂碍也,又与 slavery 奴隶、subjection 臣服、bondage 约束、necessity 必须等字为对义。人被囚拘,英语曰 To lose his liberty 失其自繇,不云失其公道也。释系狗,曰 Set the dog at liberty 使狗自繇,不得言使狗公道也。公道西文自有专字,曰 justice 札思直斯。二者义虽相涉,然必不可混而一之也。西名东译,失者固多,独此天成,殆无以易。①

严复从词源的角度确定自繇 liberty 和 freedom 两词"无挂碍"的意思,以与公道 justice 区别。在严复 1895 年使用"自由"一词之前,如果从马礼逊的《华英字典》开始算起,自由(liberty)一词进入汉语已经有半个多世纪。自由(liberty),马礼逊《华英字典》(1822)译为"自由之理",麦都思《英汉字典》(1847)译为"自主,自主之权,任意擅专,自由得意",罗存德的《英华字典》(1866)译为"自主,自由,治己之权,自操之权,自主之理",并加了 natural liberty(任从心意)、civil liberty(法中任行)、political liberty(国治己之权)等具体解释。② 中间经过国家之间的条约章程和传教士的文献对"自由"的零星表述③,至黄遵宪而出现了中国人对"自由"的现代阐释。但黄遵宪对"自由"的认识经历了从拒绝到接受的过程。他在《日本杂事诗》的自注中用非常客观的态度提及日本"近来西学大行,乃有倡美利坚合众国民权自由之说者"④。1878 年 11 月又在《〈中学习字本〉序》中写道:"盖圣贤之书,忠孝之道,习之者众,人人有忠君爱上之心,固结而郁发,不可抑遏,以

---

① [英]约翰·穆勒:《群己权界论》,严复译,北京:商务印书馆,1981 年,"译凡例"第 vii 页。
② 熊月之:《晚清几个政治词汇的翻译与使用》,《史林》1999 年第 1 期。
③ 胡其柱:《晚清"自由"语词的生成考略》,《中国文化研究》2008 年夏之卷。
④ 黄遵宪:《日本杂事诗·七》,陈铮编:《黄遵宪全集》(上),北京:中华书局,2005 年,第 9 页。

克收其效也。若国政共主之治,民权自由之习,宁有此乎?"①他把日本明治维新之后社会风气的淳化,归于"圣贤之书,忠孝之道",而明显地排斥"民权自由"。在《日本国志》中,他对"自由"有了较为深入的认识:"自由者,不为人所拘束之义也。其意谓人各有身,身各自由,为上者不能压抑之、束缚之也。"②

  黄遵宪之后,对"自由"概念的奠定者当推严复,在此不打算系统地描述严复的自由思想,只是追寻严复从"自由"走向"自繇"的内在理路。严复1895年在《论世变之亟》中把西方的"自由"与中国的"恕"和"絜矩"类比,认为表面最相似,但本质根本不同。中国的"恕"与"絜矩"是就"待人及物"而言,即以他人为主;而西方的"自由"则以"存我"为目的,即以我为主。③严复的"存我"观念其实点明了西方"自由"一词中个体合理性这一核心内涵。这个时期的严复几乎把"自由"作为评价一切的尺度。他看待西洋与中国的不同,是从自由出发的:"自其(按,指西洋)自由平等观之,则捐忌讳,去烦苛,决壅蔽,人人得以行其意,申其言,上下之势不相悬,君不甚尊,民不甚贱,而联若一体者,是无法之胜也。"④认为西洋成功的秘诀在于"以自由为体,以民主为用"⑤,并且提出"身贵自由,国贵自主"⑥。但严复不只是宣扬自由的功能,他在《天演论》的按语中对自由的本质进行了精练概括:"人得自由,而以他人之自由为界。"⑦这一概括影响巨大。

  1890年代中期的严复无疑是西方"自由"的崇信者和坚决的提倡者。到了1903年,严复把"自由"改为"自繇",把《自由释义》改为《群己权界论》,不是因为他由激进转为保守,而是面对中国言说界对"自由"的不同表达而产生了对"自由"的警惕。这种警惕同时也继续着他与语言搏力的惯性。这个时期对"自由"警惕的学者,不只严复,梁启超也有这样的想法。梁启超在《饮冰室自由书》的"著者识"中可谓高扬"三大自由"的旗帜,他借用约翰·穆勒的言论说:"人群之进化,莫要于思想自由、言论自由、出版

---

① 黄遵宪:《〈中学习字本〉序》,陈铮编:《黄遵宪全集》(上),北京:中华书局,2005年,第242页。
② 黄遵宪:《日本国志》,陈铮编:《黄遵宪全集》(下),第149页。
③ 严复:《论世变之亟》,王栻主编:《严复集》第1册,北京:中华书局,1986年,第3页。
④ 严复:《原强》,王栻主编:《严复集》第1册,第11页。
⑤ 同上。
⑥ 严复:《原强修订稿》,王栻主编:《严复集》第1册,第17页。
⑦ [英]赫胥黎:《天演论》,严复译,北京:科学出版社,1971年,第48页。

自由。三大自由皆备于我焉,以名吾书。"①当康有为写信给他痛诋"自由"时,梁启超以"吾爱吾师,吾更爱真理"的姿态维护着"自由"的尊严:"来示于自由之义,深恶而痛绝之,而弟子始终不欲弃此义。"②梁启超认为中国数千年的腐败来自中国人的"奴隶性",而祛除"奴隶性"的良药正是"自由":"自由云者,正使人自知其本性,而不受钳制于他人。"③"今日而知民智之为急,则舍自由无他道矣。"④至《清议报》第一百册,他更是把这三大自由推崇到极致:"思想自由、言论自由、出版自由,此三大自由者,实惟一切文明之母,而近世世界种种现象,皆其子孙也。"⑤不过,梁启超从法国大革命的历史中感觉到了"自由"符号化的弊端:"法国之惨祸,由于革命诸人,借自由之名以生祸,而非自由之为祸……"⑥《近世第一女杰罗兰夫人传》开篇即引用罗兰夫人临终之言——"呜呼!自由自由,天下古今几多之罪恶,假汝之名以行",第二自然段接着说罗兰夫人"生于自由,死于自由",然后把罗兰夫人推向历史和文明的最高点:罗兰夫人是欧洲19世纪一切文明之母,是法国大革命之母。从罗兰夫人"生于自由,死于自由"的矛盾中,梁启超似乎看到了"自由"像一把双刃剑:"自由"可以催发法国大革命,同时借"自由"之名也可以催发巨大的破坏。革命的提倡者成为革命的对象,这是罗兰夫人的悲剧,也是"自由"的悲剧。⑦

"自由"唤起了人们巨大的想象和欲望。有权者如果让自由膨胀则会走向专制,无权者如果让自由膨胀则会走向破坏,专制和破坏都不是严复和梁启超所要的,于是必须对自由作出限制。但限制不是扼杀和抛弃。限制是让西方的自由观念在中国思想中落地生根的时候既保持原有的本性,又不会产生邪果毒花。

Liberty 具有 freedom 的意思,从15世纪开始可以解释为政治上的许可、同意或者特权。18世纪开始,liberty 的同源词 liberal 被赋予"开明"之意。

---

① 梁启超:《饮冰室自由书》,《清议报》第25册,光绪二十五年(1899)七月二十一日。
② 丁文江、赵丰田编:《梁启超年谱长编》,上海:上海人民出版社,2009年,第153页。
③ 同上。
④ 同上书,第154页。
⑤ 任公:《本馆第一百册祝辞并论报馆之责任及本馆之经历》,《清议报》第100册,光绪二十七年(1901)十一月十一日。
⑥ 丁文江、赵丰田编:《梁启超年谱长编》,第153页。
⑦ 中国之新民:《近世第一女杰罗兰夫人传》,《新民丛报》第17、18号,光绪二十八年(1902)九月一、十五日。

中文"自繇",在通常的意义上,含有"放诞、恣睢、无忌惮"等"劣义",严复认为这是后起的意义,"自繇"最初不过是"不为外物拘牵而已",没有"胜义""劣义"之分。"自繇"最宽泛的意思,就是为所欲为。严复指出如果一个人独居世外,一个人的世界,那么完全可以;一旦进入"群"之中,如果每个人都为所欲为,那么只会互相冲突,成为强权世界。严复总结道:"故曰人得自繇,而必以他人之自繇为界……"①严复选择"自繇"放弃"自由"的原因是:"由繇二字,古相通假,今此译遇自繇字,皆作自繇。不作自由者,非以为古也。视其字依西文规例,本一乡名,非虚乃实,写为自繇。欲略示区别而已。"②"繇"和"由"古代可以相通。严复采用"自繇",可能强调"繇"中"引"的限制功能。

穆勒《论自繇》中 liberty 的定义如下:"社会通过法律施加在个人身上的权力的本质和限制。"③严复对"自繇"的理解抓住了这个核心,不过,他在谈及"言论自繇"时把"自繇"引向了道德的方面:"须知言论自繇,只是平实地说话求真理,一不为古人所欺,二不为权势所屈而已。使理真事实,虽出之仇敌,不可废也。使理谬事诬,虽以君父,不可从也。此之谓自繇。亚理斯多德尝言:'吾爱吾师柏拉图,胜于余物,然吾爱真理,胜于吾师。'"严复从"自繇"引出"真理",由"真理"把"自繇"引向"民智"和"民德":"使中国民智民德而有进步之一时,则必自宝爱真理始","总之自繇云者,乃自繇于为善,非自繇于为恶"。④ 在"自繇"的概念中加入道德的含义,是严复对穆勒 liberty 一词的改造,正如史华兹指出的:"穆勒关于自由的内容就立即被严复以斯宾塞—达尔文主义的语言塞进那些含有'适者生存'意思的领域,即把自由作为提高社会功效的工具,并因此作为获得富强的最终手段。"⑤

从政治角度看,为了限制政府对个人自主之权的侵夺、暴君对民生的戕害,18世纪的欧洲特别呼唤"自繇主义"。严复区分政治中的"自繇"和社会学中的"自由",前者为政界自繇,后者为个人自繇。《群己权界论》中的

---

① [英]约翰·穆勒:《群己权界论》,严复译,北京:商务印书馆,1981年,"译凡例"第 vii 页。
② 同上书,第 viii 页。
③ John Stuart Mill, *On Liberty*, *The Harvard Classics*(Volume 25), edited by Charles W. Ellot, New York, 1957, p.195.
④ [英]约翰·穆勒:《群己权界论》,严复译,"译凡例"第viii—ix 页。
⑤ [美]本杰明·史华兹:《寻求富强——严复与西方》,叶凤美译,南京:江苏人民出版社,1990年,第91页。

"自繇"系个人对于社会之自繇。政界自繇与政府管束相对,必须通过个人与政府之间的法律、契约、然诺实现。西方国家所谓的自繇国家,必有议院来立法。严复总结"自繇"的含义:"自繇"与管束相对而言,不受管束,或受管束而不至于烦苛。① 严复总结世俗用"自繇"一词的三种含义:"一,以国之独立自主不受强大者牵掣干涉为自繇,此义传之最古,于史传诗歌中最多见。二,以政府之对国民有责任者为自繇,在古有是,方今亦然。欧洲君民之争,无非此。故曰自繇如树,必流血灌溉而后长成。三,以限制政府之治权为自繇,此则散见于一切事之中。如云宗教自繇、贸易自繇、报章自繇、婚姻自繇、结会自繇。"② 可见,政界自繇与社会自繇的区分与三种世俗自繇的区分,都不是非常严格。

"自繇"这个词语本身在西方的语境中也是多义的。比如罗马有贺勒休、黎恩尼达,守城御敌,称为"自繇干城"。罗马布鲁达、英国韩布登抗命霸朝,也以"自繇"相称。在严复看来,两处"自繇"虽同但内涵不一。反抗霸君污吏谓之保护自繇,反抗外敌谓之争取国家独立。独立为independence,自繇为liberty,二者不可相混。③ 严复还曾列举三位诗人对自繇的使用:法国革命的时候,英国诗人歌力芝撰诗歌颂空中白云,舒卷自如,为自繇之极致。英国的荷腊斯全起而驳之,白云舒卷,看似自繇,其实不自繇,因为受到地吸力、光、热的制约。白云舒卷不得不依自然公例,而法国人民却可以自造世界,可以享受自繇。另一诗人协黎撰诗表达自繇国土必无饥民。④ 可见西方的史家和诗人各有自己的"自繇"观。

在《群己权界论》出版后,严复并没有一直使用"自繇",而是经常使用"自由"。严复谈论黑格尔的主观心(subjective mind)时,认为"心"的德性是"知觉"和"自由"。"所谓理想,所谓自由,所谓神明""三者实为同物"。"自由"成了黑格尔哲学中"精神"的代名词,即为最高的存在物。⑤ 但是严复紧接着说:"本一己之自由,推而得天下之自由,而即以天下之自由,为一己之自由之界域、之法度、之羁绁。盖由是向者禽兽自营之心德,一变而为

---

① 严复:《政治讲义》,上海:商务印书馆,光绪三十三年(1907),第73页。
② 同上书,第84页。
③ 同上书,第69页。
④ 同上书,第68页。
⑤ 严复:《述黑格尔惟心论》,王栻主编:《严复集》第1册,北京:中华书局,1986年,第210页。

人类爱群之心德,此黑氏所谓主观之心通于客观之心 Objective mind。客观心非他,人群之所会合而具者也。"①这里的"自由"就变为世俗伦理的概念了。严复1906年8月写给夏曾佑的信中言及"国民所享自由之多寡""干涉其民不任自由""所谓自由者别有所在",三处都是用"自由"。②可见严复逐渐放弃了"自繇"一词的使用。

5. 有—property—财产

> 常言太古产业之始,谓其事由于弋获逐兽而得,斯为主人。不知此犹是后起之义也。玩中国"有"字,从手肉,会意,其说与此正同。③

> 顾吾今试为之悬揣,则谓蛮夷产业之意,起于所常操之网罟弓戈,或不大谬也。按:复前谓,古人产业思想,可于"有"字见之。生人所重,莫若养生,此手中持肉所以为产业最初之义也。④

> 是故蛮夷所捕得之禽兽,为同类所可分。而器所常操,则必分其彼我。按:此说与"有"字之义固不害两存。盖禽兽虽其众所得分,而将割分持之时,则固各私之物也。又前说于中国六书又得确证。如"羡"字从次羊,而"盗"字从次皿,次,涎也。同为歆艳欲得之心,顾何以于羊则无伤,于皿则为贼耶。此可见古人彼我之分先见于器用也。⑤

严复用"有"释英文property,property源于狩猎后所捕获兽物的分配。《说文解字》中"有"在"月"部,而不在"肉"部:"有:不宜有也。春秋传曰:日月有食之。从月,又声。"根据段玉裁的解释,"有"为不当有而有之称,太阳的月食就是不当有的。⑥ 在语言的发展中,"有"的"不当有"之"不当"意义消失了。严复将"有"理解为从手从肉的会意字,从所捕获猎物的归属引出产业的意义;同时,通过比较"羡"和"盗",从古人在器皿上区分彼此而引出财产私有之义。

---

① 严复:《述黑格尔惟心论》,王栻主编:《严复集》第1册,北京:中华书局,1986年,第211页。
② 孙应祥、皮后锋编:《〈严复集〉补编》,福州:福建人民出版社,2004年,第264—265页。
③ [英]甄克思:《社会通诠》,严复译,上海:商务印书馆,光绪三十年(1904),第28页。
④ 同上书,第114页。
⑤ 同上书,第114—115页。
⑥ 段玉裁:《说文解字注》,北京:中华书局,2013年,第311页。

三、汉字通西学的可能与限度

上述例子只是严复的语言"搏力"中的一部分,不过这些也足以显示严复"六书乃治群学之秘笈"的内在思路。严复自己曾经总结道:"盖翻艰大名义,常须沿流讨源,取西字最古太初之义而思之,又当广搜一切引申之意,而后回观中文,考其相类,则往往有得,且一合而不易离。"①对于西方学理名词,严复首先考察其词源意义,然后查证其意义的衍生流程,广泛搜求衍生的各种意义。在此基础上,在中文词语中寻找对应的汉词:其一,往往从先秦典籍中寻找词语;其二,往往在相应意义域的汉词家族中寻找。在英语词语和汉语词语的来回穿梭中,确定他认为合适的词语。这种"拉锯式"的格义体现了严复严谨的治学态度,但也是耗劳身心的艰苦工作,他多次谈及其艰辛。《原富》出版,受到梁启超、黄遵宪等人的批评,严复谈到有人对《原富》的"妙义"还未领略,才认为他"示人以难"。严复大感其冤,在1899年农历十月九日给张元济的信中写道:"天乎冤哉!仆下笔时,求浅、求显、求明、求顺之不暇,何敢一毫好作高古之意耶?"②其翻译"步步如上水船,用尽气力,不离旧处,遇理解奥衍之处,非三易其稿,殆不可读"③。

一个不可回避的问题是:严复苦心孤诣格义出来的现代学理新词,在民国之后大多被日语中的汉语借词所代替,其实他自己大约从1906年开始也更多地采用日译的汉语借词。汉语的发展,词语双音节化是趋势。并且,语言对词语的选择实行"懒惰"原则,往往避难就易,弃雅从俗,弃古从今。20世纪初,随着报纸、杂志等媒体的传播,演说、课堂讲义、话剧等的兴起,口头表达日趋重要,口头表达倾向选择双音节词语、通俗的词语。何况,严复在翻译《天演论》时所设想的士大夫接受群体,逐渐被青年学子取代。这些规则都在颠覆着严复的新词。但是,不能以"成败论英雄"的方式彻底否定严复新词的意义,也不能彻底否定严复"六书乃治群学之秘笈"的方法。相反,如果把严复的策略放在晚清汉字遭遇的现场,亲抚严复现代格义内面的摩擦,以此寻求"汉字/汉语"通达西学的方式,不仅会刷新人们对晚清汉字出路的认识,而且对今天全球化语境下的汉语推广也不无启发。

---

① 严复:《与梁启超书》,王栻主编:《严复集》第3册,北京:中华书局,1986年,第519页。
② 严复:《与张元济书》,王栻主编:《严复集》第3册,第535页。
③ 同上书,第527页。

上文已经论及,不能狭窄地理解"六书乃治群学之秘笈",合理的方式是把"六书治群学"转化为"汉字通西学"。这很容易让人想起史华兹的质问:"18、19世纪欧洲的权威性思想能否用古汉语这种属于完全异己文化范畴的语言媒介来表达?"①史华兹说的"古汉语"应当理解为严复语言实践中典雅的文言,而严复的文言"显露了他对自己精美文笔的骄矜和他的修辞学造诣"②。也就是说,从语言与文体看,严复的文言浸润着个体太多的修辞技巧。而如果从"六书乃治群学之秘笈"入手,则无形中揭下了那些修辞技巧的糖衣,直抵赤裸的"汉字—西学"的自然景观。

"汉字通西学"面临着一个困境:汉字是象形文字,即衍形文字,而西学是用拼音文字即衍声文字表达的。"汉字通西学"的实现基于汉字与拼音文字之间信息交换的可能性。但晚清对这种可能性的认识因价值论的牵引几乎被扼杀。在晚清,文言、白话的优劣之别还不是汉语的主要问题,衍形文字与衍声文字的高低之分才是汉语的真正威胁。德里达曾经指出,语言的危机"不仅是因为欲望试图从语言游戏中夺取的东西又被这场游戏所夺回,而且是因为语言本身的生命同样受到了威胁"③。如果把这里的"语言"替换成文字,那么,晚清汉字面临的威胁就在于自身存在的合理性受到了强烈的质疑。其表现是把西方文字归于衍声文字,把汉字归于衍形文字。衍形文字与衍声文字之间的区分既是文字构造的区分,更是文字价值上的评判,即衍声文字是进步的、文明的文字,而衍形文字是落后的、愚昧的文字。这种观点基于两个方面的理由。第一,晚清言说界有一个共同的多米诺骨牌的思路:中国被动挨打,因为中国人落后;中国人落后,因为教育不发达;教育不发达,因为汉字太难学。第二,"衍声之国,言文常可以相合;衍形之国,言文必日以相离"④,汉字衍形最终造成了言文分离。于是对汉字的重新认识成为晚清言说的重要话题,对汉字以及汉语的表述成为晚清知识谱系的重要一支。在现实的层面上,卢赣章、劳乃宣、王照等人创制各种注音方案,目的在于更轻松地认读汉字。吴稚晖、李石曾等人甚至在《新世纪》

---

① [美]本杰明·史华兹:《寻求富强——严复与西方》,叶凤美译,南京:江苏人民出版社,1990年,第63页。
② 同上。
③ [法]雅克·德里达:《论文字学》,汪堂家译,上海:上海译文出版社,1999年,第7页。
④ 中国之新民:《新民说十·论进步》,《新民丛报》第10号,光绪二十八年(1902)五月十五日。

上提出废除汉字采用万国新语(世界语)的方案。而严复提出"六书乃治群学之秘笈"的方法,在 right—民直、economics—计学、property—有、market—市等一系列西中文字之间孜孜寻找汉字与西学的沟通,有力地瓦解了衍形文字与衍声文字之间的壁垒,解构了拼音文字进步而象形文字落后的价值论。章太炎以《新方言》为尝试,通过语言的假借转注的回溯发现方言共同的基因,以确立言文一致的基础,但不具有普世性,过于狭窄;尤其是对于十分渴望以西方文明西方学理来支撑疲弱的心灵的中国人来说,太遥远太理想化。严复在《群学肄言》和《社会通诠》中有意识地提倡这一语言策略,对晚清言说界的主要人物之一梁启超产生了巨大的影响。梁启超在 1907 年发表的《国文语原解》就直接受到严复的启迪。

晚清另一位学人刘师培的文章《论中土文字有益于世界》与严复的观点也很切近。英国人所称的 sociology,汉译为"社会学";英人所称的 Humanism,汉译为"群学"。刘师培认为两者大体相符。文字的繁简足以窥探治化的深浅,而中土文字即以形为主的汉字,察其偏旁,往往能呈现古代民群的生活状况,"故治小学者,必与社会学相证明"。刘师培列举四个方面的例证:从"畜"字看,民群的私有财产起于农牧起兴之后;从"姓"字看,母系治在男系治之先;从"族"字看,古代民群以图腾或者旗帜为区别的标志;从"君"字看,酋长的制度由家长而来。而社会学的其他问题均可类求,刘师培总结说:"故欲社会学之昌明,必以中土文字为左验。"①

用中土文字佐证社会学,刘师培提出几点要求:"察文字所从之形,一也;穷文字得训之始,二也;一字数义,求具引申之故,三也。三例既明,而中土文字,古谊毕呈。用以证明社会学,则言皆有物。"②刘师培建议把《说文解字》翻译成世界语(Esperanto),让世界人民都能够"援中土篆籀之文,穷其造字之形义,以考社会之起源。此亦世界学术进步之一端也。有抱阐发国光之志者,尚其从事于兹乎"③。这一策略堪称妙论。进入 20 世纪,正是世界语(Esperanto)走向东方的时候,1907 年,中国留学生吴稚晖、李石曾等人在巴黎创办的《新世纪》杂志开始大力提倡世界语,如果刘师培的语言设想付诸现实,汉语汉字也许会得到世界更多的认同。

---

① 刘师培:《论中土文字有益于世界》,《国粹学报》第 46 期,光绪三十四年(1908)九月二十日。
② 同上。
③ 同上。

严复"六书乃治群学之秘笈"如果从汉语汉字的角度看,则以西学义理启动汉语汉字,发现汉语汉字潜藏的学术能量。但布龙菲尔德指出,给某个语言形式下一个准确的定义,不是一件容易的事情。人们可以根据化学和矿物学知识给"盐"以"氯化钠"的定义,可是没有一种准确的方法来给"爱"或者"恨"这样的词下定义,这些"难以确定意义的词在词汇里占了大多数"①。严复指出,古汉语中的"气""心""天""道""仁"等字,"皆古书中极大极重要之立名,而意义歧混百出,廓清指实,皆有待于后贤也"②。汉学家高本汉认为理解中国文辞的第一种困难就"在各个语词所包含的意义显然过于繁复"③。如此看来,汉语内部都无法确定的汉字内涵,又如何抵达西方的学理呢?其实,这个问题不只是严复的困惑,也是所有语言翻译的天然困境。这里还是必须回到严复的处理方式。

1902年他翻译完《群学肄言》写道:

尝考六书文义,而知古人之学与西学合。何以言之?西学社会之界说曰:"民聚而有所部勒,祈向者,曰社会。"而字书曰:"邑,人聚会之称也,从口从区域也,从卩有法度也。"西学国之界说曰:"有土地之区域,而其民任战守者曰国。"而字书曰:"国古文或,从一,地也,从口以戈守之。"观此可知中西字义之冥合矣。④

严复喜欢把西方近代学理与《周易》和《道德经》等中国典籍中的"古人之学"比附,不仅要突破中西对立,还要贯通古今演变,以"中国之古"应对"西方之今",其偏颇自在。但是严复从"考六书文义"入手求证中西学理的会通,又具有一定的合理性。最有力的例子是严复对"国"的解释。严复在西方"国家"的概念与汉字"國"的构造之间找到了对应关系。《说文解字》:"國,邦也,从囗,从或。"⑤"或,邦也,从口,戈以守一。一,地也。"⑥从"國""或"的六书构造上引通西学"国家"三要素:土地之区域、民、战守。梁启超1907年在《国文语原解》中从"國"的字形引申出西方学说中的三大要素:

---

① [美]布龙菲尔德:《语言论》,袁家骅、赵世开、甘世福译,北京:商务印书馆,1980年,第187页。
② [英]耶方斯:《名学浅说》,严复译,北京:生活·读书·新知三联书店,1959年,第16页。
③ [瑞典]高本汉:《中国语与中国文》,张世禄译,上海:商务印书馆,1933年,第110页。
④ [英]斯宾塞:《群学肄言》,严复译,北京:商务印书馆,1981年,"译余赘语"第xi页。
⑤ 段玉裁:《说文解字注》,北京:中华书局,2013年,第280页。
⑥ 同上书,第637页。

"國"中"一"表示地,国家要有领土,外面的"囗"表示国界;"口"表示人,国家要有人民;"戈"表示用武力保卫国家的独立,表示国家的主权。梁启超对"國"的解读,更多是他运用西方学说对中国汉字进行的重构。这种重构,在一定程度上显示了汉字可以不断被注入新鲜活力的可能性。

严复把语言视为通"鹄"的工具,是"术"。在翻译、撰述的语言实践中,他常常遭遇汉语与西学理念的格格不入,感叹非改造汉语不可,而用先秦语词来翻译西方语词,以求字义的贯通。他在汉语与西学理念之间穿梭:借汉语六书以阐释西学理念以及借西学理念来启动汉语。他提出"六书乃治群学之秘笈",可以看作他在语言实践中对汉字的深层思考,同时也可以看作他以汉字通西学的文化语言学思考。汪晖认为严复的知识构成以"群学"为归要,并指出严复的群学与社会学有内在同一性,而严复的社会学应该理解为一种"知识的知识或科学的科学",即它一方面通过具体的知识领域从不同方面理解社会,另一方面又以一种总体的视野建立各种知识领域的内在相关性。[①] 如果从奠定现代汉语词语的基本意义看,严复的语言实践完全可以称为"元语言实践";如果从中国现代知识谱系的发生角度看,严复的语言实践可谓"元知识话语"的建构。"元"在此意味着现代汉语创生的起始以及现代知识谱系转换的起始。

第三节 古文书写与语言伦理

一、文章观:"声与神会"与"讲求事理"

严复的"古文书写"边界宽泛,主要包括他的译著、讲义、论文,而不涵盖他的古体诗词,如果仅用"古文"恐怕就会把译著和讲义排斥在外。译著规模宏大,论文篇幅短小,讲义兼有写和说的成分,但是从书写语言的样式(文言—古文)来看,三者的内部又是统一的,这是严复的特色。尽管《政治讲义》作为讲义在语式上通俗、口语化一些,但是与他的论文、译著在语言样式上不是那么截然分明。这点不像章太炎,章太炎也是坚持古文书写,但是章太炎的著述与演讲、讲义、译著在语式上差别十分鲜明。

[①] 汪晖:《现代中国思想的兴起》(下卷),北京:生活·读书·新知三联书店,2004年,第891页。

史华兹指出:"严复译文的典雅特色,当然不仅显露了他对自己精美文笔的骄矜和他的修辞学造诣,而且显露了他力图通过用最典雅的中文表达西方思想来影响讲究文体的文人学士的动机。"①"典雅"诚典雅,影响文人学士的动机也实现了,但是"骄矜"的背后却有着严复对于古文书写的殷切而痛苦的记忆。1899 年严复致吴汝纶的信中写道:"复于文章一道,心知好之,虽甘食耆色之殷,殆无以过。不幸晚学无师,致过壮无成。虽蒙先生奖诱拂拭,而如精力既衰何,假令早遘十年,岂止如此?"②对吴汝纶的拳拳感谢中,浸润着严复参加科举考试的切肤之痛。这"早遘十年"大致指之前十年左右不会离得太远,也就是 1888 年左右,那时正是严复雄心勃勃参加科举考试的时候。"更买国子生,秋场期有获。"③严复作为"海归"并不能成为晚清官员候选人,参加科举获得功名才是正途。1885 年福建乡试,1888 顺天乡试,1889 年顺天乡试,1893 年福建乡试,严复前后近十年四次参加科举考试均未有斩获,这在严复的心灵上烙上了巨大的伤痕。原因何在?是学识鄙陋,还是八股文体式粗糙,或者兼而有之?如果能拿严复四次应试文拜读一番,肯定很有意思。这种心灵创伤在清政府甲午战争失败后找到了发泄的机会。严复把科举考试中个人的惨痛失利与甲午战争中国家的惨痛失败结合起来,利用现代媒体,猛烈批判科举制度和八股文。《救亡决论》劈头就说:"天下理之最明而势所必至者,如今日中国不变法则必亡是已。然则变将何先?曰:莫亟于废八股。夫八股非自能害国也,害在使天下无人才。其使天下无人才奈何?"④接着详细分述了八股取士的三大害处:"锢智慧""坏心术""滋游手"。⑤ 严复如此激烈的态度,在晚清士人中少见。他对八股取士的批判应该说成为甲午之后清政府教育制度改革和选拔人才制度改革的促发因素之一。

　　严复科举考试的失利,使得中国失去了一位近代化道路上的政治实践家,成就了一位开启现代中国思想道路的翻译家。当然,严复如果在 19 世

---

① [美]本杰明·史华兹:《寻求富强——严复与西方》,叶凤美译,南京:江苏人民出版社,1990 年,第 63 页。
② 严复:《与吴汝纶书》,王栻主编:《严复集》第 3 册,北京:中华书局,1986 年,第 522—523 页。
③ 严复:《太夷继作有"被刪"诸语见靳,乃为复之》,王栻主编:《严复集》第 2 册,第 368 页。
④ 严复:《救亡决论》,王栻主编:《严复集》第 1 册,北京:中华书局,1986 年,第 40 页。
⑤ 同上书,第 40—42 页。

纪80年代科举成名,被朝廷重用,能否像日本的伊藤博文把日本带入近代化强国一样把中国带上近代化道路,恐怕也是很难说的。因为清政府能否给予汉人实践近代化道路所要求的权力和空间,是一个未知数。

严复的批判锋芒指向八股取士的科举制度,并非刺向八股文的内部结构。自然,皮之不存,毛将焉附,八股取士的制度被破坏,附着于其上的八股文自然无法生存。如果说八股取士的制度以悖反的方式催生了翻译家的严复,那么严复的古文书写与八股文之间的血脉关联到底怎样呢?对于这个问题,可以从两个方面考虑:一是严复接受的古文书写的训练机制,二是严复放弃科举考试后的文章与八股文的比较。

章太炎虽然受过八股文的教育,但是没有正式参加过八股考试,也不以获得科举成功为目的的,他的文章与八股文泾渭分明。梁启超从小接受八股教育,17岁中举,其书写肯定符合八股范式而受到认可,他的文章就与八股文关系密切。严复15岁入马江学堂,学习英文、算术、代数、几何、重学、电磁学、光学、音学、化学、热学、地质学、天文学、航海术等,1871年毕业后在建威帆船上练习航海技术。1877年至1879年在英国海军大学学习,学的是高等数学、格致学、海军战术、公法等。严复回国后被李鸿章聘为北洋水师学堂的总教习。严复的知识结构和书写方式都与八股文的知识结构(四书五经)和书写方式(八股)的要求相差甚远。严复要参加科举考试,即使发奋钻研八股文可能也为时已晚。严复从科举失利到成为翻译家,他的古文书写离八股文体式的标准有一段距离可能是一个重要因素。尽管章太炎批判严复的文章带有八股气息,但是拿严复的文章与明清八股名家的八股文、与同时代的梁启超的文章比较,都可以看出严复文章的八股气息很淡。因此严复古文书写的现代向度,并不是要去挣破八股文的躯壳,而是寻找古文的汉语书写表达西方学术的合理方式。

1910年严复在《〈涵芬楼古今文钞〉序》中针对有人担忧古文辞将亡的心理,认为物之存亡,系于自身的"精气",人不能为之。针对"客人"的认识前提,即古之时可以存古文辞,严复认为实在是"大谬",因为"贴括讲章,向之家唔咿而户揣摩者,其于亡古文辞,乃尤亟耳"。自宋历经明代,古文辞没有亡,以后也不会亡。① 严复认为学问之事万途,而"大异存乎术鹄"。所

---

① 严复:《〈涵芬楼古今文钞〉序》,王栻主编:《严复集》第2册,北京:中华书局,1986年,第275页。

谓"术",就是方法途径,所谓"鹄",就是目的,但是这个目的不外在于自己,而是自身的一部分,即"以得之为至娱,而无暇外慕,是为己者也,相欣无穷者也"。严复认为"为贴括,为院体书",与"为诗歌,为韩欧苏氏之文"体制上很不同,但是"弋声称、网利禄也一"。① 严复很称赞古代治古文辞而达于极致的人:"岂非意有所愤懑,以为必待是而后有以自通者欤?非与古为人冥然独往,而不关世之所向背者欤?非神来会辞,卓若有立,虽无所得,乃以为至得者欤?"②

"神来会辞"的文章观,严复早就有所表达。1902年他在《与熊季廉书》中对熊季廉的文章进行批评:"必求大作之疵,则下笔太易,语多陈俗,一也。过为激发之音,闻者生倦,二也。义俭辞奢,以己之一幅当能者之一行,三也。今欲谋所以救之之术,宜熟读古书,求其声与神会,而下笔力求戛戛其难之一境;而又讲求事理,以为积厚流光之基。"③严复认为文章作法,还是要从中国古书中求力量,"声与神会"意在锤炼文辞的声韵之美和文脉的流畅贯通;"讲求事理"则是追求文章内容的厚实。"神""辞""声""事理"等文章评价词语尽管来自古代的文章学,但是其内涵发生了重要变化,尤其是对"事理"的理解。严复在《论今日教育应以物理科学为当务之急》中认为,人之"心"包括"思理"和"情感"两个部分,前者可以用"是非然否"来分别,而后者不可。"思理"与"情感"二者往往不可兼得。"譬诸文章、论辩、书说,出于思理者也;诗骚、词赋,生于感情者也。思理密,必文理密,察礼之事也。感情善,必和说微,至乐之事也。西人谓一切物性科学之教,皆思理之事,一切美术文章之教,皆感情之事。然而二者往往相入不可径分。科学之中,大有感情;美术之功,半存思理。"④严复以辩证的思考指明了文章之"心",即"情感"与"思理"并存。很明显,严复的"情感"与"思理"已经融合了西方的"物性科学"和"美术文章","事理"就跳出了中国传统的"事"和"理"。

严复早期的文章以《拟上皇帝书》《论世变之亟》《救亡决论》《原强》几篇为最好。就感情的迸发而言,《论世变之亟》和《救亡决论》为上;但是《拟上皇帝书》无论从立论的切实、层次的清晰,还是语言的洁雅来看,都算是

---

① 严复:《〈涵芬楼古今文钞〉序》,王栻主编:《严复集》第2册,北京:中华书局,1986年,第275页。
② 同上书,第276页。
③ 严复:《与熊季廉书》,《严复未刊书信选》,《近代史资料》2002年总第104号。
④ 严复:《论今日教育应以物理科学为当务之急》,王栻主编:《严复集》第2册,第279页。

严复古文中的上品。古文家吴汝纶特别喜欢《拟上皇帝书》,认为严作是王安石《上仁宗书》之后的第一篇,称赞它"篇中词意,往复深婉,而所言皆确能正倾救败之策,非耳食诸公胸臆所有"①,"其文往复顿挫,尤深美可诵"②。

二、古文书写:新机与压制

严复的古文书写有着独特的地方,他的译作并非完全按照原文逐句翻译,而是"译述",用自己创造的"汉语"表达英文之"事理"。其"汉语"表达的语句结构并非完全是汉语式的。严复面对西方语言的"译述",常常会考虑"颠倒"或者"不颠倒"的策略,前者舍弃西方语言的结构特征完全汉语化,后者则一定程度上保持西方语言的包孕结构。而至于词语方面,则有更多的新机,尽管严复喜欢用先秦词语翻译西方学理名词,但是音译的地名、人名频繁出现,日本人翻译的西方名词有时也会冲击严复的言说。

严复"译述"的自主特色表现为"译文正文+严复案语"的双重文本特色。对于严复的"案语",大多数研究者侧重阐发其意义,对于其文本功能很少关注。吴汝纶在《天演论》序言中对《天演论》的内容说得少,就文体说得多。他从中国晚周以来"道"与"文"的关系考察严复的文章,指出:"集录"与"自著"两体,前者篇篇独立,不相统贯;后者建立一杆,枝叶扶疏。但"要是文之能工"是一致的道理。③"赫胥黎氏之指趣"加上严复的古文,在吴汝纶看来相得益彰。先来看《天演论》第一篇《导言一 察变》的第一段:

> 赫胥黎独处一室之中,在英伦之南,背山而面野,槛外诸境,历历如在几下。乃悬想二千年前,当罗马大将恺彻未到时,此间有何景物?计惟有天造草昧,人功未施。其借征人境者,不过几处荒坟,散见坡陀起伏间。而灌木丛林,蒙茸山麓,未经删治如今日者,则无疑也。怒生之草,交加之藤,势如争长相雄,各据一抔壤土。夏与畏日争,冬与严霜争。四时之内,飘风怒吹,或西发西洋,或东起北海,旁午交扇,无时而息。上有鸟兽之践啄,下有蚁蝝之啮伤,憔悴孤虚,旋生旋灭,菀枯顷刻,莫可究详。是离离者亦各尽天能,以自存种族而已。数亩之内,战

---

① 吴汝纶:《吴汝纶致严复书》,王栻主编:《严复集》第 5 册,北京:中华书局,1986 年,第 1561 页。
② 同上书,第 1562 页。
③ [英]赫胥黎:《天演论》,严复译,北京:科学出版社,1971 年,"吴序"第 2 页。

事炽然。强者后亡,弱者先绝,年年岁岁,偏有留遗。未知始自何年,更不知止于何代。苟人事不施于其间,则莽莽榛榛,长此互相吞并,混逐蔓延而已。①

与赫胥黎原文②相比,严复译文最大的改变是叙事人称的变化,原文是以"I"来叙述的第一人称,严复译文改为以"赫胥黎"为叙述的第三人称。这在1898年的古文时代,符合中国古文的叙述伦理。语句骈散兼用,有四字对句、五字对句穿插其间,加上严复注意字词的平仄互换,读来确实朗朗上口,音韵铿锵。我想严复肯定反复朗诵过这段译文,以获得最佳音韵效果。开头这个段落从眼前景物遥想远古时代,多描写想象,而少义理的阐发,没有那种陌生的名词夹杂其间,只有像"恺彻"这样的音译名词出现一次,用词雅洁。虚词杂用其间,者、也、而已连接前后,语句有抑扬顿挫之感。鲁迅喜欢阅读《天演论》而至于能背诵,可见其文辞之美。

吴汝纶曾经在给严复的书信中对《天演论》的手稿本提出过批评,觉得严复经常引用中国经典特别是《周易》的语句植入正文的做法不妥。严复对此有所吸收,从《天演论》的手稿本到通用本的变化就可以看得很清楚,通用本删掉了不少引文。除了这点之外,严复的修改还着意于古文的节奏之美和声韵之美。通用本的《导言一 察变》在手稿本中为《卮言一》,手稿本《卮言一》的第一句为"赫胥黎独处一室之中,在英吉利之南,背山而面

---

① [英]赫胥黎:《天演论》,严复译,北京:科学出版社,1971年,第1—2页。
② 原文如下:"It may be safely assumed that, two thousand years ago, before Casar set foot in southern Britain, the whole country-side visible from the windows of the room in which I write, was in what is called "the state of nature." Except, it may be, by raising a few sepulchral mounds, such as those which still, here and there, break the flowing contours of the downs, man's hands had made no mark upon it; and the thin veil of vegetation which overspread the broad-backed heights and the shelving sides of the coombs was unaffected by his industry. The native grasses and weeds, the scattered patches of gorse, contended with one another for the possession of the scanty surface soil; they fought against the droughts of summer, the frosts of winter, and the furious gales which swept, with unbroken force, now from the Atlantic, and now from the North Sea, at all times of the year; they filled up, as they best might, the gaps made in their ranks by all sorts of underground and overground animal ravagers. One year with another, an average population, the floating balance of the unceasing Struggle for existence among the indigenous plants, maintained itself. It is as little to be doubted, that an essentially similar state of nature prevailed, in this region, for many thousand years before the coming of Casar; and there is no assignable reason for denying that it might continue to exist through an equally prolonged futurity, except for the intervention of man." Thomas H. Huxley, *Evolution and Ethics*; *and Science and Morals*, NewYork: Prometheus Books, 2004, pp.1-2.

野,窗外诸境,历历如在机下"①。与通用本比较,严复把"英吉利"改为"英伦","窗"改为"槛","机"改为"几":"赫胥黎独处一室之中,在英伦之南,背山而面野,槛外诸境,历历如在几下。"这里的修改主要出于满足古文对字音抑扬顿挫的要求。"英吉利"的原文为 Britain,这个词在晚清的地理书和政治书中一般翻译为"英吉利"——晚清的译书中用三字翻译国名很常见,如美利坚、法兰西、意大利、俄罗斯、英吉利等等。严复这么一改,六字的分句变为五字分句,使得整个句子的语气更流畅贯通;去掉仄声字改为两个平声字,与前后分句更和谐。其实我们只要把这两句多朗读几遍,就能领略到修改后的语句更富有音韵的美感。

严复还把多余的语气词删掉,将通俗化的词语雅化。手稿本《卮言一》"噫!此区区一小草耳",通用本把"噫"去掉;"正不知换却几番面目而成此最后之奇"中的"换却几番面目"改为"几移几换";"只须于当前所立处所,凿深几尺地皮,但使得见蜃灰,便识升由海底"②改为"试向立足处所,掘地深逾寻丈。将逢蜃灰,以是蜃灰,知其地之古必为海"。就语气来说,"只须……便……"的条件语气不如"试……将……"的假设语气更委婉,更容易让人接受。另外,词语的改动如"凿深几尺地皮"改为"掘地深逾寻丈"等是从语句的庄重典雅出发的,前者随意通俗,后者古色古香。

严复的修改有时也出于推出观点的需要,希望能用更好的古文来翻译西方著作表达西方的学理,当然也涉及在汉语文体中如何更有力更合适地推出自己的观点。例如《天演论》手稿本:

> 但据前事以推将来,则知此境既由变而来,此境亦将恃变以往。顾唯是常变矣,而有一不变者行乎其中。六合所呈,是不变者与时偕行之功效;万化成迹,是不变者循业发见之前尘也。此不变者谓何?非如往者谈玄之家,虚标其名:曰道,曰常,曰性而已。今之所谓不变有可以实指其用者焉。盖其一曰物竞,其二曰天择。万物莫不然,而于动植之类为尤著。③

《天演论》通行本:

---

① 严复:《〈天演论〉手稿》,王栻主编:《严复集》第5册,北京:中华书局,1986年,第1413页。
② 同上书,第1414页。
③ 同上。

特据前事推将来,为变方长,未知所极而已。虽然天运变矣,而有不变者行乎其中。不变惟何,是名天演。以天演为体,而其用有二:曰物竞,曰天择。此万物莫不然,而于有生之类为尤著。

《天演论》通行本与手稿本比较①,删去了很多中国古书的引文,尤以删去《易》的引文最多。严复常常用《易》的语句来阐释赫胥黎的思想,如试图用"易"来翻译"evolution 天演"一词。另一个最大的特征是,《天演论》手稿本很少"复案"的"案语",在删改的时候,《天演论》手稿本正文的某些语句段落被挪至通行本的"复案"中,这种情形很常见。也有个别的例子,手稿本"复案"的语句被上升至通行本的正文,如手稿本《卮言十三》中关于李广杀灞陵尉一事的叙述。② 翻译正文与严复"复案"的互换,对于读者来说,看到的也许只是删改后语意的清楚、语句的雅洁;而对于严复自己来说,则显然包含着他选词造句的艰难,以及翻译正文与"复案"之间文体摩擦的紧张。

突破古文书写束缚的新机,一方面在于西方名词的新鲜,一方面在于西方语句的新鲜,一方面在于西方学理的新鲜。如果古文书写要把三者融合起来,那么原有的古文书写必须作大的改造。严复并没有完成这个任务,不仅仅由于他仍然使用文言,还由于他在翻译方面的多种策略。

严复翻译的策略之一是选择先秦的词语尤其是先秦的单音节词语来翻译西方学理名词,这造成了他翻译的硬度。严复的最初愿望非常善良,想尽可能用汉语词语直抵西方学理的核心;从先秦古籍中寻找合适的词语本身也是艰难的语言磨炼过程。然而严复的善良愿望和磨炼辛劳并没有得到读

---

① 英文原如下:"And in the living world, one of the most characteristic features of this cosmic process is the struggle for existence, the competition of each with all, the resalt of which is the selection, that is to say, the survival of those forms which, on the whole, are best adapted to the conditions which at any period obtain; and which are, therefore, in that respect, and only in that respect, the fittest." Thomas H. Huxley, *Evolution and Ethics*; *and Science and Morals*, New York: Prometheus Books, 2004, p.4.

② 手稿本:"往者埃及之哈猛必欲取摩德开而枭之高竿之上,可谓过矣。然以亚哈酥鲁经略之重,而何物犹太,漠然视之,其憾之者犹人情也。复案:此事与西京李将军杀灞陵尉事绝相类。"《〈天演论〉手稿》,王栻主编:《严复集》第 5 册,北京:中华书局,1986 年,第 1430 页。通行本:"李将军必取霸陵尉而杀之,可谓过矣。然以飞将军威名,二千石之重。尉何物? 乃以等闲视之。其憾之者犹人情也。案原如下埃及之哈猛必欲取摩德开而枭之高竿之上,可谓过矣。然以亚哈酥鲁经略之重而何物,犹大乃漠然视之,阍焉再出入傲不为礼,则其恨之者尚人情耳。今以与李广霸陵尉事相类故易之如此。"[英]赫胥黎:《天演论》,严复译,北京:科学出版社,1971 年,第 44 页。

者的认同。严复在翻译的用语上确实作过艰难的努力。他对"民直""小己""计学""自繇"等词词义的反复推敲与琢磨就足以显示出翻译过程的艰辛。严复对一些常见的词语也会作仔细的考察。如 bank 一词,严复试图在"票号""银号""兑局""钱店"等汉语词语中选择一个恰当的对译词,但是诸名所指尽管都是存钱之处,与 bank 又不是完全吻合,况且对于严复来说,"票号"诸名在风格上"不典",于是他采取音译的方法,译 bank 为"版克"①。《原富》的翻译中严复拿不定的就采用音译,除了人名、地名之外,如 captain 译为"甲必丹"(船长),colonel 译为"喀纳乐"(陆军上校),bishop 译为"毕协"(主教),duke 译为"独克"(公爵),earl 译为"尔勒"(伯爵),Acre 译为"阿克"(亩)。另外《原富》中的一些译名,被现代汉语所吸收,这些词语尽管不一定是严复首次采用,但是通过他的著作无疑得到了更广泛的传播,如"供求"(supply and demand)和"保险"(insurance)。

我认为造成《原富》艰深的重要原因之一是选择不常见的单音节词语来对译西方学理名词。因为就《原富》的英文来看,与赫胥黎的《进化论与伦理学》相当,但比穆勒的《论自由》简单多了,即复杂的包孕结构要少很多。《原富》的中文本之所以难读,主要在于严复选择的翻译词语(表2-2):

表2-2 《原富》原文词语与译词对照

英语词语	严复译词	通用译词
Wages	庸	工资
Exchange	易	交易
Woolen coat	罽	毛衣
Value	值	价值
Rent	租	租金
Century	稘	世纪
Power	权	权力
Profit	赢	利润
Corporation	联	公司 社团

---

① [英]亚当·斯密:《原富》(上),严复译,北京:商务印书馆,1981年,第85页。

汉语词语的变化规律之一是双音节化。我的论述可能把严译百余年后的眼光强加于他，因为他的古文书写本来可以容纳单音节汉语词语。这里涉及一个问题，汉语用单音节词语并不是错误，只是难懂一些。就我关心的问题来说，主要看1900年前后的汉语是否有词语双音节化的倾向。如果读《清议报》，就会觉得汉语确实在双音节化。Exchange 严复有两种译法——"交易"和"易"，凡是用"交易"的句子就相对好懂，用"易"的句子就难懂一些。他1906年撰写的《论铜元充斥病国病民不可不急筹挽救之术》一文使用"交易""贸易"等词语十来次，而只有在"易权"一词中使用单音节的"易"，这样使得行文更清楚明白。①

即使在双音节的翻译词语中，严复也会把自己的语言伦理观念强加在选词的策略上，造成所选词语在语境中的"横站"姿态。Lottery 有"彩票"的通俗名称，严复采用"阄博"这一雅的译名；butcher's meat 译为"膳"，放弃"肉"的译名，体现了严复雅俗的语言伦理观念。另外，Workman 有"佣工"和"赁工"两种译名，Labour 有"功""力役""劳力"三种译名，译名不统一造成语意前后不能密切相接，从而增加了阅读的难度。

严复的古文书写在句式的构造上也存在许多压制性的因素。1902出版的《群学肄言》中《译〈群学肄言〉自序》用八个四字句作为每章的导语，如第四章的导语："道巽两间，物奚翅万，人心虑道，各自为楦。永言时位，载占吉凶，所以东圣，低徊中庸。译《知难》。"古雅诚古雅，但是能否使读者更加深入理解《群学肄言》却是问题。②

严复喜欢使用文言虚词，但又往往反受虚词的牵累，造成语句丛绕，语意繁杂，缠夹不清。古文没有标点，需要虚词润滑，以达到语意的连贯和语气的通畅；但是如果重复使用，就会使得语句很绕。比较章太炎、梁启超和严复三个人的造句姿态：章太炎运用虚词最为谨慎，语句最为雅洁；梁启超善用比喻，语句最为生动；严复喜欢用虚词，语句就多沉重，如"三十年来，祸患频仍，何莫非此欲遏其机者阶之厉乎"③。

严复的古文书写，如果是翻译著作，还表现为改造西方语句结构时造成的语义模糊。严复用古文翻译西方学术著作，要"颠倒"大量的英语句式。

---

① 严复：《论铜元充斥病国病民不可不急筹挽救之术》，王栻主编：《严复集》第1册，北京：中华书局，1986年，第178—186页。
② ［英］斯宾塞：《群学肄言》，严复译，北京：商务印书馆，1981年，"自序"第 viii 页。
③ 严复：《论世变之亟》，王栻主编：《严复集》第1册，第3—4页。

"颠倒"也许是任何翻译都需要的,或者说它本身就是翻译的特质。那么,在英语句子与文言汉语句子的"颠倒"中,文言汉语句子因其自身的简短、对称要求,可能会很不适应英语的包孕结构,从而造成语义丛生。如《群己权界论》引论的开头说:

> 有心理之自繇,有群理之自繇。心理之自繇,与前定对;群理之自繇,与节制对。今此篇所论释,群理自繇也。盖国,合众民而言之曰国人(函社会国家在内),举一民而言之曰小己。今问国人范围小己,小己受制国人,以正道大法言之,彼此权力界限,定于何所?①

约翰·穆勒的原文为:

> The subject of this Essay is not the so-called Liberty of the Will, so Unfortunately opposed to the misnamed doctrine of Philosophical Necessity; but Civil, or Social Liberty: the nature and limits of the power which can be legitimately exercised by society over the individual.②

改变西文的语句结构,是严复翻译时不得不采取的策略。因为"西人文法本与中国迥殊",如果直译,则很难理解,所以只能"略为颠倒",这在严复看来是当时"以中文译西书"的"定法"。③ 从这段文字的对照可以看出,穆勒英文为一句,严复中文则为三句。语句结构的改变并没有使得中文的表达更加清晰。如果不对照英文,只看中文语句,则意思很清楚;但是如果对照英文,则问题很大。比如严复用"节制"的对立面来解释社会自繇。对照原文,还以为"节制"是 limit 的中译,看到第二自然段开头"与自繇反对者为节制"的英文才会明白,"节制"原来是 Authority 的对译。抛开"节制"与 Authority 之间的语义差别不论,严复译文省略了"社会通过法律施加在个人身上的权力的本质和限制"这一对"社会自繇"的直接界说,使得何谓社会自繇并不清晰。尽管英文语句结构繁复,但是意思很清楚;严复译文语句结构简单,但是意思误差很大。造成这一误差,一方面与严复选词有关,另一方

---

① [英]约翰·穆勒:《群己权界论》,严复译,北京:商务印书馆,1981年,第3页。
② John Mill, *On Liberty*, *The Harvard Classics*(Volume 25), edited by Charles W. Ellot, New York, 1957, p.195.这段文字我试译如下:"本书主旨不是所谓意志自由,意志自由不幸为名称不当的哲学必然的对立面;而是市民自由或者社会自由,即社会通过法律施加在个人身上的权力的本质和限制。"
③ [英]约翰·穆勒:《群己权界论》,"译凡例"第 ix 页。

面与文言语句有关。

三、语言变革:天演与人为

严复的古文书写,在新机与压制之间曲折成长。尽管严复维护古文书写的立场异常坚定,但是晚清民初汉语书写的多种姿态可能使严复的这一立场产生了内在冲突。晚清民初的汉语书写如梁启超"新文体"作为报刊文体产生了巨大辐射;随着报刊兴起以及开通民智的时代主题的结合,白话文的提倡轰轰烈烈;随着学堂的兴起以及教育的现代转向,演讲这一要求口语表达的言说方式被普遍使用……这些可能都对严复的古文书写有着某种冲击。民国之前严复的古文书写坚持使用自创的单音节的汉语词语,而有意识地拒绝使用双音节化的从日本输入的词语——尽管有时不自觉地在使用。可是在民国之后,严复的古文书写似乎发生了某种有意识的转变。1913年和1914年两年是民国成立后严复古文书写的又一个高峰期。这时期的古文书写在用词上显得更加包容。1913年的《论中国救贫宜重何等之业》继续使用"漏卮""计学"等词语,但是同时像"关税""实业""企业""公司""自由贸易""工业""物质文明"等今天我们耳熟能详的词语都已经频繁出现。1913年的《天演进化论》中"储能""效实""易事""分功""么匿""小己"仍在使用,而"社会""有机体""社会有机体""机关""全体""个体""女权"等也多次出现。1914年的《〈民约〉平议》中"直""内籀"仍在使用,而"自由""平等""博爱""权利""归纳""演绎""社会主义"等频频亮相。从日本引进的双音节汉语词语在严复的古文书写中越来越凸显,这一变化体现了严复古文书写的时代性。

严复对其古文书写的改变很有限度。这与民国之后严复思想的整体取向分不开。一般认为,严复在民国之后趋向保守和复古,我赞同这个观点,即使不去纠缠他与筹安会的复杂关系,仅仅从他提倡读经的姿态中也可以略窥一二。严复在1913年撰写的演说词《读经当积极提倡》中,明确提出中国国性存于群经之中。"大凡一国存立,必以其国性为之基。"那么中国的国性现在还有吗?严复从中国历史看,自从魏晋以后,五胡乱华,由宋入元,由明入清,这是朝廷易代,并非国家灭亡;从世界历史看,美洲的墨西哥、秘鲁、欧洲的希腊、罗马、亚洲的印度、非洲的埃及,这些国家的古代文明"斩然无余",而中国有二十二行省,立于五洲之中,所依靠的是"孔子之教化"。所以,"人之所以成人,国之所以为国,天下之所以为天下,则舍求群经之中,莫有合者"。而民国成立后的中国,为求富强,有人提倡教育国民,以西方的文明为先,而中国群经为后。严复分析其原因有四,分别是"苦其艰深""畏其浩博""宗旨与时不合""轻薄国文",于是群经被贬值。严复强烈反对这种观点,不仅认为中国国性的建造要依靠群经,其"为中国性命根本之书",而且认为群经作为国文,应当保存下来,即"群经乃吾国古文,为最正当之文字"。① 严复把群经作为"文""道"的统一体抬到了新的高度。从古文书写的角度看,这种复古的窄化无形中又把对双音节词语的开放之门关闭了。

严复以群经作为国文的观念,体现了他的语言伦理观。严复在清末的翻译中向先秦的典籍寻找语词,在书面与口头、典雅与通俗的选择中,已经体现出他更重视前者的语言伦理,不过这种语言伦理因为严复要寻找汉语词语直抵西方学理概念核心的善良愿望而被接受,尽管也批判,但是学界对严复的古文翻译整体评价还是十分高的。以群经作为"最正当文字",不仅延续了清末向先秦寻找语词的思路,而且发生了一个急剧的变化。严复把此时的国文与群经的道德内涵捆绑在一起,从他的提法看,重视国文似乎只是在重视国性之后,但是实际上国文的书写又是延续这一传统的。因此严复的语言伦理在此包括了两个层面:第一层面为严复厚古薄今、重雅轻俗的语言趋向,第二层面为严复强调语言对道德意识的承担功能,即群经为国文书写与道德教化的统一体。尤其是后一层面,严复不仅在古文书写中坚持,还扩展到他的诗歌语言上。

严复在1919年给熊纯如的一封信中为熊的对联改字,认为"兴学热"要改为"兴学意",讲了三条理由:第一,"从来道德立言之家,最忌作过火语"。在严复看来,"热"当然是过火语。第二,"兴学热"从修辞的角度看,文字"不辞",对仗"不工"。第三,"热"字不是"良好字面"。因为"热"之后就是"寒凉",并且"热"是一种"病相",其结果是"暴躁瞀乱,谵语妄动,相与俱兴,于知于行,两无一当"。把"热"改为"意",在严复看来好处是:"看似平平,然自古孤怀闳识,百折不回之家,要不外不欺其意而已。试看经史,至唐、宋以来,立言大家,其用字行文,皆以峻洁平淡为贵,平平一言,竭毕生

---

① 严复:《读经当积极提倡》,王栻主编:《严复集》第2册,北京:中华书局,1986年,第330—331页。

精力难副者有之矣。此乃诗文极秘之旨,聊为老弟言之,不识能相喻否也。"①他以"峻洁平淡"作为诗学语言的第一标准。不过可以看出晚年的严复更注重语言本身的伦理性,"良好字面"可能只是晚年心态,但又是他以群经为国文的扩张。

严复"群经—国文"的思理应该可以追溯到当年吴汝纶对《天演论》的赞美。吴汝纶的《天演论序》对于"赫胥黎之指趣"涉及甚少,大量篇幅在谈论"文"。吴汝纶批判翻译之书"大抵弇陋不文,不足传载其义"②,接着从民智开化的角度对翻译西书的"文"提出了要求:

> 欲渝民智,莫善于译书。吾则以谓今西书之流入吾国,适当吾文学靡敝之时。士大夫相矜尚以为学者,时文耳,公牍耳,说部耳,舍此三者,几无所书。而是三者,固不足与文学之事。今西书虽多新学,顾吾之士以其时文、公牍、说部之词,译而传之。有识者方鄙夷而不知顾,民智之渝何由?此无他,文不足焉故也。文如几道,可与言译书矣。③

吴汝纶指出了当时学术的弊端,"时文""公牍""说部"三种书写方式既是士大夫的学术表达方式,又是翻译西书的表达方式。但是这三种书写方式本身就不是"文学"之事,所以"有识者"鄙夷不顾,于是通过翻译西书来开通民智的道路就被堵塞了。在吴汝纶看来,"与晚周诸子相上下"的严复之文,使得"赫胥黎之指趣"更加彰明。严复"古文—西学"的书写以其典雅获得了"文"的美质,又以其"文"的美质引入了开通民智的西学理念。这正是严复的翻译成功的原因。其实吴汝纶的赞扬重点突出严复"古文—西学"与"时文""公牍""说部"三者的外部区别,而忽略了"古文—西学"的内部冲突。上文对于严复古文书写的新机与压制的分析就是对这一内部冲突的探究。严复把"古文—西学"的翻译方式演变为民国后"国文—孔教"的书写方式,如果这不是民国之后"五四"现代白话文诞生之前中国知识分子寻找表达方式的无可奈何的选择,则只能是严复在创造个人表达方式上的退守回归。

严复的语言伦理还表现在对语言变革的态度上。1913 年严复在《题侯疑始填词图册》中写道:"天生人能群,语言资缱绻。心声精者传,韵语亦天

---

① 严复:《与熊纯如书》,王栻主编:《严复集》第 3 册,北京:中华书局,1986 年,第 703 页。
② [英]赫胥黎:《天演论》,严复译,北京:科学出版社,1971 年,"吴序"第 2 页。
③ 同上书,"吴序"第 3 页。

演。君看五大洲,何国无歌谚? 周诗三百篇,无邪圣所荐。楚辞逮唐音,中间凡几变。由来声利涂,不中风人践。宋元乃词曲,以使民不倦。"①严复指出"歌谚"的韵语感人,但是并没有强调"歌谚"的通俗、生活化。其实严复以中国古代韵语的演变为例,表达了语言"天演"的变革观点。语言的变革有其自身内部的发展规律,但是在引入异域语言的词语以及句式上人力之功也不可小视,比如梵语词语通过佛经的翻译进入汉语就是成功的例子,尽管汉语吸收梵语词语有语言自身的要求,翻译本身却是人为的。因此语言的变革乃在"天演"与"人为"的结合推动下发展。

对于《新青年》所提倡的白话文运动,严复做冷眼旁观状。他1920年致熊纯如的信中写道:

> 北京大学陈、胡诸教员主张文白合一,在京久已闻之,彼之为此,意谓西国然也。不知西国为此,乃以语言合之文字,而彼则反是,以文字合之语言。今夫文字语言之所以为优美者,以其名辞富有,著之手口,有以导达要妙精深之理想,状写奇异美丽之物态耳。如刘勰云:"情在词外曰隐,状溢目前曰秀";梅圣俞云:"含不尽之意,见于言外,状难写之景,如在目前";又沈隐侯云:"相如工为形似之言,二班长于情理之说。"今试问欲为此者,将于文言求之乎? 抑于白话求之乎? 诗之善述情者,无若杜子美之《北征》;能状物者,无若韩吏部之《南山》。设用白话,则高者不过《水浒》、《红楼》;下者将同戏曲中簧皮之脚本。就令以此教育,易于普及,而斡弃周鼎,宝此康瓠,正无如退化何耳。须知此事,全属天演,革命时代,学说万千,然而施之人间,优者自存,劣者自败,虽千陈独秀,万胡适、钱玄同,岂能劫持其柄,则亦如春鸟秋虫,听其自鸣自止可耳。林琴南辈与之较论,亦可笑也。②

严复对于西国"语言合之文字"与陈、胡等人"文字合之语言"并没有作出区分,对"文言合一"这点上二者到底有什么区别不甚了了。舍此不论,这段话完整地体现了严复的语言伦理。第一,严复重文言而轻白话,白话不能"隐",不能"秀",不能"含不尽之意""状难写之景",因此《水浒》《红楼》也不过如此。第二,严复虽然没有明确指出"要妙精深之理想"和"奇异美丽

---

① 严复:《题侯疑始填词图册》,王栻主编:《严复集》第2册,北京:中华书局,1986年,第382页。
② 严复:《与熊纯如书》,王栻主编:《严复集》第3册,第699页。

之物态"的具体内涵,但从他所举的例子看,他重视的是文言对古代情物的表达,而忽略了对于现代经验该如何表达的问题。如果沿着他"国文—孔教"的书写设想看,又在情理之中。第三,对于文言转向白话、文言文转向白话文的变革,严复归之于"天演",拒绝"人为",表面上抱着任其自生自灭的态度,但骨子里十分轻视。

第三章　梁启超

第一节　《国文语原解》与语言政治学

晚清的知识分子，无论是翻译西方学术著作，还是表达学理见解，面临的尴尬之一是采用何种语词的问题，这个问题在某种程度上可以转化为是采用日本人翻译西方著作所用的词语，还是采用严复翻译西方著作所用的词语。梁启超这样的文章大家，一方面大量采用日语的汉词，另一方面有时在用语上"依严书者十之八九"①，同样体现了选择上的冲突。其实从语言符号的角度看，日本翻译和严复翻译采用的都是汉字，来自同一个符号系统。那么，严复的翻译用词是如何在现代的语言境域中获得语言学本身的支持的呢？严复断定"六书乃治群学之秘笈也"之后，并未继续推进对这个"秘笈"系统的阐释。梁启超的《国文语原解》可视为对严复所设想的这个"秘笈"系统的阐释尝试，同时也是一次未完成的尝试。不过，在1907年的语境中，《国文语原解》无论是对梁启超自身的言说，还是对汉语汉字的出路而言，都具有重要的学术意义。

一、《国文语原解》的创作缘起

1907年梁启超的《国文语原解》单行本出版。他在致蒋观云的信里谈及此书的由来，用词非常轻淡，说"偶翻《说文》，札记数十条"，并且说自己心怀愧疚，受到学术良心的谴责："耽治此不急之务，良可愧赧。"他写信给蒋观云，一是请他纠正，二是请他帮一个忙，即转请章太炎给《国文语原解》写序，这恐怕是梁启超写信的落脚点。但这个忙并不好帮，因梁启超、康有

---

①　中国之新民：《生计学（即平准学）学说沿革小史》，《新民丛报》第7号，光绪二十八年（1902）四月初一日。

为与章太炎正为保皇与革命的问题进行着针锋相对的笔战。梁启超自己不好意思出面请，但又很看重章太炎对此书的态度："若太炎肯为叙，亦学问上一美谈"，"政见与学问固绝不相蒙，太炎若有见于是，必能匡我不逮，而无吝也"。为了一本书，愿意转弯抹角地请自己的政敌写序批评，足见对此书的重视，恐怕不是像开头说得那么轻淡，何况语言文字之学是他"幼而好之"的学问。①

与《和文汉读法》相比，《国文语原解》研究者很少，甚至也很少被提及。《和文汉读法》因为中国留日学生的剧增而风行一时，而《国文语原解》却没有这样幸运。原因可能很多。第一，梁启超的语言文字之学，相比他的政治学等成果来说，不是一种专业性的研究。第二，《国文语原解》本身有它的未完成性，与马建忠的《马氏文通》和章士钊的《中等国文典》等书相比，它不是一部严谨的语言文字之学的著作。第三，梁启超在《国文语原解》之后，没有继续这方面的研究。然而最重要的可能是《国文语原解》的创作动因来自严译的《社会通诠》。

《国文语原解》包括两个部分，第一部分相当于一个长序（下文论述），第二部分是字条正文，字条正文为"四十八条九十七文"，即97个汉字分48条排列，按字条顺序排列如下：

> 姓/民奴女/夅/童妾/取娶婚/或国/家/尹君后/臣/王皇/父/田畯/男畜/昔/有求/夺盗/安盗甚/它/凶虐畏/入内/古/蛊/焚野/委/厶公/自/工巨矩/巫/夏/仁佞/便/文字/士/辟宰/丞/吊/贝/伪/法/井荆刑侀刲/律/则制分/式/范/卩及辟令命/寸守讨射寺等度/中正直平均齐/甲乙丙丁

梁启超在"覆校竟记"中写道："右四十八条九十七文，随手札记，不为编次，盖以存研究之一得，非为有系统的著述也。"②在编排体例上，《国文语原解》既不似《说文解字》按照部首排列，也不似《尔雅》按照指称的内容排列，字条确实处于散落状态。但是，这"九十七文"主要涉及社会政治、人伦道德等方面，因此，"随手"处有精心之意。在"九十七文"的阐释中，梁启超经常提到甄克思与严复两个名字，如果把《国文语原解》与严复翻译的《社会通

---

① 丁文江、赵丰田编：《梁启超年谱长编》，上海：上海人民出版社，2009年，第248页。
② 宝云：《国文语原解》，《学报》第1年第3号，光绪三十三年（1907）三月一日。本节以下引自本文者不另注。

诠》对照一番,则会发现这"九十七文"的选择与《社会通诠》有绝大关系,可以这么说,梁启超是因为受到《社会通诠》中的"语词刺激"而在汉语字词中选择了这九十七文(甲乙丙丁等少数几个词语可能是个例外)。这里仅举数例严复在《社会通诠》中解释的词语:

> 贝:夫蝍贝非他,特㘈壳耳,其形若出水新荷,卷而未舒,黄白色,背穹隆作斑,腹中分,函齿,联百贝为一串。按:此不独非洲用之,暹罗、南掌、印度皆然,而中国古所用亦此物,故贝字为象形,而凡贝之属皆从贝。①

> 有:玩中国"有"字,从手肉,会意,其说与此正同。②
> 奴虏:夫奴虏非他,种人战胜之余,所不杀而系累之俘获也。③

"贝""有""奴"等严复所译《社会通诠》的词语一一进入了梁启超的《国文语原解》。梁启超的"九十七文"有一部分直接来自《社会通诠》中严复阐释的例词,还有一部分是受了甄克思理论的刺激而从汉字中挑选的。在《社会通诠》中,严复常用"案语"的形式,解读汉字的造字结构及其意义来证实甄克思对图腾社会和宗法社会的描述。这不仅可以看成严复从语言学的角度解读社会学和政治学的思路,也可以看成梁启超写作《国文语原解》的思想导火索。

二、汉字汉语:在衍声与衍形之间

在《国文语原解》的长序中,梁启超系统地阐发了自己的语言观。梁启超的语言观涉及许多方面,我在此关注的是他的汉语汉字观。从写作《沈氏〈音书〉序》到《国文语原解》的十余年中,梁启超语言观的发展有三个阶段:第一阶段以1896年的《变法通议·幼学》为标志;第二阶段以1902年的《新民说·论进步》为标志;第三阶段以1907年的《国文语原解》为标志。在这一发展中,梁启超的语言观有一致处,也有变异处。我在此不打算梳理这三个阶段的历时性变化,而是以对《国文语原解》的解读为中心上溯其嬗变的过程。因为《国文语原解》是梁启超语言观的整体呈现,是对前面两个阶段的反思和总结。梁启超在《国文语原解》中表达了四个方面的看法:

---

① [英]甄克思:《社会通诠》,严复译,上海:商务印书馆,光绪三十年(1904),第70页。
② 同上书,第28页。
③ 同上书,第31页。

1. 语言文字为人类独有之物。梁启超写道:"人之有语言,其所以秀于万物乎？所怀抱于中者,能曲折传达之,以通彼我之情,于是智识之交换起,而模仿性日以发达,此社会心理成立之第一要素,而人类进化之管钥也。与语言相辅而广其用者,曰文字。时地间阂,语言用穷,有文字则纵横万里之空间、上下百代之时间,皆若觌面相接。社会心理之所以恢廓而愈张,继续而不断者,赖是也。"在这段文字中,梁启超就语言文字表达了如下意思:语言是人类独有的事物;语言产生于人类情感表达和交流的需要;文字是语言辅助之物,尽管没有明确地说出文字是语言的产物,但是从文字的功能来看,文字是在语言之后产生的。文字可以"纵横万里之空间、上下百代之时间",相对于语言的有限空间和容易消失来说,文字具有优势。把语言文字作为人类独有之物来看,这在梁启超以前的言说中没有见到过;但这样的观点,放到晚清整个的文化场域中并没有多大的冲击力,因为晚清的文化场域中需要的仍是实用的功利之说。

2. 文字分为衍形与衍声两大类,但二者可以调和。梁启超继续《时务报》和《新民丛报》时期的分类,把文字分为衍形和衍声两大类,但他不像以前那样强调衍形与衍声的绝对对立,而是试图填补衍声与衍形之间的沟壑。衍声文字"其所凭藉者亦在象形文字"。罗马二十五字母可以从埃及文字探得源头,腓尼西亚人"刺取"埃及二十多个字母为本,衍其声音,别开生面。后人所区分的衍声文字其源头还是在象形文字这种衍形文字上。反过来,衍形文字也不是与声音毫无关系,"乃若我中国,虽以衍形为宗,而固未始不根于声"。文字创造之初,先有语言之声,然后配以语言之字,所以文字根于声。"洎乎社会之生事日繁,人之所欲表其中心思想者日复杂。故语言日多,而文字缘以日滋。"语言随着社会的发展变得丰富,而文字随着语言的丰富而滋生。衍声文字的"遗形"可以直接达声,那么衍形文字的"遗形"如何呢？梁启超以许慎"依类象形谓之文"和"形声相益谓之字"为依据认为:象形、指事是最初造字的方式,因为先有语言后有文字,所以根于声;而形声、会意、假借、转注四种方式既然是"形声相益",那么必定衍声无疑。梁启超这样孜孜以求衍形文字的衍声方式,是否先行具有了以衍声文字为尺度的价值取向？梁启超显然认定了衍声文字在世界上的优先力量,如果衍形文字也可以衍声,那么衍声文字就没有什么优越的了。因此,梁启超在消解衍声文字优越性的同时调和了衍声、衍形的区别。

3. 衍形文字和衍声文字在"衍"的过程中产生的效果不同。当语言随着社会进步发展的时候,文字也日趋复杂,衍声文字的发展简单自由,所以适合教育。相反,衍形兼衍声的文字,形是固定的,于是声为形所束缚。当社会发展需要滋生文字的时候,只能依靠假借和转注两种方式,于是能表者与所表者的范围不相吻合。再加上离文字创造的时间愈来愈远,语言与文字也愈来愈分离。衍形文字造成了言文分离,这是梁启超一贯坚持的观点,他在《新民说·论进步》中就相当明确地表达了这种看法。列国文字虽然起于衍形,但是进化成衍声,而我国文字起于衍形,仍然是衍形。"衍声之国,言文常可以相合;衍形之国,言文必日以相离。"①言文合与言文离有三大不同之处:第一,言文合,言与文都能增加对新名物、新意境的表达;言文离,则不能。第二,言文合,通常识很容易;言文离,难通常识。第三,衍声文字,只有二三十个字母,容易学会;而汉字作为衍形文字,难学。汉字在梁启超的言说中开始成为阂制中国民智发展之分子,因为"言文分而人智局也"②。对于汉字采取贬抑态度,是《新民丛报》时期梁启超的新因素,但是到了《国文语原解》中,这一态度发生了重大变化。

4. 梁启超从文字与国民特性之间的同一性关系出发,认为汉字不可用罗马字母代替。"我国文字,行之数千年,所以糅合种种异分子之国民而统一之者,最有力焉。今各省方言,以千百计,其能维系之使为一国民而不分裂者,以其不同言语而犹同文字也。且国民之所以能成为国民,以独立于世界者,恃有其国民之特性。而国民之特性,实受自历史上之感化,与夫其先代伟人哲士之鼓铸焉。而我文字起于数千年前,一国历史及无数伟人哲士之精神所攸托也,一旦而易之,吾未知其利害之果足以相偿否也。"第一,我国不分裂,在于国民使用的文字都是汉字。第二,一个国家的国民之所以能成为国民,独立于世界,其区别于其他国民的特性,是受历史的感化和无数伟人哲士的精神的感托,而这两者都寄托在文字中。因此如果改变中国文字,则国民特性将无所寄托,这是梁启超所担心的。于是他对采用衍声文字来衍汉字的做法十分担心,所担心者不在技术操作上的困难,而在别处。首先,造新字母只会增加负担。梁启超认为即使有了新字母,固有的旧字也不可以废弃。这样,既要学旧的,又要学新的,"乃使学者益其勤"。其次,日

---

① 中国之新民:《新民说十·论进步》,《新民丛报》第 10 号,光绪二十八年(1902)五月十五日。
② 同上。

本是前车之鉴。日本自明治维新以来,废弃汉字和文、代用罗马字母的呼声很高,但二十多年收效甚微。因为日本文字改革的困难在于,泰西文字可以衍声,声声相益,汉字属于衍形,可以形声相益,但是日本文字采用罗马字母后,既不能声声相益,也不能形声相益。最后,中国与日本的情形还不一样,对于日本来说,汉文是外来的,罗马字母也是外来的,选择其一并无太大差别,但也很难用罗马字代替汉字。对于中国来说,汉字是固有的,那就更加无法抛弃固有的文字而采用外来的文字了。梁启超很激动地写道:"若我国文,则受诸吾祖,国家之所以统一、国民特性之所以发挥继续,胥是赖焉,夫安可以废也!不佞自数年前,颇热心于新字问题,而至今则反顾而深有所惮者,良以是也。"因此,梁启超认为汉字有短处,但是相比衍声文字也有长处。欧文声声相益,声的源头往往在罗马字母,而现在欧西各国采用的文字是各国的,所以碰到字义稍微丰富的字,必须从罗马字丛中查找;或者想成为高尚的学者,"非识罗马字""治罗马学"不可。而我国的文字,或者形形相益,或者形声相益,见意见音,最为方便。这样来看,泰西文字与我国文字在用勤用力的程度上是半斤八两不相上下。

由于国文的改变很难,不适于普及,为教育家所苦恼,有人就想寻找语言文字演变的"爪印"来开创新的研究方式。梁启超认为这种研究有两个好处:就效果来说,能补益国学,对于国粹的发扬、国弊的矫正,可以间接发挥作用;就趣味来说,对于枯燥无味的文字之学,可为"思想界发一异彩"。

三、政治学想象:汉字"六书"与西方学理

汪晖认为严复的社会学应该理解为一种"知识的知识或科学的科学"①。我更愿意把这种"群学"理解为晚清士大夫在文化转型期间所选择的"政治学",尤其是对梁启超而言。就个人成长的道路来说,梁启超是在"仕"的道路上走过来的;就治学的目的来看,梁启超一直在进化的链条上为朝廷寻求转弱为强的政治策略;就他所摄取的西学来看,从古希腊的亚里士多德直到孟德斯鸠,都以政治为中心。所以梁启超的学术重心无疑是政治学。

梁启超曾经说:"新习得一外国语言文字,如新寻得一殖民地。"②如果

---

① 汪晖:《现代中国思想的兴起》(下卷),北京:生活·读书·新知三联书店,2004年,第891页。
② 饮冰室主人:《东籍月旦》(未完),《新民丛报》第9号,光绪二十八年(1902)五月一日。

说梁启超"语言殖民地"的比喻显示了他的语言政治学的倾向,可能有些牵强附会,但他在学习日语和阅读日文的过程中,思想意识有了巨大的改变却是事实。不过因为日本文字源于中国,当时日本学术类著作中汉字众多,不存在从日语文字根源上追溯学理含义的可能。这一点与严复不同,严复可以从英语词语的根源追溯学理含义,能凭借"中西字义之冥合"来拓展对西学的理解,以及巩固移植西学到中国的合理性。而梁启超如果要做类似的工作,只能回到汉字的谱系中。

政治在语言之外吗?宽泛地说,一切都在语言之中。语言之外没有他物。即使是全知全能的上帝,也要通过"上帝"这个词语来指称;而且,上帝的全知全能,又必须通过语词(word)来实现。《国文语原解》中,语言图景正是政治图景。这是梁启超的语言阐释的政治学想象。《国文语原解》的政治学想象,主要表现在对国家、阶级、法律和道德四个方面的描述。

《国文语原解》的政治学想象之一在于,通过对"國"的诂释,引出现代"国家"概念的人民、土地、权利三要素。《国文语原解》把"或"与"國"放在一起解释:

> 或 國。《说文》"或"下云:"邦也。从口,从戈,以守一。会意。一,地也。"今案:此造字最精之义也。从口者,古人文字,多以口代人,如合字、同字之从口皆是也;人在地上,以戈守之,此正"國"字之解释也。近世学者言国家之要素三:曰领土,曰人民,曰主权。或字之口所以表人民,其一所以表土地,其戈所以表主权也。表主权而必以戈者,必以武力乃能保国家之独立,且使人民生服从之关系,故非戈不为功也。其后加口为"國",《说文》"國"下云:"邦也。从口,从或。会意。"口所以示国界,盖确定领土之观念也。

对"国家"合法性生产的多维想象与表述,是晚清话语共同体的内核之一。如前所述,严复曾经从中西字源的角度考察"国家"内涵,他在《群学肄言·译余赘语》中对"國"的阐释也涉及了"国家"的三个要素:土地之区域、民、战守。梁启超在此基础上的阐释就更加清楚,从"國"的字形引申出西方学说中的三大要素:"國"中的"一"表示地,国家要有领土,外面的口表示国界;"口"表示人,国家要有人民;"戈"表示用武力保卫国家的独立,表征国家的主权。梁启超对"國"的解读,更多是他运用西方学说对中国汉字进行的重构。这种重构,在一定程度上显示了汉字可以不断被注入新鲜汁液的活力。

《国文语原解》的政治学想象之二在于,通过对"姓、君、民、奴"等标志人物身份词语的诂释,指出人物身份的符号化是社会秩序化的必然要求,也是政治合法性的根本体现。《国文语原解》以释"姓"作为开始也许并非偶然,在甄克思的《社会通诠》中,"姓"与种族有关,人类政治社会的事物与"姓"的诞生(首先也许是部落的名称)息息相关。"姓"为什么从"女"?因为在初民社会,人只知其母,不知其父。《说文解字》:"姓,人所生也……从女生,生亦声。"①《白虎通义》:"古之时未有三纲六纪,民人但知其母,而不知其父。"②中国字源学的阐释与甄克思的描述基本一致。"姓"从"女"是人类初民社会的政治生活。梁启超把中国"皇帝吹律以定姓",和甄克思所描述的澳洲以图腾定姓相互印证,说明初民社会"姓"从生育繁衍进入图腾崇拜。进入宗法社会,"姓"为贵族专有,平民奴隶没有姓。天子以百姓之资格予人成为平民获得姓的方式。获取"姓"的方式的变化,正是人类从初民社会进入宗法社会的历史的一部分。

"民、奴、女、童、妾、尹、君、后、臣、王、皇、父、畋、田、男、士"等字的解释显示了不同社会阶层的政治含义,在此以梁启超对"民"和"王"的阐释为例来说明梁启超关注的内容。《国文语原解》的第二条是"民、奴、女"三字。从古文来看,"民、奴、女"三字在字形上相似,所以在意义上相关。"民"是足上加械,俘虏之意;"女"足上无械,因为弱小不加械;"奴"是驯服的俘虏,无论男女均不加械。"民"在古代指异族的人。《说文》《广雅》《尚书》《春秋繁露》《荀子》《六政》《周礼》等训"民"为"氓""泯""瞑"等义。从声音的角度看,这些字的发音是"民"之音的由来,显示了贵族的轻蔑之意;从会意的角度看,"氓"从民从亡,指的是从其他部落来归之人。因此"民"是从其他部落俘虏过来的人,"氓"是从其他部落主动来归的人,身份都是"奴"。"奴"是有罪之人。"女"在古代社会本来就是奴隶,与"民"同源。梁启超的结论有三:第一,"民"的资格在"女"与"奴"之下。因为"民"是从外族掠夺过来被驯服的人。第二,"民"与贵族相杂,贵族中不做官的人逐渐与"民"无异,社会由"民"与"君"两个阶级构成。第三,然而,"奴"还存在,在古代,"民"在"奴'之下,由"民"而进为"奴";在后世,"民"作为普通人,在

---

① 段玉裁:《说文解字注》,北京:中华书局,2013年,第618页。
② 班固纂集:《白虎通义》,朱维铮主编:《传世藏书·经库·经学史》第1卷,海口:海南国际新闻出版中心,1996年,第189页。

"奴"之上,由"民"而降为"奴"。

梁启超真正的目的是从甄克思的政治学说出发,对"民"作出语言的意识形态分析。在晚清的中国学术界,"民"是知识分子言说最核心的关键词之一。梁启超对"民"作过多方面的阐释。简单地说,梁启超的"新民"是"部民"进入"国民"的结果。《新民说·释新民之义》说:"新之义有二:一曰淬厉其所本有而新之,二曰采补其所本无而新之。"①"所本有"与"所本无"只有把"民"放在中国—泰西各国的对照中才能显示出来。梁启超对"民"的塑形冥冥之中与对"国家理性"的呼吁不谋而合。《新民说·论国家思想》认为"民"由"部民"进为"国民"。② "国民"的概念汲取了亚里士多德的思想。梁启超在1902年写的《亚里士多德之政治学说》中引用了他的名言:"人也者,善群之动物也,其好为政治,天性然也。"③同时把亚里士多德的"市民"偷换成"国民"。由"部民""市民"而"国民",名称转换的背后有着强烈的"国家想象"。"好为政治"也好,"自布政治"也好,梁启超言说的"政治"比今天所说的"政治"宽泛得多,"国民"可以看作"积民成国"中"民"因建构国家而具备的所有素质。

《国文语原解》并不是在国家理性的逻辑思路上向前拓展对"民"的认识,而是在社会发展历史脉络的回溯中拷问"民"的浮沉,由此试图奠定"民"从固有状态转变为有能力建构国家的基础。"民"—"奴"的身份逆转、"民"—"君"的两极对立,揭示出"民"在历史发展中的可塑性。梁启超通过对"君"的声训指出,"君"被解释为"尊""群""元""原""权",强调"君"善群的政治功能以及尊贵的权力地位。在对"王"的义训中,梁启超借助孔子所说的"一贯三为王"④,强调统治者的资格在于道德,而不在于血统。

《国文语原解》的政治学想象之三在于,通过对"法、井、律、则、制、分、式、范、辟、令、命、寸、守、讨、射、寺、等、度"等字的诂释,引出对"法"的现代思考。法律、法制、法治等是梁启超政治学的重要内容。梁启超1906年在

---

① 中国之新民:《新民说一》,《新民丛报》第1号,光绪二十八年(1902)正月初一日。
② 中国之新民:《新民说四》,《新民丛报》第4号,光绪二十八年(1902)二月十五日。
③ 中国之新民:《亚里士多德之政治学说》,《新民丛报》第20号,光绪二十八年(1902)十月十五日。
④ 《说文解字》引孔子之语。对于"王"的阐释,王力指出,根据甲骨文的写法,"王"并非一贯三。王力:《中国语言学史》,上海:复旦大学出版社,2006年,第35页。

《中国法理学发达史论》中首先指出:"法治主义,为今日救时唯一之主义;立法事业,为今日存国最急之事业。稍有识者,皆能知之。"并专设一节"'法'字之语源"从语源的角度探讨"法"字的意思:与"刑""律""典""则""式""范"等字有通义之处,"法"是"均平中正,固定不变,能为最高之标准以节度事物者也"。①《国文语原解》从水、井、刀、节、寸等不同字源引发出对法律的思考,其中有两点值得注意:第一,梁启超通过对关于法律的不同词语的阐释,强调了"法"公平严正的特性和惩罚制裁的权力。第二,梁启超在对"法"的阐释中引出了对自由及其边界的思考。《释名》中说:"法,逼也。人莫不欲从其志,逼正使有所限也。"②梁启超认为这里突出的是"人人欲自由"和"自由有界"的辩证。梁启超在这里并没有展开论述,但是涉及了法的根本问题。后来的学者做得很仔细,如杨树达、裘锡圭、苏力、蔡枢衡、武树臣、梁治平和李力等学者,或者从语言训诂的角度阐释汉字的演变,或者从语言学的角度进行法律文化的探讨,都深化了对中国古代"法"的分析。他们的思路有一个共同之处,就是从汉字的字源梳理入手,进行语言的政治学解读。但是他们很少提及梁启超的《国文语原解》在这方面的开创性工作。

《国文语原解》的政治学想象之四在于,通过对"中、正、直、平、均、齐"等字词的诂释,引出对中国传统道德的现代思考。梁启超认为这些词语表现的道德体系是中国道德的根本,是法律的根源。梁启超1906年写的《中国法理学发达史论》中也有从字源的角度进行中国传统道德现代阐释的内容。他解释荀子的"义":"義,从我、从羊,会意字。我国文字,凡形容社会之良性质者,皆从羊,如群、善、美。"③而《国文语原解》则是比较系统地从语言的角度阐释中国传统道德。对于"中"的探源,梁启超采取清朝学者朱骏声的说法,即"中"是射中猴的意思,由此生发出道德上的最高范式——"中庸"之德。"正"的本义为受矢,引申出道德上的正直。"直"本义为正见,引申出正直。英文的 right 含有正当与权利两个意思,严复认为日本人译为"权利"不恰当;在汉字中"直"含有"正当"与"权利"两个意思,所以 right of men(人权)翻译为"人直"或者"民直"比较恰当。"平"引申出平等

---

① 饮冰:《中国法理学发达史论》,《新民丛报》第77号,光绪三十二年(1906)三月一日。
② 刘熙:《释名 附音序、笔画索引》,北京:中华书局,2016年,第92页。
③ 饮冰:《中国法理学发达史论》。

思想，一方面形成太平世的人类理想，一方面形成平天下的人格结构。"均"从土，本义为调匀土地，由此引申出中国的经济思想。"齐"从篆文看，三支禾穗不齐，反被称为"齐"，则因为不齐是万物的本性，而使之各安其位于是就"齐"了。

"民"的身份的变化与甄克思的阶级论之间的互证，"或/國"两字字形的意义指归对西方现代"国家"观念的阐释，"法"等词语引出的对法律和自由的现代思考，"中"等词语引出的对中国传统道德的现代想象，这些可以概括为《国文语原解》中语言的意识形态分析。凡此种种无不显示出梁启超探求语言文字的政治立场：一方面，他试图为晚清受到冲击的汉语汉字寻找一种可行的解释之途；另一方面，他又试图为自己的政治立场寻找中国传统的语言学根基。

四、《国文语原解》的研究方法与价值

严复借"六书"以"治群学"的研究方法，我名之曰"语言政治学"。语言政治学在严复的言说中，主要是通过两种方式实现的：寻找汉以前文字翻译西语；在翻译过程中，以注释旁支的形式，阐释汉字的构造以通西学。不过，严复以六书治群学的语言政治学，并没有以相对完整的方式出现。梁启超的《国文语原解》是严复借六书以治群学的语言政治学思路的合理发展，梁启超试图对这个问题作整体性探究。

《国文语原解》"义训以《说文》为主，而旁征《尔雅》及古籍之传注"的阐释方法是中国传统的训诂方法。梁启超在阐释这些字词的时候，已经有了理解的先行视野，这是非中国的先行视野，即梁启超的"西学"谱系。1906—1907年梁启超的西学谱系，具体表现在他的撰述中，就是他1898年到日本后，对卢梭、孟德斯鸠、霍布斯、康德、达尔文、边沁、斯宾诺莎等人思想的介绍。梁启超的西学谱系庞杂丰富，但是他始终对进化论、政体制度、国家与国民之间的关系以及社会的历史变革十分关心，可以说，广义的"政治学"是梁启超西学的核心内容。为了说明《国文语原解》的阐释方法，不妨举九十七文中的第二条三文"民、奴、女"为例，从上文的阐释可以看出，梁启超对"民"的语源学考察，首先揭示出"民"与"女""奴"的含义流变，最后在"民"与"君主""贵族"的阶级分层中定位"民"的位置，同时也显示出甄克思所描述的图腾社会向宗法社会的进化。《国文语原解》所体现的梁启超的语言政治学方法在于，既采用中国传统的义训和考据学方法，又强调语词的语境意义,用西方学理激活汉语本源,由此达到西学与中学的某种沟通。在方法论上,类似于威廉姆斯的关键词梳理与福柯的话语分析。

梁启超是否有意要在西学与中学之间找到一条合理的通道呢?他借西学的视野,通过对语词的训诂,打通国学与西学,不仅激活了国学,同时也可以刷新对汉语的理解。这是《国文语原解》的良苦用心所在。梁启超在《国文语原解》的"著竟记"中写道:"吾侪生今日,藉外国新智识之输灌,旁通触类以与诸先辈研究所得者相证明,是先辈菑畬而吾侪获其实也。"梁启超从西学的社会政治角度切入,力图对汉语汉字进行系统的重新阐释,建构汉语的社会政治图景,由此激活在晚清遭受冲击的汉语汉字,振兴国学,矫正国弊。这一期望很大。在此也可以看到梁启超以《国文语原解》为本的语言政治学,与严复设想的借六书以治群学的不同之处:六书的汉字不仅是工具、手段,而且其本身也成为语言政治学的目的。《国文语原解》是从语言的阐释出发,建立一种政治学图景,还是从政治思想出发,建立一种汉语图景?这样的提问内含着绝对二元对立的分裂危险,其实在《国文语原解》中,两者是结合在一起的,不可截然分开。

《国文语原解》的语言政治学范式,沿着严复"六书乃治群学之秘笈"的道路,在晚清的文化语境中,开启了对汉语认识的新向度。随着晚清中国对西方的被迫开放,语言之间的交锋愈演愈烈。在文字层面上,有人倡导汉字拉丁化道路;在语法层面上,马建忠的《马氏文通》和章士钊的《中等国文典》等书用西语的语法来解读汉语;在语体层面,白话随着报刊、演讲等传播形式开始与文言争夺话语空间;同时,由于翻译与引进西学,"新词语"涌入和"东瀛文体"的借用猛烈冲击汉语原有的表达系统。在1895年至1907年的十多年间,汉语汉字面临着被重新解码编排的多种可能。对《国文语原解》来说,可以对照的是1907年吴稚晖等人提倡的用万国新语替代汉字的学说,然而,这种学说注重于破,而不在于立,即不是从汉语汉字自身中寻找开拓现代意义的空间,所以此处存而不论;真正与《国文语原解》具有对照意义的,是1908年章太炎刊行的《新方言》。

章太炎没有为《国文语原解》撰写序言,但在1907年8月18日致钱玄同信中曾谈及:"梁氏所作词书,弟所未见,其人本不知小学,谬妄支离,自意中事。"① 章太炎瞧不起梁启超的"小学",这很自然。1909年章太炎致梁

---

① 马勇编:《章太炎书信集》,石家庄:河北人民出版社,2003年,第101页。

启超书信说得到"手箠一册",很有可能是《国文语原解》,因为下文接着说"又知近学远西文字""求国语起原者"等句,可见与语言问题密切相关。章太炎认为探求国语起源应该与他国文言相互校看,但是也有很多弊病。①

正在这个时候,章太炎的《新方言》也已完成。《新方言》的撰写,除了由于小学是章太炎学术的根基和兴趣之外,有两个现实动因:第一,在中学与西学的对抗中,废弃国学的声音日隆;第二,在汉语与西语的对抗中,吴稚晖等人提出废弃汉字代用万国新语的主张。对此,《新方言》是有力的回答。《新方言》仿照汉代扬雄《方言》的体式,对370个方言字词作出了阐释。《新方言》确有许多特色。首先,在字词的选择上,章太炎选择的是那些方言中有读音但似乎找不到汉字的词语。他说:"考方言者,在求其难通之语,笔札常文所不能悉,因以察其声音条贯,上稽《尔雅》、《方言》、《说文》诸书,敉然如析符之复合,斯为贵也。"②其次,《新方言》采用的是传统的训诂方法,以声训为主,并结合现实生活中他掌握的活的方言资料加以对证。最后,《新方言》负载多层语意指向。章太炎对于国学有一个根本的看法,即国学的根基在于小学。《新方言》的第一层指向在于通过方言考证来寻找"语根",以奠定学问的根基,同时也是学国语的基础。"世人学欧罗巴语,多寻其语根,溯之希腊、罗甸;今于国语顾不欲推见本始,此尚不足齿于冠带之伦,何有于问学乎?"③章太炎并不保守,寻其语根,是中西方学习语言的共同方式。《新方言》的第二层指向在于方言的贯通可能是寻求言文一致的道路。章太炎写道:"俗士有恒言,以言文一致为准,所定文法,率近小说、演义之流。其或纯为白话,而以蕴藉温厚之词间之,所用成语,徒唐、宋文人所造,何若一返方言,本无言文岐异之征,而又深契古义,视唐、宋儒

---

① 章太炎说:"求国语起原者,当以他国文言互校。然其弊亦多矣。方音不能合于唐韵,唐韵又或爽于古音,一失其声则所求皆妄,此韵学之不可不理也。古语所合,亦他国之古语。欧洲古语可见者,希腊、罗马而已,而汉土立国,远在其先,彼语或输于我,我语亦输于彼,孰为先进,疑事难明,一涉傅会,则支离自陷,此因果之不可倒置也。下走近习梵文,谓其语最近古,宜与此土渊原相接,然如呼牛为音,音实密近,果中国先有牛名,而印度效之为乔那?抑印度先有乔名,而中国效之言牛耶?是未可知也。至彼国剑名羯伽,印度本无兵器,铸剑实仿支那,则知我先名剑,而彼引长,其音为羯伽也。推此以观欧土,何独不然?凡事固有转相则效者,亦有造车合辙者。"马勇编:《章太炎书信集》,石家庄:河北人民出版社,2003年,第45页。
② 章太炎:《新方言序》,《章太炎全集》第7卷,上海:上海人民出版社,1999年,第3页。
③ 同上书,第3—4页。

言为典则耶？"①章太炎对于言文一致的两种方式（以小说演义的文法为范式、以唐宋文人所造之语丰富白话）都不赞同，而主张直接返回到方言，因为方言"无言文岐异之征，而又深契古义"。《新方言》的第三层指向在于刘师培《新方言后序》中指出的"欲革夷言而从夏声，又必以此书为嚆矢"②。中国自从东晋以后，胡、羌、羯等民族迁入中夏，尤其是元朝和清朝是少数民族入主中夏，造成"夷音"和"虏语"的横行。而中夏语言，保存在"委巷之谈，妇孺之言"中。刘师培并以希腊和意大利为例，说明一个国家保存了旧语就有光复的希望。寻求方言的根源与排满革命的光复，似乎可以合二为一。这在章太炎的《新方言》中虽然并不明显，但在章太炎的整个言说中还是存在的。这一点体现了章太炎和刘师培等晚清学人的局限。

《新方言》是在汉语自身内部通过寻找方言语根来激活汉语，而《国文语原解》是通过汉字汉词的远古含义与西学的贯通来激活汉语。二者方式不一，但关心汉语则同。阐发汉语的现代意义，是晚清学人的共同焦点之一。梁启超的学术涉猎相当广，政治意义上的"群学"可以视为他学术的重心。《国文语原解》"九十七文"的政治学想象即体现出这一点。《国文语原解》试图用西学激活汉语的语言政治学图景的语言学努力，可以视为梁启超在"群学"领域的亮点。晚清时期，中西学术发生强烈碰撞，而汉语与西语的碰撞首当其冲，汉语因清政府政治、军事、经济的衰弱而遭受中外人士的贬抑。重新评价汉语，寻找开通民智的工具，探索表达现代经验的语言方式，既是每一位晚清士人的个人问题，又是整个中华民族的群体问题。《国文语原解》虽然并未引起那个时代的强烈反响，但可以视作晚清重新发现汉语的理性探索，显示出晚清中国知识分子寻求汉语现代生长的多样姿态。

第二节　晚清"词语—注释"：汉语欧化与知识建构

"新名词"大量涌入汉语是晚清最显著的语言事件，"新名词"以何种方式被汉语接受无疑至关重要。晚清的中国士人面对千姿百态的"新名词"肯定有着难以遏制的惊奇，像梁启超这样热衷介绍西学给中国知识界的人，

---

① 章太炎：《论汉字统一会》，《章太炎全集》第4卷，上海：上海人民出版社，1985年，第320页。
② 刘师培：《〈新方言〉后序》，见《章太炎全集》第7卷，上海：上海人民出版社，1999年，第135页。

如何让"新名词"在汉语的表述中得到认可,尤其是在读者的阅读中最大限度地得到接受,成为其书写必须考虑而且亟待处理的问题。选择"新名词"融入汉语的方式,从晚清时代的书写角度看,是开通民智这一时代主题的必然要求。从语言发展的角度看,这是现代汉语生长的内在趋势。就后者而言,不妨把"新名词"进入汉语的过程,看作汉语欧化的方式之一。欧化可以有几个层次:词汇上的、语法上的和叙事上的。就两种语言最初的交流而言,往往是从词汇开始的。晚清汉语与西语(还有日语)的交流就主要体现在词汇的层次上。晚清汉语与西语在词汇方面的交流,除了西方传教士的各种表述,清朝驻外官吏的日记、奏章、游记等也会涉及,如果从文学文本的角度看,黄遵宪的《日本杂事诗》和《己亥杂诗》可能具有典型意义,即黄遵宪采取的"诗歌本文"加"注释"的方式,要达到的效果不仅仅是描摹域外的某种景观和某种事物,同时也是完成对某个"新词"的引入。"本文—注释"的汉语造型不仅是黄遵宪诗学语言的表达方式,也是汉语欧化的最初方式。不过"本文—注释"的欧化方式,需要消耗太多的语言能量,一诗一注往往才完成一个词语的引入,不符合语言交流的经济原则。尤其是甲午中日战争之后,翻译盛行,西学随着报纸杂志媒体的发展而广泛传播,"本文—注释"的欧化方式已经不能适应书写者的表达要求了。这时一种新的欧化方式自然就诞生了,我概括为"词语—注释"的汉语造型。

罗常培在《语言与文化》一书的第四节"从借字看文化的接触"中提出:"所谓'借字'就是一国语言里所羼杂的外来语成分。"[①]他把近代汉语里的外国借字分为四类:声音的替代(phonetic substitution);新谐声字(new phonetic-compound),如化学名词铝、钙等;借译词(loan-translation),如"自我实现"(self-realization)、"超人"(Übermensch);描写词(descriptive form),如胡椒、火柴等。[②] 罗常培的"借字"侧重构词内部的特色,在此则着眼于新词语进入汉语语境的造型分析。在我看来,晚清"词语—注释"的汉语造型主要有三种形态:词典、栏目集注和文篇单注。

一、晚清词典:建构新的知识体系

梁启超在《变法通议》中提出要编辑"字典",即西方的词典,按照二十

---

① 罗常培:《语言与文化》,北京:北京出版社,2004年,第21页。
② 同上书,第33—37页。

六个字母编次,古今万国事务皆备。梁启超认为中国没有这样的书,扬雄的《方言》近似之。在梁启超看来,如果"通文法,明大义",再加上得一词典,则可以尽读群书。梁启超举了一个例子,古今中外称呼"君天下者",不下十种①,如果有词典则容易掌握。梁启超认为编辑词典的好处还在于,能为日后史书写作如清代《国语解》做准备。《国语解》是辽金元三个朝代修史时,为了区别本民族语言与汉语而作的新史书,"国语"指的是这几个统治中原的少数民族的语言。因为清朝统治者是满族,清史将有《国语解》。由此梁启超提出了"公定译名"的主张。梁启超还提及在康有为的指导下,何穗田等人正在编辑的《识字》《文法》《歌诀》《问答》四书即将出版,而《名物》一书也将开始编写。

张元济致信严复询问可否先翻译"专门字典",严复(1899年4月5日)的回答是"事烦而益寡",同时提出另一种策略:"盖字典义取赅备,故其中多冷字,译之何益?鄙见不如随译随定,定后为列一表,以后通用,以期一律。"②但是大约十年后,严复的态度有了很大变化。1908年,"译科进士"颜惠庆主编的《英华大辞典》由商务印书馆出版,严复为其写序,认为西方辞典虽然有大有小,但"皆以备学者之搜讨,而其国文字所以不待注解而无不可通也"。中国"字书"从《尔雅》到清朝的《康熙字典》和《经籍籑诂》,"集二千余年字书天演之大成,所以著神州同文之盛"。其特点是"释义定声,类属单行独字",但是中国"名物习语,又不可以独字之名尽也",于是出《佩文韵府》进行增补。但是"字典部画相次,而韵府则以韵为分",因而难以吻合。欧西采用"字母切音",容易有所成就。西方的辞典,能够整合中国字典和韵府。③

当代知识者已经注意到词典编纂的重要性和方式特点。陈平原把学校、辞书和教科书作为传播文明的三利器,认为"对于影响一时代普通人的知识结构、文化趣味以及思维方式,辞书和教科书均功不可没"④。夏晓虹

---

① "如云君天下者,三皇谓之皇,五帝谓之帝,三代谓之王,秦后迄今谓之皇帝,皆谓之君,亦谓之后,亦谓之辟,亦谓之上……"梁启超:《论学校五·幼学》,《时务报》第18册,光绪二十三年(1897)正月二十一日。
② 王栻主编:《严复集》第3册,北京:中华书局,1986年,第528页。
③ 严复:《〈英华大辞典〉序》,王栻主编:《严复集》第2册,北京:中华书局,1986年,第253—254页。
④ 陈平原:《作为"文化工程"与"启蒙生意"的百科全书》,见陈平原、米列娜主编:《近代中国的百科辞书》,北京:北京大学出版社,2007年,第1页。

的《从"尚友录"到"名人传略"——晚清世界人名辞典研究》则是很好的类型研究,从晚清辞书如何建构中国知识谱系的角度,专门探讨晚清世界人名辞典的编撰。从明代姓氏书如凌迪知的《万姓统谱》和廖用贤的《尚友录》,中经晚清张元的《外国尚友录》和吴佐清的《海国尚友录》,最后到1908年初版的《世界名人传略》,在这个历史脉络的梳理中,夏晓虹又着重分析了编者的编辑翻译策略以及阐释方式的流动性。①

晚清的词典可以《新尔雅》为例。《新尔雅》由汪荣宝和叶澜编撰,初版于光绪二十九年(1903)六月。我见到的是光绪三十二年四月的第三版。版权信息为:"总发行所 上海棋盘街文明书局;印刷人 木夏本邦信;日本东京浅草黑舟町二十八番地。"

《新尔雅》仿照《尔雅》的体例,在正文前有个简单的目录:释政、释法、释计、释教育、释群、释名、释几何、释天、释地、释格致、释化、释生理、释动物、释植物,共十四类。这是近代西方学科式的体例,按照今天的学科分类,即政治学、法学、经济学、教育学、社会学、逻辑学、几何学、天文学、地理学、物理学、化学、生理学、动物学、植物学。

《新尔雅》的阐释程式是先总释后分释。如"释政"条目下有个"总释":"有人民有土地而立于世界者,谓之国。设制度以治其人民土地者谓之政。政之大纲三:一曰国家,二曰政体,三曰机关。如政府议会元首臣民司法立法行政之类是也。"然后分为三篇进行分释:"第一篇 释国家""第二篇 释政体""第三篇 释机关"。"释国家"项目下又分为五个小项:"右释国家之定义""右释国家""右释国家之起源""右释国家之种类""右释国家之变迁"。至此,关于"国家"的解说就算完成了。《新尔雅》在总目的排列上有中国传统的辞书特色,但是在阐释的方式和内容上,又突破了这个传统,具有详细论说的特质。它在给某个名词下一简洁定义后,往往在正文中以加括号的方式进一步阐发,或者用夹注的方式补充说明。

《新尔雅》的特色在于对某类学科名词进行集中阐释。如"释政"条目下包括如下词语:国家、政体、机关、专制政体、立宪政体、民主立宪政体、君主立宪政体、政府、合众国政府、议会、上院、下院、言论自由、出版自由、信仰自由、产业自由、身体自由、家宅自由、书信秘密权、参政权、服官权、三权并

---

① 夏晓虹:《从"尚友录"到"名人传略"——晚清世界人名辞典研究》,见陈平原、米列娜主编:《近代中国的百科辞书》,北京:北京大学出版社,2007年,第25页。

立、立法权、司法权、行政权,等等。在阐释的言辞中还出现了一系列相关的词语:义务、权利、主体、人民、关系、组织、土地、经济、国民全体、集合体、统治者、被治者、大统领、有机体、有机物、无机物、分子、精神、人格、单纯国、复合国、独立国、保护国等等。①

"释名"包括:名学、论理学、内籀、演绎论理学、外籀、归纳论理学、推论、概念、判定、推理、端、名词、词、命题、连珠、三段论法、自同之原则(同一律)、不相容之原则(矛盾律)、拒中之原则(排中律)、公名、普通名词、专名、单独名词、合体名词、各体名词、察名、具体名词、玄名、抽象名词、正名、积极名词、负名、消极名词、独立之名、绝对名词、对待之名、相对名词、内函、外郛、主词、所谓词、缀系词、肯定缀系词、否定缀系词、命题、全称命题、单称命题、特称命题、否定命题、肯定命题、直接推理、间接推理等等。②

"释化"包括:化学、反应、物体、分能、化合、化合物、混合物、原子、分子、燃烧、发火温度、盐化物、酸化物、硫化物、酸化剂、压力、蒸汽压力、临界温度、液体、固体、蒸馏、干馏、升华、结晶、结晶水、分子式、原子量等等。③

通过对"释政""释名""释化"三个条目的词语梳理可以看出,《新尔雅》中的词语基本上奠定了以后中国现代学科的词汇基础。它们有三个来源:严复和梁启超的词语、日本新名词、各种翻译书籍报刊的新名词。《新尔雅》采用的词语尽管不是作者首创,但其条目暗含了学科的类别,因此在现代新学科专业名词的规范上功不可没。

二、栏目集注:打开新名词的意义空间(一)

晚清"词语—注释"的汉语造型的第二种方式是栏目集注。栏目注释往往附于报刊,对新名词进行集中阐释。这类栏目集注通常有一定的专业性,但又不完全如此。最典型的莫过于《时务报》的"中西文合璧表"栏目,共27期。④ "中西文合璧表"只有中文译名和西语本名的对照,不做词义阐释。栏目集注的好处是对当期报刊新名词加以注释,注明原词。这里看一下第43、44册的"中西文合璧表"(表3-1):

---

① 汪荣宝、叶澜编纂:《新尔雅》,上海:文明书局,光绪二十九年(1903),第1—25页。
② 同上书,第75—79页。
③ 同上书,第133—134页。
④ 《时务报》"中西文合璧表"栏目从第13册开始,不是每期都有,共27期,具体如下:第13、14、15、16、17、18、19、20、21、23、24、25、27、29、30、31、32、33、34、35、37、39、40、41、42、44、46。

表 3-1　中西合璧表（部分）

坏恩 Berne	阿泼得拉夫脱 Opdraft
勿来特立许鲁 Friedrichrune	大吴恩得拉夫脱 Downdraft
哀生 Essen	倭秃墨剔克 Automatic
阿意萨克纽吞 Issac Newton	恩特来斯 Endless
阿意萨克霍尔敦 Issac Holden	卫勃 Web
老司 Rosse	挐伏佛兰亚 Novoe Vremya
维多利亚兰特 Victoria Land	华沙 Warsaw
爱列勃斯 Erebus	哀来仁达 Alexander
拉生 Larsen	哀姆斯他待姆 Amsterdam
赛摩埃哀兰特 Seymour Island	黑脱露 Het Loo
辦来吸唔兰特 Graham Land	落他待姆 Rotterdam
纽乎凹利恩司 New Orleans	恩特华勃 Antwerp
阿婆喊姆特 Abu Hamed	勃拉瑟尔斯 Brussels
襃襃 Berber	巴拿玛 Panama
美特司冬 Matastone	勒色泼 Lesseps
（以上见第 43 册）	哀姆剖拉多亚 Emperador
哀萨唔 Azzam	哥立勃拉 Cuelebra
贝尔法司脱 Belfast	保尔剔麻 Baltimore
台非特生 Avidson	纳依周 Niger
昔洛哥德腊耶 Sir occo Dryer	孟哲斯脱 Manchester

可见，"中西文合璧表"以人名、地名为主，常见的普通名词为次。查阅 27 期"中西文合璧表"，存在译名不统一的问题。这是晚清言说界的普遍现象，如 Warsaw 翻译成"华沙"和"华萨"；"们乞斯他"和"孟哲斯脱"同指 Manchester。对于同一个西语词语可能采用音译和意译两种不同的方式，如"新南威而斯 New South Wales"和"新齐伦 New Zealand"中 New 意译为"新"；而"纽乎凹利恩司 New Orleans"中"New"音译成"纽乎"。"中西文合璧表"采用的是《时务报》上出现的新名词，而《时务报》的翻译文章来自不同的语言，如从日文、俄文、英文、法文、德文等翻译过来。来源最多的英文

词语,因为出自不同的译者,往往有不同译名。从"中西文合璧表"中的词语可以窥见《时务报》时期中国士人聚焦世界的兴趣点,以世界时事居多。但是也有一些特殊的情形,如第 37 册上有"开尔非因 Kelvin""圣泡而 St Paul",第 40 册上有"克里斯经 Christian",表明与基督教相关的一些事情进入了他们的视野;第 42 册上有"哀那克司脱 Anarchist",可见无政府主义或者无政府主义者的有关信息进入了汉语世界。

统一新名词译名成为晚清言说的紧迫任务,译介新学就是要开通民智、输入新理,新名词的译名不统一正是障碍之一。后来清政府成立了名词馆,严复也有参与。清朝学部编订名词馆编撰了《辨学中英名词对照表》和《心理学名词对照表》。两表兼有词典和栏目集注的性质:从内容安排看,相当于浓缩的专业词典;从体例和容量看,相当于栏目集注。我把两表放在栏目集注中来考察。

《辨学中英名词对照表》的名词来自穆勒的 *System of Logic* 和耶芳的 *Element Lesson in Logic* 两书,以耶芳的书为主。译词以严复的翻译为主,参用日译。来源词以英语词汇为主,但是也列拉丁文。它的体例分"定名""西文原名""定名理由"三项。如"辨学",西文原名"logic",定名理由:"旧译辨学,新译名学,考此字语源与此学实际似译名学为尤合,但奏定学堂章程沿用旧译相仍已久,今从之。"① logic 的译名在晚清还有"论理学""逻辑学"等,竟然都没有提及,可见这个"定名理由"也不严谨。

《心理学中英名词对照表》的体例与《辨学中英名词对照表》相同,也是上述三项。它介绍了一系列名词:心—mind,内主—subject,主观—subjective,外物—object,我—ego,非我—no-ego,觉—consciousness(意识),阴觉—subconsciousness(潜意识),无觉—unconsciousness(无意识),自觉—self-consciousness,壮感—feeling of sublime,等等。这些名词在"五四"新文化运动后的心理学和文学领域很受重视。有些定名理由相当精当,如"心理学"词条:

> 心理学 Psychology:希腊语 Psyche 本训灵魂,即训心,而 Logos 训学,故直译之当云心学,然易与中国旧理学中之心学混,故从日本译名作心理学。旧译心灵学,若作人心之灵解,则灵字为赘疣,若作灵魂解,则

---

① 清朝学部编订名词馆:《辨学中英名词对照表》,上海图书馆保存铅印本,出版单位、时间不详,第 1 页。

近世心理学已废灵魂之说,故从今名。理字虽赘,然得对物理学言之。①

在《心理学中英名词对照表》之前有一则短文《心理学名词对照表引》,文中说:"正名之事难矣,而在今日则尤难。"其难有三种原因,第一因为学术发展,"见前人未见之事物焉,发前人未发之道理焉",新事物需要新名词。第二对于那些前人已见之事物、已知之道理,或者因为学术进步而古今解释不同,或因地势悬隔而东西视点各异。中外之别、古今之异导致旧名变新名很困难。第三是学科中有形领域与无形领域的不同。"有象者易举,而无形者难窥,故正名之难极于今日,而正今日之名尤极。于心理诸学况以他国之语翻诸此国,欲求其意义相符,不差累黍,范围适合,无愆分寸,其道无由,故玄奘有五不翻之说,仪征有秤堵坡之喻。"②也就是说不能翻译的就不翻,用音译名词。《心理学名词对照表引》还指出学理翻译中也有感情色彩的问题,"如 reason 一语,以儒家之语释之则当为理,senstion 一语以佛家之语释之则当为尘。今览理字不无崇敬之情,睹尘字便有鄙夷之意,然二者皆心中之事实,无美恶之可言。"③因此正名的种种难处造成新名词混乱,如一物有数种名称,一名可以称数种事物,名实不符,谬以千里。

《心理学名词对照表引》在说明正名的难处与急迫后,从"名""实"的关系出发主张以"实"证"名"。"窃愿今之为学者,毋以其名为也,求其实焉可矣。夫名者实之宾也,表者衷之旗也。苟徇名而遗其实,得表而弃其衷,则虽有尽善之名,极精之表,只虚车耳,曷足贵乎?若能内观灵府之奥,外察同类之情,精研人群之现象,周知四国之典籍,则得鱼有忘筌之乐,扣槃无扪日之疑,实既了然,名斯无惑,以此为学,则学日新,以此定名,则名日善,此则学者之责矣。"④

三、文篇单注:打开新名词的意义空间(二)

晚清词语欧化的第三种方式是文篇单注,像行文夹注、正文注释、整篇诠释,都可算作文篇单注的类型。相对于词典与栏目集注来说,这是晚清言

---

① 清朝学部编订名词馆:《心理学中英名词对照表》,上海图书馆保存铅印本,出版单位、时间不详,第1页。
② 清朝学部编订名词馆:《心/伦理学中英名词对照表》,上海图书馆保存铅印本,出版单位、时间不详,第1页。
③ 同上。
④ 同上。

说界最普遍也是最有效的方式,从汉语造型的角度看,也是最重要的"词语—注释"造型。严复的翻译著作影响甚巨,严译著作中的"案语"侧重意义的阐发、事理的彰显,可以说是严复独特的言说方式。言其独特并非指其独有,而是说严译著作的"案语"在中国士人最初接受现代西学时承担着融通中西的功能。除"案语"外,严译著作中也偶有"夹注"出现,《天演论》中"夹注"不多,但是到了《穆勒名学》和《社会通诠》就多了。而严复在自己的著作中,很少使用"夹注"。章太炎的著述中的"夹注",主要对中国古代词语作阐释。林译小说以记叙、描写为主,也偶有夹注。最喜欢使用夹注的晚清士人非梁启超莫属,尤其在1902年前后的著述中,他特别喜欢行文夹注。大量新名词进入语句,在他看来必须作出注释以飨读者,如果正文进行阐述,则会影响文脉的流通。

除行文夹注外,梁启超也常常使用正文注释,如《新民说》对"民族主义"的阐释。① 甚至出现整篇诠释的文章,最著名的要算《释"革"》一文。在此则以行文夹注为主来介绍梁启超的注释。日本学者实藤惠秀在研究中国学生留日史时曾经指出:"做这类注释的人,不仅梁启超一个。我想:这类译注在日本词汇融汇到中国语文的过程中,扮演了一个很重要的角色。"②但他只是点到为止,而国内学者关注"新名词"的很多,尤其是研究梁启超引进"新名词"的不乏其人,可是研究引入新名词方式者绝少。

1. 人名

周作人曾经举过一个例子表明梁启超的文章影响之大,说晚清一位投考的人颇惊异于拿破仑和梅特涅既然都是罗兰夫人所生,性格何以那么不同。③

---

① 梁启超《新民说一》这样解释"民族主义":"所谓关于外交者何也?自十六世纪以来(约四百年前)欧洲所以发达,世界所以进步,皆由民族主义(Nationalism)所磅礴冲激而成。民族主义者何?各地同种族、同言语、同宗教、同习俗之人,相视如同胞,务独立自治、组织完备之政府,以谋公益而御他族是也。此主义发达既极,驯至十九世纪之末(近二三十年),乃更进而为民族帝国主义(National Imperialism)。民族帝国主义者何?其国民之实力,充于内而不得不溢于外,于是汲汲焉求扩张权力于他地,以为我尾闾。"《新民丛报》第1号,光绪二十八年(1902)正月初一日。

② [日]实藤惠秀:《中国人留学日本史》,谭汝谦、林启彦译,北京:生活・读书・新知三联书店,1983年,第290页。

③ 《新小说》第1号上《考试新笑话・拿破仑与梅特涅同母》即讲此事。见《新小说》第1号,光绪二十八年(1902)十月十五日。

读者自然可以谴责这位考生对于西学的陌生甚至对梁启超文章一知半解式的阅读,不过如果从汉语吸收新词的角度看,对于一个从未或很少接触西学而处于闭塞的文化境遇中的中国读书人来说,产生这样的困惑也许无可厚非。梁启超的《罗兰夫人传》是这样提及上述人物的:

> 罗兰夫人何人也?彼生于自由,死于自由。罗兰夫人何人也?自由由彼而生,彼由自由而死。罗兰夫人何人也?彼拿破仑之母也,彼梅特涅之母也,彼玛志尼、噶苏士、俾士麦、加富尔之母也。质而言之,则十九世纪欧洲大陆一切之人物,不可不母罗兰夫人;十九世纪欧洲一切之文明,不可不母罗兰夫人。何以故?法国大革命为欧洲十九世纪之母故,罗兰夫人为法国大革命之母故。①

这段文字处于全文的第二自然段,上文对于"拿破仑""梅特涅""玛志尼""噶苏士""俾士麦""加富尔"六个专名没有任何铺垫,下文也只是提及而没有解释。即使对这段话有一个整体上的把握,捕捉了"母"的政治隐喻意义,对于晚清的中国读书人来讲,这段话中出现的"人名"仍然相当于语句的"肿块",阻梗其抵达意义的根部。如果对这六个"人名"作些阐释,给予信息的"血液",软化这些冰冷的"肿块",理解或可豁然贯通。此外,从晚清到"五四"时期,甚至更后一点的汉语表达中,音译的人名很不规范,有人考证从1902年到1923年,Karl Marx 的音译名称就有十种之多,这其实给读者从不同文本中接受同一人物的信息带来了极大的不便。因此晚清的言说把"人名"当作新词予以解释,实在非常必要。梁启超的言说对"人名"非常敏感,对许多"人名"都作了注释。

晚清的名词大多是音译名词,所以汉语无法从词源学的角度对这些外来的名词作出某些猜测。一个人名在自身的语境中多少带有一些文化信息,让一般的读者也能产生某种联想。音译名词斩断了这种联想,根本不可能像苏格拉底与克拉底鲁那样对希腊神的神名作词源学探讨。"亚里士多德""柏拉图"这样的人名在汉语中无法拆解,拆解后成了零散的汉字。那么,梁启超在给音译人名作注的时候,他会聚焦哪些内容呢?先看一组例子:

---

① 中国之新民:《近世第一女杰罗兰夫人传》,《新民丛报》第17号,光绪二十八年(1902)九月一日。

（1）吾闻圣者虑时而动,使圣祖、世宗生于今日,吾知其变法之锐,必不在大彼得俄皇名、威廉第一德皇名、睦仁日皇名之下也。①

（2）孟德斯鸠(Montesquieu)法国人,生于一六八九年,卒于一七五五年。②

（3）(罗兰夫人)年十岁即能自读一切古籍……尤爱者,为布尔特奇之《英雄传》案:布尔特奇 Plutarch,罗马人,生于西历纪元后四五十年顷……③

（4）今之德国,有最占势力之二大思想:一曰麦喀士之社会主义,二曰尼志埃之个人主义。尼志埃为极端之强权论者,前年以狂疾死。其势力披靡全欧,世称为十九世纪末之新宗教。

（5）阿士丁按:日人常译为墺斯陈,法理学大家也。

（6）占士·弥勒按:约翰·弥勒之父也,世人称为大弥勒。

（7）玛儿梭士、理嘉图按:二人皆生计学家,斯密派之巨子也。④

（8）丈夫有壮别,无如汗漫游。天骄长政国,日本昔有山田长政者,流遇暹罗,后竟执其政。蛮长阁龙洲。哥仑布,日本人译之为阁龙。文物供新眼,共和感远猷。横行天地阔,且莫赋登楼。

（9）孕育今世纪,论功谁萧何？华华盛顿拿拿破仑总余子,卢卢梭孟孟的斯鸠实先河。赤手铸新脑,雷音珍古魔。吾侪不努力,负此国民多。⑤

梁启超的注释聚焦如下内容:音译人名的原名、国别、生卒年月、身份。这些都是人名名词所指的基本含义。但是梁启超并不是在每一个注释中都展现这些含义,而是根据不同的语境有不同的聚焦,比如第一段中因为要与"圣祖""世宗"相对照,又要强调圣者的"变法之锐",所以在注释中展示出"俄皇名""德皇名""日皇名",聚焦的是国别和身份,这样就使得整个句子有了一种世界性的意义之完足,而不必有更多的信息。在《壮别》组诗中,同样要采用夹注的形式,新的词语的意义才能彰显。"长政"与"阁龙"、"华"与"拿"、"卢"与"孟"如果没有夹注,即使梁启超同时代的人也未必能理解清

---

① 梁启超:《论不变法之害》,《时务报》第2册,光绪二十二年(1896)七月十一日。

② 中国之新民:《论学术之势力左右世界》,《新民丛报》第1号,光绪二十八年(1902)正月初一日。

③ 中国之新民:《近世第一女杰罗兰夫人传》,《新民丛报》第17号,光绪二十八年(1902)九月一日。

④ 以上四条见中国之新民:《进化论革命者颉德之学说》,《新民丛报》第18号,光绪二十八年(1902)九月十五日。

⑤ 以上两条见任公:《壮别二十六首》,《汗漫录》(续),《清议报》第36册,光绪二十六年(1900)正月廿一日。

楚。这也可见在诗歌中运用新名词更难。

2. 学理名词

梁启超加以注释的第二类新名词是学理名词。1911年严复在《〈普通百科新大词典〉序》中说:"今夫名词者,译事之权舆也,而亦为之归宿。"① 翻译之事,以名词开始,以名词为归宿,这是经验之谈。这些名词中最难翻译的要算严复所说的"悬意名词",即抽象名词(abstract names),他认为:"悬意之名,形上之物之名也,文明之国,此类之名最众,物德、行为,与所居之境诣,皆无形者……"②严复举的例子英文有honesty等,中文有《周易》的64个卦名。梁启超加以注释的学理名词往往是严复所说的"悬意名词"。

那么如何对这些词语作注释呢? 郑奠等人指出,一词多义是汉语词汇的特色,要处理好多义词各个意义之间的派生关系:基本义和引申义的关系,基本义和借喻义的关系,基本义和转移义的关系。③ 近来也有学者指出《现代汉语词典》的释义体系有三个子系统,分别是语义意义、语法意义和语用意义。语义意义是骨干系统,语法意义是次要系统,语用意义是更次要系统。语义有基义和陪义之分。④ 如此看来,词典的释义首先要确定基本义。然而对于梁启超的注释来说,任何规范可能都不太符合,因为梁启超的注释聚焦的是语境意义,所谓语境意义,就是词语在语句中的意义。这有点类似维特根斯坦所说的语言的意义在于使用。但是,尽管如此,新名词的语境意义仍是以基本义为核心的。

"词语—注释"的汉语造型,在梁启超输入新学理的篇什中特别明显。1902年的《论民族竞争之大势》从世界民族竞争之大势来探讨"吾国民应变自立之道",取材于以下几种书:美国灵绶氏的《十九世纪末世界之政治》,洁丁氏的《平民主义与帝国主义》,日本浮田和民的《日本帝国主义》和《帝国主义之理想》。"民族主义"又是一个新事物,梁启超在语言表达中运用

---

① 严复:《〈普通百科新大词典〉序》,王栻主编:《严复集》第2册,北京:中华书局,1986年,第277页。
② 严复(JuLin Khedau Yen-Fuh):《英文汉诂》(*English Grammar Explained in Chinese*),上海:商务印书馆,光绪三十年(1904),第18页。
③ 郑奠等:《中型现代汉语词典编纂法(初稿)(中)》,《中国语文》1956年第8期。
④ 冯海霞、张志毅:《〈现代汉语词典〉释义体系的创建与完善——读〈现代汉语词典〉第5版》,《中国语文》2006年第5期。

"词语—注释"来加深理解:

(1)同化力 能化人使之同于我谓之同化力

(2)玛尔梭士(Malthus)英人,生于一七六六年,卒于一八三四年

(3)算术级数也即由二而四而八而十六是也

(4)几何级数也即由二而四而十六而三十二是也

(5)强权 惟强者有权利谓之强权

(6)保护税则 免出入口税者谓之自由税则,重抽入口税者谓之保护税则

(7)经济上 日本人谓凡关系于财富者为经济①

(8)新世界 欧人常称西牛(按,当为"半"之误)球为新世界

(9)平准 日本所谓经济,今拟易以此二字

(10)托辣士 托各公司联合资本之义②

(11)进而为大帝国 国家者State之义也,帝国者Empire之义也,其性质各不同

(12)罗卜 俄币名③

梁启超的"词语—注释"内容非常广泛,他觉得是外来词汇就加以注释。试看下面这些例子:

(1)天地人谓全体学物谓动植物学等次之④

(2)所谓Politics即政治学之一科学⑤

(3)代兰得常得取而篡之西史称借民权之名以攘君位者谓之代兰得⑥

(4)社会主义(socialism)社会主义与无政府主义相类,而亦不尽同。社会主义者,溺平等博爱之理论,而用之过其度者也⑦

---

① 以上七条见中国之新民:《论民族竞争之大势》,《新民丛报》第2号,光绪二十八年(1902)正月十五日。
② 以上三条见中国之新民:《论民族竞争之大势》(续),《新民丛报》第3号,光绪二十八年(1902)二月一日。
③ 以上两条见中国之新民:《论民族竞争之大势》(续),《新民丛报》第4号,光绪二十八年(1902)二月十五日。
④ 梁启超:《〈西学书目表〉序例》,《时务报》第8册,光绪二十二年(1896)九月十一日。
⑤ 中国之新民:《亚里士多德之政治学说》,《新民丛报》第20号,光绪二十八年(1902)十月十五日。
⑥ 梁启超:《论君政民政相嬗之理》,《时务报》第41册,光绪二十三年(1897)九月十一日。
⑦ 中国之新民:《论中国学术思想变迁之大势》(续),《新民丛报》第5号,光绪二十八年(1902)三月一日。

(5)绝对绝对者,无对待也,如云绝对之真理,即无假理以为对待之谓也①

(6)天演有则法则之则也,而使万物皆出于机,皆入于机。额氏名此物曰罗哥士logos,希腊语性理之义也②

(7)初民此名词从侯官严氏译,谓古代最初之民族也③

(8)贵族阶级,催荡廓清,布衣卿相之局遂起。贵族阶级,最为文明之障碍,中国破此界最早,是亦历史之光也④

(9)国际各国交涉,日本名为国际,取《孟子》"交际何心"之义,最为精善,今从之⑤

(10)其所谓先立仪法,仪法者,即西文logic之义也。Logic兼论与学之两义,其解说详严译《名学引论》第二叶⑥

(11)"时间"者,实使我智慧能把持诸感觉,而人之于永劫之中者也。案:空间时间者,佛典通用译语也。空间以横言,时间以竖言。佛经又常言"横尽虚空,竖尽永劫",即其义也。依中国古名,则当曰宇曰宙。《尔雅》:"上下四方曰宇,往古今来曰宙。"以单字不适于用,故循今名⑦

(12)亚氏以为国家者,结集而成体者也,而其结集之者,实惟国民,按:原书作"市民",盖希腊之国家,实市府也,故当时有市民无国民。今为便读者,僭易为国字⑧

(13)故印度有因明之教因明学者,印度有五明之一也,其法为因、宗、喻三段,一如希腊之三句法⑨

---

① 中国之新民:《泰西学术思想变迁之大势》,《新民丛报》第6号,光绪二十八年(1902)三月十五日。
② 同上。
③ 中国之新民:《论中国学术思想变迁之大势》(续),《新民丛报》第3号,光绪二十八年(1902)二月一日。
④ 中国之新民:《论中国学术思想变迁之大势》(续),《新民丛报》第4号,光绪二十八年(1902)二月十五日。
⑤ 同上。
⑥ 中国之新民:《墨子之论理学》(续),《新民丛报》第51号,光绪三十年(1904)七月十五日。
⑦ 中国之新民:《近世第一大哲康德之学说》,《新民丛报》第25号,光绪二十九年(1903)正月十四日。
⑧ 中国之新民:《亚里士多德之政治学说》,《新民丛报》第20号,光绪二十八年(1902)十月十五日。
⑨ 中国之新民:《论中国学术思想变迁之大势》(续),《新民丛报》第7号,光绪二十八年(1902)四月一日。

(14) **其修道之得力也在自力**耶教日事祈祷,所谓借他力也①

(15) **觉悟**觉悟者,正迷信之反对也②

(16) **唯心论**唯心唯物等语,系用佛典语,读者细玩,自明所指③

(17) **墨子以天为人格之说**人格者,谓有人之资格,可当作一人观也④

(18) **丛报**丛报者,指旬报、月报、来复报等,日本所谓杂志者是也⑤

(19) **调和经济革命**因贫富不均所起之革命,日本人译为经济革命⑥

(20) **法治**以法治国谓之法治⑦

梁启超喜欢新名词,也喜欢给新名词注释。从上面不完全的统计就可以看出,梁启超的"词语—注释"相当于百科辞典式的浓缩。梁启超对词语的注释并不遵守注释该词基本义的词典学注释规则,非常灵活自由。作比较、分类别、指明来源等等,各种方式能用则用,这正是梁启超的风格。

不过,梁启超的"词语—注释"有时会遭遇接受"异端"的艰难抉择。一个新的词语要在汉语中被接受,不仅要符合汉语造词的规则,更重要的是会碰到本来语词汇之名与译入语词汇之名所共同指向的"实"的同一性问题,不同的能指会指向同一所指吗?追求不同能指的同一所指是梁启超这代人的语言情结,于是在他们的言说中,尤其是"词语—注释"的汉语造型才有了种种举棋不定、纠缠不已的情形。

Economy 的中文译名一直困扰着梁启超。梁启超《变法通议·论译书》中写道:"譬之寻常谭经济者,苟不治经术,不通史,不读律,不讲天下郡国利病,则其言必无当也。""经济"一词在中国传统意义上使用,即"经世济民"。在同一篇文章中,梁启超又谈及"彼中富国学之书日本名为经济书",这里"经济"一词被灌注了新义。但梁启超在使用日语意义上的"经济"一词时一直持谨慎犹豫的态度:

---

① 中国之新民:《论中国学术思想变迁之大势》(续),《新民丛报》第22号,光绪二十八年(1902)十一月十五日。
② 同上。
③ 中国之新民:《泰西学术思想变迁之大势》,《新民丛报》第6号,光绪二十八年(1902)三月十五日。
④ 中国之新民:《子墨子学说》,《新民丛报》第49号,光绪三十年(1904)一月一日。
⑤ 任公:《本馆第一百册祝辞并论报馆之责任及本馆之经历》,《清议报》第100册,光绪二十七年(1901)十一月十一日。
⑥ 同上。
⑦ 梁启超:《国家思想变迁异同论》,《清议报》第95册,光绪二十七年(1901)九月十一日。

(1)以通商论之,计学即日本所称经济财政诸学不讲,罕明商政之理,能保富乎?①

(2)经济用日本名,今译之为资生②

(3)经济上日本人谓凡关系于财富者为经济③

(4)平准日本所谓经济,今拟易以此二字④

1902梁启超在《生计学(即平准学)学说沿革小史》中说得很明确:"本编向用'平准'二字,似未安,而严氏定为'计学',又嫌其于复用名词,颇有不便。或有谓当用'生计'二字者,今姑用之,以俟后人。草创之初,正名最难,望大雅君子,悉心商榷,勿哂其举棋不定也。"⑤

梁启超不满意日语意义上的"经济"一词,也不满意严复翻译的名词"计学",所以他尝试用"资生""平准""生计学"等词语来替代。梁启超对"经济"和"计学"译名的纠结,行文夹注看上去并没有对其基本义进行界说,这也许可以看作行文夹注的偏移,但是也正因为他尝试着不同的译名,不仅凸显了晚清中国士人言说的"嫁接"特色,而且也证实了新名词似乎要经历"炼狱"般的拷打才能被汉语家庭接受。

四、新词语的创造性运用

从上文的梳理可以看出,晚清的"词语—注释"一方面是"新名词"在汉语语境展开自身的意义领域获得认同的方式,另一方面也是汉语在接受"新名词"的同时欧化的方式,在这个双向的过程中,中国的知识谱系开始重建。就汉语欧化的情形来说,还必须思考晚清知识者在接受新名词的时候对名词的创造性运用。我在此以梁启超的言说为主来对这个问题作一些粗浅探讨。创造性运用并非指首创,而是指梁启超能把严复的译名、日语的译名以及晚清言说界的其他译名有新意地用起来:不仅大量使用新名词来

---

① 梁启超:《政变原因答客难》,《清议报》第3册,光绪二十四年(1898)十二月初一日。

② 梁启超:《论近世国民竞争之大势及中国之前途》,《清议报》第30册,光绪二十五年(1899)九月十一日。

③ 中国之新民:《论民族竞争之大势》,《新民丛报》第2号,光绪二十八年(1902)正月十五日。

④ 中国之新民:《论民族竞争之大势》(续),《新民丛报》第3号,光绪二十八年(1902)二月一日。

⑤ 中国之新民:《生计学(即平准学)学说沿革小史》,《新民丛报》第7号,光绪二十八年(1902)四月一日。

表达新的学理,而且以新名词为基础催生同类名词。正如卡西尔指出的,语言远远不是模仿,而是自主和自足的活动。① 语言的自主和自足,表现在新词语进入汉语领域就是新词语会以汉语的方式繁殖。梁启超对"脑"族、"点"族、"力"族、"自"族和"主义"族等词语的使用很能表现出这一特征。

1. "脑"族词语

梁启超在《变法通议》中写道:

> 人之生也,有大脑有小脑。即魂魄也,西人为全体学者,魂译言大脑,魄译言小脑。大脑主悟性者也,小脑主记性者也。佛氏言八识,以眼耳鼻舌身为前五识,意为第六识,意根为第七识。第六识即小脑也,第七识即大脑也。小脑一成而难变,大脑屡浚而愈深。故教童子者,导之以悟性甚易,强之以记性甚难。②

"脑"字中国古代就有,但是对"脑"的系统性的科学认识是从晚清引进西学开始的。"大脑"和"小脑"二词带给中国人全新的认知。梁启超叙述"大脑主悟性"和"小脑主记性",正是基于"大脑"与"小脑"二词的新鲜特异,梁启超力争从中国传统的学理来阐述其差异。如果用中国传统的"魂魄"来区分"大脑"与"小脑",或用佛教八识中的"意"与"意根"来区分"大脑"与"小脑",那么这种简单类比可能导致谬以千里的后果。这可以看出梁启超在言说中用夹注的方式力争彰显新词语意义的艰难努力,同时也可以看出1896年梁启超在言说界崭露头角时的幼稚。

1903年出版的《中国脑》一书③,内容并非脑的生理学或者病理学介绍,而是论文选编。有《中国脑·叙》,奇怪有味、短小精悍,不妨抄录如下:

> 人可无魂乎? 曰:不可。无魂则形骸虽具,与朽腐同也。人可无脑乎? 曰:不可。无脑则躯壳虽存,与木偶等也。然则,魂与脑二者可偏

---

① [德]恩斯特·卡西尔:《语言与神话》,于晓等译,北京:生活·读书·新知三联书店,1988年,第165页。
② 梁启超:《论学校五·幼学》,《时务报》第16册,光绪二十二年(1896)十二月初一日。
③ 《中国脑》,1903年出版,出版单位不详。上下两卷,有一叙言,自署"光绪癸卯首夏寅半生叙"。卷上目录:《二十世纪之中国》《说国民》《贵私篇》《奴隶》《中国地理与世界之关系》《保教非所以尊孔论》《清人四派》;卷下目录:《论专制政体有百害而无一利》《少年性质》《译书难易辨》《敬告当道者》《敬告我国民》《论小说与群治之关系》等。

废乎？曰：尤不可。魂者，人之体；脑者，人之用。有魂无脑则水母而已，目虾而已，人固如是，国亦宜然。吾中国为西人所菲薄者久矣。去年海上有"中国魂"之刻，不数月间遍于内地，家置一编，人购一册。魂兮魂兮，其归来兮。然有魂不可无脑。本社同人复有是编之辑，庶几哉由运动而进于知觉，于人为完全之人，于国为完全之国，他日者争雄地球为全世界主人翁，胥于此脑基之。然则读是编者，谓为中国脑也可，谓为中国魂之续也亦无不可。光绪癸卯首夏寅半生叙。

"脑"族词语如：

(1) 脑识："始读《定安集》，其脑识未有不受其激刺者也。"①

(2) 脑质："凡欲造成一种新国民者，不可不将其国古来误谬之理想，摧陷廓清，以变其脑质。"②

(3) 脑气筋："大凡含生之伦，愈愚犷者，其脑气筋愈粗，其所知之事愈简；愈文明者，其脑气筋愈细，其所知之事愈繁。"③

"脑识""脑质""脑气筋"都与文明相关，梁启超甚至认为"脑气筋"的粗细与文明高低程度成比例。这暗示了晚清中国士人开通"民智"的主题中，"智"不在"心"而在"脑"，即从古代的"心"上升到现代的"脑"。这种方式的变化，也许成为中国人接受现代科学思维认识的开端。中国人在晚清"五四"之际接受西方科学的概念，与他们认识"脑"的重要性同步，"脑"显示了西学的理性精神，而"心"则更多显示了东方的情感体验。

2. "点"族词语

《变法通议》中说："《春秋》万法托于始，几何万象起于点，人生百年立于幼学。"④ "点"是"几何万象"中最初的结构元素，《春秋》托于"始"的功能是通过西学知识的对比来完成的。对"点"的西学功能的认识，梁启超可能受到《几何原本》和《奈端数理》等书的启示。这种"几何万象"的"点"进入汉语词汇后非常活跃，构造了一系列词语，如"最要之点""相同之点""相

---

① 中国之新民：《论中国学术思想变迁之大势》，《新民丛报》第58号，光绪三十年（1904）十一月一日。

② 任公：《本馆第一百册祝辞并论报馆之责任及本馆之经历》，《清议报》第100册，光绪二十七年（1901）十一月十一日。

③ 梁启超：《〈西学书目表〉序例》，《时务报》第8册，光绪二十二年（1896）九月十一日。

④ 梁启超：《论学校五·幼学》，《时务报》第16册，光绪二十二年（1896）十二月初一日。

异之点""世界资本之中心点""极点""燃点""沸点""热诚最高潮之一点"等。

3. "力"族词语

《变法通议》中说:"西国之教人,偏于悟性者也,故睹烹水而悟汽机,睹引芥而悟重力。"①"重力"绝对是一个西方科学名词,与"重学"(力学)有关。"重力"指的是地心吸引力,即万有引力。康有为1886年的《康子内外篇》中说:"仁者,热力也;义者,重力也……"②已经在西方科学的意义上使用"热力"和"重力"。严复在《天演论》中常常谈到"名数质力"四种学科,并且使用一系列的"力"族词语:"抵力""吸力""散力""本力""内力""动力""内涵之力""质点之力""物体之力""爱力""点力""体力"等。③ 1903年出版的《新尔雅》解释"力":"一切物体生起变化之原因者。总谓之力。加入他力而变易其位置者。谓之动。"④并对引力、凝聚力、粘着力、外力、重力、宇宙引力、平均力、合成力、分解力、并行力、偶力、离心力、向心力等词语作了物理学的解释。⑤ 梁启超在《过渡时代论》中运用了一系列关于"力"的词语:膨胀力、涨力、发生力、重心力、自动力、他动力、死力、阻力、胆力。他1899年的《论支那独立之实力与日本东方政策》中把"皇上英明""民间社会团结"和海外中国人"气象雄大"作为清政府的"潜势力"。⑥ 现在的"软实力"一词与"潜势力"造词类同。在1899年的《论近世国民竞争之大势及中国之前途》中,梁启超认为世界竞争遍及全球,于是很自然地会从"竞争力"着眼衡量一个国家的生存能力,国家之间的竞争在梁启超看来可以转化为国民之间的竞争,于是就有了新词——"国民力"。

1898年2月11日《知新报》第43册发表了梁启超题为《说动》的短文,专门介绍"动力":

---

① 梁启超:《论学校五·幼学》,《时务报》第16册,光绪二十二年(1896)十二月初一日。
② 康有为:《康子内外篇》,姜义华、吴根樑编校:《康有为全集》第1集,上海:上海古籍出版社,1987年,第188页。
③ [英]赫胥黎:《天演论》,严复译,北京:科学出版社,1971年,第8—10页。
④ 汪荣宝、叶澜编纂:《新尔雅》,上海:文明书局,光绪二十九年(1903),第121页。
⑤ 同上书,第121—123页。
⑥ 梁启超:《论支那独立之实力与日本东方政策》,《清议报》第25册,光绪二十五年(1899)七月二十一日。

合声、光、热、电、风、云、雨、露、霜、雪,摩激鼓宕而成地球,曰动力;合地球与金、水、火、木、土、天王、海王暨无数小行星、无数彗星,绕日疾旋,互相吸引而成世界,曰动力;合此世界之日,统行星与月,绕昴星而疾旋,凡得恒河沙数,成天河之星圈,互相吸引,而成大千世界,曰动力;合此大千世界之昴星,绕日与行星、与月以至于天河之星圈,又别有所绕而疾旋,凡得恒河沙数,若星团、星林、星云、星气,互相吸引,而成一世界海,曰动力。假使太空中无此动力,则世界海毁,而吾所处八行星绕日之世界,不知隳坏几千万年矣。由此言之,则无物无动力,无动力不本于百千万亿恒河沙世界自然之公理,而电热声光,尤所以通无量无边之动力以为功用。小而至于人身,而血,而脑筋,而灵魂,其机械之妙,至不可思议,否则为聋聩,为麻木痿痹,而体魄之僵随之。更小而至于一滴水、一微尘,莫不有微生物万千浮动于其中,否则空气因之而不灵。盖动则通,通则仁,仁则一切痛痒相关之事,自不能以秦越肥瘠处之,而必思所以震荡之,舒瀹之,以新新不已。此动力之根原也。①

《说动》介绍的动力指万有引力。由科学上之动力,引发人类的进取之动力,这是《说动》的落脚点,两者的贯通在梁启超的话语中也非常明显。

4. "自"族词语

"自"一词因为与独立、自己、个人、群、权利、本性等概念有关,在晚清的言说中非常活跃。严复曾经把"self"与"自"作过简要对比:"如 self 独用,则为名物,犹言其身,其一己……故克己英语谓之 selfdenial,自靖谓之 selfdevotion,而自尽则云 suicide;因 sui 乃拉丁之 self,而 cide 之为言杀也。(案:sui 与自亦见东西古语之同。)"②梁启超1902年的《论民族竞争之大势》中出现了一系列的"自"族词语:自求、自得、自存、自强、自优。而1903年的《论独立》中"自"族词语更是繁多。《论独立》开头从"独立"(independent)与"隶属"(dependent)的对比关系中引申出"独立"的定义:"独立者,自有主权而不服从于他人者也。""独立"已经暗含了"自"和"他"的区分。紧接着梁启超的语言表达生发了一系列带"自"的词语——自主、自活、

---

① 梁启超:《说动》,《知新报》第43册,光绪二十四年(1898)正月二十一日。
② 严复(JuLin Khedau Yen-Fuh):《英文汉诂》(*English Grammar Explained in Chinese*),上海:商务印书馆,光绪三十年(1904),第37页。

自助、自由、自立、自治、自成、自定、自完、自拔、自能、自教、自善、自修,由此完成对个体、国家"独立"的论述,并指出"独立"与"合群"的辩证关系。①

5. "主义"族词语

"主义"作为新词语,既可以单独使用,也可以复合使用。《变法通议·学校余论》中说:"今日之学,当以政学为主义,以艺学为附庸。""主义"为"主旨""主干"的意思。而"世界上万事之现象,不外两大主义:一曰保守;二曰进取",其中的"主义"又为"原则""精神"的意思。梁启超是不惜重复使用"主义"一词的,如:

> 北方政论,主干涉主义保民牧民,皆干涉也;南方政论,主放任主义。此两主义者,在欧洲近世,互相沿革,互相胜负,而其长短得失,至今尚未有定论者也。十八世纪以前,重干涉主义;十八世纪后半、十九世纪前半,重放任主义;近则复趋于干涉主义。英国,放任主义之代表也;德国,干涉主义之代表也。卢梭,放任主义之宗师也;伯伦知理,干涉主义之宗师也。格兰斯顿,放任主义之实行者也;比斯麦,干涉主义之实行者也。②

> 所称诵法孔子者,又往往遗其大体,摭其偏言,取其"狷"主义,而弃其"狂"主义;取其"勿"主义,而弃其"为"主义;"勿"主义者,惩忿窒欲之学也,如"非礼勿视"四句等义是;"为"主义者,开物成务之学也,如"天下有道,某不与易"等义。取其"坤"主义,而弃其"乾"主义;地道、妻道、臣道,此"坤"主义也;自强不息,此"乾"主义也。取其"命"主义,而弃其"力"主义。③

与"主义"组合的,从音节看,有的是单音节词,有的是双音节词;从词性看,有的是名词,有的是动词,有的是形容词,还有的是副词。这显示了"主义"在构词上非常灵活自由。一种构词要素进入另一种语言后,最初会被这种语言不断试验、反复使用,最终获得最为恰当的结构形式。"主义"在晚清时期被梁启超等人广泛使用,后来主要作为学理性名词的一部分,比如写实主义、自然主义、现实主义、浪漫主义、象征主义、马克思主义、列宁主义等等。

---

① 梁启超:《论独立》,《新民丛报》第30号,光绪二十九年(1903)三月二十九日。
② 中国之新民:《论中国学术思想变迁之大势》(续),《新民丛报》第5号,光绪二十八年(1902)三月一日。
③ 梁启超:《新民说五》,《新民丛报》第5号,光绪二十八年(1902)三月一日。

第三节　对八股文①的解构：
从"二分对比"的改装到"三段论法"的引入②

晚清中国士人的汉语文学实践一方面吸收着西方的表达形式，一方面解构着中国固有的言说范型。对于晚清中国士人来说，固有的言说范型中最具有拘囿性的是八股文。在语言实践中拆解八股文大厦，不同言说者采取的方式可能各具姿态。梁启超以"新民体"为表征的汉语表达在中国思想界和文体界的影响，被公认为是巨大的。有同代人如黄遵宪等人的推赞，有当时是青年学子后来成为"五四"新文学和新文化运动主将的胡适、鲁迅、周作人等人的追忆，还有同代守成派人物如叶德辉等人的批驳，最后，被后来的学者如胡适、钱基博、陈子展等人的文学史叙述宣扬，凡此种种，都表明了梁启超"新民体"为表征的汉语表达成为中国人现代叙述的经典形式之一。研究梁启超的汉语表达，"新民体"是重镇。一般认为"新民体"是受到报刊文体，尤其是受到日本政论家如德富苏峰等人的影响而形成的。③然而胡适、章太炎等人也曾经指出"新民体"与八股文的关系十分密切。如果从文体古今演变的角度看对八股文的解构，"新民体"是否完成了这一重任？其实，一般所说的"新民体"往往指梁启超从《清议报》到《新民丛报》前期常用的文体形式，以《过渡时代论》《少年中国说》《新民说》等文为代表。而《新民丛报》后期即 1906 年前后梁启超的"新民体"又有了较大的改变。这也就是说，"新民体"内部也具有强大的离散性，这种离散性也许正是梁启超对八股文解构的方式之一。我认为，梁启超对八股文的解构大致走过三个阶段：1896 年的"时务文体"时期、1898 赴日本后至 1902 年前后的"新民体"前期、1906 年前后的"新民体"后期。

---

①　一篇完整的八股文的结构包括：破题、承题、原题、起讲、入题、提二比、中二比、过接、后二比、后二小比、大结。其中提二比、中二比、后二比、后二小比每比都包括两股，即出股和对股，总共八股。近代中国人的八股文可以参看蔡元培 1883 年参加县试、1889 年参加乡试、1892 参见殿试的考卷，见高平叔编：《蔡元培全集》第 1 卷，北京：中华书局，1984 年。

②　金克木曾经用"二水分流"来概括八股文的句式特征和结构特色，我觉得还不突出，尝试用"二分对比"来概括八股文句式上的骈偶，结构上的对称和思维方式上的类比。"三段论法"这一名称引自梁启超《子墨子学说》，是对西方三段论的称呼。

③　北京大学教授夏晓虹的著作《觉世与传世——梁启超的文学道路》（北京：中华书局，2006 年）对此论述得很详细，且非常精彩。

1905年科举制度废除后,中国学者对八股文的评价出现了两种截然不同的价值取向。周作人、金克木等人持彻底的批判态度,钱基博、张中行等人持相对肯定的态度。钱基博在《现代中国文学史》中对于八股文的语言十分赞赏:"然就耳目所睹记,语言文章之工,合于逻辑者,无有逾于八股文者也。"①张中行特别喜欢八股文的表达能力:一是"兼容并包",熔散行与骈体于一炉;二是"无中生有","本来无话可说,却能说得像煞有介事";三是"化难为易",表现在破题部分的技巧;四是"妙不可言",有一种别扭劲儿,或说古奥而生涩。② 确实,从先秦《诗经》到汉赋、唐诗、宋词、元曲,汉语的对称性发挥得淋漓尽致,八股文中"八股"是汉语对称性在散体文中的集中体现,诚然有其合理的一面,但是张中行对此的偏爱却并不可取。

　　周作人是"五四"新文学运动中以批判八股文用力最猛的作家。他的《论八股文》一文把八股文看作"中国文化的结晶",说八股文像童话里的老妖怪,一块一块活着。周作人认为文学研究者应该"大讲其八股","因为八股是中国文学史承先启后的一个大关键"。周作人首先特别反对八股文的音乐性。他认为中国国民是"音乐的国民",活在"声调"里,听戏、听说书、读诗、读古文、读八股文,麻醉于音乐。周作人举了一个例子:"天地乃宇宙之乾坤,吾心实中怀之在抱,久矣夫千百年来已非一日矣,溯往事以追维,曷勿考记载而诵诗书之典要",当人读到这段话时,"完全忘记了这些狗屁不通的文句,只是在抑扬顿挫的歌声中间三魂渺渺七魄茫茫地陶醉着了"。周作人其次反对的是八股文"代圣贤立言"的体式,他又称之为奉命说话的"赋得"。他认为这不仅是中国官场的秘诀,也是中国人奴隶性的症候。③ 在当代学者中,金克木论八股最为深刻,文理最为充足:

> 八股有特色。一是命题作文。二是对上说话。三是全部代言。四是体式固定。就体式说,又可有四句。一语破的。二水分流。起承转合。抑扬顿挫。这四句中:一是断案。二是阴阳对偶。三是结构,也是程序。四是腔调,或说节奏,亦即文"气"。《四书》八股,"一以贯之"。

---

① 钱基博:《现代中国文学史》,刘梦溪主编:《中国现代学术经典·钱基博卷》,石家庄:河北教育出版社,1996年,第460页。
② 张中行:《〈说八股〉补微》,启功、张中行、金克木:《说八股》,北京:中华书局,2000年,第63—65页。
③ 周作人讲校,邓恭三记录:《论八股文》,《中国新文学的源流》,北平:人文书店,1932年,第120—129页。

从秦至清,"其揆一也"。①

金克木揭示了八股文的形式与汉语书面语特质的同一性,只是没有全面展开。他的分析的精彩之处是用"八股的钥匙"解读《论语·季氏》,堪称妙绝。他的用意在于指明,八股文的原脉是在"四书"之中。"八股的结构和腔调是继承了两千年的书面汉语的文章发展的。"②

综合诸家观点,八股文在表达形式上有五个鲜明的特征:第一是"代言"体式,第二是"一语破的"的解题方式,第三是"二水分流"的句式和思维方式,第四是起承转合的结构方式,第五是抑扬顿挫的节奏感。我认为八股文最有特色的是"代言"体式和"二水分流"句式及其思维方式。下面尝试从句式特征的变化以及"代言"体式的改变来探讨梁启超对八股文的解构。

一、晚清的言说场域与梁启超对八股文的批判

晚清中国士人对于科举制度和八股文的批判异常猛烈。科举制度随着政治改革和教育改革的推行最终于1905年被废除,八股文随着科举制度的废除也被踢出了官方的考试范围。当然这并不是说八股文的某些基因就彻底消失了,后来周作人对八股文的批判、吴稚晖对"洋八股"的批判、毛泽东对"党八股"的反对、茅盾等人对"抗战八股"的批判,都表明"八股"所表征的叙述方式,以及"八股"所暗含的思维方式渗透在人们的叙述中,尽管后面三人所讲的"八股"的内涵不同于传统的"八股"。

严复是晚清猛烈批判八股文的人物之一。他为寻求仕途而参加科举,尽管努力练习八股文,但可能由于受到英文文体和欧洲近代思想的双重牵制,在19世纪80年代屡试不第。这一沉痛经历终于使得他在甲午中日战争清政府失败后痛批现实,矛头直指八股文,这样的反戈一击特别凶狠凌厉。《救亡决论》劈头先猛批八股文"锢智慧""坏心术""滋游手"三大害处③,然后从时代的立场,从国家发展的角度继续尖锐地批判八股文的危害,最后高屋建瓴地提出国家"痛除八股而大讲西学"的变弱为强的路径:

八股取士,使天下消磨岁月于无用之地,堕坏志节于冥昧之中,长

---

① 金克木:《〈四书〉显"晦"》,启功、张中行、金克木:《说八股》,北京:中华书局,2000年,第165页。
② 金克木:《八股文"体"》,启功、张中行、金克木:《说八股》,第115页。
③ 王栻主编:《严复集》第1册,北京:中华书局,1986年,第40—42页。

人虚骄,昏人神智,上不足以辅国家,下不足以资事畜。破坏人才,国随贫弱。此之不除,徒补苴罅漏,张皇幽眇,无益也,虽练军实、讲通商,亦无益也。何则? 无人才,则之数事者,虽举亦废故也。舐糠及米,终致危亡而已。然则救之之道当何如? 曰:痛除八股而大讲西学,则庶乎其有鸠耳。东海可以回流,吾言必不可易也。①

尽管作为文类形式的"八股"与作为知识范型的"西学"不能在同一平面上并置,但是在严复峻急的言说中,很自然地用"西学"来取代"八股"。也许在严复看来,"八股"不仅指文类,还涵盖了八股取士的选拔制度和八股文规训中的政统和道统思想。严复也常常从不同的角度对八股加以针砭。在《〈涵芬楼古今文钞〉序》中,针对有人认为"古之时可以存古文辞",严复批之为"大谬",在严复看来,"夫帖括讲章,向之家唔咿而户揣摩者,其于亡古文辞,乃尤亟耳"。提出帖括讲章是遏制古文辞发展的重要因素。② 严复还从价值的角度对八股文提出严厉的批判,认为"为帖括,为院体书"与"为诗歌,为韩欧苏氏之文"尽管体制上很不同,但是在实用目的上"弋声称、网利禄也一"。③ 严复在论述教育问题的时候,认为中国教育的弊端在于"学古入官",而"八股乃为入官正途,而其弊至于本朝而极。故中国教育,不过识字读书;识字读书不过为修饰文词之用;而其修饰文词,又不过一朝为禽犊之兽,以猎取富贵功名"。④ 严复在不同时期从不同的角度对八股文进行了解剖。

与严复被科举考试排除在仕途之外不同,康有为是习得八股的传统士人,却也同样批判八股文的危害。他在1898年上折陈情:变法之道万千,而"莫急于得人才",得人才"莫先于改科举",科举还不能一下子改变,于是"莫先于废弃八股"。他从选拔人才的角度批判八股之弊端:"……可为巍科进士、翰苑清才,而竟有不知司马迁、范仲淹为何代人,汉祖、唐宗为何朝帝者! 若问以亚非之舆地,欧美之政学,张口瞪目,不知何语矣。"他甚至认为中国"割地败兵"是八股的后果,所以自称"生平论政,尤痛恨之"。⑤ 康有为后来又在代徐致靖拟的奏折《请废八股以育人才折》中重申了废除八

---

① 王栻主编:《严复集》第1册,北京:中华书局,1986年,第43页。
② 王栻主编:《严复集》第2册,第275页。
③ 同上。
④ 同上书,第281页。
⑤ 康有为:《请废八股试帖楷法试士改用策论折》,《康有为全集》第4集,北京:中国人民大学出版社,2007年,第79页。

股的强烈要求。

不仅维新派人物痛恨八股,守旧派人物如叶德辉等也对八股多有批评。他说:"今日典试之人不能厘正文体,则时文可以不复。盖时文所以研求义理,如今日之怪诞支离,不亦可以已乎。或云时文出于钞袭,策论亦出于钞袭,其利弊固是一例。余谓时文钞袭全是浮词,策论钞袭尚可记一二事实,则以钞袭而导之,读书固为稍胜。须知文艺考试不过校一日之短长,时文策论无庸计较高下。废时文用策论,使士人免八股束缚之苦,匀出日力,可以多读有用之书,免致不得科第之人,终身不能摆脱制艺,更无暇日涉猎群书,此则为益甚大。"①在叶德辉看来,"时文"和"策论"都是"钞袭",不过时文的危害更大。

清朝的官吏也较早认识到八股取士的弊端。冯桂芬在1861年完成的《校邠庐抗议》中就提出"变科举",他借用一孝廉饶廷襄的话说:明太祖用八股取士,"意在败坏天下之人才,非欲造就天下之人才"。尽管冯桂芬对此不置一词,但是他引用于此其实就表现出默认的态度。他接下来批判时文"缪种流传","断不可复以之取士"。②张之洞在《劝学篇·变科举第八》中指出,近数十年来,"文体日益佻薄,非惟不通古今、不知经济,并所谓时文之法度、文笔而俱亡之"。他从挽救时局出发倡导改变科举:"救时必自变法始,变法必自变科举始。"尽管是出于对时文、科举的不满而"斟酌修改","以中西经济救时文"的途径也有其局限,但他已经强烈地感受到时文、科举造成的弊端。③到了20世纪初,张百熙、袁世凯等人都曾上奏折进言改变教育体制。1901年,御史张百熙《敬陈大计疏》所"胪陈五事"之首即"变通科举",他认为"八股文至今日已就腐败,转相诟病",提出改用实用的策论。④清政府也颁布谕旨,宣布禁用八股文而采用策论。谕旨称科举八股"于经史大义,无所发明,急宜讲求实学,挽回积习",并明确规定生童岁科两考、乡试会试三场、进士考试,都要增添各国政治、史事等内容,并且规定"以上一切考试,凡'四书''五经'义均不准用八股文程式,策论均应切

---

① 叶吏部(叶德辉):《非〈幼学通议〉》,见苏舆编:《翼教丛编》,上海:上海书店出版社,2002年,第136—137页。
② 冯桂芬:《校邠庐抗议》,上海:上海书店出版社,2002年,第37页。
③ 张之洞:《劝学篇》,上海:上海书店出版社,2002年,第52—53页。
④ 张百熙:《敬陈大计疏》,见璩鑫圭、唐良炎编:《中国近代教育史资料汇编·学制演变》,上海:上海教育出版社,1991年,第30页。

实敷陈,不得仍前空衍剽窃"。①

严复、康有为、叶德辉、冯桂芬、张百熙、袁世凯等人对八股文的批判虽然有轻重之别,但全都聚集于八股文对人才的扼杀。梁启超批判八股文的姿态与上述诸人基本相同。梁启超在1896年撰写《变法通议》时,在《论科举》一文中提出了"变科举"的上中下三种策略。上策是合科举于学校;中策是在科举与学校不能合并的情况下,多设诸科,与帖科并行;下策是取士的方法照旧,只是略微改变取士的内容。梁启超三种策略的核心在于改变取士的科目与内容,以此来改变八股文。在考试中,"第一场试'四书'文'五经'文试帖各一首;第二场试中外史学三首,专问历代五洲治乱存亡之故;第三场试天算地舆声光化电农矿商兵等专门","如是,则向之攻八股哦八韵者,必将稍稍捐其故业,以从事于实学,而得才必盛于向日"。②"四书""五经"是科举取士的唯一内容,但梁启超的上中下三策的重点就是改变科举取士的内容,正是这一点引起了张之洞等要臣的不快,可见改革科举制度之艰难。梁启超在《论变法不知本原之害》中对八股文予以尖锐的批判:"帖括陋劣,国家本以此取之,一旦而责以经国之远猷,乌可得也?"③八股文对于人才的禁锢,仍是梁启超关注的焦点。1898年梁启超联合百余举人上《联合变通科举折》,呼吁"停止八股试贴,推行经济六科,以育人才而御外侮",要求废除"八股试贴体格"。④ 而当时在北京会试的举人近万人,都与八股休戚相关,因而"嫉之如不共戴天之仇,遍播谣言,几被殴击"。⑤ 康有为要求杨深秀、宋伯鲁上书改革科举,光绪皇帝在五月初五和五月十二两次下诏书,称"文体日敝","时文积弊太深",在乡试、会试以及生童岁科中废除八股改用策论。⑥ 梁启超在戊戌变法之后痛诉变法之难,批评李鸿章和张之洞都知道"八股取士锢塞人才之弊",都"痛心疾首而恶之",但是都没有上书推动改变八股取士的制度,背后有害怕被排挤的隐痛:"恐触数百翰林、数千进士、数万举人、数十万秀才、数百万童生之忌。"梁启超在这里

---

① 《光绪二十七年七月十六日谕以策论试士禁用八股文程式》,《光绪政要》卷二十七;收入璩鑫圭、唐良炎编:《中国近代教育史资料汇编·学制演变》,上海:上海教育出版社,1991年,第4页。
② 梁启超:《论学校二·科举》(续),《时务报》第8册,光绪二十二年(1896)九月廿一日。
③ 梁启超:《论变法不知本原之害》,《时务报》第3册,光绪二十二年(1896)七月廿一日。
④ 丁文江、赵丰田编:《梁启超年谱长编》,上海:上海人民出版社,2009年,第74—75页。
⑤ 同上书,第74页。
⑥ 同上书,第81页。

直接点明了难以改变八股制度的根本原因。① 八股文之难于废除,不仅在于统治者要凭借八股取士来维系政统和道统,也在于在帖括中习业多年的士子想凭借其进入官场的强烈欲望。在《康广仁传》中,梁启超详细地记叙了康广仁坚决废除八股文的主张及其努力。康广仁年轻时就"以为本国之弱亡,皆由八股锢塞人才所致,故深恶痛绝之"。1898年春天,康广仁主张首要就是"变科举,废八股取士之制","今当以全副精神专注于废八股之一事,锲而不舍,或可有成。此关一破,则一切新政之根芽已立矣"。② 后来清政府在光绪皇帝召见康有为后,废除乡试的八股取士,而没有废除童生和秀才一层的八股考试,康广仁与宋伯鲁联合上书,才得到童试、岁科也将改变的上谕。梁启超把康广仁主张废除八股取士作为传记叙述的起点,也足见梁启超对此的认同。

梁启超批判的重点仍然是八股文扼杀人才的弊端,时代使然他来不及思考八股文形式的制约机制。对八股文的批判,其表态能在一夜之间完成,可是要抛弃八股文程式对书写的内在制约却并非轻而易举。1902年梁启超在《三十自述》中叙述他的求学过程:十二岁补博士弟子员,"日治帖括",不知有其他学问。十三岁知道段玉裁、王念孙等人的训诂学,逐渐有放弃帖括的意思。后在学海堂学习训诂词章,放弃帖括。十八岁经过上海,购买《瀛寰志略》。十九岁在万木草堂跟随康有为学习。戊戌九月到日本,十月创办《清议报》。"稍能读东文,思想为之一变。"③这一简要的叙述体现了梁启超摆脱八股体式的草蛇灰线。但是梁启超本人从小浸润在八股文中,可谓中毒很深,1889年能中举就足见他熟稔八股文的体式,并且运用自如。④ 因为报刊传播的媒体形式需要相对活泼的表达形式,又因为从西方和日本获取的知识谱系不同于中国传统的知识谱系,还因为能阅读日本文章在逐渐改变表达的形式,梁启超才有了从八股文体式中挣脱出来的内在可能。但是像任何事物一样,从自身传统中洗心革面都要有一个过程,梁启

---

① 梁启超:《政变原因答客难》,《清议报》第3册,光绪二十四年(1898)十二月初一日。
② 梁启超:《康广仁传》,《清议报》第6册,光绪二十五年(1899)一月十一日。
③ 梁启超:《三十自述》,吴松、卢云昆、王立光、段炳昌点校:《饮冰室文集点校》第4卷,昆明:云南教育出版社,2001年,第2224页。
④ 1889年梁启超参加广东乡试,第一场题目:(一)"子所雅言诗书执礼"至"子不语怪力乱神"。(二)"来百工则财用足"。(三)"离娄之明,公输子之巧"。诗:"荔实周天两岁星",得星字。梁启超的文和诗载光绪己丑《广东闱墨》。丁文江、赵丰田编:《梁启超年谱长编》,上海:上海人民出版社,2009年,第15页。

超摆脱八股文的束缚也不例外。

二、"二分对比"的改装:八股文的初步解放

梁启超1896年的"时务文体",八股文气息很浓。1896年发表的《论报馆有益于国事》从体式上讲,是稍作改装的八股文,文章标题不同于八股文的标题,跳出了"四书""五经"的拘囿,有了新的内容与新的观点,但是文章作法却是八股文的完整版。第一段提出"觇国之强弱,则于其通塞而已",属于破题。第二段紧接上文:"去塞求通,厥道非一,而报馆其导端也",属于承题。第三段从"报馆于古有征乎"起讲,立即进入"股比"和"提比",其句式表达为"……犹民报也""……犹官报也"。第四段论西人之报的"大报""分报""出报"可以看作中比。第五段论西人报纸的弊端,以"其弊一也""其弊二也""其弊三也""其弊四也"的形式展开,用四层构成了后比。第六段先分析中国的情形与西国不同,然后用"广译五洲近事……详录各省新政……博搜交涉要案……旁载政治学艺要书……"①四层构成后二小比。第七段以"嗟夫"起头作全文的大结。就结构和句式而言,此文属于相对严谨的八股文。该文与传统八股文最大的不同是文章题目跳出了"四书"的范围,削减了代圣人说话的口气,可以自由发挥;最大的相似点是保存了破题、承题、起讲和大结的部分以及中间八股的格式。其汉语造型极大限度地保存了八股中出股和对股的语言对称特质。

"时务文体"在句式上的特征之一是经常使用"第一义"句式,这个句式往往用于提出作者的观点。如《变法通议》提出观点的方式:

> 故言自强于今日,以开民智为第一义。②
> 故欲兴学校,养人才,以强中国,惟变科举为第一义。③
> 故欲革旧习,兴智学,必以立师范学堂为第一义。④
> 故今日欲举百废,新庶政,当以尽译西国章程之书为第一义。⑤
> 夫以理论之既如彼也,以势论之则如此矣,然则平满汉之界,诚支

---

① 梁启超:《论报馆有益于国事》,《时务报》第1册,光绪二十二年(1896)七月初一日。
② 梁启超:《论学校一·总论》,《时务报》第5册,光绪二十二年(1896)八月初二日。
③ 梁启超:《论学校二·科举》(续),《时务报》第8册,光绪二十二年(1896)九月廿一日。
④ 梁启超:《论学校四·师范学校》,《时务报》第15册,光绪二十二年(1896)十一月廿一日。
⑤ 梁启超:《论学校七·译书》,《时务报》第27册,光绪二十三年(1897)四月廿一日。

那自强之第一阶梯也。①

"第一义"句式在梁启超"时务文体"中大量出现,自然有多方面的因素。从文章体式的普遍性来看,特意强调观点的鲜明立场,乃是"立主脑"的体现。从时代的角度看,晚清士大夫处在国弱被动挨打而应寻找富强之路的时代转折点上,他们在寻求富强之路时往往会根据个体经验而把某项改革推向极端,这是晚清士大夫普遍的思维方式,在梁启超的身上体现得尤为明显。当他为中国的官僚体制、教育体制、社会体制各方面设计改革方案时,感觉到每个方面的改革几乎都是千钧一发的。这种急切的热情显示了年轻的梁启超把握时代的不成熟状态。同时,从梁启超个人的表达方式看,幼时所习的"帖括"很明显地制约着他的表达方式。也许可以这样说,痕迹明显的八股文表达方式、中西杂糅而以中为主的知识谱系、把握时代不成熟的思维状态,三者完整地结合在他早期的文章中。"第一义"的句式,符合金克木所讲的八股文"一语破的"的"断案"特征:八股文的体式中,在八股出现之前,"断案"应该出现,在破题、承题等部分中明确提出观点是八股文的基本要求。梁启超"第一义"的句式在文章中出现的位置稍有变化,开头、中间、结尾三处都有,不过,可以把"第一义"的句式看作八股文"断案"的变式。另外更重要的是,八股文的写作,都是代圣贤立言,做君王师。金克木把八股文写作的诀窍归之于"四书",其秘密在于八股文代圣贤立言的写作立场和心态。1896 年前后,尽管从传播的方式上看,梁启超的写作放弃了直接"致书尧舜上"的方式,而代之以报纸刊载的现代传播方式,但写作的立场和心态还是代圣贤立言的,还是古代传统士大夫的,简言之,就是八股文式的。

"第一义"句式在"时务文体"中多次出现,但是到了"新民体"中就逐渐减少。相反,另一类句式却贯穿了梁启超的"时务文体"和"新民体",甚至也出现在他 1906 年前后与《民报》论战时的文章,我名之曰"二分对比"句式。

1898 年到日本后,梁启超"稍能读东文",文章由此改变。尤其是《饮冰室自由书》中的篇什,梁启超自己认为是"以精锐之笔,说微妙之理,谈言微

---

① 梁启超:《论变法必自平满汉之界始》(续),《清议报》第 2 册,光绪二十四年(1898)十一月廿一日。

中,闻者足兴"①。这些短小的文章在吸收德富苏峰等人的文体技巧后,因题立意,因意设形,形式结构自由灵活,可以看作现代美文的先河。梁启超在《饮冰室自由书》小引中介绍,他与日本人士交往频繁,"诵其诗,读其书,时有所感触",这种感触不仅是思想观念的,也是语言文体的:"每有所触,应时援笔,无体例,无宗旨,无次序,或发论,或讲学,或记事,或钞书,或用文言,或用俚语,惟意所之。"②书写完全突破以往的范式,把书写的形式向范式的边界之外推移。《成败》开篇推出"凡任天下大事者,不可不先破成败之见"的立论后,稍作阐释便转入对日本改革家吉田松阴的叙介,认为他是"以败为成者"。③《自信力》在开篇推出"任天下者,当有自信力"的观点后,紧接着叙述伊藤博文和大隈重信借款修建横滨京都铁路的史实,最后以饮冰子的议论作结。④《自由祖国之祖》短小精悍,先叙美国的形成是英国"百有一人"的移民的创业史,顺势得出"其一片独立之精神,遂以胚胎孕育今日之新世界"这一精论,最后以不顶礼华盛顿而膜拜此百有一人作结。⑤《文野三界之别》先介绍三界的内涵,再反观中国现状。⑥《自助论》属于钞书体,《动物谈》又是寓言体。《饮冰室自由书》中的短章确实无法用统一的文体来概括,除了用"自由书"之外。《饮冰室自由书》的自由表达催生了《少年中国说》《呵旁观者文》《过渡时代论》等文,并且融入后来《新民说》等文的写作中。⑦

但是同时必须看到,《饮冰室自由书》因出于一时之感触,题材大小不等,意到笔至,意尽文停,不拘格套,不求整规,而同时期梁启超所写的论说

---

① 任公:《本馆第一百册祝辞并论报馆之责任及本馆之经历》,《清议报》第100册,光绪二十七年(1901)十一月十一日。
② 梁启超:《饮冰室自由书》,《清议报》第25册,光绪二十五年(1899)七月二十一日。
③ 《成败》为《饮冰室自由书》第一则,题目为后来所加,见梁启超:《饮冰室自由书》,《清议报》第25册,光绪二十五年(1899)七月二十一日。
④ 《自信力》,《饮冰室自由书》,《清议报》第30册,光绪二十五年(1899)九月十一日。在《清议报》第二十五册的《饮冰室自由书》有一则也论"自信力",第一句为:"凡任天下事者,不可无自信力。"
⑤ 任公:《饮冰室自由书凡九则》,《清议报》第26册,光绪二十五年(1899)八月初一日。
⑥ 《文野三界之别》,《饮冰室自由书》,《清议报》第27册,光绪二十五年(1899)八月十一日。
⑦ 《饮冰室自由书》从《清议报》第25册开始连载,第26、27、28、29、30、31、32、33、37、39、93、96、98、99、100共16册上都有发表,第25册上6则和第26册9则都没有标题,如果这两册共算15篇,至第33册止共发表39篇。《少年中国说》刊于《清议报》第35册,《呵旁观者文》刊于第36册,《过渡时代论》刊于第83册,因此说《饮冰室自由书》"催生了"上述三文,大致是可以成立的。《饮冰室自由书》后来还在《新民丛报》上有刊载。

文体,在句式和结构上则还是与八股文血肉相连。《过渡时代论》分为六个部分,八股中"出股"和"对股"这两股绵延而下,化为长江大河奔流而下的"排股"(依"排律"一词仿造),"各国过渡时代之经验"中以"耶"字结尾的八个句子,和以"焉"字结尾的六个句子,构成了段落的主干。①《新民说·公德》开篇设置了"公德"和"私德"的结合:"道德之本体一而已,但其发表于外,则公私之名立焉。人人独善其身者谓之私德,人人相善其群者谓之公德,二者皆人生所不可缺少之具也。无私德则不能立,合无量数卑污虚伪残忍愚懦之人,无以为国也;无公德则不能团,虽有无量数束身自好廉谨良愿之人,仍无以为国也。"②《新民说·论国家思想》论国家思想之前先论国民,论国民为了论述的方便,设置"部民"与"国民"的二元对立。紧接着阐释"国家思想",则用了四个二元对立项:"一曰对于一身而知有国家,二曰对于朝廷而知有国家,三曰对于外族而知有国家,四曰对于世界而知有国家。"③从这些例子可以看出,《饮冰室自由书》写作的时期,梁启超的论说文体尽管受到东瀛文体的强大冲击,但在思维轨道上仍然与八股文一脉相承。梁启超"新民体"与八股文纠结的特色特别表现在"二分对比"句式的塑形上。

　　胡适在《五十年来中国之文学》中一方面指出"时务的文体"和"新文体"的"体例气息"虽得自骈文和八股文,但"新文体"又是八股文的一次大解放;另一方面引用章学诚对时文句调的肯定,认为"排比"也可以超越时代的文章之美,关键是要用得恰当。④钱基博在《现代中国文学史》中赞赏梁启超的文章"晰于事理,丰于情感"⑤。但又批评梁启超的文章即使到了《国风报》时期,语句仍然"排比如故,冗长如故"⑥。钱基博并非完全否定梁启超文章的"排比",因为他非常肯定八股文的语言之美,认为梁启超的"新民文学"能"袭八股排比之调,而肆之为纵横轶宕"⑦。确实,恰当的排

---

① 梁启超:《过渡时代论》,《清议报》第 83 册,光绪二十七年(1901)五月十一日。
② 中国之新民:《新民说三·论公德》,《新民丛报》第 3 号,光绪二十八年(1902)二月一日。
③ 中国之新民:《新民说四·论国家思想》,《新民丛报》第 4 号,光绪二十八年(1902)二月十五日。
④ 胡适:《五十年来中国之文学》,申报馆编:《最近之五十年》,上海:申报馆,1923 年,第 8 页。
⑤ 钱基博:《现代中国文学史》,刘梦溪主编:《中国现代学术经典·钱基博卷》,石家庄:河北教育出版社,1996 年,第 429 页。
⑥ 同上书,第 431 页。
⑦ 同上书,第 460 页。

比在修辞的意义上可以发挥汉语的美感,炼成文章的音韵。其实"排比"并不能准确概括梁启超文章的语式,因为梁启超的语式是从八股文的八股演变而来,往往有相反或者相应的两支排比同时铺陈下去。如果把八股文中的八股句式概括为"二分对比",那么由此而来的梁启超语式可以称之为"二分对比"的改装形态。这种改装既可以看作梁启超对八股文语式的突破,但同时也体现出八股文语式对梁启超造句形态的压制。从内涵来说,"二分对比"的改装形态可以概括为类同与对立两种意义;从句式来说,又可以无限延续重复其结构,形成多重叠加的楼阁句式。梁启超的"时务文体"中,"第一义"的句式和"二分对比"的改装形态两相结合。梁启超在《本馆第一百册祝辞并论报馆之责任及本馆之经历》称《少年中国说》《呵旁观者文》《过渡时代论》等"开文章之新体,激民气之暗潮"①。《少年中国说》刊《清议报》第 35 册,《呵旁观者文》刊《清议报》第 36 册,《过渡时代论》刊《清议报》第 83 册,由此以降到《新民丛报》前期的"新民体","二分对比"的改装形态仍然是梁启超文章的主要句式。其改装形态以多个对比的句子堆叠起来,层峦叠嶂,如庐山三叠泉,顺势而下,气势恢宏。当然在"时务文体"中,这种多重堆叠的句式就已经出现,如《变法通议·自序》的开头"法何以必变"至"故夫变者,古今之公理也",以"变"为主词,贯彻始终,中间经过五层堆叠:昼夜变,寒暑变,大地流质熔冰累变,海草木鸟飞鱼等变,紫血红血变,最后得出结论。② 这种改装形态在新民体文章中蔚为大观。《新民说》《论小说与群治之关系》等文是其典型。

"二分对比"的改装形态,结合排比、比喻、夸张等修辞手法,加上设问、反问、呼告的语气,使得文章气势如虹,情感热烈张扬。《傀儡说》中"一傀儡也"作主语后置,共七次;接下来用傀儡作动词的主动态组成"傀儡其君"的形式六次;用傀儡作动词的被动态,组成"傀儡于"的形式三次,得出"必自傀儡,然后人傀儡之"的结论,并总结中国是"一大傀儡场"。③ "二分对比"的改装形态,还结合了汉语结构最稳定的四字句式以及婉转的助词"兮"字。《志未酬》和《举国皆我敌》等文把"兮"字句、散句、长短句融为一体。《破坏主义》中梁启超欢迎卢梭和他的《民约论》:"今先生于欧洲与日

---

① 任公:《本馆第一百册祝辞并论报馆之责任及本馆之经历》,《清议报》第 100 册,光绪二十七年(1901)十一月十一日。
② 梁启超:《变法通义·自序》,《时务报》第 1 册,光绪二十二年(1896)七月初一日。
③ 梁启超:《傀儡说》,《清议报》第 9 册,光绪二十五年(1899)二月十一日。

本既已功成而身退矣,精灵未沫,吾道其东,大旗觩觩,大鼓冬冬,大潮汹汹,大风蓬蓬,卷土挟浪,飞沙走石,杂以闪电,趋以万马,尚其来东。呜呼!《民约论》,尚其来东。东方大陆,文明之母,神灵之宫。惟今世纪,地球万国,国国自主,人人独立,尚余此一土以殿诸邦。此土一通,时乃大同。呜呼!《民约论》兮,尚其来东!大同大同兮,时汝之功!"①四字颂歌体式与赋骚体中常见的"兮"组合,表达出梁启超对民约论的热诚渴望。

梁启超对八股文的浸染以及"新民体"等文章体现出的八股特色,在句式上主要表现为"二分对比"及其改装形态。这是梁启超对八股文中"出股"和"对股"骈偶对称性的发展和解构。他及时大胆地把时代内容充分地融入进去,使各种语词/内容具有时代感和世界性,根据内容发展出"二分对比"的多种形态,这是他对汉语的极致运用。"二分对比"的改装形态虽然在汉语句式上呈现对称性美感,但是容易流于肤浅和滑溜。而烙印到思维方式上,则是平行推移式的类同对比。类同对比局限于比较的切点,而往往忽视了其他方面。如果加上比喻相似点的游弋,则会使得论述无法深入。《少年中国说》中"少年"与"国"的长长的排喻就有这个毛病。其实,八股文中有时为了追求八股的声音节奏,也会注重形式上的"比",从而无法深入事理的内部。

三、"三段论法"的引入与八股文的解构

梁启超如何从"二分对比"的类比中向深向高开掘的呢?他于1906年前后写就的与革命党论战的文章,由于引入了西方逻辑学的方法而最终改变了由八股文而来的"二分对比"的表述方式与思维方式。

梁启超的逻辑知识系统包括三个谱系:从亚里士多德至穆勒的西方逻辑学谱系,以因明学为核心的印度佛教逻辑学谱系,以墨家学说为核心的中国古代逻辑学谱系。三者中西方逻辑学谱系可能是梁启超逻辑思维方式的转折点,尤其是"三段论"范式的推理带给了梁启超全新的思维面貌:这表现在事理的剖析上是跳出了类比的方式,而以纵深的方式展现;表现在文章的结构上,则是彻底跳出了八股文的框架。

梁启超对逻辑学的接受,开始于他对墨子学说的喜爱,"幼而好墨"②,

---

① 梁启超:《破坏主义》,《清议报》第30册,光绪二十五年(1899)九月十一日。
② 梁启超:《〈墨经校释〉自序》,《墨经校释》,北京:中华书局,1936年。

但是他年幼阅读时可能对逻辑并不敏感。1902年梁启超的著述表明他对逻辑学有了较多的吸收,对亚里士多德的"三段论"和培根的归纳法都有介绍和评论,《新史学》的学科分类中还给予"论理学"一个位置。在《泰西学术思想变迁之大势》中,梁启超高度赞赏亚里士多德的逻辑学创获:"彼以为剖辨真理,当有所凭藉也,于是创论理学即侯官严氏译为名学者以范之,此其持论之精确,所以超轶前哲也。"①梁启超指明是逻辑学创获提升了亚里士多德的学术成就与地位。不过在介绍培根的方法论时,梁启超借培根之口对"三段论"的不足进行了批判:"盖三句法者,不过语言文字之法耳。既寻得真理而叙述之,则大适于用;若欲由此以考察真理之所存,未见其当也。然则倍根之所谓良法者如何? 曰:就实事以积经验而已。"②梁启超用逻辑学的知识来分析中国学术的发展,在《论中国学术思想变迁之大势》中认为中国学术思想不如西方之处有六,第一个方面就是"论理 logic 思想之缺乏"。印度有因明学,希腊有逻辑学,都蔚为大观,自成一学。论理学发达的好处在于"持论常圆满周到,首尾相处,而真理愈析愈明"。中国自墨子、邓析、惠施、公孙龙等人之后,论理学处于无人理睬的境况。梁启超分析其不能光大的原因有三:第一,中国学者"务以实际应用为鹄,而理论之是非,不暇措意"。第二,"中国语言文字分离,向无文典语典 language Grammar 之教,因此措辞设句之法,不能分明"。第三,"中国学者,常以教人为任,有传授而无驳诘,非如泰西之公伸说以待人之赞成与否,故不必定求持论之圆到"③。认为论理学的不发达造成了中国学术的衰落。

梁启超认为墨子是先秦诸子中"持论理学最坚而用之最密者",因此"《墨子》一书,盛水不漏者也;纲领条目相一贯,而无或牴牾者也"。④ 梁启超运用现代西方逻辑学的知识阐释了《墨子》的逻辑术语:辩、名、辞、说、实意故、类、或、假、效、譬、侔、援、推。接着阐释了墨子逻辑推演的法式,强调了论理学家必须遵守的"公例"即规则。最后指明墨子的论理学是归纳法

---

① 中国之新民:《泰西学术思想变迁之大势》,《新民丛报》第6号,光绪二十八年(1902)三月十五日。
② 中国之新民:《近世文明初祖二大家之学说》,《新民丛报》第1号,光绪二十八年(1902)正月初一日。梁启超在《墨子之论理说(续第五十号)》(《新民丛报》第51号,光绪三十年(1904)七月十五日)中重叙了这个观点,词句稍有出人。
③ 中国之新民:《论中国学术思想变迁之大势》,《新民丛报》第7号,光绪二十八年(1902)四月一日。
④ 中国之新民:《墨子之论理说》,《新民丛报》第49号,光绪三十年(1904)五月十五日。

之论理学。梁启超没有纠缠于演绎法与归纳法的差别,而是引述英国培根的观点,认为归纳法是寻得真理的途径,"实论理学界一大革命,而近世欧美学者所群推为不朽之业者也"①。梁启超很推崇墨子《非命下》的"三法",认为这三法是演绎法与归纳法的综合,所以墨子论断的时候繁征博引,以求真理之所在。

梁启超从西方近代文明导源于古学复兴即文艺复兴的事例中,断定"故今者以欧西新理比附中国旧学,其非无用之业明矣"②。虽然如此,梁启超委婉地表达了对此的警惕意识:"所论墨子之论理,其能否尽免于牵合附会之诮,盖未敢自信。"③不过梁启超在此的主要目的不是要将中西逻辑学成就一比高低,而是以西方逻辑学的成就激活中国传统的逻辑学知识,获取"求真"的表述方式,即归纳法和演绎法结合使用的表述方式。"五四"之后,梁启超第二次对墨子学说进行了深入研究,认为"墨子之所以教者,曰爱与智"④。"智"就是求真的方法论。在这一点上,墨子的逻辑学成就可与现代西方科学精神媲美。

1902年梁启超在一条夹注中解说倍根(培根)的"归纳论理学":"前此亚里士多德所传之论理学,谓之演绎法,以心中所悬拟之理,命为前提,而因以下断案。至倍根起,谓寻常智慧,易有所蔽,所悬拟之前提,未必正确也,前提不正确,则断案亦随而俱缪矣。因用积累试验之法,既悬拟一理矣,不遽命为前提也,参伍错综,向种种方面以试验之,求其真是,乃始命为前提,是即所谓归纳法论理学也。"⑤梁启超准确区分了亚里士多德的演绎论理学和培根的归纳论理学,并在同年写的《论权利思想》一文中开始运用三段论,比如说保生命、保权利才是人类,否则就是禽兽,罗马的法律规定奴隶等同于禽兽,他认为这"于论理上诚得其当也",并且在夹注标明:"以论理学三段法演之,其式如下:无权利者禽兽也,奴隶者无权利者也,故奴隶即禽兽

---

① 中国之新民:《墨子之论理说(续第五十号)》,《新民丛报》第51号,光绪三十年(1904)七月十五日。
② 中国之新民:《墨子之论理说》,《新民丛报》第49号,光绪三十年(1904)五月十五日。
③ 同上。
④ 梁启超:《〈墨经校释〉自序》,《墨经校释》,北京:中华书局,1936年。
⑤ 中国之新民:《论中国学术思想变迁之大势》,《新民丛报》第54号,光绪三十年(1904)九月一日。

也。"①梁启超此时在具体事例上能熟练地使用三段论法,不过这种运用还只是在夹注中标出,也可见他对三段论法的形式并没有给予足够的重视。从梁启超的书写过程看,真正有意识地运用三段论法来结构全篇,要迟至1906年前后。

1906年梁启超发表的《开明专制论》在文体的开拓上是一个纪元。他在"著者识"中写道:"本篇都凡十章,为释者三,为述者二,为论者五,皆用严正的论理法(演绎法、归纳法并用),不敢有一语凭任臆见。"②"释者三"指的是释制,释专制,释开明专制;"述者二"指的是述开明专制之学说,述开明专制之前例;"论者五"指的是论适用开明专制之国与适用开明专制之时,论变相之开明专制,论开明专制适用于今日之中国,最后一论包括三个分论部分:中国今日万不能行共和立宪制之理由,中国今日尚未能行君主立宪制之理由,中国今日当以开明专制为立宪制之预备。③"释"给概念以界说,这是逻辑表达的基本要求,"界说者,抉择一物所具之同德以释解其物之定名也"。④ 界说的好处在于能使概念"隐括所欲发挥讲论之大意"。⑤"述"概述一般原理以及历史事例。"论"则充分阐发其理由。

这种方法使人想起柏拉图的《斐德罗篇》,从学理源流看,梁启超对柏拉图的理论有所了解,虽然并不深入。梁启超对亚里士多德有专文论述,但对柏拉图只在《论古代希腊学术》等文中提及,对苏格拉底的论述更少,而且关心的也是苏格拉底的伦理学,而不是他的方法论。不过也要提到的是,《新民丛报》第72号发表了蒋观云的《梭格拉底之谈话法》,该文介绍了苏格拉底谈话法的两种方法:反诘法和产念法。前者又称"爱洛宜法",即"驳诘人而使自知其缪误";后者又叫"谟猷吉克法",即"启发人而使自明其真

---

① 中国之新民:《新民说六·论权利思想》,《新民丛报》第6号,光绪二十八年(1902)三月十五日。
② 饮冰:《开明专制论》,《新民丛报》第73号,光绪三十二年(1906)一月一日。
③ 《开明专制论》载于《新民丛报》第73、74、75、77号,时间分别为光绪三十二年(1906)一月一日、一月十五日、二月一日、三月一日。第八章"论开明专制适用于今日之中国"的第三分论并没有写出,也许是因为《民报》第4号刊载了汪精卫的《驳新民丛报最近之非革命论》,反驳《开明专制论》的第八章,梁启超撰写《答某报第四号对于本报之驳论》(见《新民丛报》第79号,光绪三十二年[1906]四月一日)回应,主要观点就是主张开明专制,所以《开明专制论》的最后一论梁启超并没有再续写。
④ [英]穆勒:《穆勒名学》(一),严复译,上海:商务印书馆,1931年,第2页。
⑤ 同上书,第1页。

理"。蒋观云指出苏格拉底谈话法的两个特征:第一,"首重定义",界说清晰;第二,"易其普通心理上之概念进而得一论理上之概念",从"易"而"得"看上去似乎是归纳法,其实这"得"的过程中包括苏格拉底常常使用的归纳法和演绎法。蒋观云还提到苏格拉底的谈话法与亚里士多德的论理学"可鼎峙于学界",后者正是从前者发展而来。① 按照常理,梁启超作为编者肯定读过这篇文章;当然即使读过,梁启超也不一定就吸收了苏格拉底的方法。这不太重要,这里引证《斐德罗篇》只是想论证梁启超是如何运用三段论的方法来解构八股文的。

《斐德罗篇》记叙苏格拉底与斐德罗的对话,从讨论吕西亚斯的一篇关于同性恋的文章开始,吕西亚斯的文章认为一个人应当接受不爱他的人,而不是接受爱他的人。苏格拉底朗读自己的文章,表达截然相反的观点。苏格拉底的文章从探讨"爱"的定义入手:"一个人是更应该陪伴有爱情的人还是没有爱情的人?我们必须先对爱情的定义取得一致看法,这个定义要能显示爱情的本质以及效果,这样我们才能进一步讨论爱情是有益的还是有害的。"②于是苏格拉底从人的欲望出发对"爱"下了这样的定义:

> 当追求美的享受的欲望控制了推动正确行为的判断力以后,当这种欲望从其他相关的欲望中获得竭力追求肉体之美的新力量时,这种力量就给这种欲望提供了一个名称——这是最强烈的欲望,叫做爱情。③

接着苏格拉底从迷狂的类型来确定"爱"的位置,指明爱是有益的还是有害的。苏格拉底认为爱是一种迷狂,而迷狂是上苍的恩赐。神灵赐福的迷狂又有四种类型,源于四种神灵:预言的迷狂源于阿波罗神的凭附;秘仪的迷狂源于狄奥尼修斯;诗歌的迷狂源于缪斯;第四种是最高级的,爱的迷狂源于阿佛洛狄忒和厄洛斯。苏格拉底发出这样的呼喊:"爱神既是我的主人,也是你的主人,他主宰着年轻和美丽。"④苏格拉底是站在赞美爱这边的。

之所以这么不厌其烦地引述苏格拉底对于"爱"的定义的探讨,是想让大家对苏格拉底关于文章写法的步骤有一个更清楚的认识。苏格拉底说文

---

① (蒋)观云:《梭格拉底之谈话法》,《新民丛报》第72号,光绪三十一年(1905)十二月十五日。
② [古希腊]柏拉图:《斐德罗篇》,《柏拉图全集》第2卷,王晓朝译,北京:人民出版社,2002年,第149页。
③ 同上书,第150页。
④ 同上书,第184页。

章的"头一个步骤",是要把纷繁复杂而又相互关联的事物置于同一个类型下,从整体上把握,目的是把"叙述主题"凸显出来,比如给"爱"下一个定义。文章的第二步与第一步相反,是把整体划分为部分,这就像吕西亚斯的文章和苏格拉底的文章,两篇关于爱的文章就像身体的左右肢一样,然后从左右出发达到"诚挚的爱情"为止。苏格拉底把这种分析方法叫作"划分与综合",又叫作"辩证法"。① 苏格拉底的"辩证法"在亚里士多德的《修辞学》中被扩展并且系统化。"修辞术"(tekhne rhetorike)的意思是"演说的艺术",包括立论的艺术和修辞的艺术。论辩术(tekhne dialektike)的意思是问答式论辩的艺术,后世转化为辩证法(dialectics)。论辩的推论形式主要是三段论法。② 亚里士多德认为,修辞式推论是一种三段论法:"一个善于研究三段论法题材和形式的人,一旦熟悉了修辞式推论所运用的题材和修辞式推论与逻辑推论的区别,就能成为修辞式推论的专家。"③

如果从八股文向现代散文转变的过程看梁启超的书写,首先要清楚苏格拉底关于文章"左右肢"的比喻,与八股文的"出股—对股"的"比"有着本质的区别,后者在八股的铺排上属于静止对照的思维方式,而前者贯穿着以所作定义为根据的动态的推理过程;后者在句子结构上更着重发挥汉语的对称美学,而前者不存在语句对称性的追求。其次,苏格拉底的"左右肢"比喻,也不同于梁启超"二分对比"的改装形态。上文指出,"二分对比"的改装形态是对八股文中"八股"的发展和解构,尽管在语句方式上"二分对比"的改装形态发展了种种新的语式形态,但是在思维方式上并没有彻底从"比"的方式中跳出来。其实,苏格拉底的"辩证法"在文章书写上整合了"定义—效果"模式和"左右肢"比喻。"定义—效果"模式是他的辩证法的基础与精华,决定了"左右肢"比喻的发展面貌。像《开明专制论》这样的文章已经完全具备了"定义—效果"模式,并有不同于"左右肢"的发展结构方式。《开明专制论》从"释"而"述",从"述"而"论",全文以对"制""专制""开明专制"的"三释"开始,并把"三释"作为下文立论的前提,完全符合苏格拉底辩证法的"定义—效果"模式,也完全符合"三段论"中对于概念

---

① [古希腊]柏拉图:《斐德罗篇》,《柏拉图全集》第 2 卷,王晓朝译,北京:人民出版社,2002 年,第 185 页。
② [古希腊]亚理斯多德:《修辞学》,罗念生译,北京:生活·读书·新知三联书店,1991 年,第 21 页注释。
③ 同上书,第 20 页。

必须作出严谨界说的要求。先立普遍性的定义,把个人的结论挪移到文章的结尾,这种方式解构了八股文"一语破的"的解题模式。"两述"是对"开明专制论"的巩固,"五论"中前两论仍然是对"开明专制"的补充阐释,后三论分别论述中国为何不能采用共和立宪,也不能采用君主立宪,只能采用开明专制。这种"一花三瓣"式的布局可以看作"左右肢"布局的变体。"定义—效果"模式和"一花三瓣"式的布局是对八股文"起承转合"结构的解构,以一概念贯穿始终的逻辑推演方式,解构了八股文中"比"的思维方式;而梁启超的散体语言又是对八股文中对比句式的解构。最后,梁启超1906年的书写,尽管仍有保皇心态,但是面对革命派主张共和制度、慈禧太后当权派准备采用君主立宪制度,基本上处于转型期中国知识分子的立场。他认为1906年处于与"政府死战"的境遇,但更焦虑的是他要与"革党死战"①,即与中国同盟会革命派激烈论战。因此梁启超的书写直接指向不同政见者,并且要澄清"第三者之观听"②。反驳对手、面向潜在的读者、采用现代媒体的公开发表方式、宣布不同于政府的政见,这是一种中国现代知识分子的书写立场,是对八股文"代圣上立言"的心理基础和书写立场的解构。《开明专制论》具备的四重解构,标志着梁启超的散文完成了从八股文向现代散文的转变。

其余如《申论种族革命与政治革命之得失》也以三段论的形式构建全文。梁启超把自己的主张用三段论演示如下:大前提为"凡可以达救国之目的者皆吾辈所当以为手段者也";这个大前提包含两个小前提"而政治革命实可以达救国之目的者也"和"而非政治革命更无道焉可以达救国之目的者也";产生出两个断案"故政治革命吾辈所当以为手段者也"和"故舍政治革命外吾辈无可以为手段者也"。全文以这个三段论展开论述,并且把种族革命的论点也用三段论概括加以反驳。③ 梁启超不厌其烦且颇为得意地指明哪是大前提、小前提、断案,哪是归纳法,以此突出自己论点的正确性。1906年梁启超这么大张旗鼓地声称自己的书写是逻辑学式的写作,显在的目的是给自己的政治观点增加无可更改的确证性,使得自己立于抉择中国政治体制道路方面的不败之地。这种努力无疑借助了逻辑学的强大力量。

---

① 丁文江、赵丰田编:《梁启超年谱长编》,上海:上海人民出版社,2009年,第245页。
② 同上书,第239页。
③ 饮冰:《申论种族革命与政治革命之得失》,《新民丛报》第76号,光绪三十二年(1906)二月十五日。

八股文的废除从制度上看,与清政府废除科举制度密切相关。① 从个体书写的角度看,对八股文的解构也许姿态不一。梁启超解构八股文借助了众多因素,比如,接受西学跳出儒学传统经典而带来的知识谱系的改变,接受西学采用新词语的语言表达的改变,接受现代书报杂志的传播媒介而带来的受众群体的改变,化用日本政论文而带来的文体形式的更新,都是梁启超解构八股文的重要因素;而他吸收西方逻辑学并运用到文章书写的体式中,则给了八股文致命一击。梁启超引入"三段论"法以解构八股文,后来演变为章士钊等人民国初年具有强大逻辑力量的政论文章,经过《新青年》时期的发展,最后发展为毛泽东20世纪30年代至40年代的现代白话政论文,这一路径也应该被看作"五四"新文学的一翼。

---

① 可以参看黄强:《八股文与明清文学论稿》,上海:上海古籍出版社,2005年,第九章"八股文的两难境地与最后消亡"。

第四章 林纾

第一节 文学汉语遭遇的现代冲突

研究中国现代文学的人,如果侧重语言方面,林译小说①就是一块难啃的骨头。林纾不懂任何外文而以翻译家的身份显名于晚清民初。从语言角度研究林译小说之难,重要的有两点:一是林译小说的原作来自法语、英语、日语、俄语等多种语言,一般研究者无法同时懂得这么多种语言;二是林译小说并非林纾直接从原作原语翻译而成,而是经合作者把原文口译成中文、林纾根据口译中文再翻译成书面文言而成,因此林译小说的书面文言与原作原语并非直接的对应关系,即使懂得原作原语的研究者,能否就此进行研究在方法论上也很可疑。从第一重困难看,通英语、德语等西方语言的钱锺书是最佳研究者,可是在方法上他也只能把第二重困难忽略,把林译小说的书面文言与原作原语直接相对。我的研究也只能如此。我觉得有一个勉强说得通的理由是:在此不是追究林译小说如何不"忠"于原文,而是描述汉语遭遇西语时的应对,因此暂且把"林译小说"作为一个整体来看待。

林译小说用古文笔调翻译外国小说,必须遵从桐城派的古文义法。钱锺书说古文包括两个方面:记叙描写的方面和用语方面。在用语方面,古文义法的要求如方苞说的:古文中不可用语录语、魏晋六朝人的俳语、汉赋中的板重字法、诗歌中的隽语,还有南北史中的佻巧语,自然还包括不登大雅

---

① "林译小说"是一个非常特殊的概念,"林译小说"的译者包括林纾及与其合作翻译的人。"林译小说"的体裁也不仅仅指小说。1981年商务印书馆出版"林译小说丛书"十种,在《出版说明》中说:"他的译作向以'林译小说'闻名于世。"可见,"林译小说"指的是林纾与他人合译的作品。"林译小说丛书"收有华盛顿·欧文的《拊掌录》,而《拊掌录》里有小说,也有散文。

之堂的小说语。① 这样一来,林纾的翻译就捉襟见肘了。于是林译小说不得不突破古文义法的严格局囿,正如钱锺书指出的,林译小说用的是比较"通俗""随便""富有弹性"的文言,吸收了文言隽语、白话口语、外来新名词,更不用说音译外来词了,其字法句法也有相当欧化的成分。② 也就是说,林译小说的文言汉语已经具有某种开放度,尽管这种开放是被迫的,林纾本人也许不太愿意,也许不太自觉,但终究打开了古文义法的缺口。如果把林译小说与原文有限度地对照,寻出对应的字句,就有可能寻出林译小说在语言上的紧张与纠结,正是这些紧张与纠结凸显了文学汉语从文言汉语向现代汉语的转化中的冲突。

林译小说曾经闹过很多笑话。吴稚晖曾嘲笑西洋侦探家的"拂袖而起"。钱锺书举出的例子有:"他热烈地摇动(shake)我的""箱子里没有多余的房子(room)了""这东西太亲爱(cher),我买不起"。③ 很明显,"摇动""房子""亲爱"等词语破坏了语意的承续。我也找到了类似的例子:"吾今以壮士出,要取撒克逊之牛,并鲁温娜为吾妻,足矣。"④林译的错误不在于对英语词语的误读,而在于语序结构。然而,林译小说中的翻译错误在文学汉语的现代发展上并不具有突出的意义,相反,其翻译所遭遇的汉语与西语之间的冲突却显示出文学汉语的现代发展的活力。

一、第一人称代词:混用与应对

陈平原在《中国小说叙事模式的转变》一书中指出,最早对中国作家产生影响的三部译作分别是《百年一觉》(1894)、《华生笔记案》(1896)和《巴黎茶花女遗事》(1899),原作都采用第一人称叙事,而译作对第一人称均有所改动:李提摩太把《百年一觉》原文的"我"改为"某",林译小说《巴黎茶花女遗事》把原文的"我"改为"小仲马",《华生笔记案》把原文的"我"改为"华生"。这种改变很难把西洋小说的"文心"输入中国。对这种第一人称叙事的"阻拦"并没有持续多久,随着翻译小说的激增,就大量"放行"了。⑤

---

① 转引自钱锺书:《林纾的翻译》,舒晨选编:《钱锺书论学文选》第 6 卷,广州:花城出版社,1991 年,第 122 页。
② 同上书,第 123 页。
③ 同上书,第 124 页。
④ [英]司各德:《撒克逊劫后英雄略》,林纾、魏易译,北京:商务印书馆,1981 年,第 78 页。
⑤ 陈平原:《中国小说叙事模式的转变》,北京:北京大学出版社,2003 年,第 72—73 页。

我无意去探求晚清小说对第一人称从"阻拦"到"放行"的发展过程,而是关注晚清小说使用第一人称代词的情况,尤其是林译小说使用第一人称代词的情况。第一人称代词的使用包括两种情形:叙事语言的第一人称代词使用和人物对话的第一人称代词使用。

诚如陈平原所言,林译小说《巴黎茶花女遗事》把原文的"我"改为"小仲马",对原作的第一人称叙事进行中国化,改为第三人称叙事。但林译小说也并非彻底改成第三人称叙事。小说第一句:

> 小仲马曰:凡成一书,必详审本人性情,描画始肖,犹之欲成一国之书,必先习其国语也。今余所记书中人之事……①

劈头引用小仲马的语句,接着引出"余"的第一人称叙事,仿佛小仲马与"余"为不同的人物,而且造成小仲马没有参与故事的叙事印象。但是小说后半部出现这样的叙事:

> 小仲马曰:亚猛语既竟,以马克日记授余,或掩泪,或凝思,意态悲凉,倦而欲睡。②

小仲马不仅成为故事中人物,而且"小仲马"即"余"。这种叙事人称前后的不一致大概也是林纾最初翻译小说难以避免的尴尬。

林译小说叙事语言中第一人称代词的使用,情形有些复杂。《巴黎茶花女遗事》的叙事有多重结构,最外层是叙事者"余"的第一人称叙事,中层是亚猛的第一人称叙事,内层是马克的日记与书信的第一人称叙事。最外层的叙事和中层亚猛的叙事基本以"余"进行,但中间偶尔也会出现"吾",如"于是亚猛忍泪向吾执手曰"③。内层马克书信与日记的第一人称叙事主要以"余"进行,但"吾"与"我"的出现频率要高得多。马克日记第一则的开头部分如下:

> ……余已病三四日矣。……余又不适……余甚思亚猛也。余方书至此……我在生时,唯逢亚猛一人,始得少时佳处。余其始决弃亚猛而去,余今不能不本吾真情以告亚猛。余先有书与亚猛矣,不知者以为是

---

① [法]小仲马:《巴黎茶花女遗事》,林纾、王寿昌译,上海:索隐书屋,己亥年(1899)夏,第1页。
② 同上书,第39页。
③ 同上书,第4页。

马克谰语。余今以死自明,方知此书,盖吾与亚猛忏悔之书也。余今甚病……向吾母亦死于病肺……①

这段叙事中,"余"9次,"吾"3次,"我"1次。这表明以"余"叙事的优势仍在,但"吾"与"我"却已经频繁出场。在林译小说的叙事语言中,这种"余""吾""我"三者同时进行叙事的情况比较多:

"最亲爱之浪子见此。余作书时……虽吾辈海上人……吾辈同侪十余人……余幸无恙……余乃恶为之。……争至海边迎我。……我心释然。吾远行……为我慰劳,我归时……"②

一千八百几十年八月十二号,为余生辰,则十岁耳。逾生辰之第三日,而吾之亲邻恒馈我以物事。③

一礼拜前,闻有一妇人呼我为妖,呼时恐余不闻,且曰见我时,即思及猿猴化人之理。又一日,有妇人伪与余善,吾以为诚也,亦至吾之诚而事之,囊中所有悉罄而与之,久乃远飏而去。④

第一例选自德富健次郎《不如归》中武男于香港写给浪子的书信;第二例选自列·托尔斯泰《现身说法》的开头;第三例选自哈葛德《三千年艳尸记》。可见林译小说的叙事语言中,"余""吾""我"三个词语共同出现非常普遍。

在人物对话语言中,情形类似。有时"吾"与"我"同时出现,有时"吾"与"余"同时出现,有时"我"与"余"同时出现,有时则"余""吾""我"同时出现。试举几例如下:

尔为我家任劳,吾安能忘。⑤

吾儿勿恐,上帝自能救我。……吾家今以命付之上帝,听帝之命。帝果呼余辈入帝居者,则尤以亲帝为乐。⑥

吾长日脑筋中,常思吾福如何较之吾君。吾谓之生,君但谓之不死

---

① [法]小仲马:《巴黎茶花女遗事》,林纾、王寿昌译,上海:索隐书屋,己亥年(1899)夏,第39页。
② [日]德富健次郎:《不如归》,林纾、魏易译,北京:商务印书馆,1981年,第28页。
③ [俄]列·托尔斯泰:《现身说法》,林纾、陈家麟译,北京:商务印书馆,1981年,第1页。
④ [英]哈葛德:《三千年艳尸记》,见《中国近代文学大系·翻译文学集二》,上海:上海书店出版社,1991年,第195—196页。
⑤ [英]迭更司:《块肉余生述》,林纾、魏易译,北京:商务印书馆,1981年,第104页。
⑥ [瑞士]鲁斗威司:《鹣巢记》,林纾、陈家麟同译,《学生杂志》第6卷第1号,1919年1月5日。

而已,不谓之福。吾虽在墙宇之间,较君之自由乃加甚。君一力以人监我,我视君抑抑以我为忧,则中心转以为乐。凡君疑我,妒我,防我,在在皆为君服我之铁证。①

关于林译小说第一人称代词的运用,有几点值得注意:

第一,"余"在林译小说的叙事语言层面占有重要地位。古代汉语中,"吾"与"我"作为第一人称代词在书面语中占有重要地位。"我"在口头语与书面白话中占有绝对优势。吕叔湘指出秦汉以后的口语里第一人称代词很可能统一于"我","吾"只存在于书面语里。② 这一观点被学界认可。《朱子语类》的第一人称代词使用就是一个很好的例证。该书"我"出现1683次,次数最多。"吾"872次,多出于引文。"余"6次,其中3次见于引文。"予"62次,其中52次见于引文。③ 而"余"在林译小说中的异军突起,其叙事学意义上的功能还值得探讨。

第二,无论是叙事语言还是人物语言,"吾""我""余"往往三者同时出现,有时还加上"予"。王力曾注意到古代汉语中第一人称代词在一句话中不一致的现象,可惜没有展开讨论。④ 这是否对应印欧语言中第一人称代词的主格、宾格和属格的变化呢?显然不是,因为"吾""我""余"三词在林译小说中,往往都可以兼任主语、宾语和定语。林译小说还没有如此自觉的语言意识。当然,这种情形并非林译小说所独有,晚清其他译者的作品中也时有出现。马君武所译德国许雷(Schiller)的戏剧《威廉退尔》中,人物对话里"余""予""我""吾"就一起出现。这种情形至少表明"我"在文言叙事以及文言对话中频频出现成为打破文言成规的一条裂缝。

第三,人物对话中的"我",有时表现出强烈的主体意识。试举两例:

"我来此,子不耐乎?我请以二事自剖:一则昨日倭兰之事,我来为亚猛谢;一则请亚猛过此,人前更无窘我。自子来时,我被苦至矣。我此后更无余力足以支架亚猛之怒,自问薄命已极,亚猛更不怜我耶?且我病人耳,百计已无生趣,亚猛烈丈夫,何麽麽至此?君试挽吾手,我

---

① [法]孟德斯鸠:《鱼雁抉微》,林纾笔述,王庆骥口译,《东方杂志》第13卷第4号,1916年4月10日。
② 吕叔湘著,江蓝生补:《近代汉语指代词》,上海:学林出版社,1985年,第2页。
③ 李焱、孟繁杰:《〈朱子语类〉语法研究》,厦门:厦门大学出版社,2012年,第6—13页。
④ 王力:《汉语史稿》,北京:中华书局,1980年,第260页。

热尚在。我强离床席至此,非续余情,哀君不齿我于人数足矣。"①

李迫乃瞿然叹曰:"此事但有天知! 我今非我,另有我矣!"因指倚树者曰:"彼即是我,我乃非我! 顾我见在,彼倚树者,盖他人忽而成我者。且昨日之夕,我明明我也,山行而宿,不审何人朽吾枪,死吾狗,长吾髯,变吾世态,吾乃不能自述其名以告汝!"②

第一例出自小仲马《巴黎茶花女遗事》,马克(即茶花女)对亚猛的诉说用"我"字叙述("我"11次,"吾"1次),表达出马克内心非常复杂而痛苦的情感。她一者要遵守自己与亚猛父亲所订的契约,主动离开亚猛而不让亚猛获知内情;二者要忍受亚猛在公开场合对自己的羞辱;三者要忍受病痛的折磨;四者还要压抑着自己对亚猛的深爱,面对亚猛的羞辱而无法表白。这种种内容交织的复杂情感由"我"一一道来,从而树立了马克的独立性,彰显其主体意识。第二例出自华盛顿·欧文《拊掌录》,李迫酣睡二十年后回到家乡,物是人非,而记忆仍是二十年前的记忆,于是发出"我今非我"的人生感慨。虽然后文多次出现"吾"字,却也无损于前一段中以"我"发出的自我怀疑的主体认知。

当然,翻译也会使得古代汉语的人称代词在应对西方语言如英语灵活多变的人称代词时显得捉襟见肘。英语的人称代词有数、人称、格、性等要素的变化,而古代汉语的人称代词在格和性上的区分很模糊。狄更斯原文描写大卫科波菲尔的母亲与女仆 Peggotty 的对话:

"Peggotty, dear, you are not going to be married?"

"Me, ma'am?" returned Peggotty, staring. "Lord bless you, no!"

"Not just yet?" said my mother, tenderly.

"Never!" cried Peggotty.

My mother took her hand, and said:

"Don't leave me, Peggotty. Stay with me. It will not be for long, perhaps. What should I ever do without you?"

"Me leave you, my precious!" cried Peggotty. "Not for all the world and his wife. Why, what's put that in your silly little head?"—For Peggotty

---

① [法]小仲马:《巴黎茶花女遗事》,林纾、王寿昌译,上海:索隐书屋,己亥年(1899)夏,第37—38页。

② [美]华盛顿·欧文:《拊掌录》,林纾、魏易译,北京:商务印书馆,1981年,第12页。

had been used of old to talk to my mother sometimes, like a child.

But my mother made no answer, except to thank her, and Peggotty went running on in her own fashion.

"Me leave you? I think I see myself. Peggotty go away from you? I should like to catch her at it! No, no, no," said Peggotty, shaking her head, and folding her arms; "not she, my dear, It isn't that there ain't some Cats that would be well enough pleased if she did, but they shan't be pleased. They shall be aggravated. I'll stay with you till I am a cross cranky old woman. And when I'm too deaf, and too lame, and too blind, and too mumbly for want of teeth, to be of any use at all, even to be found fault with, then I shall go to my Davy, and ask him to take me in."①

林纾的译文：

> 少须，始出手拊壁各德曰："汝不嫁乎？"壁各德曰："吾安能嫁，决不嫁也。"母曰："汝纵欲嫁，谅非急急。"壁各德曰："匪特不急，且终不嫁。"母执其手曰："壁各德，汝勿去我，与我同居。吾自审与世将辞，汝匆匆一行，吾益孤立。"壁各德曰："吾宝，吾安能舍尔，以汝年少弗聪，胡遽及于此。"读吾书者须知壁各德之视吾母甚狎，故出话不检，初无主仆之分。母闻言，与之致谢。壁各德曰："吾安能去汝，去即丧壁各德之生平。吾尚知此有二馋猫，最利吾去，去则猫乐，顾吾乃不听其乐，必欲濡滞，令此猫生憎。与汝同居，至于头童齿豁，并汝厌我，我则依倚大卫为命，亦足娱我晚年，想大卫必且收我。"②

这段对话非常精彩。大卫科波菲尔假期回到家后，与母亲和 Peggotty 欢聚一处，但是因为谈到了 Barkis，就谈及了 Peggotty 的婚姻，大卫科波菲尔的母亲由于自己的痛苦而要求 Peggotty 不要离开她。Peggotty 的回答主语用的是 me，宾格用作主格。这里凸现出英语与汉语的两重冲突：第一，从语法看，英语代词的格在汉语中无法得到表达。汉语虽然有"吾"与"我"的区分，"吾"常作主语，"我"常作宾语，但是这种区分并非语法规范。第二，从语境看，用 me 代替 I 作主语，汉语表达就更无法实现。另外，Peggotty 的回

---

① Charles Dickens, *David Copperfield*, London: The Penguin Group, 1994, p.101.
② ［英］迭更司：《块肉余生述》，林纾、魏易译，北京：商务印书馆，1981年，第64—65页。

答中,对自己的称呼有多次变化:me,I,Peggotty,she,her,等等,一方面用第一人称的主格和宾格称呼自己,一方面又用第三人称把自己置于被谈论的地位,灵活有趣,生动多变,表达了 Peggotty 不愿离去的忠诚,以及与主人之间的亲密关系,可以看出狄更斯小说对口语表达的追求。林译中尽管也用了"吾"与"我"的转换,相对英文而言就非常呆板。而在英语中,大卫的母亲从不用 me 作为主语。又如 Jane Austen 的 *Sense and Sensibility* 第 27 章也有如下对话:

> After a short pause, "You have no confidence in me, Marianne."
> "Nay, Elinor, this reproach from *you*—you who have confidence in no one!"
> "Me!" returned Elinor in some confusion; "indeed, Marianne, I have nothing to tell."①

Elinor 荒乱之中用"me"来回答她妹妹,表明"me"用作主语在此有独特内涵。这里举例有限,对"me"做主语的叙事意义无法展开充分阐释,还值得进一步分析。

二、专名与外来语:文化的传输与阻隔

专名最能显示文化内涵。因此,专名翻译的恰当与否往往涉及文化内涵传输的可能与否。域外专名中的地名、人名、国名等,在林译小说中往往以音译词的形式翻译,这样既能保持原专名的完整内涵,又确实是最为经济省事的处理方法。但还有一些专名用音译并非最恰当,而意译又很难保存原词的完整信息。试举几例加以说明。

第一例:

> Disinherited Knight——无家英雄。　　　(《撒克逊劫后英雄略》)

挨梵词(艾凡赫)被父亲凯特立克逐出家门,后参加骑士的比武大会,盾牌上的名号用西班牙文书写,意为英文的 Disinherited Knight。Knight 是欧洲中世纪的一个特别阶层,他们要遵从一定的规则,但更多的是张扬个性、宣扬个人的武艺智慧等等,现在译为"骑士",而"英雄"在汉语世界中,突出的是伦理和道德上的善,与 knight 的含义有别。Disinherited 意为"被剥夺了继

---

① Jane Austen, *Sense and Sensibility*, New York: W. W. Norton & Company Inc., 2002, p.120.

承权的",与"无家"不同,两者的差别很大。《威尼斯商人》中夏洛克剥夺了女儿的继承权:"he had disinherited her."①林纾译文为"不予以奁具"②,同样不能传达原文的信息。

第二例:

the Queen of Love and Beauty——花侯　　(《撒克逊劫后英雄略》)

"花侯"一词在《辞源》中找不到,可能不是常用词,汉语中与原文相符的词语可能为"花魁",即品花会中选出的冠军,但是有一话本小说《卖油郎独占花魁》,这样"花魁"就成了小说语,不符合古文用词规则。还有一词"花王",为牡丹花,"王"与原文中"queen"(王后)的女性意味不符,所以不宜选用。这里针对的是文化层面对女性的不同认同,汉语世界强调的是温柔敦厚、从一而终,所以有"烈女"和"淑女",残酷压制女性的自我觉醒;有"美女",但常常与祸水联系,自然谈不上示之以"爱",而且还常常加之以"淫"。The Queen of Love and Beauty 直译为"爱与美的皇后",林纾不选用的原因可能为:词语结构上不符合古文义法,文化伦理上得不到汉语世界的认同。

第三例:

Alchemist——化学家　　　　　　　(《撒克逊劫后英雄略》)

《撒克逊劫后英雄略》译文为:

"尔言良确,然须知尔父之身,已落化学家之手,彼能从炉火中得金之精。度尔父此时正尔经人锻炼,提取生平之精华。"③

根据英文原文④,Rebecca 想用金钱赎回自己,因为她父亲 Isaac 是犹太人中的富翁。但是 Brian 这段话威胁中有调侃,透露出一个胜利者的洋洋得意,

---

① Charles and Mary Lamb, *Tales from Shakspeare*, London: The Penguin Group, 1995, p.107.
② [英]兰姆:《吟边燕语》,林纾、魏易译,北京:商务印书馆,1981年,第7页。
③ [英]司各德:《撒克逊劫后英雄略》,林纾、魏易译,北京:商务印书馆,1981年,第115页。
④ 原文如下:"'It is well spoken,' replied the outlaw, in French, finding it difficult probably to sustain, in Saxon, a conversation which Rebecca had opened in that language; 'but know bright lily of the vale of Baca! that thy father is already in the hands of a powerful alchemist, who knows how to convert into gold and silver even the rusty bars of a dungeon grate. The venerable Issac is subjected to an alembic, which will distil from him all he holds dear, without any asistance from my requests or thy entreaty. Thy ransom must be paid by love and beauty, and in no other coin will I accept it.'" Sir Walter Scott, *Ivanhoe*, New York: Airmont Publishing Company Inc., 1964, p.212.

这得益于一个比喻：把别夫（Front-de-Boeuf）比喻为 alchemist，此词今天译为"炼金术士"，因为小说在此之前已经写到 Front-de-Boeuf 在 Isaac 身上榨取金币。把 alchemist 译为化学家，可能是误译，把 alchemist 与 chemist 弄混了。"化学家"也是一个外来词，但用在这里，没有"炼金术士"准确，那种调侃意味的表达就欠火候。

第四例：

> Mr. Milward——先生密而华德至。① （《迦茵小传》）

这是钱锺书在《林纾的翻译》一文中提及的语句，出自《迦茵小传》第五章。钱锺书称这种翻译为"倒像懂得外文而不甚通中文的人的狠翻蛮译"，因为把称呼词"密司脱"意译为"先生"，又死扣住英文的次序，把"密司脱"放在姓氏之前。② 称呼词 Ms 和 Mr 的位置在晚清翻译小说的汉语表达中，有四种情形：

> 先生密而华德至。
> 今日来文杰先生及其爱女爱玛将莅吾家，至礼拜日始归。
> 密斯来文杰下楼矣。
> 史列门密司、克伦密司③

前三句均出自《迦茵小传》第五章，林纾对称呼词 Ms 和 Mr 的使用没有定于一种方式，还处于混乱状态。在《块肉余生述》中称呼词的位置基本统一——密司考伯菲而、密司忒百舌、密斯贝测、密昔考伯菲而，只是在用字上还不统一。在 20 世纪二三十年代，"密斯来文杰""克伦密司""密司特来文杰""来文杰密司特"等欧化成分，已进入人们的日常口语中，更不用说出现在小说和戏剧中了。这四个例句表明，英语的句法成分开始渗入汉语的句序中。汉语如何应对西语在句法上的"入侵"成为问题，林译小说已经遭遇到冲击。在"五四"白话文学运动之后，冲突尤为激烈。

第五例：

---

① ［英］哈葛德：《迦茵小传》，林纾、魏易译，北京：商务印书馆，1981 年，第 30 页。
② 钱锺书：《林纾的翻译》，舒晨选编：《钱锺书论学文选》第 6 卷，广州：花城出版社，1991 年，第 124 页。
③ 前三个例句出自《迦茵小传》，北京：商务印书馆，1981 年；第四例借自钱锺书的《林纾的翻译》。

Mummy——默妹　　　　　　　　　　　　　　（《迦茵小传》）

此例出自《迦茵小传》第四章：

> 然爱玛之为人，如埃及之默妹，何由能使亨利爱好其人？默妹者，埃及祀先之尸也。①

哈葛德原文②中"mummy"一词，现译为"木乃伊"或"干尸"。原文用"mummy"一词形容姑娘爱玛·来文杰的寡言少语，似乎有点刻薄。林纾译为"默妹"，语音与 mummy 相近；字面意思为"沉默的妹妹"，与原文所要表达的爱玛寡言少语之意也很贴近。这个译例似乎达到了钱锺书所说的"化境"，但仍有遗憾，即原文那种把一位年轻姑娘比喻为 mummy 的嘲讽刻薄之意未能充分传达出来。

第六例：

Nightingle——黄鹂　　　　　　　　　　　　　（《吟边燕语》）

这个例子出自《吟边燕语》中的《驯悍》。《驯悍》写男主人公披屈菊（Petruchio）第一次见有悍妇之称的加西林（Katharine）之前的心理活动："苟肆口詈者，我将美其声如黄鹂……苟大声屏逐出户，则我乃谢其盛款，如作经月之留者。"③"黄鹂"在原文中对应的词语是"nightingale"，通译"夜莺"。在汉语的文化语境中，黄鹂的声音最美；在西方的文化语境中，夜莺的声音最美。因此，把"nightingle"译成"黄鹂"，虽然改变了词语的本义，但切合了"nightingle"一词的文化意义和语境意义。依严复所说的"信"的标准，这无疑是一个失败的翻译，从而也显示出专名翻译的尴尬。这一句中还有一个词语的翻译值得提及，"经月"在原文中用的词语是"a week"，即"一周""一礼拜""一星期"，而"周""星期""礼拜"作为时间概念是晚清开始从西方引进的。"A week"的逗留在西方也许能表达"盛款"之意，但在汉语世界中，这还是个新词语，在文化的层面还没有扎根，难以表达此意。

除专名之外，原作语言中的外来词如何翻译，也是林译小说遭遇的语言

---

① ［英］哈葛德：《迦茵小传》，林纾、魏易译，北京：商务印书馆，1981 年，第 25 页。

② 英文原文："Thank Heaven, Henry always had a strong sense of duty, and when he comes to look at the position coolly he will see it in a proper light; though what made that flaxen-haired little mummy fall in love with him is a mystery to me, for he never spoke a word to her." H. Rider Haggard, *Joan Haste*, London: Longmans, Green, and Co., 1895, p.37.

③ ［英］兰姆：《吟边燕语》，林纾、魏易译，北京：商务印书馆，1981 年，第 10 页。

冲突之一。任何语言都会吸收外来词语,这是语言发展的基本规律,除非这种语言不发展了。英语曾经吸收大量的诺曼语词汇,在《撒克逊劫后英雄略》中,英语中撒克逊语词汇与"脑门豆语"①(即诺曼语)词汇的冲突显示了人物强烈的民族主义情绪。歌斯与汪霸有一段关于"猪"以及"猪肉"称呼的对话:

> 歌斯曰:"此非斯汪耶撒克逊语名猪者,愚者犹解之。"汪霸曰:"斯汪者,撒克逊民族语也。汝言良然。设杀此斯汪,烊毛取腿,悬诸屠者之门,其物又名谁耶?"歌斯曰:"泡克耳。"汪霸曰:"此泡克者,又人人知之耶?然吾知泡克音义,法人语耳。此物生,用奴牧之,则其名必称以撒克逊语;至于登贵人之俎,入贵人之口,则易名为泡克矣。"②

查《艾凡赫》原文,"斯汪"即 swine 的音译词,"泡克"即 pork 的音译词。③ "swine"与"pork"显示了语言的双重区别:一方面显示了撒克逊语与诺曼语之间民族语言的区分,另一方面也显示了牧人与贵人之间阶级的区分。在《艾凡赫》中,撒克逊语与诺曼语之间的紧张成为叙事的重要动力之一。在骑士比赛大会上,撒克逊骑士无人敢挑战五位诺曼骑士时,具有强烈民族观念的凯特立克想激起撒克逊王孙阿失司丹的斗志,鼓励他去迎战。阿失司丹回答的语句是:

> 若贸来,请俟明日,今日殊不愿行。④

凯特立克听后很不高兴,表面的原因是阿失司丹不愿意今日出战,而深层的原因是阿失司丹作为撒克逊王孙却运用"脑门豆语"词汇。查英文如下:

> "I shall tilt to-morrow," answered Athelstane, "in the *mêlée*; it is not worth while for me to arm myself to-day."⑤

"贸来"在句子语序上不存在障碍,但在语感上十分生硬。对照英文可知此词是"*mêlée*"的音译。对于 *mêlée*,Scott 原文有一个说明:to express the general conflict,即战斗之意。凯特立克生活的时代,英国被诺曼人统治,通

---

① [英]司各德:《撒克逊劫后英雄略》,林纾、魏易译,北京:商务印书馆,1981年,第25页。
② 同上书,第8页。
③ Sir Walter Scott, *Ivanhoe*, New York: Airmont Publishing Company Inc., 1964, p.34.
④ [英]司各德:《撒克逊劫后英雄略》,第44页。
⑤ Sir Walter Scott, *Ivanhoe*, New York: Airmont Publishing Company Inc., 1964, p.93.

行三种语言:撒克逊本土英语、诺曼人带来的诺曼语(法语)和拉丁语。但凯特立克具有强烈的民族主义情绪,只说撒克逊英语,特别厌恶听到诺曼语。这就是他听了王孙阿失司丹的回答后非常不快的根本原因。在林译中,是合作译者不知道这个词语的意思,还是有意保存英语中外来词的张力,则不得而知。不过,"贸来"一词在整个句子中引起的僵硬感,表明汉语应对原作语言中的外来词非常艰难。

三、新名词与比喻:汉语开放的可能

林译小说以中国古文文体译西方小说,以文言语体对译西方语体。古文文体以及文言语体确实大大限制了汉语开放的可能,但并非彻底封闭,而是在限制中不自觉地为新因素的进入让出了些许空间。

首先,最鲜明的开放形式,是林译小说的文言语体对新名词的吸收。无论是不是符合古文义法,新名词就如野草一样,开始在汉语的大地上四处生长。这些新名词中包含大量的音译人名、地名、国名、度量衡单位名。除此之外,还有一系列表示事物、观念的新名词。

《巴黎茶花女遗事》中的新名词有:

> 明夜十一点至十二点两刻耳、五分钟、半点钟、明日十二点钟、五点钟后、六点半、消息、权利、律师……

《拊掌录》中的新名词有:

> 合众、性质、联合党、共和党、殖民地……

《不如归》中的新词语有:

> 脑力、手力、火车、贸易人、钞票、影片(即相片)、礼拜六、月考、幼稚院、欧化、热力、红十字会、自由、勿忘我花、西装、欧风、关键、性质、电报、二点钟、消息……

《迦茵小传》中的新名词有:

> 一刻钟、一秒钟、一二分钟、一日下午、脑力、爱情、金字塔、礼拜堂、火车……

新名词进入汉语,有两点值得注意:第一,出现了一些由双音节或三音

节新名词组成的短语结构,如"高等学校"①、"上议院议员"②、"慈善会章程"③、"欧化继母"④、"英国政体"⑤以及"自主之权利"⑥等等。在此基础上还可以叠加,如"美洲合众国自由之父"⑦和"演说民权选举会议之议员与自由等事"⑧。这种结构突破了文言表达中主要以单音节词构造语句的法则(详细论述参看第六章第二节),是晚清翻译带给汉语的新结构。第二,林译小说中还有那种直接采用罗马字母的表达,如形容山木之女丰子的身材"状似S字"⑨。罗马字母以词语的方式进入汉语表达,无疑可以视为汉语欧化的表现之一。

其次,是以西方事物作喻,丰富汉语的表达。文言汉语对译异域语言中的比喻,显然非常艰难。因为比喻意义的传达,往往涉及一套颇为庞大的符号体系和相应的意义体系。林译小说对原作比喻的翻译确实存在很大的问题,有时甚至不处理(参看第四章第二节)。但有时依据原作比喻所作翻译,也能丰富汉语的表达。如《撒克逊劫后英雄略》中艾凡赫乔装成游行僧人回到家中,在仆人歌斯的耳边说出真相:"如感电力,立起。"⑩Scott 原文为:"Gurth started up as if electrified."⑪林译把状语"如感电力"提前,更加符合汉语语序,"电力"是外来词,把 electrified 译成"感电力",由被动态转化成主动态,汉语表达更加流畅。林纾因翻译之故,接触许多西方事物,所以在自己的创作中,有时也能借西方事物为喻,丰富汉语表达。他在《滑稽外史》的"评语数则"中讥讽"老而夫"为冷血物,采用的就是以西方事物——火车与轮船为喻体的比喻:"其机心大类火车、轮舶之马力。火车、轮舶二物,非长日看人离别者耶?然其机自运弗已,轧轧之声,万不因人之伤离哭

---

① [日]德富健次郎:《不如归》,林纾、魏易译,北京:商务印书馆,1981年,第7页。
② 同上书,第21页。
③ 同上书,第23页。
④ 同上书,第27页。
⑤ [英]司各德:《撒克逊劫后英雄略》,林纾、魏易译,北京:商务印书馆,1981年,第36页。
⑥ [法]小仲马:《巴黎茶花女遗事》,林纾、王寿昌译,上海:索隐书屋,己亥年(1899)夏,第23页。
⑦ [美]华盛顿·欧文:《拊掌录》,林纾、魏易译,北京:商务印书馆,1981年,第13页。
⑧ 同上书,第11页。
⑨ [日]德富健次郎:《不如归》卷下,林纾、魏易译,上海:商务印书馆,1914年,第9页。
⑩ [英]司各德:《撒克逊劫后英雄略》,林纾、魏易译,第32页。
⑪ Sir Walter Scott, *Ivanhoe*, New York: Airmont Publishing Company Inc., 1964, p.73.

别为稍停。"①火车与轮船作为现代交通工具,往往被认为是西方现代性的符号,标示着速度和准确。林纾却从火车、轮船发动机运转之迅速及其准时出发引出对人的无情之叹,却也别具一格。他评《送廖道士序》时写道:"此文制局甚险。似泰西机器,悬数千万斤之巨椎于梁间,以铁绳作辘轳,可以疾上疾下,悬表于质上,骤下其椎,椎及表面玻璃而止,分毫无损也。"②泰西机器虽然巨大,但在运作过程中速度快、准度高,以此比喻文章制局之险,确实新颖,达到了语言陌生化的效果。

四、文学汉语的现代冲突:矛盾的态度

林译小说在文学汉语上的现代冲突,表现为文学汉语与文学西语之间的冲突。就文学翻译来看,这并非林纾个人面对的冲突,而是所有翻译文学天生的困境,所有文学翻译者面对的绝对尴尬。就晚清这个特殊的时代而论,不论在文学语言之内,还是在文学语言之外,汉语与西语的冲突都并非林纾个人的遭遇。严复是晚清译介学术著作最重要的翻译家,他翻译的最高标准是"信、达、雅"三者的结合,认为"用汉以前字法、句法,则为达易;用近世利俗文字,则求达难"③。严复尽最大可能追求西语中的"精理微言",但译文落得"艰深文陋之讥"④。严复"一名之立,旬月踟蹰"⑤的艰辛,正是因为遭遇到了汉语与西语的冲突。林译小说在文学汉语上遭遇的现代冲突非常富有典型性。

林纾对林译小说中的语言冲突,态度很矛盾。一方面,他以自己不懂西文为由,对于林译小说中的错讹概不负责,这也许是林纾的愤激之语。林译小说中有些错讹还得由林纾本人负责,比如上文提到要"取撒克逊之牛,并鲁温娜为妻"之语。另一方面,不懂西文成为他的难言之痛:"余颇自恨不知西文,恃朋友口述,而于西人文章妙处,尤不能曲绘其状。"所以极力策勉他的学生们"恣肆于西学,以彼新理,助我行文"。林纾在此对西学与西语的分界不明显,也许他的西学中就包括西语,或者说就是西语,接下来他写

---

① [英]却而司迭更司:《滑稽外史》(一),林纾、魏易译,上海:商务印书馆,1907年,第5页。
② 林纾:《韩柳文研究法》,上海:商务印书馆,1914年,第30页。
③ [英]赫胥黎:《天演论》,严复译,北京:科学出版社,1971年,"译例言"第10页。
④ 同上。
⑤ 同上书,第36页。

道:"或谓西学一昌,则古文之光焰熸矣。"①他在这里有点莫名其妙地将"西学"与"古文"对立,实际上他对西学的内涵非常模糊,或者他之所谓西学可以用西语代替。在这样的基础上,林纾甚至提出了"合中西二文镕为一片"②的乌托邦式设想。"中西二文"在林纾的意识中,也许指的是中学、西学中各自的"理",但也完全可以理解为"汉语"和"西语"。主张两者"镕为一片",表现出一个不懂汉语之外任何语言的人用以化解汉语与西语冲突的善良而滑稽的愿望。

林纾对汉语与西语冲突之主次,有所偏向。他认为占上风的一方是汉语。他说:"吾中国百不如人,独文字一门,差足自立,今又以新名辞尽夺其故,是并文字而亦亡之矣。"③林纾因新名词的涌入而担心汉语文字的消亡,未免对汉语的坚挺太易失去信心,虽然他认为汉语可以自立于世界语言之林。维护汉语的地位,排斥新名词,进而维护古文的地位,是晚年林纾当仁不让的职责。1918年,他在《古文辞类纂》选评本序言中对梁启超提出批评:"所苦英俊之士,为报馆文字所误,而时时复搀入东人之新名词。"并且认为那些"一见之字里行间,便觉不韵"的东人新名词,如"请愿""顽固""进步"等都出自中国古文。④

林纾在林译小说中面临的汉语与西语的冲突,在"五四"新文学兴起之前,整体上讲,还是封闭的个人冲突,尽管有人嘲笑,但不足以构成一种强大的外在力量而强化冲突的紧张和封闭的坚固。但是"五四"白话文学的提倡,很快打破了林译小说在汉语与西语冲突上的平静。这里首先要指出的是,把林译小说放置到"五四"新文学的境域中,并不是画蛇添足。尽管钱锺书把林译小说以1913年为界分为前后两期,认为前期成就高,后期成就低,但是在"五四"新文学境域中林译小说仍值得提起的原因有二:第一是林译小说中优秀之作的影响还在;第二是不断有新的林译小说问世。从1917年新文学运动兴起,到1924年林纾去世,林纾发表的翻译小说有近七十部(篇)之多,这不能不说是一个可观的数字。

刘半农在《新青年》上对林纾的抨击是双重的:在文学上,林译小说没

---

① [英]哈葛德:《洪罕女郎传》(下),林纾、魏易译,上海:商务印书馆,光绪三十三年(1907),"跋语"第136页。
② 同上。
③ [美]华盛顿·欧文:《拊掌录》,林纾、魏易译,北京:商务印书馆,1981年,第61页。
④ 《林纾选评古文辞类纂》,慕容真点校,杭州:浙江古籍出版社,1986年,第2页。

有半点儿文学意味;在文笔上,用古文来翻译的林译小说本末倒置。这样,林纾自负的古文,以及为人所称道的林译小说,一下子变得轻飘飘的。年轻时就有"狂生"之称的林纾自然不能忍受,他撰写《论古文白话之相消长》等文反驳,并"居心不良"地创作小说《荆生》《妖梦》进行攻击。经过刘半农的批判,林译小说在文学汉语上的现代冲突,被演绎为双重的冲突:古文与文学西语的冲突,古文与文学白话的冲突。前者体现的是文学汉语与文学西语的冲突,后者体现的是文言与白话的冲突。不过,第一种冲突是林译小说的内在冲突,第二种是外在冲突。林译小说面临的双重冲突正是20世纪中国文学在文学汉语上面临的双重冲突。

第二节 古文笔法与西语叙事

一、林译小说对古文长处的吸取

陈寅恪认为唐代小说和古文运动一同兴起于贞元元和年间,而最佳小说作者就是古文运动的中坚人物,意在表明古文和小说在文体上有共同之处:"以为古文之兴起,乃其时古文家以古文试作小说,而能成功之所致,而古文乃最宜于作小说者也。"①"叙写人生之文",不能用当时腐化的古文,也不宜用居于尊严之地位的碑铭传记等体式,只能用改造的古文,而古文的改造以小说最适宜:"小说则可为驳杂无实之说,既能以俳谐出之,又可资雅俗共赏,实深合尝试且兼备宣传之条件。"因此,小说与唐代古文"同一原起及体制"。②

"古文"与"小说"的结合,有学者指出在韩柳的古文创作中已经开始。蒋凡倾向于调和"古文"与"小说",指出韩愈曾经主张"以文为戏",如《石鼎联句诗序》和《毛颖传》;柳宗元曾经主张"有益于世"的"奇味说",如《童区寄传》;他们用接近口语的单句散行和以骈入散的文学语言创作小说,有助于人物的描绘。③ 林纾特别重视《左传》《史记》和韩文,已经蕴藏着以古文笔法创作小说的历史基因,而他以古文笔法翻译小说如果也算一种别致

---

① 陈寅恪:《元白诗笺证稿》,上海:上海古籍出版社,1978年,第2页。
② 同上书,第3—4页。
③ 蒋凡:《韩愈柳宗元的古文"小说观"》,《文章并峙壮乾坤——韩愈柳宗元研究》,上海:上海教育出版社,2001年,第68页。

的"创作",那可以说林纾是在体验着这一历史基因的现代涅槃。他用古文笔法解读西方小说的叙事技巧,在晚清语境中,提高了被视作"小道"的小说的艺术地位,同时也让人看到了西方文艺的高妙。林纾只是发现了古文笔法与西方叙事的共同之点,而并非创造了古文或者小说的新的叙事范式。因此对于林纾叙事观点的评价不宜过高。

不过,林纾对自己的古文十分自负,他晚年致李宣龚的信写道:"六百年中,震川以外无一人敢当我者。"①明代归有光(号震川)的散文以叙写家常琐事见长,为一代宗师。林纾的话中大有不把清代最大的散文流派——桐城派放在眼中之意。关于林纾是否属于桐城派的问题,他自己持否认态度。"五四"新文学运动中,钱玄同等人对"桐城谬种,选学妖孽"大加批驳之时,他说:"此等桐城派之文字,方不至恹恹如病人,实则文无所谓派,有提倡之人,人人咸从,而靡不察者,即指为派。余则但知其有佳文,并不分别其为派。"②林纾在这里似乎为自己开脱,既然没有桐城派存在,自己就不在谬种之列。1921年,林纾在上海拜见康有为,康有为不无责备之意地说:"足下奈何学桐城?"林纾回答:"纾生平读书寥寥,左庄马班韩柳欧曾外不敢问津,于归震川则数周其集,方姚二氏略为寓目而已。"③所以钱基博说"以桐城家目纾,斯亦皮相之谈矣"④。其实,林纾是不是桐城派古文家,也许并不重要,重要的是林纾对古文的毕生爱好。1921年到1924年的最后几年中,林纾出版姚鼐的《古文辞类纂》选评本以后,又接连出版苏洵、曾巩、唐顺之、归有光等宋明古文家文集的评选本,不排除他有逆新文学潮流而起之意,但古文是林纾终生执守的园地,则不言而喻。很明显,林纾在"五四"新文学中与白话文学提倡者的对抗,守护的不是桐城派,而是古文。

林译小说用古文翻译,但是很少有人研究林译小说对古文长处的汲取。钱锺书《林纾的翻译》是研究林纾翻译与语言的权威之作,对此也只是稍稍

---

① 转引自钱锺书:《林纾的翻译》,舒晨选编:《钱锺书论学文选》第6卷,广州:花城出版社,1991年,第132页。
② 林琴南:《论古文白话之相消长》,《文艺丛报》第1期,1919年4月。《文艺丛报》第1期目录的标题是《古文与白话之相消长》,而正文中的标题是《论古文白话之相消长》,此处采用正文中的标题。
③ 林纾:《震川集选序》,《林氏选评名家文集·归震川集》,上海:商务印书馆,1924年,第1页。
④ 钱基博:《现代中国文学史》,刘梦溪主编:《中国现代学术经典·钱基博卷》,石家庄:河北教育出版社,1996年,第226页。

提及。我以为林译小说至少在两个方面发挥了古文的长处:第一,于叙事中发议论。"五四"新文学中,有人指责林译小说"常常替外国人改思想",加入"某也不孝""某也无良"等评语。① 其实喜欢下断语、发议论源自古文的写作规范。林纾把韩愈的《送孟东野序》誉为"昌黎集中之创格,举天地人物,尽以'鸣'字括之"②,这得益于文章属于议论的起首句"大凡物不得其平则鸣"。发议论与感情外露有关,林纾对那种浓到极处的感情,常以"血"字来评价。林纾评诸葛亮的《出师表》"语语感自血性中流出"③,欧阳修的《泷冈阡表》"当以一团血性说话目之"④,而林纾自己在所译小说的序、跋中,针对弱国末世的时弊,往往痛彻呼号,多有激励之功。林译小说中自然有"替外国人改思想"且改得不当之处,但那种议论处的力透纸背却也十分难得。试举一例:

> 尚有余人在凯特立克楼下,聚语纷纷,中有一人曰:"嗟夫! 吾祖亚伯拉罕也,是人之战,何为憨勇如是。独不念此马来自远道,何不惜马力至此。且试观彼密兰之甲,爱彼盾槊,竟不省为贵重之物,犹襤褛焉,何也?"吕贝珈曰:"彼壮士尚不惜命,何为惜及甲马?"以撒曰:"汝乌知者。彼命为己有,生死由之,若甲与马者……"语至此止。骇问吕贝珈曰:"吾兹何言? 虽然,吕贝珈,汝听之,马上郎为好男子也,汝不观又战第二人矣。以老夫观之,今日郎必大胜,败者必将以资赎矣。"凡骑士战胜一人,以撒必默估败者之甲马为值若干,心志精神全在钱矣。⑤

与原文对照,林译略去了 York, the Templar, the Disinherited Knight, Gentile, Barbary, Joseph Pareira, Holy Jacob, the hilistine, God, the King of Bashan, Sihon, King of the Amoritesde 等专有名词,除 Rebecca 和 Isaac 这两个人名外,只翻译了"亚伯拉罕"和"密兰"两个专有名词,自然把很多文化信息扼杀了。"何也"的问句是由原文的感叹句改写来的,这样使得吕贝珈的回答衔接更加自然。林译在原文基础上增添了两处议论:"生死由之"和"心志

---

① 志希:《今日中国之小说界》,见赵家璧主编:《中国新文学大系·文学论争集》,上海:上海文艺出版社,2003 年影印,第 356 页。
② 《林纾选评古文辞类纂》,慕容真点校,杭州:浙江古籍出版社,1986 年,第 189 页。
③ 同上书,第 99 页。
④ 同上书,第 351 页。
⑤ [英]司各德:《撒克逊劫后英雄略》,林纾、魏易译,北京:商务印书馆,1981 年,第 49 页。

精神全在钱矣"。这一段写犹太人以撒嗜钱如命的特性,由父女两人的对话不经意地道出。因为吕贝珈不知道"马上郎"的甲与马是由她的父亲做保人借来的,而她的父亲差一点自己说出来,他为了掩饰就有了文中的停顿与"骇问"的转折。这两处议论,让整段文字活了,为画龙点睛之笔,有力透纸背之功。

第二,发挥了古文白描的特长。古文中的白描摒弃了辞赋的铺排和六朝的华丽藻绘,用散体的句子写人状物叙事,用鲁迅的话说:"有真意,去粉饰,少做作,勿卖弄而已。"①如:

> 史(可法)前跪抱公膝而呜咽。公辨其声而目不可开,乃奋臂以指拨眥,目光如炬,怒曰:"庸奴!此何地也?而汝来前。国家之事,糜烂至此,老夫已矣!汝复轻身而昧大义,天下事谁可支拄者?不速去,无俟奸人构陷,吾今即扑杀汝!"因摸地上刑械,作投击势。②

> 山多石少土,石苍黑色,多平方,少圆。少杂树,多松,生石罅,皆平顶冰雪,无瀑水,无鸟兽音迹。③

第一段选自方苞的《左忠毅公逸事》,第二段选自姚鼐的《登泰山记》,两文都是桐城派的代表之作,均以白描见长。

林译小说在当时能够吸引众多读者,原因之一也许就是善用古文的散体文言刻画人物。在《撒克逊劫后英雄略》的译序中,林纾说自己不通西文,但是听了西文故事,感觉到"往往于伏线接笋变调过脉处,大类吾古文家言"④。这里讲的更多是古文与西方小说在叙事方法上的相似,当然也包括钱锺书所说的林纾古文的记叙描写方面。林纾认为《撒克逊劫后英雄略》有"八妙",大多涉及的是小说的艺术表达,而不像在《黑奴吁天录》跋中说的"非巧于叙悲以博阅者无端之眼泪,特为奴之势逼及吾种,不能不为大众一号"⑤,强调的是小说的社会意义。这"八妙"之一就是小说的语言"述

---

① 鲁迅:《作文秘诀》,《鲁迅全集》第4卷,北京:人民文学出版社,2005年,第631页。
② 方苞:《左忠毅公逸事》,《方苞集》(上),上海:上海古籍出版社,2008年,第237页。
③ 姚鼐:《登泰山记》,《惜抱轩诗文集》,上海:上海古籍出版社,1992年,第221页。
④ [英]司各德:《撒克逊劫后英雄略》,林纾、魏易译,北京:商务印书馆,1981年,"序"第1页。
⑤ [美]斯土活:《黑奴吁天录》,林纾、魏易译,北京:商务印书馆,1981年,第206页。

英雄语,肖英雄也;述盗贼语,肖盗贼也,述顽固语,肖顽固也"①。还有对于弄儿汪霸的"诙诡",犹太女郎吕贝珈的深明大义,林纾都认为是书中妙处,小说中写约翰亲王的轻浮骄逸,写圣殿骑士的跋扈好色,写凯特立克对自己民族语言的坚守等等,都跃然纸上。然而我认为书中刻画最成功的人物之一无疑是犹太人以撒。林纾的"八妙"中说写犹太人"抱金自殉,至死不知国为何物"②,能给我们黄种人警示。他在犹太人以撒的身上看到和强调的仍然是国家民族的情感,而相对忽略了小说对以撒那种嗜金如命的特性的刻画。《撒克逊劫后英雄略》对犹太人以撒的白描,特别有司各特原文的神韵,甚至在语句上也有原文的文采:

> 歌斯诺,出金钱八十枚授以撒。以撒取钱,手颤不已。先以七十枚上手试验,聆金声,辨金色,皆善矣。用厚楮重裹之。余十枚一一掷听其声,每验一枚,必作数语。此时贪心与良心交斗,思无因得多金,于天理甚昧;拟划此十枚还之,而又弗忍,则变计欲少酬使者以赆,而金光射眼,又不能割此爱。乃数曰:"七十一枚,七十二枚。嗟夫!尔之主人殊良士,殊良士。"又数曰:"七十三枚。汝主人殊良士,殊良士。"又数曰:"七十四枚矣。顾此一枚何以有錾痕?"又数曰:"七十五枚矣。此一枚何较前金铢两轻也?"又数曰:"七十六枚。嗟夫良士!愿客告主人,苟有所需者,趣问尧克以撒老人也。"又数曰:"七十七枚。倘客主人欲假资于我者,必以信物。"语至此止,歌斯自念此三枚者必予我矣。已而又数曰:"七十八枚。"视歌斯曰:"客亦佳人。"此时数至七十九矣,复视歌斯曰:"在理必有以劳客之远来。"至八十枚时,以两指叠金钱,端审久之,且累掷之几上,铮铮然。初意本欲以犒歌斯也,顾此一枚铢两果少逊于前,或金色劣者,则此犹太人必慷慨割赠歌斯矣。乃歌斯之运蹇甚,独此一枚声作奇响,入耳动听,而又属新冶,花纹坟起,金色灿烂,且新出诸冶,未经磨荡,较常金重至一忽。以撒至此,至情恳恳,万不能与此金作永诀;而又无聊,乃勉作从容言曰:"八十圜殊不缺。想客主人必有以劳客者,且客囊中金尚多,勿须此也。"③

---

① [英]司各德:《撒克逊劫后英雄略》,林纾、魏易译,北京:商务印书馆,1981年,"序"第1页。
② 同上书,"序"第2页。
③ 同上书,第55—56页。

郭沫若曾经回忆自己深受司各特小说的影响,又说林译《撒克逊劫后英雄略》与司各特原文出入不大。此段与司各特原文[①]比较,可知郭氏之言不假。两段引文中,林译小说对原文的改动,主要是将以撒的整段叙述切断,添入"又数曰"的连接语,这不影响原文的整体表达,也不显得重复啰唆。这段记叙整体上有"一波五折"之妙,"一波"从以撒数前七十枚到数后十枚,数前七十枚是概写,后十枚是详写。第一折,以撒数七十一到七十三枚,称赞挨梵诃"殊良士,殊良士";第二折,七十四、七十五枚,挑金币錾痕和量轻的毛病;第三折,数七十六、七十七枚,希望挨梵诃继续向他借贷;第四折,数七十八、七十九枚,要感谢歌斯又舍不得给;第五折,数八十枚,达到高潮。整段记叙妙趣横生,而以撒嗜钱如命的特性跃然纸上。在中国小说的叙事中,只有《水浒传》中鲁智深拳打镇关西和《红楼梦》中凤姐生日泼醋等段落方可媲美。

林纾写景往往以四字句为主,掺用五六字句;而写人物心理活动,则以参差句为主,掺用四字句。《迦茵小传》中写迦茵逃出洛克家,月夜中赴死救亨利的一段很有动感:

> 迦茵出险,遂奔兰保洛礼拜寺,去庄约三英里之遥。是夜下弦半月

[①] 英文原文如下:"Gurth at length complied; and telling out eighty zecchins upon the table, the Jew delivered out to him an acquittance for the horse and suit of armour. The Jew's hand trembled for joy as he wrapped up the first seventy pieces of gold. The last ten he told over with much deliberation, pausing, and saying something as he took each piece from the table, and dropped it into his purse. It seemed as if his avarice were struggling with his better nature, and compelling him to pouch zecchin after zecchin, while his generosity urged him to restore some part at least to his benefactor, or as a donation to his agent. His whole speech ran nearly thus: —'Seventy-one—seventy-two; thy master is a good youth—seventy-three, an excellent youth—seventy-four—that piece hath been clipt within the ring—seventy-five—and that looketh light of weight—seventy-six—when thy master wants money, let him come to Isaac of York—seventy-seven—that is, with reasonable security.' Here he made a considerable pause, and Gurth had good hope that the last three pieces might escape the fate of their comrades; but the enumeration proceeded—'Seventy-eight—thou art a good fellow—seventy-nine—and deservest something for thyself—' Here the Jew paused again, and looked at the last zecchin, intending, doubtless, to bestow it upon Gurth. He weighted it upon the tip of his finger, and made it ring by dropping it upon the table. Had it rung too flat, or had it felt a hair's breadth too light, generosity had carried the day; but, unhappily for Gurth, the chime was full and true, the zecchin plump, newly coined, and a grain above weight. Isaac could not find in his heart to part with it, so dropt it into his purse as if in absence of mind, with the words, 'Eighty completes the tale, and I trust thy master will reward thee handsomely.—Surely,' he added, looking earnestly at the bag, 'thou hast more coins in that pouch?'" Sir Walter Scott, *Ivanhoe*, New York: Airmont Publishing Company Inc., 1964, p.112.

为流云所掩,时明时晦,故地上常团黑影。行时必过积水潭,夜风既大,四围葭苇瑟瑟作声,阒无人踪。迦茵处此静境之中,惊惧较就死为甚。究之此时,迦茵身尚未死,而尘境惶惑震惧,仍能动其心。追既过积水潭,乘高原而立,居水潭与海之中心,月光所及,尚能见海波闪闪,作金线跳跃;村路如蛇,宛宛不知所极;而礼拜寺废塔,犹矗立天边。月色黯淡,迦茵且行且探,竟不睹一物。殆及塔旁,将及一百码,伏于塔影之内,四听动静,且引目流瞩,但见云片袭月,黑影下坠,目光为迷。耳之微闻,则海波枏汩,芦叶战风,海鸟触风悲鸣而已。此时迦茵忽萌畏死之念,脑中逐一怀及旧事。虽前此所历,均非佳境,然私较死后情形,或视此为劣。既而复念我一身既脱洛克掌握,胡为弗逃?矧英国律条,万无抑令与风人同居之理;且吾年尚稚,何妨再至伦敦,一洗从前陈迹?然则亨利如何耶?亨利前程至远,吾安听彼狂人,死之草磺之上?第吾死之后,事势又复如何?吾试为亨利思之,乍闻吾死,心必不堪;追情事一过,则又返其夙态,与妻子为乐。世上男子,安有代一女子终身抱憾者?然无别法,只顾随他而已。吾自尽苦心,俾吾知之之人,量此事价值之高下,我身又何惜焉?且吾身在世,如结乱绳,百不能解,惟一死足以解之,我奚不为?此种心绪,吾书叙至二百余言,而迦茵心中,特一转念而已,为候盖至迅也。此时迦茵,四瞩无人,复逦迤向礼拜寺而行,去三叉之路,仅五十武,自据其一,欲傍睨其两支路,势必履至岔口。然自念是间,洛克必狙伏于是,设吾不冒险而过,亨利苟来,如何者?于是踌躇四顾,疑亨利自后而来,彷徨不进;又念此亨利已尽于彼人之手耶?抑或亨利豫以车归耶?吾前耶?吾退耶?吾逃耶?三种之意,辘辘于心,不能遽决。既念不如径前,天下赴义之事,安有退衄可成者?时热血上冲,耳中突突作响。因计天下人,必无如我之奇踪,乃伪瞥而前行,不及五码之远,心复滋惧。此时去岔路仅二十武,知此间必为洛克所伏处,凡囚人之初赴死,意气尚烈,一临法场,势必震骇。迦茵此时战栗自念,冀皇天曲全亨利,盖第一次在此以死命全亨利;今复代死,则真人间可怖之事矣。迦茵之心固奋,而迦茵之肢体则至缩。初欲发声而号,俾亨利知之;又念为洛克所知,则大事亦立败;又念不如绕转海滨待亨利,亨利或以此处来也。刚欲反步,乃从极静中有声入迦茵之耳矣。此声如挚兽伏莽,遇生物而动。此时迦茵四体颓惫,声不能发吻;又闻异声如人在草间骇立者,但闻火光一闪,而弹不出,盖枪经毙狗,不复纳弹,光盖铜帽光也。迦茵此时狂奔,帽已坠落于地,而黑云适出月,月光射人,迦茵见一丑人,正是洛克,枪口已对其胸,倏忽中火光复吐,如狗伸舌,从火中照见洛克之脸,初尚极恨,立即大戚。迦茵胸口微觉麻木,人已仰翻矣。盖洛克初见有人,又复蹩步,决为亨利;及借火光一烛,始省其为迦茵。盖此枪一发,非毙迦茵意中之人,实毙洛克意中之人耳。①

林纾的古文笔法写景多用四字句,写静态景物多用整句,而像《西游记》写景、《红楼梦》写人,多用整句骈句来写。林纾的古文笔法又善于描写动态情景,这段文字的长处在于:于动态中把迦茵的行为和心理活动结合起来描写,细致入微,波澜起伏。迦茵为救亨利,决定自己在黑夜中假装亨利跛脚行走的姿势,让洛克复仇。刚刚逃出洛克家,奔赴礼拜寺三岔路口的时候,精神必然抖擞,意志必然坚定,毕竟这是她为最心爱的人代死。而一路上所见所闻,如瑟瑟声音、黑影团团,使得迦茵开始惊惧害怕,"忽萌畏死之念",于是把死亡与自己的经历比较,觉得死更加劣败,同时也没想好从此逃出自谋生路,是否可能有新的希望;又想到自己为亨利而死,亨利起先可能悲伤,日后必然与妻子其乐融融。转而一想,自己一身如乱麻,唯有一死才能了结,于是慢慢继续向前。迦茵的心理动态一波多折,扣人心弦。从叙事上说,这段为第三人称叙事,因有人物内心活动,于是主语出现"吾""我"同用的情形。这是文言、白话共存的方式,也可以说是林纾古文笔法向白话的开放。

二、林译小说式古文与西方小说的抒情

胡适肯定林纾的《茶花女》"用古文叙事写情",是"替古文开辟一个新殖民地"②,尽管"古文不长于写情",但以"叙事"来"写情"其实正是古文的长处,而胡适所说的"新殖民地"着意在文言长篇叙事文学。如果就"写情"方式的多样性来看,林译小说除了发扬"叙事写情"的功用外,对于西文小说中的其他"写情"方式就未必能发挥出来了。郭沫若说《吟边燕语》那种"童话式的译述"③比莎士比亚的原著更亲切,可能忽略了《吟边燕语》从兰姆的散文体翻译过来的事实。《吟边燕语》只是叙写了故事,而兰姆叙事中

---

① [英]哈葛德:《迦茵小传》,林纾、魏易译,北京:商务印书馆,1981年,第246—248页。
② 胡适:《五十年来中国之文学》,申报馆编:《最近之五十年》,上海:申报馆,1923年,第6页。
③ 郭沫若:《我的幼年》,见薛绥之、张俊才编:《林纾研究资料》,福州:福建人民出版社,1982年,第211页。

的那种情韵,林译古文还是没能呈现。郑振铎说林琴南的翻译小说中称得上"完美者已有四十余种",但是他并没有给出"完美"的标准。如果仅仅不改变原作的文体,不作太多的删节,就称"完美",则又太草率。郑振铎引茅盾的话作例子,以为林译小说如《撒克逊劫后英雄略》能"保有原文的情调",人物刻画几乎与原文"一模一样",明显推崇太过。①

林纾以古文翻译西方小说,不足之一在于无法实现抒情方式的对接。中国文学如果从《诗经》和《楚辞》来看,抒情传统以情景交融和托物抒情的方式为主;如果从史传文学来看,则以叙事寄托情感为主。小说以叙事为主,但也不排斥抒情,优秀的小说总是以多种方式来抒情的。不过,中国抒情整体上讲求含蓄内敛,不喜欢张扬恣肆。

林纾所遵守的古文义法,如果从桐城派的文论血脉看,方苞的"义法"、姚鼐的"义理考据词章"和曾国藩的"经济"都不太关注抒情的方式,因为他们更关注"理"的展示。林纾的《春觉斋论文》倒是在"应知八则"中给了"情韵"一席地位,他说:"盖述情欲其显,显当不邻于率;流韵欲其远,远又不至于枵。"②林纾少有狂名,论文也多用"血性"和"血诚"等语。他并非不重视情感,但在此要关注的是他的情感抒发方式。"情"要显露而不至于"率",这里的"率"不是草率,而是直率。林纾所言"十六忌"中第一忌就是"忌直率"。他说:"文字本贵雄直,亦贵直率;鄙言以直率为忌,似易生人攻讦。"③为什么直率就容易受人攻讦?林纾引元遗山、吕东莱对直率的批评后,以韩愈古文气"直"而心"曲"为佐证。直率容易受人攻讦其实与中国诗学的抒情传统有关。

就林纾自己的美学趣味和写作古文而言,忌讳直率无可非议。但是如果把这种趣味施之于翻译是否恰当则值得考虑。如果原作有直率处,译作当如何处理? 林译小说的古文笔法如何面对西方小说的直率处呢?

《块肉余生述》第二十六章叙写科波菲尔沉迷于都拉(Dora)的美丽:

> The idea of dressing one's self, or doing anything in the way of action, in that state of love, was a little too ridiculous. I could only sit down before

---

① 郑振铎:《林琴南先生》,《小说月报》第15卷第11号,1924年11月。
② 林纾:《春觉斋论文》,见《论文偶记 初月楼古文绪论 春觉斋论文》,北京:人民文学出版社,1998年,第85页。
③ 同上书,第89页。

my fire, biting the key of my carpetbag, and think of the captivating, girlish, bright-eyed, lovely Dora. What a form she had, what a face she had, what a graceful, variable, enchanting manner!①

林纾用"思彼腰肢容色,随处皆超轶于人"概括都拉的美丽。② 是汉语不擅长抒情吗?肯定不是,每一种语言都很切合抒发使用这种语言的人的情感。我觉得是林纾所崇奉的古文很难接受这种抒情方式。《威尼斯商人》中夏洛克(Shylock)在庭审时呼喊:"A Daniel is come to judgment! O wise young judge, how I do honour you! How much elder are you than your looks?"③夏洛克欲置安东尼奥于死地的决心昭然若揭,当年轻的律师要按照法律办事时,夏洛克多么激动,这一激动与后文情节的急转直下形成喜剧的鲜明对照。按说这也是《威尼斯商人》中的精彩笔墨,可是林纾的译文仅仅用一平淡的陈述句"但尼而来平亭吾谳矣"④轻轻带过。在《罗密欧与朱莉叶》中,罗密欧与朱莉叶在舞会上的对话很具有基督教色彩。Romeo 自称是朝圣者(pilgrim),想吻 Juliet 的手,Juliet 回答:

"Good pilgrim," answered the lady, "your devotion shows by far too mannerly and too courtly: saints have hands, which pilgrims may touch, but kiss not."—"Have not saint lips, and pilgrim too?" said Romeo. "Ay," said the lady, "lips which they must use in prayer."—"O then, my dear saint," said Romeo, "hear my prayer. and grant it, lest I despair."⑤

这段话林纾以一句话概括:"君来见礼,足知诚悫。然明神之手可把握为礼,不能即之以吻,此口当留诵青词,以达神听,他用之亵矣。"⑥林纾的古文表达了朱莉叶拒绝的意思,但遗漏了"pilgrim"和"saint"这对词语的宗教信息,突然出现一只"神之手"让语句非常突兀。更重要的是,这场对话展现

---

① Charles Dickens, *David Copperfield*, London: The Penguin Group, 1994, p.324.
② [英]迭更司:《块肉余生述》,林纾、魏易译,北京:商务印书馆,1981年,第222页。
③ Charles and Mary Lamb, *Tales from Shakspeare*, London: The Penguin Group, 1995, p.104.
④ [英]兰姆:《吟边燕语》,林纾、魏易译,北京:商务印书馆,1981年,第6页。
⑤ Charles and Mary Lamb, *Tales from Shakspeare*, p.246.这段话我试译如下:"善良的朝圣者,"朱莉叶回答,"你的热爱远远超出了男士的风度和庄重:圣徒有手,朝圣者可以接触,但不能吻。""圣徒有唇,朝圣者可以接触吗?"罗密欧说。"噢,"女士说,"唇是他们用来祈祷的。""啊,我的尊敬的圣徒,"罗密欧说,"聆听我的祈祷,同意它,免得让我绝望。"
⑥ 同上。

了两人情意的互相推动和互相吸引,倾慕由此产生。Lamb 的原文接下来有一句"In such like allusions and loving conceits they were engaged"①,即:在这样的暗示和爱的巧妙比喻中他们订婚了。但是林纾译文根本没有翻译。

利科曾经区分亚里士多德的两种隐喻:修辞学的隐喻和诗学的隐喻。前者属于雄辩术,其功能在于说服;后者属于诗学,其功能在于净化恐惧和怜悯这样的感情。② 就比喻来看,林纾的古文写作大致属于修辞学,而林译小说大致属于诗学。林纾的古文写作基本排斥比喻,当然偶尔也有一些比喻,但是比喻不是古文重视的陈述方式,我觉得这不是林纾个人的偏好,而是古文在流变中慢慢有了这样一个内在的制约。林译小说不同于古文写作,但是当林纾用古文笔法翻译西方小说时,古文轻视比喻的原则被移植过来,也许可以这样说:林纾的古文写作轻视修辞学的比喻,从而林译小说也轻视了诗学的比喻。简言之,林纾无论在古文写作还是林译小说中都是轻视比喻的。如果说古文写作不能滥用比喻非常恰当,但有意排斥甚至轻视比喻则没有必要。尤其在翻译中,原文如果有比喻而译文因为古文规约的限制而省略掉,则这种翻译就是对原文的肆意"谋杀"。利科这样解释他的"活的隐喻":"将人描述成'行动着的人',将所有事物描述成'活动着的'事物很可能是隐喻话语的本体论功能。在此,存在的所有静态的可能性显现为绽放的东西,行为的所有潜在可能性表现为现实的东西。'活的'这个词语就是道出'活的'存在的东西。"③罗密欧和朱莉叶的对话就属于"活的隐喻"的对话。

三、林纾小说式古文与西方小说的神韵

有学者把林纾"以古文经典诠释西方小说"和"用儒家道德解读西方人情"概括为双重误读:前者在审美层次上找到了中国史传和唐宋派古文与西方小说的契合点,后者则在人伦风俗上找到了中西方的"共性"。这样一种概括虽然显示了林译小说在引入西方小说方面的贡献,但研究者以一种特别仰视的姿态,则很自然地掩盖了林译小说对于与中国古文异质性因素的压制,尤其是"他用古文,竟然能够惟妙惟肖地传达西方原著的幽默",

---

① Charles and Mary Lamb, *Tales from Shakspeare*, London: The Penguin Group, 1995, p.104.
② [法]保罗·利科:《活的隐喻》,汪堂家译,上海:上海译文出版社,2004年,第1—7页。下文涉及中文的"比喻"与西文"隐喻"之间的关系,我们常讲的"比喻"相当于西文的"隐喻"。
③ 同上书,第58页。

"多亏这个不懂(按,指林纾不懂西文),他才有可能误读"等类似的观点,显示了过于偏执的心态。① 其实只要将林译小说原作对照阅读,就会发现林译小说对原作的神韵处还是有很多未能传达出来,举例不难,比如:

> Firmness, I may observe, was the grand quality on which both Mr. and Miss Murdstone took their stand. However I might have expressed my comprehension of it at that time, if I had been called upon, I neverth less did clearly comprehend in my own way, that it was another name for tyranny; and for a certain gloomy, arrogant, devil's humour, that was in them both. The creed, as I should state it now, was this. Mr. Murdstone was firm; nobody else in his world was to be so firm as Mr. Murdstone; nobody else in his world was to be firm at all, for everybody was to be bent to his firmness. Miss Murdstone was an exception. She might be firm, but only by relationship, and in an inferior and triubutary degree. My mother is another exception. She might be firm, and must be; but only in bearing their firmness, and firmly believing there was no other firmness upon earth. ②

这段话很有特色,不仅有排比,也有对照,还反复运用了 firm 一词的不同形式,firm, firmness, firmly 三种形式使得同一意义有不同的表达形式,在语法和音节上造成了相对灵活的艺术效果。"坚定"在这里有多重意思,对 Murdstone 兄妹来说,意味着固执和专制;而对于 David 的母亲而言,意味着顺从和屈服,从而具有反讽意味。林纾《块肉余生述》的译文如下:

> 坚定二字,彼姊弟恒挂诸口,余译其意,即专制之别名;姊弟二人实长于此技。麦得斯东意则自信坚定,而他人则职在服从。坚定外,则其姊次之,后妻则又次之;凡家中坚定之支流,均以彼为归宿地。③

比较林纾的译文与原文,就可以看出译文篡改处很多。"坚定外,则其姊次之,后妻则又次之;凡家中坚定之支流,均以彼为归宿地。"林纾的译文根本错误地理解了原文的意思,尤其是对于"坚定"的反讽式表达,林纾

---

① 杨联芬:《晚清至五四:中国文学现代性的发生》,北京:北京大学出版社,2003 年,第 95—109 页。
② Charles Dickens, *David Copperfield*, London: The Penguin Group, 1994, p.51.
③ [英]迭更司:《块肉余生述》,林纾、魏易译,北京:商务印书馆,1981 年,第 27 页。

的译文根本无法体现。这种叙述性的反讽,是狄更斯文体的重要特色。再比如:

> I know enough of the world now, to have almost lost capacity of being much surprised by anything; but it is matter of some surprise to me, even now, that I can have been so easily thrown away at such an age.①

狄更斯两次用 surprise 形成对照,具有反讽意味。就汉语本身来说,因没有词形变化,要完全达到反讽的效果不太可能。但是林纾的处理还是过于简单。

第三节 古文与"五四"新文学

"五四"新文学时期,林纾几乎以堂吉诃德的姿态上演着悲凉的一幕。说其悲凉,是因为他年垂七十,又身负晚清"译才"的盛名,与一群留洋归来而且是阅读林译小说成长的猛进之士对垒,其孤军迎战的精神诚然可佩,而含沙射影借助他力的无奈又确实可叹。描述林纾与"五四"新文学的关系,或者说探讨古文与"五四"新文学的关系,恐怕要回到当时的历史语境,首先要梳理"五四"新文学提倡者如何由批判桐城派而落实到批判林译小说及其所坚守的古文,其次要描述林纾参与论战的学理支撑的具体内涵,最后呈现林纾所坚守的古文作为一种书写方式和表达方式对于个人的存在论意义。

一、古文的现代处境及林纾的回应

"五四"新文学提倡者一开始就很重视对"文"的批判。随着科举制度的废除,新的教育选拔机制放弃了诗,保留了文。而在现实生活中,"文"无处不在,"文"的转变比"诗"的尝试更迫切一些。到了民国之后,知识分子可以不作诗,但是不可不写"文"。

胡适的《文学改良刍议》着眼的是从文言向白话的文学的整体转变,取例多在诗歌和小说,不过古文也在批判之中。胡适说明"言之有物"时,批判"近世文人""沾沾于声调字句之间,既无高远之思想,又无真挚之情感";

---

① Charles Dickens, *David Copperfield*, London: The Penguin Group, 1994, p.135. 我试译为:"我对现在的世界足够熟悉,以致失去了对任何事物产生惊奇的能力;但是令我惊奇的是,在这样一个时代,我可能很容易被抛弃。"

在解说"不摹仿古人"时,则批判了"今之'文学大家'"的主张,或者"下规姚曾,上师韩欧",或者取法秦汉魏晋。① 前一类正是桐城派,后一类恰为《文选》派。就前一类"文学大家"而言,肯定包括与桐城派关系密切的严复和林纾,也许还包括马其昶、姚永朴、姚永概等桐城派作家。胡适选择的批判例子是陈伯严的诗歌,没有展开对"今之'文学大家'"的解剖。

胡适的文章还没有点出桐城派的名字,陈独秀的《文学革命论》就没有"刍议"的温和,直接把明代的"前七子""后七子"以及桐城派的代表作家归有光、方苞、刘大櫆、姚鼐称为"十八妖魔",批判他们阻遏了"元明剧本,明清小说"的发展,而对桐城派的批判尤其尖锐:

> 归、方、刘、姚之文,或希荣誉墓,或无病而呻,满纸之乎者也矣焉哉。每有长篇大作,摇头摆尾,说来说去,不知道说些甚么。此等文学,作者既非创造才,胸中又无物,其伎俩惟在仿古欺人,直无一字有存在之价值。②

陈独秀指出桐城派是"八家"与八股的混合体,这样把批判的锋芒指向了唐代的韩愈等人。陈独秀一方面肯定韩柳的古文崛起,一洗六朝"纤巧堆朵之习",尤其是韩愈"变八代之法,开宋元之先,自是文界豪杰之士"。但是他毫不客气地批判了韩愈"文犹师古"的取法和"文以载道"的谬见,认为其古文形成了新的贵族文学,导致了"钞袭孔孟"的肤浅空气,与八股文的"代圣贤立言"同一鼻孔出气。③

与此同时,林纾的《论古文之不宜废》在1917年2月8日的《民国日报》上发表。林纾首先提出"文无所谓古,唯其是"④的观点,此语源出姚鼐《古文辞类纂序》:"夫文无所谓古今也,惟其当而已。"⑤"古文"之根基不在"古",而在"当"或"是"。那么,何谓"当"?何谓"是"?姚鼐的"当"指"六经"贯于今日的"道";林纾的"是"指"不轶于伦常之外"⑥。可见"当"与"是"的内涵趋同。"古文"之"古"并非一个时间上的概念,古文之不当废

---

① 胡适:《文学改良刍议》,《新青年》第2卷第5号,1917年1月1日。
② 陈独秀:《文学革命论》,《新青年》第2卷第6号,1917年2月1日。
③ 同上。
④ 林琴南:《论古文之不宜废》,《民国月报》1917年2月8日。
⑤ 姚鼐:《古文辞类纂序》,见贾文昭编著:《桐城派文论选》,北京:中华书局,2008年,第102页。
⑥ 林纾:《桐城派古文说》,见贾文昭编著:《桐城派文论选》,第427页。

的理由在于古文之"是",具体表现为:

> 然而一代之兴,必有数文家撐拄于其间。是或一代之元气,盘礴郁积,发泄而成至文,犹大城名都,必有山水之胜状,用表其灵淑之所钟。文家之发显于一代之间,亦正类此。①

"盘礴郁积"者又并非"是"能全部涵盖,因此林纾论文也并非铁板一块,不过这些缝隙毕竟不足以瓦解他的古文观念。接着林纾借用拉丁文的例子来维护方苞、姚鼐古文的正当性:"知腊丁之不可废,则马班韩柳亦自有其不宜废者。吾识其理,乃不能道其所以然,此则嗜古者之痼也。民国新立,士皆剽窃新学,行文亦译之以新名词。夫学不新而唯词之新,匪特不得新,且举其故者而尽亡之,吾甚虞古系之绝也。"②接着用日本人求新而视旧为宝,与中国人不得新而殒其旧作对比,突出古文之不当废。

从上文可以看出,胡适、陈独秀和林纾三人的论战围绕着"古文"问题而展开,指向的人物还在清代的古文名家,如桐城派的方苞、刘大櫆和姚鼐。然而随着对桐城派的批判,新文学提倡者逐渐把这种批判落实到林纾身上。章门弟子钱玄同热情响应胡适的《文学改良刍议》,"极为佩服"和"最精辟"等赞语络绎而来。钱玄同指出对于这样的改良文艺,不知"选学妖孽,桐城谬种"会怎样咒骂。③ 这是新文学提倡者第一次用如此绝对化而又富有根源性的八个字来横扫传统古文。④ 钱玄同把"桐城巨子"所作的散文、"选学名家"所作的骈文,一律看作"高等八股"和"变形之八股"。⑤ 他乘势追击:"又如某氏与人对译欧西小说,专用《聊斋志异》文笔,一面又欲引韩柳以自重,此其价值,又在桐城派之下,然世固以大文豪目之矣。"⑥这"某氏"很明显指的就是林纾,但一直没有点明。接着,《新青年》第3卷第3号胡适给陈独秀的通信中则对林纾的《论古文之不宜废》提出了直接的批判。

---

① 林琴南:《论古文之不宜废》,《民国日报》1917年2月8日。
② 同上。
③ 钱玄同给陈独秀的通信,《新青年》第2卷第6号,1917年2月1日。
④ 如果从这八字来看,新文学提倡者应对《文选》派和桐城派施以同样的批判力量,但是由于章门弟子与桐城派文人在北大的人事更动,以及章门弟子内部的丰富性,使得批判桐城派为实,而批判《文选》派为虚。参见陈平原:《中国现代学术之建立——以章太炎、胡适之为中心》,北京:北京大学出版社,1998年,第八章"现代中国的'魏晋风度'与'六朝散文'"。
⑤ 钱玄同给陈独秀的通信,《新青年》第3卷第1号,1917年3月15日。
⑥ 同上。

胡适抓住林纾所说的"吾识其理,乃不能道其所以然"进行反驳,一方面整体上把古文家的写作比喻为留声机器而予以否定,另一方面又揪住林纾文中"方姚卒不之踣"一句的语法错误而给予古文致命一击。胡适批判林纾早有准备,在日记中,胡适对《论古文之不宜废》一文批了三个"不通",并写道:"此文中'而方姚卒不之踣'一句,'之'字不通。"①他对此进行了详细解说:

> 此中"而方姚卒不之踣"一句,不合文法,可谓"不通"。所以者何?古文凡否定动词之止词,若系代名词,皆位于"不"字与动词之间。如"不我与""不吾知也""未之有也""未之前闻也"皆是其例。然"踣"字乃是内动词,其下不当有止词。故可言"而方姚卒不踣",亦可言"方姚卒不因之而踣",却不可言"方姚卒不之踣"也。林先生知"不之知""未之有"之文法,而不知"不之踣"之不通。此则学古文而不知古文之"所以然"之弊也。
>
> 林先生为古文大家,而其论"古文之不当废""乃不能道其所以然",则古文之当废也,不亦既明且显耶!②

胡适的批判成为运用西方语法解读古文的经典个案,也成为新文学提倡时期解构古文合理性的第一刀。③ 胡适的文章直接把林纾推到了新旧对立的前台,然后出场的是钱玄同和刘半农的"双簧戏"。钱玄同对"古文"的批判一直在继续,他在《论应用文之亟宜改良》中论及国文科的选文时,指明"惟选学妖孽所尊崇之六朝文、桐城谬种所尊崇之唐宋文,则实在不必选读"④。他在《〈尝试集〉序》中把弄坏言文一致的人分为"独夫民贼"和"文妖"两种。"文妖"又有两类,从扬雄到《文选》派为一类,明清以来的归有光、方苞、姚鼐、曾国藩等古文的"死奴隶"为另一类。前一类搬运垃圾典故、肉麻辞藻,后一类卖弄可笑的义法、无谓的格律。两类本质上都反对最

---

① 胡适:《胡适留学日记》(四),上海:商务印书馆,1947 年;引自上海三联书店民国沪上初版书复制版,2014 年,第 1188 页。
② 胡适给陈独秀的通信,《新青年》第 3 卷第 3 号,1917 年 5 月 15 日。
③ 有当代学人重提"方姚卒不之踣"一句的解读,参见程巍:《为林琴南一辩——"方姚卒不之踣"析》,《中国图书评论》2007 年第 9 期;郭德茂:《就"方姚卒不之踣"致程巍先生及读者》,《中国图书评论》2008 年第 5 期。
④ 钱玄同:《论应用文之亟宜改良》,《新青年》第 3 卷第 5 号,1917 年 5 月 15 日。

老实的白话文。① 《新青年》第 4 卷第 3 号王敬轩(钱玄同)与刘半农的"双簧戏"中,林纾成了他们重要的批判符码。钱玄同写道:

> 贵报三卷三号胡君通信,以林琴南先生"而方姚卒不之踣"之"之"字为不通,历引古人之文,谓"之"字为止词,而"踣"字是内动词,不当有止词。贵报固排斥旧文学者,乃于此处因欲驳林先生之故,不惜自贬声价,竟乞灵于孔经,已足令识者齿冷。至于内动词、止词诸说,则是拾《马氏文通》之唾余。马氏强以西文律中文,削趾适屦,其书本不足道。昔人有言,"文成法立",又曰,"文无定法",此中国之文言文法。与西人分名动、讲起止、别内外之文法相较,其灵活与板滞,本不可以道里计。胡君谓林先生此文可言"而方姚卒不踣",亦可言"方姚卒不因之而踣",却不可言"方姚卒不之踣"。不知此处两句,起首皆有"而"字,皆承上文"论文者独数方姚"一句,两句紧相衔接,文气甚劲。若依胡君改为"而方姚卒不踣",则句太短促,不成音节。若改为"而方姚卒不因之而踣",则文气近懈矣。贵报于古文三昧,全未探讨,乃率尔肆讥,无乃不可乎? 林先生为当代文豪,善能以唐代小说之神韵,移译外洋小说。所叙者皆西人之事也,而用笔措词,全是国文风度。……林先生渊懿之古文,则目为不通,周君寒涩之译笔,则为之登载,真所谓弃周鼎而宝康瓠者矣。林先生所译小说,无虑百种,不特译笔雅健,即所定书名,亦往往斟酌尽善尽美。如云《吟边燕语》,云《香钩情眼》,此可谓有句皆香,无字不艳。《香钩情眼》之名,若依贵报所主张,殆必改为"革履情眼"而后可,试问尚复求何说话?②

钱玄同从为林纾辩护"方姚卒不之踣"一语开始,这种叙说看似为林辩护,实则揭林之丑。钱玄同所提的两个方面的根据并不能驳倒胡适。第一,他批判胡适立论的根据是捡拾《马氏文通》的语法论,而《马氏文通》以"西文律中文"的方法掩盖了中文灵活的语法特征。第二,从行文语气看,林纾原文文气甚劲,而胡适所改句子要么不成音节,要么文气甚懈。而对于"方姚卒不之踣"中"之"字到底如何处理并未给予明确的论断。钱玄同接着盛赞"林先生为当代文豪,善能以唐代小说之神韵,移译外洋小说";又盛赞林译

---

① 钱玄同:《〈尝试集〉序》,《新青年》第 4 卷第 2 号,1918 年 2 月 15 日。
② 王敬轩、刘半农:《文学革命之反响》,《新青年》第 4 卷第 3 号,1918 年 3 月 15 日。

小说为"渊懿之古文",且"译笔雅健","所定书名,亦往往斟酌尽善尽美"。这些赞誉都是树立批判的靶子,给刘半农的反驳开出足够的空间。

刘半农在回信中,对于王敬轩为"方姚卒不之踣"一语的辩护用"引出古人成句,将他证明才是"轻轻带过,重点批判林译小说。刘半农从文学的角度,下了非常绝对的判断:林译小说"半点儿文学的意味也没有"①。原因有三:第一,选择的原著不精。第二,谬误太多。第三,在原文与本国语的处理上本末倒置。② 刘半农尤着意于第三点:

> 林先生之所以能成其为"当代文豪",先生之所以崇拜林先生,都因为他"能以唐代小说之神韵,移译外洋小说";不知这件事,实在是林先生最大的病根;林先生译书虽多,记者等始终只承认他为"闲书",而不承认他为有文学意味者,也便是为了这件事。当知译书与著书不同,著书以本身为主体,译书应以原本为主体;所以译书的文笔,只能把本国文字去凑就外国文,决不能把外国文字的意义神韵硬改了来凑就本国文。③

刘半农"译书应以原本为主体"的翻译观,击中了林译小说的软肋,因为林纾不懂外文,而他所翻译的小说涉及法语、英语、俄语、日语等多种语言。林译小说从生产的方式看,均为某某口述、林纾笔述之作,可谓以汉语古文强律西方文学。刘半农提出了两个有力的例证:鸠摩罗什并非用晋文翻译《金刚经》、唐玄奘并非用唐文翻译《心经》。

新文学提倡者至此已经把林纾"逼"到言说的悬崖边缘,他或许也可以像严复一样保持沉默,但是林纾毕竟是"狂人",他毅然选择了出击。1919年林纾进行了全面反击:

1919年2月17—18:《荆生》载《新申报》(上海)。

1919年3月18日:《致蔡鹤卿书》载《公言报》通信栏。

1919年3月19—23:《妖梦》载《新申报》(上海)。

1919年4月5日:《腐解》载《公言报》。

1919年4月:《论古文白话之相消长》载《文艺丛报》。

---

① 王敬轩、刘半农:《文学革命之反响》,《新青年》第4卷第3号,1918年3月15日。
② 同上。
③ 同上。

林纾的反击以三种形式展开：

第一，他的小说《荆生》和《妖梦》采用虚构的方式，不仅丑化陈独秀、胡适、钱玄同等新文学提倡者，而且也暗含借助某种力量扼杀新文学的愿望。在《荆生》中，提倡白话的田其美、金心异、狄莫暗射陈独秀、钱玄同和胡适，而突然闯入的荆生以武力"镇压"了三人。这篇小说被人诟病的有两点，一是想借助荆生这种力量来遏制新文学和白话，而这种力量被解读为武力。《每周评论》转载《荆生》一文的"记者"按语声称，反对国语文学的古文家、骈文家、古典派的诗人词人中，"甚至于有人想借武人政治的威权来禁压这种鼓吹"，其代表就是林纾的"梦想小说"《荆生》。① 二是用语急峻而粗俗，荆生也好，蠡叟也好，均把田其美等人直呼为"禽兽"："尔乃敢以禽兽之言，乱吾清听？""禽兽自语，于人胡涉？"《妖梦》叙述"余"的门生郑思成做一梦，"余"称之为"妖梦"。郑思成在梦中被一长髯人引到阴曹地府，见一白话学堂，悬对联一副："白话通神，《红楼梦》《水浒》，真不可思议；古文讨厌，欧阳修，韩愈，是甚么东西。"然后来到"毙孔堂"，也有一副对联："禽兽真自由，要这伦常何用；仁义太坏事，须从根本打消。"接着有校长元绪、教务长田恒和副教务长秦二世出来会见，对于田恒和秦二世的外貌极尽丑化之能事。田恒和秦二世都说了一些废除伦常、主张自由、废除死文字和主张白话文的话。最后有阿修罗王来吃掉他们。林纾借蠡叟之口说，若真有阿修罗王，他要请其"将此辈先尝一脔"。②

第二，他的书信《致蔡鹤卿书》以公开发表的方式，直指当时北京大学校长蔡元培。蔡元培概括林纾书信的观点为指斥新文学"覆孔孟，铲伦常"和"尽废古书，行用土语为文字"③。前者出于卫道，后者出于守古文。林纾卫道，并非简单地指责新文学提倡者废弃孔孟之道。他有自己的历史逻辑脉络，他觉得晚清的改革并没有成功："晚清之末造，慨世者恒曰去科举，停资格，废八股，斩豚尾，复天足，逐满人，扑专制，整军备，则中国必强，今百凡皆遂矣，强又安在？"并且以"十九年之笔述"的见闻，贯通中西，以为"崇仁、仗义、矢信、尚智、守礼"这"五常"之道在西方也没有违忤的，视孔子为"圣

---

① 林纾：《荆生》，《每周评论》第12号，1919年3月9日。
② 林纾：《妖梦》，见赵家璧主编：《中国新文学大系·文艺论争集》，上海：上海文艺出版社，2003年影印，第431—433页。
③ 蔡元培：《蔡校长致〈公言报〉函并附答林琴南君函》，《北京大学日刊》第338号，1919年3月21日。

之时者"。① 对于清末民初的改革,不满意的人很多,比如鲁迅就非常绝望。但是鲁迅的绝望并非完全否定,更不因这种现实而采取后退的姿态,也没有像林纾一样对包括教育制度、政治制度、女性解放在内的所有东西进行否定。

第三,他的《论古文白话之相消长》《腐解》等文正面立论,阐述古文不可废弃。在《妖梦》中,林纾借"蠹叟曰"表达了对古文、白话关系的看法:其一,迭更司曾经认为拉丁罗马希腊古文为死文字,但是以迭更司之力都不能尽废除,那么可以断定以"田恒"等人之力无法废除中国古文。其二,白话出于古文,如"田恒"等人称赞的《红楼梦》《水浒》出于古书。其三,作白话先须读书明理,说得通透,方能动人,以白话教白话不能明理。②《论古文白话之相消长》继续发挥了这些观点:其一,"从未闻尽弃古文行以白话者"。其二,"废古文用白话者,亦正不知所谓古文也"。其三,"古文者白话之根柢,无古文安有白话"③。在《腐解》中,林纾模仿他最崇拜的古文家韩愈《进学解》的问答形式,设置蠹叟和学生的对话。面对急剧的世变,蠹叟虽年已七十,但仍然想学习孟子批杨墨和韩愈批佛老,宁愿"据道而直之",为了"存此一线之伦纪于宇宙之间",即使断头裂胸也心甘情愿,其卫道和卫古文的决然姿态确实悲壮。④

林纾以三种方式展开对新文学提倡者的回击,看上去上中下三路全面进攻,有条不紊,但其小说漫画化的讽刺又显得天真可爱,这点被许多人当作小辫子揪住不放。与胡适采用西方语法的知识解剖古文的方法相比较,林纾的招式完全是中国的老套路,没有一点新意。他的回击自然遭到新文学提倡者的批判。陈独秀在《林纾的留声机器》中指出,林纾希望有类似《荆生》中的"伟丈夫"来镇压白话文运动,但是没有成功;他又运动国会议员来弹劾,而陈独秀认为议员不会充当其留声机。⑤ 在《婢学夫人》中,陈独秀认为"林琴南排斥新思想,乃是想学孟轲辟杨墨,韩愈辟佛老",但是结果肯定不好。⑥ 不过当林纾的道歉信发表后,陈独秀倒觉得他很有勇气,很可

---

① 林纾:《致蔡鹤卿书》,《公言报》1919年3月18日。
② 林纾:《妖梦》,见赵家璧主编:《中国新文学大系·文艺论争集》,上海:上海文艺出版社,2003年影印,第432页。
③ 林琴南:《论古文白话之相消长》,《文艺丛报》第1期,1919年4月。
④ 林纾:《腐解》,《公言报》1919年4月5日;收入《畏庐三集》,上海:商务印书馆,1927年,第1—2页。
⑤ 陈独秀:《林纾的留声机器》,《每周评论》第15号,1919年3月30日。
⑥ 陈独秀:《婢学夫人》,《每周评论》第16号,1919年4月6日。

佩服,但"那热心卫道宗圣明伦和拥护古文的理由"需要解释明白。① 正是在这点上,林纾自己也无法道其所以然。

即使没有《新青年》"双簧戏"对林纾的有意戏耍,林纾可能也会因为古文的生存危机而被裹挟进时代的浪潮中。因为直译西文的言文一致的文本也许会成为林纾所坚守的古文的夺命刀,从而逼他不得不做出回应。

二、古文意境说与"五四"新文学的冲突

林纾对古文的论述,如果用一个词来概括,则"意境"最为恰当。其《春觉斋论文》"应知八则"置"意境"于首位,其余"识度""气势""声调""筋脉""风趣""情韵""神味"多为形式方面的内容。林纾论意境云:"境者,意境也。文章唯能立意,方能造境。"②"文章唯能立意,方能造境。境者,意中之境也。"③两处语句次序有变化,而内涵几乎完全相同。"立意"是"造境"的前提,是"意境"的核心。古文重"意"在桐城派文论中出现过。方苞的"义法"中,"义"指的是"言有物"。④ 在此基础上,姚鼐《述庵文钞序》提出了著名的古文三要素:"余尝论学问之事,有三端焉,曰义理也,考证也,文章也。"⑤"义理"是方苞"义法"之"义"的袭用。不过姚鼐论文也时常用"意"一词:"诗文美者,命意必善。"⑥"汉至文、景,意与辞俱美矣,后世无以逮之。"⑦当然"意"字既没有出现在"义理、考据、辞章"中,也没有出现在"神、理、气、味、格、律、声、色"中,可见,"意",更不用说"意境",在姚鼐文论中并不占突出的位置。"意境"是中国古代诗论的美学标准,林纾挪用来论述古文,这也许是林纾钟爱古文的表现,同时也是对"意境"的某种拓展,与同时代的王国维把古代"意境"说扩展为"境界"说有些类似。当然前者挪移而缺少创制,后者扩展而开辟新域。

林纾所谓"意境"之"意"与方苞的"义法"的"义"、姚鼐的"义理"在内

---

① 陈独秀:《林琴南很可佩服》,《每周评论》第17号,1919年4月13日。
② 林纾:《吴孝女传》,《畏庐续集》,上海:商务印书馆,1927年,第47页。
③ 林纾:《春觉斋论文》,见《论文偶记 初月楼古文绪论 春觉斋论文》,北京:人民文学出版社,1998年,第73页。
④ 方苞:《又书货殖传后》,《方苞集》(上),上海:上海古籍出版社,2008年,第58页。
⑤ 姚鼐:《述庵文钞序》,《惜抱轩诗文集》,上海:上海古籍出版社,1992年,第61页。
⑥ 姚鼐:《答翁学士书》,《惜抱轩诗文集》,第84页。
⑦ 姚鼐:《古文辞类纂序》,见贾文昭编著:《桐城派文论选》,北京:中华书局,2008年,第103页。

涵上一脉相承。林纾的意境以"高洁诚谨为上",但须具备三个因素,即"《诗》《书》、仁义及世途之阅历"。① "世途之阅历"是个人的体验,"《诗》《书》"是儒家经典,"仁义"是儒家的伦理道德核心。韩愈《原道》称:"博爱之谓仁,行而宜之之谓义;由是而之焉之谓道,足乎己,无待乎外之谓德。仁与义,为定名;道与德,为虚位。"林纾之"意"不脱政统的诗教观。林纾写道:

> 古文之为体,意内言外,且多言不如少言,少言不如精言。言求其精,非由学术之邃,阅历之多,安能垂为不朽?②
>
> 取义于经,取材于史,多读儒先之书,留心天下之事,文字所出,自有不可磨灭之光气。何必深求桑门之学,用自矜炫其博?③

周作人精辟地概括林纾与《新青年》争论的两个焦点在于"卫道"与"卫古文",确有见地。④ 林纾把"卫道"与"卫古文"寄托在韩愈这个偶像身上。他特别推崇韩愈的《对禹问》等文。《对禹问》用问答体,在文体上并无创见,而立意简直是厚着脸皮给封建专制找理由。林纾推崇这种作品可见其中韩愈之"毒"颇深。葛晓音指出,从乾隆时期到晚清民国的诗人如翁方纲、方东树、陈三立、沈曾植等标举杜甫和韩愈为旧诗的正宗,但实际上学杜是假,崇韩是真,没有杜甫的生活体验和真情实感无法学杜,而学韩则可用才学掩盖生活和思想的贫乏;另外学习韩愈还能用来卫道。⑤ 林纾崇拜韩愈,比这些诗人走得更远。

林纾的"意境"之"意"与"五四"新文学的主张背道而驰。胡适在《文学改良刍议》中所列,"八事"第一为"须言之有物"。"物"涵盖"情感"与"思想"。胡适虽然没有指明其具体内涵,但在解说"不模仿古人"时勾勒了"一时代有一时代之文学"的文学进化线路,呼吁"今日之中国,当造今日之文学",所以今日之文学应该表达今日之中国人的"情感"与"思想"。因此主张不作无病呻吟之文,希冀"今之文学家作费舒特(Fichte),作玛志尼(Mazzini),而不愿其为贾生、王粲、屈原、谢皋羽也","惟在人人以其耳目所

---

① 林纾:《春觉斋论文》,见《论文偶记 初月楼古文绪论 春觉斋论文》,北京:人民文学出版社,1998年,第73页。
② 同上书,第109页。
③ 同上书,第112页。
④ 周作人:《林琴南与罗振玉》,《语丝》第3期,1924年12月1日。
⑤ 葛晓音:《从诗人之诗到学者之诗——论韩诗之变的社会原因和历史地位》,《汉唐文学的嬗变》,北京:北京大学出版社,1990年,第154—155页。

亲见亲闻所亲身阅历之事物，——自己铸词以形容描写之"。① 陈独秀在《文学革命论》中提出了三大主义："曰推倒雕琢的阿谀的贵族文学，建设平易的抒情的国民文学；曰推倒陈腐的铺张的古典文学，建设新鲜的立诚的写实文学；曰推倒迂晦的艰涩的山林文学，建设明瞭的通俗的社会文学。"②"国民文学""写实文学""社会文学"三个词语的内涵还需要具体化，但是已经与林纾推崇的韩愈的"文犹师古"和"文以载道"的观念大相径庭。周作人《人的文学》更是高扬着人的大纛："以这人道主义为本，对于人生诸问题，加以纪录研究的文字，便谓之人的文学。"周作人所谓的"人道主义"具体指"个人主义的人间本位主义"③。在此，个人主义不是以个人为中心，与利己主义更是相差甚远。他用了一个比喻：个人与社会的关系类似于一棵树和一片森林。一片森林要茂盛，就必须每一棵树都要茂盛，都要发展。人类也是一样，一种理想的人类社会，每一个人都是健康的、有个性的、全面发展的。因此突出了完全的个人与健康的社会的辩证统一。人道主义所讲的人是"从动物进化的人类"，包括两个方面："从动物"进化的和从动物"进化"的。④ 前者指人的动物性和自然属性，这是对传统文化中礼教对人的自然属性压制的反抗；后者指人的人类性和社会性，强调人高于动物之处。因此突出了人的动物性和人类性的辩证统一。《人的文学》从欧洲发现"人"说起，欧洲经过15世纪的文艺复兴和18世纪的启蒙运动，认识到"人"的尊严与价值。中国的事情还要从发现"人"开始。"人"是从动物进化的人类，既有动物性的一面，又有进化（比动物性高）的一面，灵肉一致才是人的本性。"人"的理想生活，是在物质和道德两方面都享受自由和幸福。

"个人主义"在"五四"时期一般指的就是个性主义（individualism），其中强调了个体的人的重要。周作人用树木和森林的关系说明了个人与人类同时发展、相互依存的关系。他从学理上肯定了个体的人的价值与尊严，合理地说明了"个"与"群"的辩证关系。在这一基础上，周作人提出了"人的文学"。⑤ 他区分了表现理想生活的文学和表现平常生活的文学，认为表现平常生活的文学分量最多，也最重要。在表现平常生活的文学中，人们很容

---

① 胡适：《文学改良刍议》，《新青年》第2卷第5号，1917年1月1日。
② 陈独秀：《文学革命论》，《新青年》第2卷第6号，1917年2月1日。
③ 周作人：《人的文学》，《新青年》第5卷第6号，1918年12月15日。
④ 同上。
⑤ 同上。

易错误地把写非人的生活的文学当作非人的文学。莫泊桑的《一生》和库普林的《坑》表现的是非人的生活,但都是人的文学,而中国的《肉蒲团》和《九尾龟》却都是非人的文学。人的文学与非人的文学的区别在于作者的态度不同:人的文学的作者,冀望人的生活,对于非人的生活怀着悲哀和愤怒;非人的文学的作者,安于非人的生活,对于非人的生活感觉满足,又带些玩弄的形迹。周作人以此来看中国文学的历史,发现人的文学极少,而非人的文学很多,妨碍人性的发展。周作人说人的文学是"以人的道德为本"的文学,这里说的"人的道德"与他所说的"人道主义"的内涵基本一致。

郁达夫把"五四"新文学的贡献概括为"'个人'的发现"①,这是对周作人"人的文学"观的有力肯定。钱理群指出,周作人的"人"的观念对个体价值观念给予充分的肯定,个体不再消融在"类"中,作为独立的实在受到了尊重,并且个体的独立存在是社会、民族、国家发展的大前提;既肯定自然人性的合理要求,又把求乐与劳动结合起来,把出自生命本能的"力"与出自人的精神的"理"结合起来;既要求自由发展自我,又要求自我控制与自我负责。② 不过,李欧梵认为周作人的人道主义是一种泛人道主义,缺少固定的形式,"为五四作家提供了一个超越存在于当时的中国社会中诸多现实的简单出路"。③ 但是,人的文学的主张无疑一方面抗击了林纾所谓"意境"之"意"的延续,一方面又使得白话新文学有了明确的方向。其实,林纾翻译近两百部外国作品,何尝不曾感觉到外国之"意"对中国之"意"的冲击,他甚至也有"古云礼失求诸野,今则礼失求诸外矣"④的慨叹。

三、古文书写:言说方式与生命形式

晚年林纾面对新文学提倡者们对于古文的尽情剁切,更加呵护古文。林纾对古文的绝对忠诚与维护,确实耐人寻味。其实,林纾并非没有白话创作实践。1897 年林纾的《闽中新乐府》在福州刊行,共 29 题 32 首。有人称

---

① 郁达夫:《〈中国新文学大系·散文二集〉导言》,见赵家璧主编:《中国新文学大系·散文二集》,上海:上海文艺出版社,2003 年影印,第 5 页。
② 钱理群也指出:"自然情欲""精神理性"与"节制"结合后,导致了"自然人性"观的残缺,就连周作人自己也成了自然人性论的"畸形儿"。参见钱理群:《周作人论》,北京:生活·读书·新知三联书店,2014 年,第 126—128 页。
③ 李欧梵:《中国现代文学与现代性十讲》,上海:复旦大学出版社,2002 年,第 29 页。
④ 林纾:《谒林日记序》,《畏庐三集》,上海:商务印书馆,1927 年,第 10 页。

"它是林纾的第一部文学作品集,也是近世最早的白话诗集"①。他又以"闽中畏庐子"之名将《闽中新乐府》刊于《知新报》上。② 这些诗被胡适称为林琴南壮年时作的"很通俗的白话诗"③。1901 年,林纾在杭州时曾于林万里、汪叔明创办的《杭州白话报》上发表白话道情,据他自己回忆"颇风行一时"④。《杭州白话报》第 3 期至第 15 期共 12 期上刊发 7 篇白话道情(第 4 期未登载白话道情),署名"竹实饲凤生"的有《觉民曲》《唱团匪认祖家》《唱驾御到西安》《唱读书人真不了》《唱团匪闹京城》,未署名的有《唱做官人真不了》《唱商贾大艰难》。据郭道平考证,"竹实饲凤生"即林纾笔名,此 7 篇白话道情均出自林纾之手。⑤ 1912—1913 年间林纾以"射九"的笔名在《平报》上发表了 131 首"讽喻新乐府"。⑥ 1919 年《公言报》上又发表了林纾数篇白话乐府,以及《劝孝白话道情》和《闵子骞芦花故事》两篇道情。即使到了晚年,林纾仍有白话实践。据夏晓虹考证,署名"张铭"的《读〈益世报〉芸渠〈偶谈〉书后》一文中"师笑曰"以下部分均为林纾草拟,并且用的是白话语体。⑦ 此文为讽刺游戏之作,当时未刊出。林纾的白话实践以乐府和道情为主,发挥白话的说唱功能以劝诫下层民众。他并无形式的创新,虽然也不时引入几个新名词。此种白话实践,因为太专注于下层民众的接受,不太可能打开白话自身的空间。林纾因机缘巧合而走上与他人合作翻译外国文学的道路,翻译第一部作品《巴黎茶花女遗事》,让他中年丧偶的情感伤痛找到熨帖的安放之所;而《巴黎茶花女遗事》出版后,以"断尽支那荡子肠"的魔力大获赞誉,让他享受到古文实践的莫大快乐。由此,古文借着域外小说的故事而获得新生,新生后的形式可概括为"域外小说+古文"。"林译小说"这一名称的意义旨归在小说,没有明显提升林译小说所用"古文"的价值。"域外小说+古文"的形式也可称为"林译小说式古文"。

---

① 张旭、车树昇编著:《林纾年谱长编》,福州:福建教育出版社,2014 年,第 49 页。
② 闽中畏庐子:《闽中新乐府》,《知新报》第 46 册,光绪二十四年(1898)二月二十一日;《知新报》第 47 册,光绪二十四年(1898)三月初一日;《知新报》第 48 册,光绪二十四年(1898)三月十一日;《知新报》第 50 册,光绪二十四年(1898)闰三月初一日。
③ 胡适:《林琴南先生的白话诗》,《晨报六周年纪念增刊》1924 年 12 月。
④ 林琴南:《论古文白话之相消长》,《文艺丛报》第 1 期,1919 年 4 月。
⑤ 郭道平:《〈杭州白话报〉上林纾的白话道情》,《福建工程学院学报》2012 年第 5 期。
⑥ 张旭、车树昇编著:《林纾年谱长编》,福州:福建教育出版社,2014 年,第 203 页。
⑦ 夏晓虹:《一场未曾发生的文白论争——林纾一则晚年佚文的发现与释读》,《中山大学学报(社会科学版)》2015 年第 1 期。

胡适在《五十年来中国之文学》中用一个新颖的比喻赞扬林译小说：《巴黎茶花女遗事》"用古文叙事写情"，是"替古文开辟一个新殖民地"①。在胡适看来，域外小说为古文开辟出一个新殖民地。然而根据林译小说翻译过程的独特性，倒不如说古文凭借域外小说而为自身开辟出一个新殖民地更为恰当。"殖民地"一词的意义强调宗主国以军事武力或经济扩张或文化资本等强行进入并占有。林纾翻译域外小说，并不直接面对原作原文，只是听口译者的讲述而翻译。因此，他的古文对域外小说确实呈现为一种强行进入并占有的形态。他在《译林简明章程》中写道："华洋文字，体本不同。窃谓事译者得其真迹实谊，则更易门面，窜削字句，无乎不可。非必穷意摹拟，反或冗晦。"②林纾很明确地突出了古文的"侵入"功能。"林译小说式古文"由此形成自身的特色，与传统桐城派所谓的古文划清了界限。其传播之广、影响之深，在晚清的文坛，也许只有严复的译作和梁启超的"新民体"可以抗衡。而到了民国初年，商务印书馆大量刊行林译小说，再加上林译小说新作不断问世，林纾几乎占据着文坛霸主的地位。总而言之，"林译小说式古文"的成功，成为林纾"立言"的独特方式，极大地满足了一个人实现自我价值的最高需要。

林纾晚年拼命卫护古文的地位，源于他对"文"与"生命"互相应和的生命形态的潜在认同。此处"文"大而言之指"古文"，小而言之指"林译小说式古文"。林译笔下的古文包括林译小说式古文、文言小说和其他各类古文。在这三类古文中，文言小说和其他各类古文的意义是通过林译小说式古文"反弹"出来的。《冷红生传》在林纾的古文中备受称赞。这篇小说确实摇曳多姿，但又俊直挺拔，没有懦弱尾地之嫌。它从冷红生居住处起笔，叙写其家世、相貌、性格，虚虚实实，一句一层。接下来重点叙写冷红生拒绝奔女，辞谢妓女，归结为对待情感"至死不易"的坚定，以翻译《巴黎茶花女遗事》的"凄婉有情"笑问自己是否与情为仇结束全文。"冷红生"之传，如果没有《巴黎茶花女遗事》的翻译事件，其"冷"之情感方式恐怕无法找到一个豹尾式的收束。林纾卫护古文的目的在于维护其强大的政教功能。他认为，古文为文艺中一种，虽然与政治无涉，但有时国家的险夷系于古文一言；

---

① 胡适：《五十年来中国之文学》，申报馆编：《最近之五十年》，上海：申报馆，1923年，第6页。

② 林纾：《译林简明章程》，《清议报》第69册，光绪二十六年(1900)十一月廿一日。

虽然与伦纪无涉,但有时足以动人忠孝之思。① 如此强大的功能,可能并非完全出自中国传统古文,更多来自林译小说式古文。林纾在林译小说的序跋中反复申说故事中人物的教化意义,更有甚者,他会有意改变域外小说叙事的意义趋向。罗兰·巴特曾认为《茶花女》的核心不是爱情,而是认同,玛格丽特的所有激情都是源于小资产阶级渴望资产阶级的认同并且终止于这种认同。② 也许罗兰·巴特的解读过于后现代。有中国学者指出,小仲马《茶花女》的核心词汇是爱情,林译《茶花女》的核心词汇却是忠贞"③。林译小说把玛格丽特对爱情的贞洁转化为道德上的忠贞。

　　林译小说式古文一方面服从桐城派古文的各种规则,一方面又在"侵入"域外小说时不断突破这些规则,从而形成其"抵制—开放"的结构。吴德旋在《初月楼古文绪论》中特别重视古文的"纯洁性":"古文之体,忌小说,忌语录;忌诗话,忌时文,忌尺牍;此五者不去,非古文也。"④林纾在此基础上,进一步反对古文使用新名词:"至于近年,自东瀛流播之新名词,一涉文中,不特糅杂,直成妖异,凡治古文,切不可犯。"⑤古文一方面抵抗时文/八股文,一方面抵抗报刊文体,在左右开弓的搏击中杀出新的道路——翻译域外小说。而域外小说却不懂得遵守古文规则,因此,林译小说式古文"侵入"域外小说时不得不放低古文的姿态,采取妥协的策略。这就为古文的抵制打开另一个向度——开放,尽管是有限的开放,但也由此形成林译小说式古文内部"抵制—开放"的结构。

　　林译小说式古文内部"抵制—开放"的结构与林纾的生命形式有何关系呢?要回答此问题,先要说明林纾生命形式的特征。林纾自青年时代起就有"狂生"之名,"狂"成为他的气质之一。《论语·子路》云:"不得中行而与之,必也狂狷乎!狂者进取,狷者有所不为也。""狂"者在价值观上抵抗世俗,与众不同;在行为方式上敢做敢说,锐意可为。林纾对自己古文的自负成为他生命中最大的"狂"。

---

① 林琴南:《论古文白话之相消长》,《文艺丛报》第1期,1919年4月。
② [法]罗兰·巴特:《茶花女》,《神话——大众文化诠释》,许蔷蔷、许绮玲译,上海:上海人民出版社,1999年,第149页。
③ 赵稀方:《翻译现代性:晚清到五四的翻译研究》,天津:南开大学出版社,2012年,第102页。
④ 吴德旋:《初月楼古文绪论》,见《论文偶记 初月楼古文绪论 春觉斋论文》,北京:人民文学出版社,1998年,第19页。
⑤ 林纾:《春觉斋论文》,见《论文偶记 初月楼古文绪论 春觉斋论文》,第112页。

但是,林纾的生命意识中还有另一种东西,与"狂"形成对立,这就是"畏"。祖母"畏天而循分"①的遗训深入林纾的意识。因"畏"而"循",所以"循"能持久。"循"即遵循,遵守,守成,坚守;"循分"即遵守该遵守的。林纾把自己的居所命名为"畏庐",并作《畏庐记》纪念,对"畏"进行阐发:"无畏之非难,深知所畏而几于无畏,斯难矣。""无畏"非常容易,因为它毫无顾忌。"无畏"很容易走向"狂",而"狂"不可无底线。但只知有"畏",更不可取。因为"终身畏人之人"可能"沦而为伪"。所以林纾主张"深知所畏而几于无畏"或"庶几能终身畏或终身不为伪矣"。② 深知所畏而无所畏惧,终身畏人而不沦为伪,是林纾的追求。很显然,"畏"是前提,是基础。"畏"与"狂"看似两个极端,但能共存于林纾的生命意识中,形成"畏—狂"的人格结构。"畏"多来自后天教育,"狂"多出自个人天性。"畏"之超我的道德守成与"狂"之自我的抗拒时俗相互冲击,相互交织,从而外发为林纾晚清到"五四"时期独特的生命形态,即以古文翻译域外小说。林纾在二十余年的时间中与人合作翻译近两百部作品,不能不说是奇迹。林纾听人口述之时,笔下文言汩汩而出。这对于他而言,不啻为"狂"的语言事件。正如维特根斯坦所言,"语言游戏"一词突出的是"语言的述说"乃是"生活形式的一个部分"③。林纾的翻译类似于"语言游戏",因此就外在形态而言,林纾用古文翻译域外小说成为他的一种生活形式。就内在形态而言,林译小说式古文的"抵制—开放"结构恰好应和着他生命意识中"畏—狂"的人格结构。如果套用海德格尔"语言是存在的家园"之说,则林译小说式古文是林纾生命意识存在的家园。

---

① 张旭、车树昇编著:《林纾年谱长编》,福州:福建教育出版社,2014年,第8页。
② 林纾:《畏庐记》,《铁笔金针——林纾文选》,江中柱等编:《林纾集》第1册,福州:福建人民出版社,2020年,第72页。
③ [奥]维特根斯坦:《哲学研究》,李步楼译,北京:商务印书馆,1996年,第17页。

第五章 章太炎

第一节 语言文字与"文学"

章太炎"以文字为主"的文学观,是一种大文学观,也是一种泛文学观。这很容易让人从"语言文字之学"①与"文学"的内在关联来考察章太炎的文学观,以及这种观念与章门弟子钱玄同、鲁迅、周作人等人在"五四"新文学时期主张之间的关系,如果联系胡适的白话文学主张,则会做如下思考:以文字为主的文学观与以白话文学为正宗的新文学观之间到底存在怎样的鸿沟?在此以章太炎从晚清到20世纪20年代的文学观为线索做动态性的描绘。需要交代的是:凡是在章太炎意义上使用"文学"一词则加引号。

一、文字与"文学"

章太炎早年论"文学"并不是与文字捆绑在一起,比如他的《文学说例》写道:"叙曰:尔雅以观于古,无取小辩,谓之文学。文学之始,盖权舆于言语。自书契既作,递有接构,则二者殊流,尚矣。"②但是其"文学"开始于言语的观点并没有得到进一步的阐扬,而是转向文字一脉。从晚清的《文学论略》《国故论衡》到民国时期的《国学概论》,章太炎对"文学"的定义基本一致,即"文学""以文字为主":

---

① 章太炎1906年发表《论语言文字之学》(《国粹学报》第24、25期,光绪三十二年[1906]十一月二十日、十二月二十日,署名"章绛")一文,"语言"与"文字"并举。在章太炎的表述中,"文字"一词更常见。在中国古代的表述中"文字"常常涵盖"语言",以至于现代还有类似的表达,如称赞一个人"文字功底好"中的"文字"完全可以用"语言"代替。这也许是因为中国古代把认知汉字作为一种特殊的权力和本领,于是把与文字打交道的各个方面的内容都置于"文字"中。章太炎的"文字"也常常涵盖语言。

② 章氏学:《文学说例》,《新民丛报》第5号,光绪二十八年(1902)三月一日。

> 命其形质则谓之文,状其华美则谓之彣,凡彣者必皆成文,而成文者不必皆彣,是故研论文学,当以文字为主,不当以彣彰为准。①
>
> 文学者,以有文字著于竹帛,故谓之文。论其法式,谓之文学。②
>
> 有文字著于竹帛叫做"文",论彼的法式叫做"文学"。③

"文学以文字为主"并不等于"文学以文字为唯一",它还包括其他方面。其实章太炎对"文学"的定义有三个关键词:"文字""法式""论"。文字刻于竹帛谓之文,有文字符号才有文学,隐含着一个巨大的区别:书面文字与口说言语的区分,即章太炎所说的"文学"排斥了口说言语文本。"以文字为主"突出了"文学"的书面符号特征,这是章太炎"文学"的第一层内涵。"法式"即刻于竹帛上文字的法式,关涉文的体式,与后来所谓的文体分类相关,这是"文学"的第二层内涵。"论"即论刻于竹帛上文字的法式,关涉"文"及其"法式"的研究,这是"文学"的第三层内涵。因此,章太炎在"文学"的内涵中区分了"文字"与"彣彰",把后者排除掉。"彣彰"不同于"文章","盖君臣朝廷尊卑贵贱之序,车舆衣服宫室饮食嫁娶丧祭之分,谓之文;八风从律,百度得数,谓之章。文章者,礼乐之殊称矣"④,因而"文章"指秩序性的礼乐。"彣彰"却与此不同:"独以五采彰施五色,有言黻言黼言文言章者,宜作'彣彰'",指装饰性的方式。因此"文章"与"彣彰"不可混淆。对"文章"与"彣彰"的关系以及"文学"与"文字""彣彰"的关系,章太炎在《国故论衡》中的概括最为全面:

> 夫命其形质曰文,状其华美曰彣,指其起止曰章,道其素绚曰彰,凡彣者必皆成文,凡成文者不皆彣,是故榷论文学,以文字为准,不以彣彰为准。⑤

章太炎的"文学"以文字符号为主,探讨文字符号的法式特征。这明显不同于西方现代的文学观,即没有伊格尔顿所说的"创造性"和"想象性",既不同于韦勒克和沃伦所说的虚构和想象的文学观,也不同于托多洛夫的

---

① 章绛:《文学论略》,《国粹学报》第21期,光绪三十二年(1906)八月二十日。
② 章太炎:《文学总略》,《国故论衡》,版权所有者国学讲习会,印刷所秀光舍,庚戌年(1910)五月朔日,第67页。
③ 章太炎:《国学概论》,《章太炎国学讲义》,北京:海潮出版社,2007年,第43页。
④ 章太炎:《文学总略》,《国故论衡》,第67页。
⑤ 同上书,第67—68页。

"自足的语言"的文学观,又不同于托马舍夫斯基所说的文学是具有价值并被记录下来的言语。也就是说,现代人所理解的文学的虚构性、想象性、创造性、情感性,在章太炎的"文学"中没有位置。章太炎强调"文学"以文字为主,但是他并没有让"文学"从文字转向语言。文学与语言之间的关系还很暧昧。在此并非苛求章太炎的"文学"观一定要与西方的现代文学观一致,只是通过比较来窥求章太炎的"文学"之义。其实,章太炎的"文学"与中国传统语境中的"文学"也不一样。《论语·先进》中的"文学"被邢昺解释为"文章博学"。

当然有必要指出,章太炎的"文学"与德里达的"文字学"不同。在德里达那里,文字不再表示能指的能指,其概念开始超出语言的范围,"文字"一词都"包含"语言。① 在西方的传统中,言语是心境的符号,而文字是语言的符号。由此看来,言语是事物的能指,而文字是言语的能指。文字作为"能指的能指"这样一种附属地位,经历了长达 20 个世纪的漫长岁月。在德里达看来,言语与文字的关系正在发生逆转。德里达认为:"它(按,指文字)是具有完整言语和充分呈现(自我呈现,向它的所指呈现,向它物呈现,向一般现有主题的条件呈现)的笔译者,是服务于语言的技巧,是不作解释地传达原话的代言人、口译者。"②文字在传统中被认为是能指的能指、中介的中介。德里达的"文字"相对于"语音"的语言是一个很宽泛的概念,他的"文字"表达这些东西:不仅表示书面铭文(inscription)、象形文字或表意文字的物质形态,而且表示使它成为可能的东西的总体;不仅包括电影、舞蹈,而且包括绘画、音乐、雕塑等等;不仅包括竞技文字,还包括生物学信息领域、控制论的程序等等。③

同时,章氏的"文学"观与晚清其他中国学者的文学观也很不相同。黄遵宪 1890 年刊行《日本国志》,《日本国志·学术志二》标题为"文学"④,而内容全是关于语言文字的。1896 年上海广学会编译出版《中东战纪始末》,附有《文学兴国策》。《文学兴国策》由日本的森有礼(1847—1889)编辑而成,由美国传教士林乐知(1836—1907)和光绪进士任廷旭合译成中文。森

---

① [法]雅克·德里达:《论文字学》,汪堂家译,上海:上海译文出版社,1999 年,第 8 页。
② 同上书,第 9—10 页。
③ 同上书,第 11 页。
④ 中华书局版《黄遵宪全集》把"文学"改为"文字",并以注释说明,还不如直接用"文学",既符合原本,又引人思考。

有礼的公函说:"访察一切凡有益于敝国文学诸事","若与文学相关,而为今所专重者,厥有五端:一曰富国策,二曰商务,三曰农务与制造,四曰尽伦常、修德行、瞻身家,五曰律例与国政"。① 这里的"文学"乃指文化教育之义。梁启超《小说丛话》说:"文学之进化有一大关键,即由古语之文学变为俗语之文学是也。"②宋代以后俗语文学有两大派:语录以及小说。可见梁启超的"文学"包括了语录之类的述学文章。如果考虑到梁启超并没有明说的"古语之文学"的类型,那么他的"文学"恐怕也是一个范围非常广的大熔炉。马相伯从学科设想的角度也对"文学"有所规范。1902年,他为震旦学院制定《震旦学院章程》,分课程为文学(Literature)和质学(Science,日本名字为"科学")两类。"文学"再分"正课"和"附课"。"正课"包括三类:"古文"(Dead Language)即希腊拉丁文字,"今文"(Living Language)如英吉利、德意志、法兰西、意大利文字,"哲学"即论理学、伦理学和性理学。"附课"也包括三类:历史、舆地和政治。③ 马相伯虽使用西方的"文学"一词,但是其涵盖的学科则超出了西方 literature 一词的外延,主要包括语言学和哲学,反而看不到文学本身的类别。马相伯所谓的"文学"相当于现在所谓的"人文学科"的一部分。

在晚清,真正与章太炎的"文学"观具有对照意义的可能是黄人的"文学"观。黄人在《中国文学史》第一编"总论"中说:

> 且文学之范围力量,尤较大于他学。他学不能代表文学,而文学则可以代表一切学。纵尽时间,横尽空间,其藉以传万物之形象,作万事之记号,结万理之契约者,文学也。人类之所以超于一切下等动物者,言语为一大别;文明人之所以胜于野蛮半化者,文学为一大别。故从文学之狭义观之,不过与图画、雕刻、音乐等;自广义观之,则实为代表文明之要具,达审美之目的,而并以求达诚明善之目的者也。④

黄人对"文学"的设想如梁启超对"小说"的设想一样,很有情感地夸大了文学的功能,不过,黄人明确了文学的目的在于审美、求诚、明善。尤其有

---

① [日]森有礼编:《文学兴国策》,林乐知、任廷旭译,上海:上海书店出版社,2002年,第1页。
② 梁启超:《小说丛话》,《新小说》第7号,光绪二十九年(1903)七月十五日。
③ 朱维铮主编:《马相伯集》,上海:复旦大学出版社,1996年,第42页。
④ 黄人:《中国文学史》,苏州:苏州大学出版社,2015年,第2页。

意味的是黄人相对辩证地指出了"文学"与"文字"的关系：

> 文学以文字为成分,则必谓有文字而后有文学矣。殊不知文学之名目,虽立于有文字之后,而文学之性质,早具于无文字之先。何则？文学之位置最高者,莫如哲言;文学之部分最广者,莫如诗歌。此二者,在未有书契以前,久已潜行社会。即文字界已经开辟,而刍荛所采,辀轩所陈,皆由不知文字之人而来,以文字表之,固谓之文学。然文字不过为其模型,安有模型为文学,而真象反非为文学者？①

> 质言之,则文学为主,而文字为役;文学为形,而文字为影;文学为灵魂,而文字为躯壳。离绝文字,固不能见文学;瞻徇文字,亦不足为文学。②

黄人的"文字"包括了言语与文字;而章太炎的"文字"则基本排除了"言语"。黄人在"文字"与"文学"的关系上明确了文学对文字的超越性,而章太炎则立足文学对文字的依赖性。章太炎从"文学"以文字为主的定义出发,给"文学"分类:文学分为无句读文和有句读文。无句读文包括四类:图画、表谱、簿录和算草。有句读文包括两类:有韵文和无韵文。有韵文包括箴铭、占繇、古今体诗和词曲四类;无韵文则包括学说、历史、公牍、典章、杂文和小说六种,在每种之下又有若干小类。③

"文学"的特质在哪里？章太炎首先就已经提出不在"彣彰",其次反复强调也不在情感。他认为"学说在开人之思想,文辞在动人之感情"也是"一偏之见"。无句读之文不能动人之思想,发人之感情,其理明显。有句读之文中,六类无韵之文也只有杂文和小说能激发感情,而有韵之文中如诗、赋、箴、铭、哀、诔、词、曲,诚然以宣情达意为归,抑扬婉转是其特征,但情形也很复杂,不能动感情的也有。④ 章太炎认为其错误在于"以彣彰为文,不以文字为文"。⑤ 章太炎还从文字产生及其功用的角度强调"文学"以文字为本的重要性:人类初有言语,可言语在时间和空间上有其限度,于是乃有文字产生以弥补言语的不足。章太炎采用现代几何学科的知识来作比喻:言语只可以成"线",而文字可以成"面",只有仪象才能成"立体"。然

---

① 黄人:《中国文学史》,苏州:苏州大学出版社,2015年,第8页。
② 同上书,第8—9页。
③ 章绛:《文学论略》(续),《国粹学报》第22期,光绪三十二年(1906)九月二十日。
④ 章绛:《文学论略》,《国粹学报》第21期,光绪三十二年(1906)八月二十日。
⑤ 章绛:《文学论略》(续),《国粹学报》第22期,光绪三十二年(1906)九月二十日。

后总结说:"然则文字本以代言,而其用则有独至。凡无句读之文,皆文字所专属者也。文之代言者,必有兴会神味。文之不代言者,则不必有兴会神味。不代言者,文字所擅场也。故论文学者,不得以感情为主。"①章太炎从"文学"的定义及其类别出发,很自然不会把"感情"作为"文学"的特质。在汉代文与笔未分,"所谓文者,皆以善作奏记为主"。在这个基础上诞生的文可谓"鸿儒"之文,包括历史、说经和诸子三类。因此"文"在章太炎看来,"非如后人摈此于文学之外,而沾沾焉惟以华辞为文,或以论说记序碑志传状为文也"。②

在有句读文中,章太炎推崇典章和学说类中的疏证:"文皆质实,而远浮华,辞尚直截,而无蕴藉,此于无句读文最为邻近。"③典章类的书志"训辞翔雅",学说类的疏证"条例分明"。他把这两个特征施于除小说外的一切文辞:"凡叙事者,尚其直叙,不尚其比况";"凡议论者,尚其明示,而不尚其代名"。④ 这是章太炎的文章美学,在他的论说中体现得也很明显。因此,以文字为主的"文学",由此诞生的美学标准在于"质实""直截""训辞翔雅""条例分明",压抑了文学在虚构、想象、情感等方面的要求。

"世有精练小学拙于文辞者矣,未有不知小学而可言文者也。"⑤由此也决定了章太炎所说的通达"文学"的方式:文辞的根本在于文字,通文字和通小学是通文学的根本方式。章太炎指出小学之用途不专在通经。小学对于读史学是最基础的学问;对于"文学"同样重要:"若欲专求文学,更非小学不可","诗人当通小学,较之专为笔语者,尤为紧要","译书之事,非通小学者,亦不为功"。一言以蔽之,小学并非"专为通经之学",而是"一切学问之单位之学"。⑥ 汉代的相如、子云,唐代的韩愈、柳宗元,都是通小学的人,所以他们的"文字闳深渊雅"。而从宋代开始,欧阳修、王安石、曾巩、三苏等人都对小学茫然不省。由此看来,文字是"文辞之本",一则识字是为文的基础,"未有不识字而能为文者";一则懂训诂方能读古书,能读古书方能

---

① 章绛:《文学论略》(续),《国粹学报》第 22 期,光绪三十二年(1906)九月二十日。
② 章绛:《文学论略》,《国粹学报》第 21 期,光绪三十二年(1906)八月二十日。
③ 章绛:《文学论略》(续),《国粹学报》第 23 期,光绪三十二年(1906)十月二十日。
④ 同上。
⑤ 章氏学:《文学说例》,《新民丛报》第 5 号,光绪二十八年(1902)三月一日。
⑥ 章绛:《论语言文字之学》,《国粹学报》第 24 期,光绪三十二年(1906)十一月二十日。

"积理",文章方可"深厚"。①

章太炎的"文学"是怎样诞生的呢?在《訄书》初刻本中并没有单列的"文学"篇,只有《订文》篇。《订文》关心的是"文字"。在《訄书》重刻本中仍然没有"文学"篇,只是把《订文》略加修改,增加了对"文字"的诸多见解。1906年,章太炎出上海监狱之后,发表了《小学略说》《文学论略》《论语言文字之学》,从篇目的设置看,他已经有意识地把"文学"与"小学"作为学术构想。从1906年到1910年,在"小学"方面,则有《文始》《新方言》等。至1910年《国故论衡》定稿,"小学""文学""诸子学"三足鼎立,完成了章太炎的学术大厦。因此,章太炎的"文学"是在他以"小学"为根基和以"诸子学"为源头的学术探求中诞生的,当然,"文学"不是"小学"和"诸子学"的附属物。

《国故论衡》被胡适称为"精心结构"的书,是两千年来中国学术中七八部书之一,是"古文学"的上品。②《国故论衡》整体着眼于"国故",分小学、文学和诸子学三卷。文学卷再分《文学总略》《原经》《明解故(上)》《明解故(下)》《论式》《辨诗》《正赍送》七篇。如果从"文学"的角度看,何以这样安排?即如何理解"文学"与"小学"以及"诸子学"之间的外部关系以及"文学"七篇之间的内部关系?

胡适在《五十年来中国之文学》中虽极力称赞《国故论衡》是"精心结构"的"著作",但并没有论及《国故论衡》内部结构的安排。钱基博《现代中国文学史》的"章太炎"一节重在描述章太炎的生平、思想以及论文主张,并未涉及章太炎的"文学"与"小学"以及"诸子学"的关系。钱穆《余杭章氏学别记》认为太炎学术的精神在于史学,并把太炎史学的内核归为三点:民族主义的史学,平民主义的史学,文化主义的史学。意在强调民族文化,"言语""风俗""历史"则是民族主义史学的基点,三者缺一不可。③未见钱穆对章太炎"文学"的理解。陈平原的《中国现代学术之建立——以章太炎、胡适之为中心》考察现代学术规范的建立,第八章"现代中国的'魏晋风度'与'六朝散文'"这一侧重文学的章节也没有涉及章太炎

---

① 章绛:《论语言文字之学》,《国粹学报》第24期,光绪三十二年(1906)十一月二十日。
② 胡适:《五十年来中国之文学》,申报馆编:《最近之五十年》,上海:申报馆,1923年,第11页。
③ 钱穆:《余杭章氏学别记》,章念驰编:《章太炎生平与学术》,北京:生活·读书·新知三联书店,1988年,第25—26页。

"文学"的诞生。① 他的《〈国故论衡〉导读》着重指明"小学"与"诸子学"之间的关系,即将语言研究与哲学分析相勾连,而对他所谓"过渡形态"的文学卷的阐释则重在以章太炎"文实闳雅"的文章美学为论述指归,尽管也指明了"小学""文学""诸子学"三者之间以"名学"为连接的共同点,但是对文学卷何以安排在"中间"(是"过渡形态"还是"中心位置"?)位置基本没有涉及。②

  章太炎的"文学"包括三个关键词:"文""法式""论"。而对"文学"而言,这三者是一个整体。如果把《国故论衡》作为章太炎所说的"文学"单篇看,则小学卷近似"文",文学卷近似"法式",诸子学卷近似"论"。分开看,三卷各自独立,自成一体,自生意义。整合看,则小学卷是文学卷的基础,文学卷是诸子学卷的基础。如果以文学卷为中心前后看,则文学卷是小学卷的升华,如果没有文学卷,小学卷则成为清代乾嘉学派的一个补充;同时文学卷的体式又是诸子学卷意义的呈现方式。其实说文学卷居于"过渡形态"还是"核心地位"并不重要,重要的是文学卷有两重意义:其一,文学卷拯救了章太炎,让他没有重复乾嘉学者的道路,尽管他在小学音韵上取得了重要成就。其二,文学卷体现了章太炎自觉的文体意识,这种意识使得他的书写在中西文化碰撞的年代保持了文体的纯洁性。"观世盛衰者,读其文章辞赋,而足以知一代之性情。"③西汉强盛,文章"雄丽而刚劲";东汉国力稍弱,则文章比西汉稍弱,但是仍有"朴茂之气",可以谓之"壮美";三国国力"乍挫","讫江左而益弱",文章"安雅清妍,所谓优美也";唐朝国威复振,文章则"其语瑰玮,其气奘驵",可与两汉比美;宋积弱,文章与魏晋相似;明代外强中干,弱不至于魏晋两宋,强不能如两汉唐宋,所以文章取法秦汉而终有绝脰之患;清代以外族入主,兵力强盛,但是主客颠倒,夏人文章为"优美",而不是壮美。④

  《文学总略》综述文学属性,属于中卷总论,此文末尾简略述及其余六篇的安排:"凡无句读文,既各以专门为业,今不亟论。有句读者,略道其原

---

① 陈平原:《中国现代学术之建立——以章太炎、胡适之为中心》,北京:北京大学出版社,1998年,第八章。
② 陈平原:《〈国故论衡〉导读》,见章太炎撰,陈平源导读:《国故论衡》,上海:上海古籍出版社,2003年。
③ 章太炎口述,吴承仕记:《菿汉微言》,杭州:浙江图书馆校刊,1919年,第55—56页。
④ 同上书,第56页。

流利病,分为五篇,非曰尽能,盖以备常文之品而已。其赠序寿颂诸品,既不应法,故弃捐弗道尔。"①所谓"备常文之品",既有简论有句读文的常备文体之意,又具通解"文学"基础问题之想。《原经》从各种以"经"为名的文献出发,考证会通,证经书为史,极赞孔子作《春秋》的史家意义:有史则国性不堕,国家久远。以史家眼光观经,是章太炎作为古文经学家的立身之本,同时,《春秋》《尚书》等"经"是我国早期文献,对它们的身份正本清源,则符合章太炎关于"文"及"文学"的构想。《明解故》上、下和《论式》,前者总括"文学"阐释体系的弊端和方式,后者评点历代文家体式的优劣,揭发"文学"体式的要求。前几篇所论,皆为"文学"的基础问题。《辨诗》描述诗赋的递变过程,评点各朝诗家的长短;《正赍送》简述祭文、诔、行状、铭等应用之文的体制。后二篇可以说是简论常备文体。

二、语言与"文学"

就语言与现实时代的关系而言,章太炎认为语言文字源于现实,表现现实,并且随时代变化而更新。"语言文字之繁简,从于社会之质文。"②语言文字随社会的进化而变化。"语言者,不冯虚起。呼马而马,呼牛而牛,牛必非恣意妄称也,诸言语皆有根。""根"有两类,一类表音,如鸟类的名字。"雀",表鸟音"即足";"鹊",表鸟音"错错"。一类表"德",如"牛"表"武","马"表"事","人"表"仁","鬼"表"归",等等。如果用印度佛家术语表达,"实""德""业"三者各不相离:"一实之名,必与其德若,与其业相丽。""名"统摄了"实""德""业"三者。所以,"物名必有由起"。只是古代的造字和后来的造字在方式上可能不一样。在蒙昧的古代,表"实"的名字先产生,然后有表"德""业"的文字。后世,表"德""业"的名字先有,然后施之于"实"。名字来于"触受",即对于现实的观感。"语言之初,当先缘天官,然则表德之名最夙矣。然文字可见者,上世先有表实之名,以次桄充,而表德、表业之名因之;后世先有表德、表业之名,以次桄充,而表实之名因之。

---

① 章太炎《国故论衡》中卷标题"文学七篇":《文学总略》《原经》《明解故(上)》《明解故(下)》《论式》《辨诗》《正赍送》。若将《明解故》上、下合为一篇,则在《文学总略》外,还有五篇。参见《国故论衡》,版权所有者国学讲习会,印刷所秀光舍,庚戌年(1910)五月朔日。

② 章氏学:《文学说例》(完),《新民丛报》第15号,光绪二十八年(1902)八月一日。

是故同一声类,其义往往相似。"①"名之成,始于受,中于想,终于思。"②章太炎的观点来自佛学的理论,在佛教的学理中如何生成语言的理论,还需要细致考察。

章太炎把"假借"和"转注"作为文字的发展方法,"字之未造,语言先之矣;以文字代语言,各循其声。方语有殊,名义一也,其音或双声相转,叠韵相迤,则为更制一字,此所谓转注也。孳乳日繁,即又为之节制,故有意相引申音相切合者,义虽少变,则不为更制一字,此所谓假借也"③。这背后的推动力还是现实的需要。"人之有语言也,固不能遍包众有,其行色志念之相近者,则引伸缘传以为称。俄而聆其言者,眩惑如占覆矣,乃不得不为之分其涂畛,而文字以之孳乳。"④宇宙事物极多,不能一一命名。"至于人事之端,心理之微,本无体象,则不得不假用他名以表之。若动、静、形容之字,诸有形者已不能物为其号,而多以一言概括;诸无形者则益不得不假借以为表象,是亦势也。"⑤

就语言的文质而言,"文学"不能脱离"文言",但以"质言"为根本,若能文质相扶,是为极致。造字之法有象形、指事、会意和形声四种,据事物"体象"以命名,可以称为言语的表象主义。章太炎引用日本学者姊崎正治"表象主义,亦一病质"的观点,认为言语在造字的时候就有"病质"随之,因为无法脱离表象主义。在章太炎看来,造字命名,人类思想,不能"腾跃于表象主义之外",即不能脱离事物"体象"。"雨降"之"降"和"风吹"之"吹"都是以人事为表象,而抽象思想中如"真理""理性"这样的词语表象主义的特征更加明显。他认为,言语的病质有二,从根源上说,言语与外物不能"泯合",采用表象的方法是不得已。因此造字命名的时候,病质就产生了。从发展上说,万事繁兴,文字孳乳,逐渐脱离了表象之义,但是由于做文辞的人,"习用旧文而怠更新体",当用旧文来表现新事物的时候,表象主义的浸淫更加深入,也就是言语的病质更重。章太炎说:"赋颂之文,声对之体,或

---

① 章太炎:《原名》,《国故论衡》,版权所有者国学讲习会,印刷所秀光舍,庚戌年(1910)五月朔日,第42—43页。
② 章太炎:《语言源起说》,《国故论衡》,第174—175页。
③ 章太炎:《转注假借说》,《国故论衡》,第47页。
④ 章太炎:《订文》,《訄书重订本》,《章太炎全集》第3卷,上海:上海人民出版社,1984年,第208页。
⑤ 章太炎:《正名杂义》,《訄书重订本》,《章太炎全集》第3卷,第213页。

反以代表为工,质言为拙,是则以病质为美疢也。"由此导致治小学的人与为文辞的人"忿争互诟","文学"一事也纷纭迷乱,晦暗不明。①

言语不能无病,而文辞愈工的人病症愈重,其分别在于"文言"和"质言"。但是章太炎并没有把二者的界限绝对化,他说文辞既然被称为"文",不可能尽从"质言"。但是如果"文益离质,则表象益多,而病亦愈笃"。章太炎提出要采取"尚训说求是"的方法来治疗这种病症。他引用刘勰《文心雕龙·论说》篇为方略:"注释为词,解散论体,杂文虽异,总会是同。"并认为这是"文辞之极致",然后引郑玄"谱《毛诗》",贾公彦"释《士礼》",范宁"训《谷梁》",赵岐"读《孟子》"为例,概括这四人的"训说"方式"师法义例,容有周疏,其文辞则皆烥然信美矣"。② 在《校文士》中,章太炎从"文"与"学"两个方面衡量近世学者:"近世学者率椎少文,文士亦多不学。"他对黄以周、俞樾等人的文章评价不高,看重的是那种"乃夫文质相扶持,辞气异于通俗,上法东汉,下亦旁皇晋宋之间,而文士以为别裁异趣,如汪中、李兆洛之徒,则可谓彬彬者矣。"③由此看来,章太炎心仪的是以小学为知识谱系而能实现文质彬彬的语言美学。

就语言的雅俗而言,"文学"重"文言"而薄"鄙语"。章太炎从人物身份来分别语言的雅俗:"有农牧之言,有士大夫之言,此文言与鄙语不能不分之由。"农牧之言,是言之"粉底",是言的底质。但农牧之言往往表意不清。农牧所言"道"和"义"都叫"道理",所言"仁人"和"善人"同称"好人",没有区分。在佛典翻译中,曾经用"智慧"翻译"般若",但是"智慧"不足以概括"般若",于是采用音译。章太炎总结道:"超于物质之词,高文典册则愈完,递下而词递缺,缺则两义捆矣。故教者不以鄙语易文言,译者不以文言易学说,非好为诘诎也,苟取径便而淆真意,宁勿径便也。"④章太炎区分"文言"与"鄙语"所举例子都来自学术领域,而非来自后人所说的文学领域。

在章太炎的文体类型中,小说属于无韵文。章太炎非常轻视小说,他1907年在《告宰官白衣启》中谈佛法的用途时提及学术和小说的功用:"凡

---

① 章太炎:《正名杂义》,《訄书重订本》,《章太炎全集》第3卷,上海:上海人民出版社,1984年,第213—214页。
② 同上书,第215页。
③ 章太炎:《校文士》,《民报》第10号,日本明治三十九年(1906)十二月二十日。
④ 章太炎:《正名杂义》,《訄书重订本》,《章太炎全集》第3卷,第216页。

诸学术,义精则用愈微,岂独佛法云尔?又复诗歌、小说、音乐、绘画之流,寒不可衣,饥不可食,出不可以应敌,入不可以理民,而皆流衍至今,不闻议废。优人作剧,荡破民财;小说增缘,助发淫事;是之不禁,而以美术相矜。"①对戏剧和小说的极端攻击,只表明一代学术大师也有自身的盲点。他对小说的批判往往累及报章文体。他多次贬低林纾的小说之文和梁启超的报章文体:

> 然林纾小说之文,梁启超报章之格,但可用于小说报章,不能用之书札文牍……②

> 若欲专修文学,则小说报章固文辞之末务,且文辞虽有高下,至于披文相质,乃上下所通。议论欲直如其言,记叙则直书其事,不得虚益华辞,妄增事状。而小说多于事外刻画,报章喜为意外盈辞,此最于文体有害。③

尽管林纾的翻译小说用古文写成,但也不得不借用古典通俗白话小说的某些表达方式和外来的造句规范。从晚清的小说状况来说,通俗白话小说是主流,因此章太炎对小说的贬斥无疑也是对通俗白话的降格;晚清以梁启超"新民体"为代表的报章文体是古代八股文的转型,多呈现杂糅样式,可也不断在破解八股文的体式和句式,向通俗一脉靠拢。因此章太炎对小说和报章文体的轻视内里也是对"鄙语"的轻视。

就骈散而言,章太炎喜欢古文的散句,对骈文的俪词偶句有所批评,但其实暗中未尝不喜欢骈文的造句追求。众所周知章太炎喜欢古文,但他对骈文的态度如何值得辨析。章太炎明确反对阮元"文必以骈俪为主"的观点,他指出:"有韵为文,无韵为笔,则骈散诸体,皆是笔,而非文。藉此证成,适足自陷。"在章太炎看来,"文"与"辞"没有严格区别。《十翼》在文笔上不一致,文笔之分没有理由。司马迁的记述"以史为文"固然不错,但"骈偶之文未尝不谓之文也";班固的《汉书》中"有韵与骈偶者未尝不谓之辞也",因此文辞无别。他进一步论述:"且文辞之称,若从其本以为分析,则辞为口说,文为文字。古者简帛重烦,多取记臆。故或用韵文,或用骈语,为其音节谐熟,易为口记,不烦记载也。战国纵横之士,抵掌摇唇,亦多叠句,是则骈偶之体,适可称职。而史官方策如《春秋》《史记》《汉书》之属,乃当

---

① 马勇编:《章太炎书信集》,石家庄:河北人民出版社,2003年,第175页。
② 同上书,第118页。
③ 同上。

称为文耳。由是言之,文辞之分,矛盾自陷。"①

章太炎消解文笔之分的壁垒,并非完全否定"文的骈俪",相反倒为他喜欢骈句凿通了一条暗道。孙宝瑄1898年日记记载:"枚叔于国朝古文家最折服恽子居、汪容甫;于人品最折服李穆堂、孙文定。其所痛恶者方望溪之文、李安溪之为人,盖实有卓见也。"②恽子居、方望溪皆以古文见长,章太炎一喜欢,一痛恶;而汪容甫则以骈文闻名,却最为折服。章太炎最初喜欢韩愈古文,而韩愈古文俪词偶句甚多;最后张扬魏晋文章,而魏晋文章正是形成时代的骈文。民国初年章太炎针对当时作"俪语"的人推崇汪容甫,认为汪并没有"窥晋人之美"。晋人俪语之美在于:"彼其修辞安雅,则异于唐;持论精神,则异于汉;起止自在,无首尾呼应之式,则异于宋以后之制科策论;而气息调利、意度冲远,又无迫窄蹇气之病,斯信美也。"③对晋人骈文的称赞,是否也暗示了他对俪词偶句的欣赏?

章太炎指出文辞中的"俪辞偶句"历代皆然,并对其方式作过简要分析。"闭关裹足之世,人操土风,名实符号,局于一言,而文辞亦无俪语也。"章太炎对"局于一言"造成"无俪语"的语言单调状态并不赞同。"得既在我,失亦在予",刘知幾认为这是"互文成句",而章太炎认为这是"俪辞盛行,语须偶对",继而进一步把"俪词偶句"向古追溯到孔子和老子的文辞:"若乃素王十翼,史聃一经,搔句皆双,俪辞是昉,察其文义,独多对待。"章太炎看出"俪辞偶句"的创用,并非在"彣彰"的意义上诞生的,而是因为"意有殊条,辞须龣劈",即来自"意"之表达的需要,"所以晋、宋作者,皆取对待为工,不以同训为尚,亦见骈枝同物,义无机要者也"。章太炎再进一步对"俪词偶句"的运用方式,即"辞例"进行分析。"辞例",徐复解释为"修辞条例"④,不过他说的"修辞"与当代人所说的"修辞"有别,"辞例"指的是"俪词偶句"的造句方式,包括"同趣"和"僻驰"。《易·文言》曰:"上下无常,进退无恒。""上下"与"进退"、"常"与"恒",这是"同趣"。《左传》襄公二十九年云:"处而不底,行而不流。""处"与"行"、"底"与"流",意义两两相反,这是"僻驰"。"同趣"和"僻驰"是俪辞中很规整的"辞例"。"辞例"的原则包括词性相同、长短相同,而词义相反。但是也有破格的时候,章太

---

① 章绛:《文学论略》,《国粹学报》第21期,光绪三十二年(1906)八月二十日。
② 孙宝瑄:《忘山庐日记》(上),上海:上海古籍出版社,1983年,第202页。
③ 章太炎口述,吴承仕记:《菿汉微言》,杭州:浙江图书馆校刊,1919年,第67页。
④ 章炳麟著,徐复注:《訄书详注》,上海:上海古籍出版社,2000年,第418页。

炎举谢惠连《雪赋》的句子"皓鹤夺鲜,白鹇失素"为例,"夺鲜"与"失素"在今天看来对仗很工整,但是章太炎借用墨子的学说和现代语法学分别指出"素"为"举性形容词","鲜"为"加性形容词",前者形容事物的本质,后者形容意向的高下。

在叙事手法上,章太炎很重视骈体的功能:"凡简单叙一事不能不用散文;如兼叙多人多事,就非骈体不能提纲",因而"散,骈各有专用,可并存而不能偏废"。① 章太炎所谓的"叙事"非小说的叙事,而是论说的叙事。证之于章太炎自己的文章则骈散并重。谭嗣同曾经"以卓如文比贾生,以麟文比相如"②。章太炎的文章往往骈散结合,音韵铿锵,气势如虹。他1900年撰写的《请严拒满蒙人入国会状》一文即骈散兼用,气势宏壮,"窃以东胡贱种"一段尤为明显。③

骈散结合,自是汉语本色。骈体汉语的形成,与汉语单音节特征密切相关。章太炎主张骈散结合很符合汉语的美学特质。鲁迅绝对主张白话,但是他的白话文写作中,时常有骈语造辞。其实,骈语可以为文言文所用,也可以为白话文所用,口语中也时有骈语。因此,白话文的造语不妨借用白话骈语的造句方式,以丰富白话文语词的美感。受章太炎看重的刘师培就热情倡导汉语俪辞偶句的美学特质,他引《易大传》和《论语》对"文"的描述,引申出"文"含有"青白相比、玄黄厝杂"和"会集众彩、含物化光"两层意思。"文"作为语言命名万物,然后才有"考命象以极情性,观形容以况物宜,故能光明上下,劈措万类"。因此"非偶词俪语,弗足言文"。④ "偶词俪语"的形成源自汉语的特质。刘师培说:"准声署字,修短揆均,字必单音,所施斯适。远国异人,书远颉诵,翰藻弗殊,侔均斯逊。是则音泮轻轩,象昭明两,比物丑类,泯迹从齐,切响浮声,引同协异,乃禹域所独然,殊方所未有也。"汉字单音,而造句之时音响趋于齐同,趋于押韵,所以"俪文律诗为诸夏所独有;今与外域文学竞长,惟资斯体"。⑤ 刘师培从汉语自身的特点与俪文律诗之间的关系,张扬其中国本土性,并希图以此来对抗西方文学。

---

① 章太炎讲演,曹聚仁编:《国学概论》,上海:泰东图书局,1922年,第29—30页。
② 马勇编:《章太炎书信集》,石家庄:河北人民出版社,2003年,第3页。
③ 原载1900年8月9日《中国旬报》第19期,引自马勇编:《章太炎书信集》,石家庄:河北人民出版社,2003年,第56页。
④ 刘师培:《文说五则》,《华国月刊》第7期,1924年3月15日。
⑤ 同上。

骈文"俪语偶句"的美学追求如果能不至僵化,则从汉语单音节和四声的语言特质出发,张扬汉语的对称性美质,是塑造现代白话文的要素之一。人们口头语言中富有经验意味的名句大多是俪语偶句,并且通俗易懂,白话骈句并非在白话之外,就在白话之中。我的家乡话中就有这样的骈句:"捉猪崽,看娘种";"扁担作栅,两头打塌"。当然白话骈句不一定像文人辞赋中的骈句那样"骈"得工整。

三、"文学"与"五四"新文学

从"文学"观念看,"以文字为主"的"文学",内含言文分离的裂缝;从"文学"的语言要求看,因看重学术语言的精微而对农牧之鄙语的轻视,"文言""质言"相扶持背后对古语雅辞的美学追求,以古文散句为主但不轻视俪词偶句的骈散结合,凡此种种,都与"五四"白话文学的主张格格不入,更遑论语言改革和汉字改革了。这就彰显了章太炎与他的弟子钱玄同、周作人、鲁迅等人的差异。

第一,关于言文一致。

晚清由于开通民智的启蒙需求,白话报刊陡然兴起,言文一致的主张也同时出现。章太炎对于言文一致颇为担心,认为"不可猝行",如果实行方法不对,徒令"文学日窳"。他认为提倡言文一致的理由不充分。用远习诸国"文语无殊"来同化中国,显然未考虑"中国特色"。章太炎觉得西方国土小,中国国土广阔,诸夏语言,方言不同,但是都有"本株";而西方语言,源于罗马,其语音无法找到语根。最后章太炎也预测了言文一致的"坏处":"今若以语代文,便将废绝诵读,若以文代语,又令丧失故言,文语交困,未见其益。"[①]

在此之前,章太炎还论述过"言文一致"问题,不过不是直接反对言文一致本身,而只是不同意实践言文一致的途径。他说:"俗士有恒言,以言文一致为准,所定文法,率近小说、演义之流。其或纯为白话,而以蕴藉温厚之词间之,所用成语,徒唐、宋文人所造,何若一返方言,本无言文歧异之微,而又深契古义,视唐、宋儒言为典则耶?"[②]以小说演义来定白话文法,以唐

---

① 章太炎:《正言论》,《国故论衡》,版权所有者国学讲习会,印刷所秀光舍,庚戌年(1910)五月朔日,第62页。
② 章太炎:《论汉字统一会》,《章太炎全集》第4卷,上海:上海人民出版社,1985年,第320页。

宋文人所造成语来丰富白话,这两种均非章太炎的方式,他的方略是返回方言领域来实行言文一致。他在《自述学术次第》中有明白的表达:

> 自非域外之语,字虽转繁,其语必有所根本。盖义相引伸者,由其近似之声,转成一语,转造一字。此语言文字自然之则也。于是始作《文始》,分部为编,则孳乳浸多之理自见。亦使人知中夏语言,不可贸然变革。又编次《新方言》,以见古今语言,虽递相嬗代,未有不归其宗,故今语犹古语也。凡在心在物之学,体自周圆,无间方国。独于言文历史,其体则方,自以己国为典型,而不能取之域外。斯理易明,今人犹多惑乱,斯可怪矣。①

章太炎试图打通方言的古今演变来实现言文一致。只是他所谓"深契古义"的言文一致,与晚清"五四"的言文一致在内涵上存在着古今差异。到了"五四"时期,章太炎对言文一致颇有微词。白话记述古已有之,《尚书》的诏诰就是白话;宋代的语录都是白话体,但不能"描写真相"。于是章太炎假设了一个反证:假如李石曾、蔡孑民、吴稚晖三先生会谈,而令人笔录,则李讲官话,蔡讲绍兴话,吴讲无锡话,便应大不相同,但是记成白话文却又一样。所以说白话文能尽传口语的真相,亦未必是确实的。② 章太炎实际上涉及白话书面语与口语之间的区别,口语有语音的差别,而白话文作为书面语消除了这种差别。但以语音的差别来质疑"五四"时期的言文一致有吹毛求疵之嫌,单以语音差别而论,则言文一致无论古今中外绝无可能实现,包括章太炎自己设定的古代书籍如《尚书》的言文一致也是空话。"五四"新文学的言文一致,目的在消除中国书写中文言文的表述方式与现代人口头表述的错位,以适应现代人表达个体经验的需求。邵力子以"好奇"和"恶新"概括章太炎的偏向未免过于严厉,但是针对章太炎对于白话文的偏见,提出章太炎既然知道《尚书》用的是当时的白话,"何以古时的白话文可奉为经书而现代的白话文便无价值呢"的质问确也不无道理。③ 章太炎式的返回方言的途径因脱离实际而并不可取。当然,如果把章太炎的返回方言实行言文一致看作语言的道路,那么这条道路在民国成立之后,被

---

① 章太炎:《自述学术次第》,刘梦溪主编:《中国现代学术经典·章太炎卷》,石家庄:河北教育出版社,1996年,第647页。
② 章太炎讲演,曹聚仁编:《国学概论》,上海:泰东图书局,1922年,第32页。
③ 邵力子:《志疑》,见章太炎讲演,曹聚仁编:《国学概论》,"附录"第3页。

读音统一会、国语统一会所延续。其实在"五四"时期,言文一致存在着语言的和文学的两条道路。所谓语言的道路,就是语言学家通过制定标准的国音、标准的国字字典,通过教育和行政的方式,实现言文一致。所谓文学的道路,则是文学家们创造国语的文学,通过文学阅读的方式,实现言文一致。中国现代言文一致的实施是这两种方式共同推动的结果。

第二,关于白话诗。

"五四"新文学中,白话诗的成功与否,与白话文学的成功息息相关。恰是在这个问题上,章太炎在1922年的国学讲演中提出质疑:"现在白话诗不用韵,即使也有美感,只应归入散文,不必算诗。"①年轻的曹聚仁有致章太炎书信一封,以《讨论白话诗》为题附录于《国学概论》。曹聚仁记叙,章太炎的话一出,听众中有"掀髯而喜者"②,以章太炎的声望而抵抗"新学小生"的白话诗,反响自然很强烈,只是有"髯"而至"掀",想来年龄也不会太小,也就是说,章太炎的观点在年长者中可能影响较大。曹聚仁首先指出章太炎以有韵无韵作为诗文的区别有失平允。诗文之区别不在形式,而在精神。这里的精神就是古人所说的"诗言志"的"志",即"五四"新文学提倡者所说的"人生之表现"。至于音节一层,曹聚仁认为语体诗"依乎自然之音节,其为韵也,纯任自然,不拘于韵之地位,句之长短"。③曹聚仁关于"精神"和"用韵"的观点都来自"五四"文学的开创者,因此章太炎对曹聚仁的答复不妨看作章太炎与"五四"文学开创者的间接对话。

章太炎的回应重申了自己的观点:无韵不能称为"诗","诗"乃旧名。诗歌无韵那是另一种东西,可以仿效日本的俳句,另取一个名字。章太炎其实在维护"诗"的正统性。曹聚仁针对章太炎无韵不能为诗的观点,以女子不穿裙还是女子,诗歌无韵还是可以称为诗为喻反驳。章太炎反对用比喻说理,他说女子不是以是否穿裙才得名的,而诗歌恰恰是以有韵才得名的。曹聚仁说有韵的不一定是诗,如《百家姓》。章太炎从诗的广义和狭义作出回答:从狭义看,诗包括古今体诗歌和赋、曲;而从广义看,有韵的都是诗的变体,并且用史思明得樱桃而唱的例子表明无韵不得称诗。曹聚仁认为追

---

① 章太炎讲演,曹聚仁编:《国学概论》,上海:泰东图书局,1922年,第30页。
② 曹聚仁:《讨论白话诗》,见章太炎讲演,曹聚仁编:《国学概论》,"附录"第5页。
③ 同上书,"附录"第6页。

求韵律束缚主体的性情,章太炎说山歌小曲都是有韵的,不见束缚性情。①章太炎顽强地坚守中国传统文类的纯洁性。因此在文体的更新上,章太炎趋向保守,但是他不反对白话诗,只是觉得白话诗无韵,是新事物,新事物就必须另创新名。

第三,演讲为白话文留下空间的可能性。

章太炎早年对"近人演说"和"口说"等有所论述,认为"口说"与文辞、文笔不同:"策士飞钳之辩,宜与宋儒语录、近人演说,同编一秩,见其与文学殊涂,而工拙亦异趣也","效战国之口说以为文辞者,语必伧俗,且私徇笔端。苟炫文采,浮言妨要,其伤实多","在文辞则务合体要,在口说则务动听闻"。② 但是在"五四"时期的语境中,口说与演讲越来越成为章太炎们日常学术活动的必需品。那么他如何看待呢?

1922年,章太炎提出"发情止义"的策略以获得文学进步。他把《毛诗序》的"情""义"范围扩大,从喜怒哀乐的"情"扩展到"心所欲言,不得不言"的"情",把"礼义"的"义"扩展到"作文的法度"的"义"。③ 如此看来,章太炎给文学留下了可能的空间。从晚清到"五四",演说作为一种讲述方式,演说稿连接着"说"和"写",既要照顾口头讲述的"白话"性,又要体现书面表达的"文言"性,但是其间白话与文言相互冲突总要作出让步,于是演讲在一定程度上打开了文言书写的自然系统。章太炎从晚清到民国,俨然可称演说大家,他在东京、上海、苏州的讲学,兼具古代私学讲述与现代演讲双重性质。1906年他在东京留学生欢迎会上的演讲,刺激了留学生们的革命激情,其演讲稿《东京留学生欢迎会演讲辞》也是一篇说理严密、浅白易懂的文言文。不过晚清民国的演讲,往往先有演讲,后有记录的演讲稿,因此如果以后录的演讲稿来论证演讲的白话倾向,其间可能因渗透着记录者书面的文言倾向或口头的白话倾向而很难清晰描述演讲者自身的白话—文言特色。谢樱宁在日本找到章太炎的一篇演讲底稿,使后来者能真正领略这位古文大家的白话"本相"。谢樱宁把演讲底稿命名为《佛法果应认为

---

① 杂志目录中为《论白话诗》,正文文章标题则为《答曹聚仁论白话诗》,署名章炳麟,《华国月刊》第1卷第4期,1923年12月15日。
② 章氏学:《文学说例》(完),《新民丛报》第15号,光绪二十八年(1902)八月一日。
③ 章太炎:《国学概论》,《章太炎国学讲义》,北京:海潮出版社,2007年,第60页。

宗教耶？抑认为哲学耶？》①，章太炎演讲的时间为1911年。先看演讲稿的开头部分：

> 近代许多宗教，各有不同。依常论说来，佛法也是一种宗教。但问怎么样唤作宗教，不可不有个界说。假如说有所信仰，就称宗教，那么各种学问，除了怀疑论以外，没有一项不是宗教。就是法理学家信仰国家，也不得不给他一个宗教的名号，何但佛法呢？②

明白的语句，严密的说理，简洁而有致。此种白话放到"五四"时期也堪称上品。由此看来，即使在晚清，白话没有经过翻译的捶打，也能把某些道理说得富有逻辑。晚清的汉语表达，困难之一是如何容纳外来新词，尤其是音译的地名、人名和学理名词。章太炎的演讲中说：

> 佛法既然离了常见断见，说明轮回的理，借用旧说证明，原是与自己宗旨无碍，所以没有明白破他，只象古代中国、希腊许多哲学家，孔子也不打破鬼神，苏格拉底、柏拉图也不打破神明。现在欧洲几个哲学家，如笛卡尔、康德那一班人，口头还说上帝，不去明破，无非是随顺世俗，不求立异的意思。③

白话接受音译的人名、地名和意译的学理名词，非常自然融洽。因此，晚清民初中西语言的碰撞推动着汉语书写必须从文言走向白话。当然，章太炎的演讲稿也带有时代标记，如"还有一句话是兄弟平日的意思。现在讲唯心论的，必要破唯物论。依兄弟看，唯心论不必破唯物论，仅可以包容得唯物论"④。这种叙说语调正是晚清演说稿和白话文的基本特色。

陈平原在《作为学科的文学史》一书中，指出曹聚仁记录的白话本《国学概论》比其他人的文言本更能传达太炎先生演讲的语气和神态，同时表明白话能表达深邃的学理。⑤ 撰写演说稿和演说的语言实践，在章太炎的

---

① 章太炎：《佛法果应认为宗教耶？抑认为哲学耶？》。据谢樱宁所见，该文为章太炎的演讲稿草稿，手稿存日本京都大学人文科学研究所，原文无题，题目为谢氏所加。谢樱宁《章太炎年谱摭遗》（北京：中国社会科学出版社，1987年）收题一、题二、题四的片段。完整的演讲稿以《论佛法与宗教、哲学以及现实之关系》为题发表于《中国哲学》第6辑，北京：生活·读书·新知三联书店，1981年。
② 谢樱宁：《章太炎年谱摭遗》，北京：中国社会科学出版社，1987年，第58—59页。
③ 同上书，第59页。
④ 同上书，第63页。
⑤ 陈平原：《作为学科的文学史》，北京：北京大学出版社，2011年，第147—149页。

语体意识中为白话争得了一席之地。1923年章太炎主笔《华国月刊》,"通论"栏目是该刊的主要栏目之一,《华国月刊·略例》对"通论"的语体要求用文言文,而"惟用语体者,正如演说,取其条达通俗而止"①。这样就为语体文在该刊的生存留下一定的空间。该刊第1卷第2期"通论"栏载有汪东的《新文学商榷》,此文认为白话文不可居文学之名,然而全文用白话写成。② 章太炎选择演说体的文章发表,既与他晚清民初演说的语言实践有关,也是他在"五四"新文学语体文的强大推动下不得不作出的让步。

第二节 民族志书写与主体想象

章太炎的书写令人想起"民族志"的书写。据高丙中介绍,"民族志"在英美学界的基本含义是指对异民族的社会、文化现象的记述,希罗多德对埃及人家庭生活的描述,旅行者、探险家的游记,那些最早与"土著"打交道的商人和布道的传教士以及殖民时代"帝国官员"们关于土著人的报告,都被归入"民族志"这个广义的文体。这主要基于两大因素:一是它们在风格上的异域情调(exotic)或新异感,二是它们表征着一个有着内在一致的精神(或民族精神)的群体(族群)。③ 因此,英美民族志的对象为"异民族",即对某个异族族群的研究。但是在这一点上并非铁板一块,比如美国人类学家詹姆斯·克利福德指出民族志在向更宽广的写作实践开放,如海登·怀特、爱德华·萨义德、皮埃尔·布迪尔(现通译布尔迪厄)的书写都可以列入民族志的范围。④ 我在此借用"民族志"这个说法来描述章太炎的书写,意指章太炎卫护的中国传统的文类体系。这是中国传统的书写体系,同时也是中国人构建精神的方式。

处于晚清民初的章太炎,其书写面临当下的紧迫性:西方文化的侵入、中国士人的囫囵吞枣的接受,以致中国传统学术以及书写方式直面被颠覆的危机。在中西文化的碰撞中,章太炎作为中国文化的"守夜人",站在文

---

① 《华国月刊·略例》,《华国月刊》第1卷第1期,1923年9月15日。
② 汪东:《新文学商榷》,《华国月刊》第1卷第2期,1923年10月15日。
③ 高丙中:《汉译人类学名著丛书总序》,见[美]詹姆斯·克利福德、乔治·E.马库斯编:《写文化——民族志的诗学与政治学》,北京:商务印书馆,2006年,"总序"第1页。
④ [美]詹姆斯·克利福德:《导言:部分的真理》,[美]詹姆斯·克利福德、乔治·E.马库斯编:《写文化——民族志的诗学与政治学》,第31页。

化的边界上书写。詹姆斯·克利福德认为"民族志积极地置身于强有力的意义系统之间。它在文明、文化、权力、阶级种族和性别的边界上提出问题"①。萨义德的《东方学》揭示的西方将东方西方化的书写其实也是边界书写。因此,并非只有对异民族族群的书写才是民族志书写,在边界上的本民族书写同样是民族志书写。这也是为什么不把章太炎的书写称为中国传统方志书写的原因。方志书写不具有现代边界的意义。章太炎的民族志书写以确立国性为鹄的,并孜孜矻矻地夯实和守卫这种国性赖以存在的根基。

英美民族志以马林诺夫斯基开创的方法为科学的方法,即田野调查主体与理论研究主体合一。而章太炎的民族志书写表现为另外的形态,即"革命"与"学问"并进,"文"与"学"兼重。在晚清至"五四"时期,章太炎确实为唯一的类型。民族志书写凸现的个人主体是一个怎样的主体呢?汪晖曾在《公理与反公理》中分析章太炎的思想悖论:

> 20世纪的头十年是章太炎思想的最为复杂难解的时期,也是他的一生事业中最为重要的时期。一方面,他为文古奥,又习用索解为难的佛教语汇表述他的社会思想,另一方面,他的以自性、个体为肯定性概念的思想体系与他正在从事的社会目标之间有着明显的矛盾。因此,无论从写作的形式还是从写作的内容来看,章太炎的思想都包含了内在的悖论,其中最为重要而明显的是这样两组悖论:个体观念是现代思想对传统思想进行批判的主要的道德资源,也是中国现代反传统主义的出发点之一,但对章太炎来说,这个观念却是反现代的和自我否定的;自性和个体的观念构成了对一切普遍性的观念和集体性的认同的否定,但对章太炎来说,最为重要的现实任务莫过于形成民族认同,建立中华民国。②

汪晖接着对章太炎"个体"概念的建立过程与建立方式展开分析,并在西方认同性视野下呈现章太炎"个体"的多棱影像,以回答上述段落提出的悖论。汪晖的论述视野开阔,并把"个体"概念贯穿始终,对之作立体的解剖。也许因为汪晖从思想史的角度出发,所以对于他所说的"写作形式"来不及

---

① [美]詹姆斯·克利福德:《导言:部分的真理》,[美]詹姆斯·克利福德、乔治·E.马库斯编:《写文化——民族志的诗学与政治学》,北京:商务印书馆,2006年,第31页。
② 汪晖:《现代中国思想的兴起》(下卷),北京:生活·读书·新知三联书店,2004年,第1012—1013页。

描画。如果从"文"之书写的方式来探讨章太炎的现代经验,则柄谷行人对于日本文学内面的历史的发现不失为一个可以参考的策略。柄谷行人从言文一致的角度探讨日本现代文学"内面的历史",认为"内面作为内面而存在即是倾听自己的声音这一可视性的确立"①。"倾听自己的声音"如果与日本"言文一致"运动中废除汉字的主张联系起来,那么日语借助拉丁化的方式,在字形上摆脱汉字的形之后,实际上回归到日语的声音上来,于是主体与语言同时确立。章太炎的情形与柄谷行人描绘的日本现代文学起源的状况自然很不一样,他站在防护保卫的立场,坚守中国"文"之书写的纯洁传统,即文类的纯正与汉字的正当。一方面,他通过不断贬低甚至痛骂翻译文体、报章文体、小说文体来拒斥新异要素对中国传统文类的瓦解;另一方面,他抵抗拼音文字对中国汉字的种种冲击以维护汉字的正当权益。他的贬低与抵抗,把文类的纯正与汉字的正当不断裹紧拔高,而以此为根基的主体,在不断排除式的裂变中开始解构与分裂。

一、"文"之雅驯

章太炎"文"之雅驯包括文字的古雅和文类的纯正。章太炎用词造句特别重视文字的古雅。吕思勉指出:"文学是有其时代性的,必能以向来文学界上认为最雅驯的语言,表达出现代的思想来,才能算是真正的大文学家。"他以此为标准认为康长素(有为)和章太炎都属于"真正的大文学家";而梁启超就不能获此殊荣,因为其文不够雅驯。② 章太炎因坚守雅驯,以致用字古奥难解,也曾遭受时人指责。黄遵宪 1897 年 3 月 13 日《致汪康年函》云:"章君《学会论》甚雄丽,然稍嫌古雅。此文集之文,非报馆文,作文能使九品人读之而悉通,则善之善者矣。"③黄遵宪论文以接受群体为主,区分为"文集之文"和"报馆文"。前者重古雅,读者可能是专业人士;后者趋通俗,要让一般读书人也能读懂。有人批评章太炎的《建立宗教论》等文使用佛书梵语,令人难解。章太炎申明乃以玄奘翻译的词语为主,或者加以注

---

① [日]柄谷行人:《日本现代文学的起源》,赵京华译,北京:生活·读书·新知三联书店,2003 年,第 62 页。
② 吕思勉:《从章太炎说到康长素、梁任公》,章念驰编:《章太炎生平与思想研究文选》,杭州:浙江人民出版社,1986 年,第 183 页。
③ 黄遵宪:《致汪康年函》(1897 年 3 月 13 日),陈铮编:《黄遵宪全集》(上),北京:中华书局,2005 年,第 396 页。

释,或者用通俗语代替,并为自己辩护:"窃以报章之作,普示国民,震旦虽衰,硕学虑敏之士,犹不遽绝。一二名词,岂遂为其障碍?若欲取谐时俗,则非独内典为然,即他书亦多难解者。苟取便宜,失其本义,所不为也。"①可见章太炎对当时的中国读者估计太高,他宁愿保存本义,也不愿采取便宜途径。

文字古雅与章太炎的文学复古有密切联系。他认为"彼意大利之中兴,且以文学复古为之前导,汉学亦然,其于种族固有益无损"②。文学复古并非模仿古代,而是从古代典籍中寻求现代中国人的精神根性,以应对中西文化碰撞。晚清的章太炎因强烈感受到中国传统文化的大厦摇摇欲坠而心急如焚。正如丘逢甲1908年在《寄赠国粹保存会诸君》中所写的:"西海潮流猛秦火,东风复助为妖祸","终看吾道益光大,日月天行无古今"。③ 文学复古的根本目的在于在西海潮流(西方文化)和东风(日本文明)的冲击下寻求中国国粹以确立中国国性。

章太炎的文字古雅也有多种面相。写人的传记文章,直接概写人物经历,或者白描人物行状,少比喻,少描摹,少抒情,间有精当的议论之笔,《高先生传》《孙诒让传》《邹容传》是其代表。《邹容传》叙事尤其简洁利落,干练有力,但也不缺少叙述细节的生动处。述学文章,更是用词严谨,几乎每一词语都有来历,很少生造词语,文句同样少用比喻,不重想象,以史实行文,骈散间用,力量自具,《国故论衡》是其代表。被鲁迅称为"战斗的文章"④者,则别具门面,与文字雅驯相反,时有政治"脏语",以与当权者对抗,如称光绪皇帝为"载湉小丑",称满族为"东胡贱种"等。他1903年在上海爱国学社出的作文题目中有"×××本纪",以古代史书中记载皇帝史实的文体来记叙一般普通人的经历。在日本他提出"中夏亡国二百四十二年"的纪年方式。但是即使是政治"脏语",也不失品格,与吴稚晖"西嫖子那拉,小龟头载湉"之类的谩骂一比,雅粗自现。章太炎喜欢骂人,最厉害的莫过于骂吴稚晖。章太炎骂人直指事实本身,很少游离,不用比较或比喻来分散力量。总的说来,其文章骂人也还有雅的一面。1906年章太炎到日本后主

---

① 章太炎:《人无我论》,《章太炎全集》第4卷,上海:上海人民出版社,1985年,第429页。
② 章太炎:《革命道德说》,《章太炎全集》第4卷,第277页。
③ 丘逢甲:《寄赠国粹保存会诸君》,《国粹学报》第42期,光绪三十四年(1908)五月二十日。
④ 鲁迅:《关于太炎先生二三事》,《鲁迅全集》第6卷,北京:人民文学出版社,2005年,第567页。

编《民报》，正是胡汉民、汪精卫与梁启超论战正酣的时候，他觉得"胡汪诘责卓如，词近诟谇，故持论稍平"①。章太炎在多处批评梁启超的为文与为人，但是自己不用"诟谇"的词句去抨击，诘责驳难也要有雅驯的水准。章太炎论文不以感情为主，论诗词则以情性相标。但他的战斗文章感情充沛、情性自在，可谓血肉做的文字。《驳康有为论革命书》《讨满洲檄》等文中那种基于深厚学理的感情，则是激励像鲁迅那样的年轻人的真正力量。章太炎的抒情方式与梁启超迥异，梁启超好用比喻排比抒情，章太炎则是在层层事理铺垫的基础上反问诘难。

章太炎不仅看重文辞的雅驯，而且非常在意文类的纯正。章太炎曾经提及《希腊文学史》的文体分类②，但其分类似乎并没有影响章太炎。他在《文学论略》和《国故论衡》里建构的文类金字塔，越到底部，裂缝越多，但这并不会危及金字塔的结构和内质。章太炎的民族志书写严格保持中国传统文类的体式，如原、说、记、论、书、传、序、后序、自叙、祝辞、哀辞、颂、像赞、赋、歌、铭、箴等，不仅品类繁多，而且各守其职。章太炎的文章雅驯观，既指文字的雅正，又指文类的合体。"体"指《文心雕龙》以来对文类的规定，合体无疑就是要保持文类的纯正。③

章太炎出于文章的雅驯观，对当时文章的各种弊端猛烈抨击，对林纾、梁启超、严复等以文鸣世之人的文章批评得尤其厉害。章太炎对梁启超批评颇多，1910年的《诛政党》一文可见一斑："若夫学未及其师，而变诈过之，掇拾岛国贱儒绪说，自命知学，作报海外，腾肆奸言，为人所攻，则更名《国风》，颂天王而媚朝贵，文不足以自华，乃以贴括之声音节凑，参合倭人文体，而以文界革命自豪。后生好之，竞相模仿，致使中夏学扫地者，则夫己氏为之也。"④章太炎评判梁启超总是结合他的学问或者他的行状来批评他的

---

① 章太炎：《章太炎先生自定年谱》，上海：上海书店出版社，1986年影印，第10页。
② 章太炎引叙其文体分类："故韵文完具而后有散文，史诗功善而后有戏曲。韵文先史诗，次乐诗，后戏曲。散文先历史哲学，后演说。其所谓史诗者：一、大史诗，叙述复杂大事者也。二、稗诗，叙述小说者也。三、物语。四、歌曲，短篇简单者也。五、正史诗，即有韵历史也。六、半乐诗，乐诗史诗混合者也。七、牧歌。八、散文作话。毗于街谈巷语者也。"章氏学：《文学说例》，《新民丛报》第15号，光绪二十八年(1902)八月一日。
③ 陈平原指出了章太炎"合体为雅"的观点与顾炎武之间的暧昧关系，参看《从文人之文到学者之文——明清散文研究》，北京：生活·读书·新知三联书店，2004年，第161页。
④ 章太炎：《诛政党》，1910年10月26、28、30日槟榔屿《光华日报》；引自姚奠中、董国炎：《章太炎学术年谱》，太原：山西古籍出版社，1996年，第186页。

文字,此处也不例外,认为梁启超学问不及康有为,在人格上则变诈过之,掇拾日本贱儒之说,最后揭出其文体的弊端在于以八股文体胶合日本文体。章太炎批评"少游学于欧洲"之人,以严复为指向,认为严复"学文桐城,粗通小学,能译欧西先哲之书,而节凑未离贴括,其理虽至浅薄,务为华妙之辞以欺人"①。章太炎激愤而笼统地把钱玄同所说的学生文章的"庸妄"归咎于林纾、梁启超等人:"文辞之坏,以林纾、梁启超为罪魁。(严复、康有为尚无罪。)厌闻小学,则拼音简字诸家为祸始(王照、劳乃宣皆是。)此辈固当投畀魑魅,而咎不在后生。"②他对于林纾的小说文体、梁启超的报刊文体常常一起清算:"然林纾小说之文,梁启超报章之格,但可用于小说报章,不能用之书札文牍";"若欲专修文学,则小说报章固文辞之末务"。③

翻译、报刊文章、演讲三类语言实践本来有可能打开章太炎坚守的文类堡垒。诚如上文所述,章太炎非常轻视报刊文章,他不愿意看轻国民读者的学识水平,也不愿意因为失去本义而采取"便宜"之途,这样就无法打开报刊文体解放古文的可能性。章太炎的翻译不多,1902年曾经翻译日本学者岸本能武太的《社会学》,尽管仍用文言,但也相对通俗,如谈到资本家与工人之间的差别:"欧洲之社会,贫富悬隔,积岁弥甚。资本家于饱食暖衣之中,厚积财产,增进愉乐,而渐趣于淫佚。劳动者堕指流汗,无闲寒暑,工资既薄,无以备不时之需,薾然为人形役,而所得羡余,无与于己,其地位又益卑,遂终身劳动贫乏以死。"④叙说"资本家"与"劳动者"的情形大致一目了然,不令人费解。章太炎的翻译此后没有继续,当然他如果继续翻译也许会采用与严复类似的策略,以古词语来传递本义,但不管怎么样,即使在严复的翻译中,因为是翻译,不得不采纳一些非汉语的异质性规则,所以总能打破古文的某些禁忌。演讲和课堂讲义植根于"讲说",考虑到听的短暂性,语句必须在一定程度上趋向通俗。章太炎1906年至1910年的演讲词,不论是演讲后的记录稿,还是演讲前预备的讲稿,都比写作之文要通俗易懂。

---

① 章太炎:《诛政党》,1910年10月26、28、30日槟榔屿《光华日报》;引自姚奠中、董国炎:《章太炎学术年谱》,太原:山西古籍出版社,1996年,第188页。
② 章太炎认为学生文章之"庸妄"有两种原因,远因是科举,近因是林纾、梁启超等人的文章。见马勇编:《章太炎书信集》,石家庄:河北人民出版社,2003年,第118页。
③ 同上。
④ [日]岸本能武太:《社会学》卷上,章炳麟译,上海:广智书局,光绪二十八年(1902),第13页。

可是章太炎认为著述之作才是著作,演讲之文不能称为著作。其实并非要用演讲之文取代著述之作,而是以演讲之文的通俗去润泽著述之作的刻板。但是这样的语言润泽没有在章太炎的写作中实现。

二、"文学"之发现

章太炎的"文学"包括"文字"和"法式"两个方面。以章太炎的"文学"观去考察章太炎民族志书写的文体也是很有意义的事情,他的文体有三大特征:

第一,既然"文学"以文字为主,那么以文字的训诂和音韵为核心的小学,自然成为民族志书写的方式,即通过小学考训以求问题本源,是章太炎民族志书写的基本方式。"小学"与"问题"在清代学人那里并非总是紧密结合,时呈背离之态。乾嘉学者因为朝廷文化专制主义的压迫,搁置"问题",沉浸于小学,在小学领域收获斐然。而晚清学人,遭遇中西巨撞而"问题"意识突出,但小学功底不似乾嘉学者深厚。能兼融乾嘉学者的"小学"和晚清学人的"问题"的,只有章太炎。

章太炎曾经谈及造词撰文的方式:"先求训诂,句分字析,而后敢造词也;先辨体裁,引绳切墨,而后敢放言也。"①"造词"的小学训诂,考掘"问题"源头,划出"问题"区隔。"放言"的辨别体裁,精选表达体式以求最佳效果。因此章太炎对于"问题"的解决,常常从小学训诂开始,把中西文化碰撞间的中国问题拉到中国传统的小学训诂中,这样章太炎的现代意识就不是在中国的西方学的土壤中诞生,而是在中国本土的学术土壤中诞生。晚清学人热衷对现代中国的想象,梁启超的"大中华民主国"(《新中国未来记》)以小说的方式虚构"中国";康有为的"大同"(《大同书》)则带有浓厚的乌托邦色彩;与之相比,章太炎的"中华民国"(《中华民国解》)则更具理性光辉。在《中华民国解》之前,章太炎《序种性》也曾论及中华的"华"或者华夏的"华":"昆仑者,译言华土也,故建国曰华。"②但没有展开论述这个问题。《中华民国解》从考察"中国""华""夏"等名词的命名谱系开始。"中国"之名与"四裔"相对。然而有外人之"中国",有汉土之"中国"。印

---

① 章绛:《文学论略》(续),《国粹学报》第23期,光绪三十二年(1906)十月二十日。
② 章太炎:《訄书(重订本)》,《章太炎全集》第3卷,上海:上海人民出版社,1984年,第173页。

度、日本称"中国",是以"土中对边郡";汉土称中国,是"以先汉郡县为边界","举领域以对异邦"。"华"这个名称的由来与中国先人的居住地有关。宓牺、神农、黄帝,都起于雝州,而高阳、高辛、尧、舜起于梁州。"观其帝王所产,而知民族奥区,斯为根极。"雝州的东南达于华阴(华山北边),梁州的东北抵达华阳(华山南面),都以华山为界,于是定国土为"华"。以后华的国土扩展到九州。秦汉之际,今朝鲜和越南也是华民的耕种之乡。据此看来,"华"为国名,不是种族的名称,但是后来成为国家种族的通用语。如果就种族而言,则"夏"比较恰当。"夏"的得名与夏水有关,"夏水"又叫"汉水""漾水""沔水",流经汉中,也在雝梁之地。"因水得族名",这是很常见的。"汉""华""夏"三者互摄含义。刘邦建立汉朝,从汉中封王开始。而汉中之地,"于夏水则为同地,于华阳则为同州,用为通称,适与本名符会。是故华云、夏云、汉云,随举一名,互摄三义。建汉名以为族,而邦国之义斯在。建华名以为国,而种族之义亦在。此中华民国之所以谥"。① 章太炎以"名"的考古方式,获得"中华民国"内含国家与种族双重指向的意义。② 侯外庐说:"太炎则建立由文字孳乳以明历史发展的根据,又建立由文字起源以明思维发展的理论,故他的文字学已经跳出了古文家的范围……"③

第二,以"学"为质,史理会通。章太炎论文特别强调"文学"的"质"与"实","质"与"实"必须以"学"来充融,所以他反复申明有"学"才有好的文章。"学"自然指学问,在章太炎的民族志书写中,"学"演化为以历史为脉络的知识系统和以逻辑为推演的方法系统的会通,所以他的文章才闳肆有力,溢于墨表。

章太炎论学有三重三轻:重私学轻官学,重眼学轻耳学,重田野之学轻都会之学。章太炎论学的一贯观点是学在民间,"学"一旦涉及官方就陷入利禄之途。章太炎认为"国学"并不是以前所有的史料,要有选择,考虑到

---

① 章太炎:《中华民国解》,《民报》第15号,日本明治四十年(1907)七月五日。
② 对于章太炎提出的华、夏、汉三者互摄的问题,存在不同意见。他的学生朱希祖在《文字学上之中国人种观察》一文中提出:夏为中国人种最初的本字,夏水之夏、夏代国名之夏、春夏之夏,前两个为假借,后者为通假。夏引申为大,中国之人,种族名夏,自以为大,自以为文明,自以为雅正。华作为国名,古史无载,华作为族名,是夏的假借字。原载《北京大学社会科学季刊》1923年第1卷第2号,引自朱希祖著,周文玖选编:《朱希祖文存》,上海:上海古籍出版社,2006年,第201—211页。
③ 侯外庐:《章太炎的科学成就及其对于公羊学派的批判》,章念驰编:《章太炎生平与学术》,北京:生活·读书·新知三联书店,1988年,第126页。

时间、难度等方面的因素,最好的办法是读《周礼》《左氏内外传》等史书。"欲省功而易进,多识而发志者,其唯史乎?"因为史书的文章易读,并且贤人君子之事以及得失的原因都在其中。他总结说:"其所从入之途,则务于眼学,不务耳学。"从这段话看,"眼学"似乎指的是史书之学,其实不完全如此,章太炎的"眼学"应该与"文字"相关,不只是通过讲授就能获取的学问。章太炎进一步指出因为文科以"耳学囿之",所以其弊有五。一曰"尚文辞而忽事实",二曰"因疏陋而疑伪造",三曰"详远古而略近代",四曰"审边塞而遗内治",五曰"重文学而轻政事"。他认为其原因之一就是"学校务于耳学",如果"能除耳学之制,则五弊可息"。①

章太炎批评大学中弟子不能传师之学问,原因在于"恶制陋习"。"制之恶者,期人速悟,而不寻其根柢,专重耳学,遗弃眼学,卒令学者所知,不能出于讲义。习之陋者,积年既满,无不与以卒业证书,与往时岁贡生等"。章太炎认为学之"弇鄙"还可以谅解,而那些"佻巧之师"不可原谅,因为此种人"妄论诸子","持奇诡以文浅陋"。比"佻巧之师"更下的是提倡以小说改良社会的人:"其下者或以小说传奇为教,道人以淫僻,诱人以倾险,犹曰足以改良社会,乃适得其反耳。"章太炎的批评很有针对性,"佻巧之师"指康有为,"其下者"指梁启超。②

章太炎论学主张"凡学者贵其攻苦食淡,然后能任艰难之事,而德操亦固"。张之洞之持论尽管"蹈乎大方",但是也不能使人"无陋",反使人"失其志"。张之洞提倡办学,其结果在章太炎看来"学子既以纷华变其血气,又求报偿,如商人之责子母者,则趣于营利转甚"。那些崇尚"远西之学"的学子,被远西的"宫室舆马衣食之美"诱惑,同样走上"趣于营利"之途。所以,这样"为学",学子不能"归处田野",而"遍于都邑,唯禄利是务"。③ 章太炎提出学问上的"田野"与"都邑"之间的区别,看到了现代社会治学的生产方式的某些特征,在古代,像王船山和康德这样的学者都可以在乡下成其学问,而晚清以降就很难。章太炎从否定的角度提出了批评,其批评的焦点是"唯禄利是务",并非完全否定"都邑"之学。"田野"与"都邑"之间不仅有私学和官学的对立,还有本土之学与远西之学的对立。"今之学子慕远

---

① 章太炎:《救学弊论》,《章太炎全集》第5卷,上海:上海人民出版社,1985年,第102—103页。
② 同上书,第98页。
③ 同上书,第100页。

西物用之美,太半已不能处田野。计中国之地,则田野多而都会少也。能处都会不能处田野,是学子已离于中国大部,以都会为不足,又必实见远西之俗行于中国然后快。此与元魏、金、清失其国性何异?"①章太炎把"中国—西方"的世界性对立转化为"田野—都会"的本土化对立,针对的是中国学子以"物用之美"取法"远西"物质主义的倾向。但是同时也应该看到晚清民初对西方学术的取法,并非仅仅在"物用之美"上,而是在文学、语法、思想等多方面,如何处理这些问题值得深思。不过章太炎思考的问题不仅是他所处时代的问题,也是章太炎之后中国人面临的问题,他批评道:"今之教者唯务扬其智识,而志趣则愈抑以使下,又重以歆慕远西,堕其国性,与啖人以罂粟膏,醉人以哥罗方,无以异矣。"②

"史理会通"建立在"学"之充融的基础上。"史"是"学"的表现,"文"是"史"的展现。即使在某个小问题的论证上,他也不忘记结合小学的方法,构成"史"的铺展。"观世盛衰者,读其文章辞赋,而足以知一代之性情。"③前引对各朝代文风的论述即为一例。章太炎通过阅读佛学经典,对逻辑的推演自觉地加以吸收,"因以求果,果以求因,辨异而不过,推类而不悖。是故邪说不能乱,百家无所窜,则终身免于疑殆,是抽文之枢要也"。在因果求证的过程中,还要细微辨别,有同因而异果,有异因而同果,只有那些愚曲之人,固执于因果两端,以"成型"的模式来套,造成终身弊端。④

第三,发现魏晋文,张扬个性自由。章太炎对魏晋文的发现以及通过周氏兄弟而对"五四"文学的延泽,成为章太炎与"五四"新文学的重要关联。在学理上,章太炎不同意五朝衰弱原因在于玄学的看法。他的《五朝学》从三个方面肯定玄学:第一,玄学"不与艺术文行牾,且翼扶之"。第二,玄学常与礼律相扶。第三,玄学对人性有益,"五朝有玄学,知与恬交相养,而和理出其性。故骄淫息乎上,竞躁弭乎下。"⑤章太炎对玄学的肯定夯实了魏晋文的哲学基础。他多次赞美魏晋文:

> 夫雅而不核,近于诵数,汉人之短也;廉而不节,近于强钳,肆而不制,近于流荡,清而不根,近于草野,唐宋之过也。有其利无其病者,莫

---

① 章太炎:《救学弊论》,《章太炎全集》第5卷,上海:上海人民出版社,1985年,第101页。
② 同上。
③ 章太炎:《菿汉微言》,杭州:浙江图书馆校刊,1919年,第55—56页。
④ 章太炎:《征信论》(下),《章太炎全集》第4卷,第59页。
⑤ 章太炎:《五朝学》,《章太炎全集》第4卷,第75—76页。

若魏晋。①

魏晋佳论,譬如渊海,华美精辨,各自擅场。②

晋人为文,如天马行空,绝无依傍,随笔写去,使人难分段落。③

陈平原《中国现代学术之建立——以章太炎、胡适之为中心》第八章"现代中国的'魏晋风度'与'六朝散文'",以文学史为框架,探究章太炎以及章门弟子周氏兄弟如何绽放魏晋的文学意义,从而延续并发扬了千年文脉。不过,陈著过于注重对"现代中国"这一历史境域中关于魏晋文学不同态度的描述,反而相对掩盖了章太炎与周氏兄弟对魏晋文学的传承与创造。④

"五四"新文学时期,多名章门弟子执教于北京大学,因提倡白话文学而猛烈攻击桐城派古文。章太炎本人并不彻底否定桐城派古文。他以史家眼光来评点桐城派诸杰:归有光"讲格律,气度甚精工";方苞"行文甚谨严";姚鼐"才气甚高";而刘大櫆"殊无足取"。⑤ 章太炎肯定桐城派之文有可取之处,主张既要"学习他们的气度格律",同时要"明白他们的公式禁忌"。这些公式禁忌包括:

(A) 官名地名应用现制。

(B) 亲属名称应仍《仪礼·丧服》《尔雅·丧服》之旧。

(C) 不俗——忌用科举滥调。

(D) 不古。

(E) 不枝。⑥

但章太炎也从三个方面批评桐城派之文的不足:第一,桐城派之文无"学"。桐城派虽然也懂得小学,但不用功,对于不懂得的字就不用。⑦ 第

---

① 章太炎:《论式》,《国故论衡》,版权所有者国学讲习会,印刷所秀光舍,庚戌年(1910)五月朔日,第122页。
② 章太炎:《国学略说》,《章太炎国学讲义》,北京:海潮出版社,2007年,第220页。
③ 同上书,第222页。
④ 陈平原:《中国现代学术之建立——以章太炎、胡适之为中心》,北京:北京大学出版社,1998年,第330—430页。
⑤ 章太炎讲演,曹聚仁编:《国学概论》,上海:泰东图书局,1922年,第108页。
⑥ 同上书,第109—110页。
⑦ 章太炎:《国学概论》,《章太炎国学讲义》,第10页。

二,桐城派之文虽有法度,但"无味"。因为他们的文章"虽止乎义,却非发乎情"。① 第三,桐城派之文短于说理。曾国藩认为古文无施不可,独短于说理,这掩盖了桐城派古文的短处。章太炎反对这种观点。他认为先秦著作之文原可以说理,比如《庄子》奇诡,《孟子》《荀子》平易,皆能说理。"理"分"事理"和"名理",所以"文"分"事理之文"和"名理之文"。"事理之文"唐宋人还能作,而"名理之文"只有晚周和六朝人能作。既然"古文家"上不能追周秦,下不能取六朝,其文不能说理就在情理之中。章太炎总结说:"非古文之法独短于说理,乃唐宋八家下逮归、方之作,独短于说理耳。"②章太炎在指明桐城派短于说理的同时也张扬了魏晋文的阔大。

三、民族志书写之主体意识

文字的古雅、文类的纯正和文学的发现构成了章太炎民族志书写的三个重要方面。章太炎的民族志书写有强烈的问题意识,总是把自己的当下感受与书写联系起来,革命与学术二者兼得。尽管在民国成立之后,章太炎不把晚清论战的文字收入文丛,但是不妨碍其学术的场域性。章太炎认为阅读诸子之书,要结合自身经历以及反观自身的体悟,要把自己放进去。他以自己阅读《庄子·齐物论》作例子:"余向者诵其文辞,理其训诂,求其义旨,亦且二十余岁矣,卒如浮海不得祈向,涉历世变,乃始谡然理解,知其剀切物情。《老子》五千言,亦与是类,文义差明,不知者多以清谈忽之,或以权术摈之。有严复者,立说差异,而多附以功利之说,此徒以斯宾塞辈论议相校耳,亦非由涉历人事而得之也。"③德国学者洪堡特指出,"一方面是个性的自我修炼,另一方面是每一个人在自己的活动范围内置身现实时必然要涉足的世界史进程。人类本性可以确保这一对立既无损于人类的进步,又不影响个性的修炼。显然,唯有在世界发展的进程中,个性才能够塑成"④。"个性的自我修炼"与"世界史进程"之间的对立与互生,是每一个时代每一个人都要面临的境遇,尤其在社会转型的巨变中知识分子寻求民

---

① 章太炎讲演,曹聚仁编:《国学概论》,上海:泰东图书局,1922年,第133、32页。
② 章太炎:《国学略说》,《章太炎国学讲义》,北京:海潮出版社,2007年,第219页。
③ 章太炎:《国故论衡》,版权所有者国学讲习会,印刷所秀光舍,庚戌年(1910)五月朔日,第149页。
④ [德]威廉·冯·洪堡特:《论人类语言结构的差异及其对人类精神发展的影响》,姚小平译,北京:商务印书馆,1999年,第41页。

族出路之时。具体说来,中国从晚清向"五四"的转型中,知识分子的抉择道路上矗立的一对矛盾就是个人与历史的对抗。章太炎所置身的正是满汉政治矛盾和中西文化对撞的中国转型期现实。

章太炎的主体性成长于科举制度之外。在章太炎那代学人中,非科举出身的几乎没有,蔡元培、林纾、康有为、梁启超等人都经历过科举,而严复先在洋务学堂学习,继而留学英国,本可以跳出科举制度,但他19世纪80年代多次参加科举考试,重新沾染上科举制度的气息。像孙中山这样的实践家,学业主要是在美国和中国香港地区完成的,基本不在科举教育之内,所以他也没有科举情结,参加排满革命、吸取西方知识,在学术的思路上毫无障碍。章太炎因病而脱离科举制度,使得他在知识谱系上摆脱"四书""五经"的拘囿,在书写方式上摆脱了八股制艺的约束,所以他能确立"以经为史"的学理观点,从事以务实为根本的札记书写。这两个方面的结合是刚刚走出诂经精舍赶赴上海的章太炎的主体性所在。

章太炎的书写,如《驳康有为论革命书》可谓纯粹的革命文章,《新方言》《文始》等可谓纯粹的述学之作,而《中华民国解》这样的文章就介于述学文章与革命文章之间。对于章太炎来说,书写就是革命的方式之一。"提奖光复,未尝废学。"①光复与学术两者非但并行不悖,实际上还有交融之处。鲁迅所谓"有学问的革命家"②即是此意。

章太炎追叙自己1902年前后书写方式的变化:"初为文辞,刻意追蹑秦汉,然正得唐文意度。虽精治《通典》,以所录议礼之文为至,然未能学也。及是,知东京文学不可薄,而崔实、仲长统尤善。既复综核名理,乃悟三国两晋间文诚有秦汉所未逮者,于是文章渐变。"③描述这种渐变的蛛丝马迹非常困难,而1903年的《驳康有为论革命书》确实体现了章太炎的本色。

在政治制度上,主张排满光复,建立民族国家;在文化精神上,维护国史和汉文的正当性,以确保国性的延续。在辛亥革命之前,章太炎把这两者融合在他的人生道路和生活方式中。辛亥革命后,政治制度层面越来越让他失望,当满族的统治被推翻后,章太炎就不得不缩小政治活动,而立志于文

---

① 章太炎:《章太炎先生自定年谱》,上海:上海书店出版社,1986年,第14页。
② 鲁迅:《关于太炎先生二三事》,《鲁迅全集》第6卷,北京:人民文学出版社,2005年,第546页。
③ 章太炎:《章太炎先生自定年谱》,第9页。

化精神上国性的建立。"用自己所手造的和别人所帮造的墙,和时代隔绝了"①,鲁迅所说的这墙,并不是章太炎很愿意造的。民国成立之后,章太炎投身政治的热情依然不减,但是历史发展至彼已经远非晚清之时局。鲁迅说太炎先生的排满之志虽伸,但是用宗教发起信心、用国粹激励种性的文化理想却没有实现,终于"既离民众,渐入颓唐"②。其实综观民国之后的章太炎,政治的热情确实一步步减退,文化理想尽管在政治制度上不可能实现,但是他却以各种国学讲习的方式在实践着。他1933年在苏州描述自己的治学志向:

> 《说文》之学,稽古者不可不讲。时至今日,尤须拓其境宇,举中国语言文字之全,无一不应究心。清末妄人,欲以罗马字易汉字,谓为易从。不知文字亡而种性失,暴者乘之,举族胥为奴虏而不复也。夫国于天地,必有与立。所不与他国同者,历史也,语言文字也。二者国之特性,不可失坠者也。昔余讲学,未斤斤及此。今则外患孔亟,非专力于此不可。余意凡史皆《春秋》,凡许书所载及后世新添之字,足表语言者皆小学。尊信国史,保全中国语言文字,此余之志也。③

以确立国性为己任的主体我称为崇高的主体,崇高在此并非道德谓词,而是知识分子的价值取向。但是,这一崇高的主体却与自身民族志书写的内缩越来越不相容。从章太炎的学术知识谱系而言,不同于狭隘的文化民族主义者,他的视野非常开阔,以中国学术为根基,融合了印度佛学,西方如康德、叔本华、斯宾塞等人的学说。而章太炎毕生思考的是在中国历史和语言文字中确立国性的问题,但关键是国性并非一个凝固的硬块,被中国遗失在历史尘埃的某个角落,把它捡回来即可。即使国性本身有个本质的东西,而当下的中国人在西学的冲洗下可能产生盲视,那么国性的发现就只能在中国与西方融合的视野下才能完成。如果国性不是一个凝固的东西,那么这个变化着的东西必然要求对外有某种敞开,把新的异质的东西化为己有,不然它就会死去。而这种新的异质的东西要么是敞开自己才能获取,要么

---

① 鲁迅:《关于太炎先生二三事》,《鲁迅全集》第6卷,北京:人民文学出版社,2005年,第565页。
② 同上书,第566页。
③ 诸祖耿:《记本师章公自述治学之功夫及志向》,见姚奠中、董国炎:《章太炎学术年谱》,太原:山西古籍出版社,1996年,第444页。

是分裂自己才能获取。

章太炎的民族志书写,以文类的纯正、文学的发现与文字的雅正为特质,其好处是章太炎在自身的根基上确立国性,寻找中国主体意识产生的自我方式。其危机在于,民族志书写在方式上限制了向外展开的可能性,尤其是对文类纯正的执着守护使得章太炎的文类几乎没有发展,胡适说章太炎的古文学"及身而绝"①也许就是从这个意义上说的。

国性与书写的矛盾不仅仅是文章学上内容与形式的矛盾,更重要的是存在论上生存体验的矛盾。就章太炎自身来说,他并没有像林纾和严复那样在翻译中遭遇用词造句的障碍和文类选择的困境,可谓顺当。然而正是这种顺当,表现为章太炎对自己书写的过度信任,从而阻断了新的可能性。

章太炎认为所谓"优秀"学者,失去了"勇气"和"淳朴"。②但是这不是他担忧的,他担忧的是"惧国性自此灭也"。他指出:"国无论文野,要能守其国性,则可以不殆。"③因此,章太炎看重的不是晚清以来以文明野蛮为标准的价值趋向,而是以国性为标准的价值趋向。这样他就能不被物质技术和现代工业所迷惑,也就是他能跳出西方现代文明的轨道来审视中国的道路。如何在中国自身的学术传统上开出一条现代性的道路,这个问题困扰了一百多年来的中国士大夫和知识分子。

章太炎民族志书写的根基在于小学和历史。"仆以为民族主义,如稼穑然,要以史籍所载人物制度、地理风俗之类,为之灌溉,则蔚然以兴矣。不然,徒知主义之可贵,而不知民族之可爱,吾恐其渐就萎黄也。"所以章太炎特别提倡历史之学。④ "盖小学者,国故之本,王教之端,上以推校先典,下以宜民便俗,岂专引笔画篆,缴绕文字而已。"⑤章太炎这种孜孜以求"依自不依他"的国性,感动了许多人。他早年的同事黄人《送章太炎归浙江》诗云:"自由思想超天演,碎磔河山重国魂。"⑥这里的"自由思想"应该指章太

---

① 胡适:《五十年来中国之文学》,申报馆编:《最近之五十年》,上海:申报馆,1923年,第12页。
② 章太炎:《救学弊论》,《章太炎全集》第5卷,上海:上海人民出版社,1985年,第100页。
③ 同上书,第101页。
④ 马勇编:《章太炎书信集》,石家庄:河北人民出版社,2003年,第179页。
⑤ 章太炎:《国故论衡》,版权所有者国学讲习会,印刷所秀光舍,庚戌年(1910)五月朔日,第4页。
⑥ 黄人:《送章太炎归浙江》,江庆柏、曹培根整理:《黄人集》,上海:上海文化出版社,2001年,第192页。

炎的独立精神。姜亮夫认为晚年章太炎言说的取向在于"一欲救世以刚中之气,一欲教人以实用之学",目的在于"不忘宗邦之危"。① 因此,他以此为基础的民族志书写既给中国的知识主体带来了新的可能,又给中国的知识主体带上了传统的脚镣。

第三节 汉语的世界性遭遇与国家想象的亚细亚视野

1898年马建忠《马氏文通》的出版,开启了汉语语法研究的现代之路。如果说《马氏文通》是汉语向西方"葛郎玛"(grammar)的自觉敞开,那么在更为广阔的现实表达中,晚清民初的汉语却遭受着英语、日语、万国新语等异域语言的多重压迫。这种压迫感,也许正是汉语在语言的这种世界性场域中的现场感;当然,同时也给予了汉语塑造现代品格的契机。面对汉语的世界性遭遇,中国的知识分子如严复、梁启超、吴稚晖、章太炎等都作出了自己的抉择,而章太炎的身影却是他们中最特殊的,因为严复对英语、梁启超对日语、吴稚晖对万国新语持认同态度,而章太炎却以汉语"自心"为盾牌抵抗着各种异域语言对汉语的"殖民"。章太炎的语言抵抗与他政治上的亚洲和亲取向有着分离与融合的两面,因此描述这种复杂性,为我们今天重新思考那个时代的汉语转型与想象民族国家的亚细亚道路提供了一个很好的个案。

一、自心:以汉语为根基

在章太炎的撰述中,"自心"是一个令我怦然心动的语词。晚清出现了一批具有现代意义的以"自"为头的语词,如自然科学、自然力、自然界、自然物、自然法、自然人、自由、自由党、自治权、自治、自由主义、自信力等等。② 这些语词的一个共同特点在于它们产生于中西文化的碰撞中,其生产方式本身内含着世界性。查《辞源》和《汉语大词典》,均无"自心"一词,香港中国语文学会编的《近现代汉语新词词源词典》也没有收"自心"一词。"自心"是佛教用语,即"自性"。"自性"内部并非同质性的。《薄伽梵歌

---

① 徐一士:《太炎弟子论述师说》,章念驰编:《章太炎生平与思想研究文选》,杭州:浙江人民出版社,1986年,第225页。
② 例子均出自香港中国语文学会编:《近现代汉语新词词源词典》,上海:汉语大词典出版社,2001年。

论》中区分了自性三德:萨埵、刺阇和答摩。①阿罗频多对自性三德的分析如下:"答摩"为"自性"之无知权能,"刺阇"为其活动求索之无明,以欲望与冲动而启明者,"萨埵"则为其能具有知识且和谐化知识之权能。自性三德在一切宇宙中存在并且交织难解。"答摩性"即惰性原则,是被动怠惰之无知,可能对本质彻底消解。"刺阇性"即冥性中的冲动、动作、创造的原则,在物质上表现为能动者,在生命中显现为寻求、欲望和冲动的热情,这热情是一切性命生存的本性。"萨埵性"为理解的知识原则,为同化、度量和平衡的原则。②而在章太炎的言说中,"自心"/"自性"都是内部同质性的概念,大致可以理解为能确定自身存在的合理性根基。1906年,章太炎出狱后东渡日本,在东京留学生欢迎会的演说中,他提出自己"近日办事"的两条方法:"第一,是用宗教发起信心,增进国民的道德;第二,是用国粹激励种性,增进爱国的热肠。"③用宗教发起信心,章太炎"所靠的佛祖仍是靠的自心"④。佛祖即自心,可见自心在他用宗教发起信心中的至上身份。那么,何谓"自心"?与"自心"对立的是"他心",但是章太炎没有使用"他心"一词。在1917年致吴承仕的一封信中,章太炎对孔子的一段话有一个评论:"此谓有依他心,无自依心也。"⑤这里的"依他心"应该是"依他-心",而非"依-他心"。"依他-心"不是自心,不是对自心的坚守,但也不是他心,而是放弃自心接受他心的趋势;"他心"是另一种"自心"。与"自心"参差的是"偏心",章太炎在《论教育的根本要从自国自心发出来》一文中描述了两种"偏心":

> 只佩服别国的学说,对着本国的学说,不论精粗美恶,一概不采,这是第一种偏心。在本国的学说里头,治了一项,其余各项,都以为无足重轻,并且还要诋毁。……这是第二种偏心。⑥

---

① [印度]室利·阿罗频多:《薄伽梵歌论》,徐梵澄译,北京:生活·读书·新知三联书店,2003年,第591页。
② 同上书,第306—318页。
③ 章太炎:《东京留学生欢迎会演说辞》,陈平原选编导读:《章太炎的白话文》,贵阳:贵州教育出版社,2001年,第112页。
④ 同上书,第114页。
⑤ 马勇编:《章太炎书信集》,石家庄:河北人民出版社,2003年,第305页。
⑥ 章太炎:《论教育的根本要从自国自心发出来》,陈平原选编导读:《章太炎的白话文》,第91页。

第一种偏心就是绝对排斥本国学说,完全接受别国学说,其实是用"他心"置换自心,以"他心"为"自心",是自心的异化。第二种偏心不是固守本国学说拒斥外国学说,而是在本国学说内部,以某项专长为是,轻视其余各项,这种偏心以自身的残缺扼杀了自心的生长。其实还有一种偏心,就是固守本国学说排斥外国学说,这种偏心近似学说的"私心",类似文化民族主义。章太炎的"自心"表面上有"私心"之嫌,其实并非如此。

"自心",最精练的解释是章太炎自己的说法:"依自不依他。"①章氏在《答铁铮》中论中国学说从孔子以下有两点特色:一是"自贵其心,不以鬼神为奥主",一是"自贵其心,不依他力"。② 前者强调以人为本,不依鬼神,突出"自心"的主体精神;后者意在以己为主,不依他人,张扬"自心"的个性色彩。这后一点构成"自心"的基本含义。但是"自心"不盲从他人的同时,并不排斥他人,而是有自信的品格,有开放的胸怀。这点如果证之章太炎的学说当不难理解,1907年当巴黎的中国留学生创办《新世纪》,提出废弃汉文采用万国新语时,章太炎是当时最有力的反对者,但是他并不因此认为汉文是世界上最优秀的语言,而是认为"我亚洲语言文字,汉文而外,梵文及亚拉伯文最为成就,而梵文尤微妙。若得输入域中,非徒佛法之幸,即于亚洲和亲之局,亦多关系"③。汉文并不是唯一最有成就的语言,它与梵文、亚拉伯文(阿拉伯文)并列为最有成就的语言,其中梵文更以"微妙"而略胜一筹。

"自心",是章太炎在中西文化碰撞中坚持的学术原则,是他言说的阿基米德点。这在他的汉语观中表现得尤为突出。章太炎的"自心",可以说是他反对世界语、坚持汉语本位的立足点,但是,他的"自心"又以他的语言文字知识为根基。没有他的汉语观,他的"自心"不可能成为一种学术原则。他说:

> 方今国闻日陵夷,士大夫厌古学弗讲,独语言犹不违其雅素,殊言绝代之语尚有存者。世人学欧罗巴语,多寻其语根,溯之希腊、罗甸;今于国语顾不欲推见本始,此尚不足齿于冠带之伦,何有于问学乎?④

---

① 马勇编:《章太炎书信集》,石家庄:河北人民出版社,2003年,第177页。
② 同上书,第177—178页。
③ 同上书,第193页。
④ 章太炎:《新方言序》,《章太炎全集》第7卷,上海:上海人民出版社,1999年,第3页。

这段话有两层意思:第一层,各种语言都有自己的语根,欧罗巴语有其语根,中国的国语也有其语根。第二层,当今士大夫不推国语的语根,不足问学。国语之本始,是问学的根柢。在中西文化碰撞中,保持中国学术的个性,国语之本始是一块磐石,是中国学术长河的中流砥柱。1933年,他晚年在苏州讲学时描述自己中年的治学精神:"以为学问之道,不当但求文字,文字用表语言,当进而求之语言。"①林尹认为章太炎治学有治本、治标两途,其中治本一途"由朴学而文学而史学而玄学","以文字声韵为基"。② 语言文字之学成为章太炎治学的根基,但与戴震、段玉裁、王引之、俞樾等清代学者治"小学"不同,后者为治"小学"而"小学",章太炎却有更高的诉求。章太炎生活的时代是中西文化碰撞、中西语言碰撞的时代,晚清的思想风潮逼迫章太炎这样具有现代意识的知识者发言,表达自身的观点。因此,当他观照中西文化、中西语言的时候,他的那种由汉语的语言文字之学而来的意识,便成为先见的视域。这种意识,就是由语言文字之学而来的观照中西文化和中西语言的学术本位观,也就是"自心"。

二、汉语与日语

晚清的中国士大夫如果关心汉语的转型,大多会把汉语与日语进行比较,尤其是注重汉字拼音之时。日本明治维新的成功,在甲午中日战争之后,激起了大批中国士大夫向日本学习的热情。日本排斥汉字采用罗马拼音文字的语言发展策略,刺激了汉字要求改良的冲动。

1906年,日本人规设汉字统一会,联合中国、朝鲜,反对罗甸字母,中国的张之洞和端方出任会长。章太炎对此进行批判,认为端方是胡种,本来就不懂中土学术,而张之洞是略知小学的人,也参与其中,不知其所以然。③ 章太炎根本不认同日本文字与汉语汉字有统一的可能,他从几个方面进行论证:

第一,从文字源流看,日本文字与中国文字不同。章太炎认为"日本与中国名为同文,其源流固绝异"。中国文字从古文到小篆,再到隶书,形体

---

① 诸祖耿:《记本师章公自述治学之功夫及志向》,见姚奠中、董国炎:《章太炎学术年谱》,太原:山西古籍出版社,1996年,第441页。
② 林尹:《章炳麟之生平及其学术文章》,章念驰编:《章太炎生平与学术》,北京:生活·读书·新知三联书店,1988年,第41—42页。
③ 章太炎:《汉字统一会之荒陋》,《民报》第17号,日本明治四十年(1907)十月廿五日。

虽稍有变化,但"声音训诂,古今相禅",古今语音有一致处。在章太炎看来,通过双声叠韵和转注假借的方式,从声音之变可以寻求意义之变。而日本文字决然不同,"强用汉字以为符号,汉字以外自有假名"。"假名"很难追寻根源,即使日文中的汉字,与汉语中的汉字相比,"皮傅则相似,指实则相违",字形虽同,但音义迥异。日本人使用汉字,只知道今隶,不明白篆文部首,不明白六书,因而不能寻求汉字的意义。这在日本的知识谱系中有明显的例证,如在日本的图书目录中,《说文解字》放在金石一类;而日本所编辑的汉文字典,部首多有错讹。另外,治诸子之学的日本学者,虽"训诂考证,时有善言",但他们对中国的一般学者如臧玉林、惠定宇的"庭庑"都不能探求,更不用说对戴震、段玉裁等学术大家的学问进行研究了。其原因在于日本学者"素不识字",且不明白汉字的根源。最后,章太炎从发音的生理学角度出发,认为日语汉字与汉语汉字不可统一,"复讨其原,终以声音不同为碍"。"尝观日本发音,重浊简少,计纽则穿彻不殊于心审,言韵则东钟无异于文魂,今韵未分,况能远识周秦部类? 夫字(失)其音,则荧魂丧而精气萎,形体虽存,徒糟粕也,义训虽在,犹盲动也。"中国也只有到了顾炎武等人出现,才能"由音索义,廓尔洞通"。①

第二,在语法上,章太炎没有详细比较日语和汉语语法之不同,但是他认为日本词性的"九品之法"施于汉文不合适,转而指出这是"以欧语强傅汉文,而副词一品,尤为杂乱"。章太炎提出"诠词"一类,认为"王者孰谓? 谓文王也"中的"谓"与平常的动词不同,可以叫作"诠词"。他由此批评"尔来新学小生,归命日本,或以英、法语格,强相支配,适足见笑大方"。②

第三,在文章的末尾,章太炎批判了汉字统一会的立场。日本规设汉字统一会的人,在章太炎看来,都是些"素不识字"的人。而他们的出发点"以己国为主,而震旦、朝鲜皆其宾从",是章太炎不能忍受的。他认为这像街头卖饼之人想制定官宦之家的羹剂一样自不量力。③ 章太炎反对日本人规设的汉字统一会,虽然具有以汉文化中心自居的民族意识趋向,但更多却是从汉语中的汉字与日语中的汉字的不同来立论的。

晚清民初的中国知识界面对日语有两种不同的趋向:一种以梁启超为

---

① 章太炎:《汉字统一会之荒陋》,《民报》第 17 号,日本明治四十年(1907)十月廿五日。
② 马勇编:《章太炎书信集》,石家庄:河北人民出版社,2003 年,第 80 页。
③ 章太炎:《汉字统一会之荒陋》,《民报》第 17 号,日本明治四十年(1907)十月廿五日。

代表,从汉语日语同文的根源出发,为了从日语学习西方的新知识谱系以及汲取日本明治维新的成功经验,趋向于对日语新词和日语文体的吸收与熔炼;一种以章太炎为代表,对日语采取相对鄙视的态度。南社诗人高旭写道:"近人犹复盛持文界革命、诗界革命之说,下走以为此亦季世一种妖孽,关于世道人心靡浅也。吾国文章实足称雄世界,日本固无文字,故虽国势盛至今日,而彼中学子谈文学者犹当事事乞于汉土。今我顾自弃国粹而规仿文辞最简单之东籍单词片语,奉若邱索,此真可异者矣。"①这几乎可以看作对梁启超的文学主张以及汉语造型的直接否定。同是南社诗人的傅钝根赞同如下看法:英法诸国的文字来自拉丁文,好像兄弟,因此可以相互通融;而中国文字与日本文字好像祖孙,所以绝对不可能互相袭用,并以《虾夷字》为题赋诗一首以明其志:"科斗献灵文,孽乳多孙子。一孙浮居夷,跳掷狂未已。羼杂失其真,诘屈悖于理。科斗上告变,吾孙覆我祀。纷纷贩海往,逐臭何无耻。不图五千年,国魂今日死。不丧蟹行书,反丧虾夷字。"②马相伯1914年在《北京法国文术研究会开幕词》中推崇法文译笔之佳,却也忍不住转而批评日本之文:"呜呼!伊吕波之文,非汉非和,则其和不成和也可想,不然,而甘用非驴非马杂凑之文哉!将以为译欧之先进欤?而我前明之译,岂后彼哉?然吾士大夫犹以其译勤也而诵之,而法之,视为亲炙欧美而私淑之。"他认为"今法国之文,能集欧美之大成"。③

高旭、傅钝根和马相伯等人站在汉语和汉文自立的基点,自觉维护汉语和汉文的正当与庄严;同时,他们的态度正如马相伯所说,反对那种以"以西文为国语"④的媚洋语之态,马相伯即使称赞法文的魅力,最后仍强调"利用法文则可,倾心法文则不可,盖吾自有吾国文在"⑤。章太炎同样自觉维护汉语和汉文的正当与庄严,他高出上述诸人之处在于为自己的维护提出了语言学的学理依据。

三、汉语与万国新语

1907年,吴稚晖、李石曾等中国留学生在巴黎创办《新世纪》,宣扬无政

---

① 高旭:《愿无尽斋诗话》,《南社丛刻》第1卷,扬州:广陵古籍刻印社,1996年,第39页。
② 傅钝根:《虾夷字》,《南社丛刻》第1卷,扬州:广陵古籍刻印社,1996年,第582—583页。
③ 朱维铮主编:《马相伯集》,上海:复旦大学出版社,1996年,第141页。
④ 同上。
⑤ 同上书,第142页。

府主义,提出废弃汉文,采用万国新语(即世界语)的主张。如前所述,章太炎是当时最强烈最有力的反对者。他撰写了《驳中国用万国新语说》《规新世纪》等文直接驳斥。在《驳中国用万国新语说》中,章太炎概括了世界语提倡者的两条理由:第一条是"象形字为未开化人所用,合音字为既开化人所用";第二条是汉文"不能视形而知其字"。① 第一条是价值判断,认为象形字是野蛮字,合音字为文明字。第二条是真理判断,汉文是象形字。结论就是汉文应该废弃。针对这种提倡,章太炎提出了针锋相对的观点:

其一,从世界语的生产源流来看,它以欧洲语言为准,没有采用"他洲"语言,自然没有采用汉文。人类以地域群居,各地域有自己的语言,世界语既然以欧洲语言为准,就只在欧洲有"交通之便"。从语言的古今演变看,欧洲诸语源自希腊语和罗甸语,而世界语不直接采用希腊语和罗甸语,正是因为"古今异撰,弗可矫揉"。汉语与世界语的距离,比世界语与希腊语和罗甸语的距离要远得多。

其二,象形字和合音字本身没有优劣之分,也与文化优劣无关。章太炎先用马来、蒙古等国的反证,论证合音字并不意味着文化先进。继而从文字内部论证:合音字徒识其音不知其义,与象形字能辨其义不识其音,本是各有长短,在半斤八两之间。他提出评判文字的尺度为"声繁则易别而为优,声简则难别而为劣",从这个尺度来看,"视欧洲音,直觳语耳",即欧洲语听来简直是叽叽喳喳的鸟语。后来章太炎还指出"中国语之特质为单音,外国语之特质为复音。如中土造拼音字,则此名与彼名同为一音,不易分辨,故拼音之字不适于华夏"。② 最后,从文字的接受来看,所谓文字的难识与易别不能成为判断一种文字优劣的尺度,因为国人接受文字容易与否,不在象形和合音的区分,而在"强迫教育"的有无,中国人难以接受汉文,原因是教育不发达。

其三,如果中国人采用世界语废弃汉文,则不能"宣达职志,条鬯性情",即中国人将无法表达自身。例证有二:一是托尔斯泰认为中国的"道"字,任何外文都无法翻译。二是汉文中表"持"义的精细化。在汉文中,"持"是通名,但抗、提、捽、抱、奉、儋、台、扛等表达不同的"持",被传教士称为汉文的"独秀",其实这样的例子不止一个。同时,如果中国人采用世界

---

① 章太炎:《驳中国用万国新语说》,《民报》第 21 号,日本明治四十一年(1908)六月十日。
② 章太炎:《国学略说》,《章太炎国学讲义》,北京:海潮出版社,2007 年,第 74 页。

语废弃汉文,则将"杜绝语根",造成中国学术的衰落。

针对《新世纪》用科学均齐的观点来看待万国新语和汉语,章太炎提出科学可齐,但是言语文字不可齐:"文字者,语言之符;语言者,心思之帜。虽天然言语,亦非宇宙间素有此物。其发端尚在人为,故大体以人事为准。人事有不齐,故言语文字亦不可齐。"①

提倡万国新语的人认为从印刷来看,中国文字字粒制造很难,以此断定万国新语优于中国文字。章太炎先引日本印刷为例,日本用和汉共存的文字排印字粒,一年能成书二十几万种,从速度来看,不可谓不快,因此不可说汉字排印"重难"。章太炎进一步阐明,排印不应该求速,中国从雕版术发展到活字印刷术,印刷技术改进,而"率情奋笔"的书也多了。从文化传播的科技发展来看,章太炎的观点可能过于保守,但是随着传播技术的不断更新,文字垃圾越来越多也是不争的事实。章太炎从汉字与欧西文字的特征出发,表明制造字粒方面汉字比欧西文字难,但是检字方面则欧西文字比汉字难。汉字一字成名,检字虽难,但一次即可;而欧西文字以数字母成音,数音成字,检字虽容易但需五六次才成一字。两相对比,则汉字比欧西文字容易。②

提倡万国新语者认为,学问是世界的公物,外国人没有的也应该允许外国人学习,由此提出用世界语代替汉语的主张。章太炎首先指出:"一国之有语言,固以自为,非为他人。"因此章太炎论述汉字的正当性时,总有中国人的立场。他引日本为例,指出日本人对汉学所得"至浅末",但是仍不愿废弃汉文。而那些提出用罗马字代假名之说的人,只是一些"崇拜势力与轻剽好异者",深思好学者都是反对的。何况中国的"旧有之文"能够"旒表国民之性情节族者乎?"因此又回到他的文字含国性,文字被弃则国性沦亡的焦虑上。章太炎再进一步阐释,日本文字和汉杂糅,欧西人学习起来比学汉文更难,而日本人不因"惠教外人"而改变自己的语言。反过来,如果就学习欧西语言来说,中国人因为汉语排列有序,发音清晰,应当比日本人学习起来更容易。在此基础上,章太炎指出,"以变语求新学,令文化得交相灌输"的策略存在巨大的危机,即"本实已先拨",也就是说自身的根基变了质。"舍其国语而从新主",只有草昧初开的民族,因为表达的符号简单,作

---

① 章太炎:《规新世纪》,《民报》第24号,日本明治四十一年(1908)十月十日。
② 同上。

出这种选择才可行。这种选择无论是"强迫的"还是"非强迫的",都不存在问题,因为其历史文学本来没有值得采用的地方。章太炎把万国新语提倡者称为"自改旧文"的人,比那些强迫他国"舍其国语而从新主"的强迫者更可怕。在强迫舍其国语的情形下,如波兰被迫采用俄罗斯语,则家人父子之间还是会用母语秘密交谈,使得国故得以保存,使得慷慨独立之心得以保存。而国人如果自改旧文终将沦亡,章太炎用"学欧文者"作靶子,这些人因为学习欧文获得高官厚禄,"习殊语"而"殆国故",为祸不止。日本人学习欧文情形又自不同。在章太炎看来,日本人"尊种爱国之心坚不可坏","不以欧化易其肺肠",因此学习西方弊端不大。而中国人则人心涣散,还有异族政府统治,如果"民弃国语,不膏沐于旧德,则和悦不通,解泽不流,忘往日之感情,亦愈杀其种族自尊之念"。①

章太炎坚决反对万国新语代替汉文,其中也许附带着不同意无政府主义的政治见解,附带着痛恨吴稚晖的个人情感,但是这些都不是主要的,在维护汉文的正当与庄严上,章太炎可谓独立于天地之间,决不含糊。1908年6月1日他致信孙诒让表明心迹:"旧学放失,怪说昌披,近有以万国新语改汉土文字者,麟方作《驳议》一篇,以世人多谓汉字难知,故复新定纽文、韵文,令蒙学略知反语。"②

章太炎站在中—西、古—今的交叉点上,坚守汉文的合法性。这里,"今"和"中"明显是他立论的根基。章太炎坚持汉文本位有三重意义:第一,汉文成为中国学术得以流传生长的必需;第二,汉文成为中国人得以表达言说的必需;第三,汉文成为中国人和中国学术的"现代—当下"的必需。如前所述,这在他的《自述学术次第》中有明白的表达:

> 自非域外之语,字虽转繁,其语必有所根本。盖义相引伸者,由其近似之声,转成一语,转造一字。此语言文字自然之则也。于是始作《文始》,分部为编,则孳乳浸多之理自见。亦使人知中夏语言,不可贸然变革。又编次《新方言》,以见古今语言,虽递相嬗代,未有不归其宗,故今语犹古语也。凡在心在物之学,体自周圆,无间方国。独于言文历史,其体则方,自以己国为典型,而不能取之域外。斯理易明,今人

---

① 章太炎:《规新世纪》,《民报》第24号,日本明治四十一年(1908)十月十日。
② 马勇编:《章太炎书信集》,石家庄:河北人民出版社,2003年,第188页。

犹多惑乱,斯可怪矣。①

章太炎作《文始》,编《新方言》,意在说明语言文字的自然变化规则,表明今语从古语演变而来。结论是不能"贸然变革""中夏语言","言文历史"要"以己国为典型"。因此,章氏的汉语观为:对外,坚决反对那种用他者语言来取代汉语的妄见,但不反对对他者语言的有益吸收;向内,用音韵学知识打通汉语的古今演变,但并非回到古代。

四、汉语与梵语

章太炎对域外语言,最为推崇的是梵文。1902 年章太炎论及汉语与印度语言的区别,特别强调梵文的丰富性:"中夏言词,盖有两极而乏中央,多支别而少概括。如彼印度,有别高性劣性者曰'独拉维达',有别生物性无生物性者曰'亚路高铿',有别男性女性者曰'海步阑',而男女之间,复有中性。其离合聚散,如是其彰较也。中国素无斯语,所以为名词、形词者,亦甚纯简矣。"②1907 年苏曼殊编成《梵文典》一书,章太炎积极推荐出版,并为之作序。在《〈梵文典〉序》中,章太炎追叙东汉开始翻译佛典,直到宋代法云撰写《翻译名义集》,才对从梵语翻译过来的词语有相对系统的认识,不过章太炎认为《翻译名义集》的错误还是较多,而苏曼殊在参考英人著作的基础上编成的《梵文典》非常可观。章太炎认为"内典所论,四无碍解",语言是重要的原因。"于言音展转训释,总持自在,斯名词无碍解,音义、释文是也;于能诠总持自在,斯名法无碍解,文法、句度是也。往者,震旦所释,多局于文身名身,而句身无专书。欲知梵语,必将寻文法。"③他在给苏曼殊的书信中特别称赞亚洲语言中梵文"尤微妙"。1909 年,章太炎致梁启超信中主张学习"亚洲四文明国语",即汉语、梵语、波斯语和亚剌伯语。他从自己学习佛典的经验以及与印度友人的交往中,敏锐地感到梵语的微妙精深。章太炎的两个朋友——苏曼殊和刘师培——同样推崇梵文,可见晚清知识界的某种风尚。

苏曼殊精通汉语、日语和英语,对梵语应该也有深入的认识。1904 年

---

① 章太炎:《自述学术次第》,刘梦溪主编:《中国现代学术经典·章太炎卷》,石家庄:河北教育出版社,1996 年,第 647 页。
② 章氏学:《文学说例》,《新民丛报》第 5 号,光绪二十八年(1902)三月一日。
③ 章太炎:《〈梵文典〉序》,原载《国粹学报》,又以《〈初步梵文典〉序》为题发表于《天义》第 6 期,后以《〈初步梵文典〉序》为题收入《章太炎全集》第 4 卷,上海:上海人民出版社,1985 年。

春,苏曼殊南游泰国,遇鞠窣磨长老,从事梵学。后从陈独秀处得到英文版的《梵文典》,又逢印度人钵逻罕的鼓励,于是撰写《梵文典》。1907年他在《〈梵文典〉自序》中写道:"此梵字者,亘三世而常恒,遍十方以平等。学之书之,定得常住之佛智;观之诵之,必证不坏之法身。诸教之根本,诸字之父母,其在斯乎?夫欧洲通行文字,皆原于拉丁,拉丁原于希腊。由此上溯,实本梵文。他日考古文学,唯有梵文、汉文二种耳,余无足道也。"①从这里可以看出,苏曼殊可能吸收了西方比较语言学的观点:欧洲通行文字源自拉丁文,拉丁文源自希腊文,而希腊文本于梵文,这是比较语言学中关于印欧语系的知识谱系。他在1911年7月18日致罗弼·庄湘的书信中称"三斯克烈多"(梵文)为"环球最古之文",并对梵文的流变作了简要介绍。② 1912年他的《燕子龛随笔》写道:"梵语'比多'云'父','莽多'云'母','婆罗多'云'兄弟','先蒂罗'云'石女','末陀'云'蒲桃酒','摩利迦'云'次第花',以及东印度人呼'水'曰'郁特',与英吉利音义并同之语甚多。"③1908年他又在《〈文学因缘〉自序》中写道:"衲谓文词简丽相俱者,莫若梵文,汉文次之,欧洲番书,瞠乎后矣!汉译经文,若《输卢迦》,均自然缀合,无失彼此。盖梵、汉字体,俱甚茂密,而梵文'八转'、'十罗',微妙傀琦,斯梵章所以为天书也。今吾汉土末世昌披,文事弛沦久矣,大汉天声,其真绝耶?"④他从语言"简丽相俱"的美学标准出发,尤其推重梵文,而轻视欧西文字。

刘师培在《〈梵文典〉序》中认为"汉土语言多导源梵语"。如果真是这样,那么汉语主形与梵语主音的区别是怎么形成的呢?刘师培说:"特汉民宅夏以还,言容贵止,崇敛音而贱侈音。故歌麻二部之声,鲜传于中土。而汉民之语遂与天竺相违。加以仓颉造文,其书下行,与梵书左行相异,由是汉字主形,梵字主音。"⑤刘师培的道理很勉强,说汉语在词汇或者语音上受梵语影响则可,说汉语导源于梵语则非。现代语言学研究充分揭示了梵语与汉语的本质区别,前者属于印欧语系,后者属于汉藏语系。但是刘师培指出了梵语对汉语的两大影响:第一,中国古代以反切认读,直到佛典西来之后才有字母。所传字母有婆蓝摩的四十七字母,有华严的四十字母。唐代

---

① 苏曼殊:《〈梵文典〉自序》,《苏曼殊文集》(上),广州:花城出版社,1991年,第257页。
② 苏曼殊:《复罗弼·庄湘(7月18日·上海)》,《苏曼殊文集》(下),第525页。
③ 苏曼殊:《燕子龛随笔》,《苏曼殊文集》(下),第397页。
④ 苏曼殊:《〈文学因缘〉自序》,《苏曼殊文集》(上),第294页。
⑤ 刘师培:《〈梵文典〉序》,《国粹学报》第44期,光绪三十四年(1908)七月二十日。

的守温和尚制造了三十字母,到宋代发展为三十六字母,以梵音统摄汉字之音,"审声辨似,各归其纽","字母既立,定位分等,斯得统归,而清浊轻重高下疾徐,若网在纲,秩然不紊",这样使得汉语的声韵系统有了改变,这是梵语给汉语带来的第一个好处。第二,佛经的翻译,使得印度佛学中因明学(即逻辑学)在中国得到传播,从而影响了中国的逻辑思维方法。刘师培把这种影响概括为"三支之法,自是大明。用以正名,则考言类物,名实昭明;用以持论,则出入离合,语不违宗。剖析纤微,无微弗入。非惟推理之妙用,抑亦修词之导师"①。这是梵文给汉语带来的第二个好处。当然印度因明学是否真正实现了刘师培所说的功效,还需要考证。

章太炎从学理的角度肯定梵文、苏曼殊从文学的角度肯定梵文、刘师培从梵文对汉语的影响角度肯定梵文,尽管落脚点有别,但是在晚清民初汉文遭遇日文、欧西文字和万国新语冲击之时,让梵文站在汉文的同一阵营则是他们共同的取向。就章太炎而言,他肯定梵文的背后,隐藏着与语言互补同构的亚洲同盟意识。

五、"自心"与亚细亚视野

晚清民初,当汉文面对日文、欧西文字和万国新语冲击的时候,章太炎自觉地维护汉文的正当与庄严,以此夯固他以"自心"为支柱的学术大厦。但是他却主张输入梵文以补汉文。从章太炎的自述看,他推崇梵文是基于梵文可以输入学理,然而日文、欧西文字和万国新语就不能输入学理吗?章太炎自己的书写中就大量引用西方的学理,并非皆从梵文获得。章太炎因为上海三年牢狱生涯而深爱佛学,受到佛典影响极大自是重要原因。但是从晚清民初汉文的世界性遭遇来看,这也是章太炎自觉抵制日文、欧西文字和万国新语对汉文的"压迫"。日文因梁启超等人的提倡吸收而在词语和文体层面深入汉文;欧西文字随着西方列强的坚船利炮进入中国而让中国人被动学习;万国新语是中国人在追求进步的时候"自改旧文"而提倡的。三种域外语言,进入汉文的方式不一,但是在章太炎看来,同样具有"压迫"性。而梵文自东汉翻译佛典以来,则是以一种亲和的方式慢慢地渗入汉文,或者说是汉文在"自心"的前提下选择了梵文的某些因素,如词汇和逻辑。因此,梵文的"亲和"性与其他域外语言对汉文的"压迫"迥然不同,这也许

---

① 刘师培:《〈梵文典〉序》,《国粹学报》第44期,光绪三十四年(1908)七月二十日。

是章太炎认同梵文的心理基础。

尽管章太炎对日文、欧西文字和万国新语没有好感,但是他不是那种语言沙文主义者,并不否认这些语言在自身地域内的合法性。同时,尽管他站在中国人的立场绝对维护汉语的正当与庄严,但是他从文化的角度又时常肯定梵文、亚刺伯语和波斯语的价值,这使得他"自心"的汉语观具有开放的姿态,形成语言的亚洲视野。如前所引,章太炎致苏曼殊信说:"我亚洲语言文字,汉文而外,梵文及亚拉伯文最为成就,而梵文尤微妙。若得输入域中,非徒佛法之幸,即于亚洲和亲之局,亦多关系。"①他致梁启超信中主张"亚洲四文明国语悉当学习"。这四国国语分别是汉语、梵语、波斯语和亚刺伯语,因为"此皆文化旧邦,其言足以明道艺,极文采。自余诸国,皆就此四种文字剪截挫碎而已"。② 从这两段文字推测,章太炎标举这四种国语,而不列欧美语言,明显有一种亚洲视野。以汉文和梵文为中心的语言的亚洲视野,与章太炎政治上的亚细亚主义是同构的。章太炎提及的"亚洲和亲之局"与"亚洲和亲会"有关。亚洲和亲会于1907年4月成立于日本东京,是由中国和印度的革命志士组织的,成员主要有章太炎、刘师培、张继、何震、苏曼殊、陶冶公、陈独秀、吕复、罗象陶,还有印度人钵逻罕、保什、带君等人,会长是章太炎。③ 在《亚洲和亲会约章》中,章太炎提出和亲会的宗旨"在反抗帝国主义,期使亚洲已失主权之民族,各得独立","互相扶持,使各得独立自由为旨"。亚洲诸国或为欧洲帝国侵略,或为异族掌握,章太炎先以印度和中国组织成会,同时也欢迎抱独立主义的亚洲国家。④ 在语言的亚洲视野中,排斥欧西文字与亚洲的日文,建立以梵文和汉文为中心的语言共同体;在政治上的亚细亚主义中,把日本排除在外,以被欧洲侵略和异族压迫的亚洲国家为主建立亚洲和亲的政治共同体。自然,这里的语言共同体和政治共同体都是相对松散的。语言的亚洲视野和政治的亚细亚主义趋向同构,这纯粹是巧合吗?是语言的亚洲视野决定了政治的亚细亚主义,还是先有政治的亚细亚主义后有语言的亚洲视野?如果说先有亚洲和亲会的政治诉求,继而有输入梵文的语言选择,是否也可以说章太炎在

---

① 马勇编:《章太炎书信集》,石家庄:河北人民出版社,2003年,第193页。
② 同上书,第44页。
③ 汤志钧:《关于亚洲和亲会》,章念驰编:《章太炎生平与思想研究文选》,杭州:浙江人民出版社,1986年,第84页。
④ 同上书,第90—91页。

1907年亚洲和亲会成立之前对佛典的执着暗含了对梵文的选择？这些问题还需进一步思考。不过要指明的是，章太炎的语言的亚洲视野，并非以安德森《想象的共同体——民族主义的起源与散布》所描述的"神圣语言"来建构一种共同体："所有伟大而具有古典传统的共同体，都借助某种和超越尘世的权力秩序相联结的神圣语言为中介，把自己设想为位居宇宙的中心。因此，拉丁文、巴利文、阿拉伯文或中文的扩张范围在理论上是没有限制的"①。章太炎在语言的亚洲视野中，保持了梵文和汉文的独立，在政治的亚细亚主义中，保持了各个受帝国主义压迫的亚洲国家的独立，因此在这一点上，他的取向有些类似于安德森所指出的现代民族国家起源的方式："在积极的意义上促使新的共同体成为可想象的，是生产体系和生产关系（资本主义）、传播科技（印刷品）和人类语言宿命的多样性这三个因素之间半偶然的，但又富有爆炸性的相互作用。"②从分析"神圣语言"的解体，到肯定"人类语言宿命的多样性"，安德森实际上肯定了各民族语言在形成现代民族国家过程中的合法性。章太炎尽管对亚洲弱小国家的民族语言没有如梵文和汉文那样一视同仁，但基本取向则是肯定各民族语言的独立性。

无论是语言的亚洲视野还是政治的亚细亚主义，章太炎都把日本排除在外。因此有必要对章太炎的亚细亚主义和日本近代的亚细亚主义稍作甄别。日本自明治维新开始一直存在着废除和文中的汉字采用罗马字的主张。狭间直树在《日本的亚细亚主义与善邻译书馆》中指出：1880年日本成立亚细亚协会。《亚细亚协会报告》在《例言》中称，日、清、韩三国"同文"而"互通彼此事情"，"行远自迩"，因此以"国文"和"汉文"并重（"国文"在此指和文）。根据狭间直树的考察，除了"论说栏"的部分"国文"和"和文通报栏"的"和文"，《亚细亚协会报告》基本使用汉文。③广部精作在《兴亚会报告》第12号上登出公告："本报告向用和文录事，而外邦未能尽通，是非所以传本会之意也。因议今后改用汉文，以广便亚洲各国士人之览，非敢有所区别也。"他还提出，当以清国官话为"亚洲之通话"，即东

---

① ［美］本尼迪克特·安德森：《想象的共同体——民族主义的起源与散布》，吴叡人译，上海：上海人民出版社，2005年，第12页。
② 同上书，第42页。
③ ［日］狭间直树：《日本的亚细亚主义与善邻译书馆》，中国社会科学院近代史研究所编：《近代中国与世界——第二届近代中国与世界学术讨论会论文集》第2卷，北京：社会科学文献出版社，2005年，第7页。

亚的共同语言。① 六角恒广从中国语的教育角度指出了其与日本近代化的密切关系。他认为明治最初几年的中国语教育为南京语教育。1871年2月，日本外务省开设汉语学所，标志中国语教育的开始，教授的是南京语。1873年东京外国语学校成立，汉语学所成为该校的汉语科。汉语科教授的仍然是南京语，直到1876年9月转为北京语。民办的中国语教育，有广部精在东京开设的日清社（1876年7月—1877年8月），教授的也是南京语。民办的中国语教育还有长崎的广运馆和其他私塾。中国语教育的开办，与日本、中国的外交直接相关。汉语学所的成立，与日本结交清政府有密切关系，1871年2月2日外务省的文件《本省设置汉洋学所》云："与支那通信通商渐次盛大开启，毋庸说，翻译者无，百事梗塞。"当时的情况是学英语的多，而学汉语的极少。支那语学，有名但无人学。所以培养汉语翻译人才"成为日后繁荣贸易富国之要策"。② 广部精创设日清社的旨趣在于"挽回亚洲衰运"，"日清两国若不和亲，亚洲则势不可振；而两国人若不互通语言，和亲亦不可深"。③ 六角恒广这样概括广部精的中国语观："当时，除明治的对外扩张主义之外，从幕府末期开始的危机感仍继续存在，那就是，想通过日本与中国的协力挽回在欧美资本主义列强支配下的亚洲。当时日本不是把中国作为扩张对象，而是为了对抗欧美资本主义列强，想与中国联合。"④在广部精那里，日本对汉语的学习，与政治上中日两国的和亲互为表里，但是广部精的思路在明治维新时期的日本并没有得到延续，因为明治维新的整体思路是"脱亚入欧"。

六角恒广认为真正具有近代意义的日本中国语教育的创始期在1876年至1885年间，在此期间，由教授南京语转为教授北京官话，这一转化恰好与日本的近代化密切相关。到甲午中日战争之后，作为日本国内中国教育的中心，私塾方面是善邻书院，官立学校是东京外国语学校，而殖民地中国语教育的中心是上海的东亚同文书院，这些在1945年之前的中国语教育中

---

① ［日］狭间直树：《日本的亚细亚主义与善邻译书馆》，中国社会科学院近代史研究所编：《近代中国与世界——第二届近代中国与世界学术讨论会论文集》第2卷，北京：社会科学文献出版社，2005年，第7页。
② 转引自［日］六角恒广：《日本中国语教育史研究》，王顺洪译，北京：北京语言学院出版社，1992年，第20页。
③ 同上书，第59页。
④ 同上。

起到了中枢的作用。① 日本的中国语教育从教授北京官话开始,即成为日本近代化的一部分,被纳入侵略的运作中。六角恒广很有见地地指出:"这里所说的日本近代性质的中国语教育,是指日本近代,特别是在昭和20年(1945)以前的日本近代化中起作用的中国语教育。日本的近代化,吸收了西欧近代的政治、经济、文化,促使了日本近代社会的发展,从而成长为近代国家。但其反面,日本吞并了琉球,侵略了朝鲜、中国等亚洲各地区。日本的近代,包括正与负两个方面。在日本的近代化中起了作用的中国语教育,指的是在近代化的负的方面起的作用。"②

如前所述,章太炎的语言的亚洲视野,没有把日语纳入亚细亚语言的"共同体"中;从亚洲和亲的政治角度看,他也把近代化的日本排除在外。在章太炎设想的亚细亚语言的"共同体"中,实际情况是汉语、梵文、波斯语、阿拉伯语之间能共存,但无法相互激励,尽管梵文曾经由于佛经的翻译被汉语吸收,却也因为本身的式微而不可能继续发挥佛经翻译时代对汉语的输血作用。于是章太炎对民族国家的想象,如果要从语言寻找根基,还是只能回到汉语自身。这就有了《新方言》的问世。《新方言》负载多层语意指向,如寻找语根是中西方学习语言的共同方式,方言的贯通可能是寻求言文一致的道路,寻求方言根源与排满革命二者一致,等等。如果从汉语晚清民初的世界性遭遇来看,《新方言》无疑抵抗着日语、欧西文字和万国新语的"压迫",从而试图确立汉语作为中国学术转型和民族国家建构的合法性根基。

---

① [日]六角恒广:《日本中国语教育史研究》,王顺洪译,北京:北京语言学院出版社,1992年,第137页。

② 同上书,第77页。

第六章　王国维

第一节　作为"无时代的人":"我"与"人间"的较量

尼采有言:"一个哲学家对自己的起码要求和最高要求是什么? 在自己身上克服他的时代,成为'无时代的人'。"①哲学家思考的是人类普遍性与根本性的问题,时代往往限制其视野与深度,造成人们常说的时代的局限性。绝对的"无时代"当然不可能,但哲学家可以尽最大可能剔除身上的时代性,进入纯粹的理性思辨空间。王国维治康德、叔本华和尼采的哲学只有短短几年,后来由哲学转向文学,继而由文学转向文字学与史学,把哲学家的头衔加在他身上未免有些过了。其实,王国维是否为哲学家不太重要,倒是"无时代的人"这个说法提供了思考王国维如何处理"我"与"人间"关系的某种可能性。就人来看,无时代的人是不存在的,因为每个人都活在时代之中。从尼采那里借来的"无时代的人"当然不是在这个意义上使用,而是别有所指。"无时代"是指这样的状态和方式:把时代尽力悬隔推开从而不让它与自身发生关联,或者把时代尽力纳入自身但又与时代背离。"无时代"虽拒绝悬隔时代,但不是没有欲望与追求,所以不同于佛家的"出世";虽把时代纳入自身,但不一定要身处时代潮流之中,所以不同于儒家的"入世"。随波逐流似乎也算"无时代的人",但这种"无时代"没有任何存在意义,主体没有任何意志,不在我所说的"无时代的人"之列。"无时代的人"因无时代而彰显主体意志,绽放存在的意义。

王国维就是这样一位"无时代的人"。考察他如何处理"我"与"人间"的关系,是展开描述他的"无时代"的最佳方式。根据王国维一生中"我"与

---

① [德]尼采:《瓦格纳事件》,《悲剧的诞生——尼采美学文选》,周国平译,北京:生活・读书・新知三联书店,1986 年,第 281 页。

"人间"关系的变化,大致可以分为四个时期:第一个时期为晚清时期,以1902—1908年为主;第二个时期为民国初年避走日本时期,即1911—1915年;第三个时期为"五四"文学运动前后重居上海时期,即1916—1923年;第四个时期为大革命前后的北京时期,即1923—1927年。

一、晚清时期:"早知世界由心造"[1]

王国维把自己的词作命名为《人间词》,词话命名为《人间词话》,且在《人间词》中多处使用"人间"一词。他对"人间"一词的偏好,也许源于对南唐李后主词的欣赏。李后主也常用"人间"一词,如"一片芳心千万绪,人间没个安排处"(《蝶恋花》),"落花流水春去也,天上人间"(《浪淘沙》)。李后主的"人间"以皇权为中心。他拥有皇权就拥有"人间";失去皇权,整个"人间"就不复存在。王国维在诗词中,把李后主的"人间"之中心——"皇权"置换为"我",从而构建一个"我"与"人间"共存的意义空间。他把李后主词中狭窄的"人间"扩展到个人的全部生活领域、现实世界的广袤大地。"人间"是王国维思考过去、现在和未来的根基。

置身于"人间"的"我",并非一个完整统一的"我"。"身"与"心"的对立撕开了这个统一体。王国维特别强烈地感受到身心对立的焦虑。"我身即我敌,外物非所虞"[2]所谴责的"身"成为"我"的对立物。"身"虽是"我"的一部分,但"我"的中心却是"心",即具有意识的自我。因此"身"与"我"才构成一组对立。正如老子所说:"吾所以有大患者,为吾有身。及吾无身,吾有何患?"(《老子》第十三章)王国维写道:"来日滔滔来,去日滔滔去。适然百年内,与此七尺遇。尔从何处来,行将徂何处?扶服径幽谷,途远日又暮。霅然一罅开,熹微知天曙。便欲从此逝,荆棘窘余步。"[3]这首诗至少表达了两层意思:第一,"我"对"我身"的无法把捉。七尺之身的何来何去却无法为身之主宰——心所认识。这既是王国维个人的悲哀,也是人类共同的悲哀。第二,"我身"不可能逝去是因为荆棘满途。"逝"即消失,离开此地,离开人间。"便欲从此逝,荆棘窘余步"表明人间的险恶阻挡着离开的步伐,"我"与"人间"的对峙因"身"的在场还将持续。

---

[1] 王国维:《题友人三十小像》,谢维扬、房鑫亮主编:《王国维全集》第1卷,杭州:浙江教育出版社/广州:广东教育出版社,2010年,第145页。
[2] 王国维:《偶成二首》,谢维扬、房鑫亮主编:《王国维全集》第1卷,第148页。
[3] 王国维:《来日二首》,谢维扬、房鑫亮主编:《王国维全集》第1卷,第149页。

如果按照叔本华的说法,身体即意志的客体化。身体尽管是客体,但同时又是意志:

> 我之为我,其现于直观中时,则块然空间及时间中之一物,与万物无异;然其现于反观时,则吾人谓之意志而不疑也。而吾人反观时,无知力之形式行乎其间,故反观时之我,我之自身也。然则我之自身,意志也。而意志与身体,吾人实视为一物,故身体者,可谓之意志之客体化,即意志之入于知力之形式中者也。①

因此,王国维诗歌中的"身"/"心"对立之所以有对身体的不断追问,乃是其"心"作为意志的外现,在实践着自己的意向。"试问何乡堪着我?欲求大道况多歧"②不妨看作对"我身即我敌"这句诗的进一步展开,即"我"在人间找不到适当的位置,意味着"身"成为人间万物中的多余。然而,"试问"者恰是意志的主体,即心的主体。王国维不仅拷问"身"的处所,而且继续拷问"心"的存在的可能性:"欲觅吾心已自难,更从何处把心安。"③"身"无着处,"心"无安所,但相似的存在处境并没有化解两者的对立。

王国维的"身"/"心"对立推动着那个主体的"我"朝着分裂的方向发展:"心"超乎时代之上,而"身"却处在时代之泥淖中。"心"的高远超俗与"身"的渺小轻微成为一种绝对的矛盾。其《临江仙》(过眼韶华何处也)④以秋声、衰草、斜阳、孤城写秋天傍晚的景色,画面感很强。"独立荒寒谁语"一句承上阕而出,但又突兀耸立,引出下阕诗人"独拥最高层"的感慨。王国维自视甚高,这也不足为奇。他学习叔本华和康德哲学后,写出了改变中国文学批评范式的《红楼梦批评》,从中国古代诗词中开创出境界说,不能不说已经达到时代的顶峰。但是另一方面,王国维的卑微感却又非常重。《点绛唇》(厚地高天)为最鲜明的例证:"厚地高天,侧身颇觉平生左。小斋

---

① 王国维:《论叔本华之哲学及其教育学说》(未完),《教育世界》第 75 号,光绪三十年(1904)四月上旬。
② 王国维:《六月二十七日宿硖石》,谢维扬、房鑫亮主编:《王国维全集》第 1 卷,杭州:浙江教育出版社/广州:广东教育出版社,2010 年,第 147 页。
③ 王国维:《欲觅》,谢维扬、房鑫亮主编:《王国维全集》第 1 卷,第 153 页。
④ 王国维:《临江仙》(过眼韶华何处也),《王国维遗书》第 3 册,上海:上海书店出版社,1983 年,第 301 页。

如舸,自许回旋可。　　聊复浮生,得此须臾我。乾坤大,霜林独坐,红叶纷纷堕。"①"厚地高天"却只能"侧身",可谓无奈而且艰难。"小斋如舸,自许回旋可"显示些许自信,尚能回旋于小斋,但也表明回旋空间之可怜。"乾坤大,霜林独坐,红叶纷纷堕"可谓极美的画面:辽阔广袤的乾坤,一片霜林,红叶纷纷落下,一人独坐其间,观落叶,观霜林,观乾坤。人、林、叶与乾坤四者一体,然而让人感到清寒孤独。词中那个"须臾我"同时也是一个"渺小我"。

　　"我"与"人间"对立关系的第一个维度是时间性维度,即"我"之短暂与"人间"之永恒的对立共存。时间性维度是人类生存的根本基础。王国维生性敏感,一时一地一物,即使细小如微尘,往往也能引起他对人生命运以及时间性维度的感喟。浅显明了者如《玉楼春》(今年花事垂垂过):"君看今日树头花,不是去年枝上朵。"②奇崛不平者如《好事近》(夜起倚危楼):"人间何苦又悲秋,正是伤春罢。却向春风亭畔,数梧桐叶下。"③"悲秋"接续着"伤春",已经不能使人自已,而且还要在那"春风亭畔"数着飘落的片片梧桐叶,"悲秋"与"伤春"构成了对心的双重伤害。残酷无情者如《蝶恋花》(阅尽天涯离别苦):"阅尽天涯离别苦。不道归来,零落花如许。花底相看无一语。绿窗春与天俱莫。　　待把相思灯下诉。一缕新欢,旧恨千千缕。最是人间留不住。朱颜辞镜花辞树。"④该词堪为《人间词》中上品,以通俗之语写个人离别之苦与人间时间之残酷。又如《阮郎归》(美人消息隔重关):"美人消息隔重关,川途弯复弯。沉沉空翠压征鞍,马前山复山。　　浓泼黛,缓拖鬟,当年看复看。只余眉样在人间,相逢艰复艰。"⑤这首词能以通俗平常字眼状难写之景,发前人之所未发,意蕴深远。最为荒诞的莫如这首《蝶恋花》(辛苦钱塘江上水):"辛苦钱塘江上水。日日西流,日日东趋海。两岸越山浈洞里。可能消得英雄气。　　说与江潮应不至。

---

① 王国维:《点绛唇》(厚地高天),谢维扬、房鑫亮主编:《王国维全集》第 8 卷,杭州:浙江教育出版社/广州:广东教育出版社,2010 年,第 657 页。
② 王国维:《玉楼春》(今年花事垂垂过),谢维扬、房鑫亮主编:《王国维全集》第 14 卷,第 647 页。
③ 王国维:《好事近》(夜起倚危楼),谢维扬、房鑫亮主编:《王国维全集》第 14 卷,第 641 页。
④ 王国维:《蝶恋花》(阅尽天涯离别苦),谢维扬、房鑫亮主编:《王国维全集》第 14 卷,第 646 页。
⑤ 王国维:《阮郎归》(美人消息隔重关),谢维扬、房鑫亮主编:《王国维全集》第 8 卷,第 656 页。

潮落潮生,几换人间世。千载荒台麋鹿死,灵胥抱愤终何是。"①起句语词通俗易懂,却含深邃哲理。钱塘江水日日向西流却最后趋向东海,这是一种永恒悖论,恰如加缪笔下的西西弗斯。结句"千载荒台麋鹿死,灵胥抱愤终何是"把夫差的姑苏台、麋鹿以及伍子胥的抱恨终身放置在时间的无尽河流中,却显得轻如浮萍。自然、历史、人间不过短暂之物事,只有时间方为永恒。

"我"与"人间"对立关系的第二个维度是德性维度,即人间不可信任,不能成为"我"立足的根基。在李后主那里,他渴望的人间是以皇权为中心的"人间",这个人间是存在的,只是皇权在别人手中,他才觉得人间无趣。王国维的"人间"自然没有皇权这个中心,也没有其他价值存在。王国维置身于其中的人间,仿佛是脚下移动的光带,既无法让他立足,又无法带着他一起前行,如《鹊桥仙》(沉沉戍鼓)的"人间事事不堪凭,但除却、无凭两字"②,又如《鹧鸪天》(阁道风飘五丈旗)的"人间总是堪疑处,惟有兹疑不可疑"③,再如《浣溪沙》(曾识卢家玳瑁梁)的"今雨相看非旧雨,故乡罕乐况他乡。人间何地着疏狂"④。人间充满着险恶与无常,如《浣溪沙》(天末同云黯四垂):"天末同云黯四垂。失行孤雁逆风飞。江湖寥落尔安归。陌上金丸看落羽,闺中素手试调醯,今宵欢宴胜平时。"⑤失行孤雁最后沦为宴上佳肴。人生似睡似醒,悲欢寥落,飘飘不定,如《采桑子》(高城鼓动兰釭她):"睡也还醒。醉也还醒";又如"人生只似风前絮,欢也零星。悲也零星。莫作连江点点萍"⑥。人生的理性思考也足以误人,如《蝶恋花》(斗觉宵来情绪恶):"何物尊前哀与乐,已坠前欢,无据他年约。几度烛花开又落,人间须信思量错。"⑦

---

① 王国维:《蝶恋花》(辛苦钱塘江上水),谢维扬、房鑫亮主编:《王国维全集》第 14 卷,杭州:浙江教育出版社/广州:广东教育出版社,2010 年,第 648 页。
② 王国维:《鹊桥仙》(沉沉戍鼓),谢维扬、房鑫亮主编:《王国维全集》第 14 卷,第 658 页。
③ 王国维:《鹧鸪天》(阁道风飘五丈旗),谢维扬、房鑫亮主编:《王国维全集》第 14 卷,第 659 页。
④ 王国维:《浣溪沙》(曾识卢家玳瑁梁),谢维扬、房鑫亮主编:《王国维全集》第 14 卷,第 653 页。
⑤ 王国维:《浣溪沙》(天末同云黯四垂),谢维扬、房鑫亮主编:《王国维全集》第 14 卷,第 648 页。
⑥ 王国维:《采桑子》(高城鼓动兰釭她),谢维扬、房鑫亮主编:《王国维全集》第 14 卷,第 642 页。
⑦ 王国维:《蝶恋花》(斗觉宵来情绪恶),谢维扬、房鑫亮主编:《王国维全集》第 8 卷,第 658 页。

再看王国维另一首《蝶恋花》（百尺朱楼临大道）："百尺朱楼临大道。楼外轻雷,不间昏和晓。独倚阑干人窈窕,闲中数尽行人小。　　一霎车尘生树杪,陌上楼头,都向尘中老。薄晚西风吹雨到,明朝又是伤流潦。"①不用典而具深邃的思量。"百尺朱楼临大道"使人想起周作人所说的"十字路口的象牙塔"。"象牙塔"与"十字路口"、"百尺朱楼"与"大道"之间似乎有边界又无边界。词中窈窕之人独自倚阑干,并非与大道进行自我隔绝,相反非常注意于大道上的行人:"闲中数尽行人小"。因此在这里如果用"出世"与"入世"区分窈窕佳人与行人并不确切,因为窈窕佳人实际也属于"行人"之一种。妙处在于着一"闲"字,行人匆匆、车马骈骈与窈窕佳人之"闲"形成鲜明对照。因此,"数尽行人小"的行为不为主动渴望之举,即她并不是在等待什么心上人的到来。"闲"彰显了一种自由自在、无所欲求而略显无趣无聊的生命状态。下片用"一霎"引起转折。不过"车尘生树杪"并不具有那种"惊破"上片中"闲"的力量,既然大道上车轮滚滚,早晨傍晚不断,那一路车尘乃是常态。这句应为词中最不具力量之笔。"陌上楼头,都向尘中老"着一"都"字,把窈窕佳人与路上无数行人写尽,融合了佳人之"闲"与行人之匆忙,消解了"百尺朱楼"与"大道"的区隔。"都向尘中老"不仅承接上片中的"窈窕""闲"还有行人的匆忙,而且着一"老"字写出他们在时间中无法抗拒衰老的共同困境。"薄晚西风吹雨到,明朝又是伤流潦"之意与上句不同,上句写人之衰老乃是自然规律,人类无法抗拒,而这最后一句所写的风雨虽然也是自然景物,但不妨看作象征体,象征现实人世的险恶,因此"明朝又是伤流潦"因"明朝"这一虚设的时间的未来性,使得"伤"这一主体行为绵绵不尽。"闲"—"老"—"伤"实际为人生的三个阶段,意味着人生的悲剧性。

二、民国初年:"应为兴亡一拊膺"②

辛亥革命爆发之前,王国维的"人间"是一个与"我"对立的整体;辛亥革命之后,这个"人间"开始分裂为二:一是以失去政权的清皇朝为中心的"弱小人间",一是以革命共和为中心的"强恶人间"。王国维的取舍非常鲜

---

① 王国维:《蝶恋花》（百尺朱楼临大道）,谢维扬、房鑫亮主编:《王国维全集》第8卷,杭州:浙江教育出版社/广州:广东教育出版社,2010年,第658页。

② 王国维:《颐和园词》,《甲寅杂志》第1卷第1号,1914年5月10日。

明,亲前者,恶后者。

王国维的《送日本狩野博士奉使欧洲》表明了他辛亥革命之后游学日本的心迹。他虽然看到了清朝政府内部的腐烂,外侵内困之时朝野同欢,纲纪崩塌,士风改变,但并未从这点出发思考改革的必要性,而对辛亥革命本身抱着相当轻视的态度:"嬴蹶俄然似土崩,梁亡自古称鱼烂。干戈满眼西风凉,众雏得意稚且狂。""谈深相与话兴衰,回首神洲剧可哀。汉土由来贵忠节,至今文谢安在哉?"①他一方面谴责"众雏"的幼稚狂妄,一方面呼唤忠于清朝的忠节之人。他虽然也看到"兴亡原非一姓事,可怜悚悚京与垓"②,但并没有看到辛亥革命进步性的一面。

后人不能要求王国维也如章太炎和梁启超等人一样认同辛亥革命,每个人的喜恶都有其独立的价值。改朝换代,暴力流血,不一定就是社会发展的最佳方式,虽然往往是有效的方式。现代西方知识并没有让王国维去认同辛亥革命的合理性,正如他自己所言,"人生过处惟存悔,知识增时只益疑"③,现代西方知识让他更增怀疑。在王国维身上,忠君的中国传统思想抵制住了现代知识带给他的进步观念。民国最初几年,王国维的诗词强烈地表现出对清朝的眷念与哀惜之情。

王国维的《颐和园词》(1912)以颐和园为寄托,抒写晚清半个世纪左右的巨变创痛,立意不可谓不高远。王国维自认《颐和园词》可以追步吴梅村的《圆圆曲》,陈寅恪以《连昌宫词》比拟之,日本学者铃木虎雄更是倍加称赞。辛亥革命后,颐和园向公众开放,慕名游园的文人也吟诗撰文抒写自己的观感。"许将奢俭卜兴衰,皇清名园论第一"④已经点出颐和园与清朝兴衰的内在联系。"圆明园隔邻墙近,记否联军两次过"⑤把颐和园与1860年以及1900年两次外国侵华战争直接勾连。其中最有深意的也许是桐城派传人姚永概的《游颐和园记》(1913),该文开篇特意点出颐和园修建之时慈禧挪用海军军费以致后来甲午海战失败的沉痛历史;中间描写游览颐和园

---

① 王国维:《送日本狩野博士奉使欧洲》,《甲寅杂志》第1卷第8号,1915年8月10日。
② 同上。
③ 王国维:《六月二十七日宿硖石》,谢维扬、房鑫亮主编:《王国维全集》第1卷,杭州:浙江教育出版社/广州:广东教育出版社,2010年,第147页。
④ 《西蒙诗钞·颐和园诵》,《国学荟编》1914年第8期。
⑤ 张仁仁:《游颐和园赋感录二首》,《国立北京农业专门学校校友会杂志》第2期,1917年5月。

的经过;最后点出清室虽然顺应人心,宣统逊位,国体变革,"脱专制而归大同",但不可不反思这段历史。① 这篇游记散文虽短,但指涉晚清最后二十多年的历史教训,发人深省。

王国维的《颐和园词》以诗歌之体,抒风人之感,表史家之识。然而,诗人之感与史家之识并未令全诗放出异彩。"定陵松柏郁青青,应为兴亡一拊膺。却忆年年寒食节,朱侯亲上十三陵"②,显示出王国维对风雨中的晚清怀有深深的哀惜之情。这不是因为曾经获得过清朝皇恩的润泽,他没中过举,不享受朝廷俸禄。王国维的哀惜超越了功利,纯粹出之于信念。诗人之情掩盖了史家之识。王国维对慈禧的评价让人无法理解。慈禧其人在历史上功过皆有。然而修建颐和园时她挪用海军军费,虽然即使不挪用海军军费,清政府在甲午中日战争中也不一定就能战胜日本,但因个人享乐而置国防建设于不顾,这必定是作为清皇朝最高权力者的绝对错误。而戊戌政变中她站在保守势力一方,绞杀"六君子",通缉康、梁,软禁光绪帝,自此士人学子对清朝政府失去信任,排满风潮迭起,使得清朝的自我改革毁于一旦。从这两点而言,慈禧之过不可谓不大。《颐和园词》只字不提这些事件,既令人费解,又让人难以接受。③ 对颐和园,王国维寄之以情,而不是论之以史,这也许能部分解释为什么十多年后他选择在颐和园内的昆明湖自沉。1927年五月初三日王国维自沉昆明湖,死前三日曾对友人言:"今日干净土,唯此一湾水耳。"④

再如《蜀道难》(1912)一首咏赞端方。端方爱好收藏,王国维亦有此好,由收藏而惺惺相惜实可理解:"玉刀三尺光芒静,宝鸡铜禁尤完整。孤本精严华岳碑,千言谟训毛公鼎。河朔穿碑多荤致,中余六代朱文字。丹青一卷顾长康,唐宋纷纷等自郐。"然而,王国维不仅对其收藏品之精之多赞

---

① 姚永概:《游颐和园记》,《庸言》第1卷第17号,1913年8月1日。
② 王国维:《六月二十七日宿硖石》,谢维扬、房鑫亮主编:《王国维全集》第1卷,杭州:浙江教育出版社/广州:广东教育出版社,2010年,第147页。
③ 有人认为《颐和园词》中"诗人对曾经凌驾于同光两代皇帝之上的慈禧,与其说是歌功颂德,毋宁说是同情中又有辛辣的讽刺"(参见陈鸿祥:《王国维全传》,北京:人民出版社,2007年,第364页)。但我不敢苟同,虽说叙事诗中也可寓讽刺之义,但《颐和园词》中充满王国维对慈禧的歌颂、同情和对清皇朝的惋惜。他对慈禧微词都没有一句,何来辛辣的讽刺?而且《孝定景皇后挽歌辞九十韵》中涉及戊戌变法的诗句为"东朝仍薄怒,左卫且流言。玉几陈朝右,珠襦出殿前。求医ународ下诏,训政暮追班",仍然没有蕴含批判讽刺之义。
④ 金梁:《王忠悫公殉节记》,谢维扬、房鑫亮主编:《王国维全集》第20卷,第219页。

赏不已,而且对其政治功绩也赞不绝口:"开府河朔生名门,文章政事颇绝伦。"尤其把带兵入川而被杀的端方塑造为一位悲剧式的英雄人物:"南楼到日人人识,犹忆使君曾驻节。将军置卫为周防,父老遥看暗呜咽。""可怜萧瑟满江潭,无限江南与汉南。莫问翠微旧山色,西风落木归来庵。"①这又体现出王国维自身历史观的独特性。

王国维《孝定景皇后挽歌辞九十韵》(1913)②把隆裕放置在"家国频多事"的历史巨变中刻画,或者说借隆裕来写晚清的遭遇亦可。隆裕皇太后(1868—1913)为慈禧侄女、光绪妻子,却既没有得到慈禧的喜欢,更没有得到光绪的恩宠,在慈禧与光绪的权力争斗中想必是十分煎熬痛苦的。时势的突变却让她不得不扮演历史的重要角色。1908年慈禧与光绪先后病逝,年幼的宣统继位,隆裕作为皇太后垂帘听政。辛亥武昌起义的炮声震惊清廷上下,风雨飘摇中清朝政权何去何从已经走到最关键的时刻。在权衡利弊、审度时势之后,隆裕皇太后于宣统三年(1911)十二月二十五日,下三道懿旨,宣布宣统皇帝逊位以及清帝逊位后清室的优待条件。懿旨中写道:"今全国人民心理多倾向共和,南中各省既倡议于前,北方诸将亦主张于后,人心所向,天命可知。予亦何忍因一姓之尊荣,拂兆民之好恶。是用外观大势,内审舆情,特率皇帝将统治权公诸全国,定为共和立宪国体。"③从清朝统治者的角度而言,这确是万般无奈之举,隆裕皇太后内心肯定充满着无穷的痛苦;但是从历史发展的角度来看,又不失为明智之举。中外历史表明,被推翻的统治者遭受血腥镇压的例子比比皆是。因此,隆裕皇太后病逝(1913年2月22日)后,中华民国政府极力赞美她移交政权之举。中华民国按照外国君主的礼节祭悼隆裕皇太后,国家下半旗27日,官员左腕缠黑纱,军官不仅左腕缠黑纱而且军刀也要缠黑纱,也是27日。④《清太后哀悼歌》将隆裕比为娥皇,盛赞她的业绩:"五族共和是一家,千秋功业直无两。"⑤国民哀悼会总代表吴景濂的悼文写道:"爰应天而顺人兮,颁共和之诏章。去数千年之专制兮,揖让远迈乎虞唐。洵女中之尧舜兮,诒五族以乐

---

① 王国维:《蜀道难》,《甲寅杂志》第1卷第8号,1915年8月10日。
② 王国维:《孝定景皇后挽歌辞九十韵》,《甲寅杂志》第1卷第10号,1915年10月10日。
③ 《大清皇帝宣统三年十二月二十五日旨三道》,《临时公报》宣统三年(1911)十二月二十六日。
④ 欣:《通令各区队为隆裕皇太后服丧以志哀悼文》,《震旦》第2期,1913年3月。
⑤ 《清太后哀悼歌》,《震旦》第2期,1913年3月。

康","去帝制而伸民权,挽狂澜出民水火,不忍以一姓之尊荣,致万民之涂炭。顺天应人,颁共和诏,化干戈为揖让,合五族为一家"。①

中华民国政府称赞的是隆裕皇太后移交国家权力之举,而多数文人士子抒发的是对她贵为国母却遭冷遇的怜惜之情。樊增祥、瞿鸿禨、沈曾植们哀悼的是隆裕的遭遇及其背后清帝逊位、清朝倾覆的无奈,如瞿鸿禨《清大行隆裕太后哀词》:"颓天终莫补,遗恨泣灵娲","玺绶移前代,翚褕惨故宫"。② 又如沈曾植《清大行皇太后挽歌词》:"九州还揖让,十世厄艰屯。"③ 樊增祥的诗却从隆裕的情感出发,感怀其在皇室富贵荣华外表下的孤独失宠、忧患不已:"二十五年母天下,遗容犹是洛川神。长秋始建侄从姑,椒寝无恩逮翟褕。积雪今年悲鹤语,占星一世坐鸾孤。移宫漫陟琼华岛,投玺先亡赤伏符。富贵终身忧患里,伤心从古后妃无。"④

王国维的《孝定景皇后挽歌辞九十韵》在这些诗歌中境界最为阔大,他把隆裕置于历史巨变中刻画,对其遭遇表示极大的同情:

> 畴昔悲时命,中间值播迁。一身元濩落,九庙幸安全。
> 地轴俄翻覆,天关倏转旋。腐心看夏社,张目指虞渊。
> 此去朝先帝,相将诉昊天。秋荼知苦味,精卫晓沉冤。
> 道路传乌喙,宫廷讳马肝。生原虚似寄,死要重于山。
> 举世嫌濡足,何人识仔肩。补天愁石破,逐日恨泉干。
> 心事今逾白,精诚本自丹。山河虽已异,名节固难刊。
> 诔德词臣少,流言秽史繁。千秋彤管在,试与诵斯篇。⑤

隆裕的个人情感如何,其实他人很难体味。但是她不得慈禧喜欢,不得光绪恩宠,却也是世人皆知。在王国维的诗歌中,隆裕个人情感的孤苦与清朝政府19世纪中至20世纪初的衰微却似乎有一种同构的关系,隆裕皇太后下懿旨宣布清帝逊位权力移交,清朝统治结束,隆裕太后病逝,二者有着同样的命运。

《颐和园词》《蜀道难》《孝定景皇后挽歌辞九十韵》均为王国维的长篇

---

① 《前清皇太后之追悼录》,《震旦》第 2 期,1913 年 3 月。
② 瞿鸿禨:《清大行隆裕太后哀词》,《庸言》第 1 卷第 11 号,1913 年 5 月 1 日。
③ 沈曾植:《清大行皇太后挽歌辞》,《庸言》第 1 卷第 11 号。
④ 樊增祥:《隆裕皇太后挽诗二首》,《宪法新闻》第 5 册,1913 年 5 月 11 日。
⑤ 王国维:《孝定景皇后挽歌辞九十韵》,《甲寅杂志》第 1 卷第 10 号,1915 年 10 月 10 日。

诗作,这样的长篇诗作在王国维前期创作中未曾出现。他对慈禧、端方以及隆裕皇太后的赞颂、同情寄托着对失去政治权力的清皇朝的哀惜。同时,他对革命共和的不满集中表现在对袁世凯的强烈批判上:"那知此日新朝主,便是当年顾命臣。"①袁世凯曾为清廷重臣,1908年遭弹劾后赋闲在家。辛亥革命爆发后,清廷不得不起用他代表朝廷与南方的革命军谈判。袁世凯在清廷与革命军之间斡旋,最后把自己斡旋成了中华民国的总统。这在清朝遗老看来不啻为臣谋君位,是为大逆不道。"虎鼠龙鱼无定态"一句出自李白的诗句"君失臣兮龙为鱼,权归臣兮鼠变虎"(《远别离》),即是对袁世凯的讽刺。写于日本的《读史二绝句》(1912)中的第一首云:"楚汉龙争元自可,师昭狐媚竟如何。阮生广武原头泪,应比回车痛哭多。"②"师昭狐媚竟如何"借用司马昭篡魏的故事讥刺袁世凯欺凌清廷孤儿寡妇,乘机夺取权力。第二首有"当涂典午长儿孙,新室成家且自尊"句,"当涂"是魏国的代称,"典午"是司马氏的代称,"新室"指王莽的年号"新","成家"指东汉时在成都称帝的公孙述。曹丕篡汉,司马昭篡魏,王莽篡汉,公孙述篡汉,皆以臣子身份窃取帝位,是为逆臣贼子,袁世凯当作如是观。王国维在此借史讽今,表达出对袁世凯的强烈不满与尖锐讽刺。③王国维批判袁世凯站在清朝遗老的立场,与后来孙中山等人的反袁立场有根本性的差别。

大致可以说,中华民国初年,对辛亥革命和清帝逊位的看法,决定了当时中国人是进步还是保守。肯定和赞扬者,表明其进步;反对和哀叹者,意味着保守。不过,中华民国成立后的政治动荡、社会混乱和军阀混战,使得一批知识分子对之心存疑虑,鲁迅就说过:"见过辛亥革命,见过二次革命,见过袁世凯称帝,张勋复辟,看来看去,就看得怀疑起来,于是失望,颓唐得很了。"④然而,他们没有因为对中华民国的不满而后退到认同辛亥革命之前的清政府,而是努力去改变这一现状,朝着别样的人间瞭望。王国维不同,他的"人间"区域中没有"别样的人间"。他身在日本,生活稳定,远离中国风云变幻的现实。他在早期诗词中所建构的自我,还是一个相对平静的

---

① 王国维:《六月二十七日宿硖石》,谢维扬、房鑫亮主编:《王国维全集》第1卷,杭州:浙江教育出版社/广州:广东教育出版社,2010年,第147页。
② 王国维:《读史二绝句》,谢维扬、房鑫亮主编:《王国维全集》第8卷,第638页。
③ 参见王国维著,陈永正笺注:《王国维诗词笺注》,上海:上海古籍出版社,2011年,第139—142页。
④ 鲁迅:《〈自选集〉自序》,《鲁迅全集》第4卷,北京:人民文学出版社,2005年,第468页。

整体:虽然他的"人间"分裂为已经失去政权的清皇室的"弱小人间"和以革命共和为中心的"强恶人间",但是这两者都没有与王国维自身的生活发生直接关联,因此他的自我尚能与晚清时期保持一致。

三、"五四"前后:"千年礼器今在不?"①

王国维1916年回国后至1923年的履历如下:

1916年正月初二从日本归国,回国后居上海,受哈同聘请编辑《学术丛编》。

1917年9月2日辞去北大校长蔡元培的聘请。

1918年1月蔡元培再次聘请王国维任北大教授,王国维再一次推却。是年曾兼任上海仓圣明智大学教授。

1919年10月,赴天津治疗足疾,经罗振玉介绍认识升允,后来升允把王国维推荐给溥仪。

1922年北京大学研究所成立,聘请王国维为函授导师,他承担了这份兼职。

1923年三月初一日(4月16日),溥仪选四人进入南书房行走,王国维乃其一。

1923年5月31日抵北京,6月4日见溥仪,正式就职。

假设王国维接受蔡元培的邀请于1917年或者1918年出任北大教授,那么他中年后的人生将会是另一种风景。或许他也会卷入以《新青年》为中心的新旧文化的争论,无论站在哪一方,都将被时代潮流所裹挟。但他选择在上海为一商人编辑刊物,从而失去了在时代的文化主潮中搏击翻腾的可能。这与王国维的个性有关,他喜欢独立地做学术工作,不需要太多的社会关系。王国维受哈同聘请编辑《学术丛编》相对自由和独立:他不需要考虑经费问题,他对稿件的使用有支配权,他做的仍然是自己喜欢的文字学、史地学等学术研究。

当然,王国维为私人做事,并不意味着他不关心时代大事。相反,他给罗振玉的书信中表现出对时事的强烈关注。

---

① 王国维:《海上送日本内藤博士》,谢维扬、房鑫亮主编:《王国维全集》第8卷,杭州:浙江教育出版社/广州:广东教育出版社,2010年,第650页。

1916年9月30日信：

> 政界又有纷争,蟪蛄切响,腐草游魂,二语可以尽之,但冥灵大椿恐世终无此物耳。①

1916年6月6日,众叛亲离的袁世凯一命呜呼。8月1日,被袁世凯解散的国会重新组织,在北京开会。王国维所用的"蟪蛄""冥灵""大椿"等词均出自庄子《逍遥游》,不知春秋的"蟪蛄"为短暂之物,但在王国维看来,不过是吵吵闹闹的渺小者,不能担当大事,可能象征参加国会的人。"以五百岁为春,以五百岁为秋""冥灵"、"以八千岁为春,以八千岁为秋"的"大椿"为长存者,当是王国维心目中的"救星"。

1916年10月7日信：

> 时事又似入梦中……②

1917年7月5、6日信：

> 昨日此书未发,今日情势大变,北军已多应段,战事即将起于京津间,张军中断,结果恐不可言。北行诸老恐只有以一死谢国。曲江之哀,猿鹤沙虫之痛,伤哉!《申报》与《时事新报》二种另行寄上,不忍再书矣。③

6月26日,康有为、沈曾植和王乃征秘密进京,参与张勋复辟活动。7月1日恭请逊帝溥仪复辟,恢复帝号。"北行诸老"指参与张勋复辟的康有为、劳乃宣、刘廷琛、章梫、沈曾植、王乃征等清朝遗老。7月1日溥仪授康有为为弼德院副院长。2日授瞿鸿禨为大学士,沈曾植为学部尚书,劳乃宣为法部尚书。3日,段祺瑞于马厂誓师。4日,段祺瑞以讨逆军总司令名义发出讨伐张勋通电。6日,张勋辫子军被阻于丰台车站附近。而王国维盼望"北行诸老"所殉的"国"不是中华民国,而是清政府。他们真会如王国维所设想的那样"以一死谢国"吗?

1917年7月14日信：

> 此次之变,段、冯、梁三人实为元恶,冯思为总统,段则欲乘此机以

---

① 吴泽主编,刘寅生、袁英光编:《王国维全集·书信》,北京:中华书局,1984年,第126页。
② 同上书,第129页。
③ 同上书,第196—197页。

恢复其已失之势力,梁为幕中画策之人。……人心险诈,乃至天理尽绝。……此次负责及受职诸公,如再靦然南归,真所谓不值一文钱矣。诸公中以横渠为最可惜,素公、玉老当能不忘久要,寐叟于前日已有传其南归者,此恐不确也。止庵乃无心肝,竟有电辨明心迹,其与犬羊为伍,岂不痛哉!①

王国维一直生活在自己的观念世界中,对起兵反对张勋复辟的冯国璋、段祺瑞、梁鼎芬深恶痛绝。9日讨逆军包围北京,12日攻城,飞机轰炸清宫,张勋被迫进入荷兰使馆。王国维相信北行诸公抱有以死殉国的信念,单向度地认为他们活着南归的话不值一钱。但是北行诸老早已经开始各寻自己的生路:"素公"(康有为)早于7月8日躲入美国使馆,12月6日出京。"寐叟"(沈曾植)于7月12日复辟失败后,先避居一教堂中,后避居美国使馆,在美国使馆与康有为两人酬唱互和,8月中旬移居天津,9月返沪。王国维于9月11日去见沈曾植时,沈"身体甚健"。"玉老"(劳乃宣)获知逮捕令而逃出京城,重回青岛与卫礼贤谈经学。②"止庵"(瞿鸿禨)已经公开表白自己的心迹。"横渠"为宋朝张载之号,此处指代张勋。王国维听说张勋入荷兰使馆后志在必死,于是以为清朝"三百年来乃得此人,庶足饰此历史"③,把张勋看作有清一代的光荣。张勋避居荷兰使馆一年半后出京,于1923年病逝于天津,逊帝溥仪赐谥号"忠武"。张勋复辟无疑是中华民国史上的闹剧和丑剧,是对《中华民国临时约法》的违背与亵渎。现实击溃了王国维的幻想,他只能慨叹"我辈乃永抱悲观者"④。

1919年五四运动期间,王国维在上海,描述了他的感受:

> 此间罢市已愈七日,今日有开市之说。此七日中名为罢市,然除南京路大店全闭门外,其余小店往往上排门数扇小作交易,而食物店除菜馆外均开市如故。小菜场亦有蔬菜可贾,间有一二处一二日无之。故人心尚不至大恐慌。工界有一部分罢工,亦未普及,尚不至滋生大事端。然此七日中亦岌岌矣。此次故有国际竞争,有政争,最可怕之社会运动恐

---

① 吴泽主编,刘寅生、袁英光编:《王国维全集·书信》,北京:中华书局,1984年,第197页。
② 1917年,劳乃宣75岁,他在自订年谱中写道:"五月奉复辟之旨,简授法部尚书,具疏以衰老请开缺,俾以闲散备咨询,未达而变作。曲阜令蓝君告以得见逮之牍,劝出走,又移家青岛,居礼贤书院。"《清劳韧叟先生乃宣自订年谱》,台北:台湾商务印书馆,1978年,第50页。
③ 吴泽主编,刘寅生、袁英光编:《王国维全集·书信》,北京:中华书局,1984年,第198页。
④ 同上书,第234页。

亦有之,而在表面活动者皆为之利用,而不自知,以后利用此举者当接踵而至,则大乱将随之矣。有人自北来,言北京政象极险,军队欠饷数月,颇有异心,此次保定骚动已其发端。如危险思想传入军队,则全国已矣。①

这段文字出自王国维的书信。他把亲身见闻、报纸消息、友人转述综合起来,简洁地叙说了商界、工界、军界的乱象,勾勒出"大乱"将至的动荡的社会世态。"最可怕之社会运动""危险思想"等语的指向虽然不明确,但也暗示出王国维对五四运动所持的态度。

王国维《冬夜读山海经感赋》(1920)谴责蚩尤、共工以及相繇等崇尚战争制造兵祸,歌颂大禹帝的治理之功:"高岸为谷谷为阿,将由人事匪有它。断鳌炼石今则那,奈汝共工相繇何!"②《张小帆中丞索咏南皮张氏二烈女诗》(1920)歌颂天津张氏姐妹因抗拒地痞凌辱而服毒自杀的精神。张氏姐妹于1916年自杀,王国维于1917年1月10日致罗振玉书中云:"张烈女诗是一好题目,唯作长篇则颇费时日,短篇则无从见好,且看诗思如何,或请乙老作之。"③此事宿王国维心中五年而成一诗,他自称"五年宿诺嗟蹉跎"。其时社会对烈女歌颂者众多,不独王国维而已。1918年上海绍兴籍女孩陈宛珍为已故未婚夫王菁士殉节④,绍兴同乡会在《妇女杂志》征文,刊载多首挽诗。有人赞"好为神州添异彩,自由花是女贞花"⑤,有人叹"男子隳人格,女儿解自由。两间多末俗,一手障中流。黄浦江边望,真灵在上头"⑥。也有颂南皮张氏二烈女的,如"苍茫天地大,节烈自今闻"⑦。王国维在诗中不忘突出张氏烈女的时代氛围:"陵谷推移名节变,昔人所尊今则贱。"⑧这是一个一切价值皆被重估的时代。诗中还拿徐世昌的政事与张氏烈女对照,

---

① 吴泽主编,刘寅生、袁英光编:《王国维全集·书信》,北京:中华书局,1984年,第287页。
② 王国维:《冬夜读山海经感赋》,谢维扬、房鑫亮主编:《王国维全集》第8卷,杭州:浙江教育出版社/广州:广东教育出版社,2010年,第654页。
③ 王国维:《致罗振玉(一九一七年一月十日)》,谢维扬、房鑫亮主编:《王国维全集》第15卷,第271页。
④ 《陈烈女殉夫事略》,《妇女杂志》第4卷第8号,1918年8月5日。
⑤ 易瑜:《绍兴贞烈女挽诗》,《妇女杂志》第4卷第10号,1918年10月5日。
⑥ 程淑勋:《陈宛贞烈女挽诗》,《妇女杂志》第5卷第1号,1919年1月5日。
⑦ 蔡丹荣:《题津门张氏二烈女墓》,《益世报》1918年5月1日。
⑧ 王国维:《张小帆中丞索咏南皮张氏二烈女诗》,《王国维遗书》第2册,上海:上海书店出版社,1983年,第633页。

斥责前者为政治大盗，而赞颂后者万古巍峨："两条恒卫东流去，万古巍巍二女坟。"王国维也许并非着意于女性的节烈，而是以此为出发点，反衬政客如徐世昌的大盗行径，看重的是节操的坚守。由女性的节烈往往引出男子对朝廷的忠诚，这是中国政治伦理的叙事法则之一。王国维借张氏烈女故事表达的也许还有自己内心中对清室的那份忠诚。王国维对西方思想并不陌生，然而从"五四"新文化运动前后看，他的忠烈价值观却并没有向前推进。

实际上，辛亥革命之后的"二分人间"，此时在悄然改变。"二分人间"中失去的清廷被以溥仪为中心的小朝廷替代，而以袁世凯为中心的革命共和被更为广阔的社会现实替代。① 所以，一方面，王国维密切地关注着溥仪小朝廷的兴亡存废；另一方面，对社会上其他事情全都看不顺眼。其《戊午日短至》(1918)云："万里玄黄龙战野，一车寇媾鬼张弧。烬灰拨尽寒无奈，愁看街头戏泼胡。"②"泼胡"即泼寒胡戏，是从西域传来的一种风俗乐舞，在唐代曾极为盛行。每年十一月，参加者或骑马，或裸体，以泼水取乐。王国维用这个典故横扫了当时社会的进步与落后、新文化与旧文化。但不管王国维如何看待这个人间，这"二分人间"内部已经不平静，这种不平静无疑刺激着王国维的内心。比如复辟帝制的北行诸老并没有如王国维所期望的那样一死以表忠节，而是各寻出路，保命要紧。又比如五四运动期间工人的罢工、军队的骚动已让他担心社会运动的席卷而来，大乱之世的不期而至。王国维的自我因与身边的友人、与周围的现实发生直接碰撞而开始躁动。这种躁动表现在文字的峻急上，且看王国维给罗振玉的书信，鲜明地直击时政、愤怒、担心、推测、喜怒、赞颂、焦虑，无不毕露。他以前的从容和宁静在悄悄发生着变化。

---

① 周言在《王国维与民国政治》一书中，详细地梳理了王国维对第一次世界大战和俄国革命的关注，他写道："后世学人在论及王国维的政治态度时，往往以简单的激进与保守之分或是治学之方向将其归类为保守派，殊不知这位看似思想'落后'的旧式学人，实际上心怀天下。"周言：《王国维与民国政治》，北京：九州出版社，2013年，第13页。我认为，第一，心怀天下本身不能区分激进与保守；第二，"天下"如果理解为王国维自身所谓的"人间"，这个"人间"的核心却是失去政治权力的逊帝小朝廷。因此虽然王国维能洞见欧洲大战与俄国革命的影响将波及中国，但也无法改变他的历史观乃是保守的历史观这一看法。

② 王国维：《戊午日短至》，《王国维遗书》第2册，上海：上海书店出版社，1983年，第627页。

四、大革命时期:"事去死生无上策"①

1927年6月2日(农历五月初三)上午,王国维自沉于颐和园里的昆明湖。对于王国维自沉的原因,有多种说法。一为殉清说,以罗振玉为代表,罗氏认为王国维为清朝以及溥仪尽忠而死。一为绝交逼债说,认为王国维与罗振玉绝交后,因罗振玉逼债而自沉。一为殉文化说,以陈寅恪为代表,认为王国维"一死从容殉大伦"(《王观堂先生挽词》),殉的是中国文化。一为恐惧说,以梁启超为代表,认为王国维在获知长沙叶德辉和湖北王葆心被北伐军枪杀后担心遭受同样的屈辱而自沉。"经此世变,义无再辱"是探讨王国维自沉原因的入口。世变有个人的,也有国家的。关键在于何种世变会造成对王国维的"再辱"?

首先,绝交逼债说不靠谱。罗振玉逼王国维还债并无确凿证据,不足为训。王国维与罗振玉绝交却是事实,并且这事肯定对王国维造成严重的精神打击,因为两人的关系深而广。第一,罗振玉"规划"着王国维的人生道路。1898年王国维代替同学许默斋入上海《时务报》馆任书记,又入东文学社学习日文。东文学社创办于1898年三月初六日,创办人即罗振玉。罗振玉在王国维宿舍中读到他的两句诗"千秋壮观君知否,黑海西头望大秦",非常惊异,由赏识王国维而开始了他们之间的交往。戊戌变法后,《时务报》停刊,王国维几乎没有安身之处,罗振玉安排他做东文学社的庶务,帮助罗振玉编译《农学报》并撰写社论,免掉王国维学习日文的各项学费,这样王国维既有稳定的收入,又能学习日文,潜心学问。1900年年底王国维在罗振玉资助下到日本留学,进东京物理学校,但以学习几何为苦,学了四五个月,脚气病发作,就回国住在上海罗振玉家中。1901年罗振玉创办《教育世界》杂志,请王国维任主笔,王国维翻译了《日本地理志》《教育学》等刊登于其上。王国维自叙:"自是以后,遂为独学之时代矣。体素羸弱,性复忧郁,人生之问题,日往复于吾前,自是始决从事于哲学。"②王国维以中国古代读书人身份,开始了一种现代人生。1904年,罗振玉任苏州江苏师范学堂校监,延请王国维做教师,讲授伦理学、心理学、社会学等课程。1905

---

① 王国维:《罗雪堂参事六十寿诗》,谢维扬、房鑫亮主编:《王国维全集》第8卷,杭州:浙江教育出版社/广州:广东教育出版社,2010年,第634页。
② 王国维:《自序》,《教育杂志》第148号,丁未年(1907)三月。

年罗振玉辞去学校监督一职，王国维也辞去了教职。1906年罗振玉调入京城，任学部参事，推荐王国维在学部做事，任学部图书馆编辑、名词馆编译等职。辛亥革命爆发后，1911年11月罗振玉与王国维一起避走日本，居住于日本京都。王国维于1916年正月初二启程回国。此时罗振玉还在日本，王国维给罗振玉的书信，事无巨细。1919年10月，王国维赴天津治疗足疾，经罗振玉介绍认识升允。后来升允把王国维推荐给溥仪。1923年王国维入溥仪南书房行走，次年罗振玉也入南书房行走，两人又一起共事。从上文简单的梳理可以看出，王国维职业的选择、人生道路变化几乎都是按照罗振玉的某种"规划"发展的。王国维很自然地接受这种"规划"，表明两人关系极为融洽，当然也体现出王国维人生抉择上的某种被动性。第二，罗、王两人在学术上有共同的兴趣，罗振玉改变着王国维学术研究的走向。王国维壬寅癸卯年间（1902—1903）读康德、叔本华哲学，受罗氏影响较小。但是辛亥革命后，罗劝王国维主治国学，王国维接受罗的劝告，从此他的研究由文学转向文字学和史地学。第三，罗、王为姻亲，1919年两人结为亲家，王国维的长子娶了罗振玉的三女。在人生道路和学术路向两方面，罗振玉对王国维的"制约性"非常强大，两人之间很少龃龉，其乐融融二十多年。

但是这种融洽的关系到1926年遭遇了危机。这个危机是由王国维长子王贞明在上海病逝引起的。王贞明于1926年9月26日在上海病逝，王国维从北京赶到上海，心情自然十分悲痛。罗振玉也从天津来到上海。其间王国维的继室与罗振玉的女儿之间肯定发生过某些龃龉，可能是因为王贞明的三千元抚恤金的分配问题。罗振玉突然带着女儿离开上海返回天津，这对王家的脸面是个沉重的打击，对王国维个人也是个沉重的打击。对于这三千元，王国维要罗振玉的女儿收下，但罗家拒不接受，王、罗两人为此书信来往，措辞越来越激烈。王国维说：罗家这样做不仅是蔑视他人的人格，也是蔑视自己的人格。罗振玉更是火冒三丈，提出与王国维绝交。有一种解释认为王国维因与罗振玉断绝三十年的交情而自杀。这就是陈寅恪碑铭中说的"一人之恩怨"。老年丧子，与挚友绝交，堪称人生绝大之苦痛，然足以让人自杀吗？虽说王国维持悲观主义的人生观，但是这两者都没有足够的力量让人自杀：王国维丧一子，但还有二子，从人的一般情感来说，痛苦虽有，不会致命；与挚友绝交，错不在己，足以伤怀，但也不足以致命。

其次，殉清说也不可信。王国维与溥仪的"亲密接触"是从1923年开始的：

  1923年4月16日,溥仪选四人进入南书房行走,王国维乃其一。
  1923年6月4日,王国维见溥仪,正式就职。
  1924年1月7日,溥仪赏王国维紫禁城骑马。
  1924年6月间,王国维有离开南书房之意,皆因溥仪周围的派系斗争。
  1924年11月5日,溥仪帝号被除,迁出故宫。王国维陪侍左右。

  王国维能入直南书房,心情应该是很激动喜悦的,当他离开上海赴北京见驾时,诗人们纷纷向他道贺,可见他是欣然接受这个差事。王国维自然高兴,他以秀才身份而做帝王师,在科举选拔人才的时代恐怕是绝无仅有的。大约一年后,他的喜悦冷却下来,有离开南书房的打算,原因即在于溥仪身边的派系斗争。当时,他也许还关心着溥仪吧,最终没有离去。等到溥仪帝号被废,被迫迁出故宫,他陪侍左右,焦急万分。他1924年12月1日给日本友人狩野直喜信:"皇室奇变,辱赐慰问,不胜感激。一月以来,日在惊涛骇浪间,十月九日之变,维等随车驾出宫,白刃炸弹,夹车而行。"①又1925年1月21日给蒋谷孙信:"弟此数月来,日在忧患中。"②但王国维"日在惊涛骇浪间"的焦急与忧患,没有多久也便冷却,原因在于他对溥仪以及以溥仪为中心的那个小团体彻底失望了。他1925年3月25日给蒋汝藻信:

  数月以来,忧惶忙迫,殆无可语。直至上月,始得休息。现主人在津,进退绰绰,所不足者钱耳。然困穷至此,而中间派别意见排挤倾轧,乃与承平时无异。故弟于上月中已决就清华学校之聘,全家亦拟迁往清华园,离此人海,计亦良得。③

  王国维决然就清华之职,绝不只是非常厌恶溥仪周围那帮人的互相排挤倾轧,其中更深层的原因,是他对溥仪非常失望。"现主人在津,进退绰绰,所不足者钱耳",这句话的表面意思可以理解为溥仪在天津已经安定下来,进退自如,退可以居住天津,进可以远走日本,其生存不足为虑,只是差点钱而已。从反面来看这句话的意思,则可以理解为溥仪被迫迁出故宫,遭此奇变大辱,考虑的只是钱而已。没有耻辱感,不可能有斗志;胸无大志,沉溺于日

---

① 袁英光、刘寅生编著:《王国维年谱长编》,天津:天津人民出版社,1996年,第423页。
② 吴泽主编,刘寅生、袁英光编:《王国维全集·书信》,北京:中华书局,1984年,第409页。
③ 同上书,第412页。

常琐事,这样的主子哪里有希望? 溥仪被赶出紫禁城的时候,王国维做好了殉主的准备,但是溥仪到达天津后生活如常,他也就不必要为主子焦虑了。当然他去清华就职还是溥仪下了"圣旨"才去。不管怎样,从上面的书信来看,他去清华就职已经把溥仪之事放下,绝不可能因为对溥仪的失望而延迟两年后再自杀。

最后,殉中国文化说也不足信。1927年,陈寅恪在悼念王国维的《王观堂先生挽词并序》中写道:"一死从容殉大伦,千秋怅望悲遗志。"①王国维殉的"大伦"就是中国文化,陈寅恪认为:"凡一种文化值衰落之时,为此文化所化之人,必感苦痛,其表现此文化之程量愈宏,则其受之苦痛愈甚;迨既达极深之度,殆非出于自杀无以求一己之心安而义尽也。……盖今日之赤县神州值数千年未有之巨劫奇变,劫尽变穷,则此文化精神所凝聚之人,安得不与之共命而同尽,此观堂先生所以不得不死,遂为天下后世所极哀而深惜者也。"②陈寅恪的观点含一个三段论:

> 一种文化衰落到极点的时候,承担这种文化的人的痛苦足以让这类人自杀。
>
> 1927年是中国文化遭受重创巨变的时候,中国文化精神所凝聚的人应当与中国文化共存亡。
>
> 王国维就是中国文化精神所凝聚的人,所以王国维不得不死。

这个逻辑结构本身是有问题的。1927年真是文化意义上的"千年未有之巨劫奇变"吗?杀一个叶德辉,就能杀掉中国传统文化吗?从政体更替角度看,1911年的辛亥革命推翻封建王朝建立共和政体,可谓政治上的"千年未有之巨劫奇变";1917年《新青年》杂志提倡白话文学,1918年鲁迅的《狂人日记》发表,发现历史吃人,继而四川的吴虞喊出"打孔家店",对于以儒教为中心的中国文化而言,新文化运动可谓文化上的"千年未有之巨劫奇变";从溥仪个人角度看,1911年逊位尚保留皇帝尊号,而1924年被逼出紫禁城降为一介平民,可谓个人史上的"千年未有之巨劫奇变"。而1927年最重要的事情是党派斗争,即国民党的清党活动。叶德辉被杀,是因为他攻击农会。阶级革命刚刚抬头。因此1927年真算不得文化意义上的"千年未

---

① 陈寅恪:《王观堂先生挽词并序》,《学衡》第64期,1928年7月。
② 同上。

有之巨劫奇变"。既然前提有误,那么王国维必死的结论自然也有问题。

王国维的死因,我倾向于恐惧说。

梁启超在给女儿的信中曾论及王国维的死因。王国维平日对于时局的悲观,本极深刻;最近又受到叶德辉、王葆心被枪毙的刺激(王葆心被枪毙属误传)。梁启超的解释是:叶平日为人本不自爱(学问却甚好),也还可说是有自取之道;王葆心是七十岁的老先生,在乡里德望甚重,只因通信有"此间是地狱"一语,被暴徒拽出,极端捶辱,卒致之死地。王国维深痛之,故效屈子沉渊,一瞑不复视。① 梁启超与王国维同为清华研究院导师,其所言当有一定的可信度,也就是说:叶德辉和王葆心被杀给王国维造成了强烈刺激。这种刺激的结果已经引起同事和学生的担心。据王国维的学生周光午有回忆,王国维作为遗老,还留着一个标志——辫子。当叶、王二人被杀的消息传到北京后,他的学生吴其昌、谢国桢就殷殷不已地劝他剪掉辫子,以免招来厄运。周光午在吴宓住处遇见王国维,王说:"吴其昌、谢国桢诸君,皆速余剪其辫,实则此辫只有待他人来剪,余则何能自剪之者?"② 此话语调与王国维极为相称,可信度极高。周光午还联系王国维遗书中的"义无再辱"一语指出,溥仪被赶出紫禁城为一辱,而自己将来受人民裁判而死为"再辱"。③ "人民裁判"一语似乎含有法律的正当性,而王国维所担心的恐怕不是经过法律程序的裁判,而是梁启超所说的暴徒的凌辱。王国维的恐惧,不是担心被杀,而是担心屈辱地被杀。因此他的恐惧就不是因为要苟活于乱世,而是担心自己的人格被践踏。这也许才是王国维的真正死因。老年丧长子贞明、与挚友罗振玉绝交、对主子溥仪失望、中国文化也处于岌岌可危中,这些因素虽然不是王国维自沉的真正原因,但肯定也造成了晚年王国维寂寞失落的心境。

五、"无时代的人":"寒谷那知岁有春"④

每个人都是时代中人。王国维虽在时代之中,但又在时代主潮之外。

---

① 梁启超:《致孩子们》(1927年6月15日),见张品兴编:《梁启超家书》,北京:中国文联出版社,1999年,第486—487页。
② 周光午:《我所知之王国维先生——鲁迅与王国维》,谢维扬、房鑫亮主编:《王国维全集》第20卷,杭州:浙江教育出版社/广州:广东教育出版社,2010年,第288页。
③ 同上书,第289页。
④ 王国维:《袁中舟侍讲五十生日寿诗》(1926),谢维扬、房鑫亮主编:《王国维全集》第14卷,第635页。

不说政治上的戊戌变法、庚子事变、中国同盟会的成立、辛亥革命、二次革命、袁世凯称帝、张勋复辟等一系列重大事情他没有参与,就是文化上的如晚清关于君主立宪制度的大讨论、民国时期"五四"前后新文化运动他也几乎没有参与。"静庵之学不特为三百年所无,即其人亦非晚近之人也。"①这话在赞扬中已经暗示出王国维与他所处时代的隔离之态。郭沫若曾用阶级论的方式分析王国维,认为他"头脑是近代式的,感情是封建式的。两个时代在他身上激起了一个剧烈的阶级斗争,结果是封建社会把他的身体夺去了"②。但吊诡的是,王国维虽然身在时代主潮之外,却非常隆重地把这个时代放在自己的心炉上煎煮。晚清遗老如徐世昌等心安理得地成为民国政客,他们热衷的是一己之权力与利禄,自然就谈不上"煎煮"时代;即使如严复、林纾等学人也没有王国维那份激烈与揪心,他们在民国时期因对时代失去信任而灰心不已。而王国维却不一样。晚清的哲学文学时期,他以诗词建一个"心造"的世界,把时代搁置起来。在这个心造的世界中,王国维之"我"与"人间"对抗着,这是一种文学性的对抗,并且是那种与时代无涉的文学性对抗。辛亥革命后,中华民国成立,宣统逊位,王国维避走日本。避居日本的他,类似于郁达夫所描写的"茫茫烟水回头望,也为神州泪暗弹"③的情状。不过王国维为之弹泪的神州不是中华民国的神州,而是那个丧失了政权的清室的神州。他辛亥革命前已有放弃文学之志,只是不把文学作为主业,但并没有彻底放弃诗歌的创作。"我"与"人间"之间那种与时代无涉的文学性对抗,转化为"我"静观"人间"的现实远望。晚清那个以文学无用而沉溺文学的"新人物",转化为民国的晚清遗老;而那个文学性的"人间"被现实的人间取代,现实的人间分裂为二:丧失政权的清室与以袁世凯为中心的民国。1916年至1923年的上海时期,王国维已经不能"静观"人间,"人间"因友人如沈曾植等人参与张勋复辟、五四运动期间的罢工而在他周围活跃起来。此时的"人间"虽然仍是一分为二,但与前一阶段略有不同:以溥仪为中心的小朝廷因张勋复辟而似乎有了一线生机,以袁世凯为中心的民国也被更为广阔的社会现实所取代。正是因为"人间"已经在王国维的周围活跃,他之前的"静观"开始变为"热望",言辞也变得较为峻急。

---

① 张尔田:《张尔田覆黄节书》,谢维扬、房鑫亮主编:《王国维全集》第20卷,杭州:浙江教育出版社/广州:广东教育出版社,2010年,第264页。
② 郭沫若:《中国古代社会研究》,上海:新新书店,1930年,"序"第4页。
③ 郁达夫:《席间口占》,《郁达夫全集》第9卷,杭州:浙江文艺出版社,2007年,第40页。

1923年入溥仪南书房行走,之前以溥仪为中心的小朝廷只在故事之中,而现在王国维就在这个小朝廷中占据"帝王师"的显要位置;而民国的社会现实此时却被武力所取代。由晚清遗老而居"帝王师",王国维之"我"实际已经达到中国传统士人的最高位置,但是对中国士人而言,帝王师的最高境界在于帮助帝王治国平天下。王国维因溥仪身边的派系斗争与溥仪的胸无大志而失望。而"人间"的另一半——民国的武力却毫不吝啬地不期而至:先是溥仪被冯玉祥的军队逼出紫禁城,后是叶德辉被农会所杀。王国维双肩挑着"人间"的两头:一边是自己曾做过"帝王师"的溥仪小朝廷,一边是枪杀晚清遗老的民国武力。王国维以自沉的方式化解了"人间"对他的迫压。

通过上述对王国维的"我"与"人间"内在关系的梳理,王国维的"无时代"表现为早期的悬搁时代和民国后把时代纳入自身却又与时代背离。王国维作为"无时代的人"并非没有主体意志,相反,"无时代"彰显着他独立自由的主体意志。陈寅恪认为王国维"以一死见其独立自由之意志"①。他赞扬王国维的"独立之精神,自由之思想"并非探讨王国维自沉的死因,而是彰显王国维自沉之意义。自杀,总是因某种东西,或者因为某种东西的失去,或者因为某种东西的逼近。自杀需要自杀者有自杀意志。自杀意志其实就是一种独立自由之意志。自杀意志纯粹是心理性的,并不涉及法律和伦理,只有导致自杀的原因才会涉及法律与伦理。

王国维作为"无时代的人"是悲剧性的。叔本华认为,意志是自由的,是自主自决的。他的意志相当于康德的自在之物。不过,叔本华没有把"意志"理解成一个僵死的观念。具体表现就是,他认为就人来说,意志就是生命意志,也可谓主体意志。而真正的个体生命只存在于现在。由此推出生命意志的本质是痛苦,人的生存本质就是痛苦,是欲望得不到满足,或者说一个欲望满足之后另一个欲望立即就诞生的痛苦。②

不过,个体的生命意志其形成与呈现的样式也许是千姿百态的。王国维的主体意志就有受动性的一面。王国维曾经用"能动"和"受动"区分中国的思想时期:"能动"即主动性,以创造为生命;"受动"即被动性,以接受

---

① 陈寅恪:《清华大学王观堂先生纪念碑铭》,《金明馆丛稿二编》,北京:生活·读书·新知三联书店,2001年,第246页。
② [德]叔本华:《作为意志和表象的世界》,石冲白译,北京:商务印书馆,1982年,第426—457页。

为旨归。① 以此观王国维自身,则可以看出,王国维的人生道路以受动为弦,但在受动的道路上,却活跃着一对矛盾:学术思想上的"能动"和精神性格上的"受动",即思想自由翱翔,而精神却困厄煎熬。叶嘉莹在《王国维及其文学批评》中概括王国维的性格为三种特色:第一乃是由知与情兼胜的禀赋所造成的在现实生活中经常有着感情与理智相矛盾的心理;第二乃是由于忧郁悲观之天性所形成的缺乏积极行动的精神,但求退而自保,且易陷入悲观绝望的消极的心理;第三则是追求完美之理想的执着精神所形成的既无法与自己所不满的现实妥协,更无法放松自己所持守之尺寸,乃时时感到现实与理想相冲击的痛苦心理。② 夏中义在《王国维:世纪苦魂》中指出,王国维接受叔本华哲学的内在动力是由天才情结和人生逆境的严重失衡所酿成的灵魂苦痛。③ 王国维主体意志发展过程中的受动性与他因"我"与"人间"之间的冲突而来的意志的痛苦结合起来,是造成王国维悲剧性的内在根源。

第二节 "新学语"与述学文体

近年来,北京大学的陈平原对"述学文体"的近现代变更做过很多开拓性研究,晚清以来兴起的学术"演讲",对外要顾及听众用耳朵接受而不是用眼睛接受的现场瞬间性,因而演讲人不能严守以满足读者视觉性的文言著述的边界。"引经据典"的现代方式也打破着文体内部的结构。"演讲"和"引经据典"的观念触发着对述学文体的继续思考。④ 述学文体的近现代变革除了体式、结构的更新之外,还有一个重要问题,即如果述学文体有一个由文言述学文体向白话述学文体的转型,那么这种转型是否要求述学文体的语言造型有相应的变化呢? 或者反过来说,语言造型的变化是否为述学文体转型的推手之一? 而研究王国维的学人往往从其"新学语"出发直

---

① 王国维:《论近年之学术界》,《教育世界》第93号,光绪三十一年(1905)正月上旬。
② 叶嘉莹:《迦陵文集》(二),石家庄:河北教育出版社,1997年,第81页。
③ 夏中义:《王国维:世纪苦魂》,北京:北京大学出版社,2006年,第54页。
④ 陈平原:《现代中国的述学文体——以"引经据典"为中心》,《文学评论》2001年第4期;《胡适的述学文体》(上、下),《学术月刊》2002年第7、8期;《分裂的趣味与抵抗的立场——鲁迅的述学文体及其接受》,《文学评论》2005年第5期;《有声的中国——"演说"与近现代中国文章变革》,《文学评论》2007年第3期。

接通向其新思想。极少数的学人论述"新学语"的语言基础,也是集中在学理思想层面,有学者认为"以既有汉语字汇为现代学语的构造基础与生成机制,同时附着于讲求准确的语义新质,从而渐趋汉语的现代形态,这是符合汉语自身发展规律的认知方式"①,很明显,仍然侧重学理思想,对如何构造的问题语焉不详。毋庸讳言,论"新学语"要重视新思想、新学理,但遗憾的是这并非联系王国维的语言实践来打开"新学语"的语言构造空间。

一、以"新学语"输入新思想

晚清民初,随着翻译的发展,大量的新名词涌入汉语,对汉语和汉语文体造成极大的冲击。"新名词"属于"外来词"的一类,而"新学语"又往往是"新名词"。"新名词"在晚清民初的学术界是比较常见的称呼,而"新学语"可能是王国维对学术新名词独有的称呼。在晚清民初具有现代意识的著名学者中,王国维有一突出特点:极少对汉语与其他语言进行价值上的直接评判。他的语言观表现在另外的维度上:尽管他自己的翻译、论著和诗词创作均用文言,但他强烈主张积极输入"新学语"。1905年,王国维撰写《论新学语之输入》②,力主采用"新学语"。其观点主要有三:

第一,言语是思想的代表,"故新思想之输入即新言语输入之意味也"。新言语的输入则意味着新思想的输入。他写道:

> 近年文学上有一最著之现象,则新语之输入是已。夫言语者代表国民之思想者也,思想之精粗广狭,视言语之精粗广狭以为准。观其言语而其国民之思想可知矣。周秦之言语,至翻译佛典之时代而苦其不足;近世之言语,至翻译西籍时而又苦其不足。是非独两国民之言语间有广狭精粗之异焉而已。国民之性质,各有所特长,其思想所造之处各异。故其言语或繁于此而简于彼,或精于甲而疏于乙。此在文化相若之国犹然。况其稍有轩轾者乎?抑我国人之特质,实际的也,通俗的也;西洋人之特质,思辨的也,科学的也。长于抽象,而精于分类,对世界一切有形无形之事物,无往而不用综括 Generalization 及分析 Specification 之二法,故言语之多,自然之理也。

---

① 刘泉:《论王国维的"新学语"与新学术》,《文学评论》2007年第1期。
② 王国维:《论新学语之输入》,《教育世界》第96号,光绪三十一年(1905)二月下旬。

第二，从中国学术传统的角度提倡输入"新学语"。中国人的思维长于实践方面，而短于理论方面，在理论上以获得具体的知识为满足。中国的战国时代，议论繁盛。同时代的印度从声论、数论的辩论中诞生出因明学，希腊则从诡辩派的辩论中诞生出名学，而中国惠施、公孙龙等仅仅停留在诡辩的技术层面，并没有探究论辩的法则。所以"我中国有辩论而无名学，有文学而无文法，足以见抽象与分类二者，皆我国人之所不长，而我国学术尚未达自觉 selfconsciousness 之地位也"。王国维由此进一步提出输入"新学语"的理由：中国所无的学术，其言语不足是必然的，因此输入"新学语"乃成为必要。

第三，主张输入日译汉词"新学语"。明治维新开始，日本人大量翻译西方学术著作，戊戌变法之后，去日本的中国政治流亡人物与中国留学生骤增，因此这些日译西方学术著作又被翻译成汉文。梁启超主编的《新民丛报》是输入日译汉词"新学语"的重要平台。正如王国维所言："日本所造译西语之汉文，以混混之势，而侵入我国之文学界。"这里的"文学界"可理解为学术界。王国维不同于好奇者的滥用，更不同于泥古者的唾弃，而是采取与鲁迅所谓"拿来主义"类似的态度，主张输入日译汉词"新学语"为我所用。他认为因袭之易不若创造之难。日译汉词"新学语"并非草草译出，往往经过数十专家在几十年中不断修正而成，而中国人要造"新学语"翻译西方著作非常困难。王国维举的例子是晚清翻译学术著作的头号人物严复，认为其"造语之工者固多，而其不当者亦复不少"。如以"天演"译"evolution"，不如用"进化"；以"善相感"译"sympathy"，不如用"同情"。又如以"宇"译"space"，以"宙"译"time"，犯了概念上外延不周之错误，即"space"既指无限之空间"infinite space（相当于'宇'）"，也可指一孔之隙；"time"既指无限之时间"infinite time（相当于'宙'）"，也可指弹指之间。当然，王国维也指出日译汉词"新学语"并非尽善尽美，也有翻译不精确之处，如以"观念"译"idea"，以"直观"译"intuition"。

王国维采用译语的方式与严复迥异，而与梁启超趋同。严复蔑视日本翻译界的日译汉词，常常从先秦两汉古文中寻找汉字汉词的组合，顽强地对接西方现代学术中的英语词汇。梁启超1898年避居日本，在主编《新民丛报》时期，其"新民体"文章乐于采用日本汉译新词，于是中国喜新者趋之若鹜，而守旧者痛诋如野狐。王国维的翻译先从日本著作开始，很自然地采用了日译汉词"新学语"。

"新学语"属于"新名词"的一类,但是实际上引起人们反对"新名词"的多是"新学语"。晚清民初反对"新名词"之声不绝于耳。反对"新名词"的人认为"新名词"造成两大危害:

第一,"新名词"的滥用造成恶劣的文风,摧毁了中国固有文体的尊严。叶德辉在《〈长兴学记〉驳义》中批判梁启超、欧榘甲等人:"自梁启超、徐勤、欧榘甲主持《时务报》《知新报》,而异学之诐词,西文之俚语,与夫支那、震旦、热力、压力、阻力、抵力、涨力等字,触目鳞比,而东南数省之文风,日趋于诡僻,不得谓之词章。此其不可教人者四也。"①他又在《湘省学约》中批判《湘报》:"观《湘报》所刻诸作,如热力、涨力、爱力、吸力、摄力、压力、支那、震旦、起点、成线、血轮、脑筋、灵魂、以太、黄种、白种、四万万人等字眼,摇笔即来,或者好为一切幽渺怪僻之言,阅不终篇,令人气逆。"②张步先在《盲人瞎马之新名词序文》中从"学"与"文"的关系角度严厉批判新名词泛滥造成"文"的衰败。他写道:"凡治其国之学,必先治其文。"而中国不但"学"没有治好,连"文"也日渐晦暗:"顾吾国人之谈新学也有年矣,非惟不受新学之赐,并吾国固有之文章语言亦几随之而晦。"其原因在于"试观现代出版各书,无论其为译述也,著作也,其中佶屈聱牙解人难索之时髦语,比比皆是。"③

第二,"新名词"的滥用造成中国传统伦理道德的沦丧和中国思想的堕落。《东方杂志》上刊有《今日新党之利用新名词》一文,对"新名词"的使用加以严厉抨击:"吾国青年各拾数种之新名词,以为营私文奸之具。"然后列举九种新名词背后隐藏的"恶德",这九种新名词是:"冒险也""运动下等社会也,又曰人类平等也""手段平和也""运动官场也""家庭革命也""谋戏曲之改良、音乐之改良也""不适于卫生也""婚姻自由也""强权也,天演优胜之公例也"。"新名词"让那些黑暗与腐败有恃无恐,公然行事。文章最后写道:"罗兰夫人曰:自由自由,天下许多罪恶,假汝之名以行。呜呼!可假而行者,宁只自由已乎?"④文章借罗兰夫人对"自由"一词的批判用类

---

① 叶吏部(叶德辉):《〈长兴学记〉驳义》,见苏舆编:《翼教丛编》,上海:上海书店出版社,2002年,第104页。
② 叶吏部(叶德辉):《湘省学约》,见苏舆编:《翼教丛编》,第153页。
③ 张步先:《盲人瞎马之新名词序文》,见彭文祖:《盲人瞎马之新名词》,东京:佐佐木俊一印刷,1915年。
④ 《今日新党之利用新名词》,《东方杂志》第1卷第11期,光绪三十年(1904)十一月。

比的方式似乎达到了攻击新名词的效果,但作者似乎忘记了自己用来批判"新名词"的正是"新学"和"新名词"。《申报》上另一篇文章《论新名词输入与民德堕落之关系》认为:"自新名词输入中国,学者不明其界说,仅据其名词之外延,不复察其名词之内容。由是为恶为非者,均恃新名词为护身之具,用以护过饰非。而民德之坏,遂有不可胜穷者矣。"借"家族革命"之名,富者自纵其身,拒绝家庭的干涉,贫者自惰其身,摆脱家庭的牵累,"先国后家"的美名遂被破坏;借"地方自治"之名,对上拒绝官吏的约束,对下博得人民的欢迎,横行乡里,"地方分权"之美政遂被破坏。又如"合群"是强国的基础,但是"合群"不过是朋比为奸;"自由"为天赋之权,但自由不过是肆无忌惮;"平等"之说不过是狂妄之民用来助长自傲自骄的恶习;"共产"之说只是无赖之徒用来欺诈银财的借口;"运动官场"之说徒为贪鄙之夫借来趋炎附势、投机谋权。① 另外,有某御史以尊孔为宗旨,上书请禁奏章中用新名词。② 有学部张相国会同诸老,"将所有关涉法律新名词一律改拟典雅文字"③。

　　攻击新名词最具有系统性的,无疑是彭文祖《盲人瞎马之新名词》一书。这本书于1915年出版于东京,共60节,以"第一""第二"至"第六十"的名称依次排列。第一节"新名词"为总说,其余59节批判了59个新名词。全书先设一人物"老腐败",站在反对新名词的立场上摆出观点。然后作者以"评者"的身份阐释新名词。其实作者的立论根基明显就是错误的,他认为"世只有新事物而无新名词"。他概括了新名词盛行的大致脉络:"我国新名词之起源,于甲午大创以后,方渐涌于耳鼓。此留学生与所谓新人物(如现之大文豪梁启超等)者,共建之一大纪念物也。旧人物,见之退避三舍;欣欣向新者,望洋而叹,不知其奥蕴如何深邃。于是乎新名词日进无疆。欢迎者,恨不能兼夜研之;嫌恶者,恨不能入土骂之。因此新人物老腐败之名起,终日笔战汹汹,大有不相两立之势"④,"交谈者句句带有新名词(如手续、取缔等名词),来往信札,十句有六句为新名词(如目的、宗旨、绝对等名词)"⑤。接着他极力夸大新名词的危害:"殊不知新名词之为鬼为祟,害国

---

① 《论新名词输入与民德堕落之关系》,《申报》丙午年(1906)十月二十八日。
② 《请禁奏章用新名词》,《广益丛报》第5年第3期,光绪三十三年(1907)三月初十日。
③ 《刑律议准不用新名词》,《广益丛报》第6年第24期,光绪三十四年(1908)九月廿日。
④ 彭文祖:《盲人瞎马之新名词》,东京:佐佐木俊一印刷,1915年,第4页。
⑤ 同上书,第5页。

殃民以启亡国亡种之兆,至于不可纪极也。以好谈新名词之故,至废国家之能人(政界极多)、阻青年之得佳妇(如老先生家,不惟痛骂自由结婚,好谈新名词者,亦不愿与其为亲)、长社会之颓风、造开通之淫妇,其祸可胜言哉?"①

《盲人瞎马之新名词》所批评的59个新名词如下:

> 支那、取缔、取扱、取消、引渡、様、殿、又、哀啼每吞书、引扬、手续、的、积极的/消极的、具体的/抽象的、目的、宗旨、权利权力、义务、相手方、当事者、所为、意思表示、强制执行、差押、第三者、场合、又ハ、若ケハ、打消、无某某之必要、动员令、手形、切手、大律师、律、代价、让渡、继承、亲属、片务/双务、债权人/债务人、原素/要素/偶素/常素、取立、损害赔偿、各各/益益、法人、奸非罪、重婚罪、经济、条件付之契约、働、从而如何如何、支拂、独逸/瑞西、卫生、相场、文凭、盲从、同化。

上述所列词语中,大部分词语已经成为现代汉语词汇家族中的成员,只有少数词语没有被吸纳进来,如"又ハ""若ケハ""引扬""切手""手形""片务/双务""差押"等。彭文祖改译其中的一些词语,如"支那"改译"蔡拏"、"取消"改译"去销"、"引渡"改译"交付/交出"、"强制执行"改译"执行强制"、"亲属"改译"亲族"、"原素/要素/偶素/常素"改译"条件/要件/偶然条件/通常条件",不过他所改译的词语并未被吸收。尤其奇怪的是,"哀啼每吞书"(ultimatum)不采用日人意译的"最后通牒",而改译成"战书",这与原意相差太远。② 彭文祖的批评中也有准确之处,如法律术语"奸非罪",初看不知所云,该词是对日文中奸淫罪与猥亵罪的合称,如此称之极不恰当。③ 他又认为"条件付之契约"须改为"附条件之契约",也很恰当。④ 其实,在彭文祖批判新名词之前,早有人认为新名词导致了中国人道德的堕落:

> 甚至托竞争权利之说,以侵犯他人之自由,托高尚之名,以放弃己身之义务。是新名词未入之前,中国民德,尚未消亡,既有新名词之输入,而后宗教不足畏,格言不足守,刑章不足慑,清议不足凭,势必率天

---

① 彭文祖:《盲人瞎马之新名词》,东京:佐佐木俊一印刷,1915年,第5—6页。
② 同上书,第27页。
③ 同上书,第145页。
④ 同上书,第159页。

下之民,尽为作奸之举,而荡检逾闲之行,不复自引为可羞。①

王国维输入"新学语"的主张也有很多同道。《新名词之辨惑》载《万国公报》1904年第184期,作者没有署名,但自称与傅兰雅一起译书,至少懂得英语。文章认为:"在未教化之国,欲译有文明教化国人所著之书,万万不能。以其自有之言语,与其思想,皆太简单也。"英文大字典中,科学分门,其名字总计不下二十万,而中国字不过六万多一点,还差十四万。中国译书者碰到"素所未有之思想",必定缺乏词语来表达。解决的办法有三:一以相近之声,模写其音;一以相近之意,仿造其字;一以相近之义,撰合其文。所以"新名词"不得不造,尤其是如化学、医学、地质学、心理学等学科,他与傅兰雅译书新添的字与词不下一万。王国维的"讲一学、治一艺,则非增新语不可"②也是同一个意思。

二、"叠床架屋"的汉语造型

王国维1898年入上海《时务报》做书记,并入罗振玉创办的东文学社学习日语。1899年通过学社日文教师藤田丰八而知康德、叔本华,开始学习英文。从1900年翻译《农事会要》开始,至1908年译成《辨学》止,王国维译作品类丰富,主要包括:

《农事会要》,载《农学报》第118、119、120期。

《教育学教科书》,日本牧濑五一郎著,载1902年《教育世界》第29—30号。

《法学通论》,日本矶谷幸次郎著,1902年商务印书馆出版。

《心理学》,日本元良勇次郎著,1902年教育世界社出版。

《伦理学》,日本元良勇次郎著,1902年教育世界社出版。

《哲学概论》,日本学者桑木严翼著,1902年教育世界社出版。

《西洋伦理学史要》,英国西额惟克著,1903年刊于《教育世界》。

《中等教育动物学教科书》,日本饭岛魁编,1906年江南总农会《农学丛书》第七集。

《心理学概论》,丹麦海甫定著,王国维据英译本译出,1907年上海

---

① 《论新名词输入与民德堕落之关系》,《申报》丙午年(1906)十月二十八日。
② 王国维:《论新语之输入》,《教育世界》第96号,光绪三十一年(1905)二月下旬。

商务印书馆出版。

《辨学》,英国耶方斯著,1908年益森印刷局出版。①

从上文不完全的目录可以看出,称这一段为王国维翻译的"千秋壮观"时期实不为过。王国维译作数量多,并且覆盖农学、动物学、教育学、哲学、法学、心理学、伦理学、逻辑学等众多学科。就此而言,作为翻译家的王国维完全可以与严复媲美。然而康有为"并世译才数严林"的称赞把严复和林纾推为晚清译界的两座高峰,并为后世学者欣然接受。王国维的译作在译界发出的光芒比不上严、林两位,究其原因,大体在于三端:其译作通论多,专论少;普通之作多,精品之作少;译作在王国维整个学术框架中,与文学、史学、文字学等相比,分量较轻。

王国维捕捉到日译汉词的一个特点是双音节化和多音节化:"日本人多用双字,其不能通者则更用四字以表之,中国则习用单字,精密不精密之分全在于此。"②双音节化和多音节化,正是汉语词语的现代特征之一。王国维确实敏锐地捕捉到了汉语词汇现代转型的特质,这也在他的翻译中得到了充分的体现。

王国维的翻译非常喜欢采用双音节的新学语,如:

> 法学、贸易、数学、文明、法律、社会、宪法、权利、义务……(《法学通论》)

> 哲学、神学、价值、中心、系统、特质、目的、义务、根本、自由、平等、意志、直觉、起点、势力、理性、经验、判断、动机、气质、观念、道德、法则、自然律、普遍、个人、正义、体制、具体……(《西洋伦理学史要》)

> 对象、方法、定义、精神、科学、空间、时间、运动、物质、经验、精神现象、特质、知识、观念、个人、知觉、感觉、理论、动物、植物、天体、变革、革命、营养、呼吸、器官、有机、印象、主观、客观、直接、间接、意识、本体、价值、自我、中心、权利、难点、缺点、状态、原因、要点、意志、综合、动机、本能、原理……(《心理学概论》)

王国维所译日本文学博士元良勇次郎著的《心理学》③附有新学语的中英文

---

① 参见佛雏:《王国维哲学译稿研究》,北京:社会科学文献出版社,2006年,"前言"第1—页。
② 王国维:《论新学语之输入》,《教育世界》第96号,光绪三十一年(1905)二月下旬。
③ [日]元良勇次郎:《心理学》,王国维译,上海:教育世社,1902年。

对照表,这里摘录部分汉译双音节词语以窥全貌(表6-1):

表6-1　汉译双音节词(部分)

精神 mind	意识 consciousness
现象 phenomenon or phenomena	情欲 apetile
理性 reason	观念 idea
刺激 excitation	感觉 sensation
知觉 perception	印象 impretion
决心 resolve	表象 presentation
灵魂 soul	能力 faculty
心像 image	概念 concept
智性 cognition	情绪 emotion
意志 emotion	感官 sense
认识 recognization	后像 after-image
记忆 memory	想象 imagination
遗传 heredity	本能 instinct
直觉 intuition	知识 knowledge
外延 extension	内包 intension
判断 judgement	命题 proposition
理想 idea	

他有时采用三音节的词语,如:

　　法律学、政治学、理财学、心理学、地理学、统计学、经济学、卫生学、铁道法、船舶法、议院法、判断力……(《法学通论》)

　　伦理学、政治学、心理学、诡辩学、物理学、思想家、唯心论、怀疑论、神秘说、直觉派、利己说、功利派、世界观、辩证论……(《西洋伦理学史要》)

　　有机体、无意识、二元论、生活力、想像力、心理学、物理学、确实性、统一性、惟心论……(《心理学概论》)

有时采用四音节词或者把两个双音节词语直接叠加构成四音节的词组,如:

交通运输、磨炼思想、司法制度、大学教授、普通学科、经济秩序、道德规则、政体开化、法国革命、社会发达、社会事物、社会现象、履行义务、法律思想、权利义务、实际经验、必要条件……(《法学通论》)

自由意志、乐天主义、形而上学、专制政体……(《西洋伦理学史要》)

形而上学、经验主义、理想主义、生存竞争、神经系统……(《心理学概论》)

有时用"之""与""的"连接两个双音节词或三音节词构成五字结构或六字结构,如:

讨论之材料、他人之权利、自由之意志、国民之精神、国家之主权、法律之定义、纳税之义务、国家与人民、法律与道德……(《法学通论》)

普遍的知识、科学的知识、哲学的知识、客观的原理、科学的原理、统一的中心、个人的性质、普遍的性质……(《哲学概论》)

客观的世界、客观的法则……(《西洋伦理学史要》)

有时在四字结构和五字结构上添加双音节词语,或用虚词连接从而形成六字、七字、八字、九字结构,如:

伸张贫民权利、调停贫民互争、保持社会之秩序、社会之经济秩序、违背宪法之法律、人民权利之思想发达……(《法学通论》)

世界根本的原理之学、哲学之形式的定义……(《西洋伦理学史要》)

很明显,王国维通过采用众多的"新学语"构造的词语组合,以双音节词语为基础,层层叠加,形成词语的倒金字塔结构。更有甚者,他有时以某一新学语为基础,采用前后加词的方式,或者借助虚词,形成这一新学语的家族结构。如王国维所译日本学者桑木严翼的《哲学概论》中以"哲学"为中心词,组成多类型的词或者词组:或者给"哲学"一词加后续词语,如哲学家、哲学史、哲学概论、哲学系统、哲学思想、哲学研究;或者给"哲学"一词加先行词语,如第一哲学、第二哲学、西洋哲学、支那哲学、印度哲学、希腊哲学、英国哲学、道德哲学、人生哲学、自然哲学、审美哲学、知识哲学;或者用"之"等词语连接其他新学语,如哲学之统一点、哲学之出发点、哲学之本质及问题、哲学之定义、哲学之意义。这样极大地拓展了汉语的结构。以不同"新学语"组合的倒金字塔结构和以某一"新学语"为中心的家族结构,可以命名为以双音节词为单位的"叠床架屋"的汉语造型。

另外,王国维使用"之"和"的"很有讲究。人们一般把古代汉语的"之"译成现代汉语的"的",在大多数情形中,这一理解是正确的。可是当面对英语等西方语言的时候,汉语如何处理对象关系与性状关系却是一个新问题。例如,如何翻译"the study of science"与"scientific study"? 现代汉语还没有明显的标记进行区分,一般都译成"科学的研究",但其实是掩盖了两种英文结构之间的差异:前一种结构强调的是对科学的研究,后一种结构强调的是研究的科学性。王国维在处理这类结构时,借助"之"和"的"来区分,即用"之"译英文中的"of",用"的"作为性状修饰语的词缀。如:

苦乐之感	the feeling of pleasure and pain
观念同伴之法则	the law of association of ideas
身体之反动力	the reflex movement of the body
脑之禁制	the inhibition of the brain
再生之观念	the representation of idea
筋肉收缩之感觉	the sensation of the muscular contraction
感觉之综合	the combination of sensations
意识的综合	conscious combination
主观的现象	subjective phenomena
自发的运动	spontaneous movement
社会的感觉	social sense
美术的感觉	aesthetic sense
伦理的感觉	moral sense

有时同时使用"之"和"的":

意识之相对的性质	the relative manner of consciousness
意识之结合的性质	the combinative manner of consciousness

只有极少数的几个不符合上述特征,如"有意之活动"(voluntary activity)和"美丽之学理"(aesthetic theory)。

1907年,王国维根据英译本翻译的丹麦海甫定的《心理学概论》①中,全盘接受了当时翻译界通俗的译名,大多是双音节词,也有少量多音节词,

---

① [丹麦]海甫定:《心理学概论》,王国维译,上海:商务印书馆,丁未年(1907)六月。

这些"新学语"几乎都流传至今,如对象、方法、定义、精神、科学、空间、时间、运动、物质、经验、精神现象、特质、知识、观念、个人、知觉、感觉、理论、动物、植物、天体、变革、革命、营养、呼吸、器官、有机、印象、主观、客观、直接、间接、意识、本体、价值、自我、中心、权利、难点、缺点、状态、原因、要点、意志、综合、动机、本能、原理、有机体、无意识、二元论、生活力、想像力、心理学、物理学、确实性、统一性、惟心论、形而上学、经验主义、理想主义、生存竞争、神经系统等等,这还是一个不完全的统计。《心理学概论》只有少量"新学语"今天不再使用,如"中立点""原质""发足点"等等。王国维采用新学语的主张,首先在他的翻译中得到了实现。

三、述学文体的现代转型

从上文对王国维翻译实践的考察看,他使用了以双音节的"新学语"为基本单元的"叠床架屋"的汉语造型;他更进一步把这种汉语造型运用到自己的述学文体中,成为推动近现代文体由文言向白话转型的基础。王国维采用的新词语涉及众多学科,并且这些新词语大部分流传至今。难能可贵的是,王国维自觉运用新词语表达出新的见解。今天读王国维的学理之文,也并不觉得陈腐,因为熟悉的学理词语扑面而来。假如把其中的"之乎者也"改为"的吗啊呢",就是比较成熟的白话文。试举几例:

(1)天下有最神圣、最尊贵而无与于当世之用者,哲学与美术是已。①
(2)夫哲学与美术之所志者,真理也。②
(3)夫然,故我国无纯粹之哲学,其最完备者,唯道德哲学与政治哲学耳。至于周秦两宋间之形而上学,不过欲固道德哲学之根柢,其对形而上学非有固有之兴味也。其于形而上学且然,况乎美学、名学、知识论等冷淡不急之问题哉!更转而观诗歌之方面,则咏史、怀古、感事、赠人之题目弥满充塞于诗界,而抒情叙事之作,什伯不能得一,其有美术上之价值者,仅其写自然之美之一方面耳。甚至戏曲小说之纯文学,亦往往以惩劝为旨,其有纯粹美术上之目的者,世非惟不知贵,且加贬焉。③

---

① 王国维:《论哲学家与美术家之天职》,《教育世界》第99号,光绪三十一年(1905)四月上旬。
② 同上。
③ 同上。

(4)外界之势力之影响于学术,岂不大哉!自周之衰,文王、周公势力之瓦解也,国民之智力成熟于内,政治之纷乱乘之于外,上无统一之制度,下迫于社会之要求,于是诸子九流各创其学说,于道德、政治、文学上,灿然放万丈之光焰。此为中国思想之能动时代。①

(5)柏拉图更比苏氏进一步,而行心理学上之分析,以为人之非理性之冲动常反对理性之判断,故灵魂之各部之调和,存于使非理性之冲动附属于理性,而此非理性之冲动分为二部,肉欲与血气是也。②

(1)例和(2)例只要把判断句式由古代的改为现代的,就是现代学术白话。(3)例论中国无纯粹哲学和纯文学,"哲学""道德哲学""政治哲学""形而上学""美学""名学""知识论"等现代"新学语"络绎而来,虽然仍用文言句式,但语句内部已经具备"内爆"的可能。(4)例运用"势力""影响""智力""政治""制度""社会""道德""文学""思想"等新词语,概述了中国春秋战国时代思想的创造性及其时代原因,并概括为"中国思想之能动时代",仿佛可以听到德国哲学家雅斯贝尔斯所谓"轴心时代"的和声。(5)例中的"之""是也"文言词语改为"的""是",则几乎为现代白话。

《新青年》于第4卷第3号开始登载述学的白话文,其所刊述学文并非全是白话文,也有述学的文言文。在此选择陈独秀和高一涵两人的述学文中几个段落,以窥述学语言的变化。先看高一涵的两段文字:

(1)古代人民思想,均以国家为人生之归宿。故希腊罗马及前代之倭人,莫不以国家为人类生活之最高目的。人民权利,皆极端供国家之牺牲。至唱人权,放任,小己,之说者起(按,疑为"放任小己之说者起"),乃一变其说,谓国家权力,与人民权利,绝不相容;且有谓政府之存在,徒因人类之有罪恶;罪恶一去,政府斯亡……③

(2)尔时英国的革新派所要求者在制度,弥尔所信托者乃在人民。尔时英国的政治家所谓平民政治,在以少数服从多数;弥尔则以多数专制,与一人专制,同时并诋,大倡比例选举制,以为少数党谋利益。④

---

① 王国维:《论近年之学术界》,谢维扬、房鑫亮主编:《王国维全集》第1卷,杭州:浙江教育出版社/广州:广东教育出版社,2010年,第121页。
② [英]西额惟克:《西洋伦理学史要》,王国维译,见谢维扬、房鑫亮主编:《王国维全集》第8卷,第34页。
③ 高一涵:《近世三大政治思想之变迁》,《新青年》第4卷第1号,1918年1月15日。
④ 高一涵:《读弥尔的自由论》,《新青年》第4卷第3号,1918年3月15日。

(1)例选自《近世三大政治思想之变迁》,语气和句法上是纯粹典雅的文言,但是因"人民思想""人民权利""最高目的""国家权力"等四字结构的"新学语"的加盟,语句开始由紧固的文言走向相对宽松的白话。(2)例选自《读弥尔的自由论》,因出现"英国的革新派""英国的政治家"等白话结构,语句一下子轻松许多。下面是陈独秀的两段文字:

  (1)第二是哲学家,像那孔孟一流人物,专以正心修身齐家治国平天下,做一大道德家大政治家,为人生最大的目的。又像那老庄的意见,以为万事万物都应当顺应自然;人生知足,便可常乐,万万不可强求。又像那墨翟主张牺牲自己,利益他人为人生义务。又像杨朱主张尊重自己的意志,不必对他人讲甚么道德。又像那德国人尼采也是主张尊重个人的意志,发挥个人的天才,成功一个大艺术家,大事业家,叫做寻常人以上的"超人",才算是人生目的;甚么仁义道德,都是骗人的说话。第三是科学家,科学家说人类也是自然界一种物质,没有甚么灵魂;生存的时候,一切苦乐善恶,都为物质界自然法则所支配;死后物质分散,另变一种作用,没有联续的记忆和知觉。①

  (2)我现在所谈的政治,不是普通政治问题,更不是行政问题,乃是关系国家民族根本存亡的政治根本问题。②

(1)例选自《人生真义》,(2)例选自《今日中国之政治问题》。

  王国维自己并不撰写白话的述学文,但是他的文言述学文却因大量采用"新学语"而为白话述学文的出现准备了语句基础。这种语句为"叠床架屋"式的"新学语"的结构组合,它能从内部攻破文言语句的堡垒式结构。

第三节 无法诞生的新时代前驱者

  王国维研究哲学主要在 1901 年至 1904 年,之后转入文学创作与文学研究时期。王国维研究哲学却不料发现了一个深刻的矛盾,即"可爱者不可信,可信者不可爱",对于哲学"余知真理而余又爱其缪误","知其可信而不能爱,觉其可爱而不能信,此近二三年中最大之烦闷,而近日之嗜好所以

---

① 陈独秀:《人生真义》,《新青年》第 4 卷第 2 号,1918 年 2 月 15 日。
② 陈独秀:《今日中国之政治问题》,《新青年》第 5 卷第 1 号,1918 年 7 月 15 日。

渐由哲学而移于文学,而欲于其中求直接之慰藉者也"。① 王国维由哲学转入文学还有一个深刻的原因是他填词获得成功:"近年嗜好之移于文学""则填词之成功是也"。② 王国维对自己词的评价非常高,高得令人难以置信。"自南宋以后,除一二人外,尚未有能及余者,则平日之所自信也。虽比之五代、北宋之大词人,余愧有所不如,然此等词人,亦未始无不及余之处。"③在文学内部,王国维由填词的成功继而有志于戏曲。但词与戏曲在性质上不同:"一抒情,一叙事"④。王国维也知道从事戏曲的艰难,但是他又从中国戏曲与西洋名剧的对比中看到了中国戏剧的落后,所以才有志于戏曲。但王国维最终放弃文学,据他自己说,是自己的性情使然:"余之性质,欲为哲学家则感情苦多而知力苦寡;欲为诗人,则又苦感情寡而理性多。"⑤由此他转向文字学和史学的研究。

如果以1917年胡适、陈独秀等人提倡白话文学为节点,回望王国维的文学道路,引人深思的一个问题是:王国维极有可能成为"五四"新文学的一员虎将,但最终他与"五四"新文学没有发生任何关系,连反对的声音也无。这一点令人惋惜。郭沫若在20世纪40年代曾经感叹:"三十岁以前,王国维分明是一位文学家。假如这个志趣不中断,照着他的理论和素养发展下去,他在文学上的建树必然更有可观,而且说不定也能打破旧有的窠臼,而成为新时代的一位前驱者的。"⑥如果考虑王国维《宋元戏曲史》的出版,则作为文学家的王国维大约是40岁之前,即1917年之前,正好是胡适和陈独秀提倡白话文学的前夕。郭沫若所谓"新时代的一位前驱者"当指"五四"新文学的开创者。正如他所总结的,王国维与鲁迅作为同时代的人,有许多共同之处。我想郭沫若的旨趣不仅仅是勾画两人相似的治学版图,更重要的也许还是要探究两人在时代大潮中何以有那么不同的文化姿态。这种推测当然隐含一个危险的逻辑,即以鲁迅的形象来"横切"王国维。如果不作这种"横切",而是回到王国维自身对语言与文学的实践轨道上来描摹他为何没有成为"新时代的一位前驱者",那情形又当如何呢?

---

① 王国维:《自序二》,《王国维遗书》第3册,上海:上海书店出版社,1983年,第611页。
② 同上书,第612页。
③ 同上。
④ 同上书,第613页。
⑤ 同上书,第611—612页。
⑥ 郭沫若:《鲁迅与王国维》,《文艺复兴》第2卷第3期,1946年10月。

一、"新言语"观与白话文学实践的缺失

王国维《人间词话》论词的语言:

> 词忌用替代字。美成《解语花》之"桂华流瓦",境界极妙,惜以"桂华"二字代"月"耳。梦窗以下,则用代字更多。其所以然者,非意不足,则语不妙也。盖意足则不暇代,语妙则不必代。此少游之"小楼连苑"、"绣毂雕鞍"所以为东坡所讥也。①

> 沈伯时《乐府指迷》云:"说桃不可直说〔破〕桃,须用'红雨'、'刘郎'等字。说柳不可直说破柳,须用'章台'、'灞岸'等字。"若惟恐人不用代字者。果以是为工,则古今类书具在,又安用词为耶? 宜其为《提要》所讥也。②

王国维反对用替代字,认为用替代字就是找不到要妙之语。"妙"不仅指音节之美,还须意思完足,更须带有陌生化的效果。他对元曲的评价分为三层,层层深入,而语言之美是最基础的。第一层,认为"自然"是元曲的最高艺术成就:"元曲之佳处何在? 一言以蔽之曰:自然而已矣。古今之大文学,无不以自然胜,而莫著于元曲。"③元曲的作者不是有名位、有学问的人,他们创作戏剧纯粹是为了自娱娱人,所以不问关目的拙劣,不讳思想的卑陋,不顾人物的矛盾,"彼但摹写其胸中之感想与时代之情状,而真挚之理与秀杰之气时流露于其间。故谓元曲为中国最自然之文学,无不可也。若其文字之自然,则又为其必然之结果,抑其次也"④。"自然"作为艺术标准,《人间词话》中已出现,如赞纳兰容若"以自然之眼观物,以自然之舌言情",认为这是由于"初入中原,未染汉人风气,故能真切如此,北宋以来,一人而已"。⑤第二层,认为元曲有"意境"。"然元剧最佳之处,不在其思想、结构,而在其文章。其文章之妙,亦一言以蔽之曰:有意境而已矣。何以谓之有意境? 曰:写情则沁人心脾,写景则在人耳目,述事则如其口出是也。"⑥

---

① 王国维:《人间词话》,谢维扬、房鑫亮主编:《王国维全集》第1卷,杭州:浙江教育出版社/广州:广东教育出版社,2010年,第470页。
② 同上书,第470—471页。
③ 王国维:《宋元戏曲考》,《王国维遗书》第9册,上海:上海书店出版社,1983年,第640页。
④ 同上。
⑤ 王国维:《人间词话》,谢维扬、房鑫亮主编:《王国维全集》第1卷,第476页。
⑥ 王国维:《宋元戏曲考》,《王国维遗书》第9册,第641页。

此处的"意境"不妨理解为《人间词话》中的"境界"。众所周知,"境界说"是王国维对词学乃至文学艺术的创获。他用"意境"评论元曲,可见他对元曲的推崇。第三层,则把自然与意境落在语言的基石上。他在论说元曲的意境时都是从语言评价入手的,如论关汉卿《谢天香》第三折[正宫端正好]、马致远《任风子》第二折[正宫端正好]"语语明白如画,而言外有无穷之意"①。关汉卿《窦娥冤》第二折[斗虾蟆]"直是宾白,令人忘其为曲"②。元曲在语言运用上的成就表现为运用俗语和摹写自然之声音的词语入曲。由此他把元曲的语言之美向中国文学广袤的大地推进:

  元剧实于新文体中自由使用新言语,在我国文学中,于《楚辞》《内典》外,得此而三。然其源远在宋、金二代,不过至元而大成。其写景、抒情、述事之美,所负于此者,实不少也。③

王国维指向非常鲜明,认为"于新文体中自由使用新言语"的有三个典范:《楚辞》、内典和元剧。这一观点被傅斯年赞为"具世界眼光"④。宋人黄伯思《新校楚辞序》精辟概括楚辞的特色是"书楚语,作楚声,纪楚地,名楚物"。⑤ 楚语的地方特色成为楚辞"新言语"的特色所在。《内典》的"新言语"无疑来自翻译佛教典籍的外来词语与外来句式。他精辟地概括出元曲"新言语"新在大量采用俗语与自然之语:"古代文学之形容事物也,率用古语,其用俗语者绝无,又所用之字数亦不甚多。独元曲以许用衬字故,故辄以许多俗语,或以自然之声音形容之,此自古文学上所未有也。"⑥元曲"于新文体中自由使用新言语",达到了"写景、抒情、述事之美",这几乎是一个完美的境界。王国维一点也不吝惜笔墨,不断赞扬元曲的语言:"以为能道人情、状物态,词采俊拔而出乎自然,盖古所未有,而后人所不能仿佛也。"⑦

张文江对于文体语言的变化有一精彩的论述:"文体言语的变化实与

---

 ① 王国维:《宋元戏曲考》,《王国维遗书》第9册,上海:上海书店出版社,1983年,第642页。
 ② 同上书,第643页。
 ③ 同上书,第647页。
 ④ 傅斯年:《出版界评》,《新潮》第1卷第1号,1919年1月。
 ⑤ 黄伯思:《新校楚辞序》,吕祖谦:《宋文鉴》(中),北京:中华书局,1992年,第1306页。
 ⑥ 王国维:《宋元戏曲考》,《王国维遗书》第9册,第645页。
 ⑦ 王国维:《宋元戏曲考自序》,《王国维遗书》第3册,第224页。

文化交流的大背景有关。"①殷周时期,黄河流域为中国中部,以《诗经》为代表,形成旧文体旧言语。战国秦汉时期,长江流域的南部,以楚辞为代表,形成新言语。魏晋南北朝至唐代,经西域从西部输入佛教文化,以《内典》为代表,形成新言语。宋元金时代,以蒙古为主的北方游牧民族,以元杂剧为代表,形成新言语。而从明末至清末,欧洲文明从东边的海上输入中国,关于此时的文体及语言,王国维没有明说。张文江尝试补入小说以及新言语。②他又指出:"国维身处清末,面对渐渐而来的欧美文化,早已敏锐感觉到语言必变,评判楚辞、内典、元剧为新文体新言语之思想基础即在于此。当时尚有一部分学者极力维护桐城文、同光诗,以此文体言语的新变衡之,实已不具生命力。"③张论提示了另一种空间:王国维怎么看待小说。王国维于民国初年在日本撰写的《东山杂记》中也曾论及明清通俗小说。第三十五则指明通俗小说的"回"出自古代说书的"段落",并提及《东坡志林》《东京梦华录》《武林旧事》《梦粱录》等书关于"说话"的记载,并断定我国古小说唯有《五代平话》与《宣和遗事》两种。其中最有价值的是对于小说性质的认识:"小说同说史书亦无大别,然大抵敷衍烟粉、灵怪,无关史事者。"④前一句暗含小说的叙事性,后一句暗含小说的虚构性,虽未点明,但已把握住小说的本质。第三十七则把小说与戏曲比较,并论及小说的语言:"至戏曲、小说之同演一事者孰后孰先,颇难臆断。至其文字结构,则以现存之《五代平话》、《宣和遗事》、《大唐三藏取经诗话》观之,尚不及戏曲远甚,更无论后代小说。然则今之《水浒》、《西游》、《三国演义》等,实皆明人之作,宋元间之祖本决不能如是进步也。"⑤王国维虽未比较《水浒》《西游》《三国演义》与元杂剧在语言上的不同与优劣,但也看到了它们在语言上比《五代平话》《宣和遗事》的"进步"。然而王国维对小说研究不多,不深,更无创作。以小说来观察他对"新言语"的运用实无开拓的空间。

"于新文体中自由使用新言语"不同于"旧瓶装新酒",即不同于旧文体

---

① 张文江:《王国维的学术和人生》,《渔人之路和问津者之路》,上海:复旦大学出版社,2006年,第79页。
② 同上书,第79—80页。
③ 同上书,第81页。
④ 王国维:《东山杂记》,谢维扬、房鑫亮主编:《王国维全集》第3卷,杭州:浙江教育出版社/广州:广东教育出版社,2010年,第349—350页。
⑤ 同上书,第352页。

中使用新言语,晚清谭嗣同、夏曾佑、梁启超等维新派提倡的诗界革命就属于后者,因受诗体的限制而不能自由使用"新言语"。与"于新文体中自由使用新言语"这种新言语观具有同等价值的命题是使用新言语而能冲破旧文体。王国维在《人间词话》中写道:

> 四言敝而有《楚辞》,《楚辞》敝而有五言,五言敝而有七言,古诗敝而有律绝,律绝敝而有词。盖文体通行既久,染指遂多,自成习套。豪杰之士亦难于其中自出新意,故遁而作他体,以自解脱。一切文体所以始盛终衰者,皆由于此。故谓文学后不如前,余未敢信,但就一体论,则此说固无以易也。①

这里提及的"四言""《楚辞》""五言""七言""律绝""词"显然指的是文体,但是这些文类与汉语的句式结构密切相关。"兮"字在《诗经》中已经常出现,但《楚辞》的《离骚》《九歌》等篇中可谓无"兮"不成句。《楚辞》式"兮"字的运用是对《诗经》四言诗的解构,同时,"兮"表示语言持续、加强咏叹、构成文法意义的功能在分化中催生出七言诗的句式。②

如果以"于新文体中自由使用新言语"的特征反观王国维自身的创作实践,则会是怎样一种风景呢?这个命题在王国维的诗词创作中要转化为:在旧文体中尽量使用新言语。这里的"新言语"并非与传统的诗词语言截然不同,而是指不用典而雅洁的语言。观《人间词》,凡是那些多用"厩马""霜华""邮亭""绣衾""银釭"等陈词的篇章或语句,多不出色;凡是那些不用陈词、不用典故的篇章或语句倒有可能意境深远、精彩绝伦,如前引"人间事事不堪凭,但除却、无凭两字"(《鹊桥仙》[沉沉戍鼓]),"人间总是堪疑处,惟有兹疑不可疑"(《鹧鸪天》[阁道风飘五丈旗]),"君看今日树头花,不是去年枝上朵"(《玉楼春》[今年花事垂垂过]),"人间何苦又悲秋,正是伤春罢。却向春风亭畔,数梧桐叶下"(《好事近》[夜起倚危楼])。同样,在王国维的诗作中,那些有名的诗句也往往是不用典且雅洁的语句,常有些口语的气息,如"早知世界由心造,无奈悲欢触绪来"

---

① 王国维:《人间词话》,谢维扬、房鑫亮主编:《王国维全集》第 1 卷,杭州:浙江教育出版社/广州:广东教育出版社,2010 年,第 476—477 页。
② 郭建勋:《楚辞与七言诗》,《中国楚辞学》第 7 辑,北京:学苑出版社,2005 年,第 11 页。关于《九歌》中的"兮"的读法与用法可参见闻一多:《歌与诗》,《闻一多全集》第 10 卷,武汉:湖北人民出版社,1993 年;姜亮夫:《〈九歌〉"兮"字用法举例》,《楚辞学论文集》,上海:上海古籍出版社,1984 年。

(《题友人三十小像》其二),"因病废书增寂寥,强颜入世苦支离"(《病中即事》),"人间地狱真无间,死后泥洹枉自豪"(《平生》)。如前所述,据说罗振玉是读到王国维的"千秋壮观君知否,黑海西头看大秦"而对王刮目相看,这句诗虽然因后半句用甘英典故而给阅读带来一定的阻碍,但整体朗朗上口而有气势。

樊志厚在《人间词乙稿序》中对甲稿本中《浣溪沙》之"天末同云黯四垂"、《蝶恋花》之"昨夜梦中多少恨",乙稿本中《蝶恋花》之"百尺朱楼临大道"等阕大加赞赏,称其"皆意境两忘,物我一体,高蹈乎八荒之表,而抗心乎千秋之间,骎骎乎两汉之疆域广于三代,贞观之政治隆于武德矣"①。所提及的三首词如下:

浣溪沙

天末同云黯四垂。失行孤雁逆风飞。江湖寥落尔安归。陌上金丸看落羽。闺中素手试调醯,今宵欢宴胜平时。

蝶恋花

百尺朱楼临大道。楼外轻雷,不间昏和晓。独倚阑干人窈窕。闲中数尽行人小。一霎车尘生树杪。陌上楼头,都向尘中老。薄晚西风吹雨到。明朝又是伤流潦。

蝶恋花

昨夜梦中多少恨。细马香车,两两行相近。对面似怜人瘦损。众中不惜搴帷问。陌上轻雷听隐辚。梦里难从,觉后那堪讯。蜡泪窗前堆一寸。人间只有相思分。

细读这三首词,至少有两个共同特点:不用典;用词常见而旨趣深远,用语通俗而能造境。《浣溪沙》(天末同云黯四垂)以孤雁成为晚宴佳肴的不平遭遇与"今宵欢宴胜平时"的享乐对比,实际上揭示了王国维"心造世界"之险恶。《蝶恋花》(百尺朱楼临大道)抒写陌上楼头人俱老的人生悲苦,且又遭遇风吹雨打,感伤之情绵绵不已。《蝶恋花》(昨夜梦中多少恨)梦境与现实交融,相见不可得,只有相思分。要说这三首词中,我更喜欢《蝶恋花》(百尺朱楼临大道),语句更通俗,境界更阔大,"闲"中向"老","老"而有"伤",

---

① 樊志厚即王国维自己,引文见《王国维遗书》第3册,上海:上海书店出版社,1983年,第290页。

三者一体，把人类的悲苦引向遥远。要说王国维词作中境界之奇崛者，当推《蝶恋花》（辛苦钱塘江上水）（见本章第一节的分析），这首词的妙处不在用典的四句，而在写景的五句。

在王国维的诗作中，咏史之作、"长庆体"之作、题送酬唱之作，用典太多，难得佳篇。而写景感怀之作，因触景生情，语句清丽自然，且含意深远，当为他诗作中的上品，如《杂感》《书古书中故纸》《六月二十七日宿硖石》《暮春》《欲觅》《出门》《五月二十三夜出阊门驱车至觅渡桥》等。其中尤以《六月二十七日宿硖石》为最高，全诗如下：

> 新秋一夜蚊如市，唤起劳人使自思。
> 试问何乡堪着我？欲求大道况多歧。
> 人生过处唯存悔，知识增时只益疑。
> 欲语此怀谁与共，鼾声四起斗离离。①

王国维早期诗词创作，基本遵循在旧文体中使用"新言语"的规则。不过，因受旧文体限制，不可能自由使用"新言语"。虽然王国维的"新言语"往上暗通黄遵宪所说的"我手写我口"中的"口语"，往下遥呼胡适所说的"作诗如作文"的"文话"，但毕竟没有彻底解放。因此这种"新言语"还不能反过来冲击旧文体的藩篱。但这已经是王国维在文学汉语实践上走得最远的步伐。王国维在民国初年研究宋元戏曲的同时，有过创作戏曲的想法。如果这个想法成真，王国维戏剧中的语言当更加通俗易懂，更加贴近口语，至少会朝着他所称赞的元曲语言的"自然"靠近。

说到王国维的文学汉语实践，不得不提的一个问题是：王国维没有白话实践，哪怕是尝试性的白话实践也没有。日本学者木山英雄指出王国维"为追求纯文学的理想而一直奋斗到了传统形式的极限之处"②，木山英雄的本意指王国维不仅在《宋元戏曲史》中提升了元曲这一被正统意识排挤的文体的艺术美，而且还创作了大量虚构性的抒情词作。而从"新言语"观的角度看，这句话意味着王国维停止在白话实践的入口前。

王国维的翻译、创作、学术文章等全用文言。在晚清"五四"的学人中，有没有过尝试性的白话实践，几乎决定着其对"五四"新文学的价值

---

① 王国维：《静庵诗稿》，《教育世界》第 124 号，丙午年（1906）四月下旬。
② ［日］木山英雄：《"文学复古"与"文学革命"》，赵京华编译：《文学复古与文学革命——木山英雄中国现代文学思想论集》，北京：北京大学出版社，2004 年，第 235 页。

取向。梁启超虽从举业出身,但是他主编《清议报》和《新民丛报》创作报刊文章时自觉解放固有文体,从而铺平了从文言向白话的道路。胡适1906年为白话报纸《竞业旬报》写过一批白话文章,从而为他日后提出白话文学的主张打下了基础。鲁迅留日初期翻译过西方小说《月界旅行》和《地底旅行》,使用的是在白话与文言间穿梭逡巡的语体,中间又受章太炎的影响而在翻译《域外小说集》时采用古奥的文言,但在朋友的劝说下他最终走向白话文学的创作。与上述诸人不同的是严复和林纾,前者翻译时尽力上追先秦诸子,后者翻译时尽力严守桐城文法,两人都对"五四"白话文学持否定态度。

由此看来,王国维没有白话的汉语实践,无论是翻译还是创作,这也许是他无法走向"五四"白话文学的重要原因之一。因为王国维不同于严复和林纾,严、林在文学语言的价值观上不认同"新言语"的价值,而王国维通过对宋元戏剧的研究明确赞赏语言向"自然"和"新"贴近。他早期的诗词创作虽然是在旧文体中有限度地使用"新言语",但也许他自己也意识到那些不用典而用语雅洁之作却能境界深远。而他没有继续前行,停止在白话实践的起跑线前。

二、艺术观与"五四"新文学观的参差

在王国维的艺术观中,古雅说、艺术无用说、境界说最为重要,其中境界说更被学界认为是王国维对词学的巨大创获。考虑到与"五四"新文学观念之间的关联,在此着重要考察的是古雅说与艺术无用说。

解释王国维的古雅说,须从康德和叔本华的天才论说起。康德极力主张"美的艺术是天才的艺术",而"天才就是那天赋的才能,它给艺术制定法规"。① 王国维把这一观点概括为"美术者,天才之制作也"②。叔本华把康德的天才观融入自己的"根据律"思想与艺术方式的区分中。他认为艺术的唯一源泉就是对理念的认识,其唯一目标就是传达这一知识。现在的问题是,艺术传达这一知识的方式是怎样的?这个方式决定了它与科学方式之间的本质区分。叔本华简洁地说:"我们准确地把艺术定义为独立于根

---

① [德]康德:《判断力批判》(上),宗白华译,北京:商务印书馆,1964年,第152页。
② 王国维:《古雅之在美学上之位置》,《王国维遗书》第3册,上海:上海书店出版社,1983年,第614页。

据律之外观察事物的方式。"①基于根据律考察事物的方式是科学的方式、理性的方式。他区分科学理性的方式与天才的考察方式(艺术的方式)如下："前者是亚里士多德的考察方式,后者总起来说,是柏拉图的考察方式。前者好比大风暴,无来由,无目的向前推进而摇撼着,吹弯了一切,把一切带走;后者好比宁静的阳光,穿透风暴行经的道路而完全不为所动。"②"完全沉浸于对象的纯粹观审才能掌握理念,而天才的本质就在于进行这种观审的卓越能力。……天才的性能就是立于纯粹直观地位的本领,在直观中遗忘自己,而使原来服务于意志的认识现在摆脱这种劳役,即是说完全不在自己的兴趣,意欲和目的上着眼,从而一时完全撤销了自己的人格,以便〔在撤销人格后〕剩了为认识着的纯粹主体,明亮的世界眼。并且这不是几瞬间的事,而是看需要以决定应持续多久,应有多少思考以便把掌握了的东西通过深思熟虑的艺术来复制,以便把'现象中徜恍不定的东西拴牢在永恒的思想中'。"③掌握理念就两种方式:一种是天才的方式,即纯客观地、天才地掌握该客体的理念,于是就产生了艺术;另一种是按照根据律、其他客体与本人意志的关系进行考察,其想象是建造空中楼阁,而这些空中楼阁与人的私欲、本人的意趣相投,这样就产生了各类庸俗小说。因为普通人不在纯粹直观中流连,他们只找生活的门路。"一个人的认识能力,在普通人是照亮他生活道路的提灯;在天才人物,却是普照世界的太阳。"④这种差别表现在眼神上,天才的眼神活泼而坚定,带有静观和观审的特征,而普通人的眼神则是窥探。天才人物静观的方式有时效性,他并不是每时每刻都沉浸在纯粹的观审中,"摆脱意志而掌握理念所要求的高度紧张虽是自发的,却必然又要松弛,并且在每次张紧之后都有长时间的间歇。在这些间歇中,无论是从优点方面说或是从缺点方面说,天才和普通人大体上都是相同的"⑤。

按照康德和叔本华的理解,天才人物极少,而天才人物也并不是时时刻刻都在发挥着天才的创造性。如此看来,则世界上的艺术品当少之又

---

① Arthur Schopenhauer, *World as Will and Idea*, translated by R. B. Haldane and J. Kemp, New York: Ams Press Inc., 1977, p.239.
② [德]叔本华:《作为意志和表象的世界》,石冲白译,北京:商务印书馆,1982年,第259页。
③ 同上书,第259—260页。
④ 同上书,第262—263页。
⑤ 同上书,第263页。

少。但是王国维正是从这种天才罕见的论断中发现了问题:"然天下之物,有决非真正之美术品而又决非利用品者;又其制作之人,决非必为天才,而吾人之视之也,若与天才所制作之美术无异者,无以名之,名之曰古雅。"①但要真正厘清"古雅"的概念和位置,还必须回到叔本华对美的分类。王国维在《红楼梦评论》中提及"优美""宏壮""眩惑"三种美的类型,这来自叔本华《作为意志和表象的世界》中对美的划分,即优美、壮美和媚美。

叔本华所谓"优美"(beautiful),是那种"对象迎合纯粹直观"而产生美感,比如优美的自然风景就有这种属性。这种自然风景好像在向人们发出邀请,"把我们从服务于意志的,只是对于关系的认识转入美感观审,从而把我们提升为认识的不带意志的主体时,如果就是自然界这种迎上来的邀请,就是自然界那些形式的重要意味和明晰性,——而在这些形式中个别化了的理念得以容易和我们招呼——,那么,对我们起作用的也就只是美,而被激起来的也就是美感"②。自然界鲜艳的花朵如此,而我也曾有这样的感觉,秋天的傍晚,走在校园里的河畔,晚风习习,把世俗的所有东西抛在脑后,仿佛自己已经不存在,上升为一个纯粹直观的主体,不带自己的任何意志,仿佛就是丽娃河畔的一株垂柳,这个时候的美感就是优美感,而这些景物可以称为优美。在艺术中,陶渊明的《饮酒》(其五)表现的就是优美:"结庐在人境,而无车马喧。问君何能尔?心远地自偏。采菊东篱下,悠然见南山。山气日夕佳,飞鸟相与还。此中有真意,欲辨已忘言。"

何谓"壮美"(sublime)呢?如果对象有着意味重大的形态,邀请我们作纯粹的观审,但是与人的意志存在一种敌对的关系,和意志对立,它们具有战胜一切阻碍的优势而威胁着意志,或者意志在它们的无限之大面前被压缩至零,这时观察者有意地避开这种敌对关系,"只是作为认识的纯粹无意志的主体宁静地观赏着那些对于意志〔非常〕可怕的对象,只把握着对象中与任何关系不相涉的理念,因而乐于在对象的观赏中逗留;结果,这观察者正是由此而超脱了自己,超脱了他本人,超脱了他的欲求和一切欲求;——这样,他就充满了壮美感,他已在超然物外的状况中了,因而人们也把那促

---

① 王国维:《古雅之在美学上之位置》,《王国维遗书》第 3 册,上海:上海书店出版社,1983年,第 615 页。
② [德]叔本华:《作为意志和表象的世界》,石冲白译,北京:商务印书馆,1982 年,第 281 页。

成这一状况的对象叫做壮美"①。

最后一种是"媚美"(charming):"媚美是直接对意志自荐,许以满足而激动意志的东西。……将鉴赏者从任何时候领略美都必需的纯粹观赏中拖出来,因为这媚美的东西由于〔它是〕直接迎合意志的对象必然地要激动鉴赏者的意志,使这鉴赏者不再是'认识'的纯粹主体,而成为有所求的,非独立的欲求的主体了。"②如静物写生中的食物,如果因为其逼真而引起观赏者的食欲,那么就是媚美;如果裸体人像的绘画激起人们的肉欲,也就是媚美。

王国维吸收叔本华关于美的三分说,论述道:"要而言之,则前者(按,指优美)由一对象之形式,不关于吾人之利害,遂使吾人忘利害之念,而以精神之全力,沉浸于此对象之形式中。自然及艺术中普通之美,皆此类也。后者(按,指宏壮)则由一对象之形式,越乎吾人知力所能驭之范围,或其形式大不利于吾人,而又觉其非人力所能抗,于是吾人保存自己之本能,遂超越乎利害之观念外,而达观其对象之形式,如自然中之高山、大川、烈风、雷雨,艺术中伟大之宫室、悲惨之雕刻象、历史画、戏曲、小说等皆是也。"③优美与宏壮同属于"美",性质相同,即可爱玩而不可利用。优美与宏壮均既存于自然,又存于艺术品。优美令人"沉浸"于"对象之形式"中,即人与对象之形式达到一种交融、忘我、浑然一体的境界。而宏壮不同,因对象之形式过于强大,人不能抵抗这种强大从而达观对象之形式。在此基础上,王国维推出古雅说:

> 一切形式之美,又不可无他形式以表之,惟经过此第二之形式,斯美者愈增其美。而吾人之所谓古雅,即此第二种之形式,即形式之无优美与宏壮之属性者。亦因此第二形式,故而得一种独立之价值。故古雅者,可谓之形式之美之形式之美也。④

"一切形式之美"指的是第一形式,而用以表之的"他形式"为第二形式。为了说明问题,列简表如下:

---

① [德]叔本华:《作为意志和表象的世界》,石冲白译,北京:商务印书馆,1982年,第281—282页。
② 同上书,第289—290页。
③ 王国维:《古雅之在美学上之位置》,《王国维遗书》第3册,上海:上海书店出版社,1983年,第615—616页。
④ 同上书,第617页。

	具第一形式	优美	优美—第二形式	
自然	具第一形式	宏壮	宏壮—第二形式	艺术
	具第一形式	?	古雅—第二形式	

第一,"古雅"与"优美""宏壮"同属于第二形式,即"形式之美之形式之美",是一种不同于"优美"与"宏壮"的艺术美感,所以"古雅"有自身的独立价值。

第二,第一形式存于自然,也存于艺术,因为艺术作为"形式之美之形式之美",已内含第一形式。但第二形式只存于艺术,不存于自然,即不能说自然是第二形式之第一形式。"优美"与"宏壮"既存于自然之中,也存于艺术之中,既具第一形式,也具第二形式。但关键的问题是:"古雅"是否也如此?"古雅"具第二形式,存于艺术之中,但"古雅"是否具第一形式,存于自然之中? 王国维对这点阐释得不太清楚。

叔本华崇拜天才,把天才之外的人称为俗子(Philisitine)、庸夫(Populase)、庶民(Mob)、舆台(Rabble)、合死者(Mortal)。尼采崇拜超人,把超人之外的人称为众生(Herd)、众庶(Far-too-many)。① 而王国维的古雅说试图在艺术上给天才之外的艺术家一个合理的位置,把艺术还给普通的艺术家,在一定程度上消解了西方哲人天才论的高高在上。王国维的古雅说仍然强调艺术是作家主观意志的呈现,仍然强调艺术自身的独立性。因此,就这个意义上来说,王国维的古雅说与"五四"新文学的文学观很有相通之处。

胡适的白话文学观以白话为中心,强调白话与作家真实的思想情感的合一。这点在《文学改良刍议》的"八不主义"和《建设的文学革命论》的"四条主张"中有着充分的展现。② 周作人论平民文学时指出:"平民的文学正与贵族的文学相反。但这两样名词,也不可十分拘泥,我们说贵族的平民的,并非说这种文学是专做给贵族,或平民看,专讲贵族或平民的生活,或是贵族或平民自己做的。不过说文学的精神的区别,指他普遍与否,真挚与否的区别。"③平民文学的实质是侧重真挚情感的表达。创造社诸君特别重视

---

① 王国维:《叔本华与尼采》,谢维扬、房鑫亮主编:《王国维全集》第 1 卷,杭州:浙江教育出版社/广州:广东教育出版社,2010 年,第 87 页。
② 胡适:《文学改良刍议》,《新青年》第 2 卷第 5 号,1917 年 1 月 1 日;《建设的文学革命论》,《新青年》第 4 卷第 4 号,1918 年 4 月 15 日。
③ 仲密:《平民文学》,《每周评论》第 5 期,1919 年 1 月 19 日。

作家主观意志的呈现。郭沫若说："文艺是迫于内心的要求之所表现"①，艺术是"从内部的自然的发生"②。郭沫若谈及自己的诗歌创作体验："我们的诗只要是我们心中的诗意诗境底纯真的表现，命泉中流出来的 Strain，心琴上弹出来的 Melody，生底颤动，灵底喊叫，那便是真诗，好诗。""诗不是'做'出来的，只是'写'出来的。"③郁达夫在《艺文私见》中主张"文艺是天才的创造物，不可以规矩来测量的"④，他还认为"艺术中间，美的要素是外延的，情的要素是内在的"⑤。成仿吾《新文学之使命》提出"以内心的要求作一切文学上创造的原动力"，把文学的使命概括为"对于时代的使命""对于国语的使命"和"文学本身的使命"，而且高喊"我们要追求文学的全！我们要实现文学的美！"的口号。⑥ 郑伯奇《国民文学论》说："一个赤裸裸的自我，堕在了变化无端的社会中，其所怀的情感，所受的印象，一一都忠实地表现出来：这便是艺术。"他对"为人生"派的观点提出了批评："为人生的艺术"一派所主张的，着眼于社会或文化，固然不无是处，但如果从艺术的角度来看，当然是错的。人生派有两个大缺点，即认艺术为工具，高唱空泛的抽象的理想人生。他进而主张"艺术只是自我的最完全，最统一，最纯真的表现，再无别的"。⑦

王国维的艺术无用说很显然来自康德对美的判断。康德给美下的一个判断是："鉴赏是凭借完全无利害观念的快感和不快感对某一对象或其表现方法的一种判断力。"⑧利害都与欲求有关，有利害关系就无法达成审美判断。在快适、美和善三种不同的愉快感中，快适使人快乐，也适合无理性的动物；善是被人赞许的，只适合人类；美是使人满意的。"在这三种愉快里只有对于美的欣赏的愉快是唯一无利害关系的和自由的愉快；因为既没有官能方面的利害感，也没理性方面的利害感来强迫我们去

---

① 郭沫若：《批判意门湖译本及其他》，《创造季刊》第 1 卷第 2 期，1922 年 8 月 25 日。
② 郭沫若：《文艺上的节产》，《创造周报》第 19 号，1923 年 9 月 16 日。
③ 田寿昌、宗白华、郭沫若：《三叶集》，上海：亚东图书馆，1920 年，第 7 页。
④ 郁达夫：《艺文私见》，《创造季刊》第 1 卷第 1 期，1922 年 3 月 15 日。
⑤ 郁达夫：《艺术与国家》，《创造周报》第 7 号，1923 年 6 月 23 日。
⑥ 成仿吾：《新文学之使命》，《创造周报》第 2 号，1923 年 5 月 20 日。
⑦ 郑伯奇：《国民文学论》，《创造周报》第 33 号，1923 年 12 月 23 日。
⑧ ［德］康德：《判断力批判》（上），宗白华译，北京：商务印书馆，1964 年，第 47 页。与英译本比较，这个翻译好像不完整，丢掉了后面一句：如此一种愉快的对象被叫作美。

赞许。"①

王国维认为:"唯美之为物,不与吾人之利害相关系;而吾人观美时,亦不知有一己之利害。何则? 美之对象,非特别之物,而此物之种类之形式,又观之之我,非特别之我,而纯粹无欲之我也。"②他排斥功利观,指出:"一切学问皆能以利禄劝,独哲学与文学不然。"因为科学总是以"厚生利用"为宗旨,直接间接地与政治上社会上的兴味发生关系。但哲学和文学都不是这样。他非常反感"饾饤的文学""文绣的文学"和"模仿的文学"。他区分"职业的文学家"和"专门的文学家":"以文学为职业,饾饤的文学也。职业的文学家,以文学得生活;专门之文学家,为文学而生活。"③他对晚清文学界非常不满意:"又观近数年之文学,亦不重文学自己之价值,而唯视为政治教育之手段,与哲学无异。如此者,其亵渎哲学与文学之神圣之罪固不可逭,欲求其学说之有价值,安可得也! 故欲学术之发达,必视学术为目的,而不视为手段而后可。"④

王国维又指出:"文学者,游戏的事业也。"文学是游戏的事业,因为从文学的产生来看,王国维认为文学是余裕的产物,在没有生存竞争压力的状况下人才会有游戏,如儿童;所以,他认为"民族文化之发达非达一定之程度,则不能有文学,而个人之汲汲于争存者,决无文学家之资格也"。⑤ 这种文学观虽然有一定的道理,但是与文学史的实际未必符合,如杜甫的"三别""三吏"就是在颠沛流离中诞生的,而乾隆皇帝在富贵生活中写了四万多首诗却没有一首可流传的,这又如何解释呢?

这就凸显出王国维艺术观与"五四"新文学观的异质性所在,即如何看待艺术的有用与无用之用,如何理解有目的与无目的的合目的性。在王国维的艺术观中,艺术无用以及文学为游戏的事业和余裕的产物,暗含着一种危险的价值取向:艺术独立性仅仅局限于个人的情感,而这种个人的情感却排除了因时代的要求而本应承担的国家民族的责任意识。在王国维身上,

---

① [德]康德:《判断力批判》(上),宗白华译,北京:商务印书馆,1964年,第46页。
② 王国维:《论叔本华之哲学及其教育学说》(未完),《教育世界》第75号,光绪三十年(1904)四月上旬。
③ 王国维:《文学小言》,《王国维遗书》第3册,上海:上海书店出版社,1983年,第624—625、631—632页。
④ 王国维:《论近年之学术界》,谢维扬、房鑫亮主编:《王国维全集》第1卷,杭州:浙江教育出版社/广州:广东教育出版社,2010年,第123页。
⑤ 王国维:《文学小言》,《王国维遗书》第3册,第624—625页。

理论的艺术观与历史的艺术观之间存在着矛盾。他曾用"感自己之感,言自己之言"①的美学标准去衡量中国历代文人,只有屈原、陶渊明、杜甫、苏东坡四人达到了这一标准。他们以"自己之言"所言的"自己之感"却有着深广的内涵,如屈原的忠君爱国与杜甫的忧国忧民。

"五四"新文学的思想基础是以进化论为根底的启蒙主义。个体的解放与民族的解放结合在一起,个体解放是民族自立的基础,而民族自立无疑是个体解放的远景。一个时代仍然需要能引领一个时代的文学,这样的文学不可能是生活余裕的产物,其文学主体也不可能是纯粹无为的主体。艺术无用论在和平年代更能奏效,但在一个文化转型、政治转型和社会转型的年代,文艺不免带上时代色彩,参与转型,从而使得其"功利"性绽放光彩;当然,也要警惕文艺成为政治的附庸和宗教的傀儡。

---

① 王国维:《文学小言》,《王国维遗书》第3册,上海:上海书店出版社,1983年,第628页。

第七章　吴稚晖

第一节　"替他娶一注音的老婆"①:汉字与国音

1953年11月30日,由蒋介石和陈诚联合签署的褒奖令称赞吴稚晖（1865—1953）"对国音统一之贡献实奠民族文化之宏基"②。虽然这一褒奖有言过其实之嫌,但吴稚晖对国音统一作出过重要贡献也是事实。从国语运动的历史看,吴稚晖创制豆芽字母,不自觉地参与晚清的简字拼音运动,中华民国成立后参与制定注音字母和注音符号,以及之后在台湾地区鼓励汉语的推广③。这一长达半个多世纪的显赫经历无疑显示了他在国语运动史上的重要地位。在赴台之前,吴稚晖对国语的推广大致可以分为四个阶段:第一个阶段为1895年前后,吴稚晖自创的豆芽字母在家庭内部传播。因为他的豆芽字母并未在社会上公布,所以对此不展开论述。第二阶段为1907年至1910年,他提倡万国新语,主张废弃汉文。这不可谓不激进,与他身处欧洲接受无政府主义思想密切相关。第三阶段为1913年至1930年代,他组织审定读音、制定并提倡注音字母,注重把注音字母的推广与平民教育相结合。第四阶段是抗日战争时期,他撰写《注音字母歌》等,把注音字母的推广与党化教育结合起来。

一、汉字与万国新语

1903年上海《苏报》案爆发,吴稚晖避走英伦。1906年至法国,后与张

---

① 吴稚晖:《二百兆平民大问题最轻便的解决法》,罗家伦、黄季陆主编:《吴稚晖先生全集》卷五,台北:文物供应社,1969年,第257页。
② 《总统令第317号》,罗家伦、黄季陆主编:《吴稚晖先生全集》卷一,图片第1页。
③ 吴稚晖在台湾制作《说文》象形字图片,拟在美国出版,后似乎未果,全集中未收入。陈凌海编:《吴稚晖先生年谱简编》,见罗家伦、黄季陆主编:《吴稚晖先生全集》卷十八,第111页。

静江、李石曾一起创办《新世纪》周刊。《新世纪》至少有两方面的内容在当时以及之后的思想界产生过重大影响。其一,反对清政府,提倡无政府主义。其二,主张废除汉字,提倡万国新语(即世界语)。这两点聚集于吴稚晖一身,并具有内在的一致性,无政府主义以大同世界为旨归的理想成为提倡万国新语的思想基础,从而使得二者在吴稚晖的意识中水乳交融,在晚清思想界中放出异彩。如果说提倡无政府主义和万国新语有一共同基础的话,那无疑是进化论。但是吴稚晖接受的进化论不完全是达尔文的渐进式进化论,而是把进化与革命结合起来的思想。吴稚晖把进化与革命的理论运用到对文字的理解中,并得出汉字必须革命的结论。他认为汉字革命有直接根据和间接根据。直接根据是文字自身的进化。他首先把文字分为三类:象形文字(如埃及古文以及一部分汉字)、表意文字(如大部分汉字)和合声文字(如西文)。接着他从"文字所尚者,惟在便利而已"的价值标准出发,得出象形文字与表意文字劣于合声文字的判断。他又在合声文字的"大善"中抓住其规则繁多的缺点推出如下结论:如果合声文字减少规则,并与世界文字合一,则为文字进化;如果用合声文字代替象形文字和表意文字,则为文字革命。① 汉字不便利,因而需要革命。间接根据是文字对印刷技术的适应程度。文字能适应印刷技术的发展,则表明该种文字先进,不须革命;如果不能适应印刷技术的发展,则表明该种文字落后,必须革命。20世纪初已经发明西文打字机,但是没有造出中文打字机,"以机铸字"(打字机)只有西文可用,汉文不可用。这自然也被当作汉字落后因而必须进行汉字革命的重要证据。

　　20世纪初的欧洲正处于热烈传播万国新语的时期,这为汉字革命提供了直接实现的可能性。万国新语即 Esperanto,后来中国人称之为"世界语"。世界语的创立者是柴门霍夫博士(Zamenhof,1859—1917),出生于波兰。他成长的城市中居住着四种语言不同的民族:俄国人、波兰人、德国人和犹太人。"这些民族都在相互的憎恨中生活着。作为这种憎恨的外部形式则是他们为拥护自己的语言反对别族的语言的斗争。"②他可能在孩童时代就萌发了创立一种不用活的民族语组成的中立语言的想法,1878年他在

---

① 真(吴稚晖):《进化与革命》(续),《新世纪》第 20 号,1907 年 11 月 2 日。
② [俄]E.德雷仁:《世界共通语史——三个世界的探索》,徐沫译,北京:商务印书馆,1999年,第 304—305 页。

中学的最后一年,已经完成通用语的临时方案。1887年,他的著作 *Internacia lingvo de D-ro Esperanto* 问世,书名意为"希望者博士的国际语"。①世界语的语法规则仅有16条,每条规则几乎没有特例。如:每一个字母相应只有一个固定的声音,每一个声音也只有一个固定的字母。重音永远放在倒数第二个音节上。词类以词尾区分:o词尾表示名词,a词尾表示形容词,e词尾表示动词,等等。② 这样的语法规则非常简洁,学习者容易掌握。世界语的基本特性为"每一个单词和每一句句子都必须永远表示其每个组成部分本身所固有的意义"③。这样的句子语义非常明确。世界语被西欧人认为是"最便捷"的世界公用语。④ 如果说自然语言如原始森林,世界语等人工语言就如园林盆景。

吴稚晖身处欧洲的英国和法国,广泛吸纳各种新知。他在《新世纪》上发表《编造中国新语凡例》《新语问题之杂答》《书驳中国用万国新语说后》等文,积极倡导万国新语,一方面支持"苏格兰君"废除汉文的设想,另一方面与坚决维护汉文反对使用万国新语的章太炎进行辩论。"苏格兰君"写道:"文字为开智第一利器。守古为支那第一病源。汉文为最大多数支那人最笃信保守之物。故今日救支那之第一要策,在废除汉文。若支那于二十年内能废除汉文,则或为全球大同人民之先进亦易易耳。"⑤"守古"与笃信汉文作为中国人保守观念的内外而结合为一体,无疑成为以"开智"拯救民族这一目的的障碍,于是"苏格兰君"简捷便当地把"今日救支那之第一要策"落实在"废除汉文"上。"废除汉文"这一口号在中国一百年多年来寻求现代化的道路上,成为对中国传统文化最具杀伤力的现代性咒语。

吴稚晖不仅赞同"苏格兰君"的观点,甚至走得更远。他从汉语作为"相互之具"(人们相互交流的工具)的角度出发,挖掘汉文的种种不足,把"中国现有文字之不适于用,迟早必废"⑥的观点作为普遍共识推广。"中国文字为野蛮,欧洲文字较良。万国新语淘汰欧洲文字之未尽善者而去之,则

---

① [俄]E.德雷仁:《世界共通语史——三个世界的探索》,徐沫译,北京:商务印书馆,1999年,第305—306页。
② 同上书,第306—307页。
③ 同上书,第309页。
④ 林栋:《汉译世界语序》,见(俄国博士)柴门合原著:《世界语》,英国博士乌克那校订,福建宁德林振翰编译,科学会编译部印行,1911年。这里"俄国"应为"波兰"的误写。
⑤ 苏格兰君来稿:《废除汉文议》,《新世纪》第69号,1908年10月17日。
⑥ 燃:《编造中国新语凡例》一文之"本报附注",《新世纪》第40号,1908年3月28日。

为尤较良。"甚至否定汉字为文字:"中国略有野蛮之符号,中国尚未有文字。万国新语,便是中国之文字。中国热心人,愿求其同类作识字人者,自己学万国新语,教人学万国新语。"①由此可见,吴稚晖对语言文字的定位,与章太炎完全不同。章太炎持本体论,即语言文字为国性的根基;吴稚晖持工具论,即语言文字为"相互之具"。吴稚晖的聪敏之处在于,把这种"相互之具"往世界人类共同需要的高度提升:"今以世界之人类,皆有'可相互'之资格。"②可是,因为语言异声,文字异形,人类并不能充分发挥"相互之具"的功用,世界人类共用同一种语言就非常必要。吴稚晖提出:

> 文字为语言之代表,语言又为事理之代表。譬如日本古世之语言,止能代表彼人所发明之事理,不足以代表中国较文明之事理。故虽其后造有假名文字,止能代表其固有之语言。若出于中国较文明事理之语言,必兼取中国文字代表之。今日西洋尤较文明之事理,即西洋人自取其本国之文字为代表,尚再三斟酌而后定,通行甚久而后信。若欲强以中国文字相译,无人不以为绝难。故欲以中国文字,治世界较文明之事理,可以用绝对之断语否定之。居较文明之世界,不随世界之人,共通较文明之事理,而其种可以常存在者,亦可以用绝对之断语否定之也。③

汉字与西方文明事理之间的对接触及晚清中国知识界汲取西方学理的核心问题。严复"一名之立,旬月踟蹰"的艰辛无非是想寻找到能恰切翻译西方事理的汉语字词。他所谓的"六书乃治群学之秘笈"的现代格义方法,通过英语词源的考古与汉字造形的考古贯通中西字义,从而确定汉语译词,捕捉并敞开西方学理。虽然严复这一策略并没有彻底成功,但无疑是在尝试激活汉字汉词所蕴藏的能量。吴稚晖却不同,绝对否定汉字"治世界较文明之事理"的可能性。他又针对晚清中国知识界人士大多喜欢阅读掺入日本新名词的国文读本的状况,主张直接从西方语言学习:"所谓大多数之未来国民,今日将慢慢归入小学校者。虽不必望其能通极高之新文明学理,然与其教以制造局派所译述之国文格致课艺,不如改教多掺日本新字眼之国文读本,因新字眼于发生新观念为有力。然则由此推想,又可云,与其专教以

---

① 燃:《新语问题之杂答》,《新世纪》第44号,1908年4月25日。
② 燃料:《书驳中国用万国新语说后》,《新世纪》第57号,1908年7月25日。
③ 燃:《新语问题之杂答》,《新世纪》第44号,1908年4月25日。

多揿日本新字眼之国文读本,不如兼教一种西洋文,能发生其新观念,尤为直接而有力。"①

《新世纪》杂志提出废除汉文、采用世界语的主张后,古文大家章太炎的反击最为猛烈。他认为,如果表述己意,欧洲语言本身不足;如果翻译他人书,不如用汉语更为直接。他提出,识字之难,可用切音解决。章太炎反对中国文字语言的置换,深信中国需要以"自建立"的方式来更新传统。他批评日本人之短在处处模仿泰西,无一语能自建立;现在中国也处处模仿泰西,无一语能自建立。他当然痛心不已。他说:"若云所当自建立者何?则曰九流之学既精,秦、汉、晋、宋之文既美矣。由古人所已建立者,递精之至于无伦,递美之至于无上,斯为自建立也。盖宇宙文化万国,能自建立者有三:中国、印度、希腊而已。……今希腊已在沉滞之境;印度于六七年中,始能自省。中国文化衰微,非如希腊、印度前日之甚也。勉自靖献,则光辉日新。"②吴稚晖的反驳并不涉及章太炎的"自建立"问题,因为在吴稚晖这里,这个问题不成其为问题,可以搁置。吴稚晖以"螳臂当车"和"障百川东"讥笑章太炎阻止世界语传播的自不量力。他以学习汉文要花费许多时光开始反驳,认为要达到章太炎这样"横通汉文程度"不知要消磨多少精力。针对章太炎的第一个问题,吴稚晖提出,以"万国新语"作为世界通用语,并非由于世界语作者不知东方,而是世界语以尚音文字为主,汉字属于尚形文字。语音长则容易辨认,语音短则容易混淆。世界语胜于华语,因为华语多仄音,世界语无仄音。针对章太炎的第二个问题,即关于亲属名词的问题,吴稚晖的反对颇为有力。其一,吴稚晖认为中国的亲属名词发达是由重男轻女的礼教文化造成的,西人男女平等,所以娘家与夫家的亲属合一。当然,20世纪初的欧洲男女并非完全平等,比如英国女性当时还没有被选举权。其二,以亲属名词批判西文,好似西人以中国称谓名词不分性别而轻视汉文一样,两种都无学理。其三,中国的亲属称谓中,各地不一,混杂可笑。甲地用来称父,乙地用来称祖,丙地用来称叔伯。针对章太炎的第三个问题,即用汉文译书能让人人了解,吴稚晖提出严复的例子进行反驳:严复翻译的书为译书中的"佳构",但能了解的人不多。吴稚晖认为,"世界语者,普传公

---

① 燃:《续新语问题之杂答》,《新世纪》第45号,1908年5月2日。
② 章太炎:《与人书(一通)》,马勇整理:《章太炎全集·书信集》(上),上海:上海人民出版社,2017年,第362—363页。

理之利器也,学之也易,成之也速"。①

吴稚晖为采用万国新语直接代替汉文设想了"相互利益增进"的三个步骤:

> 第一步:统一语音,发明简字切音字。为了统一语音,先刊一字典,附有音训。其次,小学读本与通俗报刊同样注以音训。
> 第二步:对于一切新名词,译音而不译义,以获取世界新知识。
> 第三步:废弃汉文,采用万国新语。②

这三个步骤组成的计划显然还很粗糙,只能表明他急于求成的心态。为了学习万国新语,他提出编造中国新语,使其能逐渐翻译外国新语,最终代之以万国新语。采用的方法有:第一,接头接尾等词,万国新语中表多数之 j,翻译为"们",表形容词之 a,翻译为"的",aj 翻译为"们的",表示副词的 e,翻译为"然"或"上"。第二,简化笔画,只使用四种笔画:平画,即横;直竖,即竖;斜弦,即正方之对角线;圆点。对于这一方法,又有两点补充:一是偏僻之字,废而不用;二是手写之字,全用草书。第三,万国新语中有一辞/词,中国新语中必定用一辞/词来翻译。第四,用左移横行法。第五,采用欧文句读法。欧人脑理清晰,中国人脑理糊涂,这种中西思维差别也表现在句法上。③ 他提出了具体的实践方法:其一,编译新语华文对照之独修读本、文法、字典等。其二,组织联合大会,开展大的运动。其三,争取列入学校科目,以收未来之效果。其四,放弃中国 30 岁以上之腐败士大夫,以及 30 岁以上不识字的人。前者即使学会仍然是腐败之人,后者学习只会浪费时间。④

《新世纪》第 121 号刊登了《陶斯道君致景教士书》一文,署"木君来稿"。"木君"可能是吴稚晖笔名"沐君"的另一写法。"陶斯道"即托尔斯泰。吴稚晖翻译托尔斯泰小说时就译其名为"陶斯道"。托尔斯泰是著名的道德理想主义者,以博爱的人道主义著称。以此为思想基础,他深感今天下人彼此"接洽"的唯一方法是将各种语言递减至一种。而普及各种"方言"(意即各国语言)却不切合实际,不如直接采用"伏兰圃新语(Volapük)"

---

① 上海沐君来稿(吴稚晖):《辟谬》《续辟谬》,《新世纪》第 118、119 号,1910 年 2 月 19 日、3 月 12 日。
② 燃料:《书驳中国用万国新语说后》,《新世纪》第 57 号,1908 年 7 月 25 日。
③ 燃:《编造中国新语凡例》一文之"本报附注",《新世纪》第 40 号,1908 年 3 月 28 日。
④ 燃:《续新语问题之杂答》,《新世纪》第 45 号,1908 年 5 月 2 日。

(也是一种人造语言)和"爱世拨乱道新语(Esperanto)"。继而以自己学习爱世拨乱道新语的经验劝告欧洲景教士多习万国新语。译者以按语的形式提出如下主张:

> 其一　摧减中国不适当之文字,而易之以良善,则不独功在一国,亦且利及全球。
>
> 其二　汉文确已无生存之能力,与其为他邦文字所压倒,不如由吾人自择一种良善之公语以代之,则爱世拨乱道其首选也。惟其传播,仍宜由吾人发展,不可专任之外人。任之外人,则人为主动,而我为被动。发之由我,则我为自助,而人为相助。主奴之界,不可不争也。
>
> 其三　敝帚千金,人类之结习已久,他国文字,或亦有艰涩混杂而不肯舍弃者。但中国若果能以世界新语代汉文,世之识者亦决不致讥为本实先拨,而当叹为见义勇为。
>
> 其四　传播世界新语,匪特为热心宗教者之责,凡热心国事者,热心社会者,均当勖力也。
>
> 其五　中国民生日疲,将来能习英法等文者必日以少,故各国教士而果有爱于支那,不可不助吾人以传播世界新语。
>
> 其六　汉文灭则世界语言大势统一,而人类大同之期益近。①

其观点主要有三:一是汉文已无生存能力,也无生存必要。汉文废灭后,世界语言更容易统一,人类大同更容易实现。二是废灭汉文后世界新语成为中国人的首选语言。三是传播世界新语,不仅中国人人人有责,而且真心帮助中国人的传教士也人人有责。这与吴稚晖的观点完全相同。

辛亥革命爆发,中华民国成立,吴稚晖也结束流亡生涯,回国参与中华民国的建设。显然,他搁置了无政府主义思想,承认中华民国的合法性。不是说他不再相信无政府主义,而是他认为当下还不是实践无政府主义的时候。吴稚晖在欧洲时废弃汉文而采用万国新语的主张,辛亥革命后便消解于无形。这种高蹈的理想被统一汉字读音这种切实的想法取代。这点下文将有论述。在此要说明的是,"五四"新文学运动时期,当钱玄同等人像吴稚晖当年一样热烈提倡世界语而废弃汉字时,吴稚晖却反对以世界语 Espe-

---

① 木君来稿:《陶斯道君致景教士书》,《新世纪》第 121 号,1910 年 5 月 21 日。此文从英文翻译过来,可能是吴稚晖译的。"木君"可能即"沐君","沐君"是吴稚晖的笔名。吴稚晖曾经翻译过陶斯道(托尔斯泰)的小说。

ranto 为中国文字。他认为:"所谓世界语,虽有 Esperanto Ido,等等的分别,也不过是杂取全世界的语文,'先'用所谓欧母,或近似欧母的字母,做成一种驴不驴,马不马的文字,使我辈兴叹五十年后将夭殇的罢了。"①这与他之前的主张判若两人,其理由与他当年的对手章太炎反对世界语的理由非常相似。其中的奥秘在于吴稚晖政治理想的转变。中华民国的成立,使得他成为民国元勋,他自然认同中华民国而搁置了无政府主义的主张。对于与无政府主义捆绑在一起的世界语,他不得不重新思考。俄国盲诗人爱罗先珂是热心提倡世界语的人,可他在一次讲演中提及一个纠结的现实状况:很多人害怕学世界语。因为苏联下令学习世界语,人们就把世界语与共产主义、过激主义和无政府主义捆绑在一起。爱罗先珂申明,世界语的精神是反对暴力,提倡和平,它的旗帜是人道主义与和平主义。②吴稚晖把世界语与无政府主义结合在一起,因放弃无政府主义而反对采用世界语,也是顺理成章的事。更重要的是,真正采用世界语代替汉文的道路还很艰难遥远,所以他暂时放弃用万国新语代替汉文的计划,而转向较为现实的方法,即给汉字寻找一种合适的注音方案。这样一来,放弃世界语后,虽然因给汉字注音而缓解了中国人识字的困难,但中国人如何获取西欧新知的问题仍然悬而未决。以此为出发点,吴稚晖设想把法语作为中国人的"第二国文":"所以正门道路,采用一种有力量的欧洲文作为第二国文,是追赶汽车也用汽车的法子。假如取了法文算第二国文;再把英德文作为大学及高等学校必修的辅课;把 Esperanto 作为高等小学及中学必修的辅课;仍将英德文作为中学可增的辅课。如此,庶几乎世界头等文明国的书报,如替中国做的;印刷厂、报社,如替中国开的;各种学校,如替中国立的。"③这一策略似乎完美,但很不切合实际。

二、注音字母与国音统一

1912 年 8 月 7 日,中华民国教育部在北京通过《采用注音字母案》,根

---

① 吴稚晖:《补救中国文字之方法若何》,罗家伦、黄季陆主编:《吴稚晖先生全集》卷五,台北:文物供应社,1969 年,第 163 页。
② 爱罗先珂讲演:《世界语与其文学》,胡适口译,金公亮笔记,《绍兴教育界》第 1 卷第 2 期,1922 年 4 月 10 日。
③ 吴稚晖:《补救中国文字之方法若何》,罗家伦、黄季陆主编:《吴稚晖先生全集》卷五,第 172 页。

据官制第八条第七项《筹议国语统一之进行方法》,公布《读音统一会章程八条》,先设筹备处,聘请吴稚晖为主任。吴稚晖撰写《读音统一会进行程序》一册,会前印寄会员。1913年2月25日,读音统一会正式开会,到会44人,选定吴稚晖为会长,王照为副会长。会议任务有两个:审定国音,选定注音字母。但是会议进行得异常艰难。① 吴稚晖在会议进行中辞去会长一职。这次会议审定国音6500余字,选定了注音字母。但因时局动荡,当时并没有公布注音字母,直到1918年11月2日教育部才在国语研究会的要求下公布注音字母。在吴稚晖的努力下,1918年出版《国音字典》。1928年教育部成立国语统一筹备委员会,聘他为主席。1930年4月15日第二次全国教育会议在南京召开,他在会上宣讲注音识字的重要性,力图实现"注音识字运动的再起"。② 1930年4月19日吴稚晖等人提出"拟请教育部在最短期内积极的提倡注音识字运动案"。21日,第四次大会议决通过。同一天,中央第八十八次常务会议通过了十二委员改定"注音字母"为"注音符号"的提议及推行注音符号的办法。4月29日民国政府通令全国实行。

  上文已经论及吴稚晖回国后因认同中华民国的合法性而重新思考世界语与汉语的关系,暂时搁置采用世界语代替汉字的理想,转而切实地创制汉字的注音方案。他曾经诙谐地说:"若能替他娶一注音的老婆,配合起来,汉文或者也可算天下之至美。"③因此他对读音统一的事业非常看重。他的《读音统一会进行程序》对读音统一会的性质、任务等作了全盘考虑。主要内容有:第一,定名:定此会的名称为"读音统一会",属于国语统一之一部分。第二,征集:征集各省的代表与教育部的延聘员,组织读音统一会。第三,会规:会约若干条。第四,审定读音:逐字审定,每字就古今南北不同的读音中择取一音,以法定的形式公定为"国音"。第五,归纳母韵:总结归纳声母和韵母。第六,采定注音字母。第七,编辑注音字典。第八,集刻音表:把国音和乡音分别以注音字母刻为音表。第九,颁布学校:取注音字典与对照音标两书,颁布于全国的小学,"使国文尽依国音授读"。第十,扶持音

---

① 参见黎锦熙:《国语运动史纲》,上海:商务印书馆,1934年,第58—62页。
② 杜子劲:《最近五年来的中国新文字问题(1926—1930)》(四,上),《国语周刊》第8期,1931年10月24日。
③ 张文伯笔述:《稚老闲话》,台北:文物供应社,1952年,第75页。

字:扶持合乎法则,借用注音字母为音字的做法。① 这十件大事中,最核心的是两件:读音统一会要统一的"读音"到底是什么音;用来记录这种读音的字母到底采用哪种字母。

读音统一会要统一的"读音"是什么音？吴稚晖区分了两种"音":一种是"读音",相对于文字而言;一种是"口音",相对于声响而言,即自然说话的声音。读音,指的是书面读音,读书音。读书音为中国古代读书人、士大夫的朗读音,实质上是一种精英化的读音。统一读音而不是统一口音,这一区分实际上为后来依据《国音字典》教授字音埋下了困难。在此不论。吴稚晖给统一后的读音取了一个现代性的名字——"国音":"此音为全国派人会议所公定,是为国有之音,非复北有南有京有省有县有。异日就国音而发近文之雅语,作为全国交通之媒介,即名之曰国语。国音生国语,名称亦可相承一线。故有拟名审定之音,谓为官音正音,为标准音,为法定音,为通用音者,似皆不若国音之核实。"②"国音"作为"国有之音"中的"国"明显带有现代民族国家的想象,也许吴稚晖的意向中就是指中华民国。"国音"作为结构性概念,在内涵上避免了语音的地方化,即"非复北有南有京有省有县有";同时也消解了语音的历史性,即不取已经在历史上出现过的"官音""正音"名。"国音"的目标在于统一全国优美的读书音而成一新的语音体系。"国音"作为结构性概念,在功能上追求"国音生国语"。吴稚晖的"国语"具有特定的范围:"近文之雅语,作为全国交通之媒介"。其特征为"雅",仍然区别于口头语的"俗"。他写道:

> 读音势力之大如是,则异日学校中果能以统一之注音字母,拼读统一之国音。则有十年八年之习惯,通国人皆以国音为近文之谈话,自成一种极普通之官话。而国语统一之希望,不待安排,自然达矣。彼此达意,既止能取给于读音。各人自必特别留意,使下语愈近文,可望彼此之了解愈易。则言鼠即曰鼠,北人不称耗子,南人不称老虫。言医生即曰医生,北人不称大夫,南人不称郎中。言火柴即曰火柴,北人不称洋取灯,南人不称洋媒头。诸如此类,适促语言之改良,可兼收言文一致之效。③

---

① 吴稚晖:《读音统一会进行程序》,罗家伦、黄季陆主编:《吴稚晖先生全集》卷五,台北:文物供应社,1969年,第103—121页。
② 同上书,第105页。
③ 同上书,第119页。

同一个汉字,因地域不同,有不同的读书音。如何统一这繁多的读书音呢？如前所述,吴稚晖设想的方法是:逐字审定,每字就古今南北不齐之读音中择取一音,以法定之形式公定之,名之曰国音。审定读音中,有一个非常现实的难题,这么多"南北不齐之读音",由谁来读最为合适？读音统一会的代表来自全国各省,这些人大多在语言文字的学问上有造诣,或者热心于全国语音的统一。审定读音的过程中,请他们来朗读,从中选取一较为优美之读音为国音。但审定读音的难题在于观念,即如何处理南音和北音的问题,说到底,是要不要以官音为主来审定读音,因为官音以北音为基本成分。吴稚晖提倡,不取地方口音,不取官音,但不能指定为某省某城之音。北音也有两大不足,一是长短清浊有失偏颇,一是夹杂有土俗鄙塞之音。①他主张调和南音与北音:以北音为主,保留南方的入声和浊声。其理由在于:"北音居多数,南人终将多弃其相习者,改学其不相习者。而北人为入声浊音之故,亦略略分受改习之困难,是亦为统一读音之大事,有分担义务之可言也。"②吴稚晖又以"音"之雄壮示意"国"之强盛来支持自己的建议,他说:"浊音字甚雄壮,乃中国之元气。德文浊音字多,故其国强；我国官话不用浊音,故弱。"吴稚晖南北调和的建议得到江浙籍会员的支持,比如汪荣宝就说:"南人若无浊音及入声,便过不得日子。"而王照、王璞等人坚决反对,王照说:"字母加入十三浊音,则是以苏浙音为国音,我国全国人民世世子孙受其困难。"③据说有人甚至在会上动起拳脚来。汪荣宝用苏白话说到"黄包车",王照听来好像是"王八蛋",以为是骂他,说:"你骂我是王八蛋,我就揍你这王八蛋。"汪荣宝只好赶紧逃离。后来王照等人得到代理教育部长董鸿祎的支持,每个省给一个表决权,十三浊音终于没有加入读音系统,所定读音以官音为主。

审定读音后,选定注音字母也成为棘手的事情。在晚清的简字切音运动中,卢戆章、蔡锡勇、沈学、王照、王璞等人创造简字,都是一种个人行为。民国读音统一会要制定注音字母却是一种国家行为,具有权威性。用谁创造的字母,用什么样的字母,是汉字偏旁式样的,还是拉丁字母,或者是其他的,就成为激烈争论的焦点。吴稚晖强调,注音字母的功能是给汉字注音,

---

① 吴稚晖:《读音统一会进行程序》,罗家伦、黄季陆主编:《吴稚晖先生全集》卷五,台北:文物供应社,1969年,第105页。

② 同上书,第108页。

③ 黎锦熙:《国语运动史纲》,上海:商务印书馆,1934年,第58—59页。

而非创造文字。因此对之前出现的各种简字切音新字等要详加考察。他首先表明自己的态度:"我愿首先牺牲我的豆芽菜字母。"①但因人人想做仓颉而争执不下,最后经教育部的周树人等人提议,采用章太炎在1908年《驳中国用万国新语说》中根据汉字偏旁创造的字母,史称"注音字母",后改称"注音符号"。

审定读音和选定注音字母,有其重要的意义。6500余字的读音,基本上确定了一种全国统一的语音;选定注音字母,为语音的传播奠定了基础。这在中国的历史上还是第一次。这样,中国的语言不仅可以"书同文",还可以"说同音"。吴稚晖有一句话很精辟:"国音统一,关键全在国音字典。"②虽说《国音字典》为他自己所编,但仔细想想,这话确有道理。国音字典的好处在于提供全民学习国音的标准,又能与汉字结合,不至失去汉字的形态。吴稚晖编订的《国音字典》于1918年出版。关于吴稚晖努力编订的情形,黎锦熙有一段记载:

> 原议长吴敬恒发愤起草于上海,将审定之字,改依《康熙字典》之部首排列,始定名为《国音字典》;又于已审定之六千五百余字外,将未及审定而不可阙之字,或一字而但定主要一义而未及审定其他义者,皆取已审之字,准音而注,约又增加六千余字,倍乎审定之数而稍多;合之俚俗及科学新增之字六百余:大约共有一万三千多字。③

《国音字典》的出版引发了一场"京国问题"的讨论,即关于"北京音"和"国音"的争论。《国音字典》的"国音"为"读书正音"④,这套"读书正音"并非由一地的"读书正音"组成,而是由多地的"读书正音"组成,以这种"国音"说出的中国话肯定像另外一种语言。很明显,吴稚晖等人的"国音"立场说到底是一种读书人的精英立场,追求一种理想的读音方式。它很快

---

① 汪怡:《国音字母小史》,《国语旬刊》第1卷第6期,1929年10月1日。
② 吴稚晖:《答〈〈君书》,罗家伦、黄季陆主编:《吴稚晖先生全集》卷五,台北:文物供应社,1969年,第221页。
③ 黎锦熙:《国语运动史纲》,上海:商务印书馆,1934年,第95页。
④ 教育部训令:"查读音统一会审定字典,本以普通音为根据。普通音即旧日所谓官音,此种官音,即数百年来全国共同遵用之读书正音,亦即官话所用之音,实具有该案所称通行全国之资格,取作标准,允为合宜。北京音中所含官音比较最多,故北京音在国音中适占极重要之地位;《国音字典》中所注之音,什九以上与北京音不期而暗合者,即以此故。"转引自黎锦熙:《国语运动史纲》,上海:商务印书馆,1934年,第99页。

遭到来自教育界的质疑。挑起者为南京高师英文科主任张士一,他在《国语统一问题》(1920)中提出以"受过中等教育的北京本地人的话为国语的标准"①。如果这样,国语的国音无疑要以北京音为标准音。1920年2月24日教育部以训令正式公布《国音字典》:"国语读音悉当依此修正之《国音字典》为准绳,以昭划一。"②吴稚晖虽然反对张士一的观点,但是有个现实的问题吴稚晖无法解决:《国音字典》没有声调,当以什么声调来朗读呢? 王璞的《中华国音留声机器片》中阴阳上去依北京音,入声读如去声,略短。赵元任的《国语留声机片》中阴阳上去也一律如北京音,入声读如南京话。黎锦熙等人提出废除"入声",这由"国音无调"变为"国音京调"是"国音"转变的重要一步。接着《国音字典》中一小部分不是京音的音也被改了过来,这就产生了1932年出版的《国音常用字汇》,全部以北京音为标准音。吴稚晖改变了先前的态度,在《国语统一筹备委员会请公布〈国音常用字汇〉文》中表示完全赞同。

在制定注音字母和统一国音的过程中,吴稚晖有些个人看法值得提及:

第一,注音字母的功能是给汉字注音,而非创造文字。注音字母不是新文字,不可能代替汉字。吴稚晖反对创造"代用汉文之音字",即代替汉字的拼音文字。拼音是拼音,拼音文字是拼音文字,二者相距十万八千里。理由在于:拼音不能述高深思想,不能写契约。③ 而且在他看来,世界最终将走向大同世界,而大同世界当牺牲各国的国语,只用一种公共语言。因此,汉语也不会长存,不必费时费力去创造一种新的文字。但是,因需要统一读音而暂时创造一套拼音字母是必要的。

第二,文字有自身的独立价值。吴稚晖以希腊罗马文字为例,认为"优美思想,高深学术"④经过无数曲折用文字固定下来。"汉文之难读难写固然矣,然猝然既无完美之音字,可以相代,则契约政术文章,彼尚负完全之责任。"⑤吴稚晖称此等汉文为"优美的汉文",与《新世纪》时期的激进对照,

---

① 黎锦熙:《国语运动史纲》,上海:商务印书馆,1934年,第96页。
② 同上书,第100页。
③ 吴稚晖:《补救中国文字之方法若何》,罗家伦、黄季陆主编:《吴稚晖先生全集》卷五,台北:文物供应社,1969年,第159页。
④ 同上书,第155页。
⑤ 吴稚晖:《读音统一会进行程序》,罗家伦、黄季陆主编:《吴稚晖先生全集》卷五,第115页。

他的转向看似守成,却更为理性。象形字与拼音字(吴稚晖称为切音字)并无优劣之分。他用举例法证明,如汉字"日"象太阳之形,读如"实",英文用sun表示太阳,读如生。两者都不是太阳自呼,没有高低之分。他的论证方法虽然简单奇怪,但主要在表明他自己的取向。西方的反切法与中国的反切法,区别在于汉字的切字非常随意,而西方反切的切字相对固定。①

第三,废弃四声。吴稚晖认为在字母上赘附四声,是承接官话字母而来的一种赘疣办法。四声由汉文自己掌管,文字只是达意,即使四声全部弄错,也能达意。他造的例子如"众话命锅低伊柯纵通、交、巽问,低而柯、交、冤师欵,低散柯、交、里怨哄,低思柯、交、奉果丈",即"中华民国第一个总统叫孙文,第二个叫袁世凯,第三个叫黎元洪,第四个叫冯国璋"②,还有如"众话敏郭蛮税"(广州话),即"中华民国万岁"③。或许吴稚晖暗中以西欧语言内藏重音作为参照,而推及汉字可以废弃四声。在国语罗马字方案中,四声的声调用字母表示,既能保存拼音的完整性,又能体现声调。但因此而造成的复杂繁难最终使得国语罗马字不能普及。吴稚晖把四声分为"语学的四声"和"文学的四声"却很有意思:"文学的四声"存在于书面语中,所以是用眼睛看的,靠几部周秦汉魏六朝唐宋的死书来裁定;而"语学的四声"存在于口头语上,所以是用耳朵听,要集合燕秦楚蜀吴越闽广的活口才能确定,这样就非常有难度。刘半农研究的就是"语学的四声"。吴稚晖虽然主张四声只配送进博物馆做废物④,但也赞同刘半农"古诗有声调,律诗有声调,白话诗也当有声调,声调都牵涉到四声"⑤的观点,从而作出二分的判断:"国语的文学,定然需要他;国音的注音字母,还是用不着他。"⑥

另外,"新定国音之读音,必且无论推诸何地,不能尽合其原有之读音"。因此有"国音"与"乡音"的区分,有"读书音"与"谈话音"的不同。

---

① 吴稚晖:《记文字起源》,罗家伦、黄季陆主编:《吴稚晖先生全集》卷五,台北:文物供应社,1969年,第2页。
② 吴稚晖:《补救中国文字之方法若何》,罗家伦、黄季陆主编:《吴稚晖先生全集》卷五,第157—158页。
③ 吴稚晖:《致群报记者书——注音字母五声问题》,罗家伦、黄季陆主编:《吴稚晖先生全集》卷五,第196页。
④ 吴稚晖:《四声实验录序》,罗家伦、黄季陆主编:《吴稚晖先生全集》卷五,第183页。
⑤ 吴稚晖:《四声实验录书序赘后》,罗家伦、黄季陆主编:《吴稚晖先生全集》卷五,第191页。
⑥ 同上书,第192页。

"读音者,授之于学校儿童。音字者,惠之于失学粗人。"①这也体现了吴稚晖关于拼音国音教育的二分法。

三、国音统一与平民教育

吴稚晖1895年创制豆芽字母,仅在家里传授,实用开智乃是其第一目的。1903年他潜往欧洲后,就用豆芽字母与妻子通信,可见豆芽字母能便利妇孺。在法国提倡万国新语时,他希望能让更多的人"识字通文"。他辞去读音统一会的会长一职,但殷殷期望"吾国有记音之器,补助普通教育"②。吴稚晖积极倡导注音字母,统一国音,确有平民情怀。他说"注音字母,狗屁不值一钱……却是神圣不可侵犯"③。他被人称为"中国文字改革运动中的先知先觉者",而他的"草鞋主义"论尤被人津津乐道。④ 所谓"草鞋主义"是吴稚晖在《草鞋与皮鞋》(1925)中提出的观点:就自身价值而言,皮鞋的价值高,但造价贵,费时多。相比之下,草鞋的价值低,而造价廉,费时少。如果放到泥泞的路上,则草鞋的用处大于皮鞋的用处。⑤ 吴稚晖以此为比喻,主张用草鞋的方法提倡他所谓留声机器的注音字母,即拼切土音的注音字母。

"五四"新文化运动时期,吴稚晖以"'拼音'帮忙'文字'"通向大众:

(一)所谓六经三史,老古董的一部分,让汉文独立,不必与注音字母交涉。

(二)青年所读古书,其应用旧反切之处,皆以注音字母反切之。

(三)通俗书报,小学读本,一律附注音字母于其旁;凡晓示大家之文告广告同。

(四)凡致"灶婢厮养"之函牍,手写者可单用注音字母,印刷者必加以汉文。

---

① 吴稚晖:《读音统一会进行程序》,罗家伦、黄季陆主编:《吴稚晖先生全集》卷五,台北:文物供应社,1969年,第124页。
② 吴稚晖:《奉辞读音统一会诸公书》,罗家伦、黄季陆主编:《吴稚晖先生全集》卷五,第132页。
③ 吴稚晖:《国音问题》,《时事新报·学灯》1920年11月28日。
④ 杜子劲:《最近五年来的中国新文字问题(1926—1930)》(四,上),《国语周刊》第8期,1931年10月24日。
⑤ 吴稚晖:《草鞋与皮鞋》,罗家伦、黄季陆主编:《吴稚晖先生全集》卷五,第291页。

(五)"灶婢厮养"互相通问,可单用注音字母。①

"老古董"中的一部分文言典籍因与青年关系不大而被暂时放置一边,注音字母要照顾周全的是青年人所读的古书、通俗书报、小学读本以及下层民众的信函,给这些文字配上注音字母的益处很显然是让大众识字通文。他甚至也建议下层民众之间互相问询,可以省略汉字只用注音字母,这其实是走向拼音化的起步。在吴稚晖看来,注音字母能让汉字走向大众,就让它自由地走。

吴稚晖国音统一主张的平民倾向在其《二百兆平民大问题最轻便的解决法》(1924)一文中有集中的表达。他从教育的角度定义"平民","平民"指那些不曾受过学校教育,或无机会受学校教育,或略受过学校教育的人。"平民"与"贫民"不同,"平民"是未受教育的人,"贫民"是经济上贫困的人。虽说"平民"与"贫民"之间有很大部分重合,但并不完全相同。吴稚晖的教育观念可以概括为"俱分进化的教育论"。这一观念可能来自章太炎的"俱分进化论"。吴稚晖和章太炎这一对"冤家"对进化论的理解非常一致,同样持有具浓厚东方色彩的"俱分进化论",即在道德论上表现为"善进恶亦进"。"俱分进化的教育论"观念表现为认为"教育是教好人更好,恶人更恶的一样工具"。既然如此,那么人类还需要教育吗?尽管"善进恶亦进",但教育能"求暂时的恶制于善",更"进"的善能制服更"进"的恶。② 所以,教育对人类仍具有重要意义。

吴稚晖将注音字母分为四类。这四类并不表明本质的区分,只是功能的差别。

第一类,中外音韵学家的注音字母。吴稚晖的意思并不是说中外音韵学家创造出了某种注音字母,而是从中外音韵学家的眼光看,注音字母是何种物体。他们认为注音字母仅仅为"极陋的参考品之一",强求合古与合理。

第二类,希望制造"音字家"的注音字母。音字家简单说就是废弃汉文采用拼音化的人。他们把注音字母看作"一张椎轮大辂的草稿"。他们从

---

① 吴稚晖:《补救中国文字之方法若何》,罗家伦、黄季陆主编:《吴稚晖先生全集》卷五,台北:文物供应社,1969年,第160页。

② 吴稚晖:《二百兆平民大问题最轻便的解决法》,罗家伦、黄季陆主编:《吴稚晖先生全集》卷五,第239页。

注音字母看到的是造字的方法,所以才会诋毁注音字母不适于造字。吴稚晖诙谐地讽刺"音字家"的想法:"急急乎诋诃注音字母,骂他不适当于造字。注音字母若能开口,必慰之曰:'奶奶!你不要弄错,下官本来止管吃盐,原管不着吃醋的呀。'"①

第三类,统一国语的注音字母。"国语者,有声音、有文法、有词类,皆发生应为国语标准,或不应为国语标准的问题。合着三种问题,解决出来的,才算国语。"②注音字母只解决国语里标准音的工具问题,不能解决全部问题。四十个注音字母,专为国语标准音而造。国语对国音字典负有责任,国音字典上的音,都能用注音字母拼切,但是国音字典以外的字音,不能拼切的很多。注音字母与"国语汉文"相始终,这里的"汉文"指汉字,如果国语汉文废弃,注音字母也无存在的理由。既然汉文被废弃,就应该制造出一种"最有条理的汉语音字"来替代。

第四类,平民留声机器的注音字母。留声机器能保存声音并发出声音,并且在吴稚晖看来,作为注音字母的留声机器能拼切任何土音。可是注音字母只能拼切国语标准音。因此如果拼切各地土音,需在注音字母的基础上增加一些字母,这些字母叫作"闰母"。"平民留声机器的注音字母"指的是增加闰母后能拼切国音同时也能拼切土音的注音字母。平民教育不拘国音与土音的区别,所教的音以教师和听众所在地的土音为本位。

这四类其实没有本质区别,只是对注音字母的功能有不同看法。吴稚晖主张推行平民留声机器的注音字母。无锡地区的教师在无锡教授千字课,自然以无锡土音拼切汉字。吴稚晖以平民千字课的第一课为例,主张给句子注上两种读音方式:用注音字母注的国语标准音和用无锡"平民留声机器的注音字母"注的无锡"土方标准音"。③ 吴稚晖主张在教注音字母之前,先教本地方音半年。他的具体主张如下:

> 据我鄙见,若汉语"合法"音字,成功不易,尽可将所注国音,竟组入汉字内。如天作 ㄊㄧㄢ/天;四笔增上六笔,还比龘字笔脚远少,写 ㄔㄨ/龖 龘(按,疑衍一字),他亦累坠惯了,何在乎更多几笔,明知要合作到如

---

① 吴稚晖:《二百兆平民大问题最轻便的解决法》,罗家伦、黄季陆主编:《吴稚晖先生全集》卷五,台北:文物供应社,1969年,第248页。
② 同上书,第249页。
③ 同上书,第254页。

此地步,原是太自由的理想。然略师其意,以便平民,亦何所顾虑而不为?况把这位太太,正位中宫以后,它对于丫头老妈子,自能瞒过汉文老爷,独自替他们传书作简。这又是平民界的真正一个救苦救难观世音菩萨呀。①

他认为解决平民教育最轻便的办法是"注音字母与平民教育的千字课合作"。他对《平民千字课》极为赞赏,称赞它"周匝活泼"。② 他说的《平民千字课》可能即晏阳初和傅若愚两人合编的《平民千字课》课本,1922 年出版。课文配有图画,生字注上注音字母,课文接近生活,也许这些就是吴稚晖所说的"周匝活泼"。比如第一课《树下温课》,有一小学生树下读书的图画。课文:"三月时候,日暖风和。树上的叶子,和地上的花草,红红绿绿,异常可爱。有个小学生,坐在树下温课。口中念书的声音,和鸟声相应。"生字表为:候叶绿异爱温口音鸟应。③ 生字旁边都写上了注音字母。这恰合吴稚晖的心意。

四、民族国家想象与党国意识

晚清时期,吴稚晖的国家民族观念大体可以概括为多维共存。他参加上海爱国教育社,1903 年因《苏报》案避走英伦,排满革命思想占主导地位。在欧洲办《新世纪》时期,不仅延存着排满革命的热情,而且吸收西方无政府主义思想而倾向世界大同。他曾经从万国新语的传播出发,设想过人类走向世界大同的道路:

> 今世界文字,可以三类括之,曰欧文回文汉文是也。回文仅行于回教诸国,无甚势力,盖不足道。若夫东亚诸国,日本朝鲜安南之属,则皆渊源于汉文者也。今中国若果改用世界新语,则东瀛之黄面猴,素不以师人为耻者,必继之而作;而朝鲜亦以国势上之关系,不得不从同;至于安南,则近者浅近之法文已盛行,本不能保其旧学,一旦为中国文字改革之怒潮所撼,其必弃捐法文之繁难,而乐就于世界新语之利便矣。若是则亚洲之不同文者,虽尚有数处,但彼数处已在暂种管理之下,欧文

---

① 吴稚晖:《二百兆平民大问题最轻便的解决法》,罗家伦、黄季陆主编:《吴稚晖先生全集》卷五,台北:文物供应社,1969 年,第 257 页。
② 同上书,第 245 页。
③ 晏阳初、傅若愚:《平民千字课》第 2 册,上海:青年协会书局,1922 年,第 3 页。

反客为主久矣,岂非大局已定乎?亚洲文字统一以后,虽欧文尚有各国之区别,此则大同中之小异而已。而况东亚果实行取用世界新语,则无用之精力既省,有益之学术必兴。欧洲各国有鉴于此,亦必群弃其祖国文而与亚洲求同。盖欧洲今日本已君民上下,极力提倡新语,积之既久,虽无东亚为之倡,彼辈亦自能统一也。若是,则所谓小异者亦去,而真大同矣。文字语言大同,则人类之大同可计日而待也。①

吴稚晖因相信语言的能量,从万国新语的理念出发,构造出由"文字语言大同"通向"人类之大同"的"语言/世界"同构的图景,仿佛人们完全可以相信"一种语言,一个世界"的单纯美好。德国巴伐利亚的天主教主教约翰·马丁·施莱耶(Johann Martin Schleyer)1879年3月31日完成了"沃拉匹克语"(Volapük)的创造。这是一种世界通用语的方案。他的观点是:"对于基督教的欧洲来说,一种唯一的字母,是和一种唯一的宗教一样需要的。"他还有一个口号是:"一个人类——一种语言!"(Menade bal—püki bal!)②如果将施莱耶的两个观点叠加一下,那么"一个人类——一种语言——一种宗教"这种三位一体的世界则具有更高的纯度。吴稚晖先把世界文字轻松地简省为欧文、汉文和回文三类文字,接着又以势力弱小为由把回文踢开,如此只需欧文和汉文两类文字归化于世界新语以走向"文字语言大同"。在以汉文为中心的东亚诸国语言归化于世界新语时,浓厚露骨的"汉文中心论"或"中华中心主义"主宰着作者的思维。这点因与此处主题无关,不多论述。也许吴稚晖这种太富个人情绪性的求同过于自以为是,不过,"一种语言——一个世界"的排满革命和世界大同的乌托邦理想,是他晚清时期最为明显的政治诉求,人们往往会忽视两者之间的一个中间地带:一种包含满族在内的中华民族的存亡之感。吴稚晖在所译著作《荒古原人史》的"译者按"中写道:

> 中国尧舜之世,三苗与华人,尚立同等之地位。今则华人衣冠文物,纵或贻诮半化,然已不失为初等之开明;苗之居于湘黔间山中者,依然操石器而食人。进化之与不进化,其文野可不晌而殊,其存灭亦可不察而卜。尧舜去今,才四千年,若更四千年,而或进或不进。第二苗族,

---

① 木君来稿:《陶斯道君致景教士书》,《新世纪》第121号,1910年5月21日。
② [俄]E.德雷仁:《世界共通语史——三个世界的探索》,徐沫译,北京:商务印书馆,1999年,第166页。

滞于半化,与世界彼此相较,其状况有不堪形容者。呜呼!灭种之事,虽非个人短寿,所能亲见,然稍俯仰于古今,真犹旦暮。乌可忽不加察也哉?乌可忽不加察也哉。①

此处所谓"种"不仅仅指汉族,而是指中华民族。"三苗"与"华人"在过去四千年中的命运对照显示出进化的重要。这是中华民族内部的纷争。而吴稚晖的真正用意在于未来的四千年中,中华民族与"世界"之间的关系,中华民族在世界中的存亡问题。正是这种民族国家的危机意识使得吴稚晖重视注音字母的普及。中国以弱国之名处在世界各国之林,灭种亡国的紧迫与危机成为他思考国事的出发点。解决危机的途径莫过于普及平民教育,而普及平民教育的利器唯有注音字母。反推回去,则注音字母的普及与否成为国家存亡的前提。他在《二百兆平民大问题最轻便的解决法》中提出的办法是把平民教育与他所谓的"留声机器的注音字母"相结合,即借注音字母来提升平民教育。中国要达到国内"恶制于善"、对外"总和非弱",只能依靠平民教育。而"留声机器的注音字母"关系到平民教育的一半,所以在这个意义上,他声称"中国的生死存亡,就看能利用它,不能利用它"②。他在《草鞋与皮鞋》中很鲜明地提出:"我国是一个共和国,内忧外患又很紧急,普及初等教育是救国的根本法子;这个火烧眉毛时应急的注音字母,是普及教育的最好的利器。"③他在《四声实验录序》中总结了注音字母的两大功用:"统一国语"和"便利妇孺"。他从当时的语境出发,认为"便利妇孺"重于"统一国语"。他的解释是:

> 因为现在号称四百兆的国民。把五十兆的智识阶级,——姑妄言之——背负了三百五十兆的没字碑,要跳过深阔的大河,想脱去亡国的危险,如何能没有"假名式"的书报,做个提精神的圣药呢?无论两千字,甚而至于缩到六百字的简易教育。能追得上几天可以教完,而且万能的"假名"么?若任目前的太古国民,混沌下去,尽去归咎着军阀政客,难道不想这都是昏百姓放任出来的么?昏百姓的数目,一天不减,便军阀政客的数目,也一天不减。止有少数所谓好人,有什么用呢?长

---

① [英]麦开柏:《荒古原人史》,吴敬恒译,上海:文明书局,1926年,第12页。
② 吴稚晖:《二百兆平民大问题最轻便的解决法》,罗家伦、黄季陆主编:《吴稚晖先生全集》卷五,台北:文物供应社,1969年,第257页。
③ 吴稚晖:《草鞋与皮鞋》,罗家伦、黄季陆主编:《吴稚晖先生全集》卷五,第291页。

此终古,国是瓜分了,还用得着什么普通官话,什么内城京话,来统一什么国语么?①

军阀政客由"昏百姓"放任而来,这种观点与鲁迅所谓暴君来自暴君下的臣民非常相似。仅仅谴责军阀政客不能化解亡国的危险,即使把一批军阀赶下台,从"昏百姓"中又会产生另一批军阀政客。因此,最有效的方式为减少"昏百姓"的数量,以此来斩断军阀政客滋生的根基。五十兆的智识阶级背负着三百五十兆的"昏百姓"救国何以可能?鲁迅的《药》就否定了这种可能性。革命者夏瑜的周围无不为愚昧的看客或者告密者,即"昏百姓",如康大叔、红眼睛阿义、夏三爷、华老栓、华大妈和华小栓等。《孤独者》中的魏连殳也是如此。因此必须以注音字母来做"提精神的圣药",澄清"昏百姓"之昏。吴稚晖的这一思想贯穿他推广注音字母和国语的整个过程。1932年他在《请教育部公布国音常用字汇文》中陈述修订后的《国音常用字汇》做到了"字有定音,音有定调",利于学习。他提议教育部公布《国音常用字汇》的根源还是回到了国家民族的高度上:

> 际兹国难方殷,民族精神,亟宜统一;民众智力,尤应启发。国音确定,则语言可同而情感互通,畛域斯泯而精神易结;文字注音,则识字自易而施教能广,文盲悉除而智力日增。用是本会亟将国音常用字汇一书,督促印成,检附二百份,呈送大部,请依旧例,即予公布。②

不过,到了抗战时期,吴稚晖那种注音字母背后的国家危机意识,为一层党国意识形态的迷雾所笼罩。最富典型性的是他的《注音符号歌》歌词。为字母谱曲成歌以利于诵记并不奇怪,日本有伊吕波字母歌,赵元任也给注音字母谱写过歌曲。可是,吴稚晖的注音字母歌渗透着强烈的意识形态色彩,把注音字母彻底政党化。他的歌词中,一方面把孙中山神化,颂其为大佛;一方面把蒋介石的训词语句掺入其中而进行政治谄媚。有些歌词佶屈聱牙,如"欸讷欸粗,诶鲁诶愚",有些粗陋难懂,比如"特啊古族,如欧都稀",真可谓不看注释不知其义,看了注释更不知其义。③

---

① 吴稚晖:《四声实验录序》,罗家伦、黄季陆主编:《吴稚晖先生全集》卷五,台北:文物供应社,1969年,第185页。
② 吴敬恒:《请教育部公布国音常用字汇文》,《国语周刊》第26期,1932年3月19日。
③ 吴稚晖:《注音符号歌》,罗家伦、黄季陆主编:《吴稚晖先生全集》卷五,第366—371页。

第二节 "自由的胡说"与游戏文

罗家伦20世纪20年代有个有趣的评论,认为吴稚晖和鲁迅两人都是"'射他耳家'的天才"。"射他耳"是satire的音译,今译为"讽刺"。他认为吴稚晖的讽刺天赋表现在两个方面:第一,是吴稚晖能"铸造新词,凡是老生常谈,村妇嚼蛆的话,经他一用,便别有风趣";第二,是吴稚晖能透彻地理解中国人的生活情况,抓住各种生活中最小而独特的地方以表现全体。①第一点非常中肯,第二点就有些勉强。鲁迅的小说倒是很充分地表现了第二点。"讽刺"一词还不具有足够的包容性以呈现吴稚晖的表达特色。他常常贬称自己的文章为"游戏"之作。如果需要用"讽刺""幽默""滑稽""游戏"四个词语中的一个来形容吴稚晖的表达特色,"游戏"一词也许最为恰当。这不仅仅因为他喜欢用"游戏"概括自己的写作方式以及文章风格,而且因为"游戏"一词确实更贴切吴稚晖文章自由的面貌。

吴稚晖经常用"游戏"一词描述自己的文章。他称《政学非政学》为"拉杂游戏"②,《答沈幼卿书》中声称"游戏为文"③,《致章行严书》中说"弟喜欢游戏,承蒙先生素来知道。那个杂话,本是游戏文章"④。他还会用一些近似"游戏"的词,如"胡说八道是惯的"⑤来笑称自己的文章。这种种说法都指向"游戏为文"。那么,如何理解吴稚晖所说的"游戏"一词呢?

同是晚清学人的王国维对文学有个著名的看法,即"文学者,游戏的事业也"⑥。文学作为"游戏",类似于"儿童游戏"。"游戏"是人类自由自在、不带功利的活动形式。所以,文学是余裕的产物,排斥世俗的功利性。王国维的"游戏观"源自康德。康德曾把艺术与手工艺作比较:"人们把艺术看作仿佛是一种游戏,这是本身就愉快的一种事情,达到了这一点,就算是符合目的;手工艺却是一种劳动(工作),这是本身就不愉快(痛苦)的一种事

---

① 罗家伦:《通信·吴稚晖与王尔德》,《现代评论》第1卷第20期,1925年4月25日。
② 吴稚晖:《再致太平洋记者书·释非政学》,罗家伦、黄季陆主编:《吴稚晖先生全集》卷十,第1554页。
③ 吴稚晖:《答沈幼卿书》,罗家伦、黄季陆主编:《吴稚晖先生全集》卷十,第1503页。
④ 吴稚晖:《致章行严书》,罗家伦、黄季陆主编:《吴稚晖先生全集》卷十,第1578页。
⑤ 同上。
⑥ 王国维:《文学小言》,《王国维遗书》第3册,上海:上海书店出版社,1983年,第624页。

情,只有通过它的效果(例如报酬),它才有些吸引力,因而它是被强迫的。"①朱光潜认为康德的笑、诙谐、游戏和艺术都有相通的地方,它们都标志着"活动的自由和生命力的畅通"②。维特根斯坦"语言游戏"一词突出"语言的述说"乃是"生活形式的一个部分"③。作为"游戏"的文学,显然可视为"语言游戏"中最艺术的游戏。伽达默尔对"游戏"作过非常系统的论述。他把游戏作为"本体论阐释入门"④。其"游戏"观主要有五个方面的内涵:第一,游戏是独立于从事游戏活动的人的游戏主体。他认为"游戏具有一种独特的本质,它独立于那些从事游戏活动的人的意识。所以,凡是在主体性的自为存在没有限制主体视域的地方,凡是在不存在任何进行游戏行为的主体的地方,就存在游戏,而且存在真正的游戏"⑤。"游戏就是那种被游戏的或一直被进行游戏的东西——其中决没有任何从事游戏的主体被把握住。"⑥游戏的这种特性被伽达默尔称为"游戏相对于游戏者之意识的优先性"⑦。第二,游戏富有从被动见主动的意义。"游戏显然表现了一种秩序(Ordnung),正是在这种秩序里,游戏活动的往返重复像出自自身一样展现出来。"⑧既然游戏优先于游戏主体,那么人在游戏中怎样理解?按照伽达默尔的意思,人被游戏,所以人也在游戏。于是,游戏呈现出从被动见主动的意义。第三,游戏的本质在于"一切游戏活动都是一种被游戏过程","游戏的真正主体并不是游戏者,而是游戏本身。游戏就是具有魅力吸引游戏者的东西,就是使游戏者卷入到游戏中的东西,就是束缚游戏者于游戏中的东西"⑨。第四,游戏最突出的意义就是自我表现(Selbstdarstellung),而自我表现乃是自然的普遍的存在状态(Sekcsaspekt)⑩。第五,游戏

---

① [德]康德:《判断力批判》(上),朱光潜译,《朱光潜全集》第7卷,合肥:安徽教育出版社,1996年,第34页。
② 同上书,第35页。
③ [奥]维特根斯坦:《哲学研究》,李步楼译,北京:商务印书馆,1996年,第17页。
④ [德]汉斯-格奥尔格·加达默尔:《真理与方法》(上),洪汉鼎译,上海:上海译文出版社,1999年,第130页。
⑤ 同上书,第132页。
⑥ 同上书,第133页。
⑦ 同上书,第134页。
⑧ 同上。
⑨ 同上书,第137页。
⑩ 同上书第139页。

向艺术的转化,被伽达默尔称为"向构成物的转化"①,构成物就是艺术作品。

从王国维、康德、维特根斯坦和伽达默尔的观点看,游戏可以作为一种艺术形式。那么反过来说,某些艺术乃是一种游戏形式。这种游戏形式具有如下特质:第一,游戏是自由的,这是游戏的灵魂。虽然游戏本身有一定的规则,但是这种规则是游戏者能自由游戏的保证。对于艺术行为而言,艺术创作必须是自由的。第二,游戏乃是一种自我表现,是人自由自在的生命形式的呈现。对于艺术来说,游戏是一种主体精神的展露。第三,游戏因其自身的趣味能带给人愉快的感受。吴稚晖的"游戏为文"观当作如是观。

一、政治脏话与古文禁忌

吴稚晖好用脏话骂人,尤其在法国办《新世纪》周刊时期。他主张无政府主义,对中国晚清朝廷极尽丑化之诋骂。他站在晚清民族主义立场,诋骂直指清朝统治者,似乎满是民族偏见。但是他并不只是骂光绪皇帝和慈禧太后,他连袁世凯、张之洞、马相伯一起骂,甚至骂尽一切中国人。因此,吴稚晖的政治脏话并不是唾向所有满族人,而是唾向晚清政坛的权力者。满汉之间的民族冲突在他的脏话中不是区分性因素。

1908年11月14日,即光绪三十年十月二十一日,光绪皇帝驾崩,次日慈禧太后去世,中外报刊竞相报道相关消息。吴稚晖撰写《妖魔已终人心大快》《恶妇善死》《臭皮囊蜕化》《卖淫实状》等文攻击慈禧太后与光绪皇帝。他在《恶妇善死》中设一灵位祭奠,横批曰"娼后鼠帝",对联曰"杀人劫货男为盗,养汉宣淫女作娼"。② 并在文中配有极其丑陋的漫画。他在《妖魔已终人心大快》中骂道:

> 西嫖子那拉,小龟头载湉,此两大妖孽,为宰汉族之屠户,为义和拳之罪首,为放纵虎吏狼官遍地劫掠妨害治安夺人生命夺人财产之大盗。于昨日已为牛头马面将此两大妖孽收入黑暗地狱,永远监禁。其作恶造孽之生活已告终矣。……试问此两妖孽,有何本领?质直言之,实不如上海四马路之野鸡,伦敦巴黎扫马粪之小孩。何以能作恶若是乎?

---

① [德]汉斯-格奥尔格·加达默尔:《真理与方法》(上),洪汉鼎译,上海:上海译文出版社,1999年,第142页。
② 夷:《恶妇善死》,《新世纪》第74号,1908年11月21日。

有强权故。因有强权,是以端方铁良张之洞袁世凯诸刽子手,敢藉其鸡巴威武,以为杀人劫才之生活。①

前面以"脏语"庆贺慈禧、光绪的去世,后面先以一退让性的比喻贬低慈禧、光绪的人格,然后转入对强权与清政府大臣的批判,低俗词语与学理词语结合、通俗语气与文言语气结合。他又在《卖淫实状》中采用慈禧太后与李莲英(那拉与莲翁)的对话体,以性事为中心展开论说,极力丑化慈禧太后,又因李莲英为慈禧所宠的太监,使得丑化更加辛辣。尤其是莲翁的"吾家武大嫂子"一段嬉笑怒骂的用词,既低俗又带些学理。李莲英把慈禧奉为"武则天",因他自己姓李,唐皇朝也姓李,以慈禧比武则天,所以把慈禧看作"吾家"的。再由"武则天"而延伸到武大郎妻子潘金莲,于是把慈禧称为"武大嫂子"。"武大嫂子"在中国文化传统中指《金瓶梅》中的潘金莲。因此"吾家武大嫂子"这一称呼意在夸张地讽刺慈禧太后权力与色情双重欲望的强大。紧接着,称康有为为"康大马诮",称梁启超为"梁识宝",称光绪皇帝为"小狼主爷爷",把戊戌变法时期的清政府权力冲突揭露出来。最后,描述"满洲的老鼠"(吴稚晖借用谐音关系称光绪皇帝为"鼠帝")到了海外还跪在洋老爷的街上远远儿表示孝顺的可笑场景。

另一篇文章《鬼屁》批判《泰晤士报》,"鬼屁"即"洋鬼子的屁话"。慈禧死后,伦敦《泰晤士报》刊载了她的遗诏。吴稚晖对此非常气愤,认为遗诏是"一班狗奴才,造着一个诳",又认为《泰晤士报》译其为英文十分可笑,于是撰写《鬼屁》一篇:"将一种戏本子的调头,对了他的屁意,丝毫不走的译将起来。一则醒目,二则免得那野蛮的狗诏书调头,把那臭气薰倒了读者诸公。"②"这戏本子的调头"采用模仿慈禧的口吻与批驳者对话的方式:

"奴家算来没有积德,却靠着狗运,到了咸丰皇狗的老婆队里,做了一个小老婆。生下一个豚儿,叫做同治,就往壬戌年,成功了一个小皇狗。在奴家丈夫,同奴家孩儿的手里,刚刚许多的冤家,闹得很凶。太平天国的红头爷爷,红眉毛的捻子爷爷,不吃猪狗的回子爷爷,贵州山里的土司爷爷,东南西北,一齐闹将起来。搅得四海不安。"

"放屁!什么叫做搅得四海不安?你想,如果当时你们这班鞑狗,

---

① 留英反对强权人来稿:《妖魔已终人心大快》,《新世纪》第74号,1908年11月21日。
② 燃:《鬼屁》,《新世纪》第74号,1908年11月21日。

没有那帮了狗来吃人的曾国藩胡林翼左宗棠李鸿章等一班蛆虫禽兽作梗,就长驱直入北京,四海本来甚安。"①

吴稚晖模仿慈禧的口气,以"奴家"作为叙述者摹写遗诏,却又把自己的意思掺入其中。"狗运""皇狗""豚儿"等粗俗词语夹杂着太多的偏见,却运用自如,一点儿不别扭。"太平天国的红头爷爷,红眉毛的捻子爷爷,不吃猪狗的回子爷爷,贵州山里的土司爷爷"中又以"爷爷"称呼反抗清朝统治者的各种起义军,仿佛一村里小百姓。这是一篇典型的解构文,把遗诏的权威性、外国报纸的陌生感和严肃性,全部扫入垃圾堆。

但是同时,吴稚晖也有对光绪皇帝的另一番解读。他的《臭皮囊蜕化》一文虽然偶有粗语,但倾向于学理分析。他把爱新觉罗·载湉称为"觉罗君"②,认为"觉罗君"个人,只是一个可怜之人;而他的可恨可恶之处在于其祖先留给他的皇帝地位。他从两个方面批判"这个皇帝不能算全辜负于我等百姓"的论调,即:

(一)不知这皇帝之地位,实辜负了觉罗君之个人。

(二)什么叫做我等百姓?什么叫做被人辜负不辜负?必定妄自菲薄。要生出一个皇帝及百姓之阶级分别,便是我等辜负了我等自己。倘我等不辜负我等自己,谁配辜负我等者?若此意不知,则奴性终不能除。③

吴稚晖已经意识到个人独立的价值与尊严。"觉罗君"之"个人"就是一"可怜之小孩子",如果没有什么皇帝之名的把戏,倒能像普通小孩一样受共同之教育,享共同之快乐;可是因为受皇帝之名的拖累,"令彼之个人,离人而立于独。欲失人类之本性,装出强盗之面目,性格实有所不近。然又处于势之无可如何,乃遂变为醉生梦死之一物。不惟觉罗君一人然也"。他解释"什么叫做我等不辜负我等自己","便是决不要做奴才。实行博爱平等自由之革命"。④ 这表明他接受过西方个人主义的观念。

围绕晚清的立宪等问题,吴稚晖还是以脏语开炮。他在《鳞鳞爪爪·一》中针对清政府颁布的宪法大纲,以读者的追问引起议论:"放他妈的狗

---

① 燃:《鬼屁》,《新世纪》第74号,1908年11月21日。
② 满语中,"爱新"是族名,"觉罗"是姓氏,"载湉"为名字。
③ 燃:《臭皮囊蜕化》,《新世纪》第74号,1908年11月21日。
④ 同上。

臭屁!不料到了现在枪炮时代,他那几枝烧茶喝的弓箭,毕竟还能耀武扬威,敢放这种臭屁。真所谓叫化子没有棒,受他狗的气。但是,我带到毛厕上去擦屎,曾经看过了一遍,不但不生气,倒反搦着我的鼻子,笑一个不住。"①他批判马相伯:"于是大虾蟆马良,率蛆虫蠛蠓,三呼拜舞,拍手喧阗,口称皇娼后万岁,皇鼠帝万岁,猪尾巴万岁,立宪万岁,伪立宪万岁,开明专制万岁,奴才万岁,其声若轰,远闻数万里。"②

他又在《鳞鳞爪爪·二》中骂中国留学生:

> 这班野猪野狗野众生,终究不是的东西。盼望到眼穿,送了一群野猪出境,充着留学生。不料那班东西,回到北京,其面皮之老,良心之黑,嘴圈之硬,毒手之辣,眼睛之红,双膝之柔软,下体之活泼,(非活泼,何以逾墙狎妓纳妾诸丑事,书不胜书耶?)加之以全身骨节之懒。数年之间,我虽不杀伯仁,伯仁由我而死,间接的丧去了勇敢少年之头颅无算。③

他在《猪生狗养之中国人》中大骂梁启超:

> 三年以前,粪味将浓之时,纵使有一个剿灭中国人种的梁贼、梁强盗、梁乌龟、梁猪、梁狗、梁畜生、所谓梁启超者,无端倡一满洲皇统万世一系之说……然用其雌鸡之声,犹有什么政治革命、责任政府等之屁说,自欺欺人。④

他进而在《哀哉豚尾汉》中骂尽所有中国人:

> 满坑之蛆,满谷之虫,重复欢呼跳跃,极声高唱:皇娼后万岁!皇鼠帝万岁!大满洲大猪尾国万岁!立宪万岁!同盟万岁!奴才万岁!困苦万岁!地狱万岁!哀哉豚尾汉万岁!⑤

1917年康有为等人鼓吹帝制,吴稚晖骂之曰"狗彘康逆""广东妖人"。抗日战争时期,吴稚晖一批昔日的朋友如汪精卫、褚民谊、周佛海等人叛国

---

① 燃:《鳞鳞爪爪·一》,《新世纪》第74号,1908年11月21日。
② 燃料:《哀哉豚尾汉》,《新世纪》第64号,1908年9月12日。
③ 燃:《鳞鳞爪爪·二》,《新世纪》第74号,1908年11月21日。
④ 燃:《猪生狗养之中国人》,《新世纪》第91号,1909年4月3日。
⑤ 燃料:《哀哉豚尾汉》,《新世纪》第64号,1908年9月12日。

投敌,他"拿巴黎做新世纪的老调"①痛骂他们,其方法是把汉奸总称为"畜类",借用谐音把汉奸们的名字改为动物鬼怪的名称,如鼠蚊蚁(褚民谊)、汪精怪(汪精卫)、周狒黑(周佛海)。吴稚晖声称这不是游戏文字,"凡认为不齿人类之人,皆改其本名,恐字有相同,有污清白之人,此惩逆之通例也"②。

吴稚晖的脏话为文,从言说的角度看,呼应着他的"放屁"文章观。其最大的冲击在于解除了八股文以及古文等文言文的所有武装,使得主体进入一种无拘无束的自由言说境界。

二、丛林语言造型与瞎三话四的文体

1936年,因章太炎去世,鲁迅撰写《因太炎先生而想起的二三事》以表纪念,文中说:

> 我第一次所经历的是在一个忘了名目的会场上,看见一位头包白纱布,用无锡腔讲演排满的英勇的青年,不觉肃然起敬。但听下去,到得他说"我在这里骂老太婆,老太婆一定也在那里骂吴稚晖",听讲者一阵大笑的时候,就感到没趣,觉得留学生好像也不外乎嬉皮笑脸。"老太婆"者,指清朝的西太后。吴稚晖在东京开会骂西太后,是眼前的事实无疑,但要说这时西太后也正在北京开会骂吴稚晖,我可不相信。讲演固然不妨夹着笑骂,但无聊的打诨,是非徒无益,而且有害的。不过吴先生这时却正在和公使蔡钧大战,名驰学界,白纱布下面,就藏着名誉的伤痕。③

在鲁迅看来,"无聊的打诨"会消解正题的严肃意义,即"我在这里骂老太婆,老太婆也在那里骂吴稚晖"的搞笑会削弱排满的正当性。也有一些人对吴稚晖的插科打诨另有一番咀嚼:"由放屁文学论而产生的瞎三话四的文体""自然潇洒,奇趣横生,嬉笑怒骂,皆成妙文,前无古人,后无来者,乃顶天立地的一根文章柱子"。④ 无论是"打诨"还是"瞎三话四",都很清楚

---

① 吴稚晖:《告褚民谊》,1939年9月9日《扫荡报》;引自罗家伦、黄季陆主编:《吴稚晖先生全集》卷九,台北:文物供应社,1969年,第1043页。
② 同上书,第1042页。
③ 鲁迅:《因太炎先生而想起的二三事》,《鲁迅全集》第6卷,北京:人民文学出版社,2005年,第558页。
④ 朱肇洛:《由吴稚晖的文体说起》,《杂志》第15卷第1期,1945年4月。

地显示了吴稚晖叙事的那种"开小差"的状态。我称之为"丛林语言造型"。这里的"丛林"并不指向动物生存竞争意义上的"丛林原则"——强者生存,弱者灭亡;相反,"丛林语言造型"从丛林中各种植物共存的状态中取其相互助长、共同生长的意义,是"瞎三话四"文体的内部构造。如果用风景来比喻"五四"作家的语言,则鲁迅如尼亚加拉大瀑布,热烈、强劲、有气势;胡适如一川平原,河水汤汤;朱自清如苏州园林,明净透彻;吴稚晖如亚马逊丛林,乔木、灌木、草本植物一同生机勃勃。

吴稚晖的"丛林语言造型"在编辑《新世纪》时已初具形态。《卖淫实状》《妖魔已终人心大快》《鬼屁》等谩骂式的政治脏语,《上下古今谈》以明清白话为底子、各种西方物器新名词雀跃出没的书面白话,《示女儿》等模仿人物语气的活泼泼的口头语,《书神州日报东学西渐篇后》《辟谬》等典雅端庄的文言,几乎同时存在。最让人惊奇的莫过于文言搭着白话,极为顺畅自然。大多数人可能有一种想象,以为晚清时期的文言配着白话,无疑如中国老爷与西洋少妇交谈,肯定非常别扭。但在吴稚晖的文章中,却让中国老爷与西洋少妇的谈话非常顺当,衔接自然。如他在《鳞鳞爪爪》中曾把中国比喻为一善睡的巨虫,这条巨虫近代以来的遭遇如下:

> 亚细亚东海之滨,有一巨虫,善睡,计其初生,以迄于今,五千有余年矣,始终未尝或醒。然惟其嗜睡,故善育,其所生虫子虫孙,几达四百兆有奇。此辈娇惯若性成,谓此睡虫,曾数次醒觉。……时东方一小而有力之毒虫,与此睡虫同种,不多年前,先猛击一下,而该虫哼了一小声,睡如故;继而东西各大虫,合力乱拳挥击,此虫只叫了一大声,凛凛然有生气,若有将醒之势,而久而久之,其睡仍如故。于是东西各大虫,趁其酣睡,各施其势力范围,迨势力圆满,即合力剪灭之,瓜分其体。余谓欲医此睡病,必由此虫自己实行革命,乱拳把要害处猛击,一而再,再而三,而四,而五,而百而千万,俟其醒而不复睡,则此虫虽云精神已为各大虫吸取殆尽,然果竭力静养,尚或有济。若徒区区买几瓶泥做的立宪丸,吞而食之,徒添其睡兴耳。小儿将醒,他的妈妈,一抚拍之,即睡如故。那泥做的立宪丸,投入虫口,何异抚而拍之耶?①

---

① 吴稚晖:《鳞鳞爪爪》,罗家伦、黄季陆主编:《吴稚晖先生全集》卷十,台北:文物供应社,1969年,第1186—1187页。

"而该虫哼了一声""此虫只叫了一大声"这类白话嵌入文言队伍,并不觉得扎眼。尤其是"小儿将醒,他的妈妈,一抚拍之,即睡如故"一句,"文言男性"队伍中站着一位"他的妈妈"这位"白话姑娘",却也节奏和谐,意义连贯。

吴稚晖的"丛林语言造型"不仅表现在语体的彼此融洽,还表现在语句因义而生的自然生长的遒劲状态。《辫子——滑稽画图说》这篇文章关注时代焦点物之一——辫子。其形式别具一格,以文配画,图说辫子的十五种功能。这十五种功能分别是:利于刽子手杀头,可作绳索悬吊被捕者,利于追捕者掣辫抓人,抽紧手足的捆绑作绊蹲吊惩罚,游戏时反接两手使人受困,可用于捆绑一群罪人,蹲茅坑时用来掩鼻可略解其臭,决斗时互拖其辫,因辫子而死于机械,恶作剧时夹辫子于门缝,捆绑杂物方便携带,可作马鞭赶牛马,代替手巾缚目用于游戏,利用辫子可演杂技,可作救生工具抢救落水者。仅仅这十五种功能的名称,就对中国男人的辫子进行了入木三分的嘲弄。更重要的是解说文字非常活泼,比如解说第一种功用——利于刽子手杀头:

> 法国不欲杀头则已,苟欲杀头,必请"寡妇"①出来,费手脚及费时候者过多,非四五人不能实行。故有人主张欲废死刑,想必因太废手脚与时候之故。独中国有天然之便利法:推跪罪人于地,两手反接,一人力拖其辫,刽子手提刀下向,刀垂头落。一小时间可杀数十。杀后悬头于城门或杆尖,此物又能一当两用。苟无此物,如杀和尚,则甚困难。然则今日留学生日多,改装者十八九,又皆大逆不道,人人总有些怪气,莫不可指为革命党。一旦聚歼留学生,实清政府大为辣手之事。或必效文明国之办法,不能不略多费手脚与时候。故吾友有商业上经验者曰:"他日可贩数千百断头机到中国出售,必能获利。"然清政府现在财政支绌,采办断头机,又要派遣专使,只笔经费,甚觉为难。故一切效忠于清政府之人,在内地者不必说,即在欧美日本及南洋群岛之商人旅客,皆保守此辫如命,为将来回国杀头时,可节省清官之经费。故此等宝物,直可算一国粹。其应用者一。②

---

① "寡妇"指绞刑架。梅里美的小说《嘉尔曼》中有一句话:"别再想小嘉尔曼,要不,她让你娶一个木腿寡妇。"这里的"木腿寡妇"即绞刑架的意思。
② 民:《辫子——滑稽画图说》,《新世纪》第89号,1909年3月20日。

这一段文字的中心是以辫子有利于杀头讥笑中国人留辫子的荒唐,意在批判清政府的合理性。但讲叙却七弯八绕,语句如连环腿。首先以法国因使用绞刑架费事而欲废除死刑与中国人有辫子而杀头天然便利作对比,引出中国人托着辫子杀头的快捷省时和用辫子系头悬于城门杆尖的方便。中心意思到此已经完整表达出来,但吴稚晖意犹未尽,继续发挥:留学欧洲的中国学生都有革命党的怪气,剪发者多,如果回国被杀,则清政府将多费力气。这是反讽,至此继续前行:一商业意识强烈的人说若带一批绞刑架回国,必然获利。接着笔锋回转,点出清政府财政紧张,派专使买绞刑架的经费甚有难处。最后回到那些留有辫子的人,如果将来被杀,倒为清政府节省了经费。这段议论左挪右腾,有对比,有引证,有假设,无非说明中国留辫子的可笑荒唐,同时也给人一种轻松的愉悦。同是写中国人的辫子,鲁迅的《头发的故事》却另有一种叙事语态。其实,吴稚晖的《辫子——滑稽画图说》与鲁迅的《头发的故事》不仅题材相同,而且《头发的故事》中那位 N 先生在"双十节"早晨讲述的并不具有完整情节的故事,倒有点像围绕着辫子的"瞎三话四"的唠唠叨叨。自然,鲁迅不仅设置了一个人们忘却纪念"双十节"的故事情景,而且他讲述的头发的故事大致按照历史的发展脉络进行,这样不会使头发的众多故事过于零散。N 先生对自己剪发故事的追叙,愤懑中寓有批判。并且那"你们将黄金时代的出现豫约给这些人们的子孙了,但有什么给这些人们自己呢?"的诘问,却又指向 20 世纪 20 年代女子剪发的现实。因此,鲁迅笔下的头发的故事更多沉痛,是滴着血水、挂满羞辱而来的。

吴稚晖的"丛林语言造型"成熟于"五四"时期,标志性的文章是《一个新信仰的宇宙观及人生观》。晚清时期吴稚晖的言论,无论是以政治脏语为光彩的政论时文,还是如《辫子》这类杂文,还不能充分体现"丛林语言造型"的特征。《一个新信仰的宇宙观及人生观》写于1923—1924年,是参与20世纪20年代初期"科玄论战"的宏文,涉及的是时代精神的大主题。"科玄论战"直指"五四"时期"科学"精神的价值高低。这篇文章系统地展示了吴稚晖自己的哲学观和人生观,是他思想成熟时期的作品。更重要的是,这样一篇谈论高深学理的文章确实完整地呈现了"丛林语言造型"的壮观。也许应该反过来说,正是壮观的"丛林语言造型"才造就了这篇宏文。

称吴稚晖的文体为"瞎三话四"的文体,并非指他的文章思路模糊,逻辑混乱,主旨含混,而是指他行文的主干横逸出大小不同的枝条,枝条上绿叶、花朵与果实一同争艳。他的文章初看似乎东一榔头西一棒槌,毫无章法,有时甚至似乎"跑题"到了太平洋,但是如果系统来看,主干是非常清楚的。

《一个新信仰的宇宙观及人生观》结构十分清楚,除"小引"外,按照标题中的关键词,依次为"新信仰""宇宙观""人生观"三节。"小引"表明写作的态度,以乡下老头说闲话的态度来写作。"新信仰"一节也非常简略,区分信仰为"宗教的信仰"与"非宗教的信仰"。吴稚晖的信仰属于非宗教的,但不是哲学家的信仰,而是"柴积"上"日黄"中乡下老头的信仰,所以称为"新信仰"。"宇宙观"一节内容就较为丰富。宇宙观要回答的是:宇宙的本源是什么,这个本源是怎么发展的。他认为宇宙的本源为"一个",有人赠其一个雅谑之号曰"漆黑一团"。内容分为三层:第一层,"一个"包括了"上帝""神"这些概念,或者用"一个"化解了上帝和神的存在。第二层,批驳人为万物之灵的观点,论述毛厕里的石头也有感觉。"一个"即"活物",活物有质地和感觉,而毛厕里的石头两者皆备,人为万物之灵的观点不攻自破。"万物皆活,有质有力,并'无'亦活,有质有力。"①第三层,从新文化运动的角度,谈西方哲学家,尤其是尼采与柏格森对上帝概念的消解。最后总结他的宇宙观的内容:第一,"一个"从无始之始处诞生,之所以能够诞生并非有外在的压迫力或者上帝的点化,乃是这"怪物"自我意志的实现。第二,宇宙是发展的,它的变化也是自我变化的过程,由小变大,由少变多。第三,宇宙并没有变好,还没有一样东西值得他留恋。②

"人生观"一节内容十分丰满。这也是参与时代话语的要求所致。这一节可分为七个层次:第一层回答人是什么。吴稚晖认为"人便是外面只剩两只脚,却得到了两只手,内面有三斤二两脑髓,五千零四十八根脑筋,比较占有多额神经系质的动物"③。第二层解答生是什么。"生者,演之谓也。"④第三层回答人生是什么。在吴稚晖看来,"人生"便是"两手动物唱戏"⑤。第四层整体提出他自己的人生观。他说:"所谓人生,便是用手用脑

---

① 吴稚晖:《一个新信仰的宇宙观及人生观》,罗家伦、黄季陆主编:《吴稚晖先生全集》卷一,台北:文物供应社,1969年,第14页。
② 同上书,第20页。
③ 同上书,第23页。
④ 同上。
⑤ 同上书,第28页。

的一种动物,轮到'宇宙大剧场'的第一亿垓八京六兆五万七千幕,正在那里出台演唱。请作如是观,便叫做人生观。"①继而把这一整体的人生观展示为三个分论点:清风明月的吃饭人生观、神工鬼斧的生小孩人生观和覆天载地的招呼朋友人生观。② 第五层论清风明月的吃饭人生观。第六层论神工鬼斧的生小孩人生观。第七层论覆天载地的招呼朋友人生观。

这是对《一个新信仰的宇宙观及人生观》的简要勾勒,显示出主干的清晰与重点的突出。但是撰写这样一篇讨论宇宙观与人生观的大文章,梁漱溟、胡适之、丁文江、张君劢等绝大多数学者都会采取严肃的姿态,挂着学理的笑容。可是吴稚晖自报家门采用"游戏"的态度。他开篇即说"是拿着乡下老头儿靠在'柴积'上、晒'日黄',说闲空的态度"③来写作的,文章结尾的补注中虽然假意谦虚地说"游戏的说话太多"④,但其实他是以"游戏"写作为乐的。

第一,自创语言造型,乐此不疲地反复使用。吴稚晖常常根据各种语言资源自创某些特有的语言造型。《一个新信仰的宇宙观及人生观》中,他把自己设想成一个靠在柴积上、晒日黄的乡下老头儿,并且反复提到这位老头儿,其语言的基本造型是"靠在'柴积'上、晒'日黄'",寓有世俗、普通、日常之意。这一语言造型的意思并非在观念的层次上如乡下老头儿,恰恰是在语言造型上采取那种"说闲空"的方式。他批驳人是万物之灵的观念时论及人的脑,说人有"三斤二两的脑髓"和"五千零四十八根的脑筋"⑤。这些似乎很准确的数字来自哪里?原来来自他家乡的俗语。他家乡常说"头大九斤半",脑髓当居三分之一,于是他自创"三斤二两的脑髓"之语,这一语言造型其实结合了家乡的俗语与生理学的知识。"五千零四十八"是他们家乡表示多数之语,于是造一结构"五千零四十八根的脑筋"。"戏语成趣"⑥成为他的语言美学追求的目标。他从两百兆精子中只有一个精子有机会与卵子结合而成人的事实中,创造"得意精虫"⑦一语来指人。这可与

---

① 吴稚晖:《一个新信仰的宇宙观及人生观》,罗家伦、黄季陆主编:《吴稚晖先生全集》卷一,台北:文物供应社,1969年,第27页。
② 同上书,第32页。
③ 同上书,第1页。
④ 同上书,第95页。
⑤ 同上书,第18页。
⑥ 同上。
⑦ 同上。

钱锺书的"两足无毛动物"一语媲美。如前所引,吴稚晖又说人生为"两手动物唱戏",这一语言造型可能是人生最为精简有趣且通俗易懂的表达。

第二,借用比喻方式自创一系列通俗易懂的名号,成为其"丛林语言造型"的生动活泼的因子。"玄学鬼""科学神""精虫少爷""孕蛋姑娘""物理学的宝塔""万有引力菩萨""相对性大神"等词络绎而来,经此比喻,学理性名词不再陌生难懂。他称温和一点的黎元洪为"黎菩萨";既然人生是"两手动物演戏",就有"宇宙大剧场";既然万物都来自那被谑称为"漆黑一团"的"无",就有"漆黑一团老祖宗"。有时候,吴稚晖会以某个词为中心,在不同语境中,从不同角度设喻,构成活泼有变的新语家族。他对"科学"一语就有多种设喻。在"玄学"与"科学"论争中,他称"科学神"或者"科学大神",前者如"我敢说附在我身上的玄学鬼,他是受过科学神的洗礼的"[1];后者如"因为张先生岂但不'无赖',而且不单是个玄学鬼,简直是一位科学大神"[2]。又如他要去"科学"领域考察,就称"科学庙",比如"我同你去科学庙里游逛游逛看"[3]。涉及"科学"与"玄学"的关系,他就称"科学兵",比如"这十几天内,刚刚张君劢先生也调动了科学兵,保护了他的玄学鬼"[4]。

第三,白话搭配着文言,雅言装饰着俗语,不同层级的名物共置一平台,构成奇特有趣的语言造型。"区区止有一点超绝性的上帝神,真正要叫何足道哉,何足道哉了!故尔,那种骇得煞人的显赫的名词,上帝呀,神呀!还是取销了好。"[5]文言句式、文言连接语与通俗白话融合,学理性的词语与日常口语联体,整合进一气呵成的句子,丝毫不觉得语气上有滞碍。吴稚晖针对人类生小孩难的现象来了一段嘲讽:"并且反引'他'呀'伊'呀,芬芳浓郁,甜蜜得要死。迷离惝恍,神奇得要死。生离死别,辛酸得要死。神工鬼斧的创作,描摹得要死。这漆黑的老头儿,真是恶作剧。"[6]"……得要死"的俗话夹在典雅的词语中如此妥帖,堪称一绝。又如"他定然大吃一惊,预料这神工鬼斧般,生出来的小孩,绝非区区徐树铮或吴佩孚。也不像只是楚霸

---

[1] 吴稚晖:《一个新信仰的宇宙观及人生观》,罗家伦、黄季陆主编:《吴稚晖先生全集》卷一,台北:文物供应社,1969年,第6页。
[2] 同上书,第15页。
[3] 同上书,第9页。
[4] 同上书,第14页。
[5] 同上书,第7页。
[6] 同上书,第49页。

王同拿破仑。至少定是托塔天王或是齐天大圣"①中,时代风云人物、中外历史名人和小说神魔人物同置于一个话语平台上,相映成趣。

第四,正文与批注结合,呈现复调之美。吴稚晖有时在行文中添加批注,好像有人在指点:

> 最好笑的,众口一词,物质文明掀起了此番大战。此番大战乃是空前的大战(好笑!),又是最后的大战(更好笑!)。所以有个甚滑稽的罗素,信口胡扯,一面发发自己的牢骚,一面拍拍我们的马屁,口气之中,似乎要决意舍了他欧洲的物质文明,来寻我们"中国的精神文明"。(罗素是滑稽已极的滑稽,他胸中是雪亮的。然欧洲像他那样口气的傻子,真也不止一人,无非只是臭肉麻的牢骚!)②

> 放之则弥六合,变为万有,是这一个;卷之则退藏于密,变为没有,也是这一个。(凡此文偶引成语,皆取其恰合下笔时之论调而已,非有心表示同意。因我此文只表示个人信仰,非所以言学。不敢诬古人,拉偶象,在柴积下扎彩。)③

> 自从有什么新文化运动,中国人谈宇宙观、人生观的日多。(文学家的,照例可以信口开河,不能与之计较者除外)。④

第五,"插说"的"看官"语式,构成了"瞎三话四"的文体的话语链接。"插说"有几种情形,第一种是直接告诉读者,比如:"我刚要插说一番,忽然小病了十几天。"⑤"在此我要插了不伦不类的议论,才能讲到本题。"⑥"这就不可不在未入正文之先,百忙中插说几句。"⑦"但我现在却先要插说几句闲话。"⑧作者明白清楚地告诉读者,看上去是离开主线,实则仍然围绕着主线展开包抄迂回。《一个新信仰的宇宙观及人生观》中最长的一处插说在"覆天载地的招呼朋友人生观"一节中,多达一万三千字。其实在这一插说中,吴稚晖展开了与时代的对话,尤其展开了与梁漱溟观点的对话,看似多余,实则必要。第二种情形是并没有明说是插说,但实际上可以看作插说。

---

① 吴稚晖:《一个新信仰的宇宙观及人生观》,罗家伦、黄季陆主编:《吴稚晖先生全集》卷一,台北:文物供应社,1969 年,第 43 页。
② 同上书,第 3 页。
③ 同上书,第 5 页。
④ 同上书,第 15 页。
⑤ 同上书,第 10 页。
⑥ 同上书,第 45 页。
⑦ 同上书,第 43 页。
⑧ 同上书,第 29 页。

这里所谓插说,相对于正文主线来说,并非必要;但是有了这些插说,观点会更容易让人理解与接收,比如在"清风明月的吃饭人生观"中,论及事物的无用时,用精子作例子,本来这是一个可以用科学数据来说明的问题,却插入一段他在显微镜下观察精虫的故事,有了这段文字,精子的故事更实在更有趣味。

第六,吴稚晖自身戏剧化地介入论说之中。上文讲"插说"是从行文叙事的角度看"瞎三话四"文体的因素。"插说"中常常也有个"我"出现,但实际上这个"我"还是比较抽象的概念。而在吴稚晖的文章中,却常常有个戏剧化的"我"在搅乱。比如他常常会使用如下的句式:"然我拿玄谈家滑稽的老把戏来做回答"①,"那我要恭恭敬敬立起来,唱着喏摇头道:这未免太亵渎了"②。在其他人的文章中,这样的句子也许是"辞费",但吴稚晖却乐在其中。有时候他还常常把自己作为论述的对象放入文中,比如"虽有吴稚晖代毛厕里石头辩护,说他在理化试验室里,也会闹恋爱自由,到底吴稚晖在另一问题上,又持之不变"③。

但是千万不要以为吴稚晖的文章就不谈学理。他是把学理性的东西用浅俗的语言来表达,学理性本身的现代感使得这种浅俗的语言呈现出新的意味。如前所引,在《一个新信仰的宇宙观及人生观》中,他推出"人生"便是"两手动物唱戏"的观念,继而用"戏台"作比喻推出自己的人生观:"所谓人生,便是用手用脑的一种动物,轮到'宇宙大剧场'的第亿垓八京六兆五万七千幕,正在那里出台演唱。请作如是观,便叫做人生观。"④在具体阐释自己的人生观之前,他剖析了其他四种人生观:第一种,下棋的人生观,态度是向前要求,可谓"进步"。第二种,漆黑一团的人生观,态度是向后要求,称为"灭绝"。第三种,活动影戏的人生观,态度是持中,称为"命定"。第四种,玻璃花球的人生观,态度是持中,称为"停滞"。第一种代表欧洲思想,第二种代表印度思想,第三种代表中国思想。但吴稚晖偏偏不直接说进步等概念,而是先以"下棋"等通俗事件引入。他自己的人生观也是如此表达:清风明月的吃饭人生观、神工鬼斧的生小孩人生观、覆天载地的招呼朋

---

① 吴稚晖:《一个新信仰的宇宙观及人生观》,罗家伦、黄季陆主编:《吴稚晖先生全集》卷一,台北:文物供应社,1969年,第5页。
② 同上书,第6页。
③ 同上书,第38页。
④ 同上书,第27页。

友人生观。① 吴稚晖对严肃的哲学表达表示了不满,《一个新信仰的宇宙观及人生观》第一段中就对此激烈批评:"我固然不配讲什么哲理,我老实也很谬妄的看不起那配式子、搬字眼,弄得自己也头昏脑胀的哲学。他的结局,止把那麻醉性的呓语,你骗我,我骗你,又加上好名词,叫他是超理智的玄谈;你敬我,我敬你,叫做什么佛学,什么老学,什么孔学、道学,什么希腊派,什么经院派,什么经验派,理性派,批判派等等,串多少把戏,掉多少枪花。"②

三、自嘲、鬼话与现代理性

吴稚晖凭借"丛林语言造型"而成就的"瞎三话四"的文体是如何炼成的呢?其根源在哪里?我认为有三个重要原因:第一,是吴稚晖的自嘲人格;第二,是受张南庄《何典》"鬼话"影响而开启的语言杂耍;第三,是崇信西方科学而来的现代理性。下面逐一加以分析。

第一,吴稚晖的自嘲人格。

1873年,吴稚晖9岁时,以背诵"癞痢经"激怒小店癞痢学徒为乐。"癞痢经"全经如下:

> 南无勿识癞痢经,疑是光明尊者戏松林,透出万道毫光,远为麒麟一只,近为癞狗者也。雪堆癞,雾堆癞,焦斑癞,红筋癞,一切癞也。只因前生前世,插金戴银,讨尽头发的便宜,今生果有此报,痒呀!痒呀!抓呀!抓呀!有人尊敬癞痢者,要做癞知县,癞总兵之职,有人不尊敬癞痢者,要做癞贼,癞强盗,癞乌龟,癞狗,癞众生。③

这则故事的魅惑之处在于,小小年纪的吴稚晖会使用如此搞笑的文字去作践他人。这篇"癞痢经"并非他自创,他竟舍得花三文钱买来背诵。对于9岁的小孩来讲,纯粹是为好奇心所驱使。这表明吴稚晖的天性中就有喜欢奇谈怪论的基因。但是这种天性,当他为参加科举考试而习八股时,暂时被严重地压抑,而且这种压抑转化成内在的自我要求:"气要盛,理要足,言要

---

① 吴稚晖:《一个新信仰的宇宙观及人生观》,罗家伦、黄季陆主编:《吴稚晖先生全集》卷一,台北:文物供应社,1969年,第32页。
② 同上书,第1页。
③ 陈凌海编撰:《吴稚晖先生年谱简编》,罗家伦、黄季陆主编:《吴稚晖先生全集》卷十八,第4页。

不失之过火。历观行气之纵横,无逾辘山。说理之圆足,无逾望溪。立言之温厚,无逾京江。"①其中"言不失之过火"和"立言之温厚"等语无疑是温柔敦厚的儒教不断规训后的自我设防。但是,这种儒教的语言规训并没有灭绝吴稚晖玩弄语言文字的天性。据吴稚晖自述,《述志盲词》写于民国之前三十年②,全文如下:

>咱家乃三家村上一个头脑冬烘,虽算得个长大汉子,还充得上乱世英雄。可怜作事颠倒,命运不际。无缘无故,将一个"大来些"(大得很)的身体,许给那一班"拖鼻涕"的孩童。倒说道:情愿做一世板凳都头,猢狲大王。自古说得好:人而无恒,难做巫医。又说道:丈夫一言,驷马难追。咱家既然胡言乱道,情愿担当。也无奈,只得将咱家的冬烘事业,整生整世的认真做去。哈哈!好不可笑人也。
>
>请教老头脑,具一点什么本领呢?
>
>听我道来:
>
>扯一阵子曰诗云,是咱家的老本行旧生业。这虽无庸谈起。然算得本头脑第一件本领。
>
>第二件是:拉起一把胡子,强着半条舌根,学得些七国乡谈。上不做钦差参赞,下不做通事小写。只为着:贪看些希奇书本,爱弄点古怪艺术。如是而已。不亦乐乎?
>
>第三件是:学三句教授口诀,做一种管理工夫。化导得整几百个村庄,都能够记帐写信。设法着好几千的蒙童,一齐算维新爱国。
>
>哈哈!在下也无甚本领,就这三件大事,够消磨去亚日欧天。还有益世丰功,已全输与英雄豪杰。好不可笑人哉!咱家乃三家村上一个头脑冬烘是也。③

《述志盲词》以"咱家乃三家村上一个头脑冬烘"开头并结尾,结构上遥相呼应。自嘲成为全篇的情感基调。此时吴稚晖还没有中举,生活穷窘,不得不设馆授徒。这远非读书人的志向。《述志盲词》以自嘲抒发压抑与不满。

---

① 吴稚晖:《作文之法》,罗家伦、黄季陆主编:《吴稚晖先生全集》卷十六,台北:文物供应社,1969年,第63页。

② 民国之前三十年,即1881年,吴稚晖16岁,这似乎不大可能。关键是文中提到他在做私塾老师,当是他1891年中举的前几年。

③ 吴稚晖:《述志盲词》,罗家伦、黄季陆主编:《吴稚晖先生全集》卷三,第492—493页。

吴稚晖把自己降到三家村上的冬烘先生的低位,由此笑对自己无奈的私塾生活。自嘲的方式之一是表面上放弃自尊,屈就低位,以愚弄嘲讽自己为手段,释放自我的潜能。1925年4月,吴稚晖在北京的《晨报》上登出《自讣》:"寒门不幸,害及自身,吴稚晖府君,痛于中华民国十二年一月三十一日疾终于北京。因尸身难得溃烂,权殡于空气之中。特此讣闻。新鲜活死人吴敬恒泣血稽颡。"①吴稚晖因为法国勤工俭学的事情,得罪了一批留学生,致使那批留学生不得不回国,那批人找他算账,他以"自讣"的方式把自己陈列在"新鲜活死人"的行列以解脱困境,也算一绝,不愧为民国"妖怪"。自嘲的第二种方式是以苦为乐。抗战时期,吴稚晖在重庆住的房间只有十平米大,他写了一篇《斗室铭》:"山不在高,有草则青;水不在洁,有矾则清。斯是斗室,无庸德馨。谈笑或鸿儒,往来亦白丁。可以弹对牛之琴,可以背癞痢之经。耸臂草际白,粪味夜来腾。电台发"癞团"(按,指癞蛤蟆)之叫,茶客摆龙门之阵。西堆交通(按,指交通部)煤,东倾扫荡盆(按,指《扫荡报》)。国父云:阿斗之一,实中华民国之大国民。"②后来民国政府要他搬迁,他说:我住惯坏房子了,好比猪住在猪圈里很舒服,倘使把猪搬进洋房,说不定反而要生病的。

第二,1895年吴稚晖读到《何典》一书,其书开篇"放屁放屁,真正岂有此理"的"鬼话"破坏了他的语言规训,扭转了他那"端着架子"作文的姿态。他自幸没有做阳湖派的后人,没有成为"野蛮的文学家"③。

吴稚晖自称只读了《何典》开头这一句,没有继续往下读,这不一定属实。《何典》大约出版于1874年,被认为是"最早的上海话文字资料"④。里面有许多上海方言词句,但不难懂。作者张南庄,上海松江人,生活于乾隆嘉庆年间。光绪五年(1879)印本《申报馆书目续集》中关于《何典》的提要说:

> 阅其所记,无一非三家村俗语:无中生有,忙里偷闲,其言,则鬼话也,其人,则鬼名也,其事,则开鬼心,扮鬼脸,钓鬼火,做鬼戏,搭鬼棚也。语曰,"出于何典"?而今而后,有人以俗语为文者,曰出于《何典》

---

① 转引自罗平汉:《风尘逸士——吴稚晖别传》,北京:华夏出版社,1999年,第164页。
② 吴稚晖:《斗室铭》,罗家伦、黄季陆主编:《吴稚晖先生全集》卷十六,台北:文物供应社,1969年,第358页。
③ 稚晖:《乱谈几句》,《猛进》1925年第10期,1925年5月8日。
④ 钱乃荣:《上海语言发展史》,上海:上海人民出版社,2003年,第78页。

而已矣。①

《何典》无出典,但是"以俗语为文"的"鬼话"特质使得其自身成为"经典"。正如鲁迅所言:"谈鬼物正像人间,用新典一如古典。三家村的达人穿了赤膊大衫向大成至圣先师拱手,甚而至于翻筋斗,吓得'子曰店'的老板昏厥过去;但到站直之后,究竟都还是长衫朋友。不过这一个筋斗,在那时,敢于翻的人的魄力,可总要算是极大的了。"②鲁迅所说的"翻筋斗"不妨理解为满篇"鬼话"颠覆了"子曰店"的文言秩序。小说虚构了一个鬼的世界,他们活跃的地点有:阴山、酆都、鬼谷、三家村、打狗湾、(行船在)阴沟里、(鬼庙修在)势利场等。鬼名有:活鬼、雌鬼、(打狗湾秀才)形容鬼、活死人、扛丧鬼、六事鬼、酒鬼、催命鬼、破面鬼、黑漆大头鬼、饿杀鬼(当方土地)、刘打鬼……因此在鬼的世界鬼们说的是"鬼话"。"鬼话"有如下特征:

第一,虚指的人语变为实指的"鬼话"。平常在比喻、引申等意义上使用的词语在"鬼话"中都有了具体的所指。如"话说活鬼因求着了儿子活死人,要在这三家村势利场上,起座鬼庙,来还那愿心"③,"就在新庙前搭起一座大鬼棚来,挂了许多招架羊角灯,排下无数冷板凳"④,"下首是苦恼天尊,信准那个冷粥面孔,两道火烧眉毛上打着几个捉狗结,一个线香鼻头,鼻头管里打个桩子"⑤,"势利场""冷板凳""火烧眉毛"在人语中一般都使用其比喻义,但在"鬼话"中却都成为有实在指称对象的语词:"势利场"上可以修庙,"冷板凳"排在鬼棚里,"火烧眉毛"长在苦恼天尊的脸上。其他还有:"闷葫芦"是一道素菜,"无巧不成书"被活死人读得烂熟;提着"班门弄斧"出门;腰上挂着几个"依样画葫芦";拿着一把"两面三刀"飞跑出去;在一大堆柴料上放一把"无名火",一刀下去挖出一块"心头肉";等等。

第二,活用数字,造就丰富生动的情景。比如:

> (老和尚 小道士)七七做、八八敲的闹了四五十日
> 近地里有个马鬼,一向在七国里贩牛,近来又在八国里贩马。
> (形容鬼)来三去四的不甚便当

---

① 转引自鲁迅:《为半农题记〈何典〉后,作》,《何典》,北京:北新书局,1926年,第7页。
② 鲁迅:《题记》,《何典》,第5—6页。
③ 张南庄:《何典》,成江点注,上海:学林出版社,2001年,第33页。
④ 同上书,第34页。
⑤ 同上书,第18页。

把棺材生好牛头扛，八抬八绰的扛出门去。

（活死人）便将鬼谷先生周身本事，都学得七七八八。

三丛丛、四簇簇的谈论不了

催命鬼领了牌票，差着伙计，三路公人六路行的各到四处去辑访；今朝三明朝四，担担搁搁过了多时，方才访着是色鬼所为。

原来那罗刹女炼就的一副老面皮，真是三刀研弗入、四刀白坎坎的一些不动。

不料他一个不小心，踏了冰荡，磕爬四五六，一交跌倒。

且到前路看，倘有五马换六驴的人来，卖只驴买马骑，也来得及。

（贼兵）在界墙上对壁撞，掘壁洞、拆壁脚，千十六样錾凿，弄得墙坍壁倒。

第三，四字结构、六字结构灵活多样。四字结构如：

颠蓬掉枪、骂海骂山、地圆地扁、肉骨肉髓、攀朋搭友、掇臀捧屁、搭陶搭队、四处八路、话长说短、遮遮掩掩、钝皮老脸、老眉老眼、做面做嘴、拍台拍凳、大掷大赌、吃辛吃苦、穿软吃软、一话一哭、面长面短、豆油菜油、叉张夹嘴、断灾断祸……

六字结构如：

扃金子、呕银子、弗做声、弗做气、千人骑、万人压、风弗摇、水弗动、盐瓶倒、醋瓶翻、风扫地、月点灯、上数头、下数脚；眼里钉、肉里疮、弓上弦、刀出鞘……

第四，猥亵语比比皆是，不详列。

总之，"鬼话"是对"人语"的抵抗与修改，这种"放屁放屁"的语言造型给了吴稚晖醍醐灌顶的警醒。"鬼话"是对整个文言秩序的颠覆，语言禁忌越多、礼教色彩越浓的文言文，如八股文等受到的冲击就最大。吴稚晖于是从文言禁忌中解放出来，走向自由的写作，享受"胡说的快乐"。

吴稚晖虽然受到《何典》鬼话的启示，走出文言的藩篱，获得了言说的自由，但是如果仅仅如此，也许就是张南庄第二。吴稚晖之所以在晚清"五四"时期以"丛林语言造型"的游戏文独步于文坛，还有别样的因素，那就是吴稚晖对西方近代科学的信仰，以及西方近代科学带给他的理性精神。民国成立前，吴稚晖的《上下古今谈》以小说的形式，借一小女孩王继英之口，

介绍了西方的很多科技文明。民国时期他发表大量的文章推崇科学,称赏物质文明。其内容主要有三:

第一,他信仰进化论。他相信宇宙是发展的,人类是发展的。不过他的进化论不同于西方单线式的向善发展的进化论,而是类似于章太炎的"俱分进化论",即善恶同时进化。他说:"我所谓古人不及今人,今人不及后人,不是单就善的一方面说。是说善也古人不及今人,今人不及后人。恶也古人不及今人,今人不及后人。知识之能力,可使善亦进恶亦进。"①

第二,他相信物质文明是精神文明的基础,精神文明的发展依靠物质文明。他在《青年与工具》中提出"惟认物质文明为精神文明所由寄之而发挥,则坚信无疑"。物质文明的基础是工具的制造。所以他呼吁中国青年为中国开设的五金店开一欢迎会,说这将是青年们的"新纪元"。② 他认为幸福中含有大量的物质文明,"我信物质文明愈进步,品物愈备,人类的合一,愈有倾向;复杂之疑难,亦愈易解决"③,在《物质文明与科学——臭毛厕与洋八股》中他从达尔文进化论的猴子变人说起,谈及两百万年前人类怎样,一百万年前人类怎样,以人类排泄物处理方法的变化表明人类追求物质文明的进步:"我们觉得草索涂壁,人类的幸福,有些不够;也就定要使金漆马子,摇身一变,变起白磁盆,才不枉猴子不足,变到了人。就是得到了白磁盆,还是要努力换个胜于白磁盆的,才更不枉猴子不足,变着人呀。"④然后劝无锡人要努力向上,脚踏实地地做些工匠科技工作。全文以臭毛厕为喻,目的在于表明人类要追求物质文明,激励无锡人勇于、甘于从事工匠科技事业。

第三,他相信科学是人生观的基础。在《一个新信仰的宇宙观及人生观》中,他坦率宣布"我信'宇宙一切',皆可以科学解说",认为"以美学、玄

---

① 吴稚晖:《一个新信仰的宇宙观及人生观》,罗家伦、黄季陆主编:《吴稚晖先生全集》卷一,台北:文物供应社,1969年,第67页。
② 吴稚晖:《青年与工具》,《新青年》第2卷第2号,1916年10月1日。
③ 吴稚晖:《一个新信仰的宇宙观及人生观》,罗家伦、黄季陆主编:《吴稚晖先生全集》卷一,第69页。
④ 这段话中提到一些处理排泄物的方式:"草索",指库伦的蒙古人用草索处理排泄物;"涂壁",指印度人出恭后用左手摸索,涂在壁上,用水洗手;"金漆马子"指中国式的马桶;"白磁盆"指西方的抽水马桶。吴稚晖:《物质文明与科学——臭毛厕与洋八股》,罗家伦、黄季陆主编:《吴稚晖先生全集》卷四,第437页。

学、科学三态度,包括一切之学"。① 他的"美学"包括艺术、文学和宗教,而"玄学"指哲学。这美学、哲学和科学对于人类"犹轻养二气之于水,缺一不可"。他按照美学、哲学和科学在学问中所占比例的分量,简单估算过第一次世界大战后中国与西欧北美的学问之别。西欧北美的学问中,美学四份,玄学一点四份,科学四点六份;而中国学问中,文学六份,玄学三点九份,科学零点一份。② 这个比例成分的对照仅仅是吴稚晖的个人估算,没有统计数据作为支撑,也许不太准确,但显示出他对中国知识界缺乏科学精神的不满。所以在"科玄论战"中,他批判玄学鬼,赞美科学神,批张君劢、梁漱溟而助丁文江。1927 年他在《〈李石岑讲演录〉序》中对科学与玄学关系的态度略有改变。他从"信"的角度建立了一座三层的学科金字塔:最底层的是"文艺信仰之学",发挥人类情感,不拘一切理论原则,建造各种空中楼阁;中间层是玄学,把"文艺信仰之学"建造的各种空中楼阁一一求得假设;最高层是科学,确证玄学中的假设,让部分假设获得独立,成为"至信"的成分。他总结说:"玄学是尚未论定之科学。科学是已论定之玄学。"③他把科学置于最顶端,蕴藏超越玄学之意。他对牛顿等人好奇心与探求意志的羡慕实为对西方近代科学精神的赞美。

西方近代科学常常也能帮助吴稚晖成功塑造新奇之语,理性与文采相映,给人强烈的陌生感。在《一个新信仰的宇宙观及人生观》中,他认为万物都是这"一个"。万物皆有质地,皆有感觉。人、石头、玫瑰、苍蝇,甚至毛厕里的石头都有原质和感觉。那么毛厕里的石头怎么有感觉呢? 吴稚晖写道:"一块毛厕里的石头,可以阅几十代人而依然如故;见数百兆苍蝇存灭;看千万棵玫瑰树忽而芬芳,忽而萎枯。"更有甚者:"一旦为化学家检入玻璃瓶,用火酒的石料供给着,他就排斥一部分故体,一部分去寻着新的她,发起大大的爱情。他的冲动的爱情,何尝少异于才子佳人?"④吴稚晖又说:"人的天职不但是在保存,而且是在创造。"⑤

---

① 吴稚晖:《一个新信仰的宇宙观及人生观》,罗家伦、黄季陆主编:《吴稚晖先生全集》卷一,台北:文物供应社,1969 年,第 79 页。
② 同上书,第 80 页。
③ 吴稚晖:《〈李石岑讲演录〉序》,罗家伦、黄季陆主编:《吴稚晖先生全集》卷一,第 98 页。
④ 吴稚晖:《一个新信仰的宇宙观及人生观》,罗家伦、黄季陆主编:《吴稚晖先生全集》卷一,第 12、13 页。
⑤ 吴稚晖:《我的人生观》,罗家伦、黄季陆主编:《吴稚晖先生全集》卷一,第 105 页。

四、"自由的胡说"与游戏文

弗洛伊德曾经把儿童玩词语游戏称为"自由的胡说"(liberated nonsense)①,并把在这种游戏中得到的快乐称为"胡说的快乐"(pleasure in nonsense)②。这一观点有助于我们理解吴稚晖的游戏文与晚清民初其他游戏文的区别。"自由的胡说"中"胡说"本身即自由自在地言说,前面加一"自由"不过是把本质提取出来更加醒目。这一点与康德、伽达默尔的"游戏"概念以及吴稚晖"游戏为文"中的"游戏"概念所强调的自由精神完全一致。正如上文论述的,吴稚晖"自由的胡说"因为有西方近代科技的理性精神的掌舵,没有成为游乐场的杂耍,而是以"丛林语言造型"独创出一种认真、严肃、有意味的游戏文体。

晚清"五四"的游戏文在大小报刊上比比皆是,学界对此的研究还非常有限。在此以吴稚晖的游戏文与《游戏杂志》(1913—1923)上的游戏文作一简单的比较。《游戏杂志》上的游戏文大致可以分五类:第一类,仿古人某篇文章的游戏文,如《向友人乞鸦片烟书》仿韩昌黎《应科目时与人书》,《苦海铭》仿刘禹锡《陋室铭》,《胡子世家赞》仿司马迁《世家赞》,《游戏场赋》仿尤西堂《玉钩斜赋》,《烟鬼烟思赋》仿梁元帝《荡妇秋思赋》,《秋夜宴花柳园序》仿李白《春夜宴桃李园序》。第二类,仿古人某类文体,如述而的《戏拟瞽瞍控舜窃目状》、率公的《讨蚊檄》、双热的《尿声赋》、李百豪的《戏拟蜜蜂讨蜘蛛表》等属于此类。第三类,章程式的游戏文,如《实行强迫女子缠足议案》《扑克专门学校简章》,用浅显文言,反话正说。第四类,对称式的游戏文,这在严格意义上算不得一类,但是常常一问一答,两两相对,自有特色,如文斗的《老鼠上猫书》《猫答老鼠书》,梅郎的《矮先生传》《长先生传》。第五类,比较自由一点的,如《蹙眉头笔记》全用白话,记叙一连串的倒霉事情;《国旗谈》用浅显文言,叙激烈派、厌世派、理学家、医家四类人对中华民国的五色国旗作出不同的解释;碟仙集八十一个词牌成《集词牌赠答小简》,又嵌七十二个词牌而成《答简》。

这些游戏文大多寓有讽世之意,用旧文体写世俗之态,小到苍蝇之微,

---

① [奥]西格蒙德·弗洛伊德:《诙谐及其与无意识的关系》,常宏、徐伟译,北京:国际文化出版公司,2007年,第127页。

② 同上书,第126页。

大到国家大事,都在游戏之中,因此也饶有趣味。比如剑秋的《拍马屁说(仿韩愈杂说二)》,全文短小精悍,兹录如下:

> 世有马屁,然后有拍马屁。拍马屁常有,而马屁不常有。故虽有名手,或拍于马脚之上,踢于数里之外,每为众人笑也。马之受拍者,一拍而放屁一出,拍马者不知其诀窍而瞎拍也。是人也,虽有讨好之心,然眼不明,手不快,技艺不练熟,安求其能放屁也?搔之不着其痒,掇之不能捧其臀,舐之不能及其痔,束手而叹曰:"天下无马屁。"呜呼!其真无马屁耶?其真不善拍也。①

但是这些游戏文并没有做到真正的"自由的胡说",模仿某种文类,是给"胡说"戴上枷锁,不可能自由发挥。大多数游戏文采用文言,即使那些用白话的,语言造型单一,生动活泼的不多,自创一格的几乎没有。大多数游戏文确为游戏之作,即玩弄文字的杂耍,为游戏文而游戏文,并且这种杂耍放在文学语言的长廊里毫无新意,不会对语言禁忌产生抵抗和瓦解。相比之下,吴稚晖"自由的胡说"的游戏文,依靠西方近代科技的理想精神和采用"丛林语言造型"而塑造"瞎三话四"的文体,融汇脏话、方言、俗语、科技语以及庄言,活跃着富有勃勃生机的跟随时代向前走的现代主体。吴稚晖的游戏文属于"五四"新文学阵营中的另类,学界对它的关注还太少。

第三节 "自成为一种白话"②与"五四"新文学

吴稚晖于20世纪30年代断言"文学是胡说八道,哲学是调和现实;科学才是真情实话"③,轻视文学之情溢于言表。他甚至张狂地宣言"文学不死,大盗不止"④。把如此一位对文学大不敬的文学"逆子"与"五四"新文学联系起来,是不是对"五四"新文学乃至文学的亵渎呢?他声称自己不愿也不配做"乌烟瘴气的文学家"⑤,中国现代文学史自然可以把他排斥在外,绝大多数中国近现代文学的研究者以及中国现代文学史著作都是这么做

---

① 剑秋:《拍马屁说(仿韩愈杂说二)》,《游戏杂志》第2期,1914年。
② 张文伯笔述:《稚老闲话》,台北:文物供应社,1952年,第67页。
③ 夜行人:《吴稚晖的文学谈》,天津《益世报》1935年4月8日。
④ 同上。
⑤ 稚晖:《乱谈几句》,《猛进》第10期,1925年5月8日。

的。但是如果对新文学发生发展的理解不能忽略其内含的文言白话的转化,不能忽略新文学革命与国语运动双潮合一的关系,那么吴稚晖独有的语言形态无疑是新文学画图中绚烂的一笔。而且,"五四"新文学如果不局限于文艺性作品,把说理性散文也纳入进来,那么吴稚晖那种嬉笑怒骂的文章,也不失为"五四"新文学花园中的奇葩。其实,吴稚晖还创作了长篇章回体小说《上下古今谈》、短篇小说《风水先生》等,也得到过时人的称赞。吴稚晖的文学观念、白话形态及其小说的准荒诞性,为更宽广地描绘新文学的边界提供了可能。

一、"岂有此理"文章观

甲午中日战争中清政府的失败,引发吴稚晖对科举考试的批评和对国家大事的关注。1895年他参与了康有为和梁启超发起的"公车上书"。1897年他与友人在北京拜见康有为时说:八股,我们可以自动不赴考;小脚,可以不缠;鸦片,可以相戒不染。因而得康有为狂赞。① 1898年他在北京见到一班京官仍然日日钻门路,讲应酬,谋差谋阙,作八股文,写排律诗,如井底之蛙,毫不关心国家大事,由此质疑自己的人生道路。作为举人(吴于1891年中举),其正当道路是继续参加科举考试,中进士,点翰林,做帝王师,朝着官僚阶层发展。这次访京使他突然警醒:"情愿改业,做些小生意;不然就做人家的伙计;再不然就充当苦工,也是愿意的。不忍再取,皇上的富贵了。"②拒绝参加科举考试,往往是晚清读书人觉醒的起点,意味着背离"学而优则仕"的传统道路。在拒绝科举考试的同时,他的文章观念也发生了突变。1925年他回应罗家伦和陈西滢的叹息而写的《乱谈几句》中写道:

> 记得我三十岁以前,一落笔喜欢撑着些架子。应该四个字的地方,偏用三个字。应该做两句说的,偏并成一句。应该怎样,偏要那样,诸如此类的矫揉造作,吊诡炫弄。人家都说,你是常州人,应该接着恽子居的阳湖派,做他的后劲。这就隐隐要叫我做一个野蛮的文学家。我的确也努力过。③

---

① 张文伯笔述:《稚老闲话》,台北:文物供应社,1952年,第10页。
② 《无锡新闻·志士灰心》,《无锡白话报》第1期,光绪二十四年(1898)闰三月廿一日。原文无标点符号,只有空格,标点为引者所加。
③ 稚晖:《乱谈几句》,《猛进》第10期,1925年5月8日。

吴稚晖生于1865年,他说的"三十岁以前"就是1895年之前。吴稚晖能考上举人,年轻时自然致力于八股文的模拟与写作。因此他"每好有骨力说理圆足文字","气要盛,理要足,言要不失之过火。历观行气之纵横,无逾牧山。说理之圆足,无逾望溪。立言之温厚,无逾京江"。① 这样练成的八股文章观因读到张南庄的《何典》而立时坍塌。他回忆道:

> 可巧在小书摊上,翻看了一本极平常的书,却触悟着一个"作文"的秘诀。这本书就叫做"岂有此理"。我止读他开头两句,即不曾看下去。然从此便打破了要做"阳湖派"古文家的迷梦,说话自由自在得多。不曾屈我做那野蛮文学家,乃我生平之幸。他那开头两句,便是"放屁放屁,真正岂有此理。"用这种精神,才能得言论的真自由,享言论的真幸福。②

"放屁放屁,真正岂有此理"这粗俗平常的话蕴含着怀疑一切、否定一切的因子,仿佛哲人尼采"重新估定一切价值"的宣言。"得言论的真自由,享言论的真幸福"意味着从八股文以及阳湖派的古文束缚中解放出来,走向"言从心出"的文学实践。吴稚晖"岂有此理文章观"的核心是言说和写作的自由状态。这点与"五四"新文学观完全相通。胡适提倡"要有话说,方才说话""有什么话,说什么话;话怎么说,就怎么说""要说我自己的话,别说别人的话""是什么时代的人,说什么时代的话"。③ 郭沫若说诗不是"做"出来的,而是"写"出来的④;鲁迅评《语丝》的文体"无所顾忌,任意而谈"⑤;周作人评《语丝》只是"讲自己的话"⑥。显而易见,"五四"新文学的开创者们文学观的中心点也是自由地说出个体想说的话。

但"五四"新文学的开创者们执着地认为,文学向外可以改造国民性、向内可以抒写个人情志,而吴稚晖与此迥异,视文学为"雕虫小技"。1908年,吴稚晖在苏格兰君的《废除汉文议》《续废除汉文议》中以"本报按"的形式支持并发挥其观点。吴稚晖尖锐地提出:"汉文文学博士,即可适用于

---

① 吴稚晖:《作文之法》,罗家伦、黄季陆主编:《吴稚晖先生全集》卷十六,台北:文物供应社,1969年,第63页。
② 稚晖:《乱谈几句》,《猛进》第10期,1925年5月8日。
③ 胡适:《建设的文学革命论》,《新青年》第4卷第4号,1918年4月15日。
④ 田寿昌、宗白华、郭沫若:《三叶集》,上海:亚东图书馆,1920年,第7页。
⑤ 鲁迅:《我和〈语丝〉的始终》,《萌芽月刊》第1卷第2期,1930年2月1日。
⑥ 岂明:《答伏园论"语丝的文体"》,《语丝》第54期,1925年11月23日。

野蛮事业之书记员。"① 这也许是吴稚晖第一次把"文学"与"野蛮"二词联结起来。这里的"野蛮"不含暴力的意思，而是指向"古代""传统""落后""守旧"。吴稚晖把"文学"限定在"词章"之内，排除"笺经注史"，虽然与后来的"文学"范围不一定吻合，但是其轻视文学的态度却跃然纸上。②

其实，吴稚晖不是没有以文学改良国人种性的想法。他针对章太炎等人坚持汉文（包括汉语汉字）能保存种性的观点提出反驳：

> 若惟知保持中国人固有之种性，而不与世界配合，别成为新种性，岂非与进化之理正相反？故自今以后，如欲扩大文学之范围，先当废除代表单纯旧种性之文字，（旧种性者，本于文字外充溢于精神。）而后自由杂习他种文字之文学。以世界各种之良种性，配合于我旧种性之良者，共成世界之新文学，以造世界之新种性。
>
> 如此，对于一种人，则为改良；对于世界，则为进化；对于文字，则为能尽其用。若必以代表单纯旧种性之文字，以之保存旧种性于无疆，则质而言之，直为一制造野蛮之化学药料矣。
>
> 此文学上之汉文应当废除之理由也。③

"杂习他种文字之文学"因而"共成世界之新文学"，以改变中国固有之种性，"以造世界之新种性"，这种观念出现在晚清不可谓不具有先锋意识，应该说与鲁迅弃医从文、以文艺改造国民性的观点具有相当高的一致性。甚至可以说，鲁迅的文艺观有着典型的民族主义表征，而吴稚晖的文学观却有着鲜明的国际主义视野。只是鲁迅试图创办杂志《新生》、撰写《文化偏至论》《摩罗诗力说》等文批判西方现代物质文明潮流，呼唤精神界的摩罗诗人，并用文言翻译域外小说以锻炼汉语的表达力，表明鲁迅把自己的信念落实在文学的实践中，终于在"五四"时期重回文学后大放异彩。而吴稚晖把"共成世界之新文学"的前提预设为废除"文学上之汉文"，目的不是创造一种吸纳世界文学的汉语文学，只是废除汉文而采用万国新语。吴稚晖置换掉汉语文学的汉文根基，无异是对汉语文学进行釜底抽薪式的摧毁。他所谓的"共成世界之新文学"以"造世界之新种性"，就必定成为空中楼阁。

20世纪20年代吴稚晖对文学的看法几乎没有什么改变：

---

① 苏格兰君来稿：《续废除汉文议》，《新世纪》第71号，1908年10月31日。
② 同上。
③ 同上。

> 这就是罗先生等拿文学家来歆动我,要叫我不自量,去上文学家的当。我要不上他们的当,还落得说大话,简直批评文学家是塔顶上的金葫芦。有着些摆个样儿是要的。终究是个废物,定是不可讳的。纵然今日的文明文学家,把我那种放屁放屁,真正岂有此理的嚼蛆,也能节取了,许我做文学家。自然比那野蛮文学家,非之乎者也得十足,决不许可,高明了许多。但文学家买几文一斤呢?①

"野蛮文学家"呼应着他晚清时期的文学观,在此与"文明文学家"相对应。"野蛮文学家"大致指那些喜欢"之乎者也"的守旧的文学家,而文明文学家大致指那些用"的么呀啦"写作的提倡白话的新文学家。吴稚晖虽然肯定"文明文学家"比"野蛮文学家"高明许多,但一句"文学家买几文一斤呢"暴露出他对文学以及文学家的轻蔑。当然可以认为这种轻蔑不是针对新文学家的人格,而是指向新文学的现实功能。所以他的结论是:"不愿做什么乌烟瘴气的文学家。我也不配……"30 年代他的一句"文学不死,大盗不止"更是把文学钉上"耻辱柱"。

尽管如此,"五四"新文学刚刚起步的时候,吴稚晖对胡适等人提倡的白话文持赞同态度,支持新文学提倡者们的白话文学主张。1920 年 11 月 21 日他在《国音问题》的演讲中,批评那些反对语体文的人:

> 现在一般人都反对语体文,但是很不对,因为:
>
> (一)语体文犹如从前尚书的文,和左传的文,尚书的文,左传的文,有文的条件,独语体不可为文吗?也应该要有文体的条件。胡适主张白话文,人家批评他,只晓得水浒、红楼梦,不(晓)得他也是把一担一担的古书挑进去的。
>
> (二)所以居语体文的缘故:无非要使人人都看得懂,而一般摇头的人,却仍旧深信着古文。……我们只要先把白话文教儿童,到十三四岁,自然也很通了,那时再教四书五经,也未始来不及。②

这篇演讲辞虽为他人所记,但后来收入 1969 年版的《吴稚晖先生全集》,估计大意不会错。从上述引文来看,吴稚晖赞同语体文的趋向,很明显与鲁迅那种决然隔离文言的态度不同,倒是接近于胡适的白话文学史观。吴稚晖

---

① 稚晖:《乱谈几句》,《猛进》第 10 期,1925 年 5 月 8 日。
② 吴稚晖先生演讲、盛振声笔记:《国音问题》,《时事新报·学灯》1920 年 11 月 28 日。

也把语体文追溯到远古,并认为胡适的白话文中有"一担一担的古书"。这段文字好像潜藏着颠覆白话文的阴谋,其实并没有这般阴险。吴稚晖虽然觉得胡适的白话文中有古书的成分,但仍然认为是白话文。他对白话文的赞同,有开启民智的启蒙教育观作为支撑。他1908年在《新世纪》上提倡万国新语,民国成立后主持读音的统一,编辑《国音词典》,根本的动机就是让大众识字通文。在演讲中他提出支持白话文的第二条理由就是"无非要使人人都看得懂","现在通用语体文,也就是要使大家都能识字,都能得到好处"。由此他总结白话文的两大功能是"在国家方面,能够使人人都识字"和"在个人就是研究文学的先导,研究古书可以便当些"。[1] 识字通文的启蒙观念成为他赞同白话文的坚实基础。

1923年在《也是一个杂感》中,对于中华教育改进社同教育部附属的国语统一筹备会请求全国报纸采用语体文的提议,他认为"煞是可喜";《申报》五十年纪念册收入梁任公和胡适之的白话文、蔡孑民等人的半文半俗文,他觉得"真是可贺"。[2] 针对语体文字数会增多,会增加经济负担的观点,他也提出反对意见:"大约夹叙夹议的时事记载,每每文言字数反多。因为一用文言,也有文言的许多废话,连带着摇笔而来,不如白话开门见山,来得爽朗简单。""然同一本埠的社会新闻,现在京、津有几家报纸用白话的,都觉得状貌丰富,趣味浓深,叫人爱读。最是上海各大报的本埠新闻,终是干燥无味,屡屡有人要求改良。……用几句呆滞文言,做一个记账式的报告,所以觉着干枯。这种部分,似乎正要请白话来增添字数,使他活泼。"[3]

吴稚晖虽赞同白话文,但着眼于识字通文的启智功能,而不是着眼于白话文学的改革。他虽赞同白话文,但并不主张废弃文言文。他的这种独立姿态,使得他既不同于坚守文言的旧文学家,也不同于提倡白话的新文学家。

二、万花筒式的语言形态

上文所论吴稚晖的"岂有此理文章观"本质上追求言说的自由与写作的自由。自由是个体表达能趋向极致的灵魂。对言说自由的紧缩有时来自

---

[1] 吴稚晖先生演讲、盛振声笔记:《国音问题》,《时事新报·学灯》1920年11月28日。
[2] 吴稚晖:《也是一个杂感》,罗家伦、黄季陆主编:《吴稚晖先生全集》卷二,台北:文物供应社,1969年,第48—49页。
[3] 同上书,第49页。

政治的压制,有时来自美学的区分,有时也来自因这些外部因素而扩张的自我设防。他把年轻时伴随学八股文而来的压制、区分与自我设防统统拆除,为他的言说达于自由扫除了种种障碍。言说自由的表征在于其语言形态的本真性呈现,即想怎么说就怎么说的状态。"岂有此理文章观"的自由状态不对白话与文言设防,他对文言与白话的区分不是那么严格,虽然他持站在"五四"白话文一边的基本立场,但是不像钱玄同和鲁迅等人那样坚决废弃文言而提倡白话,因而他的言说才会多种多样。他的言说文言白话并陈,雅言俗语同现。很难用一种造型、一种风格来概括吴稚晖从晚清到"五四"时期的语言形态,暂时命名为"万花筒式的语言形态",以表其语言形态的多样性。这个名称并没有把白话作为主体,实际上,吴稚晖在陈独秀和胡适等人提倡白话文学之前就写了许多白话文。前面"'自由的胡说'与游戏文"一节曾以"丛林语言造型"描述吴稚晖的汉语造型,这一说法强调的是文本中汉语的丛生状态,而"万花筒式的语言形态"强调的是因表达不同的内容而采取不同的方式。

"万花筒式的语言形态"之一是政论脏话,这也在前述"'自由的胡说'与游戏文"一节中论述过,此处略过。

"万花筒式的语言形态"之二是科技直言。"直言"即直白之言。如何表达西方近代的科技文明,也是文言的困境之一。晚清的中国士人要把西方科技文明向中下层民众传播,开启民智,这一困境无疑更让其焦虑。晚清民初的吴稚晖,在政治上信仰无政府主义,在知识上信仰科学主义。他在欧洲时期对西方的近代科学特别留心。1909—1910年他写了一部《上下古今谈》,以小说的形式讲述西方现代科技,比如地球是圆的、望远镜、照相术、地心吸力等,浅显生动,引人入胜,被胡适认为是晚清民初一部"有价值的书"。因为它用白话介绍西方科技,特别切合胡适的主张。《上下古今谈》虽带有说书体的痕迹,但因叙说的是西方科技,其白话需要洗练简洁。十多岁的女孩王继英既是小说的主人公,也是西方科技的叙说者。王继英讲地球是圆的,讲到日月星辰之间的互相牵引,由此不得不讲到牛顿。她简要地介绍牛顿的生平后接着说道:

"他想,万物的移动,止有两个法子:一个是活的东西,自己能动;一个是没有活气的东西,动着他,他才动,没有动他,他就永远不动。何以那熟苹果脱了梗子,梗子又没有去动他,他为什么要动到地上去呢?"春桃道:"没有了梗子,自然向地上掉去,因为世界上的东西,是没有一件不向地上掉的。"继英拍手道："如此,你也明白了。你想,苹果是一个没有活气的东西,自己决不会动;他的移动,必定是有一件东西叫他动的。他何以偏偏不动到上面去,也不动到前面后面去,也不动到左面右面去,必定要动到下面去呢?即此便可以见得,那一件叫这苹果动的东西,不在上面,不在前面后面,不在左面右面,单单就在下面。下面是什么东西呢?就是这怪物的地皮。所以牛敦立刻明白,叫苹果动到地皮上去的这件东西,必定就是地球里面的一股气,这股气,可以叫做地心吸力。无论活的不活的,譬如活的是我们人,我们能自己移动,将手挽住了桄杆,可以悬在空中,然而止要一放手,就马上被这地心吸力,吸到地上。不活的东西,譬如这苹果,被梗子连住了,可以挂在树上,然而止要梗子一断,亦马上被这地心吸力吸到地上去了。"①

读完这一段话,对于一般人来讲,不一定能彻底明白牛顿万有引力的规律,但是至少会认可万有引力的存在。能实现后一目的,无疑表明开启民智的成功。丁韪良在《西学考略》中曾介绍牛顿见苹果落地而发现万有引力的故事:

> 清初有英国人奈端(一作牛董)崛起,此理乃明。相传奈氏见苹果坠地,因思何以下坠而不上飞,是必有故,于是推得吸力(一作摄力)相引之理。盖万物莫不具此力,惟按质之重轻互为吸引,质之小者被移多,故见苹界[果]动而坠地,因被地力所吸也。地与各行星之绕日,亦因被日所吸。其吸而不坠者,因直行与下坠二力相称,故不离不毗而环绕焉(月之绕地亦然)。奈氏推得力之大小,按远近自乘反比(如物距地心加倍,其重不过四分之一)。由此而推各星之轻重与质之疏密,无不可得。奈氏于天文格致等学更旧推新者无数,而功莫大于发明吸力之一端。因吸力为重学之根本;无之,则天文格致等学均虚薄而无凭矣。②

由苹果落地而直奔"吸力相引之理"的结论,这一步走得太快。中国大多数人恐怕很难一下子接受。有关万有引力的一些定律也是介绍性的,很难让人明白个中道理。与之相比,吴稚晖叙说西方科技和文明,语言流畅明白,

---

① 吴稚晖:《上下古今谈》,罗家伦、黄季陆主编:《吴稚晖先生全集》卷四,台北:文物供应社,1969年,第40页。
② 丁韪良:《西学考略》,同文馆聚珍本,光绪癸未(1883)孟夏总理衙门印行;收入《续四库全书》子部西学译著类1299,上海:上海古籍出版社,2002年,第735—736页。

不事雕琢,浅显求真,确能传播文明,开启民智。

"万花筒式的语言形态"之三是人物语言的口语化。吴稚晖叙事记人的语言,模仿性很强,活灵活现。他居住在英国伦敦时曾去看望中国同胞,所记叙的人物语言情态毕现:

  乃喊云,湖北老来,湖北老来……①
  湖北老又云,我们都是自己人,香香亦无妨……②
  其一陋山东人曰,我昨天在公使馆,他们说这一回俄、日打仗下来,我们中国终不得了,(这话的确是公使馆里来者)那王公云(山东人姓王),少要放屁,你听了话,不要瞎说,乃陋山东人怩怩不敢言。王公云,这人是山东人,到这里来耍把戏的,现在就要回去了……③
  火车至伦敦,三等单三十二个半仙令,来回六十二个半仙令。④
  二十三日,此乃十二月二十三也,公等今日做些什么?一路街上跑跑看看,真正百物都全,比起蔼丁勃鲁,有天壤之别。将近午中,又吃了一个蛋,一杯茶,一块面包,(以后吃东西,大约如此,曾吃过一盘牛肉,一盘鱼,一盘火肉,总不外六本士,九本士,三本士)……⑤

吴稚晖1909年写给女儿的信《示儿详女芙》全部用白话,还夹杂着"你里""老小"之类俗语。尽管词语不丰富,但通俗好懂,如:"从哥伦埠开了船,大约要六天六夜,方进红海。这一段海顶长。我是遇着点风。然而他们都说很平和。就是有点风,困了两天,人反觉鲜健,不要紧的。"⑥

"万花筒式的语言形态"之四是学理语言通俗化,以日常生活做底,少抽象学术化的概念演绎,多具体实在的生活具象。吴稚晖早在民国前就开始用文言白话相结合的方式表达学理。他的《坐在火车站上瞎想》题目采用现代白话,而行文为文言与白话相结合,文言是主,白话居次。如论"言论自由":

---

① 吴稚晖:《旅英时游览情形》,罗家伦、黄季陆主编:《吴稚晖先生全集》卷十六,台北:文物供应社,1969年,第171页。
② 同上书,第172页。
③ 同上。
④ 同上书,第161页。
⑤ 同上书,第166页。
⑥ 吴稚晖:《示儿详女芙》,罗家伦、黄季陆主编:《吴稚晖先生全集》卷十二,第1149页。

言论自由,为之下注语者,皆止谓使当言者可以敢言,他人未言者,可以创言,如是而已。今乃知此等解说之未尽其义。当附益两条。

　　(一)我们心上要说的,不管别人说过,或已经说得很精当,很详细,我们只管说我们的。只也叫做言论自由。

　　(二)我们心上要说的,不管说得好,说得不好,只管说。只也叫做言论自由。①

"言论自由"是晚清所提倡的"自由"的内涵之一。何谓"自由"的真谛?自由以不妨碍他人自由为前提。那么言论自由就以不妨碍他人的言论自由为前提。仅仅是这样的理解还比较抽象,吴稚晖先以文言概括他所谓的"言论自由"的本质为"使当言者可以敢言,他人未言者,可以创言"。"创言"之意非常清楚,即说他人没有说过的。但他觉得"敢言"似乎还有阐释的必要,于是"附益两条"以强调自由言说的重要。吴稚晖的言论自由特别强调其中突破自我的方面,这是严复和梁启超的自由观中缺少的内容。

如前所述,在"五四"时期的"科玄论战"中,吴稚晖写了一篇洋洋洒洒的长文——《一个新信仰的宇宙观及人生观》。吴稚晖自称"拿着乡下老头儿靠在'柴积'上,晒'日黄',说闲空的态度"②写作此文。其态度指向日常、世俗、普通,下降到"毛厕里的石头"的高度去看待世界。他首先要阐明的是宇宙观。宇宙观要回答的是宇宙的本源是什么,他认为是"一个":

　　放之则弥六合,变为万有,是这一个;卷之则退藏于密,变为没有,也是这一个。陈老古董所谓万物有生,原质是风、水、地、火,或金、木、水、火、土,是这一个。新西洋景所谓绵延创化,是片断而非整个,只有真时,并无空间,也是这一个。所以不消说得,煤油大王家的哲学主义,名叫实验,吴稚晖拼命做这文章,鼓吹物质,是这一个。就是那低眉菩萨的涅槃,悲观少年的虚无,也是这一个。我不管什么叫做无极、太极、道妙、真如,又不管一元、多元、玄元、灵子,我止晓得逼住了我,最后定说到了"一个"。

这段话包容古今中外对世界本源的认识,学理名词也络绎而来,但不呆板沉

---

① 昌言来稿:《坐在火车站上瞎想》,《新世纪》第63号,1908年9月5日。
② 吴稚晖:《一个新信仰的宇宙观及人生观》,罗家伦、黄季陆主编:《吴稚晖先生全集》卷一,台北:文物供应社,1969年,第1页。

滞,而是相当跳跃起伏。他归结为一个观点:"我说的'一个',我自己固然就是他;便是毛厕里的石头也是他。"①吴稚晖接着提出"一个"是活物,万有世界是活物,"无"也是活物,毛厕里的石头也是活物。这里的"活"自然不是指动物和生物生长意义上的"活"的内涵。"活物"之所以为"活物",需要有两个条件:"有质地"和"能感觉"。② 人、石头、玫瑰、苍蝇,甚至毛厕里的石头都有原质。这是第一个条件。第二个条件,万物都能感觉。他在具体讲万有的感觉之前,破除了"人是万物之灵"的观念。这个观念的推论之一是人的感觉处于最高等级。但是吴稚晖强烈反对这类观点:人的嗅觉不及狗,人的视觉不及猫。推论之二是人的思想理智高于其他动物,吴稚晖同样反对这种观点:织物不及蚕,建物不及蜂。他认为,孔老先生的"仁"、耶老先生的"爱人如己"、无政府主义的"各尽所能,各取所需",都不过是人类的自吹;万物的感觉只有状况的异同,没有程度的高下。

三、准荒诞性:《风水先生》

吴稚晖虽然轻视辞章文学,不以小说著称,但在欧洲时有一段时间常读小说,他1907年的日记有如下记载:

1月25日 "看醒狮第二册。"③
1月26日 "看夺嫡奇冤小说。"④
2月3日 "文亚送孽海花二编。给吕'亨利史'。""小说一仙,报一便士半,杂志六便士……"⑤
2月20日 "演说书二便士半……"⑥
6月5日 "看小说。"⑦

---

① 吴稚晖:《一个新信仰的宇宙观及人生观》,罗家伦、黄季陆主编:《吴稚晖先生全集》卷一,台北:文物供应社,1969年,第5—6页。
② 同上书,第9页。
③ 《醒狮》,高天梅等人1905年在日本东京创办的刊物。吴稚晖:《民国前六年日记》,罗家伦、黄季陆主编:《吴稚晖先生全集》卷十二,第937页。
④ 《夺嫡奇冤》,侦探小说,上海:商务印书馆,1906年初版,题"译述者:商务印书馆编译所"。吴稚晖:《民国前六年日记》,罗家伦、黄季陆主编:《吴稚晖先生全集》卷十二,第937页。
⑤ 吴稚晖:《民国前六年日记》,罗家伦、黄季陆主编:《吴稚晖先生全集》卷十二,第939页。
⑥ 同上书,第942页。
⑦ 同上书,第967页。

6月6日 "下午至文亚所,求小说,无有。"①
6月28日 "看小说。"②
7月13日 "看文亚时报及新小说。得时报。"③
8月26日 "与文亚论淫书小说之害,如狂。"④

吴稚晖的《西洋小事闲评甲编》可以当作小说阅读。闲评西洋小事的五人分别为全右新、严笃旧、邝据实、孔求是、文识小,这些名字暗藏着一种文化态度,具有类型化特征。可见这些都是虚构的人物。文识小有可能代表吴稚晖自己的立场。开篇有一段对文识小文章观的介绍:

> 以为从古以来的记载,不是替英雄做个传记,便是代帝王编着谱牒。故虽题目堂皇,大半免不了邻猫生子的讥诮,极言有关系的甚少。若文人的记载,要盼望教着看的人得些实在利益,大的须将济世的经纶,条分缕析的写起来,小的将社会的生活,穷形尽相的描起来,这才算不枉了笔墨。但是写那大的,真要有大学问,大理想,方有个别择,能做成绝大关系的著作。不然古人执笔的,亦何尝没有一个,不想提起笔来,条分缕析,讲那济世的经纶,讲得绝有关系?无奈没有那种见识,便算避却了英雄传记,帝王谱牒,也便弄成一束官府的例行文书,或者一本书办的报销册子。这真不是轻易便好着笔的。如果没有那些大才,宁可将社会的小事,与民生日用饮食,有进化改良关系的,曲曲折折,不嫌细微,不管拉杂,传达到一般人个个知道,这利益也便不小。他挟了这个宗旨,所以便取论语上不贤者识其小者之意,起个别号,叫做识小。他专喜欢弄那风俗人情上有关系的闲笔墨。⑤

如果从摆脱"文以载道"的传统看,"专喜欢弄那风俗人情上有关系的闲笔墨"的小说观已经具有现代意识。吴稚晖创作的小说不多,但他的长篇《上下古今谈》却并非"闲笔墨"。吴稚晖曾述及《上下古今谈》创作的动因有二:第一,1910年《新世纪》《民报》相继停刊,革命高潮受挫,吴稚晖的妻女

---

① 吴稚晖:《民国前六年日记》,罗家伦、黄季陆主编:《吴稚晖先生全集》卷十二,第967页。
② 同上书,第972页。
③ 同上书,第975页。
④ 同上书,第986页。
⑤ 吴稚晖:《西洋小事闲评甲编》,罗家伦、黄季陆主编:《吴稚晖先生全集》卷十六,第386—387页。

来欧,生活费用没有着落,他便撰写《上下古今谈》,寄给国内友人,聊得生活费用。第二,其内容以讲述西方近代文明为主旨。吴稚晖在1910年的序言中说:有感于戊戌变法之际,"卖菜男子"对改寺庙为学校的攘臂愤怒,守旧愚顽,因而为"小国民"做一开智工作。《上下古今谈》采用明清章回小说的形式,共24回。故事叙述的框架是:1900年义和团运动中,京官王曼卿被害,他的女儿王继英随着一批人逃离京城。在船上,王继英向同船者讲述西方近代的科技文明,诸如:地球是圆的、千里镜、照相术、地心吸力、银河系……如果说用文学宣扬西方的科学精神是"五四"新文学的内核之一,那么以白话讲述西方近代文明的《上下古今谈》则无疑是"五四"新文学的先锋。

如果说吴稚晖的《上下古今谈》以其白话形式与科学精神可以直接通向"五四"新文学,那么他的《风水先生》却很难作如此归类。《风水先生》是吴稚晖非常独特的作品,他命名为"草台小剧",可能是受其好友李石岑所译廖抗夫的《夜未央》(1908年译)的影响。因为从叙事方式看,《风水先生》无疑是短篇小说的类型,并非戏剧的形式。《风水先生》中的"风水先生"这一自大可笑的形象,如果从生活中找原型,极有可能指欧洲留学监督蒯光典(1857—1910)。吴稚晖在《新世纪》上有多篇时评抨击他。在《监督欤满洲政府欤》中,吴稚晖用白话模仿蒯光典说话:

曰"吾路亦办过,矿亦办过。吾都办过。"
曰"湖北的某学堂,便是吾去开办。吾讲学务是最早。"
曰"是咯!吾即讲求佛经的约!"①

这种语调与风水先生非常相似,吴稚晖就认为蒯光典格调不高,如一农村风水先生。并且还有一个有力的暗示:蒯光典作为清朝留学监督一年的俸禄是三万五千两银子②,风水先生一年的收入恰好也是三万五千两银子。不过,仅仅把《风水先生》视为一出讽刺封建官僚的小剧未免太过简单了。《风水先生》中风水先生这个形象具有更广的内涵,他代表着晚清面对西方文明冲击的僵化的守旧人士,也是吴稚晖心目中所谓固守国粹的旧中国人。"说鬼话,睡觉,哭,可谓三不朽。"③这是对风水先生品性的概括,也是对国

---

① 燃:《监督欤满洲政府欤》,《新世纪》第52号,1908年6月20日。
② 同上。
③ 观剧者来稿:《风水先生》,《新世纪》第88号,1909年3月13日。

粹的讽刺,风水先生"诳兮睡兮,国之粹兮。哭三日兮,种之魂兮"①的唱词用文言语句明确地把说鬼话、睡、哭作为"国粹"的迷梦。虽然吴稚晖刻画的风水先生这个形象不够丰满,但《风水先生》较为浓厚的荒诞色彩显现出一种准现代性。

首先,小说环境设置在一个荒村,无名无地的西方"荒村"颇有荒诞色彩。《风水先生》开头写道:"台景系一荒村,破屋十八,牛棚二,猪圈三,鸡棚狗窠各若干。忽逢天灾,寇盗纷至,屋坏,猪牛亡去。村人号哭求救。"②乍看以为是中国农村的某个村庄,但看到结尾处"西方不可以久留"方才知道这是个西方世界的荒村。这一背景的设置,与当时中国人所认同的中国落后西方进步的共识背道而驰。

中国传统小说的叙事法则是:主人公某某,某某地方的人,特别强调人物出生地以及故事发生地。《红楼梦》开头有个神话的帽子,最终还是要把故事落脚在金陵;《水浒传》中一百零八天罡地煞转世后,出生于各地,最后汇聚于梁山泊。到了"五四"新小说中,虽不一定明白交代主人公出生成长之地,但小说故事发生的地点往往非常清楚。"五四"新小说重视人物环境的典型化,人物环境越是高度抽象化就表明艺术性越高。鲁迅小说的故事地点大致在鲁镇或未庄,这两处被认为是中国农村的缩影。人物活动场景的去地方化和去历史化,以致去国家化和去民族化,似乎很可以当作荒诞的特色之一。贝克特的《等待戈多》故事的场景就是"乡间一条路,有一棵树"③。卡夫卡的《城堡》中人物活动于城堡外的村庄,城堡和村庄都是无名无姓的。《变形记》中格里高利的空间在公寓与公司,可是公寓与公司也都无名无姓。去地方化的程度越高,抽象化色彩就越浓,人类的荒诞感就越具有普遍性。"荒村"本身含有"荒凉""荒芜"的生存向度。

其次,故事中冲突对立的双方是风水先生与工人群体,这一人物结构绝对具有现代性,因为工人形象在中国文学史上是一种现代人物。"工人"在晚清有时也指做工的人,与苦力同义,如"外国人呼中国工人为活机器"④中"工人"就指一般做工的人。而吴稚晖笔下的"工人"懂现代知识和技术,因

---

① 观剧者来稿:《风水先生》,《新世纪》第88号,1909年3月13日。
② 同上。
③ [爱尔兰]萨缪尔·贝克特:《等待戈多》,《贝克特选集》第3卷,余中先、郭昌京译,长沙:湖南文艺出版社,2006年,第235页。
④ 《劝人改良说》,《京话时报》第1卷第80号,全国图书馆文献缩微复制中心,第321页。

而具有现代工人的基本特质。风水先生与工人群体的对立,显示出守旧落后与先进文明的对立。数百工人来到这个荒村,好像个个具有开拓疆土、建设美丽家园的理想。"大功之成,早晚间耳"中"大功"所指为何,并不具体。留欧时期的吴稚晖相信无政府主义的大同社会,反对政府,反对权力,因此"大功"有可能指吴稚晖心目中的乌托邦世界。工人来到荒村后,有懈怠,也有博弈、好酒、寻花问柳者,倒是没有把工人抽象化和简单化,他们仍然是有着七情六欲的活生生的人。工人虽为群像,但他们能团结一致,对技术很看重。这也是现代工人的特质。相反,风水先生却是一腐朽可笑的人物。风水先生的出场是典型的封建官僚的出场:

> 风水先生头戴封典二品,尾拖花翎一眼,腰缠白金三万五千两。老妈子四个,小伙计四个,前导后护,左抱右拥。施施然而入工厂。妈子伙计,两两对立,唱"相应""奉此""等因""查照"。①

他的工具更是离奇:

> 风水先生从腰包挖出祖传的日规一个,千年朽木,百孔千疮,蛀虫钻出钻进,中间一个指南针,锈笨不动。风水先生戴着碗大眼镜。猛对朽盘锈针,把工程师所绘的图,工人所作的工,仔细品评了一回。②

风水先生用破烂的祖传日规去测量现代工人的图纸和工作,技术上的落后/先进之分隐含的是价值观念的冲突。因此风水先生与工人之间的矛盾不可避免。更重要的是,资本令冲突升级。风水先生作为监工,代表着村长/资本家的一方,他腰缠的白金三万五千两,成为工人们反抗他的内在动力。工人们不仅驱逐了风水先生,而且改造了他的伙计们。风水先生被工人们暴打之后灰溜溜离开荒村,留下他的四个小伙计来替他"代办",可是工人们改造了这四个小伙计,他们高呼"风水滚蛋",五六百工人大呼"工人万岁"。

最后,小说的语言呈现出夸张离奇的荒诞色彩。其叙事语言非常夸张,如写荒村的村长一男一女:"男的遗精遗瞎了眼,女的偷汉偷昏了头。"这是典型的吴稚晖式语言,拿性事来讥刺人物。风水先生的语言更是光怪陆离,荒唐可笑。他作为村长请来的监工,对工人们训话:

---

① 观剧者来稿:《风水先生》,《新世纪》第88号,1909年3月13日。
② 同上。

> 你看不起我！我路也筑过,地也掘过,厂也开过,什么都做过。形上的知道,形下的知道,不上不下的知道,什么都知道。我的位置啊！说来恐怕你还不晓得。是…是…是在康德达尔文之间。①

从语体上看,风水先生的语言是相当纯粹的白话。从风格上看,他说的话呈现出自我解构的反讽功能。"不上不下的知道",这一"知道"恰恰消解了"形上的知道,形下的知道"的全知性。他把自己定位在"康德达尔文之间",把不在同一个领域的两位西方学者并置一处,这种内在的矛盾显示出悖论。语言的自我消解是否也是现代性的内涵之一呢?

风水先生要离开荒村,离开西方,内心的怨愤化为唱词:

> 风水先生乃操大汉之天声,发浩歌于海上,歌曰:
> 谁兮睡兮,国之粹兮。哭三日兮,种之魂兮。
> 目无人兮,当流血兮。归去来兮,命之衰兮。
> 又歌曰:
> 狗屁兮牛屎,时不利兮欺不售,欺不售兮血泪流。归去归去兮,西方不可以久留。②

如果从人物性格的塑造来看,《风水先生》算不上成熟的文学作品。但其中的许多因素,却显示了它在中国文学史上的超前性。去地方化的荒村作为活动场景,风水先生和工人群体的对立,人物语言的新旧夹杂与离奇可笑,情节发展过程中淡化事件突出场景,作为工资的三万五千两银子成为情节发展的核心力量,这些都是中国传统文学中缺少的。黄子平、陈平原、钱理群三位学者认为以"改造民族的灵魂"为总主题的文学,是真挚的文学、热情的文学、沉痛的文学,而根源于民族危机感的"焦灼"成为笼罩20世纪中国文学的总体美感特征。③ 吴稚晖与此不同,在"焦灼"之上加了一点笑料煎烤,这一点使得他的文学不同于"五四"新文学的主流美感特质,正因为如此,也常常被后来的文学史叙述所忽略。

吴稚晖一方面把文学视为雕虫小技,认为文学的叙说乃是胡说八道,但他的"岂有此理文章观"又追求说话的自由、写作的自由,不受话语规则的

---

① 观剧者来稿:《风水先生》,《新世纪》第88号,1909年3月13日。
② 同上。
③ 黄子平、陈平原、钱理群:《论"二十世纪中国文学"》,《文学评论》1985年第5期。

限制,想说就只管说。虽然他主张文言、白话并存,但还是站在白话文提倡者的立场,主张言文一致。比如论及统一一国语言文字时,吴稚晖提到几个国家的情形:"日本以江户之音,变易全国。德奥以日耳曼语,英以英格兰语,法以法兰西语。而九州四国萨克森苏格兰赛耳克勃列丹诸语,皆归天然之淘汰。"①他视中国"经史"为"死文",犹如西方以拉丁文为"死文",认为"缺失甚多之死文"以及"野蛮无统之古音"只能陈列于博物院,投于垃圾桶。②

吴稚晖的白话为"万花筒式的白话"。从语言的角度看,"五四"新文学的白话形态不只有胡适的浅显流畅、鲁迅的跳脱犀利、周作人的朴素闲适、郁达夫的雅隽多情、冰心的流丽清淡、朱自清的轻快晓畅,也还有吴稚晖的"万花筒式的白话"。鲁迅批评吴稚晖演说中的插科打诨不只没有益处,甚至还有害处。③这固然切中吴稚晖文体的枝蔓横斜之弊端。但是吴稚晖那种抓取一切词语,抓取一切养料,搅和熔铸而成的"万花筒式的白话"无疑是晚清"五四"时期白话的一朵奇葩。周作人在《〈中国新文学大系·散文一集〉导言》中写道:清末的白话运动"乃是教育的而非文学的"。他接下来引述了《中国新文学的源流》中对白话的两个看法:第一,"现在的白话文是话怎么说便怎么写,那时候却是由古文翻白话"。第二,态度不同,"五四"时期的作文态度是一元的,即无论对什么人都用白话。而清末的作文态度是二元的,对于不识字或识字不多的人,比如农民和工人,用白话;至于正经的文章或者著书,还是用古文。"古文是为老爷用的,而白话是为听差用的。"④这种观点从整体上看也许是恰当的,但是具体到吴稚晖身上,却又另当别论。因为他在《新世纪》上刊载的各类文章,既有文言文,也有白话文,甚至还有文言白话结合之文。要在一种杂志上,区分"给老爷的文"和"给听差的文",恐怕难度很大。吴稚晖的白话文其实为"五四"新文学提供了另一种类型。周作人选了吴稚晖的《乱谈几句》和《苦矣》两文入《中国新文学大系·散文一集》,并指出:"吴稚晖实在是文学革命以前的人物,他在

---

① 燃料:《书驳中国用万国新语说后》,《新世纪》第57号,1908年7月25日。
② 同上。
③ 鲁迅:《因太炎先生而想起的二三事》,《鲁迅全集》第6卷,北京:人民文学出版社,2005年,第578页。
④ 周作人:《〈中国新文学大系·散文一集〉导言》,见赵家璧主编:《中国新文学大系·散文一集》,上海:上海文艺出版社,2003年影印,第1页。

《新世纪》上发表的妙文凡读过的人是谁也不会忘记的。他的这一种特别的说话法与作文法可惜至今竟无传人,真令人有广陵散之感。"①他也点出了吴稚晖"说话法与作文法"的独树一帜。

吴稚晖的小说创作虽然不多,但他的《风水先生》所呈现出的文学的准荒诞性,不妨视为中国文学的现代性的一种面相。《风水先生》中人物环境的荒村设置,风水先生与工人群像的冲突对抗,以及文言白话的夸张离奇,无不透露出现代气息。如果把荒诞性的某一方面理解为人类生存困境的表达,那么《风水先生》中风水先生在荒村中遭遇的抵抗,无疑也是荒诞性的言说。《风水先生》的准荒诞性,与鲁迅的《狂人日记》中狂人对自己是吃人者的怀疑与困惑,李金发《弃妇》中弃妇内心的狂野与生命的被抛弃,鲁迅《野草》中抉心自食而不知其味的创痛、无名战士在无物之阵的搏击等是一脉相承的,实在也是因为中国现代文学不善表达荒诞性之故,所以这少数作品更弥足珍贵。

但丁曾经对俗语有个精彩的说法:"所谓俗语,就是孩提在起初解语之时,从周围的人们听惯而且熟习的那种语言,简而言之,俗语乃是我们不凭任何规律从摹仿乳母而学来的那种语言。"②他把"俗语"植根于语言的母体,即活生生的口语之中。"俗语"具有勃勃生机,吴稚晖正是以这种具有勃勃生机的"俗语"独步文坛。有人这样评价他:

> 稚晖先生以至大的智慧,可巧的触悟,打破了文章的程式,而以识见,趣味,文字发挥了他的生命力,这是文学界的幸运……③

---

① 周作人:《〈中国新文学大系·散文一集〉导言》,见赵家璧主编:《中国新文学大系·散文一集》,上海:上海文艺出版社,2003年影印,第12页。
② [意]但丁:《论俗语》,缪灵珠译,《缪灵珠美学译文集》第1卷,北京:中国人民大学出版社,1998年,第263页。
③ 朱肇洛:《由吴稚晖的文体说起》,《杂志》第15卷第1期,1945年4月。

第八章 胡适

第一节 文学革命:文学与国语

唐德刚在《胡适杂忆》中写道:"正式把白话文当成一种新的文体来提倡,以之代替文言而终于造成一个举国和之的运动,从而为今后千百年的中国文学创出一个以白话文为主体的新时代,那就不能不归功于胡适了。"①"归功于胡适"并非把开创白话文时代的所有功绩都归于胡适,而是强调胡适对于开创白话文时代的"头功"。胡适自己曾认为如果没有他们那一辈人的有意提倡,白话文时代也会随着历史的发展而到来,不过至少要迟二三十年。穿过近百年文学的历史烟云回看胡适当年的文学主张,我不得不承认,胡适以白话取代文言、以活文字取代死文字、以活文学取代死文学、以国语的文学建设文学的国语的观点,睿智地为推动文学的现代转型找到了最为恰当的杠杆支点,从而催生了强大的力量。

一、"死"与"活":实用主义

1915年8月26日,胡适日记记载:作一英文论"如何可使中国文言易于教授"。在该文中他第一次提出以"死""活"来区分文字:

> 汉文乃是半死之文字,不当以教活文字之法教之。(活文字者,日用语言之文字,如英法文是也,如吾国之白话是也。死文字者,如希腊拉丁,非日用之语言,已陈死矣。半死文字者,以其中尚有日用之分子在也。如犬字是已死之字,狗字是活字;乘马是死语,骑马是活语。故

---

① 唐德刚:《胡适杂忆》,桂林:广西师范大学出版社,2005年,第56页。

曰半死文字也。)①

这里"汉文"一词的指向并不太明确,大致指书面的文言,与被称为"活文字"的"吾国之白话"相对。1916年7月6日的日记把这种意思明确化了:"(一)今日之文言乃是一种半死的文字,因不能使人听得懂之故。(二)今日之白话是一种活的语言。"②"死文字"可指语言,如拉丁语;可指文章,如拉丁语文;也可指文字,如拉丁语字词。其核心意义是不再被人们使用。"半死文字"介于"活文字"与"死文字"之间,即介于"日用语言之文字"与"陈死"文字之间。"汉文乃是半死之文字"意指汉语书面语中有些汉字属于已"死"文字。可见,"死""半死""活"三者之间的区分在于"日用"与否,但是"日用"与否却不可能用非此即彼的方法区隔,"日用"与使用频率有关,其间切分有无限多的方式。"死"与"活"是一对区分不太清晰的价值概念。

胡适在与任叔永、梅光迪等人的辩难中,不断提升"死"与"活"这对价值概念的重要性。任叔永《泛湖即事诗》中有一段借用古代描写大江风浪的词语来写湖水,胡适毫不留情地批判为"小题大做",并指出作者"避自己铸词之难,而趋借用陈言套语之易,故全段无一精彩"。任诗中所用的"言"字和"载"字都为"死字";"猜谜赌胜,载笑载言"中前一句为"二十世纪之活字",后一句为"三千年前之死句"。③ 他的观点遭到另一朋友梅光迪的坚决反对。梅光迪反对胡适以"活字"入文学的文学革命,认为"文学革新""非尽屏古人所用之字,而另以俗语白话代之之谓也",并且认为胡适所谓"二十世纪之活字"也是古人所创。只有先"精究吾国文字始敢言改革",俗语白话只有经过美术家之锻炼方可用。④ 胡适从梅光迪的观点中敏锐捕捉到与自己观点趋同的东西:"我正欲叩头作揖求文学家、美术家,采取俗语俗字而加以'锻炼'耳。"⑤胡适把"死"与"活"的区分及思想与文字的区分

---

① 胡适:《胡适留学日记》(三),上海:商务印书馆,1947年;引自上海三联书店民国沪上初版书复制版,2014年,第823—824页。
② 胡适:《胡适留学日记》(四),上海:商务印书馆,1947年;引自上海三联书店民国沪上初版书复制版,2014年,第1009—1010页。
③ 同上书,第1045—1046页。
④ 《梅光迪复胡适》(1917年7月17日),杜春和、韩荣芳、耿来金编:《胡适论学往来书信选》(下),石家庄:河北人民出版社,1998年,第1202—1203页。
⑤ 同上书,第1203页。

结合起来:"思想与文字同无古今,而有死活。"①因此他更坚定地相信文字有死活:"文字没有古今,却有死活可道。"②胡适那么强烈地祛除文字的"古今"之分,而高扬文字的"死活"之别,目的只有一个:突出文字是否可以为今人所使用,是否可以进入今人的口头表达与书面言说之中。胡适也尝试着用"死"与"活"来区分古代的书面语言,比如他举《尚书》的例子:"惠迪吉,从逆凶。"从作文的角度看前一句是死语,后一句是活语。从听的角度看,后一句也只是半活之语。③这样一种思路是他撰写《国语文学史》与《白话文学史》的起点,古代文学中的"活语"奠定了以古代白话文学作为活文学的基础。

  胡适把文字"死"与"活"的区分带到了"五四"时期。到底如何理解文字的"死"与"活"?一个人因为哮喘停止呼吸,几分钟后人即"死"。就这个人来说,构成人身体的物质并没有改变。原因在于氧气无法进入体内,因为人自身已经丧失吸入氧气的能力,无法维持身体的正常需求。人无法维持自身基本需求的状态即谓之"死"。文字不被人们使用,意味着它已经丧失进入新的言说的能力,谓之"死文字"。其中情形比较复杂,因为文字不像人非死即活。有些汉字,人们已经很长时间不用,或许永远不会再使用,比如梅光迪说:"言文学革命第一要事,即在增加字数,字数增而思想亦随之,而后言之有物。"他举的关于"马"的汉字有:二岁马曰驹,三岁或四岁马曰駣,八岁马曰䭴,白额马曰駹,马饱食曰䮳,二马并驾曰骈。梅光迪主张效法法国雨果的文学革命,复苏多数古字,"将一切好古字皆为之起死回生"。④还有一种情形,一个汉字有多种意义,某种意义已经不再使用,从不再使用这种意义的角度看,这个汉字就是死文字。其实从语言的历史角度看,所谓"死文字"都是处于一种沉睡的状态,随时可能因被召唤而苏醒。"五四"时期,为了应对印欧语系的形容词词尾的变化,不再做助词的"底"被唤醒而作为表述所属格的助词,如"海底梦"。近年来网络媒介每年会产

---

  ① 《梅光迪复胡适》(1917年7月17日),杜春和、韩荣芳、耿来金编:《胡适论学往来书信选》(下),石家庄:河北人民出版社,1998年,第1202页。
  ② 胡适:《胡适留学日记》(四),上海:商务印书馆,1947年;引自上海三联书店民国沪上初版本复制版,2014年,第1036页。
  ③ 同上书,第1066页。
  ④ 《梅光迪致胡适》(1916年8月8日),杜春和、韩荣芳、耿来金编:《胡适论学往来书信选》(下),第1208页。

生一些热门词汇,其中"囧"于2008年成为网络热门词语之一,就是一个从沉睡的状态中被唤醒过来的字。"囧"的本义是"光明",而在网络用语中被赋予新的意义,表示"抑郁、悲伤、无奈"等意思。

"死"与"活"是一对灵活的概念,胡适同时把它们用于文学。胡适1916年在美国读书时就在中国古代文学中寻找"活文学"的样式。他列举的"活文学"样本有宋人语录、元人杂剧以及元代以后的杂剧与章回小说。不过他举的例子中也有南唐李后主的词,宋代苏东坡、黄庭坚、辛稼轩、吕本中、柳耆卿、向镐的词,有《琵琶记·描容》《孽海记·思凡》《孽海记·哭皇天》等曲,有《长生殿·九转货郎儿》等弹词。其中尤为欣赏《孽海记·哭皇天》的末一段,称赞其"文妙,思想亦妙"。"文妙"在于其语言"畅快淋漓,自由如意";"思想亦妙"表现为乃思想上的"革命文字",攻击僧尼制度的不近人情之处,可谓中国之问题戏剧(Problem Plays)。① 可见"活文学"不仅文字语言属于活文字,而且思想上也有其革命之处。

胡适在"五四"时期通过"死"与"活"这对概念把文字与文学联系起来:

> 我们认定文字是文学的基础,故文学革命的第一步就是文字问题的解决。我们认定"死文字决不能产生活文学",故我们主张若要造一种活的文学,必须用白话来做文学的工具。我们也知道单有白话未必就能造出新文学;我们也知道新文学必须要有新思想做里子。②

胡适的意思非常清楚:"死文字"决不能产生"活文学","活文学"必须用白话("活文字")来做文学的工具,但是仅仅是"活文字"还不能产生"活文学"。"活文学"不等同于白话文学。胡适的主张简单说就是用白话造"活文学",但是仅仅用白话还不能造"活文学"。因为在胡适看来,白话只是工具,白话与思想是二分的。

对于胡适的"死文学"与"活文学"的区分,一直有人质疑。同是新文学阵营里的周作人就提出了不同看法。1927年他在《死文学与活文学》中写道:

> 不见得古文都是死的,也有活的;不见得白话文都是活的,也有死

---

① 胡适:《胡适留学日记》(四),上海:商务印书馆,1947年;引自上海三联书店民国沪上初版书复制版,2014年,第976—985页。
② 胡适:《我为什么要做白话诗?》(《尝试集》自序),《新青年》第6卷第5号,1919年5月(这一期只注明月份,没有注明日期,以下不再单独说明)。

的。……国语古文的区别,不是好不好死不死的问题,乃是便不便的问题。①

死文学活文学的区别,不在于文字,而在于方便不方便,和能否使人发生感应去判定他。②

周作人讲的"方便不方便"的问题从字面上看,比"死/活"这对词语更感性,更不可捉摸,而"能否使人发生感应"这种对读者的重视,与胡适的观点也不完全一致。要做到"使人发生感应",首先作者要做到自己能对时代感应。

胡适关于"死文字"造"死文学"、"活文字"造"活文学"的众多论述,总归一句话就是:只有当代的"活文字"才能造当代的"活文学",这种"活文字"就是当代的白话;同理,"用死了的文言决不能做出有生命有价值的文学来"③。可见,"死"/"活"的价值区分突出了文字的实用性。

二、白话与文言:进化论

尽管"死文字"常常与"文言"配对,"活文字"往往与"白话"结盟,但是"死文字"不等同于"文言","活文字"也不等同于"白话"。按照胡适的观点,"文言"乃是"半死的文字",但是他从来没有彻底否定过文言,他彻底否定的是"死文字"。他留学美国时期,就反对那种诋毁汉文、采用字母的主张,而认为"今之文言,终不可废置,以其为仅有之各省交通之媒介物也,以其为仅有之教育授受之具也"④。汉文不能普及的根源不在汉文自身,而在教育方法的不完善。

文言与白话的区分,构筑了"五四"新文学与旧文学两大阵营。提倡白话、反对文言不仅是"五四"新文学的抓手,而且白话也成为"五四"新文学最重要的因素。因此有两大问题需要辨析:第一,文言与白话的区分到底在哪里? 第二,如何评价文言与白话?

胡适1916年7月6日的日记列出九条,进行白话与文言之优劣的比较,提出了"五四"至20世纪30年代关于文言与白话的主要问题。胡适主张以白话作文、作诗、作戏曲、作小说,列出了九大理由:

---

① 周作人:《死文学与活文学》,《大公报》1927年4月15日。
② 周作人:《死文学与活文学》,《大公报》1927年4月16日。
③ 胡适:《建设的文学革命论》,《新青年》第4卷第4号,1918年4月15日。
④ 胡适:《胡适留学日记》(三),上海:商务印书馆,1947年;引自上海三联书店民国沪上初版书复制版,2014年,第823页。

(一)今日之文言乃是一种半死的文字,因不能使人听得懂之故。

(二)今日之白话是一种活的语言。

(三)白话并不鄙俗,俗儒乃谓之俗耳。

(四)白话不但不鄙俗,而且甚优美适用。凡言语要以达意为主,其不能达意者,则为不美。如:

……

(五)凡文言之所长,白话皆有之。而白话之所长,则文言未必能及之。

(六)白话并非文言之退化,乃是文言之进化。其进化之迹,略如下述:

……

(七)白话可产生第一流的文学。

……

(八)白话的文学为中国千年来仅有之文学。(小说,戏曲,尤足比世界第一流文学。)其非白话的文学,如古文,如八股,如札记小说,皆不足与于第一流文学之列。

(九)文言的文字可读而听不懂;白话的文字既可读,又听得懂。凡演说,讲学,笔记,文言决不能应用。今日所需,乃是一种可读,可听,可歌,可讲,可记的言语。要读书不须口译,演说不须笔译;要施诸讲坛舞台而皆可,诵之村妪妇孺而皆懂。不如此者,非活的言语也,决不能成为吾国之国语也,决不能产生第一流的文学也。[①]

第(六)项谈白话为文言的进化问题,实际指向的是文言与白话的不同属性。其余八项指向文言与白话的价值评判。第(六)项把文言与白话的区分落实在语言这块基石上,因为无论文言与白话在语体、文体上如何不同,二者都是语言问题。胡适的区分主要包括两个方面:词语方面,文言单音词多,白话复音词多;语法上,文言不自然,白话自然,文言繁杂,白话简单。张世禄从语言学的角度对文言和白话的区分,可以看作对胡适观点的补充和

[①] 胡适:《胡适留学日记》(四),上海:商务印书馆,1947年;引自上海三联书店民国沪上初版书复制版,2014年,第1009—1013页。其中第(六)项又包括:"(1)从单音的进而为复音的。(2)从不自然的文法进而为自然的文法。(3)文法由繁趋简。(4)文言之所无,白话皆有以补充。"见第1011—1012页。

发展。张世禄从四个方面区分文言和白话:第一,因为音读演变的原因,相同意思或相类的语词,文言和白话会用不同的语词表示,如第二人称代词,文言中多用"尔""汝""若""乃"等词,而白话中用"你"。第二,因为语义演变的原因,往往同一个词,在文言和白话中表示不同的意义,因而其用法也不相同。第三,因为语词组织的变异关系,文言多单词,白话往往改用复词。第四,因为语句组织的变异关系,文言的语句次序与白话的语词次序有很多不同。① 很明显,张世禄着重理性的学术探讨,而胡适因急于提升白话的价值,即使从语法角度区分文言和白话,也是倾向白话的。

胡适认为,文言与白话的价值区分,主要表现在文言是半死的文字,可读而不可听,不能造就活文学;白话是活的语言,可读,可听,能实现人们表情达意的目的,优美实用;白话已经产生第一流的文学,也是造新文学的唯一利器。他写道:"先要做到文字体裁的大解放,方才可以用来做新思想新精神的运输品。我们认定白话实在有文学的可能,实在是新文学的唯一利器,但是国内大多数人都不肯承认这话,——他们最不肯承认的,就是白话可作韵文的唯一利器。"②

造新文学,唯一的利器是白话,但是否可以绝对排斥文言?胡适的认识有过变化,原来他曾经肯定过这样的看法,但是他在创作《尝试集》的时候并不排斥文言中的某些词汇。③ 与此相关的两个问题是:第一,应用文是否全用白话,艺术文是否白话文言并用?"五四"时期的蔡元培肯定白话以及白话文终将胜利:"国文的问题,最重要的,就是白话与文言的竞争;我想将来白话派一定占优胜的。"④不过他也没有彻底否定文言:"但文言是否绝对的被排斥,还是一个问题。照我的观察,将来应用文,一定全用白话;但美术文,或者有一部分仍用文言。"⑤

三、文字改革:平民主义

胡适在《国语月刊》"汉字改革号"《卷头言》中提出研究语言文字时发

---

① 张世禄:《文言白话的区别》,《社会科学月刊》第 1 卷第 3 期,1939 年 10 月。
② 胡适:《我为什么要做白话诗?》(《尝试集》自序),《新青年》第 6 卷第 5 号,1919 年 5 月。
③ 胡适以"文言"/"白话"的区隔切入对文学的区分,遭遇到古代白话诗与现代白话诗之间区分的阻碍,对这一问题的分析可以参看李丹:《论白话诗与文言诗区别的提出与转化》,《中国文学研究》2015 年第 2 期。
④ 蔡元培:《国文的将来》,朱麟公编辑:《国语问题讨论集》,上海:中国书局,1921 年,第 44 页。
⑤ 同上书,第 45 页。

现的一条"通则"："在语言文字的沿革史上，往往小百姓是革新家而学者文人却是顽固党。"还有一条"附则"："促进语言文字的革新，须要学者文人明白他们的职务是观察小百姓语言的趋势，选择他们的改革案，给他们正式的承认。"①小百姓所做的汉字形体上的"惊人的革新事业"是"破体字"的创造与提倡。胡适列举的汉字有："萬"改作"万"，"劉"改作"刘"，"龜"改作"龟"，"亂"改作"乱"，"竈"改作"灶"，"蘆"改作"芦"，"聽"改作"听"，"聲"改作"声"，"與"改作"与"，"靈"改作"灵"，"齋"改作"斋"，"還"改作"还"……②

胡适读到马建忠的《马氏文通》，大赞"马眉叔用功之勤"③，又赞《马氏文通》术语完备，条理清楚，方法精密，建立了中国文法学。但胡适批评马建忠缺乏"历史进化"的观念，认为马建忠视文法定律历千古不变或者很少变化。马建忠看到的只是中国语法稳定的一方面，胡适更关注中国语法变动的一方面。胡适认为语法变化主要在民间语言中发生："民间的语言，久已自由变化，自由改革，自由修正"。文言文中否定句里做止词（宾语）的代名词要放到动词前面，如"莫我知""不汝贷""莫之闻""莫之见"的文言结构，"鹦鹉文人"不敢改动，可是一般老百姓不怕得罪古人，不知不觉地改成"没人知道我""不饶你""没人听过他，也没人见过他"。国语的演化全是这几千年中寻常百姓自然改变的功劳，与文人、文法学者没有关系。④

胡适1921年指出，当时所讲的国语还只是一种"候补国语"，已经具备做中国国语的资格，但还不是正式的国语。所谓国语是"一种通行最广最远又曾有一千年的文学的方言"。⑤ 胡适坚信国语是进化的观点，他反驳了某君在《评新旧文学之争》中提出的所谓文言"虽未甚进化，亦未大退化"而白话却退化了的观点，也反对孙中山在《孙文学说》中提出的"文字有进化，而语言转见退步"的观点。胡适以实用主义的态度给出一个评价进化退化的标准：一切器物制度都是应用的，应用的能力增加，便是进步，应用的能力

---

① 胡适：《卷头言》，《国语月刊》第1卷第7期"汉字改革号"，1922年8月20日。
② 同上。
③ 胡适：《胡适留学日记》（一），上海：商务印书馆，1947年；引自上海三联书店民国沪上初版书复制版，2014年，第42页。
④ 胡适：《国语文法的研究法》，《新青年》第9卷第3号，1921年7月1日。
⑤ 同上。

减少,便是退步。① 从古代文言变为近代的白话,语言的变化表现在:第一,该变繁的都变繁了;第二,该变简的都变简了。变繁的例子:(1)单音字变为复音字。(2)字数增加。变简的例子:(1)文言里一切无用的区别在白话中废除了。(2)繁杂不整齐的文法变化多演变为简易划一的变化了。(3)许多不必有的句法变格,都变成容易的正格。胡适称之为"中国国语的进化小史",其功绩要归于"乡曲愚夫,闾巷妇稚",这是那些文学专门名家所不能做又不敢做的革新事业。②

有学者认为胡适的语言文字观过多地依赖进化论,并不恰切。胡适的语言文字观的确受到进化论的影响,但还有其他思想的影响。③ 文字改革的主力是老百姓这种平民主义观点,其深层思想源于胡适的"社会的不朽论"。胡适在美国留学期间,把中国的"三不朽"(立德、立功、立言)解释为"三 W 的不朽主义"(Worth、Work、Words),继而发展为"社会不朽"(Social Immortality)的观念。其核心意思是,任何"小我"对于社会、人类或者大自在的那个所谓"大我",总会留下某些痕迹。④ 19 世纪西方思想界对于人类社会的认识出现了许多新的观点。爱默生在《美国学者》中认为:"所谓'人'只是部分地存在于所有的个人之中,或是通过其中的一种禀赋得以体现;你必须观察整个社会,才能获得对完整的人的印象。"⑤梭罗在《瓦尔登湖》中认为"我们全都归属于社会"⑥,有学者这样解释梭罗的"社会"一词:"'社会'既是近在眼前的那个帮我们盖房子的人,又是遥远的先祖留下的遗迹,还有古代哲学家们的那些文本。"⑦马克思认为"**人的本质并不是单个人所固有的抽象物。在其现实性上,它是一切社会关系的总和**","**社会生活在本质上是实践的**。凡是把理论导致神秘主义方面去的神秘东西,都能

---

① 胡适:《国语文法概论》,欧阳哲生编:《胡适文集》第 2 卷,北京:北京大学出版社,2013 年,第 306—310 页。
② 同上书,第 311—317 页。
③ 周晓平:《从黄遵宪到胡适:"五四"新文学何以可能》,《中国文学研究》2014 年第 3 期。
④ 胡适:《我的信仰》,欧阳哲生编:《胡适文集》第 1 卷,第 17、19 页。
⑤ [美]爱默生:《美国学者》,[美]吉欧·波尔泰编:《爱默生集:论文与讲演录》(上),赵一凡等译,北京:生活·读书·新知三联书店,1993 年,第 63 页。
⑥ [美]梭罗:《瓦尔登湖》,潘庆舲译,上海:上海社会科学院出版社,2007 年,第 42 页。
⑦ [美]斯蒂芬·哈恩:《梭罗》,王艳芳译,北京:中华书局,2014 年,第 16 页。

在人的实践中以及对这个实践的理解中得到合理的解决"。① 斯宾塞认为理解人的认识,是认识社会的第一步。② 他提出的"第一原理"即作为正确的社会关系的法则对中国学者影响很大。其内涵是"每个人都有做一切他愿做的事的自由,只要他不侵犯任何他人的同等自由"。③

这些学者都是把人放在社会中理解,虽然他们各自对社会的理解并不完全一致。这点对中国学者来说非常重要,因为它为把人从中国传统的家族伦理与封建皇权伦理中解放出来打开了一扇窗口。胡适1919年在《不朽——我的宗教》中把《左传》的"三不朽"说改造为"社会的不朽论"。④ 他从个体生命与社会生命的关系考察个体生命的永恒性。个体生命就是"我",就是"小我",而社会、历史就是那个"大我"。个体/"小我"是有生命的有机体,社会/"大我"也是有生命的有机体。个体/"小我"只是社会/"大我"这个有机体的一个细胞。胡适"社会的不朽论"包括两个重要的方面:一方面,"小我"看似短暂,但与社会的未来密切相关,无数的"小我"构成"大我",以此种方式通向未来⑤;另一方面,社会不朽的要素具有全体性和综合性,它"包括英雄圣贤,也包括贱者微者,包括美德,也包括恶德,包括功绩,也包括罪孽。就是这项承认善的不朽,也承认恶的不朽,才构成这种学说道德上的许可"⑥。

四、以"国语的文学"造"文学的国语"

胡适在《建设的文学革命论》中提出建设新文学的唯一宗旨是"国语的文学,文学的国语",文学革命的目的"只是要替中国创造一种国语的文学"。⑦ 无论从文学的角度,还是从国语的角度,胡适的十个大字都成为近百年来中国文学发展道路上高高飘扬的大纛。其中凝聚着晚清以来中国文学与中国语言因国家命运起伏跌宕而变革的诸多伤痛,同时也内藏了以建

---

① [德]马克思:《关于费尔巴哈的提纲》,《马克思恩格斯选集》第1卷,北京:人民出版社,1972年,第18页。
② [英]赫伯特·斯宾塞:《社会静力学》,张雄武译,北京:商务印书馆,2007年,第10页。
③ 同上书,第52页。
④ 胡适:《不朽——我的宗教》,《新青年》第6卷第2号,1919年2月15日。
⑤ 同上。
⑥ 胡适:《我的信仰》,欧阳哲生编:《胡适文集》第1卷,北京:北京大学出版社,2013年,第19页。
⑦ 胡适:《建设的文学革命论》,《新青年》第4卷第4号,1918年4月15日。

设"新中华"为价值取向的变革路向。这一点不展开论述,此处要关注的是胡适理解文学与国语之间互生关系的理路。

第一,什么是胡适所说的"国语"?

如前所引,胡适1921年指出,所谓国语是"一种通行最广最远又曾有一千年的文学的方言"①。这句话有两层意思:首先,国语是一种通行最广最远的方言,是"从东三省到四川云南贵州从长城到长江流域,最通行的一种大同小异的普通话"②。他在《〈吴歌甲集〉序》中重申"国语不过是最优胜的一种方言"③这一观点。其次,这种方言已经有一千年的文学,《水浒传》《三国演义》《西游记》《红楼梦》这几部"伟大的白话小说"早就写定了中国的国语。胡适把明清白话小说中的书面白话作为国语,并且认为中国国语已经基本成熟。不过,如前所述,胡适还是很清醒地认识到,他当时所讲的国语还只是一种"候补国语",已经具备做中国国语的资格,但还不是正式的国语。④ 其言外之意在于这种"明清小说中的书面白话"还没有以合理合法的方式被认可为国语。但胡适对"候补国语"还是有不满足,认为其需要改造。不过,他认为只有文学的方式才能造就国语,才能改进国语。这种观点属于国语想象中的保守派。周作人倾向于把口语当作国语的基本成分,可以说属于国语想象中的现实派。鲁迅坚持以"硬译"的方式改造国语,属于国语想象中的理想派。因为晚清至民国的时代,是一个社会急剧变化,中西交流频繁的时代,汉语受到的冲击非常大,从词语到语法都有改变,尤其是词汇的变化特别明显。因此,以明清白话小说中的白话为国语的想法没有给国语的想象更多的空间。

第二,胡适为什么会把文学与国语结合起来作为自己文学革命的新旗帜?

当胡适在美国与朋友讨论文学革命的时候,国语运动在国内早就已经开展起来。国语运动的历史至少可以追溯到晚清简字拼音方案的制作。中华民国成立后,1913年教育部成立"读音统一会",制定注音字母,中国知识分子不仅要求"书同文",同时从普及教育和开通民智的角度要求"话同

---

① 胡适:《国语文法的研究法》,《新青年》第9卷第3号,1921年7月1日。
② 胡适:《国语标准与国语》(又名《国语讲习所同学录序》),《新教育》第3卷第1期,1921年2月。
③ 胡适:《〈吴歌甲集〉序》,《京报副刊·国语周刊》第17期,1925年10月4日。
④ 胡适:《国语文法的研究法》,《新青年》第9卷第3号,1921年7月1日。

音"。《新青年》第3卷第1号(1917年3月1日)刊载了《国语研究会讨论进行》《中华民国国语研究会暂定简章》《中华民国国语研究会征求会员书》。中华民国国语研究会的宗旨是"研究本国语言选定标准以备教育界之采用"。《中华民国国语研究会征求会员书》写道:

> 同一领土之语言,皆国语也。然有无量数之国语,较之统一之国语,孰便?则必曰统一为便。鄙俗不堪书写之语言,较之明白近文字字可写之语言,孰便?则必曰近文可写者为便。然则语言之必须统一,统一之必须近文,断然无疑矣。①

这段话的中心有两个,一是统一国语,一是言文一致。胡适文学革命与国语运动的共同基础是言文一致。胡适留学时期对语言问题非常关心,写了《诗经言字解》《吾我篇》《尔汝篇》等文,因反对钟某等人诋毁汉文的观点,建议把"国文"问题作为留学生会议的讨论主题。1917年6月19日胡适在归国途中读薛谢儿女士(Edith Sichel)的《再生时代》(*Renaissance*),书中关于意大利、法国、德国等国国语兴起的描述成为他《建设的文学革命论》中文学与国语方案的重要理论资源。胡适从意大利文学与意大利国语的关系中悟到一个方法:意大利使用"俗语"的但丁们,不但用意大利语著述,而且撰文为这种俗语辩护。"有意的主张"与"有价值的著作"相辅而行,才能收效最快。② 胡适反观国内,认为国内缺少为俗语文学、为国语辩护之人。谁愿意做中国白话文学史上的"但丁"?胡适虽未明说,但也不难推测他自己可能性最大。

至此,文学革命与国语运动的"双潮"合一在胡适身上得以实现的理论依据与目标基础都已经具备,并且时代的学术思潮也促使他思考文学与国语的关系。陈独秀在《新青年》第3卷第3号上就提出了"欲创造新文学,'国语研究'当与'文学研究'并重"的主张。③ "文学"与"国语"在理论上的合一,如果要选择一个人完成,毫无疑问,胡适是最合适的人选。

第三,胡适在《文学改良刍议》中多使用"白话"一词,而在《建设的文学革命论》中多使用"国语"一词,他是怎么看待"白话"与"国语"的区别的

---

① 《中华民国国语研究会征求会员书》,《新青年》第3卷第1号,1917年3月1日。
② 胡适:《胡适留学日记》(四),上海:商务印书馆,1947年;引自上海三联书店民国沪上初版书复制版,2014年,第1223—1229页。
③ 陈独秀:《通信》,《新青年》第3卷第3号,1917年5月1日。

呢？胡适的观点大致可以概括如下：白话是历史上白话文学的国语，国语是未来新文学的白话。前半句的观点，以我的反推居多；而后半句的观点，胡适有清楚的表达。他所主张的"文学的国语"，即是当时中国"比较的最普通的白话"；这种国语的语法文法，全用白话的语法文法，"但随时随地不妨采用文言里两音以上的字"。① 胡适所说的"白话"包括中国历史上白话文学的白话，也包括中国口头上的活语言。如前所引，胡适提出当时人们所提倡的国语的中坚分子是"从东三省到四川云南贵州从长城到长江流域，最通行的一种大同小异的普通话"，也是《水浒传》《西游记》等明清通俗小说中的白话。他建议把这种"通行又已产生文学的普通话认为国语"，然后推行出去，"使他成为全国学校教科书的用语，使他成为全国报纸杂志的文字，使他成为现代和将来的文学用语：——这是建立国语的唯一方法"。②这种"文不文，白不白""南不南，北不北"的"南腔北调的国语"成为国语建设的坚实基础。胡适在《建设的文学革命论》中把《文学改良刍议》中的"八不主义"改成"四条主张"，"八不主义"中内容与形式的二分法被取消了，代之以"四条主张"中的"说话"中心论。这就打通了"白话"与"国语"的连接。

第四，如何理解以"国语的文学"造"文学的国语"？

这是人们常常纠缠不清的地方：没有文学的国语，何以造国语的文学？简言之，没有国语，如何造文学？其实不妨这样理解，"国语的文学"中的"国语"是"现有的国语"，"文学的国语"中的"国语"是"理想的国语"，那么胡适的宗旨就可以表述为："国语的文学"以"现有的国语"来创造文学，通过文学而不断锤炼"现有的国语"，使得"现有的国语"在文学的不断发展中得到发展，从而走向"理想的国语"，达到"文学的国语"。

1921年胡适在《国语标准与国语》中再一次申述：国语标准不是教育部定出来的，不是某个国语团体定出来的。欧洲各国也不是先有国语的标准再有国语。"凡是国语的发生，必是先有了一种方言比较的通行最远，比较的产生了最多的活文学，可以采用作国语的中坚分子；这个中坚分子的方言，逐渐推行出去，随时吸收各地方言的特别贡献，同时便逐渐变换各地的

---

① 胡适：《通信·复朱经农》，《新青年》第5卷第2号，1918年8月15日。
② 胡适：《国语标准与国语》（又名《国语讲习所同学录序》），《新教育》第3卷第1期，1921年2月。

土话:这便是国语的成立。"① 晚年胡适把"五四"新文学革命称为中国的"文艺复兴",它有一个深厚的语言基础:"活"的国语。胡适把"五四"时期的文学革命概括为"用汉字写白话",因为古代的民间以及许多文人都是"用汉字写白话"。"五四"时期,胡适等人只是确立用汉字写白话的合法地位,并且普及开去。所以,这是中国的文艺复兴。②

初看上去,胡适的语言观有些保守,忽略了白话自身的进化。就文学的进化与白话的进化而言,胡适非常重视文学的进化。他在《历史的文学观念论》中明确提出"一时代有一时代之文学","今人当造今人之文学";"白话之文学种子已伏于唐人之小诗短词",到宋代语录体、元代戏曲、明清白话小说,可见白话文学之趋势。③ 他的《文学进化观念与戏剧改良》一文阐明了文学进化的四层意义:第一层,文学是人类生活状态的一种记载,人类生活随时代变迁,文学也随时代变迁,故一代有一代之文学。第二层,每一类文学,从极低微的起源渐渐进化到完备的地位。第三层,一种文学的进化每经过一个时代往往带着前一个时代留下的许多无用的纪念品。第四层,有些文学发展到某种状态就停止,后来与其他国家的同类文学发生关系。胡适有个比喻:大凡一国的文化最忌的是"老性",失去活力。中国文学已经奄奄一息,必须灌下西方的"少年血性汤"。④ 胡适很重视白话自身的进化。在上文的论述中,也提到胡适非常重视从文言到白话的进化。但是文学的语言如何从明清小说的白话发展到"五四"新文学的白话,也即胡适的"文学的国语"?"五四"新文学的开创者以及国语运动的实践者们一直在探索时代的这一核心问题。

1936年,胡适赞成"汉字的废除和音标文字的采用",但是"不期望在最近百年内可以废除汉字而采用一种拼音的新文字"。他深信白话文具有了通行的条件,"在二十年中用力的方向是提倡白话文,用汉字写白话的白话文"。胡适把周作人提出的"国语,汉字,国语文这三样东西"概括为"用汉

---

① 胡适:《国语标准与国语》(又名《国语讲习所同学录序》),《新教育》第3卷第1期,1921年2月。
② 胡适:《活的语言·活的文学》,季羡林主编:《胡适全集》第12卷,合肥:安徽教育出版社,2003年,第444—451页。
③ 胡适:《历史的文学观念论》,《新青年》第3卷第3号,1917年5月1日。
④ 胡适:《文学进化观念与戏剧改良》,《新青年》第5卷第4号,1918年10月15日。

字写国语的国语文"。① 在国语的建设中,鲁迅和周作人都重视通过汉语的欧化来建设国语,但胡适却没有周氏兄弟那么热烈。确实,文学如何以自身的形式来创造新的国语,这一问题仍然值得当代作家和当代学人思考。

胡适谈论文字、语言和文章往往紧紧依靠着文学而谈,要想从他的言论中剥离出纯粹谈文字语言的内容非常困难,在此就没有分论胡适的语言文字观和文学观,而是结合在一起阐释。"死"与"活"作为一对不太清晰的价值区分概念,其实用主义的倾向成为胡适文学与国语观的哲学基础。"文言"与"白话"的语体区分,其进化论色彩成为胡适文学与国语观的历史基础。而文学革命以及文字改革的主力都在小老百姓这一关于动力来源的观念,体现了胡适关于文学与国语观的平民主义态度。当然,实用主义、进化论、平民主义弥漫在胡适关于文学与国语的所有论述中。"文学"与"国语"的结盟,即以"国语的文学"造"文学的国语",成为胡适文学与国语观的本体论部分。

第二节　文学汉语的多重实践

胡适对自己的白话文学观的提出过程有众多讲述,他所谓"逼上梁山"的发生观强调了外在因素对形成白话文学观的重要性,而相对忽略了自身文学汉语实践中积淀的有关汉语表达的经验。如果以胡适1917年回国为界,则可以从六种实践方式探索他回国之前对汉语的文学锻炼。这六种实践方式分别是:《竞业旬报》上的白话文章对明清小说白话的操练;文言诗词对文言韵文适用性的考量;翻译诗歌与小说对汉语韧性的敲打;英语诗歌的写作试验非母语语言表达现代体验的限度;英文演说和中文演说对口语体表达的认同;观看英语话剧带来的对戏剧说白的重新理解。

一、《竞业旬报》时期的习作:锻炼明清白话

1906年,中国公学里留日回来的新人物组织"竞业学会",宗旨是"对于社会,竞与改良;对于个人,争自濯磨"②。这一宗旨显然来自"物竞天择,适

---

① 周作人、胡适:《国语与汉字》(讨论),《独立评论》第207期,1936年6月28日。
② 胡适:《在上海(二)——四十自述的第五章》,《新月月刊》第3卷第10期,具体出版时间不详。又见胡适:《四十自述》,上海:亚东图书馆,1933年,第118页。

者生存"的理念。竞业学会的会长为钱文恢。竞业学会成立后的第一件事就是办一份白话报纸《竞业旬报》,主编是湖南醴陵人傅君健。梓方的《发刊辞》中有些观点很具有"前五四"性:"同人创为是报,纯用官话",这是《竞业旬报》语体的基本倾向。梓方阐述其理由:"智识之启得之于学堂,不若得之于报纸之取效速;得之于文深旨晦之报,又不若得之于明白易晓之报之取效广也。景教之来也,新旧约移译不一种,或为浅文,或为官话,或为各地方言。然方言则限于地域,京话京师之方言也,要亦不可以尽通。浅文又于乡愚村妪无所施。推行尽善而有力者,其惟官话本乎?盖官话无文字之沉晦,无方言之庞杂,声入心通,无毫发扦格。此其功绩最宏实已验白彼教之人,亲为余言者也。"①他用基督教传教的《圣经》译本的不同语体方式,表明采用官话的合理性。《竞业旬报》追求"国语大同,言文一致。群情感通"②,其目的最终还是求得"文明普及"。《竞业旬报·凡例》第三条"本报对于读者之意见"第一云:

> 语言之不统一而必求其统一 语言者,所以发表心意之符号也。中国言文之不能一致无论矣。即纯以语言而论,此省则殊于彼省也,甲州县则殊于乙州县也。甚至一州县之方言,彼此亦不无差别。语言之不统一,实为文明生一大障碍焉。本报立言既自别于文辞,择音尤难限于乡土。故惟取国语之最纯熟者为之,盖欲使国人得以普通了解也。③

可见,国语大同、言文一致和传播文明,是《竞业旬报》的基本宗旨。胡适是《竞业旬报》的主要作者之一,还曾经担任过主编。他以"期自胜生""铁儿""希彊"等笔名发表论说、旧体诗、白话小说和诗歌译文。胡适 1919 年在《尝试集》自序中回忆,为上海《竞业旬报》"做了半部章回小说,和一些论文,都是用白话做的",但因为该文侧重诗的方面,对这些白话文的写作没有进行任何具体评论。④他在《四十自述》中说:"我不知道我那几十篇文字在当时有什么影响,但我知道这一年多的训练给了我自己绝大的好处。白话文从此成了我的一种工具。七八年之后,这件工具使我能够在中国文学

---

① 梓方:《发刊辞》,《竞业旬报》第 1 期,丙午年(1906)九月十一日。
② 同上。
③ 《竞业旬报·凡例》,《竞业旬报》第 1 期,丙午年(1906)九月十一日。
④ 胡适:《我为什么要做白话诗?》(《尝试集》自序),《新青年》第 6 卷第 5 号,1919 年 5 月。

革命的运动里做一个开路的工人。"①这一评论表明《竞业旬报》上的白话操练是胡适自身白话文写作史上的准备,也暗示晚清的白话运动是"五四"新文学的准备。

梓方的《发刊辞》和《竞业旬报·凡例》中提及的"官话"与"国语",如果不纠缠于名字的含义,而是侧重这两个词语的指称,那么基本可以互用。它们的来源都是明清文学中的白话。胡适很能适应《竞业旬报》的要求,因为他早有准备。这个准备就是他之前对明清白话小说的阅读与心会。胡适读了三十多部白话小说,得了不少的"白话散文的训练","绝大的好处"是把"文字弄通顺了"。② 其中也暗含着以文学造国语的个人经验。

胡适以"希彊"的笔名从《竞业旬报》第 3 期开始连载他的白话章回体小说《真如岛》。从章回体形式、白话语体的角度看,《真如岛》与明清白话小说没有两样。小说叙述上的一些套路与明清白话小说基本一致,比如第二回最后:

> 只可惜那孙绍武和虞小姐的十分美满姻缘　却被一个瞎子和一个烂泥菩萨把他破坏了　这事不但我做书的人替他可笑替他可怜替他可恨　恐怕列位看官也在那里帮我笑帮我怜帮我恨哩　要知后事如何且待下回分解③

《真如岛》第二回"议婚事问道盲人　求神签决心土偶"讲叙虞善仁("愚善仁"的谐音)要把女儿许配给外甥孙绍武,看地先生甄翩紫("真骗子"的谐音)劝他合八字。虞善仁便请了人称"赛诸葛"的随峰转("随风转"的谐音)先生合婚,一通八字合下来,说男女命里相克,不能白头到老。虞善仁不死心,又去观音菩萨面前求签,得一个下下签,"木星却被金星克,后甲先庚不久长"。虞善仁在瞎子与土偶的双重迷信下,终于没有把女儿许给外甥。

> 且说虞善仁当日送了孙绍武回来　便叫家人请了甄翩紫来到书房内　请他坐下　善仁开言道　不才有一小女　名唤蕙华　年已十七岁　正当婚嫁的时候了　不才替他留心已久　照我看来　这孙舍甥为人

---

① 胡适:《四十自述》,上海:亚东图书馆,1933 年,第 135 页。
② 同上书,第 50—51 页。
③ 希彊:《真如岛》,《竞业旬报》第 4 期,丙午年(1906)十月十一日。原文没有句读符号,有空格,保持原文形式。下同。

倒还诚实可靠　学问也还好　意欲把小女许给他　招他在舍下　使老夫也有了半子之靠　先生以为如何　翩紫答道　孙兄为人　小弟极是佩服　老先生眼力不差　但是婚姻大事　却不可草率　依小弟愚见　何不请一位高明的合婚先生　把令爱和孙兄的年庚八字细细排一排　看合也不合　老先生意下如何　善仁道　舍甥是极不相信这些算命合婚的事体的　他说这些人都是骗钱的　一点也靠不住　先生如何也去相信这些说话呢　翩紫道　令甥年轻性刚　故说话未免太过　须知道一个人的生死贫富　有缘无缘　都是命中注定的　一毫也没得差池　如何不可相信呢　况乎孔夫子是个大圣人　他尚且说"君子畏天命"的话　难道令甥的本事　竟比孔夫子还好么①

这是典型的明清小说的书面白话，并非人们的口头语。但在该回的正文后面有较长的按语，没有注明作者，我猜想为胡适自己所写：

虞善仁遇着孙绍武　出了迷途　遇着甄翩紫　又入了迷途　都是信力不坚的缘故

注意招孙绍武作婿　所以疑合婚是难信的　后来把菩萨一求　便觉得人谋鬼谋　如出一辙　既信瞎子　又信土偶　愚公之所以成为至愚　毕竟是疑心未能扫尽

瞎子算命　土偶示签　夫妇造端　几同儿戏　以致造成多少专制婚姻　颠倒婚姻　苦恼婚姻　而实收此愚国愚民之恶果　咳　迷信的罪恶　还有更大的么②

上述文字既非纯粹的白话，也非纯粹的文言，而是以白话为主、文言白话交错的语体，且整句与散句结合，音韵上造成一种美感；更重要的是力争实现语气的顺畅自然，这种比较接近口语的语气节奏与情绪的起伏能大体配合。又比如同时期他在《独立》中的造句："一个人便有一个人的人格　便有一个人的本领　只要自己肯去做　断没有做不到的事　他是个人　我也是个人　孔子是个人　我也是个人　皇帝是个人　我也是个人　他能做　我难道不能做吗"③这段话为纯粹的白话，语气由缓而急，与对作为一个人的价

---

① 希疆：《真如岛》，《竞业旬报》第4期，丙午年(1906)十月十一日。
② 同上。
③ 铁儿：《独立》，《竞业旬报》第35期，戊申年(1908)十一月十一日。

值的肯定完全吻合。

二、旧体诗词：操练文言韵语

　　胡适1906年开始作旧体诗词，至1910年赴美国之时，已经作了"两百多首诗"。① 1910年赴美国留学后，仍然经常写旧体诗词。他1906—1917年间创作的旧体诗词，无法放在黄遵宪《日本杂事诗》"本文—注释"的汉语造型的轨道上进行考量，并没有创造出新的汉语造型；它们的意义在于让胡适获得表达自身体验的恰当的语言形式。

　　胡适在《去国集》自序中把赴美以后创作的"文言之诗词"作为"死文学"之一种，那么去国之前的文言诗词就是"死文学"之前的"死文学"。胡适如此否定1917年的文言创作，虽有为白话文学正名的意愿，其文言诗词也确有"死"的元素。《耶稣诞日歌》叙圣诞节的欢乐情景，有"杀鸡大于一岁豵"一句形容火鸡之大，而"豵"也许正是胡适所谓的"死文字"②。《游万国赛珍会感赋》颂扬各国友人为中国灾民募款，"国人相赒恤，千万复不赀"③中的"赒"也不妨看作"死文字"。

　　尽管如此，"文言之诗词"的操练让胡适不断思考表达情感思想体验的恰当形式。对那些一时一地一物触发的情思，胡适往往喜欢运用文言诗词的短小之体，如《西湖钱王祠》《送石蕴山归湘》《追哭先外祖》《口号》《赠别黄用溥先生》《上海电车大桥望黄浦》《酒醒》《纪梦》《菊部四律》《登楼》《秋柳》等多是律诗或绝句。《送石蕴山归湘》为中国公学教师石蕴山回湖南送别："老骥犹怜志未磨，干戈声里唱骊歌。尽多亡国飘零恨，此去应先吊汨罗。"④《口号》写道："可怜家国计，都是稻粱谋。路易独夫帝，哥仑窃国侯。"⑤还有如《霜天晓角·长江》："看轮舟快驰往来天堑地，时见国旗飘举，但不见，黄龙耳。"⑥《秋柳》一诗仅四句："但见萧飕万木摧，尚余垂柳拂

---

① 胡适：《我为什么要做白话诗?》(《尝试集》自序)，《新青年》第6卷第5号，1919年5月。
② 胡适：《耶稣诞日歌》，《民彝》第1号，1916年5月15日。
③ 胡适：《游万国赛珍会感赋》，耿云志主编：《胡适遗稿及秘藏书信》(11)，合肥：黄山书社，1994年，第130页。
④ 胡适：《送石蕴山归湘》，《竞业旬报》第17期，戊申年(1908)五月十一日。
⑤ 胡适：《口号》，《竞业旬报》第26期，戊申年(1908)八月十一日。
⑥ 胡适：《霜天晓角·长江》，《竞业旬报》第25期，戊申年(1908)八月一日。

人来。凭君漫说柔条弱,也向西风舞一回。"①秋柳虽弱,但也敢对抗强大肆虐的西风。这些诗词体制短小,却流淌着忧时刺世的热情。胡适文言诗词中也有多篇篇幅较长,如写新事物、新场景的《观爱国女校运动会纪之以诗》《游万国赛珍会感赋》《耶稣诞日歌》《电车词》,写自然风景的如《大雪放歌》《久雪后大风寒甚作歌》《游影飞儿瀑泉山作》,叙事的如《弃父行》《西台行》,赠别的如《送许肇南归国》《将去绮色佳,叔永以诗赠别。作此奉和,即以留别。》《送梅觐庄往哈佛大学》,说理的如《自杀篇》《老树行》。胡适最初学白居易的诗歌,而白居易的诗歌中著名的诗体之一即"长庆体",大体指七言长篇歌行体。相比律诗和绝句,这种诗体比较自由。胡适喜欢用长篇的歌行体,除了其比较容易掌握外,可能跟他想表达的内容有关。律诗和绝句适宜表达一种明晰的感想,但对于表现复杂多层的现代社会现象则捉襟见肘。黄遵宪的《日本杂事诗》即不得不用注释补充诗歌本文的不足。胡适则采用扩展诗歌体制的方式来满足内容表达的需要。《观爱国女校运动会纪之以诗》若不采用长篇的诗体,则不足以表达胡适"我欲赞扬无别语,女儿花发文明花"的现代想法。

电车是上海都市中出现的现代事物。《格致新报》上曾经介绍电车的速度,在平直之处,每分钟能走七里。② 它远比马车和人力车快,但上海通电气车后人们的谴责之声非常激烈。因为电气车常常撞人,被撞者轻则受伤,重则身亡。《通学报》上就登载过一则《电车碾人》:上海法租界电车在八仙桥西碾死王龚氏母子二人。③ 甚至有人估计,上海电车通行数月,"碾死者相望 夷伤者不可胜计"④。这自然有些夸张,但电车撞人事件肯定引起了人们的担忧。《竞业旬报》上刊载了两首写电气车的诗,一首是德争的《哀电车》,另一首是胡适(署名"蝶")的《电车词》。分录如下:

哀电车有序

上海之有电车 或者曰便或者曰不便 所谓便者以其行速而费省

---

① 胡适:《秋柳》,耿云志主编:《胡适遗稿及秘藏书信》(11),合肥:黄山书社,1994年,第153页。胡适曾修改如下:"但见萧飕万木摧,尚余垂柳拂人来。西风莫笑长条弱,也向西风舞一回。"这里的"西风"有政治隐喻的意义。胡适:《中国公学时代的旧诗》,《吴淞月刊》第2期,1929年6月15日。
② 《电车迅速》,《格致新报》第1册,光绪廿四年(1898)二月廿一日。
③ 《电车碾人》,《通学报》第5卷第15期,1908年6月21日。
④ 德争:《哀电车》,《竞业旬报》第23期,戊申年(1908)七月十一日。

且不甚劳　视马车人力车　则其利益远过之矣　所谓不便者　固以其不堪通行到处必须转换　而尤以撞人肇事祸为恐恐焉　一权其利害　则似损胜于益　何则　自电车兴迄今数月　碾死者相望　夷伤者不可胜计　而经理者未尝不思得改良之法　顾皆迟迟不见效果　是则可忧之大者　爰作哀电车而哀齐民之被创者焉

　　电车过兮如风驰　交衢铁轨之密布兮成蛛丝
　　铜线兮四达　作光兮陆离
　　忽焉来兮　依稀银弹之走飞鸟
　　倐焉去兮　仿佛急浪之腾蛟螭
　　路傍行人兮身不及旋而目不及展
　　嗟何不幸兮已作横陈之朽尸
　　弟哭其兄兮子哭其父
　　妹哭其姊兮夫哭其妇
　　既相戒为畏途兮　哀行路之艰难
　　夫桓桓之商场兮　其何以保大群之绥安
　　巨霆霹雳兮　日轰轰于市间
　　是何赤龙兮　驾五云而下太虚
　　雷有公兮电有母　胡太不德兮　使吾民之无死所
　　宁吾民兮　曾犯罪之滔天
　　故被此重谴兮　以没入九渊
　　缅神仙之谈笑兮　驭风飘飘而不可止
　　宁知足底之游魂兮　仰盼援而泪盈眥
　　天初曙兮晨鸡鸣　咸惴惴焉愁尔之将飞行
　　白月皎兮南斗斜　咸欣欣焉庆尔之还家
　　电车电车兮何自苦　若逐逐以济人兮翻令人之怨汝
　　汝虽矫捷兮过乎鲲鹏　争奈蜷蚁之力微兮
　　患倾跌而莫被登　若其告若之伙伴兮
　　广行慈以救下人　则怨府兮自不丛于之若身①

---

① 德争:《哀电车》,《竞业旬报》第 23 期,戊申年(1908)七月十一日。

电车词

欢家住城西　侬家住城北
一日十往还　电气车儿速
电气车儿速　欢亦勿常来
车行易杀人　人命等尘埃
尘埃卷地起　瞥眼电车驰
轧轧电车轮　何似双鸣机
铛铛电车铃　欢行须避远
侬言君记取　电车固无眼
行行电车道　电车去复来
昨日侬家邻　朝出暮不回
朝出暮不回　感此伤妾怀
一日不见君　几转卜牙牌
侬家住城北　欢家住城西
十里电车道　步步有危机
欢亦不常来　侬言君记取
岂不望欢来　欢来妾心苦
欢来妾心苦　苦口为欢语
展转复丁宁　涕泣零如雨①

胡适的《电车词》采用乐府体,以女子劝情郎少来见面的担忧,突出电车的危险:"十里电车道　步步有危机"。德争的《哀电车》则采用骚体,用众多比喻极写电车的速度之快,因而撞人也快,撞人也无情,从而有些悲愤地谴责其无情。从美学风格来看,《电车词》趋俗,《哀电车》近雅。但二者在篇幅上都有一定的规模,不止四句、八句那样短小。

　　胡适十余年的文言诗词创作,有意无意地试验着诗体的自由度。整体而言,因表达新的事物、新的体验的需求,胡适更喜欢比较自由的诗体,如五言、七言的歌行体,它们更有包容性。《送梅觐庄往哈佛大学》一诗仍用七言歌行体,讲求押韵,但其语句却能容纳牛敦、客儿文、爱迭孙、拿破仑、倍根、萧士比、康可、爱谋生、霍桑、索房、烟士披里纯共11个新名词,从而表达

---

① 蝶:《电车词》,《竞业旬报》第29期,戊申年(1908)九月十一日。

出"文学革命"的诉求。

三、翻译:试验汉语的应变

胡适的翻译实践开始于上海读书时期。这一时期他用白话翻译的作品有札记小说《景堪海舰之沉没》、故事《生死之交》、西洋笑话《聋子》《秃子》,爱国小说《国殇》,用文言翻译的有格言《金玉之言》,用古代诗体翻译的有丁尼生《六百男儿行》、托马斯·霍德《缝衣歌》、托马斯·堪白尔《军人梦》《惊涛篇》等。他在《竞业旬报》上发表了译作《晨风篇》《缝衣歌》《军人梦》。留学美国时期,胡适也有一些翻译作品,比如用白话翻译的有都德《最后一课》、泰来夏甫《决斗》、莫泊桑《二渔夫》,用文言翻译的有都德《柏林之围》、吉百龄《百愁门》、莫泊桑《梅吕哀》等。胡适并非翻译名家,但其译作也曾获得时人的赞许,如在铁儿(胡适)所译诗歌《缝衣歌》《军人梦》末尾有署名"斧"的按语:"按铁儿生十七年,所为诗文,俱卓然可观。尤精大不列颠文,能读其邦古诗人诗。每以译本示余,辄叹为佳。铁儿云,去原著绝远。于以知西方文采,何遽下吾,而鄙夫往往以中国夸世,瞽哉瞽哉!因读铁儿所译军人梦,附识数语。"①

胡适的翻译除了有引入西方文学的意义外,更重要的也许在于其翻译对文言和白话各自韧性的敲打,暗中催生了胡适对汉语表达体系的现代认识。他所译朗费罗(Longfellow)诗歌《晨风篇》如下:

晨风海上来　狂吹晓雾开
晨风吹行舟　解缆莫勾留
晨风吹村落　报道东方白
晨风吹平林　万树绿森森
晨风上林杪　惊起枝头鸟
风吹郭外田　晨鸡鸣树颠
晨风入田阴　万穗垂黄金
冉冉上钟楼　钟声到客舟
黯黯过荒坟　风吹如不闻②

---

① [英]堪白尔:《军人梦》,铁儿译,《竞业旬报》第31期,戊申年(1908)十月朔日。
② [美]Longfellow:《晨风篇》,铁儿译,《竞业旬报》第39期,戊申年(1908)十二月二十一日。

胡适以古代歌行体翻译西方诗歌,明白自然。译文并非直译,而是意译。但与原诗比较,译诗"无情"地抹去了原诗的说话语气。原诗中采用拟人的方式,晨风每到一处都会说一句话。其中的"风言风语"在译诗中全部变成了叙述。

  胡适1914年译完拜伦的《哀希腊歌》。《哀希腊歌》的抒情主体以第一人称出现在诗中。首先,汉语译诗如何处理英诗的人称是很有意思的问题。《哀希腊歌》原诗中以my,mine,we,me,our,I,myself 七个词语出现的第一人称指代词共24次。马君武译本用"我"7次。苏曼殊译本出现"吾"1次、"我"13次,第一人称代词共14次。胡适译本用"我"8次、"吾"16次、"余"1次,第一人称代词共25次。胡适译本第一人称代词出现的次数与原文相当,这样看来与原文译本更接近,更能突出《哀希腊》一诗的抒情主体色彩。但胡适译本处理第一人称代词时存在的最大问题是不一致。梁启超的译本、马君武的译本都用"我"。苏曼殊的译本虽然"我"与"吾"同现,但基本用"我"。而胡适采用"我""吾""余"三个词语,显然不太一致。更有甚者,胡适翻译"And must thy lyre, so long divine, /Degenerate into hands like mine?"①为"古诗人兮,高且洁兮。/琴荒瑟老,臣精竭兮"②,他把"臣"也搬出来当作第一人称代词。第一人称代词的不统一,显示了胡适寻找不同语体的汉语词语来翻译西方著作的努力,同时也呈现出胡适运用汉语时的焦灼心态。

  其次,是中文译本如何处理专有名词的问题。英语专有名词的汉语译词要进入汉语近体诗的平仄序列中,不经过一番删削无法达到目的,有时即使删削也不能入诗。《哀希腊歌》一诗中有不少专有名词。各家译本的译词如下(表8-1)③:

---

  ① George Gordon Byron, *Don Juan*, University Park: The Pennsylvania State University Press, 1991, p.95.
  ② 胡适:《英国诗人裴伦哀希腊歌》,耿云志主编:《胡适遗稿及秘藏书信》(11),合肥:黄山书社,1994年,第191页。
  ③ 各家版本如下:饮冰室主人《新中国未来记》第4回,《新小说》第3号,1902年;马君武译本《哀希腊》,《马君武诗稿》,上海:文明书局,1914年;苏曼殊译本《哀希腊》,朱少璋编:《曼殊外集——苏曼殊编译集四种》,北京:学苑出版社,2009年;胡适译本《英国诗人裴伦哀希腊歌》,耿云志主编:《胡适遗稿及秘藏书信》(11),合肥:黄山书社,1994年;啸霞译本《哀希腊》,《清华文艺》第1卷第2期,1925年10月。

表 8-1　各家译本译词对照

原　词	梁启超译本	马君武译本	苏曼殊译本	胡适译本	啸霞译本
Greece	希腊	希腊	希腊	希腊	希腊
Sappho	撒芷波	沙浮	荼辐	沙浮	萨福
Dolos	德罗士	德娄		羲和	提洛
Phoebus	菲波士	飞两布		素娥	飞巴
Scian		侁	窣诃	荷马	塞
Tiean		佃	谛诃	阿难	提
Marathon	玛拉顿	马拉顿	魔罗东	马拉顿	马拉敦
Persian	波斯	波斯	波斯	波斯	波斯
Salamis		沙拉米	迻逻	沙拉米	萨拉密
Greek		希腊之民	希人	希人	希腊
Spartan		斯巴达	斯巴族	斯巴达	斯巴达
Thermophlae		退某倍黎	披丽谷	瘦马披离	德摩比利
Samian		沙明			萨明
Turkish		突厥	突厥	突厥	土耳其
Baccannal					勃凯纳尔
Pyrrhic		霹雳		霹雳	皮洛
Pyrrhic Phalanx		霹雳军阵	髀庐方阵	霹雳之阵	皮洛的阵法
Cadmus		卡母书	佉摩	佉摩	卡德马
Anacreon		阿明克朗	阿邺	阿难	阿那克郎
Polycrates			波利葛		坡力克剌提
Chersonese			羯岛		刻索宜
Militiades		米须底	弥尔底	米尔低	米太雅第
Suli		苏里	苏里	修里	苏利
Parga		白卡	般家	白阶	帕加
Doric		斗里	陀梨	陀离	多立克
Heracleidan			郗罗嘎		赫剌克里
Frank		佛郎克	法郎克	法兰之人	佛朗克
Latin			罗甸	拉丁	拉丁
Sunium		苏灵	修宁	须宁	秀尼安

可见,胡适译本的专有名词译词大都采自马君武译本和苏曼殊译本,只是改变某个字以组成不同的译词。有些译词因为需要被压缩进"五言体"的诗句,会变得非常奇怪,如"Thermophlae"苏曼殊译为"披丽谷",胡适译为"瘦马披离"更是让人觉得莫名其妙,因为"瘦马披离"不会让人想到是一个专有名词,反而好像在描绘瘦马的状态。如果从音译和意译相结合的角度看,马君武将"Pyrrhic Phalanx"译为"霹雳军阵",还差强人意。"霹雳"既与"Pyrrhic"谐音,又能体现 Pyrrhic 所带军队方阵的威力。此词也被胡适采用,略有改动。从专有名词的采用看,胡适多沿袭已有译词,还没有萌发自己创制译词的冲动。

最后,胡适译本也有失真之处,他会把自己的意思加入译诗中。如第一章末尾两句:"我徘徊以忧伤兮,/哀旧烈之无余。"原诗中无对应的语句。又如第十二章,胡适译本内在的意思混乱,无连贯性。引原诗以及四种译本如下:

原诗:

The tyrant of the Chersonese
Was freedom's best and bravest friend;
That tyrant was Miltiades!
Oh! that the present hour would lend
Another despot of the kind!
Such chains as his were sure to bind.

马君武译本:

暴君昔起遮松里　当时自由犹未死
曾破波斯百万师　至今人说米须底
吁嗟乎本族暴君罪当诛
异族暴君今何如①

苏曼殊译本:

羯岛有暴君,其名弥尔底。
阔达有大度,勇敢为世师。
今兹丁末造,安得君如斯。

---

① [英]裴伦:《哀希腊》,马君武译,《马君武诗稿》,上海:文明书局,1914年,第31页。

束民如连锁,岂患民崩离。①

胡适译本:
吾所思兮。
米尔低兮。
武且休兮。
保我自由兮。
吾抚昔而涕淋浪兮。
遗风谁其嗣昌。
诚能再造我家邦兮。
虽暴主其何伤。②

穆旦译本:
克索尼萨斯的一个暴君
是自由的最忠勇的朋友:
那暴君是密尔蒂阿底斯!
呵,但愿现在我们能够有
一个暴君和他一样精明,
他会团结我们不受人欺凌!③

原诗第十二章的主要意思是:Chersonese 的 Miltiades 虽然是一个暴君,但却是自由最好和最勇敢的朋友,我们现在渴望这样一位暴君。穆旦译本很清楚地表达了这层意思。苏曼殊译本也清楚地表达了这层意思。胡适译本中"武且休兮""吾抚昔而涕淋浪兮"两句,在原诗中无对应之语句,原诗也无这层意思。况且,"米尔低"指代什么并不清楚,这是一个音译名词,在汉语中可以理解为任何东西。在原诗中它指暴君名字,意思很清楚。但胡适译本中"米尔低"与"暴主"(这个词很生僻,不如"暴君"一词常用,准确对译 tyrant)相隔遥远,没有发生任何关联。这一章,胡适并没有直译,而是采用意译的方法,其译文与原诗相差太远。任鸿隽既赞"吾友胡君适之,尝取是

---

① [英]拜轮:《哀希腊》,苏曼殊译,朱少璋编:《曼殊外集——苏曼殊编译集四种》,北京:学苑出版社,2009 年,第 210 页。
② 胡适:《英国诗人裴伦哀希腊歌》,耿云志主编:《胡适遗稿及秘藏书信》(11),合肥:黄山书社,1994 年,第 198 页。
③ [英]拜伦:《唐璜》(上),查良铮译,王佐良注,北京:人民文学出版社,1993 年,第 278 页。

诗译以骚体,乃能与原文词旨相副",又赞他能"屈伸自如,曲尽其意"①,显然是朋友间夸赞过度。

胡适曾经记下自己翻译《哀希腊歌》的体会:"译诗之难,首在择体,曼殊本为五言所限,故非晦即亵,不能达意。君武用七言体,每章长短不一,已较自由矣;而铸辞时复近俚,乃不类吾国诗歌。此本参用三百篇楚辞诸体,不拘一格,不独恣肆自如,达意较易,而于原文精神气象,皆能委曲保存之。盖说理述怀,莫善于骚。而三百篇中如缁衣、大叔于田、还、著、伐檀,诸体皆记事言情无上上品。吾合此诸体以译裴伦,故能抑扬如意,疾徐应节。盖译诗者命意已为原文所限,若更为体裁所束缚,则动辄掣肘,决不能得惬心之作也。"②因此,胡适的《哀希腊歌》的诗体有两大特点,第一是采用骚体。这不是胡适第一次采用骚体译西方诗歌。他在写作英文论文"A Defense of Browning's Optimism"(1914)的时期,就曾经用骚体翻译过卜朗吟的短诗,并欣喜地认为骚体善于说理,用来译西方诗歌是为他"辟一译界新殖民地"。③骚体确实比马君武译本的七言诗体、苏曼殊译本的五言诗体要自由一些,但胡适使用骚体有些力不从心,从《哀希腊歌》第八章开始,几乎每个分句都有"兮"字,"兮"字的泛滥使用只能表明胡适驾驭骚体还不太成功。第二是胡适译本力避马君武译本之"俚",而力趋苏曼殊译本之"雅"。刚才提到,在用词上,胡适译本的专名译词多采自苏曼殊译本,其他一些词也是如此,比如原诗中的"grave",马君武译成"冢",而苏曼殊译成"京观"。"京观"更书面化一些。胡适采用"京观",而弃"冢""坟""墓"等词。在整体风格上,马君武译本带有宣扬拜伦的革命精神的倾向,因此会更通俗一些,也掺入了译者的许多想法。苏曼殊译本则文采飞扬,全诗体现出一种沉郁中有抗争、悲伤中有激昂的力量。胡适译本采用骚体,也给人一种慷慨激昂、低昂顿挫的感觉。胡适译本有很多不足之处,但是对胡适而言可能至少有两个层次的好处:第一层是让胡适思考如何运用汉语词语去捕捉异域词汇,力争完整地呈现异域词汇的音与义;更高一层是让胡适思考如何运用中国传统诗体去对译异域诗体。《哀希腊歌》原诗每章六句,押韵格式为ABABCC,非常

---

① 任鸿隽:《胡适之译裴伦哀希腊歌序》,见耿云志主编:《胡适遗稿及秘藏书信》(11),合肥:黄山书社,1994年,第181页。
② 胡适:《英国诗人裴伦哀希腊歌》,耿云志主编:《胡适遗稿及秘藏书信》(11),第183—184页。
③ 同上书,第185页。

严谨。胡适采用相对自由的骚体,虽然每章的句数不一致,押韵位置也不太一致,但整体上的风格基本统一。

四、英文写作:现代体验的非母语表达

胡适留美时期的英文写作,包括演说词、诗歌以及学术论文等多种形式。因主旨关系,此处不对胡适的英语写作作完整的阐释,只以胡适创作英文诗歌的例子窥探他用非母语的语言表达异域体验的收获。

胡适的英文诗"Crossing The Harbor"(1915)试图表达自己与友人在纽约港见到自由女神像的感受,他于1915年7月回忆同年2月14日晚在纽约港的情景:

> 余于二月中自纽约归,夜渡赫贞河,出纽约港,天雨昏黑,惟见高屋电灯隐现空际。余欲观自由神像于此黑暗之中作何状,遍觅乃不可见。已而舟转向车站,遥见水上众光围绕,其上一光独最高亦最明。同行者指谓余曰:"此自由也。"余感叹此语,以为大有诗意,久拟为作一诗纪之,而卒不果。后举以告所知,亦皆谓可以入诗,遂作一章。屡经删改,乃得下稿,殊未能佳。

CROSSOING THE HARBOR

As on the deck half-sheltered from the rain
We listen to the wintry wind's wild roars,
And hear the slow waves beat
Against the metropolic shores;
And as we search the stars of Earth
Which shine so staringly
Against the vast, dark firmament,—
There—
Pedestalled upon a sphere of radiancy,
One Light stands forth pre-eminent.
And my comrade whispers to me,

"There is 'Liberty'!"①

  毫无疑问,自由女神像是美国最具特质的文化符号之一。如果要选择美国三个最有代表性的文化符号,则是美元、鹰和自由女神像,分别表征经济的强势、军事力量的强大和自由精神的张扬。晚清民初的一代知识分子对自由的渴望非常强烈,因为他们是中国第一代追求自由的觉醒者。梁启超、马君武、苏曼殊和胡适都对拜伦的《哀希腊》情有独钟,即是因为深受该诗追求自由的热情所感染。鲁迅在《摩罗诗力说》中对拜伦赞扬备至,也是由于拜伦毫无保留地支持希腊独立的自由精神。拜伦原诗十六章中,"freedom"只出现过两次,马君武使用"自由"4次,胡适使用"自由"3次,似乎也表明他们有意突出《哀希腊》的自由精神。

  胡适的英文诗几乎是现实生活的忠实记录。诗中所表达的情感不妨看作他真正的美国体验,即他对自由的理解。诗人在夜晚寻找自由女神像,倾听着东风的呼啸声与海浪拍击大都市海岸的声音;寻找那颗地球之星而不得,但最终仰见她在暗夜中闪闪发光。所有意象如雨、风声、黑的天穹、闪闪发光的星,无不可视为喻体。自由女神像的闪闪发光转而提升为自由对人类沉沦黑暗的拯救。如果把胡适的《夜过海港》与丁尼生的《穿过海滩》作一番比较,会很有意思。丁尼生是胡适喜欢的诗人之一,只是胡适日记中没有记载他读过丁尼生的《穿过海滩》。丁尼生的《穿过海滩》写于1889年,是他晚年的名篇之一,很多选本都会选入此诗,胡适读到过的可能性还是很大的。丁尼生的原诗如下:

CROSSING THE BAR

SUNSET and evening star,
  And one clear call for me!
And may there be no moaning of the bar,
  When I put out to sea,

But such a tide as moving seems asleep,
  Too full for sound and foam,

---

① 胡适:《胡适留学日记》(三),上海:商务印书馆,1947年;引自上海三联书店民国沪上初版书复制版,2014年,第763—764页。

When that which drew from out the boundless deep
   Turns again home.

Twilight and evening bell,
   And after that the dark!
And may there be no sadness of farewell,
   When I embark;

For tho' from out our bourne of Time and Place
   The flood may bear me far,
I hope to see my Pilot face to face
   When I have crost the bar.①

两首诗的题目非常相似,结构相同。Harbor与bar虽然不同,但都靠近水。时间、情景亦有相似之处,丁诗写晴天的日暮时分,胡诗写雨天的日暮时分。两首诗都注重意境的开拓。丁诗把眼前之景与对死亡的思考结合起来,深沉幽邃。丁诗中诗人穿过海滩所见的景物很有暗示性。第二节中的"潮水"(tide),来自"无边无底的深处",然后又回到那作为"家园"的"无边无底的深处",潮水的往复被赋予了某种神秘性。第四节中的"洪水"(flood)照应上文的"潮水"一词。它将带"我"到远方,那是一个突破时间边界和空间边界的地方。在那里诗人希望"面对面"地见到他的"Pilot"。这个词有引航员的意思,引申为引路人,但是在诗中大写,应该有具体所指,不妨理解为上帝。丁诗中,诗人乘船随潮水而去的过程,实际上就是生命消逝的过程,不过显得宁静而自然。在语言上,丁诗音节自然天成,简洁富有深意,无累赘之嫌。胡诗的语言无法与之匹敌。胡诗的诗句没有倒装句,没有丁诗中的省略句和名词句。胡诗的英文诗句the wintry wind's wild roars,与丁尼生的诗句相比,修饰词重叠而往下沉,译成汉语类似"寒风呼啸"。胡诗句子变化不多,类似口语形式。胡诗也有自己的意境:雨后傍晚在海港寻找自由女神像,在黑夜中突然见到自由女神像而喜悦。没有丁诗的含蓄深沉思索,胡诗显然很浅白。但是如果从胡适作为中国知识分子的民族身份来看,

---

① Walter J. Black, *The Poems of Alfred Lord Tennyson*, New York: Black's Readers Service Company, 1932, p.308.

他这次在纽约港的体验不妨概括为中国知识分子的现代体验:对自由女神像的渴望,同时也是对自由的渴望。

胡适夜过哈德逊河这天(1915年2月14日)的日记记载:恰好是星期天,他上午去哥伦比亚大学访友,遇见张亦农、严敬斋、张仲述等人。中午与美国同学喀司登(Karsten)聊天,此君读书丰富,言谈动人,是少见的博识的美国学生之一。下午与张仲述同访他的女友韦莲司女士,并与韦莲司女士的兄嫂见面。晚餐上他见到了黄克强(黄兴),日记写道:"克强颇胖,微有髭,面色黧黑,语作湘音。余前次来此,颇思访之,闻其南游而止,今日不意之中遇之,不可谓非幸事。"① 黄兴于1914年7月抵达美国西岸,10月到达纽约。他去纽约的目的是设法阻止美国银行借款给袁世凯。当时欧战爆发,日本提出"二十一条",袁世凯践踏民国约法,黄兴在美国的多次演说中坚定地反对袁世凯现代专制暴政,争取美国人民的支持。胡适见到黄兴,仰慕之情溢于言表。他对自由的渴望,反衬出对现实的不满。他在日记中写道:"餐后以车至车站。车停港外,须以渡船往。船甫离岸,风雨骤至,海上皆黑,微见高屋灯火点缀空际,余颇欲见'自由'之神像乃不可见。已而舟行将及车次,乃见众光之上有一光最明亦最高,同行者遥指谓余曰:此'自由'也!"②

五、演说:"用国语(白话)自由发表思想"③

"演说"作为一种汉语实践方式,成为晚清民初汉语实践中的独特风景。晚清的演说多出于开通民智和排满革命的目的。秋瑾在《演说的好处》中强调演说的重要性:"开化人的智识　感动人的心思　非演说不可"。④ 因为演说有多种好处,其中之一就是"人人都能听得懂"⑤。秋瑾忘了补充一个前提,即演讲者必须讲得清晰明白,妇人小孩才听得懂。晚清的

---

① 胡适:《胡适留学日记》(二),上海:商务印书馆,1947年;引自上海三联书店民国沪上初版书复制版,2014年,第619页。
② 同上书,第620页。
③ 胡适:《中学国文的教授》,《新青年》第8卷第1号,1920年9月1日。
④ 秋瑾:《演说的好处》,《白话》第1期,甲辰年(1904)八月十五日。
⑤ 秋瑾说:"演说有种种利益　第一样好处　是随便什么地方　都可随时演说　第二样好处　不要钱　听的人必多　第三样好处　人人都能听得懂　虽是不识字的妇女小孩子　都可听的　第四样好处　只须用三寸不烂的舌头　又不要兴师动众捐什么钱　第五样好处　天下的事情　都可以晓得　西洋各国　演说亦为一种学问"。出处同上。

演讲活动多是自发的,演讲者也没有经过多少演讲的训练。而赴美国留学的胡适,却开始了与秋瑾和章太炎等革命人士不一样的演讲道路,即接受大学演讲课程的教育训练,而且频繁地进行英文演讲。

胡适"说"的实践开始于他小时候所受的教育。小时候父母以及私塾老师的"讲"为他接受"演说"准备了某种基础。胡适的母亲付双倍的学费给私塾老师,从而获得一对一的讲解。传统的私塾老师一般只要求学生背诵,很少有讲解的。胡适曾经回忆:"我一生最得力的是讲书;父亲母亲为我讲方字,两位先生为我讲书。"①"方字"就是汉字。胡适把这种听来的"讲"转化为自己的"讲",他开始给自己的姐妹们讲故事。他给本家姐妹们讲《聊斋》里的故事,如《凤仙》《莲香》《张鸿渐》《江城》,"逼我把古文的故事翻译成绩溪土话,使我更了解古文的文理"②。胡适不仅从这种翻译中获得古文的文理,而且在听"讲"与演练"讲"的过程中积淀着白话表述的方式。

胡适1910年赴美国留学后,演说成为他留学生活的重要部分。他的留学日记中关于演说的记载有:

(1911年)6月18日,听 Father Hutchington 布道,讲解《马太福音》,"极明白动人"。

7月18日,听教授 Sprague 演说弥尔顿。

7月21日,组织中国演说会。

7月23日,康奈尔中国演说会第一次会议,演说《演说之重要》。

8月6日,中国演说会第三次会议,演说《祖国》。

8月13日,中国演说会第四次会议,演说《克己》。

9月10日,中国演说会第五次会议,演说《辩论》。

9月17日,演说《中国今日当行自由结婚否?》

10月22日,演说 Ezra Cornell 的事迹。

12月1日,演说《孔教》。

12月3日,演说《吾国子女与父母之关系》。

(1913年)1月演说吾国婚姻制度的得失。

1月演说中国古代的国教,孔教,道教。

---

① 胡适:《四十自述》,上海:亚东图书馆,1933年,第46页。
② 同上书,第53页。

1月28日,余壁有格言云:"if you can't say it out loud, keep your mouth shut."(汝果不敢高声言之,则不如闭口勿言也。)……余年来演说论学,都奉此言为圭臬……①

(1914年)5月10日,在Syracuse的世界学会的年会(Cosmopolitan Club)作临时演说,题目为What Cosmopotanism Means to Me(《大同主义之我见》),演讲二十五分钟,颇受欢迎。

5月20日,在世界会演说《世界和平与种族界限》。"听者颇为动容",有人称赞是"余演说之最动人者"。②

7月22日,夜世界学生会演讲《大同主义》,听者约四百人,晚报称许不已。

7月23日,妇人节制会演讲The Immigrant in American Life。

胡适在美国的演说,有写明用英文的,也许还有用中文的,不管用何种语言,总归"说"的方式是一种口头表达。英文演说词似乎应该近似言文一致的表达;即使是中文演说词也不可能完全遵从文言的范式,必定在一定程度上口语化。③

胡适在美国的英文演说实践,就文学而言,至少有三个方面的收获。

第一,由演说语言的"可听"性,获得文学上的"活的言语"观。

1916年7月6日胡适比较白话与文言的优劣时,演说是其论述的对象之一。他认为"文言的文字可读而听不懂;白话的文字既可读,又听得懂",所以"凡演说,讲学,笔记"决不能用文言,须用那种"可读,可听,可歌,可讲,可记的言语"。这种言语才是"活的言语",才能成为"吾国之国语",才能产生"第一流的文学"。④ 从这里的论述逻辑来看,由白话对文言的优胜,得出演说、讲学和笔记必须用"活的言语"的结论,再由此推导"吾国之国语"和"第一流的文学"必须用"活的言语"的结论。如果反向来看,胡适所谓白话对文言的优胜,也许源自——至少部分源自——他在美国的演讲实

---

① 胡适:《胡适留学日记》(一),上海:商务印书馆,1947年;引自上海三联书店民国沪上初版本复制版,2014年,第171页。
② 同上书,第236页。
③ 《胡适全集》(合肥:安徽教育出版社,2003年)第35卷收有胡适回国前的英文著述,包括他的博士学位论文"The Development of the Logical Method in Ancient China",其表达也属于英文的言文一致体吧。
④ 胡适:《胡适留学日记》(四),第1013页。

践。因为"讲"—"听"正是演讲与讲学两种活动的结构样态,而在美国留学时期,胡适的演讲活动尤为频繁。同年 7 月 24 日他在《答梅觐庄——白话诗》中把"讲"—"听"的结构施于文学革命的主张中:"活文章,听得懂,说得出"①;呼吁"今日的文学大家""把那些活泼泼的白话,拿来'锻炼'(原书中屡用此二字),拿来琢磨,拿来作文演说,作曲作歌:——"②。

第二,由演讲活动的演讲者与听者关系出发,构想一种较为"融和"的作者与读者的关系。

曾在康奈尔大学担任过教授的 James A. Winans(卫南斯)认为"活泼有趣"的演讲要具备两个因素:"完全如实地显出你所说的什么"和"一种活泼意思的'贯通'于听者"③。他反复强调演讲者和听众之间的"融和"关系:"演说最高的性质,演说最大的秘密,是和听者融和贯通"④,"和听者底心融和"⑤。"融和"既指双方对所讲内容都能理解,又指双方在内容的理解上保持平等的地位。前者要求演讲者在内容上讲得明白,后者要求演讲者在价值上尊重听众。胡适在 1917 年开始的文学革命中,总是与那些反对新文学的人(如梅光迪、胡先骕、章士钊等人)保持一种平等的对话关系,也许与演讲的这种"融和"性质不无关联吧。

第三,由演说对演说者的内在要求出发,将演说作为教授中学国文的方式之一,提升学生自由运用白话和系统表达思想的能力。

胡适 1920 年在《中学国文的教授》一文中提出中学国文的理想标准的第一条就是:"人人能用国语(白话)自由发表思想,——作文,演说,谈话,——都能明白晓畅,没有文法上的错误。"在课程设置上,胡适主张在中学三年级增加演说,中学四年级增加辩论课,因为"演说和辩论都是国语与国语文的实习"。胡适如此设置理想标准与课程的理由在于"凡能演说,能辩论的人,没有不会做国语文的。做文章的第一个条件只是思想有条理,有层次。演说辩论最能帮助学生养成有条理系统的思想能力"。⑥ 演说和论

---

① 胡适:《胡适留学日记》(四),上海:商务印书馆,1947 年;引自上海三联书店民国沪上初版书复制版,2014 年,第 1038 页。
② 同上书,第 1043 页。
③ [美]James A. Winans:《演讲学》,彭兆良译,上海:中华新教育社,1929 年,第 7 页。
④ 同上书,第 10 页。
⑤ 同上书,第 9 页。
⑥ 胡适:《中学国文的教授》,《新青年》第 8 卷第 1 号,1920 年 9 月 1 日。

辩既能促使学生的白话符合规范、明白晓畅,又能帮助学生养成思想的条理性和系统性。有学者指出了演说对胡适自身白话文的深刻影响,认为"有条理系统的思想能力"是胡适述学之文的最大特色,构成胡适述学之文的内在逻辑结构。① 另外,把演讲和论辩纳入国文的教授体系,使得演说和论辩成为新文学再生产的方式之一。

六、听戏观剧:以"说白"改良戏剧

胡适曾经回忆:"我的国语大半是在上海学校里学的,一小半是白话小说教我的,还有一小部分是在上海戏园里听得来的。"②胡适不仅在上海喜欢看戏剧,在美国也经常阅读和观看戏剧。他的留学日记中关于观看戏剧的部分记载如下:

1911年2月27日,开始读莎士比亚(萧思璧)的《亨利四世》。

3月11日,读《罗密欧与朱丽叶》,27日记背诵其中的《窥艳》一节。

3月29日,读Much ado,即Much Ado About Nothing(《无事生非》)。

3月30日,读Hamlet。

3月31日,观看大学生演出《无事生非》。

4月20日,读果戈里的《警察总监》(Inspector-General),21日观看其剧的演出。

8月29日,读《李尔王》。

8月30日,读The Tempest。

8月31日,读Macbeth。

1912年9月25日,观看南君夫妇出演《哈姆雷特》。

1914年2月3日,观白里而(Brieux)的戏剧《梅毒》(Damaged Goods)。

6月17日,观看萧伯纳的讽刺剧You Never Can Tell。

7月30日,读瑞典戏剧巨子施吞堡(Stringberg)的短剧《线索》(The Link)。

7月31日,读《梦剧》(The Dream Play)。

---

① 陈平原:《胡适的述学文体》(下),《学术月刊》2002年第8期。
② 胡适:《国语标准与国语》(又名《国语讲习所同学录序》),《新教育》第3卷第1期,1928年9月5日。原文为夹注,无标点,标点为引者所加。

胡适观《哈姆雷特》后对于剧中独白有一段分析：

> 王子之人格全在独语时见之。剧中无人自语，谓之独语（Soliloquy），颇似吾国之自白，尤似近日新剧中小连生诸人之演说。但西方之独语声容都周到，不如吾国自白之冗长可厌耳。……吾国旧剧自白姓名籍贯，生平职业，最为陋套，以其失真也。吾国之唱剧亦最无理。即如《空城计》，岂有兵临城下尚缓步高唱之理？……又如《桃花扇》使近人以说白改演之，当更动人。又如新剧中之《明末遗恨》，使多用唱本，则决不如说白之逼真动人也。①

胡适以《哈姆雷特》的"独语"与中国古典戏剧中的"自白"类比，不过他批判中国古典戏剧中"自白""冗长可厌"，"唱"词非常无理。在他看来，理想的戏剧语言是"说白"。他也认为"世界各国之戏剧都已由诗体变为说白体"②。因此他所说的"说白"当指西方戏剧中的"独语"与"对话"，而没有中国传统戏剧"自白"的冗长可厌、唱词的失真可笑。他在《文学进化观念与戏剧改良》一文中认为只有把中国传统戏剧中的"乐曲""乐歌""脸谱"等"遗形物"统统淘汰，方才有"纯粹戏剧出世"。③ 这种"纯粹戏剧"怎样才能问世？那就必须采用他所说的"说白"。"说白"接近于人物的真实与自然。这点与王国维对元杂剧中语言"自然"的推崇有暗通之处（参看本书第六章第三节）。"五四"时期的傅斯年在《戏剧改良各面观》中说得非常清楚："凡做戏文，总要本色，说出来的话，不能变成了做戏人的话，也不能变成唱戏人的话，须要恰是戏中人的话。"④"本色"即是"戏中人的话"，与胡适追求的"逼真"和王国维赞赏的"自然"一致。欧阳予倩对剧本的语言提出了如下设想："贵能以浅显之文字，发挥优美之理想。无论其为歌曲，为科白，均以用白话，省去骈俪之句为宜。"⑤这种戏剧语言观非常鲜明地支持着胡适的观点。胡适因"听"戏与"看"话剧而获得的"说白"语言观，成为他的白话观的重要内容。

1916年夏天，胡适、任叔永关于白话入诗的论争非常激烈。其中涉及

---

① 胡适：《胡适留学日记》（一），上海：商务印书馆，1947年；引自上海三联书店民国沪上初版书目复制版，2014年，第93页。
② 胡适：《胡适留学日记》（四），第1062页。
③ 胡适：《文学进化观念与戏剧改良》，《新青年》第5卷第4号，1918年10月15日。
④ 傅斯年：《戏剧改良各面观》，《新青年》第5卷第4号，1918年10月15日。
⑤ 欧阳予倩：《予之戏剧改良观》，《新青年》第5卷第4号，1918年10月15日。

"京调高腔"中是否有好诗的问题。任叔永在反驳胡适白话入诗的主张时提出:"如凡白话皆可为诗,则吾国之京调高腔何一非诗?吾人何必说西方有长诗,东方无长诗?但将京调高腔表而出之,即可与西方之莎士比亚、米而顿、邓耐生比肩,有是事乎?"① 胡适则坚持京腔高调未尝不可以成为第一流文学,认为京调如《空城计》、唱本小说如《珍珠塔》《双珠凤》中都有"好诗",如有第一流的文人用京腔高调创作,则京腔高调自然成为第一流文学。胡适因此还对汉语句子的形态结构提出了一种大胆的想象。古诗以及京调中七字句为常用诗句,但是京调中也有十字句,如"我本是卧龙岗散淡的人""店主东,带过了,黄骠马,——不由得,秦叔宝,两泪如麻",胡适曾想对这种十字句进行"实地试验"以造就白话诗的基本句型。② 这从中国诗歌发展道路来看很有眼光。中国诗歌从四言诗,发展到五言诗、七言诗,再由古律诗绝句发展到长短句的词,诗体变化的河床是诗歌句型的变化,其整体趋势是字数不断增加以求灵活多变。如果对京剧以及各地方戏中的唱词唱段进行改造,形成白话诗的"白话高腔京调"③,那白话诗的形态又将是另一种风景。这里胡适谈论的虽是白话诗歌语言的构造,但却是从中国传统戏剧的"科白"中获得想象空间的。这表明胡适从听戏观剧的实践中,不仅产生了改造"说白"以改良戏剧的想法,而且获得了由改良戏剧到想象白话诗语言构造的跨文类启示。

晚清民初胡适文学汉语实践的"六道轮回",并不能囊括胡适所有的文学汉语实践。他在哥伦比亚写作博士学位论文时,需要把中国古代经典的文言翻译成现代英文。他也许参考了已有的翻译版本,但如果是他自己翻译的,则这种跨时空、跨语言、跨语体的实践还少被论及。不过,这"六道轮回"的汉语实践也足以显示胡适汉语实践的整体性、丰富性和艰难性。

胡适汉语实践的"六道轮回"有时前后相续,有时同时进行,具有多重跨越性:在汉语与英语不同语种之间横向激荡,在文言与白话不同语体之间纵向延展,在听戏观剧、演讲与书写不同方式之间三维冲击。在语言文字的层面,英语与汉语之间横亘着语句构造方式的异同,传统文言、明清白话和

---

① 胡适:《胡适留学日记》(四),上海:商务印书馆,1947年;引自上海三联书店民国沪上初版书复制版,2014年,第1060页。
② 同上书,第1061页。
③ 同上书,第1063页。

口语之间存在着语言活力的强弱。在文类形式的层面,明清章回体小说和外国现代短篇小说之间反弹出剪裁故事的伸缩,中国旧体诗词、外国格律诗歌和白话新诗之间冲击出音节自然与否的美丑,中国戏剧与西方话剧之间回响着说白力量的高低,西方述学文体(essay)和英文演讲词之间共筑着条理贯通的文路。总之,章回体白话小说的创作、英文演讲、英文书写、听中国传统戏剧、观西方话剧,使得胡适感受到运用白话的自由与现代人情感表达需求的高度契合。旧体诗词的创作、用传统诗体翻译西方诗歌、采用文言或白话不同语体翻译西方小说,一方面试验出文言不为现代人所需的"僵尸"状态,一方面试验出语言对文体容纳限度的抵抗。由此形成他的基本观念:文学必须采用能表达今人情感与思想的"活"的白话,只有这种"活"的白话才能创造第一流的文学。

第三节 《尝试集》:白话新诗①的实地实验

胡适从晚清民初的汉语实践中获得两个重要主张:第一,白话文学为文学之正宗。第二,白话可以创作出好的诗歌。《尝试集》的创作只有一个目的:通过白话新诗的实地试验,证明白话可以创作出好的诗歌。胡适复张厚载的书信中写道:"《尝试集》之作,但欲实地试验白话是否可以作诗,及白话入诗有如何效果,此外别无他种奢望。"②胡适后来回忆《尝试集》的创作情形:"做五言诗,做七言诗,做严格的词,做极不整齐的长短句;做有韵诗,做无韵诗,做种种音节上的试验,——要看白话是不是可以做好诗,要看白话诗是不是比文言诗要更好一点。"③但《尝试集》作为第一部白话新诗集遭受了太多的批评,比如胡先骕认为它是"必死必朽"之作④;朱湘认为它"内

---

① "白话诗"和"新诗"在胡适的言论中都曾出现过。单纯从名称来看,与"白话诗"相对的是旧体诗的文言,与"新诗"相对的是旧体诗的"旧"。这"旧"不仅指语言上的,也指意义上的。不过,"白话诗"和"新诗"不是两种诗,也不是两个阶段的诗,指向重点虽然不一,但二者其实没有本质的区别,因为相对于旧体诗的"白话诗"和"新诗"都是以书面白话为基本语言造型。废名给"白话新诗"下过一个定义:"白话新诗是用散文的文字自由写诗。"废名:《谈新诗》,北京:人民文学出版社,1984年,第39页。参见姜涛:《"新诗集"与中国新诗的发生》,北京:北京大学出版社,2005年。
② 胡适:《胡适复张厚载》,《新青年》第4卷第6号,1918年6月15日。
③ 胡适:《我为什么要做白话诗?》(《尝试集》自序),《新青年》第6卷第5号,1919年5月。
④ 胡先骕:《评〈尝试集〉》,《学衡》第1期,1922年1月。

容粗浅,艺术幼稚"①;成仿吾说《尝试集》中"没有一首是诗"②;邵洵美说"'胡适之体'的诗,虽然照他自己所说,有的是'体'的,但没有的乃是'诗'"③;胡怀琛以二十余年写古诗的经验,为《尝试集》改诗,认为《江上》《中秋》《寒江》《三溪路上大雪里一个红叶》等从旧体诗歌中脱出来的诗是好诗④,让胡适觉得莫名其妙。胡适自己认为,《关不住了》是"新诗"成立的新纪元,《应该》是创体,《威权》《乐观》《上山》《周岁》《一颗遭劫的星》等都是"极自由""极自然"的新诗。⑤ 胡适《谈谈"胡适之体"的诗》(1936)所谈他写诗的戒律,实际上是他对自己白话新诗诗学规范的小结:第一,"说话要明白清楚",即明白清楚不一定就是好诗,但好诗没有不明白清楚的。第二,"用材料要有剪裁",把"最扼要最精采的材料"用"最简炼的字句"表现出来。第三,"意境要平实"。但胡适欣赏的意境有"平实""含蓄""淡远"三种,他认为自己可能做到"平实",而"含蓄""淡远"却很难实现。⑥ 这三条戒律都涉及如何铸造白话以获得白话新诗的新生。

一、"也"和"了":虚词与白话新诗

人们读中国旧体诗词往往看重平仄工整与否、押韵合辙与否,这提供了理解与评价旧体诗词的抓手。而白话新诗不讲格律,甚至也不押韵,以至人们不知道怎么评价白话新诗。其实人们忽略了一个重要区分:旧体诗词的语句多用实词,少用虚词;而白话新诗中虚词明显增多。无论是古代还是现代,书面白话与书面文言相比,吸纳了更多的虚词。《尝试集》作为现代白话新诗的尝试之作,同样吸纳了不少虚词。对这种语言现象,当代学者已作了较为深入的研究。葛兆光曾认为中国诗歌真正的大变局是在"白话诗"彻底地瓦解古诗的句法之后,而瓦解古诗句法的主要方式是白话句式的任意安排和白话中虚字的任意使用。⑦ 王泽龙和钱韧韧的《现代汉语虚词与

---

① 朱湘:《尝试集》,《中书集》,上海:生活书店,1934 年,第 364 页。
② 成仿吾:《诗之防御战》,《创造周报》第 1 期,1923 年 5 月 13 日。
③ 邵洵美:《诗与诗论》,《人言周刊》第 3 卷第 2 期,1936 年 3 月 7 日。
④ 胡怀琛:《尝试集批评》,胡怀琛编:《尝试集批评与讨论》,上海:泰东图书局,1921 年,第 5—8 页。
⑤ 胡适:《尝试集》,上海:亚东图书馆,1920 年,"再版自序"第 2 页。
⑥ 胡适:《谈谈"胡适之体"的诗》,《自由评论》第 12 期,1936 年 2 月 21 日。
⑦ 葛兆光:《汉字的魔方——中国古典诗歌语言学札记》,上海:复旦大学出版社,2008 年,第 172 页。

胡适的新诗体"尝试"》一文则具体分析了胡适白话新诗运用虚词的情形：文言虚词向白话虚词、单音节虚词向多音节虚词的过渡，改变旧诗的词汇比例、句式安排和语法特征，"从根本上破坏古板严整的诗体格式"。①

《蝴蝶》是《尝试集》第一编第一首，原题《朋友》，见于《新青年》第2卷第6号的《白话诗八首》中，属于胡适的早期白话诗创作，是真正刚刚放开的"小脚"。全诗如下：

> 两个黄蝴蝶，双双飞上天。
>
> 不知为什么，一个忽飞还。
>
> 剩下那一个，孤单怪可怜。
>
> 也无心上天，天上太孤单。②

此诗被许多人嘲笑过，自不必多说。此处重点关注的是最后一句中所用的"也"这个虚词。胡怀琛喜欢为《尝试集》改诗，他把"也无心上天"改成"无心再上天"，读起来才觉得音节和谐。③ 朱执信反对这种观点，他提出"声随意转"的诗学主张，认为"一切文章都要使所用字的高下长短，跟着意思的转折，来变换"。④ 意境忽然转变的，音节也要急变。"不知为什么，一个忽飞还。剩下那一个，孤单怪可怜"四句，一路沉下去，那么到"也无心上天"，在意境上发生了转变，音节上先缓后急，所以仍用一个"也"字开头。这里涉及的问题是诗歌中语词音节与意境转换的相生共振。胡适的白话新诗确实喜欢用"也"字：

(1) 岂不爱自由，此意无人晓；
情愿不自由，也是自由了。(《病中得冬秀书》)

(2) 从来没见他
梦也如何做？(《生查子》)

(3) 对着这般月色，教我要睡也如何睡！(《四月二十五夜》)

(4) 也想不相思，免得相思苦。(《小诗》)

---

① 王泽龙、钱韧韧：《现代汉语虚词与胡适的新诗体"尝试"》，《中国现代文学研究丛刊》2014年第3期。
② 胡适：《朋友》，《白话诗八首》之一，《新青年》第2卷第6号，1917年2月1日。
③ 胡怀琛：《尝试集批评》，胡怀琛编：《尝试集批评与讨论》，上海：泰东图书局，1921年，第6页。
④ 执信：《诗的音节》，《星期评论》第51号，1920年5月23日。

(5) 三年梦一书,

　　醒来书也无。(《纪梦》)

(6) 你们串的是什么丑戏

　　也配抬出"礼"字的大帽子!

(7) 你们也不想想,

　　究竟死的是谁的老子? (《礼》)

(8) 西风莫笑长条弱,

　　也向西风舞一回。(《秋柳》)

(9) 我把一年来的痛苦也告诉了你,

　　我觉得心里怪轻松了;(《许怡荪》)

(10) 也是微云,

(11) 也是微云过后月光明。

　　只不见去年的游伴,

(12) 也没有当日的心情。(《也是微云》)

吕叔湘主编的《现代汉语八百词》给出了"也"的四种意义:其一,表示两事相同;其二,表示无论假设成立与否,后果都相同;其三,表示"甚至",起加强语气的作用;其四,表示委婉的语气。① 对照上文所列胡适的12句"也"字,则可以归纳为三种用法:(9)(10)(11)(12)中"也"表示第一种;(6)中"也"表示第二种;(1)(2)(3)(4)(5)(7)(8)中"也"表示第四种。最后一类仅仅说表示委婉语气,还不太透彻,准确说是表示转折中的委婉语气。这类"也"往往可以用"却"来置换,比如:"剩下那一个,孤单怪可怜。/也无心上天,天上太孤单。"可以说成:"剩下那一个,孤单怪可怜。/却无心上天,天上太孤单。"那么胡适为什么不用"却"而用"也"?"却"读四声,太硬;"也"读三声,稍柔。"却"表示斩钉截铁似的转折,"也"表示委婉的语气。"也"还有一层推测的语气,表示"也许"。因为既然诗人对那只"忽飞还""不知为什么",那么对这只没有飞还也应该不知原因,所以所谓"天上太孤单"也可能是推测之意。因此,这句中的"也"表示转折或推测,从而表达了曲折含蓄的意思。关于"也"字的用法,可以补充一个相当有说服力的例证,那就是鲁迅《秋夜》的第一句:"在我的后园,可以看见墙外有两株树,

---

① 吕叔湘主编:《现代汉语八百词》,北京:商务印书馆,1980年,第522—525页。

一株是枣树,还有一株也是枣树。"①如果直接用"墙外有两株枣树",很快煞尾,也许算干脆利落,但没有那种灵动和起伏,着一"也"字联结,整个句子在语意的推进中有了新的拓展。

胡适白话新诗中被质疑、被嘲笑得最狠的词语是"了"。朱湘认为《尝试集》"艺术幼稚"的原因之一是"了"字押韵太多,显示了作者"艺术力的薄弱"。② 直到20世纪70年代,周策纵旧话重提,认为《尝试集》在语言文字上最大的一个痼疾是用"了"字结句的停身韵太多,并对《尝试集》中的"了"作了详细的统计,还写了一首"好了歌"加以嘲笑:"胡适诗写好了,人忙天又黑了,周公数了'了',总算一了百了。"③"了"用胡适的话说,是"活文字",所以在《尝试集》中频频出现。用"了"字押韵最整齐的莫过于《我们的双生日》,全诗 12 句,每逢双句的末尾用"了",诗歌的内容有生活的趣味,符合胡适提倡的"诗的经验主义"④;6 个押韵的"了"字尽管在诗的音节上得到回响,但确有单调之感。

然而,胡适运用"了"字有两点值得注意:

第一,"了"在《尝试集》中的形式功能不是单一的,它除押韵外,在某些诗中还有结构的功能。《我们三个朋友》《你莫忘记》等诗中的"了"除了音韵上的照应外,还形成了结构上的复沓。

第二,"了"在《尝试集》中的意义功能富有变化。"了"最普遍的意义功能是表示动作的完成。胡适曾对《水浒传》《儒林外史》中的"了"作过归纳性总结:"了"表示过去式,即动作的完成;也可表示现在式,动作在进行;亦可表示未来式,他称为"虚拟式"。⑤ 胡适在运用"了"字时很注意各种意义的穿插。《我们三个朋友》全诗 4 个小节,每节 6 句,第一、二节开头两句分别是:

> 雪全消了,/春将到了,……
> 风稍歇了,/人将别了,……

"雪全消了"中的"了"表示过去式;"春将到了"表示虚拟式。这两句可以稍作改造,得如下句子:

---

① 鲁迅:《秋夜》,《鲁迅全集》第 2 卷,北京:人民文学出版社,2005 年,第 166 页。
② 朱湘:《尝试集》,《中书集》,上海:生活书店,1934 年,第 363—364 页。
③ 周策纵:《论胡适的诗》,见陈金淦编:《胡适研究资料》,北京:北京十月文艺出版社,1989 年,第 507—510 页。
④ 胡适:《梦与诗》,《新青年》第 8 卷第 5 号,1921 年 1 月 1 日。
⑤ 胡适:《国语文法的研究法》,《新青年》第 9 卷第 3 号,1921 年 7 月 1 日。

(1)"雪全消了,春将到"或"雪全消了春将到"。

(2)"雪全消,春将到"或"雪全消春将到"。

(3)"雪消,春到"或"雪消春到"。

第(2)(3)句,去掉"了"或"了""全"后,并不表示"雪消"的动作已经完成,因为这种汉语构造完全可以理解为假设的语气。另外,去掉"了"后的三组句子都不太像说话的语气,这是胡适所反对的。"风稍歇了,/人将别了,……"也可作如此分析。

胡适同时代的人也有称道《尝试集》的一些诗不避"了"字的。1921年1月15日,鲁迅为《尝试集》删诗,在给胡适的回信中写道:"我觉得近作中的《十一月二十四夜》实在好。"①三天后,病中的周作人也是因为给《尝试集》删诗给胡适回信道:"你近作的诗很好,我最喜欢最近所作的两首。"②查陈金淦编《胡适著译年表和著译目录》,《礼》和《十一月二十四夜》作于1920年11月25日,发表在《新青年》第8卷第5号上,时间为1921年1月1日。周作人所说"最喜欢最近所作的",应该就是这两首。也就是说,《十一月二十四夜》是周氏兄弟共同喜欢的。该诗如下:

十一月二十四夜

老槐树的影子
在月光的地上微晃;
枣树上还有几个干叶,
时时做出一种没气力的声。③

西山的秋色几回招我,
不幸我被我的病拖住了。
现在他们说我快要好了,
那幽艳的秋天早已过去了。④

---

① 《周树人致胡适》,见北京大学图书馆编:《北京大学图书馆藏胡适未刊书信日记》,北京:清华大学出版社,2003年,第176页。

② 同上书,第177页。另可参见陈平原:《导读:经典是怎样形成的——周氏兄弟为胡适删诗考》,《尝试集·尝试后集》,贵阳:贵州教育出版社,2001年。

③ 按,"声"字后可能脱落一个"响"字。

④ 胡适:《十一月二十四夜》,《新青年》第8卷第5号,1921年1月1日。

第一节用"微晃""干叶""没气力"等词语暗示出一种苍老幽静的意味。第二节写因病与西山幽艳的秋色失之交臂,无可奈何中透出淡淡的失落,可以说达到了胡适自己追求的"意境平实"的美学境界。周氏兄弟没有因为最后三句的"了"而否定这首诗。

1925年7月3日,梁启超致胡适的信称赞《瓶花》和《八月四夜》"两诗妙绝"。其中后者如下:

八月四夜

　　我指望一夜的大雨
　　把天上的星和月都遮了;
　　我指望今夜喝的烂醉,
　　把记忆和相思都灭了。

　　人都静了,
　　夜已深了,
　　云也散干净了,——
　　仍旧是凄清的明月照我归去,——
　　而我的酒又早已全醒了。

　　　"酒已都醒,
　　　如何消夜永?"①
　　　——周邦隽(彦)——

梁启超不因《八月四夜》11句话用6个"了"而仍然称它"妙绝",这非常难得,因为梁启超对白话诗中虚词进入诗句有着严厉的批评:"纯白话体有最容易犯的一件毛病,就是枝词太多,动辄伤气。试看文言的诗词,'之乎者也',几乎绝对的不用。为什么呢?就因为他伤气,有妨音节。如今做白话诗的人,满纸'的么了哩',试问从哪里得好音节来?……字句既不修饰,加上许多滥调的语助词,真成了诗的'新八股腔'了。"②那么可以说,在梁启超看来,《八月四夜》的"枝词""了"既不"伤气",也不"有碍音节"。

---

① 胡适:《八月四夜》,《现代评论》第2卷第46期,1925年5月24日。
② 梁启超:《晚清两大家诗钞题辞》,《饮冰室合集》第5卷,北京:中华书局,1989年,第75页。

"了"在现代汉语中两种用法:形尾"了"和语气词"了"。但王力认为这种区分不是十分清楚,因此我对《尝试集》中的"了"也不作上述区分。根据王力的研究,"了"作语气助词至少在宋代就出现了,他用的语料是宋人语录,也就是说,"了"在宋代恰恰是活在人们的口语中,用胡适的话说就是"活文字"。"了"在胡适的时代仍然是人们口头的"活文字",最容易被白话诗句吸收。这一点在早期白话诗的创作中可以得到证实。徐玉诺的《诗兴》中 6 句用 7 个"了":"我全不能自主了。/手疲倦了,/眼涩了,/笔钝而且干涸了,/纸尽了,/我成了失败的穷困的爱者了!"① 刘半农的《诗七首》就有《小诗》(两首)、《巴黎的秋夜》和《我们俩》四首用"了"字结尾。② "湖畔诗人"的作品中,汪静之的《海滨》《伊底眼》,潘漠华的《撒却》《离家》《月光》等诗,用"了"字结尾的句子也多。郭沫若的诗集《女神》中"了"不普遍,但在《凤凰涅槃》中也有段落连用五个"了"字,最多的一次连用十四个"了"字。"了"用在白话诗歌中不是为了押韵,而是为了塑形一种白话语调。因此,当朱湘、周策纵等批判《尝试集》中"了"的滥用时,他们忘记指出"了"的另一面:"了"在白话新诗的开创时期,不是扼杀了白话,而是活跃了白话。

对"也"和"了"的诗学质疑,暴露的是白话入诗的语言纠结。这种纠结不仅指文言向白话转换中使用白话的艰辛,还包括常见的白话语词如何以一种诗学的姿态步入白话诗行的改装。虚词在形式上瓦解旧体诗词的语句结构、灵活组装白话新诗的语句结构,在意义上推动翻转白话新诗的语意功能,从而促进了白话新诗的发生。

二、现代书面白话和意象的开拓

《尝试集》用以试验诗歌的白话,自然是书面白话。如前所引,胡适写诗奉行"诗的经验主义",因对生活有感,发而为诗:《蝴蝶》《鸽子》《老鸦》《山溪路上大雪里一个红叶》《江上》《中秋》《一颗星儿》《十二月五夜月》《十一月二十四夜》等篇以写景咏物为主,《病中得冬秀书》《新婚杂诗》《我们的双生日》《十二月一日奔丧到家》等篇以写自己的爱情亲情为主,《朋友篇》《文学篇》《许怡荪》《我们三个朋友》《晨星篇》《一颗遭劫的星》等篇以

---

① 徐玉诺:《诗兴》,《诗》第 1 卷第 2 号,1922 年 2 月。
② 刘复:《诗七首》,《诗》第 1 卷第 2 号,1922 年 2 月。

写朋友交往或朋友的遭遇为主,《乐观》《威权》《四烈士冢上的没字碑歌》《双十节的鬼歌》等篇因时事而作。用白话写生活中所感,不一定就是诗,不一定就是白话诗。白话要能造意象,造意境,方才能成为白话诗。《尝试集》中,"月""江""星"出现都比较多,但意蕴最有特色的是"星"。《一颗星儿》《晨星篇》《一颗遭劫的星》三篇均以"星"为题,这在《尝试集》中独一无二。中国旧体诗中"月""江"都曾被反复歌咏,意蕴丰富;相对说来,"星"的歌咏就少多了。在胡适之后出道的新诗诗人中,郭沫若与艾青反复歌咏"太阳",使得"太阳"意象成为白话新诗的主要意象之一。

《一颗星儿》《晨星篇》《一颗遭劫的星》中,"月"成为"星"的陪衬或对立物。"星"风雨遮不住,月明遮不住,亮晶晶地闪着光。月亮冷艳清幽,使人伤感或思念;太阳明丽热烈,使人振奋或强大;"星"象征的是光明和希望,甚至某种柔和的永恒力量。

朱湘推《老鸦》为《尝试集》的"第一诗"①,但没有明说原因。全诗如下:

老鸦

(一)

我大清早起,
站在人家屋角上哑哑的啼。
人家讨嫌我,说我不吉利;——
我不能呢呢喃喃讨人家的欢喜!

(二)

天寒风紧,无枝可栖,
我整日里飞去飞回,整日里挨饥。——
我不能替人家带着鞘儿翁翁央央的飞,
也不能叫人家系在竹竿头,赚一撮黄小米!②

《老鸦》一诗塑造了老鸦独特的形象,开拓出新的意境。老鸦在中国人的固有信念中,至少有三种象征意味:第一种为不吉利,如"乌鸦嘴"。第二种为

---

① 朱湘:《尝试集》,《中书集》,上海:生活书店,1934年,第361—362页。
② 胡适:《老鸦》,《新青年》第4卷第2号,1918年2月15日。

"坏",如"天下乌鸦一般黑"。第三种为孝乌—慈乌。许慎《说文解字》:"乌,孝乌。"孝当然是孝顺的意思。段玉裁注:"谓其反哺。"在动物界,乌鸦是很少的那种能够反哺母亲的动物,所以称之为孝乌。孝乌又叫慈乌。白居易《慈乌夜啼》和浙江地方目连戏《曹氏清明》中都写到了孝乌的形象。鲁迅《药》的结尾写到夏瑜的母亲叫一只乌鸦飞到夏瑜的坟上显灵。在夏瑜母亲的眼中,乌鸦是可以听话的。胡适的《老鸦》完全打破了乌鸦固有的象征内涵,而对老鸦有一种新的理解。全诗以老鸦自叙的口吻,"顽固"地肯定了自己"哑哑"啼叫的个人之音。乌鸦用三个"不能"引出燕子、鸽子、鹦鹉三种被人类宠爱的动物,突出了老鸦对自己身份的认定,对自身个性的坚守,宁愿堕入困顿也不愿为人所役。大而言之,这可以说是"五四"时代个性解放之声的表征。①

曹聚仁1931年创办《涛声》周刊。《涛声》第21期(1932年1月2日)的刊头采用了一幅木刻:上面乌鸦翻飞,下面海涛汹涌。《涛声》汇订本的封面上有一段文字:"老年人看了摇头,青年人看了头痛,中年人看了短气!这便是我们的乌鸦主义。"②《涛声》两周年的纪念号刊出了胡适的诗歌《老鸦》,并刊发了挺岫的《哑哑》、周木斋的《反纪念的纪念》、杨霁云的《祝乌鸦苦叫两周年纪念》、猛克的《乌鸦无恙》等文,阐发和强调了《涛声》作为"乌鸦"的"苦叫"的意义。③ 鲁迅在《祝〈涛声〉》中说《涛声》上"常有赤膊打仗,拼死拼活的文章",而且宣称"我是爱看《涛声》的"。④《涛声》的"乌鸦主义"从胡适笔下"老鸦"这一意象汲取的是批判精神。曹聚仁晚年回忆:"我们的乌鸦主义,一种纯理性批判主义不一定是个坏倾向,'乌鸦',也不一定是个恶名。有些朋友,倒反喜欢我们的怀疑主义来了。怀疑主义,有

---

① 1923年12月10日《文学周报》第100期上,登载有《乌鸦》一诗,题美国亚伦坡著,子岩译。诗中的抒情主人公"我"因思念一位姑娘,与一个塑像的乌鸦对话,作者用"庄严"和"美气"等词语来形容乌鸦,乌鸦对于"我"的诉说,只回答"Nevermore"(永不)。波德莱尔曾评论爱伦坡的《乌鸦》:"全诗以一个神秘、深刻、可怕如无限的词为中心,千万张紧绷着的嘴从岁月之初就重复着这个词,不止一位梦幻者出于绝望的积习为了试笔在桌子的角上写过这个词,这个词就是:永远不再!"[法]波德莱尔:《1846年的沙龙:波德莱尔美学论文选》,郭宏安译,桂林:广西师范大学出版社,2002年,第186页。
② 见《涛声》(汇订本)封面,出版年月和地址不详。曹聚仁在《我与我的世界》中对此有回忆,不过有出入:"老年人看了叹息,中年人看了短气,青年人看了摇头。这便是我们的乌鸦主义。"见曹聚仁:《我与我的世界》,北京:人民文学出版社,1983年,第433页。
③ 胡适等文见《涛声》第2卷第31期,1933年8月19日。
④ 鲁迅:《祝〈涛声〉》,《涛声》第2卷第31期,1933年8月19日。

一个极大的罪恶,就是要喊醒人们的理性,用自己的眼睛去看,用自己的脑子想问题的。"①《涛声》还把"乌鸦主义"与虚无主义联系起来。《涛声》上刊发了《乌鸦商标上版题记》《乌鸦商标题记》②,两文内容相同,摘录了陈西滢译屠格涅夫《父与子》中阿卡提等人评论虚无党成员巴扎罗夫的段落。这也表现了曹聚仁的基本立场。有人指出曹聚仁的"乌鸦主义"的内核是怀疑的态度、批评的态度和虚无的精神。③ 这不妨看作曹聚仁对乌鸦形象的意义拓展。

1935年12月6日,袁尘影发表塞外杂写之一《乌鸦》,文章开头就引用了胡适《老鸦》中的开头六句,只是在个别字上有出入。袁尘影描写塞北的乌鸦:"数不清的乌鸦散布在天空,列成又长又大的阵势,凄厉的咯咯声和着塞外的狂风声,像是有一种力——生的力——于是,才又使你感觉到这是回到人间来了。"④在塞外恶劣的环境中,乌鸦迸发出顽强的生命力,让人在荒芜的塞外,从并不动听的"咯咯声"中领略到生命的抗争,这应该是对胡适《老鸦》一诗意境的开拓。

《老鸦》意境的开拓得益于白话入诗的现代追求。对《老鸦》的用语,朱湘曾经严厉地指出第二节第一句"天寒风紧,无枝可栖""完全是两句古文,决不能凑起来算作一行新诗"⑤。确实,这样的句子至少也应该属于胡适《文学改良刍议》中说的"滥调套语"。另外,第一节中的"起"和"啼"两个单音节词完全是为了押韵的缘故,诗句读起来逼促别扭。《乌鸦》全诗八句押韵,胡适在"诗体大解放"中保留的内容,至少也可以表明白话入诗在押韵上不存在问题。他在白话词语的选用上,显示了诗学的追求。第一节中,"哑哑"与"呢呢喃喃"两个象声词的对照,凸现了乌鸦自己的声音。"哑哑",双声叠韵的象声词,开口,音短促,有那种不容更改的坚决。"呢呢喃喃"是"呢喃"一词的重叠,它用来模仿燕子的声音,双声叠韵,能"帮助音节的谐婉"⑥;加上鼻音多,读起来就带"黏",有那种黏糊糊、潮乎乎、不堪承受

---

① 转引自卢敦基、周静:《自由报人——曹聚仁传》,杭州:浙江人民出版社,2003年,第78页。
② 《乌鸦商标上版题记》,《涛声》第21期,1932年1月2日;《乌鸦商标题记》,《涛声》第2卷第1期,1933年1月1日。
③ 参见卢敦基、周静:《自由报人——曹聚仁传》,第78—81页。
④ 袁尘影:《乌鸦》,《申报·文艺周刊》第6期,1935年12月6日。
⑤ 朱湘:《尝试集》,《中书集》,上海:生活书店,1934年,第362页。
⑥ 胡适:《尝试集·再版自序》,《尝试集》,北京:人民文学出版社,1984年,第188页。

任何力量的轻飘。但是在这里并不出现燕子,这就使得"呢呢喃喃"超越具体的意象,获得了一般抽象的意义:柔媚、软性等等。"呢呢喃喃"在白话入诗的现代追求中,获得了陌生化的诗学效果。

中国文学内在的发展规律,即文学自身的变化,有一定的继承性,也有一定的革命性。中国文学的革命基于文学语言的变革,尤其是韵文。诗歌的变化最为明显。从先秦《诗经》的四言,变为汉魏两晋的五言,再变为唐代七言,从整体的五言七言一变为宋词的长短句,再变为元杂剧中唱词的可加衬字,中国韵文的语言经历了一个由散而整,再由整而散的过程。胡适的白话新诗是从词的长短句这个基点出发进行白话新诗的实地试验。他的这个工作本来可能由王国维承担。王国维撰写《宋元戏曲史》时,如果不放弃文学,很有可能从事戏曲创作,而戏曲的创作最容易突破原有语言的樊篱,走向"活的语言"。但是胡适的白话新诗的实地试验,却遭遇到一个绝大的困境:由中国诗词自身而生的语言革命与现代中国人情感的变动模式是否还能共振,成为中国诗人的内在问题。

三、自然:白话新诗的音节

胡适在《谈新诗——八年来一件大事》第四节中专门谈新诗的音节,他写道:

> 诗的音节全靠两个重要分子:一是语气的自然节奏,二是每句内部所用字的自然和谐。至于句末的韵脚、句中的平仄,都是不重要的事。语气自然、用字和谐,就是句末无韵也不要紧。①

旧体诗词在平仄和押韵上的具体要求可以落实在语言层面,但是因此也使语言变得僵硬起来。胡适的"音节"说也包含了平仄与押韵,但平仄与押韵不是新诗音节的重要内容,新诗音节的重要内容是语气与用字。胡适新诗的美学标准是"自然的音节",包括"节"与"音"。"节"指"诗句里的顿挫段落","音"指诗的"声调"。"语气的自然节奏""节的顿挫段落"更为重要,是新诗白话诗的支柱。因为用字的自然和谐,通过句末押韵、句中押韵,以及双声、叠韵等方式可以实现。这些方法如果排除了旧体诗中严格的押韵要求与平仄规范,则不成其为白话诗歌的诗学问题。胡适的"语气"指的是

---

① 胡适:《谈新诗——八年来一件大事》,《星期评论》纪念号第5张,1919年10月10日。

诗歌语言的长短起伏的体现。它来自"说话"的节奏，不同于古体诗的五言七言句式。《礼记·乐记》说："情动于中，故形于声；声成文，谓之音。"①这里的"声"起源于"情"，相当于说话。"情动"之形态与"说话"之节奏一致。"声"用文字固定，即成"音"。可见"声"为说话之声，"音"为文字之音。亚里士多德认为模仿、音调感和节奏感是人的天性，也是促使诗歌产生的重要因素。②德里达把书写对言语的束缚和强制称为"呼吸的焦虑"，他说："呼吸自行中断以便回到自身，以便换气和回到它的第一源头。因为说话是要知道思想的自我离异以便得以说出和呈现。因而它要自我回收以便献出自己。这就是为什么从那些坚持要最大限度地接近写作行为之源的真正作家的语言背后，能感觉到后撤以重新进入中断的言语的姿态。"③没有必要纠结于德里达"呼吸的焦虑"的丰富内涵，对胡适的问题来说，只要知道人们说话的长短快慢总是受制于呼吸的节奏即可。郭沫若认为"节奏之于诗是她的外形，也是她的生命"④。朱光潜对节奏的分析更为具体。他也强调节奏之于诗歌的重要性，"节奏是一切艺术的灵魂"⑤。他把节奏分为主观的节奏和客观的节奏两种，两种节奏之间可以相互影响："外物的客观的节奏和身心的内在节奏交相影响，结果在心中所生的印象才是主观的节奏，诗与乐的节奏就是这种主观的节奏，它是心物交感的结果，不是一种物理的事实。"⑥

"语气的自然节奏"与"说话"的自然节奏有关。饶孟侃在《新诗的音节》中有个类似的比喻：如果一首诗的音节是人的生命，节奏就是呼吸。⑦"说话"又源于内在的情感起伏形式。当然也有人指出，自然状态的口语节奏并非就是诗的节奏。陆志韦认为"自由诗有一极大的危险，就是丧失节奏的本意"。口语的天籁虽是诗歌语言的基础，但是诗歌语言不能是口语的照搬，有节奏的天籁口语才是诗。⑧闻一多坚定认为完全用口语的节奏

---

① 《礼记·乐记》，见修海林编著：《中国古代音乐史料集》，北京：世界图书出版公司，2000年，第158页。
② [古希腊]亚里士多德：《诗学》，陈中梅译注，北京：商务印书馆，1996年，第47页。
③ [法]雅克·德里达：《书写与差异》（上），张宁译，北京：生活·读书·新知三联书店，2001年，第13页。
④ 郭沫若：《论节奏》，《创造月刊》第1卷第1期，1926年3月16日。
⑤ 朱光潜：《诗论》，《朱光潜全集》第3卷，合肥：安徽教育出版社，1996年，第124页。
⑥ 同上书，第126页。
⑦ 饶孟侃：《新诗的音节》，《晨报·诗镌》第4号，1926年4月22日。
⑧ 陆志韦：《自序：我的诗的躯壳》，《渡河》，上海：亚东图书馆，1923年，第17页。

作诗的节奏,是"诗的自杀"。①

胡适写诗,采用他著名的"诗的经验主义",即他的诗来自他的生活,他对现实的感知。胡适的诗追求平淡的意境,这与他个人情绪的运动方式有关。胡适的情绪方式可以用"微澜波动"来概括,即趋向平和、稳健,不会大起大落。胡适《尝试集》的语气整体上如音乐中的行板,比慢板、柔板要快,比中板、小快板要慢。《尝试集》中语气比较昂扬激越一点的只有《平民学校校歌》《上山》《四烈士冢上的没字碑歌》。其中《四烈士冢上的没字碑歌》全诗四个小节,每节主句三句,多在七八九字,干脆有力。加上每小节重复同一个旋律:"他们的武器:/炸弹!炸弹!/他们的精神:/干!干!干!"②全诗回荡着一股英雄之气。但这样的诗在《尝试集》中很少。

《"应该"》是胡适读了倪曼陀的诗后以倪曼陀的情感故事为内容写成的。诗中的"我"是胡适加倪曼陀的复合体,而情感更多是倪曼陀的,不妨把这首诗看作一次音节的试验。全诗如下:

> 他也许爱我,——也许还爱我,——
> 但他总劝我莫再爱他。
> 他常常怪我;
> 这一天,他眼泪汪汪的望着我,
> 说道:"你如何还想着我?
> 你想着我又如何对他?
> 你要是当真爱我,
> 你应该把爱我的心爱他,
> 你应该把待我的情待他。"
>
> 他的话句句都不错:——
> 上帝帮我!我"应该"这样做!……③

假设诗中的"我"指"倪曼陀",那么全诗是在诉说爱情的痛苦。"五四"时期第三人称女性的"她"并未通行,所以诗中的"他"都可以理解为"她"。因为从眼泪汪汪等词语看,把"他"理解为"她"更贴切恰当。"他"的劝告

---

① 闻一多:《诗的格律》,《晨报·诗镌》第7号,1926年5月13日。
② 胡适:《四烈士冢上的没字碑歌》,《新青年》第9卷第2号,1921年6月1日。
③ 胡适:《"应该"》,《新青年》第6卷第4号,1919年4月15日。

中说到另一个"他",但两个"他"的身份都不明确。"我"面对的是一个曾经爱过、现在还爱着的人,但是"我"爱的人似乎已经不再爱"我",而是劝我爱另一个"他"。正是"他""他""我"的这种暧昧关系,令朱自清虽赞同《应该》是一首告白的情诗,但却指责其趣味放在"文字的缴绕上"。① 然而《"应该"》有一种回环往复的节奏。第一句"他也许爱我,——也许还爱我,——"以"我"的抒情口吻,使两个结构相似而意义递进的分句形成一种重复的旋律。诗中"他"说道:"你如何还想着我?/你想着我又如何对他?/你要是当真爱我,/你应该把爱我的心爱他,/你应该把待我的情待他。"这些语句的节奏出之于口语,但又不同于口语。全诗回环往复的语气节奏与"我"的情感的纠结状态、与"他"的情感的纠结状态十分吻合。

朱自清认为胡适"好容易造成自己的调子,变化可太少"②,这也是实情。《尝试集》第一编中的诗,多采用中国古代的词调,试图由此开创白话诗音节的新路。这种努力从整体看并没有成功,胡适于是改变尝试的方向,自创白话诗的新音节。最能代表胡适个人风格的诗作是《一念》《鸽子》《老鸦》《人力车夫》《看花》《一颗星儿》《小诗》《一笑》《梦与诗》《十一月二十四夜》等。《一念》全诗如下:

  我笑你|绕太阳的|地球,一日夜|只打得|一个回旋;
  我笑你|绕地球的|月亮儿,总不会|永远|团圆;
  我笑你|千千万万大大小小的|星球,总跳不出|自己的|轨道线;
  我笑你|一秒钟走五十万里的|无线电,总比不上|我区区的|心头一念。
  我这|心头|一念:
  才从|竹竿巷,忽到|竹竿尖,
  忽在|赫贞江上,忽到|凯约湖边;
  我若真个|害刻骨的|相思,便一分钟|绕遍地球|三千万转!③

第一、二、三、四句每句六个节拍,第五、六、七句稍有变化,换成三个节拍或四个节拍,最后一句又回到六个节拍。每个节拍中以二字、三字和四字居

---

 ① 朱自清:《〈中国新文学大系·诗集〉导言》,见赵家璧主编:《中国新文学大系·诗集》,上海:上海文艺出版社,2003年影印,第23页。
 ② 同上书,第3页。
 ③ 胡适:《一念》,《新青年》第4卷第1号,1918年1月15日。

多,甚至也有多到九个字的,这不同于中国五言诗七言诗全用两字或三字节拍。辞不害意,辞从意出。"地球""月亮""星球""无线电"等物体以它们的运动和速度指向一个快速的世界,这是一个现代知识空间。胡适所要表达的相思的旋转是在一个现代的知识空间中获得独特性的,所以才会有"绕太阳的""绕地球的""千千万万大大小小的""一秒钟走五十万里的"等节拍出来,如果放到旧体诗词中,这样的节拍不会出现。

胡适《新婚杂诗》共五首,可看作组诗。全诗如下:

新婚杂诗

一

十三年没见面的相思,于今完结。
把一桩桩伤心旧事,从头细说。
你莫说你对不住我,
　我也不说我对不住你,——
　且牢牢记取这十二月三十夜的中天明月!

二

回首十四年前,
　初春冷雨,
　中村箫鼓,
　有个人来看女婿:
匆匆别后,便轻将爱女相许
只恨我十年作客,归来迟暮;
到如今,待双双登堂拜母,
　只剩得荒草新坟,斜阳凄楚!
最伤心,不堪重听,灯前人诉,阿母临终语!

三

与新妇自江村回,至杨桃岭上望江村庙首诸村,及其此诸山。

重山叠嶂,
　都似一重重奔涛东向!
山脚下几个村乡,

百年来多少兴亡,

　　　　不堪回想!

更何须回想!——

想十万万年前,这多少山这都不过是大海里一些儿微波暗浪!

四

记得那年,

　　你家办了嫁妆,

　　我家备了新房,

　　只不曾捉到我这个新郎!

这十年来,

　　换了几朝帝王,

　　看了多少世态炎凉,

　　锈了你嫁奁中的刀剪,

　　改了你多少嫁衣新样;——

　　更老了你和我人儿一双!

　　只有那十年陈的爆竹,越陈偏越响! 吾自定婚仪,本不用爆竹。以其为十年前所办,故不忍弃。

五

十几年的相思,刚才完结;

没满月的夫妻,又匆匆分别。

昨夜灯前絮语,全不管天上月圆月缺。

今宵别后,便觉得这窗前明月,格外清圆,格外亲切。

你该笑我,饱尝了作客情怀,别离滋味,还逃不了这个时节!①

　　钱玄同认为:"现在做白话韵文,一定应该全用现在的句调,现在的白话。"②叶公超强调新诗的格律一方面要有"说话的节奏",一方面要切近我们的情绪的性质。他比较新诗与旧诗的节奏:"新诗是用最美,最有力量的语言写的,旧诗是用最美,最有力量的文言写的,也可以说是用一种惯例化

---

① 胡适:《新婚杂诗》,《新青年》第4卷第4号,1918年4月15日。
② 钱玄同:《〈尝试集〉序》,《新青年》第4卷第2号,1918年2月15日。

的意像文字写的。新诗的节奏是从各种说话的语调里产生的,旧诗的节奏是根据一种乐谱式的文字的排比作成的。新诗是为说的,读的,旧诗乃是为吟的,哼的。我感觉,新诗里的字都可以当作一种音标看,但旧诗里的字是使我们从直接视觉到意像的……"他认为新诗节奏不能以西方的音步概念做基础,只能以自然语调中"大致相等的音组和音组上下的停逗做我们新诗的节奏基础"。①

胡适的《新婚杂诗》既可以分为一首首阅读,也可以整体阅读。第二首和第三首中四字套语——"中村箫鼓""荒草新坟""斜阳凄楚""不堪重听""重山叠嶂"——的使用,使得诗的节奏明显带有词调的色彩。而第一、四、五首采用新的节奏。这种新节奏的起伏完全是胡适个人的情绪形式,其中最突出的是第四首。诗人的思绪从十几年前的新婚开始波动,头三句形成一个情感的顿挫,"你家办了……/我家备了……/只不曾……"自然而有起伏。接着叙说从那时到现在新婚"十年"间的故事:"换了……/看了……/锈了……/改了……"写尽十年中时代的巨变和"你"身边事物的变化,最后落在"更老了你和我人儿一双",对前四个"了"所带来的变化作一总结。最妙的是最后一句"只有那十年陈的爆竹,越陈偏越响!"与上文的五个"了"所显示的变化形成对照,似乎隐喻着经历长久等待的新婚更加甜蜜,但又似乎暗示了某种善意的嘲讽。具体是什么,诗人并未具体表达,于此可见胡适白话诗的浅白中仍有含蓄蕴藉的一面。这也许就是一位现代知识分子的爱情体验。

四、"对语体"结构

1915 年 9 月 4 日,胡适在日记中记载,《诗经》《孔雀东南飞》《琵琶行》等有"对语体(Dialogue)入诗"②,可惜并没有对"对语体"作出进一步的解释。在我看来,"对语体"即一种对话结构。如果观察《尝试集》的诗歌,尤其是第二编与第三编,会发现一个很有意思的现象:大多数诗都运用了"对语体"。

胡适常常把诗中的诉说对象用第二人称"你"召唤出来,从而建构一种

---

① 叶公超:《谈新诗》,《文学杂志》第 1 卷第 1 期,1937 年 5 月。
② 胡适:《胡适留学日记》(三),上海:商务印书馆,1947 年;引自上海三联书店民国沪上初版书复制版,2014 年,第 835 页。

对语体结构。《四月二十五夜》中诗人"我"向"你"/"月光"诉说;《新婚杂诗》中"我"带着"你"一起回忆。《一颗星儿》中把"星"用"你"来提升到对话与聆听的地位。《送任叔永回四川》以"你还记得"开篇,回忆两人在绮色佳和赫贞河畔相聚以及国内相逢的情景。译诗《老洛伯》为苏格兰女诗人Lady Anne Lindsay(1750—1825)之名作,被推为世界情诗之最哀者,"全篇作村妇口气,语语率真,此当日之白话诗也"。① 胡适的译诗也采用女抒情主人公诉说的方式。《"你莫忘记"》以一位临死的父亲的口吻告诫儿子。这种"对语体"是一种不完全的对语体,因为对话的另一方往往是被动的,并不说话,似乎也可以看作独语。不管看作不完全对语体也好,还是独语也罢,胡适之所以喜欢使用这种方式,主要在于这种形式容易造就诗歌的说话语调,形成比较自然的节奏。如《一念》中无缘无故地出现一个"你",省略诗中所有的"你",并不影响全诗的语句结构与意义表达,但是语气却会受到影响。没有"你"字,第一人称的抒情变得过于直接与呆板;而有"你"的话,第一人称的抒情显得亲切。

最完整、最典型的对语体结构见于《人力车夫》。全诗如特写镜头,叙写"客人"与车夫的对话:

"车子!车子!"
车来如飞。
客看车夫,忽然中心酸悲。
客问车夫,"你今年几岁?拉车拉了多少时?"
车夫答客,"今年十六,拉过三年车了,你老别多疑。"
客告车夫,"你年纪太小,我不坐你车。我坐你车,我心惨凄。"
车夫告客,"我半日没有生意,我又寒又饥,
　　　　你老的好心肠,饱不了我的饿肚皮。
　　　　我年纪小拉车,警察还不管,你老又是谁?"
客人点头上车,说"拉到内务部西!"②

沈尹默的《人力车夫》采取全景视角,借助自然景观与社会场景的对照,以及社会场景中人力车上的乘客与人力车夫的对照,表达人力车夫寒冷天气

---

① [英]Lady Anne Lindsay:《老洛伯》,胡适译,《新青年》第4卷第4号,1918年4月15日。
② 胡适:《人力车夫》,《新青年》第4卷第1号,1918年1月15日。

拉车的艰辛。这种对照无疑蕴藏着诗人对人力车夫的俯视姿态与优越意识。鲁迅的《一件小事》突出人力车夫人格的高大，采取的是仰视视角。而胡适这首《人力车夫》完全是一种平等的视角。"拉到内务部西"的"客人"可能是一位地位较高的人，他看着年轻的车夫，心中酸悲，不打算坐他的车。"客人"的优越地位并没有维持多久，车夫有理有据的一席话把他说得哑口无言，只有坐车才是最关心这年轻车夫的方式。全诗在冷静中也有情感的暖流涌动，但是这不是全诗的关键，关键在于对语体方式才能展示出客人与车夫之间的平等关系，平等意味着尊重。平等与尊重既是胡适个性主义的核心要素，也是胡适自由主义的核心要素。

如果拿《尝试集》与胡适之前的旧体诗比较，旧体诗较少用对语体，而《尝试集》多用对语体。"五四"新文学时期，许多白话诗人也喜欢用对语体结构。沈尹默的《宰羊》一诗以羊被杀时的咩咩叫为引子，构建一个"我—你（羊）"的对话结构，当然重点在"我"向"你"（羊）的劝说，劝说中有愤怒与无奈："你何必叫咩咩？有谁可怜你？"①刘半农的《窗纸》以"我"早晨醒来看淋雨的窗纸上的图像为题，诗中以"看！""不好！""看！""错了！""不是！""看！""看！""看！"展开对窗纸上图像的想象，最后以一组对话结束。②

胡适作白话诗的大宗旨在于提倡"诗体的释放"："有什么材料，做什么诗；有什么话，说什么话；把从前一切束缚诗神的自由的枷锁镣铐笼统推翻：这便是'诗体的释放'。"③白话诗采用对语体，形式上能打破文言语句的内在压缩，趋向自然的语言节奏，建构平等的对话。其好处正如沈兼士在诗歌《真》里所描写的香山景色："草香树色冷泉丑石都自有真趣，妙处恰如白话诗。"④

《尝试集》表现出一种新的白话形态的问世，姑且名之曰"试验性白话"：以口语为根底，用白话虚词调理语气，趋向自然的音节，采用对语体结构。这种"试验性白话"，完全适合胡适那种以平等和尊重为要素的个性主义自由主体的出场。《尝试集》中确有不少"小脚"，但《十一月二十四夜》《老鸦》《新婚杂诗》《人力车夫》《一颗遭劫的星》诸篇的问世，表明了白话新诗的发生。

---

① 沈尹默：《宰羊》，《新青年》第4卷第2号，1918年2月15日。
② 刘半农：《窗纸》，《新青年》第5卷第1号，1918年7月15日。
③ 胡适：《通信·复朱经农》，《新青年》第5卷第2号，1918年8月15日。
④ 沈兼士：《真》，《新青年》第5卷第3号，1918年9月15日。

第四节　西式标点符号：无声的语言①

对西方标点符号的认知到规范采用是汉语现代转型的内容之一。西式标点符号,可谓无声的语词。西式标点符号成为汉语内部的元素,使汉语的句子结构变得更为灵活多变。

一、西式标点符号:命名

汉语现在所使用的标点符号共有 17 种,这在 2011 年由国家语言文字工作委员会和中华人民共和国新闻出版署联合发布的《标点符号用法》中有明确规定。这 17 种符号分点号和标号(见表 8-2 和表 8-3)。点号的功能是点断,标号的功能是标示。点号有句号、问号、叹号、逗号、顿号、分号、冒号 7 种;标号有引号、括号、破折号、省略号、着重号、连接号、间隔号、书名号、专名号、分隔号 10 种。这 17 种标点符号是中国传统句读符号和西方标点符号融合的结果。

表 8-2　点号 7 种

名称	句号	问号	叹号	逗号	顿号	分号	冒号
符号	。	?	!	,	、	;	:

表 8-3　标号 10 种

名称	引号	括号	破折号	省略号	着重号	连接号	间隔号	书名号	专名号	分隔号
符号	""''	()	——	……	.	—	·	《》	___	/

---

① 本节非专论胡适汉语实践中标点符号的运用,而是以"轴心作家"为中心,论述晚清至"五四"时期汉语对西式标点符号的吸收。严复在《英文汉诂》一书中曾采用部分西式标点符号,采用横排方式,也详细介绍了西式标点符号的用法,但他并未提出在汉文中系统地采用西式标点符号。梁启超、吴稚晖、鲁迅、周作人等人晚清民初的作品中也曾采用西式标点符号。胡适在"轴心作家"中是较早主张系统地采用西式标点符号的人物。《胡适留学日记》中,1914 年 7 月 29 日、1915 年 9 月 18 日、10 月 15 日、1916 年 1 月 4 日、4 月 23 日均有对标点符号思考的记录。他 1915 年在《科学》第 2 卷第 1 期发表《论句读及文字符号》,介绍了 11 种文字符号;1918 年 7 月 15 日给《中国哲学史大纲》所写的"凡例"中,列举了 12 种标点符号。1919 年 11 月,胡适与国语筹备委员会的其他委员马裕藻、周作人、朱希祖、刘复、钱玄同一起提出了《请颁行新式标点符号议案》。

中国古代没有标点符号这个说法,有的是句读。有人认为,甲骨文中就已经出现类似今天标点符号的句读符号,比如横线号、竖线号、折线号。金文中有钩识号、二短横号、一短横号、圆点号。两汉时期有黑长方号、顿点号、钩识号、重文号、圆点号、逗号、圆圈号、三角号、乙字号、竖长点号、括号、尖角号等。《说文解字》收有三个句读符号:顿号、钩识号、反钩识号。到了宋、元、明时期,句读符号多达三十多种。这么多的符号并没有发展成一种统一的标点符号体系,原因主要有:第一,中国古代书籍并不要求都使用句读符号,虽然像《永乐大典》这样的大型丛书也使用了圆圈号断句,但是很多书不用标点。第二,句读符号并没有成为写作者的语言成分,明清时期点评者、阅读者做的记号非常多,比如清代方苞评点就用过蓝圈、丹点、蓝坐圈、丹坐圈、丹划五种符号。第三,与西方标点符号体系相比,中国的句读符号体系本身不完备,比如缺少问号和叹号等。因为标点符号不是书写语言的必要成分,科举考试的八股文也不要求有标点符号,这样在汉语的书写语言中,标点符号一直得不到礼遇。①

中国人介绍西方标点符号比较早的有张德彝(1847—1918)。张为满族人,15岁入总理各国事务衙门于1862年创办的同文馆。1868—1869年作为同文馆的学生随蒲安臣出使美国和欧洲。他的《再述奇》用日记的形式记录了游历日本、美国和欧洲的见闻。其中他在同治八年(1869)四月二十日的日记中记载了9种西方标点符号的用法:

> 泰西各国书籍,其句读勾勒,讲解甚烦。如某句意已足,则记"。";意未足,则记",";意虽未足,而义与上句粘合,则记";";又意未足,另补一句,则记":";语之诧异叹赏者,则记"!";问语则记"?";引证典据,于句之前后记""";另加注解,于句之前后记"()";又于两段相连之处,则加一横如"—"。②

与西方标点符号相比,中国没有问号(?)、叹号(!)、分号(;)、引号("")。张德彝介绍的西方标点符号并没有立即进入中国的书写体系中,还只是停留在介绍层面。1896年,王炳耀在《拼音字谱》中以《句义表》的形式列出10种标点符号(表8-4):

---

① 关于中国古代标点符号的变化,参见袁晖、管锡华、岳方遂:《汉语标点符号流变史》,武汉:湖北教育出版社,2002年。
② 张德彝:《欧美环游记(再述奇)》,长沙:湖南人民出版社,1981年,第197—198页。

表 8-4　王炳耀《拼音字谱》中的《句义表》①

符号	，	.	。	¡	✓	？	：	⌐	—
名称	一读之号	一句之号	慨叹之号	一节之号	惊异之号	一段之号	诘问之号	句断意连之号	释明之号	接上续下之号

与张德彝的 9 种标点符号相比,王炳耀的《句义表》缺少分号和括号,增加惊异之号(¡)、一段之号(✓)和释明之号(⌐)。其中"一段之号"(✓)还有可能是王炳耀的创造,也许是由中国古代的钩识号变化而来。王炳耀把所列的标点符号称为《句义表》,也许暗示着标点符号参与语句意义的创造。1898 年马建忠的《马氏文通》虽然论及"顿""读""句",但并没有涉及标点符号。真正对西方标点符号进行较为系统介绍的是严复。严复《英文汉诂》第十八章"句读点顿"(punctuation)详细地说明了标点符号的用法与功能(表 8-5,用法与功能略):

表 8-5　严复《英文汉诂》中的"句读点顿"②

符号	，	；	：	.	？	！	( )	" "	………
英文名	Comma	Semi-colon	Colon	Full stop	Note of interrogation	Note of exclamation or of Admiration	Brackets	Double or single inverted commas	
中文名	逗,若豆之勾萌	半支	支,或叫全支	满顿	发问记号	惊叹记号	括弧	双单之引号	中略(渡点)

严复给出的中文名字耐人寻味。比如",",从形状上以发芽的豆来比喻非常形象,把","称为逗号也许是严复的首创。"双单之引号"也被后人采用。"满顿""渡点"等命名虽然没有被采用,但也形象有趣。严复的《英文汉诂》不仅采用横行排版,而且采用西方标点符号,如逗号(,)、句号(.)、引号("")等。查阅晚清《新民丛报》《新世纪》《女子世界》《时报》等报刊,大致可以看到标点符号使用的情形,汉语整体上使用中国传统的句读符号,但已经开始有意识地采用西方标点符号。比如《新世纪》杂志对标点符号的使用新旧并存,大多数文章仍用中国传统式的句点,但是有些文章,尤其是一

---

① 王炳耀:《拼音字谱》,北京:文字改革出版社,1956 年,第 73 页。
② 严复(JuLin Khedau Yen-Fuh):《英文汉诂》(*English Grammar Explained in Chinese*),上海:商务印书馆,光绪三十年(1904),第 233—238 页。

些翻译文章开始运用西式标点符号,如,;:?!().。例如克若泡特金的《国家及其过去之任务》,译文就采用了西方标点符号:

> 我今殊有所触动,以为:一则能彻首彻尾,精究国家惟一观念之发生·一则研求彼之要素与任务,已著于过去时代者;又彼之一部分,或为未来时代之人所欲采用者·①

> 故历史上之国家,无论经如何苦心经营之构造,终不离于一若专为诛锄平等自由之萌芽者·(译者按:盖阶级的,干涉的,性质然也·是亦矢人函人之例欤?)②

也有文章会使用多种分隔符号,如:

> 同日●君士旦丁屯⊙土耳其王命召集国会○土耳其王召集国会。准行千八百七十六年之宪法。③

同样,鲁迅在1909年出版的《域外小说集》的"略例"中写道:

> !表大声。?表问难。近已习见。不竢诠释。此他有虚线以表语不尽。或语中辍。有直线以表略停顿。或在句之上下。则为用同于括弧。如「名门之儿僮—年十四五耳—亦至」者。犹云名门之儿僮亦至。而儿僮之年。乃十四五也。④

"五四"时期,有意识地采用标点符号的杂志至少有如下几种:任鸿隽主编的《科学》(1915年创刊),蔡元培主编的《旅欧杂志》(1916年创刊),陈独秀主编的《新青年》(1915年创刊,1917年提倡白话文学)。胡适是这一时期极力提倡标点符号的人物。在美国留学时期,1914年7月29日的日记就记载着他对自己书写的规定:"凡吾作文所用句读符号,须有一定体例。"⑤人名用"单直"号(——),地名和国名用双直号,书名和报名用矩号(⌐⌐),直接引语用矩号,间接引语用双矩号;句用空心圆圈(。),读(辞意未

---

① [俄]克若泡特金:《国家及其过去之任务》,真译,《新世纪》第58号,1908年8月1日。
② 同上。
③ 真译:《万国革命之风潮》,《新世纪》第58号,1908年8月1日。
④ 鲁迅:《域外小说集·略例》,会稽周氏兄弟纂译《域外小说集》第1册,东京:神田印刷所,己酉年(1909)二月二十一日,未标页码。原书中破折号用"—"表示,而不是现在的"——"。
⑤ 胡适:《胡适留学日记》(二),上海:商务印书馆,1947年;引自上海三联书店民国沪上初版书复制版,2014年,第366页。

全)用空心三角形(∆),顿用顿号(、);加圈点之文,句用空心双圆圈,读和顿不变;注释用双括号。① 1915年他在《科学》杂志上发表《论句读及文字符号》一文,提倡新式标点符号。此文采用新式标点符号(句号用实心圆点)和横排形式。胡适先阐释没有文字符号的四大害处:

(一)无符号则文字之意旨不能必达,而每多误会之虞。

(二)无符号则文字之用不能及于粗识字义之人,而教育决不能收普及之效。

(三)无符号则文字之结构,与句中文法上之关系,皆无由见也。

附录:无引语符号之害。②

其次沿用马建忠《马氏文通》的观点,对起词(subject)、语词(predicate)、动字、内动字(intransitive verb)、外动字(transitive verb)、止词(object)、主次、宾次、同次、介字、句、读、顿、单句、复句、伉读、正读、偏读等进行了界说。③最后介绍了10种"文字符号":

一曰住. 横行用(.),直行用(。).

二曰豆. 横行用(,),直行用(、).

三曰分. 横行用(;),直行用(∆).

四曰冒. 横行用(:),直行用(︰).

五曰问. 横直行皆用(?).

六曰诧. 横直行皆用(!).

七曰括. 横直行皆用([]).

八曰引. 横行用(' ')及(" "),直行用(⌐⌐)及(⌐⌐).

九曰不尽. 横行用(………),直行用(⋮).

十曰线. 横行则置线于字之下方,如'拿破仑'.直行则置线于字之右侧,如'秦︱楚'.④

这10种"文字符号"都包含在今天所说的标点符号中。胡适提出的第11种

---

① 胡适:《胡适留学日记》(二),上海:商务印书馆,1947年;引自上海三联书店民国沪上初版书复制版,2014年,第367—369页。

② 胡适:《论句读及文字符号》,《科学》第2卷第1期,1916年1月。

③ 同上。

④ 同上。原文句号用的全是实心的圆点。

文字符号为"破号",但并不是现在所说的破折号,而是读音上读破的符号。① 他在日记中又提出了两种"文字符号":"第十二种曰提要号(⌒)"和"第十三种曰赏鉴号(○○○)"。②

高元的《新标点之用法》一文对胡适提出的"句""读""顿"提出不同意见,更重要的在于,也许是他第一次使用了"标点"这个名称,并区分为"点"和"标":

  今拟采用西标:曰句点".";重点":";半重点";";读点",";询标"?";呼标"!";夹注标"( )[ ]";摘引标"「」『』";不尽标"……";破折标"——"等,③

高元把问号和叹号都归在标号之列,从对"读点( )"用法的介绍看,他把顿号(、)纳入了读点( )中。胡适1918年7月15日给《中国哲学史大纲》写的"凡例"中介绍了12种标点符号:

  (1)。 表一句的收束。

  (2)、表一顿或一读。

  (3); 表含有几个小读的长读。

  (4): 表冒下文、或总结上文。

  (5)? 表疑问。

  (6)! 表惊叹。

  (7)…… 表删节。

  (8)——(甲)表忽转一个意思。

     (乙)表夹注的字句。

     (丙)表总结上文几小段。

  (9)『』「」 表引用的话的起结。有时也表特别提出的名词或句语。

  (10)字右边的直线。 表一切私名。

  (11)字右边的曲线。 表书名及篇名。

---

① 胡适:《论句读及文字符号》,《科学》第2卷第1期,1916年1月。
② 胡适:《胡适留学日记》(三),上海:商务印书馆,1947年;引自上海三联书店民国沪上初版书复刻版,2014年,第862—863页。
③ 高元:《新标点之用法》,《法政学报》第8期,1919年1月。原文句末用的就是逗号,疑有误。

(12) ●●●● 或 ●●●●　表特别注重的所在。①

胡适的介绍非常清楚明了。他的"、"号涵盖了后来的逗号与顿号的功能。1919年《新青年》第7卷第1号在《本志所用标点符号和行款的说明》中提出统一标点符号的使用,并规定13种标点符号:

(a)。　表句。

(b),　表顿和读。

(c);　表含有几个小读的长读。

(d)、　表形容词间和名词间的隔离。

(e):　表冒下和结上。

(f)?　表疑问。

(g)!　表感叹,命令,招呼和希望。

(h)「」『』　(甲)表引用词句的起迄。(乙)表特别提出的词和句。

(i)——　(甲)表忽转一个意思。(乙)表夹注的字句,和( )相同。(丙)表总结上文。

(j)……　删节和意思没有完。

(k)( )　表夹注的字句。

(l)——　在字的右旁。表一切私名,如人名地名等。

(m)～～　在字的右旁。表书报的名称和一篇文章的题目。②

1919年11月国语筹备委员会委员马裕藻、周作人、朱希祖、刘复、钱玄同、胡适提出《请颁行新式标点符号议案》(归纳见表8-6):

> 本议案所谓"标点符号",含有两层意义:一是"点"的符号,一是"标"的符号。"点"即是点断,凡用来点断文句,使人明白句中各部分在文法上的位置和交互的关系的,都属于"点的符号",又可叫做"句读符号"。下条所举的句号,点号,冒号,分号,四种属于此类。"标"即是标记。凡用来标记词句的性质种类的,都属于"标"的符号。……采用高元先生《论新标点之用法》一篇(《法政学报》第八期)所用"标点"两

---

① 胡适:《中国哲学史大纲·凡例》,《中国哲学史大纲》(上卷),上海:商务印书馆,1927年,第1—2页。

② 《本志所用标点符号和行款的说明》,《新青年》第7卷第1号,1919年12月1日。

字,定名为"标点符号"。①

表8-6 《议案》中的标点符号

名称	句号	点号	分号	冒号	问号	惊叹号	引号	破折号	删节号	夹注号	私名号	书名号
符号	。或.	、或,	;	:	?	!	「」『』	——	……	()[]	︱	︴

二、先行者:问号、叹号、省略号和破折号

晚清民初,随着报纸的兴起,出版的发达,翻译的兴盛,西方标点符号逐渐被汉语采用。不过,这一时期汉语采用西方标点非常灵活,并未统一。其中有几个标点符号值得一说,第一是问号,第二是叹号,第三是省略号,第四是破折号。

问号(?)来自西方,据说最早出现于古拉丁语,当时疑问句后一般都写一个词语 gesto。后来简写成 go。但新的问题是 go 与整个句子容易混淆,于是把 g 写在 o 上;后来抽象一点就写成"?"。问号像一个象形符号,很有意趣。钱锺书在《魔鬼夜访钱锺书先生》中用问号讽刺思想家:"思想家垂头弯背,形状像标点里的问号,表示对一切发生疑问……"②问号不都是写在句子的末尾,西班牙语中一个问句的前后都写有问号,句前的问号还是倒着写的。问号因为其外形的曲线美以及内涵的耐人寻味,很容易就被汉语吸收了,比如梁启超在《新民丛报》上的一篇文章的标题《自由乎? 死乎?》就有两个问号。

另一个值得说的是叹号(!),叹号被印刷工人称为"克里满星",这是 exclamation mark 的音译。叹号外形笔直,好像一个点从天落下,越来越小,最后凝聚成一点,确实令人叹为观止。张德彝认为叹号表"诧异叹赏",王炳耀把叹号分成慨叹之号(!)和惊异之号(¡)。有人误以为这个倒写着的叹号是王炳耀的发明,其实不是,在西班牙语中感叹句前就有一个倒写着的"¡"。严复没有像王炳耀一样作这种区分,而是把它叫作"惊叹记号"。1909 年鲁迅在《域外小说集》的"略例"中用"!"表大声。胡适在《中国哲学

---

① 马裕藻等:《请颁行新式标点符号议案(修正案)》,《北京高师教育丛刊》第 2 集,1920 年 3 月。

② 钱锺书:《写在人生边上 人生边上的边上 石语》,北京:生活·读书·新知三联书店,2004 年,第 11 页。

史大纲》的"凡例"中认为"！"表惊叹"。在"五四"时期关于标点符号的讨论中,有人认为汉语语气词"呵"和"呀"就是感叹符号,如果再用叹号就显得重复。但是刘半农、陈望道、高元等人坚决反对,力主使用叹号。《新青年》杂志认为"！"表感叹,命令,招呼和希望"。1920年教育部公布的《议案》称之为"惊叹号",1930年国民教育部《划一教育机关公文格式办法·附公文标点行款举例》称之为"祈使或感叹号"。1951年中央人民政府出版总署公布的《标点符号用法》中称之为"感叹号"。1990年定为"叹号"。

从晚清到"五四"时期,叹号属于很"辛苦"的标点符号,很多人喜欢用它来表示强烈的情感。梁启超描写俄罗斯大革命:

> 电灯灭。瓦斯竭。船坞停。铁局撤。电线斫。铁道掘。军厂焚。报馆歇。匕首现。炸弹裂。君后逃。辇毂塞。警察骚。兵士集。日无光。野盈血。飞电刜目。全球拚舌。于戏。俄罗斯革命！于戏。全地球唯一之专制国。遂不免于大革命！①

周桂笙笔下：

> 时则又闻筒中有声曰。"若望。！施密丹。！年三十五岁。！"其声纤徐之甚。一若诵之使勿忘也者。忽又问曰。"操业若何。"答曰。"军人。"筒中忽作奇语曰。"善。！善哉。！最后之操业为军人。退职后有恩俸否？"答之曰。"有。"此一答而筒中惊人之语作矣。其言曰。"然则若何愚也。竟以此区区一点之'雷锭'而冒险乎。"翁闻之大惊。不觉咋舌。乃伪为不解也者。而反诘之曰。"子言何谓也。"意盖思以此自饰也。筒应之曰。"若以区区一点之'雷锭'。而置若恩俸于不顾。非冒险而何。"翁仍曰。"子言何谓也。吾固不得其解。"②

《女子世界》第1号天醉生《敬告一般女子》：

> 呀。女界革命军起了。！女界革命军起了。！！吾二万万女同胞谛听者。！！！③

梁启超《自由乎？死乎？》开头：

---

① 中国之新民：《俄罗斯革命之影响》,《新民丛报》第61号,光绪三十年(1904)十二月五日。
② 知新室主人(周桂笙)译：《窃贼俱乐部》,《新民丛报》第63号,光绪三十一年(1905)正月初一日。
③ 天醉生：《敬告一般女子》,《女子世界》第1号,癸卯年(1903)腊月朔日。

> 嘻嘻！出出！！俄国革命！！！①

《新世纪》上的《万国革命之风潮》：

> （按）咄！土王！咄咄！！土王！！②

周刊上留德监督监督者来稿《革命好机会》：

> 哈哈！革命机会！！③

周作人所译契诃夫小说《戚施》：

> 戚施！有声作于邻室。则长女之声也。声怒且嘶曰。戚施！④

民国初年的一些杂志也喜欢用叹号来表达各种情感，叹号与中国传统的句读符号相结合，倒也另有一种趣味。例如笑侬载于《亚东小说新刊》的小说《双假神》：

> 母在此。！安乎。！彼适来安乎。！
>
> 稚子倩谁抚育耶。！奴安得不恨。！妾安能瞑目。！
>
> 可怜。！儿可怜。！！无母之儿。！！！实天下至可怜。儿！余痛！痛！！痛！！！呼痛声渐低。⑤

到了"五四"时期，叹号受到作家们的青睐。鲁迅、郭沫若等人都喜欢用叹号，有时2个、3个连着用。叹号表达赞叹、惊奇、命令等语气，有利于言文一致的实现，但是在一篇文章中大量使用叹号，反而只能显示作者情感的薄弱。朱自清贬其为"浮夸不实"⑥，胡山源批判其为"标语口号式的滥调"⑦。

再一个是省略号（……）。省略号有时被称为删节号，晚清到"五四"也受到追捧。陈望道称"……"为"摇曳标"⑧。一个有意思的现象是，这一时

---

① 饮冰：《自由乎？死乎？》，《新民丛报》第61号，光绪三十年（1904）十二月五日。
② 真译：《万国革命之风潮》，《新世纪》第58号，1908年8月1日。
③ 留德监督监督者来稿：《革命好机会》，《新世纪》第58号，1908年8月1日。
④ ［俄］契诃夫：《戚施》，周作人译，会稽周氏兄弟纂译：《域外小说集》第1册，东京：神田印刷所，己酉年（1909）二月二十一日，第24页。
⑤ 笑侬：《双假神》（续），《亚东小说新刊》第2期，1914年5月。
⑥ 佩弦：《论标点符号的使用》，《中国青年》第7卷第6期，1942年12月1日。
⑦ 胡山源：《谈标点符号》（下），《自修》第79期，1939年9月12日。
⑧ 陈参一（陈望道）：《标点之革新》，《学艺》第3期，1918年5月。

期的省略号并没有规定为6点。西方语言中的省略号一般是3点。晚清到"五四"的汉语中省略号到底用多少点,没有统一的规定。比如有用5点的:

> 上海既有这自立会。不消说是声气相通的了……。且说这日临时会中。第一个上发言台。宣布开会缘由的。便是干事言自由。①

有用6点的:

> 贱猪贱狗贱奴才……我素不讲程度.今乃不得不讲程度.咳.我……我骂了你们半天粪蛆。②

有用8点的:

> 路透电云。
> 圣彼得堡情形日急一日。现在以电灯局煤灯局之职工罢业故。全市皆为之黑暗。市民竞购买蜡烛以代之………政府印刷局亦罢工。………各新闻报馆皆罢工。今日全市无一新闻纸。………兵器厂所有工人悉散去。………沿路铁道之工人悉散去。③

有用9点的,如《域外小说集》:

> 尼启丁先生、君毋尔、………当众人前、………主人且怒。④

有用10点的:

> 恰值开评议会的时候。…………只听见续说道。⑤

也有用12点的,例如张资平的《上帝的儿女们》:

> …………余君和杜姑娘的结婚不是人结合的,也不是他们的父母结合的,是神结合的! 是上帝结合的! 就是爱结合的! …………他们可以说是给一个好榜样给我们了! …………诚心所愿。⑥

---

① 东海觉我:《情天债》(未完),《女子世界》第2号,甲辰年(1904)新正元旦日。
② 留比读者稿:《读报有感》,《新世纪》第66号,1908年9月26日。
③ 饮冰:《自由乎? 死乎?》,《新民丛报》第61号,光绪三十年(1904)十二月五日。
④ [俄]迦尔洵:《邂逅》,周作人译,会稽周氏兄弟纂译:《域外小说集》第1册,东京:神田印刷所,己酉年(1909)二月二十一日,第47页。
⑤ 东海觉我:《情天债》(未完),《女子世界》第3号,甲辰年(1904)二月朔日。
⑥ 张资平:《上帝的儿女们》,《创造季刊》第2卷第1期,1923年7月1日。

还有一件有意思的事情,就是林译小说对省略号的处理。林译小说对西方语言中的标点符号几乎视而不见,不作任何应对,但也有那种实在无法避免的情形而不得不作应对。《不如归》中山木的一段话,吞吞吐吐,不用省略号就难以表达山木的狡猾:

> 山木嗫嚅言曰:"此事滋难出口。川岛夫人……谓公之女……"中将注目山木,言曰:"小女又何事?"山木曰:"女公子……川岛家恒以其疾为危,今闻良愈,似为佳消息也。"①

这段文字出自 1981 年商务印书馆标点本的《不如归》,未加标点之前,语句中并无省略号,而是用一个汉字"句"夹在原文的正文里,比正文字体小,相当于省略号:

> 山木嗫嚅言曰。此事滋难出口。川岛夫人。句谓公之女。句中将注目山木言曰。小女又何事。山木曰。女公子。句川岛家恒以其疾为危。今闻良愈。似为佳消息也。②

另外,破折号(——)也是一个西方标点符号,张德彝释为"两段相连之处"的一横,王炳耀释为接上续下之号,严复没有解释。高元冠以"破折标"之名。胡适在《中国哲学史大纲》的"凡例"以及《新青年》的《本志所用标点符号和行款的说明》中都没有给名称,只是介绍其功能。1919 年 11 月国语筹备委员会委员马裕藻、周作人、朱希祖、刘复、钱玄同、胡适提出《请颁行新式标点符号议案》,给出"破折号"之名。破折号在晚清已经进入汉语,虽不似叹号、问号和省略号那么普遍,但也有人特别喜欢。比如周氏兄弟翻译的《域外小说集》就多处采用破折号。鲁迅在《域外小说集》的"略例"中介绍了破折号表示停顿和解释的两种功能。兹举几例:

> 吾每当不欢—即当不醉。吾非酩酊。胡能欢者。—或独居时。恒有所思。③

> 吾欲自止。得一物为援。—即一草亦可。—顾吾并一草且无

---

① [日]德富健次郎:《不如归》,林纾、魏易译,北京:商务印书馆,1981 年,第 67 页。
② [日]德富健次郎:《不如归》,林纾、魏易译,上海:商务印书馆,1914 年,第 9—10 页。
③ [俄]迦尔洵:《邂逅》,周作人译,会稽周氏兄弟纂译:《域外小说集》第 1 册,东京:神田印刷所,己酉年(1909)二月二十一日,第 37 页。

之也。①
　　名门之儿僮—大都儿僮、年十四五耳—亦至。②
　　则仅以一言。—以一新谩。—摧吾覃思弘构。③

"五四"时期的白话对破折号也情有独钟。冯至是"五四"时期出现的新诗人,他的第一批白话新诗发表在《创造季刊》第2卷第1期上,他也喜欢采用破折号,其中《归乡》组诗用了16次,《满天星辰》用了2次,《初春暮雨》用了2次,《畅观楼顶》用了5次,《初春之歌》用了3次,《绿衣人》用了4次,《问》用了2次④,首首见破折号。刊于该期的邓均吾组诗《白鸥》也用了16次破折号。

三、西式标点符号与"五四"白话

晚清民国时期,对西方新式标点符号进入汉语的情形,有两种不同的态度。一种认为汉语自身是一个完足的体系,不需要引入西方标点符号。比如汪东在《新文学商榷》中写道:

　　中国文字完备。用不着符号来补充。例如问词。在句首用岂、用何、用胡。句末用乎、用邪、用哉。白话句首用可、用甚么。句末用呢、用吗。表示问的意义已足。再加上一个耳形的符号。岂不成了叠床架屋么。符号之外。又效法到行式。把字自左至右横排过来。我们看起来。觉得非常费力。⑤

另有一些学者认为新式标点符号能造就新的白话,比如朱自清就认为:"白话文之所以为白话文,标点符号是主要成分之一,标点符号表明词句的性质,帮助达意的明确和表情的恰切,作用跟文字一样,决不是附加在文字上,可有可无的顽意儿。"⑥又比如郭绍虞写道:

　　欧化所给予新文艺的帮助有二:一是写文的方式,又一是造句的方

---

① [俄]迦尔洵:《邂逅》,周作人译,会稽周氏兄弟纂译:《域外小说集》第1册,东京:神田印刷所,己酉年(1909)二月二十一日,第42页。
② 同上书,第40页。
③ [俄]安特来夫:《谩》,周树人译,会稽周氏兄弟纂译:《域外小说集》第1册,第67页。
④ 冯至的这批白话新诗刊于《创造季刊》第2卷第1期,1923年7月1日。
⑤ 汪东:《新文学商榷》,《华国月刊》第1卷第2期,1923年10月15日。
⑥ 佩弦:《论标点符号的使用》,《中国青年》第7卷第6期,1942年12月1日。

式。写文的方式利用了标点符号,利用了分段写法,这是一个崭新的姿态,所以成为创格。造句的方式,变更了向来的语法,这也是一种新姿态,所以也足以为创格的帮助。①

"写文"与"造句"对新文艺而言,首先是一种写作范式的更迭。郭绍虞理解现代文学是从白话文欧化入手的。他认为白话文欧化对新文艺的帮助有两个:一是写文的方式,包括运用标点符号和分段分行写作;二是造句的方式,指语法的变革。"写文"和"造句"方式的变革即是新文艺成功的原因。而他特别看重标点符号的影响。当时有人认为白话文欧化是由于"复杂包孕"的句法,他却不这么看,而认为这种句法在翻译佛经时就有了,那时却没有产生新文艺。在他看来,文言作文,不用标点,不分段,不分行,在阅读的视觉上没有提示,所以在句法上,寻求句子的匀整和对偶,在文辞上,重在音句而不重在义句,这样仍然无法表达复杂的意识。由于运用标点符号,吸收新的造句方式,句子结构多种多样,灵活多变,使得文艺出现了新的体式,也就是郭绍虞说的"创格"。所谓"创格",无非就是新文艺,也就是鲁迅的现代小说、周氏兄弟的现代小品文、郭沫若的诗歌等等。郭绍虞解读汉语文学是从汉语入手的,这样一种观点可以概括为"语言学的文学史观"。②

第一,新式标点符号让书面的"五四"白话变成"有声"的语言,变成"鲜活"的语言,在语气上趋近言文一致。书面的"五四"白话不像古代的书面文言,它要力争再现"活"的语言。根据胡适的观点,话怎么说"五四"白话就怎么写,实践口头语言与书面语言的高度一致。其中问题之一是,说话的语气如何呈现呢?声音的高低起伏抑扬顿挫并不能走进书面的字里行间,而标点符号就可以帮助实现语气的呈现。胡怀琛给出"读书救国"四字九种标点方式,以说明采用新式标点的重要性。这九种方式分别为:

(1) 读书。救国。
(2) 读书;救国。
(3) 读书救国。
(4) 读书救国!
(5) 读书救国?

---

① 郭绍虞:《新文艺运动应走的新途径》,《语文通论》,上海:开明书店,1941年,第93页。
② 郭绍虞:《中国语词之弹性作用》《新文艺运动应走的新途径》《新诗的前途》,《语文通论》,上海:开明书店,1941年。

(6) 读书！救国！
(7) 读书？救国？
(8) 读书！救国？
(9) 读书？救国！①

其实前面三种语气区别不大，意义分别也小。后面六种因为感叹语气与疑问语气的使用，使得意义的变化非常大。加上新式标点符号，语气的呈现与意义的明确同时实现。

鲁迅是运用标点符号的行家。他的小说人物非常鲜活，原因之一是人物的语言富有情境性。人物语言转化为书面文字后，语气情态全部消失，怎么能保持人物说话的语气？鲁迅的办法是借助新式标点符号。

《孔乙己》中孔乙己直接说的话共14句，可以分为3组：

第一组5句：
温两碗酒，要一碟茴香豆。
温一碗酒。
温一碗酒。
你读过书么？
不要取笑！

第二组2句：
不多了，我已经不多了。
不多不多！多乎哉？不多也。

第三组7句：
你怎么这样凭空污人清白，……
窃书不能算偷。……窃书……读书人的事，能算偷么？
读过书，……我便考你一考。茴香豆的茴字，怎样写的？
不能写罢？……我教给你，记着！这些字应该记着。将来做掌柜的时候，写账要用。
对呀对呀！……茴字有四样写法，你知道么？

---

① 胡怀琛：《标点奇观》，《读书青年》第1卷第1期，1936年7月1日。

这……下回还清罢。这一回是现钱,酒要好。

跌断,跌跌……①

《孔乙己》发表于《新青年》第6卷第4号,当时《新青年》还没有统一标点符号的使用。上述第一组五个句子的标点符号非常规范,原因在于语句非常简短,也十分流畅。第二组句子语句稍长,但也很流畅,尤其是:"不多不多!多乎哉?不多也。"一句中的三个标点符号把孔乙己的感叹、自问和决断表现得淋漓尽致。第三组共七句,这些语句的标点符号除表明一般的疑问、肯定语气外,有一奇怪之处是每句都有省略号。这些省略号是属于刚刚使用新式标点符号时的试验品吗?似乎又不是。这些省略号表达的是孔乙己说话的停顿与延续,思维的阻碍,被他人语言压迫而急于反驳,但又实在无力反驳的困境。

第二,标点符号可以让"五四"白话变得"深沉",把作者本意引向深入,从而改变口头白话的浅白。"五四"白话文学采用白话的主张,往往让人觉得语言不够含蓄蕴藉,没有艺术感。其实有时候作者通过标点符号的使用,会让其语言变得"深沉"。倪贻德的小说《花影》的结尾处,主人公引用李煜的词《浪淘沙》并点上标点符号:"独自莫凭栏!无限江山,别时容易见时难,流水落花春去也,天上?人间?"②如果按照中国传统的句读符号,结尾处往往是圆圈,其语气或为肯定,或为感叹。但点上新式的标点符号——问号,语气发生了变化。以问号结束,恰好开辟了这个句子的另外一种向度:流水落花的去所,也许既非天上,也非人间,而是不知何处的何处。这恰好与小说主人公失恋后的痛苦心情吻合。钱锺书在《谈中国诗》中认为:

> 新式西洋标点往往不适合我们的旧诗词。标点增加文句的清楚,可是也会使流动的变成冻凝,连贯的变成破碎,一个复杂错综的心理表现每为标点所逼,戴上简单的面具,标点所能给予诗文的清楚常是一种卑鄙贫薄的清楚(beleidigende Klarheit)……标点中国诗的人每觉得"!"号、"?"号和"——"号该混合在一起用,否则达不出这混沌含融的心理格式(Gestalt)。譬如:"流水落花春去也,天上人间";这结句可以有三种解释,三种点法,而事实上这三个意义融而未明地同时存在于读

---

① 鲁迅:《孔乙己》,《新青年》第6卷第4号,1919年4月15日。
② 倪贻德:《花影》,《创造季刊》第2卷第2期,1924年2月。

者意识里,成为一种星云状态似的美感。

钱锺书这个反对有些自相矛盾,他谈新式标点是从中西诗歌在表示疑问的相似处引发的,这种相似处为"问而不答,以问为答",他举的例子有:"壮士皆死尽,余人安在哉";"阁中帝子今何在,槛外长江空自流";"今年花落颜色改,明年花开人谁在";"同来玩月人何在,风景依稀似去年";"春去也,人何处;人去也,春何处"。① 我们还可以补充许多类似的例子:"人面桃花何处去,桃花依旧笑春风";"天尽头,何处有香丘";"江畔何人初见月,江月何年初照人"。这就表明,中国古体诗歌表示疑问往往要凭借"谁"和"何"这些疑问词;反之,不用疑问词,疑问语气就很难表达出来。从这个意义上看,钱锺书所说的李煜词表示疑问的意思也就非常可疑了。

鲁迅的《狂人日记》末尾按照中国传统的句读符号标点,则是:

没有吃过人的孩子或者还有。

救救孩子。

两句都是肯定语气,语气不仅平淡,而且无法显示狂人内心深处的矛盾。这两句按照新式标点符号也有多种标点的方式:

(1)没有吃过人的孩子,或者还有。
救救孩子。

(2)没有吃过人的孩子,或者还有……
救救孩子!

(3)没有吃过人的孩子,或者还有?
救救孩子……

第(1)种虽加一停顿,但用句号收束,还是类似于中国传统的句读,均表示肯定语气。第(2)种中的省略号虽然表示"或者还有"中"两可"的思索,但整体上还是给人肯定的语气。"救救孩子!"中的叹号则表明狂人救救孩子的决心和急切,表明狂人启蒙的信心。问题是狂人真有那么肯定吗? 真有那么大的决心吗? 我们知道,前面两种都不是《狂人日记》原文的标点方式,第(3)种才是。"或者还有?"中的"?"把原有的"两可"之意引向怀疑一

---

① 钱锺书:《写在人生边上 人生边上的边上 石语》,北京:生活·读书·新知三联书店,2004年,第164—165页。

途,使"或者还有"的肯定语气几乎丧失殆尽。这其实正是狂人的困惑。狂人从发现历史吃人到发现现实的人都想吃他,再到发现大哥想吃他,危机在一步步逼近,但是他凭着一股正气想改变这些吃人者,于是去劝周围的人,劝他的大哥。这股正气的力量来自何处?就来自他是被吃者,而不是吃人者。然而他怀疑大哥吃过妹子的肉,怀疑母亲也许吃过妹子的肉,再到怀疑自己也许也吃过妹子的肉。这一怀疑让他的那股启蒙的正气面临蒸发的危机。关键在于这一怀疑无法确证。于是"没有吃过人的孩子"是否存在就变得非常可疑,而不是肯定。这样才会有最后一句"救救孩子……"中省略号的出现。也许有很多人以为"救救孩子"后应该是叹号,这样才能表现狂人的决心,也才能表现鲁迅的战斗精神;如果"没有吃过人的孩子"都不存在,那么"救救孩子"既无现实可能性,也没有任何意义。但狂人的态度是倾向于无法确证的怀疑,所以不可能是叹号,也不可能是句号,省略号最为合适。"救救孩子……"表现出一种肯定,不过是虚弱的肯定,呼应的正是"或者还有?"中问号所表示的那种无法确证的怀疑。这一"?"一"……"堪称绝配。

第三,标点符号使"五四"白话的语句结构变得"丰满繁复",变得复杂而繁多。中国文言文之所以没有标点符号也能读通,在于句子的简短、句子结构的匀称以及发语词和语气助词的大量使用。"五四"白话文采用白话,句子变得长短不一,散整不一,发语词减少,再加上因翻译而产生的包孕结构,白话造型就变得丰满繁复。那么白话造型怎样才能实现这种特质呢?最重要的因素是白话采用了标点符号。标点符号参与了"五四"白话的形态建构,欧化句子没有标点符号几乎无法生存。

周作人1918年才开始写白话文,他写于同一年的文章有这样的段落:

> 近来又读日本武者小路君作的脚本《一个青年的梦》,受了极强的感触;联想起梁先生的文章,起了一个念头。觉得"知其不可为而为之"的必要;虽然力量不及,成效难期,也不可不说,不可不做。现在无用,也可播个将来的种子;即使播在石路上,种子不出时,也可聊破当时的沉闷。使人在冰冷的孤独生活中,感到一丝的温味,鼓舞鼓舞他的生意!①

他1921写的《初恋》中有一段:

---

① 周作人:《读武者小路君所作〈一个青年的梦〉》,《新青年》第4卷第5号,1918年5月15日。

> 在此刻回想起来，仿佛是一个尖面庞，乌眼睛，瘦小身材，而且有尖小的脚的少女，并没有什么殊胜的地方，但在我的性的生活里总是第一个人，使我于自己以外感到对于别人的爱着，引起我没有明瞭的性的概念的对于异性的恋慕的第一个人了。①

第一段属于说理性白话，其中第一个分号把读《一个青年的梦》的感触和读梁先生文章的想法联结起来，然后用一个分号推出观点，总起下文。句号之后的内容是对句号前观点的进一步阐发，并且再一次用分号，把两次具有递进意义的退让性句子结合起来。这么多小从句的句子，如果没有标点符号，阅读起来会很困难。第二段属于描写议论性白话。"但在我的性的生活里总是第一个人，使我于自己以外感到对于别人的爱着，引起我没有明了的性的概念的对于异性的恋慕的第一个人了"中两个"第一个人"之间是同位语关系，借助两个逗号，将句子化长为短，语意连贯而且清楚明了。

1925年3月11日，许广平给鲁迅写第一封信，开头如下：

鲁迅先生：

> 现在执笔写信给你的：是一个受了你快要两年的教训，是每星期翘盼着希有的，每星期三十多点钟中一点钟小说史听讲的，是当你授课时，坐在头一排的坐位，每每忘形地直率地凭其相同的刚决的言语，在听讲时好发言的一个小学生；他有许多怀疑而愤懑不平的久蓄于中的话；这时许是按抑不住的吧，所以向先生陈诉：②

---

① 周作人：《初恋》，《晨报副镌》1922年9月1日。
② 《鲁迅景宋通信集——〈两地书〉的原信》，长沙：湖南人民出版社1984年版，第1页。据周海婴在"后记"中说这是根据原信排印的。
《两地书》有不同的版本，标点符号和文字稍有出入。上海青光书局1933年4月初版的《两地书 鲁迅与景宋的通信》中为：
鲁迅先生：
现在写信给你的，是一个受了你快要两年的教训，是每星期翘盼着听讲'小说史略'的，是当你授课时每每忘形地直率地凭其相同的刚决的言语，好发言的一个小学生。他有许多怀疑而愤懑不平的久蓄于中的话，这时许是按抑不住的罢，所以向先生陈诉："
人民文学出版社2005年《鲁迅全集》版：
鲁迅先生：
现在执笔写信给你的，是一个受了你快要两年的教训，是每星期翘盼着希有的，每星期三十多点钟中一点钟小说史听讲的，是当你授课时，坐在头一排的坐位，每每忘形地直率地凭其相同的刚决的言语，在听讲时好发言的一个小学生。"

这像谈恋爱的语言吗？初看不像，再看还真是恋人絮语。这段话中三个冒号非常扎眼:第一个冒号的作用是解释,引出对写信者的说明。第二个冒号和第三个冒号处,人民文学出版社的版本中全用句号。哪个对？从现有标点符号用法看,当然是用句号对。但是鲁迅的"广平兄"偏偏用的是冒号。冒号有引出下文的功能,许广平正是使用这一功能,恰好表达出她急于向鲁迅诉说的迫切心情。另外,"一个小学生"前那么长而复杂的定语修饰语,如果不借助逗号的停顿,是不可能形成的。正如有人所言:"标点符号是标示文法的。是解释文法的。是指示文法的路。"①

---

① 秩升:《谈谈标点符号》,《益世报》1920年2月14日。

第九章　鲁迅

第一节　"结核"式汉文观与中国人的存亡

　　一般说来，喜欢写作的人对文字都有某种沉迷，只是沉迷之途千姿百态。鲁迅对文字的沉迷至少可以追溯到他青少年时代的抄书。少年鲁迅有两大爱好：一是摹图，二是抄书。周作人回忆，鲁迅"最初在楼上所做的工作是抄古文奇字，从那小本的《康熙字典》的一部查起，把上边所列的所谓古文，一个个的都抄下来，订成一册"①。在抄写《康熙字典》的"古文"②时，鲁迅对同一个汉字的不同构造姿态会有浓厚的兴趣吧。鲁迅在三味书屋读书时，用"比目鱼"对"独角兽"、用"放牛归林野"对"陷兽入阱中"而得到私塾先生的称赞，由此可见鲁迅体味词语细微差别的精到准确。这种对文字的兴趣，因1908年听章太炎先生的《说文解字》课程而得到发扬。③ 这也令人想起孔乙己考小伙计的"回"的四种写法。对于《孔乙己》的读者来说，"回"的四种写法所暗示的孔乙己的知识构成，像他穿长衫而站着喝酒的姿态一样，成为他迂腐滞后的标志性符码。不过，《康熙字典》中"回"的四种写法(囘、回、㘈、囶)，对于孔乙己本人来说，也许更具一种文字如图的意趣魅惑。不知少年的鲁迅是否有同感，不然真不知他小小年纪抄写古文的力

---

　　①　周作人：《鲁迅的故家》，石家庄：河北教育出版社，2002年，第111页。
　　②　"古文"一说，在许慎的《说文解字》中就出现过。马叙伦说："虽曰古文，不必为最初之文，而实秦篆以前通用之文字。至其一字多形，则由列国殊书所致，盖所谓文字异形者，不待七国时为始然矣。"(马叙伦：《说文解字研究法》，上海：商务印书馆，1929年，第20页)陈晋这样解释"古文"："此未经李斯改易，而与小篆异形之仓颉古文。"(陈晋：《说文研究法》，上海：商务印书馆，1934年，第88页)大体说来，古文是指秦用小篆统一字体之前各国的文字。《康熙字典》中往往列出某字的古文，如：一古文弌，三古文弎，丁古文个，上古文⊥，下古文丅，世古文卋，等等。
　　③　鲁迅因听章太炎文字课而增长的对古文的兴趣，将在下文具体论述。

量来自何处。

可能也因此,鲁迅喜欢玩点文字游戏,或称赞,或讽刺,或开玩笑。因钱玄同听课好动,而称其为"爬来爬去",又因"玄同"和康熙帝"玄烨"同一"玄"字而称其为"庙讳先生"。顾颉刚是鲁迅特别反感的人之一,鲁迅因顾的红鼻子而谑称之为"鼻";又因顾颉刚考证"禹是虫",鲁迅作了一回有趣的文字发明:"迅"即"卂",而"卂"即隼的简笔,所以,"迅"盖禽,即鲁迅盖一飞禽。① 如此喜爱汉语文字游戏的鲁迅,1919 年致许寿裳信提出"汉文终当废去"②;到 20 世纪 30 年代,坚定地认为汉字是"阻碍传布智力的结核"③,是劳苦大众身上的"结核"④,甚至提出"汉字不灭,中国必亡"⑤。如果简单地把鲁迅对汉字的态度视为文化虚无主义或文化激进主义加以摈弃,是对鲁迅及其所处现实状况的粗暴漠视。我觉得应该在描述鲁迅"发现"汉字作为中国集体无意识原型的动态过程中来理解鲁迅。

一、反对文言与卫护白话

最能表现鲁迅卫护白话反对文言的莫过于 1926 年写的《〈二十四孝图〉》中的文字:

> 我总要上下四方寻求,得到一种最黑,最黑,最黑的咒文,先来诅咒一切反对白话,妨害白话者。即使人死了真有灵魂,因这最恶的心,应该堕入地狱,也将决不改悔,总要先来诅咒一切反对白话,妨害白话者。
>
> ……
>
> 只要对于白话来加以谋害者,都应该灭亡!⑥

如此痛恨,在提倡白话文学的群体中绝无仅有。那么这种决绝的态度从何而来?让人惊讶的是,留日时期的鲁迅还有尊崇文言的倾向。在《文化偏至论》中,他对那种"归罪恶于古之文物,甚或斥言文为蛮野,鄙思想为简陋"的"翻然思变"的价值取向虽然没有直接抨击,但也不以为然。如果联

---

① 鲁迅:《270817 致章廷谦》,《鲁迅全集》第 12 卷,北京:人民文学出版社,2005 年,第 572 页。
② 鲁迅:《190116 致许寿裳》,《鲁迅全集》第 11 卷,第 369 页。
③ 鲁迅:《中国语文的新生》,《鲁迅全集》第 6 卷,第 119 页。
④ 鲁迅:《关于新文字——答问》,《鲁迅全集》第 6 卷,第 165 页。
⑤ 鲁迅:《与〈救亡情报〉记者的谈话》,《鲁迅佚文全集》,北京:群言出版社,2001 年,第 507 页。
⑥ 鲁迅:《〈二十四孝图〉》,《鲁迅全集》第 2 卷,第 258 页。

系"外之既不后于世界之思潮,内之仍弗失固有之血脉,取今复古,别立新宗"的"转为人国"的现代策略,也许"言文"正是中国"固有之血脉"的元素。① 如此看来,青年时期的鲁迅并不拒绝"言文"。很显然,"言文"既指文言,又指文言文。在语言实践中,那时的鲁迅并不排斥文言,他和周作人合译的《域外小说集》采用的就是典雅的文言;又因听章太炎讲解《说文解字》,还特意用上许多"古文"。

鲁迅在创作《狂人日记》之前,对于《新青年》早有了解。他的老同学钱玄同作为《新青年》的编辑之一也时常光顾他的住所,所谈内容也许会涉及文言白话问题,可是鲁迅并不在意《新青年》上文学革命的主张。《呐喊·自序》显示他重新开始文学事业在于不能因自己的"绝望"否定他人的"希望",并非出自以白话代替文言的新论。周作人回忆:

> 鲁迅对于文学革命即是改写白话文的问题当时无甚兴趣,可是对于思想革命却看得极重,这是他从想办《新生》那时代起所有的愿望,现在经钱君来旧事重提,好像是在埋着的火药线上点了火,便立即爆发起来了。②

由此产生的问题是:一个不关心文言白话问题的人,为何到了 1920 年代中期那么决绝地反对文言捍卫白话?鲁迅白话创作的成功是其内在动因,但这不只是他个人的问题。在这里我们梳理鲁迅反对文言提倡者的过程来看他对白话的卫护。

鲁迅最早对文言白话问题作出回应的是《现在的屠杀者》,刊于 1919 年 5 月出版的《新青年》第 6 卷第 5 号上。全文如下:

> 高雅的人说,"白话鄙俚浅陋,不值识者一哂之者也。"
> 中国不识字的人,单会讲话,"鄙俚浅陋",不必说了。"因为自己不通,所以提倡白话,以自文其陋"如我辈的人,正是"鄙俚浅陋",也不在话下了。最可叹的是几位雅人,也还不能如《镜花缘》里说的君子国的酒保一般,满口"酒要一壶乎,两壶乎,菜要一碟乎,两碟乎"的终日高雅,却只能在呻吟古文时,显出高古品格;一到讲话,便依然是"鄙俚浅陋"的白话了。四万万中国人嘴里发出来的声音,竟至总共"不值一

---

① 鲁迅:《文化偏至论》,《鲁迅全集》第 1 卷,北京:人民文学出版社,2005 年,第 57 页。
② 周作人:《鲁迅的故家》,石家庄:河北教育出版社,2002 年,第 355 页。

哂",真是可怜煞人。

　　做了人类想成仙;生在地上要上天;明明是现代人,吸着现在的空气,却偏要勒派朽腐的名教,僵死的语言,侮蔑尽现在,这都是"现在的屠杀者"。杀了"现在",也便杀了"将来"。——将来是子孙的时代。①

这"高雅的人"是谁?"白话鄙俚浅陋,不值识者一哂之者也"这句话出自哪篇文章?权威的《鲁迅全集》版本并未给出注释。有些人认为这句话出自林纾的《论古文之不宜废》,但是查林纾原文,并无此等文字。根据我的推测,这是鲁迅对反对白话观点的概括。鲁迅常常采用抽象概括的方式,比如《随感录·五十八 人心很古》就是以"慷慨激昂的人说"开始。当时反对白话最猛烈的人是古文家林纾。林纾的《致蔡鹤卿书》载1919年3月18日《公言报》,《论古文白话之相消长》载1919年4月《文艺丛报》。他在《致蔡鹤卿书》中写道:"若尽废古书,行用土语为文字,则都下引车卖浆之徒,所操之语,按之皆有文法,不类闽广人为无文法之啁啾,据此则凡京津之稗贩,均可用为教授矣。"②因此,"高雅的人"也许是对林纾般瞧不起白话者的通称。

全文虽短,但内容丰富。开篇即摆出"高雅的人"鄙弃白话的观点,然后采用以退为进的方式,从"中国不识字的人"讲话自然"鄙俚浅陋"说起,看似无可奈何,但好像拳击手收回来的一拳,蓄势待发。提倡白话的人之所以提倡白话,是因为不通古文,于是他们的文与讲话自然"鄙俚浅陋"。这第二层意思还是在蓄积力量。"几位雅人"即指文篇开始的"高雅的人",他们虽然呻吟古文时显出高雅,可是"讲话"依然"鄙俚浅陋"。这一句如有千钧之力,回击高雅的人向白话泼出的污水,使之水淋淋落在他们自己头上。"白话"是"四万万中国人"发出的声音,包括了"中国不识字的人""提倡白话的人""高雅的人"的声音。

鲁迅的精妙之处在于,把"鄙俚浅陋"的"白话"所带有的书面语特质悬搁起来,将这一"白话"还原到本源处,即"四万万中国人嘴里发出来的声音"。发出声音,"讲话",无疑是一种进行式的生命状态。"明明是现代人"中的"现代",显在的意思当然指"modern"这一英语词语所蕴藏的与之前时

---

① 鲁迅:《随感录·五十七 现在的屠杀者》,《鲁迅全集》第1卷,北京:人民文学出版社,2005年,第366页。
② 林纾:《致蔡鹤卿书》,见赵家璧主编:《中国新文学大系·建设理论集》,上海:上海文艺出版社,2003年影印,第172页。

代在文明技术上的区分。但鲁迅也许并不着意于此,反倒炯炯有神地盯着"现代"一词的此刻意义。"现代"即"现在",即显现于此,存在于此。这个"现在"的人,可通向海德格尔的"此在"。"呼吸着现在的空气"显然隐喻"讲着现在的白话","白话"有如四万万中国人生命的空气。"呼吸着现在的空气"表明"现代人"的存在方式,即言说处于生命活跃的状态。

1922年1月,以梅光迪、胡先骕和吴宓等人为主要撰稿人的《学衡》杂志出版。《学衡》以"昌明国粹。融化新知"①为宗旨,刊登文言述学文和古体诗②。《学衡》第1期上载有两篇宏文,一篇是梅光迪的《评提倡新文化者》,另一篇是胡先骕的《评〈尝试集〉》。前者斥新文化提倡者为"诡辩家""模仿家""功名之士""政客",后者宣告《尝试集》为必死必朽之作。《学衡》杂志的出版标志着林纾之后质疑新文学开创者反对文言、提倡白话这一主张的最强大阵营的出现。鲁迅立即作出回击,他的《估〈学衡〉》一文发表于1922年2月9日的《晨报副刊》。题中的"估"不仅是对"衡"的直接回击与否定,而且表明鲁迅在战略上对《学衡》的轻蔑之意。当然鲁迅并非在战术上也轻率地对待《学衡》。鲁迅以痛惜式芬先生对胡先骕《评〈尝试集〉》进行学理匡谬的迂拘行为作为论说的起点,表明自己不屑跟《学衡》诸子谈学理,因而只谈文理。文不通,则理不明。鲁迅对《学衡》上的不通之文逐篇加以剖析。③

《弁言》中"杂志迩例弁以宣言",以"弁"与"杂志迩例"并为一谈,是为汗漫不当。因"弁"即序,"弁言"即序言。萧纯锦《中国提倡社会主义之商榷》中有言:"凡理想学说之发生。皆有其历史上之背影。决非悬空虚构。造乌托之邦。作无病之呻者也。"鲁迅对于"乌托之邦"和"无病之呻"等生硬的语言构造非常反感,他仿造"英吉之利""宁古之塔""睹史之陀""有病之呻"等语,并且把"乌托之邦"回译成英文"Pia of Uto"以讽刺其生造词语的可笑。冯承埏《国学摭谭》中说:"三皇寥廓而无极。五帝搢绅先生难言之。""三皇"写人,"寥廓"写空间,"三皇"搭配"寥廓"是为不当。"五帝搢绅先生难言之"中"难言"的主语和宾语不清楚,是为含混掺杂。邵祖平《渔丈人行》叙伍子胥逃亡事,开篇写"楚王无道杀伍奢。覆巢之下无完家",

---

① 《学衡杂志简章》,《学衡》第1期,1922年1月。
② 《学衡》也刊登文言与白话混合的文章,如吴宓所译萨克雷的小说《钮康氏家传》,见《学衡》第1期,1922年1月。
③ 鲁迅:《估〈学衡〉》,《鲁迅全集》第1卷,北京:人民文学出版社,2005年,第397—400页。

"完家"一语有语病。"家"如果是鸟巢,则重复;如果是人家,则鸟大得无法想象;如果是押韵的要求,则是挂脚韵。胡先骕《浙江采集植物游记》混用"游"与"记"两种体裁。"游"一般后接地方,如《游褒禅山记》,但无具体事物,既云"采集植物",又云"游",前后矛盾。《学衡》第1期共分"插画""弁言""通论""述学""文苑""杂缀""书评"7个栏目,鲁迅揭出5个主要栏目(除"插画"和"书评")里文章的语病,看似散点出击,实则全面攻破。《学衡》提出的目标"总期以吾国文字。表西来之思想。既达且雅。以见文字之效用。实系于作者之才力。苟能运用得宜。则吾国文字。自可适时达意。固无须更张其一定之文法。摧残其优美之形质也"①,则无形中已经瓦解。

同年,李涵秋(1873—1923)的《文字感想》载1922年9月14日上海《时报》的《小时报》专页,抨击新文学。鲁迅撰《"以震其艰深"》以回击。李文中有"新学家薄国学为不足道故为钩辀格磔之文以震其艰深也一读之欲呕再读之昏昏睡去矣"之句。鲁迅认为"钩辀格磔"乃形容鹧鸪的声音,而李文用来形容文章的"艰深",属用词不当;读"艰深"之文而"欲呕",属逻辑不通;"以震其艰深"中,把不及物动词"震"用作及物动词,属语法有误。据此三处错误,鲁迅讽刺国学家之文"真是'一读之欲呕',再读之必呕矣"。②

鲁迅对《学衡》杂志诸子和李涵秋的批判,主要集中于揭露他们的古文在语法上的毛病。这也是现代白话文提倡者们的优势之一。现代白话文提倡者们一般主张汉语欧化,而欧化的背后有语法系统作支撑。

1925年《京报副刊》向鲁迅征求"青年必读书目",他以"从来没有留心过"而交了白卷。无论是谦虚过度还是故作姿态,如果仅仅如此,人们会一笑了之。而他在"附注"中却给出一个石破天惊的劝告:"我以为要少——或者竟不——看中国书,多看外国书。"这引发了社会的激烈争论。其实鲁迅把理由说得很清楚,中国书使人"沉静",使人"颓唐和厌世","与实人生离开";而外国书(除了印度的)却使人想做事。少看中国书的结果不过只是不能作文;不能作文,对于活人来说,不值一提。青年要紧的是"行",而

---

① 《学衡杂志简章》,《学衡》第1期,1922年1月。
② 鲁迅:《"以震其艰深"》,《鲁迅全集》第1卷,北京:人民文学出版社,2005年,第407页。

不是"言"。① 鲁迅的聚焦点在"言"与"行"的取舍上,落脚于激励青年人奋发向上。同年,因章士钊在《甲寅》杂志上提倡读经,鲁迅撰《十四年的"读经"》,指斥提倡读经不过是"苍蝇们失去了垃圾堆"后的把戏②。他在给钱玄同的书信中感叹《甲寅》周刊借吴老头子(吴稚晖)与蔡元培之名反对白话和提倡文言的可怜,认为"文言大将,盖非白话邪宗之敌矣。此辈已经不值驳诘,白话之前途,只在多出作品,使内容日见充实而已"。③ 可见鲁迅此时的批评眼光并非落在文言白话的语体上,而是指向与经书和古文纠结在一起的背后的东西。

鲁迅如此揭露读经和古文两者的病根:

> 读一点就可以知道,怎样敷衍、偷生、献媚、弄权、自私,然而能够假借大义,窃取美名。再进一步,并可以悟出中国人是健忘的,无论怎样言行不符,名实不副,前后矛盾,撒谎造谣,蝇营狗苟,都不要紧,经过若干时候,自然被忘得干干净净;只要留下一点卫道模样的文字,将来仍不失为"正人君子"。④

其实,敷衍、偷生、献媚、弄权、自私,作为人性之恶劣部分,古人有今人也有。如果明明白白摆在眼前,那慢慢改良也有看到希望的一天。但让鲁迅感到可怕的是,经书和古文"以卫道模样的文字"对上述人性的恶劣部分加以美化。这样使得人性的恶劣挂上"正人君子"的招牌,腐蚀着人性的美好部分,让人不知不觉以恶为美。如此一来,改良人性就如在巨大的染缸里搅和,永无澄清的一日。因此之故,他才提出非常极端的主张:"所以要中国好,或者倒不如不识字罢,一识字,就有近乎读经的病根了。"⑤因为一识字,就能读书,就能读中国书,就能读中国经书和古文,于是就接近并沾染了那"病根"。"不识字"比"竟不看中国书"走得更远,更彻底。

到了1926年,鲁迅以自身的经验揭发文言/古文的病根。他在《〈二十四孝图〉》一文中那么激烈地诅咒那些反对白话的人,源自他痛苦的记忆。鲁迅并不反对"孝",他自己就是一个孝子。他觉得"黄香扇枕""陆绩怀

---

① 鲁迅:《青年必读书——应〈京报副刊〉的征求》,《鲁迅全集》第3卷,北京:人民文学出版社,2005年,第12页。
② 鲁迅:《十四年的"读经"》,《鲁迅全集》第3卷,第137页。
③ 鲁迅:《250720 致钱玄同》,《鲁迅全集》第11卷,第452页。
④ 鲁迅:《十四年的"读经"》,《鲁迅全集》第3卷,第129页。
⑤ 同上书,第136页。

橘"可以仿效;"哭竹生笋"哭不出笋只是丢脸而已;"卧冰求鲤"虽有性命之虞,但掉到冰下也许有人来救。他最痛恨的是"老莱娱亲"和"郭巨埋儿"。"老莱娱亲"的故事由近人情而至虚伪,其恶果是"诬蔑了古人,教坏了后人"①。"郭巨埋儿"的故事则是以孝为名,牺牲幼小者,这与鲁迅"幼者本位"的进化论相违背。他写道:"掘好深坑,不见黄金,连'摇咕咚'一同埋下去,盖上土,踏得实实的,又有什么法子可想呢。我想,事情虽然未必实现,但我从此总怕听到我的父母愁穷,怕看见我的白发的祖母,总觉得她是和我不两立,至少,也是一个和我的生命有些妨碍的人。"②这对幼小者的心灵造成了巨大伤害。鲁迅不仅有些在乎祖母是他生命中有些妨碍的人,尤其感到气愤的乃是古文书写的虚伪性,即"二十四孝"也不过是写写而已:

> 现在想起来,实在很觉得傻气。这是因为现在已经知道了这些老玩意,本来谁也不实行。整饬伦纪的文电是常有的,却很少见绅士赤条条地躺在冰上面,将军跳下汽车去负米。③

他在《写在〈坟〉后面》一文中痛恨自己所受古文的影响:

> 因此耳濡目染,影响到所做的白话上,常不免流露出它的字句,体格来。但自己却正苦于背了这些古老的鬼魂,摆脱不开,时常感到一种使人气闷的沉重。就是思想上,也何尝不中些庄周韩非的毒,时而很随便,时而很峻急。④

鲁迅采取的策略是"因为从旧垒中来,情形看得较为分明,反戈一击,易制强敌的死命"。同时,他将自己想象为"中间物"以化解这种抵抗的焦虑。⑤

1935年章太炎在《白话与文言之关系》的演讲中提出一种观点:"作白话文者,识字应过于昌黎也!"因为"白话中藏古语甚多,如小学不通,白话如何能好?"⑥章太炎基于自己丰厚扎实的文字学功底得出这一结论,直接告诉白话文学提倡者:不通小学,白话文肯定作不好,也不必作。这显然非常轻视白话文学提倡者。南山(陈望道)《保守文言的第三道策》联系"五

---

① 鲁迅:《〈二十四孝图〉》,《鲁迅全集》第2卷,北京:人民文学出版社,2005年,第262页。
② 同上书,第263页。
③ 同上。
④ 鲁迅:《写在〈坟〉后面》,《鲁迅全集》第1卷,第301页。
⑤ 同上书,第302页。
⑥ 章太炎:《白话与文言之关系》,《国风半月刊》第6卷第9、10合期,1935年5月1日。

四"时期的一些论点,概括保守文言的三种策略,可谓精辟之至:要做白话由于文言做不通;要白话做好,先须文言弄通;文言难做,白话更难做。他认为"用古字写现代文,是道理说不通,也是事实上做不到的"。① 这是对章太炎观点的有力回击。鲁迅写了《名人和名言》作出回应。对于章太炎"'好呀','呀'即'乎';'是唉','唉'即'也'"的观点,鲁迅持不同看法,认为即使如此又如何？我们还是写作"好呀",不写作"好乎";写作"是唉",不写作"是也"。"因为白话是写给现代的人们看,并非写给商周秦汉的鬼看的,起古人于地下,看了不懂,我们也毫不畏缩。所以太炎先生的第三道策,其实是文不对题的。"鲁迅用"博识家的话多浅,专门家的话多悖"来解释章太炎持保守文言三道策的原因。②

二、汉字改革与大众本位

1919年鲁迅卫护白话的理由基于"四万万中国人"的活生生的语言,而1927年开始鲁迅对汉字改革的设想却是基于大众本位。1927年2月16日,他在演讲《无声的中国》中强烈不满于"汉字难"和"古文难"所造成的"无声的中国"的严重恶果。汉字作为"祖先留传给我们的可怕的遗产",对于多数人来讲很难。"因为难",不识字的人不理它,虽能说话,"结果等于无声";又因为难,识字的人据为宝贝,用难的汉字写成"难懂的古文","结果也等于无声"。这造成中国"正像一大盘散沙"。③

对于汉字与古文的思考,鲁迅与胡适、钱玄同的路径不太一样。胡适提倡白话文学首先就提出文字的"死"与"活"作为价值区分,这就宣布了部分汉字的"死刑"。钱玄同更激进一些,主张废除汉字采用罗马字母。他们两人的观点一致的地方在于汉字的死活与废存成为提倡白话、反对文言的基础。鲁迅的思考从"四万万中国人的活的语言"出发,继而揭发古文的病根,再继续挖掘写成古文的汉字的罪状。鲁迅从胡适和钱玄同的主张中获得力量,二人的主张推动了白话文的风行,加速了文言文的溃败。鲁迅这样解释胡适的主张:"我们不必再去费尽心机,学说古代的死人的话,要说现代的活人的话;不要将文章看作古董,要做容易懂得的白话的文章。"又夸

---

① 南山(陈望道):《保守文言的第三道策》,《太白》第2卷第7期,1935年6月20日。
② 越丁(鲁迅):《名人和名言》,《太白》第2卷第9期,1935年7月20日。
③ 鲁迅:《无声的中国——二月十六日香港青年会讲》,《鲁迅全集》第4卷,北京:人民文学出版社,2005年,第11—12页。

赞钱玄同:"不过白话文渐渐风行起来……就因为当时又有钱玄同先生提倡废止汉字,用罗马字母来替代。"①

这一篇演讲实为鲁迅语言思想的转折之作。一方面他从"声音"的角度总结了"五四"白话文学的主张,即"我们要说现代的,自己的话;用活着的白话,将自己的思想,感情直白地说出来"。另一方面,他又从中国人生存的角度宣布古文的罪孽:"我们此后实在只有两条路:一是抱着古文而死掉,一是舍掉古文而生存。"②而他的所谓"古文"已经包含汉字与古文两个层面的内涵,为他 20 世纪 30 年代提倡汉字改革埋下了种子。

1934 年鲁迅集中发表多篇谈论汉字改革的文章,如《答曹聚仁先生信》《关于新文字——答问》《中国语文的新生》《门外文谈》。其中长文《门外文谈》系统地表达了鲁迅的文字观。从 1927 年到上海后至 20 世纪 30 年代前期,鲁迅的思想有个重要的变化:经过 1928—1929 年与后期创造社、太阳社关于革命文学的论争,他开始接触无产阶级文学理论。在汉字的观念上,他从卫护白话、反对文言转向探寻汉字改革的出路,从以中国人为基点的诅咒古文进而到提倡以大众为本位的革命汉字。1930 年瞿秋白的一系列语言理论对鲁迅也产生过重要影响。瞿秋白的语言理论主要表现在两个方面:第一个方面是猛烈批评"五四"白话为非驴非马的白话文,因此提出要进行文腔革命;第二个方面是推行汉字拉丁化新文字的方案。③ 鲁迅对汉字深入思考的另一个契机是,汪懋祖等人于 1934 年提倡"读经",而左翼文学阵营提出了"大众语文学"的口号。

鲁迅对汉字的认识有一个新的参照,即瞿秋白与几位苏联语言学家为海参崴一二十万中国工人制定的"中国拉丁化字母"。苏联从 1920 年开始扫除文盲,碰到一个困难:苏联有一百八十多个民族,一百五十多种语言。这么多的语言对扫除文盲是一个极大的障碍。苏联采取的办法就是文字拉丁化。苏联也为在苏联做工的几千中国工人做了汉字拉丁化的工作。瞿秋白是鲁迅的好友,鲁迅曾书联"人生得一知己足矣,斯世当以同怀视之"赠予瞿秋白。瞿秋白 1928 年 5 月赴苏联。1929 年瞿秋白在苏联制作"中国

---

① 鲁迅:《无声的中国——二月十六日香港青年会讲》,《鲁迅全集》第 4 卷,北京:人民文学出版社,2005 年,第 13 页。
② 同上书,第 15 页。
③ 参见瞿秋白:《鬼门关以外的战争》《罗马字的中国文还是肉麻字中国文?》《中国拉丁文的字母》《新中国文草案》等文,《瞿秋白文集:文学编》第 3 卷,北京:人民文学出版社,1998 年。

拉丁化字母",1930年在苏联出版。当时中国约有一二十万工人在海参崴,受到苏联拉丁化的影响,1931年9月在海参崴举行第一次中国新文字代表大会,大会确定了"中国新文字十三原则"。这个方案的特点是不标声调,强调文字的大众化和阶级性,把国语统一运动看作所谓资产阶级的倡导,认为汉字拉丁化的远景是废除汉字。1933年发表了一份《我们对于推行新文字的意见》,签名的包括蔡元培、陶行知、郭沫若、茅盾、陈望道、叶绍钧、巴金、胡风、柳亚子等文化名人,其中写道:

> 注音字母是为方块汉字注音的工具,不过是方块汉字的附属品。国语罗马字崇奉北平话为国语,名为提倡国语统一,实际上是来它一个北平话独裁……国语罗马字又注重声调的符号把初学的人弄得头昏脑黑。简单的说,中国大众所需要的新文字是拼音的新文字,是没有四声符号麻烦的新文字,是解脱一个地方言的独裁的新文字……①

鲁迅主张"要推行大众语文,必须用罗马字拼音(即拉丁化……)"②。推行拉丁化是把文字交给大众的唯一途径。他认为清朝末年的简字运动,并没有成功;民国初年的注音字母,不过是简单的方块字,类似日本假名;1928年颁布的国语罗马字拼法太难太复杂;新的拉丁化文字用28个拉丁字母拼读汉字,拼法简单易学。③ 但在文学语言上,他提出文学上的白话又不能依靠拉丁化,尽管可以"研究拉丁化法",用广东话等方言做实验和"竭力将白话做得浅豁",但"精密的所谓'欧化'语文,仍应支持"。④

1934年有人提倡大众语,有人提倡读文言,文言白话的论争中添入了白话要求分阶级的因素。鲁迅的《门外文谈》是在这种背景下对汉字汉语的整体思考。第一,文字并非仓颉所造,而是来自民间的结绳、画图,出于记事、交流的需要,被史官采集成为工具。古人写字,就像画画,但现在的汉字成了不象形的象形字。第二,古代可能言文就不一致,因为文字是难写的象形字,也许会把无关紧要的词语摘掉。鲁迅的结论是:当时的口语的摘要,是古人的文;古代的口语的摘要,是后人的古文;现代人作古文,就是作古人的口语的摘要,这样的古文现代人不需要。第三,文字在民间产生,可被特

---

① 蔡元培等:《我们对于推行新文字的意见》,《生活知识》第2卷第2期,1933年5月16日。
② 鲁迅:《答曹聚仁先生信》,《鲁迅全集》第6卷,北京:人民文学出版社,2005年,第78页。
③ 鲁迅:《门外文谈》,《鲁迅全集》第6卷,第98—99页。
④ 鲁迅:《答曹聚仁先生信》,《鲁迅全集》第6卷,第79页。

殊阶层掌握。文字成了特权者的东西,有尊严性和神秘性。文字和大众脱离,除了这种身份和经济的因素外,还有三难:文字本身难,文章本身难,以及士大夫故意制造的难。第四,尽管大众与文字脱离,但是不妨碍大众中产生不识字的作家。鲁迅认为,在没有文字之前,创作就已经产生,如他说的:"杭育杭育"是文学,"杭育杭育派"就是作家。《诗经》里的《国风》、东晋的《子夜歌》、唐朝的《竹枝词》等,最初可能都产生于民间,来自大众。民间的文学虽然不细腻,但刚健清新,往往能给衰颓的文学以新的生机。不过记载下来的只是小部分,大部分消失了。要想保存下来,只有把文字交给一切人。第五,如何把文字交给一切人,尤其是大众呢?清朝末年就有人设想读音的方式,但是一直没有成功。鲁迅看来,可以采用28个拉丁字母来拼读,简单易学;并且要以北方话为基础,这是流传最广的话。第六,中国言语语音差别很大,用什么话写呢?鲁迅给出了两条路子:一条是启蒙时用方言,渐渐加入普通的语法和词汇,先有一地的大众化,再有全国的大众化;另一条是以当时社会上存在的一种既不是国语也不是京话亦不是方言的"普通话"模样的东西做底子,加以整理,造成大众语的一种,也许可以成为主力。第八,大众语文刚一提出,就有人向白话、翻译、欧化语法、新字眼进攻,来路不一。鲁迅没有全面批评,对于站在文言一边的只是一笔带过,认为白话战胜文言毫无疑问,不值得去反驳。鲁迅批评的是那些心怀好意但是有错误认识的人,如瞿秋白。鲁迅指出这些人的认识错误:不是看轻了大众,就是看轻了自己。鲁迅《门外文谈》的立场非常清楚:文字来自大众,也应还给大众,交还给一切人。文字为大家所共有,也是现代文明国的标志之一。①

鲁迅思考汉字问题的方式与他的老师章太炎迥异。章太炎从保护中国文化传统,即国粹的视角出发,面对汹汹而来的西方现代文明这只老鹰,他像一只忠于职守的母鸡守护着自己的鸡雏。鲁迅从中国大众的生存出发,把他们看作森林,而视西方现代文明为啄木鸟,让它尽情捉去身上的害虫。

三、汉文存废与中国人的存亡

1919年鲁迅致许寿裳信:"汉文终当废去,盖人存则文必废,文存则人

---

① 鲁迅:《门外文谈》,《鲁迅全集》第6卷,北京:人民文学出版社,2005年,第87—97页。

当亡,在此时代,已无幸存之道。"①"汉文"的字面意思是以汉字书写的文章。《门外文谈》论汉字难以及用汉字写成文章更难,也是同一个意思。这里的"文章"当理解为"古文"。所以"汉文"的意思包括"汉字"与"古文"。② 20 世纪 30 年代中期他提出"汉字不灭,中国必亡"的想法是他上述观点的延续。废除汉字、汉文的主张不从鲁迅开始,民国前巴黎《新世纪》杂志提倡万国新语(世界语)的时候,吴稚晖曾以"中国现有文字之不适于用,迟早必废"③的观点积极支持。"五四"时期钱玄同《中国今后之文字问题》(1918)有两处直接提出"废汉文"。第一处是第一自然段末尾:"则欲废孔学,不可不先废汉文;欲驱除一般人之幼稚的野蛮的顽固的思想,尤不可不先废汉文。"第二处是文中:"欲使中国不亡,欲使中国民族为二十世纪文明之民族,必以废孔学,灭道教为根本之解决;而废记载孔门学说及道教妖言之汉文,尤为根本解决之根本解决。"④

如前所引,鲁迅的提法更为简洁有力:"中国人存则汉文必废,汉文存则中国人当亡。"这是鲁迅的命题。这个命题的中心是汉文与中国人在存亡上的逆反关系。"汉文—中国人"与"汉文—中国"具有不同的价值取向。"汉文—中国"隐含的大前提是文字语言与国家政体的结合,即汉字共同体或汉语共同体,也即安德森所谓的语言共同体。这一共同体可能隐藏着国家主义的暴力。比如,"凡是有德语的地方就是德国",呈现出非常鲜明的以语言共同体为基础的国家主义的侵略意识。自然,中国"五四"文人主张"汉文—中国"之间的逆反关系,并非上述国家主义的暴力作怪。但确实有人已经意识到以语言共同体为基础的国家概念的局限。陈独秀在 1918 年写道:

> 然中国文字,既难传载新事新理,且为腐毒思想之巢窟,废之诚不足惜。(康有为谓美国共和之盛,而与中国七相反,无能取法,其一即云:"必烧中国数千之历史书传,俾无四千年之乱俗,以为阻碍。在康氏乃故作此语,以难国人;在吾辈则以为烧之,何妨?")至于废国语之说,则益为众人所疑矣。鄙意以为今日"国家""民族""家族""婚姻"等观念,皆野蛮时代狭隘之偏见所遗

---

① 鲁迅:《190116 致许寿裳》,《鲁迅全集》第 11 卷,北京:人民文学出版社,2005 年,第 369 页。
② 鲁迅的"汉文"观念中是否包括现代白话文值得讨论,但从鲁迅反对文言与卫护白话的一系列文章看,视"汉文"包括"汉字"与"古文"比较符合鲁迅表达的实际。
③ 燃:《编造中国新语凡例》,《新世纪》第 40 号,1908 年 3 月 28 日。
④ 钱玄同:《通信·中国今后之文字问题》,《新青年》第 4 卷第 4 号,1918 年 4 月 15 日。

留,根底甚深,即先生与仆亦未必能免俗,此国语之所以不易废也。倘是等观念,悉数捐除,国且无之,何有于国语?当此过渡时期,惟有先废汉文,且存汉语,而改用罗马字母书之;新名悉用原语,无取义译;静状介连助叹及普通名代诸词,限以今语;如此行之,虽稍费气力,而于便用进化,视固有之汉文,不可同日而语。①

陈独秀把"中国文字"与"中国言语"区分开来,后者即引文中所说的"国语"。陈独秀意识到了"国家""民族"等与"国语"相互依存的纠缠关系,国家之存在成为国语之所以不易废的根底。

不是说鲁迅反对建设一个理想的现代中国,而是他的思考不从汉字直接通向那个理想的现代中国,而把汉字落实到现代中国人,于是现代中国人成为他思考的中心,这回响着他年轻时建造"人国"的理想。在"汉文—中国人"的存亡关系中,鲁迅所说中国人之亡,并非中国人的灭绝,而是中国人之名的消失,中国人作为一个民族的群体,作为一个国家的主人,作为一种公民的独立身份,其合法性不复存在。言外之意,中国人成为其他国人的奴隶。鲁迅"汉文—中国人"的存废思路可以表述为:汉字存废——中国人存亡——中国存亡。鲁迅提到汉字的存废问题直接联系的都是中国人,而不是中国,是否鲁迅不关心中国的存亡呢?不是。这里涉及的是鲁迅思考中国问题的方式。中国问题何其多,鲁迅优先思考中国人的问题;中国人的问题何其多,鲁迅优先思考中国人的国民性改造问题。对于此问题,一方面呼唤"精神界之战士","立意在反抗,指归在动作"的摩罗诗人②,一方面揭露国民劣根性的病根,引起疗救的注意,渴望"真的人"的出现③,由此才走向对中国的思考:"此所为明哲之士,必洞达世界之大势,权衡校量,去其偏颇,得其神明,施之国中,翕合无间。外之既不后于世界之思潮,内之仍弗失固有之血脉,取今复古,别立新宗,人生意义,致之深邃,则国人之自觉至,个性张,沙聚之邦,由是转为人国。"④

如前所论,"中国人存则汉文必废,汉文存则中国人当亡"这一去汉文的存在论是鲁迅的命题。对于鲁迅而言,他追求的中国人的生存是一种有

---

① 陈独秀:《通信》,《新青年》第4卷第4号,1918年4月15日。
② 鲁迅:《摩罗诗力说》,《鲁迅全集》第1卷,北京:人民文学出版社,2005年,第68页。
③ 鲁迅:《狂人日记》,《新青年》第4卷第5号,1918年5月15日。
④ 鲁迅:《文化偏至论》,《鲁迅全集》第1卷,第57页。

尊严的生存。他坚信,中国人的国粹不但不能让中国人有尊严地生存,而且会导致中国人这个名称的消亡。鲁迅废汉文、灭汉字的主张均出自他这一"生存论民族主义"。不妨用一种反推式的方式来理解鲁迅的主张。他1927年2月16日在香港的演讲中提出:

> 青年们先可以将中国变成一个有声的中国。大胆地说话,勇敢地进行,忘掉了一切利害,推开了古人,将自己的真心的话发表出来。——真,自然是不容易的。……只有真的声音,才能感动中国的人和世界的人;必须有了真的声音,才能和世界的人同在世界上生活。①

中国人"必须有了真的声音,才能和世界的人同在世界上生活"作为鲁迅汉文观理想目标或者是立论的基础,我想大家都会承认其正当性与普世性。这种"真的声音",即"中国人自己的声音",中国人"现代的声音"②,来自哪里,怎么才能发出? 鲁迅确实没有,也无法给出一条切实明白的道路,但是他力争扫荡那些阻碍发出"真的声音"的"妖魔鬼怪"。他不相信正史,宁愿读野史;他痛恨《二十四孝图》叙述的虚伪;他从历史的字缝里看出"吃人"两字:凡此种种历史上文言的虚伪与残酷使得他坚决反对古文。他把"捧"与"骂"两种言说方式看作杀人的方法;他对社会上的各种流言不遗余力地揭露与抨击;他与种种挂着"正人君子""学者"等小铃铛、打着"公理""正义"的番号所进行的肆意的报复或对权力的助纣为虐的言说殊死搏斗;凡此种种现实中的言说都促使他去思考如何能让更多的人有言说的权利,能让更多的人的言说多一点真的声音,少一些虚伪的欺骗。

鲁迅晚年为什么如此坚决地主张汉字必废? 也许有人认为这是他的文化激进主义的策略使然。鲁迅在上述演讲中有过反思:"不过白话文却渐渐风行起来……就因为当时又有钱玄同先生提倡废止汉字,用罗马字来替代","白话文之得以通行,就因为有废掉中国字而用罗马字母的议论的缘故"。③ 但是如果以此来解释鲁迅的一贯主张,未免太简单。鲁迅从"五四"时期直到晚年,一直将汉字废弃与中国人的存亡联系起来,为什么? 有没有更深一层的原因? 如前所引,这需要考察鲁迅的表述:

---

① 鲁迅:《无声的中国——二月十六日在香港青年会讲》,《鲁迅全集》第4卷,北京:人民文学出版社,2005年,第15页。
② 同上书,第12页。
③ 同上书,第13、14页。

> 倘要生存,首先就必须除去阻碍传布智力的结核:非语文和方块字。如果不想大家来给旧文字做牺牲,就得牺牲掉旧文字。
>
> 汉字也是中国劳苦大众身上的一个结核,病菌都潜伏在里面,倘不首先除去它,结果只有自己死。

"汉字—结核"的隐喻的本义指向结核与中国人生理生命存亡的逆反关系。结核虽可传染,从外部传来,不过,在鲁迅的隐喻中,显然是中国人自己身上自然生长的,即结核内化在中国人的身体中,不过是中国人身体状况(气、血、水、细胞等)沉淀凝聚成的一个活跃的东西。结核必有一个生长的生理环境。如果把汉字/结核的生长环境放到鲁迅所思考的中国文化场域来考察,那么这个场域即《狂人日记》中狂人翻看的"历史",《我之节烈观》中批判的"无主名无意识的杀人团",《这样的战士》中那位战士掷以投枪的"无物之阵"。这也是荣格所说的"集体无意识"。在荣格看来,集体无意识是个体无法意识到的,像控制一切的无形之手控制着人的活动。但是荣格说,集体无意识并非没有内容,其内容就是原型,原型中隐含集体无意识的秘密。大致可以说,在鲁迅看来,汉字即中国集体无意识的原型,"病菌都潜伏在里面"。汉字原型所显露的中国集体无意识的秘密核心为:权力的奴役结构。"因为文字是特权者的东西,所以它就有了尊严性,并且有了神秘性"①,因而"方块汉字真是愚民政策的利器"②。文字进入权力的奴役结构后,以书写的形式(古文/文言)实践奴役的功能:

> 我翻开历史一查,这历史没有年代,歪歪斜斜的每叶上都写着"仁义道德"几个字。我横竖睡不着,仔细看了半夜,才从字缝里看出字来,满本都写着两个字是"吃人"!③

"历史"(文字书面表达形式)、"'仁义道德'几个字"、"从字缝里看出字来"、"满本都写着两个字",如此反复强调"字"的存在。以字为细胞的历史叙事机体成了"吃人"的巨兽,这个巨兽装扮成圣人、士人、君子等面目显现于人间。"吃人"作为意象,既包括对肉体的消灭和对生命的扼杀,又包括对人之真性的掠夺。"正名"塑造名正言顺的结构,名正言顺地提供奴役的

---

① 鲁迅:《门外文谈》,《鲁迅全集》第 6 卷,北京:人民文学出版社,2005 年,第 94 页。
② 鲁迅:《关于新文字——答问》,《鲁迅全集》第 6 卷,第 165 页。
③ 鲁迅:《狂人日记》,《新青年》第 4 卷第 5 号,1918 年 5 月 15 日。

合理性根据。于是,仁义道德、节烈和二十四孝,都成为汉字原型中权力奴役结构的形态。现实生活中,鲁迅唾弃"思想界的权威者"这样的称号①,建议年轻人不要找"什么乌烟瘴气的鸟导师"②;他尤其痛恨"正人君子"之流的"公理"和"流言",不惜以全力攻击③。

  鲁迅把汉字作为集体无意识的原型,源于鲁迅个体无意识中某种情结在"五四"以后中国语境中的遭遇。荣格认为个体无意识的内容是情结,如此看来,鲁迅个体无意识中的情结即鲁迅对文字的迷恋。鲁迅青少年时期抄录《康熙字典》的古文,日本留学时期聆听章太炎的《说文》课程而用之于翻译,北京教育部佥事时期校勘考证辑录,也许纯粹出于爱好,也许受制于启蒙的使命,也许是消磨生命的方式,不管怎样,鲁迅都把自己的生命消耗在汉字上。如果联系他购书中近百种文字书籍,把如此种种看作他对汉字的沉迷进而看作他对文字的情结,似乎也在情理之中。鲁迅由自己对汉字的沉迷而发现汉字作为集体无意识的原型,是由"五四"时期的白话文学实践激发出来的。鲁迅通过白话文学的实践发现了自己身上从古文而来的"古老的鬼魂",由此反戈一击,向内不断刺击这些鬼魂的命脉,向外则通过刺击这些"古老的鬼魂"而扩张到对中国文化的集体无意识的批判,把汉字作为原型以揭示其权力奴役结构的本质。

  与"中国人存则汉文必废,汉文存则中国人当亡"相关的两个命题需要辨析。命题一:中国人存则汉文必存,汉文存则中国人必存。这是章太炎的命题。章太炎强烈反对吴稚晖等人以万国新语(即世界语)代替汉字说,又以日本为参照,认为日本本无文字根基,因此废除汉字改用平假名或者拉丁字母都可以接受,但是中国不能废除汉字,因为汉字是保存中国种性的根基。汉字在,虽中国亡,而中国种性还在。但是鲁迅管它种性不种性,先看中国人能不能生存,何况那中国人的种性里面,大多是鲁迅所不喜欢的东西。命题二:中国人存而汉文不一定废,汉文存而中国人不一定亡。这是21世纪中国的命题。现在,我们感觉不到中国人生存与汉字存废之间的紧张关系,看到的是中国以孔子学院的形式向全世界推广汉语。作为中国人来讲,我们自然不希望汉字消失,以后只能在博物馆中见到。但我们是否可

---

① 鲁迅:《无花的蔷薇》,《鲁迅全集》第3卷,北京:人民文学出版社,2005年,第274页。
② 鲁迅:《导师》,《鲁迅全集》第3卷,第59页。
③ 鲁迅:《"公理"的把戏》,《鲁迅全集》第3卷,第175—180页。

以由此断定鲁迅的主张是错的？"对"或"错"这种简单的二元价值判断会抹平历史山峦的起伏跌宕以及其中生命的多种形态。有几点值得思考：第一，要以"同情"的态度去理解历史，即把鲁迅的主张放到鲁迅的时代去考虑。鲁迅主张汉文终当废去，汉字要灭掉，是从他那时那地出发的。如果我们能从汉文汉字内部进行自我改革，也许情形又不一样。《汉语拼音方案》的推行以及简化字的公布，作为汉字自我改革的方式，大大降低了中国人，尤其是中国大众学习汉字的难度。今天，汉文汉字的拼音化程度远远高于鲁迅的时代。鲁迅之"废"似乎意味着一种强力的介入，如果忽略这种强力的介入，语言自身却在不知不觉地自我转变，自我异化，那也是"废"的方式之一。胡适曾经从"小百姓"的角度考虑汉字的改革，他说自己研究语言文字发现了一条"通则"："在语言文字的沿革史上，往往小百姓是革新家而学者文人却是顽固党。"这条"通则"还有一条"附则"："促进语言文字的革新，须要学者文人明白他们的职务是观察小百姓语言的趋势，选择他们的改革案，给他们正式的承认。"[①]胡适从历史中看到"小百姓"们在文法与字体上所做的惊人的革新事业，提出文人学者们应该顺着这个趋势去改革文字。第二，孔子学院的推行是否能提升汉文汉字的优先性，甚至能持续多久，都依赖中国改革的最终形态。第三，鲁迅虽然那么坚决主张废弃汉文汉字，但是在现实的写作中，他又极力以"硬译"全力地改造汉语，以精密的欧化文提升白话文的水准。

第二节　汉语实践的"四重奏"

胡适、陈独秀倡导白话文学一事，经钱玄同反复叙说，拯救了处于绝望中的周树人，创造出反抗绝望的鲁迅；白话文学又因鲁迅独异绝伦的白话表达而得以发展和提升。这一事实令人不禁思考：该如何描述鲁迅写作《狂人日记》之前的汉语实践？如果按照时间顺序从他小时候抄古文开始勾勒，虽能显出发展的脉络，但可能过于烦琐；如果按照文言习作、白话翻译、文言翻译的类别来描述，虽然注意到了汉语实践的语言构成，但可能湮没发展的脉络。因此我采取以时间为序、以关键事件为中心的方式，这样既可以显示发展脉络，又能关注汉语构成。具体说，以《月界旅行》（1903）、《地底

[①]　胡适：《卷头言》，《国语月刊》第1卷第7期"汉字改革号"，1922年8月20日。

旅行》(1906)为中心,描述他早期的准白话译述;以听章太炎讲解《说文解字》和翻译《域外小说集》(1909)为中心考察他文言翻译的体验;以文言小说《怀旧》(1913)为中心考察他文言写作的得失;以整理辑录考订古籍、古碑为中心考察他对汉字韧性的敲打以及文本形态的结构。周树人在晚清民初汉语实践的这一"四重奏",孕育了白话文学家鲁迅。

一、《月界旅行》与《地底旅行》:准白话译述

鲁迅在《月界旅行·辨言》(1903)中写道:

> 初拟译以俗语,稍逸读者之思索,然纯用俗语,复嫌冗繁,因参用文言,以省篇页。其措辞无味,不适于我国人者,删易少许。体杂言庞之讥,知难幸免。①

鲁迅翻译《月界旅行》的策略属于晚清翻译界的"译述":一方面采用长篇章回体的形式;一方面采用"俗语",参用文言。这样的译述策略既节省篇幅,又趋合读者的习惯,涵蕴着鲁迅以"科学小说"开启中国民智的启蒙愿望。《月界旅行》中,第一回和第二回的叙事语言和人物语言基本为明清小说的书面白话,而从第三回开始,文言句式逐步增加,至第八回几乎全篇都是文言。《地底旅行》略有不同,全书的叙事语言采用浅显文言,人物语言采用书面白话。所以,两书的译述语言我称之为"准白话"。

先看一段译语:

> 会堂里面,单是尽力社员,同着同志社员,簇齐的坐着,一排一排,如精兵布阵一般,井井有条,一丝不乱。其余不论是外国人,是做官的,一概不能进内,只好也混在百姓里边,伸着脖子,顺势乱涌罢了。惟有身材高大的,却讨便宜,看得见里面情景,说是诸般装饰,无不光采夺目,壮丽惊人。上边列着大炮,下面排着白炮,古今火器,不知有几千万样,罗列满屋。照着汽灯,越显得光芒万丈,闪闪逼人。正中设一张社长坐的椅子,是照三十四寸白炮台的样式做的,脚下有四个轮子,可以前后左右随意转动。前面是"恺尔乃德"炮式的铁镶六足几,几上放着玻璃墨汁壶,壁上挂着新式最大自鸣钟。两边分坐着四名监事,静悄悄

---

① 鲁迅:《月界旅行·辨言》,《鲁迅译文集》第 1 卷,北京:人民文学出版社,1958 年,第 4—5 页。

的只待社长的报告。①

这样的白话大体与现代汉语相似,不过像"簇齐的坐着""静悄悄的只待社长……"中两个"的"在现代汉语中用"地"。② 又如:

  我最勇敢的同盟社员诸君!你看世上久已承平,我们遂变了无用的长物。③

这是社长演说的第一句话。"诸君"一词是晚清演说和白话报纸中常用的呼告语,从这个句子的结构看,"诸君"一词完全可以省去。"我""你""我们",白话人称代词的运用非常准确。

  鲁迅的准白话"准"到什么程度?我采取统计的方法,比较了"的""了""是"在不同文本中的出现频率。这三个词语在白话中属于出现频率很高的词语。《月界旅行》第二回约2500字,"的"98次,"了"21次,"是"41次,三字约占6.4%。李伯元《文明小史》第二回约5000字,"的"104次,"了"79次,"是"35次,三字约占4.4%。梁启超所译《十五小豪杰》第一回约2800字,"的"37次,"了"38次,"是"26次,三字约占3.6%。从使用这三个字的次数大致可以看出,鲁迅的准白话程度相对更高。《月界旅行》第二回中,"的"作为助词后接动词有8次,如"满满的塞个铁紧"和"簇齐的坐着"。这是明清白话中"的""地"不分的表现。"的"作为名词之前的助词出现,如"自由的弊病"和"月界的重量"等,这类用法最多,共57次,而"的"字后接双音节词共36次。另外,"的"还出现在"是……的"的结构中,也作为语尾词出现,如"呼的,叫的,笑的,吼的"。

  鲁迅所说"参用文言",适用于最初几回,后来就变为以文言为主,参用白话。《月界旅行》从第三回开始,文言味越来越浓。第五回《闻决议两州争地 逞反对一士悬金》叙述的人称有了变化,前四回中无论是说话还是叙述都用"我""我们",第五回则"我""我们""余"并用。第八回则"余"的次数占绝对优势,"我"和"我们"仅出现6次,而"余"高达32次,另"吾友""吾人""吾曹"也有9次。与第二回相比,第八回中"的""是""了"出现次数明显下降。此回约4000字,"的"56次,"是"9次,"了"5次,三字仅占

---

① [美]培伦:《月界旅行》,鲁迅译,《鲁迅译文集》第1卷,北京:人民文学出版社,1958年,第11—12页。原作者有误,应为法国小说家儒勒·凡尔纳(Jules Verne, 1828—1905)。

② 助词"的"和"底",在民国时期一直没有彻底分清楚,不过朝着彻底区分的方向发展。

③ [美]培伦:《月界旅行》,鲁迅译,《鲁迅译文集》第1卷,第12页。

1.8%。如亚电的演说这样开始:

> 诸君不厌炎天,辱临兹地,余实荣幸无量!余既非雄辩者流,又未尝以博物家名于世,何敢在博闻多识的诸彦之前,摇唇弄舌耶!①

有时直接引用中国人的文言语句,比如写军人渴望战场,鲁迅引入陶渊明的诗句:"精卫衔微木,将以填沧海;形天舞干戚,猛志固常在。"②《月界旅行》第二回"搜新地奇想惊天 登演坛雄谭震俗"中引用了严复的句子:"自由者以他人之自由为界"③。其余如"行人接踵,车马如云""视而不见,听而不闻,食而不知其味""工欲善其事,必先利其器""老骥伏枥,志在千里"④,这种对称、整齐的文言语句在增加语言的庄重典雅的同时,更多地会削减语言的灵活性和表现力。有时在一句话中,白话、文言扭结在一起,如:"诸君,你想!偌大一个地球,为什么独有美国炮术,精妙一至于此呢?"⑤"麦思敦更是忻喜欲狂,忽跃忽踊,仰视苍苍的昊天,俯瞰杳杳的地窟,一失脚,跌入炮孔中去了。"⑥

自然,文言运用最多的还是整段整段的叙事,如:

> 一日,亚蒿士居前,进了一个洞穴。岩石磊落,艰险无伦。偶不措意,忽跌倒于地,所提电镫,正磕在一块尖角石上,哗啷一声,碎为微尘。亚蒿士躺了半日,爬得起来,列曼已不知所往。只得竭力大叫,摸索而行。不料这个洞穴,竟是一条死路。愈走愈狭,渐难容身。四壁阒然,不闻人语。想列曼等两人,已从他道走远了,亚蒿士身上又痛,心里又愁,路径又暗,一步一跌的出了洞穴,仍然不见有一点镫光。暗想追着流泉,或能相见。然无奈电镫既熄,流水无声,不知往那里走才是。一时万虑攒簇心头,忽目眩耳鸣,伏地不能起。忽觉身上冷汗沾衣,用手一摸,嗅之微有血腥,知皮肤已受擦伤。然窘急之余,竟不觉十分疼痛,定神细想,悲不自胜。恨列曼,骂梗斯,忆洛因,大声道:"汝以谓我尚

---

① [美]培伦:《月界旅行》,鲁迅译,《鲁迅译文集》第1卷,北京:人民文学出版社,1958年,第51页。
② 同上书,第8页。
③ 同上书,第11页。
④ 同上书,第6、7页。
⑤ 同上书,第7页。
⑥ 同上书,第44页。

旅行地底乎？吾死久矣！"说毕，泪如雨下。停一会儿，只得又站起来，大叫道："叔父！梗斯！"仿佛似有应者。然侧耳细听，则无非四壁反应的声音，如嘲如怒而已。亚蒠士没法，按定了心神，匍匐而前，大呼不辍。耳畔忽有声道："亚蒠士！……"子细听去，却又寂然！又忽见前途似有一点火光，荧荧如豆。自思道："莫不是我目中的幻觉么？"擦眼注视，果然还在。只听得又呼道："亚蒠士！亚蒠士！"亚蒠士至此，真如赤子得乳一般，止了哭，拼命向镫光跑去。果然见列曼提镫迎来，大呼道："吾亚蒠士，汝在此乎？"亚蒠士忙抢上前，追着列曼，又啜泣不已。①

《月界旅行》和《地底旅行》虽然白话、文言合用，其中已经开始汉语的欧化，表现在新词语的运用、科学数据的表达、日语结构的吸收三个方面。

汉语欧化首先表现在汉语新词的采用。汉语新词是指晚清民初时期中国人、传教士或者日本人在翻译西方著作过程中创造的汉语新词或者灌注了新意的汉语词汇。鲁迅采用的新词语中有一部分是音译名词，主要包括地名、人名和事物的专名。

地名：亚美利加、拔尔祛摩、麦烈兰、爱洱噶尼沙、纽翁思开尔、薄斯东、亚尔白尼、纽约、飞拉特非亚、华盛顿、俄罗斯、法兰西、澳地利、瑞典瑙威、日耳曼、土耳其、白耳义、丁抹、意大利、葡萄牙、西班牙、葡罗理窦……

人名：汉佗、麦思敦、洛克、亚波、巴比堪、拿坡仑、臬科尔……

事物名称：安脱仑格、排利造、波留、白兰地、爱斯勃力其、胚利其、爱薄其……

新名词中更多的是那种意译西方名词的汉语词汇，如：

爱力、半点钟、报告、抵抗力、第一速力、地理、地图、独立战争、电报、电线、电气、都市、感触点、工业、工资、合同、合众国、化学、会议、机器、机械、机械力、机械师、机械学、激发力、进化、论理学家、平均点、汽船、汽灯、穷理学家、热度、社长、社员、神学、实验、弹拨力、天文、天文家、天文学家、吸力、显微镜、心理学、新闻、新闻纸、形势、性质、血液元

---

① ［英］威男：《地底旅行》，鲁迅译，《鲁迅译文集》第1卷，北京：人民文学出版社，1958年，第119—120页。"威男"即法国小说家儒勒·凡尔纳，译者署为英国，误。

素、要点、义务、邮局、杂志、自由、照相、震动力、直径、自鸣钟、重力、总代理、宗旨、资本、组织、状态、望远镜、委员……

欧化的第二个方面是科学数据的表达：

> 此外还有一层紧要的，就是火药之机械力，凡火药一里得，（量名）计重二十一磅，燃烧起来，便变成气质四百里得。这气质又受二千四百度热力的振动，质点忽然膨胀，变了四千里得。如此看来，火药的容量，可以骤然增至四千倍，所以把炮孔闭住的时候，这里边激发力之强大，就可不言而喻了。①

> 不满三日，已越四百八十英里，遥见荫罗理窦海岸，宛如一发，青出波涛间，旅客皆拍手称快。少顷泊岸，四人鱼贯而登。细察地形，颇见平坦，草木不繁，沿岸有一带细流，海老牡蛎，繁殖甚伙。②

欧化的第三个方面是日语结构的吸收。

《地底旅行》第二回中有这样的句子："这是我故乡刚勃迦府的驻扎领事丁抹国的芬烈谦然氏写的。"③其中"我故乡刚勃迦府的驻扎领事丁抹国的芬烈谦然氏"是一个复杂的同位语，当来自日语结构。

二、《说文解字》课程与文言翻译：语言之伪的隐性存在

1908 年至 1909 年，在日本东京小石川区新小川町的民报社，章太炎讲解《说文解字》。据周作人回忆，师生之间非常融洽轻松。④ 鲁迅只是听了其中部分课程，他对这段听课经历的回忆不多。在章太炎逝世后，他更想念那个革命家章太炎，而不是学问家章太炎。⑤ 不过，鲁迅留下了两册听章太

---

① ［美］培伦：《月界旅行》，鲁迅译，《鲁迅译文集》第 1 卷，北京：人民文学出版社，1958 年，第 29 页。
② 同上书，第 37 页。
③ ［英］威男：《地底旅行》，鲁迅译，《鲁迅译文集》第 1 卷，第 103 页。
④ 学生共 8 人，分别是鲁迅、周作人、许寿裳、龚未生、钱玄同、钱家治、朱希祖、朱宗莱。"先生坐在一面，学生围着三面听，用的书是《说文解字》，一个字一个字的讲下去，有的沿用旧学，有的发挥新义，干燥的材料却运用说来，很有趣味。太炎对于阔人要发脾气，可是对青年学生却极好，随便谈笑，同家人朋友一样，夏天盘膝坐在席上，光着膀子，只穿一件长背心，留着一点泥鳅胡须，笑嘻嘻的讲书，庄谐杂出，看去好像是一尊庙里哈喇菩萨。"见周作人：《知堂回想录》（上），石家庄：河北教育出版社，2002 年，第 252 页。
⑤ 周作人曾说："我以为章太炎先生对于中国的贡献，还是以文字音韵学的成绩为最大，超过一切之上的。"同上书，第 253 页。由此也可见周氏兄弟不同之趣味。

炎文字课的笔记,钱玄同和朱希祖也留下了比鲁迅更多的笔记,从这些笔记①我们大致可以看出章太炎讲课内容之丰富。章太炎据声韵、造字、字形演变,构建出一个语义不断滋生、转化的汉字场域:

> 天　颠也。天、颠音近。《易》:"其人天且劓"。天即颠之假借,训髡,髡则顶见,故以颠名之。汉人读天有二音:一他连切,一如羴。(刘熙《释名》:"天,豫司兖冀以舌腹言之,天,显也,在上高显也。青徐以舌头言之,天,坦也。"是其证。)读如羴者,祆教之祆是,祆即天字之变。又印度古称天竺,亦曰身毒,唐曰贤豆,音皆如羴,盖音之转也。《说文》于人所习知之字,不训其谊,第说明其所以然,如"天,颠也"、"门、闻也"之类是。②

章太炎通过假借、声转等方式,构造了一个以"天"为中心的语义场域。在人们看来没有任何关联的汉字之间,竟然呈现出一派春日森林般的蓬勃生机,这怎不让人心情激荡呢?章太炎的《说文解字》课程对鲁迅的影响,一个众所周知的共识是鲁迅在翻译《域外小说集》时喜欢用古文。在《域外小说集》中,鲁迅翻译的作品有安特来夫的《谩》《默》和迦尔洵的《四日》。这三篇译作中用古文的情况,粗略统计如下:

> 作野**哔**者曰——笑
> 雪华如**铖**——针
> 谩亦犹彼**朐**也——吻
> 得其**歔唫**——接吻
> 怨吾**谯**责太甚——诮
> 伊革那支薄怒曰:"**喑**!"——否
> 炎**爝**之气——热
> **昱**煦宁靖——温
> **嬾**散——懒
> **颡**首骈背——皓
> 起于**匈肊**——胸臆

---

① 见章太炎讲授,朱希祖、钱玄同、周树人记录,王宁主持整理:《章太炎说文解字授课笔记》,北京:中华书局,2010年。内收朱希祖听课笔记三套共485页、钱玄同听课笔记两套共433页、周树人听课笔记两套。
② 同上书,第2页。

勾妇——丐①

鲁迅曾经用文言翻译过《察罗堵斯德罗绪言》的前三节，从用字看，很有可能译于翻译《域外小说集》时期。文中如"十年不勌"用"勌"而不用"倦"，"如彼莽蠭"用"蠭"而不用"蜂"，"黄耇面而立"用"耇"而不用"老"，"不藏欧䳄"用"䳄"而不用"吐"，"唉泣呻吟"用"唉"而不用"笑"②，对古文字的特别喜好当产生于聆听章太炎课程之后。其实，鲁迅写古文的兴趣并没有因翻译域外小说的暂停而消失。他1908年回国后任教于杭州浙江两级师范学堂，他在为人体生理学课程所编讲义《人生象敩》中，运用了一批学科新词，如生理学、动力学、力学、运动、消化、循环、呼吸等。但是他并没有忘记用古文代替科学译名，如：Cellula L.日译为"细胞"，他译为"幺"；Textǔra L.日译为"组织"，他译为"朕"；Fibra L.日译为"纤维"，他译为"糸"。于是就有了"幺间质""朕学"这样的词语。③ 另外，生殖器官的有些名称鲁迅用原文，不翻译；或者也以古文来书写，比如用"也"字表示女阴，用"了"表示男阴，用"厹"表示精子。④

鲁迅改写古文，在某种意义上，还是一种文字游戏。章太炎的《说文解字》课程对鲁迅更重要的影响是鲁迅采用文言翻译域外小说，改变了他译介《月界旅行》和《地底旅行》的策略，他放弃了之前的准白话的译述，回归到相对纯粹的文言翻译。最深层的是影响了鲁迅对语言本身的看法，即对语言伦理的认识。所谓语言伦理指言说者使用言语的真伪。鲁迅在《说文解字》课程的笔记中，记载了100个言部的汉字（言部99字，加詣恰好100）。形容言语的虚伪和欺骗：

譌：诈	謾：瞒
詒：谝人	誣：假话
譸：说谎，说大话	諞：俗骗字
誂：以言引诱	譈：说假话

---

① 例子出自《谩》《默》，见《鲁迅译文集》第1卷，北京：人民文学出版社，1958年。
② 尼采：《察罗堵斯德罗绪言》，鲁迅译，《鲁迅译文集》第10卷，第773—778页。
③ 鲁迅：《人生象敩》，刘运峰编：《鲁迅佚文全集》（上），北京：群言出版社，2001年，第101页。
④ 夏丏尊：《鲁迅翁杂忆》，《文学》（月刊）第7卷第5期，1936年11月；引自中国社会科学院文学研究所鲁迅研究室编：《1913—1983鲁迅研究学术论著资料汇编》第2卷，北京：中国文联出版公司，1986年，第125页。

誕:大话   譌:伪
諕:梦言与说谎近   諆:欺
訏:诡讹   詭:诡诈
謑:謑诟,无耻也   譋:抵赖①

汉语用来形容语言之欺骗、诡诈、假伪、大话的词汇何等丰富。几乎可以说,语言之伪成为中国人言说的某种根本特征。鲁迅听讲、记笔记之时可能没有意识到中国语言之伪的集体性,这种集体性经过言语的反复强调与使用,也许如荣格所说成为集体无意识。但是,《域外小说集》的翻译过程,无形中可能强化了这种潜在的集体无意识。安特来夫的《谩》和《默》几乎是语言的两极:谩即瞒,瞒即骗的方式之一;默即沉默,无言无声。

《谩》以深刻描摹人物心理见长,"吾"把女友的话视为"谩","谩"是女友的言说方式,日常的欺骗行为:

> 吾曰,"汝谩耳!吾知汝谩。"
> 曰,"汝何事狂呼,必使人闻之耶?"
> 此亦谩也。吾固未狂呼,特作低语,低极耳耳然,执其手,而此含毒之字曰谩者,乃尚鸣如短蛇。②

"谩"首先是一种言语行为,"汝谩"之"谩",意味着在"吾"的意向中,"汝"的言说对某种在"吾"看来的"真"的有意遮蔽或扭曲。"吾"之"低语"被"汝"责怪为"狂呼",这种言语的扭曲刺激着"吾"对"谩"的想象。"吾"把作为有声的行为方式的"谩",在抽象中幻化为"鸣如短蛇"之象。"鸣如短蛇"不同于"如短蛇"之"鸣",前者重在"鸣"发声的动态过程,后者重在"鸣"作为声音的结果。"鸣如短蛇"是怎样的一种有声行为?有人听过蛇的鸣叫吗?那不可能是蛇的嘶嘶声。蛇,在西方基督教文化中,可看作背叛者的文化符号。蛇说话,可以蛊惑夏娃;蛇没有言词的鸣叫,会使人悚惧而战栗。小说中反复叙写到"鸣如短蛇"的情形:

> 巨角之口,正当吾坐,自是中发滞声,而每二分时,辄有作野哎者

---

① 章太炎讲授,朱希祖、钱玄同、周树人记录,王宁主持整理:《章太炎说文解字授课笔记》,北京:中华书局,2010年,第108—116页。
② [俄]安特来夫:《谩》,鲁迅译,《鲁迅译文集》第1卷,北京:人民文学出版社,1958年,第152页。

> 曰,呵——呵——呵！①
>
> 有冷云馥郁,忽来近我,接耳则闻咲作滞声曰,呵——呵——呵！②
>
> 吾不知吾何忽破颜而咲,时雪镞方刺吾心,接耳则有咲作滞声者,曰,呵——呵——呵！③

这是一种什么样的声音呢？有"咲"作"滞声",压抑而且阻碍,断断续续,诡异中有嘲讽。随着故事的发展,"谩"随之变形,"谩"与"吾"之间的关系也在发生变化。当女友爽约不来时,"谩"更加活跃：

> 吾不知胡以时复大乐,破颜而咲,指则拳曲如鹰爪,中执一小者,毒者,鸣者,——厥状如蛇,——谩也。谩蜿蜒夺手出,进啮吾心,以此啮之毒,而吾首遂眩。嗟夫,一切谩耳！——④

因此,"谩"的咬啮让"吾"无法忍受,"吾"把所有的"谩"都归结于女子,于是采取杀女灭谩的策略。"吾"刚刚杀死女子时感到大欢喜,以为女死谩灭,自以为"福人"。但动物园里豹子来往于狭窄笼子的困境,反而让"谩"变得强大而且沉重：

> 吾行且思,……行两隅间,由此涉彼,思路至促,所思亦苦不能申,似大千世界,已仔吾肩,而世界又止成于一字,是字伟大惨苦,谩其音也。时则匍匐出四隅,蜿蜒绕我魂魄,顾鳞甲灿烂,已为巴蛇。巴蛇啮我,又纠结如铁环,吾大痛而呼,则出吾口者,乃复与蛇鸣酷肖,似吾营卫中已满蛇血矣。曰"谩耳。"⑤

这"谩"是何等强大？"谩"覆盖着整个世界。更可怕的是,"谩"变得更加狠毒,由原来的"短蛇"变为"巴蛇"。巴蛇如果类似中国古代《山海经》中能吞象的修蛇,其吞噬力足够惊人；如果指非洲黑曼巴蛇(从鳞甲灿烂看,似乎不像),其攻击性与致命程度足以摧毁人的生命。更可怕的是,"吾"被巴蛇咬后,已经中毒,"吾"的痛苦呼唤酷肖蛇鸣,叙事虽然没有明白说出其可怕的后果,但是"谩"随蛇毒侵入"吾"的生命并非不可能。杀女灭谩的行

---

① ［俄］安特来夫:《谩》,鲁迅译,《鲁迅译文集》第1卷,北京:人民文学出版社,1958年,第152页。
② 同上书,第153页。
③ 同上书,第155页。
④ 同上书,第154—155页。
⑤ 同上书,第158—159页。

为彻底失败,反而遭受"谩"更猛烈的攻击,"吾"的求诚意志也随之崩溃:

> 彼人之判分诚谩也,幽暗而怖人,然吾亦将从之,得诸天魔坐前,长跪哀之曰,"幸语我诚也!"
>
> 嗟夫,惟是亦谩,其地独幽暗耳。劫波与无穷之空虚,欠申于斯,而诚不在此,诚无所在也。顾谩乃永存,谩实不死。大气阿屯,无不含谩。当吾一吸,则鸣而疾入,斯裂吾匈。嗟夫,特人耳,而欲求诚,抑何愚矣!伤哉!①

"谩乃永存,谩实不死","谩"成为永恒的存在、永恒的力量,个人在"谩"面前,意志不堪一击。这使得他不仅震惊,而且陷入绝望之境。主人公的自我意识中有一种张力结构:灭谩—求诚。"语吾诚"成为主人公自我意志最强烈的呼告。虽然《谩》只是鲁迅的译作,无法坐实其内容与意义即为鲁迅所有,可是,"诚—谩"二元对立的语言结构,不仅回应着《说文解字》课程中那一言语之伪的集体性沉淀,而且还推动着鲁迅早期言说中"真—伪"的发展。"诚—谩"结构中力量的失衡,"谩"的强大击溃"诚"的弱小,将鲁迅引向语言伦理的一个极端:对语言的不信任。

三、短篇小说《怀旧》与文言书写

鲁迅的文言书写如果从课对算起,则从少年时代就开始了。他与周作人之间的书信来往、诗歌唱和(比如《祭书神文》),无疑也是文言书写。不过,这些还是在私人空间往来。鲁迅于留学日本初期撰写的《中国地质学略论》和编译的雨果小说《哀尘》以及《斯巴达之魂》则可以视为鲁迅的文言书写在公共空间的第一次展示。他早期的文言书写如下:

> 地壳构造,在古非繁,惟历时绵长,动变恒起,则遂淆杂有如今日。治理首要,厥惟其材,为之材者曰石。凡石者,不必坚确磊砢之谓,散如沙砾,柔如土壤,咸入斯族选。枉言之,则虽方降之雪,初凝之冰,苟被地表,均得谓之焉。石之区分,因于成就,今约析为三:一曰火成石,二曰水成石,三曰变成石。②

---

① [俄]安特来夫:《谩》,鲁迅译,《鲁迅译文集》第1卷,北京:人民文学出版社,1958年,第159页。

② 鲁迅:《地质学残稿》,刘运峰编:《鲁迅佚文全集》(上),北京:群言出版社,2001年,第5页。

> 疏林居中,与正室隔。一小庐,三面围峻篱。窗仅一,长方形,南向,垂青缟幔。光灼然,常透照庭面。内燃劲电,无间昼夜。故然。①

第一段文字出自《地质学残稿》(1903)。这段文字整散结合,散句多,但句子不长;夹杂以四字结构的对称形式;用字准确且思路清楚,整个段落简洁有神。第二段文字出自《造人术》(1905)。全段用短句,有寸刀杀人之力。可见青年鲁迅的文言书写已有六七分功力。

《中国地质学略论》中有如下段落:

> 觇国非难。入其境,搜其市,无一幅自制之精密地形图,非文明国。无一幅自制之精密地质图(并地文土性等图),非文明国。②
> 中国者,中国人之中国。可容外族之研究,不容外族之探捡;可容外族之赞叹,不容外族之觊觎者也。③

这种整饬的句式,内里为简单的二分思维,是梁启超句式的基本造型。模仿梁启超句式,是晚清的文化景观之一,青年鲁迅也成为"造风景"的人。《哀尘》(1903)的人称有着晚清译述著作的特征,把原作者处理为叙事者,《哀尘》的叙事者即作者嚣俄。嚣俄对球歌特说"吾侪居今日""余惟歌'霍散那'而已",对巡查说"设若知予名",后又对巡查说"吾以吾目亲见之";女子对巡查说"余未为害";众女子对女子说"我侪可来访君"。由此可见,《哀尘》中第一人称词语"吾""余""予""我"一齐出现。嚣俄称呼球歌特用"君",巡查称呼嚣俄也是用"君";嚣俄称呼那女子用"渠",称呼那少年用"彼"。④ 从人称来看,似乎很富有变化,但也不妨看作鲁迅文言汉语的书面形态此时还没有对西语的表达采取积极的姿态。

《人之历史》《科学史教篇》《文化偏至论》《摩罗诗力说》《破恶声论》诸篇足以显示青年鲁迅驾驭文言以说理抒情的娴熟本领。鲁迅用文言翻译安特来夫的《谩》《默》和迦尔洵的《四日》,其影响正如日本学者木山英雄指出的:

> 章炳麟有关把文学不作为传统的文饰技巧,而是以文字基本单位

---

① 米国路易斯讬仑:《造人术》,索子译,《女子世界》第2卷第4,5号合刊,1907年5月15日。
② 鲁迅:《中国地质略论》,《鲁迅全集》第8卷,北京:人民文学出版社,2005年,第5页。
③ 同上书,第6页。
④ 庚辰(鲁迅):《哀尘》,《浙江潮》第5期,癸卯年(1903)五月二十日。

加以定义的独特想法及其实践，为周氏兄弟的翻译活动暗示了行之有效的方法：他们在阅读原文时，把自己前所未有的文学体验忠实不贰地转换为母语，创造了独特的翻译文体。进而，为了对应于细致描写事物和心理细部的西方写实主义，他们所果敢尝试的以古字古意相对译实验，哪怕因而失之于牵强，但恰恰因为如此，通过这样的摩擦，作为译者自身的内部语言的文体感觉才得以真正形成吧。①

这种语言内部的"摩擦"有多种多样的表现形态。虽说《怀旧》整体上看属于文言小说，但其文言并不纯粹。小说中出现的白话就像从头颅骨钻出的青草，胀裂了文言的整体性。秃先生作为私塾先生本应该满口"之乎者也""子曰诗云"，可他却说了小说中唯一一句白话：

> 秃先生曰。孔夫子说。我到六十便耳顺。耳是耳朵。到七十便从心所欲。不逾这个矩了。……余都不之解。②

其余人物如邻居富翁金耀宗、邻居王翁、佣人李媪乃至 9 岁的叙事者，所有对白皆为文言。难道这是鲁迅有意对秃先生加以讽刺吗？鲁迅常常用人物语言的对照彰显说话者的身份，比如《孔乙己》中孔乙己"不多，不多，多乎哉？不多也"的文言表达反衬出他在白话短衣帮中的迂腐。《怀旧》中秃先生的白话言说也具有如此的叙事力量吗？可以先看小说中写富翁金耀宗不懂词语意思而闹笑话的一段话：

> 如语及米。则竟曰米。不可别粳糯。语及鱼。则竟曰鱼。不可分鲂鲤。否则不解。须加注几百句。而注中又多不解语。须更用疏。疏又有难词。则终不解而止。因不好与谈。③

小说中这段话讽刺富翁金耀宗坐井观天，见识鄙陋。不过如果从中国文化传承来看，"注""疏"等构成了中国文化庞大而流动的语义阐释系统，这个系统的有效性在小说中 9 岁的叙事者身上遭遇了挫折。小说开头写秃先生课对，叙事者不知平仄为何物。秃先生说："红平声，花平声，绿入声，草上

---

① ［日］木山英雄：《"文学复古"与"文学革命"》，赵京华编译：《文学复古与文学革命——木山英雄中国现代文学思想论集》，北京：北京大学出版社，2004 年，第 231 页。
② 周逴（鲁迅）：《怀旧》，《小说月报》第 4 卷 1 号，1913 年 4 月 25 日。
③ 同上。

声。去矣。"①这种文言阐释并没有在"余"身上奏效。也许秃先生用白话阐释《论语》中孔子的言论,目的是让9岁小孩更容易理解和接受;假设秃先生有这样善良的教学意愿,那这愿望无疑落空了,因为"余都不之解"。因此,《论语》中的文言叙说与秃先生的白话阐释的对照实际上也是一种反讽。

《怀旧》的叙事语言中,"吾"出现8次,"予"19次,"余"16次,"我"6次,很明显文言第一人称词汇("吾""余""予")出现频率高,占有绝对优势。作为白话第一人称主语代词的"我"好像只是偶尔出现。不过,人物语言中的情形却截然不同。人物对话中,第一人称词语共出现23次②。其中,"吾"3次,都是所属格的形式,即"吾母""吾村""吾脑";"余"1次,为主语;"我"19次,其中作主语10次,所属格7次,宾语2次。很明显,人物对话中,"我"出现的次数占绝对优势。4个第一人称代词同时进入叙事,这一现象非常特殊。如果认为这是鲁迅追求人称代词的灵活变异,未免太过牵强;如果认为这是鲁迅完全不懂叙事视角的统一性而导致的混乱,未免又太过简单。"我"是一个高频率的白话词语,就整篇小说来看,"我"共出现25次,在4个代词中出现次数最多。之前鲁迅译述《月界旅行》《地底旅行》的白话操练所用的白话,不知不觉在鲁迅的语言中沉淀并呈现出来。同时,"我"的第一人称叙事方式,不仅在鲁迅的第一篇白话小说《狂人日记》中再次使用并获得成功,而且还延续到鲁迅《呐喊》《彷徨》乃至他的全部白话文写作。

巴人曾在《鲁迅的创作方法》中指出鲁迅语言艺术中"最值得注意的一点,是注意语气的自然"③,"《怀旧》中的对话,虽用文言写出,但非常适合语气,这是古文的一大解放"④。巴人所说的"语气"当指口语的语气。鲁迅借助标点符号来展示语气的波动起伏。如《怀旧》的结尾:

"啊!雨矣。归休乎。"(不肯一笔平钝故借雨作结解得此法行文

---

① 周逴(鲁迅):《怀旧》,《小说月报》第4卷1号,1913年4月25日。
② 具体如下:"我到六十便厅顺""我已遣底下人""我家厅事小""我且告""我不留守""大王食我""我底下人""我家乞食者""我盖二十余矣""我才十一""时吾母挈我奔平田""我则奔幌山""吾村""我适出走""我两族兄""我走及幌山""我村人""余曾得一明珠""吾脑""我下次用功""我之噩梦"。
③ 巴人:《鲁迅的创作方法》,见中国社会科学院文学研究所鲁迅研究室编:《1913—1983鲁迅研究学术论著资料汇编》第2卷,北京:中国文联出版公司,1986年,第1186页。
④ 同上书,第1187页。

直游戏耳)李媪见雨。便生归心。

"否否。且住。"余殊弗愿。大类读小说者。见作惊人之笔后。继以欲知后事如何且听下回分解。则偏欲急看下回。非尽全卷不止。而李媪似不然。

"咦！归休耳。明日晏起。又要吃先生界尺矣。"

雨益大。打窗前芭蕉巨叶。如蟹爬沙。(状物入细)余就枕上听之。渐不闻。(三字妙若云睡去便是钝汉)

"啊！先生。！我下次用功矣。……"(余波照映前文不可少)

"啊！甚事。？梦耶。？……我之噩梦。亦为汝吓破矣。……梦耶？何梦。？"李媪趋就余榻。拍余背者屡。

"梦耳。……无之。……媪何梦。？"

"梦长毛耳。……明日当为汝言。今夜将半。睡矣睡矣。"①

这段话中,括号里的内容为恽铁樵的评语,多赞扬之词。标点符号的引入改变了现代汉语的造型。王风曾经精彩地分析引号的使用,指出:"这一书写形式的引入使得行文多变,场景组织空前灵活……"②

鲁迅的文言文写作也非常精彩。他的《"乐闻于斯"的回信》如下：

勉之先生足下。N日不见,如隔M秋。——确数未详,洋文斯用。然鲜卑语尚不弃于颜公,罗马字岂遽违乎孔教？"英英髦彦",幸毋嗤焉。慨自水兽洪猛,黄神啸吟,礼乐偕辩发以同髡,情性与缠足而俱放；ABCD,盛读于黉中,之乎者也,渐消于笔下。以致"人心败坏,道德沦亡"。诚当棘地之秋,宁窨"杞天之虑"？所幸存寓公于租界,传圣道于洋场,无待乘桴,居然有铎。从此老喉嘹亮,吟关关之雎鸠,吉士骈填,若浩浩乎河水。邪说立辟,浩劫潜销。三祖六宗,千秋万岁。独惜"艺"有"宣讲",稍异孔门,会曰"青年",略剽耶教,用夷变夏,尼父曾以失眠,援墨入儒,某公为之翻脸。然而那无须说,天何言哉,这也当然,圣之时也。何况"后生可畏",将见眼里西施,"以友辅仁",先出胸

---

① ( )中评语为恽铁樵所加,括号原文即有。标点符号亦为原文所有。其中有几处需要注意:如"梦耳。……无之。……媪何梦。？"中三个句读在原文中,因是竖排,都放在字的右侧。周逴(鲁迅):《怀旧》,《小说月报》第4卷1号,1913年4月25日。

② 王风:《周氏兄弟早期著译与汉语现代化书写语言》(上、下),《鲁迅研究月刊》2009年第12期、2010年第1期。

中刍豢。于是虽为和尚,亦甘心于涅槃,一做秀才,即驰神于考试,夫岂尚有见千门万户而反顾却走去之者哉,必拭目咽唾而直入矣。文运大昌,于兹可卜,拜观来柬,顿慰下怀。聊复数言,略申鄙抱。若夫"序跋兼之",则吾岂敢也夫。专此布复,敬请"髦"安,不宣。

鲁迅谨白。
丁卯夏历十一月二十六日。①

这封回信戏仿《筹设孔教青年会宣言》和《上海孔教青年会文会缘起》的四六文体,掺入洋文字母,时引来信中的语句,不忘俗语的加盟和文言长句的串演,以四六文体拆解四六文体,堪称文言文的高手。

四、辑录校勘古籍:汉字韧性的敲打与本文形态的结构

郑振铎曾经高度赞赏鲁迅的辑佚工作,把鲁迅的辑佚工作、创作及翻译称为"三绝"。郑振铎认为辑佚工作"需要周密小心的校勘和博大宏阔的披览",而且"辑佚"的工作往往是"文艺复兴"的先驱。② 他关心的是鲁迅对文学史资料的辑佚,所以他认为《古小说钩沉》最为重要。然而遗憾的是,他并没有提及辑录校勘古籍对鲁迅的语言艺术产生的影响。

鲁迅辑录校勘古籍成为他锤炼文字原矿石的方式,其功能有三:

第一,敲打汉字的韧性,追求用字的绝对准确。

鲁迅校对汉《校官碑》中"群位既重"一句中的"重",考订:"洪作重。单作重。王作壘。翁作重。当是重字。罗以为毕,非也,下有不不自毕,写法不同。何云窒,非。孙作毕。"综观宋代洪适、元代单禧、清代王少军等六人的考订,然后下一结论。这种考订不仅要仔细观察汉字字形,而且还要细心揣摩汉字字义。③ 又如《〈吕超墓志铭〉跋》的考订:

志书"随"为"隋",罗泌云,随文帝恶随从辵改之。王伯厚亦讥帝不学。后之学者,或以为初无定制,或以为音同可通用,至征委蛇委随作证。今此石远在前,已如此作,知非随文所改。《隶释》《张平子碑

---

① 鲁迅:《补救世道文件四种·"乐闻于斯"的回信》,《鲁迅全集》第 8 卷,北京:人民文学出版社,2005 年,第 235 页。

② 郑振铎:《鲁迅的辑佚工作——为鲁迅先生逝世二周年纪念而作》,《文艺阵地》第 2 卷第 1 号,1938 年 10 月 16 日;引自中国社会科学院文学研究所鲁迅研究室编:《1913—1983 鲁迅研究学术论著资料汇编》第 2 卷,北京:中国文联出版公司,1986 年,第 960 页。

③ 李新宇、周海婴主编:《鲁迅大全集》第 22 卷,武汉:长江文艺出版社,2011 年,第 262 页。

颂》,有"在珠咏隋,于璧称和"语。隋字收在刘球《隶韵》正无乏,则晋世已然。作随作隋作陏,止是省笔而已。①

鲁迅考朝代,考月日,然后对墓志中"隋郡王"的"隋"作一说明。既然这一墓志铭刻于隋朝之前的晋代,那么这个"隋"就不是因隋文帝改。鲁迅引宋代洪适所编《隶释》、晋代夏侯湛所撰《张平子碑颂》、宋代刘球所著《隶韵》诸书对"隋"的使用,下一论断:"作随作隋作陏,止是省笔而已。"②省笔只是为了方便实用。

李长之曾经梳理过鲁迅校写《嵇康集》的过程:鲁迅从1913年10月1日开始校,至1924年6月10日写定《校正〈嵇康集〉序》止,前后十一年;之后还有三次补校。③ 1924年鲁迅在《〈嵇康集〉序》中叙及不同版本之间字词的修改,总结了几种情形。第一种,刻本对集作已经作了改动,如"寤"为"悟"。第二种,刻本较集作为长,如"遊"为"游"、"泰"为"太"、"慾"为"欲"、"樽"为"尊"、"殉"为"徇"、"飭"为"饰"、"閒"为"閇"、"蹔"为"暂"、"脩"为"修"、"壹"为"一"、"途"为"塗"、"返"为"反"、"捨"为"舍"、"弦"为"絃"。第三种,集作较刻本为长,如"饑"为"饥"、"陵"为"凌"、"熟"为"孰"、"玩"为"翫"、"災"为"灾"。第四种,虽为异文但两者都能说得通,如"迺"与"乃"、"郤"与"吝"、"强"与"彊"、"于"与"於"、"无""毋"与"無",为数很多。④ 略举部分例子如下:

邕邕和鸣。鲁迅校:《艺文类聚》九十二引作噰噰。

顾盼俦侣。鲁迅校:《类聚》作眄,黄本及《诗纪》并作眄。

陟彼高冈。鲁迅校:黄本误陂。

有怀遐人。鲁迅校:各本作佳,《诗纪》同。

以濟不朽。鲁迅校:程本,汪本作躋。

风驰電逝。鲁迅校:五臣注《文选》作雷。

躡景追飞。鲁迅校:五臣本《文选》作影。

顾盼生姿。鲁迅校:各本作眄。《文选》及《太平御览》三百二十八

---

① 鲁迅:《〈吕超墓志铭〉跋》,《鲁迅全集》第8卷,北京:人民文学出版社,2005年,第82页。
② 同上。
③ 李长之:《鲁迅和嵇康》,《李长之文集》第2卷,石家庄:河北教育出版社,2006年,第270页。
④ 鲁迅:《〈嵇康集〉序》,《鲁迅辑录古籍丛编》第4卷,北京:人民文学出版社,1999年,第4—5页。

引作盼，五臣作盻。

槃遊于**田**。鲁迅校：各本作般于遊田，《诗纪》同。《文选》槃作盤，黄本田作畋。

宛彼幽**縶**。鲁迅校：各本作怨，《诗纪》同。

室通路遐。鲁迅校：各本作邈尔，《诗纪》同。

咬咬黄鸟。鲁迅校：各本作交交，《诗纪》同。

顾**瞗**弄音。鲁迅校：各本作儔，《诗纪》同。

感寤驰怀。鲁迅校：《文选》作悟，《诗纪》同，注云集作寤。

驾言**游**之。鲁迅校：各本作出游，《文选》《诗纪》同。

谁可尽言？鲁迅校：张燮本作與，《文选》，《诗纪》及《初学记》卷十八引同。

当流则**蟻**。黄，程，二张本作义，《诗纪》同，惟汪本与此合。

嗟余薄**祐**。鲁迅校：五臣本文选作祐。

越在**襁褓**。鲁迅校：《晋书》及李善本《文选》作繦緥。

母兄**鞠**育。鲁迅校：张燮本作鞫，《诗纪》同。

讬好**老庄**。鲁迅校：晋书作庄老。①

鲁迅把不同的字置于同一句子的相同位置，从而考量二者产生的意义域，不仅有一种文字的意趣，由此也试验了汉字的硬度与韧性。

鲁迅民元后"沉默期"辑录古籍的经验与之后的文学创作有着千丝万缕的联系，比如《野草》的《墓碣文》至少在文本形态上就与古碑、墓志有着密切的关联。又如他辑录校勘古籍的经验可能促成了《狂人日记》的文言小序。

鲁迅回忆自己的小说创作时，仿佛毫不在意与辑录校勘古籍的关系："以后是抄古碑。再做就是白话"②，从"抄古碑"一下子跳到做"白话"，好像毫无纠葛。而人们在探讨《狂人日记》的诞生时往往侧重外来因素，比如非常重视果戈理《狂人日记》的影响。有学者以《新青年》上译文"序言+正文"的文本形态说明《狂人日记》文言小序的由来③，其实译文的序言往往只

---

① 鲁迅：《〈嵇康集〉序》，《鲁迅辑录古籍丛编》第 4 卷，北京：人民文学出版社，1999 年，第 8—13 页。
② 鲁迅：《集外集·序言》，《鲁迅全集》第 7 卷，北京：人民文学出版社，2005 年，第 4 页。
③ 王桂妹：《"白话"+"文言"的特别格式——〈新青年〉语境中的〈狂人日记〉》，《文艺争鸣》2006 年第 6 期。

是孤立的说明文字,不会参与正文的建构。鲁迅留日时期译述的《斯巴达之魂》也是"序+正文"的结构(全用文言),其序就不参与正文的结构。《狂人日记》的文言小序之所以充满魅惑,是因为它与作为正文的白话日记之间沟壑纵横,需要读者的想象去填满。为了论述的方便,引《狂人日记》文言小序如下:

> 某君昆仲,今隐其名,皆余昔日在中学校时良友;分隔多年,消息渐阙。日前偶闻其一大病;适归故乡,迂道往访,则仅晤一人,言病者其弟也。劳君远道来视,然已早愈,赴某地候补矣。因大笑,出示日记二册,谓可见当日病状,不妨献诸旧友。持归阅一过,知所患盖"迫害狂"之类。语颇错杂无伦次,又多荒唐之言;亦不著月日,惟墨色字体不一,知非一时所书。间亦有略具联络者,今撮录一篇,以供医家研究。记中语误,一字不易;惟人名虽皆村人,不为世间所知,无关大体,亦悉易去。至于书名,则本人愈后所题,不复改也。七年四月二日识。①

文言小序中狂人痊愈后赴某地"候补"的情节,彻底改变了日记正文中那个改造吃人者的狂人形象,这一转型已经有许多学者阐发其意义。我所关注的是,上述引文加着重号者所显示的日记正文的文本构型是如何形成的。其中重要的有两条:一条是"语颇错杂无伦次,又多荒唐之言",涵盖了"记中语误"、村人名字无关大体等内容;一条是"间亦有略具联络者,今撮录一篇"。第一条讲语言造型,第二条讲文本结构,依次分析如下。

人们往往根据文言小序的"语颇错杂无伦次,又多荒唐之言"之语,在狂人的日记中寻找诸如易牙蒸子给桀纣吃、把"徐锡麟"写成"徐锡林"等表达,从而断定狂人即真正的狂人。那么鲁迅如此构造的原初动因是什么?

鲁迅的古籍辑录显示出语言错讹是文本记录的一种常态。鲁迅比勘、校对嵇康文集的多种刻本和抄本时,归纳出几种语言错讹现象:第一种被鲁迅称为"义得两通"的字词,即不同版本中用不同的字,但两种说法都可以说得通,鲁迅用"各本作某字"的方式表达。这类字在《嵇康集》中非常多,比如"奂"作"涣"、"陵"作"凌"、"烦"作"繁"、"褵褵"作"纚纚"。第二种是"讹夺/讹挩字"②。这里有两类情形,一类是"讹",即错字,如"僵"讹"挄"、

---

① 鲁迅:《狂人日记》,《新青年》第4卷第5号,1918年5月15日。着重号为引者所加。
② 鲁迅:《古小说钩沉》,《鲁迅辑录古籍丛编》第1卷,北京:人民文学出版社,1999年,第31页。

"擎"讹"繁"、"晋"讹"唇"、"止"讹"上"、"当"讹"常"、"夫"讹"天"、"通"讹"遇"。一类是"夺",即夺去,该有某字而没有即谓之"夺"。第三种是两字颠倒,不影响字义,比如"老庄"与"庄老"、"加少"与"少加"、"不目"与"目不"、"斧斤"与"斤斧"。还有一种语言错讹现象值得特别注意,即一个人名有时有几种写法。鲁迅怀疑《谢承后汉书》中"陈长"和"李苌"①为同一个人,因为对两人的记载基本相同,《嵇康集》中"刘零"即"刘伶"②。在《会稽典录》的《周㬚》一文的校释中,鲁迅比较《吴志》《魏志》《汉书》关于周㬚、周昂、周昕三兄弟的故事记载,下一断语:"盖㬚兄弟三人,皆与孙氏为敌,故诸书记录,往往不能辨析也。"③

"余"所认为的《狂人日记》中的"错杂"之语,主要有如下形式:"徐锡麟"写成"徐锡林",属于人名书写错误。"老子呀,我要咬你几口才出气!"这里的"老子"应该为"儿子",因为说这句话的女人正在打她儿子,可用"天啊""妈呀"等呼唤词语代替,用"老子"非常奇特。"我出了一惊"应该为"我吃了一惊","出""吃"取向相反。"他们的祖师李时珍做的'本草什么'上的,明明写着人肉可以煎吃",而李时珍的《本草纲目》恰恰反对用人肉来治疗痨病,人肉的治疗功能被颠倒。"易牙蒸了他儿子,给桀纣吃",而易牙是春秋时期齐国人,他蒸儿子是给齐桓公吃,而不是给桀纣吃,人物与时代的关系错乱。

如果把鲁迅校勘古籍总结的语言错讹与《狂人日记》中的"错杂无伦次"之语相比,其形态几乎类似。至此大致可以断定,《狂人日记》中的"错杂无伦次"之语的构造源自鲁迅校勘古籍时的语言体验。自然,我不能简单地以巧合敷衍了事,其中必有某种潜在的功能。另外,我也不打算把历史上不同版本之间的语言错讹视为一种合理性存在,从而勉强地论证《狂人日记》中的"错杂无伦次"之语是如何正当。那么二者之间的不同在哪里?当古籍版本之间的语言错讹转化为小说《狂人日记》的"错杂无伦次"之语时,其功能发生了逆转。小说中狂人的"错杂无伦次"之语消除了古籍中语言的实有性,即在古籍中刘伶只可能是刘伶,不能是刘零;但小说中说徐锡麟,说徐锡林,甚至说徐锡霖,三者均可。《狂人日记》中,"徐锡林""易牙"

---

① 《陈长》和《李苌》的字句几乎相同,鲁迅疑为同一人。《谢承后汉书》,《鲁迅辑录古籍丛编》第3卷,北京:人民文学出版社,1999年,第170—171页。
② 鲁迅:《古小说钩沉》,《鲁迅辑录古籍丛编》第1卷,第13页。
③ 《会稽典录·周㬚》,《鲁迅辑录古籍丛编》第3卷,第272页。

"纣桀"等只是符码。重要的是符码的功能,而不是符码的实指。这些符码表达的是历史吃人的久远与连续。所以"记中语误,一字不易;惟人名虽皆村人,不为世间所知,无关大体,亦悉易去"。何谓"无关大体"?"大体"可以理解为历史吃人和狂人发现自己也是吃人者这样的惊天霹雳之事。"无关大体"的村人人名因丧失功能而被删除。既然"徐锡林""易牙""纣桀"等是符码,为什么不直接写成"徐锡麟""易牙蒸子给齐桓公吃"呢?从符码的象征功能看,历史的真实姓名与人物更容易因坐实而限制符码的象征外延,相反一个虚构的符码更具有普遍性。另外,古籍版本之间的语言错讹内含一种对学者的吸引力,同理,《狂人日记》的"错杂无伦次"之语蕴藏着对读者的吸引力。

如果说"错杂无伦次"之语作为符码,那么"荒唐之言"就是话语。符码的功能只有在话语中才会绽放。话语把符码的功能提升为陈述,从而实践意义。作为话语形态的"荒唐之言",鲁迅辑录古籍时就见识过:

> 朱朗字恭明,父为道士,淫祀不法,游在诸县,为乌伤长陈颠所杀。朗阴图报怨,而未有便。会颠以病亡,朗乃刺杀颠子。事发,奔魏。魏闻其孝勇,擢以为将。①

上文为《会稽典录》中的《朱朗》篇,鲁迅写了比原文更长的按语:

> 案《春秋》之义,当罪而诛,不盲于报,匹夫之怨,止于其身。今朗父不法,诛当其辜,而朗之复仇,乃及胤嗣。汉季大乱,教法废坏,离经获誉,有惭德已。岂其犹有美行,足以称纪。传文零散,本末不具,无以考核。虞君之指,所未详也。②

原文叙述朱朗杀仇人儿子一事带着绝对赞赏的语气,而称赞其"孝勇"。鲁迅的校勘按语"传文零散,本末不具"无异于斥责其为"荒唐之言"。这表现在两个方面,一是事实不清楚,二是价值取向颠倒。"荒唐之言"一般逸出常理之篱,走向极端。《狂人日记》中的"荒唐之言"比比皆是,比如:"谁晓得从盘古开辟天地以后,一直吃到易牙的儿子;从易牙的儿子,一直

---

① 《会稽典录·朱朗》,《鲁迅辑录古籍丛编》第3卷,北京:人民文学出版社,1999年,第292页。
② 同上。

吃到徐锡林;从徐锡林,又一直吃到狼子村捉住的人。"①从易牙蒸子,到徐锡林被吃,狼之村的恶人被吃,只是几个虚虚实实的吃人例子,但是狂人用几个关联词语联结起来,从而推向极端,产生了一种整个历史吃人的感觉。鲁迅用"荒唐之言"做剑刺向"衣冠楚楚"的"历史"。

文言小序的"间亦有略具联络者,今撮录一篇"虚构了一个"原本"与"录本"的结构,读者看到的《狂人日记》正文是叙事者"余""撮录"狂人的日记原本而成。这一结构的最初起源可能来自鲁迅辑录古籍的经验。

虞预所撰《会稽典录》24卷,《隋书·经籍志》《旧唐书·经籍志》《新唐书·经籍志》均有记载,至《宋史·艺文志》已无,只是宋人著作中时有称引。鲁迅推测"疑民间尚有其书,后遂湮昧"。他确信《会稽典录》实有其书,于是"搜缉逸文,尚得七十二人。略依时代次第,析为二卷。有虑非本书者,别为存疑一篇,附于末"。②鲁迅"搜缉逸文"显然不能彻底恢复《会稽典录》原本形态。他所成的《会稽典录》不过是拼制的残本,远不能成为定本。但他搜缉逸文、编次二卷又存疑一篇的过程中,肯定充满着对原本的想象。

鲁迅搜集会稽郡先贤遗著成《会稽郡故书杂集》一书,其方法是"刺取遗篇,絜为一袠"③,以"诸书众说""参证本文"④。比如《董昆》一文仅十余字⑤,鲁迅引《谢承后汉书》《会稽先贤像赞》《书钞》《御览》四种书中有关条文参证,最后下一结语:"案此文讹夺甚多,无以审正,今第依录,尚得见其大略。"⑥

鲁迅曾经自述校正《嵇康集》的方法:以明代黄省曾刻本《嵇中散集》、汪士贤刻本《嵇中散集》、程荣刻本《嵇中散集》以及张溥、张燮刻本互相比勘,再取《〈三国志〉注》《〈晋书〉注》《〈世说新语〉注》《野客丛书》《乐府诗集》《古诗纪》、胡克家翻印宋代尤袤刻本《文选》、李善注尤袤著《考异》、宋本《文选》、六臣注《〈文选〉集注》残本、陈禹谟刻本《北堂书钞》、胡缵宗刻

---

① 鲁迅:《狂人日记》,《新青年》第4卷第5号,1918年5月15日。
② 鲁迅:《会稽典录·序》,《鲁迅辑录古籍丛编》第3卷,北京:人民文学出版社,1999年,第243页。
③ 鲁迅:《会稽郡故书杂集·序》,《鲁迅辑录古籍丛编》第3卷,第235页。
④ 同上书,第236页。
⑤ 《董昆》全文:"董昆字文通,为大农帑丞。坐无完席。"同上书,第238页。
⑥ 同上书,第239页。

本《艺文类聚》、鲍崇城刻本《太平御览》、安国刻本《初学记》等书进行校对,存其异同。其唯一的目的在于"排摈旧校,力存原文"。①

《会稽典录》的虞预原本与鲁迅辑成的残本之间,《董昆》的正文与抄文之间,《嵇康集》中的原文与抄文、校文之间,都留下遥远而广阔的想象空间。鲁迅力争通过自己的辑录校勘恢复"原本"的形态,实际上那个"原本"只能作为鲁迅校勘的想象,根本无法恢复。"原本"与鲁迅的"辑录校勘本"之间形成一种"互文性"。《狂人日记》的结构何其相似。"撮录"类似"辑录校勘",狂人所写的日记类似"原本",而《狂人日记》正文类似"辑录校勘本"。

第三节　语言否定性与《狂人日记》的诞生

《狂人日记》诞生已百余年,对它的评说何止千万。一般说来,《狂人日记》被认定为中国现代第一篇现代白话小说。虽有学者拈出陈衡哲《一日》试图取而代之,然而绝大部分学者不为所动。如果不计较"第一篇"这历史排名的荣耀,回到《狂人日记》本身的语言内部,这些风风雨雨又何足挂齿。我读《狂人日记》的惊奇在于:它的书面白话因为如此熟悉而让我倍感亲切,又因为如此陌生而使我十分震撼。说它熟悉,也许是赖其言文一致而来的畅达;称它陌生,或者因其时时逸出我语言定势的藩篱。我经常追问:这种熟悉而陌生的现代书面白话是经过了怎样惊涛骇浪般的熔铸后从鲁迅笔端流出的? 其实,这里至少涉及如下问题:第一,鲁迅在《狂人日记》之前的汉语实践有哪些?鲁迅从之前的这些汉语实践中所获得的语言体验是否必然能催生《狂人日记》? 换句话说,那些语言体验与《狂人日记》的现代白话具有同一性吗? 第二,就1918年4月写作《狂人日记》之前的鲁迅而言,他心中那匹启蒙主义战马,曾经在弃医从文、以文艺改良国民性的心声的激励下,负载着达尔文的进化论、尼采的意志力、拜伦一脉摩罗诗人的战斗精神等西方武器,奔跑于晚清的进步刊物之林,可经过十载左右波诡云谲的现实重创,这匹受伤的战马已然卧槽于鲁迅心底的某个角落,再也不想站起。鲁迅说出"铁屋子"的比喻以拒绝友人的邀请,绝望的铁幕关押了鲁迅早期的

---

① 参见鲁迅:《嵇康集·序》,《鲁迅辑录古籍丛编》第1卷,北京:人民文学出版社,1999年,第4页。

启蒙主义战马;虽然说鲁迅仍能道出"铁屋子"的比喻,表明其并非全然死寂,可是,他答应写点文字,这将来未来的文学写作以及由此而产生的文学作品和语言形态,又会是怎样一种风景呢?

鲁迅创作《狂人日记》前后的心态存在着绝望与呐喊之间的悖论,既然绝望,又何以能重新出发?绝望之为虚妄,正与希望相同,这一说法并没有否定绝望。所以林毓生有吊诡之说,竹内好有回心之论,伊藤虎丸有终末论之设,试图解释鲁迅的这种矛盾。然而即使是竹内好把回心理解为一种黑暗/无之物,这一矛盾仍然未能解决。郜元宝借用"为天地立心"通释鲁迅言说中的"心"字,认为鲁迅立人即立心,文学即心学,在"鲁迅学"中反复强调的西方精神资源之外,划出鲁迅的文学与中国古代心学相联的血痕,确是卓然之见。但是他在"心生而言立"一节中并没有就"心生"而"言立"的方式进行探讨①,只是指出"心生"与"言立"的关系:"心生"以至"言立",言即是心之外现;"心生"即是"言立",心与言同时呈现;"心生"因"言立"而生,即言立才有心生。在我看来,即使鲁迅有1907—1908年前后如郜氏所说的"心生",中经竹内好所说的在民国初年的"回心",也未必能完全解释《狂人日记》在1918年的诞生。

我主要是想探讨鲁迅《狂人日记》何以诞生以及它的文本何以是这样一种语言形态。这看上去是两个问题,但从语言的根底看,这两个问题可以合二为一:能否从语言的角度揭示《狂人日记》文本形态的奥秘?我在此不打算具体描述《狂人日记》的汉语形态如何能从之前的众多文本找到雏形,而是试图从语言否定性角度去揭示鲁迅自身语言伦理的价值取向的变化,并从这一变化中探讨《狂人日记》文本形态的形成。

一、语言否定性与《狂人日记》的发生机制

鲁迅自己曾多次谈及写作《狂人日记》的动因。1922年在《呐喊·自序》中,他回忆受到钱玄同鼓励时以"铁屋子"的比喻婉拒,不过终于"决不能以我之必无的证明,来折服了他之所谓可有"②而重新走上文学道路。1933年他在《我怎么做起小说来》中把这一写作动机明朗化:"说到'为什么'做小说罢,我仍抱着十多年前的'启蒙主义',以为必须是'为人生',而

---

① 郜元宝:《鲁迅六讲》,上海:上海三联书店,2000年,第75—104页。
② 鲁迅:《呐喊·自序》,《鲁迅全集》第1卷,北京:人民文学出版社,2005年,第441页。

且要改良这人生。"①到了 1935 年他在《〈中国新文学大系·小说二集〉导言》中,更是把《狂人日记》的创作动因落实到"意在暴露家族制度和礼教的弊害"②上。鲁迅的叙述把《狂人日记》的创作动因具体化的过程,也是狭窄化的过程,很容易让人单一地理解鲁迅创作《狂人日记》的心理状态。比如鲁迅说,《狂人日记》的主题意在暴露家族制度的罪恶,即家族是吃人的。其实狂人最后感到自己也是吃人者,其罪过并非全在家族制度,因为历史有吃人的老谱,而且家族周围的社会也是吃人的世界。吃人是家族、社会、历史的共同本质。狂人发现自己也是吃人者后如何重新确立自己作为改造吃人者的身份,如何实践他劝告吃人者的话语才是小说的落脚之处。因此鲁迅说他抱着启蒙主义,从对吃人的抨击看,这一说法无疑是正确的。但是,狂人对自己身份的怀疑以及最后病愈后候补的选择,表明他对狂人劝告吃人者的启蒙方式产生了深刻的质疑。因为狂人候补后行为如何,是选择病愈前的方式还是选择与病愈前、发狂中不同的方式,小说并没有透露出倾向。因此,《狂人日记》倒像打着启蒙主义的旗帜反对启蒙主义,并非十年之前他留日时期"弃医从文"后纯粹热情的单向度的启蒙之举。相对说来,1922 年的叙述更贴近《狂人日记》的创作心态。鲁迅的"我之必无"者,指必无打破铁屋子的可能,乃绝望;"他之必有"者,指有打破铁屋子的可能,即希望。绝望立于自身,而希望存于他人。两者都不具备以自身的实有指证对方虚妄的可能。因此,鲁迅的写作,并非确证他人希望的所有,而是证明自身绝望的所有。上述论述是从鲁迅自身的追忆推导出这一结论,我的问题却要回到鲁迅重新写作的源始处:一个人如何才能确证自身的绝望?如果说鲁迅是通过狂人的病愈候补证明改变吃人者的无望从而显示其绝望,那么这一问题也可以这样表述:狂人因怀疑自己也是吃人者而病愈候补的回归,在更深层次的意义上表明启蒙者也需被启蒙。从这一点出发更进一步的推论是:一个人言说自身绝望,是否就能确证自身绝望?"言说"难道不会因呈现寄存于自身的绝望而焕发出希望的亮光?换句话说,一个人的言说如果因言说绝望而不仅抵达这种绝望而且能绝望于这种言说自身,是否可以认为因这种言说抵达绝望的极地反而使得希望得以出场呢?

---

① 鲁迅:《我怎么做起小说来》,《鲁迅全集》第 4 卷,北京:人民文学出版社,2005 年,第 526 页。

② 鲁迅:《〈中国新文学大系·小说二集〉导言》,见赵家璧主编:《中国新文学大系·小说二集》,上海:上海文艺出版社,2003 年影印,第 2 页。

假设鲁迅的《狂人日记》是这样一种言说,那么这种言说何以可能呢?这并不是说鲁迅在开始写作《狂人日记》之时就已经明确意识到要绝望于这种言说。不过在今天看来,鲁迅的《狂人日记》的言说在确证他那个绝望的同时,却实践了一次存在意义上的"自杀"。这是《狂人日记》的隐含结构,有着极为隐秘的内在决定性。因此,必须回到上文所论的鲁迅意识深处那座隐藏的冰山:语言的不可信任。

拉康有言:"主体的无意识即是他人的话语","起始处是语言,并且我们生活在它的创造中"。① 拉康把荣格的集体无意识化为语言无意识,这一深刻洞见显示出语言对人的言说冥冥之中的制约与推动。这种语言的集体无意识隐藏在无意识的层面,似乎不可言说,既然是作为集体无意识,好像在每个人身上都一样。但语言是一种奇妙的东西,人不凭借语言言说,几乎就不存在。人的言说,因语言的所指在多维向度上的滑动而显得丰富多彩。然而,语言还有一个让人非常困惑的问题:语言的实有与语言的不可信任之间的矛盾。一个喝酒的人说:"我醉了。"这句话所指的"醉"的状态与这个人能说出这句话的状态之间相抵抗。一个绝望的人说:"我绝望。"这句话所指的绝望状态与这个人能说出这句话的状态相抵抗。佛经的语言观也有类似观点。②《维摩诘经·不二法门》中,文殊利师认为"于一切法无言无说,无示无识,是为入不二法门"。很显然,文殊利师否定言说的合理性,但并没有否认语言文字的合理性。当文殊利师询问维摩诘时,维摩诘默然无言,这时文殊利师领悟出"乃至无有文字语言,是真入不二法门"。在维摩诘那里,开口说话即成为入不二法门的障碍,以至于文殊利师认为只有把"文字语言"连根铲除后方能真入不二法门。但是,文殊利师领悟的"真入不二法门"也须凭借文字语言才能道出。正如《坛经》中慧能所说:"自性动用,共人言语,外于相离相,内于空离空。若全着相,即长邪见。若全执空,

---

① [法]拉康:《精神分析学中的言语和语言的作用和领域》,《拉康选集》,褚孝泉译,上海:上海三联书店,2001年,第275、282页。
② 鲁迅是否受过佛教语言观的影响以及所受影响有多深,不太能确定,但是鲁迅在北京蛰伏时期曾经狂买佛经书籍。鲁迅日记的"书账"显示,1912年鲁迅对佛经还不关注,1913年开始有意购买佛教书籍,如《法苑珠林》48册、《大唐西域记》4册、《释迦谱》4册。1914年是鲁迅狂买佛教书籍的年份,至少有85种之多。1915年始鲁迅热衷于购买和收集造像、墓志、碑铭、颂像等拓本,购书不多,这情形延续至1920年。鲁迅日记中记载阅读佛教书籍的情形虽然不多,但也不是阙如。他曾经抄录《出三藏记集》卷二至卷五,1914年10月4日读完《华严经》,1915年1月捐资刻印出版《百喻经》。需要说明的是,鲁迅读了什么书日记中往往不记。

即长无明。执空之人有谤经,直言不用文字。既云不用文字,人亦不合语言。只此语言,便是文字之相。又云直道不立文字,即此不立两字,亦是文字。见人所说,便即谤他言着文字。汝等须知自迷犹可,又谤佛经,罪障无数。"①语言无法对"不立"两字有所作为。也就是说,语言对自身无法有所作为。这就是语言永恒的处境。《狂人日记》也应作如是观吗?汪晖论鲁迅小说语言特征时指出,鲁迅"对传统文化的否定导致了对中国语言形式的否定",在"与传统的语言对抗"中发现了自己的行为模式等。②但是否可以更进一步追问:《狂人日记》的语言对语言自身有所作为吗?我认为,《狂人日记》在语言对自身无法有所作为的门槛处向前走了一小步,就是这一小步实践了语言对自身有所作为。

如果以弗洛伊德的人格结构的方式来描述鲁迅的语言结构,则会是如下情形:《谩》中"诚—谩"二元对立的语言结构,不仅回应着《说文解字》课程中那个言语之伪的集体性沉淀,而且还推动着鲁迅早期言说中的"真—伪"的发展。"诚—谩"结构中力量的失衡,"谩"的强大击溃"诚"的弱小,把鲁迅引向语言伦理的一个极端:对语言的不信任(见本章第二节的分析)。而《怀旧》中叙事者"余"不仅拒绝了秃先生的文言授课,也拒绝了他的白话阐释。虽然小说中叙事者对语言的这种"不懂"并不能直接通向作者鲁迅对语言的"不信任",但至少已经表明鲁迅开始警惕中国传统的那个文言阐释系统。因此,鲁迅对中国语言的不信任和对中国文言阐释系统的警惕作为集体无意识隐藏在鲁迅的语言本我中。不能以我之绝望的必有去否定他人希望的存在,但以确证自我绝望的方式言说。这一言说属于鲁迅的语言自我。而鲁迅从晚清以来对"真之心声""热诚之声"和"至诚之声"的渴望③,即鲁迅后来所谓的启蒙主义言说,构成了鲁迅的语言超我。但是,鲁迅创作《狂人日记》时的语言结构可能呈现出模糊混沌的阴暗。在这里我想引入阿甘本的一个概念,即他用来解释语言与死亡关系的否定性场域。他这样写道:

> 实际上,在西方的哲学传统中,人类作为向死者和言说者出现。他

---

① 慧能:《六祖坛经》,上海:大法轮书局,1949年,第39页。
② 汪晖:《反抗绝望——鲁迅及其文学世界》,石家庄:河北教育出版社,2000年,第153、154页。
③ 鲁迅:《摩罗诗力说》,《鲁迅全集》第1卷,北京:人民文学出版社,2005年,第102页。

们拥有趋向语言的机能和向死的机能。这种联系在基督教中本质上是平等的。人,活着的族类,"通过基督不停地委托给死亡",也就是说,通过语词(Word,也可译作逻各斯)不停地委托给死亡。而且,这是一种信念:推动他们进入语言和想象他们为"上帝神秘性的受托人"。①

"通过语词不停地委托给死亡",从形式上看,可以理解为祷告。祷告是祷告者在闭目想象中向上帝的一种独白。独白言说的过程,就是把祷告者委托给上帝,因此向死者与言说者同时呈现。阿甘本从否定性场域(place of negativity)探索语言与死亡的关系问题。何谓否定性场域?阿甘本这样解释:

> 如果没有对否定问题的阐释,语言与死亡的关系就不可能被解释。趋向语言的机能和向死的机能,就他们为人性开启最合适的栖居之所来说,显露和呈现了被否定性浸润并在否定性中建造的栖居之所。就人作为言说者和向死者而言,人,用黑格尔的话说,是否定性存在,即人是他不是的东西,不是他是的东西。或者,像海德格尔说的,人是虚无的占位器(placeholder of nothingness)。②

其实,完全可以认为,祷告(祈求忏悔等)作为言语形式,其本质即否定,对自我的否定。因此否定性场域即语言,阿甘本的观点可以概括为:人在语言这一否定性场域中通过言说把自己委托给死亡。

然而在此要讨论的不是鲁迅的死亡而是鲁迅的绝望。绝望不同于死亡。死亡指生命在生物学意义上呼吸的停止,对应的是身体的活动。死亡常常证实着意义的高扬。且不说那些为某种信念而死亡的人,如苏格拉底、哥白尼、谭嗣同、秋瑾,即使那些自杀者的死亡也是对意义的追求与肯定。在基督教中,死亡意味着在上帝那里获得永生的可能。而绝望指的是意义的虚无。只有在言说中,语言才能肯定自己,同时也才能否定自己,最后否定语言自身,以此抵达绝望的彼岸。鲁迅只有写作,把自己委托给那不可信任的语言,他的绝望才有寄托的所在。

鲁迅在语言的否定性场域中,通过言说即小说写作,把自己委托给绝

---

① Giorgio Aganben, *Language and Death: The Place of Negativity*, translated by Karen E. Pinkus and Michael Hardt, Minneapolis: University of Minnesota Press, 1991, p.xii.
② Ibid.

望。语言的否定性场域即鲁迅意识中语言不可信任的语言本我,它决定着《狂人日记》的意义走向。它把语言自我所实践的确证绝望的言说/小说创作,置于不可信任的语言本我中,从而显示语言自我的言说/小说创作自身的不可信任,由此彻底地把创作者鲁迅委托给他自己所设想的存在而不可确证的绝望。我认为这是鲁迅创作《狂人日记》的语言发生学机制。

二、狂人白话与书面文言、日常白话:现代小说的诞生

如果从语言否定性出发,鲁迅那种潜在的语言不可信任的鬼魅,如何对《狂人日记》构成一种内在的结构性,是我非常感兴趣的。也就是说,如果语言不可信任,《狂人日记》的文本如何用自身的语言去抵抗不可信任的语言,或者说如何用不可信任的语言去抵抗不可信任的语言?《狂人日记》的文言小序和白话日记所构成的互相包孕而互相搏杀的结构,仍然是解决这一吊诡问题的密钥。

白话日记为狂人的白话叙事。这一白话叙事中包含着几种语言形态:狂人白话、日常白话和书面文言。其中狂人白话是基本形态,指的是狂人的叙述语言和口头语言;日常白话指狂人周围其他人的口头语言;而书面文言则并没有以其实有的面目出现,但确实存在着,只是隐性地存在。

第一则日记开头写道:

> 今天晚上,狠好的月光。
>
> 我不见他,已是三十多年;今天见了,精神分外爽快。才知道以前的三十多年,全是发昏;然后须十分小心。不然,那赵家的狗,何以看我两眼呢?
>
> 我怕得有理。[①]

狂人白话如锋利的剃刀,切开黏连的现实,露出一个阴暗的黑洞。"怕"是一种存在的危机意识的凸显。这种根基性的怕却基于一种近乎零的事实:那赵家的狗看我两眼。但因为"怕"的意向,让那赵家的狗"看……两眼"具有凿子的功用:给"铁屋子"的现实凿了两个窟窿,这两个窟窿并没有通到铁屋子内部;但就是这两个浅浅的窟窿,也足以让现实开始渗出血腥的气

[①] 鲁迅:《狂人日记》,《新青年》第4卷第5号,1918年5月15日。以下引《狂人日记》原文皆出自此版本,不另注。

味。真正要对现实有一种刺穿:狂人白话要刺穿尊贵的书面文言系统。狂人追溯到一件事实:"只有廿年以前,把古久先生的陈年流水簿子,踹了一脚,古久先生很不高兴。"古久先生的陈年流水簿子,不妨看作中国传统的书面文言叙事;踹了一脚,不妨理解为对这种文言叙事的不敬与攻击。然而这还是一种隐喻的索解,如何"踹"并不明了。狂人由狼子村佃户能吃大恶人,推测他们"未必不吃我",这时他的意识中又出现那个书面文言的鬼影:"我还记得大哥教我做论,无论怎样好人,翻他几句,他便打上几个圈;原谅坏人几句,他便说'翻天妙手,与众不同'。"这里的"论"与《怀旧》中的"解""注""疏",同属于中国阐释系统的书面文言。狂人在此揭示的是书面文言的阴险策略。狂人的研究终于让他明白:

> 我翻开历史一查,这历史没有年代,歪歪斜斜的每叶上都写着"仁义道德"几个字。我横竖睡不着,仔细看了半夜,才从字缝里看出字来,满本都写着两个字是"吃人"!

所谓历史不过是书面文言的历史,"从字缝里看出字"显示出破译书面文言的方式,"仁义道德"的字里行间隐藏的是"吃人"密码。这一破解的成功源于狂人获得大哥教他做论的秘诀,即实有的好与坏颠倒为书面文言的坏与好。因此要刺穿书面文言这个肿瘤,还得从这个肿瘤自身生成的颠倒逻辑中寻找方式;反向攻入书面文言的内部。这是狂人在思维方式上的一次巨大进步。狂人对日常白话的刺穿都是沿着这条路走的。

日常白话在狂人白话的叙述中以人物的日常口语呈现。狂人对日常白话的化解势如破竹,非常轻松。何先生的"给你诊一诊"被他反向理解为"揣一揣肥瘠";"静静的养几天"被他反向理解为养肥了可以多吃。如果省略叙事的某些枝节,狂人与20岁左右的年轻人的对话如下:

> 吃人的事,对么?
> 不是荒年,怎么会吃人。
> 对么?
> 这等事问他什么,你真会……说笑话。……今天天气很好。
> 对么?
> 不……
> 不对?他们何以竟吃?!
> 没有的事……

  没有的事？狼子村现吃；还有书上都写着,通红崭新！

  有许有的,这是从来如此……

  从来如此,便对么？

  我不同你讲这些道理；总之你不该说,你说便是你错！

狂人向年轻人确认吃人的价值合理性,而年轻人以不存在的事实来回避狂人的追问。实质上,年轻人的回答包含一种肯定,即如果是荒年,就会吃人,吃人就在价值许可之内。但狂人并不落入年轻人的叙事逻辑,而是紧扣自己的问题,继续追问价值合理性问题。年轻人以"笑话"化解狂人的问题,但狂人仍然不被迷惑,继续追问对方。当年轻人吞吞吐吐犹豫不决之际,狂人毫不犹豫也即匆匆忙忙地把对方纳入自己认定的轨道,继而采取凌厉攻势质问对方："不对？他们何以竟吃?!"年轻人毫无招架之力,只好彻底否定事实的存在；当狂人亮出确凿的证据,年轻人只好求助于历史惯性"从来如此"。而"从来如此"如果可以理解为那个书面文言的线性系统,那么这正是狂人要刺穿的肿瘤,所以狂人继续质疑"从来如此"的价值合理性。年轻人在走投无路的时候终于反戈一击,试图彻底颠覆狂人言说的合理性："你说便是你错！"狂人终于语塞。如果按照狂人那个反向理解的逻辑方式,则意味着你说便是你对。

  狂人白话在刺穿了书面文言与日常白话两个肿瘤之后,如何抵制自身呢？在此不准备把狂人白话再细分为狂人的叙事白话与口头白话,因为狂人白话在叙事与口头方面的形态基本一致。狂人白话在狂人的语言意向上是一个完整的意义结构,即在白话日记的正文内部呈现为一种自足的形态。只有在这个基础上,狂人白话的自我抵制才能实现。第十则日记中狂人对大哥的"布道"式的劝说,显露着狂人言说的完整形态与意义追求。

  狂人采取进化论的方式设置了人从"野蛮的人"向"真的人"提升的发展路径。"都吃过一点人"的"野蛮的人"其实还处于动物阶段。后来人沿着三条道路发展：一部分野蛮的人不吃人而变为真的人,一部分继续吃人也变成了人,一部分继续吃人而终于还是虫子。"真的人""吃人的人""虫子"这个三分世界的区分预设了狂人布道的结论。这点在下文的分析中就可以看得十分清楚。

  "易牙蒸了他儿子,给桀纣吃……用馒头蘸血舐。"这一层沿着上文的三分世界发展。至于,"桀纣"与"齐桓公"调换、"徐锡林"为"徐锡麟"的误写,如果从历史吃人的角度看,这人名符号的置换与误写其实无足轻重,倒显示出吃人的普遍性。具体的人名只是符号，被吃的是张三还是李四，吃人者是王五还是赵六，不重要；重要的是吃人成为历史的常态。狂人由此劝告大哥退出吃人团伙。吃人的残酷与荒唐在于吃人者同时也是潜在的被吃者。狂人最后发出呐喊：

  你们可以改了，从真心改起！要晓得将来容不得吃人的人，活在世上。
  你们要不改，自己也不会吃尽。即使生得多，也会给真的人除灭了，同猎人打完狼子一样！——同虫子一样！

吃过人的人从"真心改起"可以转变为真的人，这个结论是在狂人布道的开篇就预设好的。另外，狂人对未来的美好设想也是他劝告众人改变的理由：将来的世界只有真的人存在，吃人者不可能存在。吃人者要么被吃人者吃尽，要么被真的人打完。这一理想的世界在狂人的进化论启蒙思路上是合理的逻辑终点。

  狂人白话的自足形态有一个基点，即真的人是有可能存在的。狂人白话不仅显示出从野蛮的人发展成"文明"的人过程中有一部分吃人者变成了真的人，而且暗含着在狂人的现实世界中他就是一个真的人。他处于被吃的危险境遇而发现吃人成为常态的时候，非常自然地把自己这个被吃者当作没有吃过人的人，即真的人。狂人这一在他看来不证自明的根基却被他自己研究出的另一发现——他怀疑自己也是吃人者所摧毁。围绕着妹子的死亡事件，狂人怀疑大哥吃了妹子的肉，母亲吃了妹子的肉，继而推论自己未必没有吃妹子的肉。关键在于狂人的怀疑无法确证①。如果狂人真是吃人者，那么按照吃人者从真心改起的方式他能转变为真的人，这对狂人虽然造成打击，但其打击的方向非常明确，狂人自然也会找到有效的化解途径。但是如果狂人无法确证自己是不是吃人者，就会面临一种困境：一方面他不能按照吃人者从真心改起的方式行事，另一方面他也不能按照没有吃过人的真的人的方式行事。狂人吃人身份的无法确证对狂人产生了致命的打击：狂人对年轻人的凌厉诘责，劝大哥的高高在上的布道，甚至他记录自己发现历史吃人的日记，还有多少价值？身份无法确定，自信被摧毁，狂人

---

① 当然狂人也没有试图去确证这一怀疑。但狂人可能终究无法确证，即使他去询问大哥和母亲，大哥和母亲似乎可以直接告诉他吃没吃妹子的肉，但是日常白话的规训会告诫他们"不应该说，你说便是你错"。

白话的基点被挖掉。"有了四千年吃人履历的我,当初虽然不知道,现在明白,难见真的人!""当初"指什么时候?"当初"即狂人以为自己是真的人,没有吃过人的时候。这也与"难见真的人"吻合。"当初"狂人以为自己是没有吃过人的真的人的时候,至少有一个人是真的人,即他自己。而现在一个真的人也没有,那当然是"难见"。况且对"没有吃过人的孩子,或者还有?"这一设问狂人自己并没有回答,但是从狂人的叙事来看,孩子都是吃过人的。因此"救救孩子……"只是一句绝望的叹息。狂人白话如伸缩的利刃:向前,它以其锋利刺穿了书面文言与日常白话;抽回,它又以其锋利刺向了自身。

现在回到《狂人日记》的文本,即文言小序与狂人白话的关系。文言小序魅力无穷,吸引了众多研究者的兴趣。文言小序与狂人白话之间构成多重关系:在文言与白话的包孕关系中,文言小序是狂人白话中隐含的书面文言系统的具体表现;在实体形态上,它排在狂人白话之前;在故事的发展逻辑上,它又接续着狂人白话的言说。文言小序涉及狂人的要点有两处:狂人病愈后题写"狂人日记"之名,完全认同狂人白话中大哥加于他的名号"疯子",从而彻底化解了他对大哥的质疑;狂人"候补",表明他完全回归到日常白话的世界。

文言小序的叙事者为"余","余"为狂人兄弟"中学校时良友",表明他们接受着同样的知识系统,也许还志趣相同、理想相同。但"余"的身份非常暧昧,一方面他能删节、撮录狂人的日记,还能诊断病状提出供医家研究的目的,在一定程度上采取了与狂人一致的立场;另一方面他以"语颇错杂无伦次,又多荒唐之言"看待狂人白话,则表明"余"的取向与狂人周围的日常人物相同。李今认为显在的狂人与隐在的"余"是狂人日记的两个作者,后者始终掌握着狂人日记话语的生成意义。① 其实"余"与狂人之间并非那么截然分明,而且"余"与现实中的鲁迅的关系也很暧昧。这里涉及如何理解作者鲁迅、文言叙事者"余"和白话叙事者狂人之间的一致性的问题,不妨作一个大胆的设想:隐含作者鲁迅、文言小序的叙事者"余"和狂人白话中的狂人,就像一个人穿行于三重梦境之中。

第一重梦境:鲁迅的梦。鲁迅在创作《狂人日记》的同时创作了一组白话诗,与《狂人日记》发表于《新青年》同一期,署名"唐俟"。第一首为

---

① 李今:《文本、历史与主题——〈狂人日记〉再细读》,《文学评论》2008年第3期。

《梦》，全诗如下：

> 很多的梦，趁黄昏起哄。
> 前梦才挤却大前梦时，后梦又赶走了前梦。
> 去的前梦黑如墨在的后梦墨一般黑；
> 去的在的仿佛都说，"看我真好颜色。"
> 颜色许好，暗里不知；
> 而且不知道，说话的是谁？
>
> 暗里不知，身热头痛。
> 你来你来！明白的梦。①

《梦》中的"前梦""后梦"乃至"大前梦"都黑如墨或者墨一般黑，墨黑的梦是怎样的梦？没有任何亮光，没有任何声音，没有任何生命的迹象，墨黑的梦指向的是黑暗与绝望。"而且不知道，说话的是谁？"这一诡谲的设问让梦的墨黑的绝望上升为鲁迅"写"的绝望。

第二重梦境：隐含作者鲁迅做了一个文言小序的梦。鲁迅动笔写《狂人日记》时虽然不十分措意于文言、白话的价值区分，但是钱玄同劝说的有效性则暗含着鲁迅在某些方面与《新青年》诉求一致。反对文言、采用白话也许是两者一致的基本内容。因此鲁迅的显意识自然要肯定白话，但是鲁迅的第二重梦偏偏是文言小序的梦，这种反向呈现只可能来自那个语言无意识中的不可信任部分。隐含作者鲁迅在梦中以"余"的形象出现，这时"余"在梦中构筑一个文言世界，开始摆脱隐含作者鲁迅的意识约束。在这个文言世界中，他听说中学时代的两位好友——两兄弟，一个人犯了病。他出于怀念朋友的情怀，迂道往访，原来犯病的是弟弟，得的是迫害狂，现在病愈去某地候补去了。晚上回来他做了一个梦，梦见自己成了狂人，进入另一层梦境。

"余"本来生活在一个文言世界中，他其实是要否定白话的，但在第三重梦境中他化身为狂人，进入一个白话之乡。狂人的白话如挣脱束缚的力比多，自由驰骋，狂放恣肆。它切开文言书面系统这一坚硬的肿瘤，又斫碎日常白话这一柔韧的幕布，最后以其锋利刺向自身，于是狂人不得不抽身而退，重回第二重梦境的文言世界以赴某地候补来平静自己。

---

① 唐俟：《梦》，《新青年》第 4 卷第 5 号，1918 年 5 月 15 日。

从上面的分析可以看出,狂人白话是鲁迅经验中白话冰山的显露,是不自觉意识的升华,同时也可看作我们民族语言无意识中对白话的渴望的爆发。人们屈从文言,文言压抑着白话。文言书面语无论在个体言说的历史中,还是在民族书面语的发展过程中,都是对口语和书面白话的压抑。白话日记中,日常白话无疑是一种被文言劫持的语言。当狂人回到文言世界,一方面文言小序否定了白话日记的正当性,另一方面又以供医家研究的隐喻方式暗含着白话日记的某种合理性。因此,狂人白话在与书面文言、日常白话多重的相互包孕和相互搏杀之中突出重围而又伤痕累累,斫砍书面文言和日常白话又刺伤自己,于是《狂人日记》得以诞生,于是中国现代小说得以诞生。

第四节 《狂人日记》的文学汉语及其意义

也许,关于文学的观念、狂人形象、吃人意象,在鲁迅的意识中,并非到1918年4月创作《狂人日记》时才完备。鲁迅与钱玄同关于"铁屋子"的争论,恰好说明鲁迅心中已经储备有《狂人日记》中被我们称为内容和形象的所有东西,现在只差最后一步,即将这些内容和形象表达出来。他对《新青年》提倡白话文学,至少可以通过老同学钱玄同的经常来访而有所了解。《呐喊·自序》中不能折服他人所谓希望之可有,《我怎么做起小说来的》中所说的启蒙主义,都成为解读《狂人日记》如何诞生的最有力的抓手。而对于《狂人日记》的语言,鲁迅却言之甚少。那么在鲁迅看来,从文言书面语到白话书面语不那么重要吗?然而从他对反对白话者的"诅咒"来看,他是白话书面语最坚定的守护者之一。语言之于《狂人日记》,相比观念和意象之于《狂人日记》,有怎样的区别?也许,把一部作品的形成分割成若干因素,本身就是很危险的事情。不过,当1918年4月周树人准备撰写一篇日记小说的时候,他肯定思考过该用什么样的语言。今天看来,与其说是启蒙主义召唤了狂人等意象,还不如说正是白话"塑型"了这些意象。这个"塑型"的过程很难描述,甚至鲁迅自己以后也没有回忆过。也许他不愿意,但也许也是由于这个过程因其创造性而无法说清楚。这个"塑型"的过程,本质上表现为作为文学的《狂人日记》和作为现代汉语雏形的《狂人日记》的同时诞生,这是一次文学与汉语的激情交媾。如果联系胡适"文学的国语,国语的文学"十字方针,把中国现代文学理解为语言与文学之间的寄生共存,那么《狂人日记》的诞生在象征意义上完成了鲁迅的所有文学,甚至可以说完成了所有的中国现代文学。

《狂人日记》的语言策略,一直是研究者关注的焦点。这篇小说1918年5月发表于《新青年》第4卷第5号,是《新青年》上第一篇现代白话小说。第一它是现代的,它的主题(历史吃人)和形式(如第一人称叙事等)都是现代的问题和表达形式。第二它是现代白话的,从文学语言上区别于近代白话作品。第三它是现代白话小说,从文体上区别于《新青年》上的其他现代白话文学作品,如胡适等人的现代白话诗。从文学汉语的角度来理解《狂人日记》,就是分析《狂人日记》如何构建了现代白话,由此对历史、现实和自身进行了现代的反抗。

一、错杂狂语与理性真语:对历史的穿透

《狂人日记》的日记正文是经典的现代白话文本。在小序中,叙述者"余"评价狂人的日记"语颇错杂无伦次,又多荒唐之言"。狂人的日记确有许多错杂荒唐之处。如何理解《狂人日记》中的这类言语,往往左右着对狂人的评价。我把这类言语名为"错杂狂语"。它有如下形式:

第一,错杂:狂人言语中的错误、混杂等,有时混淆历史事实,有时颠倒时空。如:(1)"徐锡麟"写成"徐锡林":属于人名书写错误。(2)"老子呀,我要咬你几口才出气!"这句中的"老子"应该为"儿子",因为前文交代:这句话的女人在打她的儿子,可以用"天啊""妈呀"等呼唤词语代替,用"老子"明显错误。(3)"我出了一惊"应该为"吃了一惊"。(4)"他们的祖师李时珍做的'本草什么'上,明明写着人肉可以煎吃"。李时珍的《本草纲目》恰恰反对用人肉来治疗痨病。(5)"'易牙蒸了他儿子,给桀纣吃'"。说易牙是春秋时期齐国人,跟桀纣不是同一时代的人,特别善于调味,是高级厨师。有一天齐桓公对他说:只有蒸熟的婴儿没有吃过。易牙于是蒸熟他的大儿子献给了齐桓公。管仲劝齐桓公远离易牙这样的人,说人没有不爱自己儿子的,他蒸熟自己的儿子给你吃,背后有目的。不过《管子·小称》里没有记载齐桓公到底吃没吃这个婴儿。这是嫁接历史事实。

第二,反常规:狂人言语的不合常理,在逻辑上造成断裂或者矛盾,往往省略逻辑联系的环节,直接在前提和结论之间画上等号,让人无法接受。如:"今天晚上,狠好的月光。我不见他,已是三十多年;今天见了,精神分外爽快。才知道以前的三十多年,全是发昏;然而须十分小心。不然,那赵

家的狗,何以看我两眼呢?我怕得有理。""十分小心"的理由,在我们看来,应该是非常正式的、堂而皇之的,但是狂人却归之为"那赵家的狗"看"我"两眼,这种不合常理的逻辑推论,使得狂人思维的异质性凸显出来。

第三,极端化,如:(1)"既然可以'易子而食',便什么都易得,什么人都吃得。"易子而食写的是战争年代被围困时交换吃小孩的惨状,并且也不一定就是真的,但是狂人把他推到一种极端状态。(2)"'谁晓得从盘古开辟天地以后,一直吃到易牙的儿子;从易牙的儿子,一直吃到徐锡林;从徐锡林,又一直吃到狼子村捉住的人。'"易牙蒸子,徐锡麟被吃,狼之村的恶人被吃,只是几千年历史上三个吃人的个案,但是狂人用几个关联词语联结起来,推向极端,就产生了一种整个历史吃人的感觉。

第四,幻觉,如:(1)"书上写着这许多字,佃户说了这许多话,却都笑吟吟的睁着怪眼睛看我。"(2)"吃了几筷,滑溜溜的不知是鱼是人"。(3)"现在晓得他讲道理的时候,不但唇边还抹着人油,而且心里满装着吃人的意思。"(4)"自然都欢天喜地的发出一种呜呜咽咽的笑声。"(5)"有的是看不出面貌,似乎用布蒙着;有的是仍旧青面獠牙,抿着嘴笑。""呜呜咽咽"本来是形容哭声的,现在用来形容笑声,非常尖锐;又与"欢天喜地"搭配,极不相称,那种想笑又不敢笑的丑态,给人一种毛骨悚然的感觉。

第五,象征,如:(1)"狗"这一意象在鲁迅笔下具有独特意义。在果戈理的《狂人日记》中,狗只是信息的传递者,并不具有更深的人格意义和象征意义。而在鲁迅的《狂人日记》中,狗成为吃人的同谋者。(2)"吃人"的意象成为《狂人日记》的整体意象,像一个魔鬼,无处不在。狂人感觉到这个意象的压迫,时时刻刻在向他逼近。"吃人"意象力量的过于强大,使得狂人认为周围人物的一句话、一个眼神、一个动作,都与吃人有关。

狂人言语的错杂、反常规、极端化、幻觉和象征,整体上构成了狂人言说的"错杂狂语"。有人根据这一特征而认为狂人是一个真正的疯子。这种解读方式只是看到了文章的皮相。狂人的"错杂狂语"在文学意义上的重要功能至少有两点:其一,"错杂狂语"以不同于常态的表现方式,搅动了周围环境的平静与规律;其二,"错杂狂语"意在把历史上各种文化符码的遮蔽撕开,从而直抵历史的本质。正是在这两点上,狂人的"错杂狂语"与狂人另一对立的语言特质——"理性真语"完美地结合在一起。"理性真语"指那种富有理性精神、能呈现历史与社会本质性东西的言语。这"理性真语"类似茅盾所说的"冷隽的句子"①,冷峻而深刻;类似朱湘所说的"一种与诗人恋人并列的人入神时所发的至理名言"②。试举几例如下:(1)"我翻开历史一查,这历史没有年代,歪歪斜斜的每叶上都写着'仁义道德'几个字。我横竖睡不着,仔细看了半夜,才从字缝里看出字来,满本都写着两个字是'吃人'!""吃人"二字是对历史"仁义道德"的本质的形象概括。(2)"从来如此,便对么?"(3)"吃人的人,什么事做不出;他们会吃我,也会吃你,一伙里面,也会自吃。但只要转一步,只要立刻改了,也就人人太平。"历史吃人的残酷性,导致从外部吃到内部,吃人的原则无法绝对保护吃人者的安全。(4)"'你们立刻改了,从真心改起!要晓得将来是容不得吃人的人,……'"狂人的言说带有强烈的怀疑精神(2),能一针见血地揭示事物的本质(1),能鞭辟入里地揭示事物之间的转化(3),指出的道路具有悲悯的人道主义精神(4)。这构成了理性分析的四个步骤,紧密相连但又层层推进。

在狂人的日记中,狂人的错杂狂语和理性真语不是截然分开,而是融合在一块的。这就整体上形成了《狂人日记》的语言策略。《狂人日记》的目的是要切开那种"从来如此"的历史的厚厚壁障,暴露出鲜血淋淋的吃人的内核。"从来如此"即历史。历史即叙述,是被"仁义道德"的言说层层装点的叙述。但是用一种什么样的言说方式才可能进入这个历史叙述的内层呢?简言之,个体的言说反抗历史如何可能?这是所有启蒙主义面临的深层问题。历史是被叙述的历史。历史叙述形成了历史的结构。言说反抗历史的本质就在于解构历史叙述。中国历史叙述包括三个原则。其一,历史叙述人是皇帝的臣子——史官。在某种意义上,谁来叙述历史,谁就创造了历史,因此历史的叙述人十分重要。这里涉及历史的两个层面:历史如果是现实的,那么就会转瞬消失;历史如果是文字的,那么叙述者就有了举足轻重的地位。司马迁在《报任安书》中说,写作《史记》是"通古今之变,究天人之际,成一家之言"。因此司马迁的写作基本上是一种个人行为,尽管他也是一个史官,但这个史官在当时的处境十分尴尬,他与朝廷处于一种对立之中。他凭借个人意志最后完成了《史记》的写作。但是后来的史官都是葛

---

① 雁冰:《读〈呐喊〉》,《时事新报·学灯》1923 年 10 月 8 日。
② 天用(朱湘):《桌话·六·〈呐喊〉》,《文学周报》第 145 期,1924 年 10 月 27 日。

兰西所说的"有机知识分子"①,是皇权制度内的士大夫,是被儒家文化和皇朝体制规训的记录者。修史成为朝廷的行为。其二,历史叙述要求采用君君臣臣、父父子子、春秋笔法、微言大义、为尊者讳等话语策略。其三,历史叙述的语言必须是纯正雅洁的文言。史官采用纯正雅洁的文言、按照君君臣臣等话语策略所言说的历史,即"从来如此"的历史,是一个坚固的整体。那么切开这个坚固的整体,必须用一种非常异质的言说方式。狂人的日记就是这样一种言说方式。狂人这种被世俗看作"病人"的叙述者,完全不同于史官;狂人的日记所用的现代白话,完全不同于纯正雅洁的文言;而"错杂狂语"与"理性真语"相结合的叙述策略,完全不同于君君臣臣等话语原则。这三者完美的结合所产生的锋利才能切开"从来如此"这个坚固的历史整体。其中,"错杂狂语"和"理性真语"相结合的语言形态成为《狂人日记》的锋刃,深深地刺入"从来如此"的历史,直达历史吃人的本质。

二、四重叙事②:对现实的反抗

《狂人日记》的文本包括两个部分:文言小序和白话正文。文言小序里有两个叙述者——"昆"(狂人的大哥)和"余"。"昆"(大哥)叙述了狂人病好以后赴某地候补的情况,"余"叙述了访问的经过、撮录成篇的理由和供医家研究的意愿。白话正文即狂人的日记,其叙述采用第一人称,用白话代词"我"进行叙事,叙述的是狂人观察到的种种现象以及感到自己将要被吃的种种心理活动。

"我"叙述的现实,即狂人的生活世界,可以叫作狂态生活世界。狂态的生活世界,不是指疯狂的生活世界,而是指狂人感受的生活世界,在狂人自己看来这是一个真实的世界。狂人本来也是生活在常态生活中的人,不过他受到常态生活中的各种压迫,这些压迫包括封建礼教和家族制度的压迫,主要指的是文化上的压迫,是对人的精神和意识的压迫。这些压迫在狂人的理性的意识中,逐渐凝结成吃人的意象。在狂态生活世界中,狂人把以吃人为本质的社会对象化,全部设置为自己的对立面,这个对立面可以称作

---

① [意]安东尼奥·葛兰西:《狱中札记》,葆煦译,北京:人民出版社,1983年,第424—425页。
② 徐麟认为《狂人日记》中三层不同的叙述对应三种不同的真实:第一层叙述的叙述者是大哥,对应"第一真实";第二层叙述的叙述者是狂人,对应"第二真实";第三层叙述的叙述者是"余",对应的是"第三真实"。徐麟:《鲁迅中期思想研究》,长沙:湖南师范大学出版社,1997年,第66—73页。

狂人的对象化现实。赵贵翁、赵家的狗、街上的女人、狼子村佃户、何医生、小孩子们、二十岁左右的年轻人、大哥、母亲……活跃在这个对象化的现实中。由害怕到研究，由发现吃人者到劝告吃人者，由怀疑自己也是吃人者到放弃劝告，这个过程恰好是狂人对这个对象化现实不断剥皮的过程。历史吃人同时也意味着现实吃人，因为现实不过是历史当下的节点，这作为一般抽象的历史规则和本质还不能让人看到这个活生生的现实的可怕。狂人由害怕到放弃的过程不仅证实了历史吃人，而且也证实了对象化现实吃人。更可怕的是这个对象化现实早已将狂人腐蚀而狂人并不清楚。狂人揭示了这个对象化现实吃人的方式，给一个"名"，然后吃掉。因为"名"给予了"吃"合法性。"吃人"看来很残酷，却不过是"被命名"的结果，因此"被命名"尤其险恶。先给"恶人"之名，狼子村的佃户就可以吃掉"恶人"；先给"疯人"之名，大哥以及周围的人就可以吃掉"疯人"。凡此种种，不过是历史的"老谱"。这样的吃人不仅无须承担罪责，而且也无愧疚的必要，放心而且快意：

> 这时候，大哥也忽然显出凶相，高声喝道，"都出去！疯子有什么好看！"

> 这时候，我又懂得一件他们的巧妙了。他们岂但不肯改，而且早已布置；预备下一个疯子的名目罩上我。将来吃了，不但太平无事，怕还会有人见情。佃户说的大家吃了一个恶人，正是这方法。这是他们的老谱！

狂人还揭示了这个对象化现实中吃人的残酷性和悲剧性：

> "吃人的人，什么事做不出；他们会吃我，也会吃你，一伙里面，也会自吃。但只要转一步，只要立刻改了，也就人人太平。"

> "你们要不改，自己也会吃尽。即使生得多，也会给真的人除灭了，同猎人打完狼子一样！——同虫子一样！"

在这个意义上，白话正文像锋利的铁犁，不断刺进狂人对象化现实的深处。白话正文是狂人的叙说，狂人的心声，狂人特有的独白，因此狂人的对象化现实是对象化现实中的其他人物无法知晓也无法理解的。狂人与对象化现实之间的异质性和他者关系，让白话正文充满内在的紧张。吃人当然不是真的吃人，真正的所指是对人性的压制与摧残，由此而来的是对这种压制与摧残的习以为常、认同和麻木。但是，吃人的意象与封建礼教和家族制度所宣扬的那种仁义道德、温文尔雅、忠孝节义是绝对对立的,后者即大哥所叙述的常态生活世界。而以吃人意象为中心的狂人所感受到的世界,狂人所描述的世界,给这个写满"仁义道德"的历史撕开了一道深深的口子。

狂人最后怀疑自己也是吃人者,与对象化现实中的其他人物同为吃人者。这一怀疑似乎消解了这种紧张,但他对吃人这一行为因罪感而忏悔,更加强化和提升了两者之间的区别,增加了两者之间的紧张。然而,当狂人以日记的形式把自己的心理流程记录下来后,狂人对象化现实中的人物阅读狂人日记的时候,狂人反过来成为被审视的对象,于是在读者的眼中,狂人从狂态心理世界回归到日常现实世界,这个转化是由狂人大哥的叙述完成的。白话正文中的大哥即文言小序中的"昆仲"之"昆"。"昆"叙述的生活世界可以称为常态的生活世界,这个世界就是常态的人生活的世界,在小说中我们无法见到其全貌,但是我们可以想象这个常态的生活世界。这个常态的生活世界就是我们常说的现实世界,也就是小说里白话日记中那个年轻人所说的"从来如此"的社会。在这里要注意,现实是积淀了历史的现实。

与白话正文的白话世界,也即狂人的对象化现实相比,"昆"叙述的世界是一个文言世界,是一个常态现实:"言病者其弟也。劳君远道来视,然已早愈,赴某地候补矣。""昆"是狂人对象化现实中的人物,也是狂人发病到病愈的见证者,其文言叙述显得十分重要。狂人病愈赴某地候补的结果对理解狂人具有重要意义,因为狂人由对常态现实的害怕,至研究,至发现吃人,至劝告吃人者,至怀疑自己也是吃人者,至发出微弱的呼喊,最后病愈回归常态世界,一个完整的序列,狂人最终放弃了劝告吃人者,也放弃了"救救孩子"的行为。狂人病愈的过程,也是常态世界对狂人治疗的过程,对反抗意识压制歼灭的过程。狂人病愈候补的结果必由"昆"的文言叙述出来方为恰当。设想一下,如果狂人日记的末尾加上第十四则"我去南京候补了",那么白话正文的所有意义将会受到严重质疑,因为这句话破坏了"狂人日记",破坏了狂人的"对象化的现实",最终破坏了"狂人"这一形象,狂人一旦病愈去候补就不可能再有狂人的日记了。因此"昆"的叙述实现了由狂人白话正文的对象化现实向文言的常态现实的转化。"因大笑"三字在这个文言小序中突兀刺眼,这三字虽由"余"叙述出来,但因"笑"者是"昆",可以放在这里一起分析。"因大笑"应该是"昆""因而大笑"或者"因其而大笑"。问题是"昆"何以大笑?"大笑"是什么意思?在常态现实中的人看来,狂人发病—病愈的过程不过是一场闹剧,一次戏耍。如果只是发病,没有治愈,就不能得到"笑"的结果。"大笑"表征的也许是常态现实对治愈狂人的集体狂欢。如果把狂人理解为启蒙者,或者说革命的先驱者,那么"大笑"所显示的正是启蒙者的悲剧性结局。从这个角度而言,"因大笑"三字已经埋下了鲁迅后来《药》《阿Q正传》《头发的故事》等篇章的主题。《药》最为明显,夏瑜在监狱里的劝说与反抗所激起的只是庸众的愤怒,而观看夏瑜被杀的场面成为常态世界的一场狂欢,从而显示了常态世界的荒谬。

文言小序中在"昆"的叙述之上还有一层叙述,即"余"的叙述。"余"外在于狂人白话正文的对象化现实,但活跃在"昆"的文言叙述的常态现实中。那么"余"的叙述与"昆"的叙述可否重叠呢?两者所叙述的是同一个现实吗?从"余""昆"的会晤、面谈、赠阅日记来看,他们生活的现实是同一个现实。但是"余"是高于"昆"的叙述者。第一,"昆"不过是"余"的叙述对象。第二,"昆"对待狂人日记完全像一个普通人,把狂人视作真正的狂人,因而没有任何判断力;而"余"对日记不仅有判断,还"撮录一篇",可以说参与了日记白话正文的创作。"以供医家研究"好像把"余"排除在"医家"之外,其实"余"就是"医家"之一。于是,"昆仲"都成为"余"的"病人"。当然,既然是"供医家研究",那么"医家"就不仅仅是"余"一人,还有可能是哪些人呢?作者鲁迅也是医家之一。鲁迅与"余"并非同一个人,但似乎有部分重叠,"余"也可被看作美国学者布斯意义上的"隐含作者"[①]。两人同作为"医家"的身份,以"七年四月二日识"和"一九一八年四月"两个明确的时间记录实现了从文言叙述的常态现实向两位医家的当下现实的转化。"当下现实"因其明确的时间点而成为当下,仍然是一个文言的现实。这个文言现实就是1918年4月鲁迅眼中的现实,简单说,即一所"铁屋子"。

《狂人日记》的叙述策略如下:

> 白话日记正文:"我"/狂人的叙述用白话叙述,叙述的现实为对象化现实;"我"的叙述功能在于揭示吃人的本质、吃人的方式、吃人的残酷和悲剧性。
>
> 文言小序:"昆"/大哥的叙述用文言叙述,叙述的现实为常态现实;"昆"的叙述功能在于实现从狂人的对象化现实到常态现实的转化。

---

① [美]W. C. 布斯:《小说修辞学》,华明、胡晓苏、周宪译,北京:北京大学出版社,1987年,第169页。

文言小序:"余"的叙述用文言叙述,叙述的现实为历史现实。"余"的叙述实现了从"昆"的常态现实向历史现实的转化。

全文结尾:鲁迅的叙述用白话叙述,"七年四月二日识"("余"与鲁迅有部分重叠)和"一九一八年四月"这两个表达方式不妨看作白话式的表达。鲁迅的叙述为当下现实,其功能实现了从小说的对象化现实、常态现实、历史现实向当下现实的转化。

狂人、"昆"、"余"和鲁迅四个叙述者的四重叙述的重叠,把作为"现实"的那个整体切分开来,使得读者面对狂人的世界与自身生活于其中的世界/现实时就产生了一种间离感,仿佛站在自己生活于其中的现实的对立面来看待这个现实。

三、汉语欧化:现代主体的出场

毫无疑问,《狂人日记》的白话正文的现代汉语基础是明清以来的书面白话。但也很清楚,它与明清白话又有了很大不同。这不同的地方在哪里呢?陈思和认为《狂人日记》开创了一种语言空间,"用的是欧洲语言的表现方式,用西方的语法结构,来创造一种新的文体,形成了一种现代汉语的雏形"[①]。虽然陈思和并未对其汉语内部的情形作充分的论述,但他对《狂人日记》语言新质的敏锐把握提供了欧化这一有益的思考空间。《狂人日记》创造了一种新的书面汉语,可以叫作现代汉语,也可以叫现代白话,因为它存在于文学中,若绕口一些说则为"现代文学书面白话汉语",简称"现代文学汉语"。那么如何来描述《狂人日记》现代文学汉语的欧化特质?

汉语的欧化,有广狭二义。狭义的汉语欧化仅仅指那些汉语中没有而从印欧语言中移植过来的语法形式。但是中国大多数学者不持这种看法,而是主张更加宽泛一点看待汉语的欧化。谢耀基认为,汉语语法的欧化主要表现为新形式和新用法的产生,以及旧形式和旧用法在应用范围和使用频率上的增加。[②] 贺阳认为,广义的欧化,指汉语在印欧语的影响下产生的语法现象,既包括汉语原本没有、完全是由对印欧语法结构的模仿而出现的新兴语法形式,也包括汉语原本虽有但只是在印欧语言的影响下才得到充

[①] 陈思和:《中国现当代文学名篇十五讲》,北京:北京大学出版社,2003年,第65页。
[②] 谢耀基:《汉语语法欧化综述》,《语文研究》2001年第1期。

分发展的语法形式。① 后一种形式的欧化占了汉语欧化的主导倾向。对于晚清至"五四"时期的一些个体而言,其文学语言的创造受到的影响是多方面的,有传统的书面语,有当下的口语,也有域外的书面语,甚至口语。

《狂人日记》的汉语欧化情形简析如下:

第一,"是"的用法的扩展。《狂人日记》白话中"是"出现85次,其中没有把"是"用在实词意义上的情形,全都用作虚词。大多数句子中,"是"作为判断动词,如"合伙吃我的人,便是我的哥哥""吃人的是我哥哥""我是吃人的人的兄弟"。部分句子中,"是"与其他词合成双音节的连词,如"但是小孩子呢""也还记得,可是不甚清楚"。少数句子中,"是"表示强调,如"妹子是被大哥吃了,母亲知道没有,我可不得而知"。"是"表示判断、表示强调、与其他词组合成连词,都是传统汉语中就有的。但晚清以来,受印欧语言判断动词(如英语 is/are/am/be)的影响,"是"在现代汉语中变得普遍和必需。② 如:

(1)养肥了,他们是自然可以多吃……

(2)这几天是退一步想……

(3)年纪不过二十左右,相貌是不狠看得清楚,满面笑容,对了我点头,他的笑也不像真笑。

(4)有的是看不出面貌,似乎用布蒙着;有的是仍旧青面獠牙,抿着嘴笑。

第二,"一+量词+名词性结构"的形式。如:

(1)这一件大发见,虽似意外,也在意中……

(2)这时候,我又懂得一件他们的巧妙了。

(3)预备下一个疯子的名目罩上我。

英语、法语、德语等语言中有冠词,分定冠词和无定冠词。王力先生认为,汉语的结构离定冠词很遥远,但很容易受到无定冠词的影响。像"一种""一个"的用法在古代的汉语中虽然也有,但不常见;而在现代汉语中出现的频

---

① 贺阳:《现代汉语欧化语法现象研究》,北京:商务印书馆,2008年,第27—28页。

② 谢耀基:《汉语语法欧化综述》,《语文研究》2001年第1期。崔山佳则更强调"是"字句在传统汉语中的地位,参见其《汉语欧化语法现象专题研究》,成都:巴蜀书社,2013年,第778—795页。

率要高得多,意义也有了拓展。"一个"在传统的汉语中只是表示数量,在现代汉语中指示后面跟着的是名词或者名词性短语。"一种"在传统汉语中有时表示同样的意思,在现代汉语中往往后面接的是抽象的名词。在现代汉语中,这些结构有两个作用:能凭借造句的力量使得动词和形容词在句中的职务(主语、宾语等)更为明确;令读者或者对话者预先感知到后面跟着的是一个名词性的词组,这样大大增加了语言的明确性。①

第三,新兴的联结法。三个以上的人或者三件以上的事物联结在一起的时候,传统的汉语分成两类或者三类,连词放在这两类或者三类的中间。《狂人日记》中有类似的表达,如:

(1)你看那女人"咬你几口"的话,和一伙青面獠牙人的笑,和前天佃户的话,明明是暗号。

(2)他们可是父子兄弟夫妇朋友师生仇敌和各不相识的人,都结成一伙,互相劝勉,互相牵掣,死也不肯跨过这一步。

但是自"五四"以来,汉语接受了一些新的联结法。"五四"以来的新兴句法中,"渐渐把连词限定在最后两个人或两件事物之间"②。"五四"以前的汉语判断句在同一主语后面不接并行的名词。欧化的汉语可以接并行的名词,如"自己晓得这笑声里面,有的是义勇和正气"。英文里两个形容词用 and 联结,中文用"而且"来翻译。传统语法中,并列的两个形容词很少用联结词。③《狂人日记》中就有用"而且"联结的句子:

这真教我怕,教我纳罕而且伤心。

第四,能愿动词连用修饰同一个动词。如:

我晓得他们的方法,直捷杀了,是不肯的,而且也不敢,怕有祸祟。

"而且"联结表示能愿意向的"不肯"和"不敢"。这个句子中的"不肯""而

---

① 王力:《汉语史稿》,北京:中华书局,1980年,第463—467页。但也有学者不这么看,崔山佳认为"一+量词+抽象名词"的形式在传统汉语中早已经存在,参见其《汉语欧化语法现象专题研究》,成都:巴蜀书社,2013年,第176—231页。

② 王力:《汉语史稿》,第467页。崔山佳认为现代汉语中,古代用"和"联结三个名词或以上的形式不是减少了,而且在英语和日语中也存在连用连词"和""与"的语法现象,不过,他并没有否定王力先生所说的这种"五四"以后新兴的联结方式。参见崔山佳:《汉语欧化语法现象专题研究》,第304—344页。

③ 王力:《王力文集》第2卷,济南:山东教育出版社,1985年,第497—498页。

且也不敢"修饰"直捷杀了",被王力认为属于"极其欧化的地方"。①

第五,人称代词前有修饰语。如:

> 有了四千年吃人履历的我,当初虽然不知道,现在明白,难见真的人!

王力、谢耀基、贺阳等人都认为"定语+人称代词"的结构属于欧化的语法形式。但崔山佳认为"定语+人称代词"的形式在宋代已经定型,有"名词+人称代词"形式,如"故我";有"形容词+人称代词"形式,如"大我""好一个悢惶的我";有"动词+人称代词"形式,如"敲门的我"。② 此处无法展开讨论这种语法形式的细节问题,不过崔山佳所举的众多例子中,人称代词的定语绝大多数比较简单,绝大多数不用在句子开头的人称代词上,以动词修饰人称代词非常简单且罕见。"敲门的我是万岁山前赵大郎"(《金瓶梅词话》)中"敲门的我",既做主语,又以动词修饰,在传统汉语中非常少见,崔山佳所举的众多例子中仅此一例。"有了四千年吃人履历的我"作为主语,又有复杂的动宾结构作为修饰语,这种结构在传统汉语中还没有出现过,很明显受到欧化语句的影响。

还有其他的欧化形式,如特殊插入语的使用,例句有"他们——也有给知县打枷过的,也有给绅士掌过嘴的,也有衙役占了他妻子的,也有老子娘被债主逼死的;他们那时候的脸色,全没有昨天这么怕,也没有这么凶";如日语词汇的直接借用,例句有"易牙蒸了他儿子,给桀纣吃,还是一直从前的事"中的"一直从前";如汉语是意合的语言,受印欧语言形合特征的影响,关联词语由随便变得必需和普遍。

《狂人日记》中这些欧化的语句,不仅仅显示出汉语现代转型的形式,更重要的是成为现代主体出场的方式。欧化语句的采用、错杂狂语与理性真语的结合、"昆""余""我""鲁迅"四种叙事视角的摄聚这三种语言策略的结合,共同推出了现代主体——这个现代主体是由《狂人日记》白话正文中的狂人承担的。如前所引,狂人写过一个句子:

> 有了四千年吃人履历的我,当初虽然不知道,现在明白,难见真

---

① 王力:《王力文集》第 2 卷,济南:山东教育出版社,1985 年,第 499 页。崔山佳对传统汉语中汉语助动词连用现象的研究作了综述,并提出这种方式在中国古代语言中常见。参见崔山佳:《汉语欧化语法现象专题研究》,成都:巴蜀书社,2013 年,第 61—107 页。
② 崔山佳:《汉语欧化语法现象专题研究》,第 551—605 页。

的人!

日本学者伊藤虎丸有个精辟的解释,认为狂人"在此第一次做到了以自己来承纳自身,他第一次获得了自我,获得了主体性"①。这一解释还有拓展的必要。试比较下列三个句子:

(1)我当初虽然不知道,现在明白,难见真的人!

(2)有了四千年吃人履历的我,当初虽然不知道,现在明白,难见真的人!

(3)我有了四千年吃人履历,当初虽然不知道,现在明白,难见真的人!

三句的意思都在表明"我"现在明白难见真的人,但还是有很大不同。

其一是美学意义不同。(1)句显得短促,其实如果没有(2)句的对照,(1)句也不错,但是有了(2)句,(1)句的缺点就非常明显。(2)句因为"我"之前有个较长的修饰语,所以在"我"之后有个逗号,这个逗号也可以不要,但是鲁迅是运用标点符号的能手,他就那么用上了。现代汉语运用标点符号,是汉语欧化的重要形式。"我"之后的这个逗号带来的停顿,让(2)句前后两个部分基本对等,形成语言的对称美。(3)句其实成了两个句子,承前省略了主语,因此其内在的紧凑无法与(2)句相比。在语句结构上,"当初"这个词语在(1)句中缺少呼应,而在(2)句中因为有了"四千年吃人履历"这个结构而顿时熠熠生辉,一下子有了历史的深度与遥远,从而使得"现在明白"中的"现在"更加凸显。"四千年吃人履历""当初""现在"三个词语塑造了一种延伸跳跃的意义往来。与(3)句相比,(2)句中的"我"就像一座山峰,"瞻前顾后"地照应了"四千年吃人履历"和"当初"。

其二是叙事意义不同。三句都是第一人称叙述,但意义却很不一样。(1)(2)两句的意义在于告诉读者"我不知道……"或者"我知道/明白……"。这是一种静态的描述性告知。(2)句却是一种动态的提示性告知。"有了……"这一句式让人产生"谁有了"的疑问,甚至还让人产生是"谁"说"谁有了"的困惑。"有了四千年吃人履历的我"这一结构会让人产生"我"如何知道/发现"有了四千年吃人履历的我"的困惑。如果说(1)

---

① [日]伊藤虎丸:《鲁迅与终末论——近代现实主义的成立》,李冬木译,北京:生活·读书·新知三联书店,2008年,第176页。

(3)两句相当于线段,(1)句为从"当初"这一端点到"现在"的线段,(3)句为从"四千年"到"现在",那么(2)句就相当于一条向"四千年吃人履历"不断犁进的射线。

其三是主体空间不同。三句相比较,很显然(1)句中的"我"最为单薄。(3)句因为用"我有了四千年吃人履历"这一结构而好像使得"我"与"四千年吃人履历"割裂开来。只有在(2)句中,"有了四千年吃人履历的我"这一结构,好像"我"扛着"四千年吃人履历",从而使得二者融为一体。(1)(3)两句中的"我"还是一个混沌的"我",只有(2)句中的"我"才是一个被打开的"我",是一个主体被剖开的"我"。(2)句中的疑问在于"我"何以可能有"四千年吃人履历"?"我"作为世界的短暂居留者,活得最长也不过一百多岁。按照上文的分析,"有了四千年吃人履历的我"是狂人的狂语,也是狂人的真语。"吃人"这把锋利的刀,本来是狂人用来刺向历史和现实的,但"有了四千年吃人履历的我"中狂人却将它刺向了自己。狂人以"我"为个体的方式,自觉地承担了"四千年吃人履历"。这个履历,既指白话正文中"从来如此"的历史,又指"狼子村"吃人、狂人的现实环境吃人、"故乡"(文言小序中提及)吃人的现实。因此,狂人作为"有了四千年吃人履历的我"这一主体,自觉地承担起历史与现实。承担历史,因为他发现了历史吃人的本质;承担现实,因为他发现不仅历史吃人还在延续,而且自己可能也是吃人者。所谓"当初虽然不知道"是因为当初狂人只是发现历史吃人,只是感到周围现实要吃他的危险,绝对相信自己是被吃者而不是吃人者;"现在明白"在于之前相信自己是真的人,而现在无法确证自己到底是不是吃人者,怀疑还在继续。

实际上,《狂人日记》中,错杂狂语与理性真语的结合,狂人、"昆"、"余"和鲁迅四重叙事的叠加转化,以及文学汉语欧化因而现代主体得以出场这三者的整合,成就文学汉语的一次真正的突破,共同完成了对历史的穿透、对现实的反抗和现代主体的出场。

如前所引,伊藤虎丸把《狂人日记》中狂人治愈回归现实的结局,看作鲁迅获得新的自我的记录。张新颖认为鲁迅的自我是"与环境共生的自我"①。诚然如此,上文所论"有了四千年吃人履历的我"因肩扛着历史与现

---

① 张新颖:《20世纪上半期中国文学的现代意识》,北京:生活·读书·新知三联书店,2001年,第80页。

实而绽放出一个怀疑的现代主体。这个现代主体在《狂人日记》的白话日记中勇猛活跃,一旦转到文言小序的文言叙事中,即因狂人回归常态现实而趋于沉寂。狂人治愈的过程即失败的过程,狂人又回归常态现实;狂人对现实的抗争只有在"狂"时能实践,一旦治愈就自动消失。从这个意义上去寻找鲁迅的自我仿佛进入了死胡同,因其无法从那个怀疑的现代主体身上获得再出发的可能。因此,除了从狂人治愈的角度发现鲁迅的自我,还须结合另一种方式,即把鲁迅作为"医家"去发现。作为"医家"的鲁迅,即作为叙述者"余"和叙述者"鲁迅"的合体,以其隐含的诊断者的身份完全可以把狂人发狂至治愈的过程内化为自身的体验。狂人治愈的结果虽是必然的,但他发狂的意义却是革命性的。绝望虽然注定,但反抗绝望却是确定自身的方式;等待的终点虽然是坟,但走向坟的过程却是确定自身的方式。因此从这个角度理解鲁迅"与环境共生的自我",这个自我就不会陷入如狂人治愈后与现实一起堕落那样的危险,而是在与现实共生中与现实对抗,以对抗的方式与现实共生,而不是以附属的方式与现实共生。

第十章　周作人

第一节　国语改造与理想的国语

在提倡"五四"新文学的群体中，周作人（1884—1967）最初并不着眼于文学语言的改革，而是注重文学中的思想革命。《人的文学》（1918）、《平民文学》（1919）、《新文学的要求》（1920）、《文学研究会宣言》（1921）、《个性的文学》（1921）、《宗教与文学》（1921）等文无不围绕着"人"的启蒙主题立论。他在《思想革命》（1919）中明确提出："文学革命上，文字改革是第一步，思想改革是第二步，却比第一步更为重要。"①周作人担心新文学白话文未来的危险："中国人如不真是'洗心革面'的改悔，将旧有的荒谬思想弃去，无论用古文或白话文，都说不出好东西来。就是改学了德文或世界语，也未尝不可以拿来做黑幕，讲忠孝节烈，发表他们的荒谬思想。"②正是这种发现"人"和"辟人荒"的先锋性观念奠定了周作人在"五四"新文学初期的重要地位。郁达夫总结"五四运动最大的成功，第一要算'个人'的发现"③，这功劳中周作人也占一份吧。

诚然如此，但也不能断定周作人就漠视文学语言问题。他也承认"文字改革是第一步"；况且，他在1919年2月被北京大学推选为国语统一筹备会会员，这样就被裹挟进文学革命与言文一致双潮合一的洪流中，不得不正视处在白话替代文言与言文一致夹击中的汉字汉语。

同时要注意的是，周作人是一个天生对语言非常迷恋的人。他能从文法（即语法）书中获得一种"特殊的趣味"，可以把文法书当作小说读。这种

---

① 仲密：《思想革命》，《每周评论》1919年3月2日。
② 同上。
③ 郁达夫：《〈中国新文学大系·散文二集〉导言》，见赵家璧主编：《中国新文学大系·散文二集》，上海：上海文艺出版社，2003年影印，第5页。

"特殊的趣味"认为语法是逻辑学的一部分,使人"头脑清晰,理解明敏",语法的变化和结构能"养成分析综合的能力",而"声义变迁的叙说又可以引起考证的兴趣",在他看来文法书真是处处散发着魅力。他称赞严复的《英文汉诂》为"旷野上的呼声",说自己从中得了不少益处;马孙的英文文法书和摩利思的文法书使他受了不少影响;斯威特(Sweet)的《新英文法》、惠德尼(Whitney)、威斯忒(West)、巴斯克威尔(Baskerville)的文法书给了他不少快乐;梁启超的《和文汉读法》、葛锡祺的《日语汉译读本》也可阅读。像松台山人"空前的浪漫的文法书"《日本语典》,例句奇妙不通,他甚至也有兴趣撰文批判。① 其实,周作人早年就开始读文法书。他的日记中记载:1898年农历十一月二十七日借曹骧著《英字入门》一书,十二月九日还。② 14岁的周作人也许重在吸收英文的语法知识,无暇深思书中提及的"英国之字,即英国之语,字由语出,语以字成,自古相沿"③的言文一致特点。正是从小对文法书的阅读培养起来的迷恋,才使周作人成为著名的翻译家,精通英语、日语、希腊语,还懂世界语、德语、俄语与梵语。

对语言的先天的兴趣,加上身兼文学革命的提倡者和国语统一筹备会会员双重身份,使得周作人想避免文学语言的变革问题也不可能,现实让他无法回避,其实主观上他也许也不愿意回避。

这里主要探讨周作人1937年前的语言观以及对国语的设想④,尤其以1927年前为中心,偶尔也会提及他抗日战争期间以及新中国成立后的语言观,但不作整体论述。

一、汉字改革:三种取向

周作人对汉字改革保持冷静的态度,他既没有在钱玄同提出废除汉字的激进主张时呼应支持他,也没有在时过境迁后像鲁迅一样热烈肯定钱玄同激进主张的强大作用。他第一篇成熟地表达汉字改革意见的文章是

---

① 周作人:《日本语典》,《晨报副镌》1923年6月9日。
② 周作人:《周作人日记(影印本)》(上),郑州:大象出版社,1996年,第16页。
③ 曹骧:《英字入门》,上海新北门内城隍庙天主堂街启秀堂书庄石印批发,光绪二十三年(1897)孟夏,第12页。
④ 新文学的提倡者们所用的"国语"一词,其指称至少有两种意义,一种指正在使用的语言,另一种指理想状态的语言。比如周作人的"国语改造的意见"与"理想的国语"就分别指向上述两种意义。

1922年在《国语月刊》第1卷第7期上发表的《汉字改革的我见》。他的汉字改革观念有三种取向值得注意。

第一，汉字改革的实用取向。周作人基于汉字难写难识的理由而主张汉字改革，但他并没有完全否定汉字，没有赞同废除汉字的激烈主张。在这一点上，他与钱玄同、鲁迅的汉字观不同。对于采用哪种拼音方案的问题，他虽然赞同汉字用罗马字拼音，但接着指出这是理想的办法，因为当时教育部已经颁布汉字采用注音字母拼音的方案。其实在周作人看来，最为实用的办法也许还是采用注音字母。他认为钱玄同等人提出的用罗马字拼音的事情可以缓行，当务之急是"改定复音词类与合理的文法组织等"。这其实是汉语的改革内容。

第二，汉字改革的生存取向。周作人从中国人生存的意义上肯定汉字改革，他写道："我相信汉字应当为我们而存在，不是我们为汉字而存在。"① 他反对所谓"国学家"的保守观点，即"人的生存是专为保守传统的文字"，认为这种观点犯了本末倒置的错误。

第三，汉字改革的全民取向。周作人认为汉字改革并不单是替不认识字的"小民"设法，而是为了全国人民，尤其是为了小孩。表面看，这只是汉字改革覆盖的范围拓宽了；实质上，它蕴藏着汉字改革者价值取向的转变。晚清的白话运动和简字运动，都是替"小民"设法②，有意无意地把作为启蒙者的提倡者们以及具备较为充足的物质条件能接受教育的群体，捧放于一个高高在上的位置。中华民国成立以后，国语与注音字母成为全民的问题，从而走上正轨。③ 着眼于全国人民而进行汉字改革，超越了晚清白话运动和简字运动的精英立场，与民国以来知识分子对"国语"的全民性的想象一致。

周作人提出的具体办法是"减省笔画"，他看见小孩写"薑"字很不舒服，认为用"姜"代替更好。这种观念背后也许有他自己独特的个人体验。周作人早年的日记中就有许多减省笔画的字：

夲(舉)目山河皆有異④

---

① 周作人：《汉字改革的我见》，《国语月刊》第1卷第7期"汉字改革号"，1922年8月20日。
② 同上。
③ 同上。
④ 周作人：《周作人日记(影印本)》(上)，郑州：大象出版社，1996年，第36页。

大如鹅卵颇**觉**(覺)可观(觀)①

往**谈**(談)②

试题(試題)③

往南街**谒**(謁)馮棣堂太伯④

赠幼**学**(學)一部⑤

雨往**读**(讀)⑥

母親**仝**(同)延孫兄三弟回家⑦

飲酒二盞酣**醉**(醉)欲睡⑧

伯文**未**(叔)⑨

往山陰**収**(收)**粮**(糧)票⑩

在家**闲**(閑)坐⑪

初一起**斋**(齋)戒七天⑫

辝(辭)別外祖母⑬

闻(聞)拳匪**与**(與)夷人鬥**闹**(鬧)仗⑭

又買六行小信箋一刀五十張洋**弍**(貳)分⑮

括号内的字才是当时书写的通用字。与通用字相较，划线的加黑字为周作人所写，可看作简笔字。简笔字并非周作人所创。简笔字的出现有漫长的历史，不但出现在碑帖中，也大量出现在民间日常应用的书写中。

上述例子中，"言"字旁改为"讠"，"門"字框改为"门"，基本上是统一

---

① 周作人：《周作人日记（影印本）》（上），郑州：大象出版社，1996年，第37页。
② 同上书，第44页。
③ 同上。
④ 同上。
⑤ 同上书，第50页。
⑥ 同上书，第52页。
⑦ 同上书，第53页。
⑧ 同上书，第69页。
⑨ 同上书，第78页。
⑩ 同上书，第101页。
⑪ 同上书，第135页。
⑫ 同上书，第138页。
⑬ 同上书，第142页。
⑭ 同上书，第147页。
⑮ 同上书，第169页。

的,也被新中国成立后的第一批简化字所采用。"學""擧""覺""齋"四字的字头均改为"文",区分虽然不够,但都是为了减省笔画。"学"与"學"、"闻"与"聞"、"同"与"仝"、"叔"与"尗"等在日记中同时出现,表明周作人并非不知道正体字的写法,而是为了书写简单方便,节省时间。

相反,他在留学日本时因受章太炎文字观的影响,翻译域外小说时喜欢采用汉字的古文,以求保持汉字的源发性功能。如:

(1)非操刀兵相傷**衂**(衄)。《说文解字》有"衄"无"衂","衂"为"衄"的俗字。"衄"的意思是挫伤,挫败。章太炎:"衄"为"败衄"。①

(2)痛**愬**(诉)地母。《说文解字》:诉:告也,从言,庐池声。与"謿""愬"两字相通。

(3)巴林奔出,以足**踶**(踢)农夫。《说文解字》:踶,躛也。《说文解字》:躛,卫也。"踶"的本意是以足击物以自卫,相当于现代"踢"字的意义。而"踢"《说文解字》解释为"跌也"。"踢"字以足或脚击物的意思是后起的。章太炎解释:"踶入声为踢","踢"是"踶"的俗字。②

(4)惟**睒**(睐)其目。《说文解字》:睐,目旁毛也。《说文解字》无"睒"字。《集韵》:"睒"同"睐"。章太炎解释:"睐,今作睐。俗语眼相合曰睐,引申义。"③

(5)共博此錢為**賵**(注)。《说文解字》:赗,资也,从贝,为声。或曰此古货字,读若贵。《说文解字》:注,灌也,从水,主声。可见"注"的赌注之义是后起的。章太炎解释:"赗,与货实一字。"④

(6)殊自**媿**(愧)其不武。《说文解字》无"愧"字有"媿"字。媿,惭也,从心,斩声。《康熙字典》:愧,本作"媿",从女。

(7)人在黎**朙**(明)。《说文解字注》(段玉裁):朙,照也。从月,囧之属皆从朙。⑩古文从日。云古文作明,则朙非古文也。……汉石经作明。根据这段解释,"朙"为古文,而"朙""明"是后起的字,不是古文。

这些例子选自周作人所译斯谛勃咢克小说《一文钱》,刊于《民报》第21号,

---

① 章太炎讲授,朱希祖、钱玄同、周树人记录,王宁主持整理:《章太炎说文解字授课笔记》,北京:中华书局,2010年,第212页。
② 同上书,第95页。
③ 同上书,第149页。
④ 同上书,第270页。

后收入《域外小说集》中。① 自然,周作人此时用的"古文",并不在于笔画的多少,而是意图保持汉字的源发性,以求得翻译文中汉语的正当性。他所谓《域外小说集》中采用的字为古文这一说法中的"古文",并非《说文解字》的"古文"概念,理解为不大常用的字体也许更恰当一些。但以这种方式翻译域外小说,在造成翻译失败的"内伤"之外,也许附带着某些并发症,比如对汉字书写繁难的反感。

周作人反对汉语自大观。有人在《教育杂志》上提出"分析语似乎是最文明的民族才能发生"的观点,按照此观点,使用分析语的中国应该是世界上最文明的国家。周作人用反推法指出,同用分析语的安南缅甸文明程度并不高;即使是分析语,也不能挽救中国古文的价值;何况中国语缺少前置词(除了"自""于"等两三个字),即使最文明,也太简单了一点。② 他同样反对中国人的汉字崇拜。"中国是文字之国,中国人是文字的国民。"他批判"文字在中国的一种魔力"其实就是文字崇拜,文字崇拜的背后是一整套落后的道德教化观念。③ 这一点与鲁迅《门外文谈》中的观点基本一致。

在此有必要提及周作人对日语中汉字的评价,他的评价不仅涉及文字,还延伸到语体和语言。他认为日语与汉语在语言系统上毫无关系,日语不过是借用汉字作为符号,这些汉字对日语而言不过是裸体的小孩身上的"小汗衫而已"。他对日语的认识往往联系黄遵宪和梁启超而展开。周作人很佩服黄遵宪眼光的敏锐,认为黄"有点错误本是难怪",但"很能说明和文的特点,即文中假名部分之重要,以及其了解之困难",还能"预示中国白话文的途径,真可谓先觉之士"。④ 周作人对梁启超《和文汉读法》的总的看法是:"一方面鼓励人学日文,一方面也要使人误会,把日本语看得太容易……"⑤周作人对黄遵宪与梁启超对于日语的不同态度作出了区分:黄遵宪重视日语中的假名,因而抓住了日语的特征;而梁启超的和文汉读法忽视了日语本身的特征,突出了汉字的优势地位,反成为缺点。黄遵宪在 19 世

---

① [俄]斯谛勃噩克:《一文钱》,三叶译,《民报》第 21 号,日本明治四十一年(1908)六月十日。《周作人年谱》云该文 1906 年 6 月 10 日载《民报》,恐有误,见张菊香、张铁荣编著:《周作人年谱》,天津:天津人民出版社,2000 年,第 65 页。
② 仲密:《国语》,《晨报》1921 年 9 月 23 日。
③ 岂明:《文字的魔力》,《骆驼草》第 9 期,1930 年 7 月 7 日。
④ 知堂:《和文汉读法》,《日文与日语》第 3 卷第 1 期,1935 年 7 月 1 日。
⑤ 同上。

纪70年代后期出使日本,汉语的优先性先行存在于其文化心态中,不存在汉语与日语谁优谁劣的问题。梁启超在戊戌变法后流亡日本,汉语在世界性上遭遇质疑,所以要强调汉字的优势地位。这种心态在《和文汉读法》中只是初露端倪,《国文语原解》则鲜明地表达了他对汉字汉语的焦虑。周作人相对持有较为理智的心态,他趋向于肯定日语在语言上的独立性,并把这种独立性深入审美领域。他在《日本的诗歌》一文中论述日本诗歌的艺术特点时写道:

> 日本语原是复音的言语,但用"假名"写了,却规定了一字一音,子母各一合并而成,联读起来,很是质朴,却又和谐。每字都用母音结尾,每音又别无长短的区别,所以叶韵及平仄的规则,无从成立,只要顺了自然的节调,将二三及三四两类字音排列起来,便是诗歌的体式了。日本诗歌的规则,但有"音数的限制"一条;这个音数又以五七调为基本,所以极为简单。①

尽管汉字有各种缺点,但是周作人不赞同钱玄同废除汉字采用世界语的激进主张。周作人在关于She字用法的通信中写道:"中国字不够,就拿别国的字来补,原是正当办法。但连代名词都不够,那可真太难了。我极望中国采用Esperanto,一面对于注音字母及国语改良,也颇热心。"②这句话中的"极望中国采用Esperanto"并非废除汉字用世界语代替之意,不然接着说"一面对于注音字母及国语改良,也颇热心"就无法理解。他所谓"采用"极有可能指中国人把世界语当作一种语言来学习。在《国语改造的意见》中,周作人认为一个人学习本国的国语、本土的方言和世界语就足够了。他赞成学习世界语,最基本的着眼点是可以与他国人自由交流与沟通,节省学习各种外语的时间。还有更重要的一点,他非常关注世界语所蕴藏的人文精神。他名之曰"世界精神",又名"世界语主义"③,用现在的话说,有点类似于全球化背景下的世界大同的精神。

二、文言与白话:通向新文学的途中

新文学运动初期的语言问题,即是文言与白话、古文与白话文的优劣问

---

① 周作人:《日本的诗歌》,《小说月报》第12卷第5号,1921年5月10日。
② 周作人:《通信·英文She字译法之商榷》,《新青年》第6卷第2号,1919年2月15日。
③ 周作人:《世界语读本》,《晨报副镌》1923年6月5日。

题以及由此发生的存废之争、正宗与否之争。周作人的立场很鲜明,主张用白话写白话文。如前所引,"文学革命上,文字改革是第一步,思想改革是第二步,却比第一步更为重要"①,这句话基本概括了周作人新文学运动时期的基本立场。"文字改革是第一步"鲜明地表达出他赞同胡适和陈独秀等人提出的白话文学主张;"思想改革是第二步,却比第一步更为重要"则回到他视"个人的解放"为新文学精神的主题。其实,他在1914年发表的《小说与社会》一文中就对通俗小说以趣味为主批判甚多,主张将来的小说应当"以雅正为归,易俗语而为文言"②。短短几年之中,周作人的观点发生了几乎一百八十度的大转弯,外在的主要原因可能是《新青年》杂志对白话文学的极力宣扬对他的诱惑;内在的主要原因可能是他发表《侠女奴》以来十多年的文言实践,并没有对社会产生多大的触动,由此而来的失望感也许暗暗地呼应着改革的需求。

《平民文学》(1919)一文讨论平民文学与贵族文学的区分,指出其重要前提是古文与白话的区分:

> 就形式上说,古文多是贵族的文学,白话多是平民的文学。但这也不尽如此。古文的著作,大抵偏于部分的,修饰的,享乐的,或游戏的,所以确有贵族文学的性质。至于白话,这几种现象,似乎可以没有了。但文学上原有两种分类,白话固然适宜于"人生艺术派"的文学,也未尝不可做"纯艺术派"的文学。纯艺术派以造成纯粹艺术品为艺术唯一之目的,古文的雕章琢句,自然是最相近,但白话也未尝不可雕琢,造成一种部分的修饰的享乐的游戏的文学。那便是虽用白话,也仍然是贵族的文学。③

这段话中的"白话"与"古文"概念相对应,应该理解为"白话文",因为这里谈论的是文学;如果谈文字,则可以把"古文"视为与"白话"相对应的概念而理解为"文言"。新文学运动时期,人们使用的"文言"有时就代指"古文"或"文言文","白话"就代指"白话文"。"古文"可指"文言—古文","白话"可指"白话—白话文",均包含语言与文章两个要素。周作人将"古文"关联"贵族的文学"和"纯艺术派"的文学,将"白话"关联"平民的文学"

---

① 仲密:《思想革命》,《每周评论》1919年3月2日。
② 启明:《小说与社会》,《绍兴县教育会月刊》第5号,1914年2月20日。
③ 仲密:《平民文学》,《每周评论》第5期,1919年1月19日。

和"人生艺术派"的文学时,使用了"多是"和"最相近"一类词语加以限定,仍然可以看出其理论阐释的吃力。不过这不太重要,这段话的重点在于:古文大抵都有贵族文学的性质;白话可以创造平民文学,也可以创造贵族文学,白话文章不一定就是平民文学。所以他非常担心白话文的前途。这是第一层意思。以此观照中国文学史,周作人发现:

> 在中国文学中,想得上文所说理想的平民文学,原极为难。因为中国所谓文学的东西,无一不是古文。被挤在文学外的章回小说几十种,虽是白话,却都含着游戏的夸张的分子,也够不上这资格。只有《红楼梦》要算最好……①

如此看来,以文言写就的古文,即所谓中国传统文学,都不能算平民文学;白话章回体小说虽用白话,但也够不上平民文学的资格。只有《红楼梦》算得最好,但周作人也没有明确说它就是平民文学。这是第二层意思,即从文学史的角度考察,中国传统文学是以古文写成的贵族文学,而白话文学一直被遏制着,够不上平民文学的资格,真正的以白话创造的平民文学在文学史上还没有出现,从而显示出创造平民文学的必要性与紧迫性。他给出"平民文学"的概念:

> 第一,平民文学应以普通的文体,记普遍的思想与事实。
> 第二,平民文学应以真挚的文体,记真挚的思想与事实。②

"普通的文体"与"真挚的文体"两个短语并没有给予白话以明确的重要地位,虽然暗暗地指向白话。"文体"一词虽然有时也包含着语言的因素,但经过"普通"或"真挚"的修饰,语言的因素就显得不那么重要。周作人的基本看法是白话并非平民文学的核心本质,虽然平民文学必须得用白话写成,然而白话写成的并不一定就是平民文学。这是第三层意思。

英国学者苏文瑜认为周作人持之以恒地拒绝同时代文学提倡者的理念:"死的文言将直线进化至活的白话"。③对于周作人而言,他并不否定死的文言将直线进化至活的白话,他关注的是即使死的文言直线进化至活的

---

① 仲密:《平民文学》,《每周评论》第5期,1919年1月19日。
② 同上。
③ [英]苏文瑜:《周作人:中国现代性的另类选择》,康凌译,上海:复旦大学出版社,2013年,第18页。

白话,这种活的白话就是我们理想的白话吗?如果把苏文瑜的观点放到文学层面则相当准确。在胡适、陈独秀那里,白话文学即可直达新文学,只要这种白话是足够现代的白话,即足够现代的书面白话。但是在周作人这里,白话文学不能直达新文学,新文学在他看来是人的文学、个性的文学、平民的文学。这就把白话文学的内面理论拉伸得更富有弹性,打磨得更细密。在他看来,"白话文学"不能简单理解为"白话的文学"。

周作人的《思想革命》以文字①革命与思想革命的二分法谈论文学革命的前途,内含着一个更加基本的二分法前提:文学这一事物合文字与思想两者而成。在这一前提下,他继续推断:"荒谬的思想与晦涩的古文,几乎已融合为一,不能分离。我们随手翻开古文一看,大抵总有一种荒谬思想出现。"②"几乎""大抵"两个词语是因没有对个案进行全部统计才使用的,其实这也是周作人富有弹性的语句方式,不妨碍荒谬的思想与晦涩的古文已经融为一体这一观点的表达,不损害有晦涩的古文必有荒谬的思想这一观念的合理性。那么,非古文就一定没有荒谬的思想吗?这一判断却在周作人那里失效了。非古文的白话既可排除荒谬思想,也可承载荒谬思想。荒谬思想既可用古文承载,也可用白话承载。非荒谬思想用古文不能表达出来,必得用白话表达。胡适与周作人共享的观点有:有晦涩的古文必有荒谬的思想。非荒谬思想用古文不能表达出来,必得用白话表达。两人的不同之处在于:胡适看到的是非古文的白话可排除荒谬思想,周作人看到的是白话有可能承载荒谬思想。两人的观点并非对立,而是取向稍有不同。

基于文字与思想二分的文学革命,也包含着二分的文字革命与思想革命,那么思想革命可以脱离文字革命而实现吗?这一问题对周作人来说至关重要。他所说的"第一步"与"第二步"如何分得清晰?木山英雄的一段话也许能提供有益的启示:

> 通过口语的强调来破坏旧文学,和以诗、小说、戏曲等西方概念的输入为主要内容的"文学革命",其热闹的第一波过去之后,必须树立起来的便是这个思想革命承担者的精神表现,即新的文学语言了。这不仅仅是"小品散文"一个样式的开拓,而应该是关系到新文学血肉化

---

① 此处的"文字"当理解为语言。
② 仲密:《思想革命》,《每周评论》1919年3月2日。

之能否成功的根本课题。①

木山英雄所说的"第一波"指的是"通过口语的强调来破坏旧文学",接下来的一波是建设新的文学语言;因此,这两波不同于周作人所说的"第一步"和"第二步"。木山英雄把"思想革命"纳入"思想革命承担者"之内,即纳入"新的文学语言"之内,这样周作人所说的"文字革命"与"思想革命"就统一于"新的文学语言"的建设。

胡适把白话看作活文字,把文言/古文看作死文字。周作人有不同的看法。他的《死文学与活文学》(1927)一文就对此加以辨析。他提出"不见得古文都是死的,也有活的;不见得白话文都是活的,也有死的"的观点。② 国语(也可理解为白话)与古文的区别,不是"活"与"死"的区分,而是"便"与"不便"的区分,即"能否与人发生感应"。③ 1932 年,周作人在北平辅仁大学讲演中国新文学的运动时重提这一看法。他不同意胡适"古文是死文字,白话是活的"的观点。他以为"古文和白话并没有严格的界限,因此死活也难分"④。他引章士钊闹出笑话的句子"二桃杀三士",别出心裁地说这句话"是白话而不是古文","二桃""杀""三士"等词,都是讲话时用的,并不是古文。他举的例子还有:"粤"字从甲骨文时代就有,我们还在使用。"粤若稽古帝尧"算"一句死的古文",不过死是由于其字的排列法,不是因为这些字是死字。死文字只是因其排列法不同。他得出的结论是:"古文白话很难分,其死活更难定。"⑤

周作人的理解中有一个误区:以为文言与古文等同于古代的字。其实,胡适认为文字无古今,只有死活。这个无古今的意思即在于并不是古代的字就是死文字,否则,所有汉字都是死文字。"粤、若、稽、古、帝、尧"这些字虽然是古字,即产生于古时候,但如果还被运用于我们的口头语中,即为活文字。"粤若稽古帝尧"一句因其排列法而成为"死的古文",正是因其排列法规定了各个字的意义。例如,"粤"在这句"死的古文"中的意思为"言"。

---

① [日]木山英雄:《实力与文章的关系》,赵京华编译:《文学复古与文学革命——木山英雄中国现代文学思想论集》,北京:北京大学出版社,2004 年,第 72 页。
② 周作人:《死文学与活文学》(未完),《大公报》1927 年 4 月 15 日。
③ 周作人:《死文学与活文学》,《大公报》1927 年 4 月 16 日。
④ 周作人讲校,邓恭三记录:《中国新文学的源流》,北平:人文书店,1932 年,第 105—106 页。
⑤ 同上书,第 107 页。

我们的口头语改用"说"。口头语没有在"言/说"的意义上使用"粤",那么在"言/说"意义上的"粤"即为死文字。我们说广东省简称"粤",那么"粤"在广东省的简称这个意义上即为活文字。"杀"在我们口头语中常见自不待言,但"二桃""三士"却不常见。这里不展开讨论。周作人还说,现在所作的白话文中,除了"呢""吧""么"等字比较新一些外,其余的几乎都是古字了。这个观点掩盖了一个语言事实:字还是那些字,可词汇已经很不相同了。从晚清到民国,汉语的词汇已经有很大的变化。幸亏周作人自己举的一个例子对这一观点无形中有所修正。周作人虽然不同意胡适的文字"死活"观,但他认为要表达现在的思想感情,仍然要用白话。他假设了一个例子:有朋友在上海生病,我们得到他生病的电报之后,即赶到东车站搭车到天津,又改乘轮船南下,第三天便抵上海。这件事情如果用白话叙述,不但事实清楚,还能表现出与上海那位朋友的密切关系;如果改用古文,无论如何表现不出来。因为"电报""东车站""火车""轮船"这些现代名词在古文中找不到对应的词语,例如"电报"如果用"信"来代替,则不但不准确,也表示不出事情的紧迫。①

周作人是新文学提倡者中对胡适、陈独秀的白话文学理论最富有批判性的人。这种批判,不处在这些理论的对立面,而是正相反,与胡适、陈独秀的白话文学理论一起朝着建设的方向发展。

三、国语改造:系统构想与中庸机制

周作人对国语的态度主要体现在他的《国语改造的意见》(1922)一文中。这时,文言与白话之争中白话已经奠定胜利的地位。但同时新的问题产生了,那就是胡适所谓的"文学的国语"的建设问题。对于国语的建设,当时有两种观点是周作人所反对的。第一种是用世界语作为国语,这种观点基本不涉及文学,只从中国人普遍使用语言的角度出发设想国语的书写问题。第二种是认为文学的国语只能从中国文言里寻找。针对第一种观点,周作人认为国语是中国人表达自己的思想感情最适宜的工具,既反对国语神圣的主张,也反对以世界语取代国语的主张。周作人自己是世界语的提倡者,他提倡世界语不是要以世界语代替汉语,而是看重世界语中的一种

---

① 周作人讲校,邓恭三记录:《中国新文学的源流》,北平:人文书店,1932年,第108—109页。

精神,周作人称之为世界精神。周作人认为一个人只要学习三种语言,即自己的方言、国语和世界语。"我承认现在通用的汉语是国民适用的唯一的国语。""现代国语是合古今中外的分子融和而成的一种中国语。"①此处的"古今中外的分子"还比较笼统,他在《理想的国语》(1925)一文中对"现代国语"就说得十分具体:"我们所要的是一种国语,以白话(即口语)为基本,加入古文(词及成语,并不是成段的文章)方言及外来语,组成适宜,具有论理之精密与艺术之美。"②周作人对"现代国语"的想象,包含三个方面的内容:第一,现代国语必须以白话即口语为基础。这就确定了现代国语的基础,维护了新文学运动中提倡白话与白话文学的主张。这点把他与胡适区分开来,胡适主张把国语的基本成分定为明清白话小说中的白话。尽管这种白话也是由口语加工而来,但它是明清时代的口语,而不是"现代的"口语。第二,现代国语应当具有包容的品质,作为其基础的口语应尽可能吸收古文的词汇、方言以及外来语,组成适宜的结构。强调国语这种具有包容性的吸收功能,符合语言发展的规律。任何强制性地让语言排除某些成分的意图,都只会使得语言越来越贫弱与苍白,并且最终会失败,因为语言的自我发展会突破这些禁忌。第三,现代国语应具有论理的精密与艺术的美感,凸显其双重功能。古文不适宜于说理,如果现代国语能有论理的精密,则突破了古文的疆域;有人说口语不适宜于艺术文,如果现代国语能有艺术之美,则打破了低估口语者的担忧。

  周作人作为文学家,提倡国语的出发点在于表达个人的情感与思想。他说过,"要发表自己意思非用国语不可;不要发表意思,只须一篇有声调合义法的捞什子便可了事的时候,古文或者倒颇适宜"③。句中"意思"一词,即真切的感情或思想,是周作人喜欢用的词语之一。又说"写文章必须求诚与达,所以用的必得是国语"④。他也重视国语的社会功能:"热心于'往民间去'运动的人如能提倡国语,打破尊崇古文的传统观念,一面传授注音字母(当然酌量加添韵母)或罗马字,使人民皆能藉此传达意见,其益处不在于宣传救国以下。"⑤

---

① 周作人:《国语改造的意见》,《东方杂志》第19卷第17期,1922年9月10日。
② 周作人:《理想的国语》,《国语周刊》第13期,1925年9月6日。
③ 凯明:《古文与写信》,《国语周刊》第8期,1925年8月26日。
④ 周作人:《国语文的三类》,《立春以前》,上海:太平书局,1945年,第120页。
⑤ 凯明:《古文与写信》,《国语周刊》第8期,1925年8月26日。

这里补充一点,周作人在抗战中还强调了国语的统一性,或者说国语的国家功能。他写道:"那么用白话文么,这也未必尽然。说写白话文,便当以白话为标准,而现在白话的标准却不一定,可以解作国语,也可以解作方言,不如说是国语,比较的有个准则,大抵可解释为可用汉字表示的通用白话。他比起方言来或者有些弱点,但他有统一性,可以通行于全中国,正如汉字一样,我们并非看轻方言与拼音字,实在只是较看重国语与汉字,因为后者对于中国统一工作上更为有用。"①基于周作人在抗战中的特殊身份,对他所谓国语的统一性当作更深入的剖析,在此存而不论。

周作人所谓的"现代国语"还是一种理想的国语,现实生活中人们的口语与新文学运动以来的白话文学中的白话都还远远没有达到这种"现代国语"的要求。他在《国语文学谈》(1926)中论及国语的语体问题。国语有口语和文章语两种语体。国语文学就是汉文所写的一切文章,而"古文与白话文都是汉文的一种文章语"。② 如此看来,似乎国语文学中也包括文言古文。周作人把国语文学历史化,把国语汉语化,把国语文学看作汉语文学的新名称,这样很自然就把文言古文也纳入国语文学之中。不必苛责其观点的矛盾性,一则建设时代的主张大多不会十全十美,二则周作人的白话立场还是十分坚定的。他虽然强调"把古文请进国语文学里来",但国语文学必须"弃模拟古文而用独创的白话"则是他的根本观点。他强调"白话文的生命是在独创,并不在他是活的或平民的,一传染上模拟病也就没了他的命了"。③

在周作人看来,汉语存在着种种不足,需要改造。他写道:"中国话多孤立单音的字,没有文法的变化,没有经过文艺的淘炼和学术的编制,缺少细致的文词,这都是极大的障碍。讲文学革命的人,如不去应了时代的新要求,努力创造,使中国话的内容丰富,组织精密,不但不能传述外来文艺的情调,便是自己的略为细腻优美的思想,也怕要不能表现出来了。"④如前所引,与其他语言比较,周作人认为中国语缺少前置词(除了"自""于"等两三个字),即使最文明,也太简单了一点。⑤ 如何改造国语,是当时知识分子特

---

① 周作人:《十堂笔谈·国文》,《立春以前》,上海:太平书局,1945年,第135—136页。
② 周作人:《国语文学谈》,《京报副刊》1926年1月24日。
③ 同上。
④ 仲密:《译诗的困难》,《晨报副镌》1920年10月25日。
⑤ 仲密:《国语》,《晨报》1921年9月23日;引自钟叔河编:《周作人文类编》第8卷,长沙:湖南文艺出版社,1998年,第698—699页。

别关心的问题。有人认为国语要以明清以来的小说做材料,比如胡适;有人认为要以民间的言语为主。周作人认为这两种想法都"偏于保守,太贪图容易了"。他认为明清小说的文体太单调,成就只在叙事方面,不擅长抒情和说理,而民间的言语又"言词贫弱,组织单纯,不能叙复杂的事实,抒微妙的情思"。① 明清小说的语言和民间的言语,都还不能成为理想的国语的主体。理想的国语应当有更高的要求,所以周作人不主张降格以求国语的形成:"假如以现在的民众知识为标准来规定国语的方针,用字造句以未受国民教育的人所能了解的程度为准,这不但是不可能,即使勉强做到,也只使国语更为贫弱,于文化前途了无好处。"②他批评新文学运动以来白话文的缺点"还欠高深复杂,而并非过于高深复杂"③。他提出自己的希望:

> 我们对于国语的希望,是在他的能力范围内,尽量的使他化为高深复杂,足以表现一切高上精微的感情与思想,作艺术学问的工具,一方面再依这个标准去教育,使最大多数的国民能够理解及运用这国语,作他们各自相当的事业。④

周作人设想的国语改造要从四个向度进行。

第一,采纳古语。采纳古语,不是返回古文。周作人批判古文的种种做法与功利性,态度非常坚决,但又强烈主张新的白话文采用古文中的词语,以补现代白话——不论是口头的还是书面的——的不足。这一观点,与新文学初期提倡者们反对文言的步调并不一致,仿佛不识时务,然而确实有其辩证合理之处。毕竟文言经过了文学的长期锤炼,有些是可以被白话征用的。但即使采纳古语,也不是无理地复活不必要的古语。他举了一个希腊驱逐外来语、恢复古语的僵硬的例子:学生在家吃面包(Psomion)而在学校读作 Artos(面包的古文)。他认为国语宜采纳古语中的形容词、助动词、助词。对于这些古语,周作人的态度是尽量采用,因为"求国语丰富适用是第一义"。⑤

第二,采纳方言。新文学初期,刘半农、周作人等人曾经发起歌谣研究

---

① 周作人:《国语改造的意见》,《东方杂志》第 19 卷第 17 期,1922 年 9 月 10 日。
② 周作人:《理想的国语》,《国语周刊》第 13 期,1925 年 9 月 6 日。
③ 周作人:《国语改造的意见》,《东方杂志》第 19 卷第 17 期,1922 年 9 月 10 日。
④ 同上。
⑤ 同上。

会,周作人对民歌语言的"坏处"多有批判:"中国情歌的坏处,大半由于文词的关系。""久被蔑视的俗语,未经文艺上的运用,便缺乏了细腻的表现力;简洁高古的五七言句法,在民众诗人手里,又极不便当,以致变成那种幼稚的文体,而且将意想也连累了。"①但是他非常称赞刘半农的《瓦釜集》模仿四句头山歌的方言诗歌创作,虽然立意可能重在诗歌体式的探求,但未尝不藏着从民歌对方言的运用中窥探某些经验的意图。

周作人主张从方言汲取生命以丰富白话。他认为:"有许多名物动作等言词,普通白话中不完备而方言里独具者,应该一律收入。"②直到晚年,周作人还是坚持这一主张。比如碗,国语中只有大碗小碗之分,而在绍兴话里区别很多:有汤碗、饭碗、三炉碗、二炉碗、斗魁、强盗碗、海碗、博古碗、猫砦碗等。③ 比如玉蜀黍,北京叫老玉米,江苏叫珍珠米,安徽叫芦苞,东北称苞谷,河北称棒子,绍兴叫二菽蒲。④ 他提出的具体方法是调查方言,充分整理,挑选流通最广、字面明白的纳入国语。⑤

第三,采纳新名词。新名词增加是中国语吸收外来词的常态。唐代的佛经翻译、清末的欧化都输入不少新名词。周作人建议不断输入未曾有过的新名词,并不断修订已经输入的新名词,因为有些不免"拙笨单调"。"洋油"不如改作"煤油"或"石油","洋灯"改作"石油灯","洋火"改作"火柴"。后者存于国语中,前者不妨存于方言中。⑥ 他在《新名词》(1927)一文中谈新名词的创造与运用:文人固然能造就新文体,但造出新名词的力量大多还是新闻家,文人的力量并不够大。但新闻家与教育家有点儿低能,有时甚至恶俗得可厌。比如"模特儿"和"明星"两个新名词,前者指人体描写的模型,后者指艺术界的名人。但经新闻家的运用,味道全变了:模特儿指不穿裤子的姑娘,明星指影戏的女优。在日本也有类似的情形,"自然主义"几乎成为野合的代名词。⑦ 周作人这里提出的是新名词被创造之后如

---

① 周作人:《中国民歌的价值》,见刘复:《瓦釜集》,北京:北新书局,1926年,第87页。
② 周作人:《国语改造的意见》,《东方杂志》第19卷第17期,1922年9月10日。
③ 龙山:《碗的名字》,1952年2月6日《亦报》;引自钟叔河编:《周作人文类编》第9卷,长沙:湖南文艺出版社,1998年,第838页。
④ 木山:《国语与方言》,1951年11月18日《亦报》;引自钟叔河编:《周作人文类编》第9卷,第836页。
⑤ 同上书,第837页。
⑥ 周作人:《国语改造的意见》,《东方杂志》第19卷第17期,1922年9月10日。
⑦ 岂明:《闲话拾遗三八·新名词》,《语丝》第134期,1927年6月4日。

何运用的问题,并不是反对汉语吸收新名词。

第四,主张国语欧化,以求国语语法的严密化。周作人非常重视国语欧化,认为国语不经欧化,采纳古语、采纳方言、吸收新名词的效果将极微,甚至等于零。他的欧化主要落实在语法上:"欧化实际上不过是根据国语的性质,使语法组织趋于严密,意思益以明瞭而确切,适于实用。"但是那种僵硬的翻译也是有害于国语建设的。这种翻译,不是荒弃文法,造成词不达意,就是拘泥文法,滥用外国语的习惯程式,超出国语的能力。不通用的古代句法如"未之有也"不能加入国语中,而照搬外国句式如"我不如想明从意念中"也不应加入国语中。①

1918年,有名叫张寿朋的读者给《新青年》写信,批评周作人的《古诗今译》"阳春白雪,曲高和寡"②,并陈明自己的语言观:

> 中国文字里面夹七夹八夹些外国字,这种体裁,寿朋绝对不赞成。即如前面写的那几个外国字,要把一幅纸移转来写,好不费神。读起来,又不能成诵。中国文字的写法,发笔本从左而右,顾行列则从右而左,殊不可解。如今可以把行列改作从左而右,较为方便;或竟改作横列,则夹西文为便,然读时毕竟困难。鄙意以为必须用外国字的意义添造些中国字,由中央大学研究会订定一部字典出来,久则必能通行全国。非但名词可造,即疏状词也可以造,乃至本国普通俗话之所有而文字之所无者,亦须要造。如是,方足以资新文学之应用也。鄙意如取六书会意之法,则经济可造个"捌"字。(从手,从利)。世界语可造个"謡"字。(从言,从通)。或"誁"字。(从言,从共)。论理学可造个"諲"字,(从言,从理省)。或"詥"字。(从言,从法省)。如取谐声之法,则用西文之首音以为其声,而以"贝"字"言"字等偏旁配之。或一义一字,或一义两字随便。其音务明瞭,笔画不宜太多。盖所重者在字义,字义既详定于字典中,(并附西文原字,)则虽村学究亦能知之矣。③

周作人除认可张寿朋提出的横行书写外,其余都持不同看法:

> 《牧歌》原文本"高",译的不成样子,已在 Apologia 中说明,现不再说。至于"融化"之说,大约是将他改作中国事情的意思;但改作以后,便不是译本;如非改作,则风气习惯,如何"重新铸过"?我以为此后译

---

① 周作人:《国语改造的意见》,《东方杂志》第19卷第17期,1922年9月10日。
② 张寿朋:《通信·文学改良与孔教问答》,《新青年》第5卷第6号,1918年12月15日。
③ 同上。

本,仍当杂入原文,要使中国文中有容得别国文的度量,不必多造怪字。又当竭力保存原作的"风气习惯,语言条理";最好是逐字译,不得已也应逐句译,宁可"中不像中,西不像西",不必改头换面。①

周作人坚持以"直译"的方式来改造国语,已经完全不同于晚清时期刚刚进行翻译时的"编译"方略。"直译"的目的不仅仅在于实现翻译的"信"与"达",更重要的在于铸造国语的品性,即"要使中国文中有容得别国文的度量"。这样才能实现他所说的"理想的国语":"我们的理想是在国语能力的范围内,以现代语为主,采纳古代的以及外国的分子,使他丰富柔软,能够表现大概的感情思想……"②

周作人的国语改造方略包括如下内容:第一,汉字汉语虽然有种种缺点,但他不主张废弃汉字采用其他文字。他的汉字改革体现了实用、生存和全民三种价值取向,与胡适、鲁迅的汉字改革有一致之处,但不同于钱玄同和鲁迅的废除汉字观。第二,在解析文言与白话、白话与新文学的关系时,周作人坚持文字/语言与思想的二元论,由此坚持白话/白话文与新文学/白话文学的二分法,即白话/白话文不能直接通达人的文学、个性的文学、平民的文学。第三,他设想的理想国语是以现代口语为基础,吸纳了文言、方言和外国语的有益分子熔铸而成的语法趋于严密、语句丰富柔软,适合于表达情感思想的国语。继而提出改造国语的多种路径:采纳古语、采纳方言、采纳新名词以及国语欧化。

周作人的国语改造方略以及对理想的国语的想象,因其平稳的姿态而不具备强劲的冲击力,好像一杯温开水,不冷不烫。这背后支撑的意识还是他的中庸思想。平稳、系统、实用和理智是他的中庸观念在国语改造方略上的具体体现。

一个身染沉疴的人,需要猛药遏制病情的发展,这一步走完之后,则需要长期调养,不能再用猛药。周作人的国语改造方略更像关于白话的调养单方。陈独秀以白话文学为正宗的不容讨论之论,钱玄同的废除汉字采用世界语之论,鲁迅的汉字结核菌之论,傅斯年的白话文欧化之论,胡适的采用西式标点符号之论,国语统一筹备委员会的推行注音字母方案之策,凡此种种对于传统的文言以及文言文来说,无疑是一剂多种毒性药材组合的猛

---

① 周作人:《通信·文学改良与孔教问答》,《新青年》第5卷第6号,1918年12月15日。
② 周作人:《国语改造的意见》,《东方杂志》第19卷第17期,1922年9月10日。

药,不到几年时间便推倒了文言以及文言文的正宗地位。而如何把刚刚扶上正宗地位的白话锤炼为理想的国语,却是一个很大的难题。

大致于20世纪20年代中期开始,之前的国语建设与文学革命双潮合一开始解体,国语建设走上偏重拼音方案制作一路,而新文学的发展也开始走向多元化。虽然在30年代出现过大众语文学运动,40年代也提倡过方言文学,但都没有对国语建设或文学发展产生过重要推动作用。新中国成立后对普通话的提倡和现代汉语的确立,产生了一个新的矛盾:普通话/现代汉语的普遍性要求与文学语言个人化之间的矛盾。前者作为民族国家的基本诉求,自有其正当性,但也排斥文言、方言和欧化,比如,把"文白夹杂"作为一种语病而导致对文言的无形拒绝,50年代的现代汉语的概念中不包括方言,汉语欧化问题也因意识形态而遭到贬斥。因此之故,直到今日,我们所使用的汉语还不能说成了一种"理想的国语"。举一个简单的例子,韩少功的《马桥词典》、张炜的《丑行或浪漫》、金宇澄的《繁花》发表后,其中的方言因子让读者们惊奇不已,这不妨看作对理想国语的一种渴望,虽然这些文学作品的方言表达还不能进入理想国语的建设中。

第二节 文言实践:汉语造型与文体感知

周作人曾在《我的复古的经验》(1922)一文中有些快意地总结三次"复古"的失败。所谓"复古",指的就是文言实践,包括文言翻译和文言书写。因为复古而且失败,他才会那么坚定地走上提倡新文学的新途。他早年模仿严几道和林琴南"以诸子之文写夷人的话的办法"而翻译域外小说,结果《域外小说集》销售极少[①],他的"复古的第一支路"也即第一次复古失败。他瞧不起《圣经》的官话本,又不满足于《圣经》的文理本,决心用更古的文言翻译《四福音书》和《伊索寓言》,其实只有想法,没有实践,因此他"复古的第二支路"也即第二次复古失败。中华民国成立后,他模仿希腊古文,取消圈点,整块连写,这些文章多发表在《绍兴教育会刊》,结果也没有多大反

---

① 据周作人回忆,《域外小说集》上下两册,在东京寄售处共销售41本;在上海销售处销售的具体数目不清楚,但周作人估计也不过卖出了"二十册上下",即使上、下两册各"二十册上下",也即40本左右。总计销售80本左右。周作人:《域外小说集序》,周作人译:《域外小说集》,上海:群益书社,1929年,第2页。

响和成就。这"复古的第三支路"即第三次复古也以失败告终。① 这三次复古从晚清延续到民国初年,其实并不能涵盖周作人1918年开始白话实践之前的所有文言实践。更为重要的是,三次复古虽然失败,却不能抹去它们留给周作人的语言感知的经验。因此,有必要对1918年周作人进行白话实践之前的文言实践作一整体的描述。

一、抵制八股文与知识转型

要不是1893年周作人祖父周介孚科场作弊泄露,也许周作人会顺利走上科举的道路。不过,即使周家因科场案而走向困顿,周作人还是接受了比较良好的传统教育,这种教育的目标就是参加科举考试。1901年5月他参加绍兴县院试不中,1901年9月离开家乡赴南京求学,后入江南水师学堂学习,新的课程以及新的报刊改变了青年周作人的想法。1902年12月,他拒绝回家乡参加科举考试,但其实要真正放下中国传统读书人的发展道路,心里的煎熬不难想见:

> 十一月十陆日……下午作论,文机钝塞,半日不成一字。饭后始乱写得百余字,草率了事。顾予意甚喜,此予改良之发端亦进步之实证也。今是昨非,我已深自忏悔,然欲心有所得,必当尽弃昔日章句之学方可,予之拼与八股尊神绝交者,其难如此。②

这是他当年真实心情的描绘。第二天他口占《焚书》一诗:

> 焚书未尽秦皇死,复壁犹存哲士悲。
> 降士惟知珍腐鼠,穷经毕竟负须麋。
> 文章自古无真理,典籍于今多丐词。
> 学界茫茫谁革命,仰天长啸酒酣时。③

并对上述诗歌有所解释:

> 今世之人,珍经史如珍拱璧,此余所最不解者也。其他不具论,即以四书五经言之,其足以销磨涅伏者,不可胜数;又且为专制之法,为独夫作俑,真堪痛恨。至于浮词虚语,以并名学家所谓丐词者,尚其最小

---

① 周作人:《我的复古的经验》,《晨报副镌》1922年11月1日。
② 周作人:《周作人日记(影印本)》(上),郑州:大象出版社,1996年,第361—362页。
③ 同上书,第362页。

者耳,余尝恨秦皇不再,并非过论,同志之士,想亦为然。当不见斥为丧心病狂态,即斥为丧心病狂,亦余所不辞者也。①

这里有两点值得注意。第一,他很赞同秦始皇焚书,还嫌秦始皇焚书不够彻底,所留书籍足够害人。这种激进的反传统文化的姿态,在周作人身上非常少见。第二,他引用新词语入诗入文,比如"革命""涅伏""丐词"。"革命"一词并非中国传统意义上的朝代更替,而是指事物性质的彻底改变。"涅伏"一词是英文单词 nerve 的音译,现译为"神经"。"丐词"可能出自严复所译《穆勒名学》,该书开篇即讲"界说",并引出"丐词":

> 故于发端之始,姑为界说,以隐括所欲发挥讲论之大意,且亦有先为臆造界说。而后此所言,即以望文生义,此则本学所谓丐词者也。②

"丐词"即逻辑学上的预期理由,因其所设界说已经预先包含所要得出的结论而被逻辑学禁止。

周作人坚决拒绝参加科举考试,如此激烈地主张焚书,与他进入江南水师学堂后大量阅读新的报刊和书籍有关。这些新的报刊和书籍,有的是向同学借来的,更多的是鲁迅给他带来(鲁迅在南京时)或汇寄过来的(鲁迅在日本时)。这里选取 1902 年 12 月周作人拒绝参加科举考试前后几个月所读报刊书籍作个简要说明,材料引自周作人的日记:

(1902年)九月

十二日　看物竞论

十五日　夜看西学大成

十九日　看天演论

二十日　夜看天演论数页

廿一日　夜看天演论

廿五日　摩西传一本

十一月

十一日　借法学通论

十二日　堂中发大板英国字典一本

---

① 周作人:《周作人日记(影印本)》(上),郑州:大象出版社,1996年,第362页。
② [英]穆勒:《穆勒名学》(一),严复译,上海:商务印书馆,1931年,第1页。

十三日　看法学通论

十四日　看法学通论半卷

十五日　看法学

(1903年) 二月

初五日　借中国文明小史

初六日　看中国文明小史竟

初九日　托……购女报或男女交际论

十三日　新小说第一号权利竞争论各一本,看十余页

十四日　上午看新小说竟

三月

初四日　看新民报二册

初九日　看民约论二卷、东洋之佳人

初十日　看新广东一本,下午看日本维新英雄儿女奇遇记

十一日　看浙江潮之小说不佳,看民约论

廿九日　看清议报

四月

初二日　看经国美谈

报刊有:《清议报》,梁启超主编,在日本出版;《新民丛报》,梁启超主编,在日本出版;《浙江潮》,浙江留日同学会主办,在日本出版;《新小说》;《新广东》。这些都是传播新知识的刊物。新书有:《西学大成》,王西清编,上海醉六堂书坊,1895年;《天演论》,英国赫胥黎著,严复译,1898年;《中国文明小史》,日本田口卯吉著,刘陶译,上海广智书局,年份不详;《东洋之佳人》,日本东海散士著,马汝贤译,1888年;《日本维新英雄儿女奇遇记》,日本长田偶得著,中国逸人后裔译,1901年;《民约论》,可能是《路索民约论》,法国卢梭著,杨廷栋译,上海文明书局,1901年;《经国美谈》,日本矢野龙溪著,周逵译,1901年。

周作人日记记下的阅读心情:

七月十四日,礼拜,晴。上午阅《名学》乙卷,睡少顷。下午阅新会

梁任公启超(横滨《新民丛报》总撰述,自称"中国之新民",亦号"饮冰室主人",著有《自由书》《中国魂》等书,其余论说著述尚多,不及纪)所著《现世近世界大势论》一卷,四月出板,后附《灭国新法论》,词旨危切,吾国青年当自厉焉。又看那特牷《政治学》上编一卷。夜阅《开智录》,不甚佳。夜半有狐狸入我屋,驱之去。①

年十月初七日,礼拜四,晴,甚冷。晨看《中国魂》半卷,其中美不胜收,令人气壮。上午又阅半卷。午体操。下午看《中国魂》,至夜灯下始竟。②

综观以上所引材料,周作人阅读很广,涉猎西学的众多学科。《西学大成》这套书按照不同学科编排,包括算学、天学、地学、史学、兵学、化学、矿学、重学、汽学、电学、光学、声学。③《西学大成》的"西学"以自然科学为主,但晚清知识界的"西学"还包括政治学、逻辑学、法学、历史学、文学等人文社会学科。当然,周作人不一定把所列的每一本书都读完了,即使读完,对每一本书的观点也不一定能彻底消化,但不管怎么样,他的视野已经非常开阔,开始摆脱中国传统的以"四书""五经"为中心的知识结构。自然,周作人拒绝参加科举考试,并不表示他所受的科举训练就随之失效,尤其是他对八股文的体味以及在文章中的运用,更不会在意念转化之间就彻底摒弃,必须得经过其他的语言实践才能化解科举训练的遗毒。

署名"会稽十八龄女子吴萍云"的《说死生》(1904)也许是周作人所发表的最早的论说文④。以此大致可见周作人早期论说散文的特征,尤其是与八股文之间的关系。《说死生》一文从中国存亡的高度谈论生死问题。开篇一段提出死生是一大问题,处今日人种竞争之世界,我四万万同胞将日迫于死。这一问题也是晚清学界在进化论思想引导下关心的时代问题。第二段批判我民族贪恋今生物质享受而不惜屈膝投降。第三段担心我民族畏死但最终不免受祸而死。第四、五段发出呼吁:与其老死等死病死,还不如为自由而早死战死。虽然此文不是代圣贤立言,但短短的论文要论述如此大的问题,只能立论高远而论述粗疏了。文章结构虽然不失起承转合的曲折,但

---

① 周作人:《周作人日记(影印本)》(上),郑州:大象出版社,1996年,第346页。
② 同上书,第357页。
③ 王西清、卢梯青:《西学大成》,上海:醉六堂书坊,光绪乙未年(1895)秋。
④ 周作人另一篇文章《论不宜以花字为女子之代名词》,署名吴萍云,同刊载于《女子世界》第5期,1904年5月15日。

内部逻辑层次却不清晰。尤其是文章的语句造型带着鲜明的八股腔调:

> 天地一蟪蛄,百年一旦暮,死生之问题,渺乎小哉! 年华不再,白发催人;老大徒悲,头颅责我。处今日竞争之世界,而不展长袖于舞台,与强敌争一旦之命,惟是优游没世,消磨志气于秋月春花,断送生涯于米盐琐屑,初不知美雨欧风且将横渡太平洋而东袭,人种竞争日趋剧烈,而我四万万人类馆里的动物,迫于自然之陶汰,将日以困,日以病,日以死,日以尽,必至于大兽哀龙,同归澌灭而后已。嗟嗟! 人生百年,莫不有死,泰山鸿毛,毫厘千里,耗矣哀哉! 我黄帝子孙也,以世界之贵种,神明之世胄,徒以不能参透死生之理,至欲免死而日迫于死。倘于一息尚存之际,以谋光复,而竟生存,其尚有一线之生意乎? 嗟我同胞,男儿死耳,盍归乎来!①

这段话语词宏大,气势很足,刻意寻求对句的工整,声调铿锵而理据软弱,逻辑性欠缺,散发着浓烈的八股文气息。另外,周作人写于1912年的《代师滥校牛教员致前监督肚君书》②采用八股腔调、四六式对比句,以反讽的手法讽刺辛亥革命后官场以至社会的阴暗面。由此可以反观周作人对八股文的熟悉。

二、文言翻译与汉语造型

周作人的翻译,始于《侠女奴》(1904),其原作是英文版《天方夜谭》里的《阿里巴巴和四十大盗》。③ 周作人回忆其译文"用古文而且带着许多误译与删节"④,可见与晚清翻译界的风尚大致一致,即采用文言语体和编译策略。如果以1909年在东京出版的《域外小说集》为界,周作人的文言翻译大致可分为三个阶段:第一阶段是1904年发表《侠女奴》至1908年出版《匈奴奇士录》;第二阶段自然是两册《域外小说集》;第三阶段就是之后翻译的《炭画》和《黄蔷薇》等少数作品,直到1918年2月发表被他自己称为"第一篇白话文"的《古诗今译》。⑤ 周作人的文言翻译有十多年之久,中间

---

① 会稽十八龄女子吴萍云(周作人):《说死生》,《女子世界》第5期,1904年5月15日。
② 鹤声(周作人):《代师滥校牛教员致前监督肚君书》,1912年2月21日《越铎日报》;引自钟叔河编订:《周作人散文全集》第1卷,桂林:广西师范大学出版社,2009年,第233页。
③ 参见宋声泉:《〈侠女奴〉与周作人新体白话经验的生成》,《中国现代文学研究丛刊》2016年第5期。
④ 作人:《学校生活的一叶》,《晨报副镌》1922年12月1日。
⑤ 周作人:《知堂回想录》(下),石家庄:河北教育出版社,2002年,第383页。

肯定有或显或隐的变化,最明显的是翻译《域外小说集》时采用不常见的字。在此不打算梳理周作人翻译过程中这些细微的变化,而是重点把握他的文言翻译在汉语造型上的基本特质。

第一,尝试区分叙事人称的表达,趋向汉语的现代规范。

周作人所译爱伦·坡的《玉虫缘》中,人称代词的运用情形如下:

第一人称大体用"予",无论是叙事语言还是人物语言,不过偶尔用"吾""我""余"。比如叙事者"予"与黑人迦别的对话中有如下句子:"病乎! 吾正忧其如此。但其病状何如乎?"①"迦别,汝之所言,我已略知大意。"②这两处用"吾"和"我"似乎没有特别理由,也许是译者的疏忽,使得叙事者的自称没有统一。莱格兰在知道迦别把左眼右眼弄错后狂喜:"嘻,是矣,吾思必如是。我果知之。妙甚妙甚!"③"吾""我"同用,也许是表示莱格兰狂喜时的语无伦次,但似乎没有这么夸张。"方余归时,途中遇 G—大尉自炮台出"④和"言次复向余曰"⑤两句中用"余"。

第二人称大体用"汝",没有用"尔""你"等称呼。不过译文中有一个明显的区分:叙事者"予"与好友莱格兰对话时,称呼对方均用"君"(有一处用"汝"),而叙事者"予"、莱格兰与黑人奴仆迦别对话时,称呼迦别一律用"汝"。迦别是莱格兰的黑人奴仆,因此"君""汝"之别暗示着等级区分。迦别称呼叙事者和莱格兰都用"汝",也许是表明黑人奴仆语言通俗,不会使用尊称。

周作人的《孤儿记》为半编译半创作的小说,叙事者用"吾"自称:"吾今所欲言者,即为是村中之事。"⑥"吾"与故事主人公阿番没有任何关系,也非故事发生地仓原山黯澹村人,因此可以断定,"吾"非故事中人。叙事者"吾"的身份类似中国古代话本小说的说书人,并非故事中人物之一。"述者曰……此上所言,吾非甚言其恶,殆不过其本相耳"中"述者"与"吾"是同一个人物。⑦ 叙事者身份的混杂,表明了周作人叙事话语的未成熟状态。

---

① [美]安介坡:《玉虫缘》,碧罗译述,上海:文盛堂书局,1936年,第11页。
② 同上书,第12页。
③ 同上书,第40页。
④ 同上书,第5页。
⑤ 同上书,第6页。
⑥ 周作人:《孤儿记》,止庵编订:《周作人译文全集》第11卷,上海:上海人民出版社,2012年,第652页。
⑦ 同上书,第684页。

第二,合理吸收古文白描的长处。

《域外小说集》的序言中,鲁迅写道:"域外小说集为书,词致朴讷,不足方近世名人译本。特收录至审慎,移译亦期弗失文情。"①"近世名人译本"在文学领域肯定是指林译小说,此集与林译小说的不同在于多选择弱小国家的短篇小说,体现了这个时期周氏兄弟在文学上的审美诉求,"异域文术新宗,自此始入华土"②。从文学汉语的角度看,有两点值得注意:"词致朴讷"和"弗失文情"。"朴讷"就是返璞归真,质朴简洁,这样的汉语美学追求往往流于枯瘦无光,因此"弗失文情"就使得"朴讷"走向润泽有了可能。尽管这序言为鲁迅所写,但是《域外小说集》两册16篇,鲁迅译3篇,周作人译13篇,因此不妨也看作周作人在文学汉语上的追求和实践。如果以这样的文学汉语的美学追求来看周作人前期的翻译,其最大的特色则在于发挥古文文言白描的特长,状物写人多有生动之处。中国散文,从先秦的史传,到汉代的史书,再到唐宋的古文,最后到清代桐城派古文,都很重视白描的手法。周作人的文言翻译根据小说原文的描写特色,也充分发挥了白描的长处。

法国摩波商(现通译莫泊桑)的《月夜》,写长老于月夜去窥探侄女与男子的约会,在路上所见的景色:

> 小园浴月,果树成行。小枝无叶,疏影横路。有忍冬一树,攀附墙上,时发清香,似有华魂,一一飞舞显和夜气中也。长老吸颢气咽之,如醉人之饮酒。徐徐而行,心自惊异,几忘其侄矣。未几至野外,长老止立。瞻望四野,皎然一白,碧空无云,夜气柔媚。蛙蛤乱鸣,声声相续,如击金石。月光冶美,足移人情。益以杜鹃歌声宛转,如摧入梦。是靡靡之音,适助人晶存也。长老前行,而意甚颓唐,亦不自知其故,惟觉力尽。欲席地少休,赏物色之美。更进则有小溪曲流,水次列白杨数树。薄蔼朦胧,承月光转为银色,上下弥曼,遍罩水曲,若被冰绡。长老止立,万感交集,心不自宁,觉复有疑问起于匈中矣。③

---

① 鲁迅:《域外小说集·序言》,会稽周氏兄弟纂译:《域外小说集》第1册,东京:神田印刷所,己酉年(1909)二月二十一日。
② 同上。
③ [法]摩波商:《月夜》,周作人译,会稽周氏兄弟纂译:《域外小说集》第2册,东京:神田印刷所,己酉年(1909)六月十一日,第16—17页。

全段尽写月色之温柔,有一波三折之妙。长老在浴月小园的路上,以疏影写月光皎洁,重点写温和夜气中的清香;长老在野外皎然月色下,听到的是蛙蛤乱鸣、杜鹃宛转,突出月色下声音之靡靡;最后,写长老看到的月色下小溪曲折、薄蔼朦胧之美。果树的清香,声音的靡靡,薄蔼的朦胧,全部在皎洁月色的温柔怀抱中,人的嗅觉、听觉、视觉享受着月色的温柔,长老正是逐渐被温柔月色所俘获,不自觉地陶醉其中,从而对自己的窥探产生了疑问。全段的妙处在于景物之美"移人情"的过程。如果与朱自清的白话名篇《荷塘月色》写月色比较,《荷塘月色》的语言在于多用比喻,让人想象无限,本段则多用白描,让人陶醉其中,各有妙处。

第三,努力实现文情具足的美学特质。

周作人在《域外小说集》再版时所写的序言中称此集"句子生硬,'诘诎謷牙'"①,配不上再印。其实如果考虑到当时周氏兄弟正是白话文学的开创者的身份,文学白话的生长还刚刚起步,他对自己翻译用的古文文言特别加以贬抑,也在情理之中。有学者认为《域外小说集》"文情之描写却很见枯瘦,不充分,甚至苛刻地说则是失败"②。这样重的断语可能受了周作人序言的影响。文情并非指铺张华丽,而是语言能充分表达人物情感,上文所举摩波商《月夜》写月色与朱自清《荷塘月色》写月色,都称得上文情充足。如果从周作人的翻译看,不论是《域外小说集》,还是之前的《侠女奴》《红星佚史》《匈奴奇士录》《玉虫缘》等,在描写人物的行为和语言上,有许多有声有色之处。《侠女奴》中女仆曼绮娜的机智,《红星佚史》中王后美理曼的骄横,《玉虫缘》中黑人迦别的愚忠,《乐人扬珂》中扬珂渴望一摸胡琴的热烈,《塞外》中威昔利冰天雪地中为女儿去请医生的坚定,无不跃然纸上。这里举三例:

(1)斯时予凝视诸物惊喜之状,不可言喻。莱则默然寡言笑,似因激昂过甚而疲劳者。迦别面色异常,作青黑色,呆然而立,如失知觉。少顷,起跪于穴中,以两臂插入黄金中,色甚自得。良久,彼乃太息自语曰:"凡发见此珍重之物者,皆玉虫之力也。此绮丽之玉虫,是即予前此所恶口谩骂者也。今竟何如?黑奴,汝能无羞死?汝将何辞以对?"③

---

① 周作人:《域外小说集序》,周作人译《域外小说集》,上海:群益书社,1929年,第3页。
② 王友贵:《翻译家周作人》,成都:四川人民出版社,2001年,第36页。
③ [美]安介坡:《玉虫缘》,碧罗译述,上海:文盛堂书局,1936年,第44页。

（2）帝自念曰："吾不知织工制锦,今已何若？"又忆前言,凡不称厥职,或愚蠢人,虽视不见,复深异之。帝因自计,此不足惧,唯当先遣人觇之耳。乃思索曰："吾将遣老丞相往视织者,锦美如何,量必能见。盖丞相智人,亦善尽职,人所弗及也。"丞相受命,往入其室,二人方对空机而织。丞相瞠目视之,心自念曰："天乎天乎！何吾不能有所见也！"然不肯言。二人见客,邀之进,示以空机,问如此文采,合公意否？老人睁目力视,终无所见,乃自思惟曰："嗟乎嗟乎！岂吾乃愚人耶？吾自意不至此,且当弗令人知。抑吾岂又不称吾职耶？慎勿言不能见锦也。"其一伴织,问之曰："明公见锦,不置一辞,何也？"丞相出眼镜审视之,曰："此锦甚美,大可人意,文采俱佳,吾当奏之皇帝。此锦甚悦我矣。"①

（3）老人已龙钟甚,牵抱小儿坐膝上,儿则嬉笑,举手欲揽其髯。老人视之,不复能堪,心几欲裂而为二矣,辄急起,即置儿于地,出至圃中,力掘不已,汗流遍体,犹不休歇。逮力尽,乃返室,出食饱啖,食已沉睡,如铁石然。②

（1）段选自《玉虫缘》,三人掘宝成功,惊喜情态各异,"予"与"莱"略些,详写黑人迦别刚刚见到宝物时惊奇呆立,拥抱黄金自得满意,最后以黑奴身份自责,黑人的本分真实如现眼前。（2）段选自大家十分熟悉的安徒生童话《皇帝之新衣》,皇帝狡诈,先命丞相去看织锦。丞相观看织锦的过程着意在心理活动的描写,不见织锦的疑惑、自问、告诫、自审,最后说出织锦甚美的谎言,过程流畅清晰,非常生动。多运用短句,加上"天乎天乎""嗟乎嗟乎"等呼告语,感叹句和设问句的叠用,也、耶、乎、矣等虚词的润滑,使丞相震惊与虚伪的心理毕现。（3）段选自希腊作家蔼夫达利阿谛斯的《老泰诺思》。泰诺思爱妻因难产而死,留下女儿弗罗琐,弗罗琐酷似母亲,泰诺思视作掌上明珠,可是弗罗琐生子后出走不归,丈夫发狂,泰诺斯一人抚养小儿。这段文字写他用劳动来舒缓痛苦,读后令人唏嘘。

第四,文言翻译遭遇欧语碰撞,留下许多汉语创伤。

周作人的文言翻译尽管取得了上述可圈可点之处,但是因为遭遇了欧

---

① ［丹麦］安兑尔然:《皇帝之新衣》,周作人译:《域外小说集》,上海:群益社,1929年,第40—41页。

② ［新希腊］蔼夫达利阿谛斯:《老泰诺思》,周作人译:《域外小说集》,第311页。

语(在周作人的前期翻译中主要指英语)与汉语的碰撞,也留下了难以克服的硬伤。周作人翻译美国作家爱伦·坡的 The Gold Bug 时,对于书中"形容黑人愚蠢,竭尽其致"①的叙事态度多有不满。黑人指的是仆人 Jupiter,周作人翻译成迦别,迦别的愚蠢表现在使用英语时"用语多误",这种有错的英语如何处理呢? 周作人在《例言》中说:"至以 There 为 Dar, It is not 为 taint,译时颇觉困难,须以意逆,乃能得之。惟其在英文中可显黑人之误,及加以移译,则不复能分矣。"②"意逆"这种无可奈何的选择只能牺牲了语言层面的光彩。如:

> 予曰:迦别,汝是言意何在? 何故?
> 迦别曰:玉虫爪甚完全(英语故 Cause 与爪 Claws 音相近,故迦误会),其嘴亦锐利,其凶恶实为仅见,彼蹶且啮,无物能近之。初麦撒捕之之时,指为所啮,致复飞去,尔后予拾得一纸包之,始就捕,顾以终不敢以指捕捉。其嘴之怪异甚可怕,予以纸屑少许纳入其嘴,乃不复啮。③

参照原文,"予"是小说的叙述者,黑人迦别向主人报告不正常的情态,主人询问原因是什么,迦别把"cause"听成"claws",于是演化出对金甲虫的介绍;迦别的语句是地道的英语方言,发音颇异,使得叙事颇有情致。但是翻译成汉语,这些语言上的别致全部消失了,失去了原文的韵味。当然这种情形不只是文言的问题,到了白话翻译的时代,同样面临这样的问题,但是对于周作人来讲,文言应对文学英语的多变是措手不及的。

周作人用古文翻译,无法处理英语中一些细微而具神韵的地方。王尔德的《快乐王子》中,快乐王子和叙述者对燕子的称呼前后都有细微的变化。王子首次请求燕子的时候,称燕子是 swallow, swallow, little swallow;王子与燕子熟悉之后,称 dear little swallow;叙述者最初称燕子是 swallow,等到燕子将要死去的时候,称 the poor little swallow。王子和叙述者对燕子称呼的细微变化,体现出故事的流动,也体现出王子和叙述者对燕子的感情由浅入深的发展。而周作人的翻译全部用"燕子"一词,前面的修饰语统统被砍掉,这是因为汉语古文中主语很少有修饰语。古文对于异域语言的规则采

---

① [美]安介坡:《玉虫缘》,碧罗译述,上海:文盛堂书局,1936 年,"例言"第 1 页。
② 同上。
③ 同上书,第 14—15 页。

取忽视排斥的态度,也暴露出汉语如果要在文学的层面上更有力度地、更自由地传达异域语言的神采,就必须突破古文的封闭,或者颠覆古文的传统。

周作人曾经谈到自己用古文翻译《域外小说集》的经验,一是学习严复、林琴南"用诸子之文写夷人的话"的语言运用,一是学习章太炎用古字的语言运用,如把踢改为蹢,把耶写成邪。周作人调侃说:"多谢这种努力,《域外小说集》的原板只卖去了二十部。"① 周作人对此记忆犹新,他认为复古给他的好处是"知道古文之决不可行",此路不通,碰壁之后可以开辟新路。其实《域外小说集》卖不出去并不完全由于古文不可行,还有时代的审美趣味等因素,但是这一事实无意中宣告了一个征兆:从文学汉语的方面看,古文文言面对域外小说/域外语言因没有广阔的自由空间而可能走向衰落。周作人对古文文言的抛弃可能还来自他阅读林译小说产生的抵制之心。周作人学习古文的对象,除了林纾外,还有严复、梁启超、章太炎等人。林纾无疑是最重要的人物,可是林纾对于古文的语言铸造有很多限制:不用公安派和竟陵派的轻佻语,举袁中郎文章中的用语为例,认为像"粪艘"、(丽人)"汗透重纱如雨"、"便宜人"都不可以入古文;不用宋朝人的语录讲学的口语;不用诗家句,不用律赋语,因为诗家之语近纤,律赋之语多骈;不用佛家之语,甚至不用老庄之言,因为有损古文文体的纯净;不用东瀛流播之新名词,因其不特杂糅,直成妖异。② 这样的语言禁忌周作人很反对,因为其背后是"儒学"的支撑:"取义于经,取材于史,多读儒先之书,留心天下之事,文字所出,自有不可磨灭之光气。"③ 这是林纾论文的核心所在,因为这种道学气,林纾的某些译文就成为周作人所说的"恶札"。因此,周作人抛弃古文文言而选择新的言语表达就有了内在的可能。

三、文言书写与文体感知

周作人在"五四"新文学运动之前的汉语实践,主要是文言实践,包括文言翻译和文言书写。文言书写有日记、私塾习作、文言述学文章、时评、记人叙事文以及旧体诗词。除了旧体诗词外,其余的文言书写都包含在今天所说的"散文"领域中。这一章节的论述也以他的"散文"为主。

---

① 周作人:《我的复古的经验》,《晨报副镌》1922 年 11 月 1 日。
② 林纾:《春觉斋论文》,见《论文偶记 初月楼古文绪论 春觉斋论文》,北京:人民文学出版社,1998 年,第 99—112 页。
③ 同上书,第 112 页。

1899年正月十五日，周作人的日记如下：

> 传柑节 晴，早起。仝茗山叔往和记，食早饭，下舟（衍生伯茗山叔昌叔莘叔及余五人）。舟中舱颜一曰水月一曰咏而归。联曰：湖光潋滟晴方好，山色空蒙雨亦奇。又，清风明月添豪兴，镜水稽山入画图。又，官舍不离青雀舫，人家多在白苹洲。午至调马场，坐兜轿行山中，过一岭，约五伯级，下山行二里，过一溪，径丈许，长数丈。舁者赤足而渡，水及骭上。下有圆石，颗颗大如鹅卵，颇竟可观。再行二里始至。一路鸟语花香，山环水绕，枫叶凌霜，杉枝带雨。倘得筑以茅屋三椽，环以萝墙一带，古书千卷，同志数人，以为隐居之志意，而吾将终老乎其间。①

周作人回忆自己文言趣味的获得来自《聊斋志异》和林译小说，而不是什么"四书""五经"、正史典籍。《聊斋志异》是中国文言短制的一个高峰，鲁迅说"风行逾百年"②，赞颂的人非常多。《聊斋志异》的文言最大的特色是简洁传神，也就是鲁迅说的"偶述琐闻，亦多简洁"，并且"于详尽之外，示以平常，使花妖狐魅，多具人情"③。如《红玉》开篇写冯翁在月下见红玉的情景："忽见东邻女自墙上来窥。视之，美。近之，微笑。招以手，不来亦不去。固请之，乃梯而过，遂共寝处。问其姓名，曰：妾邻女红玉也。"④寥寥数十字，把红玉的出场写得婉转有致，人情与文情融会一体，丰满充实。《聊斋志异》的文言的另一特色是多用典故，鲁迅批评其"用古典太多，使一班人不容易看下去"⑤。可是对于周作人来说，多用典故也许并非一件坏事，而是多了一层咀嚼的余韵。因此，简洁而具文情，用典而通涩味，也许正是周作人所说的《聊斋志异》等书的文言趣味。

周作人早期文言书写的第一个鲜明特征是喜欢采用"我/吾+类别名词"的结构，试举数例如下：

> 我四万万人类馆里的动物
> 我黄帝子孙也，以世界之贵种，神明之世胄
> 嗟我同胞，男儿死耳，盍归乎来

---

① 周作人：《周作人日记（影印本）》（上），郑州：大象出版社，1996年，第36—38页。
② 鲁迅：《中国小说史略》，《鲁迅全集》第9卷，北京：人民文学出版社，2005年，第219页。
③ 同上书，第216页。
④ 蒲松龄：《聊斋志异》（上），上海：上海古籍出版社，1997年，第276页。
⑤ 鲁迅：《中国小说的历史的变迁》，《鲁迅全集》第9卷，第343页。

我中国民族之污点也

我民族既以驯顺称于世……①

此殆我中国女子之代表也

我女子之不出现于世界也久矣

我女子亦遂自认为玩具

吾女子所不受者也

吾甚望吾同胞吾姊妹,一脱此恶根性也②

此亦我女界之不幸

此我女子所不任受者也

则吾中国亦有其人在③

这种群体性自称,与八股文所要求的代圣贤立言的代言体完全不同,虽然仍有代言体的痕迹,但已经从圣贤向普通民众下移。它呼应着晚清的时代之音,即呼求"群"的觉醒。从"五四"时期往回看,则这种表达仿佛是"五四"时期的个体表达"我是……"的准备阶段,是从传统的代言体向现代的个人表达的过渡形态。很显然,周作人这种群体性自称还处于不成熟状态。慢慢地,这种群体性自称消失了。周作人民国最初几年的文言书写中,完全不见这种群体性自称,但是那种个体的表达仍然掩盖于文言表达体系中。

周作人文言书写的第二个鲜明特征是开始使用西方标点符号。其实早在他翻译的《侠女奴》中已经开始有西方标点符号。而《好花枝》(1905)中已经大量使用,试举几例如下:

  阿珠。大气闷。思庭前花开正烂漫。妒花风雨恶!无情!无情!恐被收拾去。愁。!野外。?花落。?明日不能踏青去。?!

  咦!阿珠忽瞥见篱角虞美人花两朵。凉飔扇。微动。好花枝!不落。?否。!阿珠前见枝已空——落花返枝。!

  落花返枝。?

  蝴蝶。!

---

① 会稽十八龄女子吴萍云(周作人):《说死生》,《女子世界》第5期,1904年5月15日。
② 吴萍云(周作人):《论不宜以花字为女子之代名词》,《女子世界》第5期,1904年5月15日。
③ 病云(周作人):《女祸传》,《女子世界》第2卷第4、5期合刊,1907年5月15日。

蝴蝶飞去。!①

这两段文字采用了问号、感叹号、破折号等西式标点符号,造成句子的"残缺"。句子的"残缺"不但不影响语义的完整,而且能搅动语义的流动,让人更容易去感知阿珠思绪的跳跃。那"落花返枝"的语意跳跃,到最后蝴蝶飞去的失落,其间的心理跨越,如果不借助这些标点符号,很难这么简洁地表达出来。

　　周作人的文言翻译和文言书写,接应了中国传统文言书写中多用散句、追求文情俱足、善用白描的文脉,以抵制八股文的声韵追求;以"群"为主的叙事人称修改了八股文中代圣贤立言的叙事伦理;采用新式标点符号,多用散句,打破了八股文中"比"和"股"的刻意雕琢;翻译中原作语言与原作文体也在慢慢渗透到译者的语言实践中,引发新的语言造型的诞生和对原有文体的偏离。

　　周作人的文言实践,主要包括两类文体,即小说叙事文体和论述文体。在文言实践中,周作人还没有把文言翻译中叙事文体的叙事性因素融进自己的个人表达之中,这种融汇直到白话实践中才完成。文言书写的论述文体则有一个发展过程。周作人《女祸传》(1907)②开篇写景抒情引出蛾眉倾国之叹,接着回到当下的"女祸"之说,把祸害落实在"破国丧家"上。这在当时的周作人看来,不过是对一家一姓的封建朝廷的祸害。文章中间部分多在介绍《圣经·创世记》中夏娃的故事,结尾引出陈圆圆的故事,则又认同"女祸"之说。这篇文章结构严重失调,介绍夏娃故事的部分冗长,而论述部分太短太弱,立场也不鲜明。《见店头监狱书所感》(1907)开篇即介绍俄国人克罗颇特庚(克鲁泡特金)的《俄法狱中记》,以今典入文,并非直接破题,对行文方式有所改变。不过全文大半都在讲叙克鲁泡特金的说法,文末仓促结尾,论述无力。③《论俄国革命与虚无主义之别》(1907)先讲叙俄国革命的历史,再阐发虚无主义的内涵,最后合论两者之不同。尽管文章本身的质量不高,但其行文结构不同于之前的文章。④《论文章之意义暨其使命因及中国近时论文之失》(1908)在周作人早期的论述文中是一篇大文

---

① 萍云(周作人):《好花枝》,《女子世界》第2卷第1期,1905年1月15日。
② 病云(周作人):《女祸传》,《女子世界》第2卷第4、5期合刊,1907年5月15日。
③ 独应(周作人):《见店头监狱书所感》,《天义报》第11、12期合刊,1907年11月30日。
④ 独应:《论俄国革命与虚无主义之别》,《天义报》第11、12期合刊,1907年11月30日。

章,虽然其内部结构也有些松垮,好像是几篇文章的组合体,但在行文上有两个重要特征。第一,以概念先行,引出论题。比如,在第一个大的段落中,先论述"国民""国民思想"的概念,然后回到中国国民思想的问题上来。在第二个大的段落中,先论述"文章"(literature)的概念,然后回到近时中国文章之失的主题上来。第二,全新的知识结构成为论文依据。"文章"(literature)的概念完全跳出了中国传统的观念,直接从西方引入。周作人所说的"文章",即现在所说的"文学"。他写道:"原泰西文章一语,系出拉体诺文 litera 及 Literatura 二字。"① 接着列举西方名家对文章的论述,包括 Worcestor、Hallam、Brooke、Jebb、Vinet、Gauckler、Saunders、Posnett、Bascom 等人,综合其缺点有三:第一,没有界说;第二,不完全;第三,多走极端。最后提出宏德(Theodore W. Hunt, 1844—1930)的观点:

> 文章者,人生思想之形现,出自意象、感情、风味(Taste)。笔为文书,脱离学术,遍及都凡,皆得领解(Intelligible),又生兴趣(Interesting)者也。②

周作人的观点基本上来自宏德的《文学:原则与问题》一书的第二章。周作人从四个方面总结"文章"(literature)的特质,概念先行和新的知识结构的结合,已经使得其文体形态出现了新的样式。

第三节 白话实践(一):白话翻译与汉语造型

周作人曾认为自己的白话实践始于1918年的《古诗今译》。实际上在此之前,他已有过白话实践。他曾经用白话回复过鲁迅的白话来信,只是他的这封白话书信可能没有保存下来。钟叔河所编《周作人散文全集》收有周作人写于1918年之前的另外两篇白话文,分别是《侦窃》(1910)和《活狲国》(1914)。《侦窃》署名"顽石",原载1910年7月26日《绍兴公报》;《活

---

① 独应(周作人):《论文章之意义暨其使命因及中国近时论文之失》,《河南》1908 年第 4 期,1908 年 5 月。
② 同上。原文为:"Literature is the Written Expression of Thought, through the Imagination, Feelings and Taste, in such an untechnical form as to make it intelligible and interesting to the general mind. English Literature, consequently, is such an expression of English thought to the general English mind." Theodore W. Hunt, *Literature: Its Principles and Problems*, New York: Funk & Wagnalls Company, 1906, p.24.

狲国》署名"仲密",原载 1914 年 6 月 3 日《笑报》第 138 号。"顽石"和"仲密"确实都为周作人的笔名,只是周作人从未提过这两篇文章,自编文集等也从未收入过。从这两篇文章的白话来看,模仿人物语气,富有生活气息,非常直白,与周作人后来的白话有一定的差别。如果真是周作人所写,则不妨看作他白话的起步。另外,周作人在翻译作品中也运用过白话。他所译希腊作家霭夫达利阿谛斯的《闺情》(1914)中,病中少女说道:"爱我不爱我?"①这是病中少女所说的唯一一句话,也是全文中唯一一句白话。这句白话,与全文叙事的文言语句和文中所有其他人物的对话所用的文言形成鲜明对照,非常刺眼。也许译者采用白话是要突出少女的谵妄之态,非用这简洁的五个字不可,否则不足以表达少女内心的纠结。

虽然如此,1918 年翻译《古诗今译》采用口语体②,仍然不妨看作周作人有意进行白话实践的开端。也就是说,周作人的白话实践,仍然从翻译开始。有学者给予《古诗今译》非常高的地位,认为它"既是周作人实践并表达其翻译理念的核心文献,同时亦构成了以《新青年》为场域的文学革命运动的核心文本,周作人也以此为标志,正式加入了由胡适最先倡导的现代白话文的写作行列"③。"核心文本"之说显然过头,从文学观念、文体转换和汉语造型等角度衡量《古诗今译》,它都不能成为文学革命运动的核心文本,而"正式加入"之论倒是非常贴切。

周作人多次表明自己的翻译向来采用的是"直译法":"我的翻译向来用直译法,所以译文实在很不漂亮,——虽然我自由抒写的散文本来也就不漂亮。我现在还是相信直译法,因为我觉得没有更好的方法。但是直译法也有条件,便是必须达意,尽汉语的能力所及的范围内,保存原文的风格,表现原语的意义,换一句话就是信与达。"他举了一个例子说明直译法的特征:翻译 Lying on his back 时,"卧着在他的背上"是死译;"坦腹高卧 以至卧北窗下自以为羲皇上人"是胡译;"仰卧着"才是直译,也即意译。④

---

① 启明:《闺情》,《丞社文丛》第 2 期,1914 年 12 月;引自钟叔河编订:《周作人散文全集》第 1 卷,桂林:广西师范大学出版社,2009 年,第 385 页。
② 周作人:《〈点滴〉序》,《点滴》,周作人辑译,北京:北京大学出版部,1920 年。
③ 张丽华:《无声的"口语"——从〈古诗今译〉透视周作人的白话文理想》,《中国现代文学研究丛刊》2011 年第 1 期;收入中国人民大学文学院编:《翻译与二十世纪中国文学研讨会论文集》,北京:人民文学出版社,2012 年。
④ 周作人:《陀螺·序》,《语丝》第 32 期,1925 年 6 月 22 日。

在此，我以"五四"初期周作人的译作为中心展开论述，包括《酋长》《媒婆》《古诗今译》等译本以及各类小诗和散文诗的译作。《酋长》和《媒婆》均有文言译本和白话译本，而《古诗今译》则处在他白话翻译的起点上。这样处理的目的在于更好地把握周作人在外语与汉语、文言与白话的双重格斗中的汉语塑造。此处的"白话"指的是书面白话，与"五四"时期人们所说的现实的"国语"相当。

一、《酋长》的重译

《酋长》是波兰著名作家显克微支（1846—1916）的短篇小说。周作人文言译本《酋长》译于1912年，后收入20世纪20年代重版的《域外小说集》；1918年用"国语"重译，题目仍为《酋长》，刊于《新青年》第5卷第4号。关于用白话重译文言译本，周作人在《酋长·附识》中有简要说明：

> 可是那种"古文"，已经用不得。便从新起草，用国语改译。虽然依旧拙劣，但用适当的言语翻译，神气还能保存，不至于硬变"史汉"，似乎还对得起作者：这是自觉极喜欢的事。①

可见，周作人重译《酋长》，目的在于"用国语改译"以保存原作的"神气"。这里的"国语"显然指当时的书面白话。例如：

> 居民昼则从事于市肆工场、或公司中，晚则集响尾蛇街之酒家曰金旸、室中唯闻日耳曼音、曼声呼 Mahlzeit, Mahlzeit（饭时矣、饭时矣。）或缓语 Nun ja wissen Sie, Herr Mueller ist das aber moeglich?（汝知否、缪勒君、此能尔乎？）以及杯罍相触、麦酒泼地、或喷沫作声，又见其众神气镇靖、举止濡缓、肥俗之面、如鱼之目、几疑身入柏林酒肆、而非却跋多废墟间也。然镇中凡百 ganz gemuetlich（完全愉快，）亦不复有追怀往事者矣。②

这段文言文中，"集响尾蛇街之酒家曰金旸"一句语句杂糅，可以说"集响尾蛇街之金旸酒家"，也可以说"集响尾蛇街之酒家，酒家曰金旸"。《酋长》从文言译本到白话译本的改写，显示了其译文白话趋近汉语规范的特质。

---

① 周作人：《酋长·附识》，《新青年》第5卷第4号，1918年10月15日。
② ［波兰］显克微支：《酋长》，周作人译：《域外小说集》，上海：群益社，1929年，第279—280页。

"室中唯闻……又见……"的长句中,分句之间分属关系不清楚。"此能尔乎"和"凡百"等语表意不清。整段文字语气不畅通。再看国语版:

> 他们日里在机房,工厂,事务所度日;晚上便到响尾蛇街的金太阳酒店。人如听那缓慢的喉音,说 Mahlzeit Mahlzeit(饭时了饭时了,)或慢腾腾的说,Nun ja wissen Sie, Herr Mueller ist das aber moeglich?(你可晓得,Muller 先生,这事可能么?)和酒杯相碰,啤酒落地,或泡沫喷发的声音;看见那种迟缓从容的态度,肥大的俗脸,鱼一般的眼睛;就要猜是在 Berlin 或 Muchen 酒店里,不是在 Chinvatta 的废墟。但在镇里,现在无不 ganz gemuetlich(十分舒服,)也没有人想起废墟了。①

与文言版比较,国语版增加了原文语句和单词的数量,比如 Berlin、Muchen 和 Chinvatta。这种方式是"五四"时期书面白话的特征之一,也是汉语欧化的表征之一。不论是翻译还是创作,都喜欢采用外国词语。"晚上到响尾蛇街的金太阳酒店"一句很清楚明白。"人如听那……看见那种……就要猜是……"也是长句结构,语气比文言版要畅通。

再看一段:

> 晚上八点钟了,好一片星夜。微风从郊外吹来,带着橘林香味;镇内的风,却多混着麦面气息。马戏场已是一片火光。极大的松树火把,插在正门上,烟蓬蓬的烧着。微风一阵,吹得黑烟和火焰乱卷。戏场照在火光中间,是一座新建的木棚,圆形尖顶,上插美国的星旗。门外立着许多人,多是要不到戏票,或没钱买票的;他们看戏班的大车,和东大门所挂的画幕,上面画着白人同红人战斗的图画。有时偶然拉开幕,显出里面的休息酒场,千百只玻璃杯,排在桌上。②

这段白话完全符合现代语法,每个句子的主语都非常清楚,标点断句准确,简洁有神,情韵满满,文气充足。这在当时已经是非常好的国语。

二、《媒媪》与《媒婆》

《媒婆》为希腊拟曲,其文言译本《媒媪》刊载于《中华小说界》第 10 期,后用国语改译成《媒婆》(1921),收入译文集《陀螺》。《媒婆》仅记叙了一

---

① [波兰]显克微支:《酋长》,周作人译,《新青年》第 5 卷第 4 号,1918 年 10 月 15 日。
② 同上。

个片段:媒婆瞿列斯劝丈夫远赴埃及的少妇寻找新的男人。周作人的文言与白话在表达"人情之微"上哪个更胜一筹?这是我关心的问题。从文言的《媒媪》到白话的《媒婆》,其改动处有:人物名字的改动。少妇"美德列该"改为"美忒列该",媒婆"瞿利斯"改为"瞿列斯",婢女"忒勒娑"改为"色莱沙"。白话本中增加了几处对话,让前后意思更连贯一些。

文言本《媒媪》中美德列该吩咐婢女:"忒勒娑!(忒勒娑上)可试酒缶,注酒三升,和以水,授媪牛饮之。"三升酒加上水,似乎不是夸张的表达。但这让一位妇人去喝完,无异于严酷的惩罚。"牛饮"这样的词语恐怕是译者想出来的,原文中没有对应的词。白话本《媒婆》改为:"色莱沙!(色莱沙上)把那个大碗擦干净了,倒三吊子的酒,再羼上水,给她喝去。"这话何等简练生动,干脆利落。以"擦""倒""羼""给""喝"分别代替"拭""注""和""授""饮",呈现出一种真实具体且富有生命质感的力度,表达了美忒列该作为主妇既能不卑不亢地接待长者,又能于尊重中表达逐客的意思。

文言本《媒媪》瞿利斯的劝说:

> 孺子。汝良艰辛。老于孤寂之中。独拥寒衾。渐以憔悴。其为时已几何耶。曼特列思去埃及已十阅月。未尝有一字相寄。嗟乎。彼已忘汝。湛湎于爱神之酒矣。汝知埃及全区。实亚孚罗迪谛(爱神名)之祠堂。世界万物。无不具备。富贵荣华。声闻逸乐。帝王神女。学士狡童。文苑大庙。金盘宝玉。角抵演戏。醇酒妇人。咦、以言妇人。抑何其数之多也。吾凭幽冥女王而誓。埃及多妇人。过于天上之明星。其状皆都丽。如昔巴黎斯所遇神女。吾渎神名。甚多罪。第汝独温寒衾。何所得者。行自憔悴以死。无有知者。芳菲之时。瘗于灰烬。今可善自遣。姑易行二三日。别求新友。自行乐耳。汝知一舟一碗。未为安泊。一旦曼特列思殂落。百事皆已。人死不能复生。孺子当知暴风起于清和之日。无人能知未来事者。青春之时。倏忽已逝。①

《媒婆》改成:

> 是了,我的姑娘,你像寡妇一般在孤独里忍受你的寒衾,预备挨到什么时候去呢?自从曼特列斯出发往埃及去以后,十个月亮来了又去,他还连一封信也不寄给你。一定他已经忘记了你,在新的泉水里喝醉

---

① 启明:《希腊拟曲二首·媒媪》,《中华小说界》第1年第10期,1914年10月1日。

了。你知道,那全个国土是恋爱女神的一个宫殿。一切的物事,我告诉你,凡是在地上存在,或是能够寻到的,在埃及那边都很充足:财帛,角力,权力,晴暖的天,名誉,赛会,哲学家,黄金,美少年,双生神的庙院,大王,博物馆,酒,大家所喜欢的一切的好东西,还有那些女人哩!——我凭了冥王立誓,便是天上也没有这许多的星,——而且又都美丽,正如那女神们,在她们往巴里斯那里去讨美的赏品的时候:——愿她们不要听到我说这话这才好!但是你,可怜的人,这是什么意思,你坐在这里去温那孤榻呢?你预备让老年不意的追到,叫死灰吞尽你的青春么?你走别一条路罢;且换了你的心思,过两三天看:同别个新朋友寻点欢乐。下着一个锚的船,不算泊得安稳。一旦曼特列斯死了,一切便都完了;而且没有人能够回生的,孩子。你知道青天会起风暴,无人能知未来的事情。人生是永远这样的无定。①

比较上述两段文字,很显然《媒婆》中的白话段落更符合媒婆这一身份的特殊语气。其中有两处值得特别提及。第一,描写埃及物产充足丰饶的一段文字,《媒媪》中的"富贵荣华。声闻逸乐。帝王神女。学士狡童。文苑大庙。金盘宝玉。角抵演戏。醇酒妇人"变为《媒婆》中的"财帛,角力,权力,晴暖的天,名誉,赛会,哲学家,黄金,美少年,双生神的庙院,大王,博物馆,酒,大家所喜欢的一切的好东西,还有那些女人哩"。在意思的表达上,文言译本以抽象的概写为主,并且所用词语没有一个外来词,全部为中国文言所有的词语,这样就无法吸收新的信息,从而彻底抹掉了原文的异域色彩。白话译本中,"哲学家"和"博物馆"是外来词;"双生神的庙院"也很特别;"财帛""权力""黄金"等是对"荣华富贵"的具体化;而"晴暖的天"这一表达自然景物的语词也别有趣味。"酒,大家所喜欢的一切的好东西,还有那些女人哩"比"醇酒妇人"更能顺畅地转入下文,又更能突出媒婆劝说的焦点——美忒列该的丈夫在埃及要么自己沉迷于女色,要么被埃及女人所诱惑,反正是彻底忘记了美忒列该。在词语的构造上,文言译本全用文言四字短语,单调乏味;而白话译本则以双音节词和三音节词为主,塑造出一种参差不齐的结构,整齐又灵活多变,更具有语言的艺术之美。第二,文言译本表达埃及妇人之多以及美丽时,重复单调,层次不鲜明,而白话译本则不同:

---

① [希腊]海罗达思:《媒婆》,周作人译:《陀螺》,北京:新潮社,1925年,第21—23页。

"……还有那些女人哩!——我凭了冥王立誓,便是天上也没有这许多的星,——而且又都美丽,正如那女神们,在她们往巴里斯那里去讨美的赏品的时候:——愿她们不要听到我说这话这才好!"没有重复的单调,借助三个破折号富有层次地表达出三层意思:埃及妇人比星星还多,埃及妇人如去找巴里斯评判的三位美丽女神(赫拉、雅典娜和阿芙洛狄忒),媒婆担心惹三位女神生气。白话译本的结构与表达比文言译本更为严密。

三、《古诗今译》的白话修改

1918年2月,周作人的《古诗今译》刊于《新青年》第4卷第2号。他在引语中申明古希腊Theokritos的牧歌,"信中国只有口语可以译他"。译文用的是书面白话,但他自认有两个缺点:"一,不及原本,因为已经译成中国语。""二,不像汉文,——有声调好读的文章——因为原是外国著作。"①译作不如原作是翻译界的普遍现象,不能算缺点;译作不像声调好读的文章也很正常,除非把翻译当成改写。其实,声调好读的文章有好的,也有很次的。何况周作人自己就强烈反对那种声调铿锵、押韵谐和的汉文。

周作人解释自由诗的创作:"口语作诗,不能用五言七言,也不必定要押韵;止要照呼吸的长短作句便好。"②"止要照呼吸的长短作句",看上去只是要符合人的生理节奏,其实人的呼吸长短何尝不与人的情绪节奏相关?他认为自由诗造句要像人的呼吸一样自然就好,不要特意扭曲其节奏。周作人所译的Theokritos牧歌第十,对话角色为甲(Milon)和乙(Battos)。译文用散文口语体,Battos的歌词如山涧的青草,散发着抒情的清香。后来周作人把这篇译文改译过,用《割稻的人》为译名发表于1921年12月4日《晨报副镌》,1925年收入译文集《陀螺》时又作过修改。可以通过比较三个译本的不同来观察周作人翻译白话的塑造。

> 咦,你每Pieria的诗神,帮我来唱袅娜的处女,因为你每惹着凡物,都能使他美丽。
>
> 他每都叫你黑女儿,你美的Bombyka,又说你瘦,又说你黄;我可是只说你是蜜一般白。
>
> 咦,紫花地丁是黑的,风信子也是黑的;这宗花,却都首先被采用在

---

① 周作人:《古诗今译》,《新青年》第4卷第2号,1918年2月15日。
② 同上。

花环上,

羊子寻着苜蓿,狼随着羊走,鹤随着犁飞,我也是昏昏的单想着你。

倘使 Kroisos 古代富人的宝藏,都归了我呵,我每要铸二人的金像,献与 Aphrodite 恋爱女神你手握着一支箫,一朵蔷薇,或是一个苹果;我穿着鲜衣,两足着了 Amyklai 做的新靴。

唉,美的 Bombyka,你的脚像雕成的象牙,你的声音甜美催人睡,你的风姿,我说不出。——①

你们比呃洛思山的诗神,帮助我来唱那袭娜的处女,因为你们触着一切物事,你女神们,都能使他完全美丽。

他们叫你黑姑娘,你美的滂比加,又说你瘦,又说你黄,只是我说你蜜一般白。

唉,紫花地丁是黑的,有字的风信子也是黑的;但是这些花朵都首先被采用在花鬘上。

山羊寻苜蓿,狼追着羊走,鹤追着犁飞,但是我只昏昏的想着你。

倘使人们说的克洛梭思的宝藏,都属于我呵!那么我们两人的肖象,全是金的,将献给恋爱的女神(Aphrodite):你拿着你的萧,一朵蔷薇,或是一个频果;我穿着鲜衣,两脚上着了亚米克来地方做的新鞋。

唉,美的滂比加,你的脚像雕成的象牙,你的声音是瞌睡的甜美,你的风姿,我说不出来——②

你们比呃洛思山的诗神们,帮助我来唱那袭娜的少女,因为你们神女触着一切,即使一切美丽。

大家叫你黑姑娘,可爱的滂比加,又说你瘦,又说你黄,只是我说你是蜜白。

紫花地丁是黑的,有字的风信子也是黑的,但是这些花朵都首先被采用在花鬘上。

母羊寻苜蓿,狼追着羊走,鹤追着犁飞,但是我只昏昏地想着你。

倘若传说的克洛梭思的财产都属于我呵,那么我们将献两人的金像给那爱的女神:你拿着你的萧,一朵蔷薇,或是一个频果;我穿着鲜衣,两脚上着了亚米克拉地方的新鞋。

---

① 周作人:《古诗今译》,《新青年》第 4 卷第 2 号,1918 年 2 月 15 日。
② [希腊]台阿克利多思:《割稻的人》,仲密译,《晨报副镌》1921 年 12 月 4 日。

可爱的滂比加,你的脚是象牙,你的声音是阿芙蓉,你的风姿,我说不出来。①

Ye Muses Pierian, sing ye with me the slender maiden, for whatsoever ye do but touch, ye goddesses, ye make wholly fair.

They all call thee a *gipsy*, gracious Bombyca, and lean, and sunburnt, 'tis only I that call thee *honey-pale*.

Yea and the violet is swart, and swart the lettered hyacinth, but yet these flowers are chosen the first in garlands.

The goat runs after cytisus, the wolf pursues the goat, the crane follows the plough, but I am wild for love of thee.

Would it were mine, all the wealth whereof once Croesus was lord, as men tell! Then images of us twain, all in gold, should be dedicated to Aphrodite, thou with thy flute, and a rose, yea, or an apple, and I in fair attire, and new shoon of Amyclae on both my feet.

Ah gracious Bombyca, thy feet are fashioned like carven ivory, thy voice is drowsy sweet. And thy ways, I cannot tell of them!②

上述三段汉语白话为同一人物的唱词,第一段话出自《古诗今译》,第二段出自《割稻的人》,第三段出自《农夫》。在此,比较三个译本的不同译文,同时结合周作人的其他译作,简要探讨其对白话的改造。

第一,合理选择人称代词,使得白话译文更加趋近汉语规范。其实,"五四"时代的书面汉语处于转型期,没有所谓统一的"汉语规范":文言与白话并存;新式标点符号有人采用,有人不用;"的""地""底"有人区分严格,有人不区分。"汉语规范"是从一个后设的立场而言的。古代汉语无女性第三人称代词,"五四"时有人用"伊",有人用"她",后统一用"她",这就是趋近汉语规范。

《古诗今译》中的"你每""我每""他每"在《割稻的人》和《农夫》中分别改为"你们""我们""他们"。"你每"等词多出现在中国元杂剧中,属于

---

① [希腊]谛阿克列多思:《农夫》,周作人译:《陀螺》,北京:新潮社,1925年,第8—9页。
② Theocritus, *Bion and Moschus: Rendered into English Prose*, with an Introductory Essay, translated by M. A. A. Lang, London: Macmillan and Co., 1880, p.55.

元代的白话。周作人刚起步用白话翻译外国作品,很自然地向中国古代白话作品中寻找词语,但同时也表明他还不能熟练地驾驭时代的口语。《割稻的人》和《农夫》改用"你们"等词,采用人们书面和口头上统一的人称代词,表明他的译文更趋近汉语的时代规范。

第二,统一使用中文译名,稳固汉语表达的内在一致性。《古诗今译》中直接使用的外文单词,在《割稻的人》和《农夫》中改为中文译名。如前所引,《古诗今译》发表后,其中使用外文单词的做法受到张寿朋的批评。他坚决不赞成"中国文字里面夹七夹八些外国字",解决的方法是根据外国字的意思添造中字。"非但名词可造,即疏状词也可以造,乃至本国普通俗话之所有而文字之所无者,亦须要造。"他举了例子:表达"经济"之意,可造"捌"字,从手,从利。表达"世界语"之意,可造"讅"字,从言,从通。表达"论理学"之意,可造"諹"字,从言,从理省。① 周作人在回信中并没有接受这一观点:"我以为此后译作,仍当杂入原文,要使中国文中容得别国文的度量,不必多造怪字。又当竭力保存原作的'风气习惯,语言条理';最好是逐字译,不得已也应逐句译,宁可'中不像中,西不像西',不必改头换面。"② 根据《农夫》来看,周作人虽然没有接受造新字的做法,但还是把所有外文单词改为汉语译名,有音译词,如"滂比加""克洛梭思""亚米克拉",也有意译词,如"爱的女神"。直接采用日语词汇以及西方语言词汇,是现代汉语发展的方式之一。"五四"时代如此,现在的网络时代也是如此。这作为汉语的欧化形式之一,自有其合理性,因为在语言交流的过程中,直接吸收对方的词语是最为便捷的方式。

第三,疏通语气,丰富节奏,意思更为准确。《古诗今译》中"我可是只说你是蜜一般白"在《割稻的人》中改为"只是我说你蜜一般白",继而在《农夫》中"只是我说你是蜜白"。"只是"放在"我"之前突出"我"与他人的不同,与前半句说她"黑""瘦""黄"的人相对照,语气贯通,意思明白。"我可是只说"则暗含着前半句的行为主语也是"我",这样造成语法上的混杂,使得语义的连贯受到阻碍。"蜜一般白"改为"蜜白",用词更为简洁,但意思没变,"蜜白"与汉语中的"雪白""菊黄""草绿""火红"等词语结构一致。不过,《古诗今译》和《农夫》中的译文都用两个"是",句子说起来还是不

---

① 张寿朋:《通信·文学改良与孔教问答》,《新青年》第 5 卷第 6 号,1918 年 12 月 15 日。
② 周作人:《通信·答张寿朋》,《新青年》第 5 卷第 6 号,1918 年 12 月 15 日。

畅;《割稻的人》的译文只用一个"是",则语气流畅。综合起来考察,这个句子如果改为"只是我说你蜜白"也许更好,整个句子就变为"大家叫你黑姑娘,可爱的滂比加,又说你瘦,又说你黄,只是我说你蜜白"。这样既避免了"是"的重复,又呼应了"你瘦"和"你黄"的结构。

四、汉语造型与破解文体

周作人所译希腊谛阿克列多思的牧歌、法兰西波特莱耳(即波德莱尔)的散文小诗、南非须莱纳尔的幻想故事、法国果尔蒙的田园诗、日本的俗歌以及欧洲各国的民歌,译文于简洁明白中含隽永的意趣。在此仅举数例:

希腊《私语》中牧人与牧羊女的情话:

  牧 你不能躲避"爱",别的闺女也没有能躲避他。
  女 凭了牧神,我要躲避他;但是你当永远背着他的轭。①
  女 但是我怕生育,要损坏我的美貌。
  牧 生了可爱的小孩,你将在儿女里看出你新的光来。②

希腊《兵士》中娼女珂赫理思的义愤之语:

  给我一个渔人,一个舟夫或是农夫,不见得比我更好,少说好话却多给钱。那些摇摆着羽缨的言语之战士,巴耳台尼思,他们是除了喧闹更没有别的了。③

朗戈思《苦甜》中达夫尼思与陀耳康为获得赫洛蔼的吻,各自夸赞自己贬低对方,其中达夫尼思这样夸赞自己:

  山羊乳哺我,正如宙斯一般。我看山羊;但我养出山羊来比他的牛还要高大;我没有气味,好比那牧神,因为他是羊〔脚〕的。我有干酪和烤过的面包,还有白酒,田家的富美的食物。我没有胡须,但提阿尼梭思也这样;我是乌黑,但木水仙也这样;提阿尼梭思要比山灵更好,木水仙也比百合〔更好〕。他是〔头发〕红得像狐狸,拖着胡须像山羊,〔脸〕白像是城里的女人。倘若你应当亲吻,你可以亲我的嘴,但和他只〔亲

---

① [希腊]谛阿克列多思:《私语》,周作人译:《陀螺》,北京:新潮社,1925年,第13页。
② 同上书,第14页。
③ [希腊]路吉亚诺思:《兵士》,周作人译:《陀螺》,第46页。

着]下巴上面的毛胡。而且不要忘记,处女呵,母羊乳哺了你,但你还是很美。①

希腊古代诗人比亚诺耳所作:

　　这人为人所爱,是别人的灵魂的主人。②

阿思克勒披亚台思所作:

　　在活人才有爱神的欢乐;但在苦河那边,
　　姑娘,我们睡着只是白骨与尘土了。③

无名氏之作:

　　美如会老,那么及时分享了罢;
　　如若永存,又为甚怕给予那存留的东西呢?④

法国诗人果尔蒙《毛发》:

　　西蒙尼,在你毛发的林里,
　　有一个大神秘。⑤

《法国的俳谐诗二十七首》中有这样的诗句:

　　在水上触着了,又分离了,
　　枯的蔷薇的花束,
　　撕碎了的信札。(其十四)⑥
　　乡村的寒夜,
　　地炉里是红的余火,
　　朋友都遥远了。(其十七)⑦
　　晚风吹着,

---

① [希腊]朗戈思:《苦甜》,周作人译:《陀螺》,北京:新潮社,1925年,第55页。
② [希腊]美勒亚格罗思等:《杂译希腊古诗二十一首》,周作人译:《陀螺》,第68页。
③ 同上书,第69页。
④ 同上书,第70页。
⑤ [法]果尔蒙:《田园诗六章》,周作人译:《陀螺》,第92页。
⑥ [法]约翰布耳敦:《法国的俳谐诗二十七首·约翰布耳敦二首》,周作人译:《陀螺》,第112页。
⑦ [法]约翰理查勃洛克:《法国的俳谐诗二十七首·约翰理查勃洛克五首》,周作人译:《陀螺》,第113页。

迟归的乌鸦,

啼着急飞的乌鸦。(其十八)①

周作人写道：

> 我的翻译,重在忠实的传达原文的意思,——原文所无而由译者加入的文句,加方括弧为记号,——但一方面在形式上也并不忽略,仍然期望保存本来的若干的风格。这两面的顾忌使我不得不抛弃了做成中国式的歌谣的妄想,只能以这样的散文暂自满足。倘若想保存了原诗的内外之美而又成为很好的五七言绝句或古风,那是"奇迹中的奇迹",决不是我们所能做到的事情。②

这种以直译法翻译诗歌的白话实践产生两种效果:破解文体和创造汉语。不论何种语言的诗歌形式,都与这种语言自身在语音、字形和语法上的特征密切相关,中国的律诗、绝句,日本的俳句与和歌,欧洲的十四行体,无不如此。当周作人采用直译法去翻译希腊拟曲、日本的俳句与和歌、欧洲诗人的诗歌时,原文的诗体形式被破解,而周作人有意识地不再造就汉语的诗类,这样翻译的重点便落在语言的构造上。简言之,原诗的诗意不必通过诗体的转换来实现,而凭借一句一句的语言构造便得以实现。有学者敏锐地指出,"周作人的《古诗今译》,便是通过建立'直致的白话文'这一新的彻底摒弃了声音格律的文章形式,而对原作韵律和汉文声调进行了双重疏离,从而超越了翻译中'殊隔文体'的宿命而获得了自由"③。周作人以"直致的白话文"去译外来诗歌,既可以疏离原作的韵律,也可以疏离汉语声调,从而在文体上获得了自由。这一观点的重点落在"直致的白话文"这一"文"的类型上。不过,周作人翻译日本和歌和俳句、欧洲的诗歌、希腊的拟曲,塑造"文"的意识非常淡漠,倒是构造汉语表达的目的非常强烈。周作人在《译诗的困难》(1920)中批判了汉语的不足,认为只有"组织精密"的新的汉语

---

① [法]约翰理查勃洛克:《法国的俳谐诗二十七首·约翰理查勃洛克五首》,周作人译:《陀螺》,北京:新潮社,1925 年,第 113 页。

② 周作人:《日本俗歌四十首·题记》,《诗》第 1 卷第 2 号,1922 年 2 月 15 日。

③ 张丽华:《无声的"口语"——从〈古诗今译〉透视周作人的白话文理想》,《中国现代文学研究丛刊》2011 年第 1 期;收入中国人民大学文学院编:《翻译与二十世纪中国文学研讨会论文集》,北京:人民文学出版社,2012 年。

造型才能"传述外来文艺的情调",也才能表现自身"略为细腻优美的思想"。① 因此可以推断,新文学只有植根于新的汉语造型的肥沃土壤中才会不断成长。

五、翻译与语言涩味

周作人散文的"涩"味,融合着情意之涩与语言之涩。有人说周作人的"涩"是"苦涩"②,即其情意之涩以苦涩为重要内容。其实,与其说"苦涩",不如说"博识"。也有学者从翻译的角度,认为周作人语言的涩味一是源于文字的特别组合,二是用字的怪异偏古趋势,三是注入适度的古奥气。③"文字的特别组合"不仅仅只是"偏古"的倾向,还有吸收方言词语,采纳异域语言的语句造型。在周作人的白话译文以及白话书写中,偏古的倾向大多表现为语言的简洁精练以及文言虚词的适当运用。有学者指责周作人用南方方言"叫子"译日语"呼子"④,殊不知这正是周作人有意塑造书面白话汉语的方式之一。

周作人语言的涩味还与其白话翻译有意采用异域语言的语句造型密切相关。首先表现为翻译日本的和歌和俳句时,追求汉语白话的自由表达,以最高限度去复现日本诗歌所暗示的"淡远的境界"⑤。日本和歌31字,分5、7、5、7、7共五段。俳句17个字,分5、7、5共三段。只有字数或者音数的规定,没有其他任何限制。⑥ 它们的特色在于"'言简意赅',富于含蓄,能在寥寥的两三句话里,包括一个人生的悲喜剧"⑦。日本俳句"往往利用特有的助词,寥寥数语,在文法上不成全句而自有言外之意"⑧。而"单音而缺乏文法变化的中国语,正与他相反,所以译述或拟作这种诗句,事实上最为困难"⑨。不

---

① 仲密:《译诗的困难》,《晨报副镌》1920年10月25日。
② 刘绪源:《"涩味"与"简单味"——周作人及几位同时代的散文家》,《文艺争鸣》1993年第2期。
③ 王友贵:《翻译家周作人》,成都:四川人民出版社,2001年,第37—38页。
④ 任晓妹:《石川啄木短歌〈呼子と口笛〉的翻译研究——周作人译著里存在的问题》,《日语学习与研究》2010年第1期。
⑤ 佩弦:《短诗与长诗》,《诗》第1卷第4号,1922年4月15日。
⑥ 周作人:《日本的小诗》,《诗》第2卷第1号,1923年4月15日。
⑦ 周作人:《日本俗歌四十首·题记》,《诗》第1卷第2号,1922年2月15日。
⑧ 周作人:《日本的小诗》,《诗》第2卷第1号,1923年4月15日。
⑨ 同上。

过这"人生的悲喜剧"以暗示的方式让读者去领悟,本身就有一种涩味。对于周作人而言,更重要的在于用汉语白话去"复现"日本俗歌的暗示。这类似于本雅明所说的双重解放:"译者的任务就是要解放他自身语言中被流放到陌生语言中的纯语言,在对作品的再创造中解放被囚禁在那部作品中的语言。"① 这种双重解放无疑可视为译者对所用语言的创造。例如:

> 腰的痛呀,这田的长呀,四月五月的日脚的长呀!②

这歌表达劳农的辛苦,却好像只是一声叹息,得益于四个"的"的运用。通过运用"的"而把形容词名词化,也是汉语欧化的方式之一。古代汉语说"山高水长",并不说"山的高水的长"。这一欧化形式被许多人诟病,余光中斥滥用"的"的情形为"的的不休"③。如果去掉三个"的",把上述译句改成如下语句:"腰痛呀,这田长呀,四月五月的日脚长呀!"虽然"的的"已"休",但造成了严重"内伤":原译句为三个短语结构,去"的"后成为三个分句,失去"的"的缓冲,语气因而变得直接,提升了踔厉的浓度,反而丧失了那种淡远的意境,缺少了慢慢咀嚼"人生悲喜剧"的况味,简言之,"涩"味没了。

其次表现为化用异域语言的复杂结构,多用虚词连接,从而使得汉语结构精密而层层展开,氤氲成语句峰回路转、意思复合多层的双重丰腴。现举三例:

> 他的著作,可以算是俄国独立思想的萌芽,希求自由的第一叫声。这思想还是蒙眬茫漠,又多偏于慈善的与伦理的一面,因为他还不敢将改造社会国家这两项,列入他的宗旨里去;但这总是一种破坏运动,在俄国造成独立的舆论,就为一切社会改革上供给一种必须的资料。④

> 有知识的人对劳动阶级应有一种义务,因为他们全仗劳动者而生存。他们自己并不生产什么物质的财富。所以他们若仍然很傲慢高贵

---

① [德]瓦尔特·本雅明:《译者的任务》,陈永国译,陈永国主编:《翻译与后现代性》,北京:中国人民大学出版社,2005年,第10页。
② 周作人译:《日本俗歌四十首》,《诗》第1卷第2号,1922年2月15日。
③ 余光中:《论的的不休》,《翻译乃大道》,北京:外语教学与研究出版社,2014年,第238页。
④ [英]Angelo S. Rappoport:《俄国革命之哲学的基础》(上),起明译,《新青年》第6卷第4号,1919年4月15日。

的同民众远隔,那时他们非但自私,在社会的意义上,简直已是无价值;他们就是自己宣告了对社会的破产,对于社会的债务无力偿还了。他们对于供给物质安乐的民众的债务,只有一法可以报答,便是投身于平民中间,顺应了他们现时的需要,永久的权利,与所有的力量,去启发他们。有知识的人,不可迟疑犹豫,应该提倡民主主义,打倒那武功政治,建设起一个根据公理的新社会,新秩序。①

我对于贞操,不当他是道德;只是一种趣味,一种信仰,一种洁癖。既然是趣味信仰洁癖,所以没有强迫他人的性质。我所以绝对的爱重我的贞操,便是同爱艺术的美,爱学问的真一样;当作一种道德以上的高尚优美的物事看待,——且假称作趣味,或是信仰都可。倘若要当他作道德,一律实践,非先将上文所说的疑问解决不可;非彻底的证明这贞操道德,无论何人,都可实践,毫无矛盾不可。不然,就不能使我们满足承认。②

当然,周作人的白话翻译,虽然力避"死译",但也偶有类似"死译"的译文出现。这往往是由于保持原文语气或形态而造成的。如所译路吉亚诺思《大言》中有句:"我冒险去做了,但是。""亚吉勒思,自然是;贝楼思与赤谛思之子,自然是。"③也有学者把"比远方的人声,更是渺茫的那绿草里的牵牛花"称为"拗口"的译句。④ 原文是一个中间没有标点符号的句子,译句为了符合原文语气,在"人声"后增加一个语气停顿。关键在那个"是",因为受西方语法影响,白话译文以及白话写作中"是"大量增加。如果改成"比远方的人声,更渺茫的是那绿草里的牵牛花"或许更顺畅一些;或者干脆去掉"是",则成如下句子:"比远方的人声,更渺茫的那绿草里的牵牛花"或者"比远方的人声更为渺茫的,那绿草里的牵牛花"。但这么一改,就不成其为周作人的译文了。不能以此否定周作人直译文体构造汉语的实践,因为实践探索的是可能,而不是完美。

---

① [英]Angelo S. Rappoport:《俄国革命之哲学的基础》(上),起明译,《新青年》第6卷第4号,1919年4月15日。
② [日]与谢野晶子:《贞操论》,周作人译,《新青年》第4卷第5号,1918年5月15日。
③ [古希腊]路吉亚诺思:《大言》,仲密译,《晨报副镌》1921年10月28日。
④ 王中忱:《定型诗式与自由句法之间——试说周作人的日本小诗翻译》,《中国文化研究》1995年冬之卷(总第10期)。

第四节　白话实践(二):知言与美文

周作人在短小精悍的《知堂说》中写道:"孔子曰,知之为知之,不知为不知,是知也。荀子曰,言而当,知也;默而当,亦知也。此言甚妙,以名吾堂。"①以作家身份来观照知堂之"知",则取荀子"言而当"为"知"的内核,"言"是"知"的方式之一;"当"不仅仅是"知"的确切,还应是"言"的恰当。因此,《知堂说》的内蕴在于"知言"。三年后,周作人从孔子关于"失人"与"失言"的议论中引发写文章的体验:从前"失言"居多,现在觉得"失人"比"失言"要好。孔子的原话是:"子曰:可与言而不与之言,失人。不可与言而与之言,失言。知者不失人,亦不失言。"②"失人"与"失言"都是荀子"言而当"的反面"言而不当",不过两者的所指却不同:"失人"在于没有找到"言"的理想的倾听者;"失言"在于"言"因接受者不当而凸显其无意义。"知者"的"两不失"可以概括为:可与言而与之言,不可与言而不与之言。这样,言与不言都"当"。周作人宁愿选择"失人"而抛弃原先的"失言",从"不可与言而与之言"中"言"的恣意外射,退回到"可与言而不与之言"中"言"的被消灭于无形,呈现了从壮年的浮躁凌厉转向中年的沉静内执的心路历程。③

孟子著名的"知言养气"说云:"我知言,我善养吾浩然之气。"他对"知言"的解释是"诐辞知其所蔽,淫辞知其所陷,邪辞知其所离,遁辞知其所穷"④。因此,孟子的"知言"主要是对他人言语的道德鉴别。朱熹阐释"知言"为"知理",就是格物致知。这样把孟子"知言"中作为言语之"言"拓展为"理",认为知言是养气的前提。这样的拓展遭到了很多学者的反对,黄宗羲在《孟子师说》中提出"知言养气本是一项功夫"。王夫之在《读四书大全说》中认为"知言,是孟子极顶处,唯灼然见义于内,而精义于神,方得知言"。朝鲜的丁茶山在《孟子要义》中指出"知言者,知言语之本在心也"。他们把"知言"与"养气"凝结为一个相互推动的过程,并且把"知言"之

---

① 周作人:《知堂文集》,上海:天马书店,1933年,第1页。
② 程树德:《论语集释》(四),北京:中华书局,2014年,第1382页。
③ 周作人:《关于写文章二》,《华北日报》1935年4月3日;引自钟叔河编:《周作人文类编》第3卷,长沙:湖南文艺出版社,1998年,第237页。
④ 焦循:《孟子正义》,长沙:岳麓社,1996年,第126页。

"言"从朱熹的外部之"理",归回主体之"心"。① 其实,《说文解字》云:"言,施身自谓也。"《尔雅》云:"卬、吾、台、予、朕、身、甫、余、言,我也。""言"是"我"的称谓。如果以比较开放的眼光看待"知言"之"言",则应该是言—理(识)—我(心)三者的结合,这三者结合的"言"其实就是形容词性的"知言"即"智言";如果联系"言而当"与"默而当"之"当"对言说情境的洞察,则"知言"还是理智选择言说方式的表达实践;如果不把"知言"之"知"固定在最后的成功形态(知言之"智"与知言之理智选择),看作未完成的动态的探索,那么,"知言"还是达到"知言"的实践过程。知言,在周作人那里不仅仅是"言"的价值取向的认定,还是"言"的实践过程的铺展。

一、白话造型与新诗

文学革命的焦点是白话入诗,正如朱自清所说,"给诗找一种新语言,决非容易"②。周作人虽然不是以创作白话新诗步入"五四"新文学,但他的新诗在当时产生了很大的影响,并且在他的文学汉语实践中可以算作除了翻译和散文之外的重要一翼。

周作人的白话新诗,以《小河》(1919)最负盛名。《小河》发表于《新青年》第6卷第2号。胡适称之为"新诗中的第一首杰作",认为"那样细密的观察,那样曲折的理想"只有《小河》这样的新诗体才能表达出来。③ 朱自清也非常推崇《小河》,认为它"融景入情,融情入理"。④ 从文学汉语的角度看,《小河》是被称为"长诗"的。其实全诗58行,在今天看来不算长,可是胡适、朱自清和废名等都称之为"长诗",原因是自胡适等人写作白话新诗以降至《小河》出,还没有一首新诗有这么长。长,尽管不是诗学的标准,但是对于刚刚起步的白话新诗而言是可喜的汉语实践。周作人自己称《小河》引起注意的原因在于"或者在形式上可以说,摆脱了诗词歌赋的规律,完全用语体散文来写,这是一种新表现"⑤。"语体散文"在语言上指的是运

---

① 参见黄俊杰:《中国孟学诠释史论》,北京:社会科学文献出版社,2004年,第207—220页。
② 朱自清:《〈中国新文学大系·诗集〉导言》,见赵家璧主编:《中国新文学大系·诗集》,上海:上海文艺出版社,2003年影印,第3页。
③ 胡适:《谈新诗——八年来一件大事》,《星期评论》纪念号第5张,1919年10月10日。
④ 朱自清:《〈中国新文学大系·诗集〉导言》,见赵家璧主编:《中国新文学大系·诗集》,第3页。
⑤ 周作人:《知堂回想录》(下),石家庄:河北教育出版社,2002年,第443页。

用现代白话,在诗歌体式上不求押韵,不讲平仄对仗。《小河》发表时有一小段序言:"有人问,我这诗是什么体,连自己也回答不出。法国波特来尔(Baudelaire)提倡起来的散文诗,略略相像,不过他是用散文格式,现在却一行一行的分写了。内容大致仿那欧洲的俗歌;俗歌本来最要叶韵,现在却无韵。或者算不得诗,也未可知;但这是没有什么关系。"①这也表明《小河》的诗体与之前《新青年》上的白话诗有所不同。

《小河》用长篇的语体散文表达了丰富的诗性内涵。废名在《〈小河〉及其他》中极力赞扬《小河》表现了旧诗以外的"东西",有一种"新鲜气息",来自"现代的文明人",可是他并没有揭示其具体内涵。② 其实这种丰富的诗性内涵来自小河、稻、桑树和堰这四种意象之间复杂的关系。小河向前流动的"稳稳",受到堰的阻断后,表现为"乱转"的焦虑和无奈。小河的遭遇引起了稻和桑树各自的心理波澜,稻对小河既渴望亲近,又忧虑畏惧;桑树既同情小河,又为自己着急;还有那田里的草和蛤蟆,也都有各自的心事。而小河对稻与桑树的情感倾向好像没有感知。因此以小河为中心意象构成的图画,呈现的是摇曳多姿的繁复意蕴。小河所蕴含的意义也许在于:中国现代知识分子作为"现代的文明人"在一种既确定又不太确定的状态中追求自身理想的境况。《小河》的成功之处,首先在于证明了现代白话有摄聚意象的能力。意象的塑造是诗歌的中心事件,小河、堰、稻、桑树都称得上现代诗歌的意象。其次,《小河》的文学汉语是彻底的现代白话,没有胡适、刘半农等新诗诗人那种诗词歌赋的调子。《小河》的现代白话有一种内在的节奏,或者就是胡适在《谈新诗——八年来一件大事》中所说的"自然的音节"。《小河》的开头为:"一条小河,稳稳的向前流动。/经过的地方,两面全是乌黑的土,/生满了红的花,碧的叶,黄的实。"③起句采用4、3、4的顿挫结构,无论是4音节,还是3音节和4音节组成的7音节,都是汉语中特别稳定的音节结构,语句音节的稳定与小河流动姿态的"稳稳"相切合。而第二句用单音节的"土"收束,与前面的双音节参差映照,富有变化,又与第三句的"花""叶"和"实"呼应,错落而宛转。再引一段"稻"的话:

---

① 周作人:《小河》,《新青年》第6卷第2号,1919年2月15日。
② 废名:《〈小河〉及其他》,王风编:《废名集》第4卷,北京:北京大学出版社,2009年,第1696页。
③ 周作人:《小河》,《新青年》第6卷第2号,1919年2月15日。

他本是我的好朋友，——
　　只怕他如今不认识我了；
　　他在地底里呻吟，
　　听去虽然微细，却又如何可怕！
　　这不像我朋友平日的声音，
　　——被轻风挽着走上河滩来时，
　　快活的声音。
　　我只怕他这回出来的时候，
　　不认识从前的朋友了，
　　便在我身上大踏步过去：
　　我所以正在这里忧虑。①

　　周作人新诗的现代白话朝着几个向度努力。朱自清指出周氏兄弟的新诗与其他新诗诗人的不同之处在于"全然摆脱了旧诗的镣铐"，"走上欧化一路"。② 朱自清的"欧化"如果指诗歌内容的欧化，那另当别论；如果指的是"文法"上的"欧化"，也就是文学汉语的欧化，其实不符合周作人新诗的白话状况。周作人新诗的白话不像郭沫若的诗歌语言，吸收了大量的西洋词语；在句子结构上，周作人新诗的白话以简短的汉语口语为基础，虽然也有欧化的长句，有着复杂的修饰成分，但不多。其欧化句式如：

　　一个大眼睛，红面颊，双丫髻的。
　　四五岁的女儿，坐在他侧面；③
　　我亲自听见它沉沉的缓缓的，一步一步的，
　　在我床头走过去了。④

周作人新诗的白话主要不是向外（欧化）发展，而是向内发展的。向内的方向之一是不避俗字俗语："祝福你扫雪的人！/我从清早起，在雪地里行走，不得不谢谢你。"⑤另如"我有过三个恋人"（《她们》）之类的句子都是纯粹

---

① 周作人：《小河》，《新青年》第6卷第2号，1919年2月15日。
② 朱自清：《〈中国新文学大系·诗集〉导言》，见赵家璧主编：《中国新文学大系·诗集》，上海：上海文艺出版社，2003年影印，第3页。
③ 周作人：《路上所见》，《新青年》第6卷第3号，1919年3月15日。
④ 周作人：《过去的生命》，《新青年》第9卷第5号，1921年9月1日。
⑤ 周作人：《两个扫雪的人》，《新青年》第6卷第3号，1918年3月15日。

的口语,口语最大的特点是通俗化。1922年,梁实秋针对俞平伯的《诗底进化的还原论》,提出诗人作诗太不注意内容的美丑:"西湖边上的洋楼,洞庭湖里的小火轮,恐怕不久都要被诗人吟咏了!即以现在的诗坛而论,什么'无产阶级'、'共产主义'、'革命'、'电报'、'社会改造'(见《女神》);什么'基督教青年会'、'北京电灯公司'、'军务弹压处'、'蓝二太太'、'如厕'(见《草儿》)……等等丑不堪言的字句,都窜到诗国里来了!"①周作人反对这种观点,认为梁实秋没有说明这些字句丑在哪里,并举出一个极端的例子——日本诗人土歧哀果的诗:"在火烧场的砖瓦上,Syoben起来,便深深地感着秋气了。"Syoben的意思是"小便",周作人认为完全没有必要在这里用英文表示,"不能规定什么字句不准入诗,也不能规定什么字句非用不可"。②

向内发展的方向之二是热烈追求与方言的结合。周作人对方言的重视与他研究歌谣有关。1914年周作人曾经在《绍兴县教育会月刊》上征集儿歌童话,成绩不佳,一年中只收到一件投稿。③ 1918年北京大学成立歌谣研究会,1921年《歌谣》周刊创刊,周作人都是主要参与者之一。1923年,周作人作《猥亵的歌谣》,肯定猥亵的歌谣的研究价值以及意义;同年,对朱天民编辑的《各省童谣集》第一集中编者注释的"望文生义""穿凿附会""撒上什么应爱国保种的胡椒末"提出严厉批评。④ 后来,他为刘半农翻译的《国外民歌译》、创作的《江阴船歌》和林培庐收集的《潮州畲歌集》等一一作序,都显示出了对歌谣的爱好。周作人对歌谣的爱好,除了因为歌谣是民俗学极好的研究资料外,从文学汉语的角度看,是因为歌谣中方言、俗语以及直率的表达方式,有一种素朴笨拙的美感,能给白话的文学汉语增强表现力。

《新青年》和《新潮》的新诗诗人群中,很少有用方言创作诗歌的。李剑农(1880—1963)的《湖南小儿的话》也许算得上新文学的第一篇方言作品,刊载于《新青年》第5卷第4号。全诗不长,引在下面:

你看!这个小牙俐,即小孩子真有些憨气!
我说,我们总要爱国,他就问我:爱国作么哩?

---

① 梁实秋:《读〈诗底进化的还原论〉》,《晨报副镌》1922年5月27—29日连载。本段文字选自28日的篇章。
② 周作人:《丑的字句》,《晨报副镌》1922年6月2日。
③ 周作人:《潮州畲歌序》,《谈龙集》,上海:开明书店,1930年,第77页。
④ 周作人:《读各省童谣集》,《谈龙集》,第304—309页。

他说那穿黄衣的国军,拷坏了他的爹爹;读如的的
他说那穿黄衣的国军,吓死了他的挨姐;挨言哀,湖南人呼祖母为挨姐
他说那穿黄衣的国军,杀了他的哥哥,又逼死了他的姐姐。
我呵他道:
"你不要糊说。
这个你那里怪得——我们的国?……"
他又抢着说:
他单剩了一个嫂子,又被那穿黄衣的抢着跑了;
他们的院子都被穿黄衣的烧了;
他的一条命都是外国人救出来的;
他如今还住在外国人的家里。
我正要把话去驳他,
忽听他哇的一声"呵呀!"
"先生!我们赶……赶……赶快躲!
那对面街上又发……发……发了火!"……①

诗以"我"与湖南小儿对话的形式,揭露了军阀对老百姓的迫害。作者李剑农并非文坛中人,他留学日本早稻田大学学的是政治经济学。他在给《新青年》编者的信中说这首诗是他的"开荒土的产物",其特点是在诗中"略参些湖南话"。他自认是受了《你莫忘记》一诗的影响而作,于此也可见新文学的影响之大。

周作人是尝试采用方言入白话新诗的新诗人之一,他1920年写的《醉汉的歌》完全模仿一个醉汉的口气,采用浙江方言,刻画醉汉粗野的醉态,爆发出一种野性的生命力。全诗如下:

黄酒江米做,
吃了变猪猡。
我父是醉汉,
我祖也是醉汉,
我的曾祖是个老醉汉。
我是世袭的醉汉,

---

① 李剑农:《湖南小儿的话》,《新青年》第5卷第4号,1918年10月15日。

不醉不是好汉!
来,你们书呆子!
"君子无所争,……"
"天下太平!……"
你敢和我战二百合么?
我要打你三个嘴巴子!
我要是不醉,也还有几分人气,
我醉了的时候,是个狗,是什么,……
你叫我"狗"么?
Bow——Wow——Wow!
你望我不醉,
我偏要醉,你敢怎地!
赵钱孙李的赵大哥,
拳头有如醋钵大,
他看见我,一句话都不说,
打三拳在我的背上,
踢三脚在我的腿上,
我便一个倒栽葱,扑通的爬在地上。
"这可不坑死俺也!"
赵大哥,捶的好!
你老好力气,
像你这样才配和我说话哩。

　　　　　　　　　　一九二〇、十月八日。①

这首诗的第一句"黄酒江米做,吃了变猪猡",化用的是浙江绍兴的俗语"老酒糯米做,吃了变 nyonyo",绍兴话中猪猡称为"nyo 猪",而醉汉沉醉打呼,与猪似乎没有区别。整首诗的语言除了"世袭"一词属于胡适所说的"死文字"外,完全是口语化的,句子的语调属于醉汉那种无理说出有理、违反常理的较劲味儿,将方言与俗语融会在醉汉的口中,富有野性的民间的力量。周作人正是试图用民间那种粗俗的语言,给贫血的书面语言带来新鲜的力

---

① 仲密:《醉汉的歌》,《晨报》1920 年 10 月 13 日。

量。英国性学家霭理斯在论述左拉的《酒店》时指出,"《酒店》一书在许多方面是左拉最完全的著作,它的力量大部分在于他的能够巧妙地运用民众的言语;读者便完全沉浸在如画的、强健而有时粗鄙的市语的空气中间"①。对于霭理斯的这个观点,周作人应该也是赞同的。当刘半农采用方言写作的《瓦釜集》出版时,周作人用绍兴方言写了一首序诗——《题半农〈瓦釜集〉(用绍兴方言)》:"半农哥呀半农哥,/倷真唱得好山歌,/一唱唱得十来首,/倷格本事直头大。/我是个弗出山格水手,/同撑船人客差弗多,/头脑好唱鹦哥调,/我是只会听来弗会和。/我弗想同倷来扳子眼,/也用弗着我来吹法螺,/今朝轮到我做一篇小序,/岂不是坑死俺也么哥!/——倘若倷一定要我话一句,/我只好连连点头说'好个,好个!'"②诗中"倷""直头大""弗""格""扳子眼""吹法螺""话一句""好个"都是绍兴方言中的词汇。方言词语参与着个人表现方式的结构。

周作人新诗的白话为文学汉语的现代塑造付出了艰辛的努力,他以现代口语为本,从欧化、俗语、方言中摄取养料,在"五四"时期的新诗坛上有一席之地。但是周作人的新诗可谓昙花一现,他自己很快放弃了新诗的写作。从文学汉语的角度观之,《小河》《饮酒》《醉汉的歌》很有魅力,恰恰是因为其语言用白话而有飞扬之势。所谓飞扬首先是意象的摄聚能完成一种境界,诗句因此才有鲜活的具象性。周作人新诗的白话整体来说黏滞于写实而缺少飞扬,现举一例。1918年,刘半农把诗作《中央公园即目一首》呈请"畏友"周氏兄弟评价,其诗云:

苍天万丈高,翠柏千年古。
我身高几何?我寿长几许?
以此问夕阳,夕阳黯无语。③

鲁迅评为"形式旧,思想也平常"④。周作人评为"伤感的(sentimental)",并和诗一首:

---

① [英]霭理斯:《论左拉》,周作人译,见周作人:《艺术与生活》,上海:群益书社,1931年,第313—314页。
② 周作人:《题半农〈瓦釜集〉(用绍兴方言)》,见刘复:《瓦釜集》,北京:北新书局,1926年,第1—2页。
③ 刘半农:《三月廿四夜听雨·补白》,《新青年》第4卷第5号,1918年5月15日。
④ 同上。

> "苍天"不知几"丈高",翠柏也不知几"年古"。
> "我身"用尺量,就知"高几何";
> "我寿"到死时,就知"长几许"。
> 你去"问夕阳",他本无嘴无耳朵,自然是"黯无语"。①

刘半农的诗有夸张,有想象,伤感意味很浓,符合中国古典诗学的标准。但是周作人采取"顽固的物质主义"的态度——破解,古典的"诗意"全部被破坏,可谓大煞风景。周作人务实客观的唯物主义态度,以及黏滞于实际的美学趣味,无法给新诗增添更多的生机。

二、知言孵化美文的可能性

周作人的白话实践包括白话新诗、现代散文以及白话翻译三种体式。白话新诗的写作,周作人因为自身语言创造的限制而主动放弃;而他"五四"时期的白话翻译则有意构造新的汉语形式。在此思考的问题是:如果把周作人的文学汉语实践的结果概括为"知言"的形成,把周作人的散文创新的标志概括为现代美文的出世,那么,知言的塑形经验与肌理特征是如何孵化出现代美文这种新的言说方式的?是否能找到其外在的标界?

"五四"新文学的提倡者中,胡适侧重于语言形式的变革,周作人侧重在文学精神的改写。1920年教育部规定国民学校一二年级的国文改为语体文,基本奠定了白话取代文言的格局之后,新文学重点要进行的是文学汉语的建设,即国语的改造。1920年前后,围绕国语的改造有多种研究。在语言学上,1916年中华民国国语研究会成立于北京,蔡元培任会长,宗旨是"研究本国语言,选定标准,以备教育界之采用"②。1919年五四运动前成立了国语统一筹备会,至1920年,会员有一万二千人,主要任务是推行"言文一致"和"国语统一",当时被称为"双潮合一"。在文学上,1917年胡适提出白话文学主张后,又提出"国语的文学,文学的国语"作为新文学建设的主张。在文字上,钱玄同提出废弃汉字而全部拉丁化的激烈主张。在文体上,傅斯年提出"欧化的白话文"的设想,之后《小说月报》推出"语体文欧化讨论"。新文学和国语都处于初创阶段,周作人1918年2月发表了翻译自古希腊诗人的牧歌《古诗今译》,他自称是"所写的第一篇白话文",由此

---

① 转引自刘半农:《三月廿四夜听雨·补白》,《新青年》第4卷第5号,1918年5月15日。
② 黎锦熙:《国语运动史纲》,上海:商务印书馆,1934年,第67页。

进入白话汉语的文学实践:翻译小说;撰写讲义;撰写文艺性论文;创作新诗。从1918年至1920年,周作人关注的还是新文学的精神开创,《人的文学》《平民的文学》《论黑幕》《再论黑幕》都是从精神的角度建设新文学,极少发表关于语言的见解。1920年开始,他开始关注文学汉语的建设,在《圣书与中国文学》中认为和合本《圣书》的汉语译本是"少见的好的白话文",好处在于文字"信达"和标点符号的运用;并借助于"欧洲《圣书》的译本助成各国国语的统一与发展",推断出《圣书》"在中国语及文学的改造上也必然可以得到许多帮助与便利";断言"《马太福音》的确是中国最早的欧化的文学的国语,我又豫计他与中国新文学的前途有极大极深的关系"。①

1921年5月,他在《美文》中提出美文"须用自己的文句和思想"②;6月,他去香山碧云寺养病,写了《碰伤》《山中杂信》等文,与之前的文艺性论文明显不同,这些文章以叙事言志为主,对文学汉语的塑造有了自觉的意识。同时,他参与了《小说月报》的"语体文欧化讨论",给沈雁冰的信中写道:"关于国语欧化的问题,我以为只要以实际上必要与否为断,一切理论都是空话。"③周作人正是要用文学汉语的实践来回答讨论。

从上文所述周作人的文学汉语实践中可以看出,用白话翻译域外小说,将方言俗语加入现代白话写作白话新诗,用白话写作现代散文,其间有文言、白话、欧语的搏斗,也有小说、新诗、散文的格击,还有文言—小说、现代白话—新诗之间的较量。但是对于周作人,从文学汉语与现代文体的角度看,先有长时段的文学汉语的实践(包括1918年之前用文言翻译域外小说),然后产生了对文学汉语的想象,在这种实践的基础上,在这种想象的同时,产生了对新的文体形式的想象与实践,最后实现了知言塑形与现代美文诞生的同步完成。具体来说,周作人从晚清至民初的文言翻译,证明了文言作为现代人表达方式的绝境,但让他深谙文言的趣味;在提倡白话废弃文言的"五四"新文学开创期,周作人不像鲁迅那样对文言表示了彻底决裂的态度,他在否定文言的现代生存的同时有意潜藏了文言的趣味。周作人的白话新诗创作,从白话新诗的角度看,可能是白话新诗对于现代白话的诗学实践,但是从文学汉语的角度看,是现代白话突破口语的贫弱,吸收方言与

---

① 周作人:《圣书与中国文学》,《小说月报》第12卷第1期,1921年1月10日。
② 周作人:《美文》,见赵家璧主编:《中国新文学大系·散文二集》,上海:上海文艺出版社,2003年影印,第190页。
③ 周作人:《通信·语体文欧化讨论》,《小说月报》第12卷第9期,1921年9月10日。

欧化，呈现个人生命的艰难追求。尽管周作人最终放弃了白话新诗的创作，但是以方言进入现代白话而彰显的拙朴粗粝让周作人深深留恋。"五四"新文学开创期，周作人写了很多散文，大多属于论说文，或者文艺批评，大体属于欧化的白话文，吸收的是欧语细密的逻辑性。周作人以口语为本色，采集文言的趣味、方言的拙朴、欧语的严密而熔炼成的文学汉语，将是一种全新的独特的文学汉语，这种全新的文学汉语，在周作人的翻译作品、白话新诗、文艺性散文中都无法实现，它需要自己的园地。而周作人提出的现代美文的文体，恰好为这种全新的文学汉语展示自己的丰姿提供了可能的舞台，两者经过一段时间的碰撞磨合后，终于在周作人的言说中达到了水乳交融，《雨天的书》就是知言型文学汉语塑形和现代美文诞生相结合的标志。

上文的梳理，仅仅显示了知言型文学汉语塑形与现代美文诞生之间的历史脉络，两者之间是否有更本质的内在同一性？

周作人知言型文学汉语的内在要求是本色口语。口语就是说话，本色口语是散发个人味道的口语。写文章就是记录个人所说的自己的话，这点看上去无足怪，却是对文言统制时代表达方式的挑战和颠覆。胡适在《文学改良刍议》中提出白话文学的主张，倡导运用"活文字"，驱逐"死文字"后，在《建设的文学革命论》中又把语言与文学结合，形成"国语的文学，文学的国语"的主张。他把"八不主义"改为"四条主张"：一、要有话说，方才说话。二、有什么话，说什么话；话怎么说，就怎么说。三、要说我自己的话，别说别人的话。四、是什么时代的人，说什么时代的话。[①] 现代的人说自己的话，这是白话文学给予现代人的最大的恩惠，也是"五四"时代"人的解放"最普世的意义。人们会为鲁迅"我是我自己的，他们谁也没有干涉我的权利"[②]的坚定而震惊，会为郭沫若"我的我要爆了"而紧张[③]，会为汪静之"一步一回头地瞟我意中人"而会心一笑[④]，因为个人独特的说话方式，展露的是现代人在现代的心灵世界。周作人的知言是在这个言说盛开的时代塑形的，知言的内在要求与胡适的"说话观"是一致的。本色口语是浸润着个人味道的口语，这样的口语中才有一个"我"在。

对口语与文章之间关系的考察，在周作人的表述中体现为说话与文章

---

① 胡适：《建设的文学革命论》，《新青年》第4卷第4号，1918年4月15日。
② 鲁迅：《伤逝》，《鲁迅全集》第2卷，北京：人民文学出版社，2005年，第115页。
③ 郭沫若：《天狗》，《时事新报·学灯》1920年2月7日。
④ 汪静之：《过伊家门外》，《蕙的风》，上海：亚东图书馆，1922年，第29页。

的同一。他在 1918 年写的《安得森的十之九》中批评《十之九》译文是"用古文来讲大道理",为安徒生的著作叫屈。① 周作人喜欢安徒生,是因为安徒生"能用诗人的观察,小儿的言语,写出原人——文明国的小儿,便是系统发生上的小野蛮——的思想"②。这"小儿的言语"在周作人看来就是照着小儿说话写下来的言语。1925 年,周作人论《语丝》文体时指出,《语丝》最初的宗旨是"可以随便说话",《语丝》的作者群体政治见解不同,文学趣味各异,"所同者只是要不管三七二十一地乱说","不伦不类是语丝的总评","除了政党的政论以外,大家要说什么都是随意,唯一的条件是大胆与诚意,或如洋绅士所高唱的所谓'费厄泼赖'(Fair Play)"。③ 因此《语丝》的文体,就个人来说,是"大胆与诚意"地"乱说",因为每个人都是如此,所以整体上就是"不伦不类"了。1939 年,周作人在《春在堂杂文》中对"喜谈义理者"和"好谈音律者"持批评态度,他所赞同的是:"不把文章当作符咒或是皮黄看,却只算做写在纸上的说话,话里头有意思,而语句又传达得出来,这是普通说话的条件,也正可以拿来论文章。"④

　　说话与文章的同一性关系中,周作人看重的是说话之真与文章之好的同一性关系,表现为知言型文学汉语的本色口语与现代美文之间的内在同一。这同一的支点上矗立的是个人。那么,什么情形下的口语才是本色口语呢?就周作人而言,一个人住在香山碧云寺,夏天的清晨,卧听淅沥的雨声和般若堂清澈的磬声,在病中想起托尔斯泰的无我爱和尼采的超人,他此时想说的话,可算是本色口语;女儿若子病情转好,院子里杏花零落,山桃憔悴,丁香盛开,想起这偷偷走过的自然春光,和留住的人的春光,他此时想说的话,可算是本色口语;假如有二三好友,于瓦屋纸窗之下,清泉绿茶,一边品茗,一边闲谈,这时说的话,可算是本色口语;这样的言说卸去了所有防卫机制,既不需要有意克制自己的语词,也不需要有意涂饰自己的语词,天南海北,中外古今,神人鬼怪,草木虫鱼,全都在口语的语意指向中自然流露出来。本色口语把说话者凸显出来,这正是白话文学提出者的初衷,即塑形的是个人存在者,而不是类存在物。厨川白村《出了象牙之塔》中对 essay(即周作人所说的美文)的论述很清楚:"如果是冬天,便坐在暖炉旁边的安乐

---

① 周作人:《安得森的十之九》,《谈龙集》,上海:开明书店,1930 年,第 256 页。
② 同上书,第 257 页。
③ 岂明:《答伏园论"语丝的文体"》,《语丝》第 54 期,1925 年 11 月 23 日。
④ 周作人:《春在堂杂文》,《药味集》,北京:新民印书馆,1942 年,第 105—106 页。

椅上,倘在夏天,则披浴衣,啜苦茶,随随便便,和好友任心闲话,将这些话照样地移在纸上的东西,就是 essay。"①这"闲话"就是本色口语,所以本色口语正是现代美文的底料。周作人在《美文》中提出的"须用自己的文句和思想",概括《语丝》文体的特色是"大胆与诚意"地"乱说",背后作为支撑的是他在《人的文学》中提出的"个人主义的人间本位主义"。这"个人主义"对个体本身而言,是个性的解放;对个体周围的他者而言,是森林中树木之间的协同生长;用郁达夫在《〈中国新文学大系·散文二集〉导言》中的话说就是"'个人'的发现",用厨川白村的话说就是:"在 essay,比什么都紧要的要件,就是作者将自己的个人底人格的色彩,浓厚地表现出来。"②

三、知言的智性与美文之美

有多位学者的精辟之论,很好地总结了周作人散文的语言与文体交融的美学特质。刘绪源曾以"涩味"和"简单味"为中心考察周作人散文的美质:"他的外表平淡的行文中充满着反讽和饱受压抑的幽默,充满着旁敲侧击和王顾左右而言他,充满着对于六朝直至晚明的笔记小品以及英美和日本的随笔散文的继承和发扬,充满着不动声色地埋伏下来的深邃的哲理与情思。所有这一切,使他在平淡的外衣下包裹了真正的丰腴。"③陈思和在《中国现当代文学名篇十五讲》中丰富了此一观点:"周作人的文体特色,还可以简单归纳为两点:一是文体的迂回;一是文体的丰腴。"④"迂回""主要体现在言说本身的自我消解"⑤。他以一个形象的比喻总结周作人独特的造语方式:"周作人文章里的句子,总好像是从前一句话的缝隙里生长出来的。"⑥舒芜把周作人散文"清淡而腴润"的美学特质,落实在"雍容淡雅的风神"上,认为这风神是通过长句实现的。他举的例子包括《雨天的书·自序二》中的"我从小知道……"一句,《谈龙集·森欧外博士》中"性教育的实施方法……那更是可笑了"一段。他指出周作人的长句很像日本语文的

---

① [日]厨川白村:《苦闷的象征 出了象牙之塔》,鲁迅译,北京:人民文学出版社,1988年,第113页。
② 同上。
③ 刘绪源:《"涩味"与"简单味"——周作人及几位同时代的散文家》,《文艺争鸣》1993年第2期。
④ 陈思和:《中国现当代文学名篇十五讲》,北京:北京大学出版社,2003年,第107页。
⑤ 同上书,第108页。
⑥ 同上书,第111页。

长句,"结构松散,若断若连",而不像德语长句"严密得像一架精密仪器"。① 但这些总结还没有很具体地揭示周作人的语言与文体之间的内在关联,仍有值得详说的空间。

  周作人知言的最基本特质是智性,与诗性对应,但是智性与诗性并非水火不容。鲁迅的狂人、中间物、呐喊、彷徨、无物之阵、阿Q等众多词语,不仅进入了文学史的书写和知识分子精神谱系的描绘,而且也进入了大众的日常言说。鲁迅的词语系统是智性与诗性的结合,于诗性中散发着智性之光。周作人虽然没有兄长的博大与深邃,却也在1937年之前,尤其是"五四"新文学时期,以其独创的许多有"弹力"的词语加入了新文学的阵营,如人的文学、平民文学、流氓鬼、绅士鬼、儿童、儿童文学等。这些词语更多是智性的。智性的知言,往往是借助某些专有名词实现的,而诗性的词语更多是借用意象来表达的。周作人的散文整体上属于智性的知言,但也有诗性的词语,如"十字街头的塔"这样的词。他从厨川白村的《出了象牙之塔》和《往十字街头》两本书名中获得启示,融会自己的情性与体悟,铸造出"十字街头的塔"一语。"十字街头"呈现的是平面而不断延伸的多向空间,"塔"呈现的是矗立而孤高的封闭场域。"十字街头"让人面对喧嚣嚷叫与人流来往,知识分子置身这样的广场,不仅意味着自身融入人流,还承担着引导人流走向的责任。"塔"与周围世界划出一道隔离,让人沉浸于宁静的默想,知识分子置身这样的温室(比如象牙之塔),常常把个体的自身的艺术追求作为塔的尖顶。"塔"其实常常出现在荒村野林、深山古镇,而周作人把自己的塔建造在十字街头,塔的垂直尖锐地刺向十字街头的平面。两种各自圆融而相互对抗的意象结合成新的立体的意象:十字街头的塔。"十字街头"与"塔"各自的圆融并没有打破,于是矛盾仍然存在,寻找"十字街头"与"塔"之间出入的通道,成为周作人毕生言说的内在困境。②

  知言的智性在语句的层面上表现为"言而当"之"言语"的合理裁融,为实现现代美文"须用自己的文句"的要求提供了可能。"以口语为基本,再加上欧化语,古文,方言等分子,杂揉调和,适宜地或吝啬地安排起来,有知识与趣味的两重的统制,才可以造出有雅致的俗语文来。"③这段话写于

---

① 舒芜:《周作人的是非功过》(增订本),沈阳:辽宁教育出版社,2001年,第301页。
② 开明:《十字街头的塔》,《语丝》第15期,1925年2月23日。
③ 周作人:《〈燕知草〉跋》,《永日集》,上海:北新书局,1929年,第179页。

1928年的冬天,既可以看作周作人对理想的文学汉语的设想,也可以看作对他的现代美文中文学汉语美学特质的简要概括。

汉语口语句子简短,结构清楚,但是周作人的文章并非一读就懂,其语句不像胡适说的"清白"和"明白",并不适合通过朗诵用听觉来把握。周作人通过直译的语言实践,从欧语(包括日语)中吸取相对严密的文法,尽可能地融入汉语,所以他的散文中长句不少。这些长句用虚词组接着若干短句,这些短句常常是精炼的口语句子,句子长而宛转有致,短句多而意思贯通。再加上方言、欧语与文言词语,就更加灿烂而有韵味。这样的特色在周作人的知言中那类"释名"的段落中更加鲜明:

> 所谓宽容乃是说已成势力对于新兴流派的态度,正如壮年人的听任青年的活动:其重要的根据,在于活动变化是生命的本质,无论流派怎么不同,但其发展个性注重创造,同是人生的文学的方向,现象上或是反抗,在全体上实是继续,所以应该宽容,听其自由发育。①

> "破脚骨"——读若 Phacahkueh,是我们乡间的方言,就是说"无赖子",照王桐龄教授《东游杂感》的笔法,可以这样说:——破脚骨官话曰无赖曰光棍,古语曰泼皮曰破落户,上海曰流氓,南京曰流尸曰青皮,日本曰歌罗支其,英国曰罗格……②

> 寻常的豆腐干方约寸半,厚三分,值钱二文,周德和的价值相同,小而且薄,几及一半,黝黑坚实,如紫檀片。我家距三脚桥有步行两小时的路程,故殊不易得,但能吃到油炸者而已。每天有人挑担设炉镬,沿街叫卖,其词曰,
>
> "辣酱辣,
>
> 麻油炸,
>
> 红酱捺,辣酱拓:
>
> 周德和格五香油炸豆腐干。"③

知言的智性在叙述的层面上,表现为"言而当"之"言说"的恰当选择,即平等趋同的虚拟读者与中庸的叙述机制的结合,塑造了现代美文平淡闲适的风格。言说总是有一个听者的,周作人的知言设置了一个独特的听者,

---

① 周作人:《文艺上的宽容》,《自己的园地》,北京:晨报社,1923年,第7—8页。
② 陶然(周作人):《"破脚骨"》,《晨报副镌》1924年6月18日。
③ 周作人:《喝茶》,《雨天的书》,上海:北新书局,1935年,第74—75页。

形成了谈话的风格。孔子与学生的问答，苏格拉底与他人的探讨，都是有名的对话体散文，可是前者有教导之意，后者有驳诘之心，都不太平淡。周作人的知言似乎面对一个潜在的听者娓娓道出，这个听者与言说者处在平等的地位上。如果说鲁迅的言说常常预设了一个对手似的听者，言说者与对手似的听者之间构成了平等而对立的关系，那么周作人的知言预设了一个好友似的听者，言说者与好友似的听者处于平等而趋同的关系。面对好友似的听者，知言不需要承担任何强迫性的语词，不需要调整修辞来赋予言说任何快速和强力，因此叙述的语调是平缓的。这样一种叙述者在"五四"新文学启蒙时代的产生很艰难，周作人1921年因肋膜炎在香山疗养，静听碧云寺般若堂的磬声，写道："野和尚登高座妄谈般若，还不如在僧房里译述几章法句，更为有益。所以我的胜业，是在于停止制造（高谈阔论的话）而实做行贩。"①停止在高座上高谈阔论，实际上就是改变了自己布道者/启蒙者的身份，"行贩"的身份更多地把接受的意志给了接受者，所以叙述者的身份变化为平等趋同的听者的出现提供了可能。与这一虚拟听者相应的是采用了中庸的叙述机制。郁达夫解释周作人的"中庸"是"智慧感情的平衡，立身处世的不苟"②，如果把这种平衡智慧感情的中庸方式挪移到知言的叙述中，那么在语句的层面上表现为对口语、方言、文言和欧语的调和，在叙述上表现为个人经验的讲述、博识与趣味的阐释、古今中外的引证三者的交错发展。如前所引，陈思和指出："周作人文章里的句子，总好像是从前一句话的缝隙里生长出来的。"③由此形成周作人文体"迂回"与"丰腴"的特征。这种迂回也许正是控制叙述节奏的结果，从而使文章变得舒缓自如。

知言的智性在认识的层面上，表现为"言而当"之"言/我"的独特体悟；即植根于人生经验的博识，塑造了现代美文最能体现"个人"的品格。郁达夫评价说，"周作人的理智既经发达，又时时加以灌溉，所以便造成了他的博识"④。从认识意义的角度来说，"博识"是对周作人知言最准确的概括。周作人在20世纪30年代中期对自己能做的事情有一个总结："我不喜掌

---

① 周作人：《胜业》，《知堂文集》，上海：天马书店，1933年，第18页。
② 郁达夫：《〈中国新文学大系·散文二集〉导言》，见赵家璧主编：《中国新文学大系·散文二集》，上海：上海文艺出版社，2003年影印，第15页。
③ 陈思和：《中国现当代文学名篇十五讲》，北京：北京大学出版社，2003年，第110—111页。
④ 郁达夫：《〈中国新文学大系·散文二集〉导言》，见赵家璧主编：《中国新文学大系·散文二集》，第5页。

故,故不叙政治,不信鬼怪,故不纪异闻,不作史论,故不评古人行为得失。余下来的一件事便是涉猎前人言论,加以辨别,披沙拣金,磨杵成针,虽劳而无功,于世道人心却当有益,亦是值得做的工作。"① 这"六不"大体符合事实,不过周作人对韩愈等人古文的批判也是相当尖锐的。周作人涉猎前人言论之多、之杂,在 20 世纪的作家中可能无人可匹敌。

博识第一层意思是知识,以知言中的引经据典为特色,古今中外的人物、书籍、语词、歌谣等顺手拈来,丝丝入扣地嵌入叙述中。这种知识不同于晚清从西方引进的知识概念,西方的知识是要经过科学证明的。博识第二层意思是见识,周作人植根于人生体验的独特体悟,不是面对普遍意义的事件,不寻找普世性的法则,可以说是一人一时一地之见,但能引起人的咀嚼。如:

> 玩具是做给小孩玩的,然而大人也未始不可以玩。②

> 爱是给与,不是酬报。中国的结婚却还是贸易,这其间真差得太远了。③

> 我的故乡不止一个,凡我住过的地方都是故乡。④

> 我们的敌人是什么? 不是活人,乃是野兽与死鬼,附在许多活人身上的野兽与死鬼。⑤

> 家有贞节即表示家门之不幸,国有义烈亦足征国民之受难。⑥

也许有人很不同意他的看法,这不重要,因为周作人本身就不要求每个人同意。他说的是自己的人生体悟,也可以说是他的趣味。又如他在《〈燕知草〉跋》中写对杭州的感觉:

> 我觉得这里边的文字都是写杭州的,这个证以佩弦的序言可以知道是不错。可惜我与杭州没有很深的情分,十四五岁曾经住过两个年头,虽然因了幼稚的心的感动,提起塔儿头与清波门都还感到一种亲近,本来很是嫌憎的杭州话也并不觉得怎么讨厌,但那时环境总是太暗

---

① 知堂(周作人):《自己所能做的》,《宇宙风》第 42 期,1937 年 6 月 1 日。
② 周作人:《玩具》,《自己的园地》,北京:晨报社,1923 年,第 140 页。
③ 作人:《爱的创作》,《现代妇女》第 32 期,1923 年 7 月 26 日。
④ 陶然:《故乡的野菜》,《晨报副镌》1924 年 4 月 5 日。
⑤ 开明:《我们的敌人》,《语丝》第 6 期,1924 年 12 月 22 日。
⑥ 开明:《日本的海贼》,《语丝》第 18 期,1925 年 3 月 16 日。

淡了,后来想起时常是从花牌楼到杭州府的一条路,发现自己在这中间,一个身服父亲的重丧的小孩隔日去探望在监的祖父。我每想到杭州,常不免感到些忧郁。但是,我总还是颇有乡曲之见的人,对于浙江的事物很有点好奇心,特别是杭州——我所不愿多想的杭州的我所不知道的事情,却很愿意听,有如听人家说失却的情人的行踪与近状,能够得到一种寂寞的悦乐。《燕知草》对于我理应有此一种给予,然而平伯所写的杭州还是平伯多而杭州少。所以就是由我看来也仍充满着温暖的色彩与空气。①

知言的智性在审美的层面上,表现为"言而当"之"言"的美学追求,即"涩"的执着爱好,塑造了现代美文以趣味为本质的美学特质。周作人喜欢用味觉的词语来表达自己的审美偏好和人生体验,最明显不过的是从早期茶之清凉向后期药之苦口的转化。"涩"在周作人的言说中是与清、苦相呼应的词语,具有独立的品格。英国学者卜立德对"涩"的解释我很赞同:"至于说到'涩',这是美学所独有的,没有哲学的意味。它代表一种对诸如与平滑相对的粗砺、与明晰相对的晦涩、与直说相对的含蓄以及与浓厚相对的枯瘦的偏爱。"②而作为美学品格的"涩味"正是由口语、方言、文言和欧化语的综合裁融,中庸的叙述机制以及博识综合形成的。

周作人在《贞操论》译文正文前有一段译者引言,极为有趣,意思不断翻进,却又极为自然:

> 我确信这篇文中,纯是健全的思想。但是日光和空气,虽然有益卫生;那些衰弱病人,或久住在暗地里的人,骤然遇着新鲜的气,明亮的光,反觉极不舒服,也未可知。照从前看来,别人治病的麻醉剂,尚且会拿来当作饭吃;另外的新事物,自然也怕终不免弄得一塌糊涂。然而我们只要不贩卖麻醉剂请人当饭便好,我们只要卖我们治病的药。又譬如虽然有人禁不起日光和空气——身心的自由——的力,却不能因此妨害我们自己去享受日光和空气,并阻止我们去赞美这日光与空气的好处。③

---

① 周作人:《〈燕知草〉跋》,《永日集》,上海:北新书局,1929 年,第 177—178 页。
② [英]卜立德:《一个中国人的文学观——周作人的文艺思想》,陈广宏译,上海:复旦大学出版社,2001 年,第 119 页。
③ 周作人:《〈贞操论〉引言》,《新青年》第 4 卷第 5 号,1918 年 5 月 15 日。

"这篇文"即周作人所译日本作家与谢野晶子的《贞操论》。1918年要谈论并试图解放中国女性的贞操观,确是一个前卫性话题。第一句是对译文思想的总结。第二句用一个隐喻——以"日光和空气"比喻"健全的思想"的好处——引发下文,即思想贫弱的中国人一下子很难接受与谢野晶子的贞操观。"新鲜的气,明亮的光"这个对称的成分很有美感。首先,把上文"空气"和"日光"这两个双音节词简缩为单音节的"气"和"光",音节上形成一种顿挫。其次,这个对称成分在散句中呈现一种稳定的情绪。可以说,如果"骤然遇着新鲜的气,明亮的光,反觉极不舒服,也未可知"改为"骤然遇着新鲜的空气,明亮的日光,反觉极不舒服",也就不是周作人了。"也未可知"这句话看似可有可无,却恰恰是周作人的特色,表明一种推测中的肯定,使得语句的意蕴弹性十足。第三句极为简练地引述荒唐可笑而触目惊心的历史事实,以表明自己的担忧。第四句和第五句综合第二、三句的内容,表明自己的态度与信念。

周作人回忆自己读书的经历:

> 小说,曲,诗词,文,各种;新的,古的,文言,白话,本国,外国,各种;还有一层,好的,坏的,各种;都不可以不看,不然便不能知道文学与人生的全体,不能磨炼出一种精纯的趣味来。①

他用文言翻译域外小说,用现代白话创作白话新诗,调整各方语言写作现代散文,从中领悟到口语的核心作用,于是以口语作为底子,融和文言的趣味、方言的拙朴和欧语的严密,最后铸造出独特的知言型文学汉语,在铸造的过程中逐渐催生出新的文章体式——现代美文。

---

① 周作人:《我学国文的经验》,《谈虎集》(下),上海:北新书局,1928年,第405—406页。

结　语　语言实践与文学发生

晚清民初，黄遵宪、严复、梁启超、林纾、章太炎、王国维、吴稚晖、胡适、鲁迅和周作人这十位"轴心作家"的汉语实践形态各异，精彩纷呈。前面十章分章论述每位"轴心作家"，主要描述汉语实践的形态，揭示汉语造型的特质，显露文学形式的变化以及触摸文学汉语的价值观念。因为每位"轴心作家"都非常独特，我在论述时重点不完全一致，但力争较为立体地去把握他们最为独特之处。如果以十位"轴心作家"的汉语实践为个案，如何描述中国现代文学的发生图景呢？因此需要一种文学发生学来合理地分布这些个案。实际上，这种文学发生学并非也不可能从外部移植过来，恰恰相反，它已经活跃在对十位"轴心作家"的汉语实践的描述中。下面对文学发生学的发生过程以及运作原理稍作总结。

文学发生学的发生过程大致如下："轴心作家"们接受过系统的中国传统教育，在不同的岗位上，以不同的方式，出自不同的原因进行汉语实践，此时的汉语实践沿袭已有的汉语表达，保持旧有的文学形式，实践主体处在混沌初生状态。"轴心作家"们的汉语实践没有停滞不前，而是都有一定程度的"向外扩张"，带有一定的前沿性和先锋性。在"向外扩张"的过程中，汉语造型发生了改变，文学形式产生了裂缝，实践主体发生了变化。经过"向外扩张"后，"轴心作家"们的汉语实践往往能实现自身内部的"完成"，塑造独特的汉语造型，造就完整的主体，形成带有不同新因素的文学形式。他们凭借这种独特的文学汉语而成为"轴心作家"。"轴心作家"们的汉语实践各自内部的完成性，放在文学汉语实践的长河中，仍有可能是未完成的，即还不可能作为新文学发生的标志。因为"轴心作家"中，有人的汉语造型不够新，有人的主体意识不够新，有人的文学形式不够新，因此他们的文学汉语还不足以让文学实现从旧到新的脱胎换骨。只有新的汉语造型、新的主体意识和新的文学形式达到一种全新的程度，三者结合的文学汉语才令新的文学得以产生。十位"轴心作家"中，黄遵宪、严复、梁启超、章太炎、王国维、林纾、吴稚晖都有不同程度的新,而只有胡适、鲁迅、周作人的文学汉语才代表着新文学的发生。

下面根据晚清民初十位"轴心作家"的汉语实践,以文学发生学的发生过程和运作原理为经纬,对中国现代文学的发生状况作一归纳性描述:先描述晚清民初汉语实践多姿多彩的复杂形态;其次揭示汉语实践对文学汉语观的决定性作用;接着从文学汉语的"有理""有情""有文"三个维度分别描述汉语造型、创作主体以及文学形式的变化,以显示中国现代文学的发生图景。因此,有时不免与前面的章节在内容上有些重复,有时也会增添十位"轴心作家"之外的一些内容。

一、晚清民初汉语实践的复杂形态

晚清民初作家们的汉语实践各有路数,呈现出前所未有的复杂形态。

1. 翻译与创作

晚清民初汉语实践的第一个突出现象是翻译与创作既并行发展,又交错纠缠;翻译兴盛,但又乱象丛生。

翻译者身份多样。据十位"轴心作家"的情况,即可见晚清民初翻译者身份的多样性。清政府于1876年正式派驻大使常驻国外,派出的外交官员成为中国"开眼看世界"的重要群体。19世纪70年代开始派出的清政府外交官员如郭嵩焘、黄遵宪和何如璋等,既是政府官员,又具有良好的学术修养,能把域外所见所感表达出来。不过他们大多不懂外语或略懂外语,只是读过翻译著作,听过外国人的口头表达,通过翻译人员以及亲身经历,在自己的创作中运用一些外国语的词汇。整体而言,这批人并不进行翻译实践,他们的汉语实践仍然是创作。

第一类以严复为代表。严复曾留学英国,精通英语,既可从事翻译实践,也可以进行创作。与严复类似,曾赴国外留学或为官,精通一门或几门外语的人有陈季同(1851—1907)、马建忠(1845—1900)等人。陈季同精通法语,曾用法语撰写多部作品,其中包括小说《黄衫客传奇》。马建忠精通拉丁文、希腊文,他撰写的《马氏文通》成为中国人独立撰写的第一部汉语语法书。

第二类以梁启超、章太炎、吴稚晖为代表。三人因政治/革命问题被迫流亡海外。他们国学功底相对深厚,汉语写作相当成熟,但因在海外日久,偶有翻译或译述之作,不过仍然以汉语创作为主。梁启超因戊戌变法失败而流亡日本,曾写过一本中国人读日文的小册子《和文汉读法》,在中国留学生中影响甚巨。他学过日语,翻译过小说《佳人奇遇》《十五小豪杰》和政治学著作《国家论》①。章太炎《苏报》案出狱后流亡日本,学过梵语、日语,为苏曼殊的《梵文典》撰写序言,提倡学习梵语;他翻译过日本岸本能武太的《社会学》。②吴稚晖曾于1901年赴日本留学,又因《苏报》案被迫流亡欧洲多年,他曾翻译过英国麦开柏的《荒古原人史》等作品。陈独秀和章士钊等人也可以归入这一类型。

第三类代表是林纾。林纾作为不懂任何外语的著名翻译家,没有踏出过国门,在晚清民初的翻译界非常独特,可以单独列为一类。他的翻译实践都是与他人合译。他将合作者的口述转化成文言的书面笔译,有的直接从原作翻译,有的则属于转译。因此他的翻译实践面相多重,在晚清民初中国转型时期却能风行一时,造成巨大影响,可谓文学史上的奇葩。

第四类以王国维为代表。王国维虽然在晚清短暂赴日,但是他的日语学习、英语学习以及主要翻译著作都在国内完成,可以归为在国内学会外文而进行翻译的类型。这批人还有曾朴、周桂笙、徐念慈、包天笑、陈景韩、陈蝶仙、刘半农(赴欧洲之前)、周瘦鹃等。甚至有些作家翻译多于创作,比如包天笑,就认为自己"从事于小说界十余寒暑矣,惟检点旧稿,翻译多而撰述少"③。

第五类以鲁迅、周作人和胡适为代表,他们赴海外留学数年,精通一门或几门外语。如果单纯从学习外语角度而言,他们的前辈人物有容闳、严复、马建忠、陈季同、辜鸿铭、伍光建等;他们的同辈或稍晚一点的人物有马君武、郭沫若、郁达夫等。鲁迅、周作人和胡适还有一个重要特点是既能翻译,又能创作,并且文学事业是他们的核心事业,所以他们三位的文学实践促成了中国现代文学的发生。

当然,晚清从事翻译工作的人远不止这几种类型,比如还有曾经翻译过大量作品的在华传教士群体。但即使这样,以上五类也足以呈现出晚清民初翻译界人员的多样性。这种多样性的背后,隐藏着中国人寻求新的知识

---

① [法]巴斯蒂:《中国近代国家观念溯源——关于伯伦知理〈国家论〉的翻译》,《近代史研究》1997年第4期。
② [日]岸本能武太:《社会学》,章炳麟译,上海:广智书局,光绪二十八年(1902)。
③ 天笑生(包天笑):《〈小说画报〉短引》,《小说画报》第1号,1917年1月。

体系、价值系统、制度规范的强烈诉求。

很难用一个准确的定义来描述晚清民初中国的翻译实践,姑且名之曰"乱象丛生"。翻译实践活动有译述、编译、编述、合译、重译、转译、直译等。"翻译"指把一种语言文本的信息转换成另一种语言文本的信息。"译述""编译""编述"等属于译者在翻译过程中对原作进行改装、增删、评述等的翻译活动,晚清民初有一大批译作都属于此种类型。"合译"指两人或两人以上共同翻译:一种类型指林纾和不同合作者的翻译,懂外语者口译,林纾笔书;一种是懂外语者笔译,另一人润色修饰,如苏曼殊与陈独秀合译雨果的《惨世界》;一种是两人一起翻译。"重译"指同一原作的不同译本,如苏曼殊、马君武和胡适都曾翻译拜伦的《哀希腊》,周桂笙和林纾都曾翻译哈葛德的《迦茵小传》。"直译"强调两种语言之间的对等的翻译,如鲁迅与周作人合译的《域外小说集》。就翻译者而言,其翻译实践常常横跨几种类型,比如林纾的翻译实践,既属于"合译",也属于"译述"。

晚清的翻译与创作并行发展,但并非两条平行线一样没有任何交叉点,而是像两股麻绳一样扭结在一起,情形非常复杂。当然,晚清有一批人只是用汉语创作,并不进行翻译;还有些只是翻译,并不创作或创作不多。但这两类人群不是这里关注的对象。上文提到的十位"轴心作家"中,除了黄遵宪外,大多是既翻译又创作,有些在1917年之前翻译多于创作。

翻译与创作互相交错,即翻译掺入创作,创作借用翻译。翻译掺入创作的情形在晚清民初的翻译中较为普遍,严复、林纾等人的译作中即不乏此例。据日本学者樽本照雄的考证,鲁迅的《斯巴达之魂》是"编译"加"创作"之作,他用公式表述如下:"赫罗德托斯、普鲁塔尔考斯等→复数的欧美译作→复数的日语译作→编译+创作=鲁迅的《斯巴达之魂》。"① 雨果《悲惨世界》的节译本《惨世界》为苏曼殊和陈独秀合译,中间插入两人"创作虚构"的部分。比较《惨世界》与法文原作部分,译文21196字,创作58800字,译文占36.05%,创作占63.95%,因而被人称为"伪译"。② 创作借用翻译的情形也很常见。钟心青的《新茶花》(1907)模仿林译小说《巴黎茶花女遗事》,标题自不用说;人物设置上,女妓武林林头插茶花,以"茶花"自名,项

---

① [日]樽本照雄:《关于鲁迅的〈斯巴达之魂〉》,《清末小说研究集稿》,陈薇监译,济南:齐鲁书社,2006年,第195页。

② 王晓元:《翻译话语与意识形态——中国1895—1911年文学翻译研究》,上海:上海外语教育出版社,2010年,第149—156页。

庆如则被称为"东方亚猛君"。非常极端的例子可能是梁启超的"新民体"散文对日本德富苏峰报刊论文的"借用"。

翻译有时带动创作。林纾在合译并出版《巴黎茶花女遗事》之前,虽有"狂生"之名,发表过《闽中新乐府》,但整体而言,文名不盛,创作不多。自《巴黎茶花女遗事》出版后,其文名广播,译作迭出,继而创作了多部长篇小说和多种短篇小说。虽然他的创作小说远远不如译作影响大,但无可否认的是翻译实践激发了他的创作欲望。周作人以翻译并发表《侠女奴》(1904)而走上文坛,他在1918年之前,翻译明显多于创作。翻译之作有《域外小说集》(与鲁迅合译)、《匈奴骑士录》《黄蔷薇》等多种。其他如刘半农1917年5月在《新青年》杂志上发表《我之文学改良观》之前创作与翻译并行,可谓互相推动①;"鸳鸯蝴蝶派"作家周瘦鹃也被认为是靠翻译起家的。②

翻译与创作共振成为晚清民初普遍的汉语实践的状态。在翻译与创作之间穿梭来往,势必会考虑语句塑造的恰切性、文体类型使用的合理性。梁启超曾以佛经翻译为例说明翻译文学对本土文学的影响主要有三:第一是"国语实质之扩大";第二是"语法及文体之变化";第三是"文学的情趣之发展"。③ 这种概括融合了他自己在翻译实践中对语言、文体和文学的把捉,因此基本符合晚清民初的翻译实践。翻译势必会冲击固有文类的体式、固有语言形态的结构,从而推动对新的文类、新的汉语造型的领悟与追求。也许刚刚开始出现的文类与汉语造型都还处在不中不西的杂交形态,但同时也孕育了新种的可能。

---

① 刘半农的创作小说有《匕首》(1913)、《假发》(1913)、《秋声》(1913)、《终身根事》(1915)、《忏吻》(1915)、《歇浦陆沉记》(1917)、《可怜之少年》(1917)等;翻译作品有《橡皮傀儡》(1914)、《伦敦之质肆》(1914)、《此何故耶》(1914)、《八月十二》(1915)、《戍獭》(1915)、《希腊拟曲》(1915)、《悯彼孤子》(1915)、《乞食之兄》(1915)、《暮寺钟声》(1915)、《福尔摩斯侦探案全集》(与程小青等人合译,1915)、《X与O》(与程小青合译,1916)、《丹墀血》(与向恺然合译,1916)、《日光杀人案》(与成舍我合译,1916)、《兄弟侦探》(与王无为合译,1916)等。参见鲍晶编:《刘半农研究资料》所收《刘半农著译年表》《刘半农著译目录》,北京:知识产权出版社,2011年。
② 范伯群:《周瘦鹃论(代前言)》,《周瘦鹃文集(珍藏版)》(上卷),上海:文汇出版社,2015年,第8页。
③ 梁任公:《翻译事业之研究——中国古代之翻译事业(翻译文学与佛典)》,《改造》第3卷第11期,1921年7月15日。

2. 文言实践与白话实践①

晚清民初的翻译与创作都涉及一个使用语体的问题,即采用文言语体还是白话语体。到底使用何种语体,晚清民初的作家们具有完全独立的自主性。

第一种,晚清民初坚持文言实践的群体特别强大,黄遵宪、严复、林纾、章太炎、王国维、周作人等人都属于这个群体,其余如刘师培、章士钊、辜鸿铭、苏曼殊等。他们中有的旗帜鲜明地反对白话文学;有的不明确反对,但也不支持。黄遵宪虽然提出过言文一致的设想,也采用新名词,但整体而言,他一直坚持文言实践。严复有课堂讲义、林纾有白话实践、章太炎有演讲词,他们的这些语言实践对文言实践有一定的冲击,但力量弱小。周作人在1918年之前的翻译与创作,文言实践占绝对优势。徐枕亚的《玉梨魂》《雪鸿泪史》、吴双热的《孽冤镜》、李定夷的《伉俪福》等作品,以骈文写小说,一则采用旧体诗书入小说,二则多用骈四俪六句式行文,可谓把文言汉语实践推到了极端。

第二种,梁启超和吴稚晖与上述群体不同。他们虽然也以文言实践为主,但向白话实践倾斜,自觉追求文体的革新。梁启超翻译《十五小豪杰》时对使用文言或白话有一种吊诡的处理:"本书原拟依《水浒》《红楼》等书体裁。纯用俗话。但翻译之时。甚为困难。参用文言。劳半功倍。计前数回文体。每点钟仅能译千字。此次则译二千五百字。译者贪省时日。只得文俗并用。明知体例不符。俟全书杀青时。再改定耳。但因此亦可见语言文字分离。为中国文学最不便之一端。而文界革命非易言也。"②《十五小

---

① 晚清民初的白话实践非常普遍,主要包括传教士的白话翻译与创作、中国本土作家随着出版业的兴起而创作的大量白话作品,包括白话小说、白话戏剧以及其他白话文章。在此对这些白话实践并没有做单独系统的论述。这主要是由于笔者所关注的问题决定的。晚清那些以白话实践为主的作家,并没有成为"五四"新文学的提倡者,不是说他们的白话实践不重要;他们的白话实践是通过"五四"新文学提倡者的汉语实践而起作用的。因此没有单独论述。

② 少年中国之少年(梁启超):《〈十五小豪杰〉附记》,署法国焦士威尔奴原著、少年中国之少年重译,《新民丛报》第6号,光绪二十八年(1902)三月十五日。

豪杰》第一回的白话,是很地道的明清小说的白话。① 连第一回的回目"茫茫大地上一叶孤舟　滚滚怒涛中几个童子"也因加入"中""上"两字而白话化了。第四回的译语,转而文白并用。② 根据梁启超自述,用白话翻译速度慢,用文言翻译反倒速度快。也许因为报刊出版有时间限制,不得不如此。但问题在于,白话翻译与文言翻译的速度之别,潜藏的是译者对文言与白话不同的操控程度:文言的词汇、句式、语调,均已了然于心,任我驱遣;而白话,却要经过从外语到文言再从文言到白话的转换流程。这当然会降低效率。经过文言翻译与白话翻译这一汉语实践的反复挪用,文言与白话之差异更加明显。相比而言,吴稚晖的确有语言天赋,好像很天然地倾向书面白话,他自己回忆是受到张南庄《何典》的影响,当然演讲与翻译等汉语实践也是促使他的书面语言口语化的重要方式。其《风水先生》(1909)写道:"风水先生大怒道:'你看不起我。我路也筑过。地也掘过。厂也开过。什么都做过。形上的知道。形下的知道。不上不下的知道。什么都知道。我的位置啊! 说来恐怕你还不晓得。是……是……是在康德达尔文之间。'"③这段话把口语化为书面语,神情毕肖,生动有味;又能加入西方标点,把新名词运用得很有文学性。因此,吴稚晖晚清的书面白话已经具有很高的"准现代性"。

第三种,在文言实践与白话实践之间来往穿梭,最终主张白话创作,代

---

① 第一回"茫茫大地上一叶孤舟 滚滚怒涛中几个童子"中节选一段:"但虽系天亮。又怎么呢。风是越发紧的。浪是越发大的。那船面上就只有三个小孩子。一个十五岁。那两个都是同庚的十四岁。还有一个黑人小孩子。十三岁。这几个人。正在拼命似的把着那舵轮。忽然砰訇一声响起来。只见一堆狂涛。好像座大山一般。打将过来。那舵轮把持不住。陡地扭转。将四个孩子都掷向数步以外了。内中一个连忙开口问道。武安。这船身不要紧吗。武安慢慢的翻起身回答道。不要紧哩。俄敦。连才又向那一个说道。杜番啊。我们不要灰心哇。我们须知到这身子以外。还有比身子更重大的哩。随又看那黑孩子一眼。问道。莫科呀。你不悔恨跟错我们来吗。黑孩子回答道。不。主公武安。"法国焦士威尔奴原著、少年中国之少年重译:《十五小豪杰》(第四回),《新民丛报》第6号,光绪二十八年(1902)三月十五日。

② 第四回"乘骇浪破舟登沙碛 探地形勇士走长途"中节选一段:"却是船到岸上。经了一点多钟。并不见一个人影儿。茂树那边。虽有小河流出来。却连打鱼船不见一只。俄敦道。我们侥幸得到陆地。虽然看此光景。却像一个无人岛呀。武安道。目前最要紧的。先寻些屋舍。安顿这些年纪小的。至于此处系何国何地。慢慢查察不迟。于是武安和俄敦一齐先上(按,疑与"下"之误)船。向茂林一带细勘光景。只见浓阴密树。在石壁和溪水的中间。越近石壁处。树林越密。进林中一看。只见乔木自僵。枝干朽腐。落叶纷积。深可没膝。闲闲寂寂。绝无人踪。"出处同上。

③ 观剧者来稿:《风水先生》,《新世纪》第88号,1909年3月13日。

表人物包括胡适和鲁迅。胡适早年给本家姐妹们讲《聊斋》里的故事,把古文的故事翻译成绩溪土话,一方面促使他更了解古文的文理,另一方面也促使他感知白话表达的可能。胡适撰写白话小说《真如岛》以及其他白话文,留学美国后创作旧体诗词,这种白话实践与文言实践之间的腾挪并无阻碍。他唯一感到阻碍的是用白话创作韵文。他坦言:"我自信颇能用白话作散文,但尚未能用之于韵文。"当他正式开始用白话创作韵文时,"颇似新习一国语言,又似新辟一文学殖民地"。① 用白话创作韵文,至少需要突破两重阻力,一重是已经习得的文言表达的规范,一重是韵文文体对白话的束缚。鲁迅初拟以俗语白话翻译《月界旅行》《地底旅行》,但后来逐步改为以文言为主。他受章太炎影响后,以很古朴的文言翻译西方小说,又用吸收了西方标点符号的"现代文言"创作小说《怀旧》。可见,鲁迅一直在试图寻找一种更为恰切的语体进行翻译与创作。

3. 文学准标准语实践与文学方言实践

晚清民初,文言与书面白话属于正式的书面语言。为了与民国时期所想象的"国语"以及新中国成立后推行的"普通话"区分开来,我把晚清民初时期的文言和书面白话称为"书面准标准语"。文学中的"书面准标准语"简称为"文学准标准语",与它相对应的是"文学方言",即进入文学文本的方言。在口语的层面上,与方言最准确对应的词语是"官话"。晚清民初,文学准标准语的实践极为普遍,这里关注的是方言如何进入文学实践的问题。

首先简单梳理方言与言文一致的问题。"言文一致"被黄遵宪提出后,成为晚清民初文学的根本问题之一,后来胡适等人将其作为新文学的特征加以标举。章太炎的《新方言》(1908)设想了通过方言的语音寻根以求言文一致的道路。很显然,这一设想非常"高蹈",无法实现。胡适则从另一条道路进入,以欧洲国家的国语形成为依据,主张把中国的某一种方言提升为国语,这种方言就是以北京方言为基础的"官话"。周作人在《国语改造的意见》《理想的国语》等文中,提出理想的国语应该吸收方言成分。

其次关注方言进入文学作品的问题。明清白话作品以官话为主,因此

---

① 胡适:《胡适留学日记》(四),上海:商务印书馆,1947年;引自上海三联书店民国沪上初版书复制版,2014年,第1066页。

书面官话属于文学准标准语,代表作如《红楼梦》。晚清民初的白话作品除了继续沿用书面官话这一传统语体外,方言也进入了小说、戏剧以及歌谣等不同文学体裁的作品,吴语作品和粤语作品数量可观。

吴语小说比较著名的有张南庄的《何典》(1878)、郭友松的《玄空经》(1884)、韩邦庆的《海上花列传》(1892)、李伯元的《海天鸿雪记》(1904)、张春帆的《九尾龟》(1906—1910)、毕倚虹的《人间地狱》(1922—1924)等。其中韩邦庆的《海上花列传》影响甚大。其叙事沿用明清书面官话,人物对话采用吴语,以与《红楼梦》使用的"京语"并峙。粤语小说的出现可能与《圣经》的粤语译本有密切关系。邵彬儒的《俗话倾谈》(1870),叶永言、冯智庵的《宣讲余言》(1895)等作品以粤语演绎基督教教义。随着《圣经》被以粤语翻译,也出现了多部粤语小说:《晓初训道》(1861)、《张远两友相论》、《续天路历程土话》(1870)、《天路历程土话》(1871)、《人灵战纪土话》(1887)、《述史浅译》(1888)、《指明天路》(1901)、《辜苏历程》(1902)等。这类小说被人称为"三及第小说",即表达价值判断用文言,叙述客观事物用官话,对白和人物描写用方言(粤语)。① 粤语戏剧中的语言等级倒不是这么分明,署名"新广东武生度曲"的《黄萧养回头》题"广东戏本"②,使用浅近文言、白话和粤语;而署名"曼殊室主人度曲"的《班定远平西域》(1905)③对白多用粤语,也有"官话",还掺入英语词汇和日语词汇。《新小说》里"杂歌谣"栏目里收有多首"粤讴",第 7 号刊《粤讴新解心六章》,分别为《自由钟》《自由车》《天有眼》《地无皮》《趁早乘机》《呆佬祝寿》④;第 9 号刊署名"外江佬戏作"的《粤讴新解心四章》,分别为《学界风潮》《鸦片烟》《唔好发梦》《中秋饼》⑤;第 10 号刊署名"珠海梦余生"的《粤讴新解心四章》,分别为《劝学》《开民智》《复民权》《倡女权》⑥;第 11 号刊署名"外江佬戏作"的《新粤讴三章》,分别为《珠江月》《八股毒》《青年好》⑦;第 16 号刊署名"珠海梦余生"的《粤讴新解心五章》,分别为《黄种病》《离巢燕》《人

---

① 姚达兑:《晚清方言小说兴衰刍论》,《文学评论》2013 年第 2 期。
② 新广东武生度曲:《黄萧养回头》,《新小说》第 1 号,光绪二十八年(1902)十月十五日。
③ 曼殊室主人度曲:《班定远平西域》,《新小说》第 2 年第 8 号(原第 20 号),光绪三十一(1905)年九月。
④ 《粤讴新解心六章》,《新小说》第 7 号,光绪二十九年(1903)七月十五日。
⑤ 外江佬戏作:《粤讴新解心四章》,《新小说》第 9 号,光绪三十年(1904)六月二十五日。
⑥ 珠海梦余生:《粤讴新解心四章》,《新小说》第 10 号,光绪三十年(1904)七月二十五日。
⑦ 外江佬戏作:《新粤讴三章》,《新小说》第 11 号,光绪三十年(1904)九月十五日。

心死》《争气》《秋蚊》①。这些粤讴常常运用新名词,贬谪时弊,抒发新理。

4. 元汉语实践

元汉语实践指的是对汉语汉字本身的实践。晚清民初的元汉语实践主要包括汉语汉字价值观的讨论、汉语拼音方案的设想、汉语语法的探讨和辞典编撰等内容。

第一,汉语汉字价值观的讨论。19世纪中期,王韬、黄遵宪等人对中国汉字汉语的价值充满自信,没有怀疑。但是甲午中日战争之后,梁启超开始从拼音文字和象形文字的角度区分汉语与西语时,对汉语汉字的信心就有些动摇;他在《国文语原解》(1907)中又让这两种文字平分秋色。吴稚晖等人在《新世纪》上提出以万国新语(世界语Esperanto)取代汉字,与他们的无政府主义政治立场相呼应。章太炎在他的《驳中国用万国新语说》中系统驳斥了这种观点。用世界语代替汉字的呼声在"五四"新文学时期重新出现,章太炎的弟子钱玄同最为坚决,鲁迅等人响应。晚清民初,汉语汉字自信心的动摇来自两个方面:一方面,西方语言理论把汉字定为象形文字,把汉语定为孤立语,看作人类初级阶段的语言,实际上强调了汉字汉语的原始性和落后性;另一方面,晚清中国在与西方军事对抗中接连失利,中国人反思之时,把原因归于教育落后,最后落实在汉字汉语的难学耗时上。今天看来,世界语并没有取代汉字汉语,但是汉字拼音化和汉字简化成为中华人民共和国成立后文字改革的主要内容。

第二,汉语拼音方案的设想。从1892年卢戆章的《一目了然初阶》开始,中国人自己开始创造汉字的拼音方案,至1918年前后有近二十种方案出现。② 从卢戆章开始的汉字切字拼音方案往往会涉及如下问题:用什么字母来拼音和拼什么样的音。

采用什么字母来拼音是汉字拼音方案的首要问题。罗常培曾经根据拼

---

① 珠海梦余生:《粤讴新解心五章》,《新小说》第2年第4号(原第16号),光绪三十一年(1905)四月。

② 如卢戆章《一目了然初阶》(1892),吴稚晖创制豆芽字母(1895),蔡锡勇《传音快字》(1896),力捷三《闽腔快字》(1896),沈学《盛世元音》(1896),王炳耀《拼音字谱》(1897),王照《官话合声字母》(1900),李元勋《代声术》(1904),杨琼、李文治《形声通》(1905),卢戆章《中国切音新字》(1906),劳乃宣《简字全谱》(1907),章太炎《驳中国用万国新语说》(1908),黄虚白《汉文音和简易识字法》(1909),蔡璋《音标简字》(1913),汪怡《国语音标概说》(1913),左赞平《言文音母一览表》(1917),等等。参见罗常培:《国音字母演进史》,上海:商务印书馆,1934年。

音字母的不同把这些方案分为七种类型:假名系、速记系、篆文系、草书系、象数系、音义系以及其他类型。① 其实主要还是在罗马字母、日本假名式字母和汉字偏旁式字母之间选择。至于速记式、草书式都不太符合一种拼音符号的要求,因为区别难度很高,不利于认读。罗马字母已经成为英语、德语、法语等欧洲语言的拼音符号,关键是是否适合汉字的问题;同样,日本假名虽然取自汉字,但作为一种拼音符号也很完整;汉字偏旁式是从日本假名获得启示,选取汉字偏旁或者进行某些改造而制成拼音符号,比较容易为中国人接受,因为还没有完全脱离汉字符号的点横竖撇捺的特征。

卢戆章于1892年创制的《中国第一快切音新字》,采用的是55个罗马式的字母。1906年他进呈朝廷的新书《中国切音字母》,字母改用简单的点画,很像日本假名。吴稚晖1895年创制的"豆芽字母"当时没有公布,也就没有任何影响。1900年王照出版的《官话合声字母》仿照日本假名,采取汉字中的某一部分作为字母,"字母"(即声母)50,"喉音"(即韵母)12,共62个字母。劳乃宣1907年出版《简字全谱》,仿照的仍是王照的字母,只是"京音谱""宁音谱""吴音谱""闽广音谱"中声母和韵母各有增加。其余各种字母方案,影响均不甚大。1908年章太炎在《驳中国用万国新语说》中创制的"纽文""韵文"也是采用汉字偏旁式,虽然在当时没有什么影响,可是到民国时期被读音统一会采用了15个。因此,就拼音字母的形式看,取汉字偏旁式在晚清至民国初年,还是能被大多数中国士人所接受的。1913年,读音统一会制定读音的时候,字母提案主要有三派:偏旁式、符号式和罗马字。因为争执不下,最后采用了以章太炎的篆文式为主的"记音字母",即后来公布的"注音符号"。

其次是注什么音的问题,其中重要的是"京音"和"方音"的区别。卢戆章的《一目了然初阶》切的是"厦腔";力捷三的《闽腔快字》切的是闽音。黎锦熙认为1900年王照的《官话合声字母》问世之前,切音以闽、广音为主而限制了其传播。王照的《官话合声字母》注的是"京音"(即官话),劳乃宣在此基础上编成了五种音谱——京音谱、吴音谱、宁音谱、闽音谱、广音谱,可以说既照顾了"京音"的普遍性,又照顾了"方音"的地方性。"京音"与"方音"的争斗一直延续下来,比如1913年读音统一会中争论的真正的焦点是"浊音"问题。王照等人主张以"京音"为准,吴稚晖等江浙代表主张

---

① 罗常培:《国音字母演进史》,上海:商务印书馆,1934年,第38—78页。

加入"浊音",而"浊音"只在江苏浙江的方言中存在,双方的争执十分激烈。1919 年出版的《国音字典》采用的就是由读音统一会审定的"读书音",含有入声。后经过调整,《国音常用字汇》(1932)以北京语音为准。经过六十余年的努力,《汉语拼音方案》于 1958 年通过,汉语终于有了一套标准的读音。

第三,汉语语法的研究。马建忠的《马氏文通》(1898)被认为是第一本由中国人撰写的汉语语法著作。自此开始,研究汉语语法的论著陆续出现:严复的《英文汉诂》(研究英语语法,但有很多内容与汉语语法作比较,1904)、章士钊的《中等国文典》(1907)、胡以鲁的《国语学草创》(1914)、胡适的《国语文法概论》(1921)、陈承泽的《国文法草创》(1922)、金兆梓的《国文法之研究》(1922)、黎锦熙的《新著国语文法》(1924)、易作霖的《国语文法四讲》(1924)等等。这些著作仿照印欧语法,结合汉语自身特点,建立了一整套汉语语法体系,核心内容是名词、动词、形容词、副词、代名词、介词、接续词、感叹词和助词九大词类划分以及主语、谓语、宾语、定语、状语和补语六大句子成分分类。这套语法体系基本框架是印欧语言的,但是印欧语言属于屈折语,重形态变化,而汉语属于孤立语,无形态变化或者很少形态变化,重意义和功能。马建忠在印欧语言的八大词类外列出助词、黎锦熙提出句本位语法观以及根据词语在句中位置认定词类的词语观,都是突出汉语自身语法的特征。

第四,辞典编撰。晚清民初随着出版业的发达,不同类型的辞典不断出现。有人统计从 1912 年至 1949 年语言类、社会科学类和自然科学类辞典达四百余部,不包括同时期的中日、中英等双语词典。这还不包括晚清出版的辞典。这些新的辞典成为元汉语实践的重要内容。马礼逊的《华英字典》①是一部双语字典,不仅是西方人认识汉字的工具,也是中国人乃至日本人学习英语以及翻译参考的工具。专门辞典的出现有助于新的知识系统的集中呈现,改变着中国传统的知识结构,比如《新尔雅》(1903)仿照《尔雅》的体例,分 14 个学科大类进行分类阐释。普通汉字字典以及汉语词典的出现对于现代汉语的形成发展非常重要,比如《国音字典》(1919)、《国音常用字汇》(1932)、《国语辞典》(1937)、《现代汉语词典》(1978)等辞典的依次出版,不断规范着汉字的书写、字词的读音以及字词的意义。

---

① 马礼逊于 1808 年开始编《华英字典》,得到东印度公司的资助。1819 年《华英字典》全部编完,共 6 大卷。至 1822 年,由东印度公司全部出版。

上述四类汉语实践虽足以显示晚清民初汉语实践的复杂形态,但是并没有穷尽这一时期的汉语实践,比如还有口头的汉语实践,包括公开演讲、课堂讲课甚至电台广播等;还有外语创作实践,比如清末外交官陈季同曾用法文创作出版《中国人自画像》《黄衫客传奇》等多部作品,辜鸿铭曾英译《论语》《中庸》,并撰写大量报刊英文,胡适在美国留学时期,曾写过不少英文演说辞,也曾创作英文诗歌,等等。汉语实践的复杂形态中,就实践者而言,既有政府外交官员,也有被政府追捕的改革者革命派;既有体制内的大学教授、大学生,也有报人与自由撰稿者;还有西方传教士以及帮助传教士润色中文的中国读书人;凡此种种,身份多样。就汉语造型而言,汉语与西语(包括日语)、文言与白话、方言与文学准标准语、口头表达与书面表达之间既冲突又融合,造就了这个时期文学汉语精彩纷呈的造型。就文学形式而言,翻译作品与创作作品、旧体诗词与白话新诗、文言小说与白话小说、古文与白话文同时存在,有时并行,有时冲突,有时交织。文学汉语实践的复杂形态实为中国现代文学发生的土壤,在文学汉语多层面的冲突抵抗与交融中,中国现代文学才得以发生。

二、实践与观念:现代的文学汉语观的发生

晚清至"五四"时期文学汉语观的发生,植根于"轴心作家群"的语言观这一丰富的土壤中。"轴心作家群"的语言观包含如下内容:如何看待汉字的优劣,如何评价文言与白话以及如何改造汉语。对汉字进行优劣区分成为晚清民初中国知识分子面临的尖锐问题之一。黄遵宪出使日本时期,汉字和汉语面对日语、英语等的冲击还拥有足够的自信。但是随着拼音文字和象形文字的价值区分的观念进入汉语世界,又因中国的落后挨打最终被归结于汉字的难学,两方面的夹攻使得汉字逐渐丧失了自信。严复坚持"六书乃治群学之秘笈"和梁启超的《国文语原解》试图通过汉字的造型打开与西学的通道,激活汉字的潜能,尽管最终都失败了,却显示出晚清时期汉字面临西语冲击时的艰难尴尬状态。晚清时期的吴稚晖、"五四"时期的钱玄同和20世纪30年代的鲁迅都曾经有过废除汉字的主张。章太炎以汉字为种性的根基,坚定地维护汉字的正当性。梁启超、民国成立后的吴稚晖以及胡适、周作人等人认识到汉字难学,但不主张废除汉字,而是主张采用新的方法来解决汉字难学的问题。从今天仍然在使用汉语的角度看,废除汉字的主张当然失败;但从全世界范围看,韩国、越南、土耳其都曾经成功地选择另一种文字来记录本国的语言,因此又不能简单地说废除汉字的说法是一派胡言乱语。废除汉字主张的提出,有其特殊的时代原因。不论是废除汉字者还是维护汉字者都有其自身合乎逻辑的理由,因此对于他们的主张,不能用"对"或"错"这种简单的方式予以评价。比如,章太炎和鲁迅这对师生对汉字的看法完全不同,章太炎从保持中国人的"种性"和学术的独立性出发,坚决维护汉字的尊严;但鲁迅把汉字当作中国文化集体无意识的"结核"原型,发现其中隐藏的种种"种性"均为病毒,因而从保存中国人出发而坚决主张废弃汉字。为什么有如此对立的看法?如何界定他们观点的"对"与"错"?不管怎么样,汉字改革的大幕就此拉开。建立一套科学的汉语拼音方案成为晚清以降汉字改革的主要内容,从卢戆章的《一目了然初阶》到民国时期的注音字母方案,再到1958年的《汉语拼音方案》,花了中国人六十多年的时间。

一个人对汉字优劣的不同看法,会影响他对文言与白话关系的思考。文言与白话的区分在中国传统的书写系统中泾渭分明,文言占据着书写系统的正统地位、中心地位,而白话居于书写系统的次要地位、边缘地位。晚清白话文运动以开通民智为目的,并不是要摧毁中国传统的书写系统,但因为白话文要表达西方的科学知识、翻译西方的文学作品,其结果不仅丰富了白话,而且无形中给中国传统的书写系统划了一刀。当然,白话文的这些作用还非常弱小,因为晚清白话文的提倡者们仍然自觉地认同文言书写的中心地位。他们同时运用文言书写和白话书写两种方式,文言书写用来著书立说、文人唱和以及日常表达,白话书写则用来撰写那些给粗通文字的人阅读的文章。那些粗通文字的人,只是被动地接受白话,而且一般都非常认同文言书写系统,即使偶尔有人反对文言书写系统,也很难用白话书写来实现这个目的。因此,晚清白话文运动虽然称得上轰轰烈烈,但没有动摇中国传统书写系统的地位。正是在这个意义上,晚清白话文运动不可能颠覆传统书写系统中文言与白话的价值区分。汉字优劣问题指涉的是在西方拼音文字与汉字象形文字的比较中汉字进步与否落后与否、文明与否野蛮与否的问题;而文言与白话的区分指涉的则是汉语书写内部两种不同语体书写的价值高低问题。这两个方面看似没有任何关联,实际上汉字优劣问题却冲击着文言与白话的价值区隔。一般说来,持汉字优于西方拼音文字观点的人,如章太炎,会倾向于维护文言的正统地位,反对以白话取代文言;主张废除汉字的人,如吴稚晖、钱玄同和鲁迅,甚至包括认识到汉字难学的人,如梁启超、胡适、周作人,则倾向于主张以白话取代文言;严复、林纾和王国维在汉字优劣问题上的态度不如前两类人那么截然分明,但因为深深浸润于文言书写中,所以很自然维护着文言书写的正统地位。汉字优劣论的产生源于19世纪西方学者的判断,他们认为西方近代的价值观念和知识谱系所体现的西方文明高于中国近代文明,其原因在于作为象形文字的汉字还处在人类文字的原始野蛮阶段,而西方文字却从象形文字发展成了高等的拼音文字。这一观念由黑格尔的历史进步论、洪堡特和马克斯·缪勒为代表的语言类型学以及达尔文和施莱歇尔为代表的语言进化论合力完成。当中国学者面对汉字优劣问题时,聚焦的不只是汉字与西方拼音文字谁优谁劣的问题,更重要的是如何对待西方近代的所有价值观念与知识谱系的问题,其目的在于维持与延续中国人的生存。晚清白话文运动的目的就是宣传西方近代的科技知识以及价值观念以开通民智,"五四"时期白话文运动不仅延续了这一目的,而且丰富和提升了这一目的,即宣扬西方的科学与民主,尤其是人的价值与尊严得到空前重视。因此,汉字优劣的评判与文言白话的价值区分,共享着逻辑结构和价值体系。

对于晚清至"五四"时期的中国知识分子而言,他们的语言观与文学汉语实践两者之间的关系相当复杂,初看好像是他们的语言观决定着他们的文学汉语实践,其实恰恰相反,即他们的文学汉语实践决定着他们的语言观,虽然有时语言观对汉语实践也有一定的推动作用。黄遵宪言文一致的语言观不是从其文言实践中逐渐凝聚而成,而是直接从日本明治维新的现实中获得的。虽然这种观念在中国的书写体系中确有振聋发聩的作用,但黄遵宪自己却不可能去实践言文一致。言文一致的语言观不从汉语实践中获得,因而也不能指导汉语实践。林纾、章太炎、严复三人固守文言的本位,坚守汉字的本位,其根基在于他们卓有成就的文言实践。王国维翻译各种学科著作,因此主张直接采用日译新名词,其翻译实践使得其语言观有开放性的一面。但他的翻译和创作均用文言,从没有尝试过白话,又使得其语言观的开放非常有限,不可能跨出根本性的一步。吴稚晖和梁启超两人虽然接受了文言书写传统,但在其各自的文言实践中,自觉地逐步打开文言书写的紧闭之门,因此梁启超创造了"新民体",吴稚晖创造了"瞎三话四"的文体,这就使得他们的语言观具有坚实的开放性基础。胡适和鲁迅两人在晚清都曾经尝试白话实践,鲁迅曾用白话翻译《月界旅行》《地底旅行》,胡适曾用白话写过许多通俗白话文以开通民智,还用白话创作了小说《真如岛》。但他们却没有以这种白话实践为基础直接走向新的语言观和文学观,而是退回到文言实践中,鲁迅翻译《域外小说集》就用的是典雅的文言,胡适出国初期用旧体诗词抒发情感。不过,胡适出国后,曾写作英语诗歌以试验非母语语言表达现代体验的限度,他从英文演说和中文演说中感悟言文一致的魅力,通过观看英语话剧感悟说白的逼真。因此可以说,胡适"作诗如作文""八不主义""四条主张"等观念都从他丰富的语言实践中而来。鲁迅于1918年创作白话小说,确实受到钱玄同劝说以及《新青年》上白话文学观的影响,这点毋庸置疑,但不能忽略此前鲁迅从语言实践中获得的体验:文言的挫败感以及语言否定性。当他对文言失去信心后,转而向白话寻求可能性。《新青年》的语言观与文学观一方面刺激着鲁迅的写作冲动,另一方面也唤起他青年时期白话翻译的体验。更重要的是,鲁迅成熟的语言观出现在20世纪20年代,是他经过白话文学实践后逐渐总结出来的。周作人的情况更特殊一些,他在1918年之前的文学实践基本是文言实践,以《古诗今译》为起点的白话实践确曾受《新青年》新文学观的推动,不过,其语言观在经过多种白话实践后才最后成形。经过白话新诗、现代白话散文以及白话翻译的实践后,他形成了自己独特的"理想的国语"观。因此,文学汉语实践决定着语言观的产生与形成,晚清至"五四"时期"轴心作家"的汉语实践决定着中国现代文学语言观的产生与形成。

晚清至"五四"时期的"轴心作家群"中,民国元年前有过白话实践的人,汉字汉语观往往趋于开放,汉语造型多新姿,往往喜欢改变旧有体式而寻找新的表达方式;相反,没有或极少白话实践的人,汉字汉语观往往趋于保守,汉语造型少新变,不太喜欢改变传统文体样式。民国元年前有过白话实践(包括白话译述或者文白夹杂的译述在内)的人,在民国元年后更容易成为新的白话文学的提倡者或者支持者;相反,民国元年前没有或者极少白话实践的人,在民国元年后则很难接受甚至反对白话文学的主张。前者如梁启超、吴稚晖、胡适、鲁迅,后者如章太炎、林纾、严复、王国维。

三、"有理"的文学汉语与汉语造型

文学汉语的"理"既不指中国传统文化的"天理",也不指西方文化中的"理性",它指的是文学汉语在语言上的知识结构。文学汉语的"理"包括语音、词语、句法、标点符号以及修辞等因素。晚清民初的文学汉语处在中西语言碰撞与交融中,它的"理"主要包含两个方面的内容:在汉语与西语(也包括日语)的关系中,指汉语对新词语、新句法、新标点的吸收;在汉语自身内部,指文言与白话之间的选择、白话文学汉语对文言与方言的吸收等。尤其是前者,成为文学汉语之"理"的重要内核。新的因素进入汉语造型,改变着传统的汉语造型,成为新文学发生的重要一翼。"轴心作家群"的语言实践展现了晚清至"五四"时期中西文化碰撞中汉语造型不断更新的激流,勾画出中国现代文学发生的内部风暴。①

1. 新词语与汉语造型

晚清民初,汉语对新名词的吸收,改变着汉语词汇的意义系统,成为汉语造型变化的重要内容。美国学者约瑟夫·列文森在他的《儒教中国及其现代命运》中认为"西方给予中国的是改变了它的语言,而中国给予西方的是丰富了它的词汇"②。这句话中的前半句也许包含着西方语言在语法上对汉语的某些渗透,但更重要的是指西方语言改变了汉语的意义系统,从而影响着中国的思想体系。

在文学领域,黄遵宪的《日本杂事诗》是他的"新世界诗"的重要部分,其"本文—注释"型汉语造型成为汉语向西语开放并有所吸收的典型方式。尽管这种汉语造型并非原生态的语言结构,但以此种方式打开一个新词语的意义空间,却不妨视为现代转型时的汉语雏形。然而这种结构解释一个新名词要消耗太多的语言能量,因此随着晚清报刊的兴起和出版业的发达,"词语—注释"的节约型结构便成为打开新名词意义空间的主要形式,其形态主要有词典、栏目集注和文篇单注三类。其中"文篇单注"中的"词语夹注"成为晚清文章的主要注释形式。"词语—注释"型的汉语构造毕竟还是注释形式,还没有彻底融入文章正文而成为其自然部分。王国维积极提倡采用日译汉词新名词,其翻译和论说多用双音节词或多音节词构成"叠床架屋"的汉语造型,从语句结构内部打破了文言以单音节词语为组织细胞的语句结构的束缚。这种"叠床架屋"的汉语造型并非王国维一人所独有,在梁启超的"新民体"散文中也频频出现。"叠床架屋"的汉语造型为白话述学文体的形成准备了语言造型。"五四"新文学中,叙事和抒情的白话因

---

① 在此侧重对文学汉语之"理"的新因素的阐释,因为文学汉语的新生主要是吸收新的语言因子,因此对汉语自身内部之"理"不多作论述。
② [美]约瑟夫·列文森:《儒教中国及其现代命运》,郑大华、任菁译,桂林:广西师范大学出版社,2009年,第132页。

有明清白话小说的白话以及口头的官话做底子,相对比较容易形成。而新的述学文章必须使用晚清以来的新名词,因而"叠床架屋"的汉语造型就成为"五四"白话述学文章的基本材料,从而为文体的现代发生和现代白话文的出现准备了语言造型。

同时,汉语词汇的意义图景也在汉语实践中不断被刷新。严复"六书乃治群学之秘笈"的语言策略以及语言实践,与其说是对西学的引进,不如说是在西学的视野下重新激活汉语词语意义能量的尝试。他对"市肆—market""直—right""小己—individual""计学—economics"等词语的格义,通过英语词源考古与汉字造形考古的方式贯通中西字义,从而确定了汉语译词的意义图景。受到严复"六书乃治群学之秘笈"的启发,梁启超的《国文语原解》是严复思路的系统化。《国文语原解》通过对"九十七文"的阐释展示了梁启超政治学想象的丰富内涵:通过对"國"的诂释,引出"国家"现代概念的人民、土地、权利三要素;通过对"姓、君、民、奴"等标志人物身份词语的诂释,提出了人物身份的符号化是社会秩序化的必然要求,也是政治合法性的根本体现;通过对"灋、井、律"等字的诂释,引出了对"法"和"自由"的现代思考;通过对"中、正、直、平、均、齐"等字的诂释,引出了对中国传统道德的现代反思。周氏兄弟在章太炎语言观影响下,把不常用的古体汉字用于《域外小说集》直译的语言中以对接西方表达,试图唤醒汉字中沉睡的词语意义。晚清的词典、栏目集注、单篇注释以及行文夹注,聚焦于释放新词语的含义,为汉语接受新名词铺垫了意义上的桥梁。严复的译文、梁启超的"新民体"散文,大量采用夹注的形式,林译小说的译文也时不时出现夹注,为打开新词语的意义空间作出了巨大贡献。这样,新的语言造型,因其组成因子——新名词的意义空间已经被适度打开,顺理成章地成为"五四"白话文的语言造型。

汉语造型的变化过程,在语言的层面上,呈现为双重的冲突与融合,即文言和白话之间的冲突与融合,以及汉语和西语(包括日语)之间的冲突与融合。文言和白话的冲突与融合,一方面表现为汉语不同书写语体之间的矛盾,另一方面表现为白话取代文言过程中对文言成分的吸收。汉语和西语的冲突与融合,一方面表现为不同语言种类之间的矛盾,另一方面也表现为汉语在对译西方语言之时对异域语言成分的吸收以及对汉语自身的激活。这两种冲突与融合性质不同,看似不能放在一起论述,但是汉语遭遇西语冲击不得不进行欧化,文言汉语和白话汉语都需要应对欧化,在应对西语而不得不欧化的过程中,汉语文言与汉语白话之间的冲突与融合同时得以呈现。这样,两种性质不同的冲突与融合就统一到了同一层面。

黄遵宪"创意命辞"的诗学语言,以"口语""俗语""新语"入文言诗句,从而用"新语言"创造出了"新意境"。但是,他的"新语言"不仅受到旧诗体制的束缚,而且新词与旧词的同时使用也让"新语言"遭受旧词的诸多牵制。严复的译文中,西方名词、西方语句结构和西方学理三者结合的新因素突破了古文书写的某些边界,但被他所采用的周秦式的古文和单音节译词所吸纳和消融。到了民国初年,他虽然开始较多采用双音节词语和多音节词语,但因无意于语体的革新而无法使得这些新词语发挥更大的能量。梁启超"二分对比"语句的改装形态,大量吸收翻译名词,偶尔采用西式标点符号,结合排比、比喻、夸张等修辞手法,加上设问、反问、呼告的语气,使得文章气势如虹,情感热烈张扬;有时加入结构最稳定的四字句式以及婉转的助词"兮"字,庄重典雅,又骈散结合。这样在句式结构上不断突破八股文预先刻意设置的"八股"束缚。林译小说的古文凸显了文学汉语遭遇的现代冲突。在人称方面,林译小说中人物对话中"吾""我""余""予"并用,表明翻译语言在向白话靠拢。然而,对于西方语言中"I"与"me"的主宾之分,汉语却无法用"吾"与"我"来应对。更有甚者,对于西方语言中宾格的 me 取代主格的 I 的用法,汉语简直是束手无策。在专名的翻译方面,则表现出汉语面对西方专名的尴尬,比如译"Disinherited Knight"为"无家英雄",译"the Queen of Love and Beauty"为"化侯",译"Alchemist"为"化学家",译"Mr. Milward"为"先生密而华德",译"Mummy"为"默妹",译"Nightingale"为"夜莺"。当西方语言中出现外来词(除了汉语词汇)时,汉语译文更难有合适的译语,比如《撒克逊劫后英雄略》的英语中突然冒出一个诺曼语词汇"mêlée",只能用音译词汇应对,但会造成汉语语句在语义表达上的梗塞。但林纾用古文笔法对译西方叙事,吸收新名词,采用新比喻,造成一种富有弹性的且有一定开放度的文言。章太炎的古文坚守"文"的雅驯传统,坚守文辞的古雅与文类的纯正,因此最为封闭,很难吸纳新的语言元素。

晚清民初的汉语实践中,有时汉语采用西方语言的原词原句,夹杂在汉语句子中,形成中西语言的汇聚。署名"曼殊室主人度曲"的《班定远平西域》第三幕"平房"中匈奴钦差与随从的对话就很有特点:

我个种名叫做 Turkey,我个国名叫做 Hungary,天上玉皇系我 Family,地下国王都系我嘅 Baby。今日来到呢个 Country。作竖一指状堂

堂钦差实在 Proudly。可笑老班 Clazy(按,疑为 Crazy 之误)。想在老虎头上 To play。作怒状叫我听来好生 Angry。呸、难道我怕你 Chinese。难道我怕你 Chinse(按,疑为 Chinese 之误)。随员唱杂句オレ系匈奴嘅副钦差。作以手指钦差状除了アノ就到我エライ。作顿足昂头状哈哈好笑シナ也闹是讲出ヘタイ。叫老班个嘅ヤツツ来ウルサイ。佢都唔闻得オレ嘅声名咁タッカイ。真系オーバカ咯オマへ。你莫估话你会カンガイ。谁知我カンガイ重比你ハヤイ。等我来收拾你个点ヨクフカイ。睇吓你コワイ唔コワイ。今日锦节皇华几咁リッパイ。作以手指鼻状你话ハナタッカイ。唔タッカイ。你话ハナタッカイ唔タッカイ。钦差白 I am 匈奴国钦差乌哩单都呀。随员白ワタシハ。匈奴国随员モモタロウ呀。钦差白未士打摩摩。Mr モモ你满口叽叽咕噜。呷的乜野家伙呀喂。随员白未士打乌。我讲的系 Jabanese Lanqnage（按,疑为 Japanese Language 之误)唎啼。你、唔知道咯。近日日本话都唔知几时兴。唔唅(按,疑为"会"之误)讲几句唔算阔佬。好彩我做横滨领事个阵。就唅(按,疑为"会"之误)了。只怕将来中国皇太后都要请我去传话哩。①

这段汉语中吸收大量的英语原词和日语原词,而且以广东白话为主,辅以明清书面白话。这种语体带有洋泾浜语言特质,很有拼凑的"后现代"语言风格,强烈讽刺了匈奴钦差与随员的自我张狂。日语、英语、德语、法语以及罗马字母等以"原装"的形式进入汉语,在"五四"新文学中更加普遍,如鲁迅喜欢采用罗马字母作为地名、人名;郭沫若、李金发、刘呐鸥、穆时英、梁遇春等人的文学汉语中,外语词汇也比比皆是。

到了 1917 年胡适和陈独秀提倡白话文学时,胡适、鲁迅和周作人之前的多重汉语实践活动,已经把新名词在各自的语言构造中煮熬煎炒。新名词很顺当地进入了白话构造中,成为新的文学汉语重要的有机部分。

2. 欧化语法与汉语造型

欧化语法,有广狭二义。狭义的欧化语法仅仅指那些汉语中没有而从印欧语言中移植过来的语法形式。广义的欧化语法指汉语在印欧语的影响下产生的语法现象,既包括汉语原本没有、完全是由对印欧语法结构的模仿

---

① 曼殊室主人度曲:《班定远平西域》,《新小说》第 2 年第 8 号(原第 20 号),光绪三十一年(1905)九月。

而出现的新兴语法形式,也包括汉语原本虽有但只是在印欧语言的影响下才得到充分发展的语法形式。本书采用的是广义的欧化语法的概念。上文所说的新名词的吸收、罗马字母和其他语言原词的采用也都可算作欧化语法现象。

汉语采用西方标点符号是最为明显的汉语欧化现象,西方标点符号进入汉语后成为汉语造型变化的重要内容。经过张德彝、王炳耀、严复、章士钊、胡适等人的介绍,西方标点符号为中国人所认识。晚清民初的报刊和书籍中不时会出现西方标点符号的身影。梁启超、鲁迅、周作人、吴稚晖等人在汉语中自觉运用西方标点符号以构造新的汉语表达。但这一时期对西方标点符号的采用并不系统,也不规范,因此对汉语造型的影响还不大。民国成立后,《科学》杂志采用横排版,《新青年》提倡白话文学,促使汉语更为系统地采用西方标点符号。西方标点符号系统进入汉语,伴随着白话文学的发生发展,成为白话汉语造型的重要因素之一:西方标点符号让书面的"五四"白话变成"有声"的语言,变成"鲜活"的语言,在语气上趋近言文一致;西方标点符号令"五四"白话变得"深沉",把作者本意引向深入,从而改变口头白话的浅白;西方标点符号使"五四"白话的语句结构变得"丰满繁复",变得复杂而繁多。

复杂的修饰语是汉语欧化的特征之一。文言或因书写条件的限制(比如书写在竹简或帛书上),或因文体形式的要求(比如五言诗、七言诗),或因语言伦理的规范(比如巧言令色),或因其他缘故,整体上崇尚简洁,中心语前的修饰语不会太复杂。印欧语言可以通过关系词而造出从句,如果直译就会使得汉语的句子延长。复杂的修饰语面让语意指向更为明确,能表达更为丰富的情感以及复杂的思想。

吸收新名词、采用西方标点符号、人称代词做主语时前面加比较复杂的修饰语等,属于汉语欧化中典型的语法现象。除此之外,还有多种欧化现象,比如"是"词功能的拓展、"一+量词+名词性结构"形式的使用、"化""性""力""品""家""者"等大量的构词。多种欧化因子进入汉语句子,改变着汉语的造型。"五四"时期的白话文因其所用白话的自由而能灵活地吸收各种欧化因子,从而实现古代汉语向现代汉语的转变。

3."说理"的文学汉语

"说理"的文学汉语的第一层意思在于运用汉语语法理论解剖文言表

达的不当,从而为提倡白话张目。如前所述,胡适曾运用语法知识批评林纾《论古文之不当废》中"方姚卒不之踣"一句的不通,从而给予古文致命一击。胡适的批判成为运用西方语法解读古文的经典个案,也成为新文学提倡时期解构古文合理性的第一刀。鲁迅批评《学衡》杂志、反对文言文的价值取向也借用了语法武器。在鲁迅看来,《学衡·弁言》中"杂志迩例弁以宣言",以"弁"与"杂志迩例"并列,是为混乱;萧纯锦《中国提倡社会主义之商榷》为了实现文言文前后对称的语言美学,不惜生造"造乌托之邦,作无病之呻者也"之类的语句;马承堃《国学摭谭》中"三皇"搭配"寥廓"是为不当,"五帝搢绅先生难言之"中"难言"的主语和宾语不清楚,是为含混掺杂;邵祖平《渔丈人行》"楚王无道杀伍奢,覆巢之下无完家","完家"一语有语病;胡先骕《浙江采集植物游记》混用"游"与"记"两种体裁,既云"采集植物",又云"游",前后矛盾。胡适和鲁迅运用语法对文言的解剖,揭示出文言容易发生语法错误,告知人们文言表达之难,指出白话才是最合理的选择。

"说理"的文学汉语的第二层意思在于汉语因受印欧语言影响而作出合理的调整。这种调整是多方面的,这里主要谈谈民初时期"的""地""底"和"他""她""伊"的区分。

"底"作为助词的演变经历了漫长的过程。唐宋时期"底"已经具有了"的"的所有功能,综合了古文中"之""者""所""地"等词作为结构助词的意义。"底"对这些功能的获取,除了语言的沾染、类化、语法化等因素外,口语向文言的挑战也是很重要的。在元代,"底"开始向"的"转化。①在晚清白话小说中,很难见到作为助词的"底"。晚清民初,翻译盛行。西方语法中形容词词尾和副词词尾的区分,给汉语中一统天下的"的"带来了挑战,比如如何翻译"the study of science""scientific research""to study scientifically"这三个短语?如果以"的"为助词,则全部成了"科学的研究",这显然会造成语义误读。因此它们被依次译成"科学底研究""科学的研究""科学地研究"。名词领格和代名词领格后用"底",形容词和定语后用"的",副词和状语后用"地"。这是分化了近代汉语中"的"的功能。"底"对"的"的分担,是受西方语法的冲击产生的,是否也是对古代汉语中"底"的回望呢?这种回望置身于汉语自身的历史中,这就显示出20世纪汉语的欧化,一方面总是要突破汉语的某些边界,另一方面也是因为汉语自身有某种包容的可能。

---

① 王力:《汉语史稿》,北京:中华书局,1980年,第320页。

在"五四"新文学的表达中,"的"的用法并没有统一的标准。鲁迅的《呐喊》"的""地"和"底"不分,全用"的"。《新潮》第1卷第2期(1919年2月1日),刊有胡适的《十二月一日到家》、叶绍钧的《春雨》、罗家伦的《雪》、顾诚吾的《悼亡妻》、俞平伯的《冬夜之公园》、傅斯年的《深秋永定门城上晚景》六首诗,这些诗在形容词和动词之间也全用"的"。《小说月报》第12卷第1号是茅盾主编的改革号,冰心的《笑》①"的"和"地"不分。同期叶绍钧的《母》②把"的"和"地"分得十分清楚,但是"的"和"底"不区分。俞平伯写于1921年9月30日的《凄然》严格区分了"的"和"底"。③ 可见"五四"时期"的""地""底"的区分不太清楚,也不统一。

印欧语言中,第三人称单数代词常分阴性和阳性,比如英语中,第三人称单数主格代词分 he 和 she,宾格代词分 him 和 her。汉语无阴性和阳性之分,无主格宾格之别,全部都用一个"他"字。翻译汉语如果全部用"他",就无法与英语中的"he""she""him""her"一一准确对接,很容易造成歧义。因此,刘半农提出造"她"字来表示女性第三人称单数。"她"字在汉语中早已经存在,并非刘半农创造的。马礼逊在他的《华英字典》中就收有"她"字,不过"她"的释义中没有指代第三人称单数女性的义项。④ 如果从意义创新的角度看,也可认为现代汉语中的"她"字是刘半农首创的。刘半农从

---

① 第一句是:"雨声渐渐的住了,窗帘后隐隐的透进清光来。"冰心:《笑》,《小说月报》第12卷第1号,1921年1月10日。

② 第一段是:"弱小的菊科花开出来使人全不经意,却颤颤地冷冷地铺满了庭阶。无力的晚阳照在那些花的上面,着实有些儿寒意。原来秋已来了!"叶绍钧:《母》,《小说月报》第12卷第1号,1921年1月10日。

③ 如"哪里去追寻诗人们底魂魄!""又想染红她底指甲""枫桥镇上底人""寒山寺里底僧""是寒山寺底钟么?""是旧时寒山寺底钟声么?""将倒未倒的破屋""粘住失意的游踪""三两番的低徊踯躅""明艳的凤仙花""喜欢开到荒凉的野寺""那带路的姑娘""在不可聊赖的情怀""有剥落披离的粉墙""欹斜宛转的游廊""蹭蹬的陂陀路""有风尘色的游人一双""萧萧条条的树梢头""迎那西风碎响""他们可也有悲摇落的心肠""九月秋风下痴着的我们""都跟了沉凝的声音依依荡颤"。俞平伯:《凄然》,《俞平伯全集》第1卷,石家庄:花山文艺出版社,1997年,第116—118页。

④ 马礼逊《华英字典》对"她"字的释义:
"她 TSEAY
An ancient form of Tseay 姐 an elder sisiter. In the state Shǔh 蜀 a mother was called Tseay; in Hwae-nan 淮南 called 社 Shay. Also written Tseay 1 or Shay, and otherwise 媎 Chay. Read Tso, A mother. Read Che, A woman's name."见 Robert Morrison, *A Dictionary of the Chinese Language*, part of the first, Macao: Printed at the Honorable East India Company's Press, 1815。引自[英]马礼逊:《华英字典(影印版)》(1),郑州:大象出版社,2008年,第605页。

语言文字发展的角度认为可以造汉字,可以改变汉字的意义,可以改变汉字的读音。这就为创造女性第三人称单数的代词奠定了合理性。他不同意周作人用"伊"而不用"她"的建议,列出三条理由:"伊"字使用地域很小,难求普遍;"伊"表显女性没有"她"字明白;"伊"偏近文言,于白话中不甚调匀。① 第二条理由符合汉字的构造规律,"女"旁可以显示意义。第一条与第三条非常符合"五四"时期白话文学提倡者们对国语的想象和要求。周作人后来造了一个汉字"他_女"表示女性第三人称单数代词。白话文学提倡初期,"她""伊""他_女"都被使用,后来"她"最终成为女性第三人称单数代词。

四、"有情"的文学汉语与文学主体

"有情"的文学汉语有两个基本的意义指向:第一,文学视野中的汉语与语言学视野中的汉语不同,后者基于一种普遍原则性的探讨,前者则基于文学汉语使用者的情感;第二,"有情"既然指向文学汉语使用者的情感,就与使用者的主体性捆绑在一起。那么,"情"与"主体性"是什么关系呢?

"主体"(subject)以及"主体性"(subjectivity)来自西方哲学。西方古代哲学的核心问题是本体论问题,即何谓世界本源的问题。西方近代哲学开始了认识论转向,核心问题是人是如何认识世界的。世界分为主体和客体。人无疑是主体。主体性问题即是主体的特性、功能等等。笛卡儿的"我思故我在"是认识论最著名的论断。"我"是"思"的主体,"思"是"我"的特质。"思"就是一种理性、思维和意识。康德的先验主体是一种自在之物,主体赋予现象以普遍性,因而成为立法者,即所谓"纯粹理性"。黑格尔的"绝对精神"统一了主体和客体,主体在自我发展中不断否定和扬弃,很显然,主体仍然是人的主体性,认识论的主体性。胡塞尔的现象学主张回到事物本身,即进行现象学还原,但不是回到经验的世界,而是回到主观意识的本质。现象学还原不仅仅悬置客观世界,也悬置"我"。现象学的意向性成为主体性的方式。海德格尔把认识论问题转化为存在论,把对认识问题的探讨转化为对存在问题的探讨,把主体分析转化为对此在的分析。"此在"的基本特性表现为在世界之中存在,而语言是存在的家园。因此,"此在"

---

① 刘复:《"她"字问题》,《时事新报·学灯》1920年8月9日。

是在语言中的存在。如果文学是语言的艺术,是表达情感的艺术,那么,"情"与"主体性"就在作为语言的艺术——文学中扎下了根基。

对于晚清民初的"轴心作家"而言,主体可分为传统主体和现代主体。传统主体有其自身独立的主体性,这种主体性可视为传统主体性;现代主体也有其自身独立的主体性,这种主体性可视为现代主体性。当传统主体性被现代主体性取代后,传统主体才能转化为现代主体。就作家而言,即意味着现代作家的诞生。

"情"在汉语的语境中,与"性""欲""礼""理"等概念纠缠在一起。此处不必对这些概念纠缠逐一进行辨析,而重点在明确"情"的内涵维度。王德威把抒情看作中国现代主体在革命、启蒙之外的又一面相。① "抒情""革命""启蒙"均为中国现代主体的行为方式。但如果就"情"而言,"革命"或"进行革命","启蒙"或"进行启蒙",均可视为"情"的维度。晚清民初中国主体的"情"的内涵维度包括:民族主义取向、政治态度、革命姿态、启蒙意识、男女平权观念、个人价值观念、婚姻自由等。

晚清民初十位"轴心作家"都从旧式教育体制中走出来,接受过系统的传统教育:黄遵宪、梁启超、林纾、吴稚晖都曾中过举人;章太炎和王国维两人虽然没有中举,但接受过系统的旧式教育;严复也没有中举,但他四次参加乡试无功而返,毕竟也在科举考试的道路上摸爬滚打过;鲁迅和周作人都曾参加过科举考试,因受到新式教育的影响而放弃;只有胡适没有参加过科举考试,但也接受过基础的传统教育。他们的家庭境况、人生道路各异(鲁迅和周作人有很高的相似性),因而中国传统知识和西方现代知识的储备有厚薄参差之分,价值观有中西新旧之别,面对中国急剧变化的现实作出的反应也有激进保守中庸之异。

当然,更为重要的一点是,这些实践主体大多有"域外"体验:黄遵宪、严复、梁启超、章太炎、王国维、吴稚晖、胡适、鲁迅和周作人9人或作为官员出使,或被迫流亡,或官费留学,或私人访学,都曾经迈出国门,赴近代化程度很高的国家体验异域文化;唯有林纾没有踏出国门,但是他通过与懂外语的不同合作者的交流对域外国家的情形也应该有一些了解。

黄遵宪"新世界诗"的"新世界",在空间上,是空间的一种绵延;在时间上,是时间的一种运动;在价值观念上,是对中国传统"天下"观念的解构。

---

① 王德威:《现代抒情传统四论》,台北:台大出版中心,2011年,第2页。

而这个"新世界"因为有了借助中国形象来完成的诗人自我形象而有了活力。这一"中国形象"虽然处于世界范围内,开启了现代民族国家的想象空间,但本质上还是传统式的中国形象,所以借助这一中国形象来完成的诗人自我形象仍然还是传统式的自我形象。黄遵宪一方面看到了西方强国在政治、思想和文化上的强势,另一方面仍然保持着强烈的民族主义自信。他敏锐地捕捉到当时世界强国的长处,提倡改良,不过改良是在当时政治制度基础上的各方修补。他作为"东西南北人"的自我形象,骨子里还是中国传统士大夫。他关注的焦点在于晚清政府这个封建王朝的出路。从这个意义上而言,黄遵宪的主体仍然还是传统主体。不过,他已经从中国传统士大夫的圈子中迈出了非常重要的一步,以一种相对开放的眼光放眼世界。

严复与黄遵宪不同,严格说,严复不算晚清政府官僚体系的成员,至少不能算官僚体系的上层成员。严复以翻译著称,他的译著为中国知识界引入以"群学"为核心的西方知识谱系,其中的进化论、自由观、逻辑学、经济学、政治学、社会学等无不与中国传统知识迥异。从这个意义上而言,严复最有可能成为主体意识现代化的人物。不过,知识谱系的更新并未能带来主体意识的更新。他猛烈抨击科举制度、介绍西方知识体系、精心翻译西方著作,都是在为中国寻找富强之道,不过这个中国仍然还是清政府封建王朝的中国。严复译作的理想阅读者是中国社会中"学而优则仕"的那批人,因此他的译著的文体与语言只能趋向"古雅",而不是通俗。民国初年他主张以"群经"为国文,位列"筹安会六君子",漠视"五四"白话文运动,更加显示出保守与复古。政治上的保守、知识系统上的西化以及文学上的守成,决定了严复只是"开眼看世界"的中国传统读书人,他的主体性仍然以中国传统的主体性为支柱。

林纾是晚清民初文学界非常独特的存在。他虽然中举,但不为官,以教书、译书、绘画谋生。他关心时政、抨击社会弊端,思想有启蒙色彩。他虽然曾对辛亥革命持有好感,但又忠心耿耿地祭拜光绪陵墓,政治思想之矛盾可见一斑。林译小说式古文一方面服从桐城派古文的各种规则,另一方面又在"侵入"域外小说时不断突破这些规则,从而形成其"抵制—开放"的话语结构。这一话语结构恰好应和着他生命意识中"畏—狂"的人格结构。"畏"之超我的道德守成与"狂"之自我的抗拒时俗相互冲击,相互交织,从而外发为林纾晚清到"五四"时期独特的生命形态,即以古文翻译域外小说。如果套用海德格尔"语言是存在的家园"之说,则林译小说式古文是林纾生命意识存在的家园。因此,"五四"新文学运动时期,林纾守护古文的情绪最为激烈,守护古文的方式最为激进。

"笔锋常带感情"是梁启超自己对"新文体"特征的概括之一。钱基博评梁启超的文章"晰于事理,丰于情感"①。夏晓虹以"觉世之文"定位梁启超文章,而"觉世之文。则词达而已矣。当以条理细备词笔锐达为上。不必求工也"②。这种情感的根基在于他以"群学"为核心的人学思想,主要表现在两个方面:第一,服从国家理性和忠于封建王朝的矛盾性结合。汪晖指出,梁启超的"群"概念与国家概念联系在一起,这种"群"被看作一个道德的和政治的共同体,对于这个共同体的忠诚是这个共同体成员的道德实践的一部分,从而也是其政治实践的一部分。③ 梁启超在《论政府与人民之权限》中接受了"政府是守夜人"这一传统的自由主义思想,与他从伯伦知理那里吸收的"国家是首要的政治价值"这一观念相一致。④ 梁启超的保皇思想以及在保皇、宪政与革命之间的摇摆,都是服从国家理性和忠于封建王朝矛盾性结合的外化。第二,借用西方文明之力以新民。梁启超提出的"新民说"直接被陈独秀等人的"新青年"说所延续。那么何以新民?这是梁启超需要解决的关键问题。梁启超办报纸、介绍西方各种学说、主张西方教育和翻译西方著作等,无不表明他要借西方文明之力来新民。有学者指出,希望、热诚、智慧和胆力这四个要素是梁启超"西方文化力本论"的主要内容。⑤ 梁启超曾自嘲不惜以"今日之我"非难"昨日之我",善变的背后是他思想的"浅",这种"浅"也许不全面,不深刻,甚至也许不太准确,但仍然是一种合理的"浅"。梁启超这种丰富情感的西方维度似乎预示着一个现代主体的必然降临,然而,他以"群学"为基础的人学思想,无法抵达现代独立主体性的深处。

章太炎以汉语为根基夯实着他的学术"自心",那么这种"自心"观能否通达现代的自主性呢?他的"自心"观,在中西语言文字的价值层面,坚决

---

① 钱基博:《现代中国文学史》,刘梦溪主编:《中国现代学术经典·钱基博卷》,石家庄:河北教育出版社,1996年,第429页。
② 梁启超:《学约十章》,《湖南时务学堂遗编》(1),《大道》第16期,1934年8月1日。
③ 汪晖:《现代中国思想的兴起》(下卷),北京:生活·读书·新知三联书店,2004年,第985页。
④ [美]张灏:《梁启超与中国思想的过渡(1890—1907)》,崔志海、葛夫平译,南京:江苏人民出版社,1995年,第136页。
⑤ 同上书,第133页。

抵制日语和万国新语对汉语的冲击,可也并不否认这些语言在自身地域内的合法性;同时,他从文化角度又时常肯定梵语、阿拉伯语和波斯语的价值,这使得他的汉语观具有开放的姿态;在文学的层面上,他"以文字为主"的文学观,排斥着西方那种以情感和想象为核心的文学观;在国家想象的层面上,他那种通过小学考训以求问题本源的书写方式可以命名为民族志书写,而他的民族志书写以确立国性为鹄的。许寿裳对章太炎有个较为全面的评论:"以朴学立根基,以玄学致广大,批判文化,独具慧眼,凡古今政俗的消息,社会文野的情状,中、印圣哲的义谛,东西学人的所说,莫不察其利病,识其流变,观其会通,穷其指归。"所以称之为"国学大师"。① 章太炎在维护汉语汉字的正当性、汉文文体的合理性、中国国性的独立性等方面四处迎敌,毫不畏惧。但"章的危机意识使得他反复地回归言语文字这一最后的方舟"②,这使他的"自心"不断向传统内缩,反而限制了主体的开放性生长,因此也不可能形成现代独立的自主性。

王国维虽然早年接受过传统教育,但他的学术的真正起步是从学习日文和英文后阅读康德、叔本华等人的著作开始的。他接受叔本华的悲剧观所形成的审美现代性理念以及所进行的旧体诗词创作,已经初步具备现代个体的自主性。但是他中途放弃了哲学思考和文学创作,从而导致那稚嫩的现代个体的自主性无法生长了。王国维的主体性表现为其"我"与"人间"的较量,由此也呈现了他与时代之间紧张而起伏的关系。王国维的"无时代"表现为早期的悬搁时代状态和民国后把时代纳入自身却又与时代背离的状态。他作为"无时代的人"并非没有主体意志,相反,"无时代"彰显着他独立自由的主体意志。当他叹息清王朝的权力移交以及甘心在溥仪身边做事的时候,早期阅读康德和叔本华而产生的以美学自由观为核心的现代意识已经被压入传统主体意识的黑暗中。

吴稚晖虽中过举,但以教书、办报为主,因《苏报》案而流亡欧洲。吴稚晖于 1895 年前后创制豆芽字母,在家庭内部传播。1907 年至 1910 年,他流亡欧洲,激进地提倡万国新语、号召废弃汉字;在政治上接受无政府主义思想,以反抗清政府。民国成立后,从 1913 年至 20 世纪 30 年代,他参与读音

---

① 许寿裳:《章太炎传》,天津:百花文艺出版社,2004 年,第 4 页。
② [日]木山英雄著,赵京华编译:《文学复古与文学革命——木山英雄中国现代文学思想论集》,北京:北京大学出版社,2004 年,第 222 页。

统一和国语建设的多种活动,组织审定读音,制定并提倡注音字母,编辑《国音字典》,注重把注音字母的推广与平民教育相结合。他常常把自己的写作称为"游戏"之作,"游戏"观强调的是一种自由精神与主体精神的张扬,这种主体性表现为自嘲人格结构与科学理性精神的结合。实际上,吴稚晖的主体性已经具备现代个体主体性的部分内涵,比如科学理性精神。只是因为其自嘲人格与"五四"时期所想象的"新青年"的主体性不一致而被置于一边。

胡适曾经以"狂"自诩①,"狂"往往意味着对现实不满以及寻找新的可能性。胡适1904年春到上海求学,至1910年换了四个学校:梅溪学堂,澄衷学堂,中国公学,中国新公学。② 其间参与中国公学留日学生群体所办的白话杂志《竞业旬报》的编辑,并发表翻译、诗歌和小说作品,开始接受进化论思想。美国留学时期,他的"狂"被自由主义精神以及杜威的实验主义所锻造,形成其主体性的内涵。他借由赫胥黎对达尔文进化论的改造,一方面修正了自然界森林原则的进化论思想与人类社会的参差,一方面又将赫胥黎的怀疑精神与自己所接受的中国考据学派的考据精神相应和,通过杜威的实验主义而形成一个比较完整的思想脉络。怀疑以呈现独异、实验以验证假设成为他的思想方法,以美国自由主义精神为核心的容忍他人,则成为他的思想原则。因此,他与任鸿隽、陈衡哲、梅光迪、胡先骕等人平等讨论关于中国文学革命的问题,集中体现了其思想方法与思想原则。他于1916年4月13日写的《沁园春·誓诗》③上片强调事在人为,融合了西方进化思想以及中国传统的人定胜天的观念。下片明确而坚决地提出"造新文学"的主张。造新文学之所以可能,因为"有簇新世界,供我驱驰"。这个"簇新世界"当然是指中西碰撞中的中西方世界。"造新文学"的目的是"为大中华"。这个"为"落实在哪里呢?胡适写道:"救国千万事,造人为最要。/但得百十人,故国可重造。/眼里新少年,轻薄不可靠。/那得许多任叔永,南

---

① 如其词云"多谢殷勤我友,能容我傲骨狂思"(《满庭芳》),"春申江上,两个狂奴"(《沁园春·别杨杏佛》)。
② 胡适:《四十自述》,上海:亚东图书馆,1933年,第85—144页。
③ 全词如下:"更不伤春,更不悲秋,以此誓诗。任花开也好,花飞也好,月圆固好,日落何悲?我闻之曰,'从天而颂,孰与制天而用之?'更安用为苍天歌哭,作彼奴为! 文章革命何疑!且准备摩旗作健儿。要前空千古,下开百世,收他臭腐,还我神奇。为大中华,造新文学,此业吾曹欲让谁? 诗材料,有簇新世界,供我驱驰。"胡适:《胡适留学日记》(三),上海:商务印书馆,1947年;引自上海三联书店民国沪上初版书复制版,2014年,第957—958页。

北东西处处到?"①因此,胡适新文学革命的主张即形成一条线:造新文学—造人—重造故国。这样的主张落实到《文学改良刍议》里就是要用现代的语言来表达现代人的思想情感。在胡适的试验性文学白话的塑造中,凸显的是一个以中国式杜威实验主义精神为支柱的自由主体。

  鲁迅在日本留学时期,把对国民性的改造建立在对个人的想象上。鲁迅对"个人"的想象一开始就把个人放置在国家/个人以及国民(群)/个人的对立关系中思考。鲁迅所谓的个人,在英语中应当为 individual,个人主义应当为 individualism。19 世纪的西方对"个人"的认识"吊诡殊恒"②,鲁迅这一观点非常有趣。"吊诡"之处在哪里?鲁迅总结 19 世纪西人的人性"莫不绝异其前,人于自识,趣于我执,刚愎主己,于庸俗无所顾忌。如诗歌说部之所记述,每以骄蹇不逊者为全局之主人"③。"自识""我执"等佛教词语穿透西方学理,这也许是鲁迅当时表达的特色。鲁迅接着从法国大革命以来的社会历史考察个人的吊诡之处。法国大革命之后,"平等自由"的观念渗透到社会的每个细胞,这样产生了两个相互对立的东西:一方面是由认识人的尊严而来的对"个性之价值"的肯定,由此趋向"自觉之精神""极端之主我";另一方面"社会民主"风潮大涨,对于"个人特殊之性"不仅蔑视,而且灭绝。而后一方面的力量更强大,产生了"全体沦于凡庸"的危险。于是西方 19 世纪一批"先觉斗士"出现了:斯契纳尔(M. Stirner,今译斯蒂纳)、勖宾霍尔(A. Schopenhauer,今译叔本华)、契开迦尔(S. Kierkegaard,今译克尔凯郭尔)、伊勃生(Henrik Ibsen,今译易卜生)、尼佉(今译尼采)。他们的主张"多数之说,缪不中经,个性之尊,所当张大"。④ 鲁迅提出的策略是:"诚若为今立计,所当稽求既往,相度方来,掊物质而张灵明,任个人而排众数。"⑤

  物质主义在 19 世纪的西方蔚为大观,它以现实为依据而发展物质文明,本来有其合理性,但是造成万物万事无不"质化"的严重后果:"灵明日以亏蚀,旨趣流于平庸,人惟客观之物质世界是趋,而主观之内面精神,乃舍

---

① 胡适:《胡适留学日记》(四),上海:商务印书馆,1947 年;引自上海三联书店民国沪上初版书复制版,2014 年,第 1076 页。
② 鲁迅:《文化偏至论》,《鲁迅全集》第 1 卷,北京:人民文学出版社,2005 年,第 51 页。
③ 同上。
④ 同上书,第 51—54 页。
⑤ 同上书,第 47 页。

置不之一省。"①鲁迅虽然看重科学精神,但反对物质主义。他认为首先需要改造的是中国个人的心灵与精神,热烈呼唤"作至诚之声"的"精神界之战士"的出场。②既然呼唤真的心声,诚的心声,就必须反对"伪"的话语。"心声者,离伪诈者也。"③"诚—伪"对立的精神结构成为鲁迅留学时期对个人之想象的内核。《狂人日记》中狂人治愈的结果虽是必然的,但他发狂的意义却是革命性的。绝望虽然注定,但反抗绝望却是确定自身的方式;等待的终点虽然是坟,但走向坟的过程却是确定自身的方式。因而在鲁迅自身中催生了一个以对抗的方式与现实共生的自我。由语言的"诚—谩"二元对立结构而来的语言否定主义,由精神的"真—伪"二元对立而来的个性张扬,二者结合在那个以对抗的方式与现实共生的自我中,从而形成鲁迅独特的怀疑而抵抗的主体。

周作人对现实与政治的态度时冷时热。不过,辛亥革命后,绍兴光复,他确实热情了一把。他的《庆贺独立》(1911)热烈赞颂绍兴光复,高呼昨日之绍兴"犹为奴隶之绍兴",而今日之绍兴"已为自由之绍兴",高呼"绍兴万岁! 独立万岁! 汉族同胞万岁"④。这种热情洋溢的呐喊在周作人的文章中非常少见,可见辛亥革命在青年周作人心中掀起了何等巨大的浪潮。《望越篇》(1912)则表明周作人在辛亥革命兴奋期过后的冷静思考,他转向对文明传统的批判。国人虽然已经从两千多年的"专制政治"下解脱出来,但思想上如何摆脱这两千多年"专制政治"下所形成的"种业",周作人非常担忧,因为他没有找到合适的路径。所谓"种业",偏向于指文化传统中的坏基因:"大野之鸟,有翼不能飞;冥海之鱼,有目不能视;中落之民,有心思材力而不能用。习性相重,流为种业。"⑤中国文明的"种业"其症候在于,因中国政教"以愚民为事,以刑戮慴俊士,以利禄招黠民,益以儒者邪说,助张其虐",从而造成"庸愚者生,佞捷者荣,神明之种,几无孑遗"的荒芜境况。⑥《民国之征何在》(1912)表达了对浙江光复后现状的失望和担忧:"昔为异

---

① 鲁迅:《文化偏至论》,《鲁迅全集》第 1 卷,北京:人民文学出版社,2005 年,第 54 页。
② 鲁迅:《摩罗诗力说》,《鲁迅全集》第 1 卷,第 102 页。
③ 鲁迅:《破恶声论》,《鲁迅全集》第 8 卷,第 23 页。
④ 顽石(周作人):《庆贺独立》,1911 年 11 月 6 日《绍兴公报》;引自钟叔河编订:《周作人散文全集》第 1 卷,桂林:广西师范大学出版社,2009 年,第 222 页。
⑤ 独应(周作人):《望越篇》,1912 年 1 月 18 日《越铎日报》;引自钟叔河编订:《周作人散文全集》第 1 卷,第 223—224 页。
⑥ 同上书,第 224 页。

族,今为同气;昔为专制,今为共和。"名义上虽然如此,但现实却是"浙东片土,固赫然一小朝廷也",仍然还是封建专制的延续。①《民族之解散》(1912)主张文明的"兴—衰"与国民的"聚—散"同步,从而形成了文明轮回观,这带有周作人的悲情色彩。②

周作人由辛亥革命后对社会以及国民的批判,引出他对"个人""个性"的思考。"个人我见,代之而兴。"③周作人使用"个人"一词,在宗教、政治、社会组织以及民族的范围内突出"个人"。何谓"个性"？他认为"即其人独具之性,本于遗传,而骈以外缘,感化以成者也"④。个性的养成重在家庭教育而不是学校教育。只有个性充分发展才会出现"完全之个人"⑤。周作人思考个性,与他对儿童的研究联系在一起。他认为人在25岁之前为儿童,至25岁始成年,因为这时候"肉体精神两方始发达完全,得称成人"⑥。

周作人通过对儿童的发现做了"辟人荒"的事业,有两重意义。首先,形成了他对人的现代理解。⑦ 在《人的文学》中,他定义人为"从动物进化的人类",包含两个方面:"从动物"进化的和从动物"进化"的。第一个方面讲人的动物性:"我们相信人的一切生活本能,都是美的善的,应得完全满足。"第二个方面讲人区别于动物的地方:人是从动物进化而来的生物,"他的内面生活,比他动物更为复杂高深,而且逐渐向上,有能改造生活的力量"。这两个要点归结为一点,就是"人的灵肉二重的生活"。古人以为二者是对抗的,周作人认为完整的人性是"兽性与神性,合起来便只是人性"。人的理想的生活,在于改良人类关系,营造一种"利己而又利他,利他即是利己的生活"。这

---

① 独应(周作人):《民国之征何在》,1912年2月2日《越铎日报》;引自钟叔河编订:《周作人散文全集》第1卷,桂林:广西师范大学出版社,2009年,第230页。

② 启明(周作人):《民族之解散》,1912年11月5日《天觉报》第5号;引自钟叔河编订:《周作人散文全集》第1卷,第237—238页。

③ 同上书,第238页。

④ 启明:《个性之教育》,1912年11月6日《天觉报》第6号;引自钟叔河编编订:《周作人散文全集》第1卷,第240页。

⑤ 启明:《家庭教育一论》,1912年12月16日《天觉报》第46号;引自钟叔河编订:《周作人散文全集》第1卷,第254页。

⑥ 周作人:《儿童研究导言》,1913年12月15日《绍兴县教育会月刊》第3号;引自钟叔河编订:《周作人散文全集》第1卷,第288页。

⑦ 参见张福贵、靳丛林:《中日近现代文学关系比较研究》第二编第五章"周作人与日本白桦派",长春:吉林大学出版社,1999年,第129—167页。其中论及周作人的"人"的观念与武者小路实笃的"自我"之间的关联。

种生活包括两个方面,第一是物质生活:"各人以心力的劳作,换得适当的衣食住与医药,能保持健康的生存。"第二是道德生活:"应该以爱智信勇四事为基本道德,革除一切人道以下或人力以上的因袭的礼法,使人人能享自由真实的幸福生活",得以"从非人的生活里救出,成为完全的人"。①

其次,周作人对儿童的发现,对人的现代理解,以理想的国民为目的。他认为儿童是"未来之国民"。中国文明传统"重老而轻少",把儿童归于家族,而不知归于民族。对"个人与民族之关系"加以"科学的研究"的愿望包含了把儿童当作国民看待的原则。②"唯国人先自知其所以为人,而后国乃亦自知其所以为国。"③人的自觉与国的自觉是统一的。因此,周作人对人的思考背后有着国家的想象。

周作人以儿童的发现为中心的人的解放,一方面重视人的灵肉二重性的合理性,一方面又在现实层面把儿童想象为未来的国民。经过1920年前后对文学汉语实践的调适,周作人将人的解放返归自身,把它落实在知言型文学汉语的塑造上,于是形成了他的智性主体。

晚清民初十位"轴心作家"以"情"为核心的主体性内涵各不相同,如果把他们对"国家"(清政府/中华民国)——"国民"(群)——"人"(个体)三者关系的处理稍作梳理,则有一条较为明晰的线索。黄遵宪已经看到日本和西方国家现代化的长处,因而推行政治制度的改革。他的行为还是在一种传统的君臣关系中的自我改革。梁启超把政治上的保皇建立在新民的根基上,这里的"民"虽然已经带有现代国民的某些内涵,但还是与"君"相对。严复和林纾的共同点是通过翻译西方著作推动"群"的改良。章太炎和吴稚晖在晚清都主张排满革命,章太炎更多从中国传统的夷夏之别出发以抗清,而吴稚晖则吸收了西方无政府主义思想以反满。中华民国成立后,他们都非常认同民国的建立。王国维以叔本华、康德哲学为资源的悲剧精神本来已经具备通向现代个体的可能,但是他的学术转向以及民国成立后他对清朝小朝廷的担忧,阻碍了这种可能的发展。大体而言,黄遵宪、严复、林纾和王国维的主体处在君臣关系中,可谓传统的君臣性主体;在清末民初皇纲

---

① 周作人:《人的文学》,《新青年》第5卷第6号,1918年12月15日。
② 启明:《儿童问题之初解》,1912年11月16日《天觉报》第16号;引自钟叔河编订:《周作人散文全集》第1卷,桂林:广西师范大学出版社,2009年,第246—247页。
③ 启明:《国民之自觉》,1912年12月6日《天觉报》第36号;引自钟叔河编订:《周作人散文全集》第1卷,第248—249页。

解纽的时代里,梁启超、吴稚晖和章太炎处在国家与国民关系中,可谓国民性主体。鲁迅、周作人和胡适三人与前七位"轴心作家"非常不同,前七位作家对"国家"(清政府/中华民国)—"国民"(群)—"人"(个体)作一种顺向想象,而且到"人"(个体)这个环节往往已经无力施展。而鲁迅、周作人和胡适对"国家"(清政府/中华民国)—"国民"(群)—"人"(个体)作一种逆向实践,切实着手进行"人"(个体)的建设,由"人"(个体)的解放而启蒙"国民",由"国民"的觉醒而建立现代的"国家"。胡适的自由主体、鲁迅的怀疑而抵抗的主体以及周作人的智性主体,属于"五四"时期的个人性主体。

五、"有文"的文学汉语与文学形式

文学汉语的"有文"之"文"指的是文学形式。文学汉语总是文学中的汉语,不是指那些毫无体式的菜单和账簿。因此,文学汉语的"有文"就有了内在根据。晚清民初,中国传统的文类依旧存在,但西方以及日本的文学形式开始进来,中西文类的碰撞以及融汇孕育了文学形式的生机。

中国传统文类体系庞大,等级秩序鲜明,其中"诗""文"为尊,"小说""戏剧"为卑。中国旧体诗从《诗经》《楚辞》开始一直在变化,至唐代近体诗一大变,至宋词一大变,此后基本稳定。晚清时期,黄遵宪"新世界诗"中的《日本杂事诗》采用"本文—注释"的形式,表明传统的旧体诗形式表达新事物的捉襟见肘。本事诗的形式并非黄遵宪首创,晚清民初的多种海外竹枝词采用的也是诗加注的方式。这当然显示了旧体诗形式的局限。钱锺书所评的"椟胜于珠"显示了一种新的可能性:打破旧体诗形式的壁垒,采用更为散体的形式。但是中国旧体诗形式的精致达到了极致,改变非常困难。不过要求改变的声音还是从内部出现了。梁启超、谭嗣同、夏曾佑、蒋智由(观云)等人提倡"诗界革命",主张旧体诗吸纳新名词以表达新意境。他们进行了大胆的尝试,如梁启超的《壮别二十六首》、谭嗣同的《赠梁卓如诗四首》①《金陵听说法诗》、夏曾佑的《无题》②、蒋观云的

---

① 兹举一首:"虚空以太显诸仁,络定阎浮脑气筋。何者众生非佛性,但牵一发动全身。机铃地轴言微纬,吸力星林主有神。希卜梯西无著处,智悲香海返吾真。"谭嗣同:《赠梁卓如诗四首》其三,何执编:《谭嗣同集》,长沙:岳麓书社,2012年,第263页。

② 兹举两首:"冰期世界太清凉,洪水茫茫下土方。巴别塔前一挥手,人天从此感参商。""帝子采云归净土,麦加文石镇欧东。两家悬识昭千祀,一样低头待六龙。"夏曾佑:《无题》,杨琥编:《夏曾佑集》(上),上海:上海古籍出版社,2011年,第426页。

《卢骚》①。但是他们的旧体诗采用新名词遭遇了困难。旧体诗尤其是近体诗的格律规范依靠着汉字一音一字一词相统一的语言特征。"新名词"因翻译而来,有单音节的,以一个汉字来表达,比如严复的许多译名;有双音节以及多音节的,以两个汉字或多个汉字表达。大多数"新名词"属于后一类,进入旧体诗的诗句会给押韵和节奏带来极大的挑战。梁启超的诗歌《赠别郑秋蕃兼谢惠画》不得不以括号小字对"士蔑""颇离""梳会""欧""科葛米讷""芦丝"②作出解释。"诗界革命"的创作实践表明旧体诗对"新名词"的吸收非常有限,如果文学形式不突破自身就无法吸纳更多的"新名词",也就无法表达新意境。

与"诗界革命"者的道路不同,王国维因读叔本华和康德的著作而进入旧体诗词的创作。他的旧体诗词并无多少新名词,但是也能表现新意境。他后来曾高度评价元杂剧语言成就为"实于新文体中自由使用新言语"③。对于元杂剧而言,"新文体"即元杂剧,"新言语"即元杂剧所使用的经过艺术加工过的口语。如果以"于新文体中自由使用新言语"的特征反观王国维自身的创作实践,会是怎样一种风景呢?这个命题在王国维的诗词创作中要转化为:在旧文体中如何尽量使用新言语。这里的"新言语"并非与传统的诗词语言截然不同,而是指不用典而雅洁的语言。观《人间词》,凡是多用"厩马""霜华""邮亭""绣衾""银缸"等陈词的篇章或语句,多不出色;那些不用陈词、不用典故的篇章或语句倒可能意境深远、精彩绝伦。王国维确实已经具备成为"五四"新文学阵营中一员的基本条件。他如果用"自然语言"来写戏剧,有可能成为现代戏剧的开路者;如果用"自然语言"来写旧体诗,也许会走上改变旧体诗的道路。

---

① 蒋观云《卢骚》:"世人皆欲杀,法国一卢骚。民约昌新义,君威扫旧骄。力填平等路,血灌自由苗。文字收功日,全球革命潮。"《新民丛报》第3号,光绪二十八年(1902)二月一日。

② "我闻西方学艺盛希腊,实以绘事为本支。尔来蔚起成大国,方家如鲫来施施。君持何术得有此?方驾士蔑凌颇离。英人阿利华·士蔑 Oliver Smith,近世最著名画师也。希腊人颇离奴特 Polygnotus,上古最著名画师也。一缣脱稿列梳会,君尝以所画寄陈博览会评尝,列第一云。博览会,西名曰益土彼纯 Exhibition,又名曰梳 Show。万欧谓欧罗巴人也啧啧惊且哈。乃信支那人士智力不让白晰种,一事如此他可知。我不识画却嗜画,悉索无餍良贪痴。五日一水十日石,君之惠我无乃私。棱棱神鹰兮,历历港屿。……缭以科葛米讷兮,藉以芦丝西人有一种花,名曰科葛米讷,Forget me not,意言勿忘我也。吾译之为长毋相芦花,芦丝 Rose 即玫瑰花。君所赠画,杂花烘缘,浓艳独绝。……"梁启超:《赠别郑秋蕃兼谢惠画》,吴松、卢云昆、王文光、段炳昌点校:《饮冰室文集点校》第6卷,昆明:云南教育出版社,2001年,第3731—3732页。

③ 王国维:《宋元戏曲考》,《王国维遗书》第9册,上海:上海书店出版社,1983年,第647页。

"诗界革命"的实践已经不能为诗歌革命找到合理的出路,王国维诗词创作采用"自然"语言,倒显示了表达新意境的可能,但是他没有继续实践。胡适在晚清民初的诗歌实践方式更为丰富,包括创作旧体诗词、翻译英语诗歌以及创作英语诗歌。另外,在与朋友们关于文学的论争中,他开始尝试创作比较自由的诗体进行回应。这些汉语实践活动促进了他对诗歌体式的考量与琢磨。其中,翻译英语诗歌让他深刻体味到选择汉语诗歌体式的艰难。翻译拜伦的《哀希腊歌》时,他深感"译诗之难。首在择体"。苏曼殊所译的五言体《哀希腊》和马君武的七言体《哀希腊》都不能让他感到满意。他觉得骚体才是最合适的诗体,因为骚体"不独恣肆自如。达意较易。而于原文精神气象皆能委曲保存之。盖说理述怀。莫善于骚"。① 胡适考虑诗体主要有两个因素:是否能够达意和"精神气象"是否契合。"达意"即比较准确地表达原诗意思。"精神气象"即诗的语言造型以及抒情结构所呈现的诗体特征。胡适对译诗所采用的诗体的考量与琢磨,转化为他对所创作诗歌诗体的要求,即如何表达自身的体验,如何塑造合适的汉语造型以及抒情结构来表达自身的体验。他经过多种关于诗歌的实践之后,得出"作诗如作文"的诗歌主张,意在打破对诗歌表达的种种束缚,并把这种诗歌主张返归于诗歌实践,于是《尝试集》得以问世。

"文"如果按照中国传统的"文""笔"之分,大体指现代"文学"(literature)一词所包含的"散文"一类。晚清民初,中国传统"文"类的遭遇以及变化呈现多种面貌。

1905年科举制度废除以前,八股文因为是科举考试规定文体而在文类中占有重要地位。科举制度的废除,报刊文章的兴起,新的文学主张的出现,使得八股文失去了昔日的辉煌。但是晚清民初一大批著名学者都是从科举考试出身的,他们如何解构八股文的书写规范成为晚清民初"文"类变化的表征之一。其中最有代表性的人物是梁启超。梁启超对八股文的解构主要从两个方面进行:第一,改变八股文"代圣人立言"的主题规范。他主编报刊,撰写报刊文章,无形中需要修改写作的立意立场与读者预设。戊戌变法后他远走日本东京,通过与革命派人士以及日本学者的接触,保皇的政治立场有所动摇,这也改变着他作为中国传统士大夫的文章立场。第二,改

---

① 胡适:《英国诗人裴伦哀希腊歌》,耿云志主编:《胡适遗稿及秘藏书信》(11),合肥:黄山书社,1994年,第183页。

变八股文结构体式的起承转合和股比特征。"二分对比"的改装形态改变着八股文股比句式的刻板;"三段论法"的逻辑方法的引入改变着八股文起承转合的文体结构的刻板。他的《开明专制论》等文已经彻底摆脱了八股文的束缚。民国后,章士钊、黄远庸、高一涵、陈独秀等人的政论文,尤其是章士钊的逻辑文,延续了解构八股文的脉络。

晚清民初,"文"的另一重要支脉是桐城派式的古文,其整体倾向是走向衰落。严复和林纾这两位著名"译才"都被视为桐城派古文的代表。严复以古文译西方学术著作,林纾以古文译西方(包括日本)文学著作,两人译作的巨大成功显示古文在不同的领域开辟了新的殖民地,但同时也因时不时突破古文的藩篱而打开了古文新变的向度。严复虽然追求"信达雅"的翻译标准,而《天演论》译稿却采用了"译文正文+严复案语"的双重文本结构。《天演论》译稿对原文第一人称叙事的改变、译文中添加中国典故等,改变了原文的叙事特征。严复特别喜欢选用单音节词对译西方的学理名词,造成其译著的难解。多用文言虚词造成语句的丛绕,颠倒西方语句造成语义的模糊。这些都表明严复译著压制语言新机,因而无法突破古文的藩篱。林译小说用古文翻译长篇叙事故事,对中国现代小说的发生贡献巨大,对古文自身却是一把双刃剑:一方面林译小说展示了古文前所未有的叙事功能;另一方面也给古文自身凿出了许多裂缝。林译小说所用古文"含蓄"的美学原则无法对接西方小说中大胆直接的抒情方式,尤其是异性之间爱情的抒情方式。林译小说所用古文的语法原则也很难表现西方小说的幽默等特质。林纾自己所建构的古文意境说的美学原则不仅很难适应晚清民初现代个体表达自我的内在要求,相反却构成一种压制性因素,可以说,不但没有拯救古文,而且严重遏制着古文的发展。严复和林纾,还有桐城派作家姚永概、姚永朴等人的古文,因无法开放自身而逐步衰落。

晚清民初,"文"的第三支脉是章太炎的古文。章太炎的古文特征在于文字古雅和文类纯正的完美结合,并以此发现魏晋"文学"中个性自由的闪光。他以此为据,毫不留情地批判梁启超的"新民体"和林纾、严复的"古文"的弱点。章太炎的古文具有强大的"吸新"大法,即新名词、新句法、新学理等无论多新的要素,都被他那牢固的纯正的文类大厦所整合。作为"有学问的革命家",他在晚清民初所作的众多演讲使得他的演讲语言不得不趋向一点口语化,但是这并不能影响他的古文的纯正性。章太炎的古文,其同时代人无人能及,他的学生弟子辈也无人能及。等到"五四"新文学时期,鲁迅、胡适和周作人等人的白话散文展露现代性文学曙光的时候,也就注定了章太炎的古文只能孤独落幕的凄凉境况。

晚清民初,"文"的第四支脉是吴稚晖的"游戏文"。吴稚晖的游戏文类似弗洛伊德所说的"自由的胡说",他自称为"瞎三话四"的文体。首先,这种文体打破了文言与白话的界限,塑造了一种文白融合、以白为主的语体形态。其次,这种文体所用的"丛林语言造型"具有极大的开放度,科学理性的严肃表达与闲言碎语的插科打诨相结合,枝叶相扶而主干逻辑清晰。最后,这种文体张扬的是一种个体自由的精神。晚清民初的文坛上游戏文大量涌现,是一个值得研究的文学现象。但是没有人的游戏文能像吴稚晖的文章那样具有极大的开放度。吴稚晖的游戏文出自一种自嘲人格型的主体,而这种主体不可能成为"五四"时期的理想类型,因而吴稚晖的游戏文只能独自"游戏"了。

周作人在晚清民初的文坛上,以翻译小说走上文坛,而以创造美文著称。他对梁启超的"新民体"文、严复和林纾译著所采用的桐城派古文、章太炎所维护的纯正的文类,都有较为深入的吸收,但又不是步其后尘。他的语言实践的多样性推动着他走上塑造"文"的另一条道路。周作人在文言翻译、文言创作、白话翻译与白话创作的多重实践中,逐渐形成了他独特的知言型文学汉语以及独特的美文文类。这种美文的特征在于:语言结构上表现为对各种"言语"的合理裁融;平等趋同的虚拟读者与中庸的叙述机制的结合;植根于人生体验的博识体会;追求"涩"的美学趣味。与周作人美文发生的方式类似,胡适浅白通俗而逻辑清晰的白话文和鲁迅的"杂感"文都可以在他们多样的汉语实践的过程中找到明显的轨迹。

随着作为小说现代载体的报纸杂志的迅速发展,小说经过康有为、夏曾佑、严复和梁启超等人的大力提倡后,开启了它从中国传统文类的边缘向现代文类中心转移的步履。晚清民初小说可分翻译与创作两类。根据语体的不同,翻译小说可分文言翻译小说和白话翻译小说;创作可分文言创作小说和白话创作小说。十位"轴心作家"1918年前的汉语实践中,文言翻译小说有林纾与他人合译的大量"林译小说"、梁启超的《世界末日记》、周氏兄弟的《域外小说集》、周作人的《侠女奴》《匈奴骑士录》《黄蔷薇》、胡适的《柏林之围》《百愁门》《梅吕哀》等;文言创作小说有林纾的文言短篇小说集《技击余闻》《践卓翁小说》三辑、长篇小说《剑腥录》《金陵秋》《冤海灵光》《巾帼阳秋》《劫外昙花》以及鲁迅的短篇《怀旧》等。白话翻译小说有梁启超的《佳人奇遇》《十五小豪杰》、鲁迅的《月界旅行》《地底旅行》、胡适的《最后一课》等①；白话创作小说有梁启超的《新中国未来记》，吴稚晖的《上下古今谈》《风水先生》等。单从十位"轴心作家"的汉语实践来看，他们的文言小说（包括翻译和创作）数量要多于白话小说（包括翻译和创作），因为仅"林译小说"就很多。不过也有学者通过对晚清小说的整体把握，认为晚清白话小说与文言小说处于"相对平衡的状态"②。翻译小说中，虽然林译小说量大且影响大，但伍光建所译的《侠隐记》《续侠隐记》以及《法宫秘史》前、后编全用白话，稍微改变了文言翻译小说一统天下的局面。③ 创作小说中，白话小说自韩邦庆的《海上花列传》出版后，李伯元、吴趼人、刘鹗等人的白话小说影响较大，而民国以后徐枕亚的《玉梨魂》、吴双热的《孽冤镜》、李定夷的《伉俪福》等骈文小说④却又风行一时，苏曼殊的文言小说《断鸿零雁记》《绛纱记》《焚剑记》《碎簪记》等在民初颇受时人欢迎。

　　如何打破这种"相对平衡的状态"？如果不单纯从量的多少来衡量这种平衡，而是从小说内质的变化来考虑的话，吴稚晖的白话小说已经预示了打破这种平衡的可能，鲁迅的白话小说则彻底完成了这种打破。吴稚晖的《风水先生》(1909)以荒村为人物活动场所的环境，风水先生与工人群体的矛盾，文言白话的夸张离奇，显示了人类的某种荒诞性，具有比较鲜明的"准现代"色彩。鲁迅晚清民初的汉语实践，就小说而言，既有《月界旅行》《地底旅行》这样的准白话译述，也有《域外小说集》中《谩》《默》《四日》这样的文言翻译；既有《斯巴达之魂》这样"翻译"兼"创作"的文言译述，也有他自己创作的《怀旧》这样的文言短篇。他的小说已经在准白话译述、文言翻译以及文言创作三重汉语实践中熬煮了一番。就差最后一步：创作属于他自己的白话小说。鲁迅在这三重汉语实践中，操练并锤炼书面白话、吸收西方标点符号、怀疑语言的可信度、合理设置对话与场面、揭示隐秘的心理活动，这些都为创作现代的白话小说准备了条件。终于，《狂人日记》完成

---

① 梁启超的《佳人奇遇》和鲁迅的《月界旅行》《地底旅行》都掺用文言。
② 陈大康：《晚清小说与白话地位的提升》，《文学评论》2011年第4期。
③ 同上。
④ 陈平原在《中国现代小说的起点——清末民初小说研究》(北京：北京大学出版社，2005年)一书中采用"骈文小说"这一说法。也有学者使用"骈体小说"这一说法，据郭战涛统计，1912年至1919年部分期刊出版物共刊载了46部/篇骈体小说，见郭战涛：《民国初年骈体小说研究》，桂林：广西师范大学出版社，2010年，第85—90页。

了他的小说创作的飞跃。语言否定性成为《狂人日记》创作的发生机制;狂人白话与书面文言、日常白话之间的包孕与搏杀,显示了狂人、"余"、隐含作者与鲁迅之间复杂纠结的关系,由此产生了对启蒙者启蒙合理性的批判性思考;汉语欧化的创造性运用使得现代主体得以出场。《狂人日记》因而标志着现代小说的诞生。

综上所述,"诗""文""小说"这三种文类形式被晚清民初的汉语实践催生出各自新的形式。这一过程中,如下因素对文学形式的发生起着重要的作用:翻译实践促使中国传统文类在中西文类碰撞中不得不解放自身,使得新的文类的发生成为可能;晚清民初多样性的汉语实践,林译小说、周氏兄弟的《域外小说集》、骈文小说、五言体/七言体/骚体所译域外诗歌等文言翻译与文言创作将文言的叙事与抒情功能推到极致,而中西文明碰撞中的中国作家主体需要表达更为复杂、更为个性的体验时不得不诉求于趋向言文一致的白话语体,从而推动了新的文类的发生;第一人称代词"我"对"余""予""吾"的收编,西方标点符号的采纳,以及新名词的吸收,欧化句式的创作,为书面白话语体注入新的活力,从而使得现代所需的白话语体成为可能;随着现代报刊媒体的兴起,作者与读者之间的关系向更为平等的方向滑动。

黄遵宪、严复、梁启超、林纾、章太炎和王国维这六位"轴心作家"的语言实践显示,翻译新名词的引入、固有词语意义空间的打开、西语精密表达方式的吸纳、汉语自身规范的形成(如"吾""我""余"等人称的统一)、西式标点符号的采用,与带有某些现代意识的君臣性主体或国民性主体,结合在各自具有一定开放度的文学形式中:黄遵宪的"新世界诗"、严复的翻译体古文、林译小说的翻译体古文、章太炎雅驯的古文、王国维的古文书写以及梁启超的"新民体"。但是这些"轴心作家"们各自的"有理""有情""有文"三位一体的文学汉语实践显示,一方面这些"轴心作家"内部的文学汉语之间相互挤压,一方面他们共同遭遇更为年轻一代的文学汉语的挑战。吴稚晖"自由的胡说"把脏话、雅语、文言、白话、新名词与方言等煮成一体,塑造出丛林型或者说万花筒式的语言造型,形成"瞎三话四"的文体,成为新文学时期白话文的奇葩。这种语言造型诚然有个性,但无法成为"五四"时期所想象的"国语",他那种自嘲人格结构与科学理性精神相结合的主体诚然可视为一种现代主体,但不可能成为国民效仿的主体。

通过多样的文学汉语实践，胡适、鲁迅和周作人把握到了语言表达的某种根源性。他们对上述七位"轴心作家"中某些人的文学汉语曾非常着迷，甚至大力模仿。他们在各自多种汉语实践中体悟"轴心作家"们文学汉语的开放与自由、紧闭与压迫，从而萌发寻找新的文学汉语发展方式的愿望。罗兰·巴特说，"写作本身乃是一种悟（satori）"①，此处的"写作"对于胡适、鲁迅和周作人而言，就是文学汉语实践。尽管罗兰·巴特所说的"悟"也许带有东方禅宗里摈弃语言的顿悟色彩，但我觉得把这种"悟"理解为对语言的深层捕捉更为恰当。写作是一种悟，乃是一种语言之悟。正如罗兰·巴特所言："通过一种新的语言（这种语言能直接反映出我们自身的情况）去认识我们的语言之不足；要知悉那些难以设想的事物的底蕴；想通过其他规范、其他句法的作用，以扬弃我们对事物既定的成见；在言谈中，流露出主体中某些意想不到的内涵，把主体从一种自缚的情况下解救出来；一句话，想进入那种不可转译的境地，去经历而不是掩抑那种震撼，直到我们这里每一件西方的事物都摇摇欲坠，父系语言的那些权利和地位统统摇晃不已。"②那么，他们何以可能产生"悟"？首先是文学翻译这种语言实践让胡适、鲁迅和周作人"悟"到文言汉语在表达形式上的不足和在文化上的压制。胡适和鲁迅在汉语实践中甚至"悟"到晚清白话小说那类白话汉语的"不顺"。鲁迅《月界旅行》和《地底旅行》的准白话译述并不直通《狂人日记》的否定性白话，胡适《真如岛》等文的白话也并不直通《尝试集》的白话。可见晚清白话实践中的白话也并不直通"五四"新文学的白话。晚清进行白话实践的"轴心作家"，同时也都在进行文言实践（文言翻译或文言创作），因此都要经过从文言实践向白话实践的转换，有时还要经历文言实践内部自我否定的创痛。只有这样，才有可能通向现代的文学汉语的实践。

《竞业旬报》上的白话文和《真如岛》等小说操练着明清白话；文言诗词的写作以文言韵文的形式考量对域外经验的表达，翻译诗歌与小说实践对汉语韧性的敲打，英语诗歌的写作试验非母语语言表达现代体验的限度，英文演说和中文演说催生"天下真理都由质直的辩论而来"的感知，观看英语话剧感悟说白的逼真：这六种关于"说"与"写"的语言锻炼，催生了胡适用白话作诗作文的主张，从而作出了新的汉语实践——《尝试集》成为白话韵

---

① [法]罗兰·巴尔特：《符号帝国》，孙乃修译，北京：商务印书馆，1994年，第5页。
② 同上书，第7—8页。

文的实地试验。胡适的"实验性白话"具有如下特征:铸造符合语气的自然节奏,青睐虚词以表达复杂的现代情感,以白话为底但又不排斥文言的采用,"对语体"结构以形成诗体的解放,形成现代意象以拓展诗的境界。至此,"实验性白话"("理")塑造的白话韵文("文")让胡适的自由主体("情")得以出场,于是《尝试集》得以完成,白话新诗得以发生。

《月界旅行》和《地底旅行》的准白话译述,初步显示了鲁迅把握白话的能力,同时也显示出白话与文言、汉语欧化的纠结。听章太炎讲解《说文解字》以及翻译域外小说,使得鲁迅形成"语言之伪"的观念。短篇小说《怀旧》的创作及其文言书写,表明鲁迅操控文言的自如状态,同时也表明白话在文言中的萌芽。辑录校勘古籍,提升了鲁迅精确地把握汉字韧性的能力,还影响到鲁迅后来文本形态的结构。这些汉语实践,为鲁迅更高的文学汉语实践作了必要的准备:语言否定性的观念、怀疑抵抗的主体以及文学汉语的基本造型。语言的否定性场域即鲁迅意识中语言不可信任的语言本我,它决定着《狂人日记》的意义走向。它把语言自我所实践的确证绝望的言说/小说创作,置于不可信任的语言本我中,从而显示语言自我的言说/小说创作自身的不可信任,由此彻底地把创作者鲁迅委托给他自己所设想的存在而不可确证的绝望。我认为这是鲁迅创作《狂人日记》的语言发生学机制。在《狂人日记》的文本形态中,在白话日记中,狂人白话切开文言书面系统这一坚硬的肿瘤,又斫碎日常白话这一柔韧的铁幕,最后又以其锋利刺向自身。当狂人回到文言世界,文言小序一方面否定了白话日记的正当性,另一方面又以供医家研究的隐喻方式暗含着白话日记的某种合理性。因此,狂人白话与书面文言、日常白话处在多重的相互包孕和多重的相互搏杀之中。鲁迅那个怀疑而抵抗的主体("情")在语言的否定性场域("理")中,以白话小说的方式("文")把自己委托给绝望,于是《狂人日记》得以面世,新的白话小说诞生了。

周作人的文言翻译,让他一方面在体验域外文学美感的同时感知着文言的趣味,另一方面又在向林纾等人模仿的过程中厌恶古文作为"恶札"的面相,再一方面因《域外小说集》的失败反弹出对古文出路的思考。他1918年开始的白话翻译追求语气的顺畅、口语的节奏、抒情语句的精纯诗意化。他的白话新诗创作,力争创造出一种现代国语。他的白话新诗的语言,以白话为底,不避俗字俗语,采纳方言,追求音节的和谐而造就新的文学白话。周作人用文言和白话翻译域外小说、创作白话新诗以及白话散文的汉语实践中,塑造了一种独特的语言形态——知言型文学汉语,催动着现代美文的发生。知言型文学汉语的内在要求是本色口语,而现代美文作为新文学的文类之一,其本质要求是自由自在地说自己的话,因此知言型文学汉语与现代美文具有内在的同一性,简言之,即说话与文章的同一,说话之真与文章之好的同一。具体表现为:知言的智性在语句的层面上,表现为"言而当"之"言语"的合理裁融,为实现现代美文"须用自己的文句"提供了可能;知言的智性在叙述的层面上,表现为"言而当"之"言说"的恰当选择,即平等趋同的虚拟读者与中庸的叙述机制的结合,塑造了现代美文平淡闲适的风格;知言的智性在认识的层面上,表现为"言而当"之"言/我"的独特体悟,即植根于人生经验的博识,塑造了现代美文最能体现"个人"的品格;知言的智性在审美的层面上,表现为"言而当"之"言"的美学追求,即"涩"的执着爱好,塑造了现代美文以趣味为本质的美学特质。知言型文学汉语("理")塑造的美文("文")得以让周作人那个智性主体("情")显露,于是现代美文得以发生。

晚清民初十位"轴心作家"汉语实践的精彩纷呈和探索追求,终于在胡适、鲁迅和周作人的文学汉语中得以提升与裂变。胡适的白话新诗、鲁迅的现代白话小说和周作人的现代美文,意味着中国现代文学的发生。中国现代文学的"发生",不同于中国现代文学的"转型"。"转型"是"新"的代替"旧"的,"旧"的被"新"的取代;"发生"意味着"新"的已经出现,但"旧"的也许依然存在。晚清民初十位"轴心作家"的汉语实践表明,中国现代文学的确是在中国传统文学与西方文学的碰撞交汇中发生发展的,但它"发生"之时周围却仍然是中国传统文学。当然,中国现代文学既然已经"发生",就具有独立生长的能力,能够进一步为自己开辟出发展的道路。

# 参考文献

一、报刊

《安徽白话报》:戊申九月十一日(1908年10月5日)创刊于安徽安庆,旬刊,安徽白话报社发行,发起人有李铎、李燮枢、范鸿仙、陈仲衡等。同年十月下旬出版第6期后休刊。宣统元年(1909)七月上旬复刊,改名《新安徽白话报》,宣统元年(1909)八月下旬出版第6期后停刊。

《创造》季刊:1922年3月创刊于上海,郭沫若、成仿吾、郁达夫主编,上海泰东图书局发行。1924年2月出版第6期后停刊。

《创造日》:1923年7月21日创刊于上海,郭沫若、郁达夫等编辑。1923年11月2日出版第100期后停刊。

《创造月刊》:1926年3月16日创刊于上海,郁达夫、成仿吾、王独清等编辑。1929年1月出版第2卷第6期后停刊。

《创造周报》:1923年5月13日创刊于上海,成仿吾、郭沫若、郁达夫等编辑,上海泰东图书局发行。1924年5月19日出版第52号后停刊。

《歌谣》:1922年12月17日创刊于北京,周刊,北大歌谣研究会主编。1927年6月26日出版第3卷第13期后停刊。

《格致汇编》:光绪二年春季(1876年2月)创刊于上海,季刊,傅兰雅编辑。1878年休刊一次。1880年复刊,1882年第二次休刊。1890年第二次复刊,1892年停刊。共出38期。

《格致新报》:光绪廿四年二月廿一日(1898年3月13日)创刊于上海,旬报。光绪廿四年六月廿一日(1898年8月8日)出版第16册后停刊。

《国粹学报》:光绪三十一年正月二十日(1905年5月23日)创刊于上海,月刊,上海国粹学报馆编辑,邓实主编。1911年出版第8、9、10、11、12、13号合刊后停刊。主要撰稿人有邓实、章太炎、刘师培、黄节、陈去病、马叙伦、田北湖、王国维、罗振玉、王闿运、孙诒让、况周颐、柳亚子、黄侃等人。

《国语通讯》:1947年1月创刊于台北,月刊,台湾省国语推行委员会主编。1948年7月停刊。主要撰稿人有魏建功等。

《国语旬刊》:1929年8月1日创刊于北平,国语统一筹备委员会编审组主编,北平文化学社出版。1929年12月11日出版第13期后停刊。

《国语月刊》:1922年2月20日创刊于上海,中华民国国语研究会编,中华书局出版发行。1924年8月迁至北京出版,1925年5月出版第2卷第3期后停刊。主要撰稿人有钱玄同、黎锦晖、马国英、郭后觉、赵元任、王璞、周作人、杨树达、陆衣言等人。

《国语周刊》:1925年6月14日创刊于北京,周刊,《京报》副刊之一,钱玄同、黎锦熙编辑。1925年12月29日出版第29期后停刊。主要撰稿人有吴稚晖、胡适、林语堂、魏建功、赵元任、黎锦熙等。

《国语周刊》:1931年9月5日创刊于北平,周刊,国语统一筹备委员会编辑,1937年4月休刊。1941年迁南郑复刊,至1945年出版30期。1945年迁至兰州出版,又出版30期后停刊。主要撰稿人有白涤洲、钱玄同、黎锦熙、杜子劲、魏建功、赵元任、刘复等人。

《杭州白话报》:光绪二十七年四月初五日(1901年5月22日)创刊于杭州,最初为月刊,后依次改为旬刊、周刊、三日刊,先后由林白水、孙翼中、陈叔通等编辑。1904年1月出版第3卷第16期后停刊。

《华国月刊》:1923年9月15日创刊于上海,章太炎主编,中华书局发行。1926年7月出版第3卷第4期后停刊。

《甲寅》:1914年5月10日创刊于日本东京,1915年迁至中国出版,章士钊主编。1915年5月出版第10期后停刊。主要撰稿人有章士钊、陈独秀、李大钊、易白莎、杨昌济、吴虞、陶孟和、刘文典、刘师培、王国维、章太炎等。

《甲寅周刊》:1925年7月创刊于北京,章士钊主编。1926年3月出版第35期后休刊,1926年10月复刊,1927年3月出版第45期后停刊。主要撰稿人有章士钊、董时进、瞿宣颖、杨定襄等。

《京话日报》:光绪三十年七月初六日(1904年8月16日)创刊于北京,彭翼仲创办,吴梓箴、春治先等编辑。1923年4月5日出版"第四千零四十三号"后停刊。1906年9月至1913年7月5日、1913年7月28日至10月31日曾休刊。

《竞业旬报》:光绪丙辰年九月十一日(1906年9月11日)创刊于上海,蒋翊武、杨卓霖创办,竞业学会编辑。己酉年正月朔日(1909年1月22日)出版第40期后停刊。

《民报》:1905年12月8日创刊于日本东京,初为月刊,后改为不定期刊物,胡汉民、章太炎、张继、陶成章、汪精卫等主编。1907年4月25日发行临时增刊《天讨》。1910年2月1日出版第26号后停刊。

《六合丛谈》:英文名字为 SHANGHAE SERIAL(原文如此),咸丰丁巳正月朔日(1857

年1月26日)创刊于上海,月刊,英国传教士伟烈亚力主编,上海墨海书馆印行。咸丰八年五月初一(1858年6月11日)出版第2卷第2期后停刊。

《宁波白话报》:光绪二十九年十月初五日(1903年11月23日)创刊于上海,旬刊,宁波同乡会编。出版9期后休刊。光绪三十年甲辰五月朔日(1904年6月14日)出版改良第1期,仍为旬刊,甲辰七月朔日(1904年8月11日)出版第5期后停刊。

《浅草》:1923年3月25日创刊于上海,林如稷、陈炜谟、冯至、陈翔鹤、杨晦等编辑,浅草社发行。1925年2月25日出版第1卷第4期后停刊。

《强学报》:光绪二十一年十一月二十八日(1896年1月12日)创刊于上海,上海强学书局出版。第2号出版于光绪二十一年十二月初三日(1896年1月17日)。

《清议报》:光绪二十四年十一月十一日(1898年12月23日)创刊于日本横滨,梁启超主编。光绪二十七年十一月十一日(1901年12月21日)出版第100期后因失火停刊。

《诗》:1922年1月15日创刊于上海,刘延陵、朱自清、叶圣陶主编,中华书局发行。1923年5月出版第2卷第2号后停刊。

《时务报》:光绪二十二年七月初一日(1896年8月9日)创刊于上海,旬刊,黄遵宪、吴德潇、邹凌瀚、汪康年、梁启超等创办,梁启超主笔。光绪二十四年六月二十一日(1898年8月8日)停刊。

《天义报》:1907年6月10日创刊于日本东京,为"女子复权会"机关刊物,何震担任"编辑兼发行人"。1908年3月出版第16、17、18、19四卷合刊后停刊。主要撰稿人有何震、刘师培等。

《文学旬刊》《文学周报》:《文学旬刊》1921年5月10日创刊于上海,旬刊,文学研究会机关刊物。1923年7月第81期起改名《文学》(周刊),1925年5月第152期起改名《文学周报》,1929年12月出版第9卷第5期后停刊。郑振铎、谢六逸、叶圣陶、赵景深等先后负责编辑。

《无锡白话报》:光绪二十四年闰三月廿一日(1898年5月11日)创刊于无锡,五日刊,裘廷梁和裘毓芳创办主编,无锡白话报馆发行。光绪二十四年四月初六日(1898年5月25日)出版第4期后停刊。从光绪二十年五月初一日(1898年6月19日)第5、6合期起改名《中国官音白话报》,光绪二十年八月廿一日(1898年9月26日)出版第27、28期合刊后停刊。

《小说林》:光绪三十三年正月(1907年2月)创刊于上海,月刊,黄摩西主编。光绪三十四年九月(1908年10月)停刊。

《小说月报》:宣统二年七月十五日(1910年8月29日)创刊于上海,月刊,王钝根主编。1921年第12卷第1号由沈雁冰(茅盾)主编,标志着《小说月报》的革新。

1932年因商务印书馆被炸停刊。

《新潮》:1919年1月1日创刊于北京,月刊,北京大学新潮社编,傅斯年、罗家伦等编辑。1922年3月出版第3卷第2号后停刊。

《新民丛报》:光绪二十八年正月初一日(1902年2月8日)创刊于日本东京,半月刊,编辑和发行者署名冯紫珊,实际主编为梁启超。1904年2月以后常常不能按期出版。光绪三十三年十月十五(1907年11月20日)出版第96期后停刊。

《新青年》:1915年9月15日创刊于上海,原名《青年杂志》,第2卷第1号开始改为《新青年》,初为月刊,陈独秀主编。1922年7月出版第9卷第6号后休刊。1923年6月15日以《新青年》季刊复刊,出版第4号后休刊。1925年4月22日以《新青年》复刊,不定期出刊,1926年7月出版第5号后停刊。

《新世纪》:1907年6月22日创刊于法国巴黎,周刊,张静江创办,李石曾、褚民谊、吴稚晖主编。1910年5月21日出版第121期后停刊。

《新小说》:光绪二十八年十月十五日(1902年11月14日)创刊于日本横滨,编辑兼发行者为赵毓林,实际主持人梁启超。光绪三十一年十二月(1906年1月)出版第24期后停刊。

《学衡》:1922年1月1日创刊于南京,月刊,刘伯明等主编。1933年7月出版第79期后停刊。主要撰稿人有吴宓、梅光迪、胡先骕等。

《译书公会报》:光绪二十三年九月(1897年10月26日)创刊于上海,周刊。译书公会的发起人有赵元益、董康、恽积勋、恽毓麟、陶湘等。戊戌四月初五日(1898年5月24日)出版第20册后停刊。

《庸言》:1912年12月1日创刊于天津,梁启超主办,第1卷为半月刊,1914年改为月刊。1914年6月出版第30期后停刊。

《语丝》:1924年11月17日创刊于北京,周刊,主要参与人员有周作人、鲁迅、钱玄同、林语堂等,北新书局出版。第1期至1927年10月22日第156期由周作人编辑。1927年迁至上海出版,1927年12月17日第4卷第1期起由鲁迅编辑,至1929年1月7日第52期止。第5卷第1—26期由柔石编辑,第27—52期由李小峰编辑。1930年3月10日出版第52期后停刊。

《月月小说》:光绪三十二年九月(1906年11月)创刊于上海,汪惟父、吴趼人等先后编辑。光绪三十四年十二月(1909年1月)停刊。

《浙江潮》:癸卯年正月二十日(1903年2月17日)创刊于日本东京,孙翼中、蒋方震、马君武、蒋智由、王家榘等人编辑。光绪二十九年十月二十日(1903年12月8日)出版第10期后停刊。

《知新报》:光绪二十三年正月二十一日(1897年2月22日)创刊于上海,初为五日刊,自第20册开始改为十日刊,自第120册开始改为半月刊,主持报务的有梁启超、何树龄、康广仁、徐勤、韩文举等。光绪二十六年十二月一日(1901年1月20日)出版第133册后停刊。

《中国白话报》:癸卯十一月初一日(1903年12月19日)创刊于上海,半月刊,从第13期起改为旬刊,林白水等主编。甲辰八月三十日(1904年10月8日)出版第21、22、23、24期合刊后停刊。

《中国女报》:光绪三十二年十二月初一日(1907年1月14日)创刊于上海,编辑兼发行者署"浙江山阴秋瑾",编辑所署"中国女报馆编辑部"。1907年3月出版第2期后停刊。

二、中外作品、专著、论文及其他

蔡锡勇:《传音快字》,北京:文字改革出版社,1956年。

曹而云:《白话文体与现代性——以胡适的白话文理论为个案》,上海:上海三联书店,2006年。

曹万生主编:《中国现代汉语文学史》,北京:中国人民大学出版社,2010年。

陈长蘅、周建人:《进化论与善种学》,上海:商务印书馆,1923年。

陈大康:《晚清小说与白话地位的提升》,《文学评论》2011年第4期。

陈大康:《中国近代小说史论》,北京:人民文学出版社,2018年。

陈方竞:《多重对话:中国新文学的发生》,北京:人民文学出版社,2003年。

陈福康:《中国译学理论史稿》,上海:上海外语教育出版社,1992年。

陈鸿祥:《王国维全传》,北京:人民出版社,2007年。

陈季同:《黄衫客传奇》,李华川译,北京:人民文学出版社,2010年。

陈金淦编:《胡适研究资料》,北京:北京十月文艺出版社,1989年。

陈平原:《20世纪中国小说史·第一卷1897—1916》,北京:北京大学出版社,1989年。

陈平原:《从文人之文到学者之文——明清散文研究》,北京:生活·读书·新知三联书店,2004年。

陈平原:《分裂的趣味与抵抗的立场——鲁迅的述学文体及其接受》,《文学评论》2005年第5期。

陈平原:《胡适的述学文体》(上、下),《学术月刊》2002年第7、8期。

陈平原:《现代中国的述学文体——以"引经据典"为中心》,《文学评论》2001年第4期。

陈平原:《有声的中国——"演说"与近现代中国文章变革》,《文学评论》2007年第3期。

陈平原:《"元气淋漓"与"绝大文字"——梁启超及"史界革命"的另一面》,《文学评论》2003年第3期。

陈平原:《中国现代小说的起点——清末民初小说研究》,北京:北京大学出版社,2005年。

陈平原:《中国现代学术之建立——以章太炎、胡适之为中心》,北京:北京大学出版社,1998年。

陈平原:《中国小说叙事模式的转变》,北京:北京大学出版社,2003年。

陈平原:《作为学科的文学史》,北京:北京大学出版社,2011年。

陈平原、米列娜主编:《近代中国的百科辞书》,北京:北京大学出版社,2007年。

陈平原、夏晓虹编:《二十世纪中国小说理论资料(第一卷)1897—1910》,北京:北京大学出版社,1989年。

陈平原主编:《中国文学研究现代化进程二编》,北京:北京大学出版社,2002年。

陈青今编译:《日本文字改革史料选辑》,北京:文字改革出版社,1957年。

陈虬:《新字瓯文七音铎》,北京:文字改革出版社,1958年。

陈思和:《陈思和文集》,广州:广东人民出版社,2017年。

陈思和:《关于乌托邦语言的一点感想——致郜元宝谈王蒙小说的特色》,《文艺争鸣》1994年第2期。

陈思和:《论知识分子转型期的三种价值取向》,《陈思和自选集》,桂林:广西师范大学出版社,1997年。

陈思和:《试论"五四"新文学运动的先锋性》,《复旦学报(社会科学版)》2005年第6期。

陈思和:《中国现当代文学名篇十五讲》,北京:北京大学出版社,2003年。

陈思和:《中国新文学整体观》,上海:上海文艺出版社,1987年。

陈万雄:《五四新文化的源流》,北京:生活·读书·新知三联书店,1997年。

陈望道:《陈望道全集》,杭州:浙江大学出版社,2011年。

陈望道:《陈望道语文论集》,上海:上海教育出版社,1997年。

陈望道等:《中国文法革新论丛》,北京:商务印书馆,1987年。

陈望道(署名南山):《保守文言的第三道策》,《太白》第2卷第7期,1935年6月20日。

陈寅恪:《金明馆丛稿二编》,北京:生活·读书·新知三联书店,2001年。

陈寅恪:《元白诗笺证稿》,上海:上海古籍出版社,1978年。

陈原:《陈原语言学论著》,沈阳:辽宁教育出版社,1998年。

陈铮编:《黄遵宪全集》,北京:中华书局,2005年。

陈子善编:《叶公超批评文集》,珠海:珠海出版社,1998年。

陈子展:《中国近代文学之变迁》,上海:中华书局,1929年。

程巍:《为林琴南一辩——"方姚卒不之踬"析》,《中国图书评论》2007年第9期。

邓伟:《分裂与建构:清末民初文学语言新变研究(1898—1917)》,北京:中国社会科学出版社,2009年。

刁晏斌:《现代汉语史》,福州:福建人民出版社,2006年。

刁晏斌:《现代汉语史概论》,北京:北京大学出版社,2006年。

丁文江、赵丰田编:《梁启超年谱长编》,上海:上海人民出版社,2009年。

丁晓原:《"五四白话"与现代散文文体建构》,《文艺理论研究》2011年第3期。

东方杂志社编纂:《国际语运动》,上海:商务印书馆,1923年。

董海樱:《16世纪至19世纪初西人汉语研究》,北京:商务印书馆,2011年。

杜春和、韩荣芳、耿来金编:《胡适论学往来书信选》,石家庄:河北人民出版社,1998年。

段怀清:《王韬与近现代文学转型》,上海:复旦大学出版社,2015年。

段怀清、周伶俐编著:《〈中国评论〉与晚清中英文学交流》,广州:广东人民出版社,2006年。

范伯群:《文学语言古今演变的临界点在哪里?》,《河北学刊》2009年第4期。

方苞:《方苞集》,上海:上海古籍出版社,2008年。

方维规:《"经济"译名溯源考——是"政治"还是"经济"》,《中国社会科学》2003年第3期。

方维规:《文学话语与历史意识》,上海:复旦大学出版社,2015年。

方行、汤志钧整理:《王韬日记》,北京:中华书局,1987年。

冯桂芬:《校邠庐抗议》,上海:上海书店出版社,2002年。

冯海霞、张志毅:《〈现代汉语词典〉释义体系的创建与完善——读〈现代汉语词典〉第5版》,《中国语文》2006第5期。

冯天瑜:《新语探源——中西日文化互动与近代汉字术语生成》,北京:中华书局,2004年。

佛雏:《王国维哲学译稿研究》,北京:社会科学文献出版社,2006年。

复旦大学文史研究院编:《西文文献中的中国》,北京:中华书局,2012年。

傅斯年:《怎样做白话文?》,《新潮》第1卷第2期,1919年2月1日。

高名凯、刘正琰:《现代汉语外来词研究》,北京:文字改革出版社,1958年。

高名凯、石安石主编:《语言学概论》,北京:中华书局,1963年。

高名凯、姚殿芳、殷德厚:《鲁迅与现代汉语文学语言》,《北京大学学报(人文科学版)》1957年第1期。

高平叔编:《蔡元培全集》,北京:中华书局,1984年。

高天如:《中国现代语言计划的理论与实践》,上海:复旦大学出版社,1993年。

高玉:《现代汉语与中国现代文学》,北京:中国社会科学出版社,2003年。

郜元宝:《汉语别史——现代中国的语言体验》,济南:山东教育出版社,2010年。

郜元宝:《鲁迅六讲》,上海:上海三联书店,2000年。

郜元宝:《母语的陷落——中国现代知识分子对汉语言文字的基本否定态度》,《书屋》2002年第2期。

郜元宝:《为什么粗糙?——中国现代知识分子语言观念与现当代文学》,《文艺争鸣》2004年第2期。

郜元宝:《现代汉语:工具论与本体论的交战——关于中国现代知识分子语言观念的思考》,《当代作家评论》2002年第2期。

郜元宝:《音本位与字本位——在汉语中理解汉语》,《当代作家评论》2002年第2期。

郜元宝:《在失败中自觉》,北京:中国人民大学出版社,2004年。

葛晓音:《从诗人之诗到学者之诗——论韩诗之变的社会原因和历史地位》,《汉唐文学的嬗变》,北京:北京大学出版社,1990年。

葛晓音:《四言体的形成及其与辞赋的关系》,《中国社会科学》2002年第6期。

葛兆光:《汉字的魔方——中国古典诗歌语言学札记》,上海:复旦大学出版社,2008年。

耿云志主编:《胡适遗稿及秘藏书信》,合肥:黄山书社,1994年。

管锡华:《中国古代标点符号发展史》,成都:巴蜀书社,2002年。

郭德茂:《就"方姚卒不之踣"致程巍先生及读者》,《中国图书评论》2008年第5期。

郭建勋:《楚辞与七言诗》,《中国楚辞学》第7辑,北京:学苑出版社,2005年。

郭沫若:《鲁迅与王国维》,《文艺复兴》第2卷第3期,1946年10月。

郭沫若:《女神》,上海:泰东图书局,1921年。

郭沫若:《文艺论集》,北京:人民文学出版社,1979年。

郭沫若:《中国古代社会研究》,上海:新新书店,1930年。

郭攀:《二十世纪以来汉语标点符号研究》,武汉:华中师范大学出版社,2009年。

郭桥:《逻辑与文化——中国近代时期西方逻辑传播研究》,北京:人民出版社,2006年。

郭绍虞:《汉语词组对汉语语法研究的重要性》,《复旦学报(社会科学版)》1978年第1期。

郭绍虞:《语文通论》,上海:开明书店,1941年。

郭绍虞:《照隅室语言文字论集》,上海:上海古籍出版社,1985年。

郭延礼:《关于黄遵宪"新派诗"的评价问题——读〈谈艺录〉对公度诗的评论》,《文史哲》2007年第5期。

郭延礼:《中国近代翻译文学概论》,武汉:湖北教育出版社,1998年。

郭延礼:《中国近代文学发展史》,北京:人民文学出版社,2017年。

郭自虎:《白话与性情——从元白诗派、性灵派至新文学白话诗歌之走向》,《文学评论》2011年第3期。

韩敬体编:《〈现代汉语词典〉编纂学术论文集》,北京:商务印书馆,2004年。

何九盈:《中国现代化进程中的语文转向(外一种)》,北京:语文出版社,2015年。

何九盈:《中国现代语言学史》(修订本),北京:商务印书馆,2008年。

何如璋:《使东杂咏》,见钟叔河编:《走向世界丛书》(Ⅲ),长沙:岳麓书社,2008年。

何震、刘师培主编:《天义·衡报》,万仕国、刘禾校注,北京:中国人民大学出版社,2016年。

贺阳:《现代汉语欧化语法现象研究》,北京:商务印书馆,2008年。

胡怀琛编:《尝试集批评与讨论》,上海:泰东图书局,1921年。

胡其柱:《晚清"自由"语词的生成考略》,《中国文化研究》2008年夏之卷。

胡全章:《清末白话文运动》,北京:中国社会科学出版社,2015年。

胡适:《尝试集》,上海:亚东图书馆,1920年3月初版、9月再版。

胡适:《尝试集》(增订四版),上海:亚东图书馆,1922年。

胡适:《胡适留学日记》,上海:商务印书馆,1947年;上海三联书店民国沪上初版书复制版,2014年。

胡以鲁:《国语学草创》,太原:山西人民出版社,2014年。

胡裕树主编:《现代汉语》(增订本),上海:上海教育出版社,1962年。

黄伯荣、廖序东:《现代汉语》,兰州:甘肃人民出版社,1981年。

黄锦树:《章太炎语言文字之学的知识(精神)系谱》,新北:花木兰文化出版社,2012年。

黄俊杰:《中国孟学诠释史论》,北京:社会科学文献出版社,2004年。

黄强:《八股文与明清文学论稿》,上海:上海古籍出版社,2005年。

黄人:《中国文学史》,东吴大学堂课本,国学扶轮社印行,年月不详。

黄人:《中国文学史》,苏州:苏州大学出版社,2015年。

黄人著,江庆柏、曹培根整理:《黄人集》,上海:上海文化出版社,2001年。

黄子平、陈平原、钱理群:《论"二十世纪中国文学"》,《文学评论》1985年第5期。

黄遵宪:《日本国志》,广州:羊城富文斋刊版,光绪十六年(1890)。

黄遵宪:《日本杂事诗》,北京:同文馆集珍版,光绪五年(1879)孟冬。

黄遵宪:《日本杂事诗》,长沙:富文堂重刊,光绪二十四年(1898)。

黄遵宪著,钱仲联笺注:《人境庐诗草笺注》,上海:上海古籍出版社,1981年。

黄遵宪撰,吴振清、徐勇、王家祥编校整理:《黄遵宪集》,天津:天津人民出版社,2003年。

季羡林主编:《胡适全集》,合肥:安徽教育出版社,2003年。

姜亮夫:《楚辞学论文集》,上海:上海古籍出版社,1984年。
姜涛:《"新诗集"与中国新诗的发生》,北京:北京大学出版社,2005年。
姜义华、吴根樑编校:《康有为全集》,上海:上海古籍出版社,1987年。
姜义华主编:《胡适学术文集·新文学运动》,北京:中华书局,1998年。
蒋凡:《文章并峙壮乾坤——韩愈柳宗元研究》,上海:上海教育出版社,2001年。
金观涛、刘青峰:《观念史研究:中国现代重要政治术语的形成》,北京:北京法律出版社,2009年。
金理:《章太炎语言文字观略说》,《中国现代文学研究丛刊》2006年第5期。
会稽周氏兄弟纂译:《域外小说集》第1册,东京:神田印刷所,己酉年(1909)二月二十一日。
会稽周氏兄弟纂译:《域外小说集》第2册,东京:神田印刷所,己酉年(1909)六月十一日。
黎锦熙:《国语运动史纲》,上海:商务印书馆,1934年。
黎锦熙:《新著国语文法》,北京:商务印书馆,1992年。
李长之:《李长之文集》,石家庄:河北教育出版社,2006年。
李春阳:《白话文运动的危机》,北京:生活·读书·新知三联书店,2017年。
李何林编著:《近二十年中国文艺思潮论一九一七——一九三七)》,西安:陕西人民出版社,1982年。
李今:《文本、历史与主题——〈狂人日记〉再细读》,《文学评论》2008年第3期。
李敏:《鲁迅存在论语言之研究》,广州:中山大学出版社,2016年。
李欧梵:《中国现代文学与现代性十讲》,上海:复旦大学出版社,2002年。
李蹊:《骈文的发生学研究——以人的觉醒为中心之考察》,保定:河北大学出版社,2005年。
李锐:《我对现代汉语的理解——再谈语言自觉的意义》,《当代作家评论》1998年第3期。
李婉薇:《清末民初的粤语书写》,香港:三联书店,2011年。
李玮:《论文学语言变革和诗文体知识谱系的重建》,《中国现代文学研究丛刊》2011年第6期。
李无未:《东亚视阈汉语史论》,厦门:厦门大学出版社,2014年。
李新宇、周海婴主编:《鲁迅大全集》,武汉:长江文艺出版社,2011年。
李焱、孟繁杰:《〈朱子语类〉语法研究》,厦门:厦门大学出版社,2012年。
李怡:《日本体验与中国现代文学的发生》,北京:北京大学出版社,2009年。
李怡:《现代性:批判的批判——中国现代文学研究的核心问题》,北京:人民文学出版社,2006年。

李运博:《梁启超在中日近代汉字词汇交流中的作用》,《日语学习与研究》2006年第2期。

李泽厚:《美的历程》,合肥:安徽文艺出版社,1994年。

李泽厚:《批判哲学的批判——康德述评》(再修订本),合肥:安徽文艺出版社,1994年。

李泽厚:《中国近代思想史论》,合肥:安徽文艺出版社,1994年。

李泽厚:《中国现代思想史论》,合肥:安徽文艺出版社,1994年。

力捷三:《闽腔快字》,北京:文字改革出版社,1956年。

连燕堂:《二十世纪中国翻译文学史·近代卷》,天津:百花文艺出版社,2009年。

梁启超(署名宝云):《国文语原解》,《学报》第1年第3号,光绪三十三年(1907)三月一日。

梁启超:《国学蠡酌》(饮冰室丛箸第五种),上海:商务印书馆,1916年。

梁启超:《饮冰室诗话》,北京:人民文学出版社,1959年。

梁启超著,夏晓虹辑:《饮冰室合集集外文》,北京:北京大学出版社,2005年。

廖云翔:《论日本文》,《万国公报》第156册,光绪二十七年(1901)十二月。

林少阳:《"文"与日本的现代性》,北京:中央编译出版社,2004年。

林少阳:《重审白话文运动——从章太炎至歌谣征集》,《东亚人文》第1辑,北京:生活·读书·新知三联书店,2008年。

林纾:《春觉斋论文》,见《论文偶记 初月楼古文绪论 春觉斋论文》,北京:人民文学出版社,1998年。

林纾:《韩柳文研究法》,上海:商务印书馆,1914年。

林纾:《洪罕女郎传·跋语》,[英]哈葛德:《洪罕女郎传》(下),林纾译,上海:商务印书馆,光绪三十三年(1907)。

《林纾选评古文辞类纂》,慕容真点校,杭州:浙江古籍出版社,1986年。

林纾(署名闽中畏庐子):《闽中新乐府》,《知新报》第46册,光绪二十四年(1898)二月二十一日;《知新报》第47册,光绪二十四年(1898)三月初一日;《知新报》第48册,光绪二十四年(1898)三月十一日;《知新报》第50册,光绪二十四年(1898)闰三月初一日。

林纾:《畏庐三集》,上海:商务印书馆,1927年。

林纾:《畏庐续集》,上海:商务印书馆,1927年。

林纾:《震川集选序》,《林氏选评名家文集·归震川集》,上海:商务印书馆,1924年。

刘冰冰:《试论黄遵宪诗歌中"新名词"的运用》,《齐鲁学刊》2006年第5期。

刘复:《"她"字问题》,《时事新报·学灯》1920年8月9日。

刘复:《中国文法通论》,上海:中华书局,1939年。

刘进才:《语言文学的现代建构——语言运动与中国现代文学再探索》,北京:北京大学出版社,2015年。

刘进才:《语言运动与中国现代文学》,北京:中华书局,2007年。

刘俊:《"华语语系文学"的生成、发展与批判——以史书美、王德威为中心》,《文艺研究》2015年第11期。

刘禾:《帝国的话语政治——从近代中西冲突看现代世界秩序的形成》,杨立华译,北京:生活·读书·新知三联书店,2009年。

刘禾:《跨语际实践:文学、民族文化与被译介的现代性》,宋伟杰等译,北京:生活·读书·新知三联书店,2002年。

刘孟扬:《中国音标字书》,北京:文字改革出版社,1957年。

刘梦溪主编:《中国现代学术经典·钱基博卷》,石家庄:河北教育出版社,1996年。

刘梦溪主编:《中国现代学术经典·章太炎卷》,石家庄:河北教育出版社,1996年。

刘纳:《嬗变:辛亥革命时期至五四时期的中国文学》,北京:中国社会科学出版社,1998年。

刘琴:《现代汉语与现代文学的关联性研究》,北京:中国社会科学出版社,2010年。

刘泉:《论王国维的"新学语"与新学术》,《文学评论》2007年第1期。

刘全福:《翻译家周作人论》,上海:上海外语教育出版社,2007年。

刘师培:《论中土文字有益于世界》,《国粹学报》第46期,光绪三十四年(1908)九月二十日。

刘师培:《文说五则》,《华国月刊》第7期,1924年3月15日。

刘师培:《仪征刘申叔遗书》,扬州:广陵书社,2014年。

刘师培:《中国中古文学史讲义》,上海:上海古籍出版社,2000年。

刘烜:《王国维创造"新学语"的历史经验》,《文学评论》1997年第1期。

刘云:《语言的社会史:近代〈圣经〉汉译中的语言选择(1822—1919)》,上海:上海人民出版社,2015年。

刘运峰编:《鲁迅佚文全集》,北京:群言出版社,2001年。

刘再复:《"五四"的语言实验及其流变史略》,《现代中文学刊》2009年第4期。

刘正琰、高名凯、麦永乾、史有为编:《汉语外来词词典》,上海:上海辞书出版社,1984年。

卢戆章:《北京切音教科书》(首集、二集),北京:文字改革出版社,1957年。

卢戆章:《变通推原·切音字可则汉文》,《万国公报》第81册,光绪二十一年(1895)九月。

卢戆章:《变通推原·述亚洲东北创切音新字振兴文教为强盛之原》,《万国公报》第84册,光绪二十二年(1896)正月。

卢戆章:《一目了然初阶》(又名《中国切音新字厦腔》),北京:文字改革出版社,1956年。

鲁迅:《鲁迅辑录古籍丛编》,北京:人民文学出版社,1999年。

鲁迅:《鲁迅全集》,北京:人民文学出版社,2005年。

鲁迅:《鲁迅译文集》,北京:人民文学出版社,1958年。

陆费逵:《陆费逵文选》,北京:中华书局,2011年。

陆胤:《"普通国文"的发生——清末〈蒙学报〉的文体试验》,《文学评论》2016年第3期。

栾梅健:《二十世纪中国文学发生论》,桂林:广西师范大学出版社,2006年。

罗常培:《国音字母演进史》,上海:商务印书馆,1934年。

罗常培:《罗常培文集》,济南:山东教育出版社,2008年。

罗常培:《语言与文化》,北京:北京出版社,2004年。

罗家伦:《通信·吴稚晖与王尔德》,《现代评论》第1卷第20期,1925年4月25日。

罗家伦、黄季陆主编:《吴稚晖先生全集》,台北:文物供应社,1969年。

罗平汉:《风尘逸士——吴稚晖别传》,北京:华夏出版社,1999年。

罗志田:《国家与学术:清季民初关于"国学"的思想论争》,北京:生活·读书·新知三联书店,2003年。

罗志田:《再造文明之梦——胡适传》,成都:四川人民出版社,1995年。

吕叔湘:《近代汉语代词》,上海:学林出版社,1993年。

吕叔湘:《中国文法要略》,北京:商务印书馆,1982年。

吕叔湘主编:《现代汉语八百词》,北京:商务印书馆,1980年。

吕叔湘著,江蓝生补:《近代汉语指代词》,上海:学林出版社,1985年。

马建忠:《马氏文通》,上海:商务印书馆,甲辰年(1904)。

马建忠:《适可斋记言》,北京:中华书局,1960年。

马建忠著,章锡琛校注:《〈马氏文通〉校注》,北京:中华书局,1954年。

马勇编:《章太炎书信集》,石家庄:河北人民出版社,2003年。

马勇、徐超编:《严复书信集》,福州:福建教育出版社,2002年。

梅新林、黄霖、胡明、章培恒主编:《中国文学古今演变研究论集三编》,上海:上海古籍出版社,2010年。

孟华:《汉字主导的文化符号谱系》,济南:山东教育出版社,2014年。

孟晋编:《言文一致国文典》,东京:岩田周之助印刷,光绪三十三年(1907)七月一日。

南江涛选编:《清末民国旧体诗词结社文献汇编》,北京:国家图书馆出版社,2013年。

《南社丛刻》,扬州:广陵古籍刻印社,1996年。

倪海曙编:《中国语文的新生——拉丁化中国字运动二十年论文集》,上海:时代书报出版社,1949 年。

倪伟:《清末语言文字改革运动中的"言文一致"论》,《杭州师范大学学报(社会科学版)》2016 年第 5 期。

欧阳哲生编:《胡适文集》,北京:北京大学出版社,2013 年。

潘光哲:《晚清士人的西学阅读史(1833—1898)》,台北:"中研院"近代史研究所,2014 年。

潘钧:《日本汉字的确立及其历史演变》,北京:商务印书馆,2013 年。

潘文国:《危机下的中文》,沈阳:辽宁人民出版社,2008 年。

彭文祖:《盲人瞎马之新名词》,东京:佐佐木俊一印刷,1915 年。

浦江清:《浦江清文史杂文集》,北京:清华大学出版社,1993。

启功:《汉语现象论丛》,北京:中华书局,2005 年。

启功、张中行、金克木:《说八股》,北京:中华书局,2000 年。

钱理群:《周作人论》,北京:生活·读书·新知三联书店,2014 年。

钱理群:《周作人研究二十一讲》,北京:中华书局,2004 年。

钱林森:《法国汉学家论中国文学——现当代文学》,北京:外语教学与研究出版社,2009 年。

钱乃荣:《上海语言发展史》,上海:上海人民出版社,2003 年。

钱玄同:《钱玄同文集》,北京:中国人民大学出版社,1999 年。

钱锺书:《谈艺录》,北京:中华书局,1984 年。

钱锺书:《写在人生边上 人生边上的边上 石语》,北京:生活·读书·新知三联书店,2004 年。

钱锺书著,舒晨选编:《钱锺书论学文选》,广州:花城出版社,1991 年。

秦弓:《二十世纪中国翻译文学史·五四时期卷》,天津:百花文艺出版社,2009 年。

清朝学部编订名词馆:《辨学中英名词对照表》,上海图书馆保存铅印本,出版单位、时间不详。

清朝学部编订名词馆:《心/伦理学中英名词对照表》,上海图书馆保存铅印本,出版单位、时间不详。

璩鑫圭、唐良炎编:《中国近代教育史资料汇编·学制演变》,上海:上海教育出版社,1991 年。

瞿秋白:《瞿秋白文集》(文学编),北京:人民文学出版社,1989 年。

任洪渊:《汉语红移——多文体书写的汉语文化哲学》,北京:北京师范大学出版社,2010 年。

荣光启:《中文〈圣经〉语言与现代中国的"国语"目标》,《江西师范大学学报(哲学社会科学版)》2010 年第 2 期。

桑兵主编:《辛亥革命稀见文献汇编》,北京:国家图书馆出版社,2011年。

上海书店出版社编:《万国公报总目·索引》,上海:上海书店出版社,2015年。

上海图书馆编:《中国近代期刊篇目汇录》,上海:上海人民出版社,1980年。

尚杰:《中西:语言与思想制度》,北京:北京大学出版社,2010年。

邵敬敏主编:《现代汉语通论精编》,上海:上海教育出版社,2012年。

申丹:《叙述学与小说文体学研究》,北京:北京大学出版社,1998年。

申小龙:《汉语人文精神论》,沈阳:辽宁教育出版社,1990年。

申小龙:《汉语与中国文化》,上海:复旦大学出版社,2003年。

申小龙主编:《现代汉语》,上海:上海外语教育出版社,2011年。

沈国威:《近代中日词汇交流研究:汉字新词的创制、容受与共享》,北京:中华书局,2010年。

沈学:《盛世元音》,北京:文字改革出版社,1957年。

沈毓桂(署名古吴居士笔述):《西士论中国语言文字》,《万国公报》第708卷,光绪八年(1882)八月十九日。

时世平:《救亡·启蒙·复兴——现代性焦虑与清末民初文学语言转型论》,天津:天津社会科学院出版社,2015年。

史存直:《汉语史纲要》,北京:中华书局,2008年。

史有为:《异文化的使者——外来词》,长春:吉林教育出版社,1991年。

释僧祐:《胡汉译经文字音义同异记第四》,苏晋仁、萧鍊子点校:《出三藏记集》,北京:中华书局,1995年。

司马长风:《中国新文学史》(上、中、下卷),香港:昭明出版社,1975、1976、1978年。

司马迁:《史记》,北京:中华书局,1975年。

苏曼殊:《苏曼殊文集》,广州:花城出版社,1991年。

苏新春:《汉字的语言性与语言功能》,济南:山东教育出版社,2014年。

苏舆编:《翼教丛编》,上海:上海书店出版社,2002年。

孙宝瑄:《忘山庐日记》,上海:上海古籍出版社,1983年。

孙应祥、皮后锋编:《〈严复集〉补编》,福州:福建人民出版社,2004年。

孙郁:《国语、汉字、国语文讨论的再思考》,《华中师范大学学报(人文社会科学版)》2015年第2期。

孙郁:《鲁迅与周作人》,北京:现代出版社,2013年。

谈蓓芳:《中国文学古今演变论考》,上海:上海古籍出版社,2006年。

谭彼岸:《晚清的白话文运动》,武汉:湖北人民出版社,1956年。

谭帆等:《中国古代小说文体文法术语考释》,上海:上海古籍出版社,2013年。

谭桂林:《现代中国佛教文学史稿》,合肥:安徽教育出版社,2015年。

谭嗣同撰,何执编:《谭嗣同集》,长沙:岳麓书社,2012年。

汤拥华:《文学如何"在地"？——试论史书美"华语语系文学"的理念与实践》,《扬子江评论》2014年第2期。

汤用彤:《论"格义"》,石峻译,汤一介编选:《汤用彤选集》,天津:天津人民出版社,1995年。

唐德刚:《胡适杂忆》,桂林:广西师范大学出版社,2005年。

唐德刚译注:《胡适口述自传》,上海:华东师范大学出版社,1993年。

唐弢主编:《中国现代文学史》,北京:人民文学出版社,1979年。

田寿昌、宗白华、郭沫若:《三叶集》,上海:亚东图书馆,1920年。

田雁主编:《汉译日文图书总书目:1719—2011》,北京:社会科学文献出版社,2015年。

汪东:《刘师培传》,沈云龙主编:《汪旭初先生遗集》,台北:文海出版社,1974年。

汪东:《新文学商榷》,《华国月刊》第1卷第2期,1923年10月15日。

汪馥泉编辑:《中国文法革新讨论集》第2辑,上海:学术社,1940年。

汪晖:《反抗绝望——鲁迅及其文学世界》,石家庄:河北教育出版社,2000年。

汪晖:《现代中国思想的兴起》,北京:生活·读书·新知三联书店,2004年。

汪静之:《蕙的风》,上海:亚东图书馆,1922年。

汪荣宝、叶澜编纂:《新尔雅》,上海:文明书局,光绪二十九年(1903)。

汪怡:《国音字母小史》,《国语旬刊》第1卷第6期,1929年10月1日。

王本朝:《文学现代:制度形态与文化语境》,北京:人民出版社,2015年。

王本朝:《中国现代文学的〈圣经〉资源——以语言文体为例》,《江海学刊》2003年第5期。

王彬彬:《鲁迅内外》,南京:南京大学出版社,2013年。

王炳耀:《拼音字谱》,北京:文字改革出版社,1956年。

王重言:《对于废除汉字改用拼音文字的商榷》,《文字改革》1957年10月号。

王德威:《华语语系文学:边界想像与越界建构》,《中山大学学报(社会科学版)》2006年第5期。

王德威:《抒情传统与中国现代性——在北大的八堂课》,北京:生活·读书·新知三联书店,2010年。

王德威:《现代抒情传统四论》,台北:台大出版中心,2011年。

王德威:《中文写作的越界与回归:谈华语语系文学》,《上海文学》2016年第3期。

王风:《世运推移与文章兴替——中国近代文学论集》,北京:北京大学出版社,2015年。

王风:《周氏兄弟早期著译与汉语现代化书写语言》(上、下),《鲁迅研究月刊》2009年第12期、2010年第1期。

王桂妹:《"白话"+"文言"的特别格式——〈新青年〉语境中的〈狂人日记〉》,《文艺争鸣》2006 年第 6 期。

王国维:《王国维遗书》,上海:上海书店出版社,1996 年。

王国维著,陈永正笺注:《王国维诗词笺注》,上海:上海古籍出版社,2011 年。

王宏志编:《翻译与创作——中国近代翻译小说论》,北京:北京大学出版社,2000 年。

王建朗主编:《民国时期外交史料汇编》,北京:国家图书馆出版社,2014 年。

王健:《沟通两个世界的法律意义——晚清西方法的输入与法律新词初探》,北京:中国政法大学出版社,2001 年。

王进庄:《20 世纪一二十年代旧派文人的转型和现代性》,《复旦学报(社会科学版)》2009 年第 4 期。

王敬骝:《华夏语系说》,赵嘉文、石锋、和少英主编:《汉藏语言研究——第三十四届国际汉藏语言暨语言学会议论文集》,北京:民族出版社,2006 年。

王力:《汉语史稿》,北京:中华书局,1980 年。

王力:《王力文集》,济南:山东教育出版社,1985 年。

王力:《现代诗律学》,北京:中国人民大学出版社,2004 年。

王力:《中国语言学史》,上海:复旦大学出版社,2006 年。

王璞:《注音字母国语讲义》,北平:注音字母书报社,1918 年。

王齐洲:《中国古代文学观念发生史》,北京:人民文学出版社,2014 年。

王栻主编:《严复集》,北京:中华书局,1986 年。

王韬:《扶桑游记》,见钟叔河编:《走向世界丛书》(Ⅲ),长沙:岳麓书社,2008 年。

王韬:《淞隐漫录》,北京:人民文学出版社,1983 年。

王韬:《弢园文录外编》,上海:上海书店出版社,2002 年。

王韬:《瓮牖余谈》,上海:文明书局,出版年不详。

王韬:《瀛壖杂志》,上海:上海古籍出版社,1989 年。

王韬、顾燮元等编:《近代译书目》,北京:北京图书馆出版社,2003 年。

王宪明:《语言、翻译与政治——严复译〈社会通诠〉研究》,北京:北京大学出版社,2005 年。

王晓明:《无法直面的人生——鲁迅传》,上海:上海文艺出版社,1993 年。

王瑶:《中国文学研究现代化进程》,北京:北京大学出版社,2005 年。

王瑶:《中国现代文学史论集》,北京:北京大学出版社,1998 年。

王瑶:《中国新文学史稿》,上海:上海文艺出版社,1982 年。

王一川:《"望月"与回到全球性的地面——读黄遵宪诗〈八月十五夜太平洋舟中望月作歌〉》,《社会科学辑刊》2002 年第 1 期。

王一川:《语言乌托邦——20 世纪西方语言论美学探究》,昆明:云南人民出版社,

1999年。

王一川:《中国现代性体验的发生》,北京:北京师范大学出版社,2001年。

王引之:《经义述闻》,南京:江苏古籍出版社,1985年。

王友贵:《翻译家周作人》,成都:四川人民出版社,2001年。

王泽龙:《关于现代旧体诗词的入史问题》,《文学评论》2007年第5期。

王泽龙、钱韧韧:《现代汉语虚词与胡适的新诗体"尝试"》,《中国现代文学研究丛刊》2014年第3期。

王泽龙:《中国现代诗歌节奏内涵论析》,《文学评论》2011年第2期。

王照:《小航文存》,沈云龙主编:《近代中国史料丛刊》(265),台北:文海出版社,1971年。

王仲三笺注:《周作人诗全编笺注》,北京:学林出版社,1995年。

魏建功:《魏建功文集》,南京:江苏教育出版社,2001年。

文贵良:《解构与重建——五四文学话语模式的生成及其嬗变》,《中国社会科学》1999年第3期。

文字改革出版社编:《拼音文字史料丛书》,北京:国家图书馆出版社,2015年。

吴福辉:《"五四"白话之前的多元准备》,《中国现代文学研究丛刊》2006年第1期。

吴福祥主编:《近代汉语语法》,北京:中国社会科学出版社,2015年。

吴贯因:《中国文字之起源及变迁》,太原:山西人民出版社,2014年。

吴俊:《鲁迅个性心理研究》,上海:华东师范大学出版社,1992年。

吴俊、李今、刘晓丽、王彬彬主编:《中国现代文学期刊目录新编》,上海:上海人民出版社,2010年。

吴晓峰:《国语运动与文学革命》,北京:中央编译出版社,2008年。

吴玉章:《文字改革文集》,中国人民大学出版社,1978年。

吴泽主编:《王国维全集》,北京:中华书局,1984年。

五湖长:《测音》,《译书公会报》第15册,光绪二十四年(1898)二月二十九日。

五湖长:《兴亚说》,《译书公会报》第1册,光绪二十三年(1897)九月。

夏晓虹:《觉世与传世——梁启超的文学道路》,北京:中华书局,2006年。

夏晓虹:《晚清白话文与启蒙读物》,香港:三联书店,2015年。

夏晓虹:《一场未曾发生的文白论争——林纾一则晚年佚文的发现与释读》,《中山大学学报(社会科学版)》2015年第1期。

夏晓虹、王风等:《文学语言与文章体式——从晚清到"五四"》,合肥:安徽教育出版社,2006年。

夏曾佑:《夏曾佑集》,上海:上海古籍出版社,2011年。

夏中义:《王国维:世纪苦魂》,北京:北京大学出版社,2006年。

香港中国语文学会编:《近现代汉语新词词源词典》,上海:汉语大词典出版社,2001年。

谢天振、查明建主编:《中国现代翻译文学史》,上海:上海外语教育出版社,2004年。

谢维扬、房鑫亮主编:《王国维全集》,杭州:浙江教育出版社/广州:广东教育出版社,2010年。

谢耀基:《汉语语法欧化综述》,《语文研究》2001年第1期。

谢樱宁:《章太炎年谱摭遗》,北京:中国社会科学出版社,1987年。

邢福义主编:《现代汉语》,北京:高等教育出版社,2011年。

邢公畹主编:《现代汉语教程》,天津:南开大学出版社,1992年。

熊月之:《晚清几个政治词汇的翻译与使用》,《史林》1999年第1期。

徐继畬:《瀛寰志略》,上海:上海书店出版社,2001年。

徐麟:《鲁迅中期思想研究》,长沙:湖南师范大学出版社,1997年。

徐时仪:《汉语白话发展史》,北京:北京大学出版社,2007年。

徐通锵:《历史语言学》,北京:商务印书馆,2008年。

徐文堪:《从欧亚大陆的史前语言接触看汉藏语系的起源问题》,赵嘉文、石锋、和少英主编:《汉藏语言研究——第三十四届国际汉藏语言暨语言学会议论文集》,北京:民族出版社,2006年。

许宝强、袁伟选编:《语言与翻译的政治》,北京:中央编译出版社,2001年。

许寿裳:《章太炎传》,天津:百花文艺出版社,2004年。

薛绥之、张俊才编:《林纾研究资料》,福州:福建人民出版社,1982年。

严复(JuLin Khedau Yen-Fuh):《英文汉诂》(*English Grammar Explained in Chinese*),上海:商务印书馆,光绪三十年(1904)。

严复:《政治讲义》,上海:商务印书馆,光绪三十三年(1907)。

严家炎:《"五四"新体白话的起源、特征及其评价》,《中国现代文学研究丛刊》2006年第1期。

严家炎:《中国现代文学的"起点"问题》,《文学评论》2014年第2期。

严家炎:《中国现代文学起点在何时?》,《社会科学辑刊》2010年第4期。

杨联芬:《晚清至五四:中国文学现代性的发生》,北京:北京大学出版社,2003年。

杨乃乔:《汉字思维与汉字文学——比较文学研究与文化语言学研究之间的增值性交集》,《文艺理论研究》2015年第3期。

姚奠中、董国炎:《章太炎学术年谱》,太原:山西古籍出版社,1996年。

姚鼐:《惜抱轩诗文集》,上海:上海古籍出版社,1992年。

姚小平:《17—19世纪的德国语言学和中国语言学》,北京:外语教学与研究出版社,2001年。

叶宝奎:《民初国音的回顾与反思》,《厦门大学学报(哲学社会科学版)》2007年第5期。

叶嘉莹:《迦陵文集》,石家庄:河北教育出版社,1997年。

殷国明:《"体用之争"与白话文运动——20世纪中国语言变革与文学发展关系的探讨》,《河北学刊》2001年第6期。

寅半生:《中国脑》,出版单位不详,1903年。

余光中:《翻译乃大道》,北京:外语教学与研究出版社,2014年。

俞理明:《汉魏六朝佛道文献语言论丛》,北京:中国社会科学出版社,2016年。

俞政:《严复著译研究》,苏州:苏州大学出版社,2003年。

袁晖、管锡华、岳方遂:《汉语标点符号流变史》,武汉:湖北教育出版社,2002年。

袁进:《中国文学的近代变革》,桂林:广西师范大学出版社,2006年。

袁进主编:《新文学的先驱——欧化白话文在近代的发生、演变和影响》,上海:复旦大学出版社,2014年。

袁英光、刘寅生编著:《王国维年谱长编》,天津:天津人民出版社,1996年。

湛晓白:《拼写方言:民国时期汉字拉丁化运动与国语运动之离合》,《学术月刊》2016年第11期。

张宝明:《文言与白话——一个世纪的纠结》,上海:华东师范大学出版社,2014年。

张福贵、靳丛林:《中日近现代文学关系比较研究》,长春:吉林大学出版社,1999年。

张鸿刚、石凯民编著:《德语新正字法与标点符号》,北京:外语教学与研究出版社,2004年。

张静庐辑注:《中国近现代出版史料》,上海:上海书店出版社,2003年。

张美兰主编:《日本明治时期汉语教科书汇刊》,桂林:广西师范大学出版社,2011年。

张美平:《晚清外语教学研究》,北京:中国社会科学出版社,2011年。

张南庄:《何典》,成江点注,上海:学林出版社,2001年。

张清常:《语言学论文集》,北京:商务印书馆,1993年。

张斯桂:《使东诗录》,见钟叔河编:《走向世界丛书》(Ⅲ),长沙:岳麓书社,2008年。

张廷彦:《普通官话 新华言集》,东京:文求堂书店,1919年。

张廷彦:《支那音速知》,东京:善邻书院,1899年。

张卫中:《20世纪中国文学语言变迁史》,北京:中国社会科学出版社,2013年。

张卫中:《汉语与汉语文学》,北京:文化艺术出版社,2006年。

张新颖:《20世纪上半期中国文学的现代意识》,北京:生活·读书·新知三联书店,2001年。

张旭、车树昇编著:《林纾年谱长编》,福州:福建教育出版社,2014年。

张研、孙燕京主编:《民国史料丛刊》,郑州:大象出版社,2010年。

张艳华:《新文学发生期的语言选择与文体流变》,济南:山东大学出版社,2009 年。
张永芳:《黄遵宪新论》,北京:中国社会科学出版社,2004 年。
张振江:《早期香港的社会和语言(1841—1884)》,广州:中山大学出版社,2009 年。
张之洞:《劝学篇》,上海:上海书店出版社,2002 年。
张中行:《文言和白话》,北京:中华书局,2012 年。
章炳麟著,徐复注:《訄书详注》,上海:上海古籍出版社,2000 年。
章念驰编:《章太炎生平与思想研究文选》,杭州:浙江人民出版社,1986 年。
章念驰编:《章太炎生平与学术》,北京:生活·读书·新知三联书店,1988 年。
章培恒、胡明、梅新林主编:《中国文学古今演变研究论集二编》,上海:上海古籍出版社,2005 年。
章士钊编:《中等国文典》,上海:商务印书馆,1925 年。
章士钊:《章士钊全集》,上海:文汇出版社,2000 年。
章太炎:《论佛法与宗教、哲学以及现实之关系》,《中国哲学》第 6 辑,1981 年 5 月。
章太炎:《章太炎国学讲义》,北京:海潮出版社,2007 年。
章太炎:《章太炎全集》,上海:上海人民出版社,1982—1999 年。
章太炎:《章太炎先生自定年谱》,上海:上海书店出版社,1986 年。
章太炎讲授,朱希祖、钱玄同、周树人记录,王宁主持整理:《章太炎说文解字授课笔记》,北京:中华书局,2010 年。
章太炎讲演,曹聚仁编:《国学概论》,上海:泰东图书局,1922 年。
章太炎口述,吴承仕记:《菿汉微言》,杭州:浙江图书馆校刊,1919 年。
章太炎著,陈平原选编导读:《章太炎的白话文》,贵阳:贵州教育出版社,2001 年。
赵家璧主编:《中国新文学大系》,上海良友图书印刷公司,1935—1936 年;上海文艺出版社,2003 年影印。
赵黎明:《"汉字革命":中国现代文化与文学的起源语境》,北京:中国社会科学出版社,2010 年。
赵稀方:《翻译现代性:晚清到五四的翻译研究》,天津:南开大学出版社,2012 年。
赵炎秋:《艺术视野下的文字与图像关系研究》,北京:中国社会科学出版社,2021 年。
郑奠等:《中型现代汉语词典编纂法(初稿)(中)》,《中国语文》1956 年第 8 期。
郑林曦:《论语说文》,北京:商务印书馆,1983 年。
郑敏:《关于〈如何评价"五四"白话文运动〉商榷之商榷》,《文学评论》1994 年第 2 期。
郑敏:《世纪末的回顾:汉语语言变革与中国新诗创作》,《文学评论》1993 年第 3 期。
止庵编订:《周作人译文全集》,上海:上海人民出版社,2012 年。
中国社会科学院文学研究所鲁迅研究室编:《1913—1983 鲁迅研究学术论著资料汇

编》,北京:中国文联出版公司,1986 年。

中国文字改革委员会第一研究室编:《外国文字改革经验介绍》,北京:文字改革出版社,1957 年。

钟叔河编订:《周作人散文全集》,桂林:广西师范大学出版社,2009 年。

钟叔河编:《周作人文类编》,长沙:湖南文艺出版社,1998 年。

周达甫:《汉字、注音字母、拼音字母长期共存》,《语文建设》1957 年第 9 期。

周瘦鹃:《欧美名家短篇小说丛刊》,上海:中华书局,1931 年。

周扬:《新文学运动史讲义提纲》,《文学评论》1986 年第 1—2 期。

周有光:《21 世纪的华语和华文——周有光耄耋文存》,北京:生活·读书·新知三联书店,2002 年。

周有光:《世界文字发展史》,上海:上海教育出版社,1997 年。

周有光:《世界字母简史》,上海:上海教育出版社,1990 年。

周有光:《中国语文的时代演进》,北京:清华大学出版社,1997 年。

周有光:《中国语文的现代化》,上海:上海教育出版社,1986 年。

周有光:《周有光文集》,北京:中央编译出版社,2013 年。

周振鹤撰集,顾美华点校:《圣谕广训:集解与研究》,上海:上海书店出版社,2006 年。

周作人:《苦口甘口》,上海:太平书局,1944 年。

周作人:《立春以前》,上海:太平书局,1945 年。

周作人:《周作人日记(影印本)》,郑州:大象出版社,1996 年。

周作人:《谈虎集》,上海:开明书店,1930 年。

周作人:《永日集》,上海:北新书局,1929 年。

周作人讲校,邓恭三记录:《中国新文学的源流》,北平:人文书店,1932 年。

周作人译:《域外小说集》,上海:群益书社,1929 年。

周作人、俞平伯著,孙玉蓉编注:《周作人俞平伯往来通信集》,上海:上海译文出版社,2013 年。

周作人著,止庵校订:《周作人自编文集》,石家庄:河北教育出版社,2002 年。

朱国华:《权力的文化逻辑——布迪厄的社会学诗学》,上海:上海人民出版社,2016 年。

朱竞编:《汉语的危机》,北京:文化艺术出版社,2005 年。

朱磊:《书写汉语的声音——现象学视野下的汉语语言学》,济南:山东教育出版社,2014 年。

朱立元:《走向实践存在论美学》,苏州:苏州大学出版社,2008 年。

朱麟公编辑:《国语问题讨论集》,上海:中国书局,1921 年。

朱乔森编:《朱自清全集》,南京:江苏教育出版社,1988—1998 年。

朱庆之编:《佛教汉语研究》,北京:商务印书馆,2009年。
朱寿桐主编:《"汉语新文学"倡言》,北京:中国社会科学出版社,2011年。
朱寿桐主编:《汉语新文学通史》,广州:广东人民出版社,2010年。
朱维铮主编:《马相伯集》,上海:复旦大学出版社,1996年。
朱文熊:《江苏新字母》,北京:文字改革出版社,1957年。
朱希祖著,周文玖选编:《朱希祖文存》,上海:上海古籍出版社,2006年。
朱湘:《中书集》,上海:生活书店,1934年。
朱晓进、李玮、何平、丁晓原、陈留生:《作为语言艺术的中国现代文学发展史——文学语言变迁与中国现代文学形式的演进》,北京:人民出版社,2015年。
朱肇洛:《由吴稚晖的文体说起》,《杂志》第15卷第1期,1945年4月。

[奥]维特根斯坦:《哲学研究》,李步楼译,北京:商务印书馆,1996年。
[奥]西格蒙德·弗洛伊德:《诙谐及其与无意识的关系》,常宏、徐伟译,北京:国际文化出版公司,2007年。
[澳]寇志明:《鲁迅早期论文中的语言学意图:用文言文为汉语文学创造"纯正"词汇》,黄乔生译,《上海鲁迅研究》2006年夏。
[澳]罗伯特·迪克森:《语言兴衰论》,朱晓农、严至诚、焦磊、张偲偲、洪英译,北京:北京大学出版社,2010年。
[丹麦]海甫定:《心理学概论》,王国维译,上海:商务印书馆,丁未年(1907)。
[丹麦]路易斯·叶姆斯列夫:《叶姆斯列夫语符学文集》,程琪龙译,长沙:湖南教育出版社,2006年。
[丹麦]裴特生:《十九世纪欧洲语言学史》,钱晋华译,北京:世界图书出版公司,2010年。
[丹麦]威廉·汤普逊:《十九世纪末以前的语言学史》,黄振华译,北京:世界图书出版公司,2009年。
[德]奥古斯都·施莱歇尔:《达尔文理论与语言学——致耶拿大学动物学教授、动物学博物馆馆长恩斯特·海克尔先生》,姚小平译,《方言》2008年第4期。
[德]伯伦知理:《国家论》,梁启超译,《清议报》第10册,光绪二十五年(1899)四月十一日。
[德]恩斯特·卡西尔:《人论》,甘阳译,上海:上海译文出版社,1985年。
[德]恩斯特·卡西尔:《语言与神话》,于晓等译,北京:生活·读书·新知三联书店,1988年。
[德]G. G. 莱布尼茨著,李文潮、张西平主编:《中国近事——为了照亮我们这个时代的历史》,[法]梅谦立、杨保筠译,郑州:大象出版社,2005年。

［德］顾彬:《二十世纪中国文学史》,范劲等译,上海:华东师范大学出版社,2008年。

［德］顾彬、梅绮雯、陶德文、司马涛:《中国古典散文——从中世纪到近代的散文、游记、笔记和书信》,周克骏、李双志译,上海:华东师范大学出版社,2008年。

［德］海德格尔:《存在与时间》,陈嘉映、王庆节合译,北京:生活·读书·新知三联书店,1987年。

［德］海德格尔:《荷尔德林诗的阐释》,孙周兴译,北京:商务印书馆,2000年。

［德］H. G. 伽达默尔:《真理与方法》,王才勇译,沈阳:辽宁人民出版社,1987年。

［德］汉斯-格奥尔格·加达默尔:《真理与方法》,洪汉鼎译,上海:上海译文出版社,1999年。

［德］汉斯·约阿西姆·施杜里希:《世界语言简史》,吕叔君、官青译,济南:山东画报出版社,2009年。

［德］黑格尔:《精神现象学》,贺麟、王玖兴译,北京:商务印书馆,1997年。

［德］黑格尔:《历史哲学》,王造时译,上海:上海书店出版社,2001年。

［德］胡戈·弗里德里希:《现代诗歌的结构——19世纪中期至20世纪中期的抒情诗》,李双志译,南京:译林出版社,2010年。

［德］胡塞尔:《纯粹现象学通论》,李幼蒸译,北京:商务印书馆,1992年。

［德］花之安:《自西徂东》,上海:上海书店出版社,2002年。

［德］康德:《判断力批判》,朱光潜译,《朱光潜全集》第7卷,合肥:安徽教育出版社,1996年。

［德］康德:《判断力批判》,宗白华译,北京:商务印书馆,1964年。

［德］朗宓榭、［德］费南山主编:《呈现意义:晚清中国新学领域》,李永胜、李增田译,天津:天津人民出版社,2014年。

［德］罗洛·梅:《爱与意志》,冯川译,北京:国际文化出版公司,1987年。

［德］马克思:《关于费尔巴哈的提纲》,《马克思恩格斯选集》第1卷,北京:人民出版社,1972年。

［德］马克思、［德］恩格斯:《德意志意识形态》,中共中央马克思恩格斯列宁斯大林著作编译局译,北京:人民出版社,1961年。

［德］米夏埃尔·兰德曼:《哲学人类学》,张乐天译,上海:上海译文出版社,1988年。

［德］尼采:《悲剧的诞生——尼采美学文选》,周国平译,北京:生活·读书·新知三联书店,1986年。

［德］叔本华:《作为意志和表象的世界》,石冲白译,北京:商务印书馆,1982年。

［德］威廉·冯·洪堡特:《洪堡特语言哲学文集》,姚小平译注,长沙:湖南教育出版社,2001年。

［德］威廉·冯·洪堡特:《论人类语言结构的差异及其对人类精神发展的影响》,姚

小平译,北京:商务印书馆,1999 年。

[德]夏瑞春编:《德国思想家论中国》,陈爱政等译,南京:江苏人民出版社,1995 年。

[俄]波兹德涅耶娃:《鲁迅评传》,吴兴勇、颜雄译,长沙:湖南教育出版社,2000 年。

[俄]E. 德雷仁:《世界共通语史——三个世界的探索》,徐沫译,北京:商务印书馆,1999 年。

[俄]列·托尔斯泰:《现身说法》,林纾、陈家麟译,北京:商务印书馆,1981 年。

[法]爱莲室主人:《论今古字法》,王显理译,《格致新报》第 3 册,光绪廿四年(1898)三月十一日。

[法]爱莲室主人:《通语言为中国当务之急论》,王显理译,《格致新报》第 2 册,光绪廿四年(1898)三月初一日。

[法]爱莲室主人:《西字辨》,王显理译,《格致新报》第 4 册,光绪廿四年(1898)三月廿一日。

[法]爱莲室主人:《字码说》,王显理译,《格致新报》第 4 册,光绪廿四年(1898)三月廿一日。

[法]保罗·利科:《活的隐喻》,汪堂家译,上海:上海译文出版社,2004 年。

[法]保罗·维利里奥:《解放的速度》,陆元昶译,南京:江苏人民出版社,2004 年。

[法]茨维坦·托多罗夫:《象征理论》,王国卿译,北京:商务印书馆,2004 年。

[法]迪迪埃·埃里蓬:《权力与反抗——米歇尔·福柯传》,谢强、马月译,北京:北京大学出版社,1997 年。

[法]福柯:《规训与惩罚:监狱的诞生》,刘北成、杨远婴译,北京:生活·读书·新知三联书店,1999 年。

[法]福柯:《知识考古学》,谢强、马月译,北京:生活·读书·新知三联书店,1998 年。

[法]贺清泰译注,李奭学、郑海娟主编:《古新圣经残稿》,北京:中华书局,2014 年。

[法]金尼阁:《西儒耳目资》,北京:文字改革出版社,1957 年。

[法]拉康:《精神分析学中的言语和语言的作用和领域》,《拉康选集》,褚孝泉译,上海:上海三联书店,2001 年。

[法]罗兰·巴尔特:《符号帝国》,孙乃修译,北京:商务印书馆,1994 年。

[法]罗兰·巴尔特:《符号学原理——结构主义文学理论文选》,李幼蒸译,北京:生活·读书·新知三联书店,1988 年。

[法]梅耶:《历史语言学中的比较方法》,岑麒祥译,北京:世界图书出版公司,2008 年。

[法]孟德斯鸠:《鱼雁抉微》,林纾笔述、王庆骥口译,《东方杂志》第 13 卷第 4 号,1916 年 4 月 10 日。

[法]米歇尔·福柯:《不正常的人》,钱翰译,上海:上海人民出版社,2003 年。

［法］莫里斯·梅洛-庞蒂：《知觉现象学》，姜志辉译，北京：商务印书馆，2001年。

［法］让-弗朗索瓦·利奥塔尔：《后现代状态——关于知识的报告》，车槿山译，北京：生活·读书·新知三联书店，1997年。

［法］让-吕克·南希：《无用的共通体》，郭建玲、张建华、夏可君译，开封：河南大学出版社，2016年。

［法］森彼得：《离恨天》，林纾、王庆骥译，北京：商务印书馆，1981年。

［法］小仲马：《巴黎茶花女遗事》，林纾、王寿昌译，上海：素隐书屋，己亥年（1899）夏。

［法］雅克·德里达：《论文字学》，汪堂家译，上海：上海译文出版社，1999年。

［法］雅克·德里达：《书写与差异》，张宁译，北京：生活·读书·新知三联书店，2001年。

［法］茱莉娅·克里斯蒂娃：《符号学：符义分析探索集》，史忠义等译，上海：复旦大学出版社，2015年。

［古希腊］亚里士多德：《诗学》，陈中梅译注，北京：商务印书馆，1996年。

［古希腊］亚理斯多德：《修辞学》，罗念生译，北京：生活·读书·新知三联书店，1991年。

［加］罗伯特·洛根：《字母表效应：拼音文字与西方文明》，何道宽译，上海：复旦大学出版社，2012年。

［加］诺思洛普·弗莱：《神力的语言——"圣经与文学"研究续编》，吴持哲译，北京：社会科学文献出版社，2004年。

［美］爱德华·萨丕尔：《语言论》，陆志韦译，北京：商务印书馆，1985年。

［美］安介坡：《玉虫缘》，碧罗译述，上海：文盛堂书局，1936年。

［美］本杰明·艾尔曼：《科学在中国（1550—1900）》，原祖杰等译，北京：中国人民大学出版社，2016年。

［美］本杰明·史华兹：《寻求富强——严复与西方》，叶凤美译，南京：江苏人民出版社，1990年。

［美］本尼迪克特·安德森：《想象的共同体——民族主义的起源与散布》，吴叡人译，上海：上海人民出版社，2005年。

［美］布龙菲尔德：《语言论》，袁家骅、赵世开、甘世福译，北京：商务印书馆，1980年。

［美］丹尼尔·J. 布尔斯廷：《发现者——人类探索世界和自我的历史》，严撷芸、吕佩英、李成仪、吴亦南译，上海：上海译文出版社，1995年。

［美］P. 蒂利希：《存在的勇气》，成穷、王作虹译，贵阳：贵州人民出版社，1998年。

［美］丁韪良：《格物入门》，京师同文馆存板，戊辰年（1868）仲春月镌。

［美］丁韪良：《西学考略》，同文馆聚珍本，光绪癸未年（1883）孟夏总理衙门印行。

［美］费正清、刘广京编：《剑桥中国晚清史》，中国社会科学院历史研究所编译室译，

北京:中国社会科学出版社,1985年。

[美]富善:《官话萃珍》,上海:美华书馆,1916年。

[美]韩南:《汉语基督教文献:写作的过程》,姚达兑译,《中国文学研究》2012年第1期。

[美]韩南:《中国白话小说史》,尹慧珉译,杭州:浙江古籍出版社,1989年。

[美]韩南:《作为中国文学之〈圣经〉:麦都思、王韬与"〈圣经〉委办本"》,段怀清译,《浙江大学学报(人文社会科学版)》2010年第2期。

[美]华盛顿·欧文:《拊掌录》,林纾、魏易译,北京:商务印书馆,1981年。

[美]惠顿:《万国公法》,丁韪良译,上海:上海书店出版社,2002年。

[美]吉欧·波尔泰编:《爱默生集:论文与讲演录》,赵一凡等译,北京:生活·读书·新知三联书店,1993年。

[美]柯文:《在传统与现代性之间:王韬与晚清改革》,雷颐、罗检秋译,北京:中信出版社,2016年。

[美]林毓生:《中国意识的危机》,穆善培译,贵阳:贵州人民出版社,1986年。

[美]刘若愚:《中国文学理论》,杜国清译,南京:江苏教育出版社,2006年。

[美]罗曼·雅柯布森:《雅柯布森文集》,钱军、王力译注,长沙:湖南教育出版社,2001年。

[美]马斯洛:《自我实现的人》,许金声、刘锋等译,北京:生活·读书·新知三联书店,1987年。

[美]欧文·M.费斯:《谁在守望言论》,常云云译,北京:北京大学出版社,2015年。

[美]培伦:《月界旅行》,鲁迅译,《鲁迅译文集》第1卷,北京:人民文学出版社,1958年。

[美]乔治·莱考夫:《别想那只大象》,闾佳译,杭州:浙江人民出版社,2013年。

[美]史书美:《现代的诱惑——书写半殖民地中国的现代主义(1917—1937)》,何恬译,南京:江苏人民出版社,2007年。

[美]斯土活:《黑奴吁天录》,林纾、魏易译,北京:商务印书馆,1981年。

[美]王德威:《被压抑的现代性——晚清小说新论》,宋伟杰译,北京:北京大学出版社,2005年。

[美]威廉·克罗夫特:《语言类型学与语言共性(第二版)》,龚群虎等译,上海:复旦大学出版社,2009年。

[美]维多利亚·弗罗姆金、[美]罗伯特·罗德曼:《语言导论》,沈家煊、周晓康、朱晓存、蔡文兰译,北京:北京语言学院出版社,1994年。

[美]吴儿玺:《公法便览》,汪凤藻、凤仪、左秉隆、德明译,北京:京师同文馆,光绪三年(1877)。

［美］约瑟夫·列文森:《儒教中国及其现代命运》,郑大华、任菁译,桂林:广西师范大学出版社,2009年。

［美］詹姆斯·克利福德、［美］乔治·E.马库斯编:《写文化——民族志的诗学与政治学》,高丙中、吴晓黎、李霞等译,北京:商务印书馆,2006年。

［日］安藤彦太郎:《中国语与近代日本》,卞立强译,北京:北京大学出版社,1991年。

［日］岸本能武太:《社会学》,上海:广智书局,光绪二十八年(1902)。

［日］坂井洋史:《忏悔与越界——中国现代文学史研究》,上海:复旦大学出版社,2011年。

［日］柄谷行人:《日本现代文学的起源》,赵京华译,北京:生活·读书·新知三联书店,2003年。

［日］德富健次郎:《不如归》,林纾、魏易译,北京:商务印书馆,1981年。

［日］德富健次郎:《不如归》,林纾、魏易译,上海:商务印书馆,1914年。

［日］六角恒广:《日本中国语教育史研究》,王顺洪译,北京:北京语言学院出版社,1992年。

［日］木山英雄著,赵京华编译:《文学复古与文学革命——木山英雄中国现代文学思想论集》,北京:北京大学出版社,2004年。

［日］森有礼编:《文学兴国策》,林乐知、任廷旭译,上海:上海书店出版社,2002年。

［日］实藤惠秀:《中国人留学日本史》,谭汝谦、林启彦译,北京:生活·读书·新知三联书店,1983年。

［日］市川勘、［日］小松岚:《现代中国语史新编》,南京:南京大学出版社,2012年。

［日］手岛邦夫:《日本明治初期英语日译研究——启蒙思想家西周的汉字新造词》,刘家鑫编译,北京:中央编译出版社,2013年。

［日］吴启太、郑永邦:《官话指南》,上海:别发洋行,1903年。

［日］狭间直树:《日本的亚细亚主义与善邻译书馆》,中国社会科学院近代史研究所编:《近代中国与世界——第二届近代中国与世界学术讨论会论文集》第2卷,北京:社会科学文献出版社,2005年。

［日］小森阳一:《日本近代国语批判》,陈多友译,长春:吉林人民出版社,2003年。

［日］伊藤虎丸:《鲁迅、创造社与日本文学——中日近现代比较文学初探》,孙猛、徐江、李冬木译,北京:北京大学出版社,2005年。

［日］伊藤虎丸:《鲁迅与终末论——近代现实主义的成立》,李冬木译,北京:生活·读书·新知三联书店,2008年。

［日］元良勇次郎:《心理学》,王国维译,上海:教育世界社,1902年。

［日］竹内好著,孙歌编:《近代的超克》,李冬木、赵京华、孙歌译,北京:生活·读书·新知三联书店,2005年。

［日］子安宣邦著,赵京华编译:《东亚论:日本现代思想批判》,长春:吉林人民出版社,2004年。

［瑞典］高本汉:《汉语的本质和历史》,聂鸿飞译,北京:商务印书馆,2010年。

［瑞典］高本汉:《中国语与中国文》,张世禄译,上海:商务印书馆,1933年。

［瑞士］费尔迪南·德·索绪尔:《普通语言学教程》,高名凯译,北京:商务印书馆,1980年。

［瑞士］鲁斗威司:《鹳巢记》(未完),林纾、陈家麟同译,《学生》第6卷第1号,1919年1月5日。

［苏］维·什克洛夫斯基:《散文理论》,刘宗次译,南昌:百花洲文艺出版社,1994年。

［西班牙］弗朗西斯科·瓦罗:《华语官话语法》,姚小平、马又清译,北京:外语教学与研究出版社,2003年。

［希腊］柏拉图:《柏拉图全集》第2卷,王晓朝译,北京:人民出版社,2002年。

［希腊］谛阿克列多思:《农夫》,周作人译:《陀螺》,北京:新潮社,1925年。

［意］贝内代托·克罗齐:《美学或艺术和语言哲学》,黄文捷译,北京:中国社会科学出版社,1992年。

［意］但丁:《论俗语》,缪灵珠译,《缪灵珠美学译文集》第1卷,北京:中国人民大学出版社,1998年。

［意］吉奥乔·阿甘本:《无目的的手段》,赵文译,郑州:河南大学出版社,2015年。

［意］卡萨齐、［意］莎丽达:《汉语流传欧洲史》,上海:学林出版社,2011年。

［意］克罗齐:《美学原理》,朱光潜译,《朱光潜全集》第11卷,合肥:安徽教育出版社,1996年。

［意］利玛窦等:《明末罗马字注音文章》,北京:文字改革出版社,1957年。

［意］马西尼:《现代汉语词汇的形成——十九世纪汉语外来词研究》,黄河清译,上海:汉语大词典出版社,1997年。

［印度］室利·阿罗频多:《薄伽梵歌论》,徐梵澄译,北京:生活·读书·新知三联书店,2003年。

［英］拜伦:《哀希腊》,马君武译,《马君武诗稿》,上海:文明书局,1914年。

［英］拜伦:《哀希腊》,苏曼殊译,朱少璋编:《曼殊外集——苏曼殊编译集四种》,北京:学苑出版社,2009年。

［英］拜伦:《哀希腊》,啸霞译,《清华文艺》第1卷第2期,1925年10月。

［英］彼得·伯克:《语言的文化史:近代早期欧洲的语言和共同体》,李霄翔、李鲁、杨豫译,北京:北京大学出版社,2007年。

［英］卜立德:《一个中国人的文学观——周作人的文艺思想》,陈广宏译,上海:复旦大学出版社,2001年。

［英］达尔文:《人类的由来及性选择》,叶笃庄、杨习之译,北京:北京大学出版社, 2009年。

［英］迭更司:《块肉余生述》,林纾、魏易译,北京:商务印书馆,1981年。

［英］哈葛德:《迦茵小传》,林纾、魏易译,北京:商务印书馆,1981年。

［英］韩礼德:《语言与教育》,刘承宇等译,北京:北京大学出版社,2015年。

［英］合信:《全体新论》,陈修堂译,上海墨海书馆刊海山仙馆丛书本,咸丰元年 （1851）。

［英］赫胥黎:《天演论》,严复译,北京:科学出版社,1971年。

［英］兰姆:《吟边燕语》,林纾、魏易译,北京:商务印书馆,1981年。

［英］雷蒙·威廉斯:《关键词:文化与社会的词汇》,刘建基译,北京:生活·读书·新 知三联书店,2005年。

［英］李约瑟:《中国科学技术史·第一卷 总论·第一分册》,《中国科学技术史》翻译 小组译,北京:科学出版社,1975年。

［英］R. L.Trask:《历史与比较语言学词典》,北京:世界图书出版公司,2011年。

［英］罗伯特·扬:《白色神话:书写历史与西方》,赵稀方译,北京:北京大学出版社, 2014年。

［英］罗伯特·马礼逊:《华英字典（影印版）》,郑州:大象出版社,2008年。

［英］马礼逊夫人编:《马礼逊回忆录》,顾长声译,桂林:广西师范大学出版社, 2004年。

［英］麦开柏:《荒古原人史》,吴敬恒译,上海:文明书局,1926年。

［英］却而司迭更司:《滑稽外史》,林纾、魏易译,上海:商务印书馆,1907年。

［英］司各德:《撒克逊劫后英雄略》,林纾、魏易译,北京:商务印书馆,1981年。

［英］斯宾塞:《群学肄言》,严复译,北京:商务印书馆,1981年。

［英］苏文瑜:《周作人:中国现代性的另类选择》,康凌译,上海:复旦大学出版社, 2013年。

［英］威男:《地底旅行》,鲁迅译,《鲁迅译文集》第1卷,北京:人民文学出版社,1958 年。"威男"即法国小说家儒勒·凡尔纳,译者署为英国,误。

［英］亚当·斯密:《原富》,严复译,北京:商务印书馆,1981年。

［英］耶方斯:《名学浅说》,严复译,北京:生活·读书·新知三联书店,1959年。

［英］约翰·本仁:《天路历程官话》,孙荣理删订,上海:上海基督圣教书会,1933年。

［英］约翰·曼:《改变西方世界的26个字母》,江正文译,北京:生活·读书·新知三 联书店,2016年。

［英］约翰·穆勒:《群己权界论》,严复译,北京:商务印书馆,1981年。

［英］甄克思:《社会通诠》,严复译,上海:商务印书馆,光绪三十年（1904）。

Arthur Schopenhauer, *World as Will and Idea*, translated by R. B. Haldane and J. Kemp, New York: Ams Press Inc., 1977.

A. Wylie, *Notes on Chinese Literature*, Shanghai: American Presbyterian Mission Press, 1867.

Bertrand Russell, *The History of Western Philosophy*, New York: Simon and Schuster Inc., 1972.

Charles and Mary Lamb, *Tales from Shakspeare*, London: The Penguin Group, 1995.

Charles Dickens, *David Copperfield*, London: The Penguin Group, 1994.

D. MacGillivray, *A Mandarin-Romanized Dictionary of Chinese*, Shanghai: American Presbyterian Mission Press, 1907.

Edgar Allan Poe, *Selected Stories and Poems*, New York: Airmont Publishing Co. Inc., 1962.

E. F. P, "English Language for Chinese", *The North-China Daily News*, 1913年2月26日.

F. W. Baller, *Mandarin Primer*, Shanghai: China Inland Mission and Presbyterian Mission Press, 1900.

George Gordon Byron, *Don Juan*, University Park: The Pennsylvania State University Press, 1991.

Giorgio Aganben, *Language and Death: The Place of Negativity*, translated by Karen E. Pinkus and Michael Hardt, Minneapolis: University of Minnesota Press, 1991.

H. Rider Haggard, *Joan Haste*, London: Longmans, Green, and Co., 1895.

Hubert W. Spillett, *A Catalogue of Scriptures in the Languages of China*, London: British and Foreign Bible Society, 1975.

J. Brandt, *Introduction to Literary Chinese*, Peking: North China Union Language School, 1927.

John Stuart Mill, *On Liberty*, *The Harvard Classics*(Volume 25), edited by Charles W.Ellot, New York, 1957.

K. Hemeling, *The Naning Kuan Hua*, Shanghai: Printed at the German Printing and Publishing House, 1902.

Lee Yeounsuk, *The Ideology of Kokugo*, translated by Maki Hirano Hubbard, Honolulu: University of Hawwi'I Press, 2009.

Lydia. LiuHe, *Translingual Practice Literature, National, Culture, and Translated Modernity China 1900-1937*, Stanford: Stanford University Press, 1995.

Max Müller, *Lectures on the Science of Language*, London: Longmans, Green, and, Co., 1866.

Mrs. A. H. Mateer, *Hand Book of New Terms and Newspaper Chinese*, Shanghai: Presbyterian Mission Press, 1917.

Noman Jerry, *Chinese*, 北京:世界图书出版公司、剑桥大学出版社, 2008.

Paul. A. Bové, Discourse, *Critical Terms for Literary Study*, edited by Frank Lentricchia and

Thomas Mclaughlin, Chicago and London: The University of Chicago Press, 1990.

Raymond Willimas, *Keywords: A Vocabulary of Culture and Society*, New York: Oxford University Press, 1983.

Robert Morrison, *A Dictionary of the Chinese Language*, Macao: Printed at The Honorable East India Company's Press, 1816.

Robert Morrison, *A Grammar of Chinese Language*, Serampore: Printed at the Mission-Press, 1815.

Roman Jakobson, *Two Aspects of Language and Two Typse of Aphasic Disturbances, Fundamentals of Language*, The Hague: Mouton and Co., 1956.

Sir Walter Scott, *Ivanhoe*, New York: Airmont Publishing Company Inc., 1964.

S. Wells Williams, *Introduction of A Syllabic Dictionary of the Chinese Language*, Shanghai: American Presbyterian Mission Press, 1874.

Theocritus, *Bion and Moschus: Rendered into English Prose, with an Introductory Essay*, translated by M. A. A. Lang, London: Macmillan and Co., 1880.

Theodore W. Hunt, *Literature: Its Principles and Problems*, New York: Funk & Wagnalls Company, 1906.

Thomas H. Huxley, *Evolution and Ethics; and Science and Morals*, NewYork: Prometheus Books, 2004.

Thomas Francis Wade and Walter Caine Hillier, 语言自迩集(*YU YEN TZU ERH CHI*), Shanghai: Published at the Statistical Department of the Inspectorate General of Customs, 1886.

Walter J. Black, *The Poems of Alfred Lord Tennyson*, New York: Black's Readers Service Company, 1932.

后　记

我自2007年出版《话语与生存——解读战争年代文学（1937—1948）》（上海书店出版社）后，学术研究的重心便开始从话语研究转向文学语言的实践研究。当时，我感到当代学界从语言的角度系统探索中国现代文学发生的成果非常少见，这也是我想做这方面研究的最初动因。"文学汉语实践与中国现代文学的发生"（08BZW051）于2008年获得国家社科基金一般项目立项，2014年结项。从着手这个项目的研究到即将出版，前后竟有14年时间，我自己都没有想到。人生能有几个14年！这14年中，社会在不断变化；我自己身在大学校园，虽说生活稳定平静，但也多有冗事缠身，无法全身心投入。

翻出2008年的课题申请书，上面有这样一段话：

> 中国现代文学的产生发展与文言白话的更替有着极为密切的关系，所以研究中国现代文学的学者都比较关注这段时期中文学语言的演变问题。当代学者中郑敏、王一川、张卫中、王光明、郜元宝、高玉等撰写过这方面的论文和专著，郑敏对汉语诗性的强调，王一川对西方语言理论的解读，张卫中对20世纪文学语言变化的研究，王光明对现代新诗与现代汉语关系的研究，郜元宝从西方语言学的角度对现代汉语的研究，高玉从语言变革来看中国现代文学转型的研究，都为本课题提供了基础。本课题计划在此基础上向前推进一步。本课题不同于其他学者的研究，在于以中国文学转型时期的文学汉语为本位，既不是以普遍的汉语为本位，也不是以现代文学为本位。由此探讨如下问题：一、从晚清至"五四"时期的文学汉语的生长状态；二、汉语的优与劣，即象形文字和拼音文字的矛盾冲突；三、汉语的体与用，即民族共同语的普世性与文学汉语陌生化的矛盾；四、文学汉语的常与变，即文言、白话和欧化的冲突；五、文学汉语的器与道，即对现代个体生命的承担与对大众共同体意志（包括对民族国家的想象）的负荷之间的冲突。

今天看来,这个设想显然过于庞大,现有的书稿并没有完成这么多目标,只是集中在从文学汉语实践通向中国现代文学的发生这一点上。

我以作家个案——所谓"轴心作家"展开论述。这一构想是否就是探讨从文学汉语实践通向中国现代文学的发生的最合理的方式,也许有不同看法。我的想法很朴素:既然要探讨文学汉语实践,必然要落实到具体作家身上,即某个人的汉语实践,不然很难深入下去。而且,"轴心作家"是绕不过去的,必须深入剖析。因为"轴心作家"们的汉语实践往往多样而且复杂,富有衍生性和延展性,辐射面广,渗透力强。与其造成章节安排的不成比例,还不如直接以"轴心作家"们为中心展开论述。这一朴素的想法决定了本书的框架:先以"轴心作家"为个案进行研究,然后在结语中归纳总结。接下来的一个重要问题是,确定哪些作家是"轴心作家"。本书导论有所阐释,此不赘述。

2020年,我出版了一本小书,题目是《以语言为核:中国新文学的本位研究》(人民出版社)。语言应当是中国新文学研究的核心,是我近期强烈的感受。实际上,我之前研究话语,同样特别强调语言的重要性。我认为话语的最基础层面即语言层,不谈语言就谈不了话语。话语研究如果不谈语言,就抽空了话语的血肉,无异于谋杀了话语。自然,对于中国新文学/中国现代文学,研究的路径千万条,这样才能形成千姿百态的学术生态场景。我并不反对更不看小其他研究,每一种研究都有自身的价值。是否存在这样一种可能:因为我一直研究语言问题,就非常强调语言在研究中的重要性,因而王婆卖瓜般起劲吆喝?说真的,确实不能彻底排除这种可能性。一个人长期沉浸于某物,常常会过度夸大其重要性。我也时常提醒自己进行严格的学术考量,不要形成狭隘的语言本位主义。好在有一批同道中人,一直以研究中国现当代文学的语言问题为己任,视野开阔,深耕细作,收获了非常丰硕的成果,这极大地增强了我的信心。我对语言问题的重视,毋宁说是对一种方法与态度的坚持。

本书从酝酿到出版,前后14年,与我孩子的求学过程几乎同步。他从2007年入小学,现在即将大三了。借此机会,特别谢谢家人的支持与陪伴。在这漫长的过程中,我得到过许多师友的帮助和关心。我曾经向导师陈思和教授请教过这个课题怎么做,他告诉我最好先有个关于语言的概念。这个问题一直促使我思考:中国现代文学的语言到底是什么?我面对的是晚清至民国时期的文学书面语言,因此我先把对象界定为这个时期的"文学汉语",以区别于日常语言和非文学书面语言;同时也有意突出晚清以来中—西(也包括日本)语言交流间汉语的主体地位。在此基础上,我将文学汉语理解为"理""情""文"的结合物。"理"指向文学汉语的理性维度,即知识元素与结构;"情"指向文学汉语的情思维度,即作家主体的情感与思想;"文"指向文学汉语的美学维度,即语言之美与文体形式。这一看法我觉得能有效地解决中国现代文学如何发生的问题。书稿中的部分章节曾经提交华东师范大学中文系丽娃学术沙龙讨论,得到朱国华、吕志峰、汤拥华、刘晓丽、王峰、魏泉、范劲、王庆华、查正贤、徐默凡、黄敏、韩蕾、刘旭、杜心源、田全金、李丹梦等诸多同仁的批评,他们的批评从不同学科的角度启发了我的进一步思考。大多数章节曾以单篇论文发表于学术刊物,得到赵炎秋、殷国明、张兵、范智红、张曦、薛勤、姜异新、胡键、陈思广、王峰、贡华南、周仁政、张涛、李亦婷、张海英、王雪松、朱晓江等编辑老师们的厚爱。付梓之前,钱江涵、唐诗诗、赵凡、王海晗、王晨晨、熊静娴、刘妍、吴亚丹、胡晓敏、陈子妍、李一凡、杨丰瑞、房栋等研究生帮我校对了书稿、查找了资料。一并表示感谢!

我与责任编辑艾英女士在一次会议期间相识,当我考虑出版时,突然想到她,很快取得联系并得到了支持。她很爽直,办事效率也高,编辑书稿更是耐心、细致、负责,非常感谢她所付出的辛劳!

本人学识浅陋,书中难免错讹之处,欢迎读者批评指正。

文贵良
2021 年 8 月 19 日